唐圭璋 編

全金元詞

上册

中華書局

圖書在版編目(CIP)數據

全金元詞/唐圭璋編. —北京:中華書局,1979. 11
(2021. 5 重印)
ISBN 978-7-101-12757-7

Ⅰ.全… Ⅱ.唐… Ⅲ.①詞(文學)-作品集-中國-金代②詞(文學)-作品集-中國-元代 Ⅳ.I222. 84

中國版本圖書館 CIP 數據核字(2017)第 202895 號

全 金 元 詞

(全二册)

唐圭璋 編

*

中 華 書 局 出 版 發 行

(北京市豐臺區太平橋西里 38 號 100073)

http://www. zhbc. com. cn

E-mail:zhbc@ zhbc. com. cn

北京瑞古冠中印刷廠印刷

*

850×1168 毫米 1/32 · 45 印張 · 4 插頁 · 883 千字

1979 年 11 月北京第 1 版 2018 年 1 月北京第 2 版

2021 年 5 月北京第 6 次印刷

印數:25001-26500 册 定價:198. 00 元

ISBN 978-7-101-12757-7

重印説明

《全金元詞》是唐圭璋先生繼《全宋詞》之後，整理詞學文獻的又一重要成果，共收録金元兩代二百八十二位詞人，七千二百九十三首詞作。其中，金七十人，三千五百七十二首；元二百一十二人，三千七百二十一首。從數量上看，已大大超過前人所輯金元詞，儘管不免會有遺漏，但已基本具備了全集的規模。

《全金元詞》自一九七九年出版以來，受到了學術界及廣大詞學愛好者的歡迎，學術界對書中存在的編校失誤也多有諟正。在前兩次重印時，我們已經盡可能作了挖改。但因爲原編者唐圭璋先生已經故去，重訂工作一時難以進行。現只能以原有紙型重印，但在書後加印了唐棣棣、盧德宏撰寫的《〈全金元詞〉訂補附記》供讀者參考。望海内外詞學專家和廣大讀者隨時指正，以便日後進行全面修訂與校改。

中華書局編輯部

一九九九年十二月

前言

清初，郭元釪曾撰《全金詩》，顧嗣立曾編《元詩選》，顧無輯金元詞者，亦一憾事。金元先後佔據北方，詞受兩宋影響，亦多可觀，如元好問、張翥，其最著者。朱彝尊輯《詞綜》，僅選金元詞十四家二十一首，殊覺過少。清末諸家刻詞，自唐宋以外，兼及金元，良非無因。近人趙萬里、周泳先兩家繼前賢之後，續有增輯，内容愈富。

余今綜合諸家所刻詞，並加以補正，計詞二百八十二家近七千三百首，以供編寫詞史者之一助。又録《道藏》中金元道士詞，以供研究詞樂、詞律、詞韻以及詞曲演變者之參考。

唐圭璋

一九七九年六月於南京

全金元詞

凡例

一、我國南宋時，北方先後爲金元所據，作者習染詞風，詞亦多可觀，故前人輯録唐宋詞集，往往兼及金元，如明吴訥輯《唐宋名賢百家詞》即有金三家，元八家。清初侯文燦輯《十名家詞》即有元三家。清末，王鵬運、江標、吴重熹、吴昌綬、陶湘、劉毓盤、朱孝臧等輯刊詞集，盛極一時。朱刻《彊村叢書》搜集尤富，凡金五家，元五十家。其後趙萬里、周泳先等復有補輯。是編意在保存金元兩代詞篇，綜合諸家，益以新輯，並據南京圖書館所藏丁氏八千卷樓善本詞集及北京圖書館所藏善本詞集校補。

一、清初朱彝尊輯《詞綜》，一面對作家作品力求賅備，一面對選詞又極爲嚴謹，如魏了翁詞共有一百三十三首，朱氏以其盡係獻壽之詞，殊無意味，竟一首不選。是編不同於《詞綜》選篇，意在網羅散失，保存資料，故有詞盡録，卽零篇斷句亦在所不遺。

一、是編所用詞集底本，以善本、足本爲主，如王刻劉因《樵庵詞》、江刻張埜《古山樂府》、程文海《雪樓樂府》、薩都剌《雁門集》、朱刻邱處機《磻溪詞》、張伯淳《養蒙先生詞》、陳櫟《定宇詩餘》、安熙《默庵樂府》、李道純《清庵先生詞》、趙雍《趙待制詞》、張雨《貞居詞》、謝應芳《龜巢詞》俱非善本。又如江刻趙孟頫《松雪齋詞》較元刊《松雪齋文集》少五首。朱刻劉敏中《中庵樂府》僅三十六首，較趙輯《中庵集》少一百十三首。梁寅《石門詞》前脱七首，蒲道源《順庵樂府》中脱六首，俱非足本，玆並據善本、足本補正。

一、詞集版本不同，卷數不同，所收詞篇多寡亦不一，如朱刻元好問《遺山樂府》三卷本詞三百二十三首，吴重熹刻元好問《遺山新樂府》五卷本，則較三卷本多一百六十首，是編匯集兩本，庶較完備。又如張可久《小山樂府》只收散曲，從不收詞。但天一閣本《張小山樂府》竟有四十二首詞，亦前所未聞。此外，各本如有補遺，並一一採及。如朱刻吴鎮《梅花道人詞》僅十一首，今檢《珊瑚網・名畫題跋》等書，增補十七首。耶律鑄《雙溪醉隱樂府》僅四首，趙萬里從《永樂大典》人字韻補一首，今檢《永樂大典》行字韻尚有一首，席字韻尚有二首，是耶律鑄詞共有八首。趙輯盧摯《疏齋詞》原爲十七首，周泳先據《永樂大典》湖字韻補一首，今檢《永樂大典》村字韻尚有一首，席字韻尚有三首，是盧摯詞共有二十二首。

一、《道藏》中收有大量金元道士詞，所作皆鍊形服氣，怪誕不經之語。是編備録金元道士詞，供研究。其中用調，有詞有曲，亦可供考訂詞律及詞曲之演變。

一、金元以來，小説戲曲中往往載詞，如明賈仲名《菩薩蠻》雜劇中，載有元蕭淑蘭詞二首，明瞿佑《剪燈新話》中，載有元羅愛愛、金定、翠翠等詞，明李昌祺《剪燈餘話》中，載有元拜住、賈雲華、崔英妻王氏等詞，明田藝蘅《留青日札》中，載有元竺月華、方國珍等詞，實皆出於明人依託，故一概不録。此外，如金説唱諸宫調中、宋元戲文中以及元雜劇中亦往往有詞，是編以不破壞諸宫調及戲曲之完整性，故亦不割裂輯入。

一、金元人詞集中，往往羼入曲調，如王惲《秋澗樂府》中，竟有三十九首曲調。其他作家亦多類此。是編於詞集中之曲調如天淨沙、凭闌人、小桃紅、乾荷葉、水仙子、折桂令等皆不輯録。至如太常引、人月圓等調，詞曲全同，無法區分，則仍於詞集中保留。

一、凡據善本、足本校改底本之誤字，或補足底本之脱文，並注明所據之本。至於異文可通者則不一一詳校。

一、是編正文使用標點，以簡明爲主，叶韻處用句號，句用逗號，讀用頓號。小傳、校記、案語，亦均使用標點。

引用書目

明秀集　蔡松年撰　王鵬運四印齋明秀集注本，略注存詞。另據中州樂府補十首，陽春白雪補一首，滹南詩話補斷句二。

東山樂府　吴激撰　趙萬里校輯本。

耶律文獻公詞　耶律履撰　趙萬里校輯大典本。

拙軒詞　王寂撰　朱孝臧彊村叢書校聚珍版本。

如庵小稿　完顔璹撰　周泳先校輯本。

滏水詞　趙秉文撰　據大典梅字韻補周輯本。

莊靖先生樂府　李俊民撰　據張氏研古樓抄本校朱本。

遺山樂府　元好問撰　朱校明弘治高麗刊三卷本。趙本據翰墨大全補一首。趙本又據翰墨大全補感皇恩水上覓紅雲一首，已見五卷本，不重録。周泳先據明瓊花集補望江南維揚好靈宇看瓊花一首乃韓琦詞，亦不録。

遺山新樂府　元好問撰　吴重熹石蓮庵刊五卷本，頗多混入他人之作，且多錯誤，兹據張家鼐南塘本及羅振玉殷禮在斯堂本校補，並删去其中後庭花破子兩首曲調及附楊果和後庭花破子一首。

玉峯散人詞　趙可撰　周輯本。
遯庵樂府　段克己撰　據吴昌綬雙照樓影元刊本二妙集校朱本。
菊軒樂府　段成己撰　據吴本影印二妙集校朱本。
重陽全真集　王喆撰　影印正統本道藏太平部。
重陽教化集　王喆撰　道藏太平部。
重陽分梨十化集　王喆撰　道藏太平部。
漸悟集　馬鈺撰　道藏太平部。
洞玄金玉集　馬鈺撰　道藏太平部。
丹陽神光燦　馬鈺撰　道藏太平部。
水雲集　譚處端撰　道藏太平部。
雲光集　王處一撰　道藏太平部。
磻溪集　丘處機撰　據影印金本及道藏校補朱本。周泳先據鳴鶴餘音又補七首，原補尚有黑漆弩一首乃白賁詞，不録。丘詞除補七首外，尚有鳴鶴餘音一首，西遊記七首，金蓮正宗記一首，清河書畫舫一首。
雲山集　姬翼撰　據道藏校補雙照樓影元刊本。
草堂集　王丹桂撰　道藏太平部。

啓真集　劉志淵撰　道藏洞真部。
洞淵集　長筌子撰　道藏太玄部。
仙樂集　劉處玄撰　道藏太平部。
會真集　王吉昌撰　道藏洞真部。
太玄集　侯善淵撰　道藏太玄部以上金詞集。
小亨集　楊弘道撰　四庫珍本。趙本據大典遊字韻補一首。予檢遺山樂府内，尚附有楊弘道贈遺山鷓鴣天一首。
魯齋詞　許衡撰　據元草堂詩餘校補朱本。
藏春樂府　劉秉忠撰　據丁丙藏四庫抄本校補王本。
敬齋樂府　李治撰　周輯本治原誤作冶。
雙溪醉隱詞　耶律鑄撰　朱本四首　趙本據大典人字韻補一首。予復據大典行字韻補一首，席字韻補二首。
天籟集　白樸撰　據丁藏抄本校補王本，删去其中附録曹光輔詞一首，僧仲璋詞一首，李仁山詞一首。集中尚有小桃紅一首乃曲調，亦删去。
青崖集　魏初撰　趙校四庫珍本。
秋澗樂府　王惲撰　據影印元刊本秋澗大全集及宋賓王校本校朱本。朱本原有十三首平湖樂，十首絳桃春，十五首合歡曲，一首後庭花破子，以其皆曲調，因删去。

玉霄詞　滕賓撰　據劉毓盤涵虚詞輯本校補周輯本。

紫山詩餘　胡祗遹撰　大典本紫山大全集。

淮陽樂府　張宏範撰　據詞律校王本。據曲譜删去其中喜春來一首，殿前歡一首，天淨沙一首。

牧庵詞　姚燧撰　朱本用大典本牧庵集，其中緑頭鴨錦堂深一首乃宋晁端禮詞，因删去。予又據大典寄字韻補一首，席字韻補一首。

勤齋詞　蕭𣂏撰　朱校勤齋集本。

中庵詩餘　劉敏中撰　趙校元刊中庵集本。

養蒙先生詞　張伯淳撰　據厲鶚抄本養蒙集校補朱本。

樂庵詩餘　吴存撰　據鄱陽五家集本。

順齋樂府　蒲道源撰　據閒居叢稿補朱本六首。

雪樓樂府　程文海撰　據影印元本校補江刻本，並據大典寄字韻補一首。

樵庵詞　劉因撰　據明吴訥百家詞本静修詞，王本樵庵詞，朱本樵庵樂府校補四部叢刊影元刊本静修先生文集。

西巖詞　張之翰撰　據四庫珍本西巖集校趙輯本。

雲峰詩餘　胡炳文撰　朱校明刊雲峰文集本。

定宇詩餘　陳櫟撰　據康熙刻本定宇文集校補朱本。

草廬詞　吴澄撰　據何夢華抄本及大典寄字韻校補王本。

松雪詞　趙孟頫撰　用影印元刊本松雪齋文集，刪去其中後庭花一首曲調，又據花草粹編補十二首，據珊瑚網法書題跋補一首，據孫氏書畫鈔補一首。

槃庵詩餘　同恕撰　四庫珍本槃庵集。

伊濱詩餘　王沂撰　四庫珍本伊濱集。

牆東詩餘　陸文圭撰　王本牆東類稿，刪去其中附史藥房一首。

漢泉樂府　曹伯啓撰　據影印元刊本漢泉樂府校朱本。

靜春詞　袁易撰　據百家詞本校趙本。趙本作宋人四庫全書作元人

桂隱詩餘　劉詵撰　據丁藏舊抄本桂隱集校嘉靖刊本桂隱詩集卷四。

疏齋詞　盧摯撰　趙輯十七首，周輯據大典湖字韻補一首，余復據大典村字韻補一首，席字韻補三首。又趙輯天下同文補遺有缺字，今據汲古閣抄本天下同文補足。

默庵樂府　安熙撰　據丁藏舊抄本默庵集校補朱本。

道園樂府　虞集撰　據花草粹編補朱本一首。刪去其中附馮尊師蘇武慢二十首另録。

瓢泉詞　朱晞顔撰　據愛日精廬藏抄本瓢泉吟稿校補朱本。

貞居詞　張雨撰　據西泠詞萃校補朱本，並刪去其中曲調殿前歡一首，梧葉兒二首，喜春來一首。

蘭軒詞　王旭撰　孫德謙校蘭軒集本。

此山先生樂府　周權撰　據影印元刊本此山先生樂府校朱本。

古山樂府　張埜撰　朱校明抄本古山樂府。

梅花道人詞　吴鎮撰　吴伯宛校補梅花道人詞十二首，中多缺字，所補梅邊一首，即曲調金字經，因删去。兹改用葛氏嘯園叢書梅花道人遺墨本，另據珊瑚網名畫題跋補漁父十六首，據辛丑銷夏記補漁父一首。

王文忠詞　王結撰　據大典梅字韻補朱本一首。

圭齋詞　歐陽玄撰　朱校明刊圭齋文集本。

去華山人詞　洪希文撰　趙輯本據傅增湘藏舊抄本續軒渠集，有脱誤，兹改用丁藏抄本續軒渠集。

五峯詞　李孝光撰　據勞巽卿抄本校王本。

圭塘樂府　許有壬撰　朱校至正集本及吴伯宛輯圭塘小稿本。周泳先據至正集補沁園春殘詞一首。

圭塘欸乃　許有壬等撰　此爲許有壬、許有孚、許楨、馬熙等唱和集，計許有壬十八首，許有孚十八首，馬熙十八首，許禎十首，共六十四首。許有壬詞十八首已見圭塘樂府，不重録。圭塘樂府别集内，尚有許有孚和許有壬詞二首，許楨和許有壬詞四首，並據以增補周輯本。

蜕巖詞　張翥撰　朱校本。

趙待制詞　趙雍撰　朱本用知不足齋叢書本，頗多誤字，兹改用振綺堂趙待制遺稿刊本。

筠庵詞　王國器撰　據珊瑚網書畫題跋校補周輯本。

藥房詞　吴景奎撰　朱校大典本藥房樵唱。

燕石近體樂府　宋褧撰　據舊抄本校朱本。

南村詩餘　陶宗儀撰　周輯本用明刊南村詩集有脱誤，兹改用汲古閣影印元本南村詩集。

性情樂府　周巽撰　丁藏性情集抄本。

柘軒詞　凌雲翰撰　據西泠詞萃校補朱本，據詞品補漁家傲一首。西泠詞萃作明人，朱本作元人，凌氏入明未仕，從朱本作元人。

韓山人詞　韓奕撰　朱校韓山人集本。

龜巢詞　謝應芳撰　朱本龜巢集錯誤頗多，兹據丁藏抄本及傅藏抄本龜巢集校補。又丁傅所藏兩抄本俱有滿庭芳三首，實皆曲調，朱本未收，極是。周泳先反據以補此三首，不知詞曲俱有滿庭芳，名同實異，不可混淆。

寓庵詞　李庭撰　據藕香零拾寓庵集校朱本。

雲林樂府　倪瓚撰　用百家詞本，删去其中曲調凭闌人一首，殿前歡一首，水仙子三首，折桂令二首，小桃紅三首。另據珊瑚網名畫題跋補一首。

石門詞　梁寅撰　朱本用吴伯宛校唐鷦庵抄本前脱七首，兹改用嘉靖刊本石門集，並以光緒十五年石門集刊本及朱本校補。朱本中有曲調折桂令一首，亦删去。

雁門詞　薩都剌撰　據成化雁門集刊本、嘉慶薩龍光刊本，及詞綜校補江本。
書林詞　袁士元撰　朱校書林集本。
貞素齋詩餘　舒頔撰　朱校貞素齋文集本，删去其中曲調折桂令二首，朝天子一首。
可庵詩餘　舒遜撰　朱校搜枯集本。
蟻術詞選　邵亨貞撰　據鐵網珊瑚補王本三首，删去王本中曲調後庭花二首，凭闌人一首。
玉山璞詞　顧瑛撰　周輯本。
竹窗詞　沈禧撰　朱校明抄本。
蘭雪詞　張玉娘撰　朱校小山堂抄本作宋人，四庫存目提要作元人，兹從提要。
益齋長短句　李齊賢撰　據明抄萬曆刊本校朱本益齋亂稿。
白雲文集　許謙撰　四部叢刊續編本。
麟原文集　王禮撰　四庫珍本。
東山存稿　趙汸撰　康熙刊本。
黄楊集　華幼武撰　澹生堂抄本。
需庵集　馬需庵撰　大典引。
谷響集　善住撰　周輯本有脱誤，改用丁藏抄本谷響集。
葆光集　尹志平撰　道藏太平部。

中和集　李道純撰　據道藏校朱本清庵先生詞，並據清庵瑩蟬子語録補水調歌頭一首。

還真集　王玠撰　道藏太玄部。

明道篇　王惟一撰　道藏洞真部。

谷神篇　林轅撰　同前。

貞一齋詞　朱思本撰　朱校貞一齋集本。

碧鷄漫志　宋王灼撰　知不足齋叢書本。

夷堅志　宋洪邁撰　涵芬樓排印本。

桯史　宋岳珂撰　津逮秘書本。

浩然齋雅談　宋周密撰　聚珍版本。

志雅堂雜抄　宋周密撰　學海類編本。

朝野遺記　宋無名氏撰　影印善本。

歸潛志　金劉祁撰　知不足齋叢書本。

滹南詩話　金王若虛撰　知不足齋叢書本。

觀音讚　金劉智述　金刊本。

中州集　金元好問編　明弘治刊本。

中州樂府　金元好問編　朱校本。

續夷堅志　金元好問撰　嘉慶巾箱本。
元人十種詩　明毛晉編　影印元刊本。
輟耕録　元陶宗儀撰　影印元刊本。
説郛　元陶宗儀撰　涵芬樓排印本。
詩詞餘話　元俞倬撰　在説郛内。
春夢録　元鄭禧撰　在説郛内。
静齋至正直記　元孔齊撰　粤雅堂叢書本。
庶齋老學叢談　元盛如梓撰　知不足齋叢書本。
困學齋雜録　元鮮于樞撰　知不足齋叢書本。
青樓集　元夏庭芝撰　中國戲劇出版社本。
録鬼簿　元鍾嗣成編　同前。
録鬼簿續編　明無名氏編　同前。
嫏環記　元伊世珍撰　津逮秘書本。
敬鄉録　元吴師道撰　適園叢書本。
名儒草堂詩餘　元鳳林書院編　影印元刊本。
翰墨全書　元劉應李編　元刊本。

鳴鶴餘音　元彭致中編　道藏本。
洞霄詩集　元孟宗寶編　知不足齋叢書本。
洞霄圖志　宋鄧牧撰　同前。
陽春白雪　元楊朝英編　元刊本。
太平樂府　元楊朝英編　元刊本。
張小山北曲聯樂府　元張可久撰　勞平甫校本。
張小山樂府　元張可久撰　天一閣藏抄本。
西齋浄土詩　元梵琦撰　海鹽張氏刊本。
齊乘　元于欽撰　明嘉靖刊本。
至元嘉禾志　元徐碩等撰　舊抄本。
玉山草堂名勝集　元顧瑛編　勞季言校本。
長春真人西遊記　元李志常撰　四部備要本。
吴禮部詩話　元吴師道撰　知不足齋叢書本。
永樂大典　明解縉等編　影印本。
新安文獻志　明程敏政編　明弘治刊本。
留青日札　明田藝蘅撰　明刊本。

七修類稿　明郎瑛撰　排印本。
堯山堂外紀　明蔣一葵撰　明刊本。
南濠詩話　明都穆撰　知不足齋叢書本。
瓊花集　明曹璿編　明刊本。
春花集　明行岡編　清初刊本。
鐵網珊瑚　明朱存理編　澄鑑堂刊本。
珊瑚木難　明朱存理編　適園叢書本。
珊瑚網法書名畫題跋　明汪砢玉編　清刊本。
清河書畫舫　明張丑編　清乾隆刊本。
書畫題跋記　明郁逢慶撰　精抄本。
孫氏書畫記　明孫鳳撰　涵芬樓秘笈本。
宋遺民録　明無名氏編　知不足齋叢書本。
花草粹編　明陳耀文編　影印本。
詞統　明卓人月編　明崇禎刊本。
詞林萬選　明楊慎編　汲古閣刊本。
詞品　明楊慎撰　叢書集成本。

詞綜　清朱彝尊編　世界書局本。
歷代詩餘　清沈辰垣等編　影印本。
欽定詞譜　清王奕清等編　影印本。
欽定曲譜　清王奕清等撰　影印本。
詞律　清萬樹撰　萬有文庫本。
詞律拾遺　清徐本立撰　附詞律後。
詞律補遺　清杜文瀾撰　附詞律後。
林下詞選　清周銘編　康熙刊本。
明詞綜　清王昶編　四部備要本。
詞綜補遺　清陶梁編　道光刊本。
曲阿詞綜　清劉會恩編　道光刊本。
詞苑叢談　清徐釚編　康熙刊本。
古今詞話　清沈雄撰　康熙刊本。
詞林紀事　清張宗橚撰　涉園影印本。
式古堂書畫彙考　清卞永譽撰　康熙刊本。
大觀録　清吳升撰　聖譯樓刊本。

辛丑消夏記　清吴榮光撰　郋園全書。
泰山志　清金棨撰　嘉慶刊本。
西湖志　清李衛撰　光緒四年刊本。
武夷山志　清董天工撰　乾隆刊本。
河南通志　清田文鏡等撰　乾隆刊本。
蒲縣志　清巫慧等撰　乾隆十八年刊本
歷城縣志　清李文藻撰　乾隆三十六年刊本。
松江府志　清孫星衍撰　嘉慶二十二年刊本。
西天目祖山志　清廣賓撰　清刊本。
金石萃編　清王昶撰　光緒石印本。
八瓊室金石補正　清陸增祥撰　吴興劉氏刊本。
金石偶存　前人　附補正内。
金石萃編補正　清方履籛撰　石印本。
全金詩　清郭元釪編　乾隆西爽閣重修本。
元詩選　清顧嗣立編　康熙秀野草堂刊本。
宋史　元脱脱等撰　開明版。

金史　同前　同前。
大金國志　宋宇文懋昭撰　國學基本叢書。
元史　明宋濂等撰　開明版。
道書全集　明周藩編　康熙刊本。
甘水仙源録　元李道謙撰　道藏本。
七真年譜　同前　同前。
金蓮正宗記　元秦志安撰　道藏本。
歷世真仙體道通鑑　元趙道一撰　道藏本。
長春道教源流　清陳銘珪撰　聚德堂叢書。
南北詞簡譜　吴梅編　石印本。
全元散曲　隋樹森編　中華書局排印本。
全金詞　孫德謙編　南京圖書館藏稿本。

目次

金詞

元詞

金詞

宇文虛中

虛中字叔通，成都（今四川省成都市）人。生於宋神宗元豐二年（一〇七九）。仕宋爲黄門侍郎。天會中，奉使至金，留掌詞命，歷官翰林學士承旨，封河内郡開國公。皇統六年（一一四六），以謀復宋被害，年六十八。

迎春樂　立春

寶幡綵勝堆金縷。雙燕釵頭舞。人間要識春來處。天際雁，江邊樹。故國鶯花又誰主。念憔悴、幾年羈旅。把酒祝東風，吹取人歸去。碧鷄漫志卷二

念奴嬌

疎眉秀目。看來依舊是，宣和妝束。飛步盈盈姿媚巧，舉世知非凡俗。宋室宗姬，秦王幼女，曾嫁欽慈族。干戈浩蕩，事隨天地翻覆。一笑邂逅相逢，勸人滿飲，旋旋吹横竹。流落天涯俱是客，何必平生相熟。舊日黄華，如今憔悴，付與杯中醁。興亡休問，爲伊且盡船玉。歸潛志卷八

按此詞，朝野遺記作張孝純。燼餘録作閻蒼舒，但歸潛志云，宇文虛中作念奴嬌，有宋室宗姬，秦王幼女，曾嫁欽慈族，干戈浩蕩，事隨天地翻覆之語。是可信爲宇文虛中所作。

高士談

士談字子文，一字季默。宣和末，任忻州户曹參軍，仕金爲翰林直學士。皇統六年（一一四六），因宇文虛中得罪牽連遇害。著有蒙城集。

玉樓春　爲伯求作

少年人物江山秀。流落天涯今白首。形容憔悴不如初，文采風流仍似舊。百花元是仙家酒。千歲靈根能益壽。都將萬事付天公，且伴老人開笑口。

減字木蘭花

西湖睡起。飛絮游絲春老矣。漲緑涵空。十頃玻瓈四面風。時平事少。天與湖山供坐嘯。他日西州。卻怕羊曇感舊游。

朝中措

瑯琊山色最清雄。心賞待衰翁。路轉峰回如畫，新亭半逕青紅。風流賓從，清閑歲月，且共從容。莫笑尊前老大，猶堪管領春風。以上三首見中州樂府

好事近

誰打玉川門，白絹斜封團月。晴日小窗活火，響一壺春雪。可憐桑苧一生顛，文字更清絕。直擬駕風歸去，把三山登徹。中州樂府元德明詞內附

吴激

激字彥高，建州（今福建省建甌縣）人。宋宰相栻之子，米芾之婿。使金被留，累官翰林待制。皇統二年（一一四二），出知深州（今河北省深縣），到官三日卒。有東山集。

訴衷情

夜寒茅店不成眠。殘月照吟鞭。黃花細雨時候，催上渡頭船。鷗似雪，水如天。憶當年。到家應是，童稚牽衣，笑我華顛。中州樂府

人月圓　宴北人張侍御家有感

南朝千古傷心事，猶唱後庭花。舊時王謝，堂前燕子，飛向誰家。恍然一夢，仙肌勝雪，宮髻堆鴉。江州司馬，青衫淚溼，同是天涯。同上

滿庭芳　寄友人

柳引青烟，花傾紅雨，老來怕見清明。欲行還住，天氣弄陰晴。是處吹簫巷陌，衫襟漬、春酒如餳。溪橋畔，涓涓流水，雞犬靜柴荊。高城。天共遠，山遮望斷，草喚愁生。等五湖煙景，今有誰爭。悽

斷湘靈鼓瑟，寫不盡、楚客多情。空惆悵，春閨夢短，斜月曉聞鶯。 永樂大典一萬四千三百八十一寄字韻引吳彥高詞

又

千里傷春，江南三月，故人何處汀州。滿簪華髮，花鳥莫深愁。烽火年年未了，清宵夢，定繞林丘。君知否，人間得喪，一笑付文楸。 幽州。山偃蹇，孤雲何事，飛去還留。問來今往古，誰不悠悠。怪底眉間好色，燈花報、消息刀頭。看看是，珠簾暮卷，天際識歸舟。 同上

又

誰挽銀河，青冥都洗，故教獨步蒼蟾。露華仙掌，清淚向人霑。畫棟秋風嫋嫋，飄桂子、時入疏簾。冰壺裏，雲衣霧鬢，掬手弄春纖。 厭厭。成勝賞，銀槃潑汞，寶鑑披匳。待不放楸梧，影轉西檐。坐上淋漓醉墨，人人看、老子掀髯。明年會，清光未減，白髮也休添。 中州樂府

又

射虎將軍，釣鼇公子，騎鯨天上仙人。少年豪氣，買斷杏園春。海內文章第一，屬車從、九九清塵。相逢地，歲云暮矣，何事又參辰。 霑巾。雲雪暗，三韓底是，方丈之濱。要遠人都識，物外精神。養就經綸器業，結來看、開闔平津。應憐我，家山萬里，老作北朝臣。 永樂大典一萬四千三百八十一寄字韻引吳彥高詞

木蘭花慢 中秋

敞千門萬户，瞰滄海、爛銀盤。對沆瀣樓高，儲胥雁過，墜露生寒。闌干。眺河漢外，送浮雲、盡出衆星乾。丹桂霓裳縹緲，似聞雜佩珊珊。 長安底處高城，人不見，路漫漫。歎舊日心情，如今容鬢，瘦沈愁潘。幽歡。縱容易得，數佳期、動是隔年看。歸去江湖一葉，浩然對影垂竿。 吳禮部詩話

春從天上來　會寧府遇老姬，善鼓瑟，自言梨園舊籍，因感而賦此

海角飄零。歎漢苑秦宮，墜露飛螢。夢裏天上，金屋銀屏。歌吹競舉青冥。問當時遺譜，有絶藝、鼓瑟湘靈。促哀彈，似林鶯嚦嚦，山溜泠泠。　梨園太平樂府，醉幾度春風，鬢變星星。舞破中原，塵飛滄海，飛雪萬里龍庭。寫胡笳幽怨，人憔悴、不似丹青。酒微醒。對一窗涼月，燈火青熒。　中州樂府

瑞鶴仙　寄友人

曉溪烟曳縷。乍潤入芳草，東風吹雨。桃花破冰渚。看葡萄東漲，孤舟掀舞。沿吳泝楚。記孤烟、相對夜語。到而今醉裏，聽打小窗，夢隨雙櫓。　羈旅餘生飄蕩，地角天涯，故人何許。離腸最苦。思君意，渺南浦。會收身却向，小山叢桂，重尋林下舊侶。把千巖萬壑雲霞，暮年占取。　永樂大典一萬四千三百八十一寄字韻引吳彥高詞

風流子

書劍憶游梁。當時事、底事不堪傷。念蘭楫嫩漪，向吳南浦，杏花微雨，窺宋東牆。鳳城外，燕隨青步障，絲惹紫游韁。曲水古今，禁烟前後，暮雲樓閣，春早池塘。　回首斷人腸。年芳但如霧，鏡髮成霜。獨有蟻尊陶寫，蝶夢悠揚。聽出塞琵琶，風沙淅瀝，寄書鴻雁，煙月微茫。不似海門潮信，能到潯陽。　中州樂府

以上趙萬里輯本金吳激東山樂府十首。趙本原附録青玉案人生南北如歧路一首，乃無名氏詞，類編草堂詩餘二誤以爲吳詞。春草碧幾番風雨西城陌一首，乃完顏璹詞，楊朝英陽春白雪一誤以爲吳詞。

蔡松年

松年字伯堅，真定(今河北省正定縣)人。生於宋徽宗大觀元年(一一〇七)，仕金由行臺尚書省令史，主

右丞相，封衛國公。所居鎮陽别墅有蕭閑堂，因自號蕭閑老人。卒於正隆四年（一一五九），年五十三，謚文簡。有詞名明秀集，魏道明曾爲之注，惜不全。

水調歌頭　送陳詠之歸鎮陽

東垣步秋水，幾曲冷玻瓈。沙鷗一點晴雪，知我老無機。共約經營五畝，卧看西山煙雨，窗户舞漣漪。雅志易華髮，歲晚羡君歸。　月邊梅，湖底石，入新詩。飄然東晉奇韻，此道賞音稀。我有一峰明秀，尚戀三升春酒，辜負緑蓑衣。爲寫倦游興，説與水雲知。

又　曹侯浩然，人品高秀，玉立而冠，其問學文章，落盡貴驕之氣，藹然在寒士右。惜乎流離頓挫無以見於事業，身閑勝日，獨對名酒，悠然得意，引滿徑醉。醉中出豪爽語，往往冰雪逼人，翰墨淋漓，殆與海岳並驅争先。雖其平生風味，可以想見，然流離頓挫之助，乃不爲不多。東坡先生云，士踐憂患，焉知非福，浩然有焉。老子於此，所謂興復不淺者，聞其風而悦之。念方問舍於蕭閑，陰求老伴，若加以數年，得相從乎林影水光之間，信足了此一生，猶恐君之嫌俗客也，作水調歌曲以訪之

雲間貴公子，玉骨秀横秋。十年流落冰雪，香鬉紫貂裘。燈火春城咫尺，曉夢梅花消息，繭紙寫銀鉤。老矣黄塵眼，如對白蘋洲。　世間物，唯有酒，可忘憂。蕭閑一段歸計，佳處著君侯。翠竹江村月上，但要綸巾鶴氅，來往亦風流。醉墨薔薇露，洒遍酒家樓。

又　閏八月望夕有作

空涼萬家月，摇蕩菊花期。飄飄六合清氣，欲唤紫鸞騎。京洛花浮酒市，初把兩螯風味，橙子半青時。莫話舊年夢，聊賦倦游詩。　玉盤高，金靨小，笑相窺。市朝聲利場裏，誰肯略忘機。庾老南樓佳興，陶令東籬高詠，千古賞音稀。手撚冷香碎，和月卷玻瓈。

又　丙辰九日，從獵涿水道中

星河淡城闕，疎柳轉清流。黄雲南卷千騎，曉獵冷貂裘。我欲幽尋節物，只有西風黄菊，香似故園秋。俛仰十年事，華屋幾山邱。倦游客，一樽酒，便忘憂。擬窮醉眼何處，還有一層樓。不用悲涼今昔，好在西山寒碧，金屑酒光浮。老境玩清世，甘作醉鄉侯。

又　僕以戊申之秋，始識吾季霑兄於燕市稠人中，軒昂簡貴，使人神竦。既而過之，未嘗不彌日忘歸。至於一邱一壑，心通神解，殆不容聲。自是朝夕與之期，鄰里與之游者，蓋十有二年。己未五月，復別於燕之傳舍。及其得官汴梁，僕已去彼，悵然之情，日日往來乎心也

西山六街碧，嘗憶酒旗秋。神交一笑千載，冰玉洗雙眸。自爾一觴一詠，領略人間奇勝，無此會心流。小驛高槐晚，緑酒照離憂。木犀開，玉溪冷，與誰游。酒前豪氣千丈，不減昔時不。誰識昂藏野鶴，肯受華軒羈縛，清唳白蘋洲。會趁梅横月，同典錦宫裘。

又　鎮陽北潭，追和老坡韻

玻瓈北潭面，十丈藕花秋。西樓爽氣千仞，山障夕陽愁。誰謂弓刀塞北，忽有冷泉高竹，坐我澤南州。準備黄塵眼，管領白蘋洲。老生涯，向何處，覓菟裘。倦游歲晚一笑，端爲野梅留。但得白衣青眼，不要問囚推按，此外百無憂。醉墨薔薇露，灑遍酒家樓。

又　虎茵居士梁愼修生朝

丁年跨生馬，玉節度流沙。春風北卷燕趙，無處不桑麻。一夜蓬萊清淺，卻守平生黄卷，冰雪做生涯。惟有天南夢，時到曲江花。瘦筇枝，輕鶴背，醉爲家。倦游笑我黄塵，昏眼簿書遮。千古東坡良史，一段葛洪嘉處，莫種故侯瓜。賦就五噫曲，金狄看年華。

又　浩然生朝，作步虛語，爲金石壽

年時海山國，今日酒如川。思君領略風味，笙鶴渺三山。還喜緑陰清晝，薝蔔香中爲壽，彩翠羽衣斑。醉語嚼冰雪，樽酒玉漿寒。世間樂，斷無似，酒中閑。冷泉高竹幽棲，佳處約淇園。君有仙風道骨，會見神游八極，不假九還丹。玉佩碎空闊，碧霧翳蒼鸞。

滿江紅　安樂嵓夜酌，有懷恒陽家山

半嶺雲根，溪光淺、冰輪新浴。誰幻出、故山邱壑，慰予心目。深樾不妨清吹度，野情自與游魚熟。愛夜泉、徽外兩三聲，琅然曲。人間世，爭蠻觸。萬事付，金荷醁。老生涯、猶欠謝公絲竹。好在斜川三尺玉，暮涼白鳥歸喬木。向水邊、明秀倚高峯，平生足。

又　細君生朝

春色三分，壺觴爲、生朝自勸。清夢斷、歲華良是，此身流轉。花底少逢如意酒，人生幾日春風面。算古來、誰似五噫君，情高遠。年年約，常相見。但無事，身强健。老生涯、分付藥爐經卷。聞道恒陽松雪好，遊山服要新針線。但莫遣、雅志困黄塵，違人願。

又　伯平舍人親友得意西歸

老境駸駸，歸夢繞、白雲茅屋。何處有、可人襟韻，慰予心目。猶喜平生佳友戚，一杯情話開幽獨。愛夜闌、山月洗京塵，頹山玉。天香近，清班肅。公袞裔，千鍾祿。笑年來遊戲，寄身糟麴。富貴尋人知不免，家園清夏聊休沐。向暮涼、風簟炯茶煙，眠修竹。

念奴嬌　僕來京洛三年，未嘗飽見春物。今歲江梅始開，復事遠行。虎茵丹房東岫諸親友折花酌酒於明秀峰下，仍借東坡先生赤壁詞韻，出妙語以惜別。輒亦繼作，致言歎不足之意

倦游老眼，負梅花京洛，三年春物。明秀高峯人去

後，冷落清輝絶壁。花底年光，山前爽氣，别語揮冰雪。摩挲庭檜，耐寒好在霜傑。人世長短亭中，此身流轉，幾花殘花發。只有平生生處樂，一念猶難磨滅。放眼南枝，忘懷樽酒，及此青青髮。從今歸夢，暗香千里横月。

又　還都後諸公見追和赤壁詞，用韻者凡六人，亦復重賦

離騷痛飲，笑人生佳處，能消何物。夷甫當年成底事，空想嵓嵓玉壁。五畝蒼煙，一邱寒碧，歲晚憂風雪。西州扶病，至今悲感前傑。我夢卜築蕭閑，覺來嵓桂，十里幽香發。嵬隗胸中冰與炭，一酌春風都滅。勝日神交，悠然得意，遺恨無毫髮。古今同致，永和徒記年月。

又　吳傑者，無爲人，辛酉之冬，惠然相過，頗能道退居之樂。臨行乞言

倦游老眼，看黄塵堆裏，風波千尺。雕浦歸心唯自許，明秀高峯相識。誰謂峯前，歲寒時節，忽遇知音客。紫芝仙骨，笑談猶帶山色。君有河水洋洋，野梅高竹，我住漣漪宅。鏡裏流年春夢過，只有閑身難得。揮掃龍蛇，招呼風月，且盡杯中物。他年林下，會須千里相覓。

又　送范季霑還雲門

范侯别久，愛孤松老節，癯而實茂。碧玉蓮峯三歲主，添得無邊鮮秀。月魄澄秋，花光炯夜，還共西風酒。酒前豪氣，切雲千丈依舊。客舍老眼纔明，凝神八表，不肯留風袖。留得驚人三昧語，咮璧騰輝宇宙。茅屋雲門，蒼官青士，歲晚風煙瘦。輾紅塵裏，爲予千里回首。

又　九日作

倦游老眼，放閑身、管領黄花三日。客子秋多茅舍外，滿眼秋嵐欲滴。澤國清霜，澄江爽氣，染出千林赤。感時懷古，酒前一笑都釋。千古栗里高

情，雄豪割據，戲馬空陳迹。醉裏誰能知許事，俯仰人間今昔。三弄胡牀，九層飛觀，喚取穿雲笛。涼蟾有意，爲人點破空碧。

又　田唐卿，九江人，人品高勝，落筆不凡，且妙於琴事。久在江湖雲水間，襟韻飄爽，無復市朝氣味。然甚窮，難忍時無料理之者。比罷熙和酒官，復爲藥局，與余有林下相從之約，作念奴嬌以寄之

九江秀色，看飄蕭神氣，長身玉立。放浪江南山水窟，筆下雲嵐堆積。藥籠功名，酒壚身世，不得文章力。人間俗氣，對君一笑都釋。疇昔得意忘形，野梅溪月，有酒還相覓。痛飲酣歌悲壯處，老驥誰能伏櫪。争席樵漁，對牀風雨，伴我爲閑客。朱絃疎越，與來一掃筝笛。

又　乙卯歲江上，爲高德輝壽

洞宫碧海，化神山玉立，東方仙窟。海色山光千萬頃，都作巉巉玉骨。黄卷精神，黑頭心力，虎帳多閒日。一杯爲壽，酒腸先醉江橘。南下禹穴濤江，要收奇秀，老去供詩筆。憂喜相尋皆物外，今古閑身難得。邱壑風流，稻粱卑辱，莫愛高官職。他年風雨，對牀卻話今夕。

雨中花　僕自幼刻意林壑，不耐俗事，懶慢之僻，殆與性成，每加責勵，而不能自克。志復疎怯，嗜酒好睡。遇乘高履危，動輒有畏。道逢達官稠人，則便欲退縮。其與人交，無賢不肖，往往率情任實，不留機心。自惟至熟，使之久與世接，所謂不有外難，當有内病，故謀爲早退閑居之樂。長大以來，遭時多故，一行作吏，從事於簿書鞍馬間，違己交病，不堪其憂。求田問舍，遑遑於四方，殊未見會心處。聞山陽間，魏晉諸賢故居，風氣清和，水竹葱蒨。方今天壤間，蓋第一勝絶之境，有意卜築於斯，雅詠玄虚，不談世事，起其流風遺躅。故自丙辰丁巳以來，三求官河内，經營三徑，遂將終焉。事與願違，俯仰一紀，勞生愈甚，弔影自憐。然而觸於事物，感今懷昔，考其見於賦詠者，實未始一日而忘。李君不愚，作掾天臺，出佐是郡，因其行也，賦樂府長短句，以敍鄙懷。行春勝日，物彩照人，爲予擇稚秀者，以雨中花歌之，使清泉白石，聞我心曲，庶幾他日，不爲生客耳

嗜酒偏憐風竹，晉客神清，多寄虛玄。有山陽遺迹，水石高寒。曾爲幽棲起本，幾求方外微官。謾蹉跎十載，還羨君侯，左駕朱轓。山村霰雪，竹外花明，瘦梅半樹斕斑。溪路轉、青帘佳處，便是蕭閑。寄謝五君精爽，摩挲森碧琅玕。箇中著我，儲風養月，先報平安。

永遇樂　建安施明望，與余同僚，三年心期，最爲相得。其政術文章，皆余之所畏仰，不復更言。獨記異時，共論流俗鄙吝之態，令人短氣。且謀早退，爲閑居之樂。斯言未寒，又復再見秋物，念之惘然。輒用其語，爲永遇樂長短句寄之，並以自警

正始風流，氣吞餘子，此道如線。朝市心情，雲翻雨覆，千丈堆冰炭。高人一笑，春風卷地，只有大江如練。憶當時，西山爽氣，共君對持手版。山公鑑裁，水曹詩興，功業行飛霄漢。華屋含秋，寒沙去夢，千里橫青眼。古今都道，休官歸去，但要此言能踐。把人間、風煙好處，便分中半。以上明秀集注卷一二十首

水龍吟　余始年二十餘，歲在丁未，與故人東山吳季高父論求田問舍事。數爲余言，懷衞間風氣清淑，物産奇麗，相約他年爲終焉之計。爾後事與願違，遑遑未暇。故其晚年詩曰，夢想淇園上，春林布穀聲。又曰，故交半在青雲上，乞取淇園作醉鄉，蓋誌此也。東山高情遠韻，參之魏晉諸賢而無媿，天下共知之。不幸年踰五十，遂下世，今墓木將拱矣，雅志莫遂，令人短氣。余既沈迷簿領，顏鬢蒼然，倦游之心彌切。悠悠風塵，少遇會心者，道此真樂。然中年以來，宦游南北，聞客談箇中風物益詳熟。頃因公事，亦一過之，蓋其地居太行之麓，土温且沃，而無南州卑濕之患。際山多瘦梅修竹，石根沙縫，出泉無數，清瑩秀澈若冰玉。稻塍蓮蕩，香氣濛濛，連亙數十里。又有幽蘭瑞香，其他珍木奇卉。舉目皆崇山峻嶺，煙霏空翠，吞吐飛射，陰晴朝暮，變態百出，真所謂行山陰道中。癸酉歲，遂買田於蘇門之下，孫公和邵堯夫之遺跡在焉。將營草堂，以寄餘齡。巾車短艇，偶有清興，往來不過三數百里，而前之佳境，悉爲己有，豈不適哉。但空疏之迹，晚被寵榮，叨陪國論，上恩未報，未敢遽言乞骸。若僶勉駑力，加以數年，庶幾早遂麋鹿之性。雙清道人田唐卿，清真簡秀，有林壑癖，與

余作蒼煙寂寞之友。而友人楊德茂，博學沖素，游心繪事，暇日商略新意，廣遠公蓮社圖，作卧披短軸。感念退休之意，作越調水龍吟以報之

太行之麓清輝，地和氣秀名天下。共山沐澗，濟源盤谷，端如倒蔗。風物宜人，綠橙霜曉，紫蘭清夏。望青帘盡是，長腰玉粒，君莫問、香醪價。　我已山前問舍。種溪梅、千株縞夜。風琴月笛，松窗竹徑，須君命駕。佳世還丹，坐禪方丈，草堂蓮社。揀雲泉，巧與余心會處，託龍眠畫。

石州慢　毛澤民嘗九日以微疾不飲酒，唯煎小團，薦以菊葉，作侑茶樂府。卒章有一杯菊葉小雲團，滿眼蕭蕭松竹晚之語。僕頃在汴梁三年，每約會心二三客，登故苑之友雲亭，或寓居之西崗，置酒高會，以酬佳節，酣觴賦詩，道早退閑居之樂。歲在庚子，有五字十章，其一云，去年哦新詩，小山黃菊中。年年説歸思，遠目驚高鴻。逮今已復三經，是日奔走塵泥，勞生愈甚，今歲先入都門，意謂得與平生故人，共一笑之樂，且辱子文兄有同醉佳招。而前此二日，左目忽病昏翳，不復敢近酒盞。癡坐亡聊，感念身世，無以自遣，乃用澤民故事，擬菊烹茶，仍作長短句，以石州之音歌之

京洛三年，花滿酒家，浮動金碧。友雲縹緲清游，春筍新橙初擘。天東今日，枕書兩眼昏花，壺觴不果酬佳節。獨詠竹蕭蕭，者雲團風葉。　愁絶。此身蒲柳先秋，往事夢魂無迹。一寸歸心，可忍年年形役。上園親友，歲時陶寫歡情，糟牀曉溜東籬側。手把一枝香，作蕭閑閑客。

滿庭芳　李虞卿見示樂府長短句，極言共山百泉，水竹奇勝，且爲卜鄰之招，欣然次韻

森玉筠林，湧金泉眼，際山千丈寒輝。世間清境，冰鑑月來時。我久紛華戰勝，求五畝、鶴骨應肥。青篷底，垂竿照影，都洗向來非。　千畦。收玉粒，糟邱劉阮，風味依稀。卷萬珠甘滑，一吸玻瓈。作箇江村籬落，野梅烔、沙路無泥。金鑾客，懸流勇退，開徑待君歸。

漢宮春　次高子文韻

雪與幽人，正一年佳處，清曉開門。蕭然半華鬢髮，相與銷魂。披衣倚柱，向輕寒、醽淥微温。端好在，垂鞭信馬，小橋南畔煙村。　呵手凍吟未了，爛銀鉤呼我，玉粒晨饋。六花做成蟹眼，鳳味香翻。小梅疎竹，際壁間、橫出江天。那更有，青松怪石，一聲鶴唳前軒。

望月婆羅門　送陳詠之自遼陽還汴水

妙齡秀發，韻清冰玉洗羅紈。文章桂窟高寒。晤語平生風味，如對好江山。向雪雲遼海，笑裏春還。　宦情久闌。道勇退、豈吾難。老境哦君好句，張我蕭閑。一峯明秀，爲傳語、浮月碧琅玕。歸意滿、水際林間。

洞仙歌　甲寅歲，從師江壖，戲作竹廬

竹籬茅舍，本是山家景。喚起兵前倦游興。地牀深穩坐，春入蒲團，天憐我，教養疎慵野性。　雪坡孤月上，冰谷悲鳴，松竹蕭蕭夜初静。夢醒來，誤喜收得閑身，不信有、俗物沈迷襟韻。待臨水依山得生涯，要傳取新規，再營幽勝。

又　戊辰歲，王無競生朝

六峯翠氣，不減天台秀。滿腹嵐光雜山溜。掃雄文，驅巨筆，多藝多才，稽古力，方見青雲步驟。　奉常新禮樂，玉署金鑾，緑髮青春印如斗。正懸流勇退，收取閑身，歸去好、林壑頤神養壽。待它日、相尋壽樽開，看野服黃冠，水前山後。

驀山溪　和子文韻

人生寄耳，幾許寒仍暑。東晉舊風流，歎此道、雖存如縷。黃塵堆裏，玉樹照光風，閑命駕，小開樽，林下歌奇語。　蕭閑老計，只有梅千樹。明秀一峯寒，醉時眠、冷雲幽處。君如早退，端可張吾軍，唯莫遣，俗兒知，減卻歡中趣。

又　中秋後三日，夜風大作林聲如怒濤。已而雨至，空

階滴瀝，夜分不絕。客懷展轉不能寐，因借浩然韻作此

霜林萬籟，秋滿人間世。客子舊山心，誤西風、悲號澗水。茅簷夜久，仍送雨疎疎，焚香坐，對牀眠，多少閑滋味。 釣舡篷底，閑殺煙蓑輩。老眼倦紛華，宦情與、秋光似紙。幽棲歸去，梧影小樓寒，看山眼，打窗聲，莫放頹然醉。

漁家傲 和子文韻

浩浩春波朝復暮。悠悠倦客傷歧路。渾似故溪煙又雨。瀟灑處。一樽溪友開心素。 忘卻閑身須急度。夕陽慣聽漁歌舉。只欠浦花三四樹。閑中趣。春風何待鱸魚去。

怕春歸 秋山道中，中夜聞落葉聲有作

老去心情，樂在故園生處。客愁如隋隄亂絮。秋嵐照水度黃衣，微雨。記篷窗、舊年吳楚。 飄蕭鬢綠，日日西風吹去。夢頻頻、蕭閑風土。橙黃蟹紫醉琴書，容與。向他年、尚堪接武。

臨江仙 故人自三韓回，作此寄之

夢裏秋江當眼碧，綠叢摘破晴瀾。擣香鱸蟹勸加飧。木奴空嫵媚，未許鬬甘酸。 聞道雞林珍貢至，侯門玉指金盤。六年冰雪眼常寒。酒樽風味在，借我醉時看。

又 雪晴過邢嵓夫，用舊韻

誰信玉堂金馬客，也隨林下家風。三杯大道果能通。相逢開老眼，著我聖賢中。 會意清言窮理窟，人間萬事冥濛。暮寒松雪照羣峯。衰顏無處避，只可屢潮紅。

一剪梅 送珪登第後，還鎮陽

白璧雄文冠玉京。桂月名香，能繼家聲。年年社燕與秋鴻，明日燕南又遠行。 老子初無游宦情。三徑蒼煙歸未成。幅巾扶我醉談玄，竹瘦溪寒，深寄餘齡。

小重山

東晉風流雪樣寒。市朝冰炭裏，起波瀾。得君如對好江山。幽棲約，湖海玉孱顏。梅月半斕斑。雲根孤鶴唳，淺雲灘。摩挲明秀酒中閑。浮香底，相對把漁竿。

減字木蘭花　和丹房老人韻

山蟠酒綠。天上玉盤窺醉玉。倦客秋多。秋氣還如酒盞何。松風度曲。風水飄飄承我足。蘄竹龍哦。落月徘徊待我歌。

又　中秋前一日，從趙子堅索酒

春前雪夜。醉玉崢嶸花上下。幾許悲歡。明夜秋河轉玉盤。高樓遠笛。光到東峯橫眼碧。招我吟魂。教卷澄江入酒樽。

朝中措

玉屏松雪冷龍鱗。閑閱倦游人。耐久誰如溪水，破冰猶漱雪根。三年俗駕，千鍾厚禄，心負天真。說與蒼煙空翠，未忘藜杖綸巾。

又　癸丑歲，無競生朝

十年鼇禁謫仙人。冰骨冷無塵。紫詔十行寬大，白麻三代温淳。天開壽域，人逢壽日，小小陽春。要見神姿難老，六峯多少松筠。

又

玉霄琁牓陋淩雲。龍跳九天門。不負平生稽古，仙卿躐拜恩綸。星明南極，天開太室，收拾殊勳。賀客晨香如霧，他年壓倒平津。

南鄉子　庚申仲秋，陪虎茵居士置酒小斜川

霜籟入枯桐。山壓江城秀藹濃。誰著夜光松竹裏，玲瓏。十丈冰花射好風。物外蘂珠宮。幾縷明霞玉鏡中。銀浪三江都一吸，春融。曉病眉尖翠掃空。

瑞鷓鴣　邢嵓夫招游故宮之玉溪館，壬戌人日

東風歲月似斜川。蕭散心情媿昔賢。人向道山羣

玉去，眼横春水瘦梅邊。但知有酒能無事，便是新年勝故年。明日相尋有佳處，野雲堆外淡江天。

又　是日以事不克往，復用韻

酬春當得酒如川。日典春衣也自賢。孤負風光忙有底，婆娑邱壑興無邊。書生大抵少成事，老境尚堪加數年。重作梅花上元約，醉歸星斗聚壺天。

千秋歲　起晉對菊小酌，有懷溪山酒隱

碧軒清勝，俗物無由到。滄江半壁山傳照。几窗黄菊媚，天北重陽早。金靨小。秋光秀色明霜曉。手撚清香笑。今古閑身少。放醉眼，看雲表。淵明千載意，松偃斜川道。誰會得，一樽喚取溪山老。

浣溪沙　季霑壽日

天上仙人亦讀書。鳳麟形相不枯臞。十年傲雪氣凌虛。　誰道鄴侯功業晚，莫教文舉酒樽疎。他年玉頰秀芙蕖。

又

壽骨雲門白玉山。山光千丈落毫端。姓名先掛爛銀盤。　編簡馨香三萬卷，未應造物放君閑。功成卻恐退身難。

又　范季霑一夕小醉，乘月羽衣見過。僕時已被酒，顧窗間梨花清影，相視無言，乃攜一枝徑歸。明日作浣溪沙見意，戲次其韻。

月下仙衣立玉山。霧雲窗户未曾開。沈香詩思夜猶寒。　閑卻春風千丈秀，只攜玉蘂一枝還。夜香初到錦班殘。

又　春津道中，和子文韻

溪雨空濛灑面涼。暮春初見柳梢黄。緑陰空憶送春忙。　芍藥弄香紅撲暖，酴醾趁雪翠綃長。夢爲蝴蝶亦還鄉。

人月圓　丙辰晚春卽事

梨雪東城又迴春。風物屬閑身。不堪禁酒，百重堆按，滿馬京塵。眼青獨拄西山笏，本是箇中人。一犁春雨，一篙春水，自樂天真。

西江月　己酉四月暇日，冒暑游太平寺，古松陰間，聞破茶聲，意頗欣愜。晚歸對月小酌，賦西江月記之

古殿蒼松偃蹇，孤雲丈室清深。茶聲破睡午風陰。不用涼泉石枕。枯木人忘獨坐，白蓮意可相尋。歸時團月印天心。更作逃禪小飲。

菩薩蠻　攜酒過分定張子華

披雲撥雪鵝兒酒。澆公枯燥談天口。秋夢浪翻江。雨窗深炷香。　風煙公耐久。宜結神明友。醉裏好微言。君平莫下簾。

點絳脣　同浩然賞崔白梅竹圖

半幅生綃，便教風韻平生足。枕溪湖玉。數點梅橫竹。　花露天香，香透金荷醁。明高燭。醉魂清淑。吸盡江山緑。

相見歡　九日種菊西嵒雲根石縫，金葩玉蕊徧之。夜置酒前軒花間，列蜜炬，風泉悲鳴，爐香蓊於嵒穴。故人陳公輔坐石橫琴，蕭然有塵外趣，要余作數語，使清音者度之

雲閑晚溜琅琅。泛爐香。一段斜川松菊，瘦而芳。　人如鵠。琴如玉，月如霜。一曲清商人物，兩相忘。

烏夜啼　留別趙粹文

一段江山秀氣，風流故國王孫。三年不慣冰天雪，白璧借春温。　宦路常難聚首，別期先已銷魂。與君兩鬢猶青在，梅竹老夷門。以上明秀集注卷二三十四首

水調歌頭　高德輝生朝

年時海山路，寒碧亂清淮。客中壽酒，醉眼不見一枝梅。何似今年心事，千丈好雲新雨，飛下玉粧臺。晴雪洗佳氣，河漢酒腸開。　九秋雕，千里馬，出風埃。藍橋得道，鶴骨端自見雲來。我有雲山後約，不得夜燈親酌，傾倒好情懷。爲寫芳鮮句，

扶起玉山頹。

又 乙卯高陽寒食，次嵓夫韻

寒食少天色，花柳各春風。身閑勝日，都在花影酒壚中。秀野碧城西畔，獨有斗南温輭，雪陣暖輕紅。欲辦酬春句，誰喚好情悰。世間物，無一點，似情濃。心期偶得，一念千劫莫形容。好在輕煙暮雨，只有西廂紅樹，曾見月朦朧。醉眼盡空碧，風袖障歸鴻。

滿江紅 虎茵老人去汴二十年，重醉蠟梅於明秀峰下，謂侑觴稚秀者，有宣和玉宇間風製，俾僕發揚其事

端正樓空，琵琶冷、月高絃索。人換世、世間春在，幾番花落。縹緲餘情無處託，一枝梅綠橫冰蕚。對淡雲、新月烱疎星，都如昨。蕭閑老，平生樂。借秀色，明杯杓。吐淩雲好句，張吾邱壑。此樂莫教兒輩覺，微官束置高高閣。便歸來、招我雪霜魂，春邊著。

又 和高子文春津道中

梁苑當時，春如水、花明酒冽。寒食夜、翠屏人照，海棠紅雪。底事年來常馬上，不堪齒髮行衰缺。解見人、幽獨轉寒江，樽前月。平生友，中年別。恨無際，那容髪。蕭閑便歸去，此圖清絕。花徑酒壚身自在，都憑細解丁香結。儘世間、臧否事如雲，何須說。

又 舅氏丹房先生，方外偉人，輕財如糞土。常有輕舉八表之志，故世莫能用之。時時出煙霞九天上語，醉墨淋漓，擺落人間俗學，自謂得三代鼎鐘妙意。今年以書抵僕，言行年七十，精力愈强，貧愈甚，知大丹之旨愈明，意使早成明秀歸計，以供其薪水之費也。作滿江紅長短句，以發千里一笑云

玉斧雲孫，自然有、仙風道骨。眉宇帶、九秋清氣，半山晴月。入手黃金還散盡，短蓑醉舞青冥窄。向大梁、城裏覓丹砂，聊爲客。驚人字，蛟蛇活。

借造物，驅春色。問别來揮洒，幾多珠璧。合眼夢魂尋故里，摩挲明秀峯頭碧。看歸來、都卷五湖光，杯中吸。

又

辛亥三月，春事婉娩，土風熙然，東城雜花間，梨爲最。去家六年，對花無好情悰，然得流坎有命，無不可者。古人謂人生安樂，孰知其他，屢誦此語，良用慨歎。插花把酒，偶記去年今日事，賦十數長短句遣意，非知心人，亦殆難明此意。以仙吕調滿江紅歌之，是月十五日，玩世酒狂

翠掃山光，春江夢、蒲萄緑徧。人换世、歲華良是，此身流轉。雲破春陰花玉立，又逢故國春風面。記去年、曉月挂星河，香淩亂。年年約，常相見。但無事，身强健。賴孫壚獨有，酒鄉温粲。老驥天山非我事，一蓑煙雨違人願。識醉歌、悲壯一生心，狂嵇阮。

念奴嬌

念奴玉立，記連昌宫裏，春風相識。雲海茫茫人换世，幾度梨花寒食。花萼霓裳，沈香水調，一串驪珠溼。九天飛上，叫雲遏斷箏笛。老子陶寫平生，清音裂耳，覺庾愁都釋。淡淡長空今古夢，只有此聲難得。湓浦心情，落花時節，還對天涯客。春温玉盤，一聲洗盡冰雪。

又

辛亥新正五日，天氣晴暖，偶出，道逢賣燈者，晚至一人家，飲橙酒，以滴蠟黄梅侑樽。醉歸感歎節物，顧念身世，殆無以爲懷，作此自解

小紅破雪，又一燈香動，春城節物。春事新年獨夢繞，江浦南枝横月。萬户糟邱，西山爽氣，差慰人岑寂。六年今古，只應花鳥相識。老去嚼蠟心情，偶然流坎，豈悲歡人力。莫望家山桑海變，唯有孤雲落日。玉色橙香，宫黄花露，一醉無南北。終焉此世，正爾猶是良策。

又

浩然勝友生朝

紫蘭玉樹，自琅霄分秀，懸知英物。萬壑清冰摶爽

氣，老鶴憑虛仙骨。醉帖蛟騰，豪篇玉振，不受春埋没。蓬萊清淺，便安黃卷寒寂。冰簟壽酒光風，宮衣縹緲，猶帶嬰香溼。老去浮沈唯是酒，同作蕭閑閑客。耐久風煙，期君端似，明秀高峯碧。冷雲幽處，月波無際都吸。

又 別仲亨

大江澄練，對一尊離合，春風江北。燕代三年談笑間，初識芝蘭白璧。桂窟高寒，鐵衣英壯，早得文章力。峥嵘富貴，異時方見相逼。明日相背關河，魏家宮闕，西望千山赤。我亦疎慵歸計久，欲乞幽閭松雪。千里相思，欣然命駕，醉倒張圓月。酒鄉堪老，紫雲莫笑狂客。

又 次許丹房韻，時將赴鎮陽，聞北潭雜花已盡，獨木芍藥方開

飛雲没馬，轉沙場疊鼓，三年寒食。聞道西州春漫漫，曉玉天香欹側。華屋金盤，哀絃清瑟，一曲春風坼。酒鄉堪老，紫雲莫笑狂客。我本方外閑身，西山爽氣，未信兵塵逼。拄杖敲門尋水竹，不問禪坊幽宅。醉墨烏絲，新聲翠袖，不可無吾一。慇懃紅摸，好留姚魏顏色。

雨中花 僕將以窮臘去汴，平生親友，零落殆盡，復作天東之别。數日來，蠟梅風味頗已動，感念節物，無以爲懷，於是招二三會心者，載酒小集於禪坊。而樂府有清音人雅善歌雨中花，坐客請賦此曲，以侑一觴。情之所鍾，故不能已，以卒章記重游退閑之樂，庶以自寬云

憶昔東山，王謝感槩，離情多在中年。正賴哀絃清唱，陶寫餘歡。兩晉名流誰有，半生老眼常寒。夢迴故國，酒前風味，一笑都還。湖光玉骨，水秀山明，唤人妙思無邊。吾老矣，不堪冰雪，换此蕭閑。傳語明年曉月，梅梢莫轉銀盤。後期好在，黃柑紫蟹，勸我休官。

又 送趙子堅再赴遼陽幕

化鶴城高，山蟠遼海，參天古木蒼煙。有賢王豪爽，不減梁園。高會端思白雪，清瀾遠泛紅蓮。況男兒方壯，好爲知音，重鼓冰絃。香凝翠幕，月壓溪樓，暮寒有酒如川。人半醉、竹西歌吹，催度新篇。顧我心情老矣，愛君風誼依然。倦游歸去，羽衣相過，會約明年。

水龍吟　僕三年爲郎外臺，故人揚子能作廣文博士，暇日每相尋爲文字飲。其詞章敏妙，臨觴得紙，下筆不能自休。去歲收燈後，過揚於鄭氏山亭，酣觴賦詩，最爲快適。自此僕遂東來，比得其詩，頗道當時風味，戲作越調水龍吟以寄之

亂山空翠尋人，短松路轉風亭小。論文把酒，燈殘月淡，春風最早。星斗撐腸，霧雲翻紙，詞源傾倒。自騎鯨人去，流年四百，知此樂、人間少。別夢春江漲雪，記雨花、一聲雲杪。新詩寄我，垂天才氣，淩波詞調。傳酒傳歌，後來雙秀，也應俱好。待明年，卻向黃公壚下，覓蕭閑老。

又　乙丑八月，得告上都，行李滯留，寄食於江壖村舍。晚雨新晴，江月炯然，秋濤有聲，如萬松哀鳴澗壑。時去中秋不數日，方遑遑於道路，宦游飄泊，節物如馳，此生餘幾春秋，而所謂樂以酬身者乃如此，謀生之拙，可不哀邪。幸終焉之有圖，坐歸歟之不早，慨焉興感，無以爲懷，因作長短句詩，極道蕭閑退居之樂，歌以自寬，亦以自警，蓋越調水龍吟也。與我同志幸各賦一首，爲他日林下故事

水村秋入江聲，夢驚萬壑松風冷。中秋幾日，銀盤今夜，八分端正。身似驚烏，半生飄蕩，一枝難穩。夜漫漫只有，澄江霽月，應知我、倦游興。好在蕭閑桂影。射五湖、高峯玉潤。木犀宜月，生香浮動，玻瓈吸盡。准擬餘年，箇中心賞，追隨名勝。看年年玉笛，新傳秀句，約嫦娥聽。

又

九秋白玉盤高，夜來冷射銀河水。好風清露，碧梧高竹，颼颼涼氣。女手香纖，一山黃菊，半青橙子。趁鵝兒新酒，鷄雲漉雪，一年好、君須記。我走天

東萬里。笑歸來、山川良是。沙鷗遠浦，野麋豐草，唯便適意。但願當歌，月光常共，金樽摇曳。聽穿雲聲裏，驚人秀句，卷澄江醉。

又 甲寅歲，從師南還，贈趙肅之

輭紅塵裏西山，亂雲曉馬清相向。新年有喜，洗兵和氣，春風千丈。青鬢何人，鳳池墨客，虎頭飛將。聽前驅一夜，鳴珂碎月，催笳鼓、作清壯。紅袖横斜醉眼，酒腸傾、九江銀浪。小桃仙館，霜筠蕭寺，風光蕩漾。我欲尋春，郡中誰有，國香宫様。待酒酣、妙續珠簾句法，作穿雲唱。

又 梁虎茵家以絳綃作荔枝，戲作

一山星月，長生殿裏，端正人微笑。風枝玉骨，冰丸紅霧，長安初到。小部清新，上尊甘冷，風流天寶。自蓬山仙去，人間月曉，遺芳滿、漢宫草。聞道雲牕玉指，化奇葩、天容纖妙。香通鼻觀，春浮手藉，教人夢好。青瑣窺韓，紫囊賭謝，屬狂年少。但閑窗酒病，東風曉枕，箇中時要。以上明秀集注卷三十八首 案四印齋據金槧殘本明秀集注鈔刻三卷七十二首，原刻有注茲不録

好事近

天上賜金匳，不減壑源三月。午椀春風纖手，看一時如雪。幽人只慣茂林前，松風聽清絶。無奈十年黄卷，向枯腸搜徹。附見中州樂府元德明詞内

月華清

樓倚明河，山蟠喬木，故國秋光如水。常記別時，月冷半山環佩。到而今、桂影尋人，端好在、竹西歌吹。如醉。望白蘋風裏，關山無際。可惜瓊瑶千里。有年少玉人，吟嘯天外。脂粉清輝，冷射藕花冰蕊。念老去、鏡裏流年，空解道、人生適意。誰會。更微雲疏雨，空庭鶴唳。

江神子慢 賦瑞香

紫雲點楓葉。巖樹小、婆娑歲寒節。占高潔。纖苞煖、釀出梅魂蘭魄。照濃碧。茗椀添春花氣重，芸窗晚、濛濛浮霽月。小眠鼻觀先通，廬山夢舊清絶。蕭閒平生淡泊。獨芳溫一念，猶未衰歇。總陳迹。而今老、但覓茶酒禪榻。寄閒寂。風外天花無夢也，鴛鴦債、從渠千萬劫。夜寒回施，幽香與春愁客。

聲聲慢　凉陘寄内

青蕪平野，小雨千峰，還成暮陘寒色。裁翦芸窗，憶得伴人良夕。遥憐幾重眉黛，恨相逢、少於行役。梨花淚，正宫衣春瘦，曉紅無力。應怪浮雲夫壻，不解趁新醅，醉眠凉月。怨入關河，西去又傳音息。誰知倦游心事，向年來、苦思泉石。人未老，約閬峰、多占秀碧。

石州慢　高麗使還日作

雲海蓬萊，風霧鬢鬟，不假梳掠。仙衣捲盡雲霓，方見宫腰纖弱。心期得處，世間言語非真，海犀一點通寥廓。無物比情濃，覓無情相博。離索。曉來一枕餘香，酒病賴花醫卻。灩灩金尊，收拾新愁重酌。片帆雲影，載將無際關山，夢魂應被楊花覺。梅子雨絲絲，滿江干樓閣。

尉遲杯

紫雲暖。恨翠雛珠樹雙棲晚。小花靜院相逢，的的風流心眼。紅潮照玉椀。午香重、草緑宫羅淡。喜銀屏、小語私分，麝月春心一點。華年共有好願。何時定，妝鬟暮雨零亂。夢似花飛，人歸月冷，一夜小山新怨。劉郎興、尋常不淺。況不似、桃花春溪遠。覺情隨、曉馬東風，病酒餘香相伴。

驀山溪

清明緑野，玉色明春酒。燕地雪如沙，爲喚起、斗南溫秀。鬢絲禪榻，夢覺古揚州，瑶臺路，返魂香，好在啼妝瘦。春前入眼，似是章臺柳。欲典鷫鷫裘，誤金車、香迎馬首。緑陰青子，後日便東風，秋千散，暮寒生，月到西廂後。

鷓鴣天

解語宫花出畫檐。酒尊風味爲花甜。誰憐夢好春如水，可奈香餘月入簾。春漫漫，酒厭厭。曲終新恨到眉尖。此生願化雙瓊柱，得近春風暖玉纖。

又

秀樾横塘十里香。水花晚色静年芳。臙脂雪瘦熏沈水，翡翠槃高走夜光。山黛遠，月波長。暮雲秋影蘸瀟湘。醉魂應逐淩波夢，分付西風此夜涼。

江城子

半年無夢到春温。可憐人。幾黄昏。想見玉徽，風度更清新。翠射娉婷雲八尺，誰爲寫，五湖春。好風歸路軟紅塵。暖冰魂。縷金裙。唤取一天，星月入金尊。留取木樨花上露，揮醉墨，灑行雲。公有詩八尺五湖明秀峰，又云，十丈琅玕倒冰玉，明年爲寫五湖真，正用此意。魏道明作注，義有不通，故表出之。

以上中州樂府十首

水龍吟　自鎮陽還兵府，贈離筵乞言者

待人間覓箇，無情心緒，着多情换。滹南遺老集卷四十滹南詩話引蕭閑詞（原無調名兹據律補）

失調名

歸興高于灔滪堆。同前

梅花引

春陰薄。花冥漠。金街三月初行樂。碧紵春。玉奩人。蟬飛霧鬢，風前立畫裙。浮生酒浪分餘瀝。嬌甚春愁生遠碧。犀心通。暖芙蓉。此時不恨，蓬山千萬重。

又

清陰陌。狂蹤跡。朱門團扇香迎客。牡丹風。數苞紅。水香撲蕊，新妝爲誰容。蠟燈春酒風光夕。錦浪龍鬚花六尺。月波寒。玉琅玕。無情又

是，華星送寶鞍。以上二首見陽春白雪三

案詞學叢書本、清吟閣本陽春白雪卷四，俱載有蔡松年念奴嬌棋聲特地一首。據珊瑚網法書題跋卷十，引郭天錫手録詩文雜記作周文謨詞，因不補録。

邢具瞻

具瞻字嵓夫，遼西人。天會二年(一一二四)進士。與吳激、蔡松年爲文章友，仕至翰林待詔。

導引詞

五年一狩，仙仗到人間。稼穡艱難。蒼生洗眼秋光裏，今日見天顏。金瓜玉斧沈烟。和舞蹈，六龍閑。歌謳道詠皆相似，天子壽南山。大金國志卷三十三

金史卷四十，鼓吹導引曲，亦載此首，文字微異。稼上多一問字，沈烟作臨香火，和舞蹈作馳道，道詠作到處。又注作無射宮，天眷三年九月駕幸燕京。

完顏亮

亮，金海陵王名，字元功，太祖孫。遼保大二年(一一二二)生。於皇統九年(一一四九)自立，後伐宋，爲其下所殺。在位十三年，年四十。

昭君怨　雪

昨日樵村漁浦。今日瓊川銀渚。山色捲簾看。老峯巒。錦帳美人貪睡。不覺天孫剪水。驚問是楊花。是蘆花。案此首詞品卷三誤作韓駒詞

鵲橋仙　待月

停杯不舉，停歌不發，等候銀蟾出海。不知何處片雲來，做許大、通天障礙。虬髯撚斷，星眸睜裂，唯恨劍鋒不快。一揮截斷紫雲腰，仔細看、嫦娥體態。

喜遷鶯　賜大將軍韓夷耶

旌麾初舉。正駃騠力健，嘶風江渚。射虎將軍，落鵰都尉，繡帽錦袍翹楚。怒磔戟髯，爭奮捲地，一聲鼙鼓。笑談頃，指長江齊楚，六師飛渡。　此去。無自墮，金印如斗，獨在功名取。斷鎖機謀，垂鞭方略，人事本無今古。試展臥龍韜韞，果見成功旦莫。問江左，想雲霓望切，玄黃迎路。以上三首見桯史卷八

念奴嬌

天丁震怒，掀翻銀海，散亂珠箔。六出奇花飛滾滾，平填了、山中丘壑。皓虎顛狂，素麟猖獗，掣斷真珠索。玉龍酣戰，鱗甲滿天飄落。　誰念萬里關山，征夫僵立，縞帶占旗脚。色映戈矛，光搖劍戟，殺氣橫戎幕。貔虎豪雄，偏裨真勇，非與談兵略。須拚一醉，看取碧空寥廓。花草粹編卷十引水滸傳

完顏雍

雍，金世宗名，太祖孫。遼保大三年(一一二三)生，正隆六年(一一六一)即位。在位二十九年，年六十七。

減字木蘭花　賜玄悟玉禪師

但能了淨。萬法因緣何足問。日月無爲。十二時中更勿疑。　常須自在。識取從來無罣礙。佛佛心心。佛若休心也是塵。沈雄古今詞話下引法苑春秋

玄悟玉

減字木蘭花　和完顏雍詞

無爲無作。認著無爲還是縛。照用同時。電捲星流已太遲。　非心非佛。喚作非心猶是佛。人境俱空。萬象森羅一境中。沈雄古今詞話下引法苑春秋

鄭子聃

子聃字景純，大定（今河北省平泉縣）人。生於天會四年（一一二六）。正隆二年（一一五七）狀元，累官吏部侍郎。卒於大定二十年（一一八〇），年五十五。

南歌子　原作十愛詞，無調名，茲據詞律補

我愛沂陽好，民淳訟自稀。誰言珥筆混萊夷。行見離離秋草，鞠圜扉。齊乘卷五

耶律履

履字履道，遼耶律倍七世孫，家廣寧（今遼寧省北鎮縣）。生於紹興元年（一一三一）。金章宗時參知政事。卒於明昌二年（一一九一），年六十一，謚文獻。

虞美人　寄雲中完顏公

水收霜落雲中早。羣雁雲中道。夜來明月過西山。料得水邊石上不勝寒。黃塵堆裏人相看。

未慣雲林眼。當年曾說探崆峒。怕有黃庭消息寄西風。永樂大典一萬四千三百八十一寄字韻引耶律履詞

朝中措　又

何年仙節弭人寰。玉立紫雲間。氣吐虹蜺千丈，辭源江漢翻瀾。金門大隱，管中誰見，位列清班。看取酒酣風味，何如明月緱山。同上

念奴嬌　又

紫瓊窪槓，算何年、礱琢雲根山骨。理潤堅温，知雅稱、絕格風流人物。待價因循，一時奇遇，得失纔容髮。千金先許，玉堂初認髣髴。老坡疑是前身，赤蛇宵吼，肯遲留捫拂。尚有當時耽玩趣，習氣終難磨没。更莫矜誇，武夷玉竇，千尺與平窟。開奩發羃，隸僮已倦嗟咄。同上

以上趙萬里輯本金耶律履耶律文獻公詞三首

元德明

德明，太原秀容（今山西省忻縣）人。好問父。生於正隆元年（一一五六）。累舉不第，放浪山水間。卒於金章宗泰和三年（一二〇三），年四十八。

好事近　次蔡丞相韻

夢破打門聲，有客袖携團月。喚起玉川高興，煮松檐晴雪。　蓬萊千古一清風，人境兩超絕。覺我胸中黃卷，被春雲香徹。　中州樂府

蔡珪

珪字正甫，松年子。天德三年（一一五一）進士，大定中，由禮部郎中，封真定縣男，除濰州刺史，卒於大定十四年（一一七四）。

江城子　王溫季自北都歸，過予三河，坐中賦此

鵲聲迎客到庭除。問誰歟。故人車。千里歸來，塵色半征裾。珍重主人留客意，奴白飯，馬青芻。　東城入眼杏千株。雪模糊。俯平湖。與子花間，隨分倒金壺。歸報東垣詩社友，曾念我，醉狂無。

中州樂府

劉著

著字鵬南，皖城（今安徽省潛山縣）人。宋宣政末進士，入金歷任州縣。年六十餘，始入翰林，充修撰，終於忻州刺史。

鷓鴣天

雪照山城玉指寒。一聲羌管怨樓閒。江南幾度梅花發，人在天涯鬢已斑。　星點點，月團團。倒流河漢入杯槃。翰林風月三千首，寄與吴姬忍淚看。

中州樂府

趙可

可字獻之，高平(今山西省高平縣)人。貞元二年(一一五四)進士，仕至翰林直學士。有玉峯散人集。

雨中花慢　代州南樓

雲朔南陲，全趙幕府，河山襟帶名藩。有朱樓縹緲，千雉回旋。雲度飛狐絕險，天圍紫塞高寒。弔興亡遺迹，咫尺西陵，烟樹蒼然。時移事改，極目傷心，不堪獨倚危闌。惟是年年飛雁，霜雪知還。樓上四時長好，人生一世誰閒。故人有酒，一尊高興，不減東山。

驀山溪　賦崇福荷花，崇福在太原晉溪

雲房西下，天共滄波遠。走馬記狂游，正芙蕖、平鋪鏡面。浮空闌檻，招我倒芳尊，看花醉，把花歸，扶路清香滿。水楓舊曲，應逐歌塵散。時節又新涼，料開徧、橫湖清淺。冰姿好在，莫道總無情，殘月下，曉風前，有恨何人見。

好事近

密雪聽窗知，午醉晚來初覺。人與膽缾梅蕊，共此時蕭索。倚窗閒看六花飛，風輕止還作。箇裏有詩誰會，滿疏籬寒雀。

浣溪沙

擅轉鑪熏自換香。錦衾收拾卻遮藏。二年塵暗小鴛鴦。落木蕭蕭風似雨，疏櫺皎皎月如霜。此時此夜最淒涼。

又

火冷熏鑪香漸消。更闌撥火更重燒。愁心心字兩俱焦。半世清狂無限事，一窗風月可憐宵。燈殘花落夢無聊。

望海潮　發高麗作

雲垂餘髮，霞拖廣袂，人閒自有飛瓊。三館俊游，

百衢高選，翩翩老阮才名。銀漢會雙星。尚相看脈脈，似隔盈盈。醉玉添春，夢雲同夜惜卿卿。離觴草草同傾。記靈犀舊曲，曉枕餘酲。海外九州，郵亭一別，此生未卜他生。江上數峰青。悵斷雲殘雨，不見高城。二月遼陽芳草，千里路旁情。

卜算子　譜太白詩語

明月在青天，借問今時幾。但見宵從海上來，不覺雲間墜。　流水古今人，共看皆如此。惟願當歌對酒時，長照金尊裏。

鷓鴣天

金絡閒穿御路楊。青旗遙認醉中香。可人自有迎門笑，下馬何妨索酒嘗。　春正好，日初長。一尊容我駐風光。歸來想像行雲處，薄雨霏霏洒面涼。

又

十頃平波溢岸清。草香沙煖水雲晴。輕衫短帽垂楊裏，楚潤相看別有情。　揮彩筆，倒銀缾。花枝照眼句還成。老來漸減金釵興，回施春光與後生。集句

鳳棲梧

霜樹重重青嶂小。高棟飛雲，正在霜林杪。九日黃花纔過了。一尊聊慰秋容老。　翠色有無眉淡掃。身在西山，卻愛東山好。流水極天橫晚照。酒闌望斷西河道。以上十首見中州樂府

□□□　席屋上戲書

趙可可。肚裏文章可可。三場捱了兩場過。只有這番解火。　恰如合眼跳黃河。知他是過也不過。試官道、王業艱難，好交你知我。歸潛志十

王寂

寂字元老，玉田（今河北省玉田縣）人。天德三年（一一五一）進士。歷官中都路轉運使。明昌中卒，年

六十七，謚文肅。有拙軒集。

昭君怨　江行

一曲清江環碧。兩岸蕭蕭蘆荻。烟雨暗西山。有無閒。有酒須當痛飲。百歲黄粱一枕。瞰莫放愁閒。上眉端。

點絳脣　上太夫人壽

阿母瑶池，夢迴風露青冥曉。六宫儀表。曹大家風好。滿眼兒孫，大國金花誥。頭如葆。未嘗聞道。冷笑西河老。

又　閨思

疏雨池塘，一番雨過香成陣。海榴紅褪。燕語低相問。冰簟紗幮，玉骨涼生潤。沈烟噴。日長人困。枕破斜紅暈。

菩薩蠻　春閨

回文錦字殷勤織。歸鴻點破晴空碧。上盡最高樓。闌干曲曲愁。黄昏猶竚立。何處砧聲急。强欲醉烏程。醒時月滿庭。

又

鎮犀不動紅鑪窄。宿酲惱損金釵客。瑞鴨裊彫盤。白毫起鼻端。韓郎雙鬢老。箇裏知音少。留取麝煤殘。臨鸞學遠山。

又　回文題扇圖

碧空寒露松枝滴。滴枝松露寒空碧。山遠抱溪灣。灣溪抱遠山。竹疏横岸曲。曲岸横疏竹。寒鷺宿平灘。灘平宿鷺寒。

採桑子　用司馬才叔韻

西風吹破揚州夢，歇雨收雲。密約深論。羅帶香囊取次分。冷煙衰草長亭路，消黯離魂。羞對芳尊。剛道啼痕是酒痕。

又

馬蹄如水朝天去，冷落朝雲。心事休論。蘸甲從他酒百分。不須更聽陽關徹，消盡冰魂。惆悵離尊。衣上餘香臂上痕。

又

十年塵土湖州夢，依舊相逢。眼約心同。空有靈犀一點通。尋春自恨來何暮，春事成空。懊惱東風。綠豐疏陰落盡紅。

減字木蘭花　送春

羽書催去。落絮飛花縈不住。湖上流鶯。欲別頻啼三兩聲。劉郎未到。孤負東風何草草。今度重來。不放桃花取次開。

又

髻羅雙綰。灩灩修眸秋水翦。笑靨嚬眉。無限閒愁總未知。虛檐月轉。一曲未終腸已斷。百斛明珠。買得尊前一醉無。

又

湖山明秀。豆蔻梢頭春欲透。學畫鴉兒。多少閒愁總未知。新聲皓齒。惱損蘇州狂刺史。一斛驪珠。許我尊前醉也無。

酒泉子　夫人生朝

禊飲連宵，簾捲曉風香鴨噴，兒孫羅拜捧金荷。沸笙歌。赤霜袍軟髻嵯峨。名在仙班應不老，人間歲月儘飛梭。柰君何。

人月圓　再過真定贈蔡特夫

錦標彩鷁追行樂，管領鎮陽春。而今重到，鶯花應笑，老眼黃塵。憑君問舍彫丘側，準擬乞閒身。北潭漲雨，西樓橫月，藜杖綸巾。

鷓鴣天

秋後亭皋木葉稀。霜前關塞雁南歸。曉雲散去山腰瘦，宿雨來時水面肥。吾老矣，久忘機。沙鷗相對不驚飛。柳溪父老應憐我，荒卻溪南舊釣磯。

又

千頃玻瓈錦繡堆。弄妝人對影徘徊。香熏水麝芳姿瘦，酒暈朝霞笑臉開。嬌倚扇，醉翻杯。莫隨雲雨下陽臺。平生老子風流慣，消得冰魂入夢來。

南鄉子　大定甲辰，馳驛過通州，賢守開東閣，出樂府，縹緲人作累累駐雲新聲，明眸皓齒，非妖歌嫚舞欺兒童者可比。怪其服色與噲等伍，或言占籍未久，不得峻陟上游。問之，云青其姓，小字梅兒，因感其事，擬其姓名，戲作長短句，以明日黄花蝶也愁歌之

綽約玉爲肌。宮額嬌黄淺更宜。京洛風塵無遠韻，心期。只有多情驛使知。翠羽翦春衣。林下風神固亦奇。辛苦半生誰掛齒，嚬眉。似怨東君著子遲。

醉落魄　歎世

百年旋磨。等閑事莫教眉鎖。功名畫餅相謾我。冷暖人情，都在這些箇。璠瑜不怕經三火。蓮花未信淤泥涴。而今笑看浮生破。禪榻茶煙，隨分與他過。

一翦梅　蔡州作

懸瓠城高百尺樓。荒煙村落，疏雨汀洲。天涯南去更無州。坐看兒童，蠻語吴謳。過盡賓鴻過盡秋。歸期杳杳，歸計悠悠。闌干凭偏不勝愁。汝水多情，卻解東流。

漁家傲　夫人生朝

前日河梁修禊罷。閒庭未拆秋千架。萱草堂深飛壽斝。香滿把。綵衣蘭玉森如畫。海上麻姑親命駕。玄霜乞得宜春夏。快約伯鸞冠早掛。筠窗下。團欒共説無生話。

又　瑞香

巖秀不隨桃李伴。國香未許幽蘭换。小睡最宜醒鼻觀。檐月轉。紫雲娘擁青羅扇。半世廬山清夢斷。天涯邂逅春風面。茗椀不來羞自薦。空戀戀。野芹炙背誰能獻。

轉調踏莎行　元旦

爆竹庭前，樹桃門右。香湯□浴罷、五更後。高燒銀燭，瑞煙噴金獸。萱堂次第了，相爲壽。改歲宜

新，應時納祐。從今諸事願、勝如舊。人生强健，喜一年入手。休辭最後餘、酴酥酒。

感皇恩　漫興

天地一浮萍，人生如寄。畫餅功名竟何益。百年渾醉，三萬六千而已。過了一日也、無一日。韶顔暗改，良辰易失。絲竹杯盤但隨意。酴醾賞罷，更向牡丹叢裏。戴花連夜飲、花前睡。

又　有贈

寶髻綰雙螺，蹙金羅抹。紅袖珍珠臂韝帀。十三絃上，小小剥葱銀甲。陽關三疊徧、花十八。鴈行歷歷，鶯聲恰恰。洗盡歌腔舊嘔啞。坐中狂客，不覺琉璃杯滑。纏頭莫惜與、金釵插。

望月婆羅門　懷古

笑談尊俎，坐中驚歎謫仙人。烏絲落筆如神。喚起小鬟風味，學按古陽春。對瓊枝璧月，朝暮長新。宦萍此身。歎别後、迹俱陳。獨有芳温一念，紅淚羅巾。憑誰妙手，爲寫寄、崔徽一幅真。聊慰我、老眼風塵。

又　元夕

小寒料峭，一番春意换年芳。蛾兒雪柳風光。開盡星橋鐵鎖，平地瀉銀潢。記當時行樂，年少如狂。宦游異鄉。對節物、只堪傷。冷落譙樓淡月，燕寢餘香。快呼伯雅，要洗我、窮愁九曲腸。休更問、勳業行藏。

驀山溪　退食感懷

山城塊坐，空弔朋儕影。撾鼓放衙休，悄無人、日長門静。折腰五斗，所得不償勞，松暗老，菊都荒，誰爲開三徑。及瓜不代，歸計渾無定。羇客柰愁何，儘消除、詩魔酒聖。兒童蠻語，生怕鬧黄楊，争左角，夢南柯，萬事從今省。

洞仙歌　自爲壽

先生老矣，飽閲人閒世。磨衲簪纓等游戲。趁餘生强健，好賦歸歟，收拾箇、經卷藥鑪活計。 辟寒金繭碎，瀌螘浮香，恰近重陽好天氣。 有荆釵舉案，綵服兒嬉，隨分地，且貴人生適意。 也不願、堆金數中書，願歲歲今朝，對花沈醉。

水調歌頭 上南京留守

聖世賢公子，符節鎮名邦。 褰帷一見豐表，無語已心降。 永日風流高會，佳夕文字清歡，香霧溼蘭釭。 四座皆豪逸，一飲百空缸。 指呼間，談笑裏，鎮淮江。 平安千里烽燧，卧聽報雲窗。 高帝無憂西顧，姬公累接東征，勳業世無雙。 行捧紫泥詔，歸擁碧油幢。

又 戊申季秋月十有九日，賞芙蓉於汝南佑德觀，酒酣，爲賦明月幾時有，蓋暮年游宦之情不能已也

岸柳飄疏翠，籬菊減幽香。 蝶愁蜂嬾無賴，冷落過重陽。 應爲百花開盡，天公著意留與，尤物殿秋光。 霽月炯疏影，晨露浥紅妝。 柰無情，風共雨，送新霜。 嫁晚還驚衰早，容易度年芳。 祇恐韶顔難駐，擬倩丹青寫照，誰喚劍南昌。 我亦傷流落，老淚不成行。

紅袖扶 酌酒

風拂冰檐，鎮犀動、翠簾珠箔。 祕壺暖、宮黄破蕚，寶薰閒卻。 玻瓈甕頭，瀌雪擘新橙，秀色浮杯杓。 雙蛾小，驪珠一串，梁塵驚落。 俗事何時了，便可束置之高閣。 笑半紙功名，何物被人拘縛。 青春等閒背我，趁良時、莫惜追行樂。 玉山倒，從教喚起，紅袖扶著。

大江東去 弔舍弟

長堤千里，過睢陽、隱約江山如故。 憶昔斑衣爲壽日，伯仲塤篪歌舞。 博勝香囊，笑争瓜葛，膝上王文度。 西城南浦，月明扶醉歸路。 重來華髮蒼顔，故人應怪我，平生羇旅。 仲也風流今已矣，俯仰人間今古。 閼伯層臺，六王雙廟，盡是經行處。

感時懷舊，一襟清淚如雨。

又　美人

破瓜年紀，黛螺垂、雙髻珍珠羅抹。婭奼吴音嬌滴滴，風裏啼鶯聲怯。飛燕精神，驚鴻標致，初按梁州徹。舞裙微褪，汗香融透春雪。少陵詞客多情，當年曾爛賞，湖州風月。自恨尋春來已暮，子滿芳枝空結。湘佩輕拋，韓香偷許，空想淩波韈。章臺楊柳，可堪容易攀折。

又

芳姿蕙態，笑人閒、脂粉尋常紅白。大抵風流天也惜，賦與梅魂蘭魄。元相名姝，謝家尤物，縹緲真仙格。朝來酒惡，可人一笑冰釋。韓郎老矣情懷，鬢絲禪榻，花落茶烟溼。心字殷勤通一線，千劫消磨不得。被底春温，尊前風味，回首傷春客。卻愁雲散，等閒好夢難覓。

瑞鶴仙　上高節度壽

轅門初射戟。看氣壓羣雄，虹飛千尺。青雲試長翮。擁牙旗金甲，掀髯横策。威行蠻貊。令萬卒、縱横坐畫。蕩淮夷獻凱，歌來斗印，命之方伯。赫赫功名天壤，歷事三朝，許身忠赤。寒陂湛碧。容卿輩、幾千百。看皇家圖舊，紫泥催去，莫忘尊前老客。願年年滿把黄花，壽君大白。彊村叢書校聚珍版拙軒集

鄧千江

千江臨洮（今甘肅省臨洮縣）人。

望海潮　上蘭州守

雲雷天塹，金湯地險，名藩自古皋蘭。營屯繡錯，山形米聚，喉襟百二秦關。鏖戰血猶殷。見陣雲冷落，時有鵰盤。静塞樓頭，曉月依舊玉弓彎。看看定遠西還。有元戎閫令，上將齋壇。區脱晝

空，兜零夕舉，甘泉又報平安。吹笛虎牙閒。且宴陪珠履，歌按雲鬟。未拓興靈，醉魂長繞賀蘭山。

中州樂府

任詢

詢字君謨，號南麓，易州軍（今河北省易縣）人。父貴遊江浙，生詢於處州。登正隆二年（一一五七）進士，歷省掾大名總幕，益都都司判官，北京鹽使課殿，降泰州節廳，致仕。大定中卒，年七十。

永遇樂

月已中秋，菊還重九，夜久涼重。滿地清霜，半天白曉，孤唱聞耕壠。蕭蕭窗几，依然琴硯，但覺鼠窺風動。悔生平趨前猛甚，晚退卻成無勇。興衰更換，妍媸淆混，造物大相愚弄。三釁羞人，五交賈釁，侯伯寧無種。而今此念，消除都盡，惟有故山歸夢。吾廬更，雙溪清繞，萬峰翠擁。中州樂府

馮子翼

子翼字士美，大定（今遼寧省喀喇沁旗）人。正隆二年（一一五七）進士。以同知臨海軍節度使致仕，居真定。

江城子

臙脂坡上月如鉤。問青樓。覓温柔。庭院深沈，窗户掩清秋。月下香雲嬌墮砌，花氣重，酒光浮。清歌皓齒豔明眸。錦纏頭。若爲酬。門外三更，燈影立驊騮。結習未忘吾老矣，煩惱夢，赴東流。

中州樂府

李晏

晏字致美，高平（今山西省高平縣）人。生於宋徽宗宣和五年（一一二三），皇統二年（一一四二）進士。官禮

部尚書，出爲昭義軍節度使。卒於承安二年（一一九七），年七十五，謚文簡。

婆羅門引　保德西樓作

汗融畏日，豈知高處有風清。倚闌襟袖涼生。坐看崩雲脱壞，不礙亂峰青。待目窮千里，卻怕傷情。　河分古城。聽裂岸、怒濤驚。好是烽沈幽障，鼓卧邊亭。西樓老子，更無用，胸中十萬兵。酒到處、莫放杯停。

虞美人

佳人酒暈紅生頰。灩灩霞千疊。雨餘紅淚溼黄昏。誤認當年人面、倚朱門。　飄零又送青春暮。悵望劉郎去。教人不恨五更風。只恨馬蹄、無處避殘紅。

鷓鴣天

苒苒萋萋雨後村。芳塵不到五侯門。曾隨曉淚撩詩思，又向春風入燒痕。　春去後，憶王孫。啼紅南浦記芳温。夕陽樓外連天遠，乞與騷人怨楚魂。

菩薩蠻　回文

斷腸人去春將半。半將春去人腸斷。歸客倦花飛。飛花倦客歸。　小窗寒夢曉。曉夢寒窗小。誰與畫愁眉。眉愁畫與誰。以上四首見中州樂府

劉仲尹

仲尹字致君，號龍山，蓋州（今遼寧省蓋縣）人。正隆二年（一一五七）進士。歷官潞州節度副使，召爲都水監丞。有龍山樂。

鷓鴣天

滿樹西風鎖建章。官黄未裹貢前霜。誰能載酒陪花使，終日尋香過苑牆。　修月客，弄雲娘。三吴清興入淋浪。草堂人病風流減，自洗銅缾煮蜜嘗。

又

騎鶴峰前第一人。不應著意怨王孫。當時豔態題詩處，好在香痕與淚痕。　調雁柱，引蛾顰。緑窗

絃索合箏纂。砌臺歌舞陽春後，明月朱扉幾斷魂。

又

樓宇沈沈翠幾重。轆轤亭下落梧桐。川光帶晚虹垂雨，樹影涵秋鵲喚風。人不見，思何窮。斷腸今古夕陽中。碧雲猶作山頭恨，一片西飛一片東。

又

璧月池南翦木棲。六朝宮袖窄中宜。新聲蹙巧蛾顰黛，纖指移箏雁著絲。朱户小，畫簾低。細香輕夢隔涪溪。西風只道悲秋瘦，卻是西風未得知。

南歌子

榴破猩肌血，萱開鳳尾黃。舊閒風簟雪肌涼。一枕濃香。魂夢到巫陽。雲紵描瑤草，蓮顋洗玉漿。碧梧深院小藤牀。此意一江春水正難量。

琴調相思引　原誤作攤破浣溪沙，茲據詞律改

蠶欲眠時日已曛。柔桑葉大綠團雲。羅敷猶小，陌上看行人。翠實低條梅弄色，輕花吹壠麥初勻。鳴鳩聲裏，過盡太平村。

浣溪沙

貼體宮羅試裌衣。冰藍嬌淺染東池。春風一把瘦腰支。戲鏤寶鈿呈翡翠，笑拈金翦下酴醿。最宜京兆畫新眉。

又

萬疊春山一寸心。章臺西去柳陰陰。藍橋特爲好花尋。別後魚封煙漲闊，夢回鸞翼海雲深。情知頓著有如今。

又

繡館人人倦踏青。粉垣深處簸錢聲。賣花門外綠陰輕。簾幕風柔飛燕燕，池塘花煖語鶯鶯。有誰知道一春情。

又

摩腹椎腰春事非。樂天猶恨小樊歸。多生餘念向冰癡。往事半隨殘夢轉，飛詞不盡短封題。竹奴

應笑減腰圍。

謁金門

簾半窣。四座綠圍紅簇。歌盡玉臺連夜燭。歡緣仍恨促。 休唱蓮舟新曲。煙水畫船搖綠。腸斷鴛鴦三十六。紫蒲相對浴。 以上十一首中州樂府

劉迎

迎字無黨，東萊（今山東省掖縣）人。大定十三年，以薦對策第一，明年登進士，除豳王府記室，改太子司經。大定二十年（一一八〇）卒。所著詩文樂府名山林長語。

烏夜啼

菱鑑玉篦秋月，蕙鑪銀葉朝雲。宿酲人困屏山夢，煙樹小江村。 翠甲未消蘭恨，粉香不斷梅魂。離愁分付殘春雨，花外泣黃昏。

又

離恨遠縈楊柳，夢魂長繞梨花。青衫記得章臺月，歸路玉鞭斜。 翠鏡啼痕印袖，紅牆醉墨籠紗。相逢不盡平生事，春思入琵琶。 以上二首中州樂府

錦堂春　西湖

水漫汀洲新綠，雲開崦嶂微青。殘紅不見成陰後，鶗鴂寂無聲。 笑傲坡公一夢，風流杜牧三生。西湖依舊人中意，來去竟難凭。

又

牆角含霜樹靜，樓頭作雪雲垂。鈎簾鵲噪空庭晚，一坐看月來時。 異域書迷雁足，幽閨鏡掩蟲絲。一宵兩地腸千轉，惟有夢魂知。 以上二首歷代詩餘卷十八

案花草粹編卷四錄水漫汀洲一首，作無名氏。

党懷英

懷英字世傑，其先馮翊（今陝西省大荔縣）人，徙家

泰安（今山東省泰安縣）。生於天會十二年（一一三四）。大定十年（一一七〇）進士。後爲翰林學士，卒於大安三年（一二一一），年七十八，謚文獻。有竹谿集。

青玉案

紅紗緑蒻春風餅。趁梅驛、來雲嶺。紫桂巖空瓊竇冷。佳人卻恨，等閒分破，縹緲雙鸞影。一甌月露心魂醒。更送清歌助清興。痛飲休辭今夕永。與君洗盡，滿襟煩暑，別作高寒境。

感皇恩　賦疊羅花

碧玉撚柔條，藍袍裁葉。明豔黃深軟金疊。道裝仙子，謫墮蕊珠仙闕。爲春閒管領，花時節。漢額妝穠，楚腰舞怯。襞積裙餘舊宮褶。東君著意，留伴小庭風月。任教鶗鴂喚，羣芳歇。

鷓鴣天

雲步淩波小鳳鉤。年年星漢踏清秋。只緣巧極稀相見，底用人閒乞巧樓。天外事，兩悠悠。不應

也作可憐愁。開簾放入窺窗月，且盡新涼睡美休。

感皇恩

一葉下梧桐，新涼風露。喜鵲橋成渺雲步。舊家機杼，巧織紫綃如霧。新愁還織就，無重數。天上何年，人閒朝暮。回首星津又空渡。盈盈別淚，散作半空疏雨。離魂都付與，秋將去。

月上海棠　用前人韻

傲霜枝嫋團珠蕾。冷香霏、煙雨晚秋意。蕭散繞東籬，尚彷彿、見山清氣。西風外，夢到斜川栗里。斷霞魚尾明秋水。帶三兩、飛鴻點煙際。疏林颯秋聲，似知人、倦游無味。家何處，落日西山紫翠。

以上五首見中州樂府

王庭筠

庭筠字子端，蓋州熊岳（今遼東省蓋縣）人。生於

天德三年(一一五一)。大定十六年(一一七六)進士。明昌中，召入館閣，後遷翰林修撰。自號黃華老人。卒於泰和二年(一二〇二)，年五十二。

大江東去　癸巳暮冬小雪，家集作

山堂晚色，滿疏籬寒雀，煙橫高樹。小雪輕盈如解舞，故故穿簾入戶。掃地燒香，團欒一笑，不道因風絮。冰澌生硯，問誰先得佳句。　有夢不到長安，此心安穩，只有歸耕去。試問雪溪無恙否，十里淇園佳處。修竹林邊，寒梅樹底，準擬全家住。柴門新月，小橋誰掃歸路。

謁金門

雙喜鵲。幾報歸期渾錯。儘做舊愁都忘卻。新愁何處著。　瘦雪一痕牆角。青子已妝殘萼。不道枝頭無可落。東風猶作惡。

鳳棲梧

衰柳疏疏苔滿地。十二闌干，故國三千里。南去北來人老矣。短亭依舊殘陽裏。　紫蟹黃柑真解事。似倩西風，勸我歸歟未。王粲登臨寥落際。雁飛不斷天連水。

菩薩蠻　回文

斷腸人恨餘香換。換香餘恨人腸斷。塵暗鎖窗春。春窗鎖暗塵。　小花檐月曉。曉月檐花小。屏掩半山青。青山半掩屏。

又

客愁楓葉秋江隔。隔江秋葉楓愁客。行遠望高城。城高望遠行。　故人新恨苦。苦恨新人故。斜日晚啼鴉。鴉啼晚日斜。

又

白雲孤映遙山碧。碧山遙映孤雲白。樓倚一天秋。秋天一倚樓。　斷腸隨雁斷。斷雁隨腸斷。來雁與書回。回書與雁來。

清平樂　賦杏花

今年春早。到處花開了。只有此枝春恰到。月底輕顰淺笑。風流全似梅花。承當疏影橫斜。夢想雙溪南北，竹籬茅舍人家。

烏夜啼

淡煙疏雨新秋。不禁愁。記得青簾江上、酒家樓。人不住。花無語。水空流。只有一雙檣燕、肯相留。

訴衷情

夜涼清露滴梧桐。庭樹又西風。熏籠舊香猶在，曉帳煖芙蓉。雲淡薄，月朦朧。小簾櫳。江湖殘夢，半在南樓，畫角聲中。

清平樂 應制

瓊枝瑶月。簾捲黄金闕。宫鬢蛾兒雙翠葉。點綴離南鬧雪。東風扇影低還。紅雲不隔天顔。夜夜華燈萬樹，年年碧海三山。

水調歌頭

秋風禿林葉，卻與鬢生華。十年長短亭裏，落日冷邊笳。飛雁白雲千里，況是登山臨水，無賴客思家。獨鶴歸何晚，已後滿林鴉。望蓬山，雲海闊，浩無涯。安期玉舄何處，袖有棗如瓜。一笑那知許事，且看尊前故態，耳熱眼生花。肝肺出芒角，潄墨作枯槎。

謁金門 賦玉簪

秋蕭索。燈火新涼簾幕。翠被不禁臨曉薄。南樓聞畫角。想見玉壺冰萼。一夜西風開卻。夢覺烏啼殘月落。幽香無處著。以上十二首見中州樂府

案静齋至正直記卷一，有王黄華翰墨。有釣魚船上謝三郎一首，據元吴師道敬鄉録卷一云，此乃宋俞紫芝訴衷情詞，當爲王庭筠所書，並非其自作。全金詩誤作王詞，遼海叢書輯黄華集，亦誤作王詞。

完顏璹

璹本名壽孫字仲實，一字子瑜，號樗軒老人，世宗

之孫，越王永功子。生於大定十二年（一一七二），卒於天興元年（一二三二），年六十一。累封密國公。有詩詞名如庵小稿。

朝中措

襄陽古道灞陵橋。詩興與秋高。千古風流人物，一時多少雄豪。霜清玉塞，雲飛隴首，風落江皋。夢到鳳凰臺上，山圍故國周遭。

春草碧

幾番風雨西城陌。不見海棠紅、梨花白。底事勝賞悤悤，正自天付酒腸窄。更笑老東君、人間客。賴有玉管新翻，羅襟醉墨。望中倚闌人，如曾識。舊夢回首何堪，故苑春光又陳迹。落盡後庭花，春草碧。

青玉案

凍雲封卻䮞岡路。有誰訪、溪梅去。夢裏疏香風似度。覺來惟見，一窗涼月，瘦影無尋處。明朝畫筆江天暮。定向漁蓑得奇句。試問簾前深幾許。兒童笑道，黄昏時候，猶是廉纖雨。

秦樓月

寒仍暑。春來秋去無今古。無今古。梁臺風月，汴堤煙雨。水涵天影秋如許。夕陽低處征帆舉。征帆舉。一行驚雁，數聲柔艣。

沁園春

壯歲耽書，黄卷青燈，留連寸陰。到中年贏得，清貧更甚，蒼顔明鏡，白髮輕簪。衲被蒙頭，草鞋著脚，風雨瀟瀟秋意深。淒涼否，缾中匱粟，指下忘琴。一篇梁父高吟。看谷變陵遷古又今。便離騷經了，靈光賦就，行歌白雪，愈少知音。試問先生，如何即是，布袖長垂不上襟。掀髯笑，一杯有味，萬事無心。

西江月

一百八般佛事，二十四考中書。山林城市等區區。

著甚由來自苦。過寺談些般若，逢花倒箇葫蘆。少時伶俐老來愚。萬事安於所遇。

臨江仙

倦客更遭塵事冗，故尋閒地婆娑。一尊芳酒一聲歌。盧郎心未老，潘令鬢先皤。醉向繁臺臺上問，滿川細柳新荷。薰風樓閣夕陽多。倚闌凝思久，漁笛起煙波。以上七首見中州樂府

漁父

楊柳風前白板扉。荷花雨裏緑蓑衣。紅稻美，錦鱗肥。漁笛閒拈月下吹。中州集五

又

釣得魚來卧看書。船頭穩置酒葫蘆。煙際柳，雨中蒲。乞與人間作畫圖。同上

王礀

礀字逸濱，先世臨洺(今河北省永年縣)人，徙家汴梁(今河南省開封市)。明昌中，授鹿邑主簿，後致仕，卒於金章宗泰和三年(一二〇三)。

浣溪沙　夢中作

林樾人家急暮砧。夕陽人影入江深。倚闌疏快北風襟。　雨自北山明處黑，雲從白鳥去邊陰。幾多秋思亂鄉心。中州樂府

趙秉文

秉文字周臣，滏陽(今河北省磁縣)人。生於正隆四年(一一五九)，大定二十五年(一一八五)進士。興定中，拜禮部尚書，自號閑閑居士。卒於天興元年(一二三二)，年七十四。有滏水集。

水調歌頭

四明有狂客，呼我謫仙人。俗緣千劫不盡，回首落紅塵。我欲騎鯨歸去，只恐神仙官府，嫌我醉時

真。笑拍羣仙手，幾度夢中身。倚長松，聊拂石，坐看雲。忽然黑霓落手，醉舞紫毫春。寄語滄浪流水，曾識閑閑居士，好爲濯冠巾。卻返天台去，華髮散麒麟。

昔擬栩仙人王雲鶴贈予詩云，寄與閑閑傲浪仙。枉隨詩酒墮凡緣。黃塵遮斷來時路，不到蓬山五百年。其後玉龜山人云，子前身赤城子也。予因以詩記之云，玉龜山下古仙真。許我天台一化身。擬折玉蓮騎白鶴，他年滄海看揚塵。吾友趙禮部庭玉説，丹陽子謂予再世蘇子美也 赤城子則吾豈敢，若子美則庶幾焉。尚愧辭翰微不及耳，因作此以寄意焉。

青杏兒

風雨替花愁。風雨罷，花也應休。勸君莫惜花前醉，今年花謝，明年花謝，白了人頭。乘興兩三甌。揀溪山好處追游。但教有酒身無事，有花也好，無花也好，選甚春秋。

梅花引　過天門關作

山如峽。天如席。石顛樹老冰崖坼。雪霏霏。水洄洄。先生此道，胡爲乎來哉。石頭路滑馬蹄蹶。昂頭貪看山奇絶。短童隨。皺雙眉。休説清寒，形容想更飢。□□□。□□□。□□□□□□。□□□。□□□。□□□□，□□□□□。杖頭倒挂一壺酒。爲問人家何處有。捋冰髯。煖朝寒。何人畫我，霜天曉過關。

大江東去　用東坡先生韻

秋光一片，問蒼蒼桂影，其中何物。一葉扁舟波萬頃，四顧黏天無壁。叩枻長歌，嫦娥欲下，萬里揮冰雪。京塵千丈，可能容此人傑。回首赤壁磯邊，騎鯨人去，幾度山花發。澹澹長空今古夢，只有歸鴻明滅。我欲從公，乘風歸去，散此麒麟髮。三山安在，玉簫吹斷明月。

缺月挂疏桐　擬東坡作

烏鵲不多驚，貼貼風枝靜。珠貝横空冷不收，半溼秋河影。缺月墮幽窗，推枕驚深省。落葉蕭蕭聽雨聲，簾外霜華冷。

秦樓月

簫聲苦。簫聲吹斷夷山雨。夷山雨。人空不見，吹臺歌舞。危亭目極傷平楚。斷霞落日懷千古。懷千古。一杯還酹，信陵墳土。以上六首見中州樂府

漁歌子

一葉黃飛一葉舟。半竿落日半江秋。青草渡，白蘋洲。歸路月明山上頭。滏水集三

又

白頭波上白頭人。黃葉渡西黃葉村。山幾朵，酒盈尊。落日西風送到門。同上

滿庭芳

天上殷韓，解羈官府，爛游舞榭歌樓。開花釀酒，來看帝王州。常見牡丹開候，獨占斷、穀雨風流。仙家好，霜天槁葉，穠艷破春柔。狂僧誰借手，一杯喚起，綠怨紅愁。看天香國色，梅菊替人羞。盡

揭紗籠護日，容光動、玉斝瓊舟。都人士，年年十月，常記遇仙游。遺山樂府中附

以上周泳先輯

滿江紅　上清宮蠟梅

傑觀雄樓，相照映、此花幽獨。誰解識、蕊珠仙子，道家裝束。蠟蒂紫苞融燭淚，檀心淺暈團金粟。漸蜂兒、展翅上南枝，風掀綠。落落伴，湖心玉。蕭蕭映，壇邊竹。記月痕、曾上小闌干曲。輸與能詩潘道士，夢爲蝴蝶花間宿。向夜深、霜重不勝寒，騎黃鵠。永樂大典二千八百十二梅字韻

胥鼎

鼎字和之，代州繁畤(今山西省渾源縣)人。大定二十八年(一一八八)進士，官至平章政事，封莘國公。正大三年(一二二六)卒。

阮郎歸　寄李都運有之

人情冷煖共高低。疏慵非所宜。老夫碌碌本無機。閒教造物疑。　形木槁，鬢絲垂。山林先有期。故人只道挂冠遲。此心應不知。中州樂府

許古

古字道真，河間(今河北省河間縣)人。生於正隆二年(一一五七)，明昌五年(一一九四)進士。後以左司諫致仕，正大七年(一二三〇)卒，年七十四。

行香子

秋入鳴皋。爽氣飄蕭。挂衣冠、初脱塵勞。窗閒巖岫，看盡昏朝。夜山低，晴山近，曉山高。　細數閒來，幾處村醪。醉模糊、信手揮毫。等閒陶寫，問甚風騷。樂因循，能潦倒，也消摇。

眼兒媚

濁醪篘得玉爲漿。風韻帶橙香。持杯笑道，鵝黄似酒，酒似鵝黄。　世緣老矣不思量。沈醉又何妨。臨風對月，山歌野調，儘我疏狂。以上二首見中州樂府

完顏璟

璟，金章宗名，世宗嫡孫，顯宗子。大定八年(一一六八)生。大定二十九年(一一八九)卽位，在位二十年，年四十一。

蝶戀花　聚骨扇

幾股湘江龍骨瘦。巧樣翻騰，疊作湘波皺。金縷小鈿花草鬥。翠條更結同心扣。　金殿珠簾閒永晝。一握清風，暫喜懷中透。忽聽傳宣須急奏。輕輕褪入香羅袖。

生查子　軟金杯

風流紫府郎，痛飲烏紗岸。柔軟九回腸，冷怯玻璃盌。纖纖白玉葱，分破黃金彈。借得洞庭春，飛上桃花面。以上二首見歸潛志卷一

梁梅

梅，承安、太和間歌妓，壽陽（今安徽省壽縣）人。

水龍吟　梅花

天教占了，百花頭上，和羹未晚。續夷堅志卷四

張檝

檝字巨濟，山陰（今浙江省紹興縣）人。明昌五年（一一九四）狀元，仕至鎮戎州刺史。

失調名　贈梁梅

誰知幽谷裏，真有壽陽妝。續夷堅志卷四

馮延登

延登字子駿，吉州（今江西省吉安市）人。生於大定十五年（一一七五），承安二年（一一九七）進士。使元被留，抗節不屈，二年乃歸，歷禮吏二部侍郎。天興元年（一二三二）卒，年五十八。

玉樓春　宴河中瑞雲亭

長原迆邐孤麋臥。野色微茫河界破。草承行屨綠雲深，花觸飛丸紅雨妥。高亭初試煎茶火。醉士漸譁春滿座。行杯莫厭轉籌頻，佳節等閒飛鳥過。

中州樂府

辛愿

愿字敬之，福昌（今河南省宜陽縣）人。學成不仕，隱居女几山下，自號女几野人，又號溪南詩老。

臨江仙　河山亭留別欽叔裕之

誰識虎頭峰下客，少年有意功名。清朝無路到公卿。蕭蕭華屋，白髮老諸生。　邂逅對牀逢二妙，揮毫落紙堪驚。他年聯背上蓬瀛。春風蓮燭，莫忘此時情。中州樂府

李獻能

獻能字欽叔，河中（今山西省永濟縣）人。生於明昌二年（一一九一），貞祐三年（一二一五）廷試第一。入翰林後，以鎮南軍節度副使，充河中經歷。元破河中，走陝州，卒於元興元年（一二三二），年四十一。

春草碧

紫簫吹破黃州月。簌簌小梅花，飄香雪。寂寞花底風鬟，顏色如花、命如葉。千里涴兵塵、淩波韈。　心事鑑影鸞孤，箏絃雁絶。舊時雪堂人，今華髮。斷腸金縷新聲，杯深不覺琉璃滑。醉夢繞南雲，花上蝶。

江梅引　爲飛伯賦青梅

漢宮嬌額倦塗黃。試新妝。立昭陽。萼緑仙姿，高髻碧羅裳。翠袖捲紗閒倚竹，暝雲合，瓊枝薦暮涼。　璧月浮香。搖玉浪，拂春簾，瑩綺窗。冰肌夜冷滑，無粟影，轉斜廊。冉冉孤鴻，煙水渺三湘。青鳥不來天也老，斷魂些些，清霜靜楚江。

浣溪沙　河中環勝樓感懷

垂柳陰陰水拍堤。欲窮遠目望還迷。平蕪盡處暮天低。　萬里中原猶北顧，十年長路卻西歸。倚樓懷抱有誰知。以上三首見中州樂府

李天翼

天翼字輔之，固安（今河北省固安縣）人。貞祐二年（一二一四）進士，歷滎陽、長社、開封三縣令。後辟濟南漕司從事。

臨江仙　和元遺山

南去北來人自老，落花飛絮悠悠。思君一度一登樓。無窮煙水裏，何處認并州。忽見姓名雙淚落，新詩聊浣離愁。若爲重醉繡江秋。芙蓉明月下，來往一扁舟。附見遺山樂府内

王渥

渥字仲澤，太原人。生於大定二十六年(一一八六)，興定二年(一二二八)進士。曾充樞密院經歷官。天興元年(一二三二)戰死，年四十七。

水龍吟　從商帥國器獵，同裕之賦

短衣匹馬清秋，慣曾射虎南山下。西風白水，石鯨鱗甲，山川圖畫。千古神州，一時勝事，賓僚儒雅。快長堤萬弩，平岡千騎，波濤捲、魚龍夜。落日孤城鼓角，笑歸來、長圍初罷。風雲慘淡，貔貅得意，旌旗閒暇。萬里天河，更須一洗，中原兵馬。看鞬櫜嗚咽，咸陽道左，拜西還駕。中州樂府

李節

節字正臣，涇州(今甘肅省涇川縣)人。生於明昌二年(一一九二)。曾任扶風令，卒於至元十一年(一二七四)，年八十三。

滿江紅　示婦

紙帳春溫，春睡穩、窗槐搖綠。吾老矣、不堪重著，翠圍紅簇。千古清風荆布在，一家樂事糟糠足。笑杜陵、憔悴漫多情，須燕玉。求鳳意，傳新曲。驂鸞夢，從渠續。問臨邛何賤，會稽何辱。畎畝豈無天下士，斧斤不到山中木。但莫教、風雨兩雛鳩，危枝宿。中州樂府

景覃

覃字伯仁，華陰（今陝西省華縣）人。大定初，三赴簾試，後因病不就舉，隱居西陽里中，以種樹爲業，自號渭濱野叟。

鳳棲梧

倦客情悰紛似縷。小院無人，卧聽秋蟲語。歸意已攙新雁去。晚涼更作瀟瀟雨。　架上秋衣蠅點素。冷菊戎裝，尚被春花妒。別有溪山容杖屨。等閒不許知人處。

天香

市遠人稀，林深犬吠，山連水村幽寂。田里安閒，東鄰西舍，準擬醉時歡適。社祈雩禱，有簫鼓、喧天吹擊。宿雨新晴，壠頭閒看，露桑風麥。　無端晴亭暮驛。恨連年、此時行役。何似臨流蕭散，緩衣輕幘。炊黍烹雞自勞，有脆綠甘紅薦芳液。夢裏春泉，糟牀夜滴。

又

百歲中分，流年過半，塵勞緊人無盡。桑柘周圍，菅茅低架，且喜水親山近。倦飛高鳥，算也有、閒枝棲穩。紙帳紬衾，日高睡起，嬾梳蓬鬢。　閒階土花碧潤。緩芒鞋、恐傷蝸蚓。倒掩衡門，空解草玄誰信。俗駕輕雲易散，賴獨有蓮峰破孤悶。世事悠悠，從教莫問。以上三首見中州樂府

完顏從郁

從郁字文卿，本名璹，字子玉，仕至安肅刺史。

西江月　題邯鄲王化呂仙翁祠堂

壁斷何人舊字，鑪寒隔歲殘香。洞天人去海茫茫。玩世仙翁已往。　西日長安道遠，春風趙國臺荒。

行人誰不悟黃粱。依舊紅塵陌上。中州樂府

案此首金繩武本花草粹編誤作儲泳

高憲

憲字仲常，遼東（今遼東省遼陽市）人，王庭筠之甥。泰和三年（一二〇三）登進士乙科，仕至博州防禦判官。卒於金衛紹王大安二年（一二一〇）。

梅花引

蒿火目。藜羹腹。書生寧有封侯骨。長鬚奴。下澤車。艱關險阻，誰教涉畏途。半生落漠長安道。一事無成雙鬢老。南轅胡。北轅吳。功名富貴，情知不可圖。　槐安夢。鼓笛弄。馳驟百年塵一鬨。陶淵明。張季鷹。一杯濁酒，焉知身後名。有溪可漁林可繳。須信在家貧也樂。熊門春。涓江雲。幾時作箇，山閒林下人。中州樂府

案此下中州樂府原有梅花引城下路一首，乃賀鑄詞誤入，因删去。

三莫子　留襄州

上楚山高處，回望襄州。興廢事，古今愁。草封諸葛廟，煙鎖仲宣樓。英雄骨，繁華夢，幾荒邱。　雁橫別浦，鷗戲芳洲。花又老，水空流。著人何處在，倦客若爲留。習池飲，龐陂釣，鹿門游。花草粹編卷七

王予可

予可字南雲，吉州（今江西省吉安市）人。

小重山

寶樹簾鉤捲月窗。縷衣金樣褪，汎餘香。卿卿榮耀寵恩光。三竿日，顰翠楚山長。　螺髻戛浮觴。鳳匳塵瑩恨，浥麵霜。賣珠樓外串離腸。春殘夢，今夜擬高唐。予可自解麵霜脂粉也

生查子

夜色明河静，好風來千里。水殿謫仙人，皓齒清歌起。前聲金罩中，後聲銀河底。一夜嶺頭雲，繞徧樓前水。

長相思

風煖時。雨晴時。熏褶羅衣人未歸。蟏蛾愁欲飛。枕瓊霞。瑣窗紗。簾月樓空燕子家。春風掃落花。以上三首見中州樂府

王特起

特起字正之，崞縣（今山西省渾源縣）人。泰和三年（一二〇三），登進士甲科，年已四十餘。調真定府録事參軍，改沁源令，終於司竹監使。

梅花引

山之麓。河之曲。一灣秀色盤虚谷。水溶溶。雨濛濛。有人行李，蕭蕭落葉中。人家籬落炊煙溼。天外雲峰迷淡碧。野雲昏。失前村。溪橋路滑，平沙没舊痕。丹楓下。瀟湘夜。横披省見王維畫。畫無聲。慘經營。何如幻我，清寒此道行。馬頭風急催行色。疑是山靈嫌俗客。釣魚磯。緑蓑衣。有人坐弄，滄浪猶未歸。中州樂府

案詞綜卷二十六誤録此首一半。

喜遷鶯　別内

東樓歡宴。記遺簪綺席，題詩紈扇。月枕雙欹，雲窗同夢，相伴小花深院。舊歡頓成陳迹，翻作一番新怨。素秋晚，聽陽關三疊，一尊相餞。留戀。情繾綣。紅淚洗妝，雨溼梨花面。雁底關河，馬頭星月，西去一程程遠。但願此心如舊，天也不違人願。再相見，把生涯分付，藥爐經卷。歸潛志卷四

又　題郝仙女廟壁

汀洲蘋滿。記翠籠采采，相將鄰媛。蒼渚煙生，金

支光爛，人在霧綃鮫館。小鬟頓成雲散，羅襪淩波不見。翠鸞遠，但清溪如鏡，野花留靨。情睠。驚變現。身後神功，絲滿吳蠶繭。漢女菱歌，湘妃瑶瑟，香動倚雲層殿。彤車載花一色，醉盡碧桃清宴。故山晚，嘆流年一笑，人間飛電。詞品卷二

又　賀人生第三子

古今三絶。唯鄭國三良，漢家三傑。三俊才名，三儒文學，更有三君清節。争似一門三秀，三子三孫奇崛。人總道，賽蜀郡三蘇，河東三薛。歡愜。況正是，三月風光，好傾杯三百。子竝三賢，孫齊三少，但篤三餘事業。文既三冬足用，名即三元高揭。親朋慶，看寵加三錫，禮膺三接。堯山堂外紀卷六十六

案翰墨大全書丙集卷三，引此首不注撰人。

又

登山臨水。正桂嶺瘴開，蘋洲風起。玄鶴高翔，蒼鷹遠擊，白鷺欲飛還止。江上層波似練，沙際行人如蟻。目斷處，見遥峯簇翠，殘霞浮綺。千里。關塞遠，雁陣不來，猶把闌干倚。數疊悲笳，一行征旆，城郭幾番成毀。白塔前朝陵寢，青嶂故都營壘。念往事，但寒煙滿目，愁蟬盈耳。詞綜卷二十六

案花草粹編卷十一，依次録玉樓歡宴、汀洲蘋滿、古今三絶、登山臨水四首，僅第一首玉樓歡宴注引歸潛志，作王正之。其餘三首，皆未注姓名。

趙攄

攄字子充，宛平（今河北省薊縣）人。官翰林，自號醉全道人。

南歌子

潤草萋萋緑，林鶯恰恰啼。汀沙過雨便無泥。喚得芒鞋隨意、到前溪。浦漵渾堪畫，雲煙總是題。江湖老伴一蓑衣。真箇斜風細雨、不須歸。

虞美人 同孟利器尋春

春來日日風成陣。桃李飄零盡。樹頭樹底覓殘紅。只有郭西梨雪、照晴空。劚春須得如川酒。酒債尋常有。葛巾攲側倩人扶。大似浣花溪上、醉騎驢。以上二首見中州樂府

孟宗獻

宗獻字友之，開封人。大定三年（一一六三），鄉府省御四試皆第一，號孟四元。除供奉翰林，轉曹王府文學兼記室，尋授同知單州軍州事。丁內憂，哀毁卒。

菩薩蠻 回文

睡驚秋近鳴蟲砌。砌蟲鳴近秋驚睡。蒼鬢摻勻霜。霜勻摻鬢蒼。影孤燈翳冷。冷翳燈孤影。長歎浩歌狂。狂歌浩歎長。中州樂府

張中孚

中孚字信甫，世爲安定望族。天德二年（一一五〇），曾參知政事，貞元中卒，年五十九。

驀山溪

山河百二，自古關中好。壯歲喜功名，擁征鞍、彫裘繡帽。時移事改，萍梗落江湖，聽楚語，厭蠻歌，往事知多少。蒼顏白髮，故里欣重到。老馬省曾行，也頻嘶、冷煙殘照。終南山色，不改舊時青，長安道，一回來，須信一回老。中州樂府

王澮

澮字玄佐，一字賢佐，咸平（今遼寧省開原縣）人。歷授信州教授，揚州教授，年九十餘。

洞仙歌 賦榛實屏山所録

圓剛定質，混物非凡類。仁處其中靜忘意。任蝶蜂狂繞，燕雀喧争，心君正，惟取清白自治。黄衣從淡泊，此箇家風異。偶合陰陽棄神智。怕旁人冷眼，嫌太孤高，尊俎地、聊許松梧同器。待他日、山林不相容，請援手、仙蓍要充仙贄。中州樂府

趙元

元字宜之，一名宜禄，定襄（今山西省定襄縣）人。幼舉童子科，後調犨西簿，以失明去官，自號愚軒居士。

行香子

鏡裏流年。緑變華顛。謝西山、青眼依然。人生安用，利鎖名韁。似燕營巢，蜂課蜜，蟻争羶。詞苑羣仙。場屋諸賢。看文章、大筆如椽。閒人書册，且枕頭眠。有洗心經，傳燈録，坐忘篇。

又

潦倒無聞。坐慣家貧。眼昏花，心口猶存。人皆笑我，我儘教人。拚醉吟風，閒釣月，困眠雲。避近交親。語款情真。且相從、莫浪辛勤。西山歸隱，不用移文。看菊成叢，松結子，竹生孫。

又

山擁垣牆。水滿溪塘。幾人家、籬落斜陽。又還夏也，一霎人忙。正稻分畦，蠶卸簇，麥登場。老子徜徉。閒日偏長。鬢鬔鬆、只管尋涼。緑陰何處，旋旋移牀。有道邊槐，門外柳，舍南桑。以上三首見中州樂府

折元禮

元禮字安上，父定遠僑居于忻（今山西省忻縣），遂占籍。明昌五年兩科擢第，仕至延安治中。

望海潮　從軍舟中作

地雄河岳，疆分韓晉，重關高壓秦頭。山倚斷霞，江吞絶壁，野煙縈帶滄洲。虎旆擁貔貅。看陣雲截岸，霜氣横秋。千雉嚴城，五更殘角月如鉤。西風曉入貂裘。恨儒冠誤我，卻羨兜鍪。六郡少年，三明老將，賀蘭烽火新收。天外嶽蓮樓。想斷雲横曉，誰識歸舟。賸著黄金换酒，羯鼓醉涼州。

中州樂府

李俊明

俊明字用章，號鶴鳴老人，家澤州（今山西省晉城縣）。生於大定十六年(一一七六)。承安五年(一二〇〇)，舉經義進士第一，應奉翰林文字。卒謚莊靖先生，年約八十餘。有莊靖集。

洞仙歌 謝楊成之寄梅

隴頭瀟灑，孤負尋芳眼。浪蕊浮花問名懶。縱看看驛使，帶得春來，衹恐怕、緑葉成陰子滿。暗香無恙否，月落參横，惆悵羅浮夢魂短。賴故人情重，不減西湖，花上原作一，據張氏研古樓鈔本改月，分我黄昏一半。更還甚、南枝與北枝，是一種春風，待争寒暖。

又 汴梁與許道真郭伯誠劉光甫同賦

百年富貴，一覺邯鄲夢。識破中流退應勇。縱生前身後，得箇虚名，褒貶處、一字由他南董。故園歸去好，還肯同歸，大廈如今有梁棟。對青天咫尺，列宿森然，君莫怪，不見少微星動。且拂袖、林泉作詩人，儘明月清風，笑人嘲弄。

又 中秋

秋光海底，湧出銀盤爛。只怕微雲淡河漢。料姮娥應笑，醉舞仙人，今夜裏、空恁尊前撩亂。尋常三五夜，也有團圓，争柰人心未能滿。記當初破鏡，飛上天時，雙照影，留得人間一半。待仗他、玉斧再修成，問明月明年，共誰同看。

李俊明

瑞鶴仙 細君壽日

蕭然林下秀。笑檐外、梅花似人清瘦。東風在垂柳。算幾時吹散，眉閒春皺。興來搔首。問今朝、何處有酒。怕一場醉後，漁歌樵唱，大家拍手。知否。眼前活計，無辱無榮，天長地久。不須肘後。望懸他、金印如斗。待一朝隨我，騎鯨去後，共尋天上王母。把碧桃花底流霞，爲君添壽。

又 弟李經略生朝

曉窗寒氣峭。問小槽滴後，真珠多少。博山壽煙裊。向百花頭上，梅花開了。金尊頻倒。甚坐閒、猶恨杯小。記去年今日，大家同慶，太平佳兆。堪笑。浮雲世事，流水生涯，南柯夢覺。風光正好。欲退時、何似聞早。把俗緣拋盡，逍遥林下，青松長伴難老。與鶴鳴立箇家風，作千年調。

又

緜緜仙種李。有大道家風，逍遥活計。長庚見苗裔。問如何謫在，落花浮世。麴生風味。爲唤回、席上和氣。被誰人説破，黄粱夢裏，一場富貴。何濟。不如歸去，樂取閒身，登山臨水。衆人皆醉。笑獨醒、澤畔憔悴。但從今管甚，雲翻雨覆，暫教心上無事。且一杯盡後一杯，滿百千歲。

又 沁南守劉巨源誕節十月十五

人生爲郡樂。推拯俗仁懷，濟時英略。和風散蓮幕。把功名一事，暫宜高閣。興來自酌。要酒澆、胸次磊落。比月中玉兔，别有長生，安心是藥。休錯。早還識破，一夢南柯，宦情漸薄。北山素約。試回首、千巖萬壑。況竹林當日，七賢游處，物外驂鸞駕鶴。在爛柯局畔樵人，看君下著。

又 錦堂壽日壬寅十一月十五

河東賢太守。使草木生光，太行增秀。功名落誰後。醉歸來馬上，氣衝牛斗。一陽應候。看春光、先到細柳。笑坐中有客，侯輕萬户，詩誇千首。

依舊。桂花盈處，蓂葉圓時，爲君添壽。滿堂飲酒。盡平生、傾蓋素友。對水雲鄉裏，真山面目，錢家誇甚錦繡。但年年歲歲相逢，似人耐久。

酹江月 壬寅中秋，與楊外郎仲朋、姪壻郭仲進、姪謙甫、福昌待月

中庭待月，正催詩雨過，暮山橫碧。別有連昌秋幾度，一話團圞今夕。萬里清風，坐中爲我，埽盡雲蹤迹。冷光不似，尋常些小窺隙。應笑白髮功名，倚樓看鏡，惟酒禁愁得。且鬬尊前身見在，亹亹風生談席。洛下仙舟，斗閒星使，邂逅非生客。天涯雙桂，廣寒誰念幽寂。

又 六月十四日感舊先生誕日

臞仙風格，暫天教、作箇人閒浮客。白髮光陰催老境，誰見摩挲銅狄。揮劍成河，曳戈卻日，著盡回天力。黄粱夢覺，轉頭一段陳迹。休問花謝花開，春蘭秋菊，總被風欺得。華表鶴來人換世，惟有眼前山色。偎徑栽松，傍門插柳，笑比陶彭澤。晚涼月下，一尊聊永今夕。

又 承濟之和復用元韻

脱巾掛壁，向雀羅門外，幾回迎客。縱有一尊陶寫後，不遇當年儀狄。未著祖鞭，先投班筆，老恨無才力。天涯地角，斷蓬流落蹤迹。歸去作箇閒人，錦囊詩句，都向閒中得。漫説他鄉光景好，多少世情風色。損友違三，益朋近五，易卦占山澤。人閒星聚，不知天上何夕。

又 王懷州壽日丁酉年

堂堂玉立，看坐閒揮麈，風生談席。相對竹林三四友，氣壓蘭亭豪逸。招隱詩中，登樓賦內，此恨無人識。缺壺歌後，佩刀還向誰得。何用三窟謀身，醉鄉一笑，與元規塵隔。好在輞川堪畫處，寫出高人椽筆。雲外舄鳧，月邊笙鶴，邂逅騎鯨白。蟠桃會上，不爲王母生客。

摸魚兒　送姪謙甫出山

遣光景能消幾度。大都數十寒暑。結廬人在山深處，萬壑千巖風雨。朝復暮。甚不管、堂堂背我青春去。高情自許。似野鶴孤雲，江鷗遠水，此興有誰阻。　功名事，休歎儒冠多誤。韓顛彭蹶無數。一溪隔斷桃源路。只有人家雞黍。歌且舞。更不住、醉中時出煙霞語。暫來樵斧。貪看兩爭棋，人閒不道，俯仰成今古。

謁金門　贈教授李勉之

初雨歇。槐夏緑陰時節。萬里無雲天紺滑。一輪光皎潔。　好怕暫高還没。好怕暫圓還缺。同是廣寒宫裏客。相逢無話説。

又　和邦直

煙雨曉。夢斷池塘春草。坐上麴生風味好。銀杯休厭小。　剛要玉山醉倒。社甕釀成微笑。人世閒愁都占了。有情天也老。

又

昏又曉。蝶夢不棲芳草。照映瓊林人物好。熏香荀令小。　不怕醉時健倒。恐怕醒時花笑。潘鬢都因愁白了。老人心未老。

又　西齋得梅數枝，色香可愛。一日爲澤倅崔仲明竊去，感歎不已，因賦謁金門十二章，以寫其悵望之懷　寄梅

開未徹。先把一枝偷折。看取黄昏今後別。暗香浮動月。　誰爲尋芳時節。誤了前村踏雪。爲問花閒能賦客。如何心似鐵。

又　探梅

誰便道。昨夜雪中開了。次第不將消息報。探芳人草草。　宜在嫩寒清曉。興比孤山更好。流落逢花須醉倒。惜花人易老。

又　賦梅

金的皪。猶帶枝頭寒色。休道北人渾未識。自然

梅有格。初見花時摘索。再見花時狼藉。詩句眼前拈不出。惱人樓上笛。

又 歎梅

頻點檢。依舊雪肌清減。似恨海東花使濫。不教幺鳳探。休笑詩人冷淡。道盡影疏香暗。桃杏雖然無藻鑑。承當應不敢。

又 慰梅

誇獨秀。動把春光泄漏。誰道江南無所有。一枝先入手。須是日將月就。那在風飄雨驟。直待豆稭灰落後。初嘗山店酒。

又 賞梅

全不讓。占了百花頭上。没箇知音人共賞。陶潛無處望。也有江湖酒量。也有風騷詩將。休道花前無伎倆。疏狂些子放。

又 畫梅

偷造化。秀出含章檐下。爲問花中誰可嫁。海棠開已罷。占了十分閒雅。占了十分瀟灑。若使畫工能此畫。九方皋相馬。

又 戴梅

花譜內。莫作等閒看待。鬬草吴王無可對。有他西子在。好在一枝竹外。影也教人堪愛。未免世間兒女態。折來頭上戴。

又 別梅

懷抱惡。猶被暗香著莫。想在隴頭誰領略。一枝分付錯。今夜雲窗霧閣。明夜煙村水郭。紙帳天寒人寂寞。夢回聞雪落。

又 望梅

春一半。留與大家同看。覓箇温柔林下伴。北枝猶未暖。縱有姮娥照管。可惜羅浮夢短。斷嶺不能遮望眼。幾時魂卻返。

又 憶梅

多少恨。不見舊時風韻。浪蕊浮花都懶問。江頭春有信。誇甚壽陽妝鏡。説甚揚州詩興。雲破月來堪弄影。世間無此景。

又　夢梅

隨健步。已過市橋江路。費盡西湖多少句。暗香留不住。消得黄昏幾度。又是天寒日暮。枕上吟魂無著處。化爲胡蝶去。

又　再和邦直

人未曉。古錦囊中詩草。抹月批風滋味好。氣吞雲夢小。要把鳳樓驚倒。不學烏臺嘲笑。多少閒愁陶寫了。數篇吟可老。

又　河南府同知高誠之壽

風漸力。水翦飛花狼藉。鼎沸笙歌催舉白。玉堂金馬客。歡動周人頌德。唤起洛陽春色。況值日南天道北。老人星拱極。

水龍吟　翟端甫壽日十月一日

勝游漫説山陰，算來不及山陽好。七賢林下，一時人物，何如安道。況有奇才，縱横筆陣，千軍獨掃。向碧油幢底，真儒事業，倚馬看，檄書草。　誰識平居隱操。翟湯遇江州、十分禮貌。世情交態，雀羅門外，幾人曾到。且闘尊前，等閒休問，高山白早。賴姮娥、留得一枝丹桂，伴靈椿老。

又　壽堂壽日　爲孫哥男在

一朝衣錦歸來，高門不負于公望。恍然如舊，黄流萬里，太行千丈。只比當時，添些氣勢，減些風浪。記采薇戍罷，分茅議定，凱歌動，聲悲壯。　元白山西出將。卻從他、山東入相。兜鍪須待，貂蟬換了，淩煙畫像。且把功名，暫都分付，淺斟低唱。但年年看取，三台長在，老人頭上。

阮郎歸　戲李子揩

江南江北水連雲。江山憔悴人。華簪猶拂洛陽塵。離筵何太頻。　歌近耳，酒盈尊。尊前見在身。昨朝罵坐灌將軍。近前丞相嗔。

又　楊彥明壽日籌堂之甥

年來宅相有誰承。人誇似舅甥。帶牛佩犢盡春耕。菟裘了一生。　閒事業，寄丹青。筆端如有神。試看自寫鏡中真。老人南極星。

又　郭延年誕日

斷蓬蹤迹去依劉。試登王粲樓。此心安處即菟裘。尚何來往求。　詩遣興，酒消愁。竹林多勝游。與君何日共仙舟。相看應白頭。

感皇恩　楊成之生朝四月初三日

啼鳥怨春歸，一聲聲切。蓂莢初生兩三葉。征鞍何處，撩亂楊花如雪。鵲聲頭上，喜來時節。　香篆半消，壽波重酌。玉帶金魚坐中客。幕天席地，便是仙家日月。試從今後，數蟠桃結。

又　李子揩壽日戊申年甲乙科第

甲乙占科名，同根仙李。富貴南柯夢相似。天涯雙桂，慚愧廣寒宮裏。悤悤歸去，覓佳山水。　休話升沈，休形慍喜。且論南華養生理。問君甲子，少我行年一紀。須知鄉黨，禮莫如齒。

又　出京門有感

忍淚出門來，楊花如雪。惆悵天涯又離別。碧雲西畔，舉目亂山重疊。據鞍歸去，也情悽切。　一日三秋，寸腸千結。敢向青天問明月。算應無恨，安用暫圓還缺。願人長似，月圓時節。

滿江紅　孟州長馮巨川誕日

解愠風來，天氣爽、緑陰庭院。多少話、暫都分付，畫梁雙燕。明月欲隨人意滿，十分未愜姮娥願。但一年、一度壽觴時，身長健。　玲瓏曲，低低按。玻瓈琖，深深勸。任春紅、吹上桃花人面。簪履盡居彈鋏下，煙嵐休恨平嵩遠。待試看、南極老人星，今朝見。

又　和張文玘

宿酒纔醒，聽喚起、一聲春曉。無限恨、滿城風絮，一川煙草。年少抛人容易去，萬紅千紫都開了。試但教、頭上插花枝，花應笑。狂言在，人絶倒。狂藥盡，愁難埽。待丁寧屬付，再來青鳥。團扇不堪題往事，斷絃惟恨知音少。但時時、頻把鏡來看，人將老。

又

名利場中，愁過了、幾多昏曉。試看取、江鷗遠水，野麋豐草。世草浮雲翻覆盡，此生造物安排了。但芒鞋竹杖任蹉跎，狂吟笑。尊有酒，同誰倒。花滿徑，無人掃。念紅塵來往，倦如飛鳥。懶後天教閒處著，坐閒人比年時少。向太行山下覓菟裘，吾將老。

又　李孝先壽日四月八日

小雨初晴，風摇蕩、緑陰清晝。見説到、長庚復向，人間鍾秀。又對上番成竹筍，能忘贈別垂條柳。看將來、三五月圓時，人如舊。時東平取前妻。浮世

事，君知否。春夢斷，空回首。笑平生豪邁，氣沖牛斗。幽鳥自歌無譜曲，飛花故送長生酒。待騎鯨海上再相逢，爲君壽。

又　詠雪

漠漠愁陰，銀界曉、浩然一色。誰翦水、就中撩亂，燕山如席。天若有情天也老，高山底事頭先白。甚教人、錯恨五更風，花狼藉。寒欲退，劉义筆。深欲没，韋郎膝。問何如江上，孤舟蓑笠。君不見過門多惡客，等閒踏破瓊瑤迹。便粗豪、下馬坐人牀，尋歡伯。

賦

婆羅門引　重陽與元帥竇子温暨衆友東城賞菊即席

浮空霽色，江涵秋影雁初飛。相逢共繞東籬。點檢尊前見在，人似曉星稀。對滿山紅樹，葉葉堪題。大家露頂，任短髮、被風吹。只恐黄花人貌，不似年時。杯添野水，更何用、頻頻望白衣。沈醉

後，攜手方歸。

清平樂 壬申歲六月十四日

滿斟綠醑，勸我千金壽。不住光陰催老醜。三十七年回首。鏡中白髮無多。缺壺安用長歌。有志封侯萬里，列仙不柰臞何。

又 錦堂壽

青雲得路。休歎功名誤。好在輞川堪畫處。聞早抽身歸去。任他千丈風波。光陰著酒消磨。識破落花浮世，笑看金狄摩挲。

又 閏重九宋翔卿席

黄花今後，纔是秋光暮。依舊滿城風又雨。句引錦囊詩句。東籬尚可重游。羨君來往風流。莫惜尊前健倒，這回節去蜂愁。

又 戲贈

城南歸路。信馬隨車去。家在白雲樓下住。簾幕深沈庭户。不論天上人間。到頭此債須還。一枕行雲夢覺。小樓卻似巫山。

南鄉子 李克紹生朝

來往亦風流。曾伴仙翁衣錦游。聞道長平朱紫地，西樓。依舊人人説故侯。能得幾春秋。未必靈椿老便休。自有枝枝丹桂在，何憂。寶月忙催玉斧修。

又 上夫人壽日

香靄博山鑪。羅綺森森奉燕居。畫錦歸來冠蓋里，當時。曾拜金花大國書。一旦得雙珠。阿大中郎喜有餘。見説上天雖富貴，争如。平地仙家碧玉壺。

又 錦堂壽日

弓劒不離身。唾手功名馬上成。見説人生爲郡樂，班春。政事如棋局局新。熊夢慶佳辰。喜動山城擊壤民。畫錦堂前争獻壽，留賓。盡是蟠桃會上人。

又　錦堂碧落壽席

爽氣逼人寒。相對溪堂雪後山。賴有忘年林下友，盤桓。都把功名付等閒。　盡道好休官。況在黃柑紫蟹閒。天意不隨人事改，平安。愁莫能侵鏡裏顏。

太常引　同知崔仲明生日

太行千里政聲揚。問何處、是黃堂。遺愛幾時忘。試聽取、人歌召棠。　錦衣年少，插花躍馬，休負好風光。三萬六千場。但暮暮、朝朝醉鄉。

又　竇君瑞壽日

燕山勳烈有餘光。問丹桂、幾枝芳。陰德後來昌。但教子、應須義方。　功名看破，黃冠野服，林下道家裝。何處是仙鄉。這日月、閒中最長。

又　劉君祥壽二月十五日

區區州縣肯徒勞。誰得似、卯金刀。一笑醉蟠桃。問何處、仙山可巢。　兩朝人物，積年陰德，心力過蕭曹。門户便須高。看今後、君家鳳毛。

西江月　籌堂壽

落落瓊林人物，飄飄鶴氅仙風。渡江以後見英雄。那在懸刀一夢。　霧恰山中隱豹，雲還天上從龍。太行直枕大河東。猶比聲名不重。

又　裴節使壽（字懷誠）

薦疏李誇精鑑，垍壻佳韋得賢侯。寬手如霹靂在同州。琰之不讓當時談藪。頠但可稱爲勁草，謂莫教指作清流。樞歸來緑野任沈浮。度這箇家風耐久。
炎

又　張堂臣壽日

人比當年楊柳，六郎元似蓮花。漁經獵史是生涯。那羨章臺走馬。　鱸膾未歸凤駕，斗牛尚客星槎。直教三戰過崔家。伴取赤松林下。

又　答亞之

漠漠煙生碧樹，溶溶水滿芳溪。東風吹逕落花泥。

忙殺營巢燕子。百字詩慙我寄，一壺酒望君攜。休將閒事等閒提。且把眉頭放起。

鵲橋仙　段侯壽日

題橋志氣，沈碑勳業，不在著鞭人後。浮雲富貴轉頭空，似一夢、南柯太守。輞川別墅，平泉小隱，此計地長天久。金章還肯換蓑衣，買陂塘、旋栽楊柳。

又　劉君祥壽癸卯二月十五日

歲方值卯，斗方指卯，卯月月圓時候。大家來把卯時杯，共與箇、卯金爲壽。一杯壽酒，一杯貴酒，更有一杯富酒。一杯留得賀添丁，見積善之家有後。

點絳脣　重陽菊開小酌，同申元帥等

秋樹風高，可憐憔悴門前柳。白衣去後。閒卻持杯手。一笑相逢，落帽年時友。君知否。南山如舊。人比黃花瘦。

又　錦堂壽日

馬上功名，射雕誰似將軍手。一朝肘後。金印懸如斗。錦繡山川，何似人長久。閒中友。爲君添壽。共勸忘懷酒。

又　王懷州壽日戊戌十月一日

橫稍將軍，是他馬上男兒事。河山表裏。養就英雄氣。衣錦歸來，占盡人間貴。功名遂。神仙平地。學取留侯計。

又　馮巨川南齋牡丹

花恨開遲，爲花遲後爲花惱。問花開了。卻恨花開早。人貌年年，不似花長好。還知道。年年人貌。卻笑花先老。

又　酒贈申元帥

著甚乾忙，人生只合糟北老。一杯軟飽。從事齊能到。不讀離騷，恐怕愁難掃。春光好。醉時便倒。何處無芳草。

鷓鴣天　弔李克修

須信人生足別離。此情惟有落花知。方憂躍馬明年事，年四十二亡忽至黃楊厄閏期。乙未七月二十六日閏前　生有限，去何疑。騎鯨公子賦成時。得從上界真官府，百計招魂不肯歸。

又　和天久雨

滴滴寒聲攪夜眠。行雲似與楚山連。百川到底終歸海，一水元來不護田。下缺

又

喪亂□來少睡眠。□□□榻又留連。那堪又下瀟瀟雨，可柰無秋薄薄田。□□□，□殘年。眼前戈戟尚森然。得他真箇風雲手，不信人間有漏天。

以上彊村叢書本用汪魚亭藏鈔莊靖先生集本

案彊村叢書所用底本，並非汪藏鈔本，乃另一鈔本。查汪藏鈔本無最後鷓鴣天兩首，惟古鹽張氏研古樓鈔本有之。

李純甫

純甫字之純，號屏山居士，襄陰（今河北省陽原縣）人。生於大定二十五年（一一八五）。宣宗時，擢翰林，正大八年（一二三一）卒，年四十七。

水龍吟

幾番冷笑三閭，算來枉向江心墮。和光混俗，隨機達變，有何不可。清濁從他，醉醒由己，分明識破。待用時即進，舍時便退，雖無福，亦無禍。你試回頭覷我。怕不待崢嶸則箇。功名半紙，風波千丈，圖箇甚麼。雲棧揚鞭，海濤搖棹，爭如閒坐。但尊中有酒，心頭無事，葫蘆提過。庶齋老學叢談卷中

高永

永字信卿，初名夔，字舜卿，又名揆，號應庵，漁陽(今河北省薊縣)人。游李純甫之門，累舉不第。正大末，終於汴京，年四十六。

大江東去　滕王閣

閒登高閣，歎興亡滿目，風烟塵土。畫棟珠簾當日事，不見朝雲暮雨。秋水長天，落霞孤鶩，千載名如故。長空淡澹，去鴻嘹唳誰數。　遥憶才子當年，如椽健筆，坐上題佳句。物換星移知幾度，遺恨西山南浦。往事悠悠，昔人安在，何處尋歌舞。長江東注，爲誰流盡今古。　元草堂詩餘卷上

劉昂

昂字次霄，濟南(今山東省濟南市)人。承安間進士，歷鄠鄉平二縣令。

上平西　泰和南征作

蠆鋒搖，螳臂振，舊盟寒。恃洞庭、彭蠡狂瀾。天兵小試，百蹄一飲楚江乾。捷書飛上九重天。春滿長安。　舜山川，周禮樂，唐日月，漢衣冠。洗五州、妖氣關山。已平全蜀，風行何用一泥丸。有人傳喜，日邊路、都護先還。　歸潛志卷一

詞品卷五，誤作元將紇石烈子仁詞。

元好問

好問字裕之，號遺山，德明子。生於明昌元年(一一九〇)，興定三年(一二一九)進士。天興初，入翰林知制誥，金亡不仕。卒於元憲宗七年(一二五七)，年六十八。有遺山集。

水調歌頭　少室玉華谷月夕，與希顏欽叔飲，醉中賦

此。玉華詩老，宋洛陽耆英劉几伯壽也。劉有二侍妾，名萱草芳草，吹鐵笛騎牛山間，玉華亭榭遺址在焉。金堂玉堂嵩山事，石城瓊壁少室山三十六峰之名也。

山家釀初熟，取醉不論錢。清溪留飲三日，魚鳥亦欣然。見説玉華詩老，袖有忘憂萱草，牛背穩於船。鐵笛久埋没，雅曲竟誰傳。　坐蒼苔，攲亂石，耿不眠。長松夜半悲嘯，笙鶴下遥天。天上金堂玉室，地下石城瓊壁，別有一山川。把酒問明月，今夕是何年。

二　與李長源游龍門

灘聲蕩高壁，秋氣静雲林。回頭洛陽城闕，塵土一何深。前日神光牛背，今日春風馬耳，因見古人心。一笑青山底，未受二毛侵。　問龍門，何所似，似山陰。平生夢想佳處，留眼更登臨。我有一卮芳酒，喚取山花山鳥，伴我醉時吟。何必絲與竹，山水有清音。

三　緱山夜飲

石壇洗秋露，喬木擁蒼煙。緱山七月笙鶴，曾此上賓天。爲問雲間嵩少，老眼無窮今古，夜樂幾人傳。宇宙一丘土，城郭又千年。　一襟風，一片月，酒尊前。王喬爲汝轟飲，留看醉時顛。杳杳白雲青嶂，蕩蕩銀河碧落，長袖得回旋。舉手謝浮世，我是飲中仙。

四　庚辰六月，游玉華谷，回過少姨廟，壁間得古仙詞，同希顏欽叔譜詞中語，爲之賦仙人詞，今載於此。夢入雲山宮闕幽。鸞鸞同侶鸞鳳流。桂月竟夜光不收。世俗擾擾成囂湫。醉飛星馭鞭金虯。八仙浪迹追真游。龜玉笙蹄四十秋。摩霄注壑須人求。覓劍如或笑刻舟。陽燧非無鹿里儔。元鼎以來虛崑丘。東井徒勞冠帶修。松餐竹飲度蜃樓。嵩頂坐笑垂直鈎。祇應慚愧劉幽州。又題知音者無惜留迹。

與定庚辰六月望，予與河南元好問。趙郡李獻能。同游玉華谷，將歷嵩前諸刹，因過少姨祠，遂周行廊廡，得古仙人詞於壁間。然其首章，直屋漏雨，爲所漫剥，殆不能辨。磴木石而上，拂拭滓滌，迫視者久之，始可完讀。觀其體則柏梁，事則終始二漢，字畫在鍾王之間。東井又元鼎所都，幽州必賢子虞也。夫眷眷不忘幽州者，非吾田疇尚誰歟。田復所事之讎，郤曹瞞之賞，衰俗波蕩中，挺挺有烈丈夫語氣，其死而不忘，蓋無疑，其能道此語亦無疑。觀者不當以文體古今之變而疑仙語也。噫，仙山靈岳，宜有閎衍博大真人，往來乎其閒，而世人莫之識也。予三人者，乃今見之，夫豈偶然哉。再拜留迹，以附知音者之末云。渾源雷淵題。

雲山有宮闕，浩蕩玉華秋。何年鸞鶩同侶，清夢入真游。細看詩中元鼎，似道區區東井，冠帶事崑丘。壞壁涴風雨，醉墨失蛟虯。問詩仙，緣底事，愧幽州。知音定在何許，此語爲誰留。世外青天明月，世上紅塵白日，我亦厭囂湫。一笑拂衣去，嵩頂坐垂鉤。

五　與欽叔飲，時予以同州録事判官入館，故有判司之語

長安夏秋雨，泥潦滿街衢。先生閉户轟飲，鄰屋厭歌呼。慚愧君家兄弟，半世相親相愛，知我是狂夫。禮法略苛細，言語任乖疏。判司官，一囊米，五車書。騎驢冠蓋叢裏，鞍馬避僮奴。只有平生親舊，歡笑窮年竟日，未必古人如。酒賤可頻置，時爲過吾廬。

六　賦德新王丈玉溪，溪在嵩前費莊，兩山絶勝處也

空濛玉華曉，瀟灑石淙秋。嵩高大有佳處，元在玉溪頭。翠壁丹崖千丈，古木寒藤兩岸，村落帶林丘。今日好風色，可以放吾舟。百年來，算惟有，此翁游。山川邂逅佳客，猨鳥亦相留。父老雞豚鄉社，兒女籃輿竹几，來往亦風流。萬事已華髮，吾道付滄洲。

七　賦三門津

黃河九天上，人鬼瞰重關。長風怒捲高浪，飛灑日光寒。峻似呂梁千仞，壯似錢塘八月，直下洗塵寰。萬象入橫潰，依舊一峰閒。仰危巢，雙鵠過，

杳難攀。人間此險何用，萬古祕神姦。不用然犀下照，未必佽飛强射，有力障狂瀾。喚取騎鯨客，撾鼓過銀山。

八 長源被放，西歸長安，過予內鄉，置酒半山亭，有詩見及，因爲賦此

相思一尊酒，今日盡君歡。長歌一寫孤憤，西北望長安。鬱鬱閶門軒蓋，浩浩龍津車馬，風雪一家寒。鐘鼓催人老，天地爲誰寬。丈夫兒，倚天劍，切雲冠。可能封塞包□，驅去復來還。清廟千金康瓠，短褐連城雙璧，行路古來難。枯柏在南澗，留待百年看。

九 史館夜直

形神自相語，咄諾汝來前。天公生汝何意，寧獨有崎偏。萬事粗疏潦倒，半世棲遲零落，甘受衆人憐。許汜卧牀下，趙壹倚門邊。五車書，都不博，一囊錢。長安自古歧路，難似上青天。雞黍年年鄉社，桃李家家春酒，平地有神仙。歸去不歸去，鼻孔欲誰穿。

十 長壽新齋

蒼煙百年木，春雨一溪花。移居白鹿東崦，家具滿樵車。舊有黃牛十角，分去聲得山田一曲，涼薄了生涯。一笑顧兒女，今日是山家。簿書叢，鈴夜掣，鼓晨撾。人生一枕春夢，辛苦趁蜂衙。竹里藍田山下，草閣百花潭上，千古占煙霞。更看商於路，別有故侯瓜。

十一 汜水故城登眺

牛羊散平楚，落日漢家營。龍拏虎擲何處，野蔓罥荒城。遥想朱旗回指，萬里風雲奔走，慘澹五年兵。天地入鞭箠，毛髮懔威靈。一千年，成皋路，幾人經。長河浩浩東注，不盡古今情。誰謂麻池小豎，偶解東門長嘯，取次論韓彭。慷慨一尊酒，胸次若爲平。

摸魚兒　正月二十七日，予與希顔陪馮内翰丈游龍母潭。韓吏部釣於龍潭，遇雷事，見天封題名，卽此地也。既歸，宿於近潭田舍翁家。是夜雷雨大作，望潭中火光燭天。明日，旁近言龍起大槐中。父老云，正月龍起，前此未見也。龍潭寺南窪尊，馮丈所名

笑青山、不解留客，林丘夜半掀舉。蕭蕭暮景千山雪，銀箭忽傳飛雨。還記否。又恐似、龍潭垂釣風雷怒。山人良苦。料只爲三年，長安道上，來與浣塵土。清陰渡。渺渺風煙杖屨。名山元有佳處。山僧乞去聲我溪南地，十里瘦藤高樹。私自語。更須問、窪尊此日誰賓主。朝來暮去。要山鳥山花，前歌後舞，從我醉鄉路。

二　乙丑歲赴試并州，道逢捕鴈者云，今旦獲一鴈，殺之矣。其脱網者悲鳴不能去，竟自投於地而死。予因買得之，葬之汾水之上，累石爲識，號曰鴈丘。時同行者多爲賦詩，予亦有鴈丘辭，舊所作無宫商，今改定之

恨人間、情是何物，直教生死相許。天南地北雙飛客，老翅幾回寒暑。歡樂趣。離別苦。是中更有癡兒女。君應有語。渺萬里層雲，千山暮景，隻影爲誰去。橫汾路。寂寞當年簫鼓。荒煙依舊平楚。招魂楚些何嗟及，山鬼自啼風雨。天也妒。未信與、鶯兒燕子俱黄土。千秋萬古。爲留待騷人，狂歌痛飲，來訪鴈丘處。此下附李仁卿同賦另録

三　泰和中，大名民家小兒女，有以私情不如意赴水者，官爲蹤迹之，無見也。其後踏藕者得二尸水中，衣服仍可驗，其事乃白。是歲，此陂荷花開無不並蔕者。沁水梁國用時爲録事判官，爲李用章内翰言如此。此曲以樂府雙蕖怨命篇，咀五色之靈芝，香生九竅，嚥三清之瑞露，春動七情，韓偓香奩集中自叙語

問蓮根、有絲多少，蓮心知爲誰苦。雙花脈脈嬌相向，只是舊家兒女。天已許。甚不教、白頭生死鴛鴦浦。夕陽無語。算謝客煙中，湘妃江上，未是斷腸處。香奩夢，好在靈芝瑞露。人間俯仰今古。海枯石爛情緣在，幽恨不埋黄土。相思樹。流年

度、無端又被西風誤。蘭舟少住。怕載酒重來，紅衣半落，狼藉臥風雨。此下附李仁卿同賦另録

木蘭花慢　孟津官舍，寄欽若欽用昆仲竝長安故人

流年春夢過，記書劍，入西州。對得意江山，十千沽酒，著處歡游。興亡事，天也老，儘消沈、不盡古今愁。落日霸陵原上，野煙凝碧池頭。　風聲習氣想風流。終擬覓菟裘。待射虎南山，短衣匹馬，騰踏清秋。黃塵道，何時了，料故人、應也怪遲留。只問寒沙過鴈，幾番王粲登樓。

二

擁都門冠蓋，瑶圃秀，轉春暉。悵華屋生存，丘山零落，事往人非。追隨。舊家誰在，但千年、遼鶴去還歸。繫馬鳳凰樓柱，倚弓玉女窗扉。　江頭花落亂鶯飛。南望重依依。渺天際歸舟，雲間汀樹，水繞山圍。相期。更當何處，算古來、相接眼中稀。寄與蘭成新賦，也應爲我沾衣。

三

賦招魂九辯，一尊酒，與誰同。對零落棲遲，興亡離合，此意何窮。悤悤。百年世事，意功名、多在黑頭公。喬木蕭蕭故國，孤鴻澹澹長空。　門前花柳又春風。醉眼眩青紅。問造物何心，村簫社鼓，奔走兒童。天東。故人好在，莫生平、豪氣減元龍。夢到琅邪臺上，依然湖海沈雄。

四

對西山搖落，又匹馬，過并州。恨秋鴈年年，長空澹澹，事往情留。白頭。幾回南北，竟何人、談笑得封侯。愁裏狂歌濁酒，夢中錦帶吴鉤。　巖城笳鼓動高秋。萬竈擁貔貅。覓全晉山河，風聲習氣，未滅風流。風流。故家人物，慨中宵、拊枕憶同游。不用聞雞起舞，且須乘月登樓。

五　游三臺二首

擁岧岧雙闕，龍虎氣，鬱崢嶸。想暮雨珠簾，秋香

桂樹，指顧臺城。臺城。爲誰西望，但哀絃、淒斷似平生。只道江山如畫，爭教天地無情。風雲奔走十年兵。慘澹入經營。問對酒當歌，曹侯墓上，何用虛名。青青。故都喬木，悵西陵、遺恨幾時平。安得參軍健筆，爲君重賦蕪城。

六

渺漳流東下，流不盡，古今情。記海上三山，雲中雙闕，當日南城。黃星。幾年飛去，澹春陰、平野草青青。冰井猶殘石甃，露槃已失金莖。風流千古短歌行。慷慨缺壺聲。想釃酒臨江，賦詩鞍馬，詞氣縱橫。飄零。舊家王粲，似南飛、烏鵲月三更。笑殺西園賦客，壯懷無復平生。

水龍吟　從商帥國器獵於南陽，同仲澤鼎玉賦此

少年射虎名豪，等閒赤羽千夫膳。金鈴錦領，平原千騎，星流電轉。路斷飛潛，霧隨騰沸，長圍高捲。看川空谷靜，旌旗動色，得意似，平生戰。城月迢迢鼓角，夜如何、軍中高宴。江淮草木，中原狐兔，先聲自遠。蓋世韓彭，可能只辦，尋常鷹犬。問元戎早晚，鳴鞭徑去，解天山箭。此下原附仲澤同賦另録

二

舊家八月池臺，露華涼冷金波漲。寧王玉笛，霓裳仙譜，涼州新釀。一枕開元，夢悅猶記，華清天上。對昆明火冷，蓬萊水淺，新亭淚，空相向。爛漫東原此夕，夜如何、高秋空曠。一杯徑醉，憑君莫問，今來古往。萬里孤光，五湖高興，百年清賞。倩何人喚取，飛瓊佐酒，作穿雲唱。

三

素丸何處飛來，照人只是承平舊。兵塵萬里，家書三月，無言搔首。幾許光陰，幾回歡聚，長教分手。料婆娑桂樹，多應笑我，憔悴似，金城柳。不愛竹西歌吹，愛空山、玉壺清晝。尋常夢裏，膏車盤谷，拏舟枋口。不負人生，古來惟有，中秋重九。願年

年此夕，團欒兒女，醉山中酒。

四　同德秀游盤谷

接雲千丈層崖，古來此地風煙好。青山得意，十分濃秀，都將傾倒。可恨孤峰，幾回空見，松筠枯槁。自都門送別，膏車秣馬，誰更問，一作聞盤中道。我愛陂塘南畔，小川平、横岡迴抱。野麋山鹿，平生心在，長林豐草。婢織奴耕，歲時供我，酒船茶竈。把人間萬事，從頭放下，只山中老。

五　陳希夷睡歌，有契予心，因衍之

百年同是行人，酒鄉獨有歸休地。此心安處，良辰美景，般般稱遂。力士鐺頭，舒州杓畔，不妨游戲。算爲狂爲隱，非狂非隱，人誰解，先生意。莫笑糊塗老眼，幾回看、紅輪西墜。一杯到手，人閒萬事，俱然少味。范蠡張良，儘他驚怪，陳摶貪睡。且陶陶兀兀，今朝醉了，更明朝醉。

沁園春　除夕二首

腐朽神奇，夢幻吞侵，朝昏變遷。悵殘燈舊歲，雞聲競早，春風歸興，鴈影相先。南渡崩奔，東屯留滯，世事悠悠白髮邊。虚名誤，徧人閒浪走，恰到求田。青紅花柳争妍。意醉眼、天公也放顛。更雲雷怒捲，頹波一注，冰霜冷看，老檜千年。園令家居，陶潛官罷，無酒令人意缺然。從教去，付青山枕上，明月尊前。

二

再見新正，去歲逐貧，今年逐窮。算公田二頃，誰如元亮，吴牛十角，未比龜蒙。面目堪憎，語言無味，五鬼行來此病同。齏鹽裏，似楊雄寂寞，韓愈龍鍾。何人炰鳳烹龍。且莫笑、先生飯甑空。便看來朝鏡，都無勳業，拈將詩筆，猶有神通。花柳横陳，江山呈露，盡入經營慘澹中。閒身在，看薄批明月，細切清風。

賀新郎　笠篠曲爲良佑所親賦

赴節金釵促。愛絃閒、泠泠細語，非琴非筑。別鶴離鸞雲千里，風雨孤猨夜哭。只雌蝶、雄蜂同宿。汀樹詩成歸舟遠，認宮眉、隱隱春山緑。歌宛轉，淚盈掬。　吴兒越女皆冰玉。恨不及、徘徊星漢，流光相屬。破鏡何年清輝滿，寂寞佳人空谷。人世事、尋常翻覆。入塞新聲愁未了，更傷心、聽得開元曲。呼羯鼓，醉紅燭。

最高樓　商於魯縣北山

商於路，山遠客來稀。雞犬静柴扉。東家歡飲薑芽脆，西家留宿芋魁肥。覺重來，猨與鶴，總忘機。　問華屋、高貲誰不戀。問美食、大官誰不羨。風浪裏，竟安歸。雲山既不求吾是，林泉又不責吾非。任年年，藜藿飯，芰荷衣。

玉漏遲　壬辰圍城中，有懷淅江別業

淅江歸路杳。西南仰羨，投林高鳥。升斗微官，世累苦相縈繞。不入麒麟畫裏，又不與、巢由同調。時自笑。虚名負我，平生吟嘯。　擾擾馬足車塵，被歲月無情，暗消年少。鐘鼎山林，一事幾時曾了。四壁秋蟲夜語，更一點、殘燈斜照。青鏡曉。白髮又添多少。

滿江紅　嵩山中作

天上飛烏，問誰遣、東生西没。明鏡裏、朝爲青鬢，暮爲華髮。弱水蓬萊三萬里，夢魂不到金銀闕。更幾人、能有謝家山，飛仙骨。　山鳥哢，林花發。玉杯冷，秋雲滑。彭殤共一醉，不争毫末。鞭石何年滄海過，三山只是尊中物。暫放教、老子據胡牀，邀明月。

二　内鄉作

老樹荒臺，秋興動、悠然獨酌。秋也老、江山憔悴，鬢華先覺。人到中年原易感，眼看華屋歸零落。算世間、惟有醉鄉民，平生樂。　淩浩蕩，觀寥廓。月爲燭，雲爲幄。儘百川都釀，不供杯杓。身外虚名將底用，古來已錯今尤錯。喚野猨、山鳥一時歌，休休莫。

三　內鄉半山亭浮休居士張芸叟窪尊石刻在焉

江上窪尊，人道有、浮休遺迹。尊俎地、江山如畫，百年岑寂。白鶴重來城郭在，山花山鳥渾相識。便與君、載酒半山亭，追疇昔。人易老，時難得。歡未減，悲還及。身前與身後，杳無終極。一笑何須留故事，千年誰復知今日。拌醉來、橫臥隴頭雲，林間石。

四　方城商帥國器軍中寄同年李欽用，時欽用爲西臺掾在長安

漢水方城，今古道、幾回投迹。留滯久、浩歌狂醉，此心誰識。渭北清光摇草樹，故人對酒相應識。記雨窗、相對話離憂，秋風夕。風月笛，煙霞屐。身易老，時難得。鳥飛天不盡，野春平碧。我夢秦東亭上飲，舉頭但見長安日。便與君、重結入關期，明年必。

五　送希顏之官徐州

元鼎詩仙，知音少、喜君留迹。還有恨、故山飛去，石城瓊壁。萬里征西天有意，四方問舍今何日。便金虯、飛馭解移文，知無及。淮海地，雲雷夕。自不負，髯如戟。望幕中談笑，隱然勍敵。此老何堪丞掾事，佳時但要江山筆。向楚王、臺上酒酣時，須相憶。

六　郝仲純使君守坊州，枉道過予於登封，同宿縣西峻極寺。會予以事當往山中，仲純留兵騎見候，且約別於洛陽。明日大雨三日，轘轅不可行，作此寄之。使君以貴胄起家，風流有文詞，仕至鳳翔治中南山安撫使，先保陝州有功，故篇中及之

畫戟清香，誰得似、韋郎詩筆。還又見、從容車騎，待州西北。竹馬兒童應有語，使君姓字人人識。是往時、曾護國西門，金湯壁。千日醉，三更席。事已去，尋無迹。對暮涼燈火，悵然如失。萬里功

名知未免，中年離別尤堪惜。恨洛陽、風雨暗旌旗，空相憶。

七

枕上吴山，隱隱見、宫眉修碧。人好在、斷腸渾似，畫圖相識。羅韈塵香來有信，玉簫聲遠尋無迹。恨不將、春色醉仙桃，迷芳席。嬋娟月，韶華日。夢已盡，愁仍積。江花共江草，幾時終極。錦樹摧殘胡蝶老，冰綃翦破鴛鴦隻。拌楚雲、湘雨一生休，休相憶。

八

一枕餘酲，厭厭共、相思無力。人語定、小窗風雨，暮寒岑寂。繡被留歡香未滅，錦書封淚紅猶溼。問寸腸、能著幾多愁，朝還夕。春草遠，春江碧。雲暗澹，花狼藉。更柳緜閒颺，柳絲誰織。入夢終疑神女賦，寫情除有文星筆。恨伯勞、東去燕西歸，空相憶。

念奴嬌　欽叔欽用避兵太華絶頂，以書見招，因爲賦此

雲間太華，笑蒼然塵世，真成何物。玉井蓮開花十丈，獨立蒼龍絶壁。九點齊州，一杯滄海，半落天山雪。中原逐鹿，定知誰是雄傑。我夢黄鶴移書，洪崖招隱，逸興尊中發。箭筈天門飛不到，落日旌旗明滅。華屋生存，丘山零落，幾换青青髮。人間休問，浩歌且醉明月。

永遇樂　夢中有以王正之樂府相示者。予但記其末云，莫嫌滿鏡，星星白髮，中有利名千丈。待明朝有酒如川，自歌自放。然正之未嘗有此作也，明日以示友人希顔欽叔，謂可作永遇樂補成之。因爲賦此，二公亦曾同作

絶壁孤雲，冷泉高竹，茅舍相忘。留滯三年，相思千里，歸夢風煙上。天公老大，依然兒戲，困我世間羈鞅。此身似、扁舟一葉，浩浩拍天風浪。中臺黄散，官倉紅腐，换得塵容俗狀。枕上哦詩，夢中得

句，笑了還惆悵。可憐滿鏡，星星白髮，中有利名千丈。問何時、有酒如川，自歌自放。

聲聲慢　内鄉淅江上作

林閒雞犬，江上村墟，扁舟處處經過。袖裏新詩，買斷古木蒼波。山中一花一草，也留教、老子婆娑。任人笑，甚風雲氣少，兒女情多。不待求田問舍，被朝吟暮醉，慣得蹉跎。百尺高樓，更問平地如何。朝來斜風細雨，喜紅塵、不到漁蓑。一尊酒，喚元龍、來聽浩歌。以上彊村叢書校明弘治高麗刊三卷本遺山樂府卷上

石州慢　赴召史館，與德新丈別於岳祠西新店，明日以此寄之

擊筑行歌，鞍馬賦詩，年少豪舉。從渠里社浮沈，枉笑人閒兒女。生平王粲，而今顦顇登樓，江山信美非吾土。天地一飛鴻，渺翩翩何許。羇旅。山中父老相逢，應念此行良苦。幾許虛名，誤卻東家雞黍。漫漫長路，蕭蕭兩鬢黃塵，騎驢漫與行人語。詩句欲成時，滿西山風雨。

二

兒女籃輿，田舍老盆，隨意林壑。三重屋上黃茅，賴是秋風留著。舊家年少，也曾東抹西塗，鬢毛爭信星星卻。歲暮日斜時，儘棲遲零落。如昨。青雲飛蓋追隨，傾動故都城郭。疊鼓凝笳，幾處銀屏珠箔。夢中身世，只知雞犬新豐，西園勝賞驚還覺。霜葉晚蕭蕭，滿疏林寒雀。

洞仙歌　超化蘊碧軒得欽叔書，有相調之語，因代書以寄。寺有長明燈龕卽所見而言

青錢白璧，自買愁腸繞。更恨歡狂負年少。記陽關圖上，尊酒流連，兒女淚，輸與閒人坐釣。茂陵多病後，懶盡琴心，無復求凰與同調。似清風古殿，風動幡搖晴晝永，惟有龕燈靜照。看原作雙，據淩張諸本改胡蝶飛來澹無情，問牆角茙葵，爲誰凝笑。

二

黃塵鬢髮，六月長安道。羞向清溪照枯槁。似山中遠志，漫出山來，成箇甚，只是人間小草。升平十二策，丞相封侯，說與高人應笑倒。對清風明月，展放眉頭長恁地，大醉高歌也好。待都把功名付時流，只求箇天公，放教空老。

滿庭芳　遇仙樓酒家楊廣道趙君瑞皆山後人，其鄉僧號李菩薩者，人頗以爲狂。嘗就二人借宿，每夜客散乃從外來，卧具有閒賸則就之。不然赤地亦寢。一日天寒，楊生與之酒，僧若愧無以報主人者。晨起持盤出，同宿者聞噀酒聲，少之，僧來說云，增明亭前花開矣。公等往觀之。人熟其狂不信也。已而視庭中牡丹，果開兩花，是後僧不復至。京師來觀者車馬闐咽，醉客相枕藉，酒壚爲之一空。趙禮部爲雷御史希顏所請，卽席同予賦之，時正大四年之十月也。

妝鏡韶華，牙籤名品，慣看培養經年。何年曾見，槁葉散芳妍。知是毗耶坐客，三生夢、猶有情緣。熏香手，融霞暈雪，來占百花前。嫣然。誰爲笑，珠圍翠繞，且共流連。待詩中偷寫，畫裏真傳。繡帽擁霜凝紫塞，瓊肌瑩，春滿温泉。新聲在，梁園異事，并記玉堂仙。此下原附閑閑公同賦另録

八聲甘州　同張古人觀許由冢，古人名潛，字仲升，燕人

許君祠、層崖上峥嶸，幽林入清深。坐嵩丘少室，風煙濃澹，百態變晴陰。山下一溪流水，不受是非侵。寂寞懸瓢地，黃屋無心。木杪巑岏石冢，見人間幾度，夕鼎朝鍖。問五兵誰作，音佐天地更生金。百年來、神州萬里，望浮雲、西北淚沾襟。青山好、一尊未盡，且共登臨。

二

玉京巖、龍香海南來，霓裳月中傳。有六朝圖畫，朝朝瓊樹，步步金蓮。明滅重簾畫燭，幾處鎖嬋娟。塵暗秦王女，秋扇年年。一枕繁華夢覺，問故家桃李，何許争妍。便牛羊丘隴，百草動荒煙。更誰

知、昭陽舊事，似天教、通德見伶玄。春風老、擁鬟顰黛，寂寞燈前。編簡爲誰青。一掬釣魚壇上淚，風浩浩，雨冥冥。釣壇見嚴光傳

江城子　效花間體詠海棠

蜀禽啼血染冰蕤。趁花期。占芳菲。翠袖盈盈，凝笑弄晴暉。比盡世間誰似得，飛燕瘦，玉環肥。

一番風雨未應稀。怨春遲。怕春歸。恨不高張，紅錦百重圍。多載酒來連夜看，嫌化作，彩雲飛。

二　賦牡丹（原無題，據凌張諸本補）

姚家池館魏家鄰。上番春。姓名新。傾國傾城，爲雨復爲雲。水北水南無别物，金屑粉，麝香塵。

折枝圖上看精神。見來頻。畫來真。辦作黄徐，無負百年身。也待不來花下醉，嫌笑殺，洛陽人。

三

醉來長袖舞雞鳴。短歌行。壯心驚。西北神州，依舊一新亭。三十六峰長劍在，星斗氣，鬱崢嶸。

古來豪俠數幽并。鬢星星。竟何成。他日封侯，編簡爲誰青。一掬釣魚壇上淚，風浩浩，雨冥冥。

四　寄德新丈

春風花柳日相催。浙江梅。臘前開。開偏山桃，恰到野酴醿。商嶺東來三百里，紅作陣，緑成堆。

半山亭下釣魚臺。拂層崖。坐蒼苔。林影湖光，佳處兩三杯。寄語玉溪王老子，因箇甚，不同來。

五

草堂瀟灑浙江頭。傍林丘。買扁舟。隔岸紅塵，無路近沙鷗。枕上有書尊有酒，身外事，更何求。

暮雲歸鳥仲宣樓。敝貂裘。爲誰留。千古書生，那得盡封侯。好在半山亭下路，聞未老，去來休。

六　賦芍藥揚州紅

司花著意壓春魁。緑雲堆。擁香來。冉冉紅鸞，十步一徘徊。花到揚州佳麗種，金作屋，玉爲階。

門前腰鼓揭春雷。倚妝臺。儘人催。鶯語丁寧，

空繞百十回。不道惜花人欲去，看直待，幾時開。

青天蕩蕩鏡匳開。月光來。且徘徊。何用東生，西没苦相催。世事悠悠吾老矣，歌一曲，盡餘杯。

七　内鄉縣廨芳菊堂前，大酴醾架香絶異。常年開時，人有見素衣美婦，迫視之無有也。或者以爲花神，故併記之。

纖條嫋嫋雪蔥籠。翠陰重。暖香融。想是春工，滿意與薰醲。百畹種蘭千畝蕙，都辦作，一簾風。

花閒人似玉芙蓉。月明中。下瑶宫。只恐行雲，歸去捲花空。攢著瓊杯斟曉露，留少住，莫悤悤。

八　嵩山中作

衆人皆醉屈原醒。笑劉伶。酒爲名。不道劉伶，久矣笑螟蛉。死葬糟丘殊不惡，緣底事，赴清泠。

醉鄉千古一升平。物忘情。我忘形。相去羲皇，不到一牛鳴。若見三閭憑寄語，尊有酒，可同傾。

九

二更轟飲四更回。宴繁臺。盡鄒枚。誰念梁園，回首便成灰。今古廢興渾一夢，憑底物，寄悲哀。

十　夢德新丈因及欽叔舊游

河山亭上酒如川。玉堂仙。重留連。猶恨春風，桃李負芳年。長記鶯啼花落處，歌扇後，舞衫前。

舊遊風月夢相牽。路三千。去無緣。滅没飛鴻，一線入秋煙。白髮故人今健否，西北望，一潸然。

十一　劉濟川來别，同宿康庵，夢與予過田家飲，行及太原，作此爲寄

來鴻去燕十年閒。鏡中看。各衰顔。恰待蒙泉，畔買青山。夢裏鄰村新釀熟，擕竹杖，款柴關。

人生誰得老來閒。記清歡。見君難。長路悠悠，回首暮雲還。斷嶺不遮南望眼，時爲我，一憑闌。

濟川阜昌諸孫，在灝上時，及與伯玉知幾游從。

十二　觀别

旗亭誰唱渭城詩。酒盈巵。兩相思。萬古垂楊，

都是折殘枝。舊見青山青似染，緣底事，澹無姿。情緣不到木腸兒。鬢成絲。更須辭。只恨芙蓉，秋露洗胭脂。爲問世間離別淚，何日是，滴休時。

十三

河堤煙樹渺雲沙。七香車。更天涯。萬古千秋，幽恨入琵琶。想到都門南下望，金縷暗，玉釵斜。津橋春水浸紅霞。上陽花。落誰家。獨恨經年，培養牡丹芽。寒鴈歸時憑寄語，莫容易，損容華。

十四

行雲冉冉度關山。別時難。見時難。悵望南風，早晚送雲還。心事情緣千萬劫，無計解，玉連環。夕陽人影小樓閒。曲闌干。晚風寒。料得而今，前後望歸鞍。寂寞梨花枝上雨，人不見，與誰彈。

三奠子　同國器帥良佐仲澤置酒南陽故城

上高城置酒，遥望春陵。興與廢，兩虛名。江山埋王氣，草木動威靈。中原鹿，千年後，儘人爭。風雲寤寐，鞍馬生平。鍾鼎上，幾書生。軍門高密策，田畝卧龍耕。南陽道，西山色，古今情。

二　離南陽後作

恨韶華流轉，無計留連。行樂地，一悽然。笙歌寒食後，桃李惡風前。連環玉，回文錦，兩纏綿。芳塵未遠，幽意誰傳。千古恨，再生緣。閒衾香易冷，孤枕夢難圓。西窗雨，南樓月，夜如年。

行香子

漫漫晴波，澹澹雲羅。傍春江、是處經過。桃花解笑，楊柳能歌。儘百年身，千古意，兩蹉跎。酒惡無聊，詩苦成魔。只閒情、不易消磨。幾人樵徑，何處山阿。恨夕陽遲，芳草遠，落紅多。時在淛江

感皇恩　洛西爲劉景玄賦秋蓮曲

金粉拂霓裳，淩波微步。瘦玉亭亭倚秋渚。澹香高韻，費盡一天清露。惱人容易被、西風誤。微雨岸花，斜陽汀樹。自惜風流怨遲暮。珠簾青竹，

應有阿溪新句。斷魂誰解與，煙中語。

二

夢寐見并州，今朝身到。未怕清汾照枯槁。百年狂興，盡與家山傾倒。黑頭誰辦得、歸來早。梁苑緑波，長安春草。惆悵行人暗中老。故人相送，記得臨行曾道。故園行樂地、依然好。末後鄉人王懷玉樂府語也

促拍醜奴兒　學閑閑公體

朝鏡惜蹉跎。一年年、來日無多。無情六合乾坤裏，顛鸞倒鳳，撐霆裂月，直被消磨。世事飽經過。算都輸、暢飲高歌。天公不禁人閒酒，良辰美景，賞心樂事，不醉如何。此下原附閑閑公同賦另録

二　皇甫季真湯餅局，二女則牙牙學語，五男則鴈鴈成行，見司空表聖一鳴集障車文

朱麝掌中香。可憐兒、初浴蘭湯。靈椿未老丹枝秀，東鄰西舍，排家助喜，沽酒牽羊。天與讀書郎。便安排、富貴文章。高門自有容車日，明年且看，青衫竹馬，鴈鴈成行。

三　鄉鄰會飲，有請予增損舊曲者，因爲賦此

無物慰蹉跎。占一丘、一壑婆娑。閒來點檢平生事，天南地北，幾多塵土，何限風波。花塢與松坡。盡先生、少小經過。老來詩酒猶堪任，家山在眼，親朋滿坐，不醉如何。

青玉案

落紅吹滿沙頭路。似總爲、春將去。花落花開春幾度。多情惟有，畫梁雙燕，知道春歸處。鏡中冉冉韶華暮。欲寫幽懷恨無句。九十花期能幾許。一巵芳酒，一襟清淚，寂寞西窗雨。

二　代贈欽叔所親樂府郢生

苧蘿坊裏青驄駐。愛鸚鵡、垂簾語。一捻嬌春能幾許。寒梅欲動，小桃初放，恰是關心處。西城流水東城雨。緑葉成陰慣相誤。只恐韶華容易

去。一聲金縷，一卮芳酒，且爲花枝住。

婆羅門引　望月

素蟾散彩，九秋風露發清妍。常娥儘有情緣。留著三五盈盈，永夜照憑肩。看晚妝臨鏡，若箇嬋娟。尋常月圓。恨都向、別時偏。幾度郵亭枕上，野店尊前。珠明玉秀，算一日、相看一日仙。入共月、長似今年。

江梅引　泰和中，西州士人家女阿金，姿色絕妙。其家欲得佳壻，使女自擇。同郡某郎獨華腴，且以文彩風流自名。女欲得之，嘗見郎牆頭數語而去。他日又約於城南，郎以事不果來，其後從兄官陝右，女家不能待，乃許他姓。女鬱鬱不自聊，竟用是得疾，去大歸二三日而死。又數年，郎仕馳驛過家，先通殷勤者持冥錢告女墓云，郎今年歸，女知之耶，聞者悲之。此州有元魏離宮，在河中潬，士人月夜踏歌和云，魏拔來，野花開。故予作金娘怨，用楊白花故事。詞云，含情出户嬌無力，拾得楊花淚沾臆。春去秋來雙燕子，願銜楊花入窠裏。郎中朝貴游，不欲斥其名，借

古語道之。讀者當以意曉云。骨化形銷，丹誠不泯，因風委露，猶託清塵，是崔娘書詞，事見元相國傳奇

牆頭紅杏粉光勻。宋東鄰。見郎頻。腸斷城南，消息未全真。拾得楊花雙淚落，江水闊，年年燕語新。見説金娘埋恨處。蒺藜沙，草不盡，離魂一雙鴛鴦去，寂寞誰親。惟有因風，委露託清塵。月下哀歌宫殿古，暮雲合，遙山入翠顰。此下原附李仁卿同賦另錄

玉樓春

吹臺蕭瑟行雲暮。一帶雨聲連禁樹。正當潘岳感秋時，又到杜陵懷古處。百年同是紅塵路。行近醉鄉差有趣。坐中誰是獨醒人，我醉欲眠卿可去。

定風波

白水青田萬頃秋。風煙平楚散羊牛。莫放相公黃閣去。留取。笑談尊俎也風流。華表仙人人不識。今夕。鹿車也到百花洲。好把襄江都釀酒。

爲壽。壽星光彩動南州。鄧帥漆水公壽筵遼東大使君在焉大有道術時年九十三矣

二 楊叔能歸淄川，予别於山陽，作鷓鴣天詞留贈云。邂逅梁園對榻眠。舊游回首一淒然。當時好客誰爲最，李趙風流兩謫仙。居接棟，稼鄰田，與君詩酒度殘年。飄零南北如相避，開歲還分隴上泉。因用其意答之。李趙謂閑閑公與屏山也

白髮相看老弟兄。恨無一語送君行。至竟交情何處好。向道。不如行路本無情。少日龍門星斗近。爭信。淒涼湖海寄餘生。耆舊風流誰復似。從此。休將文字占時名。

蝶戀花 戊辰歲長安作

一片花飛春意減。雨雨風風，常恨尋芳晚。若箇花枝偏入眼。尊前細問春風揀。醉裏看花雲錦爛。只記鶯聲，不記紅牙板。留著佳人鸚鵡琖。明朝臢把長條换。

二 甲申歲南都作

牢落羈懷愁有信。流水浮生，幾見中秋閏。千古詩壇將酒陣。一輪明月消磨盡。八月人間秋滿鬢。桂樹扶疏，更與秋風近。天上姮娥應有恨。騎鯨人去無人問。

三 白鹿原新齋作

負郭桑麻秋課重。十角黃牛，分去聲得山田種。鄉社雞豚人與共。春風漸入浮蛆甕。繞屋清溪醒午夢。一榻翛然，坐受雲山供。四海虛名將底用。一聲啼鳥巖花動。

臨江仙 自洛陽往孟津道中作

今古北邙山下路，黃塵老盡英雄。人生長恨水長東。幽懷誰共語，遠目送歸鴻。蓋世功名將底用，從前錯怨天公。浩歌一曲酒千鍾。男兒行處是，未要論窮通。

二 飲昆陽官舍，有懷得新

世故迫人無好況，酒杯今日初拈。昆陽城下酹蒼

蟾。乾坤悲永夜，笳鼓覺秋嚴。夢寐玉溪溪上路，竹枝斜出青帘。故人白髮未應添。浩歌風露下，相望一掀髯。

三　寄德新丈

自笑此身無定在，北州又復南州。買田何日遂歸休。向來元落落，此去亦悠悠。赤日黃塵三百里，嵩丘幾度登樓。故人多在玉溪頭。清泉明月曉，高樹亂蟬秋。

四　與欽叔飲二首

邂逅一尊文字飲，春風爲洗愁顏。花枝入鬢笑詩班。登臨千古意，天澹夕陽閒。南去北來行老矣，人生茅屋三間。何人得似謝東山。紫簫明月底，高竹倚風鬟。

五

明月清風無盡藏，平生老子南樓。閭閻談笑説封侯。誰能知許事，一笑去來休。舊見輞川圖畫裏，十年孤負歡游。百金早晚得菟裘。與君成一老，來往亦風流。

六　相下與王以道飲，席閒走筆爲賦。王，予東曹掾時同舍郎也

一段江山英秀氣，風流天上星郎。煙花故國五雲鄉。只知心事在，爭問鬢毛蒼。千古西陵歌舞地，興來忘却悲涼。相逢一醉莫停觴。東山看老去，湖海永相忘。

七　西山同欽叔送溪南詩老辛敬之歸女几，兼簡劉景玄。敬之留別詞，併錄於此。誰識虎頭峰下客，少時有意功名。清朝無路到公卿。蕭蕭茅屋下，白髮老書生。邂逅對牀逢二妙，揮毫落紙堪驚。他年聯袂上蓬瀛。春風蓮燭影，莫問此時情。

自笑此身無定在，風蓬易轉孤根。羨君歸意滿離尊。眼中茅屋興，稚子已迎門。回首對牀燈火處，萬山深裏孤村。故人天末賦招魂。新詩憑寄取，憔悴不須論。

八

世事悠悠天不管，春風花柳争妍。人家寒食盡藏煙。不知何處火，來就客心然。千里故鄉千里夢，高城淚眼遥天。時光流轉鴈飛邊。今春看又過，何日是歸年。

九

醉眼紛紛桃李過，雄蜂雌蝶同時。一生心事杏花詩。小橋春寂寞，風雨鬢成絲。天上鸞膠尋不得，直教吹散胭脂。月明千里少姨祠。山中開較晚，應有背陰枝。小橋南北夢幽尋。殘醉瞢騰不易禁。一樹杏花春寂寞，惡風吹折五更心。此予二十年前嵩山中詩也。

十　李輔之在齊州，予客濟源，輔之有和

荷葉荷花何處好，大明湖上新秋。紅妝翠蓋木蘭舟。江山如畫裏，人物更風流。千里故人千里月，三年孤負歡游。一尊白酒寄離愁。殷勤橋下水，幾日到東州。此下原附李輔之和篇另録

十一　對花懷洛陽舊游

紫玉雙華相照映，錦兒仍是瓊兒。天邊誰與慰相思。洗妝無別物，只有斷腸詩。水北水南渾一夢，眼中紅袖烏絲。春風同是可憐枝。争教歌酒興，不似洛陽時。

十二　贈仲經女子楚楚

阿楚新來都六歲，掌中一捻嬌春。詩中有筆畫難真。芝香雲作朵，魚細錦爲鱗。舊説張門多静女，更和靈照情親。外家姓龐氏 誇談體遣孔兄瞋。異時看小妹，林下謝夫人。

十三　内鄉寄嵩前故人

昨夜半山亭下醉，窪尊今日留題。放船直到浙江西。冰壺天上下，雲錦樹高低。世上紅塵争白日，山中太古熙熙。外人初到故應迷。桃花三百里，渾是武陵溪。

十四　内鄉北山

夏館秋林山水窟，家家林影湖光。三年閒爲一官忙。簿書愁裏過，筍蕨夢中香。父老書來招我隱，臨流已蓋茅堂。白頭兄弟共論量。山田尋二頃，他日作桐鄉。

十五　孟津河山亭同欽叔賦，因寄希顔兄

試上古城城上望，水光天影相涵。都將形勝入高談。河山君與我，獨恨少髯參。造化戲人兒女劇，狙公暮四朝三。百年都合付薰酣。人家誰有酒，吾與典春衫。

江月晃重山　初到嵩山時作

塞上秋風鼓角，城頭落日旌旗。少年鞍馬適相宜。從軍樂，莫問所從誰。候騎纔通薊北，先聲已動遼西。歸期猶及柳依依。春閨月，紅袖不須啼。

虞美人　題蘇小小圖

桐陰別院宜清晝。入坐春山秀。美人圖子阿誰留。都是宣和名筆內家收。鶯鶯燕燕分飛後。粉澹梨花瘦。只除蘇小不風流。倒插一枝萱草鳳釵頭。

二

櫻桃元是仙郎種。次第芳菲動。開殘山杏没都紅。一樹梨花如雪月明中。三生蝶化南華夢。只有情緣重。曲闌幽徑小簾櫳。好共掃眉才子管春風。

小重山

醉盡春風意未闌。纏頭雙鳳錦，覓端端。多情胡蝶送歸鞍。揚州夢，芍藥薦金槃。羅幌酒醒寒。燈前朱麝淺，翠螺殘。一春心事紵衣寬。青鸞客，樓外日三竿。

二

酒冷燈青夜不眠。寸腸千萬縷，兩相牽。鴛鴦秋雨半池蓮。分飛苦，紅淚曉風前。天遠鴈翩翩。鴈來人北去，遠如天。安排心事待明年。無情月，看待幾時圓。

鵲橋仙 同欽叔欽用賦梅

孤根漸煖，芳魂乍返，待吐檀心又嬾。未先拈出一枝香，算只是、司花會揀。情緣未斷，韶華易減，早去尋芳已晚。東風容易莫吹殘，暫留與、何郎慰眼。

二

梨花春暮，垂楊秋晚，歸袖無人重挽。浮雲流水十年間，算只有、青山在眼。鳳臺月樹，朱脣檀板，多病全疏酒琖。劉郎争得似當時，比前度、心情又減。

三 乙未三月，冠氏紫微觀桃符上，開花一枝。予與楊煥然共歎，以爲此亦當卻一春耶，因取此意作此以自喻云

槐根夢覺，瓜田歲暮，白髮新來無數。長安遷客望朱崖，未喚得、煙霄失路。西州芍藥，南州瓊樹，香滿雲窗月户。蒺藜沙上野花開，也算卻、春風一度。

惜分飛 戲王鼎玉同年

人見何郎新來瘦。不見天寒翠袖。繡被熏香透。幾時卻似鴛鴦舊。九十日春花在手。可惜歡緣未久。去去休回首。柔條去作誰家柳。

南鄉子

一雨浣年芳。燕燕鶯鶯滿洛陽。梨雪漸空桃李過，風光。恰到風流睡海棠。何處最難忘。楊柳高樓近苑牆。喚取分司狂御史，何妨。暫醉佳人錦瑟傍。

二

煙草入西州。暮雨千山獨倚樓。不似秦東亭上飲，風流。翠袖春風兩玉舟。事去重回頭。卻是多情不自由。爲向河陽桃李道，休休。青鬢能堪幾度愁。

三

風雨送春忙。爛醉花時得幾場。枝上桃花吹盡也，殘芳。一片春風一片香。少日爲花狂。老去逢春只自傷。回首十年歡笑處，難忘。一曲悲歌淚數行。

四

少日負虛名。問舍求田意未平。南去北來今老矣，何成。一線微官誤半生。孤影伴殘燈。萬里燈前骨肉情。短髮抓來看欲盡，天明。能是青青得幾莖。

五

幽意曲中傳。總是才情得處偏。唱到斷腸聲欲斷，還連。一串驪珠箇箇圓。畫扇綺羅筵。韓馬風流在眼前。坐上有人持酒聽，凄然。夢裏梁園又一年。

踏莎行

微步生塵，殘妝暈酒。朱門如海空回首。東風正有去年花，柔條去作誰家柳。細雨春寒，青燈夜久。孤衾未煖還分手。夢中見也不多時，怎生望得長相守。

桃源憶故人　代贈良佐所親

楚雲不似陽臺舊。只是無心出岫。竹外天寒翠袖。寂寞啼妝瘦。絃聲宛轉春風手。殢得行人病酒。明日西城回首。腸斷江南柳。以上彊村叢書本遺山樂府卷中間以淩張諸本校訂

鷓鴣天　隆德故宮，同希顏欽叔知幾諸人賦

臨錦堂前春水波。蘭皐亭下落梅多。三山宮闕空瀛海，萬里風埃暗綺羅。雲子酒，雪兒歌。留連風月共婆娑。人間更有傷心處，柰得劉伶醉後何。

二　木犀

桂子紛翻浥露黃。桂華高韻靜年芳。薔薇水潤宮衣軟，婆律膏清月殿涼。雲岫句，海仙方。情緣

心事兩難忘。衰蓮枉誤秋風客，可是無塵袖裏香。

三

零落棲遲感興多。酒杯直欲捲銀河。人間清鏡悲華髮，世外仙棋爛斧柯。長袖舞，抗音歌。月明人影兩婆娑。醉來知被旁人笑，無奈風情未減何。

四　蓮

瘦緑愁紅倚暮煙。露華涼冷洗嬋娟。含情脈脈知誰怨，顧影依依定自憐。風送雨，水連天。凌波無夢夜如年。何時北渚亭邊月，狼藉秋香拂畫船。

五　孟津作

總道忘憂有杜康。酒逢歡處更難忘。桃紅李白春千樹，古是今非笑一場。歌浩蕩，墨淋浪。銀釵縞袂滿鄰牆。百年得意都能幾，乞去聲與兒曹說醉狂。

六　與欽叔京甫市飲

樓上歌呼倒接䍦。樓前分手卻相攜。雨前雨後花枝減，州北州南酒價低。憐木雁，笑醯雞。鶴長鳧短幾時齊。醒來門外三竿日，卧聽春泥過馬蹄。

七　中秋夜飲倪文仲家蓮花白，醉中賦此

月窟秋清桂葉丹。仙家釀熟水芝殘。香來寶地三千界，露入金莖十二盤。天澹澹，夜漫漫。五湖豪客酒腸寬。醉來獨跨蒼鸞去，太華峰高玉井寒。

蓮爲水芝見崔豹古今注

此下原附李仁卿同賦二首另録

八　效朱希真體

十步宮香出繡簾。惱人簾底月纖纖。五花驕馬垂楊渡，孤負仙郎側帽檐。秋澹澹，酒厭厭。新詩和恨入香奩。相思恰似鴛鴦錦，一夜新涼一夜添。

九　效東坡體

煮酒青梅入坐新。姚家池館宋家鄰。樓中燕子能留客，陌上楊花也笑人。梁苑月，洛陽塵。少年難得是閒身。殷勤昨夜三更雨，賸醉東城一日春。

十　讀李崖州詩有感，何處新生黄雀兒，飛來直上最高枝。側頭撼腦南園裏，將謂春光總屬伊

姚宋光明到此家。争教老作賈長沙。碧山也要崖州住，百币千遭繞郡衙。南苑月，曲江花。青雲軒蓋滿京華。新生黄雀君休笑，占了春光卻被他。

十一　宫體八首

候館燈昏雨送涼。小樓人静月侵牀。多情卻被無情惱，今夜還如昨夜長。金屋煖，玉鑪香。春風都屬富家郎。西園何限相思樹，辛苦梅花候海棠。

十二

憔悴鴛鴦不自由。鏡中鸞舞只堪愁。庭前花是同心樹，山下泉分兩玉流。金絡馬，木蘭舟。誰家紅袖水西樓。春風殢殺官橋柳，吹盡香緜不放休。

十三

天上腰肢説館娃。眼中金翠有芳華。行雲著意留歌扇，遠柳無情隔鈿車。周昉畫，洛陽花。一枝濃豔落誰家。春寒恨殺如年夜，庭樹陰陰欲暮鵶。

十四

小字繚綾寫欲成。印來眉黛緑分明。水流刻漏何曾住，玉作彈棋儘未平。愁易積，夢頻驚。間衾攲卧覺霜清。月明不放寒枝穩，夜夜烏啼徹五更。

十五

自在晴雲覆苑牆。徘徊明月駐清光。已看紅袖沾芳酒，猶認宫螺映綺窗。金翡翠，繡鴛鴦。春風花煖柳緜香。殷勤未數閑情賦，不願將身作枕囊。

十六

複幕重簾錦作天。金荷銀燭夜如年。漢皋解佩終疑夢，緱嶺吹笙恰是仙。花一夢，柳三眠。春風無意惜芳妍。羅裙細看輕盈態，元在腰肢婀娜邊。

十七

八繭吴蠶賸欲眠。東西荷葉兩相憐。一江春水何年盡，萬古清光此夜圓。花爛錦，柳烘煙。韶華

滿意與歡緣。不應寂寞求凰意，長對秋風泣斷絃。

十八

好夢初驚百感新。誰家歌管隔牆聞。殘燈收罷空明月，臘雪消融更暮雲。　鶯有伴，鴈離羣。西窗寂寞酒微醺。春寒留得梅花在，贈爲何郎瘦幾分。

十九

少日驪駒白玉珂。靈砂犀角費頻磨。西城燈火長安夢，滿意春風似兩坡。　流素月，澹秋河。百年狂興一聲歌。醉歸扶路人應笑，頭上花枝柰老何。

二十

拍塞車箱滿載書。梁鴻元與世相疏。只緣攜手成歸計，不恨埋頭屈壯圖。　蒼玉研，古銅壺。坐看兒輩了耕鋤。年年此日如川酒，千尺青松儘未枯。

二十一

長恨簫聲隔粉牆。争教移住五雲鄉。一溪春水關何事，流水桃花賺阮郎。　風攪夢，月侵牀。情緣消得海生桑。鴛鴦不鎖黄金殿，雌蝶雄蜂枉斷腸。

二十二

酒興濃於琥珀濃。争教相望水西東。人家寒食清明後，天氣輕煙細雨中。　花不盡，柳無窮。賞心難是此時同。阿連近日歌喉穩，唱得春窗燭影紅。

二十三

短髪如霜久已拚。無冠可掛更須彈。初聞古寺多假鬼，又説層冰有熱官。　閒處坐，静中看。時情天意酒杯乾。籬邊老卻陶潛菊，一夜西風一夜寒。

二十四

華表歸來老令威。頭皮留在姓名非。舊時逆旅黄粱飯，今日田家白板扉。　沽酒市，釣魚磯。愛閒真與世相違。墓頭不要征西字，元是中原一布衣。

二十五

拋卻浮名恰到閒。卻因猥嬾得顢頇。從教道士誇懸解，未信禪和會熱謾。　山院静，草堂寬。一壺濁酒兩蒲團。題詩寄與王夫子，乘興時來看藥闌。

二十六

只近浮名不近情。且看不飲更何成。三杯漸覺紛華近，一斗都澆磈磊平。醒復醉，醉還醒。靈均憔悴可憐生。離騷讀殺渾無味，好箇詩家阮步兵。

二十七

枕上清風午夢殘。華胥東望海漫漫。湖山似要閒身管，花柳難將病眼看。三徑在，一枝安。小齋容膝有餘寬。鹿裘孤坐千峰雪，耐與青松老歲寒。

二十八

總道狙公不易量。朝三暮四儘無妨。舊時鄴下劉公幹，今日家中白侍郎。歌浩蕩，酒淋浪。浮雲身世兩相忘。孤峰頂上青天闊，獨對春風舞一場。

村裏黄牖綽，家中白侍郎，石曼卿詩

二十九

白白紅紅小樹花。春風滿意與鉛華。煙霄自屬千金馬，月旦真成兩部蛙。諸葛菜，邵平瓜。白頭孤影一長嗟。南園睡足松陰轉，無數蜂兒趁晚衙。

三十

偃蹇蒼山卧北岡。鄭莊場圃入微茫。即看花樹三春滿，舊數松風六月涼。蔬近井，蜜分房。茅齋坚坐有藜牀。傍人錯比揚雄宅，笑殺韓家晝錦堂。

三十一　薄命妾辭三首

複幕重簾十二樓。而今塵土是西州。香雲已失金鈿翠，小景猶殘畫扇秋。天也老，水空流。春山供得幾多愁。桃花一簇開無主，儘著風吹雨打休。

三十二

顏色如花畫不成。命如葉薄可憐生。浮萍自合無根蔕，楊柳誰教管送迎。雲聚散，月虧盈。海枯石爛古今情。鴛鴦隻影江南岸，腸斷枯荷夜雨聲。

三十三

一日春光一日深。眼看芳樹緑成陰。娉婷盧女嬌無柰，流落秋娘瘦不禁。霜塞闊，海煙沈。燕鴻何地更相尋。早教會得琴心了，醉盡長門買賦金。

三十四

玉立芙蓉鏡裏看。鉛紅無地著邊鸞。半衾幽夢香初散，滿紙春心墨未乾。深院落，曲闌干。舊歡新恨苧衣寬。幾時忘得分攜處，黃葉疏雲渭水寒。

三十五

百囀嬌鶯出畫籠。一雙胡蝶殢芳叢。蔥蘢花透纖纖月，暗澹香搖細細風。情不盡，夢還空。歡緣心事淚痕中。長安西望腸堪斷，霧閣雲窗又幾重。

三十六

澹澹青燈細細香。四更人語在幽窗。西風數點迎秋雨，六尺芙蓉滿意涼。秦樹遠，楚天長。綠嬌紅小負年芳。鴛鴦莫道無離恨，鎖向金籠恰是雙。

三十七

著意尋春苦未遲。無情風雨妒芳期。青樓天遠無書到，繡被寒多只夢知。雲澹泞，月低迷。洛陽山色見愁眉。何時重解香羅帶，細看春風玉一圍。

品令 清明夜，夢酒間唱田不伐映竹園啼鳥樂府，因記之

西齋向曉。窗影動、人聲悄。夢中行處，數枝臨水，幽花相照。把酒長歌，猶記竹間啼鳥。風流易老。更常被、閒愁惱。年年春事，大都探得，歡游多少。一夜狂風，又是海棠過了。

浪淘沙

詩句入冥搜。欲寫還休。人間情是阿誰留。千丈游絲不落地，風外悠悠。煙雨晚山稠。人倚西樓。衡陽歸鴈滿沙頭。一種江城寒夜客，一種春愁。

二

雲外鳳凰簫。天上星橋。相思魂斷欲誰招。瘦殺三山亭畔柳，不似宮腰。長日篆煙消。睡過花

朝。紅薔薇架碧芭蕉。雌蝶雄蜂天不管，各自無聊。

三

春瘦怯春衣。春思低迷。雨聲偏與睡相宜。懊惱離愁尋殢酒，已被愁知。煙樹望中低，水繞山圍。丁寧雙燕話心期。昨夜狂風花在否，明日郎歸。

四

金翠畫屏山。萬髻千鬟。桃源樓閣五雲閒。恨殺芙蓉城下客，不借青鸞。風雨杏花殘。芳意都闌。一燈孤影小窗閒。繡被熏來香欲盡，只是春寒。

五　爲煙中樹作二首

楊柳日三眠。桃李爭妍。千金誰許占芳年。買得閒愁無處著，卻恨春偏。流水武陵源。夢引愁牽。東風歸與燕翩翩。試問西窗前夜月，幾度先圓。

六

芳樹翠煙重。殘角疏鐘。落花飛絮一簾風。可惜河陽桃李月，彈指春空。翡翠合歡籠。相望西東。鎖窗幽夢幾回同。料得朱門歌舞罷，滿袖啼紅。

南柯子

畫扇香微遠，宮螺意自濃。杏園憔悴五更風。不道六朝瓊樹捲春空。蝶近花疑笑，犀靈月易通。襄王雲雨夢魂中。曾見芙蓉裙衩幾多紅。

二

粉澹梨花瘦，香寒桂葉顰。畫簾雙燕舊家春。曾是玉簫聲裏斷腸人。澹澹催詩雨，遲遲入夢雲。武陵流水隔紅塵。只怕翠鸞消息未全真。

三　濟川壽席

閥閱真王後，衣冠上客中。路人遙識紫髯翁。爭信舊來文賦動南宮。得壻攀龍貴，生男射虎雄。

壽筵休放酒尊空。且道幾人全福與君同。

西江月

懸玉微風度曲，熏鑪熟水留香。相思夜夜鬱金堂。兩點春山枕上。楊柳宜春別院，杏花宋玉鄰牆。天涯春色斷人腸。更是高城晚望。

人月圓 卜居外家東園

重岡已隔紅塵斷，村落更年豐。移居要就，窗中遠岫，舍後長松。十年種木，一年種穀，都付兒童。老夫惟有，醒來明月，醉後清風。

二

玄都觀裏桃千樹，花落水空流。憑君莫問，清涇濁渭，去馬來牛。謝公扶病，羊曇揮涕，一醉都休。古今幾度，生存華屋，零落山丘。

太常引

五雲樓觀日華東。看天上、建章宮。人海混魚龍。比自古、中原更雄。紫垣星月，禁階燈火，朝馬鬧晨鐘。一夢轉頭空。恍猶在、邯鄲道中。

二 予年廿許，時自秦州侍下，還太原，路出絳陽。適郡人爲觀察判官祖道道傍。少年有與紅袖泣別者，少焉車馬相及，知其爲觀察之孫振之也。所別卽琴姬阿蓮，予嘗以詩道其事。今二十五年，歲辛巳，振之因過予，語及舊游，恍如隔世，感念今昔，殆無以爲懷，因爲賦此

渚蓮寂寞倚秋煙。發幽思、入哀絃。高樹記離筵。似昨日、郵亭道邊。白頭青鬢，舊游新夢，相對兩淒然。驕馬弄金鞭。也曾是、長安少年。

三

官街楊柳絮飛忙。鞍馬送年芳。詩興更教狂。算能醉、花前幾場。滿城桃李，一枝香雪，不屬富家郎。風雨没商量。快來與、梨花洗妝。

四 東原上清宮，同楊飛卿夜話汝梁舊游，追懷欽叔內翰。飛卿名鴻，有詩名東州

十年流水共行雲。相見重情親。滄海坐揚塵。便

疑是、前身後身。風臺月榭，舞裙歌扇，樂事幾回新。莫話洛陽春。更誰似、金鑾故人。

五　爲東原范尊師壽。范新得曹夫人，所畫松上幽人圖，上有曹道沖題詩

衣冠人物渺翩翩。天地一臞仙。來自范公泉。管家在、三山洞天。一簪華髮，一篇秋水，得意已忘言。圖畫看他年。與松上、幽人竝傳。

眼兒媚

阿儀醜筆學雷家。繞口墨糊塗。音搽今年解道，疏籬凍雀，遠樹昏鴉。乃公行坐文書裏，面皺鬢生華。兒郎又待，吟詩寫字，甚是生涯。

朝中措　永寧時作

連延村落竝陽崖。川路到山迴。竹樹攢成風月，溪堂隔斷塵埃。小亭幽圃，酴醿未過，芍藥初開。驢上一壺春酒，主人莫厭重來。

二

春閨寂寂掩蒼苔。風雨捲春回。擬寫碧雲心事，筆頭無句安排。燈昏酒冷，愁牽夢引，直似秋懷。料得酴醿知我，枕邊時有香來。

三

盧溝河上度旃車。行路看宮娃。古殿吴時花草，奚琴塞外風沙。天荒地老，池臺何處，羅綺誰家。夢裏數行燈火，皇州依舊繁華。

四

時情天意枉論量。樂事苦相忘。白酒家家新釀，黃花日日重陽。城高望遠，煙濃草澹，一片秋光。故國江山如畫，醉來忘卻興亡。

五

醉來長鋏爲誰彈。憔悴入函關。一帶秦川如畫，夕陽仙掌空閒。門邊骯髒，胸中磈磊，何苦人間。匹馬明年西去，看君射虎南山。

六

櫻桃花下玉亭亭。隨步覺春生。處處綺羅叢裏，偏他特地分明。韶華似水，棠梨葉吐，楊柳新成。不是低鬟一笑，十分只是無情。

七

夾衣晨起怯新霜。歸路楚山長。只道佳期相誤，夢魂夜夜誰行。鏡中鸞舞，芝閒鵲轉，未抵歡狂。都把而今煩惱，見時別與論量。

八　效俳體

瑞雲浮動酒波紅。一醉捲愁空。昨日海棠窠下，今朝芍藥香中。蜂迎蝶送，珠圍翠繞，儘謝春風。管甚碧油堂印，且教臨老花叢。

九

良宵一刻抵千金。孤負百年心。好箇一江春水，深來不似情深。一天好事，還教容易，著甚消任。煩惱直須寧耐，不成長似如今。

十

御香新拆紫囊封。苒苒綠雲叢。開晚只嗔寒勒，妝成又怕晴烘。化工也爲，花中第一，熏染偏濃。誰有石家紅錦，重重圍住春風。

阮郎歸

謾郎活計拙於鳩。閒中又過秋。枕書眠了卻登樓。貧來頗自由。書咄咄，賦休休。西窗晚更幽。詩家貧殺也風流。家人不用愁。

二　爲李長源賦

帝城西下望西山。城居歲又殘。萬家風雪一家寒。青燈語夜闌。人鮓甕，鬼門關。無窮人往還。求官莫要近長安。長安行路難。

三　獨木橋體

別郎容易見郎難。千山復萬山。楊花簾幕晚風閒。愁眉澹澹山。光祿塞，鴈門關。望夫元有山。當時只合鎖雕鞍。山頭不放山。

清平樂

香團嬌小。拍拍春多少。一樹鉛華春事了。消甚
珠圍翠繞。生紅鬧簇枯枝。只愁吹破胭脂。說
與東風知道，杏花不看開時。

二

溪頭來去。坐卧沿溪樹。管甚人閒無著處。已被
白雲留住。生平不置肝腸。只今物我都忘。說
與山中魚鳥，相親相近何妨。

三　太山上作

江山殘照。落落舒清眺。澗壑風來號萬竅。盡入
長松悲嘯。井蛙瀚海雲濤。醯雞日遠天高。醉
眼千峰頂上，世閒多少秋毫。

四　罷鎮平歸西山草堂

垂楊小渡。處處歸鞍駐。八十田翁良愧汝。把酒
千言萬語。細侯竹馬相從。笑渠奔走兒童。十里
村簫社鼓，依然傀儡棚中。

五

離腸宛轉。瘦覺妝痕淺。飛去飛來雙語燕。消息
知郎近遠。樓前小雨珊珊。海棠簾幕輕寒。杜
宇一聲春去，樹頭無數青山。

六

蘭膏香聚。醉枕聞低語。一刻春宵流水去。訴得
離情幾許。桃花紅淺紅深。五年煙草歸心。留
得一枝春在，争教緑葉成陰。

七

香凝嬌聚。玉立臨春樹。細看司花留意處。都在
輕勻淺注。相逢南陌東城。有情只似無情。說
與新來憔悴，鶯兒不解丁寧。

八　憶鎮陽

悲歡聚散。世事天誰管。梳去梳來雙鬢短。鏡裏
看看雪滿。燕南十月霜寒。孤身去住都難。何
日西窗燈火，眼前兒女團欒。

九　夜宿奉先，與宗人明道談天壇勝游，因賦此詞。司

馬子微開元十七年中元日，藏金華丹經於天壇石室。中興亂後人得之，字畫如洛神賦，縑素亦不爛壞。予於山陽一相識家嘗見之

丹書碧字。細説金華事。試問誰邊堪舉似。除卻青蓮居士。　胎仙八表泠風。争教低首樊籠。夢裏雲裝煙駕，倚天壇影西東。

十　嘲兒子阿寧

嬌鶯婭姹。解説三生話。試看青衫騎竹馬。若箇張萱許畫。　西家撞透煙樓。東家談笑封侯。莫道元郎小小，明年部曲黄牛。

十一　贈句龍英孺家小女阿金，張仲經二女，名蘭蘭楚楚

瓊枝瑶草。來自三山島。莫道生男堪慰老。掌上金兒更好。　胭脂杏蕾生紅。繡襦學弄春風。好共蘭蘭楚楚，畫教乞巧圖中。

浣溪沙　方城仙翁山北水莊成，而良佐以事繫獄，以此寄之

百折清泉繞舍鳴。隔年楊柳緑陰成。藕花多處一舟輕。　行處自由皆樂事，得來無用是虚名。等閑榮辱不須驚。

二　宿孟津官舍

一夜春寒滿下廳。獨眠人起候明星。娟娟山月入疏櫺。　萬古風雲雙短鬢，百年身世幾長亭。浩歌聊且慰飄零。

三　外家種德堂

牆外桑麻雨露深。堂前桃李有新陰。高門因見古人心。　三世讀書無白屋，一經教子勝黄金。小雛先與唤瓊林。

四　史院得告歸西山

萬頃風煙入酒壺。西山歸去一狂夫。皇家結網未曾疏。　情性本宜閒處著，文章自忖用時無。醉來聊爲鼓嚨胡。

五

芍藥初開百步香。小闌幽徑隔長廊。好花都屬富家郎。此樂莫教兒輩覺，老夫聊發少年狂。高燒銀燭照紅妝。

六

日射雲開五色芝。鴛鴦宮瓦碧參差。西山晴雪入新詩。焦土已經三月火，殘花猶發萬年枝。他年江令獨來時。往年宏辭御題有西山晴雪詩。

七　相州西南善應，洹水所從出，風物絶似吾嵩山玉溪，但寒藤老屋，差不及耳

湖上春風散客愁。芳洲煙景記曾游。人家渾似玉溪頭。楊柳青旗沽酒市，桃花流水釣魚舟。紅塵鞍馬幾時休。

八　三臺送客，作離合體

錦帶吴鉤萬里行。青雲人物舊知名。百壺春酒過清明。渺渺荒陂冰井路，青青楊柳玉關情。斜陽無語下西陵。

九

芳草垂楊長樂坡。兩行紅粉一聲歌。淋漓襟袖酒痕多。夢裏翠翹驚墮枕，愁邊羅襪見淩波。春寒春瘦夜如何。

十

夢繞桃源寂寞回。春殘滋味似秋懷。多情翻恨酒爲媒。數點雨聲風約住，一簾花影月移來。小闌幽徑獨徘徊。

十一　懷李彦深。李，濟南人。繡江在長白山下

緑綺塵埃試拂絃。今人誰與子争先。相逢尊酒合留連。金馬玉堂梁苑客，岸花汀草繡江船。舊游回首又三年。此下原有後庭花破子二首及孫正卿和後庭花破子一首，以其均爲曲調删去。

古烏夜啼　玉簪

花中閒遠風流。一枝秋。只枉十分清瘦不禁愁。人欲去。花無語。更遲留。記得玉人遺下玉搔

頭。

點絳脣　長安中作

沙際春歸，綠窗猶唱留春住。問春何處。花落鶯無語。渺渺吟懷，漠漠煙中樹。西樓暮。一簾疏雨。夢裏尋春去。

二　宜男

綠澹香濃，舊曾百子池邊種。碧筵孤聳。驚墮釵頭鳳。檀粉輕拈，苦怕蜂腰重。天花供。一枝誰送。寂寞南華夢。

三　青梅永寧時作

玉葉璁瓏，素妝不趁宮黃媚。謝家風致。最得春風意。手把青枝，憶得斜橫髻。西州淚。玉觴無味。强爲清香醉。

四

痛負花朝，半春猶在長安道。故園春早。紅雨深芳草。愁裏花開，愁裏花空老。西歸好。一尊傾倒。乞去聲與花枝惱。

五

夢裏梁園，煖風遲日熏羅綺。滿城桃李。車馬紅塵起。客枕三年，故國雲千里。更殘未。夜寒如水。茅屋清霜底。

六

國豔天香，一叢百朵開來半。燕忙鶯亂。要結尋芳伴。買斷春風，醉倒應須拚。清尊滿。謝家池館。歲歲年年看。

七　寄李輔之

生死論交，有情何似無情好。滿前花草。更覺今年老。塞上春遲，湖上春風早。東州道。幾時飛到。爛醉紅雲島。

八

十六芳年，錦兒嬌小瓊兒秀。海棠紅皺。恰到愁時候。天上歌聲，未省人間有。休回首。渭城煙柳。腸斷離亭酒。

訴衷情

萬人如海一身藏。隨例大家忙。東華軟紅塵土，俗損謝三郎。蘭若寺，玉溪莊。兩茅堂。雞豚鄉社，鵝鴨比鄰，好箇嵩陽。

二

升平責望富民侯。愁損抱官囚。自家本無煩惱，鬧處要鑽頭。山崦寺，水心樓。去來休。醉扶歸路，鼓吹鳴蛙，部曲黃牛。

三　仲經舉兒，小字高閭，所居名高齋

行齋活計五車書。真欲釜生魚。天公也相料理，新得掌中珠。看驥子，弄鵷雛。最憐渠。青衫竹馬，後日迎門，好箇高閭。

採桑子

兒家門户重重掩，郎住牆東。枉破春工。萬紫千紅一夜風。伯勞分背西飛燕，何日相逢。縱得相逢。海闊天高處處同。

謁金門　漕司西齋

羅衾薄。簾外五更風惡。醉後題詩渾忘卻。烏啼殘月落。憔悴何郎東閣。病酒不禁重酌。袖裏梅花春一握。幽懷無處託。

好事近　冬夜有懷

夢裏十年心，情味夢回猶惡。枕上數行清淚，被驚烏啼落。西窗瓶水夜深寒，梅花瘦如削。只有一枝春在，問東君留著。　以上彊村叢書本遺山樂府卷下

朝中措　賀張伯寧家兒子犀郎晬日

驪珠光彩照燕南。喜氣溢街談。未到靈椿丹桂，一枝先看宜男。明年人日，探官帖子，已具新銜。管甚犀郎小小，安排竹馬青衫。　趙萬里據翰墨大全丙集

三補遺

案趙萬里據翰墨大全丙集十四，補感皇恩水上覓紅雲一首，已見五卷本卷一。又周泳先據明曹璿瓊花集，補好問望江南維揚好靈宇看瓊花一首乃宋韓琦詞。

滿江紅　再過水南

問柳尋花，津橋路、年年寒節。佳麗地、梁園池館，洛陽城闕。白鶴重來人換世，淒涼一樹梅花發。記水南、昨暮賞春回，今華髮。金縷唱，龍香撥。雲液暖，瓊杯滑。料羈愁千種，不禁掀豁。老眼只供他日淚，春風竟是誰家物。恨馬頭、明月更多情，尋常缺。

又　三泉醉飲

桃李漫山，風日暖、朝來開徹。東溪上、落花流水，暮春三月。一片花飛春意減，有花堪折君須折。恨百年、春事短長亭，匆匆別。金縷唱，金蕉拍。休直待，芳華歇。到綠陰青子，只供愁絕。坐上常看尊有酒，鏡中莫管頭如雪。料醉來、人說次公狂，從渠說。

念奴嬌　飲渾源岳神仙會（張家鼒南塘本訂誤云，會疑當作館。）

小山招飲，恨還丹、不到人間豪傑。南渡衣冠多盛集，蕭灑蘭亭三月。陶冶襟靈，留連光景，觴詠今無復。黃壚雖近，老懷空感存歿。誰辨八表神游，古來登覽，此日俱湮沒。天景雲光搖醉眼，興在珠宮瑤闕。布席崧臺，脫巾石壁，散我蕭蕭髮。短歌悲慨，海濤響振林樾。

摸魚兒

憶元龍、舊家湖海，不應年鬢衰槁。翩翩竹馬兒童喜，驚見漢江歸報。歸計早。黃金印、征西已付諸郎了。紅雲仙島。渺千里移春，濃薰細染，春意已傾倒。西溪上，玉鏡修眉翠掃。題詩曾許誰到。溪亭未入奚奴錦，望斷綠波春草。君且道。人間世、虛名得似歡游好。風流未老。約款段隨車，鴟夷載酒，迎我霜陵道。

又　樓桑呼漢昭烈廟

問樓桑、故居無處。青林留在祠宇。荒壇社散烏聲

□原作喧，從南塘本改，寂寞漢家簫鼓。春已暮。君不見、錦城花重驚風雨。劉郎良苦。儘玉壘青雲，錦江秀色，辦作一丘土。西山好，滿意龍盤虎踞。登臨感愴千古。當時諸葛成何事，伯仲果誰伊呂。還自語。緣底事、十年來往燕南路。征鞍且駐。就老瓦盆邊，田翁共飲，携手醉鄉去。

八聲甘州

半仙亭籃輿雪中回，黃紬日高眠。兒婚女嫁，奴耕婢織，共有住山緣。夢裏松腴釀熟，竹港咽冰泉。萬古霜空月，此夜清妍。不愛朝臺暮省，愛渼陂魚艇，杜曲山田。更昭陽遺藁，有意續伶玄。定誰共、舊家研削，要徘徊、顧影燭花前。西歸好、春風未老，留待明年。

蝶戀花

春到桃源人不到。白髮劉郎，誤入紅雲島。著意酬春還草草。東風一夜花如掃。過眼風花人自

惱。已□原作坐，南塘本云疑當作挫尋芳，更約明年早。天若有情天亦老。世間原只無情好。

又　同樂舜咨郎中夢梅

梅信初傳金點小。翠羽多情，儘耐風枝裊。乞與吟鞭□原作共，從南塘本改百繞。小窗月暗人聲悄。枕上詩成還自笑。萬斛清愁，換得春多少。臨水幽姿空自照。羅浮山下孤村曉。

醉花陰

候館青燈淡相對。夜迢迢無奈。掩淚惜分飛，好夢空回，留得閑愁在。同心易綰雙羅帶。只連環難解。且莫望歸鞍，儘眼西山，人更西山外。

鳳凰臺上憶吹簫

寶篋留香，錦書封淚，要教惱亂愁腸。恨鏡鸞雙舞，辜負歡狂。日日日原作月，從南塘本改東城望眼，但原作俱夢，從南塘本改暮雲、煙樹微茫。人何處，濃陰靜院，明明字原缺，據舊鈔本補月幽窗。東風萬紅千紫，算

只有寒梅，瘦得何郎。想淡妝無語，孤影昏黃。好在藍橋舊路，也便下缺十六字□□以上十首見石蓮庵彙刻遺山先生新樂府五卷本卷一，間以南塘本校。

感皇恩　壽韓侯恬然

水上見紅雲，雲藏仙島。雲外晴峰翠於掃。東園行樂，一洗山林枯槁。萬金誰辦得、安閑早。石上玉芝，松間瑶草。容易休教使君老。壽杯宮袖，醉眼風荷翻倒。錦堂花與月、年年好。

又　張侯壽席此州樂府垂楊一曲方盛

天外想春來，春來天上。樂府垂楊動新原作新動，從南塘本改唱。扁舟西子，併與雲帆無恙。五湖將底用，黃金像。水閣清深，晴樓蕭爽。絲竹留教助清賞。松腴仙酎，萬斛溪溪字原缺，兹據南塘本補泉供釀。壽杯先領取、山中相。

臨江仙　張光甫家兒子咬驢

膝上添丁郎小小，鵷雛彩鶴初勻。書堂合與孟家鄰。誦詩琴解□，論學解字論學字原缺，兹並據南塘本補墨沾脣。頭玉嶢嶢眉刷翠，更將秋水爲神。看花留待百年春。金鞍南陌上，驚動洛陽人。

又

連日湖亭風色好，今朝賞徧東城。主人留客過清明。小桃如欲語，楊柳更多情。爲愛暮雲芳草句，一杯聊聽新聲。水流花落歎浮生。故園春更晚，時節已啼鶯。

又　贈答飛卿弟

壯歲論交今晚歲，只君知我平生。六年相望若爲情。吕安思叔夜，殘月配長庚。濟上買田堪共隱，嵩丘朝暮陰晴。紫雲仙季白雲兄。風流成二老，林下看昇平。

又　唐子西酒名齊物論，又曰養生主

誰喚提壺沽美酒，浮生多負歡游。窗明窗暗百年休。涼風催雁過，春水帶花流。仰視浮雲空自誑，往還歲月悠悠。三山那有鳳麟洲。一杯齊物論，千古醉鄉侯。

攤破浣溪沙　代贈仲經所親

錦瑟華年燕子樓。楚雲湘雨等閑休。留在貞元供奉曲，儘風流。約略睡痕妝鏡晚，留連香韻瑣窗秋。總道竹西歌吹好，去來休。

浣溪沙　別緯文張兄

欹枕寒鴉處處聽。花前雁後數歸程。小紅燈影鬧春城。兩地相望今夜月，一尊不盡故人情。老懷牢落向誰傾。

又

晝出清明二月天。山城三月只蕭然。閑門日日枕書眠。川下杏花渾欲雪，山中楊柳不成煙。春風迴首又明年。

朝中措　蓁君美東海名家，大父內翰海陵朝以文章顯，出刺吾州。君美以蔭補，嘗令湖城，晚得兒子石桂，因爲賦此

添盆新喜萬家傳。滿意擲金錢。仙果休嗔生晚，靈椿最得春偏。隆顱犀角，丹砂一抹，玉潤松堅。看取翰林枝葉，卻如東海當年。

又　周帥華堂紫牡丹

芳苞初破紫霞盃。香動綠雲堆。只道人間花盡，爭知天上春回。朝吟暮繞，使君情重，不厭頻來。好把韶華留住，莫教百朵齊開。

又　寄楊澧

秋鴻社燕偶相逢。鞍馬又西東。孤負水南三月，安排萬紫千紅。舊游新夢，綠波南浦，黃葉西風。任是麒麟閣上，爭如鸚鵡杯中。

又　小兒子生，適有遺羽陽宮瓦者，因以羽陽字之

添丁名字入新收。一長看過頭。拾得羽陽宮瓦，不愁撞透煙樓。遺山野客，求田問舍，夢想南州。說甚河東三鳳，安排老□班彪。

秋色橫空

松液香凝。澹幽姿一洗，若下宜城。甘腴小苦中山賦，千古齒頰春生。燈花喜，缸面清。愛竹港、冰泉落枕聲。恰值劉綱夫婦、此日丹成。雲峰翠展畫屏。更晴樓水閣，樹擁煙橫。留連光景中年，要歌管淘寫襟靈。人間世，身外名。笑朝馬晨鐘夢易驚。且留看神仙，白晝地行。

思仙會 效楊吏部體

人無百年人，枉作千年計。傀儡棚頭，看過幾場興廢。朱顏易改，可惜歡娛地。勸君酒，唱君歌，爲君醉。滄溟一葉，正在橫流際。阮籍途窮，啼得血流何濟。天公老大，不管人間世。莫莫休休，莫問甚底。

漁家傲

午醉醒來春欲去。鶯兒燕子都無語。好箇一春行樂處。花無數。寶釵貰酒花前舞。十里驛亭楊柳樹。多情折斷青青縷。春到去時留不住。留不住。西城日日風和雨。

喜遷鶯

雲雷天造。快嫖姚玉節，生平豪妙。野宿貔貅，江橫組練，畫角一聲霜曉。魚鳥簡書知畏，草木威名先到。更誰似，並虎頭飛將，封侯差早。談笑。尊俎地，兵衛畫戟，燕寢凝香好。伏櫪雄心，缺壺高唱，意氣不妨傾倒。父子一門忠力，唯有君恩須報。濟時了。看郎山長對，元勳難老。以上十七首見石蓮庵彙刻遺山先生新樂府五卷本卷二，間以南塘本校

鷓鴣天 山陽七聖堂

沙岸縈回入草泥。霜餘煙景自悽迷。樹嫌川近重重掩，雲要村深故故低。茅蓋屋，稻分畦。何人今日此幽棲。十年來往山陽道，只□原作道，似誤，從南塘本改清溪過馬蹄。

定風波 三鄉光武廟，懷故人劉公景玄

熊耳東原漢故宮。登臨猶記往年同。底事愛君詩句好。解道。河山浮動酒杯中。存没悠悠三十載。誰會。白頭孤客坐書空。黄土英雄何處在。須待。醉尋蕭寺哭春風。

又

離合悲歡酒一壺。白頭紅頰醉相扶。見説德星今又聚。何處。范家亭上會周吴。造物有情留此老。人道。洛西清燕百年無。六客不争前與後。好□。龍眠老筆畫新圖。永寧范使君園亭，會汝南周國器、汾陽任亭甫、北燕吴子英、趙郡蘇君顯、淄川李德之、用東坡體，擬六客詞。

又　兒子中中百晬日作

五色蓮盆玉雪肌。青搽紅抹總相宜。且道生男何足愛。争奈。隆顱犀角眼中稀。六十平頭年運好。投老。大兒都解把鋤犂。醉眼看花驢背上。豪放。阿齡扶路阿中隨。

又

何處如今更有詩。争教風鬢見横枝。詩到梅邊誰最似。除是。玉顔寂寞酒清時。爲向雲間公子道。聞早。安排歡賞惜幽姿。十十字原缺，據南塘本補日留花花未遇。南塘本云，疑當作過容我。醉闌紅袖寫烏絲。

婆羅門引　過孟津河山亭故基

短衣匹馬，白頭重過洛陽城。百年一夢初驚。寂寞高秋雲物，殘照半林明。澮横舟古渡，落雁寒汀。河山故亭。人與鏡、兩峥嶸。争信黄壚此日，深谷高陵。一時朋輩，謾留住原作在，從南塘本改、窮途阮步兵。尊俎地、誰慰飄零。

又　兖州龍興閣感遇

嶧山霽雪，九層飛觀鬱峥嶸。風煙畫出新亭。老眼來今往古，天地兩無情。但浮雲平野，短日蕪城。酒狂步兵。書與劍、此飄零。爲問雲間雞犬，幾度丹成。停杯不語，竟何用、千秋身後名。休自倚、湖海平生。

又　亦名菊潭秋

商於六里，野塘千古□煙霞。靈苗鬱鬱無涯。浩蕩青冥風露，金素發清華。散霜叢彌岸，月影明沙。仙經浪誇。種瑶草、養鉛砂。争信瓊杯芳薦，藥鏡黄芽。秋香晚節，也分到、山中宰相家。休更羨、劉阮桃花。

梅花引

牆頭紅杏粉光匀。宋東鄰。見郎頻。腸斷城南消息未全真。拾得楊花雙淚落，江水闊、年年燕語新。見説金娘埋恨處，蒺藜沙草不知春。離魂一隻原作雙，從南塘本改鴛鴦去，寂寞誰親。唯有因風委露託清塵。月下哀歌宮殿古，暮雲合、遥山入翠顰。

又　同張仲經楊飛卿賦青梅

緑華仙蕚彩雲間。雪消殘。擁香□。隨意輕匀淺注儘高閑。向道是梅剛不信，更誰占、東風最上番。韻絶秀絶香又絶，恨□千山復□山。原作恨千山復千山，茲據南塘本改才情似記何郎句，清淚斑斑。寂寞孤村籬落小溪灣。修竹蕭蕭霜月苦，好留與、青綾護曉寒。

惜奴嬌

畫扇高秋，恨塵暗秦王女。渺東城、春煙緑樹。燕子來時應解説，征鞍處。記取。未忘得、蘭膏香聚。枕上新聲，斷腸是江南句。更行雲無心也住。未了情緣，算惟有、相將去。□原不空，據南塘本補去。枉輕負、梨花暮雨。

樂府烏衣怨　舊名點絳唇

香冷雲兜，後期紅線知何許。謝家兒女。解得辭巢語。畫棟珠簾，恨不經年住。怱怱去。岸花汀樹。寂寞瀟湘雨。

又

繡佛長齋，半生枉伴蒲團過。酒壚橫臥。一蹴虛空破。頗笑張顛，自謂無人和。還知麽。醉鄉天大。少箇原作□我，從南塘本改神仙我。

江城子

杏花開過雪成團。惜朱顏。負清歡。只道今年，春意已闌珊。却是地偏芳信晚，紅數點，小溪灣。碧壺香供挽春還。一枝閑。淡相看。月落山空，誰與護朝寒。傳語春風留客好，莫容易，便吹殘。

又　東原幕府諸公，送予西湖，行及陽穀，作此爲寄

江山詩筆仲宣樓。弊貂裘。儘風流。獨恨煙花，三月出東州。愛煞津亭亭□□，無一語，只相留。來鴻去雁兩悠悠。別離愁。幾時休。得似孤城，春水一沙鷗。寄謝西湖追送客，分手地，莫回頭。以上十五首見石蓮庵彙刻遺山先生新樂府五卷本卷三，間以南塘本校

清平樂　光甫副使壽席，鵷雛指渠兒子阿咬

春風傾倒。京洛春回早。走馬章臺人未老。金翠鵷雛更好。安排美景良辰。放教花柳搀新。誰似君家池館，又添丹桂靈椿。

又　己亥春，濟原奉先觀賦杏花

小橋流水。一逕修篁裏。走馬章臺人未老。只愛明窗淨几。杏花白白紅紅。花時日日狂風。不是碧壺香供，真成惱破春工。

西江月

懸玉微風度曲，薰爐熟水留香。相思夜夜鬱金堂。兩點春山枕上。楊柳宜春別院，杏花宋玉鄰牆。天涯春色斷人腸。更是高城晚望。

人月圓

玄都觀裏桃千樹，花落水空流。憑君莫問，清涇濁渭，去馬來牛。謝公扶病，羊曇揮涕，一醉都休。古今幾度，生存華屋，零落山丘。

又 卜居外家東園

重岡已隔紅塵斷，村落更年豐。移居要就，窗中遠岫，舍後長松。十年種木，一年種穀，都付兒童。老夫唯有，醒來明月，醉後清風。案以上三首已見三卷本

太常引 寄酒泉帥張奥子明，子明鄠陽闕去酒泉百里而遠，故云

田園松菊自由身。鞍馬老紅塵。鵝鴨惱比鄰。算未羨、凌煙寫真。花時風雨，長年哀樂，白髮爲誰新。休唱渭城春。怕憶着、西州故人。

又

水光林影入憑闌。花柳占春寬。三月錦成團。爲洗盡、山陰暮寒。玉峰詩老，爲君吟嘯，不醉有餘歡。人物後來看。□畫作、臨流幼安。

又

東園歌管日相娛。佳釀出兵廚。陶寫在桑榆。便鶴到、揚州未如。歈，原作歌，從南塘本改紅濃露，綠陰清吹，長□下樓居。高枕即吾廬。更何待、將軍報書。

水龍吟 東園醉後

兩年金鳳城邊，等閒又見東風菜。侯門慣客，東園高宴，青雲飛蓋。水上幽亭，恍然真似，蘭舟同載。望紅樓翠壁，青田白鷺，誰信是，山陰塞。鬱鬱林梢紫動，便安排、春來天外。醉魂摇蕩，尊前何恨，狂香浩態。高枕吾廬，倒衣命駕，心期長在。爲使君料理，潘郎老鬢，儘花枝戴。

又

漢家金粟堆空，玉花驚見天池種。并州畫角，迴原作危，從南塘本改腸淒斷，清霜曉弄。世事浮雲，白衣蒼狗，知誰搏控。恨北平老守，南山夜獵，風雨暗，貂裘重。總道煙霄失路，意平生、依然飛動。高城置酒，汾流澮澮，無言目送。寶劍千金，儘堪傾倒，玻璃春甕。問波神剩借，橫江組練，挽青絲夢。

木蘭花慢　送親家丈（原作又從南塘本改）問夢綱

又東門送客，側身西望長嗟。算萬里功名，幾番風雨，何限雲沙。相看已過半百，甚年年、各在一天涯。秋氣偏催過雁，踈煙細點歸鴉。旌旗未卷鬢先華。清淚落悲笳。問蜀道登天，錦城雖好，得似還家。關心老來婚嫁，要與余、鄰屋共煙霞。到□征西車馬，輸他杜曲桑麻。

又　送取新歸隱山陽兼簡玉川同社

澹西園暮景，對別酒，惜臨分。愛襆被中臺，掛冠神武，誰得如君。紛紛道途鞍馬，甚當時、王粲也從軍。處處驚烏夜月，年年落雁橫汾。菟裘老計在耕耘。風□出塵氛。記沁北丹東，松枯石潤，菊秀蘭薰。林泉竟輸先手，漫回頭、慚愧玉山雲。寄謝雞豚社客，草堂未要移文。

又　贈吹觱篥者張嘴兒暨乃婦田氏合曲賦此

要新聲陶寫，奈聲外有聲何。傖銀字安清，珠繩瑩滑，怨感相和。風流故家人物，記諸郎、吹管念奴歌。落日邯鄲老樹，秋風太液滄波。十年燕市重經過。鞍馬宴鳴珂。趁飢鳳微吟，嬌鶯巧囀，紅卷鈿螺。纏頭斷腸詩句，似鄰舟、一聽惜蹉跎。休唱貞元舊曲，向來朝士無多。以上十三首見石蓮庵彙刻遺山先生新樂府五卷本卷四，間以南塘本校。

臨江仙　留別郝和之

昨日故人留我醉，今朝送客西歸。古來相接眼中稀。青衿同舍樂，白首故山違。九萬里風安税駕，雲鵬悔不卑飛。回頭四十七年非。何因松竹底，茅屋老相依。

鷓鴣天　宿趙州

宿酒消來睡思清。夢中身世可憐生。緑衿紅燭櫻桃宴，畫角黃雲細柳營。秋歷□，月朧明。步檐倚杖候晨星。無窮宇宙無窮事，一笑山城打六更。

又

緑袖垂肩士女圖。豔歌還似轉鶯雛。一春楊柳吹緜後，五月榴花照眼初。明晝燭，倒金壺。使君曉夙宴西湖。老來忘卻行雲夢，猶要春風醉後扶。

阮郎歸

崢嶸秋氣動千崖。川平晚照回。小橋流水送吟鞋。無人覓往來。欹亂石，坐蒼苔。一杯復一杯。田家次第有新醅。黃花細細開。

玉樓春

秋燈連夜寒生暈。書硯朝來龍尾潤。朧朧窗□暗移時，槭槭簷聲還一陣。黃花白酒登高近。意外陰晴誰處問。青山只管戀行雲，忙殺晚風吹不盡。

又

流光不受長繩繫。樂事且須論早計。丹成雞犬亦登仙，運去英雄空掩涕。花迎酒笑寧無意。酒藉花香尤有味。由來夷跖不多争，唤向花間同一醉。

又

秋風茅屋浮雲巘。汗漫招來嵇與阮。儘從鶴背更腰金，獨恨騎曹餘手板。酒中最好藏疏嬾。深注紅螺容細卷。世間只没□閑人，舉步有閑渠自遠。

又

人間鬢髮隨秋換。天上月明秋又半。月邊仍有女乘鸞，萬古與誰期汗漫。天翁苦被閒人管。月好御嫌秋夜短。如何能得夜年長，月也長如今夜滿。

又

驚沙獵獵風成陣。白雁一聲霜有信。琵琶腸斷塞門秋，卻望紫臺知遠近。深宫桃李無人問。舊愛玉顔今自恨。明妃留在兩眉愁，萬古春山顰不盡。

又

惜花長被花枝惱。一夜落紅紛不掃。緑雲爲幄繡爲裀，不惜春衫還藉草。尊前莫恨春歸早。來歲花開應更好。丁寧雙燕促春還，向道惜花人未老。

又

楚娘最瘦腰圍小。會看新聲歌水調。已看天上駐行雲，更向花間留晚照。傾城不博嫣然笑。賸破千金猶恨少。少年恰是惜春時，第一莫教容易了。

江城子 繡香匳曲

吐尖絨縷溼胭脂。淡紅滋。豔金絲。畫出春風，人面小桃枝。看做香匳元未盡，揮一首，斷腸詩。仙家說有瑞雲枝。瑞雲枝。似瓊兒。向道相思，無路莫相思。枉繡合歡花樣子，何日是，合歡時。

定風波

小□香來醉夢中。夢回幽賞惜悤悤。只道南枝開未半。誰喚。等閑都逐晚雲空。瀟灑小溪新雪後。唯有。蕭蕭霜葉臥殘紅。幾欲問花應有恨。休問。争教不肯嫁春風。

清平樂

村墟瀟灑。似是朱陳畫。神武衣冠須早掛。可待

兒婚女嫁。山深水木清華。漁樵好箇生涯。夢想平橋南畔，竹籬茅舍人家。

浣溪沙

秋氣尖寒酒易消。秋懷無酒更無聊。夕陽人影臥平橋。菊就雨前都爛熳，柳從霜罷便蕭條。夜來風色似今朝。

二

一片青天舉櫂過。小舟無地受風波。漁歌渾是太平歌。鄉社年豐尋酒易，陂塘春暖得魚多。百年閑過又如何。

三

夢裏還驚歲月遒。鯉魚風退不勝秋。人生雖異水同流。酒力有神工駐景，丹房無藥可燒愁。陶陶兀兀老時休。

四

一片煙簑一葉舟。夢中身世是滄洲。鯉魚風退不

勝秋。秋月春風行處有，蒼苔濁酒醉時休。人生雖異水同流。

五

爲愛劉郎駐玉華。暗將心事許煙霞。石田茅屋老生涯。鐵笛不須從二草，頭巾長擬掛三花。他年人説漫郎家。

虞美人

花心苦被春摇蕩。粉豔嬌相向。隔簾微雨送幽香。未羨寒梅，疏影月昏黄。芳温一念何時忘。笑了還惆悵。無端閑近宋東牆。真箇曉人，情思斷人腸。

鷓鴣天

八月盧溝風路清。短衣孤劍此飄零。蒼龍雙闕平生恨，只有西山滿意青。塵擾擾，雁冥冥。因君南望涌金亭。還家賸買宜城酒，醉盡梅花不要醒。

二

飲量平常發興偏。留連光景惜歡緣。悲歌慷慨人爭和，醉墨淋漓自笑顛。麟閣畫，祖生鞭。拍浮多負酒家錢。老來事事消磨盡，只有尊前似少年。

三

身外虚名一羽輕。封侯何必勝躬耕。田園活計渾閑在，詩酒風流屬老成。三會水，半山亭。村村花柳自昇平。錦城未比還家好，何處而今有錦城。

南鄉子

衰思怯登樓。百感中來不自由。天意時情誰解得，悠悠。一片黄雲畫角秋。汾水遶城流。流盡朱顔到白頭。萬事且休論一醉，都休。前日黄花蝶已愁。

點絳唇

連夜春寒，夜來好夢孤衾暖。寺樓鐘斷。卻恨更籌短。一點閑情，苦被離愁管。西城晚。雁飛天遠。草色歸心滿。

浪淘沙　劉公子家園秋日海棠

何處挽春還。華屋金槃。一枝紅雪入驚看。總爲西園風露早，特地高閑。寂寞曲闌干。高髻雲鬟。緑羅衫子瘦來寬。好箇沈香亭畔月，只在秋寒。

朝中措　與石子璋別，求作樂府，得麻字

驚絃裂石筆生華。清興入悲笳。爲愛南山夜獵，笑人杜曲桑麻。高歌醉眼，千金駿馬，八月仙槎。都把平生湖海，看君咫尺龍沙。

點絳唇

紅袖憑闌，畫圖曾見崔徽半。吹簫誰伴。白地肝腸斷。未了塵緣，可道歡緣短。雲山亂。武陵溪岸。幾誤鶯聲喚。

二

把酒留春，醉扶紅袖花前倒。落花風掃。紅雨深芳草。又恨春遲，又恨春歸早。花應笑。惜春人老。枉被春風惱。

三

玉蕊輕明，洗妝偏費春風手。韻香襟袖。別是閨房秀。錦瑟華年，□醉東園酒。西歸後。舊家花柳。誰得何郎瘦。

鷓鴣天　中秋雨夕，同欽叔飲樂府宋宜家

著意朝雲復暮雲。良宵留住宋東鄰。玄霜玉杵期無定，高燭明妝賞更新。團扇曲，畫梁塵。萬家秋氣一家春。月光不照金尊裏，只爲夭嬈醉得人。

江城子

梅梅柳柳鬧新晴。趁清明。鳳山行。畫出靈泉，三月晉蘭亭。細馬金鞍紅袖客，能從我，出重城。賞心樂事古難并。玉雙瓶。爲冠傾。一曲清歌，休作斷腸聲。頭上花枝如解語，應笑我，木忘情。

臨江仙

清曉千門開壽宴，綺羅香繞芳叢。紅嬌緑輭媚光風。繡屏金翡翠，錦帳玉芙蓉。珠履争持添歲酒，葡萄酒飲金鍾。人生福壽古難逢。好將家慶事，□□□□□。

二

楊柳池塘桃李徑，華堂壽宴初開。圍春翠幙舞風迴。東山携妓女，北海整尊罍。玉笥輕敲紅象板，金荷瀲灩傳杯。笙歌繚繞宴春臺。華山閑日月，□野醉蓬萊。

青玉案

熙春臺下花無數。紅紫映桃溪路。蝶往蜂來知幾許。翠箹亭外，緑楊隄畔，時聽嬌鶯語。綺筵羅列開尊俎。總是神仙侶。競舉笙歌馳玉醑。介公眉壽，年年此日，長與花爲主。

南鄉子

遲日惠風柔。桃李成蹊緑漸稠。把酒尊前逢盛旦，凝眸。十里松湖瑞氣浮。功業古難侔。宜在淩煙更上頭。彩色□開浮喜氣，風流。千歲三公萬户侯。

玉樓春

謫仙暫下金鑾殿。歡宴瑤池春未晚。飛瓊獻舞錦靴寒，弄玉吹簫銀字暖。壽觴阿母年年勸。猶道碧桃香尚淺。花開更待幾東風，應見□華千歲□。

減字木蘭花

瑞雲仙霧。拂曉重重遮繡户。一炷清香。千尺流霞入壽觴。家門轉好。從此自應長不老。來歲春風。看□西□小令公。

朝中措

香輕紅淺露梅腮。江上早春來。玉佩聲朝丹闕，霓旌影下瑤階。朱門向曉，三千珠履，十二金釵。碧海金鸞來報，蟠桃一夜花開。

西江月

骨相匿犀秀發，精神聳鶴孤高。少年事業富伊皋。便向中書書考。肘後不傳丹訣，眉間新長修毛。一壺春色宴蟠桃。□介歸榮忠孝。

聲聲慢

香浮椒柏，暖入酴酥，瑞氣曉生簾幙。絳闕真人，來自五雲樓閣。青霄路歧遊徧，掛冠歸、水晶□□。逍散處，有壺中日月，放□龜鶴。好是朱顏難□，嬉遊處不減，少年行樂。正好尋春，莫負燕期鶯約。沈沈洞天向晚，按宮商、重調音樂。願歲歲，聽新聲、笙歌院落。

滿庭芳

臘雪融酥，春冰浮玉，素蟾三五纔過。晚來庭户，何事五雲多。盡道九天麟墜，鏘環佩、聲裊鳴珂。風標爽，胸中嵬磊，豪氣挽天河。平生橫槊志，指揮夷虜，平□干戈。□他年功業，翠琰應磨。福海壽山難老，金尊滿、鯨吸滄波。歌聲溢，玉山扶起，拌取醉顏酡。

朝中措

簾旌烘日繡波翻。霜曉試輕寒。高宴黃堂初啓，雲外列仙班。晝晝字原缺，據羅本補明麗錦，香浮寶鴨，身在蓬山。三見揚塵滄海，春風一笑人間。

千秋歲

玳筵晨啓。家慶堪圖繪。新楊弄暖簾櫳邃。捧觴羅袖窄，疊板歌喉脆。香雲裏，輕裘小帽仙翁喜。簪玉賓親至。舞彩兒孫戲。開口笑，扶頭醉。□□金穴富，豈在貂蟬貴。只恁地，團欒共樂千秋歲。

念奴嬌

嚴陵臺畔，枕清江、仙府□重金碧。玉軸牙籤三萬卷，環列人間東壁。名世高風，□遵遺訓，繼踵皆豪逸。聯翩簪組，滿門輝映映字原缺，據羅本補金璧。談笑穩步青霄，扶搖九萬里，垂天橫翼。大纛高牙三授鉞，凜凜威行南國。月滿三山，春回八部，宴寢凝香席。祈公難老，鳳池長醉春色。

驀山溪　夏景集曲名

梁州夏旱，南浦荷花媚。人月欲圓時，賀聖朝、生申名世。桂枝香滿，早奪錦標迴，春光好，少年遊，爛醉蓬萊裏。謁金門貴，小鎮西南地。品令貫三臺，□雄望、江南江北。歸朝歡樂，好事近佳辰，風流子，玉團兒，爲唱千秋歲。

一井金

綠陰清晝。雨茸梅子黃時候。華堂金獸。香潤爐煙透。舞燕迴輕袖。歌鳳翻新奏。院静人稀，永日遲遲花漏。一杯爲壽。笑捧處自傳纖手。釵頭花有。瑞草宜男□。不願金盈甃。不願珠盈斗。惟願董風，歲歲人長久。

浣溪沙

修竹移陰未出牆。好風斜綽露荷香。壺中六月也清涼。不放靈椿仙客□，要看丹桂滿林芳。天教光景爲人長。

瑞鶴仙

薰風絃上奏。正蛙鳴池沼，鶯吟槐柳。龍涎噴金獸。□一番疏雨、梅黃時候。神仙舊友。愛五亭、山明水秀。向□時慶旦，高明富貴，殆由天授。知否。風流儒雅，利達叢中，似公稀有。芝蘭挺秀。看早晚，定成就。況雪兒佳麗，歌清舞妙，管取天長地久。願年年預借菖蒲，勸君壽酒。

千秋歲

雙紋綵袖。乍舞霓裳後。香霧暖，□瓊甃。綠鬢蟬影動，小摺湘裙皺。歌聲斷，彤雲盡日□晴晝。冰絲輕雪藕。細酌鵝兒酒。任醉擁，佳人手。綵衣行樂事，莫惜杯如斗。千萬壽，願如明月天邊久。

瑞鶴仙

薰風□院宇。藹清香、凝户曉涼如雨。開簾望蓮渚。擁輕紅嫩緑、三千宫女。□商泛羽。命雙成、婵娟妙舞。記當時，初下瑶池閬苑，翠軿來處。幾許。玉簪珠履，玳筵綺席，壽觴初舉。從容笑語。吹簫伴，驂鸞女。算靈椿難老，蟠桃頻見，兩□蓬瀛便住。看家庭葉葉金貂，鳳池穩步。

喜遷鶯

清和時序。望桂影漸生，薰風微度。拂□金枝，傳芳玉葉，天下瑞麟重覩。競敕謝庭，蘭□振振，西廱□鷺。慶門裏，把丹枝争折，青雲平步。聲譽。喧盛世，詠少□□，□□□□□。□□□□，□□□□，□□□□□。今辰稱美，願與岡陵同固。更著取。繼沂公勳業，東平茅土。

西江月

物外神仙風骨，人間富貴功名。眉長新有秀毫生。蕩座酒光花影。清暑玉壺晝永，少年金印身輕。他年旌節看歸榮。笑傲五湖煙景。

浣溪沙

借守陪京尺五天。碧油旆裏地行仙。政成多暇且同歡。梅雨□江□□潤，薰風高閣水晶寒。長鯨飲罷玉壺乾。

二

瓊壓爲漿玉作巵。使君真是吏民師。碧桃仙酎飲鄉期。五馬旌□浮喜色，南溪風月要新詩。緩趨□□及瑶池。

黄鸝遶碧樹　秋景

鴛瓦霜輕，翠簾風細，高門瑞氣非煙。積慶源深，有長庚應夢，喬岳生賢。妙齡秀發，謝庭蘭玉争妍。名動縉紳，況文章政術，俱是家傳。別有神功厚德，向東州治獄，平反玉函。高第仙風道骨，錫與長年。最好素秋時節，有畫堂高啓賓筵。何妨縱樂，笙歌捧觥船。

滿庭芳

丹染吴楓，青環越岫，鏡天霽色凝鮮。畫堂環佩，瑞靄擁神仙。天遣神清海宇，親曾受、黄石奇編。興王略，智名俱美，功業妙難言。□翩。□□立，香飄袞服，繡色映貂蟬。有清詩千首。美酒如川。長與嫦娥共約，放飛輪、今夕先圓。中秋月，從今屈指，更借一千年。

念奴嬌

一年好處，是西風、繡出東籬寒菊。蝶舞蜂狂誰便道，今夕清香不足。今尹風流，年年春事，小雨一犁新緑。園扉人静，抱琴時弄幽獨。聞道野老相呼，幽尋仙洞，乞與長生籙。鶴髮童顔須待得，王母蟠桃初熟。只恐相將，日邊催去，鳳沼鳴環玉。娉婷一笑，爲渠且盡醽醁。

折丹桂

秋風秋露清秋節。秋雨過，秋香初發。二仙生日好秋天，氣節與、原缺與字，兹據羅本補秋霜争裂。秋宵開宴羣仙列。秋娘唱、秋雲低遏。壽杯雙勸祝千秋，鎮長似、中秋皓月。

永遇樂

龍閣先分，鳳毛榮繼，當世英妙。山岳儲靈，長庚應夢，還慶佳辰到。黄花浥露，碧瓦凝霜，香馥郡齋清曉。憶當年、青雲平步，共喜驟躋華要。陰功厚德，玉函金篆，錫與世間難老。注意方濃，分符屢請，雅志人□少。棠陰□訟，樂府新教，正好醉山頽倒。有誰似、萊衣遊戲，萱堂壽考。

洞仙歌

千崖滴翠，正秋高時候。橘緑橙黄又重九。有蓬壺仙子，赤鯉來遊，風雲會、施展經綸妙手。去年稱壽處，北斗天漿，今夜天漿挹南斗。聽笙歌雲裏奏。月蕩瓊樓，瑶臺上、擁出姮娥□酒。待腳踏、層雲倒天河，盡盡字原缺，據羅本補傾向霞觴，與君爲壽。

蝶戀花

最是一年秋好處。橘緑橙黄，半帶金莖露。翠幙珠簾開紫府。五雲深處台星聚。　昨夜玉皇傳詔語。聞道君家，勳業高前古。賜與金丹並玉醑。壺中日月留長住。

朝中措

金風飄拂瑩蟬光。依約桂華香。紫府雲軿遊冶，朱門錦繡高張。　笙歌叢裏，霞杯瀲灩，玉樹芬芳。共祝壽齡何似，□□松柏□長。

虞美人

一杯薄酒休辭醉。願一千二百歲。白雲長伴此身閑，桂月蘋風，分取□壺天。　鵲爐香□黄金尾。庭院生秋意。倒傾銀漢作流霞。牘看蟠桃，碧海記年華。

玉樓春

煙爐不斷騰金獸。香霧入簾波影皺。秋堂錦席豔羣仙，不惜醉□□舞袖。　繁絃脆管春風□。嬌媚如花輕似絮。勸君須盡眼前歡，酌酒十分千百歲。

卜算子

壽酒不論杯，樂奏呈歌舞。先□中元七日生，風露涼如許。　好待月嬋娟，好與姮娥語。分付諸郎桂一枝，更覓月中兔。

點絳唇

玉宇沈沈，緑窗珠户還相□。碧池回繞。全似蓬萊島。　今夕笙歌，兩兩雲鬟小。爐煙裊。壽觴傾倒。長願朱顔好。

瑞鶴仙

四山秋氣爽。正雲淡、銀河露零仙掌。輕煙瑞屏嶂。有文星一點，□從天上。襟懷倜儻。笑談間、光燄萬丈。向玉皇案底，秋毫□紙，屢承天奬。　何況雲龍風虎，萬乘故人，兩朝耆望。油幢玉帳。聽環佩，丁東響。有彈弦吹竹，年年高會，增壯中秋氣象。□月中玉兔長生，借公醉賞。

鷓鴣天

壽菊纔開□□□。秋光着意主人家。清香未許人間識，先占重陽□□□。兒綬綠，母金花。斑衣庭下樂無涯。要知他日中書考，細步□□原有沙隄二字，不可解，茲從南塘本隄上沙。

滿庭芳

偃屈霜青，稜層煙碧，□□□古人間。山光林色，常伴住人閑。元有仙風道骨，□心趁、玉筍朝班。歸來賦，不因五斗，談笑掛衣冠。九難。誰不羨，商山橘弈，渭水漁竿。引相君玉子，助發幽歡。□□壽觴多少，南溟共北海波瀾。君知否，廟堂有意，相與□寒巖。

南歌子 冬景

暖日烘晴晝，輕寒護曉霜。小春庭院繞天香。仙佩珊珊，來自五雲鄉。庭下芝蘭秀，壺中日月長。要看鬢綠與瞳方。一笑人間，千歲飲淋浪。

鷓鴣天

萬古寒光太白精。直宜分作兩郎星。不□安得難兄弟，先後堯蓂三莢生。霜月冷，斗杓橫。老人今夜亦齊明。他年莫作郎星看，兩兩□躔拱太清。

踏莎行

月掛瓊鉤，日添繡線。綺花翻浪重重捲。風口環佩曉珊珊，畫堂羯鼓催開宴。翠縷香凝，玉膏酒灩。仙翁莫訴玻璃滿。鳳銜丹詔下雲霓，千秋長侍黃金殿。

金菊對芙蓉

銀燭搖紅，獸煙噴翠，正小春時候，愛日和融。玉□當日生英傑，天付與、道骨仙風。文章冠世，詞傾峽水，筆掃秋虹。更□福壽無窮。喜克家有子，孫又英雄。算人間何物，可以形容。除非後夜團圓月，年年共、皎潔相同。捧卮□壽，殷勤□□，滿泛金鍾。

滿江紅

寒日春温，照庭院、瑞煙芬馥。人盡道、衢山當日，謫仙新毓。子舍榮華孫□茂，詩書萬卷生涯足。但放懷、壽酒十分斟，添香祝。竹太瘦，松偏獨。鶴易怨，龜何俗。算人間無物，共供新曲。但願長如天上月，年年此夕光如玉。伴長庚、百歲永團圓，蟠桃熟。

南鄉子

梅雪弄芳馨。纔日迎長□□蓂。争看琴堂稱賀處，娉婷。滿捧霞觴燦鯉庭。鶴算更龜齡。八十仙翁醉復醒。好倩洛陽馳譽手，丹青。畫與人間作壽星。

水龍吟

玉梅含臘傳香，瑞萱秀茁開三四。蓮花沈漏，熊羆占應，洛陽名世。歲比甘羅，□□□□，累棋觀志。向修文寓直，仙樓侍宴，梁王賓，真難儷。多少襟懷未試，暫超然、壺中遊戲。試看獻策，歸瞻旒□，太常勳紀。歌遇巫雲，舞回鄒芫，金釵扶醉。有陰功仙賜，丹砂十紀，壽祺全畀。

滿江紅

雪隝霜林，□一夜、報春消息。看是處、青回柳眼，粉匀梅額。和氣已迴傾斗闕，壽星更喜明南極。問四□、節物奉誰歡，遼東客。熊夢旦，非常日。珠履鬧，金釵密。指雙溪千頃，共斟瓊液。不用殷勤千歲祝，姓名已上神仙籍。但時從王母借蟠桃，躬親摘。

滿庭芳

絳闕淩風，瑶池玩月，衆仙侍立清班。就中仙伯，乘興到人間。洒落襟懷萬頃，詞源壯、三峽波瀾。偏惟有，清遊自適，不肯餌金丹。清閑。誰得似，軒名佚老，名利都關。但夢中時到，方丈蓬山。滿泛杯中玉液，應知是、生長堯年。憑誰勸，雲璈度曲，醉□朱顏。

鷓鴣天

内府清虚息萬緣。逍遥真是地行仙。從他玉帶金魚貴，聽我綸巾羽扇偏。傾美醞，祝長年。休辭瀲灧十分圓。來年此日稱觴處，定有重孫戲膝前。

二

鶴馭來從玉帝前。笑談勳業照淩煙。壽□仙□千百載，春在壺中别有天。香似霧，酒如泉。華堂冰雪映羣仙。靈椿不老青松健，花裏年年醉管絃。

減字木蘭花

幕天席地。瑞臘香濃笙歌沸。白紵衣輕。鶴髮童顏照座明。輕簪小珥。都是人間真富貴。好倩丹青。畫與人間作壽星。

蝶戀花

急鼓初鐘催報曉。樓上今朝，捲起重簾早。環佩珊珊香裊裊。塵埃不到蓬萊島。何用珠璣相映照。韻美形清，自有天然好。莫向尊前辭醉倒。松枝鶴骨偏宜老。

玉樓春

風穿繡幙紅波皺。月照寶簾花影透。酒凝嫩臉醉紅桃，喜入蛾眉舒翠柳。瓊英檀暈花裁就。煙噴獸爐香滿袖。金枝元是玉皇孫，遐算願同王母壽。

滿庭芳

十里輕陰，一川新緑，不應春事來遲。試探消息，猶未減羅衣。誰信閨房秀色，倚風試、桃李先枝。呈纖巧，吹香滴粉，漫放鏡匳移。芳時。常在眼，歌清舞軟，煙縷霏霏。向金徽促柱，玉局彈棋。儘待功成九轉，蓬萊近、未肯昇棲。還應是，梁鴻舉案，同作百年期。

驀山溪

羣花爛熳，春色濃如酒。芳草緑鋪砌，正酴醾、牡丹時候。佳辰協瑞，來降玉宮仙，珠簾捲，畫堂深，香霧騰金獸。朱顏□□，不改長如舊。金斝莫辭深，拚通宵、儘從銀漏。笙歌叢裏，懽□度年華，看榮貴，有兒孫，永祝松椿壽。

南歌子 原誤作南鄉子，茲據律改

人日過三日，元宵便五宵。共言今日好生朝。皓月光輝，香動玉梅梢。謝女工飛絮，周郎待小喬。年年燈下醉金蕉。鬢影蒼毬，金縷細鵝毛。

滿江紅

臘後春前，高樓外、梅飄香馥。正□□ 原不空兩格，茲據律補 雲軿初下，瑤池西曲。羅幕笙歌圍粉黛，階前青紫團蘭玉。更如賓、相待袞衣新，尊浮醁。柔懿範，康寧福。榮耀事，都齊足。向寶薰煙裏，壽祺同祝。□雪仙姿元不老，丹臺已注長生籙。問從今、歡宴幾何年，蟠桃熟。

江城子

綠陰庭院燕鶯啼。繡簾垂。瑞煙霏。一片笙簫，風過彩雲低。疑是蕊宮仙子降，翻玉袖，舞瑤姬。冰姿玉骨自新奇。看孫枝。列班齊。畫鼓新歌，喜映兩疏眉。袖裏桃花□霧溼，應不惜，醉金卮。

燭影搖紅

紅葉翻階，晚風微扇回輕暖。羣仙高跨紫雲車，來赴蓬萊宴。繡幕圍香遞遠。颭簾花、時時影轉。彩衣嬉戲，玉女回環，綠嬌紅軟。戛玉調絲，□音繚繞笙歌院。蟠桃花發正當春，煙媚明霞臉。休□飛瓊女伴。捧瑤觴、何妨屢勸。百年偕老，五福齊眉，人間稀見。

朝中措

年年重五近佳辰。蒲艾一番新。滿酌九霞香醞，壽君兩鬢長春。閨中美秀，如何賦得，林下精神。早辦□□布襖，共爲雲水閑人。

好事近

梅潤乍晴天，簾捲畫堂風月。珠翠共迷香霧，是長年時節。瑤池晝夜□羣仙，鸞笙未吹徹。王母醉中微笑，看蟠桃初結。

青玉案

蝦鬚簾上銅鈎小。玳瑁□，輕寒繞。紅葉微香侵語笑。金釵珠履，鳳簫鼉鼓，疑是蓬萊島。萱堂日日春生貌。嫩緑依然鬢邊好。賦□修齡應不少。年年長見，畫堂□宴，樓外青袍草。

天仙子

水曲橋平雙燕語。密密層陰圍繡幙。梅姿不受暑光侵，携玉斧。迎仙女。爲問乘鸞何處所。杯酒流行無盡處。繞膝花花前後舞。笙歌移□下蓬壺，天付與。淩雲侶。京兆近來眉更嫵。

點絳唇

簾捲荷香，綺羅人在薰風裏。謝庭家世。來作閨門瑞。象服魚軒，占盡人間貴。應難比。蟠桃花底。一醉三千歲。

鷓鴣天

梟梟香風響佩環。廣寒仙子跨青鸞。誰教瑞世儀周國，天賦多才繼小山。鈴閣静，畫堂閑。衮衣象服□團圓。年年此日稱觴處，留得菖蒲駐玉顔。

二　祝婦人壽

五福仙娥月殿來。依然微步彩雲堆。一從別□瑤池宴，不見蟠桃幾度開。歌宛轉，舞徘徊。碧梧秋意滿池臺。年年玉露收殘暑，長送新涼入壽杯。

蝶戀花

玉宇生涼秋恰半。月到今宵，分外清光滿。兔魄呈祥冰彩爛。廣寒宮裏逢華旦。聰慧風流天與擅。玉骨冰姿，本是飛瓊伴。且領緑衣詩酒勸。蟠桃待熟瑤池宴。

感皇恩

濃露湛秋容，涼生□曉。斗帳蔥蔥瑞煙裊。佩霞符夢，初誕靈妃娟妙。冰姿和玉骨、天然好。菊韻蓮敷，翠眉年少。消得相如共偕老。深斟壽酒，惟願早封新號。更朝先插上、宜男草。

念奴嬌

金神按節，先下弦、一夕分明秋色。銀漢光浮天紺滑，星彩遙瞻南極。阿母分桃，桂娥饋藥，稱慶于今夕。解顏微笑，捲簾初識姑射。　倚倚沆瀣橫空，待高承仙掌，□調精液。金鼎丸丹光十丈，一噉龜齡千億。綠髮堂中，綵衣庭下，瑞遶仙□宅。機雲懽舞，雅歌聲動瑤席。

鷓鴣天

綵舞萱衣喜氣新。年年今日慶生辰。碧凝香霧籠清曉，紅入桃花媚小春。　須酩酊，莫逡巡。九霞杯冷更□温。壺天自是人難老，長擁笙歌醉洞雲。

畫堂春

月娥來自廣寒宮。步搖環佩丁東。戲鸞雙舞駕天風。雲滿虛空。　一翦玉梅花小，九霞瓊醴杯濃。鳳簫千載莫匆匆。且醉壺中。

點絳唇

冰雪神人，歲寒時節迎初誕。照溪梅綻。秀嶺孤松遠。　香霧氤氳，不放重簾捲。歌聲緩。酒杯深勸。此會年年見。

願成雙

繡簾高捲沈煙細。燕堂深、玳筵初開。階下芝蘭勸金卮。有多少、雍容和氣。　翠眉偕老應難比。效鸞鳳、鎮日于飛。惟願一千二百歲。永同歡、如魚如水。

柳梢青

玉嫩紅嬌。□花如月，斜裊金翹。楚女腰肢，小喬風韻，難比妖嬈。　當年約住藍橋。便回首仙凡路遙。一曲清歌，千鍾美酒，同慶生朝。以上一百零三首，見石蓮庵彙刻遺山先生新樂府五卷本卷五，閒以南塘本及羅振玉殷禮在斯堂叢書本校訂。

案遺山先生新樂府五卷本卷五，尚有訴衷情秋風吹綻一首，望仙門玉壺清漏一首，蝶戀花紫菊初生一首，少年遊芙蓉花發一首，蝶戀花一霎秋風一首，訴衷情海棠珠綴一首，玉樓春紫薇朱槿一首，並晏殊詞。朝中措年年金蕊一首，千秋歲塞垣秋早一首，並辛棄疾詞。又卷一尚有聲聲慢林間雞犬一首，卷三尚有惜分飛人見何郎一首，烏夜啼花中閑遠風流一首，卷五尚有鷓鴣天著意尋春一首，淡淡青燈一首，朝中措春閨寂寂一首，並已見彊村叢書遺山樂府三卷本。又石蓮庵本後，附遺山先生新樂府補遺十八首，其中除小聖樂綠葉陰濃一首爲北曲外，共餘十七首並已見彊村叢書遺山樂府三卷本。南塘本後亦有補遺六首，除小聖樂綠葉陰濃一首爲北曲外，其餘五首亦並見三卷本。

段克己

克己字復之，河東（今山西省稷山縣）人。生於明昌七年（一一九六）。金末登進士，入元不任，與弟成己避地龍門山中。卒於元憲宗四年（一二五四），年五十九。有遯庵樂府。又與成己菊軒樂府合刻，名二妙集。

水調歌頭 癸卯八月十七日，逆旅平陽，夜聞笛聲，有感而作

亂雲低薄暮，微雨洗清秋。涼蟾乍飛破鏡，倒影入南樓。水面金波灩灩，簾外玉繩低轉，河漢截天流。桂子墮無跡，爽氣襲征裘。廣寒宮，在何處，可神遊。一聲羌管誰弄，吹徹古梁州。月自於人無意，人被月明催老，今古共悠悠。壯志久寥落，不寐數更籌。

又 迎送神二詞，爲劉潤之賦

清秋好天氣，禾黍已登場。羣心思答神貺，吉日復辰良。神既來兮庭宇，颯颯西風吹雨，仙仗儼長廊。巫覡傳神語，出户舞倀倀。刲肥羜，灑桂酒，奠椒漿。一年好處須記，此樂最難忘。風外淵淵簫鼓，醉飽滿城黎庶，健倒卧康莊。夜久羣動息，

風散一簾香。

又

雙龍隱扶輦，千騎縱翺翔。雲旌翠蕤摩蕩，遥指白雲鄉。風馭飄飄高舉，雲駕攀留無處，煙霧杳茫茫。小立西風外，似聽珮鏘鏘。暮天長，秋水闊，遠山蒼。歸途正踏明月，醉語説豐穰。但願明年田野，更比今年多稼，神貺詎能忘。君可多釃酒，吾復有新章。

滿江紅　過汴梁故宫城

塞馬南來，五陵草樹無顔色。雲氣黯、鼓鼙聲震，天穿地裂。百二河山俱失險，將軍束手無籌策。漸煙塵、飛度九重城，蒙金闕。長戈裊，飛鳥絶。原厭肉，川流血。嘆人生此際，動成長别。回首玉津春色早，雕欄猶掛當時月。更西來、流水遶城根，空嗚咽。

又

塵滿貂裘，依舊是、新豐羈客。還感慨、中年多病，惟堪眠食。方寸玉階無地借，詩書勳業休重憶。況而今、雙鬢已成絲，非疇昔。興廢事，吾能説。今古恨，空填臆。向南風望斷，五絃消息。眯眼黄塵無處避，洗天風雨來何日。待酒酣、慷慨話平生，無人識。

又　壽陳丈良臣

有嬀之後，國于陳、慶流苗裔。還世有、異人間出，簪纓不墜。别派中分汾水右，英靈吸盡姑山氣。看鳳麟、來應太平期，爲佳瑞。都未展，經邦志。醫與卜，渾餘事。把活人手段，此中聊試。德義不孤朋友樂，田園粗了兒孫計。有鬢絲、禪榻老生涯，棲心地。

又　夢菴張君信夫生朝

臘盡春來，還又是、新年入手。人共喜、丹山僊桂，一枝初秀。轉首黄金都散盡，酒酣彈鋏蛟龍吼。

想平生、豪氣尚依然，衝星斗。紅未透，花枝瘦。人不老，花依舊。老生涯正要，東山歌酒。翠壁崢空山玉立，長河瀉浪風雷走。挽山河、勝概入金尊，爲君壽。

又　登河中鸛雀樓

古堞憑空，煙霏外、危樓高矗。人道是、宇文遺址，至今相續。夢斷繁華無覓處，朱甍碧甃空陳跡。問長河、都不管興亡，東流急。儂本是，乘槎客。因一念，僊凡隔。向人間俯仰，已成今昔。條華橫陳供望眼，水天上下涵空碧。對西風、舞袖障飛塵，滄溟窄。

又　壽衛生行之

春色三分，猶未一、元宵才過。行樂處、軟紅香霧，未收燈火。楊柳梢頭黃尚淺，梅花蕚底紅初破。待東風、吹綠滿瀛洲，愁無那。無一物，爲君賀。歌我志，君須和。問人生底事，必須奇貨。好對青山傾白墮，休嗟事業違人些。怕他時、富貴逼人來，妨高卧。

又　清明與諸生登西磑柏崗

欲把長繩，維白日、暫留春住。親友面、一回相見，一回非舊。擾擾膠膠塵世事，不如人意十常九。向斜陽、無語倚危樓，空搔首。活國手，談天口。都付與，尊中酒。這情懷又是，去年時候。風外紛紛飛絮亂，柳邊湛湛長江去。問老來、還有幾多愁，愁如許。

又　遯菴主人植菊階下，秋雨既盛，草萊蕪没，殆不可見。江空歲晚，霜餘草腐，而吾菊始發數花，生意淒然，似訴余以不遇，感而賦之。因李生湛然歸，寄菊軒弟

雨後荒園，羣卉盡、律殘無射。疏籬下、此花能保，英英鮮質。盈把足娛陶令意，夕飡誰似三閭潔。到而今、狼籍委蒼苔，無人惜。堂上客，須空白。

都無語，懷疇昔。恨因循過了，重陽佳節。颯颯涼風吹汝急，汝身孤特應難立。謾臨風、三嗅遶芳叢，歌還泣。

又　重九日，山居感興

五柳成陰，三徑晚、宦遊無味。還自嘆、迎門笑語，久須童稚。歸去來兮尊有酒，素琴解寫無絃趣。醉時眠、推手遣君歸，吾休矣。富與貴，非吾事。貧與賤，寧吾累。步東籬遐想，昔人高致。霜菊盈叢還可採，南山依舊橫空翠。但悠然、一點會心時，君須記。

大江東去　和答衛生襲之

道人活計，本清虛掛壁，素琴而已。底事中心嘗悁悁，不足一人之毀。人果何尤，天無可怨，政欲求諸己。愧生乎內，赧然其顙流泚。聖道不遠於人，步趨進退，誰復能違此。好把藩籬都剖郤，看取成蹊桃李。篤敬忠誠，尚行蠻貊，豈不行州里。三薰三沐，爲君準擬沉水。

又　送楊國瑞西行，兼簡仲宣生

悲哉秋氣，覺天高氣爽，澹然寥泬。行李忽忽人欲去，一夜征鞍催發。落葉長安，鴈飛汾水，怕見河梁別。中年多感，離歌休唱新闋。暮雨也解留人，簷聲未斷，窗外還騷屑。滿眼清愁吹不散，莫倚心腸如鐵。面目蒼浪，齒牙搖落，鬢髮三分白。故人相問，請君煩爲渠說。

又　次韻答彥衡

無堪老懶，喜春來蔬荀，勸加餐食。底事東君留不住，忙似人間行客。憂喜相尋，利名羈絆，心自無休息。不如聞早，付他妻子耕織。門外柳弄金絲，落花飛不起，東風無力。濁酒一杯誰送我，歡意都非疇昔。致主無心，蒼顏白髮，敢更希前席。功名蠻觸，何須千里追北。

水龍吟　壽舍弟菊軒

天高秋氣初清，姑山汾水增明秀。黃花紅葉，輸香泛灧，恰過重九。細撚金蕤，旋題新句，滿斟芳酒。況人生自有，安排去處，須富貴，何時有。休說山中宰相，也不效、斜川五柳。鉏犂自把，山田耕罷，雙牛隨後。經史傳家，兒孫滿眼，漸能承受。待與君坐閱，莊椿歲月，作皤然叟。

漢宮春　純甫生朝，且有弄璋之喜，賦此以賀

公子歸來，笑平生湖海，豪氣依然。黃金散盡落魄，誰識當年。世間底物，解挽回、鏡裏朱顏。人共道，愁須殢酒，幾回推向尊前。聞說夢熊初兆，喜一枝慰眼，歲晚留連。蟠桃會須結子，運偶三千。詩書舊業，要他時、分付青氈。□□□庭階照映，卧看玉樹芝蘭。

滿庭芳　山居偶成，每與文翰二三子論文把酒，歌以侑觴，亦足以自樂也

歸去來兮，吾家何在，結茆水際林邊。自無人到，門設不須關。蠻觸政爭蝸角，榮枯事、不到尊前。應堪嘆，清溪流水，東去幾時還。此身何處著，從教容與，木雁之間。算躬耕隴畝，在我無難。便把鉏頭爲枕，眠芳草、醉夢長安。煙波客，新來有約，要買釣魚竿。

又

歸去來兮，漁歌樵唱，覓愁愁在那邊。承流委順，萬事没機關。眼底江山如畫，松環抱、脩竹當前。君便有，侯封相印，到此也須還。人生消底物，百年都付，茆屋三間。但卷舒以道，到了何難。日月消磨雙鬢，中原信、未報平安。蒙頭睡，日高慵起，簾影上三竿。

又　雪夜用前韻

萬籟收聲，六花呈瑞，小橋路斷江邊。笑潮州刺史，匹馬藍關。謾有清名千載，一杯酒、孤負生前。爭如我，圍爐小酌，和氣笑中還。梅梢新月上，芒

鞋竹杖，爛賞林間。便銷金低唱，欲換應難。勳業何須看鏡，蓬窗底、空卧袁安。君須記，游魚失水，那可上長竿。

望月婆羅門引　癸卯元宵，與諸君各賦詞以爲樂。寂寞山村，無可道者，因述昔年京華所見，以望月婆羅門引歌之。酒酣擊節，將有墮開元之淚者

暮雲收盡，柳梢華月轉銀盤。東風輕扇春寒。玉輦通宵遊幸，綵仗駕雙鸞。間鳴絃脆管，鼎沸鰲山。漏聲未殘。人半醉、尚追懽。是處燈圍繡轂，花簇雕鞍。繁華夢斷，醉幾度、春風雙鬢班。回首處、不見長安。

又

鳳城春好，玉簫金管恣遊盤。梅粧猶怯輕寒。一曲清平妙舞，掌上看回鸞。漸霓裳欲遍，翠斂春山。良宵易殘。歌別鶴、惜餘懽。眼底浮華自滿，塵涴吟鞍。瘦羊私酒，若真是、京東夫子班。身幸健、敢復求安。

蝶戀花　壽衞生襲之

二月山城春尚未。柳弄東風，恰吐黄金蘂。占斷溪頭佳麗地。多君先得閑中趣。我爲虚名相絆繫。君自深藏，不識愁滋味。世事無勞深着意。年豐酒賤須勤置。

又　聞鶯有感

鵓鴣一聲春色曉。胡蝶雙飛，暖日明花草。花底笙歌猶未了。流鶯又復催春老。早是殘紅枝上少。飛絮無情，更把人相惱。老檜獨含冰雪操。春來悄没人知道。

又　壽山人湛然李生

巖菊開時霜信杳。風雨無情，又是重陽了。茆舍疏籬人不到。床頭醅瓮生微笑。莫怪住山真小草。顰損蛾眉，愁獨無人掃。花底一盃須健倒。醉中聽唤卿卿小。

江城子　甲辰晦日立春

鷄棲行李短轅車。馬如蛙。畏途賒。四十九年，强半在天涯。任使東風吹不去，頭上雪，眼中花。甘泉宜稌復宜麻。近山窊。更宜瓜。明日新年，聞早健還家。報答春光猶有酒，傾白蟻，岸烏紗。

又　元日有感

數椽茆舍大如蝸。老生涯。寄山家。遮眼文書，隨分有些些。自愧行年如伯玉，思往事，盡堪嗟。從他皷吹沸鳴蛙。鬢霜華。曉來加。南北東西，泛若水中槎。此去存身知有道，深自隱，效龍蛇。

又　牡丹

百花飛盡彩雲空。牡丹叢。始潛紅。培養經年，造化奪天功。脉脉向人嬌不語，晨露重，洗芳容。御疑身在列仙宮。翠帷重。瑞光融。爍爍紅燈，間錯綠蟠龍。醉裏天香吹欲盡，應有悟，夜來風。

又　塵事鞅掌，每與願違，緬懷山林蕭散之趣

九衢塵土涴儒冠。鏡中看。失朱顏。顛倒囊貲，吾欲買青山。剩種閑花多釀酒，塵土外，覓清懽。功名餘事且加餐。老來閑。豈天慳。鐵笛橫吹，牛背穩如船。細馬更須馱二八，平地上，作癯仙。

漁家傲　送春六曲

龍尾溝邊飛柳絮。虎頭山下花無數。花底醉眠留杖屨。花上露。隨風散漫飄香霧。老去逢春能幾度。不妨且作風光主。明日不知風共雨。回首處。夕陽又下西山去。

又

不是花開常殢酒。只愁花盡春將暮。把酒酬春無好句。春且住。尊前聽我歌金縷。醉眼看花如隔霧。明朝酒醒那堪覷。早是閑愁無着處。雲不去。黄昏更下廉纖雨。

又

春去春來誰作主。怨他昨夜江頭雨。把酒問春春

不語。頭懶舉。亂紅飛過鞦韆去。芳草澹煙江上路。鵾鴂聲裏斜陽暮。風外榆錢無意緒。空自舞。如何買得青春住。

又

一片花飛春已暮。那堪萬點飄紅雨。白髮送春情最苦。愁幾許。滿川煙草和風絮。常記解鞍沽酒處。而今緑暗旗亭路。怪底春歸留不住。鶯作馭。朝來引過西園去。

又

詩句一春渾漫與。紛紛紅紫俱塵土。樓外垂楊千萬縷。風蕩絮。欄杆倚遍空無語。畢竟春歸何處所。樹頭樹底無尋處。惟有閑愁將不去。依舊住。伴人直到黄昏後。

又

斷送春光惟是酒。玉杯重捧纖纖手。檀板輕敲歌欲就。眉黛皺。翠鬟暗點金釵溜。自笑而今成老醜。鶯花依舊情未舊。楊柳自從春去後。誰擡舉。腰肢新也如人瘦。

又　正月十四日夜有感而作

燈火蕭條春日暮。荒山月上聞村鼓。羈客閑愁知幾許。千萬緒。人間没箇安排處。醉袖翩翩隨所寓。泠然便以風爲馭。指點虚無雲外路。留不住。東將入海隨煙霧。

月上海棠　壬寅冬，躬謁玉清壇下。客有歌月上海棠者，乃玉清作也。詞致高遠，真游乎方外者也。明年吾友陳子颺過余山中，始爲屬和，因亦次韻，以箇知音

住山沽計宜聞早。身世滄溟一漚小。日月兩跳丸，迭送人間昏曉。朱顔换，風雪俄驚歲杪。弊衣旋補荷盈沼。筭騎鶴揚州古今少。休苦似吴蠶，剛把此身纏繞。君知否，我自無心可了。

又　和答楊生彦衡

小樓舞徹雙垂手。便倩鴈將書寄元九。舉首望南山，獨蛾眉數峯明秀。人未老，且任高歌對酒。莫將此樂輕孤負。喚明月清風做三友。纖手折黄花，步東籬爲伊三嗅。英雄淚，醉揾應須翠袖。

又

時平無用經綸手。且閑把文章和歐九。天氣湛清秋，便無限山明水秀。留客飲，但願尊中有酒。鴟夷到處須親負。尋山鳥山花好朋友。塵世自薰蕕，把瑶英與君同嗅。西風外，歸去長拖布袖。

又　同詩社諸君飲芹溪上

閑人不愛春拘管。被東風暗入羅幃暖。草色近還無，傍溪陡覺金沙軟。梅花蕾，風味朝來不淺。十分瀲灧金蕉滿。□兩頰潮紅百憂散。不醉且無歸，任門外玉繩低轉。懽娱地，莫道書生冷眼。

鷓鴣天　九日寄彥衡濟之，兼簡仲堅景純二弟

點檢笙歌上小樓。西風簾幕卷清秋。緑醅輕泛紅萸好，黄菊羞簪白髮稠。今古恨，去悠悠。無情汾水自西流。澹煙衰草斜陽外，併作登臨一段愁。

又

酒滿金尊客滿樓。美人清唱眼波秋。花隨酒令筵前散，香逐芳鬟坐上稠。山歷歷，水悠悠。百年光景去如流。直須爛醉酬佳節，莫惹人間半點愁。

又　彥衡諸君皆有和章，因復仍韻以寫老懷

不是秋來懶上樓。龍鍾詩骨不禁秋。舊歡去我如天遠，新恨撩人似髮稠。空咄咄，漫悠悠。老來終是少風流。千金買笑佳公子，醉卧瓊樓不識愁。

又　青陽峽對酒

千尺長虹下飲溪。兩山環合翠屏圍。非魚定不知魚樂，得鹿還生失鹿悲。花藹藹，絮霏霏。東風不染鬢邊絲。百川尚有西流日，一老曾無郤少時。

此溪西流故云

又

古木寒藤蔭小溪。溪邊更着好山圍。波間容與雙鷗淨，空外飄飄一鶚飛。湍浪瀉，萬珠霏。風前天棘舞青絲。蘭亭豪逸今陳跡，不醉東風待幾時。

又

颭颭輕舟逆上溪。何時柳樹已成圍。貪看歸鳥投林急，不覺殘花入座飛。蘭櫂舉，麯塵霏。新荷挽斷有餘絲。酒酣卻對青山笑，面目蒼然不入時。

又　上巳日，再遊青陽峽，用家弟誠之韻

瓦釜逢時亦轉雷。春江得雨浪崔嵬。不才分作溝中斷，偶對溪山一笑開。題姓字，拂青苔。此翁來後更誰來。不須更待移文遣，俗駕聞風已自回。

又

樓外殘雲走怒雷。西山晴色晚崔嵬。柳薰遲日千絲暗，花噴温馨一夕開。須席地，更茵苔。素琴橫膝賦歸來。一觴一詠風流在，牛背如船倒載回。

又

古獄干將未遇雷。一生肝膽謾崔嵬。不將身向愁中老，剩把懷於笑裏開。賢聖骨，長寒苔。君如不飲復何來。便從今日爲頭敍，比到春歸醉幾回。

又　莫春之初，會飲衛生襲之家。酒酣，諸君請作樂府，因爲之賦，使覽者知吾輩之所樂也

幼歲文章已自豪。皤然猶記兩垂髫。從教酒債生前有，莫待詩瓢死後漂。三萬日，原作都三萬，茲據景元刊二妙集改。六千朝。百年强半是羈騷。須君自製黃金鱠，醉我新芻玉色醪。

又

釃酒椎牛詫里豪。臨流觴詠賦時髦。紛紛世態浮雲變，草草生涯斷梗漂。愁不寐，夜難朝。廣陵散曲屈平騷。從今有耳都休聽，且復高歌飲楚醪。

又

當日元龍氣最豪。而今塵土墊冠髦。紛紛落絮隨風舞，泛泛輕鷗逐水漂。拚一醉，便千朝。文章

休説僕奴騷。春來春去容顔改，輸我花前把碧醪。

又

七字驪珠句法豪。老夫倒甲墮纓髦。輿薪不見明何謂，雷雨無聲麥已漂。窮硯墨，幾昏朝。星星鬢髪半刁騷。從人笑我冬烘甚，猶可尊前舉罰醪。

又

把酒簪花强自豪。花枝羞上阿翁髦。不教春色因循過，忍爲虛名孟浪漂。醒復醉，莫還朝。紛紛四海正兵騷。從渠眼底桑田變，且樂床頭撥瓮醪。

又 和答尋正道

襯步金沙村路遥。歸來羞費楚詞招。蜂粘落絮行池面，蝶避游絲過柳橋。方外友，仗誰邀。定於驢上作推敲。窮愁正要詩料理，莫問春來酒價高。

臨江僊 壽周景純

仲蔚門牆蓬藿滿，幽居不用聲華。醜妻惡妾勝無家。學須勤苦就，富貴豈天耶。鼻堊未除斤未運，相望咫尺天涯。芹溪猶有折殘麻。此心終莫展，遲汝對巖花。

又 三月十日，與諸君約會西園，久而不至，花又狼藉，因賦此以排悶

人道花開春爛熳，花殘春便無情。小園獨自遶花行。是非何日定，洗耳聽江聲。芍藥牡丹俱不見，風枝猶有殘英。階前梨葉已成陰。所期猶未至，何日倒吾瓶。

又 幽懷，用前韻

白首老儒身連蹇，不隨時世紛華。儘他人笑魯東家。皇天如欲治，舍我復誰耶。此道未行應有待，何須思慮無涯。男供耕穫女桑麻。薄軀何所事，問柳與尋花。

浣溪沙 壽衛生行之

莫説長安行路難。休歌骯髒倚門邊。且將見在闘尊前。人意十分如月滿，月明一夕向人圓。年年

人月似今年。

又　元夜後一日，史生仲恭久客初還，喜而賦此

馬上風吹醉帽偏。一川晴雪裊吟鞭。冷雲堆裏指家山。慈母已占烏鵲喜，佳人望月拜嬋娟。今宵人月十分圓。

又　壽菊軒弟

白髮相看老弟兄。閑身無辱亦無榮。兒孫已可代躬耕。了卻文章千載事，不須談笑話功名。青山高卧待昇平。

訴衷情　初夏偶成

東風簾幕雨絲絲。梅子半黄時。玉簪微醒醉夢，開卻兩三枝。初睡起，曉鶯啼。倦彈碁。芭蕉新綻，徙倚湖山，綵筆題詩。

生查子　正月上旬夜，夢寐間聞雪作。詰旦起視，但雲煙出没，曉山濃淡如畫，西望長河，僅一髮耳。作長短句，以寫一時勝概

淡月晃書窗，夜静雲撩亂。欹枕瀟瀟聽雪聲，落葉閑階滿。清曉獨開門，淡蕩東風軟。詩句成時墮渺茫，眼底江天遠。

南鄉子　壽縣大夫薛君寶臣

五福幾人全。我見君侯得處偏。素著藹然鄉曲譽，喧傳。盡道新官似舊官。五袴復歌廉。竹馬兒童更可憐。萬室春風和氣裏，鳴絃。好似今年勝去年。

最高樓　壽衞生行之並序

衞生行之，少流寓兵革中。既長，始知讀書，其立志剛，信道篤，而家苦貧。年饑，諸幼滿前，雖併日而食不卹也。暇日，與賓友飲酒賦詩爲樂。余既嘉其有守，喜爲稱道。於其始生之日，作樂府以歌詠之，俾觀者知吾行之之爲人矣。

貧而樂，天命復奚疑。兒女聚嬉嬉。東村邀飲香醪嫩，西家羞饌蕨芽肥。把年華，都付與，錦囊詩。白髮青衫，是人所惡。金印碧幢，是人所慕。顧吾

道，是邪非。山妻解煮胡麻飯，山童自製薜蘿衣。問人生，須富貴，是何時。

點絳脣　暮秋晨起書所見

愛酒淵明，無錢休對黄花語。一盃誰舉。寂寞空歸去。屋上青山，山上行雲度。悠然處。是中真趣。欲寫還無句。

西江月　久雨新霽，秋氣益清，與二三子登高賦之

人與寒林共瘦，山和老眼俱青。琤然一葉不須驚。葉本無心入聽。氣爽雲天改色，潦收煙水無聲。夕陽洲外片霞明。涵泳一江秋影。以上彊村叢書本遯庵樂府，茲以景元刊本二妙集校

段成己

成己字誠之，克己弟。生於承安四年（一一九九）。正大間進士。元世祖召爲平陽儒學提舉，不赴。卒於至元十六年（一二七九），年八十一。有菊軒樂府。

滿江紅　張丈信夫林亭小酌，感事懷人，敬用遯菴兄韻

光景催人，還又是、西風吹袂。青鏡裏、滿簪華髮，不堪憔悴。一月幾逢開口笑，十年滴盡傷時淚。倩一尊、相對說清愁，花前醉。　初未識，名爲累。今始覺，身如寄。把閑情換了，平生豪氣。致主安民非我事，求田問舍真良計。看野雲、出岫卻飛回，元無意。

又　新春用遯菴兄韻

料峭東風，吹醉面、向人如舊。凝竚立、野禽聲裏，無言搔首。庭下梅花開盡也，春痕已到江邊柳。待人閒、事了覓清歡，身先朽。　菟裘計，何時有。林下約，床頭酒。怕流年不覺，鬢邊還透。往事不堪重記省，舊愁未斷新愁又。把春光、分付少年場，從今後。

又　偶覩春事闌珊，謹用遯庵登鶴雀樓韻，以寫所懷

點檢花枝，風雨外、雪堆瓊蠹。春去也、朱絲絃斷，鸞膠難續。眼底光陰容可惜，舊遊回首尋無跡。對青山、一餉倚枯藤，灘聲急。　人已老，身猶客。家在邇，歸猶隔。縱語音如舊，形容非昔。芳草綿綿隨意綠，平波渺渺傷心碧。到愁來、惟覺酒盃寬，人間窄。

又　遯菴兄以閔菊樂府見示，三復之餘，倚歌和之

誰把秋香，偏著意、植根姑射。塵土外、鮮鮮元有，可人容質。日久漸隨蕪共没，歲寒還與松同潔。傲新霜、還有兩三枝，天應惜。　巾自漉，醅微白。人已老，歡猶昔。愛此花不負，淵明清節。醉裏不知人世換，悠然獨倚西風立。問一中、時復慰窮途，何如泣。

大江東去　寄衞生襲之

干戈蠻觸，問渠爭直有，幾何而已。畢竟顛狂成底事，謾把良心戕毁。生穴藜床，磨穿鐵硯，自有人知己。摩挲面目，不應長爲人泚。過眼一線浮華，辱隨榮後，身外那須此。便恁歸來嗟已晚，荒盡故園桃李。秋菊堪餐，春蘭可採，免更煩鄰里。孫郎如在，與君共枕流水。

又　送楊國瑞西歸

西風汾浦，鴈初飛，秋水渺茫無際。有底忙時來復去，汎若虛舟不繫。籬菊將開，村醪初熟，且住爲佳耳。笑言相答，箇中吏隱無愧。　歲月不貸閑人，君顔非少，我髮白如此。好把金盃休去手，萬事惟消沉醉。日轉山腰，馬嘶柳外，歌闋行人起。憑高西望，相思目斷煙水。

又　贈答楊彥衡

暮年懷抱，對水光林影，欣然忘食。推手功名非我事，閑處聊爲閑客。世故多虞，人生如寄，一榻容安息。鬢絲千丈，誰家機杼堪織。　三徑松菊猶存，誅茅薙穢，時借鄰翁力。酒滿芳尊山滿眼，此

意無今無昔。平地風波，東華塵土，不到幽人席。興來獨往，溪南還又溪北。

木蘭花慢　元宵感舊

金吾不禁夜，放簫鼓，恣遊遨。被萬里長風，一天星斗，吹墮層霄。御樓外、香暖處，看人間、平地起仙鰲。華燭紅搖醉勒，瑞煙翠惹吟袍。老來懷抱轉無聊。虛負可憐宵。遇美景良辰，詩情漸減，酒興全消。思往事，今不見，對清尊、瘦損沈郎腰。惟有當時好月，照人依舊梅梢。

滿庭芳　齋居有感，繼遯菴兄韻

鏖戰文場，橫揮筆陣，萬言一策平邊。青雲穩步，逸氣蓋賢關。致主堯虞堂上，真儒事、直欲追前。回頭錯，閑中風味，一笑覺都還。百年都幾日，何須抵死，著意其間。尋一丘一壑，此固無難。遁跡月蘿深處，風吹夢、不到長安。渾無事，牀頭睡起，簷日已三竿。

望月婆羅門引　清明後，醉書於史氏之別墅

東風嫋嫋，飛花一片點征原作苔，茲據景元刊本二妙集改衣。等閑耗損香霏。春去春來無跡，靜里幾人知。問沈郎何事，帶減腰圍。功名願違。算此計、未應非。剩把閑愁殢酒，幽興裁詩。溪山好在，悵眼中、渺渺故人稀。回首處、清淚如絲。

又

繁華夢斷，吹花風起卻添衣。滿庭紅雨霏霏。獨倚繩床微嘆，此意竟誰知。悵西園轉眼，翠幕成圍。事無我違。覺四十九年非。便好忙開蔣徑，細和陶詩。風流已置，撫遺編、三嘆賞音稀。人不覺、絃斷朱絲。

又　翼日，封生仲堅見和，因復用韻以答

小窗睡起，曉寒特地怯春衣。篝爐坐擁殘霏。滾滾愁來何處，獨有兩眉知。倩一尊聊爾，爲解重圍。賞心莫違。桃李事、轉頭非。幾曲昇平舊譜，數首新詩。花開正好，第一番、風雨未應稀。舒醉袖、惹住遊絲。

又　晨起，與仲堅偶坐，少焉雨作，其聲洒洒然，絶似文場下筆時。因借前韻，戲成一篇

蹉跎歲晚，床頭鐵硯已生衣。破窗雨送輕霏。暗裏隨風入夜，花上早先知。聽一時下筆，鏖戰文圍。天心百家詞本作公不違。更問甚、是和非。便着春衫换酒，醉墨題詩。逢場作戲，覺賞心、樂事未全稀。還自嘆、蟲吐餘絲。

又　仲堅復見和，文勢亹亹，殊覺逼人，可謂不負忍窮矣。而其言若有所感，因取舊韻述己意以答之。雖知荒於辭章，猶賢於無所用心也

長安倦客，不堪重整舊朝衣。天香尚帶餘霏。蓋世虛名何用，政爾畏人知。愛青山屋上，面面屏圍。十朋弗違。好事外、卜皆非。辦取殘年香火，暇日歌詩。東塗西抹，笑顛狂、如我向來稀。休看鏡、鬢髮成絲。

江城子　季春五日，有感而作，歌以自適

百年光景霎時間。鏡中看。鬢成斑。歷遍人間，萬事不如閑。斷送餘生消底物，蘭可佩，菊堪餐。
功名場上稅征鞍。退時難。處時安。生怕紅塵，一點污儒冠。便恁歸來嗟已晚，那更待，買青山。

又

階前流水玉鳴渠。愛吾廬。愜幽居。屋上青山，山鳥喜相呼。少日功名空自許，今老矣，欲何如。
閑來活計未全疏。月邊漁。雨邊鋤。花底風來，吹亂讀殘書。誰喚九原摩詰起，憑畫作，倦遊圖。

又　幽懷追和遯菴兄韻

昔年兄弟共彈冠。轉頭看。各蒼顔。千古功名，都待似東山。慷慨一杯風露下，追往事，敍幽懽。
晨霞翠柏尚堪餐。養餘閑。未全慳。十丈冰花，況有藕如舡。醉裏忽乘鸞鶴去，塵土外，兩癯僊。

又　東園牡丹盛開，二三子邀余飲花下，酒酣即席賦之

水南名品幾時栽。映池臺。待誰開。應爲詩人，著意巧安排。調護正須宮樣錦，遮麗日，障飛埃。曉風吹綻瑞雲堆。怨春回。要詩催。醉墨淋漓，隨手洒瓊瑰。歸去不妨簪一朶，人也道，看花來。

行香子　書舍偶成

自嘆勞生。枉了經營。到而今、一事無成。不如聞早，覓個歸程。向渭川漁，東市卜，富春耕。眼底浮榮。身外虛名。儘輸他、時輩崢嶸。得偷閑處，且適閑情。有坐忘篇，傳燈録，洗心經。

月上海棠　次遯菴兄繼玉清韻

酒杯何似浮名好。一入枯腸泰山小。喚省夢中身，鷓鴣數聲春曉。昂頭處，幾點青山木杪。人生得計魚遊沼。視過眼光陰向來少。須卜一枝安，笑月底驚烏三繞。無窮事，畢竟何時是了。

又　重九之會彥衡賦詞侑觴，尊兄遯菴公與坐客往復賡歌，至於再三，語意益妙，殆不容後來者措手。彥衡堅請余繼其後，勉爲賦之

黃花未入淵明手。日攬空腸幾回九。山色繞吾廬，猶是當年明秀。忘言處，此意何曾在酒。等閑莫把良辰負。恨不見平生舊親友。三徑久荒涼，東籬下落英誰嗅。傷時淚，不覺沾襟漬袖。

又

老來還我扶犁手。想豪氣十分已無九。都把濟時心，分付與一時英秀。還自笑，潦倒猶堪殢酒。從前枉被虛名負。何似尊前聖賢友。纖手斫金虀，一嚼不妨時嗅。頹然醉，卧印蒼苔半袖。

又　冬至後一日，獨居無悰，復用前韻

光陰輪與閑人手。屈指窮冬又初九。風雪擁柴關，竹外一枝梅秀。醅瓮熟，似笑淵明止酒。溪山舊約吾無負。便結無情歲寒友。世味儘醇醲，掩鼻向伊慵嗅。蓬茅底，有手何妨且袖。

又　詩社諸君復相屬和，又不免步韻獻笑

秋風鶴髮雙龜手。不如意事十常九。蓬籗映閑階，嗟叢菊汝奚爲秀。衡門掩，問字無人載酒。永惟道德初心負。向上將求古人友。三嘆抱遺編，藹餘馥殘膏誰嗅。趣時樣，競衒羔裘豹袖。

鷓鴣天　重九日用遯菴兄韻

那得工夫上酒樓。誰能皮裏更陽秋。但教閑事心頭少，免致清霜鏡裏稠。休咄咄，儘悠悠。佳時來往亦風流。百年光景無多子，請向尊前聽解愁。

又

手段慚非五鳳樓。題詩把菊負清秋。黄柑旋拆金苞嫩，白酒新原作親，茲據景元刊本二妙集改篘玉液稠。身外事，付悠悠。牛山何必涕空流。不如且進杯中物，一酌能消萬古愁。

又

豪氣消磨百尺樓。憂來一日抵三秋。故人落落晨

星少，新塚纍纍塞草稠。思往事，去悠悠。夕陽回首忽西流。葉聲偏入愁人耳，聲本無心人自愁。

又　上巳日陪遯菴兄遊青陽峽

瀰瀰春江走怒雷。翠巖千丈立崔嵬。山英似與遊人約，盡放浮雲一夕開。傾緑酒，坐蒼苔。大書歲月記曾來。直將酩酊酬佳節，挽住春光不放回。

又

不卹枯腸殷夜雷。一杯胸次失崔嵬。暫將平昔看書眼，移向溪山好處開。從健倒，卧莓苔。明朝有酒更重來。百年光景無多子，爛醉溪頭得幾回。

又

冷卧空齋鼻吼雷。野禽呼我上崔嵬。幽懷畢竟憑誰寫，笑口何妨對酒開。巖鎖蔦，徑封苔。愛閑能有幾人來。虚名蓋世將安用，引斷長繩喚不回。

又

三月寒潭未起雷。臨流照影笑崔嵬。詩無好句頤

難解，尊有芳醪手自開。山下石，水邊苔。春風來似不曾來。酒闌偶趁飛花去，路斷前溪笑卻回。

又　再遊青陽峽，奉和遯菴兄韻

行徹南溪到北溪。山回轉馬合長圍。花如有舊迎人笑，雲自無心出岫飛。揮醉墨，帶煙霏。婆娑醉舞拂青絲。昔時心賞今猶在，但恐風流異昔時。

又

瀑布巖前水滿溪。青陽廟下四山圍。歌殘白雪雲猶佇，舞落烏紗鳥忽飛。迷晚色，鎖晴霏。野花如綺柳如絲。一尊不惜頹然醉，明日重來已後時。

又　立春後數日，盛寒不出，因賦鄙語，敬呈遯菴兄一笑

擺脱浮名儘自閑。人間萬事一蒲團。歸田老去方知樂，行路今來始覺難。山雪盛，草堂寬。客床輾轉若爲安。甫能望得春消息，一夜東風特地寒。

又

誰伴閑人閑處閑。梅花枝上月團團。陶潛自愛吾廬好，李白休歌蜀道難。林壑静，水雲寬。十年無夢到長安。五更門外霜風惡，千尺青松傲歲寒。

又

那得茆齋一餉閑。地爐敲火試龍團。頭從白後彈冠懶，脚自頑來應俗難。塵世窄，酒杯寬。百年轉首一槐安。是非臧穀何時了，隱几西窗月色寒。

又

堂上幽人睡正閑。門前聲利聚爲團。花香惱夢尋無處，詩句撩人寫復難。空自嘆，倩誰寬。驚烏三繞幾時安。青山隔岸迎人笑，舊有盟言且莫寒。

又　上巳日，會飲衛襲之家園

千古蘭亭氣象豪。當時座上盡英髦。林藏脩竹依山静，花逐流觴信水漂。悲往事，樂今朝。雖無絲竹有風騷。回頭一笑還塵跡，莫厭尊前醉濁醪。

又

殢酒償春笑二豪。題詩品物愧時髦。心如幽鳥忘機静，身似虚舟到處漂。須富貴，是何朝。一杯聊慰楚人騷。逢花堪賞應須賞，座有佳賓尊有醪。

又　和答尋正道

鵬翼翩翩去路遥。歸來羞費楚詞招。讀書未免終投閣，沽酒何妨暫過橋。風與月，不須邀。時來閑處伴推敲。兒童也笑翁慵甚，睡起床頭日已高。

臨江僊　繼遯菴兄韻

十載龍門山下路，夢魂不到京華。此身著處便爲家。窮通吾有命，不樂復何耶。萬事尊前供一笑，浩然逸興無涯。詩人休更詠丘麻。東風吹酒醒，冷眼看飛花。

又

四十六年彈指過，蒼顔换却春華。在家居士已忘家。誰人知此意，袖手向毗耶。世故驅人何日了，漂流不見津涯。軟腸一鉢有胡麻。紛紛身外事，渺渺眼中花。

又　田間閑步偶成

管領韶華成老醜，有情争似無情。芒鞋竹杖葛衣輕。悠悠身外事，寂寂水邊行。眼底光陰猶是夢，何須身後虚名。仰天一笑絶冠纓。東風歸路穩，十里暮山青。

又　李山人壽

濁酒一巵歌一曲，大家留住秋光。片雲輕護曉來霜。殷勤籬下菊，滿意爲君香。四海干戈猶未定，此身底處安藏。醉中聞説有真鄉。便從今日數，三萬六千場。

又　暮秋感興

濁酒一杯歌一曲，世間萬事悠悠。閑來乘興一登樓。西風吹葉脱，盡見四山秋。自古興亡天不管，屈原枉葬江流。寸心禁得許多愁。莞然成獨笑，白鷺起滄洲。

又

轉眼榮枯驚一夢，百年光景悠悠。浮生擾擾笑何樓。試看雙鬢上，衰颯不禁秋。古往今來多少事，一時分付東流。五更枕上調清愁。笛聲何處起，明月蓼花洲。

又

走徧人間無一事，十年歸夢悠悠。行藏休更倚危樓。亂山明月曉，滄海冷雲秋。詩酒功名殊不惡，箇中未減風流。西風吹散兩眉愁。一聲長嘯罷，煙雨暗汀洲。

又

自笑荒才非世用，功名都付悠悠。斷腸怕上夕陽樓。蕭蕭楓葉下，漠漠葦花秋。日月未知忙底事，東生又復西流。古人不見使人愁。秋蘭無處採，流水滿芳洲。

驀山溪　衛生襲之壽

杏花半吐。花底香風度。楊柳嫋金絲，拂晴波垂垂萬縷。東君着意，付與有情人，山下路，水邊村，總是堪行處。　春光幾許。不用忙歸去。呼取麴生來，把閑愁一時分付。大都是醉，三萬六千場，遇有酒，且高歌，留取青春住。

蝶戀花　衛生襲之生朝，遯庵兄作歌詞以壽之。余獨無言，襲之執巵酒堅請不已，勉用兄韻以答其意

點檢東園花發未。蝶遶芳叢，馥馥香浮蘂。買酒酬春君有地。不妨日涉聊成趣。　身世虛舟元不繫。浮利浮名，是甚閑情味。花下一杯方得意。人間萬事宜姑置。

又　明日，衛生見和，復次韻

燕子歸來寒食未。脉脉桃花，微露胭脂蘂。回想舊遊歌舞地。狂詩顛酒當時趣。　白日長繩誰可繫。老去情懷，事事都無味。倦鳥知還非有意。忙時宜用閑時置。

浪淘沙　惜花

好箇杏花時。只怕寒欺。東君無意惜芳菲。雨横風狂都不管，儘被禁持。　瘦損一分肌。着甚醫治。一天春恨没尋思。怎得丁寧雙燕子，説與教知。

朝中措　偶出見牆頭杏花，喜而賦之

無言脉脉怨春遲。一種可憐枝。最是難忘情處，牆梢微露些兒。　十分細看，風流却在，一半開時。政要東風擡舉，莫教吹破胭脂。

南鄉子　衛弟行之壽

蘭玉衛諸郎。我見白眉子最良。説似向人人不會，何妨。静裏誰知竹有香。　歲月没商量。暗地催人兩鬢霜。三萬六千須實數，休忙。才是東風第一場。

又　薛寶臣生朝俱用薛氏實事

郡姓記君先。烏鵲翔飛瑞自開。聞在兒時人已憚，他年。又作河東一鳳傳。　佳政訟分纖。看賦春遊第幾篇。躡屩誰爲門下客，休歎。欲换先生苜蓿盤。

木蘭花　重陽前幾日，籬下始見菊放數花，嗅香採蘂，慨然有感而作，以貽山中二三子

人生行樂須聞早。休惜一尊花下倒。無情歲月不相饒，轉首吴霜紛莫掃。　佳時苦恨歡悰少。鏡裏衰顔難再好。試將離恨説渠儂，天若有情天亦老。

又

不才自合收身早。一座青山成潦倒。蒙頭贏得口高眠，落葉滿庭慵不掃。　殺人四海知多少。留住頭皮貧亦好。年年種菊待花開，不道看花人漸老。

又

蓴鱸江上秋風早。四海狂瀾驚既倒。明知不是入時人，閉户十年成却掃。　故人落落晨星少。紅葉黄花依舊好。登臨信美自無情，坐覺風光容易老。

又

醉中昨夜歸來早。應怕蒼苔瞋健倒。一尊門健莫蹉跎，過眼光陰如電掃。破除萬事心頭少。酒自於人情味好。醒時還醉醉還醒，賴得此鄉容此老。

清平樂　薛子余弄璋

東君調度。錯怨春遲暮。一葉蘭芽今始露。香滿君家庭户。抱看玉骨亭亭。精神秋水分明。自是人間英物，不須更試啼聲。

又　送張君美經歷之任安西幕

鷄聲戒曉。催上長安道。賓幕雍容年正妙。人物風流温嶠。政成海泳江涵。門闌剩有餘閑。公事不妨行樂，春風韋杜城南。

訴衷情　史仲恭壽

芹溪清淺舞漣漪。墜釣錦鱗肥。黃花一尊芳酒，萬事覺俱非。留晚景，惜香霏。醉時歸。最關情處，迎門稚子，一笑牽衣。

水調歌頭　山中偶成，用遯菴兄韻

人生等行旅，能費幾春秋。元龍謾矜豪氣，百尺卧高樓。昨日青青雙鬢，今日星星滿鏡，轉首歲華流。歸去便歸去，何處覓菟裘。　一枝筇，一壺酒，寄真游。姑山玉立千仞，直下看神州。欲語幽情誰可，賴有白鷗知我，塵世儘悠悠。一笑對妻子，出處不須籌。以上彊村叢書本菊軒樂府，茲以景元刊本二妙集校

顯祖遯菴君與從祖菊軒君才名道業推重一世，值金季亂亡，辟地龍門山中。遯菴君既没，菊軒君徙晉寧北郭，閉門讀書餘四十年優游。

僕散汝弼

汝弼字良弼，古齊人。

風流子

三郎年少客，風流夢、繡嶺蠱瑤環。看浴酒發春，海棠睡暖，笑波生媚，荔子漿寒。況此際、曲江人不見，偃月事無端。羯鼓數聲，打開蜀道，霓裳一曲，舞破潼關。　馬嵬西去路，愁來無會處，但淚滿關山。賴有紫囊來進，錦韈傳看。嘆玉笛聲沉，樓頭月下，金釵信杳，天上人間。幾度秋風渭水，落葉長安。　金石萃編卷一百五十八載温泉風流子詞，詞品卷二讀作元人詞。

原注云，近侍副使僕散公，博學能文，尤工於詩。昔過華清，嘗作風流子長短句，題之于壁，其清新婉麗，不減秦晏。四方衣冠，争誦傳之，稱爲今之絶唱。恐久而湮滅，命刻于石，以傳不朽。正大三年重九日承務郎主簿幕藺記。　王昶跋云，升庵謂必元人作者，蓋匆匆見石刻，未及細檢記有正大三年字耳。

山主

臨江仙

獨坐嵓前尋思慮，如來妙法難量。慈悲苦海作舟航。緣人有分，難苦免災殃。得指華嚴真法界，明明處處無方。禪河皎皎曜神光。曹溪門下，新到舊家鄉。

又

實際本來無一事，虛生遍計情荒。紅爐火内降嚴霜。翳除花謝，一念契真常。迷者争知生死路，驅驅日夜忙忙。道人不是好宮商。爲嗟浮世，聞者好消詳。

又

閑向北邙山下過，侵天檜柏寒松。愁雲慘淡罩羣峯。昭陽岡上，墳塚列千層。也有周秦並漢魏，齊梁晉宋唐宗。哀聲歌舉送英雄。古來多少，盡葬北邙中。

又

日暮殘霞哀霧起，溪邊陣陣悲風。限臨選甚父娘兄。青松梢下，一例掩無窮。荊棘三皇墳上長，垂楊露滴花叢。折碑墓塌水流衝。一場瀟灑，何日返龍宮。

又

三月禁煙寒節到，墳前寶馬車乘。香茶酒飯祭先靈。朝陽林畔，切切痛哀聲。白骨縱横荊棘下，銀錢斜弄風輕。骷髏仰面望羣星。離鄉魂魄，何日到宮庭。

又

悄悄郊園荒野静，唯聞狐叫鵶鳴。羣花影内柳藏鶯。山鷄山鵲，鸞舞見人驚。古代王侯并將相，空留碑銘標名。石羊斜望草青青。往來觀看，無不痛傷情。以上六首邙山偈

又

南洋海島觀音住，清涼迥出塵寰。迢迢幽邈隔關山。潺潺急溜，無路見慈顔。月照漫漫生瑞彩，風吹浩浩波旋。洪流千里遠人間。浪漂雲際，凡庶到應難。

又

波衝落迦山際浩，嵯峨嫩草綿綿。名花妖艷滿長川。鶯啼猿噪，翠嶺吐祥煙。紫霧朦朧遮媚景，紅花淡鎖嵓前。瓊樓鐘撞命羣賢。香雲影裏，盡日講金言。

又

菩薩端嚴身相好，朱顔粉膩容儀。冠侵霄漢玉毫飛。花鬘影裏，端坐證無爲。陣陣香風騰瑞彩，身披素帔天衣。烏盤雲鬢月初眉。圓光項上，照耀紫光輝。

又

四願弘深垂教網，心懷喜捨慈悲。愛河苦海度羣迷。永離生滅，彼岸證菩提。值難逢應稱聖號，他心慧眼癡知。焚香禮念降靈威。神通如電，頃刻免災危。

又

五色雲開觀三界，衆生個個癡狂。争名奪利色財荒。煙花叢裏，遊戲戀紅妝。百載浮生如一夢，强貪謾使身忙。飛蛾繞焰鹿奔場。情牽慾慈，誰解有災殃。

又

歡笑盡來成愁慮，青春去後顔蒼。柳芽雲鬢變銀霜。限臨頭上，猶自不思量。菩薩大悲傳妙訣，三乘五教圓彰。冥冥長夜放慈光。緣人啓目，東土變西方。以上六首觀音偈

又

因向山前墳畔過，途荒荆棘仍溝。閑花野草遣人愁。恨煙林下，悄悄見骷髏。難辨僧俗貧與富，未知何代王侯。口中錢被牧童掫。英雄那畔，仰面懶擡頭。

又

不向人前誇媚態，四肢零落難收。風吹雨灑任春秋。昔年歡樂，今日變成憂。冷淡郊園消灑處，獾狐來往頻遊。潺潺耳畔水東流。千謀百計，到此一場休。

又

見了教人情慘切，迴頭别覓真修。逢師悲願話根由。遠離苦海，親得涅盤舟。跳出火宅三界外，四衢露地白牛。隨身不在外邊求。無牽無纜，步步達清幽。

又

幻化有人權積聚，緣生性本元無。飄飄身似畫檣

蛛。懸絲一命，萬巧到頭虛。　妄執情雲迷覺路，興衰往復還殊。風燈石火電光舒。謾勞狂計，三界受區區。

又

漢魏周秦文武輩，惺惺使盡機謀。限臨都送北邙居。緑楊草下，不記掛金魚。　迴首釋迦離寶位，明明識破榮枯。仲春八月帝昇踰。雪山南面，獨坐證真如。

又

得暇閑窗尋思慮，古今多少興衰。閑縈都寫色并財。寰中幾個，識破早歸來。　好向白雲溪畔坐，逍遥坦蕩眉開。清風陣陣排塵埃。懷中古鏡，寂照現靈臺。

又

萬象分明時景現，寒光不用磨揩。大千沙界盡融該。清虚難味，一氣貫三才。　高下岳瀆平等相，毛鱗大小同階。凡心元是聖賢胎。菩提煩惱，無始未曾乖。

又

始向初更纔未睡，金天節屆清涼。星明霄漢乍分光。清風連夜，陣陣透幽窗。　月下焚香頻啓告，爐煙直到穹蒼。十方賢聖降真祥。願垂慈惠，同去禮當陽。

又

冷淡更闌交二鼓，蛩吟聲亂忙忙。紛紛黄葉落階場。萬林失色，雨露變銀霜。　追念前秦并漢魏，英雄文武金璋。限臨誰問將臣强。喉中氣斷，都送鬼村鄉。

又

鼓打三更情悄悄，寂寥庭院凄凄。銀燈風過滅殘輝。當空雁叫，切切向南飛。　弄了浮生添悔恨，如來曾運深悲。漫漫險浪法船迴。當初無分，今日怨他誰。

又

天色四更星斗轉，疎簾漸透輕寒。秋深溪淨水潺潺。瀟瀟殘月，隱隱下西山。　每念羣生沈苦海，寰中誰樂清閑。乘舟洪浪下釣竿。緣人有分，下釣出波瀾。

又

鷄叫五更天欲曉，金鏡震地聲幽。祥煙輕韵罩清樓。盈空瑞氣，風静碧雲收。　因識夜明如意寶，人人個個圓周。區區休要外邊求。迴光返照，一念萬緣休。以上十二首菩提偈

王喆

喆原名中孚，字允卿。後改名世雄，字德威。後入道，又改名喆。喆一作嚞，世傳其頭梳三髻，有三

吉字，因以爲名，字知明，號重陽子。陝西咸陽人。宋徽宗政和二年（一一一二）生。先居終南山劉蔣村。金世宗初，聚徒山東寧海州傳道，得馬鈺、譚處端、郝大通、王處一、劉處玄、丘處機等，號全真教。大定十年（一一七〇）卒，年五十八。著有全真、教化、十化等集。

黃鶯兒

堪嗟浮世如何度。酒色纏綿財氣。沈埋人人，都緣四般留住。因上上起榮華，節節生迷誤。總誇伶俐惺惺，各鬭機關，皆結貪妬。　今古。幾箇便回頭，肯與神爲主。任從猿馬，每每調和，無由得知宗祖。唯轉轉入枯崖，越越投深土。大限直待臨頭，難免三塗苦。

又

心中真性修行主，鍛鍊金丹津液。交流澆淋，無根有苗瓊樹。常灌溉潤瑤枝，密葉黃鶯語。瑩靈聲韻明眸，正覷嬰兒，兑方騎虎。　堪訴。姹女跨青

龍，四箇同歸去。本元初得，静裏還輝，迴光使胎仙舞。應出上現崑崙，得復蓬萊處。我不妄想雲霞，鸞鶴天然與。

花心動

緊鎖心猿，悟光陰、塵凡百年遄速。下手頓修，元本真靈，此日要除骸屋。居家坑塹先須跳，將身已、便令孤宿。静無觸。氣財色酒，一齊隳逐。　俗景般般絶欲。要捨盡爺娘，共妻骨肉。自在逍遥，落魄清閑，認取裏頭金玉。瓊英瑶蘂花心動，放香味、滿空馥郁。異光簇。祥輝結成九曲。

玉堂春

得得修行，能令捷徑走。子午俱無，何須卯酉。只用兩珍，於余堪厮守。鉛汞從教結作毬。　恁則成丹，般般盡總透。擺正真風，名傳不朽。搜出元初，那箇爲的友。到此方知是徹頭。

又　鎖門

玉性金真，人人皆可化。玉液金丹，頻頻迎迓。玉兎金烏，光光相次亞。照玉欄干種玉芽。　瓊蘂金莖，長長生不謝。玉女金童，常常看舍。玉鎖金匙，門門開闢下。賞玉堂春對玉花。

又

有箇王風，時時頻睡卧。無夢無眠，無災無禍。白虎青龍，自然交媾過。水火相逢上下和。　這箇因緣，元來真打坐。試問諸公，應還會麼。似我修持，原誤作待交君得功課。不在勞形苦已多。

驀山溪　贈文登縣駱守清

守清守淨。各各開明性。兩兩做修持，你箇箇、心頭修省。虚虚實實，裏面取炎涼，尋自在，覓逍遥，漸漸歸禪定。　教言教令。一一須當聽。急急上高坡，便穩穩、尋他捷徑。玄玄妙妙，子細認天衢，行得正，立來端，步步蓮花並。

又　於公索神龜詞

洪波浩浪，澄湛源流遂。此處隱神龜，敢吸盡、西江大水。任眠任睡，喘息幾曾聞，能服氣，會吞霞，自在長遊戲。　異光殊彩。迸出真祥瑞。　火焰正炎炎，便走在、當中取利。任燒任烙，旋旋聚清涼，能曳尾，會摇頭，獨上白蓮蘂。

又　歎驢兒

驢驢模樣，醜惡形容最。長耳觜偏大，更四隻、脚兒輕快。肌膚麤僂，佗處不能留，挨車買，更馱騎，拽徧家家磑。　任鞭任打，肉爛皮毛壞。問你爲何因，緣箇甚、於斯受罪。忽然垂淚，下語向余言，爲前□原脱一字，忒蹺蹊，欠負欺瞞債。

換骨骰　歎脱禍不改過

昨遇饑年，爲甚累增勸教。怎奈向、人人忒惕。越貪心，生狠妬，百端姦巧。　計較。騁風流賣俏。也兀底。　忽爾臨頭，却被閻王來到。問罪過、諱無談嬌。當時間，令小鬼，將業鏡前照。　失尿。和骨骸軟了。也兀底。

又

幼慕清閑，長年間、便登道岸。上高坡、細搜修鍊。遇明師，授祕訣，分開片叚。　堪讚。真性靈燦燦。也兀底。　功行雙全，占逍遥、出塵看翫。覩長天、化成仙觀。向雲中，有一箇，青童來叫喚。　風漢。凡骨骰換換。也兀底。

又　歎貪婪

嘆彼人生，百歲七旬已罕。皆不悟、光陰似箭。每日家，只造惡，何曾作善。　難勸。酒色財氣戀。也兀底。　福謝身危，忽爾年齡限滿。差小鬼、便來追喚。當時間，領拽到，閻王前面。　憨漢。和骨骰軟軟。也兀底。

又　贈道友王十四郎

一斬紅崖，按闊狹、方能及丈。横梁架、細如稈杖。在中間，誰做下，柴窩圓樣。被拉浪。裏面把鍁兒放。也兀底。　擬欲前行，恐失脚、怎生敢向。退後來、全無抵當。謾摇頭，空擺尾，萬般惆悵。轉悒怏。和殼兒軟脹。也兀底。

水雲遊　原誤作黄鶯兒，據分梨十化集改

思筭思筭。四假凡軀，幹甚厮翫。元來是、走骨行屍，更誇張體叚。　明靈慧性真燦爛。這骨骸須換。害風子、不藉人身，與神仙結伴。此首又見分梨十化集卷上

又鎖門

且住且住。十月小春，當宜鎖户。一百日、鍊就重陽，也並無作做。　渾身要顯唯真素。掛靈明紙布。信任他、走玉飛金，自恬然不顧。此首又見分梨十化集卷上

又　韓公索歎世

且聽且聽。汨汨塵勞，如何得醒。女男是、玉杻金枷，把身軀縛定。　百年韶景風燈影。怎留他光瑩。早悟斯、疾速修行，永完全性命。

又

玉性玉性。玉鎖緊嚴，金關牢釘。玉房深、百日清清，玉輝光一併。　玉匙開闡通仙逕。玉門中傳令。玉童來、便許全真，玉皇宣已定。此首又見分梨十化集卷上

玉女摇仙佩

終南一遇，醴邑相逢，兩次凡心蒙滌。便話修持，重談調攝，莫使暗魔偷適。養氣全神寂。禀逍遥自在，閑閑遊歷。覽清淨、常行穴迪。應用刀圭、節要開劈。三田會明靈，結作般般，光輝是勣。先向天涯海畔，訪友尋朋，得箇知音成覓。直待恁時，將相同步，處處嬉嬉尋覓。暗裏瞯瞯擻。覷你爲作，如何鋒鏑。會舉箭、張弓對敵。百邪千魅，戰廻純晢。無愁慼。方堪教可傳端的。

御街行

玉芝一味通賢聖。這藥治、真靈性。虛空臼內穩鋪排，金剛杵、擣成精瑩。摩訶般若蜜多和，鍊熟後、搓爲鋌。大悲千手丸來正。太陽火、烹炮定。堪宜下使用黃芽，八瓊水、共煎清淨。從茲服了得長生，便永永、成功行。

燭影摇紅

燭影摇紅，暗垂珠淚如言語。無情本不起斯因，轉使余頻悟。勸汝何須憂慮。已當日、終南遭遇。拂開眸目，剔正心神，東臨瓊路。占真閑，水雲遊歷成霞步。天涯海畔是前期，此處堪停住。等候明明師父。闡玄妙、長生門户。彩霞光裏，現出蓬萊，相隨歸去。

八聲甘州

處清涼界，逌然間、別開一家風。得閑閑閑裏，真甜美味，甘露應同。洗滌三焦六腑，五臟盡玲瓏。流轉無凝滯，顛倒皆通。白氣充腸盈滿，助起初本有，唯要深窮。待時時分朗，來往識西東。恁方知、惺惺容貌，這般形狀出高穹。圓成顯、放光明照，永住晴空。

紅芍藥

這王喆知明，見菊花堅操。便將重陽子爲號。止好相倚靠。每常却要，綴作詩詞，筆無停、自然來到。心香起、印出仙經，便實通顛倒。便實通顛倒。早得得良因，速推推深奧。玄玄妙妙任窮考。又更餐芝草。白氣致使，上下盈盈，金丹結、鍊成珍寶。恁時節、永處長生，住十洲三島。住十洲三島。

留客住

但人做。限百年、七旬難與。奪名争利强恁，徒勞辛苦。金飛玉走催逼，老死還被，兒孫拖入土。余今省悟。捨攀緣愛念，一身無慮歸去。雲水長遊，清閑得遇。識汞知鉛，氣滿精牢神聚。金翁却期，黃婆匹配，能養嬰兒姹女。刀圭足數。又蓬萊客至，上仙留住。

酹江月

正陽的祖，又純陽師父，修持深奧。更有真尊唯是叔，海蟾同居三島。弟子重陽，侍尊玄妙。手內擎芝草。歸依至理，就中偏許通耗。至今自在逍遥，金丹傳得，一點靈明好。皆出幽微俱助正，本有清虛顛倒。復住晴空，還居杳邈，此事成須到。將來去後，恁時公等知道。

又

本初面目，稟三光精秀，分來團聚。得得成形唯自在，應占逍遥門户。一箇靈明，因何墮落，撲入凡胎處。輪迴販骨，幾時休歇停住。搜獲虛幻身軀，榮華富貴，莫也非堅固。頓悟如如緣合後，深謝真師垂顧。秘訣親傳，依從做徹，達了憑遭遇。雲朋霞友，並歸蓬島瓊路。

摸魚兒

嘆骷髏、臥斯荒野。伶仃白骨瀟灑。不知何處遊蕩子，難辨女男真假。拋棄也。是前世無修，只放猿兒傻。今生墮下。被風吹雨浥日曒，更遭無緒牧童打。余終待搜問因由，還有悲傷，那得談話。口銜泥土沙滿眼，堪向此中凋謝。長曉夜。算論秋冬年代，春和夏。四時孤寡。人家小大早悟，便休誇俏騁風雅。

戚氏

凍雲昌。出入繚邈偏舒張。直上玄凝，滿空濃密，現嘉祥。六花妥瑶芳。輕飛緩舞恣飄颺。須臾漸漸俱縞，物物因跡盡均粧。還甚高下，那拘遥迴，一同不辨偏傍。更新鮮潔靜，添素加彩，增至輝煌。唯覩晃瀁無方。應是瑞氣，接引在中央。成佳致、自然盈尺，歲稔時康。顯青蒼。間點碧漢雲歸，片段日放晶陽。任溶任聚，正是流酥，獨許仙客堪嘗。淡味偏能好，渾如這、玉液與瓊漿。細想雖無馥郁，便深宜、寂暗藏香。別生景趣盈盈，再騰妙妙，靜裏開真相。復作冰、爲寶玲瓏狀。風剪剪、聲韻瑲瑲。夜靜來、轉覺嚴涼。運星斗、皓月豈尋常。最相當處，明明瑩徹，返照交光。

拋毬樂

此來玄化塵世，搜獲藏善。忽長天、嘉氣瑞瑞，雲浪滔滔，暫然敷偏。聚霙霴、濃結成雯，漸淅瀝、文橫飛霰。廣布列列嚴凝，凜凜寒威，拋擲真堪羨。似玉英瑶蕚，瓊花璧屑，也知都被，風刀細剪。撒迴遥輕舞，任他頒形如鋪練。最均平同色，寧辨上高下低深淺。　正比賢聖慈悲，盡施救、普與行方便。奈晴空，開日曜，返照消殘舊面。又還復故，元醜般般皆見。福薄分微重業，目迢遮了，重重現。勸汝濊急急，捨彼就斯，迴頭總顧，修持鍛鍊。功行兩雙全。誠遠勝、六出時間顯。麼則好歸十洲清選。其中疑有脫誤

沁園春

自問從初，少年如何，每每所爲。好細尋重想，當時做作，恐違天地，或昧神祇。及至如今，恁貌顔將耄，限盡臨頭著甚醫。還知否，有聖賢三教，莫也堪隨。　閒中認這慈悲。更長爇名香寢見知。把浮清靈密，耀明□顯，一原脫一字齊速鍊，下手修持。口印金科，心傳玉訣，舊業除消誠未遲。搜前路，得歸依玄妙，證道無疑。

又

王喆惟名，自稱知明，端正不羈。更復呼佳號重陽子，做真清真淨，相從相隨。每鋭仙經，長燒心炷，水火功夫依次爲。堪歸一處，閒然雅致，有得無遺。　偏宜用坎迎離。聚珍寶成丹轉最奇。結玉花瓊蘂，光瑩透頂，碧虛空外，捧出靈芝。定作雲朋，決成霞友，自在逍遥詩與詞。盈盈處，引青鸞

彩鳳，謹禮吾師。

玉蝴蝶

捉住玉山赤鳳，神舟同泛，激浪漂浮。便使烏龜，開口顯出嘉謨。吸洪濤、枯乾北海，吐巨波、澆溉西湖。自舒敷。水紋花面，皆是金鋪。光珠。盈盈照耀，恰如明月，晃晃方隅。普徧騰輝，盡成霞彩覆環紆。見圓珠。深深漸現，結寶丹、空外超踰。得瓊途。大羅天上，永永惺甦。

南鄉子

好紙造成鳶。占得風來便有緣。放出空中雲外路，無邊。休戀椿兒用線牽。端正莫教偏。仰面人人指點賢。從此逍遥真自在，如然。斷却絲麻出世纏。

永遇樂　抽文契

失笑王三，元當幼小，典了身體。直至如今，四十八上，方是尋歸計。獨擔辛苦，爲誰歡樂，決要撿抽文契。這工錢、不曾取過，從前並無綰繫。銳然走出，没人拘管，欣許深根固蔕。水畔雲邊，風前月下，占得真嘉致。惺惺了了，玲瓏清爽，復入爛銀霞際。一團兒、紅□炎炎，原脱一字就中妙細。

又

正好回頭，堪當下手，搜尋密妙。此個圓成，無教沈溺，須是令分曉。火坑休認，凡籠莫入，兩事銳然先跳。惺來後、贏取三光，時時頂戴長照。靈明一點，常隨五彩，九轉便通關要。透出崑崙，瑩傳清淨，朗聽金鷄叫。月華輝耀，星生盈滿，此處玉花香裊。得玄玄、玄裏真宗，這飜了了。

水龍吟

若脩仙子圓成，永真誠做他上士。明明了了，惺惺灑灑，搜尋妙旨。決烈回頭，是自不肯，拖泥帶水。便斬釘截鐵，塵緣悉屏，無罣礙，做清泚。得長生久視。更盈盈、行功齊至。頻頻囑付，一靈耀、金光早起。五彩同如此。相扶助入丹霄裏。有青童接引，前來迎迓，執瓊瑶蘂。

川撥棹

酆都路。定置箇、凌遲所。便安排了，鐵牀鑊湯，刀山劒樹。造惡人有緣覷。造惡人有緣覷。鬼使勾名持黑簿。没推辭、與他去。早掉下這屍骸，不藉妻兒與女。地獄中長受苦。地獄中長受苦。

又

蓬萊路。顯自在，逍遥所。現長生景，瓊花玉蘂，金枝寶樹。作善人得觀覷。作善人得觀覷。童子青衣掌仙簿。行功成、上昇去。結就一粒金丹，深謝嬰兒姹女。永不遭三界苦。永不遭三界苦。

調笑令

調笑。說玄妙。姹女嬰兒舞跳。青龍白虎摇交叫。赤鳳烏龜蟠繞。驀然鼎汞召。性命從兹了了。山峭。日光照。碧漢盈盈圓月耀。森羅萬象長圍罩。一道清風裊裊。真靈空外天皇詔。住在蓬萊闕要。

晝夜樂

便把户門安鎖鑰。內中更蘊奇略。安爐竈、煅鍊金精，養元神、修完丹藥。一粒圓成光灼灼。虛空外、往來盤礴。五彩總扶持，也無施無作。冥冥杳杳非投託。占盈盈、赴盟約。蓬萊路、永結前期，定長春、瑶英瓊萼。等接清涼光徧爍。放馨香、自然雯作。裏面禮明師，現真歡真樂。

又　鍾公云，鏡能照他人，不能照自

百鍊青銅圓又小。平平正吐靈耀。向人前、相對相觀，別辨容顔分曉。好醜媸妍并老少。塵凡一齊勘校。彼此假中來，怎生通內貌。　別有輝輝親密要。焕心鏡、主玄妙。偏能會、顯古騰今，又能鑑、從前虛矯。艷艷光輝宜自効。把當初、性珠返照。裏面得全真，永明明了了。

瑤臺月　違終南山

攜雲放肆投閑路，清風明月長載。迴光返照，瑩徹澄波青黛。髣髴裏、遠望嘉山，静至收歸寧海。前生約，今生在。遇明了，便明對。相愛。熙然景致，頤然聚會。這個密妙堪賽。内外須、常常頂戴。香煙起盤梟，盡成雯蓋。每從依、仙伴同遊，定處看、霞軒神憑三曜。通三昧，論交友交泰。無礙。靈明一點，逍遥自在。其中疑有脱誤

又

修行便要尋捷徑。心中長是清淨。搜攉妙理，認取元初瞻聽。四象内、只用澄鮮，湛湛源流端正。探深奥，觀遥迥。戴三曜，依三聖。功併。仍兼行滿，俱憑悟省。玉潤金鋭光瑩。吐彩艷、重重永定。靈明現圓相，一團紅映。何虚空、冥香騰輝，在物外、悠悠能整。從來性。本來命。歸雲路，出山頂。堪慶。蓬萊島，遣青謹請。其中疑有脱誤

滿庭芳　劉公問貴賤

今世豐華，此生貧窘，筭來總是前緣。榮枯好醜，無黨亦無偏。只在靈明佈種，唯招召、善惡相傳。花開謝，開爲福地，謝是禍心田。英賢。如速省，時臻命至，減勢藏權。若能還使盡，却復如然。好把根源取正，休著染、也莫孜煎。推真妙，不論貴賤，便是大羅天。

又　劉公索賢

智慧皆全，癡頑總至，兩般自是殊方。一能明哲，一個性迷荒。盡是靈中分定，各分别、此理昭彰。還知否，上人九竅，下没膏肓。彷徨。思這事，暗中積行，便得賢良。稍胡爲做作，愚戇來匡。奉勸諸公速悟，行平等、永永清涼。真誠顯，唯邀本有，前路趂仙鄉。

又　於京兆府學正來彦中處見墨

毛穎歸余，楮生從我，陶泓三事奇瑰。陳玄不止，

尚未得相陪。日夜搜神定思，在何處、多隱文才。誰堪訪，高明上士，唯有彥中來。渾材。如見慧，便教磨出，雲浪恢恢。書靈符寶篆，救苦消災。願使家家奉道，人人悟、總免輪迴。成功行，前程路穩，同去宴蓬萊。

又　未欲脫家

未欲修持，先通吉善，在家作福堪當。晨參夜禮，長是爇名香。漸漸財踈色減，看分寸、營養爺娘。擒猿馬，古來一句，柔弱勝剛强。從長。凡百事，先人後己，勤認炎涼。與六親和睦，朋友圓方。宗祖靈祠祭饗，頻行孝、以序思量。逢佳節，懽欣訪飲，齊唱滿庭芳。

又　欲脫家

既欲修行，終全閴謐，出離塵俗相當。莫憑外坐，朝暮起心香。須是損妻捨事，違鄉土、趓却兒娘。常歸一，民安國富，戰勝又兵强。長長。瀟灑

做，搜尋玄妙，認取清涼。又憑空渺邈，大道無方。只在圓光自照，明來後、堪用衡量。重陽子，迎霜金菊，獨許滿庭芳。

又　修行

陰盡陽純，命停性住，先須汞識鉛知。白堅黑固，土馬木牛隨。卯酉常從子午，申庚聚、用坎迎離。刀圭至，震龍兌虎，赤鳳鬬烏龜。堪宜。真水火，癸丁鑪竈，丹結何疑。漱瓊漿玉液，神水華池。滋潤靈芽瑞雪，日鷄叫、月兔推移。金翁喜，黃婆立便，養姹女嬰兒。

又　文登張公邵公要起玉花社

王喆身留，玉花社舉，此因都爲張侯。迤而邵氏，庵舍不能修。後悔人人猛悟，兔兒起、抛甚甎毬。還知否，斷絃無續，覆水定難收。休休。各處分，我雖眷戀，誠没回頭。願諸公心內，念憶同流。別意離悰已動，金蓮子、光滿西州。當歸去，□文

勝景，原脱一字不復再重遊。

西江月

養甲争如養性，修身争似修心。從來作做到如今。每日勞勞圖甚。　好把幽微搜索，便將玄理思尋。交君稍悟水中金。不肯荒郊做恁。

憶王孫

人云口是禍之門。我道舌爲禍本根。不語無言没討論。度朝昏。便是安閑保命存。

蘇幕遮

少煩人，稀赴會。我自無恩，莫把他人怪。廉儉温良身自在。莫追陪，免得常躭債。　有錢時，人見愛。及至無錢，親也全疎待。且見世情如此態。察盡人心，暗想除非外。

金鷄叫　警劉公

占得虚空呈俊俏。玄中玄，妙中絶妙。自然五彩通靈照。一顆明珠，萬道霞光罩。　淨淨清清，泠泠曉曉。昏昏默默，冥冥窈窈。森羅萬象輝輝耀。月裏蟾鳴，日裏金鷄叫。

桃園憶故人

瑠璃枝上瓊花縞。蓓蕾悶成瑪瑙。烏玉葉兒偏好。四件誰能討。　静中認得真家寶。艷彩誠非草草。唯有個人知道。共得歸蓬島。　重陽全真集卷之三

南鄉子

物物要休休。打破般般是徹頭。認得本來真面目，修修。一個靈芽穩穩求。　火裏好行舟。焰裏白蓮素臉幽。馥郁風前通遠迥，悠悠。透過青霄得自由。

又　誡人禮拜

堪歎這頑夫。空恁區區用力麤。五體相逢投地面，休愚。尚自勞勞禮假軀。　大道本虚無。玄裏藏玄妙不敷。内有元光人不識，唯吾。日日觀

瞻自吸呼。

又

物物不追求。擺手行來事事休。返照迴觀親面目，無憂。自在逍遥豈有愁。　乘此大神舟。玉棹瓊棹渡正流。剔出急波俱絶盡，機謀。超上十洲三島遊。

又　於公索幻化

幻化色身繞。電脚餘光水面泡。忽有忽無遄速甚，如飈。過隙白駒旋旋飄。　何不悟虛囂。早早迴頭養玉苗。苗上金丹光潑潑。彰昭。透過雲衢入碧霄。

又　邵公索要下手修行

我命不由天。熟耨三田守妙玄。甘雨澤深先布種，金錢。徧地黄芽最色鮮。　養就玉花蓮。葉葉分明永永堅。瓊蘂被風吹撒動，香傳。一道靈光任自然。

又　風琴

妙手喜新成。十六條絃別有名。掛在宮中雲外路，風迎。便許能招自己聲。　不入俗人聆。占得仙音講道經。唯我傍邊全善聽，叮嚀。攜爾蓬萊在玉庭。

小重山　喻牛子

堪歎犢兒不唤牛。性如湍水急，碧波流。只知甘乳做膏油。長隨母，擺尾□搖頭。原脱一字　漸漸騁無休。奔馳山谷路，入溪溝。未從韁絆恣因由。貪香草，怎曉虎狼憂。

又

堪歎寰中這隻牛。龍門角子穩，騁風流。身如潑墨潤如油。貪鬬壯，牽拽不迴頭。　苦苦幾時休。力筋都使盡，卧犁溝。被人嫌惡没來由。閑水草，難免一刀憂。

刮鼓社

刮鼓社，這刮鼓本是仙家樂。見箇靈童，於中傻俏，自然能做作。長長把玉繩輝霍。金花一朵頭邊爍。便按定五方跳躍。早展起踏雲脚。早展起踏雲脚。　會戲謔。正洽真歡樂。顯現玲瓏，玎璫了了，徧體纓絡。遂引下、滿空鸞鶴。迎來接去同盤礴。共舞出、九光丹藥。蓬萊路有期約。蓬萊路有期約。

恨歡遲

名喆排三本姓王。字知明子號重陽。似菊花如要清香。吐緩緩，等濃霜。　學易年高便道裝。遇淵明、語我嘉祥。指蓬萊雲路如歸去，慢慢地休忙。

山亭柳

急急迴頭。得得因由。物物更不追求。見見分明把個，般般打破優游。淨淨自然瑩徹，清清至是真修。　妙妙中間逼出入，玄玄裏面細尋搜。了了達冥幽。穩穩拈銀棹，惺惺駕、大法神舟。速速去超彼岸，靈靈現住瀛洲。

武陵春

天地唯尊人亦貴，日月與星臨。道釋儒經理最深。精氣助神愔。　四個三般都曉徹，丹結變成金。衮上明堂透玉岑。空外得知音。

甘草子

塵所不肯修行，個個貪歡聚。轉轉戀榮華，怎肯將心悟。　直待陰公教來取。便急與相隨去。早被兒孫送歸土。金玉誰爲主。

迎仙客　或曰，既是修行，因何齒落髮白。答云，我今年五旬五，尚辛苦爲收穫耳

五旬五，過半百。諸公把我頻搜索。眼如遮，耳如聞，口中齒豁，頦上髭鬚白。　外容蒼，内容黑，金花地上真粟麥。稈兒釤，穗兒摘。三車搬過，便是迎仙客。

惜芳時

諸公學，休胡別。且莫放、猿顛馬劣。閑中認得玄機設。無言説、自然歡悦。淨清便把虚空拽。待問你不生不滅。答言功行須交徹。有真師、分明來接。

又

甲龍入火分明看。庚虎在、水中遊翫。往來相送同爲伴。自然是、兩家拘管。善能調養成片段。裏外更使成交換。空中有個青童喚。恁時節、一衝霄漢。

點絳唇　先生鎖門及十旬，將啓户，又以梨一枚，割做十分，與馬鈺夫婦二人食之。既啓户了，唯鈺捨家緣做弟子，至此耳，又以詞贈之。

十化分梨，我於前歲生機構。二人翁母。待教作拏雲手。用破余心，笑破他人口。從今後。令伊依舊。且伴王風走。

俊蛾兒　勸吏人

見個惺惺真脱灑，堪比大丈丈下疑脱夫字兒。莫睎燈下俊蛾兒。壞了命兒。早早迴頭搜密妙，營養姹女嬰兒。道袍換了皂衫兒。與太上做兒。做兒下，尚疊出做兒二字，疑衍

南柯子

白鷺江心立，烏龜水底鑽。紅鷄翡翠竹間攢。四件將來，鍋内鍊成丹。五味調和美，重樓信任餐。充盈六腑得寧康。養就真神，跳躍入仙壇。

又

會歎風中燭，能嗟水上漚。一生一滅幾時休。恰似輪迴，來往業淪流。知有驢和馬，非無騾與牛。等閑撲入怎抽頭。幸得人身，急急做真修。

夜遊宮

身向深山寄寄。步青峯、恣情如意。冷即草衣慵即睡。□餐松，原脱一字渴來後，飲緑水。養就神

和氣。自不寒不饑不寐。占得逍遥清淨地。樂真閑，入紅霞，翠霧裏。

江神子

虛中空外認盈盈。喜前程。看分明。占得真堅，慧照助新聲。五座門開通出入，任來迴，好遊行。高峯□原脱一字上便縱横。結雲棚。勢峥嶸。滚出靈光，一點似朱櫻。彩色般般籠罩定，處清涼，永長生。

賀聖朝

修行須是身衣布。受寂寥餐素。道心不與衆心同，絶憂愁思慮。内中認取金烏聚。并開明玉兔。赤鸞抱住黑龜精，這些兒誰悟。

長思仙 鄒公問識心見性

莫哦吟。莫追尋。這個玄機奥最深。如何識本心。好鈐擒。好登臨。明月孤輪照玉岑。方知水裏金。

蘇幕遮 滕奇放龜

此神龜，深謝放。厚德深恩，杳杳冥冥廣。毛寶當時還岸賞。答報於公，別有明明相。戲金蓮，通揖讓。千載遐齡，就壽增嘉況。返顧精神添瑩朗。一氣煩公，送到雲霞上。

又 秦渡墳院主僧覓

善看經，能禮懺。金面胭脂，正好頻頻蘸。轉轉殷紅紅不淡。色裏全真，真裏成清湛。仗鉛刀，擎汞鑿。劈暗鑿昏，迸出銀霞艷。萬道霞光攢一點。般若波羅，得得無增減。

又

莫端身，休打坐。擺髓搖筋，噓嚇稠黏唾。外用修持無應和。贏得勞神，枉了空摧挫。要行行，如卧卧。只把心頭，一點須猜破。返照迴光親看過。五色霞光，覆燾珠明顆。

又

五臺峯，三耀剎。八識俱明，四象靈光匝。羅漢回頭看菩薩。佛果圓成，這裏無言答。　證虛无，騰可恰。清淨全扶，澄湛尤相洽。休衮神珠分等甲。彩色傳輝，再現黃金塔。

又　寄與譚哥唐哥

訓人人，休碌碌。□□搜尋，原脱二字密妙長修福。慧慧明燈參性燭。　謹謹營軀，食食牟平禄。　拜風風，爲叔叔。兩兩姪賢，莫戀余相逐。切切依從新格曲。了了唐琳，達達真譚玉。

又　贈京兆藥市街趙公

趙公邀，喫水飯。顆顆珍珠，粒粒靈芝蔓。食就圓明生園苑。開闡瓊花，不作凡軀楦。　合三光，分四憲。壯起精神，寶鼎童兒健。五色霞光同一建。此則充盈，得得平生願。

又　勸化醴泉人

醴泉人，都作善。急急光陰，似水還如箭。榮貴虛勞休自羨。四假凡軀，恰似蠶身緣。各縛纏，誇做蠒。裹了真靈，直待鍋兒煎。這個王三行方便。不信之時，不見害風面。

又　勸化諸弟子

兄弟懣，安脚手。擘破微塵，跳出三山口。月出東方日入酉。焜耀明星，三個相隨走。　氣傳清，神運秀。兩脉通和，真行真功就。衝上晴空光猛透。方顯無爲，始見歸無漏。

又　贈京兆府王小六郎

這仁人，忒伶俐。問我修行，便出非常意。怎奈時間家事累。更有一般，妻子應難棄。　勸明公，休出離。日爇名香，謹把三光貴。萬事心懷方便起。歲舉時臻，也到雲霞裏。

又　勸修行

莫行功，休打坐。如要修持，先把心猿鎖。黑氣收歸無漏破。慢慢昇騰，保養靈真麽。　姹娘嬉，嬰子卧。搬上中田，總向明堂過。折得白蓮花一朵。攜去虛空，放出珍珠顆。

又 勸同流

教門人，聽我告。清涕稠津，喫了成虛耗。五穀滓餘難化造。恰是隈隨，惹甚閑煩惱。會修行，知顛倒。別有一般，滋味天然好。神水華池通正道。灌溉丹田，指日歸蓬島。

又 贈打車

木無情，生有作。都被良工，妙手成軀殼。黑犢黃犍惟挽索。牽入紅塵，難免輪迴脚。靜中忙，閑裏作。怎得逍遥，自在真歡樂。直待白牛來跳躍。一朵蓮花，萬道霞光爍。

又 勸世

歎人身，如草露。却被晨暉，晞轉還歸土。百載光陰難得住。只戀塵寰，甘受辛中苦。告諸公，聽我語。跳出凡籠，好覓長生路。早早迴頭仍返顧。七寶山頭，作個雲霞侶。

望蓬萊 燒了庵作，果有二弟子自寧海來，復修蓋住

重陽子，物物不追求。雲水閑遊真得得，茅庵燒了事休休。別有好歸頭。存基址，決有後人修。便做玲瓏真決烈，怎生學得我風流。先已赴瀛洲。

又 醴泉覓錢

醴泉好，偏愛養貧兒。爲破殫虛華□業，原脱一字余從捉住傻猿兒。無女又無兒。街兩面，願助小錢兒。同共買成金麥飯，三時喂飽鐵牛兒。耕種老嬰兒。

又

真大道，能結坎和離。認取五行不到處，須知父母未生時。此理勿難知。須速省，下手便修持。上有三光常照耀，中包二氣莫分離。採得玉靈芝。

又

修鍊者，須要覓前程。窈窈冥冥除我相，昏昏默默

絶人情。真裏正中貞。方曉悟，閑至淨中清。物物般般都打破，頭頭脚脚便分明。圓曜自然成。

又

修鍊事，子細好鋪陳。外做四肢安樂法，内觀五臟倒顛因。便是得全真。堅守定，瞥殼要中申。二氣合和開本性，三田搬運助靈神。只此唤仙人。

又

真大藥，要見甚昭然。二氣包囊三疊妙，雙關封鎖九重玄。自曉豈相傳。古仙頌，兩句最精研。凡骨渡河誠用筏，聖功到岸不須船。越越害風顛。

又

猿馬住，性命自然知。一粒刀圭開四象，兩般鎗法殺三尸。神水溉華池。公看取，便是坎和離。土馬趕回金虎子，鐵牛耕出玉龍兒。方見遇明師。

又

真鍛鍊，驅惑去迷昏。踏碎月明通正路，劈開風景入玄門。方顯道家尊。無把捉，一點出崑崙。復住空中超造化，得歸物外越乾坤。那論若亡存。

又

重陽子，飲水得良因。洗滌塵勞澄淨至，灌澆根本甲芽伸。滋養氣精神。恬淡好，甘露味投真。滴滴潤開三教理，涓涓傳透四時春。流轉一清新。

又

能下手，便曉這元元。爲甚得通三一法，都緣悟徹五千言。立起本根源。重著脚，跳入水晶盤。唤出那人人不識，至今有自自揚掀。越越害風虔。

又

回首處，便要識希夷。鍛鍊須將情滅盡，修行緊與世相違。勘破是歸依。蟾玉走，認取個金飛。交位東西通地髓，沖和上下合天機。方得妙中微。

又

修鍊者，四事倒顛論。地水火風應化去，色聲香味怎生存。方是顯良因。　全得得，窈默與冥昏。慧性來迴清淨路，真靈出入妙玄門。空外九光渾。

又

真大道，滋味不相饒。明月光中騰瑩瑩，清風颷上出么么。從此見芝苗。　無狹闊，又豈有迢遼。圓現圓成成自在，一能一得得逍遥。方顯見彰昭。

鶯啼序

鶯啼序時繞紅樹。應當做主。騁嚶嚶、瑩瑩聲音，弄晴調舌秤羽。潛身在、朱林茂處。愈綿變百般言語。喜新鉛、新汞俱齊，叫歸宗祖。　喚覺呼惺，頓曉本元初，天然規矩。定分他、甲乙庚辛，九宫八卦門户。驅四象、通推七返，用千朝、鍊成文武。這金丹，由此三年，漸令堪覩。　嬰兒跨虎。姹女騎龍，白雲招翠霧。各各擎、鋼刀慧劍，接刃交鋒，隱密藏機，兩家無懼。烏龜赤鳳，前來降伏，和合罷戰休兵戍。被靈童、結構同相聚。從兹慢慢，搜尋寶貝完全，要見便教知數。　明珠萬顆，吐出神光，倒顛籠罩住。迸一條、銀霞臬臬，撞透清霄，晃耀晴空，偏開瓊路。中間獨現，真妙真玄，星冠月帔端嚴具。把雙眸、高舉頻回顧。觀瞻了了清清，湛湛澄澄，害風得遇。

啄木兒

觀浮世。爲人貴。捨榮華、全神氣。保養丹田絶滋味。便將來、免不諱。自諳自諱。修取長生計。自誓自誓。今朝説子細。且通邊際。開靈慧。酒色財氣一齊制。做深根、永固蒂。　怎生得、虎龍交位。如何令、姹嬰同睡。把塵勞事。俱捐棄。二道合和歸本類。想玄玄、尋密秘。

又

自行自行。見性不用命。自惺自惺。黑飆先捉定。使倒顛併。唯堪詠。兩脉來迴皆吉慶。辨清清、與靜靜。　烏龜兒、從兹警省。放眼耀、光明焕炳。恣水中遊、濤間逞。望見赫曦山上景。轉波恬、又浪静。

又

自住自住。離宫受坎户。自悟自悟。汞中建鉛庫。好頻頻顧。長相覷。上下沖和知去處。漸漸入、雲霞路。赤鳳兒、飛來振羽。飲盡烏江見水府。與神爲主作宗祖。只把刀圭長安撫。方能教、子伴午。

又

自坐自坐。木上見真火。自智自智。從前没災禍。雨東方妥。誠堪可。潤葉滋枝成花朵。結團團、寶珠顆。翠霧騰空外偏鎖。白露凝虚上負荷。换搆交睡同舒他。性命方知無包裹。不由天、只由我。

又

自卧自卧。西方憩息麽。自佐自佐。靈臺聚真火。發庚辛課。相應和。物物拈來都打破。元來現此一個。跳出後、無小無大。敲着後、不剛不懦。便却如這音聲那。響喨玎璫明堂過。遇玲瓏、共慶賀。

又

自知自知。只此分明是。自此自此。得一並無四。在虚空裏。撒金蕊。萬道霞光通表裏。復元初、見本始。要鍊正，靈真範軌。更不用、木金火水。把良因壘。從心起。方寸清凉無憂喜。澄長生，並久視。重陽子。害風是。王喆名、知明字。説修行、旨没虚詭。啄木詞、中開真理。向諸公、取知委。　啄木兒共五首，第一首前多出數句似總序，第五首復多出數句似總結

以上重陽全真集卷之四

探春令　鎖庵門，化馬鈺

要知端的，默默細想，須憑因果。至今喜悦，投歸玄妙，便把門兒鎖。惺惺了了真堪可。有自然香火。靜中寂閴，分明一箇，師父來看我。

又

美醪奇饌，信任恣飲，豐餐最好。醉經飽德，唯歌自舞，喜樂論道。頻頻拈弄靈芝草。使異香來到。雲霞覆燾，鶴鸞前引，却赴蓬萊島。

月中仙　自詠

自問王三，你因緣害風，心下何處。怡顏獨哂，爲死生生死，最分明據。轉令神性悟。更慵羨、人誇五袴。愈覺清涼地，皮毛無用，那更憶絲絮。渾身要顯之時，道巾衫青白，總是麻布。葫蘆貯藥，又腋袋經文，拯救人苦。竹攜常杖柱，侍自在、逍遥鍾呂。道余歸去路。煙霞侶。

阮郎歸

驀然撞着阮郎公。無何兩目紅。盈盈翳膜礙非通。如何見寶瞳。真妙藥，便修崇。良醫顯行功。金篦一刮直緣空。三光本秀同。

又　詠紙衣

蔡倫助造阮郎歸。於身顯紙衣。新鮮潔淨世間稀。隔塵勞是非。瓊表瑩，玉光輝。霜風力轉微。寒威戰退達天機。白雲自在飛。

喜遷鶯　贈道友

問公爲善。這大道無言，如何迴轉。猛拾浮華，搜尋玄妙，閑裏做成修鍊。認取起初真性，捉住根源方便。本來面。看怎生模樣，須令呈現。親見。堪相戀。請向絳綃宫里，開瓊宴。會上明明，霞輝萬道，射透玉絲瑶霰。一粒寶珠晶瑩，滚出光同飛電。徹中央，大羅天歸去，永除遷變。

歸朝歡

天地初分何處寄。父母無生名甚字。須將這箇要分明，推窮此理寧論是。細細傳不二。一能仍究從前自。往來頻，不知迷迷，甚日得言賜。忽爾真靈前面至。認得元形歡喜示。惺惺覷著甚端嚴，輝輝返照通容易。見時唯密秘。妙玄微雅中深邃。出匱光，五般顏彩，復本總祥瑞。

減字木蘭花　辭世

凡軀四假。便做長年終不藉。水葬魚收。教你人咱業骨骰。這迴去也。一顆明珠無有價。正是真修。穩駕逍遥得岸舟。

又　自詠

小名十八。讀到孝經章句匝。爲慶清朝。愛向樽前舞六么。呼盧總會。六隻骰兒三没賽。傻得唯新。刮鼓叢中第一人。

又

七年風害。悟徹心經無罣礙。信任西東。南北休分上下同。龍華三會。默識逍遥觀自在。要見真空。元始虛無是祖宗。

又

時當五九。道用謫仙三盞酒。綵仗風流。爲示農耕擊土牛。東君德厚。放盡山梅并岸柳。得得真修。一顆明珠出玉樓。

又

青山緑水。自與今朝長是醉。緑水青山。得道之人本要閑。清風明月。占得逍遥無可説。明月清風。共是三人我便同。

又

心低大小。細細搜尋玄裏妙。大小心低。酉上爲東卯作西。心高火出。走了三田錫與蜜。火出心高。轉轂輪迴又一遭。

又

神清氣爽。樂處清閑堪一唱。氣爽神清。鼓出從來自己聲。清神爽氣。長就黄芽緣溉濟。爽氣清神。認得前程這箇真。

又 贈王家飲店

涼淘要結。妙手輕團如握雪。要結涼淘。瓊蘂紛紛入寶槽。挨刀細切。椀内銀筋挑玉屑。細切挨刀。又分隨余採碧桃。

又 化破帛

長居海畔。非帛衣身應不暖。海畔長居。温煥凡軀性自如。於公願管。轉化多人爲首讚。願管公於。養就仙胎得展舒。

浪淘沙 唐秀才索春寒秋熱詞

氣色做交加。四序無差。上凝下出兩相磨。暖律欺寒寒逼暖，易位難趖。恰似這浮華。人做生涯。得時温煥失來邪。貧富熱寒應不定，浪裏淘沙。

又

和氣欲超昇。寒色沈凝。清涼内爽亦能騰。却被外炎相伏定，春冷秋蒸。陰照復陽登，陽喜陰增。人當衰處轉誇能。天欲明而仍暫暗，禍福交承。

又 歎虛飄飄

石火不相饒。電裏光燒。百年恰似水中泡。一滅一生何太速，風燭時燒。公等在浮囂。悟取虛韶。福油好把慧燈挑。光焰長生明又朗，返照芝苗。

又

人要悟黄芽。忽戀榮華。俗家出了做仙家。物物拈來都打破，藉甚嬰娃。蓬島現光華。翠霧紅霞。長春園裏看靈葩。覆焘清光仍自許，得得休誇。

驀山溪

玉堂三老。唯識王三操。復許辨三台，更能潤、三田倚靠。自然三耀，攢聚氣精神，運三車，依三教，永没沈三道。須通三寶。方見三清好。真性照三峯，陡免了、三焦做造。休論三世，諸佛現前來，得三乘，遊三昧，瑩瑩歸三島。

又

修行學道，切莫憑嬰姹。只是這些兒，把塵俗、般般不惹。自然蕭索，寂寞與他依，餐殘飯，著麤衣，飽暖休相捨。常從坦蕩，守養身軀假。閑裏得真閑，覺清涼、惺惺灑灑。暗中功行，直待兩盈盈，靈明顯，做逍遥，師父看來也。

又

水中漚起，來往相隨走。旋旋被風吹，便生滅、暫無還有。忽亡忽聚，遄速没人知，如浮世，不堅牢，名利難長久。諸公早悟，休要迷花酒。養聚氣和神，更認取、三光靈秀。朝昏調攝，保護結金丹，添真瑩，放明光，永得逍遥壽。

又　贈劉哥會剃頭面

公能刀鑷。將彼姿顏接。刮削與提撏，甚停當、心洽意愜。如描似畫，眉秀鬢鬚齊，添嫩貌，減衰容，又更增言捷。內靈和協。無質無腮頰。妙手有何述，敢把此、分明拈捻。若還會得，慧劍便磨礱，呈白刃，顯青鋼，剃出圓成曄。

燕歸梁

這箇修行理最深。水裏淘金。見天清淨處、細搜尋。唯風月、是知音。綿綿永永無令歇，如撈得、稱嘉吟。一從攜去上高岑。方能顯、道人心。

掛金燈　劉蔣庵

好池亭，華麗於中瑩。善修外景。裝成內景。這兩事、誰能省。謹按黃庭緝整。表裏通賢聖。水心炎炎，火焰猛勁。溉鍊出真清淨。

金蕉葉

撲入塵凡世俗。這思牢、更兼愛獄。被玉杻金枷緊束。受無窮不足。百歲光陰迅速。更朝磨夜磨催促。早離了家緣孤宿。結神仙眷屬。

祝英臺　詠骷髏

無事閑行郊野過。見棺函板破。裏頭白白一骷髏。獨瀟灑愁愁。爲甚因緣當路臥。往來人誹謗，在生昧昧了真修。這迴却休休。

定風波　贈馬鈺

萬萬人中這箇人。忽然自悟說良因。恰似白蓮花一朵，尖新。泥沙脫了出迷津。邀住清明開嫩臉，朗瑩明月作毗隣。住向空中騰馥郁，靈真。此回占得四時春。

浣溪沙　原無調名，茲據律補

空裏追聲枉了賢。水中捉月事同然。隔靴抓癢越孜煎。紐石作絃何日撫，鑽木待火幾時然。恰如撅地覓尋天。

又

耕熟晶陽一段田。九還七返五光全。清清淨淨顯新鮮。物外閑人雲外客，虛中真性洞中仙。晴空來往步金蓮。

又

浮世都憐假合身。勸人認取裏頭人。本來面目好相親。返照迴光知去處，逍遙自在樂天真。銳然穎脫出囂塵。

江梅引　寧海范明叔邀飯，覽月桂花

凌晨靜至樂倍，此句原有脫誤倚闌限。覩奇材。正是蟾宮，餘影世間來。遂得晴空甘露力，潤根荄，發修條，偉又瑰。能綻粉苞加紅艷，按周天，四序開。蕊撒黃金騰馥郁，道眼堪猜。豈許□原缺一字姿，陸地混塵埃。呼取好風同引去，上瑤臺，復靈根，月裏栽。

金雞叫　寧海軍結金蓮社

社結金蓮都不曉。金盤獻、七珠明了。金陵河裏知多少。要現金光，須得金匙攪。牽過般密妙。此句疑有脫誤金風內，好香籠罩。金枝玉葉同成俏。喚出金翁，便做金鷄叫。

又　警劉公

識得希夷方見妙。自然是、無煩無惱。妻男孫女長繚繞。愛獄恩山，把身軀緊縛抓。苦要玲瓏於己俏。把慧刀、快磨頻挑。萬斤鐵索都碎了。奉報劉公省悟我金雞叫。

感皇恩　丁亥年十月初一日，先生要化馬鈺，故鎖百日，欲令鈺見家風而肯從

百日鎖庵門，擒顛縛傻。閑閑澄中，靜養真假。個人歎問，直恁如斯瀟灑。我咱知得也。誠清雅。別有一般，分明好畫。頻頻擎出暫懸掛。那滿要看，萬斛珍珠酬價。恁時傳說下。些兒話。

瑞鷓鴣

長春景致等長年。不夜鄉中永不眠。自在從容除我想，逍遥來往有誰權。唯知物外渾無物，獨看天中別有天。五彩霞光長作伴，金花圍繞大羅天。

又

修行莫鍊外容紅。只要當中起赤心。從此能生木上火，自然養就水中金。瑶芳寶樹同相守，玉蕊瓊枝共厮侵。休去他方尋伴侶，箇中真箇是知音。

又

修行孰是鍊金丹。鍊就方知兩事全。七返不容開四户，九還應是轉三田。氣神交結爲珍寶，靈性分明作大仙。今日却歸元本路，自然清靜永恬然。

惜黄花

昨朝酒醉，被人縛肘。橋兒上、撲到一場漏。逗任叫，没人扶，妻兒總不救。猛省也、我咱自呪。兒也空垂柳。女空花秀。我家妻、假作一枝花狗。我謹切隄防，恐怕著一口。這王三、難爲閑走。

豆葉黄

奉報英賢，早些出路。卜靈景，清涼恬淡好住。開闡長生那門户。便下手修持，真功真行，真性昭著。姹女騎龍，嬰兒跨虎。把珠玉瓊瑶，顛倒换取。正是逍遥自在處。結一粒明珠，金丹金鏡，金

耀攢聚。

聖葫蘆

這一葫蘆兒有神靈。會會做惺惺。占得逍遙真自在，頭邊口裏，長是誦仙經。把善因緣，却腹中盛。淨淨轉清清。玉杖挑將何處去，緊隨師父，雲水是前程。

憨郭郎　或問難免憎愛心

深憎憎愈甚，深愛愛尤多。兩般都在意，看如何。他歡如自喜，他病似身痾。心中成一體，各消磨。

郭郎兒慢

日放銀霞，甘雨滴成珠露。召清風、氣神同助。便致令、相守鎮相隨，更寶種三田，九轉靈丹聚。碧虛前，徧生玉芝金樹。綻瑶花、滿空無數。爛熳開、瓊蕊吐馨香，正馥郁當中，一點光明住。

又

自在逍遥，清静恣閑行走。拄靈杖、慢垂寬袖。任彩霞、繚繞緊相隨，更遠遠香風，翠霧同來誘。忽昂頭，驀觀瑩景添秀。見青衣、半空召手。便喚余、休更別追尋，指白雲深處，這裏神仙有。

受恩深

性亂因醪誤。精枯緣色妬。眼神傷敗，被財役住。鼻濁如何，只爲氣使馨清去。浮世人難悟。殢四事相牽，淪落苦處。達士怡然殊不顧。上淨真心，於下元陽堅固。左養取青龍，右邊白虎。咆哮做。都總來攢聚。便成結金丹，大羅歸去。

折丹桂

氣財色酒相調引。迷惑人争忍。因斯染患請郎中，鬼使言，你且儘。不須把脉休頻診，死病今番準。這迴須去没推辭，復勾追交帖緊。進來陰府心寒懍。對判官詳審。高呼鬼使急拏拏，不凌遲，更待甚。鑊湯浴過鐵牀寢。銅汁頻頻飲。哀聲禱告且饒些，後番兒，不敢恁。

木蘭花慢

論修行鍛鍊，只元是這些兒。也勿取、翁婆姹女，嬰子相隨。休言木龍金虎，更何須、黑赤坎和離。奉報諸公入道，莫令形苦神疲。　堪宜。正好搜尋時。坦蕩准希夷。放落魄清閑，任雲任水，真静真慈。靈然養成内寶，聚玄機、密妙不難知。開闡當中一點，瑩然明照無爲。

河傳令　知縣董德夫小

德夫知縣。坐上將余便。索河傳令，堂下落花，你咱分明親見。稍知空，這攀緣，都不戀。　爭如修取來生善。早悟光陰，急急同飛箭。足愛前親，好心長行方便。若回頭，隨我訪，神仙面。

虞美人　先生嘗云，余嘗從甘河携酒一瓢，欲歸庵，道逢一先生，明云害風，肯與我酒喫否。余與之，先生一飲而盡。却令余以瓢取河水，余取得水，授與先生，先生復授余，令余飲，余飲之，乃仙酎也

害風飲水知多少。因此通玄妙。白麻衲襖布青巾。好模好樣，真箇好精神。　不須鏡子前來照。事事心頭了。夢中識破夢中身。便是逍遥、達彼岸頭人。

又　戳公索修行

安爐燒出清凉景。捉住風飈影。輕中盈滿得逍遥。自然心月，空外顯彰昭。　當初元約惺尤省。天詔應邀請。仙音一派瑩聲招。此時還許，返本上丹霄。

恣逍遥

若要修行，須搜子細。把金關、玉門牢閉。上下沖和，位交溉濟。得來後、惺惺又同猜談。談字原誤，疑是謎字　衮入虚空，却投根蒂。毫光在、爛銀霞際。玉色新鮮，真靈瑩膩。分明徹、淨清閒然細細。

又

擺脱濁醪，憑傳清水。這滋味、香甜真美。過得重樓，全無滓穢。五門開、澆淋就中忒鋭。七寶滋

榮，三田溉濟。十分用、刀圭和祕。結作真晶，明明殊麗。山峰上、風月共邀出世。

臨江仙

每日行持都不是，今朝頓覺舒寬。□和交媾聚成團。嬰兒投奼女，虎繞與龍蟠。四象同房搓玉線，一穿透過金丹。自然光艷出泥丸。有言言不盡，無說說非難。

又　大葫蘆，先生出，常背此以貯酒也。

每向街頭來往走，誰人識此葫蘆。長盛美酒豈須沽。時時真暢飲，日日不曾無。自是一身唯了事，相隨肯暫離余。杖頭挑起趂江湖。一船風月好，千古水雲舒。

繫雲腰　自詠

終南山頂重陽子，真自在，最逍遥。清風明月長爲伴，響靈吸，空外愈，韻偏饒。蓬萊穩路頻頻往，只能訪，古王喬。丹霞翠霧常攢簇，弄輕飈。繫雲腰。上青霄。

迎仙客

做修持，須搜索。真清真靜真心獲。這邊青，那邊白。一頭烏色，上面殷紅赫。共同居，琉璃宅。瓊苞瓊蕊瓊花折。玉童歌，金童拍。皇天選中，山正是仙客。

又

這曲破，先入破。迎仙客處休言破。勘得破，識得破。看看把我，肚皮都髓破。會做麼，是恁麼。奈何子午貪眠麼。說甚麼，道甚麼。自家暗裏，獨自行持麼。

又

這害風，心已破。咄了是非常持課。也無災，亦無禍。不求不覓，不肯做壘大。大仙唱，真人和。全真堂裏無煙火。無憂子，共三箇。頓覺清涼，自在逍遥坐。重陽全真集卷之五

滿庭芳

問修行，家住坐，金木水相當。中起火，五事並施張。許神仙全氣爽，都是、絶盡嵩荒。原正，傳妙用，雨液味堪嘗。槳。頻做作，通瓊路，顯現嘉祥。金丹、真耀瑩，彩輝光。兀騰騰渺邈，遊處、聲韻琅琅。辰見，人得得，出自滿庭芳。

又　與戰公望字復拆王字

論修行，翁喚住，人須要開張。推密妙，玄裏細消詳。默真功永固，淳厚，實行堪當。中寶，花馥郁，上下似銀霜。望喆覷，中一點，便是明光。誰會、白黑青，赤兼黃。脉俱通九轉，搬運、透出崑岡。頭看，前瓊蕊，合此滿庭芳。

又　京兆辛吉甫見枰棊者，遂書此

鬬枰棊，心萬轉，情注意完壂。神搜思，彼此巧生姦。道鋪機關，争如會、自己雙關。留住，人這著，默斷破癡頑。顔。好看前。敲打鬧，裏清閑。從庚、虎哮吼，在高山。道分明不識，白黑、知守交頒。前勝，中仙桂，誰與我躋攀。

又　邵公楊公爲家緣拘繫告詞

論饑寒，公來問，中怎奈爺娘。牽兒絆，妻室惱愁腸。卦分明有說，田正、震地清涼。南看，前一點，何不趂時詳。琅。序至，金木水，火放炎光。然見真景，本有舒張。覩紅霞出入，開後、慧刃揮鋼。花綻，系接引，永永滿庭芳。

又　贈毋希揚

話虛無，中蓮出，人得遇希揚。高勝我，事事總輝光。兀騰騰自在，風動、與道相當。藏寶，花開後，空裏撒真香。傍。銀浪淼，逢煙焰，暑氣成霜。青芽金葉，片片清涼。兆城南嶺立，字得、天外鋪張。生憶，懷詞曲，須唱滿庭芳。

又　留別京兆

勸韓公，歸東路，人子細消詳。談教我，須要寫詞章。地慈尊幾旦，輪顯、圓相明光。誰得，心無礙，吉慶好施張。長。真善做，心靈點，常使玎璫。聲敲振動，響盡琅琅。友須憑行果，花綻、金蕊馨香。烏朗，蟾現處，正照滿庭芳。

又　黄邑于公乞修行

論修行，翁甚喜，津堪作瓊漿。清火赫，顛倒吉還昌。顯金烏甚朗，中現、玉兔精詳。談正，處暑氣變成霜。當。內寶，珍珠璧，一一收藏。尤良善善，性燭施張。現靈明愈耀，中土、本有真光。冥點，煙散盡，堪慶滿庭芳。七首滿庭芳藏頭字句不一，疑有誤

驀山溪

猿捉整，是修真格。各得其門，長閑，便歸陽陌。年光景，悟此得清涼，兆有，中仙，下貧人憶。蒙書誨，日頻搜索。意上來聞，邊聲，怎生掩間，前朦事，別是一家風，尸没，和松，敢溪出驀。

喜遷鶯

門開悟。此去難爲，雙眸迴顧。得雲軿，怡然穩駕，颷外樂聲堪覩。他舊朋霞友，舞袖前來談吐。中素。知余唯有，慈悲公據。主。風做里，不能重步。離上已清涼，圓明返照，出自家園圃。吉瑞祥嘉慶，今也宿於何處。誠露。非遥欣指，朝元觀所。

瑞鷓鴣

黄麥秀變隨秋。內燒身日日憂。被兒孫長與便，遭妻女每添愁。中戚戚多般恪，內孜孜少得休。棄金花如覺悟，今專勸早回頭。

臨江仙

此殷勤求一訣，傳清靜奇瑰。驚神駭目自殘摧。公入藥鏡，照道眸開。外邪魔都盡勦，能治病禳災。

又　發牒

紅水緑一聲雷。田田內寶，印到蓬萊。

外庭中呈玉翰，衣列行齊分。圭已許奏新文。詞同轉，把信章焚。焰起時雲雨至，神遞送無紛。系接引達夫君。傳回語，道聖知聞。

又

白簡書金訣籙，他名姓亡魂。驚神駭各思存。蒙追薦，你受生門。户别開玄妙，做人同和天尊。光一點永無昏。輝月照，水出崑崙。

定風波

裹閑人户外閑。方遊歷白雲間。射日臨光景媚，瞷前明朗見崑山。得怡然諸争略，中珍寶好躋攀。裹金花開馥馥，馨透過玉門關。

如夢令　贈僧子哲

口中校祖葉。德茶香點爇。滅與煙消，似圭峯祕訣。切言，疑當作言切言切切利天中子哲。

永遇樂　與登州安閑散人二首

位粧變，鄉取瑞，性分朗。滿心中，端布政，理尤清爽。凡五馬，他輔弼，性感恩舒暢。身處、安閑散神，搜尋道家珍藏。因好討，光明射，裹真丹有況。户長燒，門頻溉，得堪依仗。生須要，男交會，下且休貌狀。時間、方面了了，待爲宰相。

又

子來觀，人歡趣，筆詞做。友琅琅，朋密密，每遥瞻覰。空聳現，瓊樓景，兆妙玄同所。門開、風月清明，四序長春堪度。宜縱酒，時卯上，醉還醒復悟。逸懷攄，消情滅，喜謳吟處。誠致禱，延彭祖，助本元堅固。今有、真樂神仙，到斯永遇。

又　鄒公索

得呈鋼，花吐瑞，藥香爍。鍊清泉，澆紅焰，盡財俱削。圭一粒，精麥髓，變俗容消却。山頭、遊翫四時，長春酒頻斟酌。同卯共，方澄静，看嬰爲姹作。喜調和，傳津液，夜光明錯。年有幸，分豆灺，轉結成靈藥。長生、久視蓬島，遇遭永樂。

又　郭法師求

綠煙紅，絲不斷，斧通聖。制先依，非莫管，法心頭整。行真籙，地名姓，死自教分定。端財、金寶於身，一一不須受領。公精瑩，花開闡，甲潔嚴修省。下靈符。來有則，劍惺中惺。辰月日，頭頂戴，象轉遷仙逕。遊處。天然歡樂，遇遭永永。

卜算子　黃庭經上得

子知公瑩，在鄽中聘。意猿心不肯收，論榮華命。齒存真性，處清中靜。向虛無境內尋，步蓬萊景。

又　前後各帶喝馬一聲

算詞中話。上甘津灑。養靈煙火養蓮。意馬。爰俱齊捨。內丹無價。在山邊掛。有屯蒙玉線縫。野馬。月同安此下原有缺字

蘇幕遮

坑休顯貌。脉嬰兒，餧飼長令飽。定真元誠傻俏。似清風，明月玄中妙。如麑若豹。勺歸期，見地誰堪昭。吐桃花香杳裊。內珍珠，全得三光照。

又　焦姑求

聽聞闡户。滅蟲亡，鑪竈堪安固。粹常純空外覷。徹清清，寂靜無思慮。頻忘按住。結金丹，透入明堂所。斧長施鋼劍鋒，鋒字原誤薦真元，直趍蓬萊路。

又　二首李法師求

人談焰助。與泉源，交結相同怙。木真元牢鎖住。掌扶持，精氣長堅固。中甜上素。小嬰兒，姹女頻看覷。外空邊誠雅趣。入祥雲，便得神仙做。

又

静青黃燭。滅煙消，白黑紅光旭。轉靈丹令沐浴。口長生，五彩從前簇。宗評法籙。寫金書，拯救災回福。及歸依功行足。現金丹，衮出崑山玉。

武陵春　憶道友

業雲涯別有景，曲武陵春。日清閑没苦辛。載得全真。是人非俱不管，爵肯相親。史哥時說一新。斧斷迷津。

又

日醍醐長灌頂，丙反相親。有瓊漿與玉津。火養精神。地醒來寅地醉，九按三巡。子於金得味銜。賞武陵春。

又　京兆趙公勸酒不飲

處林泉別有酒，卯按篇章。一層樓飲玉漿。裹火生光。兀陶陶頻醉醒，夜最堪嘗。味來迴轉轉昌。出趓蓬莊。

恣逍遥

氣全神神燕坐。來與四方聚課。說靈根坤對過。乎恁麽。么妙自無人我。戟鋒交，平相賀。中寶結成一顆。是惺惺，清没和、津負荷。須用這箇那箇。

又　承杜先生傳語

識攢上身憔悴。難解怎生遠體。元固壯還養氣。精麥髓。骰潤任緣歡喜。誦經書，捐名利。圭法且休整理。鎚金鎖，窠緊閉。關要洗。須認分中閑貴。

漁家傲　詠鐵甑先生出外常携之

住靈臺清淨觀。公四假須温暖。日便教携□原不空觀。窑畔。和米麵瓊漿按。竈爲鑪頻鍊煆。燒鉛汞長煎爣。動飢腸白氣滿。中看。前一點真堪翫。

又　付京兆杜先生

陝高名身姓杜。金間隔從來作。壽年方七十五。能住。人百歲迢塵慮。淨歸清明又著。常認得梨花數。行已知藏洞府。仙簿。功元入蓬萊路。

又　首李公求

聖老子元姓李。今正是遺風起。向他方求出離。

明位。從坎暗清涼地。便施仁兼富義。還略敍
閑中意。內無心真活計。分美。都水火須交濟。

又

德修真年七十。從鶴髮童顏出。上靈泉流得急。
如密。尸去盡腸充實。道穿虛同入室。令鉛汞
成丹粒。便逍遥尤靜謐。休詣。人常與神仙集。

河傳令　贈京兆趙公

心合眼瑩，耳聰意靜，鼻通舌辯。說山頭，一派清
流落澗。中烹，焰兒，緊不慢。西金解東方版片，
便令虎龍，同打扮得明珠，諸般不教興販。春來，
金生，花復綻。

又　贈京兆席句押

衫敗易處。俗情正好，知白守黑。院脱離，好把明
珠憐惜。年時，因緣，怎生積。心約已爲規則。圭
一粒，細思非難覓。性識真，便是神仙端的。明
公，專上，都押席。

踏莎行

道修真，人會歎。中說得終無斷。刀磨出慧鋒開，
頭自有仙家讚。動光明，常圓滿。清泉瑩堪教
看。前只是這些兒，心認破山頭翫。

又

說修持，文詞雅。生玉璧光輝射。中交煥汞和鉛，
傳甲木唯惺灑。火翁婆，男不寫。公別指清涼
話。根甘液是真因，都得此丹無價。

又

守丹田，分恁麼。公認正真無墮。包四象立虛名，
言千日成功課。作良緣，絲纏鎖。花開處瓊英
妥。人返得丈夫身，身風了千千箇。

又　別道友遊白鹿觀

要吹燈，中有作。離暫別休疑却。遊白鹿觀頭看，
前便是成行脚。要歸來，霄爲約。絲不斷真嬉
譃。誠語朴決重權，間緊把猿兒縛。

醉蓬萊

時間有吏，拱手前來，謹傳台旨。晚難參，侯辰先起。至庭堦，争通報，上人心喜。出尊談，推學道，須留妙理。液瓊漿，生三寶，脉光門華麗美。抵神清，俾氣無睡。下知州，圭休稟，自然仙瑞。現靈芝，遊寶洞，蓬萊一醉。此首原有脱誤

又　詠雪

然間雲霧，密布長天，偏空呈瑞。屑飄飄，舞風前輕墜。面凝酥，山頭鋪分，又爽兼鮮媚。姹嬰兒，相將携手，同來遊覷。裏全真，實中迎寶，滿插瓊花榮貴。脉和明，更三光分鋭。地生輝，震方通耀，放爛銀霞起。見師呼，仙童邀我，蓬萊一醉。重陽全真集卷之六，全卷皆藏頭詞，其中不知所藏何字，疑多有誤

解佩令

庵中住坐。塵勞越大。貪米麵、看待經過。趕杖按刀，磁碗五，瓦盆□原未空箇。匙筯杓甑没堆垜。掃田刷釜，點燈遏火。入門關、出門安鎖。本要清閑，被許多、日常殃我。難爲駕、五色雲朶。

轉調醜奴兒

苦苦勸愚人。被財色、投損精神。利韁名鎖休貪戀。韶華迅速如流箭。不可因循。早早出迷津。樂清閑、養就天真。性圓丹結，方知道、蓬萊異景、元來此處，別有長春。

解佩令　贈馬鈺

扶風宜甫，聽余教旨。你從前、入道未是。終有洪禧，舊交朋、陸山後至。一一須、聽他玄理。山頭休去，此中居止。兼乞覓、庵糧便利。直待盈盈，恁時節、同將師禮。住十洲、大家歡喜。

又

如論性命，須搜夕晝。光明照、有甚肥瘦。日月西遊，當中斡、樞機北斗。天花綻、異香無漏。空空皆出，虛虛盡透。清涼處、逍遥交媾。自在躋真，

輕飈外、任飄精秀。聚雲朋、更兼霞友。

又 茶肆茶無絶品至真

茶無絶品，至真爲上。相邀命、貴賓來往。盞熱瓶煎，水沸時、雲翻雪浪。輕輕吸、氣清神爽。盧仝七碗，喫來豁暢。知滋味、趙州和尚。解佩新詞，王害風、新成同唱。月明中、四人分朗。

又 愛看柳詞，遂成

平生顛傻，心猿輕忽。樂章集、看無休歇。逸性攄靈，返認過、修行超越。仙格調，自然開發。四旬七上，慧光崇兀。詞中味、與道相謁。一句分明，便悟徹、耆卿言曲。楊柳岸、曉風殘月。

菊花天

此藥神功別有懽。專醫性命完全。名喚紫金丹。服之一粒，永保康安。寶結三田搬運過，明珠透出泥丸。五彩九霞光共，並攢並攢。捧入仙壇。原無並攢疊語，茲據其餘四首補。

又 風

此藥神功別有華。專醫徧體頑麻。下事是三家。不拘溫酒，選甚鹽茶。服了便令筋骨換，亦教結就丹砂。頓覺神清氣爽，最嘉最嘉。步步雲霞。

又 眼

此藥神功別有名。專醫兩目多情。一點變澄清。自然仰面，認得前程。更用金篦輕掠刮，便教換了塵睛。觀俗緣空朗照，至精至精。三輝騰明。

又 嗽

此藥神功別有情。專醫肺裏謳吟。治正水中金。教公免了，分外聲音。傷重寒風并熱冷，五般無復重侵。節色減財攝養，古今古今。性命來尋。

又 食

此藥神功別有方。專醫五臟膏肓。一服下隨湯。即時傳透，便得安康。更便真玄推妙訣，諸公子細消詳。養氣全神保固，壽長壽長。永處清涼。

卜算子　妙覺寺僧索

妙覺證慈悲，便入菩提路。日日常開方便門，慧照生靈炷。坐雪釋迦尊，面壁達摩悟。觀此因緣行果成，兜率天堂住。

又　前後各帶喝馬一聲

信任水雲遊，欣放靈猿傻。要去隨霞恣害風，乘良馬。穩坐香羅帕。南北與東西，選甚高和下。處處來回得自如，呈弓馬。會把明珠射。

又

一匹好驊騮，精彩渾如畫。却被銀鞍縛了身，著絆馬。怎得逍遥也。不若騁顛狂，掣斷無□掛。擺尾摇頭廄櫪違，做野馬。自在□遊冶。

又

此箇真真也。瑩徹靈靈也。出入虛無縹緲間，騎風馬。信任飄飆也。占得惺惺也。光輝明明也。來往晴空碧落中，乘雲馬。自在逍遥也。

又

趕退日中烏，捉取月中兔。便著晶光覆了身，金馬住。方是重陽做。交位顯真功，換質成真趣。到此還知自在遊，玉馬去。走入雲霞路。

又　尋知友前後帶喝馬一聲

有箇害風兒，海上尋良價。只爲心頭忒緊圖，意馬隘。惹出渾身疥。欸欸細搜求，日月年時賽。遂得中央四寶珠，祿馬快。走入關西界。

卜算子　開門了化出馬鈺

你待堅心走。我待堅心守。百日扃門化出來，方是余開口。開取四時花，綻取三春柳。認取元初這箇人，共飲長生酒。

又

卜算詞中算。卦象分爻象。海島專尋知友來，堪把扶風喚。莫怪頻磨難。只要分明燦。決定堅心没惱愁，永結長生伴。

又　雪中作

誰識這風狂，誰識斯三喆。恰遇炎蒸得清涼，正寒也，成温熱。　因仰至人言，遂獲真仙訣。九九嚴凝花正開，三伏中、却下雪。

又　歎世迷

堪歎世間人，誰肯望天覷。北斗南辰日夜移，飛走烏和兔。　恁地被煎催，尚自生貪妬。忽日酆都勾你來，著甚詞因訴。

又

修鍊不須忙，自有人來遇。已與白雲結伴儔，常作詞和賦。　静裏轉恬然，歡喜迴花覷。一箇青童立面前，捧出長生簿。

漁家傲

跳出凡籠尋性命。人心常許依清静。便是修行真捷徑。親禪定。虚中轉轉觀空逈。　認得祖宗醒復醒。紅紅赫赫如金定。漸漸圓明光又瑩。通賢聖。無生路上長端正。

又　兄去後贈姪元弼元佐

元弼前來并兄佐。尊親遞儹還知麽。昨日笑兄心轉破。休摧挫。後番決定安排我。　這箇傳來唯這箇。輪迴生死如何躲。棄墓趖墳離枷鎖。除災禍。無生路上成因果。

又

誰識王三能買賣。道心堅處難爲退。每把三關頻頂戴。頻頂戴。擘開世網居塵外。　害得風來風得噉。今朝錢覓人休怪。占得逍遥真自在。真自在。携雲却赴蓬萊會。

又　贈道友

這箇王風重拜見。珍珠水飯誠堪羨。盈腹充腸白氣顯。白氣顯。今朝專問梨花片。　有説之時開一徧。無言對後馨香善。滿樹高高真玉現。真玉現。月明正照清涼院。

又　贈寧生

夫喚三郎妻九姐。兩椽合得一間舍。骨作檣梁皮作瓦。休誇詫。父娘成就伊居也。兒願室家女願嫁。舅姑脩葺何時罷。日日功錢難答謝。聽余話。長行孝順酬斯價。

又　京兆道友

得得中間尋得得。王三默訣唯王六。若要清靜如白玉。獨自宿。余自須要除情欲。這箇靈童明似燭。惺惺能唱無生曲。日住公家公不識。休尋覓。心澄便是真消息。

又　崑崙山石門庵

入得石門山上住。弟兄手脚無安措。一日三時長斷覷。廚裏去。搬柴運水投鍋釜。若勸同流疾作做。心頭一點你教誤。我待分明說一句。從開悟。天機不敢輕彰露。

五更出舍郎

反會做他出舍郎。便風狂。成功行，到蓬莊。奉報那人如惺悟，好商量。五更裏，細消詳。

又

一更哩囉出舍郎。離家鄉。前程路，穩排行。便把黑飈先捉定，入皮囊。牢封繫，任飄颺。

又

二更哩囉出舍郎。變銀霜。湯燒火，火燒湯。夫婦二人齊下拜，住丹房。同眠宿，卧牙牀。

又

三更哩囉出舍郎。最相當。神丹就，養兒娘。一對陰陽真箇好，坐車廂。金牛子，載搬忙。

又

四更哩囉出舍郎。得清涼。重樓上，飲瓊漿。任舞任歌醒復醉，愈堪嘗。真滋味，萬般香。

又

五更哩囉出舍郎。没隄防。無遮礙，過明堂。一顆明珠顛倒衮，瑞中祥。崑崙上，放霞光。

又

認得五般出舍郎。黑白彰。當中赤，間青黄。哩囉囉唛哩囉哩，妙玄良。玲瓏了，便玎璫。

采桑子　詠棊（原調誤作卜算子，兹據律改）

兩人鬭勝俱誇會，路路相違。子細挨依。劫盡方知解了圍。愚迷不曉雙關意，各自藏機。孰是孰非。却被傍觀冷笑微。

又　述懷

鄽中有箇修行子，火院難離。只被推辭。恁不回頭候幾時。今朝不保來朝事，大限誰知。可嗞愚癡。直待荒郊咬齒兒。

又

昨宵獨卧冰凌道，三耀常觀。自在心安。愈覺清涼不覺寒。尾閭過來夾脊上，轆轤長搬。透入泥丸。返老長生别有歡。

又

曹溪一路人難悟，怎捨姸妻。難受孤恓。獨自眠時越越迷。分明有箇長生路，孰是能躋。説甚東西。誰肯抽身出汙泥。

又

凡人若會通三耀，便結良緣。搜見真玄。方信虚空出大仙。金丹一粒無爲漏，得恁精姸。明瑩光圓。萬道霞光簇上天。

如夢令

寧海人人省悟。此别何時再遇。唯願重金蓮，好把良因作做。歸路。歸路。滿目白雲翠霧。

又　贈縣令

日日此中開宴。食肉諸公總善。唯有害風王，莫怪頻來見面。知縣。知縣。正好與人方便。

又　蒙友惠詞

明月古今長有。怎奈華宗海口。黑窟裏頭居，黯暗不分夜晝。吾友。吾友。問你如何下手。

楊柳枝

夢悟青霄月正高。射蟠桃。一枝白筆得逢遭。更兼刀。應手詩詞隨寫染，運風騷。玉牋上面起雲濤。任陶陶。

又

一息來時滚氣毬。騁風流。不來一息破胞抽。這回休。若要依前常建販，復從頭。胞兒裏面氣重收。再儸僂。

又

誰識天邊一井金。紫光侵。朝朝日日眼前臨。没人尋。惟我静中知去處，自堪任。盡斤盡兩入珠林。出高岑。

搗練子

猿騎馬，呈顛傻。難擒難捉怎生捨。哩囉唆，哩囉唆。慧刀開，齊下殺。教君認得根源也。哩囉唆，哩囉唆。

又

水兼火，坎和離。兩般消息怎生知。哩囉唆，哩囉唆。休燒鍊，莫修持。元來只是這些兒。哩囉唆，哩囉唆。

又

搗練子，害風哥。一身躍出死生波。哩囉唆，哩囉唆。便是逍遥真自在，没人拘管信吟哦。哩囉唆，哩囉唆。

又

用刀圭。剖昏迷。合和一處怎生携。哩囉唆，哩囉唆。人頭落，現虹霓。白蓮花朵出青蓮。哩囉唆，哩囉唆。

又

名利海，是非河。王風出了上高坡。哩囉唆，哩囉唆。纔候十年功行滿，白雲深處笑呵呵。哩囉唆，哩囉唆。

又

三丹寶。難分剖。昏昏默默怎生保。哩囉唆，哩囉唆。在虛空，長懷抱。緋衫裹子新烏帽。哩囉唆，哩囉唆。

踏莎行

莫騁兒羣，休誇女隊。與公便是爲身害。脂膏刮削苦他人，只還兒女從前債。悦目亭堂，衷心念愛。直饒鐵打堅牢嚥。多多罪業自家躭，一朝合眼如何戴。

又 別家眷

妻女休嗟，兒孫莫怨。我咱別有雲朋願。脱離枷鎖自心知，清涼境界唯余見。步步雲深，灣灣水淺。香風隨處噴頭面。崑崙山上樂逍遥，煙霞洞裏成修鍊。

又 自詠

人被錢迷，錢由人使。一來一去何時已。頑銅尚自有消磨，凡軀著甚逃生死。閑早回頭，疾搜妙旨。細推休道無師指。腹中兩路顯然開，心頭一點分明是。

又

汞裏泉清，鉛中火赫。倒顛澆溉傳甘澤。虎聲震動甲方青，龍吟喚出庚方白。認正田原，分門阡陌。金桃親種親收摘。玉童掌内任擎來，瓊筵會上堪分擘。

又

大道無名，害風有作。踏莎行裏成歡樂。因緣脚脚修鍊成，蓮花步步相隨著。透出清泉，上衝碧落。成雯結蓋須磅礴。外馨接引好輝光，内明照耀真丹藥。

又

不識慚惶，要人津送。情生念起般般動。心神指引乞爲緣，三餐飽後休胡用。豈許醫看，莫交人重。行符呪水良因種。哩唆哩囉囉哩唆，長隨走蓬萊玉洞。

又　奉酬人惠

氈襪余留，木盋分納。微誠用表相酬答。百般茶飯任經營，千般滋味堪嗚咂。恬淡真人，朴純菩薩。都緣此物成超達。好將鉛汞裏頭收，須教盈滿休抛撒。

又　贈友生

前歲麻收，去年麥覓。一麻一麥傳消息。左邊金餅一陽生，右傍銀器純陰匿。偏黨無私，倒顛有則。心燈朗徹緣挑剔。終南街裏不遊行，京東路上知端的。

又　詠燒香

身是香爐，心同香子。香煙一性分明是。依時焚爇透崑崙，緣空香裊呈祥瑞。上徹雲霄，高分真異。成雯作蓋包玄旨。金花院裏得逍遥，玉皇几畔常參侍。

又　贈友人

一點靈明，兩條坦路。怎生下手如何做。好教稽首上天堂，莫令失脚遊陰府。日轉金烏，月生玉兔。森羅萬象同躔度。勸君休要泥長生，時時牢把金精固。

又　崑崙山團庵

做就圈模，且休蓋椽。諸公怎曉余方便。水符不向此中行，因緣已到文登縣。各謹持修，速歸鍛鍊。内容顯現親頭面。如今欵欵漸投玄，恁時得得頻相見。

又　燒庵

數載辛勤，謾居劉蔣。庵中日日塵勞長。豁然真火瞥然開，便教燒了歸無上。奉勸諸公，莫生怊悵。我咱别有深深況。唯留煨土不重遊，蓬萊雲路通來往。

又

睡裏搜尋，眠中做作。目矇認正恒歡樂。想成三寶自神靈，結成九轉真丹藥。攢聚祥雲，往來碧落。後隨前引唯鸞鶴。白光萬道繞園生，紅光一點當中鑠。重陽全真集卷之七

如夢令

如知九九妙中談。明月分明照碧潭。會得雙關真箇理，前三三與後三三。

又

九九明詞要正。修整亘初元性。須是返陽陰，決作清吟雅詠。賢聖。賢聖。容許陳如夢令。

又

九一初寒有自。朔氣任從開肆。是處巒嚴凝，正遇中冬節至。藏異。藏異。內隱新陽欲施。

又

九二玄陰凜凜。白雪徧鋪緣甚。還許潤靈根，接引黃芽悉審。如恁。如恁。北海神龜暢飲。

又

九三隅維積洚。水面盡爲凌凍。奇性最堅貞，任放明光出衆。遥送。遥送。返照天涯螮蝀。

又

九四寒風似箭。威勢徧行方便。射退這羣魔，吉慶嘉祥得見。堪羨。堪羨。隱顯晴光一片。

又

九五天池盡泮。淑景漸令堪翫。識看嶺頭梅，銜暖已成爛熳。香案。香案。獨占真陽一半。

又

九六舒張瑩氣。上下沖和溉濟。週匝普流通，正顯道尊德貴。經緯。經緯。欲放瓊苞寶卉。

又

九七門開八脉。洞達永無相隔。渾似吐氤氳，運

轉週迴素白。難測。難測。一點當中堪赫。

又

九八般般洽協。普徧盡歸調燮。處處見光輝，爍爍尤增熚熚。相接。相接。長出瑶枝玉葉。

又

九九八方端鎖。團聚光明如火。焰焰做紅霞，裏面天花徧妥。成裹。成裹。瑩瑩明珠一顆。

又

九九榮詞已徹。誰做姓王名喆。雅字稱知明，道號重陽子別。懽悦。懽悦。一粒金丹永結。

西江月　四假

堪歎火風地水，爲伊合造成形。教人受苦日常經。撲入味香視聽。獨我摇頭不管，朝朝居止黄庭。自然閴寂聚真靈。五色霞光覆定。

又　四民

堪歎工商農士，各誇本業多能。就中機巧日飜騰。限至依然鬭勝。獨我摇頭不管，唯將淡素常憑。清如澄水結如冰。自有圓明果證。

又　四害

堪歎酒色財氣，塵寰被此長迷。人人慕帶似醯雞。亂性昏神喪慧。獨我摇頭不管，介然甘守孤恓。麤衣糲食淡黄虀。養就胎仙既濟。

又　四方

堪歎東西南北，迷途役損行人。任來任往走紅塵。只爲名牽利引。獨我摇頭不管，静中精固形貞。陶陶團結氣和神。永樂天真有準。

又　四時

堪歎春冬秋夏，奇葩異卉争開。流年不覺暗相催。事到頭來怎悔。獨我摇頭不管，啀將内彩追陪。青紅黄白黑純暟。覆燾真金鼎鼐。

又　四寶

堪歎筆硯紙墨，結繩制度規模。尋常寫染永成書。

偏稱文房注疏。獨我搖頭不管，教大記録元初。靈光一點便開舒。復把真如返覷。

又 四物

堪歎琴棋書畫，虚中悦目怡情。内將靈物愈相輕。怎了從來性命。獨我搖頭不管，有緣淘出無名。長生路上證圓成。空外靈光隱映。

又 四景

堪歎風花雪月，世間愛戀偏酬。追歡賞翫幾時休。不悟陰公等候。獨我搖頭不管，内將玄妙尋搜。瑩然顯出那因由。正是余家本秀。

又 四瀆

堪歎江河淮濟，長長運渡迷愚。洪波急浪接天衢。只是西來東注。獨我搖頭不管，輪流玉液瓊酥。三田澆灌結成珠。七寶山頭便住。

又 四苦

堪歎生老病死，世間大病洪痾。傷嗟戇鹵强添和。怎免輪迴這箇。獨我搖頭不管，時臨還與他麽。玉花叢裏覲瓊科。五色雲中穩坐。

又 贈友修鍊六首

米麪隨時加減，汞鉛依此抽添。三光真秀轉甘甜。不請生情起念。七子便鋪金篹，九門各看銀蟾。香煙盤繞玉峰尖。方得長生證驗。

又

常把内真頻看，休教外景長侵。尖竿尖上細搜尋。正見嬰兒弄影。雅詠高吟叫笑，清風皓月吹臨。分開傳作紫共金。艷迸斗花萬錦。

又

酒飲清光滑辣，果餐軟美香甜。兩般每日做抽添。八味依時給贍。信步六街走徧，須尋七寶粧嚴。三田九轉似銀蟾。一性孤靈有驗。

又

人要修行猛做，我心除盡堪爲。不將筋力謾胡施。

閑裏真清漸自。白雪變成姹女，黃芽養就嬰兒。兩般消息有誰知。悟徹分明便是。

又

酒飲清光滑辣，肉餐軟美香甜。世間迷誤總無厭。箇箇臨頭路險。獨我悟來口遠，唯余省後心嫌。十分戒行愈精嚴。没分酆都赴點。

又

悟徹兒孫偉貌，奪衣白奪餐肴。笑欣悲怨類咆哮。正是豺狼虎豹。不與同居打鬧，回頭便戴青包。任隨雲步訪三茅。同話清虚道教。

行香子

一鼓纔鳴，水德行香。看烏龜、波上呈祥。鼻全喘息，眼眩昭彰。會戲澄濤，遊澄浪，隱然江。黑霧凝凝，充滿皮囊。牢封繫、信任飄颻。沖和上下，流轉邊旁。便變成雯，結成蓋，積成霜。

又

二鼓纔交，金德行香。虎兒上、坐箇嬰郎。腰懸白刃，手執青鋼。把百魔驅，千魔勦，萬魔亡。廣現森羅，徧吐銀芒。斗辰端、拱正魁罡。西南的位，指出芬芳。得善因開，良因闡，吉因昌。

又

三鼓纔分，火德行香。月初端、正照心王。紅紅赫赫，煒煒煌煌。見本真生，靈真慧，太真匡。三處均勻，一路平康。覩青天、瑞靄舒張。縱横攢聚，能罩圓方。早弄珪環，持珪璧，執珪璋。

又

四鼓纔平，木德行香。青龍上、坐箇嬌娘。口賁赤氣，身掛朱裳。更戴瓊花，餐瓊蘂，飲瓊漿。往來諧歡，交媾相當。欣然用、顛倒陰陽。衝開卯甲，日放晶暘。衮大明珠，通明焰，過明堂。

又

五鼓纔成，土德行香。徧能將、四象包藏。如今盡顯，聚在中央。没白歸青，紅歸黑，不歸黄。已證空虚，便出崑岡。金童來、祕語宣揚。天皇賜詔，授與風狂。永處清閑，常清静，得清凉。

又自詠

有箇王三，風害狂顛。棄榮華、乞化爲先。恩山愛海，猛捨俱捐。也不栽花，不料藥，不耕田。落魄婪躭，到處成眠。覺清凉、境界無邊。蓬萊穩路，步步雲天。得樂中真，真中趣，趣中玄。

又贈弟子

再索新詞，不寫藏頭。分明處、説箇因由。諸公不省，尚自相求。被風流事，常汨没，幾時休。悟取玄機，認取持修。丹成後、神氣精收。前程穩路，三島十洲。你早回頭，應與我，共同遊。

又

如要修持，依恁相當。出真慈、真慧無方。上從父母，下順兒娘。待放瓊花，飄瓊屑，飲瓊漿。做就金園，建起瑶房。這朱郎、常爇心香。命聲響喨，性韻玎璫。便得清冷，成清淨，處清凉。

又

要飲香津，唾盡稠黏。將華池、神水相兼。東西澆溉，上下抽添。便景星呈，明月正，太陽暹。漸入亨通，方識甘甜。器珍成，不用鎚鈐。閑中轉寂，静裏加恬。得住晴空，居物外，出山尖。

得道陽

得道陽來得道陽。自然碧洞隱雲房。玉訣靈符清氣爽，金丹大藥勝衣裝。豈似人間輕薄郎。徒誇黄白滿箱筐。我寶三田常運轉，吾家一性没驚惶。

又

正月寒威漸漸回。靈花九葉向東開。玉液流時專益氣，寶芝採處物生荄。養就重陽現兩臉，臉字失韻疑誤蟠桃嫩臉笑瓊釵。七魄三尸隨臘去，五方九轉逐春來。

又

二月還知水氣和。風生木德自然歌。兀兀轉生離内女，怡怡笑殺月中娥。耿耿分明天下河。我今回首出高坡。三萬六千神曜聚，重樓十二液津多。

又

三月清明滅盡煙。百花堪綻艷陽天。姹女聚柴薪焰畔，嬰兒弄水舊池邊。寶鑑當胸只自懸。翁婆媒合好因緣。朱雀騰雲方出衆，青龍駕霧得高遷。

又

四月朱明和氣清。心花七寶愈分明。教你會時獨自語，請公休慕百禽聲。火焰纖長漸漸生。從兹萬木得嘉名。十干位中吾獨走，五行宮裏我先行。

又

五月炎蒸陽氣嘉。正堪端坐問南華。這箇不能誇肝木，那人偏愛放心花。煩惱俱無遠歎嗟。日當卓午不教斜。玉兔過來添白雪，金烏顯處吐黄芽。

又

六月純陽盡入莊。陰魔趕退出街坊。壬癸北方添腎水，丙丁南嶽爇真香。鬼魅妖邪盡總忙。羣魔難聚没隄防。子後看時知日短，午前坐處覺宵長。

又

七月庚辛海水深。一輪明月運天心。飯熟須知薪趂火，衣成不離線因針。修就無爲七寶身。還令當日到如今。白虎吼時頻擒捉，黑龜行處轉思尋。

又

八月清涼白露勻。萬民安樂養真身。窈窈冥冥雲外客，昏昏默默月中人。雖是居塵不染塵。也無喜怒亦無瞋。既處逍遥生瑩滑，自然聚散去皮皴。

又

九月蒼天爽氣高。重樓復降雨瀟瀟。攪海赤龍真自在，迎風木馬肯無寥。每向鄽中作繫腰。六銖衣掛勝紅綃。醉後恣眠青蘇塌，醒來頻採玉芝苗。

又

十月紅霜又更清。黃婆得半入深溟。乾盡水銀唯我健，復生神氣更誰聽。有緯須知先有經。織成紈綺便堪行。離火便生紅芍藥，坎泉傾下雨霖零。

又

十一月嚴風作威。月中玉走日金飛。結就三三三處寶，得披六六六銖衣。乘鳳携鸞跨霧歸。上天降勑不相違。功滿三千緣業盡，行成八百落塵稀。

又

十二月圓成錦綉，四時枝葉不乾枯。看取火中頻取水，自然水裏却安鑪。龍虎龜蛇認吸呼。百骸俱滿立須臾。一顆明珠三下有，三般惡物一齊無。

又

已得靈符萬事休。百寃退盡任他愁。好把瓊漿添滿腹，更將金髓灌盈頭。都爲十因得此由。翁婆嬰姹住綢繆。教我携將三直柄，請公認取一彎鉤。

紅窗迥

五千言，二百字。兩般經祕，隱神仙好事。靈中省悟徹玄機，結金丹有自。得一惺惺，通不二處，逍遥景致。超然永遂。共紅霞、同彩雲歸，罩籠住祥瑞。

五更令

一更初，鼓聲傻。槌槌要，敲著心猿意馬。細細而、擊動錚錚，使俱齊擒下。萬象森羅空裏掛。潑焰焰神輝，惺惺灑灑。明光射入寶瓶宫，早兒嬌女姹。

又

二更分，鼓聲按。勻勻打，自然虎龍交換。精氣神、各住丹房，也並無錯亂。撞透重樓知片段。這玉液瓊漿，往來澆灌。便須教溉出黃芽，漸生來好看。

又

三更端，鼓聲正。鼕鼕響，韻音轉令鳴瑩。其中便、聒現靈根，會通賢道聖。慢慢來迴遊捷徑。傳銀箭這番，穿成雅令。用親鏑鏑上紅心，現清清靜靜。

又

四更高，鼓聲鋭。忽然間，振動天花偏墜。前面却、有箇真人，戴星冠月帔。得此妙玄成吉利。望北斗杓星，西南正指。看看底剔綻瓊花，做祥祥瑞瑞。

又

五更終，鼓聲閑，被那人，擂動做成顛倒。金盤內、托出神珠，放霞光萬道。窈窈冥冥真箇好。從此復通他，當初至寶。如今却歸去何方，住十洲三島。

雨霖鈴

東方甲乙。見青芽吐，早應時律。南陽正現紅焰，

初將熾、炎炎濃密。西動金風颯颯，致清爽、往來飄逸。北氣候，祁寒嚴凝，聚結成冰瑞中吉。肝心肺腎勿令失。四門開、瑩徹都歸一。金丹輳在空外，明耀顯、五光齊出。上透青霄，唯占逍遙自在寧謐。到此際、還得無爲，永永綿綿畢。以上重陽集卷之八

西江月

堪歎西南地順。燒柴都是真銀。火中焰迸兩般身。一半金花綻盡。認得斤星有準。卽時分付良因。西江月裏弄精神。顯出靈童真印。

又

堪歎水流一道。須憑添鼎千遭。海心萬丈梟竿牢。定後尖生芝草。會得功夫早早。自然快樂陶陶。西江月裏採芝苗。攜去十洲三島。

又

堪歎離門坎户。須隣甲地庚途。暗中拍手笑相

呼。欻欻合和一處。既把金關鎖住。白羊隊隊成珠。西江月裏玉蟾孤。朗照長生穩路。

又

堪歎雲生頂上。騰空別有嘉祥。幽微玄妙總生光。鼎内煎成銀浪。漸漸鍊成金相。瑶花朵朵飛颺。西江月裏飲瓊漿。萬道紅霞分朗。

又

堪歎木金相間。甲夫庚婦開顔。笑聲美處水潺潺。一派清流出澗。滋潤黄芽無限。便教白雪循環。西江月裏我躋攀。步步銀蟾顧盼。

又

堪歎日時更改。頻頻拂拭靈臺。明光一點絶塵埃。瑩徹即分内外。占得逍遥自在。笛聲散盡寒梅。西江月裏桂花開。香引清風一會。

又

堪歎白蓮吐秀。三車齊駕金牛。自然紅艷覆山頭。不在勤勞做就。全藉精光護祐。丹成照耀神舟。西江月裏看瀛洲。一派仙歌共奏。

又

堪歎這般曲調。感他石女吹簫。山頭漫説水頻澆。海底虚言火燎。遭逢圓明正照。真風廣布金飈。西江月裏吃芝苗。味味將來了了。

又

堪歎一靈真性。得來笑殺惺惺。不燒香火不看經。走入這條捷徑。便把那人喝定。今朝説與叮嚀。西江月裏最分明。堪用家風清瑩。

又

堪歎青霄碧漢。高空景致尤寬。今朝清爽有餘歡。拈出我家公案。方顯平生手段。騰身便入雲端。西江月裏跨祥鸞。直上虚無仙館。重陽全真集卷之九

酴醿香

自在隨緣，信脚而無思沒算。召清飈，邀皓月，同爲侶伴。步長路，成歡樂，唇歌舌彈。忽經過、洞府嘉山，堪一翫。正逢著、祥瑞頻讚。異果名花滋味美，馨香撒散。對良辰，雖好景，難爲惹絆。任水雲，前程至，天涯海畔。便遭遇、清淨神舟，超彼岸。這廻做、真害風漢。

鶴衝天

迷祛惑去。正好修行做。清靜是根源，真門户。切莫他尋，恐遺遺望仙路。閑閑更閑處。靈根元明，轉轉愈爲開悟。功圓行滿，唯有紅霞聚。往昔得遭逢，親師父。此則專來教長生訣，頻頻顧。方知今得度。便許相隨，永永共携雲步。

望遠行

晴空日照，逢澄夜、月吐銀輝星瑩。運三光處，五彩騰明，做作静中瞻聽。察見真修，真鍊氣神攢聚，便許密遊良逕。這盈盈、功行於斯已定。端正。應是細搜細刷，現出箇、本來元性。葉葉皆靈，枝枝總秀，精瑩永成清淨。雲外青童，持詔傳言，授取天皇宣命。謝十洲三島，神仙來聘。

又　詠雪

祥敷瑞布，瓊瑶妥、片片風刀裁下。密抛虚外，徧撒空中，頃刻粉鋪簷瓦。鎖綴園林，粧點往來樵逕，真箇最宜圖畫。報豐登，珠寶應難比價。清雅。鮮潔盡成滉瀁，更爽氣、愈增惺灑。萬壑都平，千山一色，遐邇不分原野。恰似予家，仙景澄徹，瑩瑩蓬萊亭榭。現自然光耀，長明無夜。

滿庭芳

選子奇瑰，依時耨種，自然生發靈苗。風滋雨潤，漸漸引枝條。長就方能釤刈，池隍漚、日變青梢。令人羡，新鮮淨潔，款款起皮膔。須教。軔作線，織成密布，一任槌敲。待伊家熟軟，裁剪縫繚。做就仙袍甚穩，誰能掛、唯我堪消。成功行，六銖衣換，方顯爾功超。

又　呂先生作醮，託請涇陽道友

平昔開懷，今朝闡醮，就中別有清歡。風朋霞友，皆至並擎丹。唯許涇陽舊契，俱澄淨、眼界敷寬。尊邀請，諸公上士，總願赴仙壇。同攢。崇大道，不須籛乳，何用沉檀。把心香爇起，衆聖來觀。窣得功圓行滿，還應是、齊在雲端。修真事，玆宵並喜，一一盡乘鸞。

又　戰公求問

逸志清虛，放心坦蕩，莫令煩冗縈牽。修身養性，隨分樂因緣。便是崇真奉道，甲丹內、長爇靈煙。通閑趣，恬應得味，定許處長年。如然。須了了，免除苦苦，煅煉流傳。便優游自在，做作新鮮。直待元根漸瑩，恁時節、功行完全。還知否，蓬萊路到，見且是人仙。

又　贈友人問題

院落荒蕪，庭樹瀟灑，就中牆壁頹疏。自云妻喪，父子柰何如。王喆聞言大哂，天分付、獨樂清虛。公還悟，火坑裏面，休更覓紅爐。縈紆。須剪斷，攀緣愛念，截割如無。作風隣月伴，正是吾徒。前趂蓬萊穩路，超生滅、不入三塗。真端的，白雲深處，別有洞天居。

又　贈姪

非樂英材，都緣業重，柰何學父相陵。暗思揣已，亘昔並無能。最苦於身學淺，生徒擁、戰戰兢兢。來咨問，心中謊得，恰似履薄冰。寧曾。爲模範，果然當死，偏得人憎。又番成覊絆，早晚超昇。拂袖崇真向道，前程訪、霞友雲朋。真消息，蓬萊路穩，相從去須登。

黃河清

根固源澄冥鎖户，清清堅守深洞。轉加温暖，悉屏嚴凝寒凍。別是風流雅致，頓知得、超昇管中。自然開悟長生遇，玉花正好拈弄。元初本有真靈，明明處、這廻搜見鉛汞。便令結成，一粒金丹堪貢。顯現祥光瑞耀，更來往、隨鸞引鳳。十洲三島神仙喜，慶迎共缸。

又　按一百八數

九鞠黄河分九轉，洪波大浪清淨。九江共同合就，俱來歸正。九鼎中間顯現，九宫闈、端流一定。玉翻金潑盈盈處，倒侵九耀開影。九霄翠碧相齊，九皐有、鶴鳴迎接精瑩。九光洞明，返照靈暉堪並。九曲神珠跳躍，九仙至、如然游泳。湛殫澄徹成功行，九天通聖。

漢宫春

正好修行，得深深幽密，玄玄微妙。樞機是茲，仗此便成關要。惺惺了了。更做就、風流真俏。顔内少、元從亘昔，圓聚那般輝耀。三光起初朗照。却於今認見，當本聲調。清音洽浹響喨，轉動七竅。崑崙出去，爲一箇、青童來召。金線釣。靈明授取，天書紫詔。

夏雲峯

做修持。應不在、端坐子午雙時。鉛汞自然要結，只用真慈。捷中玄遥，誰會得、獨我怡怡。密妙放、閑閑坦蕩，微細推移。漸令靈曜吐奇。變霞彩、光艷還照相隨。蓋緣昔堪宜。此句原有脱誤白雲深處，元正是、地肺明師。便許共、丹霄直上，同處無爲。

又

守株林。無作用、空外獨卧高岑。石枕草衣偃仰，極目觀臨。水桃山杏，隨分喫、且盗陽陰。欸欸脱、塵軀俗狀，三疊琴心。舞胎仙論淺深。自然見、不須重恁搜尋。已通玄妙，得步瓊林。玉花叢裏，從此便、養透真金。瑩静與、清風皓月，長做知音。

瑤臺月

閑閑景致，真閑悟清清，方可分付。元來那箇本有，須令堅固。便結作、一粒金丹，五色明霞敷布。同相守，能相聚。迴光射，返光顧。遭遇。圓成決得，真師舉度。此則助正鮮素。更永永、綿綿嚮慕。應知道還處，亘初存住。逐瑩瑩瑞彩祥輝，珍寶珞玦璉襯步。胎仙舞。神仙路。金童引，玉童諭。堪赴。瑤臺月照，瓊筵雅聚。

聲聲慢

金關叩户，玉鎖扃門，閑裏不做脩持。杳默昏冥，誰會舞弄嬰兒。睡則擒猿捉馬，醒來後、復採瓊芝。每依時，這功夫百日，只許心知。自在逍遥做就，唯舒展，紅霞光彩敷披。罩定靈明，方見本有真慈。一粒神丹結正，三重焰、緊緊相隨。過瑤池，透青霄、頂上無爲。

絳都春

天然省悟，此一遇轉增，清涼尤憬。定裏鉛汞結就，都緣壬逢丙。元初面目成瓊頸。返照長生安靜。速令歸去，前程已許，久通堅永。好景。光傳煥炳。見空外萬道，銀霞齊整。漸漸近來，相接相迎，須臾頃。蓬萊路闡神仙境。有箇金童邀請。謹持玉詔，親教害風受領。

二郎神

觀塵境盡。總把浮名修整。此假合形骸皆不悟，猶然待、巧粧馳騁。百歲韶華能有幾，到七十、難逃逝景。隳裏面真真，罪業愈重，無由袪屏。如省。當初一點，瑩清明炳。速認他、從來呼甚麽，元是圓成光影。又喚金丹仍燦燦，好做主、重令永永。顧凡世、人人箇箇，迴頭澆淳休逞。

上平西

向終南，成遭遇，做風狂。便遊歷、海上嘉祥。閑閑得，任從詞曲作詩章。自然神炁，共交結、認正心香。真清静，唯清湛，還清徹，處清涼。赤青黑白又兼黄。五般彩色，近來圍罩寶珠光。這廻應許碧霄上，明耀無方。

齊天樂

做修行要知捷逕，如何置爐安竈。便把丹田，寶貝萬象，森羅總齊祈禱。都歸此處，向蘂珠宫前，盡教開導。擁出靈明，一顆神珠衮顛倒。得得晴空上面，玉皇宣詔。青童謹捧金誥。此則緣功與行，兩兩雙全，瑞祥敷纛。綿綿永永，在大羅天中，執携芝草。了了真玄，頓覺無爲越三島。

登仙門

歸也歸也。本元歸也。兩郡人没觀瞻也。被清風白雲，全日常招也。王害風此翻去也。勸諸公、尋玄妙，更休思也。看假軀、不如無也。到今方超彼岸，我咱知也。要重見這廻難也。

醉蓬萊

整六十三歲，三月良辰，十一日賀。瑞氣祥雲，香煙重鎖。此際高穹，遣降星郎，又天花亂妥。冰玉形容，神仙標格，有誰知那。謹告賢兄，今爲見在，名利榮華，石中明火。猛出凡籠，頓悉除人我。自在逍遥，全真真樂，把無常趓。埵摘蟠桃，蓬萊舊路，同行則箇。

雨中花

金菊初開，銀蟾漸顯，新蕋皓色爲儔。綻清芳空外，素魄深秋。便謹按中央雅致，又應當、望夜圓周。稱予家賞翫，正許邀枝，迎照瓊樓。堪餐秀色細艷，好舖明卧影，兩兩相酬。頓省悟靈英，玉兔因由。馥郁盈盈，噴噴嬋娟瑩瑩悠。遇重陽七八，香傳三島，光滿十洲。

轉調鬬鵪鶉

一箇靈明，作仙子材。響徹瑤宫，蕋金自開。爲甙玲瓏出蓬萊。降下來。謫在凡間，托生俗胎。只恐身便，酒色氣財。混一廻。風流此心便灰。復悟前真免輪廻。没甚災。看看却得，重上玉臺。

滿路花

元初由大道，遇理做生涯。卜居風月伴，捨榮華。盈盈白氣，旋旋結紅霞。五般真彩艷，射透圓成，裏頭偏吐黄芽。三千同八百，數滿更無差。路中添雅致，放金花。枝枝秀麗，朵朵聚奇葩。杳默昏冥外，一撞晴空，異香擁上丹砂。

驀山溪

觀公形貌，俊爽偏清秀。慷慨又雄豪，你肯把、清閑拯救。只知名利，前路做榮華，論文章，説佳吉，衣紫金章綬。肯來隨我，聞早植休咎。切慮逐波流，但肯還、迷情戀酒。稍知玄妙，略得悟逍遥，明月裏，弄清風，蓬島同攜手。

又

人人不省，日日光陰急。嶮路是輪迴，前途事、暗中似漆。觀公風貌，俊格最青春，多清淨，少貪求，善事休交失。虚情嬌態，恰似蜂便蜜。曉夜採花忙，合和成、誰人啖汁。若還悟此，目下便回頭，蓬萊路，彩雲端，有分相隨入。

又

一靈真性，二物包囊定。三寸主人翁，四方遊、各來邀請。五情六慾，七竅總相連，八山聳，九宫深，十地如何證。十分修鍊，九轉通賢聖。八道湧瓊漿，七門開、洞通清淨。六街五彩，四象盡歸依，三光照，二儀從，一顆明珠瑩。

又

修仙慕道，爲甚都擔閣。妄想太虚高，皆由騁、外緣歡樂。内中珍寶，未曉是無爲，只誇强，又誇能，誇裏還銷鑠。非知下手，怎會重安脚。每謾度饑寒，争似把、陰陽做作。白純紅赫，光艷燦然殊，一方圓，十方明，方現真丹藥。

又

公尋做作，認取烏隨兔。上下要沖和，更左右、交加龍虎。搬傳大藥，須是入紅爐，成煅煉，變銀霜，一朵金花聚。清香遠遠，透過崑崙去。梟梟上青霄，結雯光、輝輝堪覩。玉堂裏面，參從大羅仙，自怡喜，得長春，正處逍遥路。

又

筆兼紙墨，硯子同爲事。甲乙緊相隨，缺一物、難能作使。閑來静坐，屈指細尋思，要爲書，不時思，須用清泉水。恰如四季，春夏秋冬是。温熱與涼寒，相結就、年何擬議。元來就上，別有妙玄微，按真玄，合天機，閏月方成歲。

又

凝神遐想，始固鉛中雪。滋長是黄芽，使金烏、相攀朗月。黄婆匹配，別是一家風，龍吟嘯，虎咆哮，此箇誰分別。人還去慾，酸辣飡須節。滋味要堪

嘗，任清虚、五神暢悦。元陽守定，育養得神靈，功成就，去朝元，住世無休歇。

又

凡軀四假，正好堪論討。有限是因緣，却何不、修行早早。塵勞不染，則顯一家風，没牽縈，無繫絆，於已除煩惱。稍能悟曉。財色難相撓。養就本元神，這真理、真靈倚靠。崐崘山上，一點處逍遥，對紅霞，成自在，鶴引携芝草。

解紅

嘆嗟浮世。被榮華、驅策名和利。人人鬬作機心起。百般姦計。嫉妬愈增僥巧重，生俱相效皆貪愛。何曾停住常若是。各衒女誇男孫奉侍。更酒迷歌惑望長遂。還知七十應難值，便百年限來，無有推避。早早悟、前途不如意。急回頭便許，脱了生死。投玄訪妙，搜微密察幽祕。管取自然，神氣雙全分明見，元初箇、真真圓性，誠恁似。玉貌

瓊顏奇又異。瑩寶光、瑤彩吐祥瑞。金丹結就虛空萃，處清靜，大羅天上仙位。

又

凍雲凝住。積瓊瑤、祥瑞唯同遇。輕拋細舞。風刀剪旋旋敷布。頃刻偏鋪。原野山川並溪渚。兼溝隰長橋孤渡。皆一靚。對此景、暮江堪畫處。見三兩漁人笑相覷。披簑荷笠歌聲響，指酒旗招颭，投飲歡聚。廣鎖綴、園林與樵路。更能迷迥邈，點點鷗鷺。鮮勝皓鶴，宜奪白鷳素。晚霽霧開，微顯斜陽銀霞著。門迎照、渾如仙趣。羅玉户。自有箇祝融來吐耀，射虛外、崐崘列璉璐。方當夜靜清霄瑩，放一輪明月，光彩交互。

尾犯

舉世總癡愚，貪戀財色，無不迷錯。一箇丹誠，趂輕肥爲作。三耀照、寧曾畏慎，四時長，追歡取樂。越頻頻做，恰似飛蛾，見火常投托。光中方省悟，體爛怎追却。悔恨遲遲，已遭逢燒烙。能遠害、焉今禍患，會全身、那經灼爍。請於身看，只被利名榮華縛。此詞原有脫誤

解愁

堪嘆世間迷悮，轉轉增隆，怎得趓難。被他同等，一例相讃。每每攢頭聚復散。總做作、百端繚亂。這鬼使暗裏、常常把你細算。待臨頭，看癡漢。越騁惺惺，伶俐高强，欺慢無憚。大遇尤、罔聖昧神厮翫。此則看看業限貫。怎生趓避，也難逃竄。見追帖、箇箇添煩惱，共捹儘陰司斷。

绿頭鴨

嘆平生，景光奔走尤湍。利名牽。休空勞攘，不須頻苦孜煎。這榮耀、趂時顯現，似風燭終勿牢堅。走玉常催，飛金每促，更兼愁惱緊纏綿。覩浮世、推來暫處，四序換流年。齊捐捨、争如善根，結取良緣。慧刀開、劈迴猛烈，智鋒舉、刺轉英賢。自

家聲、能調雅趣，舊奇韻、堪應斯絃。認取元初，搜尋本有，幽微密妙總投玄。得歸一、長春景致，還也任如然。無來去、蓬萊島中，做箇神仙。

惜黃花

大仙師父。常來救苦。且作凡間人、説些宗祖。地下一聲雷，震動山頭雨。怎知道、鐵牛耕土。坎離并子午。擒龍捉虎。這般事，無一箇、與心爲主。越鬬巧機關，大限數來取。看你得、那箇門户。

又

人須猛省，人須猛悟。獨不省，獨不悟，巧機越做。有日閻王知，差著箇特俏措。嶮巇底、趕我來去。行到半路。淚珠無數。告鬼使，這裏且暫停住。小鬼喝一聲，莫要埋冤苦。對判官、你儘分訴。

又

主人居屋，絳宮長住。日行持，常關鎖，閉門封户。裏面種金錢，箇箇堪分付。好緣願、即時覺悟。行到清涼處。並無思慮。妙中妙，機密目通玄語。來時復還來，去後復還去。再休迴入蓬萊路。

又　重九日

萬紅憔悴。秋光獨鋭。別有番，顏色按，中央殊麗。時分惜黃花，九日同天意。冒濃霜、放開金蕋。籬畔淵明喜。白衣來至。忽然間，走出箇重陽小子。應手攬清香，認得頭間瑞。插三枝、蓬萊一醉。

又

這重陽子，今來生此。是非去，煩惱退，逍遥白遂。擺脱一爐香，何用三叩齒。又不用、那道家活計。暗笑俏措的，暗笑伶俐。暗笑他，將相并工商農士。唯我静中清，唯我閑中肆。要到處、跨雲便至。

花心動

漸漸東方，漸沖和鮮明，秀靈相接。漸次轉遷南陸，陽晶熾赫。暑炎光暐。漸令西境金華聚，漸輪在北相凝浹。漸成悟，漸見四時，怎生拈捻。漸漸須臾歲業。漸別作仙家，景堪招攝。漸把氣神鍊，變眞丹就上，愈加調燮。漸知行入前程路，漸分朗、足開雲躡。漸無做，漸高道成德獵。

迎春樂　春日

茲晨瑞氣陽和早。泥牛示古農曹。風流綵杖輕輕考。誰似我、重耕道。賞宴懷中珍和寶。滋味廣餐芝草。便許結金丹，復歸去蓬萊島。

雪梅春

覩塵世，人人盡總鬭芳容。銜珠珍金玉，綾羅錦繡情悰。兒女妻孥共團聚，管弦歌舞趂時從。沒休歇，昨夜今宵來晚，重重顛顛。日常做，怎得迴頭省悟，深灑直待陰公。取來恁則方忡。千狀悲顏釘心劍，百端愁思斂眉峯。見追帖，茲番悔恨，難已藏蹤。

鳳棲梧

禀性清閑歸寂寂。占得風程，雲水長遊歷。搜出明珠頻洗滌。更將霞彩重開剔。任坐任行還在覿。靜裏親知，有箇相尋覓。每每遭逢金露滴。蓬萊穩路投端的。

茶瓶兒

孝順先知金母。更無能、背爹尋父。朝朝供養排篋篚。便認得、自家宗祖。呼兒女。騎龍虎。正好與神爲主。惺惺奉侍歸紫府。也管録、姓名仙簿。

柳梢青

天然米精麥髓。誰得悟予知奧旨。保養沖和，增添靈慧。更兼神水。三光秀氣通傳，應助正、眞陽本始。結作金丹，明明歸去，亘初家裏。

解珮令

金郎察察。玉娘揠揠。堪同壽、方年二八。住在何方，一居水，一居山北。入離門、坎户皆劼。時時相拉。頻頻搜刮。九條街、坊坊俱達。尋得靈珠，取瓊漿、神水澆沫。放光明、萬道旋斡。

又

害風王三，前時割稅。爲酒愛、飲中沉醉。往往來來，眼前事、全然不記。與仁人、當街打睡。腋袋頭巾，盡皆遺棄。有經文、裏面訣祕。深謝明公，發善心，與予拈起。解珮令、報賢好意。

山亭柳

能置田莊。買得浮桑。蓬萊路做清涼。漸漸成作用，崐崘上、別有嘉祥。每島各開三户，殊名號、九般房。漸見初閒寂生祖，次通長聚見元陽。流轉過明堂。好看炎炎景，這毗隣、現出亮光。處此安居已定，住瀛洲、是仙鄉。

又

春景精研。花草新鮮。夏日赫綻紅蓮。忽然秋早至，見山亭、柳上鳴蟬。颼地朔風來到，飄白雪、徧山川。百歲光陰如撚指，一靈真性好搜玄。得㣕摠周全。養就神和氣，結成丹、燦燦團圓。五道耀明齊聚，簇擁上、大羅天。

又

性本慈悲。要覓玄機。妙理上欲尋思。一身無可脫，被家緣、火院驅馳。愛欲猛捐㨾下，怎奈向、那妻兒。此箇丹成分兩處，若教行坐總相隨。但恐不由伊。雙全全舉得，人人盡、學取無爲。清静到頭各就，只龐居士同知。

耍蛾兒

不會修行空養肚。腎肺心肝脾祖。五團臭肉怎爲主。先把黄婆咄去。趕退青龍兼白虎。不用嬰兒姹女。諸公要覓長生路。別有一般門户。

又

如會修行尋捷路。開闡全真門户。汞知鉛見作宗祖。管取性停命住。便是陰陽顛倒數。今日分明說諭。只依四箇字兒做。指日得歸仙去。

七騎子

真箇重陽子，得箇好因緣。因緣。待做做，做神仙。神仙。惺惺誠了了，了了金丹一粒圓。圓圓。祥雲送上天。上天。明師更與白花蓮。花蓮瑩，最最最新鮮。新鮮。輝輝清洒洒，清香馥郁妙玄玄。玄上長生玉帝前。

又

縱步閑閑，遊翫出郊西。見骷髏，卧卧卧沙堤。問你因緣由恁，似爲戀、兒孫女與妻。致得如今受苦悽。眼内生莎，口裏更填泥。氣氣應難吐，吐吐虹蜺。雨灑風吹渾可可，大抵孩童任蹈躋。悔不生前善事稽。重陽全真集卷之十一

迎仙客

做修持，須搜索。真清真静真心獲。這邊青，那邊白，一頭烏色，上面殷紅赫。共同居，琉璃宅。瓊苞瓊蕋瓊花坼。玉童歌，金童拍。皇天選中，正是迎仙客。

又

這曲破。先入破。迎仙客處休言破。勘得破。識得破。看看把我，肚皮都鱉破。會做麽。是恁麽。奈何子午貪眠麽。說甚麽。道甚麽。自家暗裏，獨自行持麽。

又

這害風，心已破。咄了是非常持課。也無災，亦無禍。不求不覓，不肯做壘大。大仙唱，真人和。全真堂裏無煙火。無憂子，共三箇。頓覺清涼，自在逍遥坐。

香山會

白光生，青艶至，紅輝總好。騰玄耀。妙黄深奥。

般般彩色，把明珠覆燾。晴空外、來往仙道。封成永號。便受玉皇宣誥。雲霞裏、上真惟到。香山會聚，發瓊言闡道。同歸去、長住三島。

紅芍藥

唯會做惺惺，便能誇可可。淨清消息見得那。正好孤眠卧。這子午，致使運轉精神，寶瓶宫、肯教放過。隄防取、玉户開時，把金關緊鎖。把金關緊鎖。　永不遇淫風，也非遭業火。六道輪迴總趓趓。自在逍遥箇。上下盡是，白氣沖盈、一粒丹、結成金顆。空中早、仙樂來迎，感天花徧妥。感天花徧妥。

塞孤

自家聲，唱出誰能測。有箇頭青容白。正是石娥來應拍。身窈窕，腰如搦。偏柔軟、舞婆娑　金璧珠，□都索。要皆令盡，翻此功格。纔聞玉蕋香，正是瓊花坼。兩叚蘚蘚同色。便使靈童令採摘。相合就、堪憐惜。呈妙妙、出玄玄，超碧漢，分明顧，動新音、永作仙客。

雙鴈兒

奉勸伊家去西州。放散誕、做雲游。恁時教你水無憂。這愁煩、漸漸休。款款牽迴六隻牛。認水草、便風流。渾身白徹得真修。上逍遥、達岸舟。

又　自述

意馬心猿休放劣。害風姓、王名喆。一從心破做顛蹶。恐怕消、些舊業。真性真靈有何說。恰似曉風殘月。楊柳崖頭是清徹。我咱恣情攀折。

憨郭郎

清閑真道本，無事小神仙。謹修增些福，免黄泉。愚迷都不曉，只愛幾文錢。一朝大限至，告蒼天。

迷神引

偶暇追遊，無凝礙。獨望錦波青黛。回頭處、忽見荒林外。一堆兒，骷髏卧，緑莎内。孤慘誰爲主，與排賽。空衏雙眸闇，土塵塞。雨灑風吹，日曬星光對。轉業增添，重重載。異鄉殊域，甚方客，何年代。牧童來，頻頻打，欲要碎。前世貪財色，從戀愛。遭遇迷神引，怎生奈。

紅窗迥

劉悅道，誠有力。平等社，識來不識。便是道德根源，爲清靜利益。願公早把良因積。向真道、心中尋覓。誇則誇，秤稈端停，且莫令點滴。

又

磨著墨，木硯瓦。窗前竹，我看真箇瀟灑。試問點茶人人，得行行行者。慈悲慈悲不可捨。作善緣、敲盞何須音啞。試問自在逍遥，教積善得也。

又

觀貌好，堪我相。空提去提來，道違家向。能藏薄醋菜鹽，蔬干成麵醬。奉報張公穩收掌。切莫令、失手撲在地上。百雜碎，片片分離，恁時節掉樣。

又

七十三，三十七。恁時節思量，王吉王吉。崖畔險也兀底，却隄防脚失。奉勸回頭休要執。戴包巾、只在來年元日。若依前，意馬心猿，管終壽九十。

又

但爲人，須仗福。莫慢天欺地，衣食自足。今宵却有箇王三，伴父母獨宿。也不往來無被褥。和衣睡，靜中肯教動觸。覺來後，愈覺清涼，唯言詩曲。

又

到明年，大豐熟。這嶮巇心中，全然不燭。越越底，劫劫波波，貪名利逯逯。地變黃金由未足。因何却不種、來生好福。豈知兩兩三三，看五五六六。

又

把兄嫂，好供養。便是我見在父母，誰人敢向。這裏却有箇王三，更朝夕思想。哥哥嫂嫂休悒怏。休煩惱、好把心來滌蕩。爇名香，三教俱看，得善芽增長。

又

這王三，風得賽。便咄了氣財，色遊三昧。因何却不斷香醪，我神仙也愛。獨自行來真自在。要到處掩然，悉除百恠。多心經，記得分明，無罣礙無罣礙。

又

王喆我，從來有些施設。道日日勤持搜祕訣。地府不顧瞥。天堂上自然歡悅。蓬仙島，如歸修做徹。此首原有脫誤

夜行船

王喆害風都不管。樂清閑、恣情慵懶。紙襖麻衣，教人說短。我咱自知涼暖。一炷名香經十卷。三千日、行成功滿。穩駕祥雲，獨通霄漢。儘你夜行船趕。

黃鶯兒

平等平等。復過萊州，須行救拯。害風兒闡化勻均，化良歸善肯。二儀三耀常爲正。察人心、恰如戥秤。若不高更没於低，也神仙有應。

小重山

堪嘆犢兒堪嘆牛。若還省我語，是同流。性如燈燭命如油。相滋引，明焰出山頭。照破一齊休。前程除險路，没深溝。這迴與你說根由。成功行，蓬島永無憂。

又

世上人人做有爲。榮華并富貴，衒能爲。錦衣肉飯鬪多爲。饒君會，一品又奚爲。王喆不施爲。麻衫兼紙襖，自堪爲。隨緣糲食日常爲。唯長久，真外認無爲。

又

一箇麻囊一箇瓢。我咱三口子，過清朝。饑來長採玉芝苗。克腸腹，水向火中燒。舞袖拂風飄。青鸞前引路，躡雲梢。蓬萊須訪舊王喬。重相約，同共上丹霄。

又 述夢

夢見街前一隻牛。偏能行得穩，性温柔。繩來牽拽便迴頭。高峯上，臥月最風流。隨我任遨遊。調和真逸樂，没憂愁。渾身白徹正堪留。超靈岸，相從入瀛洲。

又

失笑迷陰化不來。愚頑心鎖硬，怎生開。直饒富貴没殃災。天年限，終久落輪迴。鬼使早相催。兒孫難替得，有何推。恁時悔恨哭聲哀。方知道，學道是仙材。

又 道友求問

養性休教起怒嗔。外身須認正，裏頭真。日施方便做慈因。清涼至，只在氣精神。財色莫相親。自然通大道，覺申申。金丹結就出迷津。登雲路，玉洞看長春。

菊花天

肉衒花餻酒衒油。肥軀潤已那休。兒女共嬉遊。金銀財寶，壘似山丘。何不道前程將不去，限終鬼使來勾。方悟平生總錯，點頭點頭。悔恨無由。

又

苦勸伊家省自煎。須知每每居鄽。贏取日高眠。賣花天氣，別有玄玄。這箇元來滋味好，自然滅火消煙。要入無生路上，趙仙趙仙。只在心田。

又

又是春來虛不空。今朝闘撮和風。使我得飄蓬。前遊雲水，大路長通。雖是心慵身莫懶，但予好藥名芎。服了身輕體健，積功積功。須上穹窿。

臨江仙

遊歷都京并府郡，更兼縣鎮坊村。並無術法没談論。一般真箇好，六業鐵磬渾。莫怢時時清韻響，人人喚出家門。磨伊心鏡不教昏。滿輪明月瑩，光射透崐崘。

又

正己修行無怠墮，推心上應天機。内容整肅吐光輝。靈真搜得瑩，方可許瞻睎。謹謹授持專一守，静中清裏歸依。法憑條制不相違。九玄并七祖，連汝共昇飛。

又

掌法遵條常謹守，饒人藴德尤先。孝心自許合神天。長長能後已，永永瞻家緣。便是修行真實路，正端無黨無偏。放開心月照金蓮。馨香衝碧漢，堪獻大羅仙。

又　説四象

性命陰陽如可論，心脾腎肺刀圭。更兼南北與東西。甲庚丁與癸，雀武虎龍齊。子午冲和連卯酉，春冬秋夏相携。白青赤黑吐虹蜺。坎離并震兑，水火木金躋。

又　詠葫蘆

一隻葫蘆真箇好，朝朝長是隨予。腹中明朗瑩中虚。貯瓊漿玉液，滋味勝醍醐。日日飲來依舊有，自然不用錢沽。杖頭挑起入雲衢。三清前面過，參從黍米珠。

又

絳帳今朝重到此，榴花對景先開。坐間誰悟害風來。四梧知我意，三耀散予災。既得相逢休酩酊，洞中别有樽罍。纔倒一盞免輪廻。自然雲滿目，舉步到蓬萊。

又　道友問修行

潔己存心歸大善，常行惻隱之端。慈悲清静亦頻觀。希夷玄奧旨，三教共全完。別子休妻爲上士，悉捐財色真餐。長全五臟得康年。功成兼行滿，真性入仙壇。

又

太一混元真法籙，清心精鋭行持。先擒自己那蟲尸。香煙通上界，威力暗施爲。救拔亡魂消舊業，見存廣得洪禧。鬼驚神駭懼勾追。行功惟顯著，指日彩雲隨。

又

吸取西江金浪水，朝朝用此盤纏。循環流轉復清泉。肌膚偏瑩淨，壽算得遷延。北斗自然拘姓籍，南辰生注長年。減財節色是因緣。作爲依上帝，棄世做神仙。

又 目貽

爲甚風狂偏愛酒，非干愚意多輕。此般道眼最分明。頂門三路顯，得伴道人行。三教幽玄深遠好，仍將妙理經營。麒麟先悟仲尼觥。青羊言尹喜，舍利喚春鶯。

無調名 題贈道友

杜公尋妙訣，道本先求。認得急持修。恩愛斷，便迴頭。黑煙都去盡，出得無愁。雲友與霞儔。蓬島路，喆同遊。

又

翁婆成匹配，跨虎擒龍。結帳作三重。夫婦美，好相從。午前并子後，煉就殷紅。住在絳房中。雲外路，到蓬宮。

又

昌時須默默，清徹名澄。總棄總無能。軒好景，便依登。趙州茶味好，悟曉如冰。雲友與霞朋。分別得，正昇騰。以上三首原誤作臨江仙

定風波

每日閑遊西復東。隨緣且過住塵中。杳杳冥冥今

古在。蒙蒙。害風風裹得飄蓬。公且只知浮蟻動，我今偏愛滿堂紅。照破當年昏暗事，空空。靈臺一點透穹窿。

又

昔日嘉山第一程。今朝臣海載清清。重泛瑤池真得得，盈盈。昂頭堪認自家聲。玉浪銀波別景致，瓊濤朱溜作高名。湧出白蓮花一朵，呈呈。馨香直入大羅城。

剔銀燈

今與重添惺惺。只是那亘初元性。急急修持，盈盈圓滿，子細剔開周正。通玄傳令。煉煆出、自然清靜。一顆明珠堪敬。就上揩磨精瑩。不則本師，三真共至，更有虛空賢聖。齊來俱慶。這仙子、此中前定。

風馬令

意馬擒來莫容縱。長隄備、瑠滴瑠玎。被槽頭、猢猻相調弄。攢蹄舉耳，早臨風、瑠滴瑠玎。椿上韁兒緊纏鞚。這迴你瑠滴瑠玎。待馴良、牽歸白雲洞。逍遥自在，更不肯、瑠滴瑠玎。

卜算子

初見青鋼劍。尸内曾加點。木上安來出一絲，乾馬占。害後隨風颭。得此修行漸。日日頻頻撿。暗喜歡時只自知，天馬贍。與我長生驗。

又　謁友不遇

曩者見張公，索寫詞中信。王喆今朝故來，甚沒箇人相近。回首跨清飈，隨足雲霞趁。却入金真復舊堂，把一點靈明認。

特地新

天地人生，同來相遇。應將甚、昭彰顯務。道門開，釋門闡，儒門堪步。識元初，習元本，覩元辰，元陽自固。日月星辰，齊旋躔度。唯臨蒞、虛空照布。精關扃，氣關達，神關超露。稟三才，立三教，得三光，三丹寶聚。

又　勸世

騁俏多能，身呈體段。把衣衫、頻頻脱換。穿茶坊，入酒店，總誇好漢。驀然遇天高，這精神早減了一半。　奉勸風流，惺惺早斷。保元陽、休教紊亂。稍迴頭，開道眼，金蓮長看。玉花放，異香來，吐光明，滿空炳焕。

晝堂春

雲水王三悟悟。甘河鎮、祖師遇遇。元本靈明，便惺惺也，真箇詩詞做做。　丹藥内中頻顧顧。逍遥處、三光覷覷。全得當時害風風，真箇神仙去去。

青玉案

上元佳致真堪看。更片片行雲散。現出天如青玉案。放開心月，慧燈明照，兩曜交光燦。　毬裝七寶玲瓏焕。把性燭當中按。一對金童呈手段。瓊杵推轉，順風歸去，衮入那蓬萊觀。

帶馬行

亘初獨許能騎坐。這駿駟從牽拖。直走盤旋雙慶賀。三山骨健，力筋偏大。馬輔佐。萬丈紅崖過。　謝伊騗出深坑榻。銜玉轡金纓韠。喊霧嘶風遊水火。月華前面，四蹄輕鎖。馬負荷。與我成因果。

又

元初一得從初遇。便端正昭彰著。轉作重陽晨彩煦。晴空來往，碧霄堪住。瓊馬駙。引入長生步。　靈光不動神光聚。便攢簇銀霞護。滿插金花頻返顧。青衣鸞鶴，共同來赴。瑶馬駐。般在清涼路。

又

既要修持心不曉。這火院須先跳。猛把家緣都不要。元初一點，認來真所，做箇惺惺了。　欲要妻男固處妙。且只在紅塵罩。節色微財應事俏。慈悲廣施作均平也，決定分分曉。

又　緣化子弟

鎖户真成也。百朝甚惺灑。冰餐非苟且，玄妙就中超，韁馬牌粘惹。恩愛俱齊捨。閑遊冶。教余同幽雅。仙子共成修，寫馬明星下。

瑞鷓鴣

昨朝今日與來朝。飲水無加只自澆。醉後恁鋪金蘚甲，醒時復採玉芝苗。錦衣公子談三島，皂帔佳人舞六么。一曲合成玄妙處，白雲片片恣飄飄。

又

我咱別有赤窮窮。物物俱無事事通。清裏清來全寂閴，閑中閑至住虛空。能邀逈照堪親日，會捉輕颸便害風。此際黑雲何處去，瑩然衮出一團紅。

又

三才剖判做輝華。三教分明吐甲芽。三寶煉燒紅焰寶，三車搬運紫河車。三峯影裏觀真宅，三耀光中是本家。三島十洲堪搗藥，三清十極聚青霞。

又

今朝細細問朱郎。因甚常眠黑鬼房。得與青龍為伴侶，亦令白虎助清涼。便將鉛汞堪成寶，好把刀圭更入鋼。斫斷烏龜四隻脚，爽邀風月上崑崗。

又

堪當姹女嫁丁郎。認得嬰兒住癸房。幸有甲田知出入，不無兑地做炎涼。鉛刀起處通神妙，汞劍開時仗慧鋼。殺却三尸陰鬼盡，一團紅焰覆瓊崗。

又

白靈根蒂長晴空。碧綠枝條裊細風。葉稟月華添雅翠，花憑日氣蘸殷紅。四般顏色雖然異，一道馨香分外濃。透過丹霄歸甚處，便教收在蕋珠宮。

又

石中火隱怎生昭。水裏金藏要却遭。石火須憑心火取，水金決得肺金淘。火教煆煉真鉛汞，金要增添快劍刀。二件相投成一件，大羅天上列仙曹。

又

這廻捉住四時春。奪得温和養本真。跳出世情居異世，盡教人道不凡人。何須苦苦調精氣，不在區區嗽㵟津。瑩處晴空開日月，銳然特放九光新。

踏莎行

東海汪洋，西山詳審。金鈎釣得歡無恁。一頭活樂大鯨魚，萬鱗燦爛鋪白錦。隨我遨遊，水雲信任。青山緑水相過甚。張公喫酒李公來，李公奪了張公飲。

又 干友打斧

版斧如求，那由選揀。良工欲造無錢換。今朝專禮我華宗，慈悲爲首諸公辦。若得堅鋼，劈開道眼。靈臺熠燿持金簡。腰間柯爛決忘歸，白雲路上成家産。

又 詠钁

钁，钁神靈，我心有則。隨身應手開端的。種成大藥稱伊功，載生善果憑君力。鍘倒恩山，打摧愛獄。是非煩惱頻頻斸。銳然敲碎碔砆頑，便令發出崑崙玉。

又 總詠

斧钁堪擎，隨緣斫斸。鋼全生就令分局。一司管刮水中金，一司管伐山頭玉。嫩子方長，攀兒圓促。頭頭柄柄常相逐。劈開金母紫芒攢，判通玉祖紅光簇。

又 詠宦途無定

名路求高，宦途無定。一來一去緣心性。稍知分守得優游，能通止足參賢聖。莫使偏頗，須存直正。花開須是依時令。日輪耀處吐光輝，月華朗後添清瑩。

漁父詠

北海鯤鯨人不識。金風長是傳消息。予把釣車寧費力。堪憐憶。香鈎擲下離灘側。　吐出神珠光焰赫。化鵬展起垂雲翼。日在扶搖無有極。能搏陟。青霄一舉應端直。

又　詠假俏漢

奸黠人人常不遜。外裝內喜能談論。艷色衣裳香遠噴。頻整頓。重重結裹麤如囤。眼去眉來常騁俊。前攀後拽誇身分。我便去前親去問。休風韻。遮藏臭腐并堆糞。

又　閑題

生死輪廻何太速。改顏換面人難識。有箇風狂常自足。常自足。逍遥處處孤眠宿。愁煞諸公歡折哭。恰如堂下三間屋。屋底你咱煩惱黑。煩惱黑。堂中我且燃燈燭。

又　贈友人

名宦爲鹽判。室內同公案。閑心各一半讚。分過如何斷。好將雲水伴。夫婦山頭看。清風明月喚翫。結就無涯算。此首原誤作漁家傲

河傳令

竹冠頂按。更竹作水瓶，至今常將手盥。竹杖竹籃，竹笠竹車竹鑽。竹林中，竹笛鳴，聲自喚。木鞋襯脚真熱暖。木做盤兒，鏡磨明圓滿。木筯木匙，木杓木盔木椀。木陰間，木牛耕，田三叚。

又

營軀手叚。這飢寒未免，上街須當唱喚。提箇淨清，了了惺惺鐵甑。覓殘餘，聲聲叫，道攝亂。極承貴府人憫歎。唯願諸公，心懷常照管。選甚冷喫，將來腹中煎爨。煉重陽，方堪看，害風漢。

又

害風落魄。便飄蓬信任，到處並無籬落。遊歷水雲，管甚身軀零落。覓殘餘，傍人家，閑院落。衆皆笑我貧淪落。教他骨頭，無福長流落。看你不知，將來何方下落。免伊憂，恁時節，超碧落。

又

凡軀莫藉。把惺惺了了，自然明明構架。行住坐

卧，須要清清閑暇。氣神和，結成珠，堪教化。張弓舉箭能親射。紅心正中，趕退周天卦。垛貼中間，迸出霞光無價。五行違，脱陰陽，超造化。

惜芳時

緣重下手并安脚。頓得來、真真没錯。金鑪立起瓊花作。燒煉出、這般丹藥。三田九轉明光爍。八脉上、四門開却。虚空一點成灼灼。無言説、自然邀約。

又

諸公學道應徒甚。細細把、玄機苒荏。頭邊認取清涼枕。當風月、瑩然成寢。刀圭滋味頻頻飲。漸漸放、千花似錦。馨香如要詳還審。惜芳時、曲中評品。

又 詠紫燕

我觀紫燕泥巢壘。便下卵、朝朝抱子。雛兒喂大辭窠起。背父母、分飛去離。爲人養小還如爾。明知得、攀緣越熾。争如修取長生理。樂清閑、好遊雲水。

又 友索説陰陽

未分混沌何方有。直待定、天高地厚。乾坤一判三光秀。在身中、沖和奔走。水中火起頻頻鬭。又白虎、青龍交媾。兒嬰女姹休相守。王害風、别有朋友。

抛毬樂

扶桑祥瑞生芝草。便移在蓬萊島。金枝玉葉自然好。崑崙上、變珍寶。霞光四面添玄奥。明焰裏通顛倒。青童捧詔添嘉號。無爲處，這迴到。

探春令

兀然真性，杳杳默默，無微無大。一團瑩寶，光明圍繞，五彩同隨那。逍遥自在堪經過。有玉童相賀。滿空馥郁，盈盈裏面，來伴神仙坐。

南鄉子

百載鏡中容。仰手爲祥覆手凶。生死榮華今在目，休逢。疾速迴心認祖宗。得得妙相從。滅盡三尸九箇蟲。一氣浩然調養正，沖融。免擊精藍過世鐘。重陽全真集卷之十二

望蓬萊

聽我勸，公莫謾風流。猿馬不閑空踐野，光陰虛過度春秋。怎得免荒丘。如省悟，急急把心收。對景直須拋妄想，於身若是少貪求。何用道人頭。

又

醴泉好，風物雅幽幽。須把惡緣如省悟，宜將善事急持修。鬧裏莫投頭。予省也，遂把內丹收。對景攄情橫寫字，有時歸去倒騎牛。道號號無憂。

又　紙旗上書

邊境靜，乞覓得便宜。戰鼓復爲韶樂鼓，征旗還作化緣旗。便見太平時。那減捨，第一莫遲遲。王喆害風無憂子，當三折二小錢兒。伏願認真慈。

又　詠餺飥

食店好，餺飥最奇瑰。玉屑無窮搏作塊，瓊瑤一片細勻開。須使寶刀裁。呈妙手，用意穩安排。椀內梨花新貼樣，筯頭銀線穩挑來。餐了趂蓬萊。

又　詠勸道友

趙公好，偉貌正青春。莫把光陰虛度却，願將功行實相親。與我作比鄰。清閑在，認得出迷津。稍悟浮生除愛念，如知幻化絕貪嗔。便是洞中人。

又

未入道，休要執中迷。先且牢擒劣馬子，切須縛住要猿兒。款款做修持。如省悟，勘破女男妻。自在假身常煅煉，逍遙真性得推移。應是上瑤池。

又

詞謹勸，見在好持修。浮名浮利何日了，勞神勞氣幾時休。塵世莫淹留　須早悟，三教理玄幽。擺脫恩山袪愛海，得歸蓬島赴瀛洲。只在此心頭。

又

詞意悟，就上好修修。意馬心猿都捉住，攀緣愛念一齊休。善事莫遲留。三教好，妙理最深幽。擺脱浮生并世事，這廻前路赴蓬洲。此箇是歸頭。

又　題杏花

春景好，艷杏吐紅顋。笑日仙姿真美麗，倚風嫩臉最奇瑰。不羡臘前梅。人豈識，唯許對予開。折得一枝應在手，馨香滿袖任還廻。攜汝到蓬萊。

武陵春

叮囑閻公歸故里，傳語醴泉人。可可貪求莫恨嗔。贏取好精神。只此堪能爲大道，何必苦尋真。稍稍諸公悟此身。便是出囂塵。

南鄉子　詠別道友（原調誤作武陵春，玆據律改）

王喆已東遷。經過甘河上衆賢。性内飢寒由未免，盤纏。乞覓諸公自肯錢。得得遞相傳。慧我同爲出九蓮。多少各人心意會，憐憐。此去如來本氣傳。

又

我已入南京。甘鎮人人箇箇聽。敬重三光須要認，休輕。五穀中間得致精。此去決前程。寫盡平生自己聲。若是却來重一過，靈靈。總看真形一氣清。

又

富貴與身貧。肯把榮華只取仁。前定緣由今世用，心純。自是陰功福自臻。休更苦中辛。惡業休貪作善因。奉勸愚迷須省悟，休嗔。萬事由天不在人。

蘇幕遮

少煩人，稀赴會。我自無恩，莫把他人恠。廉儉温良身自在。莫強追陪，免得常耽債。有錢時，人見愛。及至無錢，親也全疎待。且見世情如此態。察盡人心，暗想除非外。

又

性爲真，身是假。認取圓成，可可頻占惹。自是康强惺復灑。静裏搜閑，急急投嬰姹。説良因，談道話。開廓靈明，拯出根源也。一顆神珠無有價。袞上瑶臺，永永長遊冶。

又

會傳盃，經每醉。能喫殘餘，得飽長長睡。眼裏清閑祥又瑞。時復觀瞻，白黑黄紅翠。出虚空，無墮墜。瓊蕋玲瓏，顯現真嘉致。矗矗靈神來望視。移入金盤，天上誇奇異。

又

女休猜，兒莫識。情慾偷精，盗髓隳筋力。奉勸廻頭尋歇息。認取身中，三箇真端直。姹娘親，嬰子得。專委黄婆，鞠養成淵默。暢飲刀圭通十極。四句同歸，隨步雲霞陟。

又　買背籠

柳條柔，麻線細。妙手玄功，密織牢纏繫。合格身兒都捏膩。堪與王風，背上成家計。水雲遊，靈性慧。應用衣餐，裏面深根蒂。脱下凡軀猜得謎。了了超昇，全是伊相濟。

又　點化道友

箇人人，常守鋪。瓮裏合頭，鐵索纏縛住。怎識從來光耀處。元是神仙，何不開心悟。覓清涼，搜穩步。若要飄蓬，除是風狂做。也肯依憑雲水去。占得清閑，走入逍遥路。

又

箇人人，二句八。勿肯廻頭，性命成搜刷。撲入沉淪常墜壓。鏡子前來，著甚言談答。是神仙，何不察。劈破凡心，認取佛菩薩。一顆明珠頻擦抹。七寶宮中，壘起真金塔。

又　贈同友

這華宗，能順我。淨意清心，認取逍遥卧。日日凡塵仍便趓。管取教公，快樂無摧挫。早回頭，休漫過。滅盡無明，遠了尋常火。一點靈光山上鎖。穩駕白雲，五色霞中坐。

又 詠友人嘆身

省其身，鈐其口。贏得清閑，自在逍遥走。隨分爲生應永久。不義之財，且縮拏雲手。少追陪，微飲酒。節色搜身，新認元初秀。認正三光兼孝友。不祝神祇，也得長春壽。

又 白告友人

正青春，紅貌聚。若肯廻頭，這下分明覷。願得廻頭心早悟。與道爲鄰，也處逍遥所。善緣來，惡緣去。搜見真容，知向靈臺住。七座門開通的祖。跳出之時，便入長生路。

又 贈于道友

要修行，須發憤。除了憂愁，破盡情懷悶。□仗慧刀揮五蘊。劈開雙關，穩穩成三分。没商量，休斷問。只把前篇，日日頻搬運。好向家中搜土糞。撥見明珠，携入清涼郡。

又 詠贈道友

善修文，能應舉。九轉金丹，何不搜尋取。若肯回頭時暫覷。兩足輕狂，走入雲霞步 按三光，隨師父。別有一條，穩穩長生路。自在逍遥開玉户。好與王風，指日同歸去。

又 訓徒衆

弟兄濨，事下手。與世相逢，日日長鈐口。休論汞鉛并卯酉。開闡絳宮，自在逍遥走。二儀真，三耀秀。我欲親傳，未肯相成就。直待同流觀得透。欸欸停騰，敢把天機漏。

又

問真修，聽我斷。莫著凡軀，物物頻思算。打破般般常内看。坐卧行住，須作骷髏觀。漸令成，常謹按。八畝瓊田，別有新條段。性上分明堪正翫。

量得無差，便到清涼岸。

又

道無言，禪没説。兩道白光，唯許紅霞設。真玉山頭常擺拽。潑灩灩兮，返照靈峯雪。愈玲瓏，元皎潔。射透晴空，瑩瑩神光別。到此玄玄玄妙徹。一朵金花，裏面金丹結。

□□□　原失調名

邢公分剖，舉恩情、割斷靈光照。内蓮生，真可要。姹嬰嬌，和會通玄妙。憂愁樂道。氣收來、結作成珍寶。玉牢藏，五彩耀。透崑崙，日月真修造。

浣溪沙

大道無名似有名。達磨面壁九年清。釋迦坐雪六年精。奪得真空真妙用，一通門裏出圓明。大羅天上聚圓成。

又

會看虛空七寶園。能開寂静六華軒。希夷微妙在坤乾。理透陰符三百字，搜通道德五千言。害風一任害風虔。

又

緑水傍邊上雪山。鋭然跳出玉門關。虛中空外一開顔。渺邈那邊歸正路，的端便是穩居間。白雲難比此清閑。

又　重九日

金虎咆哮金馬傳。金公重九撒金錢。金風過處舞金鈿。金地徧成金蕋泛，金童折得步金蓮。金盤裏面獻金仙。

又

一箇詞兒十二金。修行謹按日時尋。急將猿馬緊牢擒。五户自然開闔盡，玉花叢裏洞門深。舊來那箇是知音。

又　詠筆

毛穎從來意最深。江淹夢裏莫生心。班超投處好追尋。放逸真閑攄雅致，詩詞不寫自高吟。這迴撈出水中金。

憶王孫

四宵得得並無寒。深謝孫公青顧看。霞袖分開拂霧端。入長安。迴首教賢結大丹。

又

長安爲甚便歸來。使我蓮花五葉開。別有清光舊鎮醅。獨傾盃。免了輪廻九獄災。

又 贈馬鈺

人云口是禍之門。我道舌爲禍本根。不語無言没討論。度朝昏。便是安閑保命存。

離別難

遊歷水雲兩郡，人休起無寥。看清輪、認取風颷。晃瓊瑶。嘉氣滿丹霄。玉花吐、馥郁金蓮，馨香二物誰消。隨緣從覆燾。紅霞繚繞。翠霧不相饒。時得得，日昭昭。準蓬萊、定信頻招。見空中、彩鳳來往，又金童、前捧紫芝苗。此却要、再覩吾顏，除非能、續絃斷重調。勸汝等、各各修持，一去洞天遥。

昭君怨

奉報早離火院。棄了一家攀戀。自在水雲前。樂安然。便結長生煅煉。得做上仙親眷。搜出碧潭玄。月團圓。

搗練子

搗練子，十怎生。閑來閑去好修行。囉哩唛，哩囉唛。若逢迎，得圓成。從頭一一説前程。囉哩唛，哩囉唛。

又

一爲人。做凡身。四般假合怎生真。囉哩唛，哩囉唛。搜玄路，出迷津。靜中調養氣精神。囉哩唛，哩囉唛。

又

猿騎馬。逞顛耍。難擒難捉怎生捨。囉哩唛，哩囉唛。慧刀開，齊殺下。教君認得根源也。囉哩唛、哩囉唛。

又

此圓通。住虛空。冥冥杳杳怎生窮。囉哩唛，哩囉唛。分南北，看西東。悟來只在笑談中。囉哩唛，哩囉唛。

又

重陽子。全真理。陰陽顛倒怎生使。囉哩唛，哩囉唛。這頭行，那頭止。沖和上下分明是。囉哩唛，哩囉唛。

又

用刀圭。剖昏迷。合和一處怎生携。囉哩唛，哩囉唛。人頭落，現紅霓。白蓮花朵出青泥。囉哩唛，哩囉唛。

又

從來性。本來命。無形無質怎生惺。囉哩唛，哩囉唛。汞中明，鉛中瑩。霞光裏面通賢聖。囉哩唛，哩囉唛。

又

水中金。忒幽深。玄玄妙妙怎生尋。囉哩唛，哩囉唛。從初得，到如今。西風時復送清音。囉哩唛，哩囉唛。

又

三丹寶。難分剖。昏昏默默怎生保。囉哩唛，哩囉唛。在虛空，長懷抱。緋衫裹了新烏帽。囉哩唛，哩囉唛。

又

水兼火，坎和離。兩般消息怎生知。囉哩唛，哩囉唛。休燒鍊，莫修持。元來只是這些兒。囉哩唛，哩囉唛。

又

開心月。圓皎潔。人前教我怎生説。囉哩唛，哩囉唛。淨清水，玲瓏雪。交光朗照知明喆。囉哩唛，哩囉唛。

又

搗練子，真了了。閑行閑坐任歌叫。囉哩唛，哩囉唛。我咱知，人難曉。曲中有箇三光照。囉哩唛，哩囉唛。

又

潭底月，雪中霜。有人會得便風狂。囉哩唛，哩囉唛。泉底樚，水中金。尖竿尖上細搜尋。囉哩唛，哩囉唛。

又

搜芳翠，哂輕盈。驀然聽得賣花聲。艷陽天，氣候明。朝雲白，晚風清。遮藏吹轉蕊珠精。放馨香，滿樹榮。

點絳唇

可惜嬌兒，惺惺伶俐聰明作。靈臺廓。圓明光爍。我許蓬萊約。斷却麻繩，正好修丹藥。如今却。買條銅索。縛住踏雲脚。

又　贈友人

觀公形貌，青春伶俐真惺洒。偏幽雅。自然嬰姹。莫放猿兒耍。認取清閑，異日成佳話。之乎者，便休書寫。養就丹無價。

瑞鷓鴣　原誤作點絳唇，茲依律改。但上下片一二兩句俱仄起，又與瑞鷓鴣異

昔日人言拾菜郎。根荄菜甲總盈筐。春夏秋冬閑不得，温炎涼冷鎮長忙。今日予言截綵郎。能爲斡運做經商。願靜一心休作用，好將四季細消詳。

又

春季裁量十四郎。風流玉貌好輕狂。每夜房中憐美婦，常時腹内痛飢腸。以此街前來背箱。利多撲入綵帛行。刀尺使時無作念，妻兒愛處越馨香。

又

夏季裁量十四郎。炎炎火焰越忙忙。百巧場中誇意鋭，萬人叢裏用心剛。絲絹羅紈鋪內藏。金銀珍寶架頭光。獨做辛勤心自苦，渾家豐足業誰當。

又

秋季裁量十四郎。憂愁思慮動悽愴。陡改紅顏衰體瘦，漸生白髮老容光。腰曲頭低力不剛。耳聾眼暗淚汪汪。日往月來添疾病，妻嫌女怨受恓惶。

又

冬季裁量十四郎。百端尫瘁早粘床。五藏受寒內結積，三焦發熱外生瘡。一息不來四假殭。兒孫掇出卧丘荒。七魄有緣歸地府，三魂無分上天堂。

又

爭似休休事事忘。虛無境內覓清涼。若是會探潭底月，便教認得雪中霜。共我爲鄰住洞房。憑經作伴爇心香。不日修成功與行，騎鸞跨鳳入仙鄉。

恣逍遥

物物拈來，般般打破。惺惺用、玉匙金鎖。瀝瀝澄源，炎炎焰火。盈盈處，上下倒顛換過。妙妙神機，玄玄性果。清清做、靜中堪可。現現虛空，靈靈真箇。明明衮，光瑩寶珠一顆。

千秋歲

汩汩塵寰擾。苦苦尤深窈。長繫絆、不分曉。日生還恁地，夜夢魂驚杳。聽分表。都緣劫劫波波紹。急急心開肇。早早俱除勦。廻首處、見明瞭。一般真箇好。萬道銀霞繞。這番了。秋潭皓月波光晶。

巫山一段雲

對月成詞句，臨風寫頌章。一枝銀管瑞中祥。隨手染清涼。玉洞門開深淺，寶樹花分篆香。蓬萊仙島是吾鄉。宴罷後瓊堂。

侍香金童

大道修持，物物俱盡悔。莫起黑煙生霧靆。雲水淨清須慷慨。逸優游、做成奇駭。壘這功行，便恰如山與海。得閒裏，真閑誠自在。一塊紅霞籠寶排。化玉成形，轉生光彩。

菊花新

對月無何添雅致。叢緑花黄偏有異。正是遇重陽，霜露冷、宜呈祥瑞。清香覆我如言志。害風來、且休攀視。應共到蓬萊，瓊筵上、衆仙頒賜。

木蘭花令

鶴兒每每常相聚。點點蒼苔啄食覷。青霄空外唳天時，明月光中頻警露。逍遥鮮潔理毛護。自在遊行惟顧步。怡然呼取舞風來，六箇隨余蓬島去。

虞美人

四郎須是安爐竈。莫把身心鬧。玲瓏便是本來真。氣精養住，便得好精神。汞鉛得得知顛倒。方見無名道。今宵飲酒是何人。認取清風明月日相親。

又 以嫂爲見在父母

害風王喆遵隆道。自在逍遥好。除眠之外總無知。百花笑我，不會見便宜。功成行滿仍須早。雲步歸蓬島。好同見在赴瑶池。共摘蟠桃、往昔結實枝。

月中仙

遭遇中秋，近初更氣爽，風定雲散。虛空露降，闌萬里晴天，顯青玉案。舉頭瞻海岸，湧出金盤爛爛。不特門門焕。人人共喜，貧富總争看。誰能曉悟清輝，這銀蟾裏面，深隱陽算。星稀宿罕。使鵲烏飛去，與離爲伴。一輪圓又滿。正當午、恰分子半。愈放光明燦。庵前召我銜霄漢。

金花葉

名利牽纏怎徹。誰肯把、善緣總結。在火宅、居常炙爇。尚穿聯惡業。鬭巧争如守拙。早離了、機心切切。稍能悟、三教秘訣。也無生無滅。

楊柳枝

性命須將自己觀。細詳看。一刀項下好疼酸。最艱難。不信且將針略試，痛多端。發心要喫覺心寒。遠佳餐。

刮鼓社

刮鼓社，這刮鼓食中拍。且說豌豆出來後，却勝如大小麥。便接著、五方顏色。青紅黃黑更兼白。又同那五方標格。蒸炒煮燒生喫。蒸炒煮燒生喫。

又

刮鼓社，這刮鼓食中飽。我看豌豆將來後，且圖起須入窖。莫收多、不須收少。上頭自有三光照。似象棋何勞打砲。有幾箇人知道。有幾箇人知道。

西江月

於己搜尋臧善，慮思絶泯爲先。滅財節色保丹田。對景須行方便。老幼自然有祿，且休苦苦孜煎。放開一朶白花蓮。管取西江月現。

又

王喆心懷好道，害風意要離家。攀緣悉去似團砂。不怕妻兒呪駡。好對清風明月，寧論海角天涯。來來往往跨雲霞。此箇逍遥無價。

又

養甲爭如養性，修身何似修心。從來做作到如今。每日勞勞圖甚。好把幽微搜索，便將玄理思尋。教君稍悟水中金。不肯荒郊做恁。

川撥棹

這修行訣。便安排得有次節。把清静天機，今朝分明漏泄。使人人，玉花結。從頭一一穩鋪設。向五更裏看攞拽。將此脱殼神仙，玲瓏玎璫做絶。害風兒，怎生説。

又

一更裏，瞥看參羅萬象列。搜出那坐正曇，內中位貌偏別。向北方也，玉花結。銀素將來細得熱。把烏龜牢纏紲。然後四隻脚，獰獰子一齊打折。害風兒，怎生說。

又

二更裏，瞥看天河流無竭。忽見耿耿洪波，潑灩灩底昭徹。向西方也，玉花結。灌出黄芽色非担，甲尖上摶白雪。有此一箇靈童，擺手親自去折。害風兒，怎生說。

又

三更裏，瞥看銀蟾圓不缺。吐出一輪光明，滿天瑩然有别。向南方也，玉花結。白鹿前來行得竊。便銜他新皎潔。將去圭峯山頭，獨自口中嚙齧。害風兒，怎生說。

又

四更裏，瞥看牛斗光如爇。照遍滿空清虚，放盡靈輝凛冽。向東方也，玉花結。攢燭三山似電掣。熠耀如瓊瑶屑。被這惺惺了了，一齊中宵盜竊。害風兒，怎生說。

又

五更裏，瞥看斗杓無差缺。正合天心斡運，堪作上天喉舌。向中央也，玉花結。捉得清虚這迴決。便永永除生滅。此箇自在逍遥，唯予獨會拈捻。害風兒，怎生說。

又

曲中詞徹。把來歷事親堪說。住京兆府外縣，終南方孤雲白雪。自觀得，玉花結。活死人兮放些劣。没地埋，真歡悦。道號重陽子，字知明姓王名喆。害風兒，怎生說。

無調名

性問伊家命。要嫁這、東頭兒郎馳騁。昌肌膚瑩。

昌肌膚瑩。鉛汞合和正。轉氣神定。天上面，急敲金鐘玉磬。李真仙省。李真仙省。

憨郭郎

牛子却如澆墨，牽拽不回頭。向川原，貪水草，騁風流。禁得這茫兒躁，加力用鞭勾。渾身都打徧、變霜毬。

酹江月

放心坦蕩、樂閑閑、應使蟲消尸去。清靜長施憑雅正，封寶瓶口守護。闌闢雙關，非能運轉，也得全精固。三陽相見，五神分朗團聚。由此雖寢無眠，頤顏養浩，潔白盈盈數。直待澄鮮方是徹，愈覺真靈開悟。性結成丹，圓光耀赫，決遇明師度。紅霞繚繞，恁時迎引歸去。

梅花引

少無福。早孤獨。憔悴一身無告囑。日常思。日常思。此事分明，皇天便得知。見遠促。見遠促。侍來偏親增汝祿。孝心推。孝心推。致感神明，洪禧得共隨。

又

爲人福。生中國。衣飯陰公注定祿。命中無。少嗟噓。天與之貧，不得富安居。尋思人似草頭露。争奈朝不保暮。莫剛求。莫剛求。假使强圖，入手却還休。

又

隨緣過，隨分樂。惡覓慳貪都是錯。貴非親。富非鄰。矜孤恤老，取捨合天真。當權勿倚欺凌弱。須防運去相逢著。減欺慢。減欺慢。不論高下，平等一般看。

蘇幕遮　荷葉盃

認得之，時休送。碧宕深洞。瑪瑙耀光希。龍蟠虎繞玉花垂。西江水上，來往見烏飛。直待青童交位。恁時休去，頂戴翠華冠。渾身錦繡那人諠。

方知此處，有箇永相隨。此詞疑有誤

采桑子　道友問變化（原誤作巫山一段雲，茲據律改）

堪嗟萬物陰陽内，造化因功。休論西東。只在三光秀氣中。公如會得疾安脚，便做飄蓬。脱了凡籠。一箇真靈入碧空。

又　崑崙山

扶桑日出分明照，蓬島相鄰。若要親親。除是清閑只一身。逍遥無事方能到，俯瞰迷津。煉就重繞。繞字有誤頂上孤峯現寶珍。

浪淘沙

事事少相侵。物物無心。固精養氣本源深。得得仙人添惻隱，猿馬牢擒。玉樹可先臨。花綻黄金。清香窈裊出高岑。萬道銀霞攢簇住，方得嘉音。

又　火裏生蓮

陽氣透蒼天。照照綿綿。地户猛焰亦如然。發出水中真覺性，一朵紅蓮。早早認清泉。結取因緣。烏龜口内吐靈煙。助正丹田香馥郁，葉葉新鮮。

又　賣狀附口寫文

附口做生涯。休寫交加。憑他實語莫虚譁。便是於身增福禄，贍己榮家。見似浪淘沙。苦勸深嗟。若還不使到廳衙。兩主休和歡又喜，公跨雲霞。

錦堂春

試問修行，纔登户牖，應是下手何如。便先令歡樂，於己開舒。待款款尋來，的當端正，意滅情祛。做嬉嬉坦蕩，更認閑閑，閑裏安居。從前一一細想，好搜玄揣妙，時復親書。頓省悟，怡然超出，苦海迷衢。這番見真真那箇，唯分明本有元初。却還舊處，返光迴照，獨證無餘。

瓦盆歌

你敲著得恁響聲大。無祥瑞，没災禍。元誰知得那。外唇有口能發課。内虚有腹成因果。貴賤賢愚，細思量、人人放一箇。這風狂悟斯，不肯争人我。除煩惱，滅心火。日日隨緣過。逍遥自在任行坐。功成行滿携雲朵。帶殼昇騰，恁時節，方知不打破。

賀聖朝

仲冬佳節，靈童來報，陽氣初昇。黄芽齊吐，玉漿澆溉，榮布層層。甲方瓊秀，庚方金彩，相間星能。把明珠祥艷，瑞光迎在，雲外騰騰。

晝夜樂　藏頭

金相隔休教錯。年間怎生作。前頭説甚惺惺，辰下重安手脚。被蟾光晷運交，平時從根摸索。事有神功，清强氣躍。下於予尋倚托。文上没丹藥。天知命惟高，中談談中別著。公決要覓清涼，兆府城南登閣。各得其宜，晝歡暮樂。重陽全真集卷之十三

遇仙亭

急急回頭。得得因由。物物更不追求。見見分明把箇，般般打破優游。淨淨自然瑩徹，清清至是真修。妙妙中間通出入，玄玄裏面細尋搜。了了達冥幽。穩穩拈銀棹，惺惺駕、般若神舟。速速去超彼岸，靈靈現住瀛洲。

三光會合　俗名韻令

扶風且住。聽予言語。決定相隨去。些兒少慮。對公先訴。遇逢艱阻。飢寒雨露。有恓惶處。眉頭莫要聚。長生好事，只今堪做。何必候時數。青巾戴取。更衣麻布。得離凡宇。入雲霞路。功昭行著。真師自肯度。

心月照雲溪　俗名驀山溪

一身之内，二物成真寶。著意辯三才，列四象、五行化造。六賊門外，七魄莫狂遊，八卦定，九宫通，

功行十分到。十分修鍊，九轉成芝草。八位上仙知，救七祖、遠離六道。五年功滿，四大離凡塵，三清路，二童邀，抱一歸蓬島。

又

一身得得，好把逍遥做。莫戀色和財，又名利、榮華不顧。心中逸樂，管取絶憂愁，處清凉，無熱惱，事事成開悟。任行任住。坐卧皆從所。玉訣與金科，這兩般，頻頻覽覩。玄機密妙，訣許自陳明，結圓成，攢瑩玉，捧入長生路。

又

無常二字，説破教賢怕。百歲受區區，細思量、一場空話。躭他火院，剛恁苦熬煎，早收心，採黄芽，藥就難酬價。居山寂静、悄悄實瀟洒。斷念去貪嗔，把意馬心猿繫下。神清澄静，一點饃長明，無爲裏，作功成，不許誇奸詐。

黄鶴洞中仙 俗喝馬卜算子

正被離家遠。衰草寒煙染。水隔孤村兩三家，你不牽上他馬，獨立沙汀岸。叫得船離岸。舉棹波如練。漁叟停船問行人，你不牽他上馬，月照江心晚。

又

夜宿山村店。不覺頻嗟嘆。獨自尋思告他誰，只聞得那馬，耳畔頻嘶喊。國泰兵戈偃。頃畝農夫羨。不動槍旗動酒旗，你不放他那馬，兩國無征戰。

又 真人訓先生，法名通一，全道道號無憂子。

卜算詞頻話。莫放猿兒耍。疾速先須調奼嬰，全道馬，好把家緣捨。一箇真惺洒。雲路堪同跨。自在逍遥永厮隨，害風馬，管取玲瓏也。

又 泳瓦甎

瓦甎泥中寶。巧匠功成造。修鍊之時向鑪中，内有金光照。有耳何曾曉。有口何曾道。携向街前叫一聲，莫教抛撒了。

無夢令　贈丹陽

坐卧住行有別。自是逍遥做徹。大道本來真，驀地哂中歡悦。無説。無説。勘破春花秋月。

又

春暖迴頭不肯。直待九冬洸洸。凍得不惺甦，丹藥難爲救拯。將殑。將殑。却覓長生且等。

又

啜盡盧仝七椀。方把趙州呼喚。烹碎這機關，明月清風堪翫。光燦。光燦。此日同超彼岸。

又

此日方知顛倒。一切因心善做。決烈便回頭，換面更名堪討。全道。全道。正好安排鑪竈。

又　詠圍棋藏頭

下圍棋取樂。閈白烏交錯。者好關機，度輸贏憂謔。作。言作。看這番一着。拆起目字

滿庭芳　藏頭

方覓殘，餘蒙庵主，邀便出黄粱。中生秀，唯我最堪當。内沖和九轉，般運、二氣飄颺。颺動，樓上下，出入呼光芒。殃。取象滋，羊味酒，醴俱忘。靈真一點，圓照珪璋。印白蓮秀艷，清淨、别恁馨香。華静，衣前引，齊唱滿庭芳。拆起方字

又　藏頭

莫驅馳，公全道，來真性明光。誰知得，便是水中霜。應相從相見，人悟，物物俱忘。中有，華耀處，怎奈被雲藏。詳。語鋭田，起屋震，地安房。教認清外，别蘊馨香。射崑山片玉，風共、誰話琅琅。辰動，陽佳節，金菊滿庭芳。拆起力字

金蓮堂　俗惜黄花藏頭

家自悟。今觀覩。扶風安手脚，未知門户。鬼作乖踈，下如何做。人來、金相覷。裏爲誰主。風語汝。還嬰兒復姹，寶瓶牢固。聖説因緣，系能結

慕。真洪登雲路。拆起各字

報師恩　俗瑞鷓鴣

地仙中仙與天仙。認得三田月正圓。自己若能施笑面，那人未肯便與拳。擻橈弄脚虛粘地，猛烈回頭合上天。若被利名牽絆住，十分失了好因緣。

折丹桂　贈丹陽

氣財酒色相調引。迷惑人爭忍。因斯染患請郎中，思使言，你且儘。不須把脉休頻診。死病今番準。這回須去不推辭，復勾追，文貼緊。

又

近來陰府心寒凛。對判官詳審。高呼鬼使急拏拏，不凌遲，更待甚。鑊湯浴過鐵床寢。銅汁頻頻飲。高聲禱告且饒些，後番兒，不敢恁。

又

害風故著言談引。全道應難忍。榮華攀愛已捐除，謾調和，教你儘。好將心脉時時診。道服須支準。前篇詞意請消詳，這番兒，催得緊。重陽教化集卷之一

玉女搖仙佩

終南一遇，醴邑相逢，兩次凡心蒙滌。便話修持，重談調攝，莫使暗魔偷滴。養氣全神寂。稟消遥自在，閑閑遊歷。覽清淨、常行允迪。應用刀圭，節要開劈。三田會，靈明結，作般般、光輝是勣。先向天涯海畔，訪友尋朋，得箇知音成闃。直待恁時，相將同步，處處嬉嬉尋覓。暗裏瞷瞷覷。覷你爲作，如何鋒鏑。會舉箭、張弓對敵。百邪千魅，戰迴純皙。無愁戚。方堪教、可傳端的。

香山會

白光生，青爔至，紅輝總好。騰玄耀妙黄深奧。般般彩色，把明珠覆燾。晴空外、來往仙道。封成永號。便受玉皇宣詔。雲霞裏、上真唯到。香山會聚，發瓊言闡道。同歸去、長住三島。

解寃結　令丹陽下山權與陸仙作伴

我行符水。公修藥餌。一居山，一居鄽市。兩處崇真暗相洽，即非彼此。無爲漏、共成不二。扶風儒士。同爲教旨。辟得正，上合天意。行滿功成去蓬萊，却尋舊址。如今且、休言異寄。

七寶玲瓏

人人每日，問我要求玄。你便待、做神仙。四四一十六箇字，二十八字在衆賢。會得之時也未然。既要修行，先念樂花蓮。次棄了、冗家緣。物物拈來俱不染，打破般般出上田。一道光明入碧天。

金鼎一溪雲

對月成詞句，臨風寫頌章。一枝銀管瑞中祥。隨山染清涼。玉洞門開深淺，寶樹花分香篆，蓬萊仙島是吾鄉。宴罷後瓊堂。

上丹霄

向終南，成遭遇，做風狂。便遊歷海上嘉祥。閑閑

得得，任從詞曲作詩章。自然神氣共交結，認正心香。真清淨，唯清湛，還清徹，處清涼。赤青紅白又兼黄。五般彩色，迎來圍罩寶珠光。這回應許碧霄上，明耀無方。

踏雲行　激發丹陽

東海汪洋，西山詳審。金鈎釣得歡無恁。一頭活樂大鯨魚，萬鱗燦爛鋪白錦。隨我遨遊，水雲信任。青山緑水相過甚。張公喫酒李公來，李公奪了張公飲。

憶王孫　誡丹陽語言

人云口是禍之門。我道舌爲禍根本。不語無言絶討論。性難昏。便是長生保命存。

踏雲行

昨日青巾，今朝紅角。脂腮粉面別軀殼。改頭换面有誰知，更形易體無人覺。奉勸諸公，詞中想邈。百年迅速如雷雹。早爲下手鍊精神，頓安鑪

竈成丹藥。

無夢令　藏頭

趁心頭事少。綻玉花不老。要認良時，艷分明北道。腦。腦。照返餐芝草。拆起早字　重陽教化集卷二

遇仙槎

鰲魚海裏游，首尾長搖擺。百日下金鈎，釣出娑婆界。應無離水憂，鵬化扶風快。隨我上青霄，同赴龍華會。

風馬兒

意馬擒來莫容縱。常隄備、瑠滴璢玎。被槽頭猢猻相調弄。蹄攢耳舉早臨風，瑠滴璢玎。樁上韁兒緊纏鞚。這迴你、瑠滴璢玎。待馴良、牽歸白雲洞。逍遥自在，更不肯、瑠滴璢玎。

萬年春

十化分梨，我於前歲生機構。傳神秀。二人翁母。待教作拿雲手。用破予心，笑破他人口。從今後。令伊依舊。且伴王風走。

報師恩　藏頭

言云語莫聽聞。眼味香不屬君。内減除人我相，前無有死生分。圭和合憑三照，水焚燒按九雯。又武平清淨出，頭臨月弄祥雲。拆起云字

蓬萊閣　俗秦樓月藏頭

溟漠。今忘了登飛閣。登飛閣。人自省，身居銀廓。能俱養靈丹藥。槎穩駕銷諸惡。銷諸惡。頭一點，肯教牢落。拆起水字

青蓮池上客　俗青玉案攢三拆字

鑠户真成也。百朝惺洒。冰餐非苟且。玄妙，就中超糴。馬眸粘惹。恩愛俱齊捨。閑遊冶。教余同幽雅。仙子，共成修寫。馬明星下。

又　但詞中有喝馬，令丹陽行行坐坐要唱

元初一得從初遇。便端正、昭彰著。轉作重陽晨彩煦。晴空來往，碧霄堪住。瓊馬騈。引入長生

步。靈光不動神光聚。便攢簇、銀霞護。滿插金花頻返顧。青衣鸞鶴，共同來赴。瑶馬駐。般在清涼路。

又

亘初獨許能騎坐。這駿馹、從牽拖。直走盤旋雙慶賀。三山骨健，力筋偏大。馬輔佐。萬丈洪崖過。謝伊馳出深坑禍。銜玉轡，金纓韠。喊霧嘶風遊水火。月華前面，四蹄輕鎖。馬負荷。與我成因果。

又　上元看輥燈毬

上元景致真堪看。更片片、行雲散。現出天如青玉案。放開心月，慧燈明照，兩曜交光燦。毬粧七寶玲瓏煥。把性燭、當中按。一對金童呈手段。瓊桿推轉，順風歸去，輥入蓬萊觀。

黃鶴洞中仙　俗卜筭子

卜筭詞中筭。卦象分爻象。海島專尋知友來，堪把扶風喚。莫怪頻磨難。只要公明燦。決定堅心没惱愁，永結長生伴。

又

暗裏修持做。不合名張露。却使人人轉敬欽，所以難停住。謹對扶風訴。結伴關西去。卓箇庵兒累行功，同步煙霞路。

又

修鍊不煩忙，自有人來遇。已與白雲作伴儔，常作詞和賦。净裏轉恬然，歡喜迴光覷。一箇青童立面前，捧出長生簿。

又　前後各喝馬一聲

趕退日中烏，捉取月中兔。便著晶光覆了身，金馬住。方是重陽做。交位顯真功，換質成真趣。到此還知自在遊，玉馬去。走入雲霞路。

又

一匹好驊騮，精彩渾如畫。却被銀鞍縛了身，著絆馬。怎得逍遥也。不若騁顛狂，掣斷韁無掛。擺尾摇頭廐櫪違，做野馬。自在成遊冶。

又

信任水雲遊，恣放靈猿耍。要去隨霞恣害風，乘良馬。穩坐香羅帕。南北與東西，選甚高和下。處處來廻得自如，呈弓馬。會把明珠射。

又

此箇真真也。瑩徹靈臺也。出入虚無縹緲間，騎風馬。信任飄飄也。占得惺惺也。光耀明明也。來往晴空碧落中，乘雲馬。自在逍遥也。

又　在金蓮堂，每自唱此詞，須自頂禮，謂丹陽曰，我臨化時，説與汝等。

初見青鋼劒。尸内曾加點。木上安來出一絲，乾馬占。害後隨風颭。得此修行漸。日日頻頻檢。暗喜歡時只自知，天馬瞻。與我長生驗。

又　藏頭

筭詞中話。上甘津洒。養靈煙火養蓮，意馬。院俱齊捨。内丹無價。在山邊掛。有屯蒙玉線縫，野馬。月同安下。拆起卜字

玉鑪三澗雪

決烈修行要猛。存亡莫擬先生。心田可否自親耕。休賴他人僥倖。出離須憑福幸。捨家迷裏難行。空宵愁起滴長更。尋甚金山銀鑛。

又　藏頭

引卧於寧海，將宜甫爲憑。交霞友做雪朋，朗分明爲證。定便除色欲，神玄牝清澄。昇火降兩相吞。内敢言游泳。拆起永字

黄鶴洞中仙　藏頭

兆看余燈，鍊陽周鏡。照他人，返逼驅兒省。下清中瑩。豔出銀釭面。菱花静。似韜光不騁馳。兒惺内觀真景。拆起京字

定風波

萬萬人中這箇人。忽然自悟説良因。恰似白蓮花一朵，尖新。泥沙脱了出迷律。邀住清風開嫩臉，朗窺明月作毗鄰。住向空中勝馥郁，靈真。此時占得四時春。

超彼岸

凡軀莫藉。把惺惺了了，自然明明構架。行住坐卧，須要清清閑暇。氣神和，結成珠，堪教化。張弓舉箭能親射。紅心正中，趕退周天卦。垜貼中間，迸出霞光無價。五行違，脱陰陽，超造化。重陽教化集卷之三

爇心香

坐殺王風。立殺扶風。只因伊、貪戀家風。争如猛捨，認取清風。好同行，好同坐，共携風。我即真風。你即佯風。小春天、總賴温風。將來雪下，怎奈寒風。窗兒裏，門兒外，兩般風。

恣逍遥

若要修行，須當子細。把金關玉門牢閉。上下沖和，位交溉濟。得來後，惺惺又同猜謎。混入虚空，却投根蒂。毫光在、爛飲霞際。五彩新鮮，真靈瑩膩。分明徹，淨清閒然細細。

神光燦

金關叩户，玉鎖扃門，閑裏不做修持。杳默昏冥，誰會舞弄嬰兒。睡到擒猿捉馬，醒來後、復採瓊芝。每依時。這功夫百日，只許心知。自在逍遥做就，唯舒展紅霞，光彩敷披。罩定靈明，方見本有真葱。一粒神丹結正，三重焰、緊緊相隨。過瑶池。透青霄，頂上無爲。

無調名　與丹陽

栗與芋，芋與栗。兩般滋味休教失。性與命，命與性。兩般出入通賢聖。都要知。都要知。便是長生固蔕時。休想瑶臺并閬苑，六家珍寶出天池。

真歡樂

便把户門安鎖鑰。内更蘊、最奇略。安鑪竈、鍛鍊金精，養元神、修完丹藥。二粒圓成光灼灼。虚空外，往來盤礴。五彩總扶持，也無施無作。冥冥杳杳非投託。占盈盈，赴盟約。蓬萊路、永結前期，定長春、瑶芳瓊蕚。等接清涼光徧爍。放馨香、自然雯作。裏面禮明師，現真歡真樂。

爇心香

這箇王風。自小胎風。大來後、變做心風。遍行遊歷，正是狂風。每閑閑處，詩曲作，似長風。謁馬儒風。説與仁風。誂他成、急急驚風。亂爲下手，鎖了防風。便怎生，醫得你，破傷風。

玉花洞

要知端的，默默細想，須憑因果。致令喜悦，投歸玄妙，便把門兒鎖。惺惺了了真堪可。有自然香火。淨中寂閴，分明一箇。師父來看我。

無夢令

今則與公照燭。無夢令中詳録。古聖富春詩，六白瑩光如玉。丁屬。丁屬。三塊各人知足。

爇心香

謔號王風。實有仙風。性通禪、釋貫儒風。清談吐玉，落筆如風。解著長篇，揮短句，古詩風。斤運成風。鵬化摶風。恣雲遊、列禦乘風。冬寒閉户，念見高風。更坐無鑪，眠無被，任霜風。重陽分梨十化集卷上

黄鶴洞中仙

你待堅心走。我待堅心守。栗子甘甜美芋頭，翁母同張口。開取四時花，綻取三春柳。一性昭然全得他，玉液瓊漿酒。

黄河清

根固源澄宜鎖户，清清堅守深洞。轉加温煖，悉屏嚴凝寒凍。別是風流雅致，頓知得、超昇管中。得自然、開悟長生，遇玉花、正好拈弄。元初本有真

靈，明明處，這迴搜見鉛汞。便令結就，一粒金丹堪貢。顯現祥光瑞耀，更來往、隨鸞引鳳。十洲三島神仙，喜慶迎共扛。

憶王孫

分明七寶更休論。七座門開各有門。一四一三各彼吞。返陽魂。便是長生保命存。

玉京山

失笑迷陰化不來。頑愚心鎖硬，怎生開。直饒富貴没殃災。天年限，終久落輪迴。鬼使早相催。兒孫難替得，有何推。恁時悔恨哭聲哀。方知道，學道是仙材。

臨江仙

栗子味招全道子，真人訓馬先生，法名通一，字全道，道號無憂子。芋頭滋味引迴頭。名人喫了並無憂。四三通十二，箇箇下重樓。喫得過時冰是水，水中雨點浮漚。一來一去幾時休。若教同我願，管取得真修。

黄河清　按一百八數

九曲黄河分九轉，洪波大浪清淨。九江共同，合就俱來歸正。九鼎中間顯現，九宫闈、端流一定。玉翻金潑盈盈處，倒侵九曜開影。九霄翠碧相齊，九臯有，鶴鳴迎接精瑩。九光洞，明返照，靈輝堪並。九曲神珠跳躍，九仙至、如然游泳。湛彈澄徹成功行，九天通聖。

臨江仙

八卦分明鋪擺定，二人各四陽陰。中間玄妙細搜尋。若能知此味，便是得真金。恬淡隱藏清與淨，甜甘却顯佳音。八都山上出高岑。正當堪眺望，方是好登臨。

莫思鄉　贈丹陽

栗子味堪收。更出馨香是芋頭。今後喫時思想定，追求。爲甚般般各六籌。細認細尋搜。芋有青苗栗有鄰。空外地中歸一處，休休。說破玄玄你越愁。

望蓬萊

逢九變，逢九變，須用寶刀裁。陰魄莫隨魔鬼轉，陽魂合趕好梨來。今已免輪廻。公聽取，公聽取，道眼正堪開。四假身軀宜鍛鍊，一靈真性細詳猜。有分看蓬萊。此下原有虞美人害風飲水知多少一首、已見全真集卷五，故不複出

蕊珠宮

栗子二三箇。這芋頭的端六箇。分付清閑唯兩箇。尋思箇。甘甜味，怎生箇。五臟明明箇。又六腑、不差些箇。更有金丹此一箇。十二箇。請翁婆，會則箇。

感皇恩

百日鎖庵門，分梨十化。閑閑澄中，淨養真假。箇人嘆問，直受如斯瀟洒。我咱知得也，誠清雅。別有一般，分明好畫。頻頻親擎出、暫懸掛。那濾要看，萬斛珍珠酬價。恁時傳說下，些兒話。

報師恩

爲何不倦寫詩詞。這箇明因只自知。一筆書開真正覺，三田般過的端慈。迴光返照緣觀景，固蒂深根恰及時。密鎖玄機牢閉户，喚來便去赴瑤池。

無調名　贈丹陽

酒初醒。夢初驚。月初明。性初平。如覺悟，是前程。

無調名　誓丹陽

子孫入道，七祖出離地獄。子孫得道，九祖生天。如退道，累祖先。

悟南柯

芋栗今番徹，賢愚兩共餐。一能陽氣做團圓。一箇沉淪陰魄，愈摧殘。來者歸清淨，迷人俗冗盤。通全跳入好仙壇。恰恰同居，吉吉永相看。

玉堂春

玉性金真，人人皆可化。玉液金丹，頻頻迎迓。玉兔金烏，光光相次亞。照玉闌干，種玉芽。玉蕊金莖，長長生不謝。玉女金童，常常看舍。玉鎖金匙，門門開闔下。賞玉堂春，對玉花。重陽真人分梨十化集卷下

如夢令

大道長生門户。幾個惺惺覺悟。鉛汞緊收藏，方始澄神絶慮。心慕。心慕。便趨蓬萊仙路。見終南山石刻，署云，承安五年重陽日，終南山祖庭靈虚觀主吕道安畢知常立石

驀山溪　贈蕭真人

真人已悟，四海名先到。只爲有聲聞，却隔了、玄元妙道。可憐仙骨，落入鬼形骸，一般衰，一般老，空恁一般了。　豈知玄妙，剛被身心傲。度日若聾盲，誚不識、丹砂爐竈。好將二物，鼎内結成丹，服餌了，得長生，携手歸蓬島。見金蓮正宗記

集賢賓

仔細曾窮究。想六地衆生，强攬閑愁。恰纔得食飽，又思量、駿馬輕裘。有駿馬，有輕裘。又思量、建節封侯。假若金銀過北斗。置下萬頃良田，蓋起百尺高樓。兒孫自有兒孫福，莫與兒孫作馬牛。貪利禄，競虚名，惹機勾。豈知身似、水上浮漚。貪戀氣財并酒色，不肯上、釣魚舟。荒盡丹田三頃，荆棘多稠。寶藏庫、偷盜了明珠，鐵燈盞、滲漏了清油。水銀迸散難再收。大丹砂甚日成就。殺曾叮嚀勸，勸著後，幾曾偢。苦海深，波浪流。心閑無事却垂鉤。嗚呼錦鱗終不省，摇頭擺尾，姿縱來來，往戲波流。愚迷子，省貪求。只爲針頭上名利，等閑白了少年頭。鳴鶴餘音卷一

滿庭芳

汝奉全真，繼分五祖，略將宗派稱揚。老君金口，親付與西王。聖母賜、東華教主，東華降、鍾離承

當。傳玄理，富春劉相，吕祖悟黄粱。　登仙弘誓願，行緣甘水，復度重陽。過山東遊歷，直至東洋。見七朵金蓮出水，丘劉譚馬郝孫王。　吾門弟，天元慶會，萬朵玉蓮芳。鳴鶴餘音卷三

六么令

真清真静，便是虎和龍。　澄澄湛湛，嬰兒姹女自昇騰。　寂默刀圭根本，齋戒换西東。　時中十二，常常覺照，内調神氣玉爐功。　何須尋枝摘葉，豈論語丹經。　假餘玄妙，知懶惰亦成空。　滅睡忘言除慾，飲膳少豐融。　外系疎嗇，人情淡薄，念頭打破漸幽通。鳴鶴餘音卷四

宣靖三臺　化丹陽

有限形軀，無涯火院，刹那催促光陰。　想人生、有似當風燭，整日家、晝忙夜驚。　有等愚迷，千思萬想，家緣逼迫渾沉。　愛子憐妻，被寃家、繫纜縈身。猛悟迴頭，名韁割斷，恩山推倒重重。　將愛海跳出，清閑樂道逍遥，半張紙，一張琴。　土榻安眠，牢拴意馬，莫教鬭亂身心。　慧劍揮時，斬羣魔、萬神自寧。　二炁相交，龍奔虎走，金烏玉兔相迎。　入玉爐、金鼎丹砂，煉陽神、出朝玉京。　此箇家風，冰清玉潔，點頭多謝知音。　欲要成雙全後，價值千金。同上

蜀葵花

上仙傳祕訣。　只要塵情滅。　意馬與心猿，牢鎖閉，莫放劣。　戒慳貪是非，人我無明斷絶。　把巧辯聰明都守拙。　紫殿元君歇。　寶鼎丹砂結。　也休問龍虎，鉛汞絮繁説。　向迷雲堆裏，捧出一輪皎月。方表信，希夷門户列。鳴鶴餘音卷五

馬鈺

鈺初名從義，字宜甫，師王喆，訓名鈺，字玄寶，號

丹陽子。原爲陝西扶風人，後遷寧海（今山東省牟平縣）。生於天會元年（一一二三），卒於大定二十三年（一一八三），年六十一。著有神光燦、漸悟集、洞玄金玉集。

滿庭芳　立門户内持

全真門户，清淨根源。住行坐卧歸元。日用時時擒捉，意馬心猿。常行無憎無愛，便施恩、先復讎冤。下手處，鍊沖和修補，有漏之園。瑞氣祥光深處，收神水，徐徐自没潺湲。紅錦蛇兒雖小，閑視靈黿。兩般混成一物，現元初、性月團圓。恁時節，禮重陽師父太原。

又　立誓狀外戒

專燒誓狀，謹發盟言。遵依國法爲先。但見男兒女子，父母如然。永除氣財酒色，棄榮華、戒斷腥羶。常清静，更謙和恭謹，無黨無偏。布素婪躭度日，飢寒後，須憑展手街前。不得貪財誑語，詐做高賢。常懷慎終如始，遇危難、轉要心堅。如退道，願分身萬段，永鎮黄泉。

又　重陽真人昇霞之前

重陽師父，遇吕真人。養成神内之神。心起慈悲不住，開闡良因。時時出神入夢，化人人、要出迷津。登州北，有布王曾見，海裏騰身。華表巨才高氏，在東牟郊外，或見其真。曾共南京針李，中都開尊。當初幻軀在日，尚如斯、出現頻頻。況今也，得成蟬蜕，永古長春。

又　重陽真人昇霞之後

重陽師父，預指南京。果然得赴蓬瀛。四假凡軀棄下，真性超昇。濬儀橋邊出現，勸臧公、早做修行。垂教語，遮性命事大，名利休争。更有登州大薛，在終南一遇，端的分明。劉蔣張翁得藥，身體康寧。昆明池西人見，向空中、舞袖輕輕。因得道，做神仙，久視長生。

又　詠和師叔辭世

和公師叔，猛悟良緣。棄官納印休權。遠俗終南山下，菴蓋茅椽。身披麻衣紙襖，樂清閑、笑傲林泉。懷美玉，便韜光隱跡，二十餘年。因甚山侗侍奉，遇風仙曾説，活底神仙。端的非常辭世，滿室祥煙。經年忽然空裏，便貽子、畫釣詩篇。專誠我，莫教失見，休要誇玄。

又　謝咸陽王法師

山侗入道，遠離巢窩。專心一志如何。決要煙消火滅，保養沖和。誰知因而借宿，稍相違、便起風波。傷功行，起無明怪劣，詩曲嘲他。驀想從前自呪，將身比驢牛，象馬駝騾。追悔無由，不免放做廉頗。專專負荆謝罪，望吾師、痛撻則箇。琢磨過，免教真性，再見閻羅。

又　邀姚公書

山侗稽首，自別姚仙。思心度日如年。即此清清雨霽，遍潤芝田。伏惟神明協相，處安閑、法體翛然。鈺如昨，荷尋常留念，書信相傳。輒有微言相懇，譚仙去相邀，鶴羽翩翩。儻若携雲光訪，感激難言。些兒閑中閑事，待賢來、面罄不宣。山侗拜，上玄中玄玉座前。

又　寄馬行街董公書

山侗稽首，董公道偉。自違清論三歲。渴德之懷，筆舌豈能盡意。伏想邇來法候，愈沖和、燕居無滯。予今則，處環牆養拙，毋勞齒記。幸遇便風經過，把狂吟尺牘，通爲一寄。歲月堂堂歸去，有如流水。性命速宜了幹，啓虔誠、幸恕僭易。山侗拜，董公道偉，及諸道契。

又　贈劉守初

道家活計，少説些箇。清閑一味無過。並没攀緣愛念，俗事相魔。逍遥水雲自在，任東西、日月如梭。忺遊歷，便携筇趿履，項笠披簑。不論天涯海畔，颼颼地，如癡似醉狂歌。外即雖然疏散，內養沖和。神丹一朝鍊就，放霞光、萬道非多。恁時節，禮拜風仙，直上大羅。

又　贈朱官人張書表

諸公聽我，自有神京。爐中亦有蓬瀛。五色霞光上下，來往飛昇。識得水雲活計，更無勞、足力遊行。固性命，便般般打過，有甚閑爭。好事先人後己，守清虛，營養一點靈明。應物真常自在，動止安寧。一朝功成行滿，去朝元、雲步身輕。真了了，似重陽師父，無滅無生。

又　贈爨公

蓬頭垢面，秘奧埋名。頤神養氣忘形。並沒纖塵掛染，意靜心明。逍遙自然快樂，握玄機、修進長生。清閑處，管勝如火院，苦海冤坑。臥月眠雲弄斗，調龍虎，嬰嬌女姹堪憑。斡運飛金走玉，杳杳冥冥。靈光一點來往，現元初、妙相身輕。乘鸞鳳，指蓬瀛路上前行。

又　贈權知微

因何絕利，爲甚忘名。曾覩五嶽真形。玉性如珠似印，燦爛光明。從斯假軀識破，便灰心、更不勞生。尋出路，恐靈光一點，落在迷坑。割斷攀援愛念，搜玄妙，無中捉箇爲憑。靜靜清清湛湛，杳默昏冥。功成七還九轉，掛仙裳、鶴羽輕輕。朝元去，指瑤臺閬苑雲行。

又　贈駱先生劉石二先生

諸公學道，莫學奇怪。無爲無作無賽。百不歌中四句，偈內持戒。身心木雕泥捏，遇千魔、萬難不採。常寧耐，常寧耐常耐，寧耐寧耐。悟徹觀天之道，執天行關要，自是交泰。常處真常常應，常靜常在。真常真懽真樂，現真如、超越三界。真無壞，真無壞，無壞無壞。

又　寄段錄事孫助教道友等

諸公學道，略聽予言。如同幹句家緣。試看登杆踏索，走馬行船。何曾說辛道苦，遇艱難、轉轉心堅。忘危險，更忘身忘命，忘後忘前。不管傍人冷笑，殷勤地，常常謹謹專專。假是蘇秦陸賈，說不迴肩。人能如斯向道，可搜真、搜妙搜玄。無不悟，又何愁不做神仙。

又 贈王知玄

兒孫枷杻，妻妾干戈。惺惺靈利邪魔。蝸角蠅頭名利，寵辱驚多。尋思上牀鞋履，到來朝、事節如何。遮性命，奈一宵難保，爭箇甚麽。好伴山侗馬鈺，松峯下逍遥，醉舞狂歌。膝上琴彈碧玉，調格沖和。鑪中養成大藥，現胎仙、舞袖婆娑。恁時節，禮風仙，同上大羅。

又 臧劉石公獻石羊索詞

拔山舉鼎，射虎穿楊。難同搬運青羊。悟得玄中玄妙，豁豁洋洋。自然如癡似醉，遠人情、風害猖佯。環堵裏，且埋光隱跡，豈望名揚。但願人人似我，內行持，雲水恣意飄颺。金木隨波流轉，火運炎煬。自是虎龍交戰，吐神珠、結正晶暘。恁時節，駕雲軒歸去，同禮重陽。

又 贈徐道淵

猛拋俗海，一志投玄。全真清靜爲先。心上無思無慮，無黨無偏。無中得些雅趣，守清貧、度日隨緣。自然理算，從今至古，罕有人言。惟有神翁苗裔，能承當，身中自是周圓。海底靈龜靈口，靈吸靈泉。靈光復噴絳闕，結金丹、一顆新鮮。無生滅，與山侗，共禮風仙。

又 贈宋先生

休誇富貴，莫騁榮華。無常事緊堪嗟。休學雲陽朱判，利鎖名枷。好繼風仙悟道，棄家緣、仙路無差。長久志，鍊凡心似玉，絕盡纖瑕。度日唯憑乞化，憨憨地，逍遥雲水生涯。常處常清常靜，常有黄芽。無中功成九轉，現胎仙、手掌靈砂。恁時節，與山侗，同步煙霞。

又　贈張小仙

松峯之下，閑飲刀圭。薦盃火棗交梨。撫動心琴，鸞鶴上下争飛。虎龍一齊哮吼，便諕迴、六賊三尸。陰魔散，覺天清地静，日月輝輝。斡運金光玉艷，聚祥煙瑞氣，結正嬰兒。體掛仙裳，足履霞彩雲霓。口稱不生不滅，指蓬瀛、路上堪歸。遮些箇，道家活計，説與人知。

又　贈長安徐先生

一明玄理，二曜交宫。三才四象究窮。通五彩霞光，來往清雨濛濛。六慾七情滌盡，八衢流、運轉迴風。九竅内，十分顛倒，顯現真功。十極晴空虚白，九重門開闡，金玉重重。八色瑠璃洞裏，卧虎眠龍。七寶花開六出，五方中、四位歸宗。三光照，二儀相從，一箇神翁。

又　贈姜師兄

持功打坐，禮上哦吟。湌霞辟穀看經。符水精專存想，嗽咽勞形。多迷房中之術，服還元、水火爲憑。且不罪，這般般功法，錯了修行。若悟無爲大道，絶攀援愛念，喜怒塵情。意静心清精秘，氣結神凝。自然性停命住，起真慈、功行雙成。金童詔，便携雲跨鳳，得赴蓬瀛。

又　贈衆道友

色財粘惹，如漆如膠，要他清爽爻爻。那更名韁怎解，利鎖難敲。終日憂兒愁女，又何曾、暫展眉梢。火院裏，把身軀陷了，如炙如炮。若悟無常事緊，將恩愛塵緣，猛烈俱拋。物外逍遥性命，便是知交。日用心清意静，看雲濤、龍虎咆哮。神光燦，現本來面目，天地難包。

又　寄興平杜公

星移斗轉，四時交换。無人暫時思算。恰做嬰童，不覺漸爲老漢。酒色氣財歷遍，好休心、也好捨拚。好回首，好把元初事，好生了幹。奉勸疾些下手，恐閻羅不測，差鬼叫喚。早與丘劉譚馬，物外爲伴。静意清心徑路，便名爲、長生彼岸。神光燦，跨青鸞歸去，天地難管。

又 勸道友

憐妻愛妾，憂兒愁女。一心千頭萬緒。競利争名來往，豈曾停住。如蜂採花成蜜，謂誰甜、獨擔辛苦。迷迷地，似飛蛾投火，好大暮故。上啓阿爺老子，火坑中，誰是留心憫汝。箇箇唆賢貪愛，他享富貴。死來無人肯替，願迴頭、疾些省悟。歸物外，處無爲清静，便是仙路。

又 寄零口孫可道

幻軀模樣，走骨行丘。算來騁甚風流。父母生你之處，殺你因由。奉勸疾些識破，戀兒孫、有甚程頭。早迴首，把家緣撇下，物外真修。一箇無爲清静，是仙家秘訣，大道機謀。憑此行持，何必身外搜求。自然汞鉛易結，九還丹、數日全周。神光燦，乘羽輪飈駕，直入瀛洲。

又 贈姜王二先生

人人須道，次敍須知。始初屏子休妻。次則離家乞食，無作無爲。但見老人童稚，便須當、禮樂先施。行大善，但生心舉意，念念慈悲。挫鋭摧强忍辱，把攀援愛念，莫起些兒。自是靈臺漸瑩，與道相宜。山上赤龍汞繞，海中間、黑虎鉛圍。大丹熟，指蓬瀛，跨朵雲歸。

又 贈趙抱玄

抱玄遠俗，不戀榮華。恬然滋味無加。一片閑心物外，别有生涯。無爲自然清静，結些兒、密妙堪誇。丹田内，便拍塞塞地，白雪黄芽。内有真陽鍛鍊，把元初根蒂，復變靈砂。得見通明真性，似玉無瑕。功夫十分圓備，訪蓬瀛、步步煙霞。空虛裏，有金童玉女，迎入仙家。

又　贈姚玄玉

道家活計，坦蕩蓑衣。住行坐卧相宜。悟徹清貧快樂，絶盡狐疑。生涯逍遥自在，水雲遊、海角天涯。無繫絆，縱閑閑來往，有甚歸依。　把握玄中妙趣，除心病，修鍊有似良醫。誰信男兒有孕，不可思議。氣結神凝命住，産胎仙、超越九嶷。恁時節，顯朝元，歸去容儀。

又　贈嚴公

昨宵夢裏，幸遇重陽。授予秘密仙方。杳杳冥冥恍惚，太白其黄。便是刀圭顔色，往來流、飲似瓊漿。成丸彈，服之一粒，八脈安康。　携執增添剛刃，生光彩輝輝，晃耀明堂。諕得邪魔鬼魅，遠遠潛藏。自然化生兒現，跨青鸞、得赴蓬莊。這玄妙，示同流，各要消詳。

又　寄鄠縣晏公及道衆

山侗馬鈺，閑吟閑詠。不是誇强逞俊。謂見人居火院，受苦不忍。時時詩詞勸化，啓丹誠、闡開玄徑。常哭告，望人人迴首，箇箇聽信。　割斷情韁慾索，歸物外，無縈無繫。無病自在，清閑快樂，修完性命。一朝功成行滿，有金童、持詔邀請。如此事，奈人人不肯，折了伊甚。

又　贈塗山于先生

閑閑搜獲，人家兒女。生前住在何處。有甚親親恩愛，與他相聚。生死不相替代，甚勞勞、爲他辛苦。還省悟，便須當拆火，拂袖歸去。　雲水姿情遊歷，無縈繫，自然忘機絶慮。三疊心琴，引動姹嬰歌舞。虎龍一齊蟠繞，結金丹、轉增開悟。積陰德，行功圓，真師來度。

又　贈淳化染何先生

染家爲作，閑閑思忖。講些是非試聽。攬下綾羅紈綺，滿椿一甑。緣甚鍊教傷熟，爲惜他、顔色故恁。

染軸了，更須碾研，且圖光瑩。抛散水漿無限，遇人來、取要卽當便認。解了瑕頭纏縛，自然見姓。恰如修行一著，無縈繫、可觀真性。常清静，顯神光，燦燦有準。

又　寄興平張先生

超然悟道，怡然捨俗。寧肯泥拖水漉。決烈迴頭趓了，恩山愛獄。堪爲風鄰月伴，與雲朋霞友相逐。無縈絆，在人間，先占半仙之福。那更真修真鍊，得逍遥自在，澄心遣慾。漸覺溪田芝草，異香馥郁。虎龍繞蟠何處，在丹鑪、變成金玉。神光燦，赴前程，蓬萊寶陸。

又　贈汝車趙三仙

休言嗽咽，莫説存想。吞霞服氣虛妄。打坐持功，抽手挽脚勞嚷。採戰神丹散失，服還元、水火不當。端的處，是無爲至理，最堪倚仗。心好逍遥快樂，做逍遥快樂，常教豁暢。神好清閑供應，清閑坦蕩。沖和自然成寶，得亘初、一點明朗。神光燦，現本來面目模樣。

又　贈陳公王先生

逍遥自在，雲水遨遊。身如不繫孤舟。坦蕩無拘無管，無喜無憂。時時恣情歌舞，任傍人、笑傲飍飍。清貧志，且隨緣度日，誓不貪求。處世虛空相似，如蓮花不著，水之蹤由。便把三壇等施，六度齊修。自然果圓無漏，心清静、超彼優游。稽首禮，無上尊聖，佛道仙儔。

又　師叔和公昇霞之後，有臨潼縣開綵帛舖張公，久患病，(原無病字，疑脱)治療不痊。忽一夕夢見師叔説，以藥餌治療之法，問其姓名，乃終南和先生也。覺來依此服餌，其病自愈。至甲午歲重九日，張公親詣師叔墳前燒香禮謝，及立碣安於墓塔之上，因以詞贈之

和公師叔，昇霞之後。奇哉妙矣希有。醫可臨潼必死，張公道友。神仙不求人報，望賢家、省悟迴首。誰知道，却遠來地肺，燒香胡走。作箇小詞

奉勸，譬無常決烈，疾些拂袖。物外降心修鍊，虎龍交媾。一朝行功圓滿，九還丹、自然成就。神光燦，跨鸞歸，謝師拯救。

又　贈皇甫先生

始初一著，仙凡爭交。須知鬬敵爻爻。俗意俗心力大，投漆投膠。真心裂來周正，免火坑、裏面身炮。牢把捉，切隄防失脚，身卧荒郊。若悟無常不測，仗慧刀剛志，戰退猿猱。自是心清意靜，龍虎咆哮。神氣湛澄凝結，大丹成、天賜仙袍。駕雲去，赴蓬萊，宴賞蟠桃。

又　贈于九皐先生

休言百歲，七十者稀。那更不測之期。閑想妻男，自己總是行屍。眼前榮華境界，是昏迷、性命根基。如省悟，把家緣撇下，物外修持。靈利翻成懵懂，便蓬頭垢面，密護玄機。真息綿綿，祥瑞遍滿華夷。欲赴蓬萊徑路，仗三千、功滿雲歸。神光燦，與大仙相聚，有甚虧伊。

又　贈湖口王先生

山侗謹勸，名利人人。只知富貴安身。豈悟吾門一著，出世根因。虎龍交馳鳳闕，更無中、嬰姹成親。誰信道，並不忓凡俗，夫婦婚姻。金木三般間隔，用玄機斡運，混合成真。頓覺男兒懷孕，不神而神。性命不由天地，自心知、永占長春。神光燦，跨雲歸，參禮洞賓。

又　贈姚元明

榮華不藉，富貴不戀。妻男任交生怨。萬事俱忘，一志十分修鍊。心意常清常靜，覺壺中、天開地展。堪賞翫，見龍蟠虎繞，坎離宮殿。或變嬰嬌女姹，向明堂，便把翡翠簾捲。祥瑞中間，認得本來頭面。手擎金丹大藥，顯無爲、功成九轉。神光燦，便跨鸞，奔赴瓊宴。

又　贈三水縣三老先生

志當堅確。性常柔弱。心猿意馬牢縛。愛慾塵情俗念，一齊拂却。過去未來事理，莫尋思、更休計度。居物外，守清貧瀟洒，莫嫌寂寞。　慎勿憂愁衰老，如有病，心中轉生歡樂。若是臨行好弱，境界休著。常守真常無伴，得靈明、自然輝霍。神光燦，管惺惺洒洒，超昇碧落。

又　贈寧海顏先生

降心一著，有些法度。要你自心省悟。閑想骷髏模樣，緣甚作做。因貪氣財酒色，損精神、墮於惡趣。如恐怖，管不須擒捉，自然得住。　覺照心開坦蕩，見浮名浮利，如無歸素。內外倒顛顛倒，道家活路。觸來不摇不動，遮本來、一點堪顧。神光燦，上九霄，跨雲歸去。

又　贈路宿劉先生

伊予同里。自來交契。各貪浮名浮利。總悟無常，物物般般捐棄。予先別離寧海，又繼而、賢來闢裏。顧同志，更同心同德，同搜玄理。　慎勿攀援愛念，便寧心寧意，全神養氣。塵世之中，不染不著爲最。殷勤完全功行，常清靜、有些消息。神光燦，潑焰焰地，是你真底。

又　贈文登小王先生

身爲環堵，重封重鎖。無著無漏無破。閑裏尋閑，閑中有閑功果。常守常清常靜，便獨行、獨坐獨臥。忘機狡，更忘名忘利，忘人忘我。　朴實實心實做，把多疑多惑，多多打過。得得來來得得，得箇甚麼。真如如如不動，覺靈明、靈靈則箇。真消息，是真真相濟，真仙來賀。

又　贈醴泉縣任公

任公決裂，也待風流。專心道上搜求。子細研窮，何者名爲真修。認正卽心是佛，除心外、匪是良由。無別法，便澄心遣慾，捉住猿猴。　心上纖毫不掛，更那堪，時復閑想骷髏。自是心忘境滅，真性優游。常常心懷惻隱，起真慈、功行圓周。神光燦，向大羅，恣意雲遊。

又　贈醴泉吳郎中

黄金滿屋，白玉盈房。兒孫羅列成行。饒你般般遂意，難免無常。要脱輪迴生滅，除非是、雲水溪傍。常清浄，也不須禮念，只爇心香。做倣風仙了道，繼史公歸逝，豁豁洋洋。兩箇神仙，盡是與你同鄉。即非遠年傳説，是邇來、親見嘉祥。但放下，便管教雲步蓬莊。

又　贈淳化老喬先生

頓拋世網，猛跳迷坑。物外兀兀騰騰。恰似孤雲野鶴，來往縱横。遮枚二字疑誤清貧懶漢，謝心神、不肯勞生。無染著，另偎偎拈的，做著修行。藏伏聰明智慧，肯争頭競角，妬賢嫉能。萬事俱忘清静，天地歸寧。三田自然結寶，現胎仙、當面澄澄。神光燦，指蓬瀛，便是前程。

又　贈于瓦甎先生

有榮有辱，有利有害。有喜有憂相待。有得有失，自是有成有敗。爲人有生有死，但有形、必然有壞。休著有，自古來著，有有誰存在。好認無爲無作，道無情無念，無憎無愛。無我無人無染，無著無礙。無心能消業障，這無無、人還悟解。無中趣，得無生無滅，超越三界。

又　贈濰州苗先生

休誇美妙。休誇年少。休誇惺惺傻俏。休要誇張，能運心機姦狡。休誇多才多藝，更休誇、善躭家小。休誇衒，也休誇富貴，比賢校少。閑想輪迴生死，閑閑看，丹經子書莊老。閑裏尋閑，白是通玄明奥。閑中澄心養氣，用閑功、鍊成真寶。得閑趣，做清閑仙子最好。

又　贈喬李郭三仙

修行之士，不在居山。勿勞環堵彎跧。何必驅驅來往，遠遠相參。休要持功打坐，又何須、耕種艱難。休勞苦，更不須出藥，博換衣飡。看你留心何處，但無些染著，打破般般。好向壓中展手，乞覓餘殘。閑看浮名浮利，嘆死生、灰了心間。忘塵念，管將來，位列仙班。

又　贈趙雷二先生

聽予叮囑，休捱飢寒。休執外樂歌歡。休做風狂九伯，諂詐多般。休起無明業火，更休恩、名利相干。休心急，也休迷休執，休受人謾。只守平常度日，處無爲清靜，自是長安。大道沖和真氣，全在心閑。欲要性停命住，萬緣消、自結金丹。神光燦，定將來，雲步仙壇。

又　贈杜公及衆道友

勤勤香火，謹謹看經。專專供養他人。種種作福，惟恐失了人身。明明將來富貴，奈區區、販骨艱辛。終何濟，願人人聽勸，別有良因。拂袖歸於物外，占逍遥自在，燕處申申。相結雲朋霞友，風月親親。斡運亘初一點，鍊本來、真箇真真。神光燦，做長生，久視人人。

又　贈宋何二先生

捨家學道　争奈心魔。心中憎愛尤多。心意如猿如馬，如走如梭。心生塵情競起，縱頑心、不肯消磨。心念惡罪，皆因心造，怎免閻羅。奉勸專降心意，把勝心摧挫，如切如磋。心若死灰，自是神氣沖和。真心無染無著，起慈心、更没偏頗。心念善道，皆因心造，超越娑婆。

又　贈曹八先生

妙玄易解，心意難善。窮究如何長便。牢捉牢擒，争奈馬猿跳健。十二時中返倒，鬬唆人、生情起念。當發願，便至死來來，與他征戰。饒你十分顛傻，却怎禁，堅志專專鍛鍊。達悟知空，自是內觀不見。纔方生育天地，藥鑪中、日月運轉。常清靜，聖功生，神明出現。

又　看清靜經，因作是詞，贈徐司判

孤眠獨處，不迷外境。常常留心內認。悟徹男清女濁，男動女靜。卽非世間男女，是無中、些兒結正。誰信道，却元來便是，自家性命。捉住這般妙趣，便澄心遣慾，絕乎視聽。杳杳冥冥恍恍，忽忽相應。其中有精有物，覺男兒、自然懷孕。常清靜，產胎仙，出現有準。

又　贈道友徐司判

名韁相引，別離登州。遠來積石時秋。司判美任，止是一載因由。纔到瓜期相逼，豈都無、行色憂愁。嘆往復，是八千餘里，畢竟何求。好學淵明解職，傚海蟾納印，慷慨雲遊。相繼神翁決裂，物外真修。保養先天之物，運自然、火鍛丹丘。功行滿，駕祥雲，趨赴瀛洲。

又　贈零口康先生

人人學道，箇箇心急。急要妙玄端的。搜索刀圭鉛汞，洞天月日。採訪木金間隔，緊搜求、天機秘密。聽予勸，這異名異相，且休尋覓。先斷氣財酒色，把塵心俗念，速當洗滌。萬事俱忘，精氣自無走失。心清自然明道，萬神靈、自通消息。能如此，望蓬萊三島咫尺。

又　贈武功薛先生

同流相聚，遞相覺察。須當外搜內刷。鬬做修行，有若爭頭競角。見賢思齊休妬，把神珠、時時擦抹。如開悟，便宜乎先覺，覺乎後覺。更且聽予重勸，論修行全在，無爲絕學。莫使塵緣間隔，本來素朴。净清能分真假，自然明、道非遙邈。功夫到達幽微，神仙掌握。

又　贈韓四機宜

機宜韓氏，不就承蔭，無心進修舉業。惟恐名韁相引，無休無歇。更有一般高見，鼓盆歌、轉生懽悅。

常落魄，訪村盃閑飲，不拘時節。不管兒孫生計，便拖條藜杖，遠離巢穴。經載忘歸，惟好嘲風詠月。稍似山侗活路，儻留心、搜尋秘訣。轉開悟，做真修，仙班同列。

又　贈吴知綱先生

外功外行，作福因由。不如身内真修。調養真鉛真汞，上下交流。山前金龍嬉戲，大海中、玉虎遨遊。便警動，這無形無影，嬰姹綢繆。　走上靈臺對舞，更不須啓口，恣意歌謳。爛飲刀圭醉卧，寶藏瓊樓。結成胎仙踴躍，引青鸞、穩駕神舟。歸蓬島，有金童邀赴瀛洲。

又　化胡了仙兒第四首

三屍調引，六賊迷惑。自然鬭亂魂魄。鎮日争財競氣，戀酒貪色。舉意先存己便，縱心機、更不釐勒。呆老子，你身軀有限，騁甚標格。　壽數休言百歲，從今古人生，七十難得。計日都來，二萬五千二百。那堪夜消其半，更隄防、一著不測。如省悟，從山侗，不爲凡客。

又

心狂意亂，歌迷酒惑。損傷三魂七魄。不顧危亡，一向貪戀財色。追陪花朋酒友，便聯鑣、誇衒玉勒。宴賞處，向笙歌叢裏，賣弄俊格。　縱有石崇富貴，這朱顔緑鬢，怎生留得。止是行屍走骨，呆老九伯。時間榮華雖好，奈無常之事怎測。如省覺，做修持，非凡賓客。

又

家緣猛棄，更不疑惑。辨認陰魂陽魄。咄出屍蟲，屏盡氣財酒色。好事先人後己，做憨憨、有似彌勒。修大道，處無爲無作，漸通妙格。　物外逍遥自在，真懽樂，清中静中招得。功累三千，更要行滿八百。時時運行日月，這些兒、他人難測。真了了，便得爲蓬萊仙客。

又

般般識破，物物難惑。自然安魂定魄。視聽如聾如瞽，絶盡聲色。身心逍遥自在，没家緣、恩愛繫勒。無爲作，乞殘餘度日，無恥無格。遊歷恣情坦蕩，似孤雲野鶴，有誰管得。不羡榮華富貴，革車三百。終日澄心遣慾，覺玄機、密妙易測。功行滿，做十洲三島真客。

又　夢中見珍寶不知其數，至於衣襟盈滿。次有玄中子姚先生引章臺街趙公父子入予環堵。談話之次，忽聞鐘響，人皆慘然。於是趙公跪告詩詞，方受紙筆，撒然覺來，遂作神光燦半首，敍夢中之事，録呈堂下道友。翌日，却有雲中子蘇先生引夢中所見者趙公至，言斯人新悟道，專投全真堂下修行。渠見其詞，不勝忻忭，乞綴後篇

昨宵夢見，遍地黄金。珍珠瑪瑙盈襟。滿目珊瑚琥珀，玉樹瓊林。驀聞不時鐘響，謔人人、各有灰心。天水子，便前來稽首，索我清吟。接得花牋象管，方吟詠，夢迴誰是知音。幸有清風皓月，悦我心琴。些兒的端妙處，看何人、有分搜尋。如同志，定將來，雲步高岑。

又　和靄戒師師父

戒師和尚，可稱吾徒。明禪悟道通儒。子細研窮正覺，並段差殊。温良恭儉讓禮，生老病死苦嗟吁。當修進，鍊木金水火，土證無餘。三教門人省悟，忘人我，宜乎共處茅廬。物外玄談，句句營養毗盧。常懷博施濟衆，氣神和、丹結明珠。歸兜率，向大羅，蓬島同居。

又　贈三一居士張明道

昔年在俗，常畏三久，三張綿被重重。取笑風仙訓誨，三髻山侗。古來馬氏三寶，如今有、三被扶風。三一法，便悟來雪裏，高卧三峯。從此依憑三教，把三乘妙法，子細研窮。内運三光照耀，坎虎離龍。存三守一三載，覺三田、一粒丹紅。三三數，

更心琴三疊，得與仙同。

又　勸沃州孫仙進道

神仙何處，只在蓬萊。逍遥坦蕩奇哉。或向虚無縹緲，去去來來。賞翫十洲三島，縱閑遊、閬苑瑶臺。無窮樂，與雲朋霞友，携手哈哈。　開闡瓊林雅宴，遣青衣鼓掌，引鳳鎧琶。玉女金童，不住歌舞傳杯。醉卧清風明月，任祥煙、瑞我來迴。勸修道，管將來，得與相陪。

又　示同流

修行之士，莫要浮饒。十方飲膳難消。試看鋤田日午，汗滴禾苗。匙飯百鞭何啻，誑他人、休望天饒。　還省悟，覺寒毛聳聳似水澆。　若要不還口債，捱瀟瀟洒洒，寂寂寥寥。常處常清常静，莫犯天條。大慈大悲心起，助真功、奪取仙標。歸蓬島，享天廚，珍饌瓊瑶。

又

見人錯失，動我心腸。交予怎不悲傷。思想燃指然臂，頂上然香。假饒投崖喂虎，儘捨身、拚命非常。争知得，有些兒妙理，别是嘉祥。　清静無爲鼎内，覺心中真火，下降腎堂。腎水化爲真氣，氣結紅霜。常常熏蒸四大，便玲瓏、響嘵玎璫。神光燦，得携雲，歸去蓬莊。

又　勸道友

堪嗟夫婦，錯了良因。當元未結婚姻。各自人家兒女，並没親親。都緣媒妁配偶，貪滛慾、敗壞精神。求後嗣，得成羣成隊，不肯抽身。　終日戀兒戀女，豈思量，咫尺失脚沈淪。身喂蛆蟲，骸骨化做微塵。若悟如斯寃苦，便迴頭、保養天真。神光燦，向蓬瀛，賞翫長春。

又　勸化

人皆好色，妻常設計。巧笑語言詐僞。日日梳妝，圖要見他忺喜。時時耳邊低呃，緊唆人、争財競氣。存自便，更不詢富貴，義與不義。歡喜寃家没解，豈思量，好意却是弱意。晝要衣飡，入夜偷盜精髓。悟來心驚膽顫，怕追魂、取命活鬼。歸大道，處無爲，謹修仙位。

又　破迷

名成利遂，男婚女娉。不覺容衰霜鬢。轉使譊譊，豈想大限將近。小鬼傍觀失笑，且從他、殘喘胡騁。忽染患，便盧醫扁鵲，藥無相應。尚自憂家念計，追魂帖前來，讒方自省。都謂兒孫妻妾，送了性命。氣斷魂歸冥路，自心知、並無功行。閻老惡，便教又去，地獄永鎮。

又　嘆骷髏

携笻信步，郊外閑遊。路傍忽見骷髏。眼裏填泥，口内長出臭蕕。瀟洒不肯重説，更難爲、再騁風流。想在日，勸他家學道，不肯迴頭。恥向街前求乞，到如今，顯現白骨無羞。若悟生居火院，死墮陰囚。決裂灰心慷慨，捨家緣、物外真修。神光燦，得祥雲襯步，直赴瀛洲。

又　贈洞雲散人陳姑

清清淨淨，搜獲玄玄。觀天可認根源。敷布參羅萬象，日月相傳。做做女媧手段，撮虛無、五色新鮮。下火鍊，大功成，了了無缺無圓。得一清寧人地，無爲作，自然永永綿綿。杳杳冥冥，娠德産箇胎仙。便是本來面目，更明知、無口能言。恁時節，有金童來報，得去朝元。

又　贈零口楊悟一

楊姑悟道，猛烈難比。便把鏡樓摔碎。識破皮囊臭腐，誓不梳洗。一志蓬頭垢面，便披簑、策杖頂笠。絶聰慧，戒無明業火，自常挫鋭。斷制男兒何似，比追魂取魄，索命活鬼。富貴榮華棄盡，更不留意。常守常清常靜，處無爲、自然之理。功行滿，向十洲三島。占箇仙位。

又　贈姚守清李守静

休將清淨，却做尋常。可憑秘密仙方。晝夜行持，決要萬事俱忘。奈何從前熟景，便時時、鬬亂心腸。常斷制，似兩家征戰，各擧刀鎗。勤盡屍蟲猿馬，處無爲無作，無事之鄉。常應常清常静，常得嘉祥。更憑真慈相助，行功成、得赴蓬莊。乘雲去，訪重陽師父，師祖純陽。

又　贈小胡村李姑

姑姑修鍊，聽予重告。先要斷除煩惱。擒捉心猿意馬，休使返倒。如同男兒決裂，莫躊躇、更休草草。速下手，仗十分苦志，免參閻老。萬種塵緣一削，得真懽真樂，漸通玄奧。密護無爲清静，自然之道。應物真常幽閴，氣神相結成丹寶，功行滿，跨祥雲，歸去三島。

又　寄長安王姑

奇哉慧劍，無影無形。純鋼斬鐵截釘。劈碎恩山，斫斷愛慾塵情。勤除三屍六賊，不須彈、神鬼皆驚。常把握，鎮龜蛇二物，足下安寧。此劍人人皆有，但專心向道，自顯功能。更以常清常静，滌刃光明。自然通玄通妙，又何愁、性不靈靈。功行滿，也須當，須去蓬瀛。

又　贈涇陽縣二女姑

奇哉至理，常淨常清。易知易曉難行。要做神仙，須索認此爲憑。休別搜玄搜妙，便登心、遣慾忘情。無染著，更無憎無愛，無競無爭。悟後觸來不動，覺無中尺地，悉皆歸寧。日月同宫，晝夜團聚光明。不神而神顯現，駕祥雲、奔赴蓬瀛。朝玉帝，顯真功，清静道成。

又　贈長安吉祥散人王姑

死生事緊，懸甚兒孫。怡然跳出家門。物外逍遥，住箇無事閑軒。常常澄心絶慮，便名爲、捉馬擒猿。塵念斷，覺惺惺灑灑，自悟玄言。至妙精微去處，在風鄰月伴，兩脚雲根。寂静方知洞裏，別是乾坤。性命豈由天地，這靈明、返本還元。歸蓬島，更無生無滅常存。

又　贈零口通明散人害風魏姑

身爲女子，志似男兒。悟來跳出門兒。道上搜尋，戀其美女嬌兒。性似孤雲野鶴，世塵緣、不惹些兒。真脱灑，便堪稱，比箇大丈夫兒。認正本來清淨，農（農字疑誤）何須，謂認虎兒龍兒。也不整理離坎，姹女嬰兒。無爲大功成就，産一箇、無相人兒。陽純了，便得與，太上做兒。

又　贈衆女姑

嫌風怕日，愛惜容儀。畫堂深處相宜。對鏡梳妝，整頓金縷羅衣。因聞風仙蟬蜕，慕真修、決烈無疑。棄華麗，便蓬頭垢面，布素歸依。昔日靈根受病，如今却，須當下手親醫。搬運身中日月，直接天涯。自然木金成寶，現神珠、晃曜清沂。方知道，這些兒，不可思議。

又　恐人退道預誡之

人人學道，因何退怠。都緣心不寧耐。富貴修行，或遇艱難阻阨。貧者受人供養，自驕矜、必然敗壞。或好賄便，自招自攬，非常災害。或有鍊心不盡，起攀緣愛念，決定破戒。若悟韶光迅速，生死事大。常懷慎終如始，處無爲、清静無賽。功行滿，與九玄七祖，共超三界。

又　嘆世

行屍走骨，逐利争名。傷神損氣勞形。鎮日謾天昧地，不顧神明。都緣爲兒爲女，惹塵勞、一向貪生。何事盡待，無常限到，送入深坑。金玉珍珠棄了，惟留得，平生善惡爲憑。甚處分明打算，直至幽冥。無情業鏡來照，覺從前、罪棄非輕。放聲哭，恨當初，不做修行。

又　師父畫骷髏相誘引稍悟

風仙化我，無限詞章。仍懷猶豫心腸。見畫骷髏省悟，斷制從長。欲待來年學道，恐今年、不測無常。欲來日，恐今宵身死，失却佳祥。管甚兒孫不了，脱家緣街上，恣意猖狂。遣興雲遊水歷，別是風光。經過無窮勝景，更那堪、得到金方。專一志，鍊丹陽，須繼重陽。

又 蒙師父訓誨

丘劉譚馬，四箇小鮮。蒙師釣出深淵。到岸纔方磨琢，取火搜煙。飡柴痛如割切，鍊頑心、有似油煎。謊得傚，便常常屏氣，似不能言。萬種千般鍛鍊，賴予濾，名各志確心堅。苦處曾經樂處，退步争先。惟恐猿顛馬劣，見人人、父母如然。常忍辱，處無爲清淨，謹謹修仙。

又 因夢作

時當春社，菴裏閑眠。夢魂飛上峯顛。忽見山中神道，萬萬千千。箇箇無些喜色，予閑問、因何慘然。聞此語，便一齊大慟，却訴因緣。某等當元學道，都緣謂，貪杯愛戀腥羶。罸做靈祇，以是失了神仙。如今纔方省悟，便見他、酒肉如寃。須當避，勸先生進道，戒行精專。

又 看圍棋

争名競利，恰似圍棋。至於談笑存機。口倖相謾，有若蜜裏藏砒。見他有些活路，向前侵、更没慈悲。誇好手，起貪心不顧，自底先危。深類孫龐鬬智，忘仁義，惟憑巧詐譊謑。終日相征相戰，無暫閑時。常存殺心打劫，往來覓、須要便宜。一著錯，似無常限至，扁鵲難醫。

又 自詠

昔年在俗，常用心機。挑生剜死爲誰。歡喜寃家，惹得一向愚癡。恰如飛蛾投火，身焦爛、猶自迷迷。争些箇，被兒孫妻妾，送了頭皮。因遇風仙開悟，迴光照，怨親不可相隨。盡是狼蟲虎豹，蛇蝎狐狸。把似養他毒物，又何如、物外修持。功行滿，跨雲歸，侍奉吾師。

又

昔年名利，役碎頑心。氣財酒色深沈。方寸之間，荆棘仿佛成林。因遇風仙省悟，覺從前、罪業彌深。便改正，便改正改正，改正改正。遊歷天心地肺，結雲朋霞友，月伴風鄰。自在逍遥快樂，絶盡搜尋。假使貧人退道，得榮華、富貴人欽。我不肯，我不肯不肯，不肯不肯。

又

山侗昔日，火院中間。千斤重擔常躭。鎮日争名競利，嫉妬慳貪。萬般憂愁思慮，又何曾、時暫心閑。因箇甚，養怨親人口，二十有三。正在迷津受苦，風仙至，專專救度愚頑。二載纔方省悟，跳出鄉關。如今逍遥坦蕩，鍊身中、七寶還丹。功行滿，訪蓬瀛，再見師顔。

又

山侗昔日，名利忙忙。身如著箭香獐。心似湯煎火炙，無暫清涼。萬般憂愁思慮，爲兒孫、惱斷肝腸。不知苦，似遊魚在鼎，尚自遊颺。因遇心方開悟，覺從前爲作，盡是刀鎗。諕得心驚膽顫，遠離家鄉。常析夢也不夢，敢生情、起念思量。人問著，覺渾身汗流，失措張惶。

又

山侗昔日，忒煞暮故。肯替兒孫死去。正受艱難，忽爾風仙救度。提出迷津苦海，到長生、彼岸回顧。方知得，在前時事錯，養家寃苦。或問鄉中俗裏，先號咷，而後恣意歌舞。樂道聲音笑貌，有似愚魯。此者傍人怎曉，我咱知、就中元素。神光燦，處無爲玄妙，出自師父。

又

波波劫劫，劫劫波波。殷勤葺壘巢窩。只恐兒孫不辨，意要如何。欲教輕肥具足，更安閑、坐處笙歌。與他幹，肯留心向道，自顧些箇。逼得形骸瘦瘁，生華髮，流年漸下高坡。尚自愚頑不省，罪業增多。若非風仙救度，定將來、參謁閻羅。争些箇，落洪崖萬丈，好險馬哥。

又

人居浮世，身是浮生。貪婪浮利浮名。有若浮雲聚散，無準無憑。浮華不堅不固，似浮漚、石火風燈。浮虛事，奈人人不悟，却以爲榮。兒女金枷玉杻，廳堂是，囚房火院迷坑。妻妾如刀似劍，近著傷形。無常苦中最苦，細尋思、膽顫心驚。誰得我，便迴頭，却做修行。

又

無涯火院，如牢如獄。氣財酒色拘束。萬苦千辛，來往波波碌碌。因悟迴光返照，嘆從前、冤苦不足。說不得，便放聲痛哭，痛哭痛哭。今日十分識破，妻男是，冤家債主厮督。有甚恩情，不可與他相逐。既没攀援愛念，覺心清、易調金木。神光燦，是大羅，仙福仙福。

又

師如子産，我似嘉魚。兒孫有若校人。放者慈悲，烹者何其不仁。恩讎復當别辨，棄怨親、參從師真。修大道，免輪迴生滅，跳出迷津。便把凡心裂另，常清静自然，結就良因。坎虎離龍嬉戲，無價之珍。瑞雲重重籠罩，現胎仙、丈六金身。神光燦，向蓬萊，賞翫長春。

又

專違寧海，專遊陝右。專來有何幹勾。專住環牆，專守天長地久。專遠氣財酒色，專清静、專修九九 專一志，更專心專意，專尋知友。專壘真功真行，專專地，專心勸人迴首。專與雲朋，專鍊寶瓶真玖。專投玉關金鎖，專同飲、瓊漿仙酒。專等候，有風仙師父，專來拯救。

又

人生七十，罕希壽數。我今四旬有五。一箇形骸，便是七分入土。其餘晚霞殘照，遇風仙、纔方省悟。好險咱，争些兒失脚，鬼使拖去。　本合陰司受苦，却如今，物外修行得做。自在逍遥，掌握幽微妙趣。枯樹再生花卉，占長生、性命堅固。將來去，向蓬瀛，添箇仙侶。

又　訪友尋朋

披簑携杖，坦蕩逍遥。都緣識破塵囂。終日狂歌狂舞，有似王喬。好與童稚嬉戲，更有時、相伴漁樵。無縈繫，得真懽真樂，真寂真寥。　閑訪山居禪老，使予心，雲鶴引過溪橋。月下歸來，拉得三兩知交。松間菴前小酌，撫玉琴，寶鼎香燒。無俗論，願將來，同上丹霄。　丹陽神光燦

遇仙亭　繼重陽韻

喜喜蓬頭。達達根由。永永誓不貪求。漸漸歸于正覺，申申燕處優游。萬萬塵緣識破，專專志做持修。　遇遇風仙傳口訣，疑疑滌盡更何搜。燦燦不昏幽。玉玉金光結，心心願做渡人舟。累累功成行滿，真真去訪瀛洲。

三光會合　繼重陽韻

鄉關不住。謹依教語。脱身要歸去。何思何慮。略而分訴。任他魔阻。丹誠顯露。真心定處。雲朋霞友聚。　修行美事，在乎勤做。九轉大功數。無中要取。箇中敷布。得瞻眉宇。可登雲路。性靈昭著。神仙自是度。

心月照雲溪　繼重陽韻

一心離俗，二氣調和寶。清淨聚三光，四時花、五方運造。斷除六慾，不使七情牽，持八戒，九關通，十載功須到。　十年鍛鍊，九變金光草。八脈總和匀，有七聖、六丁助道。五行咄出，四假不中留，

禮三清，成不二，一性投仙島。

又　繼重陽韻

我今得遇，便向難中做。決要脱家緣，細尋思、不堪回顧。黜妻屏子，絶利更忘名，離去聲鄉關，歸物外，稱個超然悟。馬猿捉住。修葺真園所。豈敢戀寃親，要龜蛇、時時厮覷。援平聲其性命，出自太原公，掌元初，成圓相，踏碎根源路。

又　繼重陽韻

死生生死，鎮日常驚怕。忽爾遇風仙，便説開、些兒妙話。忻然頓覺，猛烈棄家緣，向無中，做經營，烹鍊丹無價。投真得趣，自是增惺灑。方寸要清涼，把塵緣、般般放下。頤神養氣，心月照雲溪，處無私，憑真實，無諂亦無詐。

黄鶴洞中仙　繼重陽韻

火院須當遠。塵事難爲染。因遇風仙棄寃親，做個投真馬，得得超彼岸。既達逍遥岸。鍊氣如素練。專下工夫分假真，做個惺惺馬。悟道何愁晚。

又　繼重陽韻

身是精神店。無個人曾歎。舍漏垣頽主翁行，也不見他馬，怎得聞嘶喊。我悟塵頭偃。富貴無心羨。離坎相交玄更玄，搬運動也馬，來往如同戰。

又　繼重陽韻

拯救扶風活。逗引扶風耍。故遣扶風顛更狂，扶風馬。家累扶風捨。業火扶風灑。雲鶴扶風跨。這個扶風靈更靈，扶風馬。真稱扶風也。

又　詠瓦甑繼重陽韻

瓦甑真真寶。須假良工造。十二時中下火燒。自有三光照。大肚物能容，圓正通明道。清淨法身牢護持，不敢破壞了。

無夢令　繼重陽韻

人我兩無分別。個內須教瑩徹。營養本來如，漸覺真歡真悅。親說。親說。得見洞天明月。

又　繼重陽韻

入道休愁不肯。迴首不過寒況。一志不榮身，願把衆生提拯。救殀。救殀。救殀心行平等。

又　繼重陽韻

不論趙州幾椀。更不盧仝請喚。禱告太原公，免了睡魔廝翫。明燦。明燦。得見長生道岸。

又　繼重陽韻

師父說開顛倒。別是一般運造。外事削來無，便得裏頭尋討。大道。大道。清淨身有丹竈。

又　繼重陽韻　詠圍棋　藏頭

視手談歡樂。子觀之迷錯。木運玄機。個却爲戲謔。作。言作。怎解搜這着。拆起目字

滿庭芳　繼重陽韻　藏頭

感重陽，然下訪，是得悟黃粱。精麥髓，弟子謹供當。上田田難種，懇告、神怎飛颺。仙道，初心善，無刺亦無芒。　而無死壽，珠能語，句句難忘。懷真實寶，肯換珪璋。內金花自綻，知得、別是清香。常謹，談妙用，不久性芬芳。拆起方字

又　繼重陽韻　藏頭

謝王公，令身脫，田耕出祥光。然省悟，汞內結鉛霜。識塵緣恩愛，須當、念斷情忘。猿退，乎者也，從此便潛藏。　臧。堪可用，分修葺，玉洞金房。通得玄妙，知味聞香。日逍遥豁暢，申處、同話埌琅。辰好，端午正，玉性自然芳。拆起方字

金蓮堂　俗惜黃花　藏頭

傳心悟。中堪覩。嬰嬌并女姹，會封門户。滅更蟲銷，木相交做。事絶，財不覷。　內個中主。從識汝。昇火降自是，丹陽堅固。往與今來人，誰肯慕。子明通玄路。拆起口字

報師恩　俗瑞鷓鴣　繼重陽韻

弟兄讎解遇風仙。從此和同喜面圓。不習儒風不義手，便遵道教便擎拳。九玄決救離於地，七祖起昇得上天。更對師前當發誓，化人修善結良緣。

折丹桂　繼重陽韻

父師痛教頻頻引。在俗心寧忍。須當酒色氣財捐，到如今，有甚儘。沖和氣脈何勞診。一志修行準。參隨鶴駕縱雲遊，離鄉關，心意緊。

又　繼重陽韻

養家想著心先凜。何必重重審。殘軀已過下坡年，不灰心，更候甚。家緣撆下安然寢。飢渴求餐飲。天機秘訣暗傳來，外琢磨，直要恁。

又　繼重陽韻

父師不住威言引。弟子忻然忍。尋思世事悉皆空，不灰心，且自儘。悟來八脈閑調診。虎嘯龍吟準。修完性命敢遲遲，念前程，生死緊。重陽教化集卷之一

玉女摇仙佩　次重陽韻

我今得遇，把氣財并酒色，心中常滌。縛馬擒猿，牢封緊閉，唯恐精光覷滴。漸漸知空寂。況余今已向，下坡年歷。當歸道、相宜進迪。俗念塵情，慧劍頻劈。憑師教，通關節，要功夫、勤勤妙勣。調引烏龜赤鳳，搬運青龍白虎，同成幽闃。個內得乎，真歡真樂，更不閑搜閑覓。應自然符檄。烹鍊三丹，靈鋒鳴鏑。便散盡、妖魔罷敵。永成嘉趣，性增明皙。無憂戚。蓬萊路、幸知端的。

香山會　次重陽韻

木金交，天地活，真真漸好。澄清湛寂深通奥。祥光瑞氣，把丹砂覆燾。方知得、人能弘道。仙承妙號。定是受、金書誥。玄中妙。淨中來到。心通意曉。這天機大道。當行教，薦赴蓬島。

解寃結　繼重陽韻

風仙符水。陸公藥餌。兩處住，一山一市。遺鈺

居鄽敢相違，便當離此。懷真一、難爲有二。　予非秀士。道通奥旨。認根源，伏降心意。縛馬擒猿覺狂遊，喝聲便止。休相侮、假身是寄。

七寶玲瓏　繼重陽韻

至愚至魯，怎曉妙中玄。便再拜、告風仙。口訣金身長丈六，二十八宿會聖賢。此理方知合自然。　坎虎離龍，蟠繞五方蓮。漸漸得、好因緣。火裏木人能採藥，海底泥牛會種田。迸出靈光入洞天。

金鼎一溪雲　次重陽韻

淨裏傳章句，清中悟句章。通玄達妙得嘉祥。自是絶炎涼。　玉户三封清淺。金鼎一溪雲篆。蓬瀛方丈是家鄉。卧月醉雲堂。

上丹霄　次重陽韻

遇風仙，心開悟，騁顛狂。黜妻屏子便迎祥。逍遥坦蕩，恣情吟詠謾成章。就中行化覓知友，同共聞香。　烹丹鼎，下丹結，中丹熱，大丹涼。不須鍊白更燒黄。自然玉性，萬般霞彩射人光。上丹霄，去住蓬島，永永圓方。

踏雲行　次重陽韻

懇告前言，師前重審。傳來秘訣元來恁。方知我是一鼇魚，素鱗晃日如鋪錦。　坦蕩無拘，逍遥恣任。利名識破干求甚。專歸物外下功夫，清心淨意刀圭飲。

憶王孫　次重陽韻

方知口是是非門。緊閉牢藏舌禍根。訓我無言更不論。削迷昏。性命從今永永存。

踏雲行　次重陽韻

因遇風仙，頭分丫角。從今陡頓忘形殼。攀援愛念上心來，被予慧照先知覺。　景滅澄明，道光遥邈。鑪中露就靈靈雹。功成專待紫書來，胎仙捧出長生藥。

無夢令　繼重陽韻　藏頭

載憂多歡少。所謂父母併亡獨擔火院遇修仙無老。者離家緣，蟻穿珠通道。腦。首腦。郎田生瑞草。拆起十字　重陽教化集卷之二

遇仙槎　繼重陽韻

迷迷苦海遊，緣甚塵抛擺。深謝本師鈞，釣向闕西界。心無喜與憂，化道崇真快。未敢上丹霄，且結金蓮會。

風馬兒　繼重陽韻

意馬顛狂自由縱。來往走、璫滴瑠玎。更加之、心猿廝調弄。歌迷、酒惑財色引，璫滴瑠玎。　幸遇風仙把持韁。便不敢、璫滴瑠玎。待清清、堪歸雲霞洞。渾身白徹再不肯，璫滴瑠玎。

萬年春　繼重陽韻

悟徹梨分，常清常淨新營構。神添秀。食其真母。展出拿星手。　從此收心，磨琢慵開口。通前後。始知元舊。參從風仙走。

報師恩　繼重陽韻、藏頭

云言語已曾聞。下山倜再告君。訣傳來成造化，情咄去没毫分。　圭爛飲醺醺醉，卯相吞燦燦雯。義顯彰真寶録，京山上箇眠雲。　拆起雲字

蓬萊閣　俗秦樓月藏頭　繼重陽韻　攢三拆字

漠。洗滌蓬萊閣。蓬萊閣。浮動，撼搖瓊廓。鑪鍊丹陽藥。鎮日精神惡。精神惡。鈺得訣，無墮落。

又　和重陽韻

清清漠。漂漂運轉蓬萊閣。蓬萊閣。盈盈個內，卽非凡廓。　炎炎火鍊超昇藥。時時虎嘯龍吟惡。龍吟惡。真真驚起，永無沈落。

又　和重陽韻

雲煙漠。往來浮動蓬萊閣。蓬萊閣。虎龍蟠遶，飛昇靈廓。　自然結就金丹藥。亘初真性難生惡。難生惡。功成行滿，得歸碧落。

青蓮池上客　俗青玉案攢三拆字　繼重陽韻

財寶俱捐也。憶些瀟灑。真修無苟且。調暢，自然舒釋。馬回公惹。鑪煉丹難捨。功如冶。山侗成清雅。神彩，莫能摹寫。馬天高下。

又　繼重陽韻

馬風忽爾風風遇。自然得、昭然著。協氣橫橫和氣煦。汞鉛交結，虎龍蟠住。玉馬騑。相曳雲霞步。　根源寂寂靈源聚。元神顯，天神護。道可成兮丹可顧。青蓮池上客，來同赴。金馬駐。直入蓬萊路。

又　繼重陽韻

將來一志環牆坐。没水漉，并泥拖。且望何須人拜賀。有心做小，無心做大。馬自佐。銷滅從前過。　淨清力壯無災禍。見祥雲，朵頭韗。玉户金門封爝火。青蓮池上客，來開鎖。馬感荷。得得真功果。

又　繼重陽韻

元宵内景閑閑看。見雲霧、風吹散。洞裏天晴如碧案。一輪心月，十分明更，性燭非常燦。　靈臺結個燈毬煥。慧照中間按。不使三尸分片段。青蓮池上，客來推要，混入長生觀。

黃鶴洞中仙　俗卜算子　繼重陽韻

得遇無思算。自是能明象。極謝風仙特地來，把我專專喚。　要脱輪迴難，鍛鍊神光燦。真樂真歡永没愁，願作雲霞伴。

又　繼重陽韻

清淨功夫做。自是生玄露。密灑靈苗溉紫芝，漸覺氣神住。　謹謹須當訴。決定參隨去。物外勤修大藥成，同上蓬萊路。

又　繼重陽韻

知味又聞香，因得非凡遇。更説祖師兩個來，教我修行賦。　一志訪秦川，鄉井寧迴覷。火滅煙消心死灰，名掛神仙簿。

又　繼重陽韻　前後各喝馬一聲

癸卯到人間，本是非凡兔。因爲玲瓏罰下來，馬氏住。願再修行做。　復遇害風仙，傳得深深趣。黄鶴洞中仙道成，馬風去。直指蓬萊路。

又　繼重陽韻

一個本來容，妙手應難盡。風貌清嚴神彩英，無意馬。永永安閑也。　浮利與浮名，心上何曾掛。黄鶴洞中仙子成，乘雲馬。出入常遊冶。

又　繼重陽韻

因遇出囂塵，終日常顛耍。狂舞狂歌任自然，無意馬。收得靈靈帕。　真水涌來高，真火降來下。黄鶴洞中仙要成，扶風馬。兩曜交光射。

又　繼重陽韻

大悟明明也。大智閑閑也。大道行行應自然，　風風馬。永永逍遥也。　大水高高也。大火炎炎也。大藥輝輝晃寶瓶，真真馬。得得長生也。

又　繼重陽韻

傳得清虚劍。心内深深點。木上金絲來往牽，馬風占。更把風摇颭。　卦象常推漸。功行時時檢。黄鶴洞中仙要成，馬風贍。日有真靈驗。

又　繼重陽韻　藏頭

日風仙活。我惺惺灑。去關西闡妙玄，么馬。宅須當捨。利子無價。事心難掛。德方而著德圓，口馬。月齊高下。

玉鑪三澗雪　繼重陽韻

火院出離勇猛。發心急救殘生。丹田難仗本師耕。豈敢常懷徼倖。　得遇明明有幸。通玄暗暗勤行。便教日午打三更。玉裏掏開金鑛。

又　繼重陽韻　藏頭

別鄉關寧海，持真實爲憑。懷三教作良朋。内日光爲證。　悟清清淨淨，知湛湛澄澄。中養火虎

龍吞。訣傳來游泳。拆起永字

黃鶴洞中仙　繼重陽韻　藏頭

褒悟傳燈，鍊真如鏡。把光輝，滿載驅風省。視風輪瑩。内顯瓊釭面。靈童静。肯婪塵復載馳。風惺月仙家景。拆起京字

定風波　繼重陽韻

做個逍遥出世人。都緣傳得好根因。收聚瓊花香馥郁，新新。自然不住飲甘津。　便把虛無常作伴，更將清淨永爲鄰。貪養胎仙寧著假，真真。真貞能占萬年春。

超彼岸　繼重陽韻

家緣不藉。遇風仙傳得，修補清虛之架。懶裏尋慵，慵裏更尋閑暇。上街來，除我相，先乞化。　木人箭指雲溪射。覓正中周，天通明八卦。見粒神丹，燦爛果然無價。水雲遊，訪秦川，行教化。重陽教化集卷之三

水雲遊　繼重陽韻

不住不住。火院當離，深宜别户。害風仙、化我扃門，這修行須做。　腥羶戒盡常餐素。掛體唯麻布。待百朝、鎖鑰開時，效吾師内顧。

又　繼重陽韻

玉性玉性。玉户牢封，金門緊釘。玉房中、見個驪龍，玉虎來吞併。　玉關能啓通捷徑。玉童傳宣令。玉皇天、至矣無私，玉詔令番定。

又　繼重陽韻

思算思算。妻妾兒孫，休來戲翫。這寃親、繫脚繩兒，宜一刀兩段。　靈源悟徹元燦爛。這一番更换。馬風子、辭别家鄉，與風仙作伴。

爇心香　次重陽韻

此個扶風。幼習儒風。遇風仙、傳得清風。風狂便做，總笑余風。這風風風，風得煞，似心風。　脱俗宜風，離境收風。向玄關、要捉雲風。香風不

斷，悦我松風。待好風來，靈風至，便乘風。

恣逍遥　繼重陽韻

二氣綿綿，調來細細。向瓊壺裏頭封閉。子午宫前，玉金周濟。這玄妙分明，免教商謎。天上靈苗，海中根蔕。霞光布燦無涯際。忽見真容，如同玉膩。通元始修行，在乎子細。

神光燦　繼重陽韻

風仙鎖户，馬鈺辭巢，寂然澹乎自持。了幹根源，豈肯攀戀妻兒。識破氣財酒色，憑清淨、固養靈芝。當下手，暗修完功行，不許人知。隱密藏機蓄響，便須常做個玉褐懷披。潑殺無明火燭，自是心慈。忍辱得何味況，善芽生、仙佛常隨。通玄妙，這真功，却是無爲。

無調名　繼重陽韻

重陽仙，設芋栗。贈我夫妻莫前失。要知命。要知性。從此超凡要入聖。妙玄知。妙玄知。身中子午倒顛時。水鄉無漏金丹結，自然雲步赴瑶池。

真歡樂　繼重陽韻

酒色氣財關遠鑰。事務簡、當而略。方堪可、水裏尋金，固元初、修持仙藥。鍛鍊須教明更灼。祥煙自然磅礴。這個好功夫，並無些爲作。　昏昏默默無依託。湛澄中，有期約。真消息、只在靈臺，對雲霞、瓊林花萼。燦爛光輝真漸爍。性靈靈、有何佳作。闡大道清吟，顯清歡清樂。

爇心香　繼重陽韻

此個扶風。不會祥風。遇風仙、傳得玄風。奇哉風味，清淨家風。這一般風，風得好，屏淫風。施布仁風。闡出祥風。教風行、處處聞風。知風妙趣，捨俗如風。補破傷風，風光好，得真風。

玉花洞　繼重陽韻

得其真遇，怎敢怠慢，勤修功果。緊擒意馬，無令顛劣，便把心猿鎖。逢魔逢難全然可。蓋謂無煙火。本師説破。元初這箇。爭甚閑人我。

無夢令　繼重陽韻

師父今朝傳燭。塵事不堪齒録。離別富春姑，各自鍊烹金玉。聽屬。聽屬。了了真如願足。

爇心香　繼重陽韻

仙侶王風。來化扶風。啓虔誠、特顯家風。出神入夢，跨鶴乘風。要馬風風，風取信，便隨風。見景投風。藉甚儒風。脱家緣、故做心風。不迷假相，直認真風。更捉風飈，乘風馬，駕雲風。重陽分梨十化集卷上

黄鶴洞中仙　繼重陽韻

不敢心狂走。極謝師真守。芋栗今番六次餐，美味常甘口。不作東牟叟。不戀東風柳。參從風仙物外遊，共飲長生酒。

黄河清　繼重陽韻

師父專專封閉户，非干固濟雲洞。亦非誇衒，能受三冬飢凍。爲我愚頑戀俗，用機化、玄言必中。等待子自悟知其愚，捨家物外拿弄。怡然頓覺元初，捐塵累，便烹鉛更烹汞。於澄湛中，保養神珠爲貢。直待功成行滿，恁時節、携雲跨鳳。赴蓬萊島，仙童遠遠來迎犴。

憶王孫　繼重陽韻

風仙師父妙談論。説透無爲清淨門。舌上甘津味得吞。溉精魂。陰裏陽生萬劫行。

玉京山　繼重陽韻

慷慨男兒跳出來。名韁並利鎖，豁然開。宜乎了幹死生災。超彼岸，休望再頭迴。師父教言催。道裝當結裹，没心推。任教妻子哭哀哀。闕西去，做箇駕雲材。

臨江仙　繼重陽韻

大悟立身蓑笠好，遇投相應迴頭。訓予全道號無

憂。慧眸觀玉洞，雲步上瓊樓。 赤雁頭鑽清晏地，白鷗足捧浮漚。兩般混合最休休。要除三界苦，堪把一靈修。

黃河清 繼重陽韻

九曲黃河流轉九，陽陰逆順清淨。九池之內，涌出龍泉端正。九會亘初湛寂，九關現、靈波永定。美芝祥瑞天然秀，九莖自是無影。 九霞覆鼎澄輝，九還火，鍊神丹轉光瑩。九玄神，先要救，攀仙肩並。九九重陽口訣，暗傳得、非凡游泳。累真功行將來去，九霄參聖。

臨江仙 繼重陽韻

八識通知心已定，徧觀物物皆陰。不如留意則追尋。水中閑養火，玉內要生金。 直待陽純丹不漏，恁時可稱知音。超然雲步上瑤岑。不勞極目望，自見好光臨。

莫思鄉 繼重陽韻

意馬下功收。不放心猿暫出頭。一點靈明歸太素，何求。通六幽微罷運籌。 芋栗更閑搜。知味聞香識破鄰。須向空中尋響亮，無休。真樂真歡散盡愁。

望蓬萊 繼重陽韻

通真九，通真九，箇內下功裁。便使龍蛇騰地去，却教雲鶴下天來。晨看暮潮迴。 白蓮綻，白蓮綻，自有碧蓮開。清淨門中通出入，無爲路上免搏猜。定是到蓬萊。

虞美人 繼重陽韻

馬風得遇心塵少。通得玄中妙。自然恥戴皁羅巾。真息綿綿，營養不神神。 慧燈不住通天照。性命須當了。金鑪便是鍊丹身。坦蕩逍遥，做箇散閑人。

蕊珠宮 繼重陽韻

芋栗又分六箇。遇投三、謂懷真箇。芋者遇也，投三者真人乃三官人也立子三人總忘箇。栗者立也，予子三人皆長立，故有是句細搜尋、就中認箇。中箇性月圓圓箇。真歡樂、不愁些箇。或問扶風因甚箇。報君知，捨那箇，得這箇。

感皇恩　繼重陽韻

鍾呂遺風仙，專行教化。故鎖庵門卽非假。用機誘我，暗剔靈明惺灑。脱家風狂做，棄儒雅。真箇內容，難描難畫。六銖衣光彩，體披掛。手擎丹顆，瑩瑩光明無價。蓋因傳得些，非常話。

報師恩　繼重陽韻

今朝跪領本師詩。秘密玄機喜得知。勘破萬緣忘假相，滌除六慾起真慈。男婚女嫁休心日，意滅情忘捨俗時。恭從吾師雲水去，將來決定到天池。

無調名　次重陽韻

醉中醒。睡中驚。暗中明。箇中平。心開悟，得前程。

悟南柯　繼重陽韻

立遇心通徹，清香味得餐。水中紅焰結成團。雪裏瓊花，爛漫不凋殘。性燭明金闕，神丹晃玉盤。齊修六度與三壇。出自吾師，內景自然看。

玉堂春　繼重陽韻

玉悟金通，心心從教化。玉虎金龍，時時相迓。玉灩金波，澄澄成次亞。見玉溪中，産玉芽。玉葉金枝，榮榮無朽謝。玉姹金嬰，閑閑看舍。玉户金關，明明開上下。唱玉堂春，賞玉花。重陽真人分梨十化集卷下

賀聖朝　二首贈王司公

祥煙瑞氣常敷布。便覺心歸素。世人爲處我無爲，更無思無慮。絳房姹女嬰兒聚。慧目看烏兔。斡旋離坎兩交宫，這些兒誰悟。

又

衣裝紙襖并麻布。固亘初元素。風前月下撫心琴，並無些塵慮。雲朋霞友常相聚。看飛烏走兔。

玉中養就紫金丹，這些兒誰悟。

采桑子　出家入道（原調誤作卜算子茲據律改）

扶風全道名通一，道號無憂。見畫骷髏。猛烈收心事事休。四旬有六霜侵鬢，拂袖雲遊。休要剛留。譬似無常限到頭。

又

行屍走骨貪名利，分定剛圖。不念身軀。皮與骷髏作殯居。勸人割斷攀援索，跳出紅爐。整頓元初。有箇山侗著力扶。

又

山侗捨俗投玄趣，結正良因。深謝師真。便做道遥自在人。我今誓不東歸去，死在西秦。骸骨雖塵。不與兒孫葬海濱。

又　重陽師父百端誘化，予終有攀援愛念。忽一夜，夢立於中庭，自嘆曰，我性命有如一隻細磁椀，失手怕碎。言未訖，從空椀墜，驚哭覺來，師翌日乃曰，汝昨晚驚懼，纔方省悟

吕公大悟黃粱夢，捨棄華軒。返本還源。出自鍾離作大仙。山侗猛悟細磁夢，割斷攀援。鍊汞烹鉛。出自風仙性月圓。

又

内容未顯名先顯，事可傷悲。壞道根基。失了元初更怨誰。尋思懵懂勝伶俐，做箇憨癡。無作無爲。綴甚閑詞寫甚詩。

又　誓死赤脚，夏不飲水，冬不向火

我今誓死環牆内，夏絶涼泉。冬鄙紅煙。認正丹爐水火緣。師恩欲報勤修養，鍊汞烹鉛。行滿功圓。做箇蓬瀛赤脚仙。

探春令　贈王知玄

洞天幾陣清清雨。遥指瓊林堪覩。一條玉杖，隨行探得，性内金蓮吐。嬰嬌女姹來相聚。更有真龍虎。自然顯出，祥光覆載，一箇靈明主。

惜芳時　贈李官人

伊子癸卯同生世。不覺流年五十二。我先入道搜玄理。自然不敢相遺你。無分晝夜常留意。詩曲謾書千幅紙。勸公早把家緣棄。免交失脚黄泉底。

又　贈無欲盧守慈

清清淨淨祥雲脚。九竅内、往來交錯。誰知妙用緣無作。自然理鍊成丹藥。驪龍吐出神珠爍。現萬道霞光罩却。虚堂瑩徹添光灼。蓬萊路、有些期約。

楊柳枝　贈趙道濟

日裏金鷄叫一聲。夢初驚。清風枕上有餘清。酒初醒。霧卷雲收天似水，月初明。虚堂寂寂絶塵情。性初平。

又　寄四鄉先生

楊柳枝詞掃一篇。寄誰邊。一于一郝二劉仙。訴些言。好與丘劉譚馬子，共搜玄。九還七返行功全。去朝元。

又　贈雲中子蘇鉉

猛棄榮華兒女妻。悟玄機。騰騰兀兀任無爲。做憨癡。雲水不遊芳草徑，内行持。功成行滿獨何之。赴瑶池。

漁家傲　自覺

夢見嬌妻稱是母。又逢愛妾還稱女。因爲前生心不悟。心不悟。改頭換面爲夫婦。從此山侗常恐懼。那堪更得風仙度。決要淨清清淨做。清淨做。紫芝彼岸通玄路。

又

七十光陰能幾日。大都二萬五千日。過了一日無一日。無一日。看看身似西山日。不做修行虚度日。悟來豈肯經終日。斡運洞天真月日。真月日。蟾宫裏面擎紅日。

又　贈孫姑

奉勸孫姑修大道。時時只把心田掃。殺了三屍并六耗。無煩惱。常清常淨知玄奧。　休問異名爐與竈。沖和上下通顛倒。鉛汞自然成至寶。　非常好。霞光簇擁歸蓬島。

又　贈衆師兄

奉勸同流聽仔細。斷葷戒酒全容易。不戀浮財渾小事。深可畏。輕輕觸著無明起。　大抵色心難摒棄。算來斷制須由你。便把如讎如活鬼。　宜遠離。至於夢寐須回避。

又

叮囑庖人常作善。殷勤供養人休倦。莫把煎湯傾地面。攤涼冷。恐傷蟲蟻行方便。　日用柴薪并米麵。無抛無撒無奢儉。内外淨清忘俗念。　真堪羨。將來決得居仙院。

又

牛駕重車逢惡路。奈人不顧艱難處。加力用鞭鞭不住。鞭不住。牛兒忽作人言語。　你爲養家予受苦。我今憐汝須詞訴。你若今生心不悟。　心不悟。我身便是將來汝。

柳梢青　和古詞韻二首

悟箇不生不滅。更不肯、拈花摘葉。忻則高歌，醉眠芳草，夢遊仙闕。　有時普勸人人，莫訝我、丁寧切切。走骨行屍，貪財競色，枉銷年月。

又　藏頭

輪不催生滅。焰裏蓮開五葉。得金花，成芝草，分無闕。　生馬鈺愚人，然悟家緣痛切。劈恩山，明千古，談心月。

迎春樂　贈汝先生

身中應候騰清秀。何須律管泥牛。芝田憑仗雲耕透。更無用，扶犁手。　養生布德功夫就。黄芽遍吐勝花柳。玉洞彥胎仙，自然飲，長生酒。

又　贈劉先生

斗杓運轉初臨陣。自然陽氣騰騰。那堪青鳥傳消信。土牛擊，知時分。日行西陸金光瑩。黃芽瑞草靈芝潤。賞翫九還丹，開瓊宴，宜齊整。

玉樓春 贈姜道全

先生飲罷瓊漿酒。卧月眠雲閑弄斗。依時斡運不交差，這箇功夫憑匠手。滿堂金玉無中有。國富民安神氣秀。玉樓春色十分奇，不是鶯花并綠柳。

夜遊宮

識破塵勞苦。苦樂清閑，恣情歌舞。有似孤雲來又去。没牽纏，得逍遥，内自補。日夜調龍虎。時時姹嬰相聚。養就神珠空裏吐。放光明，現元初，相貌主。

玉堂春

閑論修持，修持非草草。猛捨家緣，方求大道。滅盡無明，如軻能養浩。肯逐人情似桔槔。 鷇食鶉居，自然無煩惱。垢面蓬頭，心田頻掃。金木相生，就中成至寶。便覺靈光出一毫。

踏雲行 三十首 贈曹仙、甘仙、張仙同居煙霞洞

兩縣三仙，一心同處。遞相傳授玄玄語。水雲溪畔樂逍遥，煙霞洞裏忘思慮。 鍊汞烹鉛，調龍引虎。静中結正三田主。功成跨鶴去朝元，大羅天上爲仙侶。

又

自在閑人，逍遥烈士。清貧快樂忘塵事。風前月下撫心琴，龍吟虎嘯來參侍。 或隱山林，或居鄽市。勸人回首頭頭是。塵中誘化結良緣，雲朋霞友應翘俟。

又 贈呂守真

此箇姑姑，謫仙姓呂。肯來販骨爲商旅。蓬頭垢面道家風，雲朋霞友非凡侶。 莫騁容儀，一團臭

腐。恩情劈碎非斤斧。心灰念斷樂逍遥，大羅天上居仙府。

又

六出飄颻，萬峯聳翠。瓊花隕地風吹起。穿簾透幕逞逍遥，人前故要呈祥瑞。　漁父莎披，子猷興至。高陽酒價重增貴。萬民何事有餘歡，來年定是成豐歲。

又　贈馮守慈

男女雖親，死生難躲。浮名浮利浮雲朵。萬緣一擊恰如無，長生路上修仙果。　玉户頻開，金關緊鎖。靈珠裏面持經課。功成輕舉踏雲行，大羅天上端嚴坐。

又

重遇重陽，重重悟道。扶風馬子何愁老。調龍引虎弄明珠，明珠出路應須早。　以鈺爲名，字呼玄寶。雲中子得爲佳號。木牛小字字山侗，山侗指日登仙好。

又

重到興平，廣開言路。驀然興盡思歸去。踏莎行計指長安，願人早早心開悟。　貧富由天，子孫陰注。算來分定休思慮。聞身康健速修持，真誠博箇真師度。

又　贈無爲散人

三髻山侗，拜聞張氏。看人布施終非是。臨淵休羡錦鱗肥，退而結網脂瞻視。　欲住蓬瀛，何勞翹俟。蓬頭垢面忘塵事。焚香百拜本夫心，同修願繼龐居士。

又　贈丫髻姚玄玉

丫髻之中，明藏兩吉。師名頂戴休更易。鍾離昔日亦如斯，姚公仿效寧無益。　性燭修完，命燈挑剔。靈光朗照知無極。迎仙客唱踏雲行，瑤臺月裏投端的。

又　師父贈譚仙詞曰，張公喫酒李公來，李公奪了張公飲，擊發鈺謹和

豁豁洋洋，詳詳審審。仙家出語何須恁。山侗自揣一鼇魚，金鱗晃日如新錦。　雲水逍遥，身心恣任。欲爲上士相争甚。大家共喜白衣來，玄中玄酒宜同飲。

又　師父引馬鈺上街求乞

不説龜毛，無論兔角。幻軀閑想如蟬殼。怎生亦得顯金容，算來全在心知覺。　志不回環，道非遥邈。洞天白雪成紅雹。化爲自在箇靈童，自然掌握長生藥。

又　茶

絶品堪稱，奇名甚當。消磨睡思功無量。仲尼不復夢周公，山侗大笑陳摶强。　七椀盧仝，趙州和尚。曾知滋味歸無上。宰予若得一盃嘗，永無晝寢神清爽。

又　道士索

東布煙蘿，西排雪柳。秦川渭水添清秀。四方八表湧金蓮，祥光瑞氣輕輕覆。　九轉經營，一時功就。自然玉殿成無漏。三清高坐寶花臺，誰知此景無中有。

又　赴劉公齋

玉液瓊漿，調和玉屑。便教玉案堆冰雪。須憑玉杖作良工，捍成玉餅輕輕疊。　驀聽金聲，金刀細切。金爐裏面烹無歇。馨香軟美喂金牛，金牛飽後無生滅。

又　葡萄

根蒂蟠虬，龍鬚圍繞。枝枝葉葉青青好。三光照曜結雲棚，就中幾穗非常寶。　初似琉璃，終成碼碯。攢攢簇簇圓圓小。數珠相似恐人偷，馬風喫了歸蓬島。

又

三髻軒昂，一般仙格。宜乎花戴青黄白。這些道
意少人知，馬風再遇親傳得。欲要修持，須依法
則。日來月往通關脈。烹鉛鍊汞結金丹，功成行
滿蓬瀛客。

又 全真堂竹簾

白刃持籥，青絲作線。一經一緯挨排遍。功成不
敢掛茅簷，全真堂裏垂方便。隔斷塵囂，内容自
見。閑閑不用他人捲。月鈎高鈎入青霄，恁時争
看扶風面。

又

馬鈺平生，心平性善。因師釣出牟平縣。逍遥坦
蕩過東平，平安無事身康健。得到興平，治平
爲念。清平快樂無征戰。雲遊地脈太平宫，平平
穩穩行方便。

又

偶爾心明，自然靈感。寶珠出入驪龍頷。真常常
應顯昭彰，性通通達無昏暗。處世慳貪，則吾豈
敢。緼袍共敝而無憾。争名競利我輸君，眠雲卧
月君輸儌。

又 真武宫道士索

真武藏機，真君棄假。榮華富貴須當捨。手持慧
劍殺三尸，龜蛇一氣相迎迓。靈應通明，神清幽
雅。知白守黑些兒話。願人省悟踏雲行，好來相
伴扶風馬。

又 謝李師叔鞋

高尚先生，先生姓李。憐予鄉遠三千里。教言滋
味勝瓊漿，尋思不讓元王醴。見贈予鞋，鞋非鞋
履。藏機隱密傳玄理。從今無分踏紅塵，有緣走
上青霄裏。

又 贈駱進道先爲鐵匠

跳出紅爐，身無燒烙。水雲遊歷非流落。晨昏調
弄自然琴，清清滋味勝酥酪。逗引靈童，常交歡

樂。八渠流水成瓔珞。兀誰占得此家風，知新進道長安樂。

又　贈張公

不惑之年，心宜不動。常思玉杻金枷重。無常一著可傷悲，悟時速把良緣種。　鄙了惺惺，裝成懵懂。修完內貌頻看供。功成行滿去朝元，瑞雲襯步香風送。

又　先祖兄弟四人，因唐末去山東，一居萊陽，一住黃縣，一在文登，一居牟平

祖住雲陽，嵯峨山下。自來生計之乎者。却因唐末去東牟，到今三百餘年也。　數世哀榮，不堪重話。我今因遇家緣捨。水雲遊歷入潼關，超然顯箇還鄉馬。

又　作壽之生日，設醮索詞

謹寫青詞，專修黃籙。香茶酒果并香燭。　鐘聲磬韻透青霄，科儀款款當宣讀。　瑞氣氤氳，祥煙馥郁。金童玉女傳言速。不惟壽永過松筠，仁人可以同仙福。

又

遍室清涼，滿堂功德。四方八表無遮塞。　靈光萬道出崑崙，人前豈敢誇仙格。　緘口無言，灰心有則。姓名已録華胥國。逍遥自在看長安，金花玉蕊親收得。

又　謝于公鞋

走入玄門，牽回白鯉。綴詞感謝吾儕履。　從今步步出紅塵，無心著去觀桃李。　採訪幽微，搜尋至理。因師大悟離鄉里。一朝功滿踏雲行，邀公同去青霄裏。

又

耳聽金經，口飡玉餅。手持象管書心印。　雖然事事競相縈，真如不動常清淨。　欲要靈明，須磨內鏡。居塵不染真常應。真常應後顯胎仙，胎仙顯

後真常定。

又

捉住飛烏，牢擒走兔。二輪日月常相聚。光明照耀洞中天，清清雨降如甘露。　撥散浮雲，寧留薄霧。蓬萊仙子時時遇。從斯道號號丹陽，將來決定朝元去。

又　贈薛公　藏頭

敢輕傳，專祕訣。談豈比尋常說。田震地坎離攢，珠顆顆須調攝。　子佳人，然離別。圭欲鍊朝金闕。生馬鈺踏雲行，嚀囑汝心猿歇。

卜算子

人識山侗字。誰曉山侗意。大貌山侗人倚山，故作山侗謎。　財色山侗棄。玄妙山侗祕。一日山侗樂道成，永占山侗位。

又

燕至清明近。花到清明盛。奉勸清明遊賞人，別有清明景。　我得清明永。曠劫清明淨。一點清明無價珍，便是清明性。

又

我爲中秋說。休賞中秋節。外景中秋不益人，内景中秋別。　心到中秋歇。塵自中秋絶。金遇中秋結大丹，性似中秋月。

又

灑掃陽關路。開闡陽關户。此箇陽關無點塵，堪餞陽關侶。　既得陽關趣。怎肯陽關住。放出陽關成道人，起自陽關悟。

又

師父重陽號。鍊就重陽寶。紫詔重陽赴玉京，方顯重陽好。　我爲重陽到。菴爲重陽造。特爲重陽守服居，符合重陽道。

又

我遇重陽悟。曾得重陽趣。鍊就重陽絶盡陰，陰就重陽著。性命重陽聚。三曜重陽輔。不到重陽不做仙，仙自重陽做。

又　和師韻

業重多思算。豈悟爻和象。深謝風仙特地來，便把頑愚喚。忿怒常思難。性燭須教燦。真樂真歡散盡愁，師弟常爲伴。

又　帶喝馬一聲

終日駕鹽車，鞭棒時時打。自歎精神久屈沉，如病馬。怎得長遊冶。伯樂相師來，見後頻嗟訝。巧計多方贖了身，得志馬。須報師恩也。

又

天地水三官，下界吹龍笛。驀聽開元虎嘯聲，風伯雨師寂。至孝養孀親，紅錦虵吞鼈。六路青牛駕寶車，顯聖功端的。

又

干祿已無心，唯應三清舉。鍾呂天差作試官，取捨非詩賦。考校實修持，功行三千數。相應希夷得自然，名録神仙簿。

恣逍遥　贈韓守玄

恣意逍遥，逍遥恣意。逍遥自在無縈繫。行坐逍遥，逍遥似醉。逍遥到處，似雲似水。悟徹逍遥，逍遥養氣。逍遥裏面修仙計。這個逍遥，逍遥無比。逍遥去蓬島，十洲有位。

長思仙　茶

一槍茶。二旗茶。休獻機心名利家。無眠爲作差。無爲茶。自然茶。天賜休心與道家。無眠功行加。

又

紫芝湯。紫芝湯。一遍煎時一遍香。一盃萬事忘。神砂湯。神砂湯。服罷主賓分兩廂。携雲現玉皇。

又　與劉處玄並示孟四元

看陽劉。看陽劉。福杖心持占岸頭。眠雲枕逆流。萬緣休。萬緣休。金木相生性轉柔。丹成赴十洲。

又

夢軒轅。棄田園。難繼夷門孟四元。惟修性月圓。縛心猿。認根源。小小虵兒俯視黿。陽純禮太原。

又

遇重陽。牧青羊。不著虚名遠遠揚。惟修性日暘。慕荀揚。樂飄颺。豁豁洋洋豁豁洋。通玄風害佯。

又　往南京搬取風仙靈櫬

馬風乾。有微言。一別風仙恰二年。思心似倒懸。去無緣。闕盤纏。乞化長安自肯錢。成人在衆賢。

又

馬山侗。馬山侗。與箇丘仙和不同。心交有始終。合西東。合西東。慧目相看別有功。時時現内容。

又

正家豐。不争鋒。猛烈灰心王害風。先歸三島峯。馬山侗。過臨潼。三髻頭梳似小童。專專化箇同。

又

入南京。赴蓬瀛。顯出王風九轉成。超然得上昇。寵何榮。辱何驚。三髻山侗絶利名。何愁性不靈。

又　贈小張仙

小張仙。小張仙。款款搜尋汞與鉛。先須縛馬猿。氣綿綿。氣綿綿。龍虎相交玉蕊鮮。金丹一粒圓。

又　贈任仙

左擎蒼。右牽黃。昔日存心飛走忙。如今萬事忘。飲瓊漿。宴明堂。瑞氣祥光入絳房。無中得弄璋。

又

爇銀釭。虎龍降。自在逍遥吸九江。從思惡肉腔。結紅霜。赴蓬莊。萬朵金蓮簇寶幢。方知好道龐。

又　寄長春子丘通密

長思仙。長思仙。思憶長春子最賢。何時得面圓。展花牋。展花牋。寫就清吟三兩篇。專憑鸞鶴傳。

又

功要圓。行要圓。修鍊身中子母圓。何愁性不圓。喜團圓。十分圓。雲水風邀月正圓。無分晝夜圓。

又

遇重陽。夢純陽。爇起心香禮正陽。三師助我陽。鍊陰陽。固元陽。五色霞光簇太陽。雲中子抱陽。

又

酒初醒。夢初驚。幻化何須戀利名。灰心遠世情。月初明。性初平。倒泝清流過玉京。黄芽漸漸榮。

又

屋貪多。地貪多。不若灰心厭事多。崇真利益多。天如何。地如何。富貴榮華待若何。輪回奈我何。

又　贈魏害風

害風仙。害風仙。萬事俱忘理太玄。調和汞與鉛。結金蓮。結金蓮。九轉功成性月圓。超凡入洞天。

又　贈零口權先生

出家兒。處無爲。至死如同初出時。何愁道不知。內慈悲。外憨癡。絶慮忘機無執迷。刀圭有分携。

又

朝清清。暮清清。清淨清閑清淨清。清清清更清。抱靈靈。固靈靈。靈顯靈明靈顯靈。靈靈靈更靈。

又

壘浮圖。壘浮圖。悟徹浮生惡假軀。回頭認本初。莫踟躕。莫踟躕。急急修完無價珠。功成蓬島居。

又　贈衆女姑

女姑聽。女姑聽。學取麻姑至淨清。依他妙善行。莫惺惺。莫惺惺。外做憨癡內自靈。功成赴玉京。

又　贈六曲社丁李張三道友

休哀人。休哀人。急急灰心哀自身。回頭結善因。早搜真。早搜真。營養身中神內神。功成禮洞賓。

望蓬萊　十七首首化姚玹

破故紙，綴襖可防風。坐卧不愁寒水石，雪中敢採麥門冬。從此得蓯蓉。浪蕩子，常有自然銅。鼎內朱砂烹鍊就，天仙子入白雲中。蟬殼顯山侗。

又

馬風子，獨自賞元宵。剔正命燈勝白晝，放開心月透青霄。掌握紫芝苗。金童舞，玉女更吹簫。酒飲瓊漿雖是美，有些閑事不逍遥。惟恨少知交。

又

馬風子，因遇棄榮華。乞覓殘餘爲活計，真清真淨做生涯。烹鍊白朱砂。人莫笑，一志實堪誇。大道朝聞甘夕死，水清玉潔絶纖瑕。不敢辱師家。

又

馬風子，昔日在迷津。尋箇出期真没計，欲知山上路兒真。須問去來人。風仙至，端的話良因。指我一條真捷徑，無差無錯越紅塵。晝夜感師恩。

又

馬風子，忽想在家時。火院熬煎無限苦，心驚膽戰哭聲悲。悔恨出離遲。號咷罷，感謝我真師。鈞出凡籠修不二，逍遥自在處玄機。有分看瑤池。

又　聞蟬

秋蟬噪，聲細又聲長。飲罷飡風聲不困，聲聲都了顯行藏。使我起悽惶。堪嗟嘆，模樣是蜣蜋。尚自超然蟬退去，爲人寧忍昧三光。急急養鉛霜。

又　八日

來朝九，今日訪龍山。預賞黃花先落帽，免教鄭谷嘆多端。終要久長難。馬風子，別話一般般。性結重陽花馥郁，萬年千載不凋殘。永永有餘歡。

又　九日吟

酬佳節，争賞菊花忙。盡説陶潛深得趣，孟嘉落帽興偏長。終久落空亡。馬風子，別有好風光。陽裏養陽陽養處，水牛牽向牧牛場。永永慶重陽。

又　十日吟

今朝菊，人見意闌珊。祇是秋香經一夜，致令鄭谷嘆多端。終要久長難。馬風子，別有一般般。萬頃白雲知去處，金蓮花朵不教殘。永永道人歡。

又

尋大道，不在路迢迢。雲水清閑真自在，姹嬰相伴做逍遥。此理有誰消。馬風子，悟徹十分喬。兩脚輕狂街上舞，往來獨許弄風飆。明月杖頭挑。

又　道友修菴

丘與馬，人道絶貪求。欲報師恩常念念，三年守服豈能休。何處好藏頭。舊居址，深謝許同修。但願我公同我志，同心同德做同流。同步訪瀛洲。

又

外顛倒，愛欲似寃讎。富貴榮華都不顧，人情濃處急抽頭。物外做持修。内顛倒，真火戲清流。六月降霜麻麥秀，三冬時雨潤丹丘。雲步訪瀛洲。

又

修大道，何必住深山。混俗和光都看破，萬千塵冗不相干。別有一般般。馬風子，閑裏更尋閑。見箇木牛哮吼走，路逢石女笑癡頑。喝去入長安。

又

馬風子，業障忒愚頑。不認洞天真供養，却迷俗禮假修完。心意怎清閑。著外境，欲要塑師顏。建塔修堂並立石，不思施主出錢難。罪業積成山。

又

馬風子，創置屋三間。動土興工經一載，殺傷蟲蟻命須還。死墮鬼門關。錯中錯，追悔亦應難。造下業緣須受苦，刀山劍樹定躋攀。怎得列仙班。

又　羅公上樹隔環牆乞詞

馬風子，不悟壞修行。雖在環牆居處穩，詩詞引出假聲名。惹得不安寧。誇伶俐，却是不惺惺。自愧隱身身不密，空成潦倒白頭生。怎得赴蓬瀛。

又　春日鄠縣道友索

真消息，律管定春期。應候土牛先擊碎，芒兒閑散獨何之。此理有誰知。馬風子，憑仗做修持。恰到人牛俱不見，澄澄湛湛入無爲。正是月明時。

西江月　三十四首　自勉

識破家緣冤苦，忻然跳出鄉閭。秦川秀處作庵居。永住永住永住。物外逍遥自在，如今寄甚家書。還鄉便得赴仙都。不去不去不去。

又　長安運同惠道袍

昨日道袍破敝，今朝便著新衣。有人問我這因依。且顯同知厚惠。又恐著他華麗。棄之更不生疑。道家蓑笠最相宜。貧後安眠穩睡。

又

心内常搜己過，口中不説他非。世人爲處我無爲。

乞食街前不恥。日日飽飡玉蕊。時時爛飲刀圭。一朝引出化生兒，方顯道家活計。

又　贈吳知綱

學道休妻別子，氣財酒色捐除。攀緣愛念永教無。絕盡憂愁思慮。不得無明暫起，逍遥物外閑居。常清常淨是功夫。相稱全真門户。

又

學道休迷導引，不宜修飾容儀。相違世俗處無爲。生計水雲無繫。功行修持何幸，施爲殺了三尸。一靈性月越瑶池。奇異方知容易。

又　贈清淨散人

一則降心滅意。二當絕慮忘機。三須戒説是和非。四莫塵情暫起。五便完全神氣。六持無作無爲。七教功行兩無虧。八得超凡出世。

又　贈明月散人

一道經花玉線。二輪日月烹煎。三車搬運入丹田。四海雲遊走遍。五色霞光出現。六情變作青蓮。七真攢聚性圓圓。八臂金剛伏善。

又

地肺重陽師父，吕公專遣雲遊。祕玄隱奥訪東牟。釣我夫妻兩口。十化分梨匠手。百朝鎖户機謀。千篇詩曲拽回頭。萬劫同盃仙酒。

又

不恥蓬頭垢面，不嫌糲食粗衣。不慚求乞做貧兒。不羡榮華富貴。一日功成行滿，仙裳天賜威儀。星冠月帔履雲歸。節步玎璫玉珮。

又

人總貪生盡死，我今認死長生。這般徑路少人行。悟後捨家勇猛。休説玄元難解，我觀容易分明。要君守拙絕多能。天地悉歸清静。

又　贈安静散人俱守極

休要尋龍尋虎，不須搜姹搜嬰。勿勞講論汞鉛精。

盡是虛名惑恁。只要心中清静。無爲便是功成。慈悲相助氣神凝。如此神仙有准。

又

大道都來六字。自然清静無爲。有人依得合希夷。視聽何須眼耳。清静内容歡喜。無爲功就神飛。自然雲步赴瑶池。三島十洲仙會。

又

莫論離龍坎虎，休言赤髓黄芽。勿談搬運紫河車。不説嬰嬌女姹。絶慮忘機最妙，澄神養浩尤佳。無爲無作路無差。豁達靈根無價。

又

守拙宜乎寧耐。曾分秀氣三台。龍吟虎嘯去還來。明月清風自在。五道霞光覆載。神珠養就辭胎。一聲霹靂洞門開。始覺山侗奇怪。

又 贈任守一

一不輕師慢法，二遵清静仙經。三存精氣養神靈。四把塵勞拂盡。五戒無明業火，六除俗禮人情。七擒猿馬未安寧。八味瓊漿得飲。

又

江畔溪邊雪裏。陰陽造化希奇。黄芽瑞草出幽微。別是一般香美。用玉輕輕研細。烹煎神水相宜。山侗啜罷赴瑶池。不讓盧仝知味。

又

海島丘劉譚馬。因師各棄榮華。逍遥自在樂無涯。休論高高下下。不會琴棋書畫。些兒營運無差。眠雲卧月飲流霞。醉後惺惺灑灑。

又

是是非非遠遠。塵塵冗冗捐捐。人人肯肯解寃寃。步步灣灣淺淺。善善常常戀戀。玄玄永永綿綿。明明了了這圓圓。杳杳冥冥顯顯。

又

物物般般認認。常常戰戰兢兢。心心念念恐沉沉。得得來來損損。日日清清淨淨。時時湛湛澄澄。惺惺灑灑這靈靈。燦燦輝輝永永。

又

莫訝馬風厮鬨。人情且要和同。至於行步敢從容。踏地仍懷恐痛。無作無爲妙用。常清常淨真功。住行坐卧逐王風。豈敢心猿内動。

又　勸劉先生夫婦

欲繼許君龎老，撁心自忖須知。同心同德做修持。稍有相違遠離。三箇不如兩箇，兩人談是談非。孤雲野鶴任東西。豈有纖毫縈繫。

又

盡説仙家飲酒，仙家不飲糟槳。自然玉液味偏長。澆溉黄芽榮旺。月下風前清爽。薦盃玉蕊馨香。醉經飽德訪蓬莊。高卧仙宫方丈。

又

學道腥羶不戒，明知斷了慈悲。五辛爽口慾滋基。怎比米精麥髓。一物包藏秀氣。吾門啖素相宜。修持功行稍相虧。怎得長生久視。

又

莫論心肝腎肺。休搜南北東西。勿言震兑坎和離。别有些兒奥旨。吸盡江河淮濟。星辰日月輝輝。精神氣血赴丹池。便得超凡出世。

又

運用無時不可，悟來有甚羞慚。前三三與後三三。欲漏天機未敢。顧我完全玉性，勸人省悟銀蠶。好歸物外訪玄談。認箇不增不減。

又　贈姚守清李守静

學道須離火院。搜玄參訪良緣。守清守静絶般般。乞覓於身大便。雲水須明内外，牢擒意馬心猿。萬緣不著得神全。酬了修行大願。

又　贈党先生

心坐勝如打坐，心灰自没心猿。形如槁木自安然。

物外般般怎染。養氣勿勞呼吸，頤神全在抽添。雲房深處永綿綿。産箇胎仙出現。

又　贈孫先生

學道完全性命，養身乞覓殘餘。真功清淨證元初。真行救人疾苦。此外並無作做，心同鷇食鶉居。逍遥自在恰如愚。應過三清仙舉。

又　赴胡公齋

我會調和美饍。自然入口甘甜。不須醬醋與椒鹽。一遍香如一遍。滿滿將來不淺。那人喫了重添。虚心實腹固根元。飽後雲遊仙院。

又　贈段知一

道隱身披布素，心慈口遠肥甘。逍遥物外住雲庵。昔日作爲豈敢。伶俐番成懵懂，惺惺變作憨憨。段公休説不慳貪。廣佔雲煙似唵。

又

卧化勝如坐化，修行所貴真常。假軀難以做馨香。何必臨歸著相。説破飛昇一著，成仙祇是神光。天宫無用臭皮囊。携去深山掉樣。

又

我欲只言清淨，恐人入道徘徊。闡揚龍虎去還來。初地多便奇怪。我倦論持嬰姹，恐人别意胡猜。誰知男子産嬰孩。回首自然悟解。

又　贈古知觀　藏頭

貌先生姓古。中不講之乎。壬妙處用功夫。道是他省悟。亦玄門得趣。飛玉兔金烏。君相伴化頑愚。意如同數罟。

又　贈悟真（原未注藏頭）

我石榴栗果，金却要公猜。衣引箇白衣來。是人非不採。學非干大道，元嘗養嬰孩。端午正出君懷。印何曾姓蔡。

鳳棲梧

范蠡張良當日悟。得寵還驚，防患尋歸路。若戀功名尖險處。如何刼得蓬莊住。或問扶風緣甚去。京兆風仙，遠遠親來度。便覺靈明常有主。從今直入長生户。

又

物外逍遥修九九。慕樂清貧，寂淨無中有。不謁侯門常内守。脱離天地人三轂。子午門封真卯酉。白虎青龍，對鳳頻哮吼。佛面嬰兒披錦綬。蓬瀛路上堪遊走。

清心月

起念破清齋。貪愛必爲災。靈明何事别三台。竊蟠桃、非止兩三次，因謫降，出蓬萊。豈比楝樑材。仙質肯塵埋。大羅天上好安排。鍊金丹、九轉功成日，重去也，免投胎。

翫丹砂

一片無爲霜雪心。自然塵事不能侵。長舒雲袖舞雙林。九轉丹砂生紫霧，一溪白玉養黃金。山侗唯恨少知音。

又

物外修持物外園。搜玄搜妙認根源。牢擒意馬與心猿。先把虎龍收在鼎，自然鉛汞得歸元。神凝氣結性團圓。

又　過渼陂道友索詞

若非雲遊到渼陂。争知此處隱瑶池。人人怪我不留題。壁上珠璣碑上玉，交光燦爛有餘輝。何須馬鈺再吟詩。

又　贈趙公

萬種全般教得人。怎生教你絶心塵。悟來方可得良因。怕死自然恩愛斷，忘機决定氣神淳。無爲清淨合天真。

又　寄南京道友

自愧無緣去大梁。亦無心意學賢良。夷門道友我思量。予在環牆調水火，諸公何日絶炎涼。山侗叮囑悟黃粱。

又　因觀無爲庵記憶胡子金

霞友中條胡子金。金波玉灧滌胸襟。襟襟雲水到如今。今看無爲菴妙記，記中字字燦予衿。衿拖光彩怎生禁。

又　贈藥趙仙

一志投玄絕利名。二無塵事氣神清。三光攢聚永安寧。四序不分真造化，五般霞彩結成形。六銖衣掛鶴來迎。

又　思胡子金

好箇中條胡講師。通儒明道達禪機。自然悟解這些兒。石女醉歸金虎窟，鐵牛耕入火龍池。胎仙採得紫靈芝。

又　勸道衆

七十光陰似箭忙。夜消其半可悲傷。那堪日日頓無常。更想上牀鞋履別，尋思戀箇甚郎娘。不如物外做風狂。

又　贈解劉仙

奉勸須看清靜經。脫仙模子好搜尋。湛然常寂理幽深。常處真常常應物，自然無欲亦無心。運行日月作知音。

又　贈劉處玄

無作無爲道庶幾。不須把釣坐漁磯。常清常淨好根基。玉液通傳心絕慮，金光溉濟性忘機。處玄通妙合三機。

又　贈清風散人明月散人

鍊到無心正用功。玉堂深處弄清風。倒顛顛倒結殷紅。萬派寒泉枯藥鼎，一輪明月出圭峯。本來面目赴仙宮。

又　自詠

昔日施爲狡猾心。聞人活路向前侵。暗生荊棘鬧如林。不顧傷神並損氣，欲求積玉更堆金。行屍走骨作知音。

又

今日常行惻隱心。幽微玄妙要人侵。雙垂雲袖舞瓊林。水裏搜尋木上火，火中營養水中金。雲朋霞友作知音。

又　寄呈道衆

澹泊修行不肯行。常憂凍餒逞多能。豈知飽暖慾情生。且恁寂寥瀟灑過，休迷塵事與華榮。常清常靜大丹成。

又　思郝仙

決裂修持是郝仙。孤雲野鶴最翛然。我雖環堵望齊肩。日日鍊心烹藥鼎，時時運火補丹田。功成同上大羅天。

又　贈張山老

休羨羅幃與絳綃。紅爐跳出碧塵銷。玄中玄妙有緣消。顛倒陰陽真了了，不分白晝與清宵。一輪性月上丹霄。

又　贈馬姑姑

玉女瑤仙佩玉瓢。芰荷香裏弄風飆。西江月内採芝苗。九轉功成長壽樂，三田寶結忞逍遥。迎仙客去上青霄。

又　贈王公

玄上玄玄且莫尋。日常除剗我人心。清閑歡樂作知音。莫向靈臺留一物，自然結正水中金。恁時雲步上瑤岑。

又　化卧單

三髻山侗化卧單。諸公休要做艱難。三條乾布有餘寬。每幅度量須六尺，通爲二九體長安。不愁炎暑與嚴寒。

又　贈于瓦甎

瓦甎先生俗姓于。三千里路乞殘餘。逍遥坦蕩稱吾徒。常認此般真活計，自然不受世情拘。修完性月照冰壺。

又 寄趙居士

淨淨清清淨淨清。澄澄湛湛湛澄澄。冥冥杳杳杳冥冥。永永堅堅堅永永，明明朗朗朗明明。靈靈顯顯顯靈靈。

無調名 贈王公疊字調（原誤作翫丹砂）

運三車入寶瓶。花燦爛，玉堂明。光照耀，鬼神驚。散陰魔，精自祕，藏丹顆，性靈靈。明出現，絶多能。

西樓月 勉道友

閑行閑坐閑眠。養丹田。常把東西南北，合和煎。處玄妙。波中燎。用抽添。五彩霞光覆載，一胎仙。

又

常清常淨常閑。脱塵凡。自在逍遥雲水，訪龍山。瓊漿酒。無中有。養金丹。鍊就重陽歸去，列仙班。

抛毬樂 贈岳悟道

情忘念斷生光瑩。自然現澄清景。瓊花滿樹都無影。於中好，掛心鏡。光明燦爛分邪正。這身體終歸糞。元初面目今番淨。專專候，玉童請。

夜行船

祕奧豈愁天地管。處玄機，故然貧懶。守服環牆，高而不短。馬風性，無寒暖。常爇心香慵執卷。師恩報，何時願滿。功行周圓得雲漢。雲步向前相趕。

菊花新

碧洞深藏真景致。黄白花開金玉異。不住有祥雲，甘露降、瑞中增瑞。孟嘉落帽陶潛志。又争知、這頭瞻視。日日慶重陽，功行滿、六銖衣賜。

鍊丹砂

天水搬雲菴。遠勝精藍。雲朋霞友日常參。恰似栽松招引鶴，豈是貪婪。若肯悟清談。管有香甘。田園分付與兒男。欲住蓬瀛先改作，落魄婪耽。

化生兒　和重陽真人

得遇忻然別東州。訪地肺，恣遨遊。水雲自在没憂愁。這攀援，愛念休。保護根元二尾牛。運玉汞，倒顛流。金丹結正不持修。闡玄談，般若舟。

臨江仙

乞覓殘餘真活計，無羞無恥無榮。捨身豈是喂飢鷹。亦非爲虎食，不著假身形。萬種塵勞齊放下，自然神氣靈靈。心猿意馬兩停停。無緣沉苦海，有分看蓬瀛。

又　長安新出家者

此箇隴西明大道，看來俗累難拘。報予天水慕清虛。彭城歸正覺，割愛後來閭。更有段公明慧性，悟來巧變癡愚。山侗聞得證無餘。忻然如大醉，認得本來如。

無調名　贈鳳翔酒郎中

杜康造底。昔日文君，當罏沽底。慕想古來畢卓，親曾偷底。是劉伶，十分偏愛底。帝前李白曾吐底。欒巴起慈，救火遥噀底。司馬相公，常常專專誠底。又争知，是郎中貴姓底。　漸悟集卷上

南柯子　十二首　贈陳三翁

在俗非爲俗，居塵不染塵。如蓮不著水之因。萬卉千花，一葉不沾身。營養心中性，修完身内神。各人了了繼何人。龐老全家，拔宅許真君。

又　予戒酒肉茶果久矣，特蒙公見惠梨棗，就義成亂道一篇

悟徹梨和棗，寧貪酒與茶。我今雲水作生涯。奉勸依予，早早早離家。我得醉醒趣，君當生死趖。同予物外鍊丹砂。九轉功成，步步步煙霞。

又　自誠

兒女心頭盡，田園意上除。金銀財寶與妻孥。物

物般般，屏棄恰如無。却著人情事，堪嗟性蠢愚。不如一撥守清虛。無作無爲，便是好功夫。

又　贈衆道友

心地頻頻掃，塵情細細除。莫教坑塹陷毗盧。常靜常清，方可論元初。性燭頻挑剔，曹溪任吸呼。勿令喘息氣聲粗。晝夜綿綿，端的好功夫。

又　贈馬懷玉

意動心須動，心除意亦除。無無寂寂還無。神氣和同，子母得安居。莫覓曹溪路，何須問尾閭。真清真靜養真如。真樂真閑，真箇好功夫。

又

昨日因何喜，今朝爲甚悲。喜他向道慕希夷。悲則因他，華麗不相宜。既欲搜玄妙，須當做乞兒。蓬頭垢面嘴纍垂。意静心清，便是上天梯。

又　七夕吟

天上初流火，人間乍變秋。鵲橋銀漢瑞雲浮。織女今宵，何處喚牽牛。閨女離閨閤，無愁自起愁。焚香乞巧拜無休。恁肯灰心，守拙列仙儔。

又

夢裏遊郊野，骷髏告我來。哀聲聲切切聲哀。自恨從前，酒色氣兼財。四害於身苦，人心竟不灰。致令萬劫落輪迴。悔不當初，學道做仙材。

又

王與馬相見，心交應宿緣。太原梁苑已昇天。記得當初，留語再相傳。守服須三載，持心更五年。誘人歸善行功全。此箇扶風，重禮害風仙。

又

但願三丹結，何愁兩鬢皤。蓬頭垢面囉哩囉。十二時中，謹謹養沖和。不羡相如志，無心繼伏波。馬風題柱意如何。不做神仙，不過灞陵河。

又

無使名過實，常教實若虚。藏機隱密恰如愚。閑問心王，何處用功夫。性做長生寶，身爲大藥鑪。鍊丹須要飲醍醐。醉臥瓊樓，調弄夜明珠。

又

不羨人先悟，惟愁我未愚。蓬頭垢面嘴盧都。身做行庵，到處得安居。不著人情絆，常教我相除。逍遥自在箇塵無。物外山侗，不解會功夫。

虞美人　遇真人（原無調名，茲據律補）

重陽師父談爐竈。全在心田了。山侗亦認本來真。性停命住，永永是吾神。從今内外成顛倒。漸漸通明道。故將詩曲勸多人。猜得春花秋月好爲親。

惜黄花　和師韻贈長安范公

棄財戒酒。藥囊繫肘。常清静，便把虎龍引逗。心起大慈悲，人人盡欲救。化愚迷、詩詞如呪。休要攀花柳。速修神秀。玉壺中，有箇自然紅狗。日日吠青霄，誰知合著口。更披雲、能飛解走。

無夢令　四十一首　贈景公

物外先生姓景。酒色氣財常警。稍稍覺偏頗，不待他人自儆。自儆。自儆。得步長生内境。

又　贈蓬萊散人

一志孤清守道。十地遍生芝草。百行謹行持，千日鍊成真寶。真寶。真寶。萬劫容光轉好。

又

莫訝邇來栽竹。非戀眼前碧緑。惟愛歲寒心，使我自然不俗。不俗。不俗。清静志堅仙福。

又　贈岳散人

悟道散人姓岳。祕密玄機把握。終日撫心琴，便是蓬萊仙樂。仙樂。仙樂。聒透身中華嶽。

又

物外洞天金雨。澆溉九還之數。猿馬兩澄澄，自是性停命住。命住。命住。産箇胎仙飛舉。

又

三髻山侗愛笑。好弱歸之一笑。不是我如斯，有箇內容欣笑。欣笑。欣笑。真樂自然歡笑。

又 贈京兆權先生

妻妾兒孫一假。金玉珍珠二假。三假是榮華，幻化色身四假。知假。知假。說破浮名五假。

又

一避無涯火院。二避利名縈絆。三避敬欽頻，自是田分三段。堪看。堪看。金玉結成光燦。

又 感師

地肺重陽師父。化我百朝扃户。却欲報師恩，三載顧心環堵。湌素。湌素。體掛靈明紙布。

又

譚馬丘劉四絶。好弱各無分別。因遇別東牟，故訪西秦養拙。養拙。養拙。直要清貧做徹。

又 贈傅散人

此箇散人姓傅。不戀榮華貴富。物外做修持，玄妙性中分付。分付。分付。蓬島將來趨赴。

又 贈李悟道

悟道姑姑姓李。棄了人情俗禮。決裂似男兒，搜獲玄中玄理。玄理。玄理。只在西江月裏。

又 贈紀散人

悟徹人生能幾。筅了滿頭蝨蟣。樂道處真常，十二時中鍊己。鍊己。鍊己。做箇神仙綱紀。

又 贈于面前先生

惆悵煙霞伴侶。堅意辭予歸去。不念我伶仃，守一清清環堵。環堵。環堵。終日無情無緒。

又

志在環牆養拙。是是非非不說。終日似憨癡，逗引箇中歡悅。歡悅。歡悅。便是山侗活業。

又

馬劣猿顛濁夢。虎遠龍蟠清夢。無作更無爲，性住命停仙夢。仙夢。仙夢。氣結神凝無夢。

又

寶殿金門玉鎖。要看搜尋雲朵。無影鑰匙兒，便把轉關剔過。剔過。剔過。自是無昇無墮。

又　長安賈散人

此箇散人姓賈。悟徹身軀是假。急急便投真，物外修完純嘏。純嘏。純嘏。內飲何須持斝。

又　贈宋知柔

歡樂滌除煩惱。清靜自無塵惱。真氣遍三田，結聚琉璃瑪瑙。瑪瑙。瑪瑙。自是還金補腦。

又　贈權知微

權老萬緣一擊。意馬心猿頓歇。杳默湛澄中，無影人人歡悅。歡悅。歡悅。性似清風明月。

又　贈劉先生

不得迎之見首。怎得隨之見後。仰視愈彌高，鑽刺轉加堅厚。堅厚。堅厚。悟徹頭頭觀透。

又　贈元公

德茂元公兄弟。月帔星冠隨意。奉勸更修持，爐鍊丹砂無比。無比。無比。占得蓬瀛仙位。

又

傳語兩宮道士。日用剪除塵事。爐鍊白朱砂，內境內容瞻視。瞻視。瞻視。此際山侗參侍。

又

傳語終南道衆。早把良緣勸種。保守氣精神，調攝烏龜赤鳳。赤鳳。赤鳳。化粒金丹高聳。

又

便把那人喝住。莫使狂行一步。日日處真常，自有神珠堪顧。堪顧。堪顧。共作長生伴侶。

又　贈謝散人

此箇散人姓謝。富貴榮華不藉。猛烈入玄門，修葺洞天臺榭。臺榭。臺榭。自有花開不謝。

又

信步如同雲水。看遍秦川八水。不似棟梁間，萬派逆留神水。神水。神水。便是山侗真水。

又

物外茅齋映竹。一飽殘羹冷粥。樂亦在其中，記得風仙叮囑。叮囑。叮囑。保養靈明性燭。

又 贈安静散人

欲要病源除削。便把塵緣拈却。心上去憂愁，性内真歡真樂。真樂。真樂。此者仙家一著。

又

潑殺無明業火。保守爐中水火。固養本根源，決要水中生火。生火。生火。便是山侗真火。

又 京兆譚急脚索

且做塵中急足。有日清閑願足。隨分更隨緣，自是常常知足。知足。知足。捉住金烏三足。

又 五更寄趙居士

一鼓孤眠内守。寶陸用雲耕透。密種紫芝苗，自是洞天無漏。無漏。無漏。坎虎離龍交媾。

又

二鼓孤眠内守。雲綻遍天星宿。日月兩交光，自是寶瓶無漏。無漏。無漏。起陸龍蛇戰鬬。

又

三鼓孤眠内守。重把玄門頻扣。唤覺箇中人，自是玉關無漏。無漏。無漏。姹女嬰兒携手。

又

四鼓孤眠内守。謹謹小心防寇。慧照破邪魔，自是金精無漏。無漏。無漏。一點靈光結就。

又

五鼓孤眠内守。湛寂無中得有。應物處真常，自是神丹無漏。無漏。無漏。顯現胎仙清秀。

又 五更

一鼓乾坤入洞。便把虛無拈弄。離坎自交宮，澄湛寂然無夢。無夢。無夢。別我魔軍大慟。

又

二鼓孤清妙用。顛倒倒顛看供。遍地長黃芽，便覺箇中無夢。無夢。無夢。八味水流梁棟。

又

三鼓玉金深種。始覺元陽運動。丹鼎紫煙生，氣爽神清無夢。無夢。無夢。一點靈光堪寵。

又

四鼓嬰兒跨鳳。姹女欣然持鞚。性命兩停停，自是睡輕無夢。無夢。無夢。瑞氣祥光簇捧。

又

五鼓衆星相供。應物無勞擒縱。時顯夜明珠，無睡無眠無夢。無夢。無夢。五綵雲蹤繼踵。

木蘭花令　和師韻

諸公日日閑團聚。飯罷時時眠厮覷。專專惟望馬風言，怎敢玄玄輕泄露。常常只把氣神護。謹謹調和龍虎步。徐徐鍊就九還丹，箇箇成仙雲外去。

萬年春

緣甚修持，風仙釣出侵雲構。靈苗秀。斡運真母。非是調羹手。小過誰無，語失當緘口。班行後。怎生依舊。除是隨風走。

又

自己園亭，無分晝夜宜重構。黃芽秀。欲携雲母。那裏須垂手。無相人人，驀地開金口。明先後。須當遺舊。拏出元初走。

又

堪嘆人人，波波劫劫貪名利。何時已。眼光落地。到此纔方悔。雖有兒孫，要替應難替。辭生淚。甚家滋味。想着心先碎。

又

奉勸人人，塵中莫競錐刀利。心先已。勿欺天地。事在前頭悔。欲免輪回，休望兒孫替。休垂淚。道家真味。把恩愛先鎚碎。

又　夢得一枝白筆

昨夜山侗，夢遊蓬島逢鍾吕。文房數。一枝純素。不讓蒙恬做。遠勝江淹，五色何曾污。相宜處。書心開悟。堪應三清舉。

又

冬至陽生，迎春撥雪黄芽好。人驚早。香如芝草。玉碾勝磨搗。神水烹煎，自是除陰耗。金童報。絶品珍寶。啜罷遊蓬島。

又　贈陳知命

地肺陳公，白毫顯出非常異。人難比。希夷苗裔。肯著塵凡累。猛捨家緣，物外搜玄理。清心意。自然澆溉。太一沖和氣。

又　贈興國寺修塔僧

物外高僧，澄澄湛湛真禪刹。真禪刹。心無察察。理趣常搜刷。玉性玲瓏，處處皆通達。皆通達。無拘無轄。壘起黄金塔。

又　甯解元許却庵門以詞督之

譚馬丘劉，專專卓個庵兒住。修行處。未知門户。有個先生許。翹俟嘉音，萬里垂青顧。如無悮。決登雲路。豈敢忘恩府。

又　勸道友

去去來來，來來去去何時了。堪失笑。利名纏倒。衣換知多少。奉勸人人，早把元陽保。休虚耗。結成珍寶。得赴蓬萊島。

又　詠李實庵名静樂

常守行庵，常清常静常常快。常搬載。日常寧耐。自是常交泰。真樂真歡，應物真常在。真無壞。真如光彩。得做真良價。

又　詠李公慵軒

物外慵軒，閑居放坦無爲作。無爲作。自然期約。心腎相交錯。一氣成形，結就靈丹藥。靈丹藥。銀霞覆却。展起騰雲脚。

巫山一段雲　贈三一居士

斡運清神境，修完耀洞天。九層臺上聚祥煙。端坐碧霞軒。開闡瓊林雅宴。賞翫箇中深淺。咆哮金虎戲波濤。驚動未成鼇。

又

玉女開金殿，金公鎖玉關。真清真淨養胎仙。雲透坎離間。貪看靈光上下。忘了之乎也者。神珠吐出九般霞。跨鶴赴仙家。

又

赤子餐青母，紅蛇啖黑龜。祥光瑞氣可成衣。尚自更持危。調引姹嬰嬉戲。緊把玉關封閉。一輪性月晃清霄。雲步訪三茅。

又

霞友無塵慮，雲朋絶事情。氣神相結淨中清。談笑大丹成。好把碧桃採摘。專獻蓬瀛仙客。大家同共慶重陽。開宴一齊嘗。

又

休要呼師叔，相看若弟兄。鍊心雲補玉京城。何必謁公卿。因撫心琴益壽。謂飲刀圭戒酒。瑶臺上面放瓊花。同去步煙霞。

又　贈胡了仙兄弟

會握青鋼劍，能啣白玉杯。虚心實腹養瓊瑰。平地一聲雷。誅殺三屍六賊。火裏金蓮開坼。自然顯現箇靈童。雲步太虚中。

又

鑪養長生藥，園開不謝花。充飢旋旋採靈芽。消渴飲流霞。閑看玉蟾光灼。忽見金鼇踴躍。兩般遊戲上青蓮。鳳歷怎排年。

又

醉卧琉璃帳，閑看翡翠簾。自然俗慮絶毫纖。寶鼎玉花添。爇起心香性炷。引動麟飛鳳舞。龍蟠虎遶戲神珠。丹結赴仙都。

又

黄鶴松間睡，青鸞澗畔棲。白牛困卧紫靈芝。丹鳳宿瑶池。唯有靈童放耍。來往恣情遊冶。通天徹地月明中。顯現至真功。

又

洞裏乾坤巽，翛然看不窮。虎龍鬬入白雲中。不見往來蹤。姹女嬰兒忒斂。争把崑崙頂戴。瓊瑶撞透出靈胎。跨鶴去蓬萊。

又

玉線穿三穴，金針透九關。自然得見内容顔。雲袖凴朱欄。正看瓊花爛熳。驀地青衣叫唤。紫微詔下赴蓬萊。仙籍已安排。

又

性燭生青焰，心香裊紫煙。命燈結正玉花鮮。慧目看金蓮。此箇山侗雅趣。出自風仙師父。一朝九轉大丹成。玉帝詔仙卿。

蘇幕遮　在長安尋鐵馬騎，道友索詞

馬風兒，悟玄理。不向簷楹，看您成家計。參從風仙何事喜。舞袖輕摇，撼動聲清美。勝驊騮，無縈繫。不戀銀鞍，免使人鞭捶。驀地玎璫聲韻起。自在逍遥，直上青霄裏。

又

鬧角兒，梳得好。妙手奇功，悟後呈些巧。個個疎來無倚靠。各各惺惺，幾盌須教少。張打油，李胞老。見我風狂，鼓掌呵呵笑。此箇機關人怎曉。返老還童，内外成顛倒。

又　贈張善道

耳門閧，心煩惱。日日憂愁，不覺容顔老。眼做看門招病早。口是禍門，德喪身亡了。鼻玄門，通大道。日用不勤，喘息綿綿好。傳透九宫成至寶。久視長生，雲步歸蓬島。

又　到萊州，復歸寧海辭墳

此回來，緣甚故。不謂營生，不爲兒和女。不謂榮華誇五袴。思憶劬勞，特地辭墳墓。奠酒時，開地府。九祖生天，共結神仙侶。非是修行難救度。何必三牲，祭祀千千數。

又　別鄉

棄榮華，披破席。養假崇真，茶飯須求覓。忘了從前親與識。此別鄉關，恣意閑遊歷。主人翁，須愛惜。六賊三屍，慧劍頻頻劈。逗引靈童常跳躑。真樂真閑，大道成無極。

又　勸長安道衆

苦海中，勞四大。競利争名，箇箇皆寧耐。争把元陽都損壞。前有輪回，著甚機謀解。道門中，超三界。太上巾包，悟者欣然戴。意淨心清無罣礙。固養靈根，性命長長在。

又　看送孝

有微言，深可說。免死狐悲，傷類聲悽切。人見人亡寧喜悦。大限來時，莫也無分別。願回頭，搜祕訣。猛捨家緣，頻把心猿歇。修鍊金丹收白雪。九轉功成，永永無生滅。

又　別子

出凡籠，無繫絆。落魄婪躭，日作無常觀。十四兒孫都棄拚。自在逍遥，風月爲吾伴。背葫蘆，携鐵罐。壺貯瓊漿，罐内靈芝按。渴飲飢飡增壽算。天助真風，有箇瑯琊喚。

又　自害風

遇王風，風傳我。風發飃飃，風害家緣破。拈弄風飈團水火。風子蠃蠃，風韻閑吟和。順風行，迎風坐。飲罷真風，更枕清風卧。施布仁風功行大。自許扶風，風裏成因果。

又　贈馬公

好雲遊，是馬鈺。幸遇華宗，一視如親族。拜禮從今爲骨肉。仰荷恩憐，終日閑相逐。告吾兒，聽我囑。莫慮兒孫，自有兒孫祿。願早灰心明性燭。

占取清閑，修取將來福。

又　鄠縣晏公惠麪

晏先生，惠我麪。親做庖人，妙手撓和軟。細細搓來成玉線。致在鍋中，水火同烹鍊。覺馨香，成美饍。四箇平分，各各無深淺。欲要充飢須九轉。飽後雲遊，處處行方便。

又　風發

害風王，扶風馬。各做心風，總把家緣捨。吟詠清風明月下。風裏尋風，搜得真風雅。順風行，隨風要。處處風傳，結正風無價。掌握風飈持玉斝。馳騁風流，共把風雲跨。

又　自戒

不慳貪，不諂詐。不憶家緣，不説鄉中話。不著世情不著假。不做詩詞，不敢言行化。志彌高，心轉下。雲水清閑，内養内無價。樂在其中欣放耍。姓氏人詢，倦應扶風馬。

又

遇風仙，心開悟。人我心無，無愛無憎妒。一切女男同父母。三教門人，盡是予師父。好清閑，喜歌舞。晝乞殘餘，夜宿悲田所。上下中丹常密護。九轉功成，蓬島通雲路。

又　在南京乞化

穿茶坊，入酒店。後巷前街，日日常遊遍。只爲飢寒仍未免。度日隨緣，展手心無倦。願人人，懷吉善。捨一文錢，亦是行方便。休笑山侗無識見。内養靈明，自有長生驗。

又　贈李哥緣再要出家

李先生，難捨俗。出去還來，壞了崑山玉。覆水重收絃斷續。一事無成，惹得空撈漉。悔前非，明性燭。火滅煙消，心上休懷毒。欲與馬風閑厮逐。直待年深，看透伊心腹。

又　勸李哥

羊兒皮，虎兒質。害物心機，晝夜無寧息。雖惡肯將兒子食。休逞威風，真性宜調習。親非親，識非識。雲水清閑，内外常遊歷。日用三飡憑乞覓。滅盡無明，便是波羅蜜。

又　鄉中上街求乞

捨家緣，須用斧。劈碎恩山，豈肯重修補。猛烈灰心尋出路。自在逍遥，認箇清閑處。有因緣，方可悟。改變衣裝，道服惟麻布。莫訝鄉中求乞去。滅盡無明，直上青霄步。

又　和師韻

清淨門，柔弱户。忍辱家風，樸實爲公據。無作無爲成活路。自在逍遥，雲水通行步。絶聰明，效愚魯。兀兀騰騰，不起閑思慮。面垢頭蓬身糞土。萬事俱忘，堪應三清舉。

又　李公實索慵軒詞

不梳頭，不洗面。餧在其中，喫飯心懷倦。無病閑眠身懶轉。有客來尋，問著仍慵喘。不燒香，不禮念。落魄婪躭，酬了今生願。日用不勤功怎見。紫詔來宣，大道無爲顯。

又　懷甯伯功惠鞋

清叟冠，伯功履。見惠山侗，別有非常意。使我頂天並立地。俯仰觀瞻，無怍兼無愧。得斯因，無限喜。出户迎賓，何患殊無禮。更向就中搜奥旨。上下沖和，得赴青霄裏。

瑞鷓鴣　寄華清道衆

環牆圍合洞中天。瑞氣祥光愈接連。白鹿懷中常穩坐，青牛背上得閑眠。驪山不到經三載，華岳相違近四年。霞友雲朋應怪我，爭知此處結金蓮。

又　勸道友

清虚雖好戀家緣。著甚因由上得天。頂戴恩山猶論道，身居苦海尚擎拳。是非窟裏功難就，名利叢中果怎圓。若不回頭尋出路，如何只恁做神仙。

又　住環堵

冬雖無火抱元陽。夏絶清泉飲玉漿。蠟燭不燒明性燭，沉香無用爇心香。三年赤脚三年願，一志青霄一志長。守服山侗環堵內，無恩相報害風王。

又　過楊柳渡

馬風寧海遇重陽。西入關來放肆狂。好看梅溪楊柳渡，喜遊竹徑杏花岡。秦川鋪錦宜春睡，渭水横絲繫日長。勝景無窮吟不盡，命工圖畫比仙鄉。

又　詠茶

盧仝七椀已昇天。撥雪黄芽傲睡仙。雖是旗槍爲絶品，亦憑水火結良緣。兔毫盞熱鋪金蕊，蟹眼湯煎瀉玉泉。昨日一盃醒宿酒，至今神爽不能眠。

又　居庵

閑人相訪有何妨。唯恐閑人話短長。真樂真閑無議論，至微至妙絶商量。是非欲説氣神散，名利纔言道德忘。不若澄心常默默，自然彼此得清涼。

又　督韓三官人

男兒決烈在言談。口契相違亦害慚。雖是韓三疎馬二，奈何馬二憶韓三。養家便是甘中苦，學道須知苦裏甘。甘苦苦甘還省悟，出離火院住雲庵。

又　收家書

家書接得急開封。正值糊窗要避風。我願難隨你意去，道心不與俗心同。行功未滿大千數，雲水須遊太一宮。傳語兒孫並弟姪，後來書至擊牆東。

又

心香爇起唱行香。真樂真閑興味長。便覺眉頭無利鎖，何愁身上有名繮。昔年曾作肥家子，今日還爲出舍郎。到此逍遥常自在，哩唛哩囉又何妨。

又　贈衆道契

修行何處用功夫。馬劣猿顛速剪除。牢捉牢擒生五彩，暫停暫住免三塗。稍令自在神丹漏，略放從容玉性枯。酒色氣財心不盡，得玄得妙恰如無。

又

道人財色酒雖無。一點無明著甚除。惡念不生歸瑩素，觸來勿競證元初。我人起處愁無極，煙火消時樂有餘。欲學神仙須忍辱，莫交燒了那真如。

又　聞鄉人來到，以詞聊代家書

斬釘截鐵不思家。永絶狐疑永棄家。足履白雲尋羽客，杖挑明月返仙家。鄉中園館非吾宅，物外蓬瀛是我家。自在逍遥無宿慮，何須重話舊時家。

又

人人學道總勞勞。箇箇心高志不高。煙火靡除生怨惡，塵情不斷起貪饕。欲搜玄妙消三業，猛向根芽下一刀。常淨常清常忍辱，無爲無作列仙曹。

又

昔年常被利名枷。苦海波中喜戴枷。堂下兒孫如玉杻，眼前妻妾似金枷。至迷馬鈺因何悟，得遇風仙便脱枷。閑裏尋閑得閑趣，如今寧肯復投枷。

又

勸人休要問前緣。但肯回頭是宿緣。不想浮生難猛悟，稍知虚患近良緣。無心入道須無分，有意投玄是有緣。自古神仙皆出離，在家怎得好因緣。

又

風仙風害得真風。留下家風要害風。通密丘仙能繼踵，山侗馬鈺應扶風。勸人休作夢中夢，學我能尋風裏風。或問風因親説破，投玄遠俗做心風。

又　贈斗門李公

不須遠遠遠尋師。自是神仙自是師。真淨真清真至理，至微至妙至真師。愛憎不盡難求道，人我仍存枉拜師。你意不能隨我意，我心怎做你心師。

又

秦川勝景果非常。最好終南珍藏鄉。竹徑梅溪生秀氣，鳳巢龍窟吐祥光。雲庵處處成雲集，道友多多論道長。劉蔣村名今改變，人人傳説會仙莊。

遇仙槎　贈清風散人

勤勤物外修，謹謹心中掃。漸漸絶塵緣，細細通玄奥。靈靈大藥成，燦燦神光好。得得遇仙槎，穩穩歸蓬島。

又　和師韻

三光固下元，六度清中闕。九轉上元燈，照見長生月。無分晝夜明，光彩連綿發。顯出箇胎仙，生死今番越。

又　寄晏公

休心絶是非，滅意除人我。酒色氣財無，生死輪回躲。祥光結寶花，玄露成珠顆。自是遇仙槎，便得携雲朶。

又

名成好息心，利遂堪回首。猿馬不輕狂，龍虎相交媾。常教玉户開，莫使金關漏。九轉大丹成，萬劫神清秀。

養家苦　贈甯伯功

養家苦，火坑深。萬塵埋没不能禁。遇風仙，物外尋。修行好，鍊陽陰。淨清能見水中金。現光輝，罩寶岑。

又

養家苦，鎮常忙。忙來忙去到無常。作陰囚，住鬼房。修行好，不曾忙。閑閑閑裏守真常。得修完，玉洞房。

又

養家苦，贍他人。衣豐食足尚嫌貧。運機心，喪了真。修行好，作閑人。自然憂道不憂貧。鍊頑心，養至真。

又

養家苦，似蜂虔。採花成蜜爲誰甜。肯隄防，蛛網粘。修行好，做風虔。舌生津液玉漿甜。溉黄芽，無惹粘。

又

養家苦，特貪饕。家豐又待望官高。遇危難，無計逃。修行好，不貪饕。埋光隱迹恐名高。處無爲，生死逃。

又

養家苦，戀塵緣。鋪謀活計望千年。奈凡軀，不久堅。修行好，結良緣。功成行滿不排年。做神仙，因志堅。

又

養家苦，没程頭。一朝身死作陰囚。見閻王，不自由。修行好，有程頭。三千功滿不爲囚。做神仙，得自由。

又

養家苦，喜相違。常常思想死生危。怕從前，火院圍。修行好，處無爲。神珠光彩透簾幃。現靈童，相貌威。

又

養家苦，没休期。危危險險似圍棋。被人謾，無禱祈。修行好，最稀奇。姹嬰争把虎龍騎。獻胎仙，鳳與麒。

又

養家苦，爲妻男。是非榮辱飽經諳。限臨頭，事怎甘。修行好，子端南。神丹燦爛棄行菴。宴瑤池，德飽酣。

又

修行易，斷情難。始初分解最艱難。譬無常，破盡難。心開悟，没疑難。覺從前事養家難。學神仙，有甚難。

又

思微妙，想塵緣。兩般搜索要精研。但知空，向道堅。心清淨，意通玄。自然知道没言傳。達無爲，作大仙。

解珮令　和古韻

山侗猛省，因師法旨。覺從前、不是不是。剔正根源，要日月、壺中並至。透玄關、應希夷理。龍吟虎嘯，能行能止。剖昏迷、慧刀鋒利。鍊就神丹，金盤托、聊充微禮。獻風仙、博本師喜。

又

摧强挫鋭，常搜己過。處真常、毋勞打坐。每向人前，須做小、無心做大。坎離中、虎眠龍卧。不憎不愛，無人無我。又何愁、非災横禍。自在逍遥，與雲朋、霞友唱和。占清閑，自家幾箇。

梅花引　贈白先生

脱塵子。逃生死。物外逍遥雲水似。起真慈。起真慈。暗助真功，常常得自知。逗引蛟龍歸虎兕。水裏燈光明久視。結靈芝。結靈芝。携去蓬瀛，專專獻我師。

又　贈衆師兄

子端午。龍蟠虎。莫使馬猿偷眼覩。氣神甦。氣神甦。海底靈龜，依從鼻吸呼。女姹嬰嬌雲裏聚。欲赴蓬瀛路上去。鍊江湖。鍊江湖。結就金丹，方知玉性孤。

又　贈老李先生

怎分曉。迷虛矯。愛戀家緣何日了。著塵囂。著塵囂。鐵做人人，遭他火院銷。猛悟無常非事小。跳出凡籠搜密妙。樂逍遥。樂逍遥。坎虎離龍，降來入玉瓢。

憶王孫　和重陽真人

心清步步入玄門。意静霹霹溉本根。驀地聽聞没口論。性無昏。一點靈光萬劫存。

又

長安雲步去還來。萬朶金蓮火裏開。獨飲刀圭勝濁醅。兩三盃。滌盡凡心有甚災。

又

麻衣紙襖度冬寒。暖閣紅爐永不堪。認正些兒理端的。氣神安。結就無爲九轉丹。

憨郭郎　贈重陽真人姪王周臣

休要强貪名利，休要戀妻男。免輪回，生死苦，做癡憨。清淨自然明道，神氣自相參。功成朝玉帝，跨雲驂。

金花葉　贈徐安神

欲要靈明瑩徹。向心上、速宜解結。便莫受、家緣火熁。棄妻男産業。逞俊寧如養拙。引龍虎、休教急切。自然悟、神仙妙訣。本來真難滅。

青玉案　贈染何先生

無涯火院常籠罩。似醉夢，難分曉。賣弄惺惺非要俏。爭財競氣，戀妻男，算到底，終須掉。譬似無常坑窖了。便急急，搜玄妙。固養靈根真火燎。澄澄湛湛，證元初，大藥就，天書詔。

調笑令　和師韻贈張馬二公

調笑。論微妙。月内銀蟾端午跳。中宵日裏金鷄叫。坎虎離龍圍繞。忽然撞著姹嬰召。共守丹爐了了。

又

山峭。彩霞照。一顆神珠常吐耀。無窮瑞氣長籠罩。更有祥煙裊裊。三清專遣青童詔。報道無爲功要。此首與前一首原作一首，兹從律分爲二首

四仙韻　即減蘭

丘劉譚馬。幸遇風仙親教化。一別山東。雲水秦川興不窮。清貧快樂。自在逍遥無做作。清淨門庭。闡出家風合聖經。

又

丘仙通密。隱跡磻溪人不識。通妙劉仙。永住終南屏萬緣。譚仙通正。志在清貧修大定。三髻山侗。願處環牆也放慵。

又　贈徐玄之

神翁苗裔。骨格非凡人怎比。猛捨家緣。物外搜尋玄上玄。天長地久。走玉飛金常在手。營養黃芽。道號從今稱碧霞。

又　贈煙霞散人

謫仙猛悟。富貴榮華都不顧。改變衣裝。道服雲包傲帶長。擒猿捉馬。不騁容儀多婭姹。玉性無塵。相稱煙霞一散人。

又

譚仙通正。悟徹長真修玉性。馬鈺山侗。豁豁洋洋似害風。劉仙通妙。把握長生真了了。通密丘仙。修養長春不夜天。

又

處端通正。道號長真真上認。自在逍遥。摵碎巖前汲水瓢。處玄通妙。道號長生真了了。慎勿先歸。且伴長春丘處機。

又

山侗馬鈺。學道宜乎除愛慾。却殢詩詞。怎得功成現紫微。如何猛悟。減字木蘭花裏訴。百拜詩魔。休似從前返倒何。

又

詩詞作孽。妨我清閑仙舉業。猛悟心驚。如向深淵履薄冰。便疎筆硯。却與氣神相眷戀。懶裏尋慵。無作無爲是馬風。

又　別南京拆字

今拜別。住逍遥金玉宅。處門開。裏人人不復來。金成寶。脉嬰兒擎瑪瑙。與山侗。去蓬瀛禮吕公。

又　過靜遠鎮

兵辱我。戟叢中誰解禍。辯如鋒。木和同是夏公。今清脫。兔日烏同作活。底然香。謝恩人魚鼓張。

掛金燈　贈重陽師父姪王周臣

絶攀緣，心上生光瑩。朗然變化，無窮異景。這密妙、教賢省。內貌宜，手速整。悟後分凡聖。亘初靈明，火內正勁。鍛鍊出、清中静。

滴滴金　贈蔡公

水雲自在逍遥客。木金聚，更無隔。嬰姹從此認知識。看無中顔色。虎龍戰鬭曹溪側。鼎爐內，鍊黄白。大丹成就有誰嘗，蔡先生消得。

德報怨　贈吴知綱

急性更爲慢性。意静自然心静。憎愛兩俱忘。絶炎涼。虎遶龍蟠光瑩。丹結玉童邀請。舞袖出崑岡。赴蓬莊。

金雞叫　化李仲達

撞着鯨鯢須索釣。拋香餌、時時引調。洋洋不顧迷波淼。休要相趖，與你如膠鰾。擲下金鈎常攬擾。如回首、牽歸玄妙。將來決定成仙了。朝拜三清，出自我金雞叫。

又

日日朝朝常報曉。誰知道、人人錯了。孳孳爲利貪虚矯。性命俱忘，財色心奸狡。惡業無涯陰德少。將來事、一場不小。無常限滿酆都召。鬼使拏拏嗔，不悟我金雞叫。

又

日日朝朝常報曉。徒人省、搜玄搜妙。孳孳爲善回光照。勘破浮生，便把家緣掉。九曲明珠安九竅。絲連蟻、火光頻燎。往來穿透功夫了。得赴蓬瀛，出自我金雞叫。

又

火院中間常火燎。憂兒女、形容衰了。傍人替你生煩惱。投獻詩詞，萬望心明曉。不測無常非事小。悟來後、便搜玄妙。蓬萊雲路通關要。鍊就金丹，出自我金雞叫。

又

外騁惺惺非是俏。內修持、些兒最妙。真如一點三光照。爇起心香，自有祥煙罩。李四高人如悟曉。無中有、非常冥杳。胎仙舞袖鼉靈耀。跨鶴騰空，出自我金雞叫。

又

元是神仙何不曉。聽予勸、家緣事小。迷津苦海須當跳。一箇靈明，免使塵籠罩。物外澄心通密妙。常清淨、龍蟠虎遶。神丹結正騰輝耀。返老還童，出自我金雞叫。

又

日暮殘輝何不曉。好收心、回光返照。宜乎急急搜玄妙。疾速修持，莫待西沉了。物外修仙非是矯。早認取、言鈎語釣。詩詞香餌吞些小。躍出迷津，悟得我金雞叫。

又

入道已蒙相許了。火坑深、宜乎猛跳。男兒出語無虛矯。慎勿遲疑，休使傍人笑。斷制家緣回日早。休似鶴、留言華表。從斯馬鈺登高眺。奉勸吾兒，莫忘我金鷄叫。

又

三髻山侗閑失笑。離鄉井、無愁買惱。憂他性命無心了。終日哀人，忘了自家道。堪可垂鈎須索釣。且不免、厮煎打炒。耐羞耐恥頻頻告。謹勸賢家，早悟我金雞叫。

又

許我年時來入道。想賢家、心無虛矯。勸公早早家緣掉。稍稍遲遲、做出諸宮調。若肯回頭何事好。樂清閑、持盃歡笑。撫琴月下沈香裊。搜獲玄機，別有箇金雞叫。

神清秀　寄看龐總管園趙公

些兒微妙非常好。猛焰裏、自然芝草。玉虎與金龍，密護三田寶。丹成九轉青童報。便授取、紫微宣詔。體掛六銖衣，跨鶴歸蓬島。

道成歸

阮郎歸改道成歸。修行人喜知。松峯影裏樂希夷。何須唱艷詞。姹嬰動，虎龍隨。雲耕坎與離。三千功滿赴瑶池。神光相貌奇。

又　藏頭贈岳秀才

年苦志不求奇。公尋者希。夷猛悟笑微微。華枉用機。予偃，嬰肥。宫祥瑞圍。傳心印謹相依。靈神自飛。

迎仙客

日中烏，月中兔。走飛子午何曾住。虎隨龍，龍隨虎。東西來往，自是明瓊路。姹娘歌，嬰子舞。玉堂裏面金爲主。雲爲朋，霞爲侣。逍遥自在，開闡全真户。

繫雲腰

崑崙山上丹陽子，真得得、遇風仙。今生相應前生約，訪秦川。居地肺，結良緣。離清坎静水生火，嬰姹睡，虎龍眠。神凝氣聚靈光現，駕雲軒。透祥煙。去朝元。

登仙門

師也師也。重陽師也。處玄機，静中清也。起金蓮，玉花社，有誰知也。化人人，漸歸道也。這扶風，非開悟，亦非愚也。辨假真，稍能明也。細尋思，心豁暢，略無疑也。想師範，没人過也。

又

難也難也。捨家難也。絶愛憎，屏塵難也。處無爲清静，有始終難也。譬如死，又何難也。論玄元，談微妙，要人聽也。但小童，肯來詢也。便須當，開言路，與其進也。我不能，保其往也。漸悟集卷下

十報恩　本名瑞鷓鴣

山侗一願報師恩。物外生涯世罕聞。鍛煉玉鑪二

澗雪，修完金鼎一溪雲。蛟龍宜向火中溉，猛虎堪于水裏焚。一粒神丹光透壁，不神神彩獨超羣。

又

山侗二願報師恩。立誓修行志鍊心。火焰滅除火養木，水銀枯盡水生金。木金三間通玄路，水火同流結寶岑。久視大丹成不漏，携雲歸去絕昇沉。

又

山侗三願報師恩。鍛煉靈胎在玉京。鉛汞烹煎先有驗，虎龍交媾豈無聲。三光并秀超三昧，五嶽同峯出五行。三五丹成真造化，自然雲步訪蓬瀛。

又

山侗四願報師恩。天地收來入寶瓶。日月山川添壯觀，虎龍嬰姹得安寧。清輕濁重陰陽正，博厚高明品物靈。赫赤丹成全性命，超然跨鶴過天庭。

又

山侗五願報師恩。酒色氣財誓不侵。便把日烏先趕退，次將月兔更牢擒。月輪重顯無圓缺，日色增輝沒縮沉。功滿丹成何處去，得超雲漢絕陽陰。

又

山侗六願報師恩。坦蕩逍遥不惹塵。識破假軀端的假，研窮真性的端真。方知可道非常道，始覺不神所以神。清淨丹成乘赤鳳，大羅天上賞長春。

又

山侗七願報師恩。掌握虛無死水銀。滿目牛羊當道臥，一軒風月證人純。清清淨淨難迷假，淨淨清清易見真。龍虎丹成無九轉，自然永永做仙人。

又

山侗八願報師恩。返覆陰陽仗鍊烹。火降水昇抛雪浪，龍吟虎嘯發雷聲。玉鑪瑞雪重重結，金鼎祥光靄靄生。無價丹成無老死，長生路上法身輕。

又

山侗九願報師恩。意淨心清路坦平。便把無爲爲造化，不憑有作作經營。恰如逗引龍和虎，還似般調姹與嬰。活樂丹成蓬島去，和公師叔遠來迎。

又

山侗十願報師恩。劈碎金枷玉杻情。久視門中修久視，長生路上得長生。昏昏默默澄澄湛，杳杳冥冥淨淨清。響嘵丹成蓬島去，重陽師父遠來迎。

又　述懷

利名場上没縈牽。人我叢中絶焰煙。舉意遊山山嶺上，與心樂水水雲邊。往來飄逸孤如鶴，去住安閑静似蟬。據此逍遥能有幾，從教人道活神仙。

又　上街求乞

人人休惜一文錢。好與貧兒且結緣。暗暗還賢增萬倍，明明助我養三田。捨慳自是開心地，割愛方能達妙玄。一日悟來離苦海，逍遥物外共修仙。

又　勉門人

道人活計不相侵。各自衣飡各自尋。莫爲閑言閑鬬氣，休争俗事俗縈心。搜玄絶慮龍隨虎，索隱忘機水養金。清淨色身全法體，一爐丹熟步瑶岑。

又　道友問在家能修行否

神仙要做戀妻男。忙裏偷閑道上參。清淨門庭無意認，婬情術法入心貪。欲求家道兩全美，怎悟寂寥一著甘。莫待酆都追帖至，早歸物外住雲菴。

又　贈李校尉

一身便做箇丹丘。於内常常雲水遊。離坎交宫真子午，甲庚易位没春秋。五行四象皆無用，三島十洲却有由。功行無虧雲鶴引，大羅天上列仙儔。

又　遇禁煙道友索

禁煙禁火禁心猿。真息調來永永綿。雲水不遊芳草徑，身心豈著杏花天。爲人勿作墳中鬼，學我能修物外仙。異日大丹成九轉，騰空何必打鞦韆。

又　贈陘陽張書表

六旬有四卦將休。猛悟灰心離俗遊。訪我搜真歸正覺，搜玄索隱做持修。頭分丫髻雲霞友，手顯擎拳風月儔。稽首更明珍重理，自然得去赴瀛洲。

又　贈段先生

公物外好生涯。火相逢結大砂。女盤桓看大藥，牛哮吼戲靈葩。雲鋪地丹鑪赫，子觀天碧眼華。有三生君省悟，中無事步煙霞。折段字起

又　寧海長春菴主姜公，同衆道友憐予行步艱難，造一奚車。工既成，日就福山來投，故作是詞以報焉

青牛白鹿與黃羊。穩駕雲輿晝夜忙。運載乾坤常會合，推般日月永交光。法輪響喨投玄窟，雲輅玎璫入道場。九轉功夫如省悟，自然得繼馬丹陽。

又　文登縣黃籙醮，贈道衆

崑崙三髻馬風歌。得遇修仙厭事多。我處無爲酬本願，人求追薦苦相魔。加持助醮居環堵，救拔亡靈上大羅。滯魄孤魂誠有幸，一齊超度喜無過。

又

一從得遇樂清貧。忻住環牆怕惹塵。鍊氣氣和神繼氣，顧神神爽氣安神。宰公請我求追薦，小子慈心奉善因。救拔亡靈超上界，孤魂滯魄總朝真。

爇心香　本名行香子　夫婦分離

你是何人。我是何人。與伊家、元本無親。都緣媒妁，遂結婚姻。便落癡崖，貪財產，只愁貧。你也迷塵。我也迷塵。管家緣、火裏燒身。牽伊情意　役我心神。幸遇風仙，分頭去，各修真。

又　上街化導

師父重陽，真箇真師。教馬鈺、專做貧兒。生涯清淨，活路無爲。廳撫心琴，調龍虎，飲刀圭。誓不山東，緣在關西。且和光、混俗隨時。笊籬閑把，惟望人知。願不蚤歸，休空過，疾修持。

又　示衆師兄

未至丹陽，怎敢爲師。對同流、說破些兒。長生妙處，似有施爲。聚五采雲，五行氣，五方圭。酉雉生東，卯兔生西。是木金、間隔之時。淨中意會，清裏心知。願早清心，早淨意，早行持。

又　勸衆師兄求乞殘餘

物外飄蓬。餒在其中。驀然聞、撞動齋鐘。殘餘求乞，禱告玄宗。念出家兒，無家地，道家窮。麻麥充餐，消滅尸蟲。覺虛心、實腹和沖。嬰兒跨虎，姹女騎龍。在虛無中，來無跡，去無踪。

又

悟道翛然。出世因緣。但聞人、修建齋筵。長舒臂膊，立在傍邊。便乞殘羹，覓殘飯，度殘年。無恥無羞，滅火消煙。便留心、搜妙搜玄。闡開玉蕊，攢結金蓮。覺氣神清，精神秀，做神仙。

又　贈王五先生送環牆内飲饍

教去當除，爭辦齋厨。弟兄懣、錯用功夫。不如休歇，早認元初。便覓雲根，尋雲脚，履雲衢。喘息如龜，似有如無。覺沖和、來往寬舒。斡旋山嶽，呼吸江湖。得産仙胎，成仙質，赴仙都。

又　詠香

不爇沉香。閑爇心香。布仁風、處處聞香。人人向善，個個崇香。願處無爲，常清淨，自然香。妙洞雲香。虎嘯噴香。更龍吟、吐出馨香。玉爲寶篆，金結丹香。得赴蓬瀛，超三界，獻真香。

又　詠鶴

雖處鷄羣，如鳳毰毸。自丁令、化現如斯。霜毛朱頂，玉羽瓊肌。唼太湖萍，潭鼻粟，喉雲霓。朝戲芝田，夕飲瑶池。待五喬、來控當歸。舞吴市顯，乘衛軒奇。便指蓬壺，朝金闕，赴丹墀。

又　勸世

顔貌蒼蒼，髭鬢斑斑。愈愚迷、嫉妬貪慳。不憂自己，撫謂妻男。便巧心生，無心肯，放心閑。苦海波中，火院常躭。運機謀、積業如山。不求大道，一向痴頑。算有誰知，修仙易，養家難。

又　善惡報

造惡之人，凶横無過。細尋思、最易奈何。生遭官法，死見閻羅。向獄兒囚，碓兒搗，磑兒磨。積善之人，恭順謙和。細尋思、却總輸他。難收黑簿，怎入刑科。更神明祐，家門慶，子孫多。

又　題仵先生東廊

六月嚴凝，臘月炎蒸。這真功、顛倒分明。陽中陰極，陰裏陽生。出五行中，誰行到，我行程。萬朶金蓮，火裏常榮。水中看、紅焰昇騰。兩般攢聚，一性圓成。便戴三花，梳三髻，禮三清。

又　贈張劉二都料

奉勸清河，酷告彭城。暨諸公、休苦勞神。遠離火院，早出迷津。縱水雲遊，歸物外，作閑人。端的修行，洗滌心塵。以雲朋、霞友爲親。研窮久視，講論長生。便悟玄玄，通妙妙，得真真。

又　謝興平縣李公翁母，布施一子學道

布施非凡，出俗因緣。捨嬌兒、入道搜玄。人人稱善，箇箇稱賢。便遠揚名，名揚遠，出秦川。父母深恩，要報聽言。我人除、擒捉心猿。氣通八脉，功滿三田。救九玄尊，七祖父，共成仙。

又　客人樊公索

三髻山侗。嘆個樊公。販淄礬、苦海波中。要除煩惱，助一帆風。便棄繁華，離燔火，出凡籠。真箇逍遥，真不迷蒙。守真清、真淨真功。真真相濟，真性玲瓏。便得真風，成真趣，顯真容。

又　贈彭官人

昨日官人，今日仙儔。悟浮生、水上浮漚。忽生忽滅，難保難留。便做風狂，成風雅，騁風流。心意清閑，雲水遨遊。以氣財、酒色爲讎。法名得得，道號休休。認本來如，無來去，好來由。

又　贈扶風縣楊公馬公

但願人人，識破浮生。速抽身、猛棄塵情。休妻別子，絕利忘名。便灑然惺，豁然悟，頓然明。虎嘯龍吟，氣爽神清。做真修、汞鍊鉛烹。心平行滿，丹結功成。得跨雲霓，朝玉帝，住蓬瀛。

又　岐陽鎮張同監問修行

休問因緣，各做修行。古人言、兩句堪听。人人有分，個個圓明。但事情疎，心情浄，達長生。元氣盈盈，大法成成。夘初觀、日月停停。光輝瑩瑩，龍虎平平。覓本真真，常寂寂，永寧寧。

又　贈閻知宮

此個知宮，本是神仙。外修持、錯了因緣。听予勸化，索隱搜玄。便棄繁華，離塵境，訪林泉。浄意情心，耕種丹田。更常常、鍊息綿綿。命燈燦爛，性月團圓。待行功成，超達去，得昇天。

又　寄白水馮公淄陽長老

白水馮公。寧海扶風。更淄陽、長老仙翁。三人一意，一志三通。便勦妖魔，擒猛虎，捉蛟龍。俗慮俱忘，真氣和沖。得自然、曉達靈蹤。金丹燦爛，玉性玲瓏。待行功成，超上界，住蓬宮。

又　寄柳巨濟學録

奉勸書生。早悟浮生。捨榮華、物外遊行。無思無慮，無愛無憎。便縱閑心，尋霞友，訪雲朋。常處常真，常淨常清。做修持、自是靈明。鉛爲汞藥，汞乃鉛精。鍊大丹成，乘鸞去，赴蓬瀛。

又　贈三水三老先生

猛悟無常，頓絕慳貪。脱輪回、戀甚妻男。出離火院，放肆婪躭。更頭如蓬，面如垢，語如憨。萬事俱忘，志鍊行菴。滅尸蟲、敷布雲曇。幽微窮究，道征相參。便講玄玄，搜六六，論三三。

又　贈靈陽子李大乘

悟徹陽元。便把陽牽。要陽陽、徹地通天。陽穿八脉，陽透三田。覺一陽周，一陽就，一陽全。水養靈煙。火養靈泉。更靈靈、真秀相傳。靈砂無漏，靈物牢堅。便結靈光，成靈寶，做靈仙。

又　贈華亭張大悟

大悟之人，能放心閑。棄利名、愛海恩山。食無求飽，居不求安。更不狂思，不下忽，不高攀。協氣橫橫，甘露珊珊。用牛羊、車載循還。坎離交結，龍虎盤桓。得至精微，水精熱，火精寒。

又　華亭縣西菴主王公請住方丈

誓戒肥甘，欣氣餘殘。以惺惺，變作癡憨。不居方丈，不住華軒。把浴堂來，爲睡室，且彎跧。外樂無心，內養真顏。嘆塵中、獨占清閑。將來功滿，離了凡間。向大羅天，雲霞洞，列仙班。

悟黃粱　本名燕歸梁

詞名本是燕歸梁。無理趣，忒尋常。馬風思憶祖純陽。故更易，悟黃粱。百年一夢暫時光。如省悟，棄家鄉。常清常淨處真常。累功行，赴蓬莊。

又　終南居環堵

董宣强項豈尋常。如燕頷，卽非殃。掀髯虛長不名瘡。無破處，又何妨。道家貧後計多方。無腋袋，用皮囊。揞頤懸掛度炎涼。裏面有，萬般香。

又　贈興平楊先生

密密相傳理最深。向水裏，自生金。個人無口解哦吟。能雲步，曳雲襟。尋思今古修仙道，今如古，古如今。古今難得遇知音。知音者，似予心。

戰掉醜奴兒　本名添字醜奴兒　紫極宮加持，忽聞左右宰豬之聲，因作是詞

萊州道衆修黃籙，各各虔誠。無不專精。邀我加持默念經。救亡靈。奈何鄰舍屠魁劊，不顧前程。宰殺爲生。豬痛哀鳴不忍聽。最傷情。

又　贈醜首劉大官

彭城兄弟皆官樣，富貴之家。酷好榮華。未解回

心悟落花。路途差。吾親若肯搜玄理，別有生涯。鑪鍊丹砂。大藥燒成迸彩霞。泛仙槎。

又　贈劉叔建馬長吉

吾親叔建并長吉，兩個同監。來解棼躭。來往奔波名利貪，似癡憨。勸他早把元陽整，戀甚妻男。卓個雲菴。一句玄言匪俗談。離塵參。

又　贈萊州平等會首

世傳斑竹佳人淚。語話皆非。因擊三尸。血染斑斑事最奇。馬風知。專投正直無私杖，休笑輕微。最好閑携。屏盡妖魔玉性輝。赴瑤池。

又　詠笻杖

願君粧點逍遥客，鶴膝同隨。閑步雲霓。笑傲清風明月谿。樂希夷。海蘆尚有三三節，陽數明知。與道相宜。好伴雲遊風馬兒。莫推辭。

又　自嘆

念身破舊如茅舍，雨漬風掀。惹火招煙。鼠劉虵鑽柱脚偏。悉牢堅。遇師變作銀霞洞，修整雲軒。懸掛珠簾。賞翫光明不夜天。決成仙。

又

悟來修鍊身中寶，不騁髯掀。唯喜沉煙。施布仁風無黨偏。願心堅。勸人識破浮生夢，戀甚華軒。更不觀簾。隨我扶摇入洞天。做神仙。

又　自戒

我因醉裏曾疎脱，誓不銜盃。識破浮財。氣不閑争色怎埋。免非災。重重得遇修行做，洗滌靈臺。保護靈胎。直待靈珠變個孩。赴蓬萊。

又

前生不種今生福，求乞街前。凍餒迍邅。心似湯鍋沸鑊煎。願哀憐。明明捨一文錢與，暗暗還賢。最大因緣。自古慈悲總做仙。不虛言。

又

茶來酒去人情事，匪道根由。惟獻惟酬。酒去無茶回奉休。便爲餅。憐貧設粥非求報，建德如偷。更好眞修。定是將來看十洲。步雲遊。

又

恤飢共設三冬粥，稽首諸公。但願家豐。些小慈悲米濟窮。好那容。道心長在常行善，性命圓融。自是心通。縛馬擒猿引虎龍。赴蓬宮。

又

世人個個便宜愛，爭要便宜。鬬使心機。贏得便宜却是虧。少人知。勸他好把便宜捨，建德施爲。非是愚癡。暗積洪禧達紫微。做仙歸。

又

浮雲聚散如財物，不義之財。休要貪來。那底招殃惹禍災。好生乖。不如心地行平等，各不傷懷。遠勝持齋。定是將來免落崖。赴蓬萊。

又

三冬設粥宜長久，歲歲如然。惻隱心堅。種下今生眞福田。不虧賢。雖然出了些兒米，獲福無邊。積行功圓。定是將來證果仙。上青天。

又

齋前收拾行香火，供養飢貧。當辦辛勤。決定於中隱好人。莫相輕。我今已得眞消息，說與人聽。須要虔誠。恭謹如同祭祀神。遇眞眞。

又

街頭凍餒求乞者，歡喜哀憐。供養如仙。惟恐中間隱聖賢。要精專。勝如修建千壇醮，別種因緣。福行周圓。定是將來步碧蓮。去朝元。

又

三冬設粥當周急，飢者堪憐。美事堪傳。他處人聞此善緣。亦如然。濟貧拔苦慈悲福，功德無邊。勝爇沉箋。定是將來得上天。做神仙。

又

當厨聽取扶風勸，煮粥休稀。稠厚些兒。愼勿謾他人肚皮。起慈悲。朝朝日日心休倦，好趂辰時。兼解寒威。積此真功莫要虧。得洪禧。

又

慈悲道友憐貧乏，設粥三冬。總獲真功。更啓虔誠有始終。遂年供。惠而不費人閒得，但願家豐。肯濟貧窮。管取將來不落空。赴仙宮。

又

千門萬户人聽勸，好結良因。恤念飢人。共設三冬粥濟貧。福彌臻。一抄半撮慈悲米，功行非輕。遠勝看經。惻隱之心達玉京。注仙名。

又

風刀雪箭三冬苦，當恤貧兒。身上無衣。口裏無飡常抱飢。忒孤恓。人人正好修功德，當起慈悲。拯溺扶危。設粥都來百日期。立仙梯。

又　冬天設粥，益利甚多。煩孫公副正留心，無令斷絶，甚荷。奉呈小詞二闋

三冬設粥來宮觀，善事光臨。休起愁心。悟取慈悲行最深。足人欽。休生倦怠常寧耐，勝爇檀沉。妙處閑尋。水火相生玉裏金。上瑶岑。

又

孫公副正居何處，紫極之宮。待客謙恭。高下相看動己躬。似張弓。勸賢早認真修鍊，斡運靈宮。省可恭恭。錦箭如絲射寶躬。不須弓。

離苦海　本名離別難　謹繼重陽師父韻

緣遇離苦海，修真寂真寥。向真風裏捉真飆。種琪瑶真真，瑞滿青霄。引真個玉兔，真個金雞，自是能消。更收聚真龍真虎，繚繞真象肯偏饒。真恍惚，真彰昭。見真嬰真奼相招。訪真離真坎真處，要真真相濟服靈苗。忽結亘古真容，因真清淨，功力和調。蓬島去，拜禮重陽師父，永逍遥。洞玄金玉集卷之七

鬬修行　本名鬬百花犯正宮

同流宜闢修行，闢把剛强摧挫。闢降心，忘酒色財氣人我。闢不還鄉，時時闢，悟清貧逍遥，放慵閑過。闢要成功果。闢没纖塵，闢進長生真火。闢鍊七返九，還燦爛丹顆。闢起慈悲常常似，闢無争，闢早得携雲朶。

搗練子　贈雲中子蘇鉉

雲中子，是蘇公。聽予休要頭鬔鬆。頂華陽，巾九峯。當行化，代山侗。雲遊西北訪崆峒。闡善緣，立教風。

又　勸衆師兄訪道

馬風子，未通玄。性昏識昧不翛然。倚仗予，枉了賢。聽予勸，莫推延。速當離我便參禪。就有道，而正焉。

又　離塵

離塵網，出凡籠。鬔頭垢面類愚蒙。眼如盲，耳如聾。金爲箭，玉爲弓。木人射透水晶宮。赴蓬瀛，玉路通。

又　贈中條山無爲子

志爲劍，慧爲刀。石娥劈玉見金鼇。戲青蓮，躍碧濤。刀圭飲，勝香醪。六三公子著緋袍。繫雲腰。萬萬遭。

又　華州王待詔乞詞

王待詔，善傳神。日常心意在他人。便都忘，自己身。如省覺，出迷津。逍遥坦蕩囉哩嗹。樂清閑，得悟真。

又　贈清淨散人

休執拗，莫癡頑。休迷假相莫慳貪。休起愁，莫害慙。聽予勸，訪長安。逍遥坦蕩得真懽。守清淨，結大丹。

又　贈京兆藍黨謝敬人

休執著，莫貪求。心頭休要起閑愁。住行處，常自由。能如此，應真修。擒猿捉馬鍊霜毬。行功成，赴十洲。

又　贈李舍人

張都料，最奔波。蓋因手作忒僂儸。惹僂儸，没奈何。聽予勸，離巢窩。閑閑閑裏鍊沖和。得真修，上大羅。

又　贈終南三道友

張謙天，慕子遷。李公實等戀家緣。怎生得，通妙玄。離俗海，水雲邊。會仙莊上種金蓮。行功成，性月圓。

又　贈三水賈仙

炎炎火，滾滾湯。中間一點忒清涼。更玲瓏，分外香。生祥瑞，吐祥光。瑞祥光彩結紅霜。産胎仙，現玉皇。

又　贈醴泉三畢先生

外休著，外休搜。外邊并没好因由。外無真，外事休。内堪補，内填修。内中清淨水雲遊。内光明，内貌周。

又　隴州蕭防判言將來宜人分娩，是兒是女，有無災難，索詞

好性子，好性懷。不須香火不須齋。戴雲包，免了災。内修個，不凡胎。忘機絶慮屏塵埃。産靈童，有大才。

又　贈華亭完顔知縣

知縣女，個真真。年將二六樂天真。敢求乞，任求真。天賦性，慕修真。將來功滿内全真。跨祥雲，禮上真。

又　密州李節副求拄杖

靈壽杖，寄何人。隴西節副撥紅塵。剔開道，離苦津。常携執，求爲親。擒猿捉馬氣和神。挑圓相，現本真。

又

靈壽杖，獻夫人。撥開世網剔開塵。助行步，出愛

律。打有著，拄爲䙚。敲昏琢暗求清神。挑明月，顯至真。

又　贈五會道衆

心平等，壽延長。修完七寶聚三光。悟全真，萬事忘。玉花綻，金蓮芳。馨香嗞味滿齋腸。行功成，現玉皇。

又　贈寧海州于清一

玄中妙，没言傳。勸君休縱馬猿顛。爇心香，達聖賢。聖賢喜，賜良緣。暗中細細剔根源。性靈靈，得做仙。

又　贈文登馬彥高

長壽酒，安樂盃。能醫百病正當時。助清吟，樂道歸。將進酒，鳳銜盃。香山會上惜芳時。醉仙吟，月下歸。

又　贈張無塵先生

擒雲馬，縱雲驂。行歌蹈舜放婁躭。任傍人，笑我憨。明六六，悟三三。三三六六味香甘。廣收拾，不屬貪。

臨江仙　和趙殿試

訪庚辛成造化，常清淨童顏。哉表裏得翛然。生真水紉，去復牽還。子投賢賢不面，菴辱教來干。分修鍊在三關。人真宿契，悟放心閑。拆木字起

又　和無名先生韻

玉往來神氣住，翁穩跨青騮。風譚氏與劉丘。心歸正覺，個本環洲。火相生鉛汞結，人已達清幽。侗不日上雲頭。風牢把捉，下好吞鈎。拆金字起

清心鏡　本名紅窗迥

我當初，爲菴主。勤勤接待，雲朋霞侶。時時地、疎遠塵緣，漸漸成覺悟。悟心開，便得遇。本師遺我，專來化度。闡妙玄、穿鑿愚迷，要薦歸蓬府。

又

善芽生，爲菴主。終日相陪，不凡之侶。得自然、

獲種良緣，覺心頭開悟。心頭開，決遭遇。端的修持，更憑師度。應仙舉、功行無虧，跨雲歸紫府。鍛鍊頑心，輕觸著哮吼。銜多能，誇好手。抄録名方，專行拯救。平胃散、雖則全無，窮氣藥煞有。

又　得遇

遇風仙，論長便。棄掉妻男，不宜再面。向物外、坦蕩逍遙，離衆生識見。大丈夫，志勇猛。肯爲酒色，財氣荏苒。仗慧刀、割斷攀緣，修胎仙出現。

又　棄家

解名韁，敲利鎖。愛海恩山，一齊識破。棄家緣、路遠三千，似孤雲野鶴。有勝心，忒煞大。今日對衆，須當説過。啀寂寥、忍辱清貧，更不許兩個。

又　樂真風

馬風風，風得好。擺脱家緣，無煩無惱。自今後、不做猖狂，便一心辦道。淨神鑪，清丹竈。鍊汞烹鉛，屏除陰耗。一陽生、大藥靈靈，有分居蓬島。

又　嘆前非

初出家，訪道友。恰似猛虎，下山遊走。未曾經、

又　喜今是

法燭兒，任來爇。無我無人，煙消火滅。專修箇、忍辱神仙，肯是非分別。無嗔怒，無喜悦。拍拍塞塞，滿懷冰雪。自然得，心地清涼，怎教我發熱。

又　搜己過

搜己過。搜己過。自入道來，別無大過。只不合、説破玄機，是十分罪過。自知過。自知過。要免前愆，將功補過。處無爲、心起真慈，望聖賢恕過。

又　祖菴環堵

一蓮池，一霞友。三松四檜，五株垂柳。卓環牆、圍繞雲菴，屏繁華内守。青龍飛，白虎吼。玉姹金嬰，自然清秀。超造化、結就神珠，待聖賢來成就。

又 詠長安

論長安，多美事。端的日有，三仙向市。滿城人、半做經商，半修鍊真氣。壽長人，最多矣。因知罪福，早閑心地。興善緣、年例何如，見千道會起。

又 寄譚劉丘三師兄鹿衣

長真兄，劉丘弟。長生長春，法親同輩。顯懶衣、體掛鹿皮，本師教恁地。弟雲包，兄丫髻。早悟三覺，一通明義。我願心、普化羣迷，拯內容出世。

又 贈鐵李先生

隴西公，苦得別。六月鑪頭，掉鎚打鐵。養渾家、都要清閑，獨自受炙熁。火燒瘡，汗滴血。萬苦千辛，何時是徹。馬風風、誘引回頭，向道門中休歇。

又

悟寃親，猛離別。男兒志氣，斬釘截鐵。水雲遊、誓不回眸，趖火院逼熁。得清涼，無汗血。清淨玉壺，自然瑩徹。覺亘初、一點靈靈，絕塵緣心歇。

又 贈老程先生

這程公，頓然悟。家有六子，六賊之數。細尋思、總是寃家，便不宜團聚。棄紗巾，冠戴取。捉住馬猿，易調龍虎。待一朝、丹藥靈靈，跨祥鸞歸去。

又 贈京兆周七官

周官人，家豪富。長安通檢，最爲上户。十年間、興廢何如，無劄錐去處。嘆利名，不堅固。使我灰心，轉生開悟。行大道、一志無移，修不來不去。

又 寄長春丘師兄

君樂山，予樂水。樂水樂山，算來何濟。都不如、淨意清心，鍊沖和真氣。坎離交，木金戲。產無影姹嬰，五明宮裏。便頓覺、丹結靈靈，得真懽無比。早來因戲水，頓釋其非，復作此詞以示堂下，恐有執着者。

又 贈小李仙

李宜僧，僧學道。道要玄機，日常尋討。討論得、常淨常清，清心意最好。好降心，心塵掃。掃除淨，自是通明祕奧。奧旨在、走玉飛金，金玉結丹寶。

又　贈鄠縣小楊仙

修行人，先禁眼。見他婦女，不宜顧盼。牢擒捉、意馬心猿，休緩緩緩緩。我人除，事情簡。清貧柔弱，逍遥散誕。謹遵依、國法天條，永不犯不犯。

又　寄西菴李法師

李法師，聽予勸。休苦哀人，自先救援。把心燈、剔正光明，照個中宮殿。大丹成，功夫徧。惺灑靈童，自然出現。等紫書、玉詔來宣，訪瑶臺閬苑。

又　贈嚴先生

大丈夫，真烈士。斬釘截鐵，一心無二。做修行、誓不還鄉，遇危難發志。清淨中，玄妙至。日月交光，虎龍參時。飲刀圭、保養神丹，應重陽奧旨。

又　贈侯明一

侯姑姑，心開悟。六旬有九，才方修補。衆人言、晚了時光，馬風道未暮。氣不斷，神可固。先把馬猿，用功擒住。自然得、性命停停，管成仙歸去。

又　京兆全真菴

皮張仙，修造主。一身兩役，兼爲化主。修菴舍、獨辦一間，禱長安施主。論修行，分賓主。悟取氣神，與身爲主。是性命、速了根源，做蓬萊洞主。

又　贈長安李先生

李先生，忒執拗。全真堂下，最難訓教。學修行、不尚扶犂，道我咱偏好。再三勸，再四告。認取五色祥雲，自然耕道。種紫芝、燦爛靈光，便得歸蓬島。

又　贈薛道清

做修行，細搜刷。清淨家風，便是大乘妙法。下無爲、無作真功，心鏡上撥抹。自然明，自然達。把九玄七祖，盡行救拔。向蓬瀛、坦蕩逍遥，冠裳似菩薩。

又　贈劉先生

個青牛，引白犢。向曹溪深處，往來相逐。更時時、臥月眠雲，踈凡間草木。餐三陽，投九畜。子母溫柔，免勞看牧。待一朝、得赴蓬瀛，顯本來面目。

又　贈魏害風

風姑姑，懷祕奧。意淨心清，頭頭是道。自然得、真樂真懽，並無些煩惱。不諂詐，不倨傲。玉花叢裏，結成金寶。便等候、紫詔來宣，應通明仙號。

又　贈孫可道

孫先生，能放下。兀兀騰騰，通真棄假。處心與、萬物無私，略無些諂詐。樂清貧，得清雅。逗引靈童，惺惺灑灑。到如今、好結善緣，水雲遊行化。

又　聞吴解元昆仲身化

嘆浮生，心灰盡。小吴解元昆仲，少年清俊。又爭知、半月中間，便一齊殂殞。人還悟，人還省。擊下家緣，完全性命。真清淨、脫免輪回，得長生有準。

又　興平郭姑來投全真堂下修行

郭姑姑，男子志。割捹塵清，畏其生死。遠本夫、縫合陰門，自古今無二。慎其終，如其始。自有聖賢，暗中提爾。處無爲、清淨徹頭，同麻姑居止。

又　蒲城陸先生

嘆個人，破舊氈。不顧危亡，更把道門相玩。尚由自、不悟前愆，怎免他大難。聽予言，休著絆。恩愛塵情，一刀兩段。銷舊業、再做修持，博馬風照管。

又

頭如蓬，面如垢。萬事俱忘，心無塵垢。恣情慵、放肆婪躭，乞殘餘展手。幸知無，寧著有。無無亦無，神丹無漏。訪蓬萊、功滿三千，得縵垂雲袖。

又　薄待詔求問

薄待詔，能捏塑。誇妙手奇功，不曾停住。騁精神、漉水拖泥，爲養家之故。心還省，性還悟。閑閑供養，本真父母。淨清中、結就神丹，跨青鸞歸去。

又　楊待詔求問

楊待詔，塑得好。弄泥弄水，何曾養浩。休厮鬦、休乞詩詞，好留心向道。細研窮，得尋討。淨裏清中，自通玄奧。氣神精、無漏丹成，跨雲歸蓬島。

又　少華薄公丈丈索

薄丈丈。薄丈丈。八旬有四，因甚發心修養。看重陽、文集全真，得知些味況。勿言老，休壽相。外貌蒼蒼，内容侗儻。氣不斷、亦可修持，速澄心爲尚。

又　贈馬守清

馬姑姑，後歸去。日用無爲，清閑養素。休講論、

女姹嬰嬌，更虎龍鬬處。屏塵緣，得真趣。火滅煙消，氣神堅固。内雲遊、功滿三田，上蓬萊仙路。

又　内修圃贈徐先生

獨自固。修園圃。踏畦踏壠，卽非行步。把玉鑪、倒捲靈波，又何曾手舉。澆灌頻，芽甲吐。漸漸馨香，滿園堪覩。蘂珠宫、迸出霞光，效神翁歸去。

又　内採藥贈隴州老田先生

學修行，如採藥。攜個清淨籃兒，并無染著。向白雲、深處遊行，又何曾用钁。呼青鸞，引白鶴。踏開寶陸，自然輝霍。見九轉、一粒丹成，便收歸碧落。

又　内耕種贈木張先生

處孤清，内耕種。心意安閑，不搖不動。杳冥中、見個金牛，向溪田深賁。清雨降，紫芝聳。赤鳳烏龜，前來看供。麻麥結、黍米神珠，上碧霄進貢。

又　贈王菴主

養家時，甚情況。被妻男逼得，有如心恙。競利名、來往奔波，忒勞嚷勞嚷。學道來，常坦蕩。除性命二字，別無妄想。占清閑、自在逍遥，好豁暢豁暢。

又 予在終南，居於環堵，黜腿赤脚，並無火燭相。僅六年矣，瞥然心動，信步雲遊，西至華亭投宿於窑埪。偶中土津火毒，吐血發嗽，病勢來之甚緊。衆道友饋藥，拜而受之，不敢嘗。又謂予曰，當食生葱釅醋，可解其毒。予再三思之，道家有病，他人莫能醫，當以自治乎修鍊身中至寶，厥疾自瘳。因作清心鏡小詞一闋，拜呈道衆，希采矚

馬風風，五旬六。雲水飄飄，灑然清獨。運天風、搖曳靈光，轉增明性燭。到亭川，窑裏宿。不意中他，土津火毒。欲要解、四假違和，鍊身中金玉。

又 治病

氣不通，脚膝患。雲母膏，敷貼常常備辦。破傷風、要可何如，花蕊石細摻。治心病，清神散。醫性僻，附子理中丸彈。靈寶丹、服得太多，和骨骰更换。

又 贈鞠得一

河州鞠，聽予說。把般般術法，便當一撇。論自然、大道無爲，豈在乎細捏。清心鏡，常瑩徹。照破萬緣，無生無滅。這本來、一點元明，便朗如秋月。

又 贈馬先生

好爽利，好豁暢。坐卧住行，逍遥坦蕩。細尋思、名利之人，怎知此味況。向閑中，搜修養。鍛鍊一顆，神珠晃朗。算三次、海變桑田，是仙家一餉。

又 贈華亭十殿試

尹虞卿，樊祖訓。明仲季蒙，子恂子潤。漢卿共、信仲官人，乃清河一姓。程德容，李漢臣。十個吾儕，盡皆文俊。勸諸公、名利灰心，早修完性命。

又 贈靈陽子李大乘

靈陽子，來告別。送行不似，相迎時節。聽予囑、遊必有方，待孀毋緊切。我人除，煙火滅。莫忘初志，旋添決烈。行大道、開闡亘初，邀清風明月。

又　贈劉小官

一青牛，二條尾。三隻眼兒，仰觀俯視。四個蹄、雪白如銀，五方中嬉戲。六慾七情俱總廢。八味瓊漿，飲來光明遍體。九鼎內、變作神丹、十分功圓備。

又　贈寂然子

修行人，聽子細。齋食不可，美之又美。更何須、異饌多般，但一味而已。恬淡中，常遂意。萬神調暢、姹嬰懽喜。得自然、結就金丹，占蓬瀛仙位。

又　道友問修行

雲朋詢，霞友答。性命事大，自當救拔。免輪回、決在今生，可細搜細刷。青蓮開，白蓮發。蓮花帳內，姹嬰仰觀俯察。向蓬萊、路上前行，舞六么十八。

又　華亭嚴因院主

劉子温，性通達。父子三人，盡皆落髮。便不殢、有相行持，認無爲妙法。個內淨清靈寶塔。玉象金獅，繞圍七帀。驀然間、響喨玎璫，顯妙音菩薩。

又　道友問予甚家門户

道友詢，甚門户。答之清淨，別無作做。皆笑道、此是頑空，執把在甚處。要執把，説與汝。意馬心猿，常擒穩住。得自然、地湧醴泉，更天降甘露。

又

湧醴泉，降甘露。上下昇降，不曾停住。得自然、滋潤三田，紫靈芝敷布。善芽生，慧苗吐。潑焰焰兮，晃搖瓊路。便化爲、一粒神珠，指蓬瀛歸去。

又　勉門人

休虚誕。休虚誕。不可倚而不倚，道中相玩。全性命、不比尋常，下的端了幹。出家兒，呈手段。

把從前愛底，頓然猛拚。發一志、決烈修持，與神仙作伴。

又 贈裴大器

修行人，要心善。奈業障相魔，裂他不轉。十二時、馬劣猿顛，没巴避惡念。辦堅志，常鍛錬。勦除絶跡，永無征戰。氣神和、清淨丹成，得胎仙出現。

又 贈荔菲大隱

修行人，休失錯。仔細尋思，外樂不如内樂。常清淨、自有清懽，本來真踴躍。無憂愁，無染著。自在逍遥，氣神輝霍。行功成、顯個胎仙，便舞歸碧落。

又 瓜李論

喜浮瓜，恐沉李。説破浮瓜，自然悟理。自今後、休衒文章，更不須講禮。水雲遊，遠鄉里。休修外表，唯修向裏。定喘息、永永沖和，飲長生仙醴。

又

蒂苦瓜，香甘李。去苦就甘，自通至理。滅無明、混俗和光，且閑施俗禮。訪長安，經槐里。心歸物外，氣收補裏。要無中、養就嬰兒，飲天然玄醴。

又

這儒生，俗姓李。悟無爲清淨，自然玄理。應玉皇、仙舉争魁，勝孔鯉問禮。聽予言，歸故里。再住環牆，慇懃修裏。碧桃熟、自有瓊漿，傲中生飲醴。

又

菜重芥，菓珍李。悟生死之苦，懶窮文理。薄滋味、遠除色聲，更倦看周禮。聚三光，放三里。認三髻，談論清淨表裏。氣精神、三寶丹成，管三清賜醴。

又 顯決烈

出家兒，要決斷。一口咬碎，無明火鑽。道萬事、不繫剛腸，堪稱個鐵漢。志無移，心不亂。認正古今，神仙公案。累功行、不怕艱難，待直超彼岸。

又　以示同流，如此修持，決證仙果

出家兒，要決斷。萬種塵緣，一齊割拚。便忘機、絕慮修仙，把性命了幹。外愚癡，內光燦。聲音笑貌，有如憨漢。樂清貧、歌舞街前，欣披蓆把椀。

又

修行人，休失錯。仔細尋思，外樂不如內樂。靜清中、真樂真懽，笑靨生花萼。無憂愁，無染著。神氣沖和，心無怨惡。生大善、救度愚迷，同超升碧落。

又

遇冤讎，當和解。酒色氣財，永除永戒。行大道、剪截萬緣，便略無罣礙。莫欺心，休捏怪。認取真常，逍遥自在。處無爲、心起悲心，這功行沒賽。

又　寄四舍弟馬運甫

與人和，休打鬬。慎勿迷迷，博弈飲酒。暗風病、謔殺傍人，疾些兒拯救。要病除，須拂袖。物外持修，亘初清秀。更有般、真箇長安，待來時成就。

又　戒捏怪

做風狂，脱家累。脱了家緣，要清心地。休捏怪、詐做好人，莫謾神誂鬼。寒與暑，須當避。志道休恥，惡衣惡食。遵國法、莫犯天條。稱修仙活計。

又　戒掉粉洗麵

出家兒，貪美饍。不顧抛撒，掉粉洗麵。喫素簽、包子假黿，甚道家體面。美口腹，非長便。粗茶淡飯，且填坑塹。樂清貧、恬淡優游，別是識見。

又　示當厨造麵者

造麵人，聽予屬。硬搓薄趕，挨刀細劃。燒鍋竈、不可遲遲，便頻添火燭。覺馨香，良久熟。甜淡調和，虛心實腹。齋罷後、慎勿狂思，清本來面目。

又 勸醉者

休放醉。休放醉。想賢豈敢，對他官員恁地。做修行、上士無争，實無心醉你。休恣意。休恣意。省可貪盃，早崇善事。把性命、下手完全，做神仙活計。

又 詠三教門人

九陽數，盡通徹。三教門人，乍離巢穴。探春時、幸得相逢，別是般懽悦。也無言，也無説。執手大笑，無休無歇。覺身心、不似寒山，這性命捨得。

又 真實語

不言名，不説利。酒色氣財，並無留意。人間事、總不關心，別認些活計。要全真，須養氣。淨裏清中，虎龍嬉戲。得自然、箇内斡旋，產胎仙出世。

又 勸僧道和同

道毁僧，僧毁道。奉勸僧道，各休返倒。出家兒、本合何如，了性命事早。好參同，搜祕奧。鍊氣精神，結爲三寶。真如上、兜率天宮，靈明赴蓬島。

又 戒華麗

出家兒，聽仔細。居止慎勿，修來壯麗。要創置、急急修真，認氣神宗祖。鍊汞鉛，調龍虎。木金間隔，逗流子午。得自然、結就靈珠，指蓬萊歸去。

又 贈益都府李進

隴西公，名去病。表德去華，道號去塵最緊。待悟來、去盡般般，當修完性命。心常清，意常淨。法名更作，谷神相應。號通一、亦是相宜，字仙卿相稱。

又 嘆世

嘆人人，忒拙計。競蝸角虛名，蠅頭薄利。纔争得、粟米頭高，早笑他低底。斯是非，講閑氣。豈悟修行，超凡出世。了性命、些子功夫，占蓬瀛仙位。

又

養家人，無箇省。各銜惺惺，慳貪鄙吝。天來大、割捨驚人，敢不惜性命。這性命。於身緊。一息不來，身爲土糞。願省悟、疾速修持，固精神仙準。

又　贈馬彥壽

兩親家，各開悟。把從前愛底，覷如猛虎。認無爲、清淨家風，並無些作做。不慳貪，不喜怒。調息均勻，綿綿內補。待一朝、行滿功成，共携雲歸去。

又　贈靈一子

何先生，聽仔細。未到蓬頭，且梳丫髻。亦未至、求乞殘餘，待悟來許你。得定慧，入初地。憑仗無染無著，無爲活計。心清淨、通妙通玄，得永成仙契。

又　因何先生往寧海，作詞以寄鄉人

勸鄉人，當省悟。浮利浮名，不堅不固。妻男是、走骨行屍，自身是臭腐。早回頭，投真趣。學取馬風，樂然歸去。向物外，耕種心田，做神仙伴侶。

又　贈韋先生

公清，火戲虛。寂寂虎隨龍憇。蓮綻、勝似羣花，緣行周濟。悟回頭，真自喜。訣無爲清淨，自然通祕。自得、休別追求，人免不諱。拆韋字起

白觀音　本名白鶴子　贈吳知綱

諱號不勤勤，名爲養拙人。穿衣慵舉臂，喫飯懶抬唇。面垢但尋水，頭蓬倦裹巾。塵勞不復夢，悟徹箇中真。

又

久視長生法，須當萬事忘。守心猿易滅，防意馬難狂。引虎居龍窟，調龍住虎房。兩般成一物，跨鶴赴蓬莊。

雁靈妙方　本名雙雁兒　謹繼重阳師父韻

幸遇風仙別東州。無縈繫，縱雲遊。得真懽樂恣情謳。這塵緣，一旦休。做做田單用火牛。駕金

木，倒顛流。大丹光顯不持修。在迷津，作渡舟。

洞玄金玉集卷之八

五靈妙仙　借柳詞韻

馬風寧海，遇重陽十八。憨憨地、就中奸黠。六塵絶。縱逍遥自在，開懷豁暢，雲遊水歷，瓊瑶路如冰滑。補天缺。下功收五綵，經營活雪。調龍虎、撞關衝節。得真悦。見晴空瑩淨，圓圓正正，光輝晃朗，元來自家心月。

又　贈蓬瀛□人

願賢增壽，算家豪散八。兒孫孝、盡皆奸黠。總超絶。效龐公許氏，全家頓悟，同登彼岸，長生路途清滑。免角缺。往來遊戲，看天花瑞雪。金莖秀、逈無枝節。箇中悦。是靈童應淨，按前後篇詞例，應淨下缺二字真樂，無愁可解，唯吟絳霄風月。

又　贈趙八先生

馬風詞，拜上真寧趙八。常清淨、內容嬌黠。馬猿絶。處無爲無作，通玄達妙，瓊漿得飲，馨香味兼甘滑。無盈缺。自然神氣壯，眠卧冰雪。欺寒暑、不拘時節。這般悦。自心知意解，難言難説，逍遥坦蕩，清了洞天真月。

又　贈扶風縣淡公

悟來降，我相街前乞八。[illegible][illegible]地、似癡如黠。萬緣絶。淨清中恣飲，刀圭爛醉，靈臺皎潔，惺灑自然光滑。本無缺。玉鑪金鼎内，黄芽白雪。真龍虎、遶蟠關節。姹嬰悦。把崐崘頂戴，衝開雲霧，天無晝夜，長顯一輪明月。

又　贈衆道友

馬風重，懇告諸公道友。休迷假、內容堪守。要長久。用真功全在，清心淨意，擒猿捉馬，休令暫時遊走。得無漏。氣精神會合，丹砂結就。無中相、自然開口。論無有。這玄玄妙妙，怡然悟解，元來却是，真師暗中傳授。

翫丹砂　本名浣溪沙，讚師叔玉蟾普明澄寂和公真人辭世

樸住虛無撮住空。豈分南北與西東。丹砂只在笑談中。　性命不由天地管，一聲珍重別山侗。羽輪飈駕赴蓬宮。

又　起慈悲

馬鈺常憑佛作爲。無爲心內起慈悲。尋聲救苦做行持。　一切女男如父母，見他生死十分危。須當立箇上天梯。

又　立法梯

立箇上天真法梯。無形無影亦無基。一條捷徑入無爲。　自在逍遥真活計，常清常淨樂希夷。自然天地悉皆歸。

又　贈于先生

性燭光輝見玉壺。心香馥郁裊金爐。刀圭爛飲醉真如。　花蕚樓前横走馬，華陰縣裏倒騎驢。五靈年少捧神珠。

又　贈郝先生

大悟浮生不戀家。大乘體調不奢華。大通玄妙不矜誇。　大德建修真活計，大丹烹鍊好生涯。大丹成就步煙霞。

又　贈堂下道人

閑是閑非不可聽。那堪日日自談論。暗傷功行損氤氳。　舌是禍根牢鎖閉，尋常省啓禍之門。自然性命得長存。

又　自詠

破戒山侗説一場。喫人恥辱不慚惶。邇來酷好飲瓊漿。　玄玉玄金盈寶鼎，真男真女滿丹房。貪心更待住蓬莊。

又　述懷

外樂何曾内動心。箇中無口會哦吟。聲聲清雅透瓊林。　善聽要聽聽不得，如聾似瞽可追尋。恁時仙佛作知音。

又　贈甘張二先生

清淨無爲鎖密機。金波玉灩結刀圭。奇哉妙矣至幽微。捉住杳冥昏默處，能餐能飲更能携。無中養就化生兒。

又　贈朱先生

一飽馨香野菜羹。臨溪對竹自吟賡。不妨斡運甲和庚。何是道人真活計，日當卓午打三更。連雲和月一齊耕。

又　贈寧海于瓦甑

水狗噴煙罩玉軒。火牛入海種芝田。白蓮花朵間青蓮。碧眼胡僧眉拂地，霜毛兔子角衝天。如來圓相本來圓。

又　贈堂下道人

捨了家緣更捨身。卽非喂虎濟飢鷹。幻軀識破自忘形。無恥無羞無染著，逍遥坦蕩氣神清。心中真佛現光明。

又　贈華亭李濟川

十一吾儕一箇來。十人緣絆未心灰。莫教失脚落輪回。早早投玄離苦海，閑閑鍊氣養靈胎。功成同去赴蓬萊。

又　贈張仙

決烈修持大丈夫。專心致志免三塗。冰清玉潔箇塵無。空裏人頭懽笑落，壺中斗柄斡旋舒。丹成九轉駕雲輿。

又　贈王劉二先生

莫把修行作等閑。身閑不似放心閑。運行日月莫教閑。保養下丹無漏泄，方遷絳闕鍊中丹。上靈宮滿得三丹。

又　復用前韻

養就三丹未得閑。化人入道認清閑。真懽真樂應真閑。更把三丹通一鍊，行功圓滿顯神丹。胎仙捧出紫金丹。

又　贈堂下道人

意惡心頑煙火生。口張舌舉是非生。傷人害己過潛生。辯者自然爲不善，善人不辯善芽生。無争上士得長生。

又　贈閻先生

捨了榮華物外居。的端妙處用功夫。坎離宮内弄清虚。猛虎口中敲玉齒，驪龍頷下奪神珠。這般手段稱吾徒。

平等會　本名相思會　繼古韻

信口便胡轟，不管無腔調。暢我情懷歌舞，一任人笑。還童返老。志在無憂惱。向妙處，下功搜，細勘校。瓊漿恣飲，元氣充來飽。鍛鍊神丹，無大無小。胎仙養就，捧出靈芝草。便自銜，這番兒，道決了。

洞中天　本名鷓鴣天　寄呈馬運甫

休賭休飲休保人。減些煙焰少婪塵。能搜己過爲長便，不見他非獲好因。驚寵辱，樂清貧。修心養性惜精神。常憑如此成功行，明月清風作友真。

又　贈員先生

驀想浮華痛我心。暫時榮顯落沉淪。争如物外道遥客，豈似寰中自在人。忘俗慮，樂清貧。住行坐卧囉哩唛。鍊烹玉鼎長生藥，保養金罏不死真。

又　贈昭然子

勸公休要戀迷津。華陽巾换皂羅巾。不爲汨没塵中客，得做逍遥物外人。修道德，固精神。虎龍蟠遶嘯吟頻。汞鉛自是成丹藥，跨鶴騰雲禮至真。

又　全真菴丹井

穿鑿須當二九深。甘泉自有應清吟。更祈治病名丹井，相稱山侗普濟心。人聽勸，作知音。重陽妙趣好追尋。紫芝氣焰生形象，碧眼真如上寶岑。

玉樓春　借柳詞韻，贈雲中子

洞天無夜還無曙。常有紅光並紫霧。靈波裏面見金龞，背上銀絲千萬縷。　二神贔屭驂風馭。離坎相交傳密語。鑿開造化至幽微，會得真功顛倒數。

又　寄長春子

何須求富並求貴。不必文章如白侍。研窮性命好生涯，保惜根源真活計。　藏機隱密玄中最。肯向人前誇提對。瓊漿玉液飲千鍾，霞友雲朋酬一醉。

又　寄長安子

洞中日月無朝夕。晃朗雲衢通寶陌。上明紫腦承三清，下照黃河常五色。　自然霞結玲瓏宅。內有長生三島客。未彰雲外去時蹤，已到眼前來顯跡。

又　寄長真子

清中悟徹祥中瑞。堪做風仙端的裔。廣收白雪與黃芽，鍛鍊神丹烹鼎沸。　靈童營養如瓊膩。通曉玄玄真仔細。明知天上二三年，暗換人間千萬歲。

又　贈磻溪張先生

元陽烹鍊金光闕。不使暗魔來盜竊。常持清淨有功能，永結神丹無漏泄。　閑心一片如冰雪。自有長生無夜月。蓋因離坎虎龍調，消盡我人猿馬歇。

蓬萊閣　本名秦樓月　贈岜山前譚二翁

譚公急。急迎物外逍遙客。逍遙客。專來緣化，幸無阻隔。　焚燒船網無心測。四方偁譽難名溺。難名溺。諸餘守舊，轉增利息。

又

投玄急。投玄做箇聰明客。聰明客。靜清心月，不教雲隔。　死生生死無人測。做予入道能超溺。能超溺。虎蟠龍遶，性停命息。

又　贈譚公

于郎急。留心長在船頭客。船頭客。殺魚蝦命，罪根非隔。　把予言語休胡測。速燒船網寃魂溺。

寃魂溺。要全靈物，踵問通息。

又

熬煎急。熬煎煎逼熬煎客。熬煎客。妻男魔障，妙玄牆隔。遇予便把清涼測。清涼路上難緣溺。難緣溺。氣通和氣，息調傳息。

又　贈譚公子

人人急。人人海上爲船客。爲船客。業緣常做，福緣長隔。遇予勸化深宜測。焚燒船網難功溺。難功溺。福緣善慶，業緣除息。

又

猿急。猿不動真吾客。真吾客。傳靈樹，金間隔。真修鍊非凡測。珠光瑩難塵溺。難塵溺。生靈焰，消煙息。拆心字起

又　讚重陽真人

離西漠。重陽來訪蓬萊閣。蓬萊閣。祥光浮動，果然侵廓。闡揚教典勝施藥。道尊自是師嚴惡。

師嚴惡。僻人歸正，要超碧落。

又　述懷

離沙漠。頓忘寧海軍中閣。軍中閣。我無回顧，志清天廓。虛無撮住堪丸藥。虎龍哮吼從教惡。從教惡。勸人修道，救人崖落。

又　讚尹真人

無煙漠。集仙觀裏飛仙閣。飛仙閣。巍巍高聳，半侵雲廓。尹真法體方圓藥。人還心敬消諸惡。消諸惡。本來靈物，免教流落。

又　詠海市

雲煙漠。紅光紫霧成樓閣。成樓閣。鸞飛鳳舞，往來瓊廓。神仙隊仗迎丹藥。虛無造化龍生惡。龍生惡。蓬萊三島，橫鋪碧落。

又　借張修祖殿試韻

還鄉急。關西牒發山東客。山東客。三千餘里，關山遙隔。當時枉把予閑測。而今且恁身如溺。

身如溺。他年重話，修仙真息。

又　贈馬彥高

都同急。務場無本爲愁客。爲愁客。禱他官長，免教虧隔。遇予呪酒忘憂測。能醫百病如扶溺。如扶溺。更宜規措，自然增息。

又　贈吴菴師

菴師急。菴師和尚迎仙客。迎仙客。香煙繚繞，把予眸隔。如麻觀者難籌測。良緣共結功無溺。功無溺。龍華三會，熙熙消息。

又　贈門人

修仙急。超然一志非常客。非常客。值魔遭難，蕩闢衝隔。精微妙處心頭測。轉增開悟難迷溺。難迷溺。鶉居鷇食，念忘情息。

又　贈趙公

當周急。慣曾爲侶偏憐客。偏憐客。成人之美，自無障隔。遇予好把精微測。拯危救苦扶持溺。扶持溺。自然通道，氣神和息。

又　勸宋公輔

儒家急。儒家不悟行屍客。行屍客。鑽研活路，無遮無隔。令人泛海誇强測。豈思風浪扁舟溺。扁舟溺。此般寧忍，勸君休息。

又　勸同

休急急。儒家本是蓬瀛客。蓬瀛客。謫居塵世，香花相隔。數船網罟焚無測。度仙橋上難沈溺。難沈溺。濟人道路，往來寧息。

又　贈于曈化網楊法師

行法急。留心行法奔波客。奔波客。外行救治，內忘通隔。木金三間當搜測。居於物外能趓溺。能趓溺。氣和神暢，子安母息。

又

行法急。斬妖斷祟書符客。書符客。振威叱喝，有傷和隔。遇予好把修行測。修竹自是無仙溺。

無仙溺。蓋因修鍊，念忘心息。

又　勸道

魔急。魔怎亂修仙客。修仙客。談玄妙，男遠隔。求寸祿人休測。鄉無漏難漂溺。難漂溺。儀運轉，行真息。拆心字起　洞玄金玉集卷之九

金蓮出玉花　本名減字木蘭花　贈大畢先生

畢公好志。官障私魔心不二。決烈修持。能可移山志不移。塵緣一削。世上榮華無染著。可稱仙徒。堪許完全大藥鑪。

又　勸劉法司放鸚鵡

綠毛紅嘴。因爲能言還自累。奉勸修何。語得分明愈著魔。不如省覺。緘口藏機懷卓犖。人總嫌伊。得出凡籠自在飛。

又　寄張知觀

張公知觀。性命堪搜常作觀。勘破囂塵。灰了凡心出世塵。內修內鍊。真汞真鉛常鍛鍊。要見

金蓮。須是深深種玉蓮。

又　寄任節級

任公節級。肯救危難常濟急。此去淳于。報得專專獻鉢盂。山東馬鈺。詞寄賢家收養玉。玉裏生金。無口能言話古今。

又　贈劉公見惠鞋，以詞贈之

贈予鞋履。我賜賢家玄妙理。休別猜疑。早離塵緣得所宜。論其元首。清淨精光牢固守。性不沉流。決繼海蟾的祖劉。

又　姜公惠蒲扇

蒲編綫定。救苦成功生異景。熱惱無憂。招引風來夏變秋。休言是草。雖則物輕人意好。感謝姜侯。惠我清涼免上樓。

又

金汞定。富人榮非我景。子何憂。嘆浮生鬢染秋。生慧草。早修心端的好。道勝侯。袖携雲

訪玉樓。拆木字起

又　萊州倉使盧武義

盧公倉使。意在留心風馬二。未解修丹。送我勞勞到武官。速回車馬。欲要全真先棄假。功行須周。定是將來看十洲。

又

直饒呼使。怎比清清修不二。會鍊三丹。遠勝爲人得好官。牢擒意馬。緊鎖心猿寧著假。靈物圓周。得看壺中萬萬洲。

又　贈清淨菴主劉公

彭城菴主。喜捨花園菴舍做。設此良緣。種下將來福禄田。全家修善。正是修行真地面。更好清心。神氣沖和上寶岑。

又　贈劉同監

圭爛飲。後玄機宜再審。上田田。了真功得自然。中蓮綻。是爲仙無失陷。了心休。繼海蟾的祖劉。拆刀字起

又　繼張修祖殿試韻

傳天際。小金嬰能補綴。白絨清。物隨針繡我心。靈無影。八刀圭誰可飲。友張翁。客邀觀七寶宮。拆口字起

又　繼酒同監韻聯珠

心數歲。久休心成妙最。好心磨。琢心開疾似梭。飛玉性。上無瑕真自淨。有何愁。惱吾官心不休。

又　清真子姚公索

命中養性。水裏生金真本柄。虎遶龍蟠。走玉飛金結作團。刀圭恣飲。産箇胎仙端更正。別是生涯。出入騰空步翠霞。

又　贈范明叔櫻扇

櫻絲爲扇。堪與閑人常作善。驚諕蚊蠅。欻欻輕搖免殺生。添成幽雅。相助逍遥塵不惹。拂盡

攀緣。意淨心清性月圓。

又　于疃于吉先索

于公聽勸。世事無涯難歷徧。好認玄微。稍稍知空達妙機。家緣擊掉。雲水遨遊修大道。異日功成。跨鶴携雲赴玉京。

又　牟平縣劉穩欲自焚身，遂作此詞，急救其性命

劉公聽勸。學佛修仙憑識見。割棄心塵。不在焚燒捨挤身。些兒修鍊。鍛鍊神丹須九轉。功行圓周。相繼海蟾的祖劉。

又　婁公惠故紙

然傳旨。下清吟專謝紙。帛遷延。筆書箋鑊見前。開微寡。擘慳心當捨下。惠羣仙。却酬君詩百篇。拆丿字起

桃源憶故人　重陽師父相引登蓬萊閣

風仙同我蓬萊宴。□原不空格，疑有誤翫蓬萊清淺。海市蓬萊出現。虎嘯蓬萊苑。龍吟蟠遶蓬萊殿。鶴馭蓬萊鳳輦。丹顯蓬萊九轉。堪應蓬萊選。

又

崑崙山迎蓬萊廓。連接蓬萊雲脚。異景蓬萊輝霍。霞變蓬萊鶴。金風吹轉蓬萊閣。自有蓬來丹藥。仙子蓬萊真樂。不負蓬萊約。

又

馬風得遇修仙舉。不羨人間富貴。築箇環牆居住。且避風霜雨。靈光晝夜常修補。異日功成歸去。得住蓬萊洞府。侍奉吾師父。

又　寄譚劉郝三師友

譚風劉郝雲霞友。自在逍遥閑走。興盡好歸陝右。共話無中有。常清常淨常無漏。便覺虎龍交媾。箇內不神神秀。得飲長生酒。

又　得遇

馬風曩日肥家子。緣甚黜妻屏子。便做飄蓬貧子。因遇重陽子。從斯道號丹陽子。塵事並無

些子。悟徹男兒産子。決定成仙子。

又　自悟

父兄未老先亡過。已後不須發課。決定輪排到我。生死如何趓。悟來便做飍飍麼。一任人猜心破。認正箇中些箇。有分携雲朵。

又　思遼陽高巨才

桃源憶故人歸去。別後常懷無緒。未審官遊何處。忘了當初遇。我今物外修行做。但願他家開悟。猛棄榮華貴富。共結雲霞侶。

又　贈孔菴主昆仲

孔翁四箇親兄弟。小者二人傾逝。已後不須卜筮。想着先垂淚。死生生死如何避。早把家緣猛棄。物外行功積累。得得成仙位。

又　勸長安三壇李法師

李公知觀聽予勸。只恁未爲長便。悟取水雲清淺。玄妙心通顯。木人手段非凡箭。便把三乘救援。射透箇中宮殿。得見如來面。

又　桃源遁客問道

桃源遁客專來到。問我些兒玄妙。說破坎離顛倒。水火同鑪竈。虎龍蟠遶成丹寶。五色祥雲開導。引出胎仙不耄。得住蓬萊島。

又　五臺月長老來點茶

五臺月老通三要。便把三彭除勦。運用三車皎皎。般載三乘妙。龍華三會心明曉。頓覺三光並照。箇內三壇設醮。自己三清了。

又　贈蔡先生翁母攢三字

夫婦聽裁斷。好生捨拚。男兒休管。俄然斷。恩愛無縈絆。漸令火鍛。明明光燦。山侗喚。

又

鴛鴦未老頭先白。有甚因緣難測。說破自然會得。蓋爲貪迷色。人還省悟溪山驀。物外專修道德。清淨神仙法則。得住蓬萊宅。

又　贈老姚先生

修行先把家緣捨。莫順人情談話。慎勿攀高忽下。休著纖毫假。　心猿意馬無令耍。真淨真清幽雅。神氣和調惺灑。功滿丹無價。

又　何先生欲遊海島，以竹杖贈之

道家攀送呈玄趣。膝上自然琴撫。聲透九霄妙處。引下青鸞舞。　流霞滿酌休辭訴。九節靈枝携去。相助亘初行步。直上蓬萊路。

又　寄趙公綽殿試

今朝傳出些修鍊。外把萬緣鍛鍊。鍊過更宜重鍊。識破何勞鍊。　纔方向裏閑烹鍊。六賊三尸頻鍊。鏡滅心忘丹鍊。得得成真鍊。

又　寄張知觀　聯珠

岐陽鎮上丹霞觀。主張公手段。段丹田照管。顧常明燦。　然內景真堪看。透性無紊亂。道祝賢遐算。得神仙伴。

又　贈古劉二先生

前程合有修仙分。競利爭名喫頓。遏意逆情愁悶。逼得回頭緊。　算來貪甚浮華境。不若完全性命。直認無爲清淨。管取成仙準。

又　寄主簿王彥文

前程合有修仙契。分外難求名利。所措莫能如意。激出修行志。　算來生死無人替。肯把自身家累。要占十洲仙位。清淨功夫累。

又　贈李四官

閑思今古回頭底。是非功成名遂。往往事無如意。猛悟尋歸計。　超然拂袖無家累。物外行功積累。博得聖賢懽喜。蓬島安排你。

又　贈鄭先生

有心入道當回首。□原不空格，疑誤況流年六九。性命宜乎早救。莫待身枯朽。　無爲清淨功夫守。自是神丹無漏。天地可同長久。永作雲霞友。

又　贈亭川衆道友

塵中箇箇貪名利。要賽石崇富貴。争奈前程不諱。莫也難逃避。悟來詐做瘋瘋地。便是脱家奇計。鍊氣全神圓備。得赴蓬萊位。

又　贈董先生藏頭聯珠

予屬付須當認。取本源清淨。意清心除境。滅心忘盡。形八戒持來正。洽靈靈心印。結光輝禪定。是神仙準。

又　贈董先生

泉西裹雲朋董。訪扶風鈺洞。話真鉛真汞。火如何弄。分清淨功能總。蟻穿珠九孔。午倒顛成珙。性真堪寵。拆龍字起

又　贈華亭仙大師　攢三字

仙老真禪老。萬緣拂掃。下心最妙。俄然了。神氣精三寶。閑烹鑪竈。丹成驚早。真如好。

又　赴黃籙醮贈道衆

尋神救苦酬予願。海角天涯心遍。暗誘人離火院。物外真修鍊。尋思地獄心寒顫。救拔亡靈經念。枷鎖自然脱免。總赴蓬萊宴。

又　舍弟運甫有書議葬事，以詞答之

在生已是爲來錯。死後形骸醜惡。合避三光寥廓。埋了休拾掇。子孫辦孝如媒妁。遷葬分明嬉謔。併骨共同棺槨。顯露貪懽樂。

又

悟來頓覺從前錯。怎敢起心生惡。斡運蓬萊銀廓。箇内如擡掇。無中嬰姹憑媒妁。須用黃婆爲謔。和會出離瓊槨。天上長安樂。

天道無親　本名甘草子　勸衆道友

唯願想像莊周，夢蝶飛輕粉。悟徹本無親，天道堪憑信。一志寂寥修行緊。便莫惜、假軀嬌嫩。捐棄家緣須陡頓。任女男妻恨。

又　勸公道友

奉勸離俗修持，自有清清雨。雨變雪花飛，得見青蓮浦。陪伴脫塵雲霞侶。不要起、攀緣心緒。莫戀金籠共鸚鵡。聽馬風真語。

傳妙道　本名傳花枝　借柳詞韻

山侗正撫，心琴仙調。驀然想、道契仇香姓趙。願吾官，早開悟，事皆顛倒。匿智慧，裝懵懂，咄去奸俏。便做傚、許氏龐公，全家物外，箇箇總了了。

又

清心淨意，通禪明道。逍遙樂、永無憂惱。縱狂歌，任下士，聞之大笑。笑則笑，怎知得，內貌忒好。待異日、行滿功成，管决有紫書來到。

滿庭芳　迷棊引

口倖謾人，手談胡指，暗懷奸狡心腸。只圖自活，一任你咱亡。得勝無聲之樂，笑他家、不哭之喪。無慈念，殺心打劫，一向騁乖張。偶因師點破，回心作善，入道從長。便通玄知白，守黑離鄉。絕慮忘機養浩，鍊神丹、出自重陽。行教化，闡揚微妙，詩曲滿庭芳。

又　嘆名利

利惹心猿，名牽意馬，無晝無夜奔馳。波波劫劫，來往沒休期。一向貪饕越煞，心勞役、形苦神疲。休迷執，一箇口裏，插得幾張匙。堪嗟虛幻事，妻男走骨，自己行屍。又何須相愛，相戀相隨。好把輪回趓趖，早參禪、訪道尋師。長生話，有些微妙，端的上天梯。

又　出樊籠，贈京兆劉法司

掣斷名韁，敲開利鎖，忻然躍出樊籠。無拘無管，縱步任西東。自在逍遙活計，占無爲、清淨家風。無情念，亦無憎愛，到處且和同。不唯身坦蕩，心中豁暢，性上玲瓏。更不搜嬰姹，坎虎離龍。方寸澄清湛寂，得自然、神氣和沖。神仙事，何愁不了，决定赴蓬宮。

又　重遇吟

重遇風仙，重增開悟，一心專做癡愚。揪髯勢已，且恁嘴盧都。罷了高談闊論，疎筆硯、不講經書。從今後，孤雲野鶴，驚食更鶉裾。寒來求紙布，忻來歌舞，飢覓殘餘。似孤舟不繫，有甚程途。自在逍遥坦蕩，更無著、無染無拘。人來問，看予活計，何必更詢予。

又　贈趙先生母蓬瀛散人

京兆城中，章臺街裏，有箇豪富楊姑。道菴創置，與子不塵居。燕處逍遥快樂，戴雲包、酷好清虛。陰德積，憐貧愛老，設獄祭魂孤。環牆修十座，衣湌獨贍，三處安厨。壽長年，出自道力相扶。臘月下旬有二，與真人、降誕無殊。功行累，將來定是，跨鶴赴仙都。

又　覺覺覺

道法彌高，教門洪大，東西南北無邊。闡開玄徑，剔正路無偏。行步逍遥坦蕩，塵情事、不許縈牽。明三覺，精神氣湧，清淨遞相傳。自然成造化，木金間隔，水火潺湲。定虎龍交媾，嬰姹牢堅。結正金丹大藥，銀霞内、燦爛光圓。飛騰勢，往來出入，逗引大羅仙。

又　離苦海，贈張二官

人喜生兒，誰知替你，被他奪了精神。繫伊心意，唯恐不成人。養大留心何處，惜妻男、忘了伊恩。休惆悵，聞身强健，別覓箇良因。怡然離苦海，斷情割愛，絶慮忘塵。訪雲朋霞友，月伴風隣。講論長生久視，通玄妙、固蒂深根。金丹結，功成行滿，跨鶴去朝真。

又　論金玉

玉洞玄玄，金鑪燦燦，清中金玉希奇。金龍玉虎，玉走與金飛。撞透金門玉户，見金蓮、玉蕊争輝。金玉好，天風摇曳，玉葉與金枝。錡錡金與玉，金嬰玉姹，玉步金闈。顯金光玉艷，玉貌金衣。此箇靈金靈玉，結金丹、玉性無虧。真金玉，鈺成玄寶，出自本師知。

又　處自然

清淨真功，無爲大道，自然體用惺忪。先天靈物，元本在吾胸。南北東西相會，慧眸開、論甚朦朧。壺中景，水生玉虎，火內長金龍。祥光敷宇宙，三田丹秀，八脉神通。且披蓑頂笠，有似漁翁。闡出玄玄妙趣，勸人人、氣養和沖。同修鍊，功成行滿，相逐赴仙宮。

又　冰雪亭題晏子禮

瑞靄浮浮，祥氛冉冉，捲簾縞夜幽光。清奇峻潔，有類布濃霜。恰似山侗內景，瓊花綻、玉蕊芬芳。瑶瑛結，連城寶氣，璀璨射珪璋。何須沉與麝，自然馥郁，不比尋常。見銀蟾吐耀，斡運圓方。姑射真人放浪，弄風行、玉珮玎璫。胎仙現，白雲深處，恣意飲瓊漿。

又　赴萊州黄籙大醮作

口口相傳，真真相濟，悟來意解心通。玄中妙趣，明月應清風。師祖鍾離傳吕，吕公得、傳授王公。王公了，祕傳馬鈺，真行助真功。彭城并道友，邀予追薦，數次途中。更同知節使，節副相容。跪領尊官台旨，加持在、紫極之宫。亡靈福，超昇天界，了了道深崇。

又　刀圭法

日月交宫，虎龍共處，不分南北東西。五方秀氣，攢聚結刀圭。十二時中鍛鍊，尖鋒上、迸出光輝。堪安欛，住行坐卧，恣意倒顛携。添鋼增刃快，斷除六賊，消滅三尸。便往來揮動，剖判昏迷。誰信無中妙用，變成箇、惺灑嬰兒。修真理，因師傳授，轉付友人知。

又　和張飛卿殿試韻

七赴皇都，三經殿試，怎知鍊氣綿綿。心猿休歇，意馬罷強顛。燕處申申快意，仗清淨、固住靈源。玄玄處，三光並秀，照耀洞中天。　勸君開覺悟，休馳才俊，聽取余言。有逍遥妙路，無説無傳。決烈一刀兩段，絶緣慮、自是通玄。真功就，留侯的裔，繼踵作神仙。

又　讚重陽真人顯異

憫化真人，重陽師父，頭頭物物皆通。歸期預指，語話似心風。果應南京行上，昇霞後、教訓臧公。師父重陽真人當日昇霞，至暮時分，臧公在南京遇之，尚不知昇霞，猶以爲生，後方知之，其速有如此者。　岐陽鎮，頂冠下界，爲我再傳功。　華亭城西現，救予疾苦，氣布身中。在文登雲上，顯出慈容。縣宰尼厖虎見，經頃刻、復返天宮。真實事，古今希罕，自是足人崇。

又　退姜四翁所惠團襖

一紀環牆，數年赤脚，捱他寒冷如因。超然一志，決要行功周。感得神仙下界，向身中、布氣如流。無凝滯，沖和上下，相應好因由。　關西牒發我，遠來東土，恣意貪求。做天來大錯，敢受綿裘。結裹身如圖囤，招譴責、厥疾難瘳。還團襖，瀟瀟灑灑，襤褸顯真修。

又　嘆憨漢

鏡内蒼顔，梳間白髮，猶然騁俊剛求。不愁自己，貪爲子孫憂。人人争名競利，時時地、籌運機謀。堪失笑，這般憨漢，直待死方休。　人還依我勸，無常事緊，性命堪搜。願諸公惺灑，慷慨回頭。莫説蓬萊路遠，心開悟、咫尺瀛洲。真清淨，無爲功滿，得去列仙儔。

又　心自笑

學道修竹，累功積行，常愁行少功虧。勸人作善，於道最相宜。稍稍緣行端正，早傍人、別意猜疑。心自笑，圖他功行，怎避是和非。　華山陳處士，不侵耕織，山下行稀。尚有人相毁，發嘆吟詩。清正無私無曲，任前程、寵辱災危。隨緣過，騰騰兀兀，歌舞樂希夷。

又　黄縣金玉菴

東寺西城，南山北海，心中好結良因。菴名金玉，堂建號全真。廊舍清風明月，圓無漏、不落沉淪。門清淨，雲朋霞友，燕處得申申。無爲環堵裏，小松疎竹，初種新新。向寶花臺上，異事驚人。眺望蓬萊山島，又何必、别覓長春。堪圖畫，芝川一境，馬鈺略鋪陳。

又　證仙果

牝鎖玄通，龍奔虎走，微微調息綿綿。清風透户，不放馬猿顛。姹女嬰兒相遇，論清淨、至妙根源。無作做，自然成道，决上大羅天。愚男專懇告，十方父母，聽取兒言。顧茶坊酒肆，遞互相傳。莫以狐言貉語，是端的、祕密幽玄。憑斯用，人人有分，箇箇做神仙。

又　唐括氏兒子出家，以詞贈之

冒雪行車，迎風訪道，投余特地參同。説些修養，不論虎和龍。講甚嬰兒姹女，無龜蛇、日月交宫。無水火，亦無嗽嚥，更没按時功。的端真妙用，無爲活計，清淨家風。鎖心猿意馬，勿縱狂蹤。鍊息綿綿來往，自然得、子母和同。全性命，紫書來詔，直赴大羅宫。按此詞有石刻在濰縣玉清宫

又　不看謁

不謁公侯，不疎貧賤，不求富貴榮華。不飡美饍，不敢厭衣麻。不發無明火燭，不著境、亦不思家。般般不，不忘師旨，鑪鍊自朱砂。逍遥真自在，清閑活計，雲水生涯。對風隣月伴，滿泛流霞。悟徹長生冬視，又何必、馳騁矜誇。將來去，祥雲瑞靄，步步襯蓮花。

又　夜叉婆

撲粉施朱，畫眉補鬢，巧言令色柔和。暗藏機狡，名喚夜叉婆。面善心乖性惡，纖纖指、鷹爪無過。誇體段，取人性命，入夜騁僂儸。遇師方省覺，要逃業障，須避寃魔。縱水雲遊歷，遠離巢窩。急急完全神氣，累功行、豈敢蹉跎。酬心願，勸人修鍊，功到洞仙歌。

又　覺前非

不待人詢，須當自問，如何用意圖財。若非奸狡，無有自然來。心起慳貪嫉妬，寧思想、橫禍非災。欺天地，暗懷狠毒，怎不落深崖。陰司懸業鏡，難謾難謊，難閃難推。却不如聞早，省悟心灰。物外追陪霞友，論長生、脱免輪回。修功行，不忘初志，定是赴蓬萊。

又　懷修鍊

物物心休，般般事已，進人退己從長。無争上士，柔弱勝剛强。坦蕩逍遥度日，處清淨、成就圓方。懷修鍊，亘初靈物，决要鼎中藏。難忘唯是道，如飢似飯，如渴思漿。似嬰兒尋母，專一思量。急救自家性命，調真息、不要忙忙。常細細，綿綿來往，功到赴蓬莊。

又　悟生死

七十韶華，暫時光景，尋思一向沉吟。酸辛入鼻，苦痛事攢心。生死都來兩字，既生身、有死相臨。堪養氣，要逃生死，物外去搜尋。心開通妙用，火中養木，水裏生金。把乾坤骨髓，收向朱林。龍虎變成嬰姹，靈靈顯、豈論陽陰。無生滅，真真了了，跨鶴上瑶岑。

又　傀儡諭

養贍渾家，貪求活路，身如傀儡當場。被他名利，把戲引來忙。牽惹千頭萬緒，使作得、舉指猖狂。誇體段，摇頭弄影，馳騁好容光。遇師親説破，行屍模樣，走骨趨蹌。氣懸絲相似，莫有無常。急認壺中雲水，叩玄關、麻麥馨香。龍蟠虎，汞鉛烹鍊，丹結做蓬郎。

又　自破坐

執法行功，按時打坐，奈何不得惺忪。睡魔返倒，頭點點占胸。鼻氣如雷響嘵，纔驚覺、眼又朦朧。予自勸，恁般修進，怎鍊虎和龍。　斯言如不信，偷覷同輩，定是心通。見摇船身分，自愧梢翁。好認無爲大道，心清淨、神氣和沖。靈光結，三丹踴躍，晃朗五明宮。

又　降心魔

熟境纏綿，心魔返倒，下功决要降心。住行坐卧，晝夜志防心。方寸雖然不大，起塵情、萬種牽心。當識破，上天入地，好弱總由心。　從今生覺悟，牢擒意馬，緊鎖猿心。把凡心裂另，要見真心。日日澄心遣慾，更時時、校勘身心。無私曲，自言心正，方可合天心。

又　骷髏樣

樣子骷髏，偏能販骨，業緣去去來來。騁馳伶俐，不肯暫心灰。轉換無休無歇，騰今古、更易形骸。空貪壽，饒經萬劫，終久打輪回。　遇師親指教，創修一點，免落千崖。屏七情六慾，保護三臺。玉虎金龍並湊，青蓮内、捧出嬰孩。無生滅，大羅天上，仙位得安排。

又　忍忍忍

刃下挑心，心頭插刃，認來堪作良因。無明降住，有辱不生嗔。憶昔清河公藝，尚垂涕、書此和親。無争士，常行大善，不敢暫傷神。　人猜泥捏塑，逢刀坦坦，遇藥申申。便是非不辯，强弱無論。師父重陽教我，消煙火、悟假修真。常忍耐，觸來勿競，端的做仙人。

又　得真樂

落魄閑人，逍遥懶漢，的端酷厭榮華。怕兢火院，不會養渾家。萬種塵緣拂盡，仗心閑、鑪養丹砂。松峯下，水邊石畔，遣興飲流霞。一靈常皎潔，優游恬淡，真樂無涯。論比之明月，月有雲遮。若比孤雲自在，風飄蕩、牢落堪嗟。予親遇，得超彼岸，快活更無加。

又 和芝陽靈元子衛信道韻

放懶生涯，欣慵活計，起心念念慈悲。而今不肯，摘葉更尋枝。撇下之乎者也，的端認、蓮出青泥。閑閑裏，捫心自忖，有似遇良醫。逍遥真自在，要成仙福，憑仗心師。志堅如山嶽，不許胡移。日用無爲清淨，自然得、捉住東西。些玄妙，悟來通曉，雖老不爲遲。

又 復用前韻

弔孝之人，送終之輩，當思兔死狐悲。青春漸老，休要戀花枝。好把精神收拾，超彼岸、出水騰泥。皈正覺，自心有病，物外去尋醫。良醫無藥餌，劈昏蟄暗，便是明師。要心無染著，熟境遷移。神淨虎龍交媾，任紅日、東出還西。無憂惱，長安路上，行道不遲遲。

又 離衆生示門人

盡說煙消，皆言火滅，觸來總起無名。不知不覺，怎得離衆生。道本易行易曉，奈心違、難曉難行。心魔障，未成大善，方寸不能靈。同流聽囑付，是非休辯，人我休爭。嘆行屍走骨，何辱何榮。急救自家性命，氣神和、清結真形。靈靈語，瑶臺閬苑，蓬島是前程。

又 混元劉法師昇化，以詞讚之

幼則隨羣，長而異衆，一心法籙行持。書符呪水，治病救災危。建德如偷不顯，厭華麗、糲食粗衣。親曾遇，重陽師父，傳授入希夷。自知功行滿，速來訪我，徑就歸期。便怡然拂袖，應限宜時。此者彭城了了，馬風風、當賦新詞。長生得，攜雲仙去，跨鶴赴瑤池。

又　讚重陽真人出現

古郡登州，望仙門外，畫橋車馬難通。重陽師父，對衆顯家風。預説逢何必壞，經一紀、太守何公。嫌嶮峻，令人拆毁，命匠別興功。文登重出現，白龜蓮上，端坐空中。辛公尼龐虎，得遇真容。忽見回身側卧，祥雲動、復往仙宮。人争畫，家家供養，處處總欽崇。

又

妙行真人，重陽師父，遇師吕祖玄通。十年了道，歸去得乘風。一紀三番下界，性正直、凡事依公。天上現，無爲手段，超顯自然功。全真文集裏，藏機隱密，妙在其中。論龍吟虎嘯，嬰姹嬌容。玉內金光燦燦，神丹結、躍出靈宮。人還悟，速修清浄，休受世間崇。

又　贈辛五翁姜四翁

豪富過人，作爲異衆，萊陽姜鑑辛通。文登趁醮，不憚冒霜風。來往近乎千里，投壇告、馬鈺姜公。持孝道，辛公聞得，惠酒勞奇功。虔誠逢感應，醮儀纔罷，仙現雲中。命丹青妙手，傳寫奇容。從此住行坐卧，搜斡運、陰裏陽宮。忘塵事，鄉人欽羡，相重更相崇。

又　贈萊陽縣衆醮首

高密鍾真，萊陽姜鑑，廢坊辛氏名通。邀予追薦，不避雪和風。捧示衆官書疏，跪領外、承順諸公。居環堵，一餐薄粥，須辦十分功。加持非草草，玉山踏碎，金藏頤中。要虎龍交媾，産出元容。整頓精神惺灑，救亡靈、盡赴蓬宮。人聽勸，齊心樂善，釋道一般崇。

又　赴登州黄籙大醮

松柏巖前，煙霞洞裏，清風吹動靈苗。水昇火降，大藥自然燒。歌舞相陪童稚，利名棄、不讓漁樵。

忘人我，清貧爲樂，怕底是塵囂。人來求追薦，千言萬語，苦苦相邀。便加持齋戒，遥拜雲寮。禱告重陽師父，救亡靈、得上青霄。鸞鶴引，孤魂滯魄，相從總逍遥。

又　文山七寶會衆搬菴告名，因而示詞

七寶菴中，三清門裏，全真堂建相當。東西廊舍，堪可做雲房。鑿石名爲丹井，水甘美、有若瓊漿。玄玄處，修真環堵，幽雅不尋常。　雲朋並霞友，微中講論，妙裏斟量。處身心清静，便是仙方。調息如同龜息，命燈内、性月圓光。齋場上，文山道友，唱此滿庭芳。　洞玄金玉集卷之十

二郎神慢

應仙舉。便下手、先除色慾。好玉潔冰清大丈夫。更休任、泥拖水漉。一失人身難再復。莫等閑、把前程失悮。　今略訴。長生久視，五件堪爲憑據。聽取。第一要、滌除念慮。第二要、忘貪戒酒肉。第三要、濟貧拔苦。第四要、常行慈善。第五要、精神保護。依此五件，功成行滿，得赴蓬萊仙路。

鳴鶴餘音卷之一

孤鷹

苦海爲人，隨波逐浪，茫茫甚日休期。爲酒色財氣。一向粘惹，瞞心昧己。不算前程，幻軀有限，待作千年之計。忽一朝陰公來請，看你教誰替。　千間峻宇，金玉滿堂，畢竟成何濟。勸諸公省，早把凡籠猛跳出，向物外飄蓬，放落魄婪躭，鶉居鷇食，昏昏煉己。默默地、怡神養氣。丹成既濟。乘彩雲，跨鳳歸。　同前

滿庭芳

吾劍非凡，玉皇宣賜，非吾誰敢承當。青蛇三尺，時復起祥光。剔起乾坤骨髓，劈開太一真陽。何人鑄，耶溪歐冶，金水配柔剛。　不知何處用，除邪斬怪，寧静諸方。斡開萬象，盡化玄霜。惟有修行

不謹，輕輕指、魂魄飛揚。匣中響，雷聲震動，萬里鬼神藏。鳴鶴餘音卷之三

又

年小靈童，出家學道，師言側耳須聽。清晨早起，掃地莫揚塵。梳洗身邊潔淨，然後刷釜拈盆。厨房內，油鹽米麵，休得費半毫分。客來須接待，行須緩步，語要低聲。守清貧寂淡，莫戀浮榮。遇晚端身正坐，心清淨、滿目光生。休改變，天長地久，自有好前程。同前

蘇幕遮

上丹田，玄空路。玉鎖金關，八卦珠簾庫。左有青龍，右有白虎。碧眼胡僧，便是三清土。虎伏龍，龍伏虎。戰退三尸，贏得河車路。意馬心猿弄拴住。運上崑崙，透入泥丸去。鳴鶴餘音卷四之

又

中丹田，多玄妙。聚寶池中，五色霞光照。姹女嬰

兒盡歡笑。鍊就金丹，價值千千兆。服一粒，馨香妙。換骨抽胎，萬病消除了。返老還童年又少。快樂逍遥，倚定巖溪曉。同前

又

下丹田，明仙道。有箇牛兒，不喫尋常草。玉液華池滋味好。白雪黄芽，喂得牛兒飽。金龍頭，銀纏繳。瑩潔無塵，遍地如雪罩。擺尾摇頭噉聲叫。過海穿江，直上蓬萊島。同前

黄鶴洞中仙

終日駕鹽車，鞭棒時時打。自數精神久屈沉，如病馬。怎得優游也。伯樂祖師來，見後頻嗟呀。巧計多方贖了身，得志馬。須報師恩也。同前

女冠子

人命無常，看青雲、雨過山水。韶華盡過了，百年如夢，有似希夷。忘情絶愛念，好把意馬心猿牢繫。綿綿密密。有似出息。常不保入息。十年

一似修真理。做神仙、萬無一失。門生莫生疑。若有纖毫虚謬，馬風罰作陰山爲鬼。心行常不昧。遍十方、觀照天地。累成功行，自有金童來認你。同前

鍊丹砂

行道要心堅。密護丹田。調和真息永綿綿。十二時中常若見。休要塵牽。訣要避諠譁，静處安然。須通語、默默言傳。神秀丹成行滿。得去朝元。同前

兩隻雁兒

一更裏，要精專。安閑静坐眼看。猿猴耍，莫放顛。先須減睡眠。眠心散，露青天。恒沙功滿大千。工夫要，行功圓。非干是自然。

又

二更裏，二氣運，鉛消汞焰煎。鉛是汞，汞成鉛。沖和滿洞天。沖和氣，任虚源。九曲明珠串。雙闕透，射碧天。元來是自然。

又

三更裏，月正圓。笙歌消夜天。金童喜，玉女歡。凡間不一般。長生酒，醉不顛。飲了還少年。曲江上，望懸懸。酣買不用錢。

又

四更裏，徹玲瓏，玲瓏徹碧天。登彼岸，跨鳳鸞。辛苦三二年。言非大，莫虚傳。傳了無一言。猿是馬，馬是猿。休教付兩邊。

又

五更裏，畫角喧。驚回清夢遊仙。眠是夢，夢是眠。方知心是天。天生地，地生天。一炁合混元。添一歲，減一年。真空不動然。

掛金索

一更裏，端坐慢慢調龍虎。運轉三關，透入泥丸去。龍蟠金鼎，虎遶黄庭户。這些兒工夫，等閑休

分付。

又

二更裏，二點陰陽真炁妙。上下三關，休教差錯了。姹女嬰兒，兩箇都放嬌。金公黃婆，自然匹配了。

又

三更裏，明月正把乾坤照。嚇得邪魔，千里不見了。退盡陰兵，不用刀圭妙。海底龜蛇，自然相盤繞。

又

四更裏，無事好把真經看。句句幽玄，說道教修鍊。不用水火，不用柴和炭。鍊就靈丹，萬兩金不換。

又

五更裏，天曉架上金雞叫。有箇忙兒，拍手呵呵笑。放飽牛兒，快活睡一覺。行滿功成，自有丹書詔。

以上鳴鶴餘音卷之六

鍊丹砂　贈清靜散人孫不二

奉報富春姑。休要隨余。而今非婦亦非夫。各自修完真面目，脫免三塗。鍊氣莫教粗。上下寬舒。綿綿似有却如無。箇裏靈童調引動，得赴仙都。金蓮正宗記卷五

孫不二

不二號清淨散人，寧海人。生於宋徽宗宣和元年(一一一九)。父以配馬鈺。後夫婦棄家修道，大定二十二年(一一八二)卒。

卜算子　辭世

握固披衣候。水火頻交媾。萬道霞光海底生，一撞三關透。仙樂頻頻奏。常飲醍醐酒。妙藥都來頃刻間，九轉金丹就。鳴鶴餘音卷之五

繡薄眉

勸人悟。修行脫免三塗苦。明放着跳出門戶，譚馬丘劉，孫王郝太古。法海慈航，寰中普度。鳴鶴餘音卷之六

譚處端

處端字通正，初名玉，字伯玉，號長真子。寧海（今山東省牟平縣）人。生於天會元年（一一二三），師王喆。卒於大定二十五年（一一八五），年六十三。著有水雲集。

酹江月

吾門三祖，是鍾呂海蟾，相傳玄奧。師父重陽傳妙語，提挈同超三島。慢慢搜真，靈根固養，漸吐黃芽草。無中還有，慧風時送嘉耗。一點瑩徹無窮，週遊沙界，物物圓明好。種種皆空歸本有，內外般般顛倒。此理幽深，清虛縹緲，行者人須到。昏昏默默，暗中賢聖知道。

又

自然之道，稟根元、真正精神圓聚。一點靈光無內外，明徹輝通玄戶。寂淡偏宜，貧閑最好，物外逍遙處。長長不昧，湛然神室常住。無論妙奧難窮，須憑慷慨，認把元陽固。搜取天真勤鍛鍊，觸處般般廻顧。火裏蓮生，山頭焰滅，端的緣相遇。風仙重會，共遊三島雲路。

又

一靈真性，又因何、漾入凡胎塵域。迤染浮華貪愛戀，展轉昏迷真跡。曠劫難逃，如今又錯，罪孽重重積。本來模樣，怎生分解尋覓。須屏視聽雙泯，捨情雲水，物外搜玄理。寂寞孤清趣妙有，豈顧形軀瘦役。捉住風飈，玲瓏輝煥，默默烹金液。神丹昭著，死生煩惱寧息。

又

玉花漸吐，被清風。催結金蓮光聚。歷劫昏迷齊照破，直透無爲門户。七返迴光，三空覺照，間隔金花處。殷勤鍛鍊，自然嬰姹常住。些子端的幽奇，自從下手，永永基堅固。蓮結瓊芳靈蕙長，深感慈悲頻顧。鼎内雲收，爐中丹結，九轉終重遇。參師雲步，會遊蓬島仙路。

又　詠竹

愛君嘉秀，對雲菴親植，琅玕叢簇。結翠筠梢津潤膩，葉葉竿竿柔緑。漸胤兒孫，還生過母，根出蟠蛟曲。瀟瀟風夜，月明光透篩玉。雅稱野客幽懷，閑窗相伴，自有清風足。終不凋零材異衆，豈似尋常花木。傲雪欺霜，虚心直節，妙理皆非俗。天然孤淡，日增物外清福。

又　上元夜覩月

上元佳節，正一輪西步，天渠飛躍。素魄當空澄湛湛，獨現寒光無着。皓彩乾坤，無私遍照，萬古無瑕膜。渾如寶鑑，瑩然懸向寥廓。姑射絳闕瓊樓，羣仙赴會，雲墜停鸞鶴。瑞氣祥煙籠寶殿，金碧霞輝交錯。爛醉蟠桃，彩雲歸去，殊袂飄香絡。嵩山遥對，爛銀盤裏期約。

又　題酒

杜康得妙，釀三光真秀，清澄醇酎。太白仙才乘興飲，一斗佳篇百首。倒載山翁，襄陽童稚，笑唱齊拍手。陶潛籬下，醉眠門外五柳。東里生死俱忘，待賓截髮，陶母欵賢友。文舉無憂樽滿酌，香酩頻開笑口。喜遇堯年，醉鄉豐樂，古所希聞有。玉壺春色，禄延益筭眉壽。

神光燦

譚哥昔日，贍養家緣，積孽有若山丘。因遇仙師，東歷海島三州。勸誘頑愚向善，悟輪迴、捨愛迴頭。隨緣過，守清貧柔弱，雲水閑遊。因過懷州仙府，後閑行貴縣，時遇深秋。迤入嚴冬寒冷，得避無由。不免化些紙布，望諸公念憶同流。如省悟，結雲朋霞友，物外同修。

又

長真稽首，遍覆諸賢，修行只要心堅。戰戰兢兢日日上常恐生愆。淡素清貧柔弱，未安寧、休做詞篇。真功行，在摧强挫鋭，寂寞忘言。無則巡門乞化，對人前休騁，俊雅風顛。藏伏光輝，默默鍛鍊丹田。千朝功夫做就，這些兒暗裏相傳。功行滿，跨祥雲歸去朝元。

又

當初學道，迤入玄門，逍遥物外優游。占住菴兒，日夜不免尋求。殷勤來來往往，惹塵勞、怎悟真修。這蹤跡，看何時功滿，得赴瀛洲。瞥地廓然猛省，勘元初一點，有甚閑愁。落魄婪躭雲水，恣訪仙儔。有似開籠俊鶻，又還如解鏁猿猴。我去也，把般般打破便休。

又

奔名逐利，愛慾牽纏，昏昏轉轉迷蒙。虛幻浮華，不覺暗易顏童。百歲雲間電閃，限臨頭、那肯從容。不肯悟，到如斯悔懊，箇箇還同。速悟前途險路，早廻頭步步，却入仙宗。袍布青巾，結交霞友雲朋。休外他搜密妙，認靈源、蓮結丹紅。趣真處，翫山頭明月清風。

又

茫茫苦海，逐浪隨波，便宜識取抽頭。恩愛妻兒，都是宿世寃讎。因循浮華光景，把元陽、拖撒無休。限到也，看賢家着甚，計脱冥幽。不悟如斯巇嶮，騁機關日夜，計較貪求。頃刻輪廻，千生萬劫沈流。猛捨投玄入妙，免三塗、六道經遊。早下手，與風人物外，結取朋儔。

又

茫茫苦海，逐浪飄淪，癡如蜂蜜蛾燈。一向迷迷，妻妾兒女恩情。遭他恁般繫絆，限臨頭、獨赴泉冥。如省悟，棄浮華恩愛，處静修行。細細塵情疎減，漸棲心養氣，隱跡埋名。淡飯麤衣，默默保鍊靈明。迤而真人現也，向無中、金玉成形。大丹熟，這一靈真性，永永存存。

又　贈穆先生

修行門户，敍次通知，先須屏子休妻。猛捨塵情，寂寞瀟灑相宜。無則街前展手，禦寒時、紙布爲衣。隨緣過，守清貧柔弱，火滅心低。日用擒猿縛馬，處無爲清淨，暗契真師。境滅心忘，神凝氣結靈芝。得得逍遥自在，任詩詞、勸誘愚迷。功行滿，指蓬瀛路穩，跨朶雲歸。

又　贈趙先生

趙仙入道，猛烈投玄，割除頓悟浮華。對境修持，不若火長蓮花。予今誠言少付，遇戈矛、寛納教他。若有病，便菴中如死，也莫還家。常做如斯堅志，管聖賢暗裏，照鑒無差。火滅煙消，靈腑自吐黄芽。無私性停命住，意心清、玉結丹砂。功行滿，赴蓬萊鶴引，彩仗雲霞。

又　贈張九郎

天堂地府，善惡由心，死生迷悟争先。悟捨家緣，忘心展手街前。淡素清貧柔弱，任雲水、遊歷飄然。持堅志，守天長地久，永永綿綿。舊孽如將消盡，定聖賢玄妙，暗裏相傳。意淨心清，自是寶結丹田。若有分毫故犯，返招殃，罪孽難言。如了了，赴蓬萊三島，做個神仙。

又　寄長安馮師兄

勸人行善，自做修行，兩般於道相宜。須避俗中鄉土，且要相違。妙藥沈痾救護，更不擇、貴賤高低。自然理，做隴西師父，戒行行持。修鍊須憑猛志，似大川山嶽，安穩無移。外行周圓，他日得處無爲。雲水逍遥自在，氣神和、功行雙齊。大丹熟，指蓬瀛穩路，攜朶雲歸。

又 寄長生劉師兄

處端稽首，上覆劉仙，一別倏忽三年。每遇臨風對月，思渴高賢。忽爾遽承教字，方就審、法候安然。弟且喜，無勞齒録，存念綿綿。 自愧塵緣未斷，在磁洛兩郡，且恁隨緣。不果來期，希恕老拙無愆。首春卽當拜覲，履高秋、頤素不宣。處端望，師兄通妙几前。

滿庭芳

欺昧成家，慳貪積富，靜言獨坐思量。養他數口，罪孽自家當。催促光陰似箭，纔青鬢、容改衰蒼。百年裏，誰人盡數，兀兀謾羅張。 身强。聞早悟，知愆悔過，速改行藏。向閑中細細，增福消殃。更有高明大志，抛韁鏁、物外飄颻。修行好，遊山翫水，日用爇心香。

又

煙斂雲收，蟾孤秋靜，湛然獨顯希夷。常從坦蕩，默默飲刀圭。寶鼎祥煙攢聚，氣神會、結就靈芝。閑遊好，飄飄雲水，物外訪相知。 隨時。緣分過，飢來覓飯，逐處投棲。任忙忙烏兔，物換星移。且恁塵中閑散，功成後、別有師期。將歸去，一輪明月，獨步赴瑶池。

又

咄這憨牛，頑狂性劣，侵禾逐稼傷蹂。鼻繩牢把，緊緊刀須收。舊習無明常亂，加鞭打、始悟迴頭。忘思處，孤峯困卧，默默萬緣休。 漸犨。前步穩，芒兒閑散，心意何留。趣雲山自在，真樂謳謳。蓑笠閑堆古岸，短笛弄、新韻悠悠。黄昏後，人牛歸去，唯見月當秋。

又

莫覓東西，休搜南北，玄真只在身中。萬緣齊斷，神氣始和沖。祇要君心慷慨，慧刀舉、劈破昏蒙。

還知否，般般撒手，性命可圓容。真空。離色相，閑閑閑裏，慢慢休憁。恁婪躭布素，物外飄蓬。飢則巡門覓飯，飽來後、明月清風。逍遥處，哩唛囉唛，落魄恁西東。

又　贈濬州王三校尉

蛾戀燈光，蜂貪花蜜，問君終久如何。欲成修鍊，須出黑風波。慧劍攀緣割斷，離鄉土、趓却娘哥。煙霞客，水雲步穩，隨分養天和。消磨。除舊孽，婪躭布素，信任磨拖。興詩詞吟詠，舌誕唇歌。古往今來達士，自家與、無少無多。神仙話，休論蓬島，似是上高坡。

又　贈福昌縣趙殿試

儒業尊高，文章顯貴，筭來世路榮奢。苦心勞志，求望步雲霞。假使登科攀桂，黃粱夢、空悟咨嗟。無常到，相如老杜，着甚理逃趓。浮華。須勘破，塵緣擺脱，物外生涯。趣閑閑雲水，保鍊根芽。得得心清意淨，三光秀、凝結丹砂。功成也，三清舉過，超上大羅家。

水龍吟

欲修無上菩提，便合下手須頭段。莫令帶水，拖泥土粘，緒些兒縈絆。生死明來，也全無在，自家決斷。把凡胎濁骨，煙霞路上，輕輕漸，都抽換。步步清涼彼岸。趣閑閑、忘機休筭。煙消火滅，冰凝玉結，長生侶伴。自得真空，妙玄因作，無人我觀。待丹成九轉，重陽再會，遊蓬萊館。

又

本初一點來時，幸然體態淳和好。迤生增愛，緣塵蒙昧，無窮真寶。箇箇人迷，到如斯盡，逐情生老。把仙胎容易，浮沈苦海，隨波浪，成虛耗。速悟輪迴返照。把塵心、須當顛倒。煙消火滅，冰凝玉結，長生芝草。默默志論，討常堅守，自家爐竈。向三千功裏，殷勤鍛鍊，定將來了。

又

世傳海有三山，內藏羽化仙芝草。秦皇信此，使令徐福，東遊蓬島。雲水風濤浩浩。男女舟中成老。望仙源縹緲。煙波杳杳。肝腸斷，何時到。堪嗟人迷顛倒。謾區區、空生煩惱。不知自起，妄塵遮礙，先天真寶。頓悟家緣，掉守清淨，無爲功了。得心清意靜，性圓丹結，餌仙芝草。

又

瑞雲捧出三峯，上真下化宸遊地。祥雲深鎖，瓊樓寶殿，琳宫幽邃。萬頃嵐光裏。依稀降、玉泉蓮水。望仙人掌上，彎彎初月，常晶瑩，無瑕翳。碧嶂層層蒼翠。亂峯巔、猿叫鶴唳。我來感歎，塵中韁絆，恩情名利。滾滾甘隨，逝波流轉，幾人攀躋。現停停雲漢，安然不動，作陰陽髓。

如夢令

鏡藥收來守拙。不遇知音難說。古鑑要予磨，點處便交光徹。歡悅。歡悅。衮出一輪明月。

又

竹笠竹冠竹椀。與我日常爲伴。坐卧去來空，便是清涼彼岸。風漢。風漢。日月輪催不管。

又

只把靈臺頻掃。惜取自家真寶。火裏長蓮花，便是修行玄奧。顛倒。顛倒。境滅心忘了了。

又

一片靈空爲伴。因把慾情割斷。日上鍊虛無，常住神堂古觀。風漢。風漢。此外別無手段。

又

隨分養營皮袋。坐卧去來明快。境上樂閑遊，些子無生罣礙。忍耐。忍耐。占得逍遥自在。

又

物外遨遊落魄。步步清涼雲脚。閑裏弄虛空，別有蓬萊期約。這着。這着。細細人情除削。

又

大道無名無説。休恁謾生分別。火滅與煙消，便是良辰佳節。宜拙。宜拙。認取春花秋月。

又

大道根元歸素。絶盡人情思慮。火滅與煙消，認取元陽收固。此做。此做。便是長生捷路。

又

因遇重陽師父。引入全真門户。慧火鍊靈空，不敢胡行一步。一步。一步。一步近如一步。

又

清淨無爲做徹。高下休生分別。滅盡我人心，自有真師提挈。提挈。提挈。雲綻家家明月。

又

日用滌除塵垢。擒縛馬猿不走。展手向街前，守一不生貪構。貪構。貪構。怎得功成行就。

又

不染俗情非是。不慢下貧趨貴。不敢受人欽，自在逍遥雲水。雲水。雲水。守一無爲徹底。

又

休訝弟兄不喘。只要人情疎遠。不敢受人欽，不喜輕肥杯臠。舒展。舒展。鍛鍊丹砂九轉。

又

落魄無拘野叟。自在逍遥閑走。他日返家山，重會雲朋霞友。知友。知友。共飲蟠桃仙酒。

又

日用靈光内鎖。保護真心不破。金玉得凝澄，生死無由近我。功果。功果。歸去獨携雲朵。

又　寄濬州道友王四郎

傳語濬州道友。休戀隨情花柳。最好逐譚風，保護形軀不朽。不朽。不朽。共飲長生仙酒。

又　贈王三校尉宅三姑姑

欲做俗中修鍊。先滅我人分辯。柔弱守清貧，堅志始終無變。真善。真善。損己利他方便。

又　贈修武賈信實

入道先生姓賈。日用持心低下。要見本來真，閑裏擒猿捉馬。擒要。擒要。須効譚風害瘂。

又　贈張李二公道友

堪歎浮生不久。盡迷氣財色酒。如悟捨塵緣，共結雲朋霞友。知友。知友。保護身軀不朽。

又　贈閿鄉縣酒賈

深愛賈公吉善。水雲遊歷玄便。他日處無爲，得得虎龍交戰。交戰。交戰。丹結永除千變。

又　述懷

一點靈光不昧。出入往來無礙。處處現圓明，物物頭頭應解。寧耐。寧耐。萬禍不能侵害。

西江月

役我盡因心意，滌除般若玄機。不勞南北與東西。方寸些兒便是。寶鑑塵埃蒙昧，須從磨鍊輝輝。光明一點照無爲。直入蓬萊幽邃。

又

學道休於外覓，靈苗出自心田。鐵牛耕透見根元。全在殷勤鍛鍊。認證元初面目，端身勿使邪偏。六鈞弓硬拽來圓。箭箭紅心有驗。

又

頓悟輪迴入道，時中鍛鍊綿綿。存存損損恁專專。要免將來流轉。火滅蓮開五葉，煙消玉結三田。欲超無上離人天。了取空虛古殿。

又

欲入全真門户，行住坐卧寂寥。存心乞化度中朝。塵事般般屏了。莫論黃芽白雪，休搜龍虎嬰嬌。色財無掛火煙消。便是蓬萊三島。

又

堪歎光陰迅速，日生思慮憂愁。憨憨甘作逝波流。迷戀氣財色酒。日月暗催人老，利名不使心休。

争如放下觀山頭。明月家家盡有。

又

寒後添些紙布，飢來展手巡街。殘羹冷飯且充齋。柔弱清貧遠害。　萬禍皆因心起，無心無禍無災。自從心定守真胎。雲水逍遥自在。

又

寒後添些紙布，飢來乞覓殘餘。野情喜不擇麤疎。且要遮形楂肚。　自歎愚蒙過甚，徒勞設藥防拘。從今放下樂清虛。做箇憨憨暮故。

又

作伴修行未是，飄飄物外行持。孤雲野鶴任東西。何有些兒礙滯。　淡飯尋他兩頓，清清淨淨無爲。寂寥瀟灑最相宜。別有一般滋味。

行香子

得得無修。無惑無求。放心閑、無喜無憂。逍遥自在，雲水閑遊。趣空中玄，玄中妙，妙中幽。　落魄婁躭，垢面蓬頭。恣陶陶、真樂歌謳。隨緣一飽，真箇風流。這般來無，無來有，有來由。

又

朝也防心。暮也防心。恐心生、熟景來侵。多能術藝，書畫棊琴。更不生貪，不着愛，步瑶岑。　善也由心。惡也由心。善心閑、惡意狂尋。心生虛度，日月光陰。便如雲行，如水去，訪知音。

雲霧斂

匿光輝，認愚鹵。兀兀騰騰，閑裏尋閑步。垢面蓬頭衣繿縷。乞食忘慚，方稱煙霞侶。　絶驕矜，趣真素。不受人欽，不擇貧卑處。認正丹陽師父語。了了惺惺，功滿歸蓬路。

又

做修持，休輕侮。認取雲中，細細清清雨。淨淨泠泠靈芽吐。心外尋求，謾了虛辛苦。　坐與行，臥與住。閑裏閑搜，閑暇逍遥做。結就金花開玉户。

一道光明，直射無爲路。

又

告行人，聽少訴。着假求真，也好迴頭顧。勘驗行藏休慕故。不合虛無，怎得蓬瀛住。認元初，歸瑩素。勤拭靈臺，勿使塵埃污。心上貪瞋癡盡去。暗裏功成，有箇真師度。

臨江仙

得得全真真妙理，無爲無作無修。自然清淨行功周。祥雲圍絳闕，瑞氣繞瓊樓。心似閑雲無罣礙，身同古渡橫舟。真空空界可相酬。白牛眠露地，明月照山頭。

又

虛幻浮花休苦戀，南辰北斗頻移。暗更緑鬢盡成絲。百年渾似夢，七十古來稀。奉勸人人須省悟，輪迴限到誰知。修行宜早不宜遲。從前寃孽罪，要免速修持。

又

稽首吾門諸道友，降心向外休尋。等閑容易費光陰。修行何是若，不了我人心。滅取無明三孽火，勿令境上相侵。本來一點没昇沈。真閑如得得，步步上高岑。

連理枝

浮世愚癡輩。一向貪名利。愛海恩山，拘繫鎮迷，酒色財氣。算榮華富貴電中光，好迴心改悔。早早尋出離。默默搜玄秘。寂淡貧閑，隨緣度日，道人活計。守無爲清淨行功周，赴瑤池宴會。

無調名　贈京兆府安王解元

太原公疾苦，聽予告切。聖賢待把伊提挈。好休歇。算人生七十，古來云少，看看到也，做箇放下決烈。割攀拽。趣閑閑，歸瑩素，安恬養拙。認靈源、鍊磨明徹。從前孽。向三千功裏，徐徐消滅。青山緑水，五人共賞風月。

采桑子　贈獲嘉王法師（原無調名茲據律補）

譚風偏喜王三父，夙世良緣。休更推延。妻惡兒嫌出世鄽。修行外用無爲作，囚馬擒猿。不返家園。定做逍遥物外仙。

驀山溪

修行鍛鍊，休覓嬰和姹。認取本元初，起塵埃、須除莫惹。常生正覺，宜向觸來看，絶人情，去浮囂，俗事般般捨。長行坦蕩，閑裏調和假。空裏做真修，恁清清、泠泠脱灑。日中静損，真正合虚無，樂逍遥，趣閑閑，步步無生也。

又

鄽中碌碌，虚幻名和利。休恁苦勞心，鎮區區、傷神損氣。迴頭是老，悟卽便抽身，摒榮華，絶財色，樂道超浮世。恩情愛戀，鼎内如魚戲。休論早修持，甚一日、推他一日。風人低勸，微語破迷癡。早下手，速爲之，做箇前程計。

青玉案　喝馬

師真引入修行路。默默無言句。慢慢持修歸真素。般般返照盡成空，馬兒悟。證内外無塵慮。真清真淨投真處。細細搜尋妙玄趣。勘破浮華清虚做。降魔劒斷孽緣休，馬兒度。步步入長生户。

阮郎歸　詠茶

陰陽初會一聲雷。靈芽吐細微。玉人製造得玄機。烹時雪浪飛。明道眼，醒昏迷。苦中甘最奇。些兒真味你還知。煙霞獨步歸。

又

閑閑雲水任東西。靈空一片隨。昏昏默默往來飛。前程事已知。真大道，出塵機。般般種種離。重陽許我白牛兒。而今便是誰。

卜算子

四大因緣做。苦海憑船渡。一棹清風到岸頭，得上無生路。人歎風貧苦。我步閑閑趣。脱體全空没一文，勝似石崇富。

又

自入玄門户。寂淡清虚做。静裏披搜四假身，勘破塵行路。悟上還重悟。得得真閑趣。收住身中無價真，豈逐人情去。

又

風漢閑中做。彼岸神舟渡。萬里晴空無片雲，月照曹溪路。割斷寃情苦。默默明玄趣。一任旁人笑我貧，肚裏非常富。水雲集卷中

沁園春

愛欲無涯，有限形軀，休苦苦疲。這宿緣分有，兒和女是，他家衣飯，各自相隨。謾使心機，空生計較，大限臨頭孰替伊。當須悟，早抽身物外，也是便宜。　蹉跎下手猶遲。切莫外、迴遊覓妙微。但塵心起處，皆魔孽認，元初本有，鍛錬昏迷。真静真慈，玄波滌蕩，自在逍遥境上持。千朝後，現靈臺一點，光射無爲。

又

虚幻浮華，百歲光陰，歎一刹那。謾區區碌碌，争名利縱，榮華富貴，貪得如何。蜃氣樓臺，虹橋碧落，些子時光長久麽。聞强健，出熬熬苦海，速上高波。　聰明切勿蹉跎。算世事皆空身莫過。認元初本有，無窮寶染，塵埃蒙昧，慢慢揩摩。保養靈根，頻頻澆灌，水問金花結玉柯。超生滅，這本來一點，無少無多。

又

好没來由，名利區區，幾時盡頭。算榮華富貴，名高位顯，妻兒艷女，肯做持修。冷淡玄門，清虚妙道，苦澀難行孰意留。修行路，悟輪迴生死，有分仙流。　除身盡是閑愁。猛割斷寃情去便休。頂青巾布素，隨緣度日，逍遥雲水，物外遨遊。閑裏尋閑，損之又損，火滅煙消絶外求。將歸去，這酆

都路變，蓬島瀛洲。

又

自古愚賢，日月輪催，盡沉下泉。歎張陳義斷，因名利恣，奢華後主，破壞家園。楚廟江邊，漢陵原畔，勢盡還空皆亦然。英雄輩，盡遺留壞塚，衰草綿綿。嗚呼往事堪憐。染虛幻浮華逐逝沿。又争如省悟，塵勞夢趣，貧閑歸素，保煉丹田。越過輪迴，超昇苦海，直上清涼般若船。逍遥岸，會玄明瓊路，同訪桃源。

又

倏忽光陰，四大浮空，是非久堅。這輪迴誰保，朝昏徹彼，家緣恩愛，繫絆遷延。一箇真靈，千生萬劫，苦海浮沉逐孽緣。當須悟，在伊家慷慨，生死争先。聰明切聽微言。好放下閑愁搜妙玄。認貧閑寂淡，休生惡勘，元初一點，擺出新鮮。直正無私，常行平等，坦蕩逍遥任自然。真功行，向閑中慢慢，積累成千。

望海潮

全真大道，無爲清淨，重重障礙堪嗟。每歎自緣，招且不免，閑遊雲水他趖。無念謗誹邪。願人人早悟，急景浮華。道祖西昇，去尚猶避過流沙。歸地肺復仙家。會雲朋霞友，真樂無涯。虛堂宴賞，蟠桃爛熳，瑶卮共飲流霞。滿坐戴瓊花。得玄玄結正，一粒丹砂。此際功成，行滿同泛渡雲槎。

又

堪嗟浮世，誰能省悟，人人俗景迷遮。顔貌日衰，殘由尚苦，貪求愛戀嬰娃。慾海浪途賒。被二輪催促，易鬢霜華。忽爾無常，限到着甚理逃趖。争如悟速抛家。屏塵緣外絶，內固根芽。三千密要，陰功八百，真誠鍊行無差。雲水步煙霞。認三光真秀，凝結丹砂。異日功成，去也牛斗泛靈槎。

恣逍遥

自慕貧閑，來來懶惰。憨憨地、並無災禍。殘羹冷飯，全無煙火。喫一盌、肚暖則箇。他是他非，於予可可。眼前事、近來識破。騰騰兀兀，隨緣且過。恣逍遥、住行坐卧。

南柯子

頻剔靈明燭，勤磨智慧刀。萬緣一豁絶絲毫。鍛鍊元初，終始莫辭勞。水底霞光超，超應仄疑有誤山頭雪浪抛。虎龍蟠鼎繞週遭。鍊就仙丹，步步上青霄。

又

雲去南山静，風來渭水寒。凌波凝結一團團。萬里晴空，清爽此時觀。雄劍鳴開匣，人頭落玉盤。一輪明月上欄杆。了了從斯，心意始閑安。

黄鶯兒令

活鬼活鬼，日日市鄽，争名競利。爲戀他好女嬌兒，把根源輕棄。早早不肯尋出離。大限來何計。想你也没分昇天，却有緣入地。

菩薩蠻

慧刀揮處人頭落。虹霓萬道衝雲脚。滅盡我人心。何勞向外尋。白蓮生火裏。法忍無生死。忍辱兩皆空。龜毛兔角同。

瑞鷓鴣

修行休覓虎龍兒。只要靈明識本機。昏則彌陀成外盜，悟來煩惱是菩提。常搜己過心明顯，唯見他非性轉迷。打破般般休歇去，虚堂深處伴牟尼。

又

修行休覓虎龍兒。火滅煙消財色離。内鍊氣神成九轉，外除情慾却三尸。居常休話他長短，處淨宜搜自己非。長使靈根無罣礙，自然證果佛菩提。

又

修行頻剔性中燈。照破從來闇裏昏。物物頭頭休染著，昏昏默默絶言論。超凡入聖非由我，地獄天堂總在君。唯有一條真正路，居常牢閉四城門。

又

人人學道慕腥羶。嗜酒迷花罪孽纏。心慕腥羶傷物命，意生貪愛損根源。唯論藥術矜能解，豈信金科秘妙玄。如悟本空休歇去，一齊放下學修仙。

又

修行心鍊似寒灰。放下癡貪氣色財。人我怎生成道果，是非難得産真胎。無明滅盡朝金闕，情慾俱忘拜玉堦。修鍊直須煙火滅，爲心低處有蓬萊。

又

本來真性是玄機。只在靈明悟得時。火滅煙消成大藥，境忘心盡見菩提。虛閑清淨真仙路，寂寞無爲出世梯。一法不生無罣礙，修行唯是這些兒。

又

修行須唱落花蓮。損損閑閑任自然。日上莫談他事短，時中頻整自心偏。休離方寸搜丹藥，莫外週遊覓妙玄。長使靈臺無一物，便成九轉産胎仙。

又

修行非易亦非難。應物慈悲認內閑。意上有塵山處市，心中無事市居山。常耕清淨田三段，定守無爲舍一間。地久天長專一志，自然結就紫金丹。

又

莫言容易做修持。損損存存恐礙違。兩飯慮頻侵道友，一錢外恐損希夷。衆中戒口忘矜俊，獨坐防心斷騁馳。十二時中常返照，猶疑暗察有無私。

又　贈王公雲庵

王公幽隱遠佳餐。保護靈根守內閑。意上有情山處市，心中無慾市居山。頤神須要常溫暖，鍊氣功成拒暑寒。專一始終無變異，自然凝結寶琅玕。

又　贈郭公

休心損事養根源。寂淡清虛守自然。積德仁風師孔孟，僻潛高潔傚顏原。定觀明月三秋夜，妙趣玄風九夏天。詩酒琴書誰可並，野夫常許似龍眠。

望蓬萊

真大道，損損做修持。到處受人欽供養，得便宜是落便宜。步步入青泥。爲貧漢，寂淡莫相違。外貌常教人見畏，内容默默採靈芝。指日赴師期。

又

聽咨告，少事要君知。萬事苦求終害己，得便宜是落便宜。伶俐不如癡。真修鍊，心外莫行持。祇據眼前爲見在，自然煩惱不相隨。步步入無爲。

又

行大道，認取坎和離。一點來時顛倒處，兩般消息與搜披。玄妙不難知。休外覓，識取自菩提。有相身中成鍛鍊，無爲路上證牟尼。指日跨雲霓。

又

全真妙，無我亦無人。無作無爲絶視聽，謙和柔弱没跡親。寂寞守清貧。玄玄處，得得好良因。一點無生真自在，湛然常寂本來真。功滿列仙賓。

又

長真子，日計旋尋求。隨分隨緣消舊業，閑愁閑悶一時休。明月照山頭。常澄湛，無證亦無修。自在不居因果界，逍遥穎脱出沉流。功滿到瀛洲。

滿路花

因師超苦海，捨俗探幽玄。頓居歡喜地、認貧閑。是非人我，豈論與愚賢。步步清涼路，信任遨遊，兀誰知恁恬然。也無心、遠望神仙。到了分隨緣。堯年豐歲稔、謝皇天。水雲活計，只覓一文錢。損損閑閑趣，寂寞無爲，任他歲月綿綿。

又

重陽佳節至，雲水寄天涯。玄朋邀共飲、賞黃花。特臨雅會，南望翠煙霞。極目嵐光裏，隱約依稀，瑞雲深處仙家。任陶陶、暢飲喧譁。觥泛笑擎誇。

樽前唯對酒、喜何加。浮金瀲灔，默默採靈葩。飲罷還重勸，不醉無歸，月明初上窗紗。

又

上無三瓦舍，下没一犂田。水雲真活計、且隨緣。街前展手，化箇有緣前。此前字以寓其意獨步歸來晚，萬里晴空，卧聽虎嘯啼猿。趣閑閑、真樂無邊。一泒滚靈泉。鼎中真火降、永凝鉛。虎龍蟠遶，真秀結根源。默默無爲坐，獨守孤峯，一輪明月流滅。

擣練子

擣練子，具如何。從前罪孽暗消磨。囉哩唛，哩唛囉。從初得，認波羅。色財勘破撲燈蛾。囉哩唛，哩唛囉。

又

聽分剖，這風哥。尋常只恁囉哩囉。囉哩唛，哩唛囉。些兒話，不須多。交賢會得笑呵呵。囉哩唛，哩唛囉。

又

清淨法，越婆娑。神舟穩駕渡沉波。囉哩唛，哩唛囉。早下手，出迷河。伊還不悟轉蹉跎。囉哩唛，哩唛囉。

又

浮華事，夢南柯。流年電閃下輪坡。囉哩唛，哩唛囉。早脱離，出漩渦。兩輪日月疾如梭。囉哩唛，哩唛囉。

又

風人唱，破迷歌。迴心與我見彌陀。囉哩唛，哩唛囉。十擣練，要調和。恩情慾愛是寃魔。囉哩唛，哩唛囉。

漢宮春

甲子天元，遇明朝聖代，神仙出世。仙師密遣，故我水雲東歷。山遥路遠，渡難阻、豈辭迢遞。惟念

念　人人未悟，虛華戀著家計。輪迴最苦省悟，照前賢作用，如何脱離。塵緣屏絶，漸迤可親玄理。功成氣結，得指日、身超仙位。歸去後，鸞鶴引赴，蓬萊真會。

又

欲入無爲，樂閑中閑裏，秖這些兒。惟論目下，未來已往休拔。常行坦蕩，遠財色、人是人非。新來凭，怡怡内樂，境上無掛毫絲。昏昏默默得也，向無中捉住，真箇根基。惺惺灑灑，無用無作無持。頭頭返照，自然理、觸處暉暉。誰會得，清風皓月，湛湛兩箇人知。

又

自慕貧閑，便摧强挫鋭，柔弱和光。塵緣頓捨，慧燭朗爇靈房。七門返照，用七寶、密密鋪粧。擒猿馬，邪生智巧，鍛鍊列另端行。清淨自然守守，守無爲常善，一炷心香。平康宴樂，玉液酬泛瓊觴。雲朋霞友，笑諠譁、金玉玎璫。人去後，雲收霧斂，澄澄月滿虛堂。

長思仙

朝思仙。暮思仙。思憶真師四五年。惟愁功未圓。功須圓。行須圓。功行雙全作大仙。携雲歸洞天。

又

外奔馳。痛鞭持。習性調和路不迷。清溪香草肥。芒兒歸。牛兒隨。明月高空照古堤。人牛不見時。

又

金要多。銀要多。奴馬田園苦要多。臨行孽更多。貧如何。富如何。萬事無心只恁何。將來奈我何。

又

道人心。處無心。自在逍遥清淨心。閑閑雲水心。利名心。縱貪心。日夜煎熬勞役心。何時休歇心。

又

修行心。包容心。一片清虛冷淡心。閑閑無用心。滅嗔心。去貪心。寂寞清貧合聖心。無生現本心。

又

好顏容。似花紅。莫待馨香逐晚風。臨頭始悟空。妙搜窮。脱凡籠。猛烈灰心出世雄。功成三島峯。

又

遇風仙。接幽詮。雲水飄蓬鎮日閑。靈明現本元。結真鉛。溉清泉。須信壺中別有天。逍遥得坦然。

又

得還無。合虛無。湛湛澄澄有若無。元初無更無。理清虛。證空虛。一點靈源實若虛。光明徹太虛。

又

得玄玄。悟三三。火滅煙消風害譚。昏昏保玉男。趣閑閑。認憨憨。一性渾如月正南。澄澄現碧潭。

憶王孫

神舟穩駕出沉流。明月輝輝命自周。兩箇先生暗點頭。有來由。萬劫輪廻向此休。

又

修行誰會把心降。赤鳳驅將飲碧江。調引嬰嬌笑舞雙。剔銀釭。物物頭頭現曉窗。

又

從初得得便風流。降伏龜蛇住定州。千日丹成水永收。好因由。自在逍遥萬事休。

又

心中無事氣神和。不覺欣欣言語多。劍用道鋼磨更磨。害風哥。割了舌頭趕退魔。

又

塵寰財色苦相縈。着愛浮華役此身。好悟靈源一點真。絶貪嗔。便是逍遥到岸人。

又

無無無有有無無。悟得無無便不愚。日月年時損壯軀。見元初。萬道霞光攢寶珠。

又

茫茫苦海兩無邊。無限迷魚□黑淵。我擲金鈎釣有緣。線兒牽。引上神舟採玉蓮。

減字木蘭花

全真門户。静静清清無作做。非易非難。財色無明盡結丹。真龍真虎。境滅心忘知去處。鉛汞相傳。交媾須離種種邊。

又

逍遥自在。去去來來無罣礙。一片靈空。處處圓明無不通。無分内外。瑩徹周沙含法界。遍照無私。明月高穹秋夜時。

又

心顛意耍。難辨身中真共假。意耍心顛。招得全生罪孽愆。心寧意息。定裏閑閑明慧力。意息心寧。道自歸而神自靈。

又

遇而不悟。可惜惺惺逐慾去。目下蹉跎。教我如今怎奈何。他時若到。悔晚投玄親妙道。早早迴修。免向三塗六道遊。

又

水雲皮袋。似水如雲長自在。自在閑人。閑裏搜尋物外身。任行任住。色外真空閑裏做。欲覓真空。祇在南山盡静中。

又

塵心起處。隔了逍遥雲水路。不起塵心。色相還空猿馬擒。而今勘破。保守天真閑裏過。欲識天真。白玉黄金鑄就身。

武陵春 贈李道人拆字

日勸君君不省，下越貪忙。識常常内轉傷。肯恁思量。養靈根牢固取，目好廻光。兀騰騰萬事忘。内蓺仙香。

南鄉子

物物不追求。免有人前寵辱憂。世路巧機齊放下，休休。順著人情不自由。最好把身囚。落魄隨緣雲水遊。乞食存心消舊孽，修修。譬似無常限到頭。

永遇樂 贈濬州王三校尉

飄逸閑行，坦然穩路，任雲任水。落魄婪耽，蓬頭垢面，朝日常如醉。騰騰兀兀，遨遊閑散，去住並無縈繫。覓殘餘、填腸塞肚，到處夜來闇睡。人人未悟，修持都是，自着難爲割離。愛慾無涯，煎熬苦海，生滅何時已。一蓑一笠，隨緣且過，便是道人活計。你咱自、迷情未肯，且衹恁地。

踏莎行

雲水閑人，婪耽布素。逍遥物外煙霞步。存心乞化度朝昏，巡門喏諾須分付。水定雲閑，不隨他去。煙消火滅清涼趣。此遊聖境又空廻，携笻獨上長安路。

又

屢勸聰明，聰明不悟。尋常相付留詞句。詞中唯是勸廻修，何曾詞裏依他做。早悟輪廻，速尋出路。二輪催促朝還暮。今生榮貴是前緣，來生果報將何去。

又

捨俗修行，超塵歸素。安恬寂淡忘思慮。顛狂猿馬鎖空房，靈源一點常教住。莫覓金翁，休搜龍虎。清清閑暇逍遥做。慧風吹散嶺頭雲，一輪月照曹溪路。

又

步步無生，緣親禪道。明來暗合通莊老。風仙十載去朝元，處端雲路將應早。悟正身中，無窮真寶。因緣漏果何須造。閑閑活計我家風，逍遥坦蕩吾門好。

又

既得修真，須搜玄理。心中事事都忘棄。因師妙旨悟元初，山頭一點光明起。落魄生涯，水雲活計。遨遊坦蕩紅塵裏。諸公休訝這風人，尋常只恁哩囉哩。

又

戇戇憨憨，無言無説。自慚謾設虚分別。從今更不外奔馳，其中尤妙偏宜拙。收捲精神，藏輝跡滅。空生煩惱齊休歇。祇陀園裏種瓊花，芬芳一朶金蓮結。

又

纔見春花，又逢秋月。春花秋月何時徹。勸君速悟勿蹉跎，壺中別有佳時節。斷愛超塵，當須猛烈。元陽固鍊搜玄訣。神珠磨鍊莫交昏，無來不去超生滅。

又

忍辱常餐，永除濁酒。洗心滌慮忘諸有。存存損損了空虚，安安穩穩無他走。静静清清，天長地久。春花秋月堅堅守。騰騰兀兀向前行，昏昏默默合着口。

又

一顆玄珠，從來蒙昧。貪嗔癡染難分解。頓修滌蕩不交昏，輪廻生死都無礙。急急行持，休生退怠。綿綿鍛鍊須寧耐。了心何處是歸期，彩雲鶴引蓬萊會。

又　贈興平趙六士

百歲榮華，星移光烈。人身難保朝昏徹。恩情眷愛已收空，不時大限將分別。早悟輪迴，驚生慘切。割情捨愛親玄訣。公還猛烈入清虛，風人許你開心月。

又　寄京兆徐公

方寸靈田，何曾拂掃。塵埃久暗生荒草。神泉散漫不凝澄，如何結得長生寶。雲水尋真，逍遥訪道。離家便是離煩惱。聰明如悟肯休心，孤峯共飲蟠桃老。

又　贈王三校尉

稽首王公，微言少告。殘年霜鬢君今到。攀緣恩愛幾時休，閑身强健灰心好。深理幽微，世情顛倒。寂寥瀟灑搜玄奥。水雲同步訪丹陽，孤峯共飲蟠桃老。

又　贈濬州王四郎

賢兄來到，說公深淺。我聞聽忽生歎羨。一母三枝背長情，安忍心變。悔前非、改行方便。聰明首會，速來見面。與仁兄、和顏懽宴。稍有違情定風子，決成宛轉。水雲去、更無厮見。

浣溪沙　辭賈公

雲水飄飄物外遊。垂綸獨釣大神舟。遇迷苦海不吞鈎。却返碧波歸去後，家山重會馬丘劉。玉壺金液宴仙儔。水雲集卷下　此下原附劉處玄滿庭芳一首，刪歸劉作。

太常引

非僧非俗亦非仙。茅屋兩三椽。白石與清泉。更誰問、桃源洞天。一爐寶篆，一甌春雪，澆灌淨三田。閑想谷神篇。不覺松枝月圓。鳴鶴餘音卷之四

南鄉子　原誤作行香子

交泰一聲雷。迸出靈光萬道輝。尤遇迅雷重脫殼，幽微。射出金光透頂飛。一性赴瑤池。得與

丹陽相從隨。顯現長真真妙理，無爲。出湧陽神獨自歸。見金蓮正宗仙源像傳　傳云，大定二十五年乙巳，譚處端令門人預營葬事，遂書此詞而逝。

郝大通

大通字太古，號廣寧子。寧海人。師王喆，賜名璘，號恬然子。生於天眷三年(一一四〇)，卒於崇慶元年(一二一二)，年七十三。有太古集。

無俗念

十年學道，遇明師、指破神仙真訣。一句便知天外事，萬載千年疑絶。見色明心，聞聲悟道，此理難言説。玄關斡運，心生無限歡悦。放開匝地清風，迷雲散盡，露出青霄月。萬里乾坤明似水，一色寒光皎潔。玉户推開，珠簾高捲，坐對千巖雪。人牛不見，悟箇不生不滅。鳴鶴餘音卷之一

南柯子　示衆

地肺重陽子，崑崙太古仙。二人結約未生前。托居凡世，飛下大羅天。共闡玄元教，行藏度有緣。奈何不悟似流泉。別後相逢，再約一千年。金蓮正宗記卷五

劉處玄

處玄字通妙，號長生子。皇統七年(一一四七)，生於東萊。泰和三年(一二〇三)卒，年五十七。著有仙樂集。

江神子

道心不與世心同。悟知空。物塵容。達理明真，應變自然通。憎愛是非俱不染，遊福地，伴松峯。鍊成鶴體碧霄中。任西東。訪蓬宮。出了陰陽，仙壽永無窮。海變松枯真不朽，超三界，從仙翁。

上平西

想百年，如一夢，幾多時。妙希夷、只是些兒。諸

公肯信，日常萬物意無私。住行坐卧真平等，應變真慈。崇仙道，明仙理，通仙妙，謝仙師。在靈峯，閑採靈芝。洞天清隱，周天十二坎迎離。三田功滿朝元去，却蜕行屍。

又

到仙園，松筠翠，牡丹紅。樂清歡、幾箇人同。且忘世夢，轉頭萬事一場空。月圓月缺如憂喜，悟愛心慵。真閑好，得閑趣，通閑妙，覺閑通。運卦爻，識祖明宗。許君龐氏，了然先到碧霄中。諸公依此崇真道，蓬島相逢。

又

戀恩情，恩生害，死難逃。氣不來、身卧荒郊。改頭換面，輪回販骨幾千遭。世華非堅如石火，火宅囚牢。任雲水，登雲路，遊雲外，翫雲濤。厭錦衣，喜掛麻袍。清平道德，修完性命隱蓬茅。他年蜕殼朝賢聖，名列仙曹。

又

想人生，老與少，似春秋。恰幼年、却變白頭。莫争空假，無常氣斷卧荒丘。大都三萬六千日，多病多愁。崇真道，敬真聖，明真理，了真修。侍二尊、至孝全周。全家拔宅，功成同去到瀛洲。出離生死無來去，閬苑清遊。

滿庭芳

三十年間，幾番寵辱，細思往事慵言。也曾牒發，曾受帝王宣。今日山村且住，他時去、高卧雲煙。洞天隱，松峯之畔，保命是修仙。無愆。全道德，自然達理，鍊汞烹鉛。未功圓行足，閑對林泉。真樂琴書爲伴，忘塵世、趓了熬煎。逍遥好，蜕形真去，昇入大羅天。

又

遇七修齋，庚申餐素，禮參旦望行香。時時念道，世夢頓然忘。三教經書爲伴，真閑處、勝似貪忙。

迷雲散，一輪皓月，無缺照無方。從長。明大道，暗中積行，上達穹蒼。倣許龐歸去，萬古名揚。未往蓬壺閬苑，筠軒坐、吟笑潛藏。功成去，陰公難喚，跨鶴到仙鄉。

又

今世榮光，前生福行，悟來更好真修。外歡未盡，念動意多憂。清淡平常道樂，筠軒坐、至理頻搜。真明了，碧天瑩淨，命耀似新秋。休休。崇道德，清廉治政，應變全周。待功成名遂，霞洞雲遊。琴劍仙經爲伴，蛻仙去、真上雲頭。如龐許，全家拔宅，永永住瀛洲。許真君全家拔宅昇天，龐居士全家坐脱立亡去。

又 攢三拆字

馮瞳，仙住，鉛汞成形。罪盡，神氣自然靈。天明萬象，地淵、涌泉平。静恍惚，無缺，命須停。誠了了，蓬隱，勝似華榮。若出户，眼界寬青。林間松檜，洞深處、看經。覰分，正塵斷，碧霄行。

又 藏頭拆字

寸明，真靈通慧，無罣礙清涼。華混世，人笑似風狂。祖丘劉譚馬，消滅、萬慮俱忘。猿住，通道德，豈肯外昭彰。分清静妙，嬰男姹，雲路休忙。虛無造化，汞結鉛光。兀騰騰飄逸，販骨、趓了無常。袍侶，公甘鎮，詩挈滿庭芳。

又

三載施爲，十全八九，有些未及功圓。不曾行疏，所惠自然錢。也不修齋動衆，一麻麥、任潤靈田。非外覓，無中造化，有口妙難言。道傳。明易象，倒顛光運，天地之先。覺無形應物，非彿中邊。清静金嬰玉姹，虛無裏、汞結靈鉛。六銖掛，大羅歸去，重受玉皇宣。

又

體掛雲衣，身如布素，應爲莫厭清貧。道無形象，大悟裏頭真。憎愛心無有德，俱讚美、歸順良因。洪禧至，閑看法教，松竹每爲隣。真親。全性命，明今達古，混世忘塵。若依余常善，永免沉淪。蓬島仙鄉咫尺，蛻形去、現出真神。碧霄疑脱一字大羅天上，無缺寶光新。

又

萬惡心除，千思意泯，自然罪病消亡。寸靈念道，動靜兩俱忘。清志如龐似許，任雲水、到處爲鄉。仙家好，茅齋幽闃，勝似住高堂。無忙。看古教，頓明至理，上運三光。也不須晝夜，數墨尋行。養就真鉛真汞，蛻形去、天地難量。碧霄外，大羅歸去，重禮馬丹陽。

神光燦

處玄稽首，庫使尊官，一別又過三年。渴仰之懷，路遥未及人專。辛酉孟秋仍熱，遣來人、復去書傳。詢動靜，知豐衍職任，不久將遷。他日功成厭世，倣淵明樂道，閑伴林泉。自在無拘，笑吟洞外松前。養就真鉛真汞，恁時節、功了三千。朝元去，現真形，獨步雲軒。

又

處玄拜上，道録高功，日照別後難逢。渴仰之懷，甚時得覩仙容。卽辰仲冬辛酉，急焚香、跪領開封。清河德，又行緣闡醮，敬信無窮。光徧十方真了，去大羅朝聖，昇入高穹。體掛雲裳，萬里要到乘風。這番出離生滅，任往來、跨虎騎龍。天地外，想古今，幾箇真同。

又

處玄稽首，月陂張唐二公，別後思量。倏忽年餘，遥聞却住天長。常記講師靜位，説關西、作醮岐陽。香花引，那郝公見道，大哂重陽。便繼處玄亂道，酹江月一句，寸念難忘。踏盡鐵鞋難覓，恍惚靈光。自然無中妙有，道希夷、無物包藏。功成去，上大羅，天賜玎璫。

酹江月

古今販骨，想生來死去，榮枯多少。百載光陰四序逼，不覺形容衰老。世偽浮華，轉頭如夢，到底成虛矯。無生一念，念道真明達了。最好福地清居，依山臨水，自在携笻到。占得真歡霞洞隱，無事閑看聖教。功行周圓，完全性命，勝似重修醮。鍊成道體，別有金書來詔。

又

隴西余慮，到濰陽秦臺，空來空去。貴府推官同太守，相訪臨歸叮囑。壬戌新正，欲邀到府，未見先生許。處玄重答，這裏元宵亦做。四序孰悟三元，天官賜福，下救陰靈苦。生在中華崇道德，世讚名傳千古。大醮洪禧，青詞奏聖，感應應難遇。文山作醮，白龜蓮襯王祖。

又

壽過彭祖，更官高一品，石崇貴富。古往今來人世事，覺了不堪重慮。歸去淵明，乘舟范蠡，先已超昇去。真通道德，趓却死沉陰路。雲步閬苑蓬山，仙鄉不夜，各有逍遥所。過了天元無上道，千載難逢難遇。石火光陰，浮漚生滅，飛走烏隨兔。速修性命，暗有賢聖提汝。

又

碧軒閑坐，頓忘言、閑了詩書千卷。松徑携笻真念道，妙奧天機深遠。物外人間，京華雲洞，慧眼開時見。有無俱泯，吟笑浮生不辯。拔宅龐許飛昇，大羅歸去，販骨死生免。不夜仙鄉無苦惱，閬苑瑶池清宴。海變松枯，亘容弗老，世偽真無羨。六銖衣掛，復去朝元重現。

又

厭居人世，似孤雲飄逸，鶴昇霄漢。自在無拘空外去，撤手直超彼岸。到處爲家，琴書爲伴，信筆閑吟嘆。洞天高臥，任他人笑懶慢。夏近百尺森松，水簾響噪，飛入龍泉澗。渴飲霞漿仙會處，童稚唇歌舌誕。趓了輪回，完全性命，迷者應難趕。忘名絶利，一任人非人讚。

水龍吟

此時辛酉初冬，下元望夜逢甘雨。麥苗滋長，深根固蒂，多歡少慮。念道無災禍，聖賢佑衆，生無苦遇。天元將末，羣仙慶會，功全行，朝元去。別有天宮寶所，了真修、得昇雲路。六銖衣掛，清平福救，九玄七祖。歸去無生老，自然性，明今達古。各全家奉道，始終莫變，管如龐許。

滿路花

霜林飄赤葉，偏地涌黃金。賓鴻離塞北，足聲音。淵明歸去，忘塵世，僞難侵。頓然覺，應物無心。道妙自然深。壺中仙景，遇外休尋。四時花放，論古更明今。要到乘風去，三島十洲，蓬萊別有

高岑。

行香子

歷偏人間。却羨名山。洞天清、坐聽潺湲。萬株松檜，千頃雲煙。好伴琴書，真念道，樂安閑。養就靈鉛，命耀光圓。行功成、蓬島爲仙。出離生滅，萬古相傳。既免輪回，六銖掛，去朝元。

又

金鼎生光。常爇真香。寶瓶花、四序芬芳。虛空賢聖，咫尺西方。上敬三清，明三耀，悟三皇。上古人淳，厚實佳祥。性通天、與道無妨。暗行平等，柔勝剛强。意似仙真，全仙行，住仙鄉。

山亭柳

退道愚生。意亂心生。喪命盡貪生。不畏神明察日，千愆萬過迷生。死墮酆都苦苦，苦盡傍生。進道清真忘世夢，閑看聖教似書生。達理悟修生。氣結神靈異，自然有、霞彩光生。寶鑑碧霄光耀，

真箇先生。

驀山溪

七旬相近，正好忘塵世。世夢幾時休，道德修、勝爭薄利。恩山愛海，火院鎮燒身，聞身健，覓清涼，一任迷人毀。閑看三教，造化明周易。達理妙通天，四相泯、無憂無喜。洞天高臥，自在鍊真丹，他年去，上青霄，始現無爲異。

又

人間華麗，恰似風前燭。萬事轉頭空，世外隱、仙家清福。靈峯霞洞，四序不知秋，松爲伴，竹爲隣，閑唱無生曲。琴書樂性，道用調金木。鍊出九霄身，六銖掛，朝元去速。永無生老，昇入大羅天，任巨海，變桑田，真與神仙逐。

又

人間萬事，識破真歸笑。恩愛與塵情，譬無常、般般是了。浮漚幻體，生滅幾時休，忘世夢，去貪爭，達道真明曉。微光覺照，應變通深妙。命住性通天，有自然、無窮降耀。陽純陰盡，蛻殼免沉淪，遊閬苑，翫瑤池，玉帝金書詔。

又

玉峯頂上，知有田三段。壬潤長黃芽，便萬斛、珠酬弗換。一麻一麥，服了自然安，修性命，體延年，別近雲霞伴。陰陽之外，天地難拘管。得道免輪回，厭世隱、神堂古觀。無爲功行，真了去朝元，六銖掛，現真形，三島十洲翫。

又

紅蓮池畔，不讓遊山景。鬧裏却無心，身似藕出泥花靜。壺天妙趣，別有四時春，真應物，寶光明，今古誰人省。真行道德，顯化邪歸正。口應更聲隨，只是要、寸靈無病。貪爭意盡，道眼自然開，來世外，混京華，積行常平等。

又

王徐道友，今日重相別。甚日再相逢，到來歲、新秋重歇。一年一到，百載幾番來，且暫坐，意休忙，烏兔生還滅。　人間寵辱，辱似圓光缺。少喜慮多憂，想憎愛、是非慵說。天元將盡，奉勸速修真，遊洞府，隱松峯，無事看莊列。

玉堂春

道德清平，賢者真易化。世夢知空，幾人放下。厭濁清居，周天運爻卦。身是行庵到處家。　養就圓光，碧虛無執，把萬里清澄，自然懸掛。物外逍遙，瀟瀟真脱灑。悟者超昇學者麻。

又

仙觀靈虛，二年來來去。破了重修，星冠養素。應有真無，齋科救萬苦。　達理忘言清靜居。　道釋儒寬，通爲三教，户外應五常，敬謙賢許。四相心無，自然樂有餘。出了陰陽現亘初。

踏雲行　時辛酉歲仲冬十有二日，經過大原宅清旦門外，忽覩東南彩霞，信筆

遥望東南，彩光分朗。忽然見了濱州往。醮緣感應仗高真，昔年曾有劉高尚。　德徧十方，度人無量。萬清萬善理明廣。他時歸去到蓬萊，無爲道妙無虛妄。

又

七十年光，五千二萬。隄防不測無常限。假軀抛下落黄泉，平生應變時間讚。　頓覺靈峯，真超彼岸。蜕形歸去昇雲漢。天元過了去無來，踏莎行者人難趕。

又

聖道難逢，真修易遇。自然之理明今古。死牛販骨幾千遭，這番了了無來去。　蓬島仙鄉，亘靈無苦。朝元路上高真許。松枯海變永常存，他年萬祖離陰府。

又

子母相逢，自然明道。出離物鷇無生老。茅齋松竹每爲鄰，清居幽閴仙家好。敬信高明，真歡無惱。各人性命修宜早。功成行滿免輪回，蛻形跨鶴歸蓬島。

又

去歲周亭，今年重到。光陰似箭催人老。世空識破好休心，修行下手志宜早。不肯忘情，將來悔懊。松峯樂道隨緣飽。無中鍊就汞和鉛，携雲跨鶴歸蓬島。

又

兒女金枷，愛情玉杻。火坑牢獄身如囚。迷迷到了似春蠶，疾些出離無中守。晝夜茫茫，烏飛兔走。浮漚生滅形難久。速修性命免輪回，完全功行蓬瀛友。

又

亂性糟漿，頤神玉液。莫迷有有無中覓。重樓十二望蓬萊，慧眸明處光無極。真樂陶陶，洞天遊歷。道靈今古幾人識。携雲信步入丹霄，大羅歸去無爲職。

又

到處爲家，鶉居無戀。要行便去雲遊轉。陰陽之外物難拘，長安咫尺真非遠。道樂希夷，死生永免。亘初一點光如電。自然照耀晃虛無，命清無缺成修鍊。

又

一別三年，重遊此地。雲庵寂閴忘心意。有時忻則看仙經，自然理達真明異。真樂希夷，道尊德貴。俱捐無有忘憂喜。洞天清隱混囂塵，要登雲路先超彼。

惜黃花

衆生萬過。有天來大。覺世夢知空，莫争人我。應變愛憎，無競無災禍。眼前事，頓明識破。敬道修因果。顛猿緊鎖。得自然真慧，住行坐卧。達理了，仙經物外靈無墮。隱洞天，古今幾箇。

又

天元將盡。去年掛盡。這世夢冤親，何時是盡。三寸不來休，却變骷髏盡。到如斯，俗念心盡。道靈真無盡。忘機業盡。覺萬慧千通，頓然明盡。外貌似憨癡，吟笑風燈盡。樂無極，任他物盡。

又

大翁出去。隨家店住。且只似昔年，混俗龐許。食肉愛生靈，飲酒休亂做。肯忘貪，閑論今古。仙家樂處。逍遥雲路。隱世外修性，金烏隨兔。行就訪蓬山，功了離塵所。蜕凡形，禮丹陽父。

青杏兒

九月季秋涼。謝尊官、重獻霞漿。難當厚禮重愛，疑缺一字世中名利，貪争俗慮，身坐心忙。道化怕無常。三十年總敬丹陽。東萊滿郡無疑妄，天元慶會，這番歸去，朝現天皇。

又

念道玉漿多。得真歡、大笑呵呵。自然酩酊逍遥快，依山臨水，雲霞洞外，忻後高歌。世景急如梭。戀恩山、洒洒波波。若肯回頭歸真一，烹鉛鍊汞，功成行滿，昇入煙蘿。

又

迷者似河沙。想世間、學者如麻。萬中敬信無一悟，觀今視古，浮生濁夢，箇箇都差。達了莫矜誇。訪洞天、閑卧煙霞。他年歸去方知得，瑶臺閬苑，神仙樂處，四序仙花。

武陵春

遥望崓山山正好，瑩瑩正芬芳。佳節春温春晝長。最好泛霞漿。酩酊歌歡忘世慮，吟笑勝輕狂。來往仙鄉。過此慶重陽。

又

辛酉仲春遊坎上，終日坐春園。異景奇葩在目前。樹下勝筠軒。世夢知空且放下，自在似真仙。美醖開尊會衆賢。樂道謝高天。

感皇恩

道釋與儒門，真通法海。易妙陰陽外，自然解。金剛至理，頓覺無爭泯愛。五千玄言奧，夷明大。微光運轉，結成雯蓋。霞輝常照體，何罣礙。松枯石爛，亘貌古今真在。他年功行滿，昇仙界。

又

聖觀號天長，星冠雲服。養成金玉體，真無朽。信知大道自然，無中明有。世華心不戀，遊玉屋。外貧保命，隱真居陋。亘初無相貌，勝豐厚。桑田海變，這箇無形堅久。暗祝吾皇德，齊天壽。

望遠行

令子根苗裔，雲水通行步。頓覺了，希夷微妙明千古。去塵寰歷徧，看來都無伴侶。世人愛不愛，高真許。達道完性命，永免輪回苦。隱福地，松峯霞洞自在處。待養就、金鉛玉汞，真無濁慮。六銖掛，始應過，三清舉。

定風波

臨醮諸公戒行清。動天感應福非輕。壬潤瓊田農盡喜，秋成。穀田珠長豆苗生。要報天恩崇道德，隨緣知足莫相爭。且望焚香餐素饍，無憎。意平出語似仙經。

又

甘雨及時貴似油。今朝歡樂便無愁。明夜耕田野外唱，嗔牛。動鞭輕打勝余修。過了天元難積行，一麻一麥寸中收。養就姹嬰雲外去，優遊。命光圓若月新秋。

又

月一焚香望日齋。持些禁戒自消災。甲子庚申逢七記，開懷。吏神暗察應時來。清靜身心無病苦，頤真保命運三臺。功行周圓何處去，哈哈。携雲跨鶴去蓬萊。

又

癸户雲封運卦爻。剔開靈竅虎龍交。卯上行來真見酉，崑高。金翁輪線釣瓊鼇。道德清通明法海，萬光澄現九天高。造化自然神運轉，難包。古今達者列仙曹。

望蓬萊

周亭去，莊裏又相邀。道念常如相見悟，天元覺了死生超。萬業頓明消。洪禧至，寶鑑顯彰昭。三界十方明徹了，倒顛水向火中燒。得道未逍遥。

又

近中壽，意望百年期。萬事轉頭都一夢，兩般罪福緊相隨。念道聖賢知。性命達，今古世間稀。了了不生真不滅，自然結就坎和離。休覓上天梯。

又

清河喜，道録是高功。已在道門三十載，秦臺辛酉又相逢。順化善緣從。他年去，昇入大羅中。體掛六銖朝至聖，這回永住九陽宫。要到便乘風。

又

會首到，太守便相邀。請至藏春堂裏坐，恁時早晚旦清朝。真福道能消。欲近醮，速去似風飄。道士靈虚分一半，小師同到應焚燒。賢聖在丹霄。

又

形如鶴，性耀似孤雲。自在空中無罣礙，來來去去意無塵。世外樂天真。大成拜，三教理超羣。結就丹陽蓬島去，仙鄉別有洞天春。道象古今新。

又

修行好，應化學齋科。旦望焚香參禮聖，晝閑夜静衆吟哦。智慧性明多。無爲理，萬法弗能過。外行内功真了了，鍊成鉛汞出娑婆。得道免閻羅。

以上道藏仙樂集卷四

滿庭芳 讚道釋寄助緣盧公武德

釋氏禪宗，老君道祖，呂鍾海蟾明天。重陽立教，東海闡良緣。唯度丘劉譚馬，分異派、王郝先傳。將來去，十洲仙會，霞友性團圓。成仙。非難易，行修八百，功了三千。待天書紫詔，性命完全。要出陽陰之殼，常無染、萬物無愆。真了了，龜蛇蟠繞，陰盡去朝元。附雲水集卷下後

王處一

處一字子淵，號玉陽子。家居寧海。生於皇統二年(一一四二)，卒於貞祐五年(一二一七)，年七十六。著有雲光集。

沁園春 予自七歲，遇東華帝君於空中警喚，不令昏昧。至大定戊子，復遇重陽師父，因作此詞，用紀其實云

元稟仙胎，隱七歲玄光混太陽。感東華真跡，飄空垂顧，悟人間世夢，復遇重陽。密叩玄關，潛施高論，皓月清風煉一陽。神丹結，繼璇璣斡運，羽化清陽。欣欣舞拜純陽。又虛妙天師同正陽。命海蟾引進旌陽。元妙古任安，尹喜關令丹陽。以上兩句疑誤大道橫施，驅雲天下，絕蕩冤魔顯玉陽。諸仙會，講無生天理，空外真陽。

滿庭芳 住鐵查山雲光洞作

俯視滄溟，屏山掩映，萬重松檜森然。金波滾滾，雲鎖翠峰巔。晝對清光浩渺，更闌顯、月印新鮮。圓明聚，紅霞影裏，捧出洞中仙。元初真面目，如今了了，高臥雲軒。爲丹鑪無漏，頤養三千。聖祖垂光下降，諸天舉、嬰子朝元。功成也，金書紫詔，常在玉皇前。

又 中介于大郎索

一點靈光，無中顯現，太平高步煙霞。清風皓月，流注玉京砂。五氣三元結秀，升騰處、雲輅交加。

蓬瀛會，瑞光縹渺，盈座散香花。堪誇真妙用，仙丹一粒，洞焕東華。滿太虛寥廓，清境無涯。認得元初至性，因修鍊、清淨根芽。圓成也，玉蟾影裏，穩赴大羅家。

又　上京劉朝真索

四大容儀，三田靈秀，鍊成九轉丹砂。虛無自在，以道作生涯。淨土祥光瑞彩，玲瓏貫、天外煙霞。沖和處，烏飛兔走，同運紫河車。真仙開妙趣，菩提佛果，一理無差。指玉清境界，此際何賒。竚聽金書紫詔，人間事、元没交加。當歸去，慶霄高會，風景向誰誇。

又　贈盧宣武二首

日裏金雞，月中玉兔，變通玄象盈虧。無形斡運，三界現慈悲。長養諸天大地，資三教、天下歸依。真明了，觀天之道，清淨更無爲。十方諸道衆，迴頭猛悟，拂袖雲歸。養神胎靈骨，鍛滅陰尸。定是回顔易質，通玄奥、物外精持。丹圓滿，根源了了，皆作度人師。

又

心爇真香，神排妙供，滿空遥送丹方。收藏靈寶，嘉瑞自呈祥。一點穿聯浩劫，兩儀内、反復陰陽。全真樂，團團性月，光散滿空香。搜詳玄妙理，根源無漏，道德芬芳。聚神砂玉液，無致傾亡。結果真仙妙道，超三界、無極清涼。全家悟，頤神養浩，皆得到蓬莊。

又　贈萊陽縣宰劉顯武

今古相傳，昌陽勝地，好修六度三壇。休心絶慮，頤養紫金丹。玉洞收歸萬化，崑岡上、風月珊珊。雲光聚，三田結秀，返老變童顔。玄關牢鎖閉，金嬰玉姹，仙詔追攀。挂六天如意，復採芝蘭。杳杳長天高舉，飄飄聚、羅列仙班。君知否，緣深行廣，達道本非難。

又　因福山縣王遠村北丹竈山道友聚話，論及此山，乃方平修煉之處，話問空中忽有報應，遂作

丹竈爲岡，清洋蟠繞，昔居王遠家莊。八山聳翠，四水聚賢良。五彩祥雲覆罩，三天上、仙韻琅琅。金童報，九霄傳送，無外我容光。　空生初請問，真如善應，大法空王。演苦空般若，左右圓方。立教分乘引度，通十地、諸聖行藏。虛空裏，希夷大道，浩劫永無疆。

又　贈出家衆

米麥精華，沖和恬淡，自然造化成神。無生妙道，池邐變良因。既得長生久視，明顛倒、月伴風鄰。先師教，頤真了性，富國更安民。　清新騰朗耀，天威掃蕩，謐滅祆氛。布大慈甘露，廣被人倫。却返生前混沌，重加遇、枯朽逢春。方知道，三田寶滿，一性免沉淪。

又　三宣到都住持天長觀，復敕修新道院，乃作

詔赴天長，敕修堂宇，道弘一布歸真。我師玄化，譚馬並加恩。七朶金蓮顯異，清朝喜、優渥惟新。重宣至，車乘駟馬，祝謝聖明君。　皆成諸法會，親王宰職，裏外忠臣。遇太平真樂，道德洪因。更望參玄衆友，遵三教、千古同欣。齊回向，吾皇萬壽，永永御楓宸。

又　讚丹陽公

久宦東牟，清門高廣，自然別有行藏。呂真遺訓，一指遇重陽。拂袖西秦順化，真功就、復返吾鄉。朝元去，迴顏換質，處處顯嘉祥。　昌陽留異跡，普天設教，勸爇心香。得靈源開悟，獨處清涼。寶鼎丹成九轉，明顛倒、返照迴光。同成道，稱揚盛德，呈上滿庭芳。

又　黃縣久旱，請作黃籙醮，得飽雨作二首

暫別東牟，西遊登郡。萬靈遥列金鄉。無窮仙眷，空外總呈祥。休道蓬萊路遠，諸真聖、都會芝陽。

星壇下，涼天靜夜，雲宴禮虛皇。十方同法會，丹誠對聖，出罪行香。度九幽離苦，悉覩三光。見在俱蒙福祐，霑甘露、同免災殃。逍遥樂，圓壇罷散，齊唱滿庭芳。

又

龍轉西江，金光搖曳，踊身飛上穹蒼。興雲吐霧，威力大施張。槁稼俄逢飽雨，人心盡、欣喜洋洋。將何喻，如收瑞寶，恰似到仙鄉。真陽勝朗耀，虛無象外，剔現容光。住混元三界，永劫無央。深荷三清降福，爲東南、雲海行香。休言破，太平隨喜，以道證真常。

又　贈范明叔

寸步西流，衝開牛斗，清風皓月容光。滿空聖衆，把我好相將。俯賜鸞驂鳳駕，獻金鼎、丹藥馨香。天河轉，星壇月殿，端的景非常。老來雲漢去，皮囊脱下，一別吾鄉。返玉京金闕，仙路悠揚。穩掛天衣可體，靈風散、環珮玎璫。朝元會，十方三界齊唱滿庭芳。

又　示門人，令往文登設貧

彭李劉哥，三人一志，能和滿縣知交。寧心効力，相助各堅牢。今日文山去也，設貧會、無論卑高。嚴冬苦，迎風冒雪，認取莫辭勞。搬柴并運水，依時救濟，粒米休抛。稟合堂高意，寵辱含包。滅火須憑法忍，除陰鬼、全仗禪刀。真陽動，烹金鍊玉，永永列仙曹。

又　贛榆縣諸王廟黄籙醮罷，贈衆

海郡行緣，贛榆闡化，良因復顯諸王。謹修黄籙，特地召嘉祥。萬里雲收霧卷，微風息、燈燭熒煌。星壇上，步虛聲舉，月下正悠揚。頻頻施拜跪，虔誠仰徹，列聖聞香。降無邊恩惠，普救存亡。從此皆成快樂，離陰府、升上天堂。開雲宴，保生接壽，齊唱滿庭芳。

又　抄化孤魂經紙

杳杳窮魂，冥冥長夜，沉沉莫辨年齡。全無知識，何處問親情。一自飄零浩散，空愁苦、寧得超升。同垂救，巡門拜覆，乞紙復抄經。　明公宜省察，慈悲願廣，福利咸增。感三天諸聖，悉副微誠。　火翳翻爲蓮沼，恩光射、枯骨迴靈。皆遭遇，永除愆過，悉得悟圓明。

又　述懷

苦海奔波，荆山勞役，欲求寶璧嘉祥。周而復始，瞥地悟真常。兩湊玄關運度，升靈曜、飛出扶桑。迴光看，璇璣萬象，一一現明堂。　人還窮此理，塵緣悉屏，世夢都忘。覺身心和暢，無限清涼。　萬化收歸鼎内，紅光迸、丹熟馨香。吞服了，還童返老，出自滿庭芳。

又　丹陽昇霞作黄籙，醮罷憶師，遂作

的祖純陽，隨時顯異，密傳師父仙宗。重陽憫化，遺教馬扶風。斡運玄機順應，真功就、三界圓融。垂光降，亡靈濟度，都在碧霄中。　諸公還悟解，頓拋俗海，體道皆同。聚玄珠丹寶，返老還童。　定是超凡入聖，騰雲外、光滿山東。真無妄，汞成九轉，直赴大羅宮。

又　贈出家

厭貴辭榮，甘貧慕道，謙和柔弱行藏。通真内鍊，隨步變清涼。一點靈空頓曉，明顯現、千古嘉祥。因緣濟，玉陽自此，同保見重陽。　心香通内外，氤氳遍徹，三界十方。感大羅仙衆，俯降恩光。　總救九玄七祖，離幽夜、高赴仙鄉。天元會，萬神慶悦，齊唱滿庭芳。

又　贈廣陵鎮散人

聖訣仙方，玄機玄理，無文口口相傳。幸蒙師誨，説破未生前。默把周天斡運，見參羅、萬象推遷。成造化，真龍真虎，真汞與真鉛。　黄庭交會處，五行顛倒，八卦穿連。仗玉鑪金鼎，巨火烹煎。九轉功夫數足，丹成也、陰盡陽全。長生道，非遥非近，非缺亦非圓。

又　攢三字

三光。從道，神守清涼。悟正，遥唱滿庭芳。上朝歸去，性、光泛純陽。覷聞者，同我證真常。我開化，信順，福壽延長。仁丹結，四大圓方。明中叫笑，出、通聞嘉祥。語，道德，隨步任飄颺。

神光燦

石中隱玉，蚌内藏珠，須憑匠手功夫。裹面真光，顯現恰似元初。欲要明心識性，把般般、打破空虚。清淨處，見天如玉案，秋夜蟾孤。自是十方明徹，握陰陽樞要，塵垢難拘。古往達人，因此妙入無餘。論甚千枝萬葉，與儒門、釋道同居。常歸一，證圓成了了，得赴仙都。

滿路花

普天諸道衆，的可認真修。九關無漏果，萬神留。金鉛玉汞，水火自添抽。三田雲浪滚，搬載金丹，玉人穩駕神舟。乾坤淨、日月交流。功行悉圓周。一靈真性在，任遨遊。滿空仙眷，接引按雲頭。浩然超法界，應化人間，大羅玉簿名收。

又　贈三州五會善衆

文山崇七寶，寧海涌金蓮。三光同照耀，玉華天。能持平等，結果好因緣。五方清雅致，和氣盈盈，化成瑞靄祥煙。吐仙花、四季新鮮。光焰射雲軒。收藏天地髓，上朝元。金嬰玉姹，不語内傳言。萬神皆佇聽，都會龍祥，大金東土神仙。

又　寄朝元公

深蒙頻見召，驚悚可奔馳。三州緣未盡，不能離。諸方主醮，叨忝度羣迷。忽承佳翰至，不久親來，再同一話玄微。善稱揚、大道根基。開發衆心疑。前程關要處，謹精持。玄珠收得，時復飲刀臺。寶華圓滿後，透過晴空，玉京別有佳期。

又　贈文山周先生

仙花常爛熳，不減四時榮。因憑真水火，鍛金精。功圓丹結，步步彩雲輕。滿頭風月爽，一粒刀圭，太虛仙路親行。任消除、萬劫塵情。別有好前程。這迴無老死，得長生。仙風道骨，自覺太孤清。萬派銀河轉，撥弄天關，大羅真性圓明。

木蘭花慢　贛榆縣諸王村三殿廟黃籙醮罷作

恣逍遥豁暢，乃容膝小金山。用妙力加持，與洪大醮，真聖臨壇。恩光徧施下界，救存亡、離苦列仙班。明貫從容法體，宴居一味蕭閑。迴還誘演幽深，將内外事都刪。聚五蘊清涼，天寧地静，撞破三關。皇天助弘大道，度羣生、萬類不爲難。指日金書詔下，永辭俗海塵寰。

一枝花　藥方

普勸門中友。妙藥時人有。先師親説下，與君修。一味真心，繫縛休教走。柔弱爲引子，低下服之，論甚食前食後。大忌氣財並色酒。閑處稀開口。忘情恩愛斷，罷憂愁。依方修合，更不傷懷袖。謹服三五載，返老還童，管得長生不朽。

軟翻鞋　謝人助緣

清信出寬懷。都莫亂參猜。累蒙施惠宴重開。又無百回奉，相酬賽，春深去，夏歸來。齋會好編排。增福更消災。始終如一不生乖。守無爲清淨，真功滿，離塵世，赴蓬萊。

青玉案　初宣作

奉宣請住天長觀。聖語何曾斷。特賜恩童爲管伴。隨機賞宴。百端嚴備，舉上雲霞喚。玉樓金殿空中滿。萬象相交貫。一顆明珠光燦爛。瑶池仙會，萬神都聚，永永居霄漢。

又　第三宣作

自從得遇真空伴。獨把頑心鍛。現出天如青玉案。神宮起火，內丹光滿。了性真無亂。三宣賜紫天長觀。一闡清風岸。掃蕩妖靈無打算。十方三界，化生清淨，天外無拘管。

又　詔赴太清宮普天醮作

上天容許清貧漢。隨處香風散。萬禍千災真不亂。寧心行教，普開心月，了悟迴光看。太清宮下重遊翫。萬事俱無絆。仰答皇恩酬本願。逍遥回步，密州安化，復隱元居觀。

謝師恩

謝師提挈沉淪外。生死難交代。不墮輪迴超法界。諸天運度，化生無相，一點圓明在。蕩摇浮世常安泰。閑把瓊芝採。護法神君威力大。流鈴擲火，掃塵千里，屏盡諸魔害。

又　贈皇親四官人

出塵同結逍遥伴。更不爭長短。自有元初真容面。增延福壽，妙通玄奧，品位重遷換。靜調龍

虎常交戰。靈寶攢心轉。四大光明同一煉。昇煙降霧，電馳雷震，瞥地神童現。

又　贈衆道友二首

玉陽一遇疑雲斷。不落昇沉絆。試問青州雲侶伴。俱懷妙用，每持齋施，步步心香爨。福星空外明昭煥。應化真無亂。寶璧瑶花通內觀。金丹結就，紫書來詔，指日登雲漢。

又

隨緣順化行方便。豈敢微生倦。唯望英豪皆向善。遵崇內教，外施洪行，各把頑心鍊。兩肩童子相攀戀。報應頭頭顯。家道興隆多喜宴。同躋福壽，永除災障，勿昧修真願。

又　請觀額度牒

須知塵世光陰短。當種福興仙觀。浩劫長存功德案。添名注壽，補還愆過，出了陰司管。慶雲繚繞恩無斷。霞友雲朋喚。共賞仙花香爛熳。流霞

泛飲、醉歸何處、宴息蓬萊館。

又　贈福山縣仁壽保善衆

福山仁壽堪予羨。各各施方便。感得天公垂照管。遷恩布德、滅愆消過、福祿隨年轉。搜真去假心無變。漸漸通修鍊。俱得拏雲親手段。先亡往逝、盡令超度、滿却平生願。

又　李悟真索

大都七寶真如體。不可空拋棄。玉藏常收無根水。純陽鍛鍊、滴成珠露、變化真祥瑞。三般妙物騰空戲。雪暖金花麗。無色神容方顯異。鸞驂鳳駕、一昇霄漢、占斷清涼位。

又　答皇親見召

三冬凜冽彤雲布。六出飄飛絮。地凍天寒難進步。滿途冰雪、喚回童稚、且向茅菴住。貴州大醮無推訴。必要功圓聚。遠逝新亡皆濟度。加持妙道、展舒雲宴、一會朝元去。

又　警俗迴心

好兒好女心頭氣。生死難相替。不測無常先到你。皮囊臭爛、骨骸分散、空惹冤家淚。悟來不使心猿戲。慧劍磨教利。六賊三尸都趂離。炎炎紫焰、載搬丹寶、上獻三清帝。

又　文登丹霞觀二首

市民官吏同興觀。立志皆無倦。起建丹霞功不淺。修真修浩、絕除貪愛、一點重明顯。混元三界光輝滿。了了登雲漢。下拔存亡都著岸。施弘正道、永超無礙、有箇靈童喚。

又

保身功德須圓滿。認取元初面。早把前程同了幹。三田運度、二儀交泰、上下光明貫。知音推舉相邀喚。此理誠幽遠。皆作天元真法眷。神超雲外、更留名姓、記在丹霞觀。

又　贈贛榆善衆

神光欲列真仙法，道德休輕棄。默養玄珠無玷纇。五般光彩，一輪圓相，見了生慚愧。兩條玉路分天地。箇内呈嘉瑞。躍入雲霄朝玉帝。永無生滅，到茲方契，般若經中偈。

又　前後帶喝馬一聲

就中偏許同音耗。一例誰能曉。有箇人人靈復俏。攢星步斗，暗符顛倒。金書報。升降朝元道。
碧虛仙眷重遷號。方喜圓明了。皓月堂前天風掃。晴空來往，我從玄教。仙無老。超越蓬萊島。

江神子　述懷

青天爲被地爲氈。覆靈源。照心田。玉汞金鉛。兩脉吐流泉。自是道芽横碧漢，頻澆灌，再新鮮。
雲朋霞友暗相傳。意綿綿。運胎仙。密鎖玄關。光透九重天。丹就萬神齊慶賀，真靈性，復朝元。

又　進道

神光涌涌透穹蒼。湊靈陽。悟真常。般運三車，都會聚明堂。撞過天門歸紫府，無衰老，免危亡。
寄身浮世效風狂。性芬芳。骨堅剛。了了圓成，不假暗遮藏。八表飛騰無罣礙，隨萬物，顯圓方。

又　投真

本源真性靜寥寥。任飄飄。恣逍遥。便是虛空，天外顯靈苗。獨樂閑閑無彼我，呼皓彩，吸清飈。
青蓮池上瑞光摇。赴層霄。玉名標。慧劍揮空，除怪斬羣妖。開闡古今清淨道，洪普濟，法輪橋。

驀山溪　示門人

出離苦海，須要明修鍊。漸漸滅塵情，默默神功幹旋。虛無造化，丹鼎紫芝香，金花結，玉泉流，全體神光滿。千災不染，萬病都消散。七竅總沖和，八脉飛升内院。九宫十地，六賊杳無形，三光顯，二童傳，一性無移變。

又　贈都下門人

都城吾輩，辦道休生退。百行勿相違，常體三光，不味。天玄地妙，真慧攝靈明，親益友，論長生，此理應無賽。太平逸樂，亘古真無壞。一粒化生珠，兩道光明作對。人天法界，隨處爇心香，超造化，越娑婆，穩赴瑶池會。

又 于二翁染疾求教

青山渌水，獨我爲生計。百病總消除，一性圓明不諱。丹成果滿，都會玉虛壇，觀自在，樂逍遥，別有神仙位。公還猛悟，萬事俱抛棄。細細數前程，速速超離濁世。結成仙眷，積累大功深，通妙理，脱凡籠，永永無傾逝。

又 贈劉七翁

清心静坐，自是天加護。處處鬼神欽，復感仙賢救助。善星羅罩，黑部絶尸各，常快樂，永安閑，千載成遭遇。心香不斷，丹懇重敷露。目下顯嘉祥，貴子賢孫雲聚。若還迴首，別有好生涯，清養浩，静頤神，決得真師度。

又 贈卑一翁

欲通微妙，聽取些兒活。性定乃神留，一顆圓明運化。靈宫起火，深鼎玉泉流，噴紫焰，輥金丹，表裏光明射。銀河灌頂，滿面天風洒。空外走蟾輪，擺弄周天八卦。雙關撞過，真性達穹蒼，忘世夢，出陰陽，自在逍遥也。

歸朝歡 繼古韻五首

業盡神生光一簇。頤養長生真面目。心目還似月當天，神清有若風摇竹。醉唱仙部曲。更令般載瑶臺玉。透崑宫、星壇月殿，日射噴紅緑。不向人間貪福禄。時得諸天常整覆。五方霞彩結成雯，洪波裏面金丸漉。燦爛明勝燭。七寶九宫光透熟。轉玲瓏、刀圭入腹，不論驚榮辱。

又

四大圓光攢一簇。明月清風開慧目。法身養就道根芽，仙童身執天花竹。會彈絃外曲。本性瑩若荆山玉。樂真歡、閑吟碧洞，閃出祥煙緑。　苦盡甘來天賜禄。日月交宫真反覆。無中别有好家風，免投胎舍重撈漉。性燈常照燭。應化太虚通純熟。箇靈明、包羅萬象，出離生死辱。

又

玉姹金嬰圍繞簇。玉蕊金蓮清骨目。金光籠罩玉鱗龍，玉泉澆灌金稜竹。玉鋒鳴勝曲。玉樓金殿金間玉。玉金交、玉爐金鼎，焰迸青黄緑。　玉飯金漿非世禄。玉兔金烏常往覆。玉山玉海玉乾坤，玉人玉性無淋漉。玉蟾明匪燭。玉樹蟠桃仙果熟。玉京丹、玉陽服了，不被諸仙辱。

又

無限神光常圍簇。瑞靄祥雲盈滿目。青鸞赤鳳舞仙宫，不投塵世棲凡竹。性珠明九曲。静中鍊金並鍊玉。做生涯、坐觀浮世，幾度黄河緑。　天女天男天衣禄。仙語仙言仙禀覆。謝天謝地謝神祇，免教玉性拖泥漉。聖真常照燭。不虧功行丹漸熟。透晴空、太玄之外，無寵還無辱。

又

羽蓋霓旌滿空簇。暗合朝元真數目。逍遥自在樂真歡，何須一派喧絲竹。洞仙歌雅曲。珮環時響清韻玉。做奢華、瓊漿玉醴，不讓金盃緑。　宴罷高真重賜禄。從此靈明無蓋覆。迴嗟塵世謾貪饕，皆將根本成波漉。不知昏性燭。蓋因那邊光景熟。怎超昇、復投幽暗，剗地遭凌辱。

踏雲行

一得沖和，重觀幽勝。烏飛兔走交相應。化成大理任縱横，丹爐萬道金光迸。　開度諸天，祝邀真聖。升騰發顯如如性。福生無量見元初，這迴了了無修證。

又　贈劉妙真化緣

普化行緣，心清步穩。通玄路上同參論。丹誠修鍊滅兇頑，建成大福相資潤。撥度昏迷，點開心印。十方父母皆巡問。今生既得遇全真，歸期自有神仙引。

又 贈文登王志明

箇箇修真，人人辦道。玄機妙理須尋討。時時常爇寶瓶香，朝朝每把心田掃。步步清涼，神光覆罩。十方賢聖加恩報。紫霞堆裏玉容光，長春境界無衰老。

又 登州閻一翁索

神氣沖和，光明集聚。三日上下流瓊素。閑中時復飲刀圭，金鉛玉汞攢然住。女姹嬰嬌，雲朋霞侶。無生無滅乘空步。教傳四海奉全真，功成有箇師來度。

又 贈登州韓一翁

咫尺蓬萊，三山相叩。金波玉浪鳴哮吼。翠光搖曳接穹蒼，清風皓月籠星斗。萬派銀蟾，圓光並湊。玲瓏七寶真祥鬬。人還似此作修持，玄元大道皆成就。

又 詠鐵查山石芝

四海雲膏，三山靈秀。採芝須要忘形友。充飢濟渴養瓊苗，添神益算光明透。鸞鳳翱翔，虎龍戰鬬。金獅玉象鳴哮吼。已曾携去獻高真，人還服了無衰朽。

又 贈道人

磚瓦高行，冶鑪妙性。琴棋書畫妝鑾並。鏨鎚繩墨與熏縫，接栽出藥俱邀請。速踏雲行，驀山溪嶺。長思仙路重相等。西江月下望蓬萊，逍遙樂處全真省。

行香子 遇師

定八年間，得遇重陽。感真慈、訣破心王。清中誘化，靜裏斟量。見紫霞生，祥風至，聚雲光。洞也抱一無離，應物圓方。喚東牟、得道嬰郎。丹成果滿，披挂霓裳。便見三清，朝玉帝，普行香。

又　贈濱州小胡

有箇真方。誰肯承當。聚煙霞、馥郁清涼。充盈法體，補益神光。定本根源，無生忍，返嘉祥。　元氣充滄，渴飲霞漿。混玄精、與道爲常。碧蓮自綻，瓊萼芬芳。結紫金丹，清真果，滿穹蒼。

又　謝聖水會衆

獨倚蓬門，作箇行香。讚虛無、道德清涼。穿金透石，空外呈祥。便飲刀圭，添丹鼎，鍊真陽。　廓散長空，得遇仙方。謝諸公、頒賜衣糧。重開道宴，補惜靈光。自享遐齡，增福慧，遠悲傷。

又　贈萊州劉小童

無相容光。莫放飄颺。散玄珠、寶顆真祥。隨情流轉，定落空亡。更道難成，功難就，業難當。　處志精誠，把握陰陽。遍靈宮、寶殿行香。金童作對，玉女成行。得五門開，雙關透，出崑岡。

又　勸人改惡遷善

欲趓災凶。心喜顔紅。把般般、萬事休窮。當持淨念，欽慕玄風。每樂真歡，搜真趣，悟真空。　朗月當胸。照破邪蹤。有雲朋、霞侶相逢。同超法界，共返仙宮。禮大羅尊，諸天聖，玉虛宗。

又　謝公主惠香二首

悚息回惶。廣啟心香。謝清頒、檀髓沉香。金鑪篆起，法界飄香。獻玉虛尊，諸天帝，普聞香。　仰祝吾皇。稽首焚香。讚金枝、玉葉馨香。一人布德，萬國傳香。顯本來真，元初性，自然香。

又

一點圓光，妙洞真香。恣逍遥、三界行香。沖和道體，浩瀚天香。得大良因，長生果，性靈香。　清淨仙香。無價名香。遇清朝、遠近欽香。太平逸樂，花卉偏香。願大功成，朝元去，滿空香。

又　勸徐老奉善

苦海茫茫。深可悲傷。箇風風、稍悟真常。衣冠不整，俗業消亡。乃了真功，忘彼我，没參詳。身入圓光。寶現嘉祥。瑞煙籠、七朵蓮芳。重開玉蕊，復結銀霜。透太虛中，無衰老，永清涼。

又 贈不語王哥

真樂閑閑。口過删删。養沖和、屏蕩愚頑。圓融法性，復變童顏。便出三乘，超十地，不爲難。五彩回環。烹鍊金丹。看仙鑪、虎繞龍蟠。陰陽數足，撞透天關。就躡祥雲，朝元去，列仙班。

蘇幕遮 誡道人相争

出家兒，須決斷。自己搜尋，不論他人短。性命休令塵惹絆。謹謹修持，獨把頑心鍊。養沖和，神不亂。點滴靈砂，搬載登雲漢。玉姹金嬰呈手段。無作無爲，物外真空伴。

又 寧海趙信武索

五明宮，三光照。八脉嬰兒，九轉通玄妙。七寶林中常舞跳。十地玲瓏，一箇真歡笑。杳冥冥，冥杳杳。今古諸仙，永永同相召。外道天魔都未曉。方喜圓成，了了還重了。

又 述懷

我風狂，真九百。豁蕩乾坤，爽氣猶嫌窄。大道通融非有隔。地静天清，寸步輕輕驀。晚雲收，秋月白。萬象參羅，燦燦流清色。休道東牟無羽客。妙用玄機，得得真常得。

又 丹陽祠堂

彦明姜，鍾子政。文舉先生，三友於中省。各發丹誠用得正。助闡玄門，轉化昌陽境。玉陽王，爲袖領。外誘諸公，結果全真行。工匠同流須至敬。感動扶風，專向蓬萊等。

又 姜鍾二公法名

鍾守中，姜守静。接引丹陽，濟度諸靈性。志懇心堅人盡敬。遠近聞風，一布欽真聖。到如今，誰復聽。工匠艱難，倒把鋒芒騁。多少良材皆棄屏。先要交錢，不敢違他命。

又　徐公問因果

守靈芽，搬瑞果。七寶金蓮，應結長生果。無作無爲成道果。出離凡籠，決證真仙果。老來修，難成果。透漏真元，敗壞祇園果。拍手空迴没因果。譬似無常，速鍊全真果。

又　請丹陽法體往西關

嘆乖夫，違正道。巧使機謀，讒佞姦邪狡。敗壞宗風無處告。破鏡鴟鳶，和我難分曉。到如今，誰敢保。密裏藏砒，反辱全真教。東海西秦皆被惱。曹賈萊爲，須有天神報。

又　示李梁張三人

李張梁，聽少告。休恁躊躇，縱得心顛倒。每恨玉陽無答報。似此修行，何日歸蓬島。大唐僧，九度老。萬種艱辛，一志終須到。東進佛經弘釋教。相契如來，證果真常道。

又　勸休網罟

我生來，元怕死。固蔕深根，方證長生位。一切含靈無稍異。普願安全，此是天公意。運慈悲，呈雅瑞。赫赫雲霞，萬道祥光起。三界高真興法喜。祐護人人，各各無災沴。

又　勸迷途

嘆迷人，如大醉。敢使機謀，爭眼謾天地。殺盜邪淫呪神理。一向無知，不顧臨時罪。氣歸空，形委廢。性識區區，走入幽牢裏。無限寃魂誰放你。鞭棒隨身，蛇狗爭吞噬。

又　勸船户

勸諸公，當發誓。網罟休施，善處尋生計。自有神明照察你。福壽重增，別享甘甜味。得真歡，除濁穢。一性圓明，萬法都捐棄。靜看靈源生雅致。返老還童，占斷清涼地。

又　勸修鍊三首

識三田，通八脉。九轉光明，一點無塵隔。放蕩真慈通杳默。靈芽搬載青黄白。透崑宫，仙桂宅。迸出神珠，空外呈紅赫。奉勸塵寰寄宿客。早早收心，了取真功德。

又

做修行，須體究。把握靈源，莫遣丹砂漏。此箇功夫世罕有。内得神全，外得身長壽。辨沖和，明交媾。玉液瓊漿，吞咽三光秀。上下循環通九九。撞過天門，永作煙霞友。

又

白蓮池，金液沼。龍戲明珠，紫霧常圍繞。虎撞羣羊山下鬧。驚起白牛，九曲江邊跳。赤鸞飛，朱鳳嘯。海底嬰兒，抱定龜蛇笑。長就黄芽通節要。陰裏生陽，幾箇人知道。

又　贈蓬萊李一翁

説修行，蒙見許。端的迴心，戀甚妻兒女。好漢不教人數賦。苦海奔波，覓箇前程路。脱塵寰，出幽府。七祖先亡，救拔升雲步。既没輪迴真漸悟。行滿功成，決應三清舉。

又　行化

遇行緣，逢知友。法水澆心，滴滴靈明透。收在鑪中無外走。二氣升騰，顛倒祥輝湊。貫泥丸，通肘後。晝夜殷勤，不許纖毫漏。奪得玄珠呈好手。雲步青霄，大道方成就。

望蓬萊　寄朝元公

朝元子，偏共道相親。宿契良因今日現，未來妙果再鋪陳。日日轉清新。通造化，空外走蟾輪。認正本來清淨主，瑶臺閬苑四時春。方稱箇中人。

又　示門人

修真子，物外細搜求。既得出家須惜福，各增功行度春秋。諸事一齊休。持内照，心月按雲頭。二物沖融成大藥，三關流轉旋添抽。元海把根收。

又　贈小童

諸童稚，謹意學文章。萬事不令心散亂，忘情緘口養和光。開悟内丹方。添清爽，一性轉温良。大抵儒風並道理，若能運用兩無妨。了了赴仙鄉。

又　述懷

天之道，妙用不虛傳。一點生成真法性，二儀鍊就出塵仙。隨步結金蓮。明了了，顛倒顯根源。四大扶持真水火，五光照徹九重天。七祖盡朝元。雲光集卷之四

丘處機

處機字通密，號長春子。登州棲霞(今山東省棲霞縣)人。生於皇統八年(一一四八)。少師王喆。興定三年(一二一九)，成吉斯汗遣近侍迎至雪山關道，元光二年(一二二三)東還。元太祖二十二年(一二二七)卒，年八十。有磻溪集。

無俗念　景金本磻溪詞注云，十二首亦名酹江月

居磻溪

孤身蹭蹬，泛秦川、西入磻溪鄉域。曠谷巖前幽澗畔，高鑿雲龕棲跡。煙火俱無，簞瓢不置，日用何曾積。飢餐渴飲，逐時村巷求覓。選甚冷熱殘餘，填腸塞肚，不假珍羞力。好弱將來餬口過，免得庖廚勞役。裝貫皮囊，熏蒸關竅，圖使添津液。色身輕健，法身容易將息。

又　歲寒守志

同雲瑞雪，正三冬、欝閉嚴凝時節。寂寞山家孤悄悄，終日無人談説。敗衲重披，寒埪獨坐，夜永愁難徹。長更無寐，朔風穿户淒冽。求飯朝入西村，臨泉夾道，玉葉凌花結。陝西有一種草，長二尺許，不知名，秋冬則上莖死，下莖活，曉寒則於半莖之間結冰二稜，如箭羽狀。凍手頻呵仍自恨，濁骨凡胎爲劣。晝夜參

差，飢寒逼迫，早晚超生滅。須憑一志，撞開千古心月。

又 枰棋

前程路遠，未昭彰、金玉仙姿靈質。寂寞無功天賜我，棋局開顏銷日。古柏巖前，清風臺上，宛轉晨餐畢。幽人來訪，雅懷閑鬬機密。初似海上江邊，三三五五，亂鶴羣鴉出。打節衝關成陣勢，錯雜蛟龍蟠屈。妙算嘉謀，斜飛正跳，萬變皆歸一。含弘神用，不關方外經術。

又 讚師

漫漫苦海，似東溟、深闊無邊無底。逯逯羣生顛倒競，還若游魚争戲。巨浪浮沉，洪波出没，嗜欲如癡醉。漂淪無限，化鵬超度能幾。唯有當日重陽，惺惺了了，獨有衝天志。學易年高心大悟，掣斷浮華韁繫。十載丹成，一時功就，脱殼成蟬蜕。從師别後，更誰風範相繼。

又 蓑衣

深溪古岸，到秋來、莎密茸茸無極。揀擇脩纖歸洞府，虚落晴天吹炙。兩束絲乾，千條繩就，不假良工織。閑軒親自，結成漁父裝飾。時伴樵牧嬉遊，青山緑水，帶雨和煙適。妙絶堪珍幽徑晚，披雪衝開蘆荻。我本忘名，人皆易號，唤作蓑衣客。磻溪皆呼蓑衣先生佗年功滿，化雲天上無跡。景金本注云，亦作化雲巖上留跡

又 竹

虚心翠竹，禀天然、一氣生來清獨。月下風前堪賞翫，嘲謔令人無俗。嫩葉蕭騷，隆冬掩映，秀出千林木。英姿光潤，狀同玄圃寒玉。好事東里田侯，乃東隣庵主也南溪新種，使我開青目。盡日高吟窻外看，風颭筠梢摇緑。冉冉幽香，蕭蕭疎影，坐卧清肌肉。雲龕閑伴，雅懷惟稱仙福。

又 月

偎巖傍隴，搵長更、蕭索昏魔非一。皓月澄澄山上顯，天角輝輝初出。露結霜凝，金華玉潤，淡蕩何飄逸。清臨寰宇，發揚神秀姿質。悽愴六合羣情，淹沉幽昧，慘怛劬勞疾。大闡良因弘濟度，皆得逍遥寧謐。浩氣騰騰，餘光藹藹，至性那虧失。圓明法界，法輪常自充實。

又　暮秋

霜風蕩颺，舞飄零、木葉斜飛阡陌。極目長郊凝望處，衰菊斕斒猶坼。點點蒼苔，漫漫朝露，漸結清霜白。山川高下，盡成一片秋色。瀟灑萬物摧殘，淒涼天氣，愁損征途客。水谷雲根無可翫，獨有蒼蒼松柏。悟道真仙，忘機逸士，亘古同標格。欺寒壓衆，自來天地饒得。

又　述懷

羣山四瀆，暮天晴、揮斥陰魔潛伏。太一巖前風道快，千尺波翻蟾足。怒雪驚濤，衝堤拍岸，雷輥雲飜逐。青鷗白鷺，月明江上飛速。高下萬疊千羣，相呼相召，會合清江曲。寶月神珠時逗引，輥出都忘鈐束。踴躍飄飄，玲瓏燦燦，價忽連城玉。含弘光大，上天入地翻覆。

又　仙景

十洲三島，運長春、不夜風光無極。寶閣瓊樓山上聳，突兀巍峩千尺。綠檜喬松，丹霞密霧，簇擁神仙宅。漫漫雲海，奈何無處尋覓。遥想徐福當時，樓船東下，一去無消息。萬里滄波空浩渺，遠接天涯秋原作愁，茲據道藏改碧。痛念人生，難逃物化，怎得游仙域。超凡入聖，在乎身外身易。

又　樂道

迎今送古，歎春花秋月，年年如約。物換星移人事改，多少翻騰淪落。家給千兵，官封一品，得也無依託。光陰如電，百年隨手偷却。有幸悟入玄門，擘開疑網，撞透真歡樂。白玉壺中祥瑞罩，粒神丹揮霍。月下風前，天長地久，自在乘鸞鶴。人間虛夢，不堪回首重作。

又 性通

法輪初轉，慧風生、陡覺清涼無極。皓色凝空嘉氣會，豁蕩塵煩原本作□，景金本作凡，兹據道藏改胸臆。五賊奔亡，三尸逃遁，表裏無蹤跡。神思安泰，湛然不動戈戟。信步紫陌紅塵，飢餐渴飲，度日隨緣覓。物外閑中天地寶，時復玎璫敲擊。後約參師，前程歸路，自有真消息。鶴書來召，坐昇雲漢游歷。

沁園春 示衆

世事紛紛，似水東傾，甚時了期。歎利名千古，爭馳虎豹，丘原一旦，總伴狐狸。枳棘叢中，桑榆影裏，亂塚堆堆誰是誰。君知否，謾徒勞百載，空皺雙眉。爭如歸去來兮。放四大、優游無所爲。向碧巖古洞，完全性命，臨風對月，笑傲希夷。一曲玄歌，千鍾美酒，日月循環不老伊。童顏在，鎮龜齡鶴壽，罷喝黃雞。

又

列鼎雄豪，兔走烏飛，轉頭悄然。似電光開夜，雲中乍閃，晨霜迎日，草上難堅。立馬文章，題橋名譽，恍惚皆如作夢傳。爭如我，效忘機息慮，返樸歸原。壺中異景堪憐。是別有風花雪月天。玩四時時見，祥雲瑞氣，三光光罩，玉洞瓊筵。滿泛流霞，高吟古調，骨健神清丹自圓。真堪愛，待功成一舉，永鎮飛仙。

又

智慧原作勇，兹據景金本及道藏改男兒，速悟塵勞，勿將性疲。但此身彼物，皆名幻化，多虛少實，不可追隨。萬種纏緜，千般汩沒，荏苒光陰老却伊。爭如向，太太字原缺，據景金本補玄真教法，討論希夷。乾坤蕩蕩無依。似一片、閑雲出世奇。悟性宗合道，恩山易挫，神舟得岸，苦海難迷。行滿功成，仙游羽化，物外何如土原空格，兹據景金本及道藏補底歸。無佗事，要昇天入地，俱在心爲。

又 景金本題作心通

大智閑閑，放蕩無拘，任其自然。寄雅懷幽興，松間石上，高歌沉醉，月下風前。玉女吹簫，金童舞袖，送我醺醺入太玄。玄中理，盡浮沉浩浩，來去緜緜。奇哉妙景難言。算別是、人間一洞天。傲立身敦厚，山磨歲月，從佗輕薄，海變桑田。神氣沖和，陰陽昇降，已占逍遥陸地仙。無煩惱，任開懷縱筆，端寫靈篇。道藏作狂寫詩篇

又 讚佛

淨梵王宫，太子慇懃，雪山六期。把世情我態，絲毫斷念，雲根水谷，麻麥充飢。芥納須彌，毛吞大海，自古男兒了悟時。超生滅，任循環宇宙，不管東西。圓成無得無知。信法界、空空寂滅機。又勿勞習定，安禪作用，偷閑終日，打坐行治。景金本注云平音大理無時，真功非相，動静昏昏合聖規。無高下，但能通般若，總證牟尼。

又 九日虢縣傳宅作朝真醮

嗶嗶重陽，秀氣飄飄，廓周大千。正故庵交會，賓朋浩浩，每年重九日道友集祖庵燒香青霄依約，鴻雁翩翩。是處登高，銜杯逸興，放曠猶如陸地仙。朝真會，讚金風淡蕩，玉露新鮮。黄花嫩蕊堪憐。散嫋嫋、清香滿坐傳。使衆人得味，皆明至道，羣鶯無語，獨王景金本注云，去音秋天。艷杏妖桃，繁華春景，莫與迎霜敢鬭堅。乘佳趣，對芳叢爛飲，一醉千景金本及道藏俱作三年。

水龍吟 西號

鳳鳴南邑清佳，大仙降跡行鸞地。琳宮寶閣，星壇月館，槐陰竹翠。煙蓋雲幢，影摇寒殿，往來呈瑞。向虚亭東望，平川似錦，洪波泛，渺天際。山秀水

甜人義。遍坊村、各生和氣。我來不忍，輕歸劉蔣，乃故庵村名天心地肺。須待他時，暗淘真秀，育成丹桂。去長安路上，眠冰卧日，作終身異。

又 警世

算來浮世忙忙，競争嗜欲閑煩惱。六朝五霸，三分七國，東征西討。武略今何在，空悽愴，野花芳草。歎深謀遠慮，雄心壯氣，無光彩，盡灰槁。歷遍長安古道。問郊墟、百年遺老。唐朝漢市，秦宮周苑，明明見告。故址留連，故人消散，莫通音耗。念朝生暮死，天長地久，是誰能保。

又 夜晴

夜晴寥廓初寒，淡天瑩徹瑠璃翠。無陰樹下，長安樓上，月明風細。百禍潛銷，萬家同賞，一般清味。見金星朗朗，銀河耿耿，交光燦，滿天地。流轉碧空如水。任縱橫、略無凝滯。衡山拍海，傾光騰秀，綿綿吐瑞。達了從茲，寶餅堅固，玉漿時泥。

景金本注云去音把衷情欲訴，何人會得，且陶陶醉。

又 春興

昊天空闊初晴，氣迴萬物欣欣茂。亭臺俯仰，山川高下，妝成錦繡。碧洞清泉，響聞迢遞，一聲長溜。更時時注目，悠悠遠看，青峰上，白雲湊。無限靈禽異獸。慰閑心、不辭柴瘦。含風翠柏，雙崖争長，千株競秀。耀日丹臺，四時爲伴，百年隨壽。任寒來暑往，星移物換，得高眠晝。

又

洞天春色盈盈，亂山秀出千堆錦。雲收雨斂，曉晴煙淡，碧空橫枕。高卧怡怡，頓開懷抱，釋迷忘寢。看仙花瑞草，迎風照日，騰光彩，異凡品。歡慶時豐歲稔。萬邦寧、百邪俱禁。太平國裏，長安陌上，縱橫有甚。大道無疑，傍門斜徑，不須詳審。是從來浩劫，神仙過路，但曾經恁。

又 道運

混元南嶽初開，瑞雲透出崑崙表。星移電轉，陰昇陽降，紅光縹渺。鶴舞鸞翔，看烏龜共，赤龍蟠遶。盡鴻濛一氣，烹成造化，神仙道，片時了。　雲散十方三島，原作界，失叶，茲據道藏改洞天深、月明風裊。此時占得，長生門户，退齡體調。吟詠從佗，海移山變，石枯松老。伴煙霞獨向，非非境外，恨知音少。

滿庭芳　述懷

漂泊形骸，顛狂蹤跡，狀同不繫之舟。逍遥終日，食飽恣遨遊。任使高官重禄，金魚袋、肥馬輕裘。争知道，莊周夢蝶，蝴蝶夢莊周。　休休。吾省也，貪財戀色，多病多憂。且麻袍葛屨，閑度春秋。逐疃巡村過處，兒童盡、呼飯相留。深知我，南柯夢斷，心上別無求。

又　警世

百尺危樓，千間峻宇，艷歌出入從容。幻身無賴，何異燭當風。舊日掀天富貴，當時耀、絶代英雄。百年後，都歸甚處，一旦盡成空。　諸公。聞早悟，抽身退跡，跳景金本作躍出樊籠。念本初一點，牢落無窮。幸遇時平歲稔，偷閑好、消息圓融。宗機處，靈波湛湛，獨鎮水晶宮。

又　余自東離海上，西入關中，十五餘年，捨身求道，聖賢是則，墳塋罷修，考妣枯骸，孰加憐憫。邇聞鄉中信士，勠力葬之，懷抱不勝感激，無以爲報，遂成小詞，慇懃寄謝云

幼稚抛家，孤貧樂道，縱心物外飄蓬。故山墳壠，時節罷修崇。幸謝鄉豪併力，穿新壙、起塔重重。遺骸並，同區改葬，遷入大塋中。　人從。關外至，皆傳盛德，悉報微躬。耳聞言　心下感念無窮。自恨無由報德，彌加志、篤進玄功。深迴向，虔誠道友，各各少災凶。

又　九日

寒鴈聲迴，園林色變，暮秋別是風光。練波橫地，

錦樹映原作應，茲據道藏改天長。過雨雲山磊落，迎霜茂、金菊芬芳。佳辰會，千門萬户，歡笑慶重陽。嘉祥。誰得遇，吾門四友，極味先嘗。乃頻霑清露，時倒霞漿。飲罷醍醐灌頂，歸來後、月滿虚堂。無愁思，陶陶快樂，酩酊入仙鄉。

神光燦 景金本注云，三首本名聲聲慢

悲歡絶念，視聽忘懷，從初號曰希夷。不曉根源，剛强説是談非。百般拈花摘葉，謾徒勞、使盡心機。這些事，算人人易悟，箇箇難依。不在唇槍舌劍，人前鬭、惺惺廣學多知。上士無争，只要返樸除疑。冥冥放開四大，把塵勞、一旦紛飛。認得後，管教賢、拍手笑歸。

又

推窮三教，誘化羣生，皆令上合天爲。慕道修真，行住坐卧歸依。先須保身潔淨，内常懷、愍物慈悲。挫剛鋭，乃初心作用，下手根基。款款磨礱情性，除貪愛、時時剪拂愚迷。福慧雙全，開悟自入希夷。靈臺内思不疚，任縱横、出處何疑。徹頭了，儘虚空、裁斷是非。

又

修真門户，大道家風，長春境界無邊。秀氣盈盈，閑里別有壺天。天中自然快樂，運三光、日月周旋。忘伎巧，任淳風坦坦，聖道平平。景金本注云，鼻緜切 一念還鄉寂處，三宫罩、清靈萬派歸源。浩浩神光，來去透骨緜緜。行人頓除造作，待功成、指日登仙。未行者，向詞中、明取一言。

上丹霄 景金本注云，三首本上平西 迷惑

洞天清，神山秀，少人行。原作行人，失叶，從景金本及道藏改盡貪戀、世夢峥嶸。仙風瑞景，眼前雖頓却如盲。愛河終日，競浮沉、來往縱横。東方出，西方没，南方死，北方生。四方轉、異類翻騰。區區甚日，道眸開闡欲心更。願將靈質，悟空華、彼岸高登。

又 贈京兆府統軍夾谷龍虎

感皇恩，承天詔，控西南。大門敞、高對煙嵐。雙權再任，過期無代復登三。晏然軍國，事和平，災害封緘。　年將暮，心歸道，搜玄路，訪清談。降尊寵、謙下無慚。山人放曠，本來無得有何參。但能慈忍，戒荒淫、名掛仙銜。

又 答隴州防禦裴滿鎮國

厭塵勞，拋家計，慕清閑。向物外、觀照人間。須臾變滅，蜃樓歌側海濤翻。暫時光景，轉身休、百歲如彈。　掀天富，傾城麗，過人勇，徹心姦。盡逐境、顛倒循環。紛紛醉夢，往來爭奪苦摧殘。不如聞早，伴煙霞、高臥雲山。

月中仙 賞月

日色西沉，上高臺迴觀、天地寥廓。疎星隱現，空景金本注云去音一輪明月，昭昭無著。皓然三界外，

似百鍊、青銅鑑躍。處處恩光被，家家照臨，庭户啓溟漠。　長生萬里清風，助乾坤蕩搖，雲霧難作。仙宫寶殿，正爛霞金碧，相輝參錯。大哉銷夜景，鎮千古、含弘磊落。有志攀青桂，蟾宫兔邊看搗藥。

又 景金本題作山居

側磬懸鍾，慕巢由隱淪、活計蕭索。天然耿介，愛一身孤僻，逍遥雲壑。利名千種事，我心上、何曾掛着。幸遇清平世，諸軍宴安，刀劍罷揮霍。民歌兩穗之豐，教門興我忘，三島之約。來賓去友，遞日常幽谷，驂鸞騎鶴。洞前無限景，異花秀、香風噴薄。更謝泝源衆，分餐助余長嘯樂。

又 對松

落落長松，倚浮雲大山、高占幽僻。亭亭隱士，愛洞天巖穴，深藏虚極。對門開是景，掛猿狖、離羅峭壁。盡日無佗事，唯調虎龍，交媾坐磐石。時

時鶴聽嘉音，動笙簧轉流，空外飄激。人明至道，惡管絃幽噎，花間沉溺。出羣常羨此，歲寒重、孤凝黛色。鍊性超於彼，身閑永同居壽域。

瑶臺月　自詠

平生懶墮。只贏得、無憂一枕高卧。蓬頭垢面，不管形骸摧挫。任三光、日夜奔馳，放四大、林泉擔荷。深溪畔，幽巖左。青山擁，白雲鎖。災禍。雷轟電掣，無由近我。日午起行了還坐。把舊習般般打破。清閑處，唯有這些兒箇。倦貪心、樂受貧窮，愛恣意、慵與煙火。糧無貯，丹無貨。蕭然唱，灑然和。堪可。神仙未了，優游且過。

又　勸酒

浮名浮利。歎今古、悠悠顛倒人泥。景金本注云，去音茫茫宇宙，多少含靈愚智。盡勞生、終日貪圖，競抵死、奔波沉滯。觀烏兔，嗟身世。百年壽，一春寐。虛費。爭如滿酌，流霞送醉。助四大聊壯神氣。辨萬化休論富貴。時時訪，山谷道人游戲。做猖狂、物外高吟。慶滑辣、杯中美味。開懷抱，忘愁繫。解其忿，挫其鋭。遥致。青松皓鶴，緜緜度歲。

木蘭花慢　轉輪

歎靈源曠代，本無極，信優游。自樸原作撲，據景金本及道藏改散形生，銷磨混沌，落入行囚。蛉蛢四方宛轉，向迷津、大海苦淹留。法界羣情擾擾，夢魂千古悠悠。淪流。販原誤作敗，茲據景金本及道藏改骨如山，知何日，是程頭。好鍛鍊真空，三光慧照，萬劫雲收。終須捨身拚命，更惜頭護面幾時休。裂碎中間一點，便超得岸神舟。

又　西號作善者多，而感應屢至

佇登臨曠望，湧雲氣，北山興。旋恍惚陰陽，虛無變化，寥廓充盈。奇峰狀如太華，靄稜層、峻極染空青。急雨翻盆潑墨，迅雷激電飛聲。威靈。大騁神通，三伏暑，結凝冰。歎是處飄風，良田遇害，厦屋遭傾。唯斯道鄉幸感，屢涔涔至也忽然輕。深信皇天輔德，善因惡果分明。

望海潮　學道

神仙風範，長生門户，從來道德爲基。餘外萬般，留心一念，顛狂造作皆非。真教示開迷。自上古軒轅，龍駕齊（景金本作騰）飛。代代相傳授，至今日，盡歸依。虚無千聖同規。蓋摧殘嗜欲，剖判天機。貪利喻饑，觀身似夢，婪躭不整容儀。恬素返希夷。任垢面蓬頭，紙襖麻衣。行滿都抛却，泛寥廓，步雲霓。

又　脱俗

堅牢基址，清閑門户，生涯不比塵緣。幽曠大山，通明上士，逶迤倣效神仙。勤動向巖前。緩植桂栽松，藥圃芝田。萬仞高峰下，伴龜鶴，度流年。吾常志僻心顛。愛簞瓢淡薄，詞翰嘲掀。幽洞小溪，開懷取興，時成短句長篇。馳馬勝花牋。任奮筆狂吟，走霧飛煙。放蕩如如性，混終日，恣乾乾。

醉蓬萊　九月十八日西虢劉氏醮

乍三清鶴降，萬里雲收，昊天空翠。玉磬琅琅，動乾坤聲鋭。盡日修齋，虚堂設醮，慶大仙恩惠。滿獻霞觥，長歌妙曲，留連師意。二九良辰，菊花開遍，正是重陽，素秋佳氣。爛漫香風，健飄飄丹桂。秀景稀逢，上真難遇，幸一時相際。鴈影沉沙，蟾光照夜，醺醺同醉。

齊天樂　憶法眷

自東離海上，元本三洲，四人同契。異域殊鄉，同行並坐，終日相將游戲。談玄論妙，究方外清虚，道家真味。唱和從容，一時法眷情何義。如今分顯迴然，苦志勤心，磨鍊各逃傾逝。既是飄零，難爲會合，幽僻關山迢遞。乾坤間隔，望落落猶如，曉星之勢。再遇何年，駕雲朝上帝。

漢宮春　苦志

二十年間，大魔交正陣，約度千重。狂弓迸箭暗窗，零落無窮。因心睡覺，透歷年、無礙真宗。興慧劍，羣魔自然消散，獨騁威雄。出入銳光八表，算神機莫測，天網難籠。驅雲掃霧蕩摇，法界無蹤。飛騰變化，任太虛、蕭瑟鳴風。巡四海，峥嶸□□，往來幾個人同。此下景金本脫四首

留客住　修道

四元遇。過華山、共臨秦地，詠歌談笑，暗闡重陽佳趣。無爲自令人化，有幸天使，官磨相間阻。東連海上，奮三公高義，大開門户。教行普。歎我離羣，忘形慵舉。內省無愆，外患何憂何懼。三光盛衰，交變萬化，恩害相生天地數。留身且住。待青霄得志，坦然行步。

梅花引　磻溪舊隱

無名客。無牽迫。無桑無梓無田宅。古巖前。老松邊。長歌隱几，徐徐考太玄。玄中默論無生死。實際何曾分彼此。貫千經。原作金，失叶，兹據道藏改協三靈。包含萬化，都歸一念冥。行不勞，坐不倦。任行任坐隨吾便。晚風輕。暮天晴。逍遥大道，南溪上下平。溪東幸獲忘形友。月下時斟消夜酒。酒杯停。月華清。披襟散髮，欣欣唱道情。

六么令　法性

渾淪樸原作撲，據道藏改散，天地始玄黃。烏飛兔走漸生，羣物類開張。一點如如至性，撲入臭皮囊。游魂失道，隨波逐浪，萬年千載不還鄉。錯了鴻濛體段，憎愛日相望。卻認父母形骸，做我好容光。劫劫輪迴販原誤作敗，兹據道藏改骨，受盡苦和殃。何人聞早，尋他歸路，瑩然恢廓舊嘉祥。

芰荷香　乞食

日奚爲。信騰騰繞村，覓飯充飢。攔門餓犬，撐突走跳如飛。張牙怒目，待操心、活齕人皮。是則是

教你看家，寧分善惡，不辨高低。可歎猜猜此物，蓋多生乖劣，一性昏迷。談科演教，丁寧掐耳難知。雖然太上，駕親臨、無處慈悲。爲人早早修持。還到恁時，發憤應遲。

喜遷鶯　鍊心

要離生滅。把舊習般般，從頭磨徹。愛欲千重，身心百鍊，鍊出寸心如鐵。放教六神和暢，不動三尸顛蹶。事猛烈。仗虛空一片，無情分別。　闕結。除縲紲。方遇至人，金口傳微訣。頓覺靈風，吹開魔陣，形似木雕泥捏。既得性珠天寶，勘破春花秋月。恁時節。鬼難呼，唯有神仙提挈。

雙雙燕　春山

春煙淡蕩，青山媚，行雲亂飄空界。花光石潤，秀出洞天奇怪。戶牖平高萬丈，盡耳目、臨風一快。多生浩劫塵情，曠朗渾無纖芥。　堪愛。逍遙自在。疎枷鎖，拋離業根寃債。風隣月伴，道合水晶天籟。無限崢嶸勝景，盡賜與、山堂教賣。千聖寶珠，酬價問君誰解。

鳳棲梧　寄東方學道者

天下風光何處好。八水三川，自古長安道。錦樹屏山方曲遶。天涯海角誰能到。　既是拋家須早早。雲水登程，莫戀閑花草。直至潼關西嶽廟。教君廓爾清懷抱。

又　道友見訪于磻溪

孤僻嵯巖清淨界。鑿土安身，抱道忘知解。道友相看唯莫怪。貧閑守拙無相待。　富貴功名堪倚賴。多是多非，尖嶮多成敗。玉食馨香終不耐。簞瓢寂淡常安泰。

又

今日思量當日故。知我前程，迢遞時難度。福祐不弘天不助。忽忽欲去無門去。　走骨行屍心已悟。魂夢悠悠，且向磻溪住。幸謝街坊豪傑戶。

時時驀謂來相顧。

又　述懷

西轉金烏朝白帝。東望銀蟾，皓色籠青桂。漸漸字原缺，據景金本及道藏補扣南華排菊會。滿斟北海醺醺醉。　醉臥終南山色翠。山色清高，夜色無雲蔽。一鳥不鳴風又細。月明如畫天如水。

萬年春　景金本注云，四首本名點絳唇　上埪

土穴秋來，温温漸覺陽和勝。幽棲興。道家偏稱。疎懶多貧病。　凜冽天寒，葉落山川淨。窗前競。雪飄風勁。熱焙閑吟詠。陝西呼炕爲焙

又　衲衣

衲襖秋來，著身漸覺時相稱。霜天淨。暢懷遊原誤作道，茲據景金本及道藏改興。不怕西風勁。　百片千條，上下穿聯定。寬寬字原缺，據景金本及道藏補還正。外疎狂性。內放明珠瑩。

又　杜鵑

春暖煙晴，杜鵑永日啼芳樹。聲聲苦。勸人歸去。不道歸何處。　我欲東歸，歸去無門路。君提舉。有何憑據。空設閑言語。

又　驚睡

秋夜沉沉，漏長睡酷多思想。須依仗。道情和暢。不縱魔軍王。　打疊神情，物物離心上。虛空帳。慧燈明放。坐待金雞唱。

忍辱仙人　景金本注云，七首本名漁家傲　虢縣元押司求

物外天機唯不審。人間世事無過恁。縱你英雄官極品。身如賃。貪饕逼迫應圖甚。　我自飢餐并渴飲。布裘不羨披綾錦。飽暖之餘邪僻禁。原作徑，失叶，茲據景金本及道藏改虛堂任。曲肱展脚和衣寢。

又　春澤

數載田苗長亢旱。今春雨雪何滋漫。嘉兆分明知過半。將來看。掀天大熟謳謳滿。　二月花開成

片段。千株柳發排堤岸。又待教人裝好漢。相呼喚。提壺挈榼爭跳竄。

又

一澤天恩齊慶賀。羣生地著無飢餓。愁態眉間都蹴破。還真箇。盈街堆畝收田課。醞原作醖，茲據景金本及道藏改酒邀賓時唱和。排筵看食重堆梿。醉飽腥膻心不挫。驕矜過。刼憂福裏潛生禍。

又　春興

春日春風春景媚。春山春谷流春水。春草春花開滿地。乘春勢。百禽弄古爭春意。澤又如膏田又美。禁煙時節堪游戲。正好花間連夜醉。無愁繫。玉山任倒和衣睡。

又　聲色

豪氣衝天居列鼎。笙歌聒地排滛境。玉鐙飛龍衫帽整。風流騁。不知撲入瑠璃井。滑壁千尋光似鏡。交加出路無門徑。饒你玲瓏機巧性。難逃命。與他送刼頭皮影。

又　妙用

千古聖賢皆一軌。亘初得得從心起。除此逍遥安穩地。無餘理。自然消息恬然美。不在勞神并苦己。般般放下頭頭是。選甚花街并柳市。虛空體。本來一物無凝滯。

又

天下周游身不動。人間照了心無用。閑把虛空頻擺弄。行雲從。八方上下輕放縱。兔角錐兒鑽骨痛。龜毛拂子敲山重。掃蕩邪魔靈物空。清風送。太平國裏乘鸞鳳。

黃鶴洞中仙　景金本注云，三首本名卜算子　贈同道

都要奔波走。誰肯堅心守。南北東西總一般，此外無佗有。踏盡鐵鞋迷，不出庵門透。水到渠成本自然，行滿功成景金本作還就。

又 虢縣渭南灤裏

此地風光勝。人物俱相應。水竹深藏數十家，户户知天命。我愛清虚景。策杖尋幽徑。每日巡村轉一遭，信步閑吟詠。

又 自述

故里在天涯，海上無名士。因遇終南陸地仙，挈我來遊此。素愛斷蓬飛，野鶴孤雲志。頂笠披蓑人不知，便是風狂子。

望蓬萊 四首本名望江南 王喬二生架屋于渭水之南，頗遂幽曠，因以望蓬萊詞贈之

王喬地，一曲甚清嘉。古道彎環連水石，垂楊棱棱帶煙霞。桃李間桑麻。其中有，崇道兩三家。知命固窮皆淡薄，樂天清儉不奢華。隨分保生涯。

又 秦川

秦川好，一片錦紋華。日出雨晴山色秀，月明風急水聲嘉。千里淨無涯。余到此，喜慶復難加。天祐時豐堪養道，地靈人傑不生邪。時復伴煙霞。

又 南溪竹磻溪舊隱也

南溪竹，騰秀入青冥。直節虚心功未顯，深根固蔕道先明。霜雪豈凋零。休悵恨，大器晚圓成。自有孤高棲鳳質，能教倜儻化龍形。佗日看超昇。

又 遊興

飄蓬客，天賜水雲閑。自在行時無日月，相隨到處有蓑鑾。風雨亦開顔。修鍊事，地軸鎖天關。出有入無三尺劍，長生不死一丸丹。名列上仙班。

青蓮池上客 景金本注云：二首本名青玉案 入關

重陽羽化登仙路。兄弟如何措。各各勤修生覺悟。通無入有，靜思忘念，密考丹經祖。一時浩劫真容露。放蕩情懷任詩句。直待人間功行具。雲朋霞友，爽邀風月，笑指蓬瀛去。

又 幽棲

一從東別長安道。西住磻溪廟，漸扣南山名跡杳。

洪溝冷淡，土龜瀟洒，北府何曾到。夜深陌上行人悄。獨聽巖前子規叫。切切松梢啼到曉。聲聲相勸，不如歸去，爭奈功夫少。

報師恩　景金本注云，五首本名瑞鷓鴣　削髮留髭

不僧不道不溫柔。九伯人前不害羞。覺性一時超法界，原誤作界法。茲據景金本及道藏改知身億劫是吾囚。改頭換面人難悟，走骨行屍我不憂。得意忘形還樸去，從教人笑不風流。

又　虢縣渭南灤裏

一方勝景滿川原作天，據景金本及道藏改稀。水竹彎環四面圍。簇檻名花紅冉冉，當門幽檜綠依依。爭歌稚子春風舞，鬬巧靈禽曉樹啼。社內人家三十户，崇真修道壓磻溪。

又

一橫嘉景日常新。古柏森森四季春。福地清高稀俗事，名壇時復會仙賓。人人盡喜生中國，户户虔心敬上真。唯願諸公皆省悟，同登無漏出紅塵。

又　贈衆道友

神仙縹緲太虛私。世俗無由得見之。幸遇門庭開教化，臨逢齋醮莫推辭。擔家造孽常終日，作福治景金本注云，平音心只暫時。更到時來心不謹，終身何以報恩慈。

又　疏慵

懶看經教懶燒香。兀兀騰騰似醉狂。日月但知生與落，是非寧辨短和長。客來坐上心慵問，飯到唇邊口倦張。不是故將形體縱，養成貧病療無方。

金蓮出玉花　案調名卽減字木蘭花　得遇行化

重陽師父。昔日甘河曾得遇。大道心開。設教東游海上來。天涯迴首。挈得吾鄉三四友。魏國昇遐。驚動秦川百萬家。

又　自述

蓬頭垢面。不管形骸貧與賤。抱樸頤神。恬淡無

憂樂本真。冰姿玉體。到了難逃沉土底。子羽潘安。泉下骷髏總一般。

又 法門寺李生求

一團臭肉。千古迷人看不足。萬種狂心。六道奔波浮更沉。天真佛性。昧了如何重顯證。寶範仙宗。覺後憑君豁蔽蒙。

又 夏旱

時當正熱。正值天高時雨闕。萬里晴暉。雲欲生來風旋吹。如鑪天地。盡日炎炎鎔暑氣。物困人疲。憶得前春嫌雨時。

又 西虢南村

南村地勝。曲水横斜穿柳徑。是處池塘。柏塞荷花映粉牆。高堂大厦。户户如屏堪入畫。峻嶺崇岡。日日生雲遥降祥。

又 青峰

雲收雨霽。露出青峰寒骨勢。野静天空。岌岌高横碧落中。南溪無景。與爾炎天銷日永。永日題詩。不賦閑愁只賦伊。

又 至虢州，與丹陽致魔作外界人被囚

登萊濰密。四海皆聞頭插筆。愛諍多詞。不肯饒人些子兒。余今向道。非似原作自，據景金本及道藏改從前生計較。好弱都休。腦後如今没筆頭。

悟南柯 景金本注云，三首本名南柯子 西虢劉氏作下元醮時，喬生簪菊滿頭

白露三秋盡，清霜十月初。羣花零落共蕭疏。唯有重陽，嘉景獨魁梧。爛漫真堪愛，馨香不可辜。人人皆插滿頭敷。試問喬公，簪著一枝無。

又

爛漫黄金蘂，輕盈白玉枝。重陽留得下元時。醮謝星官，特地獻真師。牒奏三天主，聲聞九地司。存亡福慶已潛資。大道洪恩，兼付出家兒。

又 隴州防禦裴滿鎮國，因病召余下山，將還，乃子覓

言，遂書此以贈。

浩浩塵埃境，翩翩幻化軀。中情不解了須臾。任意奔波，顛倒走崎嶇。逗引中丹壞，銷磨內藏虛。悲愁災患共縈紆。百便千方，醫療不能除。

鍊丹砂　景金本注云，一首本名浪淘沙　贈西虢周道全

守分莫強圖。遣日閑居。樂天知命忍蕭疎。萬事休論成與敗，兀兀前途。失去景金本作也本來虛。得也何如。百年反覆乃須臾。不似中心存道念，賢聖相扶。

清心鏡　景金本注云，三首本名紅窗迥　警殺生

萬靈中，人最貴。超羣化，數屬三才品位。愚夫甚却駒兒頑，便將爲容易。殺害生靈圖作戲。全不念地獄，重重暗記。一朝若大限臨頭，與佗家愷氣。

又

鬼神擒，鞍撻跪。愁開眼，強欲思量巧計。當頭把業鏡高懸，那寃家怎諱。拔舌剜心酬快意。全不似舊日，馨香美味。三塗任百毒陵遲，再生人卒未。

又　贈西虢醮衆，時強公病噎疾

建齋筵，須省可。休羅列，看食重重堆垛。本來要薦福求恩，却招殃惹禍。強老先生還見麼。莫不是受用，於身太過。如今縱百味珍羞，眼相看嚥唾。

玉鑪三澗雪　景金本注云，六首本名西江月　勸同道楊公不遊海

最苦三冬冰雪，難當萬里風塵。天涯海角不離身。何處參同心印。況是中丹宛轉，徒勞外景因循。爭如作伴到青春。看我行藏遠近。

又　勸勞

物外雖明端的，天心未放玲瓏。區區陌上走西東。

也學浮生作夢。夢寐更勞數載，巖龕復度三冬。待佗消息顯真功。放出凌雲蝃蝀。

又 自詠

夜宿磻溪古廟，曉登竹徑荒村。日中無事餒巡門。淡飯求佗一頓。不會深窮造化，隨緣且度朝昏。是非人我絶談論。復返生前混沌。

又

一性昭彰乍顯，二儀混合初融。飄飄法界任西東。到處神光覆擁。萬籟寒泉湊頂，八方瑞靄騰空。怡然獨向九霄中。坐看浮生作夢。

又 暮景

杲日西沉遠隴，輕颸南起洪崖。飄飄逸興爽情懷。吹斷愁思俗態。漸漸放開心月，微微射透靈臺。澄澄湛湛絶塵埃。瑩徹青霄物外。

又

日落風生古洞，夜深月照寒潭。澄澄秋色淨煙嵐。獨弄圓明寶鑑。認得心田要妙，咄迴世俗貪婪。自欣山谷卧松巖。情願被麤食淡。

訴衷情 九日後作

紛紛霜葉亂飄颻。時令過重陽。黄花爛漫依檻，猶自吐清香。秋漸老，夜彌長。道情昌。雲庵入定，法界游仙，不動淒涼。

又

孤城寒角韻悠颺。風送入斜陽。池塘菡萏無色，蘭畹有餘香。秋日短，暮天長。月華昌。空空寂照，蕩蕩虚心，一片清涼。

又 風景

長安風景古今奇。吾道少人知。天心地肺時正，生殺按樞機。靈物秀，玉芝肥。射虹霓。山頭凝望，目下三川，壓盡華夷。

解冤結 景金本注云，三首本名解佩令 贈醮衆

山河已定，干戈不起，太平時、八方和義。齋醮頻

修，盛答報、虛空天地。謝洪恩、暗中慈惠。千年一遇，神仙出世。幸遭逢、莫生輕易。供養精嚴，但一歲、勝如一歲。遇良辰、大家沉醉。

又　自詠

當初學道，憑空鍊己，志衝天、人間無比。放曠山林，次後復、逍遥雲水。過夷門、又臨秦地。飄蓬十載，遊程萬里。度關津、崎嶇迢遰。事事諳來，但悟了、般般總棄。只隨緣、布裘芒履。

又　覓飯

北方一日，南方一日，共東西、四方交日。夢寐沉沉，且往來、遊行銷日。待佗年、道心開日。百年短景，都來幾日。暗推排、今朝明日。不覺推排，到聖賢、嘉音來日。洞天開、是吾歸日。

翫丹砂　景金本注云，三首本名浣溪沙　遊歷

雲水飄飄物外吟。醍醐默默醉中斟。神仙活計道人心。容易肯爭三寸氣，尋常不貯一文金。清貧柔弱禍難侵。

又　土埪避暑

仙院深沉古柏青。森森寒影拂苔輕。蕭條終日爽人情。洞冷不知門外暑，心閑唯覺腹中清。原作輕，韻複，據景金本及道藏改。遶身渾似積冰凌。

又　退道

劍樹刀山雪刃横。千磨百拷死還生。哀聲流血苦難登。針刺著身猶害痛，鋼鋌剉性莫非疼。如何淫放不修行。

無漏子　景金本注云，三首本名更漏子　樂道

去年禾，今歲麥。陸地如雲充塞。豐稔世，太平年。黎民各坦然。衆心安，閑客易。到處逍遥無事。昏告宿，餧求餐。坊村沒阻顏。

又　秋霽

夕陽紅，秋水澹。雨過碧天如鑑。籬菊綻，塞鴻歸，長郊葉亂飛。上西山，斟北海。酩酊神游仙

界。霜夜冷，月華清。醺醺醉未醒。

又 假軀

一團膿，三寸氣。使作還同傀儡。誇體段，騁風流。人人不肯休。白玉肌，紅粉臉。盡是浮華妝點。皮肉爛，血津乾。荒郊你試看。

恣逍遥 景金本注云，二首本名殢人嬌 贈衆道友虢縣渭南也

昔種良因，今生福地。虛空感、上真加衛。開壇闡化，垂恩普濟。凡一月、於中建成三會。三齋七也至日相呼，臨時莫避。乘齋且、散心游戲。家中不足，眉頭長繫。也則是、浮生過了一世。

又

忙裏偷閑，師前取意。勝如那、苦求庸昧。連朝抵暮，貪生不已。也道我、爲人過了一世。假使狂圖，兼能巧智。多方便、蘊成家計。兒孫有靠，金珠沒底。終比傲、精神較些憔悴。

桃源憶故人 丹陽屢傳教誨寄答

虛空照耀明如鏡。好弱頭頭皆應。隨逐狀同形影。稍錯還提正。佗人讒報渾虛佞。遠道狂言無證。切告後來休聽。默默依賢聖。

又

故人別後閑吟罷。寂寞雲溪瀟灑。百尺孤松影下。獨弄周天卦。清風皓月雖無價。妙手奇工難畫。欲向世間誇詫。誰是分真假。

好離鄉 景金本注云，二首本名南鄉子 述懷

獨坐向南溪。一事無能百不知。所愛冥冥煙雨後，東西。雲綻峩峩列翠微。蒼骨太虛齊。冉冉寒光映日飛。何事中心看不足，忘歸。似有膏肓病著肌。

又

亂草獨彎跧。鼓腹高歌自在閑。一枕游仙清夢斷，怡顏。笑傲聲喧碧嶂間。日午啟柴關。雀躍

徘徊望遠山。山下有人來問道，知難。雀躍無言笑却還。

蓬萊閣　景金本注云，二首本名秦樓月　仙山

蓬萊闕。浸漫巨海深難越。深難越。洪波激吹，怒濤翻雪。玉霄東畔曾聞說。虛無一境天然別。天然別。鼇山不動，蜃樓長結。

又　述懷

棲霞客。西游棲在南溪側。南溪側。千尋赤岸，萬株蒼柏。無心只有輕雲白。舉頭不見繁華色。繁華色。空華雜亂，世人貪得。

爇心香　景金本注云，二首本名行香子　學道

大道無形。方寸何憑。在人人、智見高明。能降衆欲，解斷羣情。作鬧中閑，忙中靜，濁中清。情態如嬰。懷抱如冰。自蒙籠、覺破前程。吾言至囑，君耳深聽。下十分功，十分志，十分誠。原作成，據鳴鶴餘音卷之四改

又

征鴈迴時，野菊斒爛。向深溪、古洞彎跧。孤吟靜境，獨鍊還丹。被夜蕭條，埪局促，坐艱難。一性參差，數載留連。到如今、方露因緣。瓊珠達地，寶月通天。便出玲瓏，忘機構，沒孜煎。

下手遲　景金本注云，二首本名恨歡遲　自詠

落魄閑人本姓丘。住山東、東路登州。自少年、割斷攀緣網，從師父西遊。兀兀騰騰不繫留。似長江、一葉孤舟。任紅塵、白日忙如火，但雲漾無憂。

又

物外優游散誕身。似青霄、一片閑雲。任虛空、來往呈嘉瑞，但不惹纖塵。八表天游何所親。會三光、日月星辰。向閑中、別沒生涯事，且作伴爲隣。

心月照雲溪　景金本注云，一首本驀山溪　喬生喪偶（偶原作隅，據景金本及道藏改）

陰陽變化，萬古同於此。得失暫時間，又何必、欣

生惡死。存亡壽夭，都在百年中，迴頭看，北邙山，累累皆相似。身如賃舍，性假權居止。何處是家鄉，任六道、循環驅使。覺來放下，不受苦孜煎，非眷屬，莫憂佗，且要隄防自。

離苦海　景金本注云，一首本名離別難　贈西虢周道全

知君好事從來慕。争奈染浮華難去。雖然欲意學飄蓬，被繫脚繩兒縛住。怱怱頂上旋烏兔。切莫把光陰虛度。神仙咫尺道非遥，但只恐人心不悟。

武陵春　渭南楊五生朝

新歲纔交生萬物，時令近元宵。瑞氣濛濛降碧霄。方誕謫仙苗。貌態堂堂殊勝敏，歸道厭凡囂。石爛松枯壽更遥，龜鶴算都饒。

水雲遊　景金本注云，一首本名黄鶯兒　自詠

且住且住。且向碧巖，忘機絶慮。自知得分薄緣輕，卒難爲顯露。露原作客，據景金本及道藏改　支離幻化藏名譽。捻年光時序。共磻溪一帶豪民，結良因妙趣。

望遠行　因旱，贈渭南王坦公醮上諸道友

九夏疲天旱，萬物傷時熱。算都爲人心，分外生枝節。鬪衣鮮馬，壯社火班行引拽。小兄弟虛耗村村結。關西風俗，結年甲相次者爲社，春秋殺牲，釀酒賽神取樂。下士無邪正，景金本注云，所好者從上帝分優劣。傲咱心不同，彼志胡漂撇。景金本注云，音飄瞥輕薄兒啟虔誠修齋念善，因循歲月。望賢聖、空裏相提挈。

烏夜啼　戒洗麵

嗚呼俗態，行樂恣胸襟。蓋論人情，華世度光陰。陰陽反覆，天地有浮沉。福謝殃來，悲痛怎生禁。統年纔過，腸胃飽初侵。洗麵淘筋，還是競貪淫。人無遠慮，必有禍胎深。禍未萌時，誰解預防心。

賀聖朝　静夜

夕陽沉後，隴收殘照，柏鎖寒煙。向南溪獨坐，順

風長聽，一派鳴泉。迢迢永夜，事忘閑性，琴弄無絃。待雲中、青鳥降祥時，證陸地神仙。

無夢令　誡奢

陝右人人聽我。福地好修因果。天下不如斯，貧富一般行坐。輕可。輕可。輕可驕奢景金本作矜太過。

又

皇統年時飢餓。萬户愁生眉鎖。有口却無餐，滴淚漫成珠顆。災禍。災禍。災禍臨頭怎趓。

補遺

漁家傲

夜來又見銀河綻。碎翦鵝毛交加亂。染畫素山如粉面。路難辨。迢迢萬里如鋪練。密洒高樓風似箭。江邊聽得漁翁喚。玉作棹竿銀索纜。船行慢。水流冰結梨花綻。原作綻字，韻複，疑誤。

無俗念　靈虛宮梨花詞

春游浩蕩，是年年、寒食梨花時節。白錦無紋香爛漫，玉樹瓊葩堆雪。靜夜沈沈，浮光靄靄，冷浸溶溶月。人間天上，爛銀霞照通徹。渾似姑射真人，天姿靈秀，意氣舒高潔。萬化參差誰信道，不與羣芳同列。浩氣清英，仙材卓犖，下土難分別。瑤臺歸去，洞天方看清絕。

以上彊村叢書用晦木齋藏舊鈔磻溪集本，脱誤頗多，茲以景金本及道藏本校補。

望蓬萊

聽咨告，小事要君知。萬事苦求終害己，得便宜處落便宜。伶俐不如癡。真休煉，心外莫行持。只具眼前爲見在，自然煩惱不相隨。步步入無爲。

鳴鶴餘音卷之一

望江南　四時四首

山中好，最好是春時。紅白野花千種樣，間關幽鳥百般啼。空翠濕人衣。茶自采，筍蕨更同薇。

百結布衫忘世慮，幾壺村酒適天機。一醉任東西。

鳴鶴餘音卷之二

又

山中好，長夏正相宜。修竹萬竿金鎖碎，飛流千尺玉簾垂。何處有炎曦。松影下，散誕更無拘。沉李浮瓜供枕簟，蒼松白石伴琴碁。一醉任風吹。

同上

又

山中好，秋景不淒涼。白酒黄鷄新稻熟，紫茱金菊有清香。橘緑滿林霜。涼月白，松檜鬱蒼蒼。但見村翁歌賀社，不聞丁壯在門傍。一醉又何妨。

同上

又

山中好，末後稱三冬。紙帳蒲團香淡碧，竹爐茶竈火深紅。交袖坐和沖。人如夢，百歲等閒中。梅蕊綻時泉脉動，雪花飛處雁書空。一醉待春風。

同上

拾菜娘

一片頑心要似飛。引入千古不思歸。幸遇明師因曉了，肯教熟境再相隨。你來時，我却西。我今省悟即從伊。萬劫輪迴皆爲汝，百般魔障更因誰。

鳴鶴餘音卷之四

夢遊仙

夢遊仙。分明曾過九重天。浩氣清英，素雲縹渺貫無邊。森然。似朝元。金童玉女傳宣。當時萬聖齊會，大光明罩紫金蓮。羣仙謡唱，諸天歡樂，盡皆得意忘言。流霞泛飲，蟠桃賜宴，次第留連。皆秉道德威權。神通自在，劫劫未能遷。沖虛妙，昊天罔極，象帝之先。透重玄。命駕恍惚神遊，擲火萬里迴旋。四維上下，八表縱横，鸞鶴不用揮鞭。應念隨時到了，無障礙，自有根源。看盡清都絳闕，蓬瀛洲、紫府筆難傳。瑶臺閬苑花前，瑞雲掩映，百和香風散。四時不夜春長暖。處處覺閑。想因緣，是一點功圓。混太虛，浩劫永綿綿。任閻浮地，山摧洞府，海變桑田。鳴鶴餘音卷之五

以上周泳先補丘處機詞七首，原補有黑漆弩一首，乃白賁詞，不録。

點絳唇

昨夜醺醺，醉中似覺乘丹鳳。笙歌共。四天飛縱。□入桃源洞。正向深溪，閑把明珠弄。□晨動。一聲風送。驚斷遊仙夢。鳴鶴餘音卷之四

賀聖朝

斷雲歸岫，長空凝翠，寶鑑初圓。大光明宏照，亘流沙外，直過西天。人間是處，夢魂沈醉，歌舞華筵。道家門、別是一船清，暗開悟心田。

又

洞天深處，良朋高會，逸興無邊。上丹霄飛至，廣寒宮悄，擲下金錢。靈虛晃輝，睡魔奔送，玉兔嬋娟。坐忘機、觀透本來真，任法界周旋。

鳳棲梧

一點靈明潛啟悟。天上人間，不見行藏處。四海八荒惟獨步。不空不有誰能覩。瞬目揚眉全體露。混混茫茫，法界超然去。萬劫輪回遭一遇。九元齊上三清路。

又

日月循環無定止。春去秋來，多少榮枯事。五帝三皇千百祀。一興一廢長如此。死去生來生復死。輪回變化，□□何時已。不到無心休歇地。不能清淨超於彼。

恨歡遲

一種靈苗體性殊。待秋風、冷透根株。散化開、百億黃金嫩，照天地清虛。九日持來滿座隅。坐中觀、眼界如如。類長生、久視無凋謝，稱作伴閒居。

以上五首見西遊記卷上

鳳棲梧

得好休來休便是。贏取逍遥，免把身心使。多少聰明英烈士。忙忙虛負平生志。造物推移無定止。昨日歡歌，今日愁煩至。今日不知明日事。區區著甚勞神思。以上二首見西遊記卷下

瑶臺第一層

寶運龍飛，當四海、羣仙降跡時。萬機多暇，三靈協贊，不動槍旗。玉樓金殿廣，更月臺風榭臨池。静無爲，泛彩舟鳴棹，涼簟枰碁。深惟。前王創業，太平難遇道難期。會逢天祐，遐荒入貢，玄教開迷。坐朝垂聽暇，伴赤松、談論希夷。勝驅馳。向人間一度，天外空歸。

見金蓮正宗記。記云，金世宗大定二十八年（一一八八）世宗召見，丘處機應制獻此詞，世宗覽之，大悦。

西江月

屈指追思前世，低頭省悟今望。今生若不做修行。又與輪迴作爭。幸遇真常要妙，點頭莫故昏蒙。便揮寶劍殺三朋。誆得龜蛇火遁。清河書畫舫卷六引書史會要

案影印洪武九年刊本元陶宗儀書史會要無此詞，不知清河書畫舫何據。

王丹桂

丹桂字昌齡，號白雲子。居崑崙山，稱馬鈺爲師。著有草堂集。

滿庭芳 因臘月二十二日迺重陽師祖憫化妙行真人降跡，丹陽師父順化慈顧真人昇霞，衆道友修齋畢，以詞贈之

雪霽郊原，冰凝池沼，時當深入窮冬。重陽此日，降跡闡真風。還是丹陽師父，亂塵世、飛上天宮。玄元理，一昇一降，顯現至神功。無窮。真匠手，京南陝右，河北山東。但兒童耆老，誰不欽崇。應

物隨機順化，垂方便、三教通同。諸公等，從今已往，何日再相逢。

又　贈魏德純

利鎖名韁，恩繩愛索，兀誰不被牽纏。但能省悟，早是具前緣。那更苦求出離，情深處、翻作讎寃。應知否，暗中真聖，接汝趁天元。堅堅。惟謹謹，收縛意馬，擒捉心猿。稍些兒放蕩，損壞芝田。日用常搜己過，居叢中、莫見他愆。如斯做，本來一點，不許不周圓。

又　贈劉四郎

冷淡家風，清閑門户，有誰着意搜求。元初靈識，剛被火宅囚。貪戀時間恩愛，終不道、前有程頭。常省悟，好學我輩，一割萬緣休。優游。何可似，鷹離籠罩，魚脱綸竿，信飄飄，渾如解纜孤舟。隨分飢飡渴飲，飽來後、鼓腹歌謳。無縈絆，功成歸去，高步訪瀛洲。

又　贈周信等

貴賤由天，榮枯隨分，分明不在强圖。得之本有，失者本來無。謾使機關巧倖，勞神智、疲役形軀。癡迷客，蠅頭利路，貪得又何如。蟾烏。飛走急，百年限裏，光景須臾。恰紅顔青鬢，盡變霜鬚。不日無常來到，問君待、著甚枝梧。争如我，虚閑寂静，保固大丹爐。

又

一點靈明，萬情牽緒，豈曾時暫寧閑。輪回催逼，販骨若丘山。由是迷心未悟，誇聰辯、馳騁伶奸。還同似，飛蛾投火，螻蟻競循環。今番。親得遇，羣仙降世，闡化人寰。示全真大教，直指玄關。常處常清常静，休持論、返老童顔。從兹後，除疑斷妄，名姓列仙班。

又

四業三彭，七情六欲，終宵永日教唆。輪他圈圓，難出黑風波。起盡慳貪嫉妬，生機狡、無限張羅。堪嗟處，從今至古，誰是不遭呵。王哥。親説破，直須決裂，慎勿蹉跎。把無情慧劍，每每頻磨。假使當場臨陣，加剛鋭、辟散羣魔。歸來後，民安國富，齊唱太平歌。

又 詠三教

釋演空寂，道談清靜，儒宗百行周全。三枝既立，遞互闡良緣。尼父名揚至聖，如來證、大覺金仙。吾門祖，老君睿號，今古自相傳。玄玄。同一體，誰高誰下，誰後誰先。共扶持邦國，普化人天。渾似滄溟大海，分異派、流泛諸川。然如是，周遊去處，終久盡歸源。

又 答人問，緣甚出家，如何修鍊

閑寫荒詞，謾成拙句，略將管見鋪陳。貪迷世夢，虛度二十春。忽悟前頭路險，拖恩愛、孰敢因循。投玄教，搜窮密妙，坦蕩樂天真。清貧。活計好，還淳反樸，養素頤神。幸清風作伴，明月爲鄰。占得逍遥自在，從烏兔、東出西傾。忘言處，些兒消息，能有幾人聞。

又 示衆

衡正清油，重羅白麪，如牙細米舂淘。精嚴辦供，庖饌列珍餚。虔恪行香點靜，頻作禮、豈憚劬勞。惟求望，見存獲福，亡者得昇超。吾曹。聽勸化，休生懈怠，道念堅牢。在澄心滌慮，勿犯天條。稍有違齋破戒，無慚愧、滴水難消。虧功行，將來打算，天地不輕饒。

又 平州節使完顔驃騎命作醮，索詞

和氣融融，日遲風軟，艷陽物景相宜。園林鋪繡，桃李正芳菲。燕語鶯聲鬭巧，黄金嫩、柳帶低垂。香風細，仙姿是日，分瑞向深閨。神儀。何秀發，温顔玉潤，鶴態依稀。志謙和慈惠，大善常持。遐壽不須重祝，真元性、自有仙期。俗緣斷，人間夢覺，還去宴瑤池。

又

佑國雄才，皇家貴戚，御恩守鎮平山。一方安堵，何幸感怡顔。視衆猶同赤子，寬刑憲、矜恤愚頑。無私曲，政聲流美，應遍滿人寰。公餘，重積德，投誠奉教，使保心閑。又遠蒙見召，祇建靈壇。醮謝諸天聖衆，仗青裙、開啓陰關。從今後，高真降鑒，名係上仙班。

望海潮 自詠

昔年貪愛，平生做作，而今一旦紛飛。知命樂天，風前月下，依山臨水幽棲。杜口且如癡。也不管傍人，說是談非。盡日無餘事，惟保守這些兒。幽微。暗洽玄機。覺澄澄湛湛，並沒歸依。興卽唱吟，欣來歌舞，隨緣悦我希夷。不整外容儀。放落魄婁躭，自在無爲。但樂貧閑過，任烏兔走東西。

玉鑪三澗雪 本名西江月 和秦先生

策杖水雲遊歷，一身到處爲家。洞天高臥養丹砂。茅屋柴籬入畫。收拾黃芽白雪，合和玉液金茶。就中甘味不須誇。奪箇仙魁無價。

又 藏頭拆字

大非爲堅固，今迷執居家。還悟得紫靈砂。棄琴棋書畫。載殷勤鍛鍊，中養就名茶。今知味豈須誇。日功成無價。起四字

又 贈顯異觀王后堂

欲覓修行捷路，無令馬劣猿顛。頭頭物外絶縈牽。問甚龜蛇相纏。常使靈臺瑩瑩，自然真息綿綿。箇中仙子貌嬋娟。便是本來頭面。

又 贈安抱真等

魚在迷津苦海，隨波逐浪漂遊。閑抛香餌下綸鈎。一釣俄然回首。也是宿緣深重，一齊萬事都休。前途何處是程頭。作箇羣仙領袖。

又

欲要超離苦海，先須割愛忘情。從來坑塹剗教平。不入荒涼斜徑。幻景浮華識破，疑心妄念休生。瀟瀟洒洒向前行。步步蓬萊有準。

又

既悟出家學道，須憑一志堅堅。假饒心上起諸緣。全在殷勤鍛鍊。處真莫生異見，利他損己爲先。内功外行兩雙全。得赴瑶池瓊筵。

又　贈平州菩薩堂劉僧

大道豈分貴賤，人人箇箇圓成。休教方寸萬緣生。念念常歸清靜。達了這番消息，不須屈體勞形。靈臺皎潔勝冰輪。照破無明種性。

又　嘆出家兒生煙發火

一等求真慕道，令人堪嘆堪憐。遠葷止酒戒腥羶。做就出家行遣。静處閉眉合眼，人前說道談禪。些兒觸著早生煙。錯了從來知見。

又　妙用

罷論古人公案，且呈自己門風。三更三點扣齋鐘。便是予家妙用。湛湛空花形象，澄澄水月儀容。兩番消息一番同。看你如何拈弄。

又　雙泯

祖道將何言說，正宗著甚談論。搖唇調吻早差分。背了諸仙心印。似此難爲舉向，不辭略與開陳。頭頭物物露全身。言下要君承認。

又　謝道友訪及

魯拙倦貪世利，疎慵唯愛山居。深承道友喜相呼。來結良緣妙趣。但願徐登壽域，更祈重悟虛無。塵勞放下萬緣除。高臥白雲深處。

金鼎一溪雲　本名巫山一段雲　贈孫志道王居易

紫陌憂危客，紅塵名利家。區區終日謾咨嗟。無計伴煙霞。儻悟浮生夢短。咫尺蓬萊仙館。飢飡渴飲困時眠。餘事總無牽。

又

風定雲初斂，潮平浪亦安。閑揮輕棹帶蓑竿。垂釣近江干。湛湛碧天如水。那更月明風細。奈何魚鼈不吞鈎。獨立蓼花洲。

又　骷髏喻

日日迷花酒，朝朝競氣財。偶然命盡掩泉臺。郊外暴遺骸。任使磚敲棒打。不似從來尖傻。勸人早悟此因由。物外做真修。

又　傀儡喻

顏貌胡粧點，形骸旋合攢。趨蹌扭捏恁多端。爭信被人般。由自搖頭弄影。日日當場馳騁。一朝線斷罷抽牽。方悟假因緣。

小重山　述懷

猛悟塵勞跳出籠。胸襟多少事，盡成空。逍遥物外效愚蒙。真脱灑，端的好家風。啓户對松峯。紅塵飛不到，白雲中。道心不與利心同。開懷抱，高卧養疏慵。

金蓮出玉華　本名減字木蘭花　勉道友

全真妙道。先把我人山放倒。妙道全真。決要收拾精氣神。功圓行滿。撇下皮囊都不管。行滿功圓。朝拜丹陽師父前。

又

無爲清静。虎遶龍蟠歸大定。清静無爲。子母和同出入隨。逍遥自在。去去來來絶罣礙。自在逍遥。一任山林與市朝。

又

人非人是。識破全然渾小事。人是人非。恰似春風耳畔吹。真功真行。意馬心猿休内縱。真行真功。十二時中鍊氣沖。

又　贈羅家莊道友

羅莊一境。曲水環山相掩映。地秀人賢。慕道崇真種善緣。邀予至此。供養殷勤心不止。報德無方。惟願家家福壽昌。

又 贈胡先生

子林苗裔。談論清高超衆異。夙骨靈肌。半貌堂堂出世奇。身崇三教。敬釋尊儒行大道。暗養仙胎。行看白蓮火裏開。

又 壽明威縣君完顔明慧

嚴凝天氣。萬物深根而固蔕。蓂葉全開。仙子移真下寶臺。松姿鶴質。遣累齋心超衆異。爲祝遐齡。福壽同臻等芥城。

踏雲行 本名踏莎行 自遣

壬癸纔升，丙丁已降。往來澆灌黄芽長。靈童採摘赴瑶宫，笙簧迎引聲嘹喨。虎嘯祥風，龍翻雪浪。斡旋造化憑真匠。鍊丹砂就月華清，踏雲行處神光燦。

又

清静家風，無爲活計。個中別有真消息。閴寂湛湛契玄機，杳冥恍惚通幽理。七寶山頭，五明宫裏。陶陶恣飲醍醐味。醒還醉了醉還醒，醉還醒了醒還醉。

又

世事紛紛，塵情擾擾。餘閑思想真堪笑。榮枯得失幾時休，興亡成敗何年了。今日雖存，來朝難保。聞康認取無爲道。修持功行兩完全，携雲笑指蓬萊島。

又 贈安山李秀才

已矣焉哉，之乎者也。悟來好把番番捨。童蒙訓授費精神，因循莫使頭生雪。飛矢年光，忍教虛設。殷勤説破修仙訣。一枝丹桂肯躋攀，與君共賞長生月。

又 贈羅家莊梁秀才叔姪處化地建庵

長嶺峯前，羅家莊後。來山去水真明秀。而今若把道庵修，他年應引神仙湊。爲寫新詞，聊充讚祝。福緣善慶從來有。叔姪暫結有爲緣，子孫永享無窮壽。

又　贈羅家莊崇道庵長春邑衆

邑號長春，菴名崇道。其間隱奥人難曉。長春靈驗莫教凋，真心崇道家緣掉。外屏喧嚣，內搜玄妙。常懷忍辱心低小。慧風吹散嶺頭雲，一輪性月輝華耀。

又　贈楊德遠

道號安閑，法名德遠。法名道號開方便。安閑常要性逍遥，悟其德遠歸真善。外貌如愚，內通修錬。下功進火猶争戰。金烏飛向曲江池，玉蟾躍出通明殿。

又　楊德遠求詞

道本無言，强求强索。與憑詩曲强分解。元初模樣體真常，隨機應物無纖礙。出入縱横，往來自在。目前一段光明快。君還言下敢承當，不移一脚超三界。

望蓬萊　本名望江南　贈家兄忠武訪及

頓失笑，迷悟理全差。富貴榮華君活計，寂寥瀟洒我生涯。高枕卧煙霞。長生趣，清興果清嘉。暇伴延齡千歲鶴，閑觀不謝四時花。何處覓仙家。

又　寄桃林口王都監

華宗士，清譽久聞傳。邂逅相逢青嶂裏，盤桓共坐玉泉邊。談論契真詮。從別後，再會得無緣。切恐靈機迷愛欲，不辭荒拙綴狂篇。託意在毫牋。

又　寄張四秀才

清河氏，聽取此根原。自昔未逢超岸筏，而今又值下坡年。猶被世情牽。繁華境，虚幻不牢堅。休向夢中重作夢，便於玄上更搜玄。修補洞中天。

無俗念　本名念奴嬌　詠竹，謹繼長春真人韻

一竿修竹，有天然標本，森然唯獨。檻外窗前横翠影，幽雅真非尋俗。內藴虚心，外彰高節，超越凡

材木。静吟風月，韻同敲擊冰玉。可愛素質英姿，引鶴棲鳳，四序清人目。茂葉重重光潤膩，裊裊柔枝凝緑。根曲蛟蚪，氣含蔬筍，全味勝粱肉。此君嘉秀，並余遐算遐福。

又 九日

嵐光清翠，動西風、還遇重陽節暇。丹葉黄花相間隔，嘉景真堪圖畫。往歲茲辰，綺羅絲竹，宴賞飛金斝。而今追想，盡成一夢虚假。有緣悟入玄門，塵情種種，不許纖毫掛。草舍柴籬相掩映，潔静常教清雅。盡日忘言，通宵無寐，甘恁捱瀟灑。何人同志，共説無生之話。

又 嘆世

蟾烏景急，暗催人、兩鬢銀絲如織。終日區區猶不省，蓋爲家縁煎逼。蝸角虚名，蠅頭微利，得也成何濟。聞身康健，好尋雲路活計。拂袖落魄婪躭，水邊石上，笑傲閑吟綴。一粒神丹光燦燦，免使塵清連累。坦蕩逍遥，優游自在，占得真消息。功成歸去，永居蓬島仙位。

臨江仙 誡釋道相辯

禪道本來無辯證，皆因古聖强名。不須方外謾勞形。人人俱有分，箇箇總圓成。但把萬縁齊放下，切須戒斷無明。給孤園内任縱横。泥牛哮吼處，日午打三更。

又 贈石遇仙等

稽首同途聽教化，休教虚度流年。常生覺照道心堅。包容他過失，整頓自邪偏。分上本無人我相，閑中認正根原。但迷假合起攀援。永沉煩惱海，難證大羅天。

又 晚景

向晚嫩涼生户牖，松巖獨坐榰頤。憑高一望徹天涯。孤城煙樹慘，遠浦片帆歸。萬里碧天澄似水，雲閑不動毫釐。昭昭明月弄晴輝。圓光含法界，靈驗射瑤池。

又　聞杜鵑戲成

一片閑心閑不倦，騰騰兀兀忘機。曉來微雨過窗扉。翠霞青嶂裏，還聽杜鵑啼。句句不如歸去朗，我今已應歸期。功成自是步雲霓。何須施巧辯，苦苦競相催。

青蓮池上客　本名青玉案　贈烏林荅德潤

而今既悟塵勞苦。已是身遭遇。屏棄浮華宜樸素。常懷柔弱，莫生貪妬。言行須相副。　閑中不起閑思慮。自得玄中妙玄趣。營養三田無旦暮。陰消陽長，氣凝丹結，方稱全真侶。

黃鶴洞中仙　本名卜算子　示衆

奉勸修仙客，各要常寧耐。萬難千魔志轉堅，休把初心改。　渾似蟾光大，瑩靜長天外。斡運無私滿大千，信使浮雲寨。

又　贈程三

人似當風燭。誰肯心回顧。目下恩情緊絆牽，豈覺於身苦。　幸有修仙路。散散閑閑做。到處逍遙任自由，功滿蓬瀛住。

姹鶯嬌　本名惜奴嬌　山居述懷

泉石清幽，好箇真游地。香風散、彩雲呈瑞。日暖天和，更時有珍禽戲。嘉致。總妝點、山家況味。　外景充盈，內景還相契。丹鑪畔、虎龍交會。女姹嬰嬌，頻勸我、傾金液。沈醉。但高卧、晴霞影裏。

又　贈油麵王廣道

廣道王三，天賦精誠藝。將油麵、和調運製。應物番番，但做造由心意。依理。鍛鍊在、長生鑪內。　按候知時，拈出真奇異。光明燦、馨香馥鼻。試與嘗來，又別是、甘甜味。妙矣。堪獻入、仙家筵會。

喜遷鶯　贈康德機

宿緣深重。早省悟浮生，都如一夢。壯志回頭，專心入道，塵事豁然驅屏。要脱死生輪轉，認取元來本柄。甚爲準。待與君説破，些兒捷徑。日用。持清静。積累内功，外行心平等。次泯貪嗔，調和神氣，休放馬猿馳騁。萬里黑雲消散，一點靈明光瑩。仙路穩。這回須免了，改頭换影。

憶王孫 自詠

云何便會做癡憨。只爲番番世事諳。度日隨緣不外貪。處雲庵。渴飲醍醐味轉甘。

又

逍遥坦蕩絶憂愁。管甚流年春復秋。露地安眠放白牛。晚煙收。一曲高歌古渡頭。

又

不持齋戒不看經。不論金丹共五行。玉瑟閑調月正明。韻輕清。響徹瑶臺十二層。

又

三田常用鐵牛耕。種得黄芽漸漸生。法雨時時澆灌頻。轉滋榮。採摘歸來上玉京。

又

幾人學得我風流。疏盡塵緣散盡愁。閑品羌笛駕白牛。好因由。四大神舟任意游。

又

本來真性唤神仙。爲愛幽棲遠市廛。獨隱山堂妙最玄。樂恬然。欣即高歌困即眠。

又

四時流轉急如梭。百歲韶華屈指過。惟願人人出愛河。養沖和。功滿超昇赴大羅。

又 因王孫二舊友同日不期而會

閑閑閑裏憶王孫。今幸相逢語笑頻。各各勤修精氣神。行功臻。同宴桃源碧洞春。

好離鄉 本名南鄉子 警世

人本是神仙。只爲當初縱馬猿。换骨更形無定止，連綿。致使塵情種種牽。若解固根原。玉鼎金鑪聚汞鉛。鍛鍊三千功行滿，還元。復返蓬瀛絶變遷。

又

余隱居崑崙山清神洞，常習不睡。因久坐，不覺雪降。其夜稍暖，巖溜半溶，似乎有聲。俄然而起，出户視之，四圍山色，盡爲更變。因倚松而作是詞

坐久欲曨晴。不覺天公祥瑞呈。夜暖忽聞巖溜滴，聲聲。唤覺游仙夢不成。靸履起開扃。四望遥峯盡變更。唯有長松天性異，堅貞。獨倚幽巖顯道清。

又

余祖居利州，有李仙者，自彼而來。言族中親眷，聞先生入道多歲矣，未知是王家那一家派，請示一書，因成此詞以寄之

聊與話行藏。生死輪回豈盡量。無奈頑心迷愛欲，滋彰。千古悠悠不到鄉。幸遇祖重陽。開闡全真出世方。寄語吾族當省悟，消詳。這箇從來不姓王。

又　贈崔妙信

一箇好明師。洪範恢恢出世奇。香味色聲難染滯，須知。縱使波流岸不移。認取莫生疑。休費功夫向外馳。坐卧住行相守定，思惟。瞬目揚眉更是誰。

秦樓月　詠松

煙霞客。亭亭隱在幽巖側。幽巖側。霜欺雪壓，了無纖礙。蚪枝招颭寒雲外。天然姿質真堪愛。真堪愛。青青別是，一番標格。

又　詠竹

性貞潔。柔枝嫩葉堪圖寫。堪圖寫。四時常伴，草堂風月。孤高勁節天然別。虚心永永無凋謝。無凋謝。緑陰摇曳，瑞音清絶。

鳳棲梧　山居遣興

滿目青青松間竹。掩映山家，有甚閑榮辱。獨自唱吟斟美醁。味濃醉倒和衣宿。清夢覺來情未足。重抱瑶琴，品弄無生曲。誰是知音余伴侣。草堂風月應相許。

又　寄同道

世事紛紛何事苦。死去生來，輪販無停住。有幸高真開法字。引人同上無生路。路上行人當聽屬。屬付虔誠，念道忘思慮。清靜功夫昭且著。無生路上常相遇。

又　勸遊春子

嫩柳垂金花爛坼。隨處園林，拂袂香風快。無限眼前閑景色。只應粧點春光嗽。游騎駢駢馳雅態。不道繁華，暗換朱顏改。到底有情終不耐。殷勤説與尋芳客。

又　暮春聞鶯

短景相催何太促。麗日和風，又送春光暮。漸聽流鶯枝上語。綿蠻似把衷情訴。昨日花開紅滿樹。今已飄零，狂蕩逐飛絮。奉勸游人生覺悟。莫教失却來時路。

又　清明前三日因微雨過示衆

割愛忘情惟謹謹。兔走烏飛，催逼年華迅。又是清明將欲近。家家煙火宜防慎。和氣氤氳當寶運。細雨廉纖，不負陽春信。造化工夫猶此進。仙葩迤邐飄香韻。

上丹霄　本名上平西　用張子雲韻

得真閑，投真趣，傲萍蓬。任運命、否塞亨通。生涯寂淡，二十年罷倒金鍾。頭頭返照，破昏蒙、靈鑑非銅。　或游戲，紅塵境，或棲隱，碧巖松。掌譚馬、遺範餘風。驅馳造化，自然交媾虎和龍。上清仙舉，要争魁、安敢躭慵。

又

棄浮榮，忘羈絆，勝秋蓬。樂天命、所遇皆通。隨緣一飽，算來奚用祿千鍾。甘閑守拙，捱清貧、豈顧頑銅。　陪霞友，邀風月，臨溪石，對巖松。論坦然、出世家風。烹金鍊玉，斡旋牝虎與玄龍。而今重悟，萬緣空、意倦心慵。

又　入道

死生催，輪回迫，没休期。向迷津、苦海争馳。會逢聖代，真仙垂教度羣迷。頓然喚覺，夢浮生、疏遠輕肥。頭如蓬，面如垢，情如醉，貌如癡。處閑閑、窮究幽微。嘉祥得也，料應塵世少人知。靈風飄蕩，静乾坤、月照華夷。

朝中措　拋俗

宦途好似水東流。得失幾時休。還甚王侯黎庶，無常限到難留。争如解放名韁鎖，且免了閑愁。異日三丹結正，携雲却訪瀛洲。

又　和孫圓明先生韻

頓拋塵世事無涯。知命度年華。占斷草堂風月，恬然欲對誰誇。平生據我無拘束，寶鼎養丹砂。直待功成九轉，飄游海上人家。

訴衷情　九日

重陽嘉節興尤深。勝賞一登臨。天闊水清山秀，

霜葉墜疏林。增雅趣，助微吟。息塵襟。壺觴滿泛，清韻重彈，誰是知音。

又　繼古韻

瑞雲深處是仙家。高枕卧煙霞。調引箇中物象，玉兔配烏鴉。甘淡素，棄輕紗。遠浮華。身崇三教，心敬三光，頭戴三花。

又　贈魏老

壽高由是殢躭家。斜日對餘霞。不覺盡成皓鬢，難得再如鴉。牙漸朽，眼蒙紗。少光華。殘年何異，雨打衰桐，風撼狂花。

行香子　自詠

雲水生涯。到處爲家。遠浮名、浮利浮華。三宮昇降，上下無差。要結靈胎，收靈物，聚靈芽。清興幽賒。此外何加。姿陶陶、暢飲流霞。大丹熟也，歸泛仙槎。便曳瓊琚，摇瓊珮，戴瓊花。

又　憶師父訓號白雲子，名丹桂，字昌齡

幼悟離塵。鍊汞烹銀。把壺中、造化區分。虎龍調處，滋助陽初。現亘來容，元來面，本來身。雲水爲鄰。風月常親。妙玄通、方稱全真。憶師慈訓，稍異常人。便字昌齡，名丹桂，號白雲。

又 示衆，復用前韻

説甚根塵。辯甚鉛銀。這仙佛、路徑明分。何須外覓，不在勞神。欲要全完，當全道，露全身。一體同觀。無起疏親。志常清、常靜常真。不惟自利，兼利他人。定結祥光，成祥瑞，躡祥雲。

滿路花 謝昌黎道友訪及

早年忘俗累，雲水寄天隅。羣峰藏弊舍、養癡愚。寂寥孤淡，默默守如如。深謝崇真友，步屧携筇，不辭遠訪山居。奈門風、冷落清虚。相待禮全疏。微言頻勸諭、省區區。前程路險，認取妙元初。物物頭頭上，一段靈光，本來無欠無餘。

又 贈小崔評

人間何最苦，説著替君愁。眼前生滅景、象悠悠。虚名薄利，隨分少貪求。幸遇嘉時節，乘興偷閑，訪尋霞侶雲儔。更那堪、猛悟回頭。物外恣飄游。布袍襟袖闊、好風流。紛紛塵事，一筆盡都勾。磨瑩先天寶，燦燦輝輝，恰如朗月當秋。

又 歲日贈馮六等

節令頻移政，寒暑遞相遷。光陰駒過隙、古今傳。曉來萬户，歡笑賀新年。誰肯回光照，紺髮童顔，漸成衰鬢皤然。願人人、早悟根原。搜覓妙中玄。洞天風月下、舞胎仙。刀圭瀲灩，一顆大丹圓。捧入青霄路，步步無生，任從海變桑田。

又 贈兩山道友烏林答同監等

東南形勝地，極目鎖嵐煙。海山鍾異秀、産英賢。人多吉善，息念屏囂喧。是處追朋挹，探妙賾真，共修物外因緣。願由斯、道念彌堅。早早悟重玄。殷勤營養就、火中蓮。清香馥郁，遞互盡相傳。異日真功滿，拂袖携雲，逕超無上人天。

月中仙　返照

歷劫昏蒙，爲恩情愛戀，一向迷執。争頭競角，覷巨浪洪波，豈顧沈溺。幸今生覺悟，便拂袖、開懷暢意。返照從前事，行蹤過跡，翻作大罅隙。飄然做箇閑人，向青松影下，白雲堆裏。怡怡自樂，但詠歌談笑，隨緣銷日。晚來增雅趣，對天鑑、澄澄湛碧。次第銀蟾上，昭彰奮離三島跡。

又　望海

暑氣方闌，漸雲收四野，山海明霽。憑高放目，視萬里汪洋，東連無極。廓然風浪静，屢顯現、嘉祥至瑞。大哉玄元體，澄清浩渺，浮動乾坤勢。神功聖力難量，信歸墟運轉，無有休息。恢張萬化，任雲物飛翔，魚龍游戲。混融千古秀，隱三島、十洲異域。直待功成後，騎鯨笑傲超於彼。

齊天樂　得遇

悟浮生幻化，速把恩情，愛戀俱棄。垢面蓬頭，麻衣紙襖，海角天涯飄逸。摧强挫鋭。守柔弱清貧，忘憂忘恥。劣馬顛猿，頓然休歇杳無迹。些兒玄玄妙理。對碧天澄徹，别是一家風味。囉噔哩噔，唇歌舌誕，何有纖毫拘繫。頻加敬禮。幸出自吾師，昔年提携。異日參從，共赴蟠桃會。

又　贈蔡德厚

用千方萬便，惟把修行，一一開露。至道幽深，玄機杳邈，須仗十分勤苦。韶華迅速。念寶運昌期，忍教虛度。此段因緣，等閑失了再難遇。聽予重重付屬。向舊來境上，挑剔勿令差互。性燭昭彰，心花燦爛，無限清香敷布。如斯作做。自然感高真，暗垂加護。行滿功圓，步入丹霄路。

醉桃源　本名阮郎歸　釣烏林答二郎君

今生豪貴宿生緣。分明説與賢。回頭早早悟根原。休教俗境牽。搜秘密，訪幽玄。鑪中鍊汞鉛。真功真行滿三千。飛騰作大仙。

又　贈趙姑

修行徑路坦然平。直須斷愛情。邪思妄念不相縈。三尸勢自輕。　坐與卧，住兼行。常休忘静清。一朝忽爾顯靈靈。輝輝晃晃明。

又　贈趙戒師

略將微語破昏衢。塵情立剪除。色空空色兩無殊。真實理不虚。　常湛湛，體如如。出離生死途。澄塘性月一輪孤。光明射四隅。

又　贈吾古論戒師善淵

本來一點號牟尼。端嚴越世奇。隨緣應物任施爲。圓明合範圍。　或顯用，或潛機。靈光出入隨。但能認正決無疑。携雲物外歸。

又　贈庫使縣君完顏氏

全家一意道心堅。皆因宿世緣。精嚴精謹愈精專。真誠實可憐。　聽教化，悟微言。塵勞漸漸捐。内調神息兩綿綿。功成自證仙。

心月照雲溪　本名驀山溪　山居述懷

既抛火院，塵事難拘檢。物外樂逍遥，總疏遠、征徭賦斂。粗衣淡飯，據分且隨緣，青峯畔，白雲中，獨把清閑占。　茅廬一厦，相稱平生願。裏面但容身，也不在、浮華妝點。鎖窗寂静，恣意任高眠，紅日上，兩三竿，猶自柴門掩。

又

五峯挺秀，滴翠嵐光膩。氣勢壓滄溟，對煙浪、雲濤無際。碧巖深處，掩映道人家，忘寵辱，絶驕矜，勘破人間世。　野情幽興，誰羨公卿貴。閑運妙玄機，看虎龍、盤旋作戲。嬰嬌女姹，歡笑慶金丹，功成去，步雲霓，顯我嘉祥瑞。

又　贈魏德柔家中魔障，權令牧羊

當初學道，望脱塵緣累。迤邐漸生魔，是時間、些兒凝滯。君還識破，慎守勿因循，心決裂，志精專，別有清涼味。羊兒牧處，收管休疏失。稍欲走東西，在主人、調伏斷制。山間林下，早早趁歸期，天欲暮，日將沈，關鎖牢封閉。

又　牧牛喻

牛兒性劣，奔競無時輟。短棒與長繩，每驅馳、牢擒痛決。朝來暮往，久久漸調柔，芳草渡，曲江頭，露卧如霜雪。牧童閑散，無限情懷悦。獨坐古松陰，短笛弄、聲悠韻噎。重堆蓑笠，拍手笑歸來，清風勁，碧天澄，現出家家月。

又　贈趙德備

但凡入道，屏棄繁華早。柔弱守清貧，把靈臺、時時拂掃。塵心起處，宜向死前觀，憑乞化，做生涯，餘事絶論討。日來月往，勤鍊先天寶。默默内含光，照俗緣、番番顛倒。無中還有，此理最幽深，功成日，行圓時，自有天書詔。

悟黄粱　本名燕歸梁　贈劉九郎

人間何事最堪悲。迷火院，受驅馳。不曾時霎暫舒眉。算何日，是休期。況他衣飲各相隨。空熱亂，又奚爲。明明生死眼前催。放得下，是便宜。

又

浮名浮利兩悠悠。終不道，把身囚。好貪多敗更多憂。又著箇，甚來由。願人識破早抽頭。從前事，盡都休。飄飄物外不淹留。管有分，繼吾儔。

秋霽　繼古韻述懷

肥遁人家，對東南萬里、鯨海横碧。蘭苑芝田，暖香風送，不減鳳城春色。壽松徑裏。緑茵嫩□原脱一字紋如織。又還是。鶴詔乍回，猶聽九霄唳。天教賦我、此段嘉期，寸心澄寂、百慮蠲息。向閑中、呼童煮茗，玉甌輕泛浪花白。神爽氣和何有隔。況真常道，時時默運玄功，湛然無爲，澹然自得。

武陵春　寄七河鎮陳都統

美譽深仁兼孝行，遠近盡談揚。爲寄新詞細審詳。

早早悟黄粱。一朵心花初綻處，裊裊吐清香。風散餘芳入道場。廓爾露禎祥。

又　寄樂亭劉嗣昌

道念精誠聞已久，皆是宿生因。何日相陪願結鄰。挑剔出迷津。　自在逍遥隨分過，兀兀養天真。火裏蓮開日轉新。永永占長春。

鍊丹砂　本名浪淘沙　孫義來説，弟子昨夜夢丹陽真人，化弟子出家。弟子言，子孫未立，家道未成，恐無出家緣分，且只在家修行可否。真人笑曰，吾固有云，無假妻抱子神仙，没在家蓬島公，豈不知也。言訖，弟子覺來，未知怎生，因以詞贈之

稽首富春仙。聽説根源。金枷玉杻緊牽纏。惟要自家心決裂，休道無緣。　賢聖夢中言。的不虚傳。家緣事事待周全。更望一身成道果，掘地尋天。

又　贈女姑郭守淵郭善知

奉勸二汾陽。略序行藏。有緣身入道家鄉。塵事番番宜損損，捨短從長。　日用爇心香。返照回光。逢魔逢難敢承當。盡始盡終無變易，決赴蓬莊。

又　贈女姑張善行

狂語話真誠。清衆宜聽。不期白髮鬢邊生。前有無常相等待，著甚祗迎。　除是做修行。心地寬平。舊來熟境不相縈。已過更能頻改正，功自圓成。

又　贈徒單姑姑

確志慕前程。寵辱猶驚。五千奥旨灼然明。所以百川俱湊海，窪則當盈。　上士處無争。柔弱爲憑。外雖應物内澄清。履道如斯常坦坦，步步蓬瀛。

悟南柯　本名南柯子　和常顯之

宴坐心恒適，幽居興可嘉。靜鳴天鼓潄雲芽。吐納綿綿，隨分保生涯。但解安時運，奚憂換物華。三山瓊路信非賒。未去權依，積翠與明霞。

又　贈樂亭劉司候

猿鳥誠幽伴，泉石亦近鄰。三竿紅日欲侵門。睡起從容，無事暫相親。玄谷規千聖，泥丸聚百神。些兒功用養天真。遠害全生，清樂未輪君。

又　溟州值雨阻道友留戀

落魄白雲子，身無箇事縈。閑思雲水下山屏。策蹇携童，行化過東溟。暑氣潛然退，秋風分外清。連連小雨未開晴。有意相留，不放出門行。

瑶臺第一層　崔大師生辰

歲運推遷。時正遇，十月小春天。老人星燦，玉繩低縱，雲漢高懸。曉來佳氣聚，慶謫仙、初駐雲駢。應良緣，漸重敷素艷，復闡金蓮。　飄然。塵情一蕩，志歸清靜禀根原。鼎鑪烹鍊，河車搬運，丹滿三田。洞房輝煥處，會虎龍、嬰姹團圓。表長年。傲龜齡鶴算，永劫綿綿。

又　元宵

時令相催。又還是，元宵報春回。桂輪新滿，金蓮乍坼，不待栽培。六街三市徧，列鼇山、輝映樓臺。競追陪，簇香車寶馬，馳騁多才。　吾儕。情忘企慕，絳宮深處保仙胎。覺花芬馥，慧光明燦，別是歡諧。玉漿瓊液泛，結刀圭、不讓樽罍。恣開懷。任鸞迎鳳引，游宴蓬萊。

又　吴大卿壽日

陰極陽升。當律應，黄鍾正嚴凝。昔年此際，素雲容裔，瑞氣清英。玉衡潛運轉，顯弧南、一曜增明。降仙卿，漸風晴閬苑，月冷蓬瀛。　崢嶸。天才富贍，早年名遂與功成。順天合道，退身養浩，同輩吞聲。客中開小宴，會朋儔、交錯霞觥。醉還醒。表冰姿玉骨，壽占椿齡。

春從天上來　贈首陽山李志朴

既悟塵緣，擺愛海恩山，蝸利蠅名。樂然拂袖，絶慮忘情。熟境慎勿牽縈。抱始終一志，但兀兀、莫問途程。處無爲，捱瀟瀟灑灑，静静清清。　閑中做成修鍊，鍊百脉通流，四體和平。虎遶龍蟠，氣結神凝，大丹一粒圓成。引靈童歌舞，瑞雲房、滿酌瑶觥。與無窮，保深根固蒂，久視長生。

又　冬至日

兔走烏奔。競西没東生，四序潛分。亞歲方迎，萬户千門。歡笑共慶良辰。暗推移晷運，正南檐、愛日初新。考豐凶，會銀臺占候，史筆書雲。　玄元大哉造化，漸梅蕊飄香，檻竹偷春。坦坦幽人，百福咸臻，默默養浩全真。體沖和妙道，自然理、斡運蒙屯。歲功成，六陰爻始盡，復建陽純。

桃源憶故人　因趙元帥舍人出示用其韻

人生百歲誠稀少。此事任誰明曉。相見但開口笑。管甚閑悲惱。　四時風月尋常好。放下心腸便了。雖是身難恒少。到底須遲老。

又

愁思俗態知多少。縈繞誰能分曉。方欲强追言笑。翻復成憂惱。　春花秋月雖然好。總被功名誤了。纔見兒童年少。又早容顔老。

又

桃源憶故人來少。獨占洞天清曉。追想從前失笑。謾惹閑縈惱。　琴書活計端然好。一曲山堂了了。保護胎仙常少。永永依黄老。

又　再用前韻藏頭拆字

來萬事心頭少。隱任他昏曉。兀但忘談笑。限誰愁惱。　閑愈覺沖和好。後午前功了。補衰顔重少。檢仙無老。

水調歌頭　趙舍人又寫日本國人詞，索和其韻

年華若飛矢，貪愛競無休。西城始逢春色，轉眼又

驚秋。日月遞相昏曉，暗裏消磨人老，甘逐逝波流。争似聞强健，拂袖覓抽頭。放心閑，從體便，勝封侯。優游到處無繫，渾似一孤舟。但得自家合道，任使旁人笑錯，忘恥亦忘憂。高卧晴嵐表，吟嘯對石樓。

又　趙相公壽日

秋色入林杪，湛湛碧天長。籬邊數叢黄菊，次第吐清香。自昔羣真朝會，共話人間興廢，應運佐時康。遽命騎鯨客，颷羽下穹蒼。　稟天和，懷信惠，効忠良。甘分重職調御，大度愈恢張。況是從來聲價，優渥溥霑高下，民願庇餘光。獻頌期君壽，永與鎮安陽。

長思仙　本名長相思　贈平山劉志常、神山劉志本

平山劉。神山劉。更易俗流作道流。人情誓莫留。悟驊騮。禁驊騮。燦燦神珠得自由。光明常逗遛。

又　贈濱州李志持

李志持。做修持。早把心田荆棘治。休教下手遲。汲華池。灌華池。劣馬顛猿不騁馳。功成拜玉墀。

又　贈平州劉志真

慕全真。處全真。舉動行爲務正真。惟憑一志真。合天真。契天真。十二時中守内真。頭頭現本真。

又　贈平州宋志洪

脱樊籠。離樊籠。無變無遷抱始終。直須顯志洪。積真功。累真功。真正無私合大空。鑪中丹自紅。

步雲鞋　本名軟飜鞋　贈玄真觀單姑等獻履鞋

幸遇教風開。和氣洽吾懷。玄真清衆總仙才。志謙和、恭順垂慈惠，殷勤獻，步雲鞋。妙手巧剜

裁。珠寶砌雙題。一回朝禮躡壇臺。待他年、真行真功滿，超塵世，赴蓬萊。

浣溪沙　劉姑姑生朝

仲夏蓂開四葉初。仙姬分秀下雲輿。祥光瑞氣共相扶。法性殊無塵事累，靈安那有世情拘。自然遐壽等麻姑。

醉桃源　趙恭善生朝

前期三日是蕤賓。芝輧別紫宸。祥煙瑞靄結氤氳。同資誕玉真。才敏慧，性敦淳。常希道德鄰。人間短景不堪陳。壺天別有春。

訴衷情　九日登黃崖

重陽又早一年期。景物正淒淒。憑高暢情凝望，極目徹天涯。秋日短，塞天低。雁南風。詩題紅葉，酒泛黃花，不醉無歸。

木蘭花慢　中秋

又中秋屆候，日初沈，夜微涼。對煙障雲屏，良朋益友，逸興何長。飈然玉輪宛轉，歷茫茫、巨浸躍天綱。碾破玻璃萬頃，洞明三界十方。宜將。火棗交梨，開清賞，勝飛觴。肆雅志幽懷，遐襟曠迹，百慮俱忘。爰思教風始振，感重陽、隱語示回陽。桂樹香傳十九，致余極味先嘗。

又　用長春真人韻

憶當時穎脱，道情濃，世緣疎。愛古洞深溪，蒼松翠柏，萬景齊敷。簞瓢粗爲遺日，樂貧閑、況味勝蓴鱸。千古昏昏醉夢，廓然一旦樵蘇。瑶圖。寶籙幽微，精勤佩，未嘗辜。慶靈驗昭昭，心花燦燦，並没凋殂。威雄猛持慧劍，屏三尸、六賊泯狂徒。永保胎仙出入，往來紫府清都。

又

嘆滔滔苦海，任羣迷，恣漂游。被有限形軀，無涯愛慾，一向拘囚。空生萬千計較，況百年、短景不常留。貪爲名深利切，豈期水遠山悠。如流。歲月相催，宜省悟，覓抽頭。向太一峯前，雙林樹下，早把心收。從來既知是錯，待番番、放下便休休。撒手縱橫無硋，狀同不繫之舟。

洞仙歌　述懷

道家門户，寂淡清虚好。榮耀矜誇自無擾。向午窗、披玩道德南華，除此外，閑弄絲桐一操。秋光未老。錦樹屏山繞。適性携笻任登眺。對茫茫鯨海，觸目琉璃，天一色、何必搜窮密妙。待他年、功滿化飛仙，越煙浪雲濤，直趨蓬島。

又　示門人

修行日用，試與重提領。本爲抛家顧性命。下虔心、苦志挫鋭摧强，忘寵辱，自得神安氣定。番番境上，猿馬休教弄。稍覺偏頗便改正。向閑中鍊就，一粒金丹，成片段、萬道霞光輝映。有青龍、白虎共扶持，遍三界十方，盡來稱慶。

又　九日

風高露冷，又報重陽候。過雨羣山倍明秀。正披巖、紅葉接徑黄花，堆錦繡，裊裊清香依舊。凝神望久。思入無何有。回首溪邊聽長溜。念人生如夢，世事無涯，空汩没、争似吾家拂袖。據盤石、容膝坐忘機，看天末飄飄，斷雲歸岫。

又

素天澄徹，時令秋將暮。志尚潔虚寄巖谷。看雲中、征雁列序成行，續復斷，迤邐呱呱南度。忘情真侶。共講玄玄語。猶勝塵凡奮名譽。待欣來舞袖，睡即和衣，全放下、管甚紅輪夕没。霎時間、一枕夢游仙，覺來也重行，錦屏深處。

又　達虎部落游仙觀醮畢，衆人索

游仙一境，上下川原秀。背負高崗面長溜。看峯排、千刃地占三陽，佳氣聚，相接居民淳厚。黄童白叟。信道崇真久。同啓哀誠薦枯朽。命響嘗膳奏，列聖高真，須惠渥、符下宣恩赦宥。釋幽塗、苦爽悉停酸，保見在家家，共沾福祐。

昭君怨　贈女姑蕭敬善等

奉勸修真仙衆。日用全憑實行。烏兔疾如梭。莫蹉跎。遇景勿念心動。坐卧住行安靜。只此是功夫。合虚無。草堂集

侯善淵

善淵隱居姑射山(在山西省臨汾縣西)，有上清太玄集。

行香子

天地玄黄。率化無疆。太虚高、日月飛飈。龍磨星斗，鳳熾玄綱。見海神潮，江神會，谷神張。煥煥煌煌。照耀十方。混三宫、一派流陽。不離日用，目下承當。漸返真空，歸真正，得真常。

小重山

陰陽顛倒一聲雷。忽然驚睡覺，夢中迴。迷雲拂盡慧光開。隨風去，抱箇日頭來。温養結仙胎。空中明顯現，越靈臺。四維上下看蓬萊。堪歸玉洞作仙才。

連理枝

挫鋭無羞恥。遇寵無歡喜。好弱平常，隨緣且過，坦然無繫。步林泉、深入翠雲中，樂清閑一世。欲要離生死。達彼真常理。煉氣成神，神超碧落，太虚同體。任天寬地闊永無憂，得長生久視。

一剪梅

一箇塵勞一箇忙。一自别離，一得真常。一天精秀一天涼。一點清光。一帶凝陽。一氣相交一氣張。一結神丹，一命延長。一靈透入一雲房。一對金童，一引仙鄉。

又

出俗輕枝翠嫩長。不比松筠，獨耐風霜。歲寒心

以表嘉祥。小蕾初生，壓盡羣芳。勿遣娉婷越粉牆。儘任桓伊，品弄何妨。天然姿秀坼黔黃。絶艷清奇，一剪梅香。

訴衷情

陰陽返復勿令差。守正莫心邪。常進藥爐丹鼎，龍虎動三車。收神水，煉精華。結靈砂。水晶宮裏，玉兔金雞，吐秀瓊花。

又

一天秋色翠如描。鴻雁轉聲高。山秀水明相照，煙樹映溪橋。傾雪浪，泛雲濤。拂輕袍。歸來沈醉，直到黃昏，月上松梢。

糖多令

休恁苦争儸。人生得幾何。奈百年、有似南柯。富貴功名俱遂意，難免死生磨。也囉。隨分養天和。陽生滿鼎多。內烹煎、凝結靈波。煉就金丹光透體，混一氣，貫娑婆。也囉。

歸來曲

長生道，日用在虛無。一氣初分明動靜，三才應化見沈浮。玉兔趁靈烏。轟宇宙，一撞出昏衢。光射三山白虎額，焰飛兩道赤龍鬚。照見夜明珠。

又

修行事，割愛斷攀緣。身淨心清明道眼，內持無漏氣神全。真汞煉真鉛。安爐鼎，進火任烹煎。款款撈來搥作片，團團結就寶珠圓。身外化飛仙。

又

真常道，日用徧三千。大則包羅天地外，小周沙芥亦如然。物物盡通玄。威神力，混裏任循還。撞破虛空七八片，明珠滚出海鼇邊。光接焰魔天。

又

忘俗念，萬類悉皆空。欹枕宵眠遊夢斷，半窗明月一簾風。迤邐覺朦朧。披衣坐，照見本來容。靜室生白沖浩氣，虛堂祥瑞現神功。光射玉壺中。

江神子

丹華虛托假形骸。久沈埋。惹非災。冗冗蜉蝣，都被死生催。頓覺悟知亡彼我，任空色，眼中來。海底金烏初出現，碧天開。絶纖埃。密布天光，光奕面前迴。交燦瑞童顏勝玉，似雪映，一枝梅。

聲聲慢

人心剛硬，不肯迴頭。深沉苦海淹留。酒色財氣不捨，甚日方休。聞早尋歸出路，樂陶陶、雲水閑遊。無縈繫，也無煩無惱，無喜無愁。漸入清涼活計，抱天真純粹，一氣和柔。配合鉛霜，攝化鼎中頻收。迤邐金丹，結就後，功成奪起仙儔。堪歸去，跨鸞鶴，昇入紫府瀛洲。

又

心浮易動，熟景難忘。驅馳鎮日忙忙。已過中年，有若日暮之光。恰如殘燈怕曉，似風飄、敗葉凋黃。最苦處，歎星移物換，人被無常。識破尋歸出路，向玄門懇切，討論仙方。付汝親傳，寧心靜室消詳。擬拭冰臺瑩徹，現神光、混入靈陽。圓明顯，得長生久視，永劫安康。

又

韶光迅速，似蟻循環。往復不斷相連。過了一歲，不覺又早一年。忽然無常限到，向前程、着是推延。修行事，道他人有分，自己無緣。若也回頭省悟，棄功名富貴，物外翛然。保養元精，玉爐片雪烹煎。恍惚乾坤瑩徹，燦玲瓏、日耀輝鮮。三光秀，混一靈真性，送上瑶天。

又

忙郎癡騃，不識人擡。狂圖揑怪胡來。執戇無智，空恁亂覓胡猜。口急虛脾廝諱，鬬無明、馳騁奇乖。强作壞，把他人障閉，自己沉埋。若悟天機指訣，叩玄關一擊，寶洞門開。玉姹金嬰出入，左右相偎。自然陰陽匹配，向空中、産箇仙胎。真人顯，越鰲宮日殿，恣意徘徊。

又

剛强柔弱，善惡分明，天地報應不同。濫濁榮家，貞烈志德長貧。清淨無爲妙道，被愚徒、返謗邪門。怎理會，見修真上士，有若讎人。高道猜爲賊盜，把兇頑小輩，却做賢人。馬飾衣襟，具禮曉甚卑尊。大家學些打懂，也胡來、講甚人倫。抹截了，換雲袍簪髻，搭箇頭巾。

又

賢愚間異，曲直叢林，清濁事急難分。多少無知，開口信意胡葷。鵷鷄呼爲斥鷃，把靈椿、喚作朝菌。便假饒，是隨何陸賈，辯正無門。牛缺謾施仁義，想肩吾鎖目，自昧天真。摸象盲夫，晝夜曉甚明昏。玉磬權爲煮料，把瑚璉、假作虀盆。最苦處，爨瑶琴烹羽，誤殺麒麟。

又

光陰迅速，暑往寒來，俄然又報新年。物換形移，都被闇裏催殘。誰省人人越舊，改青春、皓髮蒼顏。原作頭疑誤虛過了，似落花飛絮，逝水無還。若也迴光返照，運靈樞一撞，擊碎雙關。耀海玄珠，晞煌焰接崑山。寶性因明貫體，換凡軀、養就仙丹。玉辰顯，向中天遊奕，物外翛然。

南柯子

未悟千般有，心開一物無。有無爭覺頓清虛。混內傾陽，一點透靈烏。瑞氣盤金鼎，祥煙甄玉壺。玉壺金鼎煉神珠。光燦流霞，冉冉上天吴。

添字采桑子

利名叢裏抽身早，勸汝回心。絶盡荒淫。動有羣魔當下擒。莫教侵。九蟲斬盡三尸滅，與道相任。誰是知音。清夜無塵月上岑。望鶱林。

減字采桑子

嗟恨這形骸。百般做、紐揑狂乖。如今省也尋歸路，冰清玉潔，昂霄峻鄂，奚失俗崖。心靜若冰臺。靈光瑩、不染纖埃。厥然別有真奇妙，晫晟合璧，昇玄羽化，脱下凡胎。詞中有誤字

踏莎行

混沌之中，杳冥蹤跡。鴻濛溟涬初開闢。洞虚一點太陽星，神風氣象恢洪奕。綽約冰肌，玉嵓橫碧。駭天驚地鶴一隻。不惟出入太虚間，京山撞透千重壁。

又

養氣全神，至精堅固。琅函濁質奚能悟。心珠躍入太虚中，玉嬰神變通玄户。趕退金烏，趁迴玉兔。凝陽點化昇仙去。清音香送別瑶臺，真人醉卧蓬萊務。

使牛子

精虧魄散魂游漾。把天真、變成虚妄。逐境性昏沉，苦海忙忙任流浪。前程路險如何向。勸汝等、早修無上。無上遍知明，明照離婁焕師曠。

虞美人

洞天一點天光密。瑩淨如千日。銀霞瀲灩貫寰瀛。萬神攢簇，恍惚曠然明。空中産箇胎仙出。綽約風飄逸。撞開天頂上雲瑛。寶闕瓊樓，玉簿掛仙名。

搗練子

説金翁，論黄婆。自然匹配煉沖和。鑄紅砂，滿鼎多。神光顯，照天河。胎光一點出洪波。現三清，上大羅。

又

真鉛汞，坎和離。兩般顛倒自相宜。煉金丹，耀日輝。通玄妙，得幽微。姹嬰常把虎龍騎。上仙都，合聖機。

四塊玉

一點皎然冰玉潔。浩劫無生滅。跨古騰今無暫

歇。偏極目，真空攝。此法方知通妙訣。玄理人難別。兩路曹溪分關節。映水照，天空月。

又

假裏尋真真本別。慧照寥天徹。瑩日晶空靈光攝。印碧落，凝翠色。達此心開通妙訣。物我俱休歇。無了了時離生滅。應別有，長天月。

楊柳枝

偃息團圞翫寶窺。目無疵。滌除玄覽似嬰兒。正容儀。欲問今宵何處也，赴仙期。滿船空載月明歸。上瑤池。

又

內闡規函致本宗。道相通。寂寥常在混元宮。悟真空。上下觀之無一物，與誰同。逍遥獨坐月明中。伴清風。

又

頓識圓明象易沖。妙無窮。祥煙飛入玉清宮。月臨空。物性自然純古道，與誰同。楊柳枝插寶瓶中。好家風。

又

寶性完容上下沖。內推窮。氤氳三色射瑤宮。焰飛空。洞濟玉陽澄寶瑞，自和同。谷神翔翥混元中。玩仙風。

又

孰見西明畫錦粧。景非常。煙波柳岸映斜陽。水雲鄉。咫尺家山人不到，好風光。步虛昇入碧雲房。洞天長。

又

鶴性侶侶望遠攀。過潼關。秋深雨霽乍衣單。水雲寒。争忍昔年名利染，早迴還。夕陽村落杏摽間。望家山。

又

卅歲飄蓬住遠山。水雲閑。須知千載厭人間。欲迴還。換骨脱胎歸舊路，返童顔。步虚昇入古仙壇。泛雲鸞。

辭百師

野鶴孤雲去復還。欲留難。斷腸恩愛兩情闕。淚瓓珊。秋後淒涼歸路遠，速躋攀。洛西煙浦柳摽問。望家山。

驀山溪

男兒一志，莫把初心退。决正處貞廉，把狂心、一齊割棄。隨緣任運，雲水作生涯，青松下，翠⿱竹釣中，别有真滋味。清虚恬淡，便是余生計。炁定自神和，迸玄珠、出離坎位。般紅瓈瓈，髣髴入離宫，通上下，照十方，攝境歸心地。

無夢令

地水火風四大。爲你百端爲害。逐便各别離，遣我法身輕快。自在。自在。攝化超靈三界。

又

故友全無一信。獨坐古嵩誰問。迴首返江鄉，散瑞漂萍相近。愁恨。愁恨。一葉風帆輕送。

又

愁對碧溪南岸。流水落花無限。迴首帶晴煙，道侣看看不見。長嘆。長嘆。一葉風舟輕泛。

又

慷慨男兒潔列。除此一無分别。孤月鎮長圓，混入碧潭澄徹。凝結。凝結。清勝玉壺冰雪。

夜行船

虎遶天罡吞鳳尾。火輪轉艮山初起。注鼎炎炎，烹煎神水。交泰地精天髓。煉就純陽丹貫體。換凡軀以别塵世。鶴駕匆匆，相從仙侣，朝現玉清元始。

又

設誓明言衷腸話。棄般般物情俱捨。心口相違，不分真假。把玄門返成功價。縱意爲非難勸化。

業深大罪愆無捨。寒夜風刀，鬼神牽惹，相汝怎生不怕。

迎仙客

道非遥，崑山隔。宴坐神思密探賾。箇中修，非籌策。一點晶金，寶璨炎爐赫。靈芝折。蟠桃摘。瑞氣通流盈紫陌。玉龍吟，金童拍。皓鶴青鸞，間簇迎仙客。

洞天春

道要仙機，頓悟方知，物物盡捐。見本來一性，衝開昊境，朗如秋月，清似寒泉。湛湛澄澄，纖塵不染，出入龍鄉紫府天。歸元處，應無極太始，浩劫之先。混元一氣綿綿。任暑往寒來，無變遷。似太虛、微密無瑕疵，任三災刼壞，依舊安然。是故空中，無生滅自，亘古常存不記年。真常道，是玄元聖祖，萬代留傳。

又

剖判初分，一變潛龍，混開二儀。見日精月髓，凝鉛結汞，陰陽返復，虎躍龍飛。否泰相交，屯蒙復卦，易象還亢出坎離。純精粹，焕童蒙奕羽，璺化理微。大哉至道真奇。又誰肯將心復舊閒。鎮地鼇、托出蒼穹巨，際嵋山横秀，孤月澄輝。海淨天空，飛塵不到，爽氣神清絶妙機。通真路，換凡軀綽約，順風而歸。

滿庭芳

萬物之中，爲人最貴，內存一點精微。至靈至聖，日用有誰知。隱顯存亡順化，方圓應、曲直投機。從伊變，行居坐卧，動止鎮相隨。焕然光透體，真人出現，別有威儀。玉簪朱履，環珮錦纓衣。寶蓋香車鳳輦，雲瑛覆、窈窕真妃。仙音奏，金童捧盞，喫得醉如泥。

又

去質貪華，還淳復古，本源濁以徐清。卑謙處厚，能弊不新成。知足無榮無辱，彝然御、非躁非輕。還知否，存亡得失，進退若虧盈。如斯全可道，心中出屑，眼裏抽釘。曈曚奕羽，虛谷曠然明。三氣氤氳密降，純陽煥、形釋心凝。歸來處，風恬浪淨，明月照寰瀛。

又

玉屑琳霜，雲瑛幽粹，混沌三寶持盈。盈還而已，日月透崑明。[illegible]抧圓通昊界，氤氳降、天寶華嬰。於中妙，五陵飛雪，人在水晶城。靈瑤開古道，神風易御，孰保退齡。念吾流久視，玄坒終誠。密付丹須換質，從斯致、遊宴華清。金童詔，玉宸宮裏，身屬少微星。

西江月

寂靜茅庵瀟灑，危峯密鎖煙霞。朝陽軒外一枝斜。待客清茶淡話。默坐翛然淨潔，不占半點塵沙。冰臺心似白蓮花。長在西江月下。

又

迷覽千經亦少，悟知一字猶多。太虛鼎裏煉沖和。養就玄珠萬顆。順理徑遊寶界，衝玄道上星河。萬神聚會透煙蘿。原作羅，疑誤 一體無分彼我。

又

小隱不容沙芥，大通遍滿諸方。混然靈廓杳無疆。一性執其大象。火裏燒成白雪，水中養就紅陽。玉嬰神變跨鸞鳳。飛入西江月上。

又

不肯內尋諸己，堅剛外覓多求。傍門小法久淹留。此輩難爲拯救。把似守株待兔，争如冒雪騎牛。華胥國裏恣遨遊。午夜能令返晝。

長思仙

妙中玄。汞和鉛。進火功夫鼎沸煎。靈砂顆顆圓。內功全。外登仙。神水淵流逆上天。輕乘一葉蓮。

又

道平夷。性依稀。水火相交坎與離。陰陽自有期。用華池。浴琅肌。瑩魄兒童天外飛。靈光耀紫微。

又

月華池。浴靈龜。口吐祥雲化玉霓。神光耀紫微。昱朱衣。蔽冰肌。綽約隨風天外飛。琳宮自有期。

棹棹楫

鋭出玄精終宵末。陽焰瑛華祛妖惡。寶梵晶空通照過。丹風秀，萬靈無不可。自然妙用無爲作。

結角羅紋勿差錯。朋儔那裏全無箇。説與呵。清風明月我。

又

玄溟精心從初末。罔象恢恢司善惡。闇察無私非失過。真與假，會盡都小可。存亡得失由人作。

但向玄門無令錯。退隱林泉誰與箇。俗情無，青山緑水我。

厭世憶朝元

雲收霧斂天風潔。顯出玲瓏月。形釋心凝澄徹。亘古無圓缺。千潭現，寒光攝。洞濟溟陽哲。仙丹煉就真歡悦。異日朝金闕。

黄鸎兒

歡喜歡喜。漸得清活計。透烟蘿、湛湛圓明，照蓬瀛徹底。物外逍遥無拘繫。任水雲霞際。料家中指望還鄉，我不去不去。

漁家傲

一笠一蓑堪倚靠。波光曲岸垂鈎釣。醾醸浮卮自頻告。高吟笑。儘教人道漁家傲。獨弄無絃琴一操。箇中始覺知音少。江月盈山空相照。誰登眺。蟾宫唯我親曾到。

以上上清太玄集卷七

訴衷情

中朝金國聖皇明。有慶賀清平。天元運周甲子，正是好修行。歸真静，體真清。氣神靈。玄門闡化，太上真風，接引羣生。

又

玉爐金鼎虎龍蟠。紅焰滿周天。温涼自然水火，晝夜轉烹煎。精鬱鬱，炁綿綿。養胎仙。功成遷轉，寶輦香車，捧上瑶天。

又

愛河深處好抽頭。名利繫人愁。迴首去遊江上，煙鎖一孤舟。琴一弄，酒三甌。樂清幽。風鄰月伴，醉卧瓊林，夢入瀛洲。

又

初開江月透雙林。隱映素波深。風恬湛然瑩淨，清夜好知音。白醪酒，自然斟。信時吟。無縈無繫，豁暢開懷，一任浮沉。

又

逍遥無繫樂清閑。信步且隨緣。人來問歸何處，遥指曲江邊。楊柳岸，半籠煙。乍晴天。瀟瀟清夜，悄悄無人，月滿空船。

又

一天清秀一溪雲。風月近爲鄰。琴劍酒棊書畫，隨分樂天真。竹籬映，草堂新。静無塵。朝菌不見，滿目瓊花，間隔靈椿。

又

古今多少利名人。棄命鬬争功。英豪盡歸何處，都總落沉空。争如我，洞庭中。遣家童。金觥輕泛，醉卧當軒，一枕清風。

又

衆生薄福樂真聞。精進謹持功。修齋坐禪禮念，終久落頑空。真實相，有無中。好家風。玄元宗祖，太始門開，體照圓通。

又

英公清列出塵緣。不繫利名牽。逍遥任居雲水，知命樂天然。窮妙理，悟幽玄。謹修仙。功成歸去，引汝朝元。穩步金蓮。

又

神仙妙訣古今傳。誰會此幽玄。龜蛇自然呼吸，玄牝炁綿綿。鉛中汞，汞中鉛。兩俱全。抽添加減，進火功夫，煉就胎仙。

減字木蘭花

無情苦海。壤壤衆生由貪愛。争似余家。寂寞林泉別世華。頤真養浩。肌肉冰清如玉貌。出入無間。綽約隨風飄上天。

又

深根固蒂。天寶流霞光滿濟。返照連天。冉冉程程玄又玄。無生無滅。湛湛孤然明皎潔。昕散雲寥。點破清虚上九霄。

又

秋風浩浩。極目霞琳澄瑞遶。隔岸蘆花。隱映煙籠三兩家。天真秀鬱。謫降寰中光滿室。保佑千春。朱頂青松延壽同。

又

初心奉道。謹守精嚴光返照。元始扶真。真物相生恍惚中。凝空落落。明月清風相倚託。達彼無憂。迴首煙霞物外遊。

又

五行四象。戊己攢盈如何樣。黑水紅雲。白馬青牛兩下分。金車寶輦。大道夷然烹玉綫。碾路如銀。搬載嬰兒出世塵。

又

功名富貴。致使沉淪空手去。改面迴頭。一失人身永劫休。歸純返朴。背境滌塵真正覺。一顆圓光。煥煥煌煌入大方。

又

今生不悟。指望來生何處去。六道交加。一步危亡永劫差。君還識破。塵世般般都打過。雲水逍遥。穩泛虚舟物外漂。

又

浮生苦惱。塵世忙忙何日了。一旦無常。福致他人業自當。君還省悟。棄捨寃親尋出路。萬事都休。性命之中子細搜。

又

居家學道。兩事不成擔閣了。欲要修真。不染浮華半點塵。虚心實腹。只此登仙真軌則。功滿朝元。金闕寥陽化羽仙。

又

淫聲美色。底死謾生難棄捨。艷態嬌妻。兒女恩情總送伊。除情去欲。惜氣存神如珠玉。一點精金。失了難爲復再尋。

長思仙

出家人。要求真。徧計長空絶點塵。明知虚谷神。日爲隣。月爲親。天地之中轉法身。方知物外人。

又

默然澄。湛然清。晝夜三光性自盈。頭頭物外明。道無形。育神靈。透海穿山混杳冥。真人出世程。

又

恣遨遊。翫清秋。掩映曹溪細水流。瓊花兩岸秋。滿浮漚。飲忘愁。日落星稀月上樓。沉沉醉玉洲。

又

看清音。見浮沉。法眼星眸運古今。紅蓮兩間侵。火珠林。水真金。不比他方去遠尋。承當認本心。

又

虎龍調。坎離交。神水涓涓注玉瓢。雲濤雪浪漂。寶池澆。溉靈苗。初綻瓊梅翠嫩摇。芳菲物外飄。

又

道無邊。性光圓。認得龜蛇兩下纏。陰陽合地天。汞和鉛。氣神全。光迸流霞耀晃然。方知玄又玄。

又

勿行功。免勞神。清静無爲認本真。和光不染塵。外其身。自然人。閑向天邊翫日輪。雲遊玉洞春。

又

聚玄霜。浸瓊漿。二物調和火裏藏。烹煎滿鼎香。味非常。色精光。嚥罷還純透體涼。醺醺現玉皇。

又

既爲人。勿因循。百歲光陰有幾能。虚勞染世塵。好修真。養元神。兩耀交光碾玉輪。陰精一點純。

又

秘精精。滿盈盈。密扣金關逆上行。玄珠顆顆傾。内靈靈。外明明。内外相交一點星。飛騰上玉瑛。

南柯子

煉質心猿退，焚真意馬疎。一靈圓覺頓真如。洞達淵玄，光鑒照元初。坎虎形如玉，離龍色似珠。雲奔電激貫虚無。霹靂峥嶸，舞弄戲玄珠。

又

大道親之遠，玄機退未疎。太虚凝秀自如如。一派靈源，瀲灩貫從初。北海鸞渝黑，南山鳳染朱。翱翔雲外出虚無。日月交光，奪取夜明珠。

又

匹配陰陽理，嬰公伴細腰。調和鉛汞要終朝。水底金精，移入火中燒。煉就通神劍，修成智慧刀。降龍伏虎斬邪妖。夜吐光芒，誰敢語聲高。

又

鳳去飛還遠，鶴隨翼羽臯。石中隱玉蛤珠韜。木長沉丁，草秀紫芝苗。獸變獅麟象，蛇渝化海蛟。魚分水谷變鯨鰲。人道相通，雲步越丹霄。

又

雨過春將晚，風來又早秋。百年光景轉頭休。富貴榮華，渾似水中漚。勸汝修身早，玄門志意搜。勿交塵事繫心頭。秘息三田，莫遣賊人偷。

又

太上玄元祖，生居浩劫先。首初傳教五千言。演正無疑，誰曉此幽玄。盡喫迷心藥，誰飡續命丹。邪門曲教自纏綿。死墮陰囚，永劫鎮黄泉。

又

踏破塵勞網，衝天志決貞。手中持劍轉環晴。日耀争光，睒爍瑩天明。覺海千尋底，靈波萬里傾。羣魔消散鬼神驚。點化純陽，永永住蓬瀛。

又

欲問修真理，君還會得麽。鯨鵬出海透星羅。夜宿蟾宫，飛上桂枝柯。吉善靈禽少，兇邪怪鵬多。一羣一隊謾蹉跎。荆棘爲巢，不見鳳凰窠。

又

坐看華胥景，神遊翫寶方。一雙童子抱龍光。焕焕煌煌，撮聚入中央。産出靈仙子，功成入帝鄉。玉霄榜上應科場。奪取仙標，寶洞執珪璋。

又

不曉身中寶，寧知物外篇。不通真教亂狂顛。指望蓬萊，仰卧摸青天。欲識鉛中汞，須知汞裏鉛。兩般顛倒自如然。放出靈飛，空外舞胎仙。

仙鄉子

咄這醜形骸。臭穢蛆蟲塞滿懷。地水火風虛積聚，沉埋。類我平生惹禍災。欲免死生催。莫執凡軀作聖胎。保煉琅膏凝結處，成胚。沐浴嬰兒坐寶臺。

又

瀟灑古音庭。獨坐楷頤看道經。玄覽滌除塵事冗，安寧。一洗機心耳目醒。恬淡冷清清。一炷名香滿院馨。門外不知誰到此，璫玎。風順微聞玉佩聲。

又

獨坐看黄庭。始覺身心内外明。瑩静不交塵事惱，心澄。固養靈源徹底清。輕泛雪花烹。寰宇空浮瑞炁生。雲綻霜天明月照，相迎。一顆靈砂逆上行。

一葉舟

擺脱塵情寃業。此是利名休歇。清淨謹威儀。宴瑶池。水静澄澄冰潔。顯焕碧潭秋月。月裏悟丹枝。性光輝。

又

不覺形軀衰老。受盡許多縈惱。誰肯死前休。苦貪求。識破修行早早。認取自家珍寶。珍寶價無酬。永存留。

又

道契希夷恍惚。辯正其中有物。物物自然通。盡包容。月白風清滿目。寶篆玲瓏馥郁。寥落遍精空。有無中。

又

頂笠披莎歸去。漸入蘆花深處。緑岸纜漁舟。釣綸收。輕泛壺中一味。野鶴孤雲相濟。橫笎韻清幽。樂無愁。

又

大道本無一物。遍納十方充塞。無外亦無心。不容針。要見闡開清目。認得本元虛谷。非淺亦非深。滿壺金。

又

大道孤然獨立。善用本元轍跡。寰海好雲遊。翫清秋。月色扶空澄瑞。微現桂紅輕翠。嘉景最奇幽。賽瀛洲。

又

運動一陽初出。照破太空微密。萬象總潛形。炫然明。凝化鼎中靈質。丹就剎那功畢。仙子上雲英。翫蓬瀛。

又

海底凝珠鮮潔。天上瑩然清絕。中道太虛寬。滾神丹。光勝一輪秋月。照鑒本無圓缺。清爽逼人寒。透琅玕。

又

照海凝珠光爍。貴賤不分彈雀。可惜本來珍。污泥津。認取勿令差錯。瑩淨免繁縈縛。决正出囂塵。翫長春。

又

顛倒一陽初起。萬化混元同體。光燦射瑤宮。滿堂紅。瞭正圓明開啓。上下貫穿無底。天地悉皆空。太玄中。

酹江月

貪財競色，利名牽、縈繫何時休歇。鎮日忙忙如夢想，顛倒心猿馬劣。昧地謾天，多能已會，以巧翻爲拙。萬般虛假，積成宿世冤業。勸君省悟迴頭，攀緣棄捨，做箇逍遥客。訪道求真尋妙指，早願超離生滅。不悟玄機，剔開毛塞，付耳親傳說。壺天景色，現前秋夜明月。

又

幽微精粹，混陽光、一點殷紅清絕。上下融和開慧目，躍出心珠凝結。闡化靈明，神光顯現，内外相通徹。浮雲消散，放開天外心月。虛無運轉孤然，圓明寂照，萬古無纖缺。與道同元包象法，物物頭頭俱攝。遍應諸方，無極太始，混一無分別。古今賢聖，盡歸此處休歇。

又

玄元道體，大奐方、無隅無形無物。濕化胎生皆受炁，感應通玄潛伏。包括乾坤，含容天地，日月皆收蓄。迴光返照，曠然攝化盈目。分明頓著心珠，衝虛豁朗，燦燦開神谷。養就胎仙肌貌雪，出入隨風香馥。暮嗅靈芝，朝飡仙桂，夜隱蟾宮宿。怡然懽樂，求同先聖真福。

又

長江素静，夜瀟瀟、天如玉案冰潔。秀色氤氳寥象廓，極目瑕琳光攝。獨坐頤神，簾幃光透，顯出玲瓏雪。凝然澄湛，太虛一點通徹。神飛兩翼翱翔，蟾宮殿裏，夜宿瓊枝歇。得遇真筌無損益，永受真人提挈。功行雙全，金童玉詔，受命寥陽闕。玉霄宮裏，永排仙位羅列。

又

茅庵瀟灑，静無塵、獨坐垂簾孤僻。鎮日閑閑清澹泊，別有恬然活計。握固存真，心無雜念，忘我兼忘世。玉嬰神變，自然與道相契。光明照耀十方，凝空燦燦，大闡非爲細。遍納無極通造化，物物頭頭俱濟。掌握乾坤，完容法體，玉貌真清麗。超凡出世，上朝三暻神帝。

又

浮生似夢，奈光陰百歲，都能幾許。富貴榮華時暫過，剛甚厮牽厮繫。總爲兒孫，嬌妻女婿，生死難爲替。迴頭省也，瞥然不染塵翳。逍遥物外無拘，風鄰月伴，便是余生計。石上溪邊猿送果，酒滿十方吟綴。醉卧煙霞，今宵還醒，意欲歸何致。玉霄宮裏，月中攀折仙桂。

又

一天清翠，混陽和微密，寂寥無物。致靜頤心開上竅，通化靈明虛谷。育養元神，真人出現，放曠無拘束。皇天道父，賜余無限清福。天心正法盟威，紫虛道德，上品三乘籙。金簡玄科封慧劍，心印清光無欲。已病先除，心邪攝正，百怪皆潛伏。不繫法信，自然被褐懷玉。

又

無形道體，運陽光、密布通微恢鄂。炫惚昏衢烹浩氣，沖塞英華盈落。瑩日千尋，清風萬里，顯煥神光爍。夷門羽化，太玄一派靈廓。孤然脫灑無雙，於中清淨，不許纖塵著。養就胎仙神貌雪，出入無間綽約。紫府遊行，瑤宮飲宴，賜我逍遙樂。金童捧盞，妙音引上龍閣。

又

初心奉道，望功高、仙舉超騰碧落。歲久年深心反復，不覺情迷縈縛。伏虎銅繩，降龍鐵索，繫住踏雲脚。難爲出路，永沉千丈寥壑。臨危受苦推誰，請無決斷，悔恨當初錯。意欲修真名利惱，酒色財氣俱著。家計不成，修行退墮，至死無撈摸。勸君省悟，免煩兩下擔閣。

又

太玄正教，離繁華、修整真清真靜。清靜之中開道眼，舒展銀霞流井。溢落精空，沖盈法界，滿滿收金鼎。烹煎日月，混純天地齊永。寂寥獨立無雙，孤然不改，萬法心俱省。變化飛昇朝上帝，返入清陽真境。不夜長春，神仙聚會，授命靈童請。玉嬰吟送，一盃長壽酩酊。

滿庭芳

靜室頤神，寧心默運，內觀一點真陽。洞虛豁朗，煥煥透明堂。照見虛空法界，先天地、獨立無雙。

三光秀，圓明實相，浩劫應時長。　迴頭誰問己，眼前項著，不用思量。自然契道，物我兩俱忘。　唯有清風皓月，通神化、無極之光。昇玄路，混元一炁，拍塞徧諸方。

又

祖道無修，真常妙用，悟來表裏相通。靈光現處，照見杳冥中。晃耀清虛浩大，無遮障、拍塞沖融。希夷甫，從來面目，返本復歸空。　真空。明皎潔，唯然曠大，難測難窮。一天吾道，寂湛出凡籠。妙化方生正祖，通元首、返本歸宗。超三界，移神脫殼，物外顯陽蹤。

又

太極精微，天真鬱秀，混元溢目無涯。玄珠昇降，輝耀迸光砂。聚入壺中託化，歸真正、不染囂華。迴頭省，清虛妙體，返照秀靈芽。　汞鉛凝漸結，純陽丹就，永劫無差。一瓢春醞，三尺斬妖邪。信步縱横自在，龜鶴引、深入煙霞。逍遥處，長春洞裏，時復翫仙葩。

又

海角天涯，尋朋訪友，悄無一箇知音。鬬争人我，財色利名侵。聞説邪淫妄語，拚身命、一向鑽尋。真常教，余言直勸，返報怨還深。　休休寧奈也，澄清默運，攝養真心。混元一炁，昇降定浮沉。迤邐收歸寶鼎，純陽就、點鐵成金。通玄妙，羣魔消散，方顯鬼神欽。

又

迅速韶光，俄然過了，算來剛甚劬勞。紅顔衰朽，緑鬢漸疏焦。由自争名競利，全不念、生死難逃。輪迴處，似環螻蟻，來往幾千遭。　君還心省悟，明通周象，撥易窮爻。地天通泰，離坎自相交。陰返陽生運化，純精粹、清炁沖霄。胎光現，神風綽約，飛步翫瓊瑶。

又

臘正風交，瓊梅初綻，水寒冰潔嚴涼。雀臨高樹，魚入碧潭藏。海淨天空浩浩，玄珠降、晱爍凝祥。胎星現，清名播世，道德自昭彰。羣仙皆喜聚，壇前謹謹，祝壽玄陽。金虬浚液，玉獸旋噴香。唯願遐齡滿壽，同天地、永劫延長。昇仙處，鸞迎鳳引，雲步現虛皇。

又

獨立星壇，高穹仰望，志誠修設威儀。名香頻爇，謹謹奏青詞。唯願衆生慕道，心通解、無執無迷。歸真正，玄門隱密，一志永無移。都緣心返復，狂圖揑怪，紐班胡爲。色情增長，道德漸虧衰。似恁拖泥帶水，全不念、先聖根基。經中道，人能清淨，天地悉皆歸。

又

夜去明來，光陰迅速，四時催促人忙。浮生不久，誰肯細諳詳。一向癡心妄想，貪寃業、不覺無常。形歸土，三魂七魄，逐景任飛颺。誰無生與死，一人一箇，難趓難藏。忽然省悟，因此做風狂。管甚前街後巷，行歌舞、坦蕩寬腸。逍遥處，哩嘜囉哩，落魄有何妨。

又

生喜亡悲，虛勞塵世，許年多少傾危。是非成敗，榮辱兩虧衰。富貴於身大患，貧窮又、遣我寒飢。爭如箇，不來不去，父母未生時。虛無中有象，神風顯焕，物炫星暉。同天澄瑞，同地地幽微。至道包盈法界，歸元首、永劫無疑。離生滅，不增不減，常與太虛齊。

又

太古真風，玄元宗祖，闡颺靈寶符文。金章玉篆，詞簡義光新。演道精宏浩大，通天地、細入微塵。修家國，臣忠子孝，民業自安淳。門人還知否，窮通妙指，撥物歸真。滌除玄覽，煥現外其身。昊境雲瑛作伴，浮空駕、日月爲隣。擎天翼，金門羽化，京廓現陽神。

沁園春

混沌之中，恍惚存亡，何所運爲。自初分天地，三才應化，山川華麗，秀野蘭芝。日月鮮明，移神顯煥，洞曉陰陽合聖機。通爻象，離龍坎虎，二獸相持。山頭霧鎖寒溪。震霹靂、崢嶸聒太微。瀉銀河一派，珠千顆，泛冷波瀲灧，光照華池。攝聚還源，收歸鼎進，火候烹煎子午時。丹砂就，點形神永固，保命無衰。

又

養浩頤神，離欲澄虛，物外定觀。見玉關傾落，霜千點聚，碧嵓漂渺，雪降團團。混內豁然，空中有象，天地相交四獸攢。前朱引，後玄隨左右，虎遶龍蟠。黃宮捧出神丹。遇此物疵盲法體安。使蛇吞一粒，成龍變翼，鴝鵒達者，立化祥鸞。點鐵成金，迴骸起死，檮杌逢之返降壇。君知否，上登仙入聖，不足爲難。

又

堪嘆浮生，甚逐景隨情，物物總拘。便拚身棄命，圖貪富貴，盈倉滿庫，畢竟何如。蝸角聲名，蠅頭利路，使作狂心一向愚。堪嗟處，似揚糠眯眼，慕雀拋珠。移真埋没荒蕪。綴可欲矇盲道德疏。自背真取妄，生顛倒，向前程路嶮，舉步差殊。勸汝迴頭，斬釘截鐵，做箇堅剛大丈夫。揮神劍，劈恩山粉碎，認取琨珸。

又

道德陰符，寶藏靈文，賢聖盡欽。論杳冥恍惚，精微至道，有無昇降，動靜浮沉。六洞飛玄，三宮妙化，縪匹雙關兩間侵。明虛谷，大無窮無測，非淺非深。靈光照滿清音。混一氣方知合古今。奈迷人不曉，多能幾會，傍門小法，亂覓胡尋。背覺合塵，朝聞夕改，馬劣猿顛難捉擒。休嗔道，恐功無顯驗，敗壞初心。

又

太一先天，昊境虛皇，無上至尊。鎮玉霄宮殿，羣仙聚會，香雲羅列，光射殿紅。玉獸金麟，白鶴引駕，寶蓋瓊花散滿空。仙娥奏，放真妃窈窕，歌舞儀容。　仙音妙唱無窮。盡朝現三清御座中。聽洞虛靈寶，昇玄至道，開明三要，顯現靈通。倦坐披章，迴鸞駕鳳，五老扶真入絳宮。羣仙退，向蓬萊閬苑。合抱純風。

又

大道玄微，亘古常存，依舊儼然。自心迷不悟，沉淪生死，迴頭改面，販骨如山。今日方知，本來模樣，棄假還真物外觀。離生滅，頓無餘真性，出入泥丸。　眉問舞弄金蟬。任飛去飛來透玉環。採日魂月魄，收歸鼎運，周天火候，煅煉成丹。點化形神無衰老，漸返壯還童永注顏。功成日，向彩雲深處，穩跨祥鸞。

又

世累塵情，鎮日昏沉，何時盡期。被利名財色，相牽繫，把天真昧却，一向愚癡。好女嬌兒，金枷玉杻，鎖絆纏綿沒改移。憨癡漢，積無邊惡業，限到推誰。　酆都攝問無詞。奈往日愆尤報應隨。受刀山劍樹，寒冰凜冽，鑊湯碓搗，鬼拷殘屍。萬死千生，難爲出路，永墮幽冥無盡時。輪迴處，換人身，戴雙角尾毛皮。

又

元始家風，混物先天，體合太微。運九陽丹鼎，龍吟虎嘯，雲奔電閃，紫霧騰飛。戲弄驪珠，無問飄渺，光迸流霞照坎離。通玄妙，看余家手段，別有神威。　自然掌掘天機。動斡運參羅斗柄隨。喝龍泉寶劍，光衝碧落，羣魔膽顫，百怪傾危。富國安民，清平快樂，無相真人出世期。丹書詔，赴蓬萊閬苑，物外仙歸。

又

金闕瓊樓，寶殿香雲，朝現玉虛。悞參鸞駕鳳，霓環珮響，天真謫降，久匿凡軀。頓覺寂然，靈光透體，混合玄元出有無。飛神劍，向龍宮海藏，奪取明珠。流霞晃耀從初。萬道金光罩鼎爐。煉純陽丹就，通天透地，乾坤恍惚，昇降沉浮。功滿朝元，金童玉女，鶴駕香風出洞湖。爭魁首，授羣仙領袖，永鎮瀛都。

又

善惠謙柔，濟苦憐貧，隨方就圓。善治家潤國，修身養命，深窮造化，莊列齊肩。抱守玄陽，靈源密固，內闡雙關育浩然。通玄路，放眉間妙色，光接雲煙。冥冥杳杳無邊。運日月精華混物鮮。照洞虛豁朗，凝空燦燦，胎星一點，出化先天。遍應諸方，週盈法界，拍塞無瑕道德全。威神力，顯平生手段，奪取仙權。

益壽美金花

丹田固蒂。旋引靈泉頻溉濟。漸長黃芽。風撼孤根一徑斜。美金花發。艷放清香初破甲。煎插銀瓶。兼炷龍涎獻上清。

又

頤生就死。死裏逃生終復始。棄假求真。真性明知身外身。無中生有。有裏還無難啓口。默守神功。功滿朝元上碧空。

又

真清真靜。靜裏清清完性命。命蒂含神。神奕皇都紫府春。春光皓皓。皓曠明陽盈古道。道太昇玄。玄遠無隅天外天。

又

靈元恢鄂。滿目風光虛倚托。落落無涯。飄入瑤宮散寶華。通玄慧口。面啓南軒觀北斗。寶潔凝然。一粒明珠滚上天。

又

無爲清淨。不動不摇頤性命。一派寒光。遍照蓬壺入大方。無窮無測。或去或來如過客。道自通靈。目送歸魂入杳冥。

又

清虛妙理。湛湛圓明融徹底。海淨天空。空裏明知有聖功。心珠湧躍。熖迸流霞光晱爍。鳳熾金烏。飛過新羅上玉都。

又

玄元微密。寂寂寥寥無縫入。探賾功奇。易象先天合聖機。混然一炁。拍塞沖虛無不濟。極目清光。頓覺融風天地涼。

又

身居火院。兒女妻奴由貪戀。惺悟癡除。鼓腹歌吟樂有餘。逍遥甚處。迴首家山堪歸去。豁落壺天。月湛澄江寶桂圓。

又

内觀北斗。斡轉天關通慧口。陰裏生陽。烹煉三魂七魄亡。玉爐功畢。寶鼎金丹明瀝瀝。晃耀靈砂。日燦晴空落翠霞。

又

人生幻化。咫尺無常全不怕。莫望來生。據算來生甚處行。前程路惡。劍戟臻侁難進脚。勸汝迴頭。隨我逍遥物外遊。

又

返觀三景。增得靈砂盈滿鼎。光耀華嬰。點化琅玕宇宙清。江天夜月。寶桂玲瓏澄皎潔。惟我親栽。有似瓊花火裏開。

又

淨無瑕翳。握固存神頤浩炁。潤谷玄霜。養就神砂滿鼎香。清如赫日。瑞炁凝空盈滿室。混一先天。易御星儀達妙玄。

又

迴頭問己。認取無生真妙理。內闡靈光。昇入蟾宮點桂霜。混成天癸。窈窕流霞融徹底。洞濟冥陽。仙子功標北帝鄉。

又

混元一炁。生地生天虛滿濟。寶潔玲瓏。落桂金烏碧海沉。頤精固蒂。眩集神珠隨風去。月照波心。天目晶通水產金。

又

潛龍初九。九五飛龍羣無首。大哉乾元。物物亨純得自然。性相以近。道顯諸仁藏諸用。精粹含光。神易窮通没定方。

又

玄瑛精粹。寶潔靈華風秀瑞。混內相凝。星鬱祥光滿室明。純陽仙質。貌麗清華乘鳳翼。栗御霞輕。昇入雲深覲玉京。

又

琳宮謫降。一點胎光如玉樣。德化風規。神秀精華貌轉徽。親風相若。自適清虛堪倚托。仙仗齊臨。宵夜清歌叫玉音。

又

寂虛湛湛。道大圓明如寶鑑。清夜霜天。物潔星稀海桂圓。幽棲靜悄。獨坐陵溪風浩渺。水碧澄煙。心適清聽物外仙。

又

靈源虛靜。物換流陽如寶鏡。滿目清光。寂寞無爲用在常。本乎一性。返照真空終復始。性命俱全。煉就陽神得自然。

又

凝空寂湛。眩集神風明自鑒。洞達遥天。一性寥寥點桂圓。無人淨悄。湛静冷波風浩渺。寶炷輕煙。煙徹丹霄降瑞仙。

又

固窮妙理。静室精思明徹底。形釋心凝。光鑒寥空炁象清。法身輕麗。皓皓靈陽隨風去。歷御中元。精鬱臨空混帝先。

又

無榮無辱。内守真元常自足。外應無居。上下周流出六虚。崑崗玄玉。擅假陽光盈滿國。混一凝珠。寶潔靈華五彩舒。

又

親傳妙訣。法眼清眸超億劫。似月臨溪。飄落瓊花滿太微。泠然瑩徹。瑞彩祥光冰玉潔。焕若星儀。别有真容出繡幃。

又

忽然省悟。兒女妻奴全不顧。萬事都忘。一性恬然道自常。天霓清福。契道登真明上德。德宴心光。丹碧瑛華益壽長。

又

擘開鬼窟。杳杳冥冥精恍惚。滿目華陽。斎耀靈珠映日光。至真無物。寶燦精暒明返復。致死不忘。星圜丹霄得久長。

又

無知野叟。信意顛狂胡亂走。大道平夷。跂徑便心逐景迷。因觀慧口。渺邈精陽無中有。晝夢華胥。瑩魄童兒天奕飛。

又

除貪絶愛。性静心清明實界。寶界華陽。换質琅然雪隱霜。虚白晃耀。軒外澄神憑自照。照破昏衢。顯出圓通五彩珠。

又

三關鎖閉。沐浴琅膏容可濟。養就靈砂。晴燦玲瓏益寶霞。玄英幽邃。金闕寥陽澄秀瑞。兩箇青童。捧出玄珠入絳宮。

又

澄神獨坐。進鋭紛紜嘗自挫。外户長扃。内庫勞封守寶瓶。玄光飛過。撞透虛空心鼎破。金碧丹瑛。滿目靈芝炁象清。

又

無言無説。信任隨緣消舊業。物我俱忘。晦迹韜光德自長。幻根寂滅。覺照圓通忘標月。直向當陽。一顆心珠混日光。

又

真仙秘訣。志信忠良須引接。臨義隄防。勿信邪言説短長。玉機漏泄。法眼靈光清皎潔。洞鑒精微。寶桂寒林素羽飛。

又

迴頭省悟。識破浮生如一夢。棄物搜真。忘想忘形出六塵。天清地静。上下沖虛光日瑩。寶燦元神。游奕黄都紫府春。

又

忘形遺照。無垢清虛真至妙。物外霞輝。天岸波澄混太微。列開丹竅。悟入重玄明總要。出化星儀。風御靈飈易象嬉。

又

默然内守。混裏傾陽無中有。有裏何如。獨體圓通照海珠。神清氣秀。遊奕丹天明如晝。上下無拘。密布靈華滿太虛。

又

景風初現。寶適祥雲乘九變。始信清然。遊奕南陵瀉素圓。冥靈纔見。又早新春通一線。象外遊仙。看盡瑤池五色蓮。

又

聻之善聽。一炁清聰通惠性。聾者能惺。兩點精神入寶瓶。返邪歸正。有似高空懸玉鏡。鑒照分明。始信金丹一日成。

又

迴頭問己。返照蓬壺明徹底。一顆玄珠。上下周流出六虛。混成天癸。象適圓通明亹亹。內外無拘。遊奕天中不卷舒。

又

羽倪澄秀。午夜能令迴春晝。奕御中天。絶妙清奇玄又玄。精瑛微密。散景瑤花橫空碧。日照琅玕。風息猶聞珮玉寒。

又

適來相見。誂我魂飛心膽顫。休覓休尋。相遇相逢没善心。告伊休拜。恐怕貧兒思舊債。各自迴頭。稍有違心作馬牛。

長思仙

山連水，水連山。水秀山明景物閒。雲霞一味閑。曉風殘。夜更闌。月上梅梢影覆壇。仙音珮玉寒。

又

素天晴。散華瑛。薄淡靈煙滿地橫。寒光爽炁清。寶精凝。玉辰澄。兩曜原作耀疑誤交光燦日明。琅玕點歲星。

又

道心寧。慧燈明。玩寶童兒啓道經。清如珮玉聲。湛然澄。煥然凝。燕靜華池吞玉瑛。還純體自貞。

又

內安寧。外端停。內外無居一覽平。頭頭物物惺。炁清清。慧靈靈。光鑒寒輝入寶瓶。翛然化玉瑛。

又

滅凡情。啓真誠。退隱林泉雲水行。嵐光滿目横。煥然澄。洞然清。形釋心凝道自明。昇玄耀玉京。

又

謹修持。悟無爲。惟願心聽世不迷。明知天地機。寶霞輝。燦精微。紫府青都自有期。瑶宮現聖儀。

又

慧刀呈。斬三彭。處正貞廉絶愛情。恬然守素瑛。眼明明。道盈盈。碧海丹華現玉清。澄澄一點星。

搗練子

明宗祖，悟真禪。靈光一點出先天。易蒼丹，纘素玄。澄瑞秀，滿山川。霜天風息自凝然。散瓊花，寶桂圓。

又

休論道，莫參禪。無爲清淨好因緣。悟玄之，玄又玄。修正覺，奪仙權。威眸闡奕翫丹天。五靈飛，易羽仙。

又

修行事，謹推尋。無生無滅道相任。易晴空，識本心。明動静，定浮沉。玉嬰常守滿壺金。彩霞輝，散寶岑。

又

真藏假，假藏真。釋然獨體絶疎親。混元中，無我人。神通道，道通神。澄澄虛璧若冰輪。輾天河，出六塵。

又

這頭起，那頭行。面門出入任縱横。現天光，一點星。真實相，本無形。無形之體自然明。現寥陽，入大成。

又

眉底眼，眼中精。精光輝輝好惺惺。現圓通，物外明。朝上帝，遶天庭。月華峯畔翫雲英。會金童，現玉清。

西江月

眉間交枝琥珀，睛分脱質龍涎。鼎中煙裊徹禪天。一顆靈光出現。太上明茲玉象，如來證此金仙。清流異派本同源。悟理方知上善。

又

浩烝結成寶篆，清風吹散雲蒙。一輪明月照虛空。好把精神舞弄。撞透玉京天上，衝開金闕門中。元神獨坐廣寒宮。率領羣仙宗奉。

又

顧我有身有患，窺真無作無爲。自然斗柄運璇璣。日月周盈天地。點著冰灰雪炭，燒成火棗交梨。一時分付與峨嵋。益我聰明智惠。

又

盡被家緣擔閣，都因業障闌遮。離微孰舉正兼邪。背了靈嘗道話。雲綻家家見月，時來處處開花。睛童深入翠煙霞。引至長春不夜。

又

不戀風花雪月，屏除富貴功名。刳心去志黜聰明。洗滌無知之病。破盡人門幻影，方通物外圓成。忘形遺照烝神凝。務本樂天知命。

又

杖上一瓢春醞，匣中三尺瑯玡。眉間寶鑒鎮妖邪。坐守更深半夜。金鼎燒成白雪，玉爐煉就黃芽。丹光瀲灔泛瓊華。天地氤氳相射。

又

迷則身沉苦海，悟來月出西江。微風吹動桂花香。驚覺遊仙一夢。鶴引鸞隨甚處，家童笑指寥陽。玉牌金字號南昌。別是人間天上。

又

不在瞻星禮月，何須誦戒看經。今朝與汝付叮嚀。生死須憑性命。　道啓遍知無上，神通法界圓明。不勞作用自功成。志在無爲清淨。

又

莫戀金銀財寶，休窺玉貌花容。百年終是落頑空。背了無生法認。　欲識玄元正理，須明太上家風。至神至聖悟無窮。此箇逍遥自分。

又

割斷銅繩鐵網，敲開玉鎖金枷。波濤苦海遇靈槎。遊奕無陰樹下。　不在忘標指月，何須折桂拈花。太虛鼎裏煉丹砂。結就玄珠無價。

又

務本頤生至理，迷源入死之機。亡邪守正更何疑。自有玄玄妙趣。　赤子嬉遊閬苑，青童笑指瑶池。西江月裏折丹枝。保益精神久視。

漁家傲

日照陽魂空中煉。璇璣運斡天綱轉。咫尺眼前人不見。通一線。爐開鼎裂天光現。　瑞散瓊花飛片片。香風闇拂靈雯面。冷淡清虛情雅宴。真堪羡。玉宸扶御寥陽殿。

又

地魄天魂勤烹煉。日精月髓情相戀。兩曜交光如激電。分明見。玉爐萬朶金花現。　欻欻撈來搥作片。團團結就玲瓏面。晃耀太虛烹玉霰。神光眩。飛丹透入通明殿。

又

百歲光陰如奔騎。浮華眩目飛塵隙。玄覽滌除運神力。通消息。無生路上知端的。　霧散瑶瞳昇天奕。陽光漸著純陰匿。萬點靈砂晃虛壁。明皪皪。丹瑛一色符金碧。

又

混沌杳冥經寰宇。彩霞散盡明玉兔。西落咸池復迴顧。心開悟。凝魂晦魄金烏趣。美盼扶彝寒光露。氤氳三色淳清素。直遇瑶天携女婺。無點污。丹書永繫琳宫住。

又

大道至真無言詰。韜光退隱藏深密。保煉元精無走失。隳陰質。瑞雲捧出靈陽日。照破昏冥威天佖。混然恍惚空中實。瑩淨純白相輔弼。通真一。丹書玉笈仙功畢。

仙鄉子

易遺自然軒。軒外清華混物鮮。秀嶺連雲飛宇角，靈泉。柳岸煙波接遠川。德士隱幽玄。玄覽滌除物自捐。内適虚壇真有趣，龍涎。寶篆輕浮弄素絃。

又

大道本無爲。内外恬然處妙機。寂靜清虚真有味，揚眉。冷淡靈光處處輝。綽約好容儀。坐卧行居左右隨。翼御中天成玉象，無疑。位列南宫現紫微。

又

祖道密相傳。得兔亡蹄守自然。眼界寬舒明太易，純乾。日燦精華物自鮮。恍惚遍三千。預覺陵溪任變遷。海底浪翻龍出水，沖玄。迸彩神光上九天。

又

祖道闇相傳。始信宗風合自然。動靜有無賓主穆，坤乾。上下周流日月鮮。光奕滿三千。透骨靈華永不遷。空裏結成真玉象，昇天。寶易童兒執素玄。

玉籠璁

守清淨，憑志懇，絶盡荒淫。持内境，月透雙林。玉童戲，遥指處，碧潭波心。撈攏取起，水中金。靈寶燦，慧燈明，神光相任。對面有，没人推尋。君還

俗徒多。終日謾蹉跎。開法眼，一性貫娑婆。瑩淨淨如秋月冷，冰清清似泛瓊波。澆溉潤靈柯。

浪淘沙

訪道與參師。設誓投詞。慎終如始謹修持。退己進人常忍辱，諸事寬慈。訣破上仙機。守正無疑。持行元始玉清微。慧日當空憑誰照，星眼芝眉。

採桑子

力與命相識。憑實見，誰是誰非。北宮曾謁西門氏，須知東郭，誠言信美，養拙何疑。俗輩匪能知。啓賢英、與我同規。樂天知命隨緣過，他年功滿，神霄舊路，有約仙期。

又

吾輩可傷嗟。棄玄珠，流浪天涯。浮雲飛絮無根蒂，便心歧徑，隨他念起，舉步偏斜。聞早悟煙霞。仙景裏、也好前巴。三山咫尺非遥遠，長春玉館，陵溪兩岸，滿目瓊花。

翫華胥

古岸蟠桃初綻。新月素光交燦。塵世幾人窺，惟我留心高盼。長歎。長歎。迴首遠遊仙梵。

又

冒嘯古風溪月。晃耀太虛澄徹。美目盼清圓，不見又還重缺。光接。光接。玉桂寒林冰潔。

訴衷情

林泉退隱作生涯。寂寞棄繁華。中山翠微仙子，滿目泛靈砂。凝素液，混丹霞。坼瑶葩。雲濤煙浪，島外方壺，那裏人家。

又

太虛寥廓杳無涯。元炁混中華。迴眸斡旋鼎鼐，玉液泛金砂。輝神彩，迸光霞。晃瓊葩。雲收波渺，海淨天空，廣漠之家。

夜行船

坐雪囊中無俗物。恣疏慵、有誰拘束。不患虛名，無榮無辱。佻佻幾人相逐。獨坐絃歌巵盈醁。昂簪看、斷雲相續。池上遊龜，洞前行鶴，風月水山松竹。

又

可惜芳年窮妙理。中途滯、教門無主。道院淒涼，故人疏淡，那更暮天愁雨。塊坐賓橫空無語。赤心訴、有誰知委。拂袖歸山，碧溪深處，說與落花流水。

酹江月

寂虛妙道，混杳冥恍惚，通微清絕。出化先天明象帝，滿目流霞光屑。濁質消亡，琅函滋益，寶鼎靈砂結。丹華凝秀，素玄一色澄徹。精暚魃抧盈空，清如秋夜，海桂無圓缺。耀古輝今沖皓炁，滿滿玉壺春雪。瑩日純精，貞心幽粹，保益真仙悅。丹書迎詔，上朝三景羅列。

又

玄元至道，大無隅、寂寂寥寥獨立。遍應諸方通上下，極目天光微密。隱顯存亡，穿無貫有，善用無轍跡。琅然泄化，太虛一點靈質。登林透入真陽，圓明普照，不許纖塵匿。理必期然仍未悟，說與門人端的。日殿祥光，蟾宮瑞彩，萬派瓊波益。神凝形釋，玉嵓依舊横碧。

南柯子

瞬目迷千劫，揚眉隔萬山。一真分瑞出雙關。混入華元，到此有何難。　隳質飛金翼，凝陽透玉環。惺然洗覺夢魂間。雲去無心，物外獨清閑。

又

決列心清操，真剛志氣真。超然不落斷常坑。眼界寬舒，煥煥照華清。　錦繡乾坤瑩，玲瓏世界明。澄澄虛璧頓圓成。蛻殼精暚，一點碧天星。

又

厭静曾居市，嫌喧却住山。通真何處不清閑。內外逍遥，不備利名攀。蜕質空中顯，忘形物外觀。二神凝素出陽關。鶴性佻佻，一去古長安。

紅窗迥

玄門尋，休胡覓。指汝等、修行端的。常清淨、意不浮遊，保元精無失。煉陽魂，消陰質。兩眉間、神光飛出。通斗柄、斡轉天關，抱一輪紅日。棄凡情，歸真理。擊雙關、玄門高啓。吐神光、射透簾幃，現靈陽休體。金烏精，玉兔髓。晃乾坤、清華光暐。紅窗迥，炳耀圓明，照蓬壺徹底。

點絳唇

背劍携笻，躡徑穿雲過。青苔破。嵐嶂松邊，拂石臨溪坐。酒飲單巵，一弄清音和。無不可。孰與朋儔，明月清風我。

又

秀色氤氲，鬱鬱繚空廓。光飛爍。夢適吞珠，一點胎星落。謫降人間，愧恨當初錯。情消索。誘引門生，共赴青都約。

江月晃重山

斗柄指迴一性，璇璣斡轉雙關。滔天洪浪雪華翻。中秋夜，江月晃重山。獨步上星壇。劍光横宇角，逼人寒。五靈仙子抱青鸞。飛入華胥閬苑。

太平令

芝堂無事啓丹經。香煙裊，慧燈明。聲和流水玉音清。雲收絶霧斂，眄平一色瑶池淨。洞天玄照瑞光凝。分明見，豁然惺。迴眸返入道圓成。便忘形羽化，虚皇付我天符令。

武陵春

太上混元真一炁，瑩淨若瓊琚。清勝白雲不卷舒。明見有中無。冷淡靈光空蕩漾，變現總無拘。上下周流出六虚。一顆夜明珠。

又

一葉梧桐窗外落，金菊出疏籬。策杖昂簪信步移。迷我曲江池。鶴駕匆匆歸舊路，回首赴仙期。雲映青童笑問伊。家住五陵溪。

黃鶯兒

呆老呆老。幻夢惑迷，一生顛倒。甚每日皺着眉兒，把身心作惱。勸汝迴頭歸大道。搜玄微幽奧。煉丹光混入中元，現玉辰容貌。

惜嬰嬌

猛悟迴頭，把塵事都忘了。急收心、速歸大道。空裏尋真，向無中傳明教。最好。現丹華，迴光返照。探賾精微，表天奕幽深奧。明内外、浮沉顛倒。一炁雙關，混百神，分三要。玄妙。瑞雲扶，玉辰容貌。

轉調採桂枝

分明相外歸宗祖，道眼俱全。出入綿綿。昇降浮沉任往還。最幽玄。日精月髓安爐内，一炁烹煎。丹就凝然。皎皎光明滾上天。化飛仙。

望遠行

太玄妙訣。悟來不須言説。心地豁然開覺。清涼内通徹。透五蘊山頭，現出霜天皓月。照千古分明，無圓缺。赤子琳宮歇。斂把丹枝折。玩長春景界洞鑒離生滅。向無陰樹下，獨坐逍遥静絶。聽無絃曲調，於中別。

上平西

啓玄精，明真炁，洞元中。問日魂月魄相融。内分三色，混然一體若芙蓉。玉辰圓鑒，瑞雲浮、光射瑤宮。散陰氛，凝純粹，歸神化，運靈空。象懸明，燦耀玲瓏。中天遊奕，鬱羅霄景玉音清。絳節霓旌，捧瓊輿、寶梵仙風。

沁園春

處世爲人，德重恩深，莫過二親。始懷胎十月，三年乳哺，迴乾就濕，多少辛勤。長大成人，心生五眼，外姓調唆各令門。誰省悟，似鴟梟蟒蟯，報應因巡。休休枉恁勞神。更莫忘當初懷哺恩。念靈烏返報，寒猿避箭，誠心孝敬，何況爲人。諸事不違，順承顏色，飲饍寒温時用均。存終始，道光于四海，德播清淳。

又

啓訴芳年，猛悟迴頭，縱情任真。棄父娘兄嫂，妻男姪女，孤雲野鶴，二十餘春。風瑞漂萍，隨方安分，一任交人笑我慵。君休怪，厭浮生虛矯，省悟前身。明知相外元神。燦寶淨無瑕絶點塵。易四時乘馭，指天爲蓋，地權爲載，日月爲輪。輾破星河，衝開牛斗，聚散浮空五色雲。通三界，現虛皇聖祖，元始天尊。

滿庭芳

糧畚擔簦，雲山水陸，遠途不避風霜。爲求天寶，與汝訴衷腸。至理先明一性，二儀現、三殿恢彰。玄關外，臨空奕奕，杲日布紅光。羣靈皆受命，誰能保守，玉府元陽。萬神交燦，九炁混中央。結就玄珠一顆，輝神彩、光列南昌。寥陽館，華房出入，齊唱滿庭芳。

以上上清太玄集卷九

王吉昌

吉昌號超然子，有會真集。

行香子　木金間隔

木性慈仁，體順融金。混難分、返復浮沉。還元祖性，造化幽深。得木抽金，金去木，罷相侵。精變遊魂，湛入禪心。杳冥時、蹤跡難尋。無中顯有，透古通今。自魄安魂，魂勝魄，鬼神欽。

又

震内藏金，金乙成姻。假沖和、雷電交陳。龍吟虎嘯，幽谷澄神。向杳冥中，風雲裏，傲全身。煙雨濛濛，芝草芽新。正東君、經緯長春。岷山水衮，一而藏真。已泯抽添，無間隔，返歸純。

又

震乙情柔，酷愛庚金。角商和、律應清音。木人鼓掌，石女調琴。顯巧施仁，勤行義，道情深。二物相融，交互浮沉。火煎烹、體變而金。開蒙既濟，陽鍊勝陰。得復根元，分魂魄，識真心。

又 木去金

木隱金形，金色浮存。木森森、有像稱尊。全憑火力，逗引遊魂。自客先還，獨存主，各歸根。去住碁分，性命雲屯。樂天真、默默昏昏。養成陽體，霞步高奔。得傲玄玄，躋壽域，出乾坤。

又 金去木

金體堅剛，木性柔和。辯賓主、火力功多。剛爲主掌，柔像銷磨。顯各還元，歸本性，息風波。透入神鑪，霞罩嵯峩。放銀鉛、花綻婆娑。輝光滿室，神變無何。鎮玩蓬宮，遊紫府，恣蹉跎。

南鄉子 水火交互既濟

坎内一陽停。本性澄清照物形。真火炎炎功足顯，叮嚀。既濟氤氲緝寶瓶。神用奮威靈。氣證昇沈聚戊癸。日耀飛騰烹藥鼎，蘭馨。造化功成入杳冥。

又

火裏六陰培。熾艷心藏點黑煤。功表清泠真水象，神胚。中氣抽添自往來。赫赫振金雷。煙雨瀰漫暎斗魁。造化自家天地合，心灰。拍塞乾坤道體恢。

又 水火昇降因土

戊己媾陰陽。斡運專權攝四傍。驅駕天元隨呼吸，非常。來往綿綿造化昌。氣聚結玄霜。壺鼎冰凝透體香。神變靈通歸物物，清涼。無礙真空置道場。

又

離苑緑波飛。坎殿澄清奮火威。變化降昇凝真象，功歸。土德恢弘斡妙機。梨棗體嬌肥。玉女殷勤獻紫微。香襯彩霞光日月，巍巍。無像圓明法界輝。

又　坎離氣變還元

癸府隱銀鉛。朱汞神宮裊瑞煙。變化遊魂成風動，樞旋。運入黃庭造化權。離去水爲乾。坤體無陽厚德全。二氣經營仙藥就，功圓。出世名標聞九天。

又

水府火龍藏。煙霧朦朧瑣桂光。氣動隨風成造化，中央。聚變刀圭藥味香。不見坎中陽。虛室無陰本體彰。育出朝元真浩氣，瓊漿。攢簇丹爐結玉霜。

醉桃源　貪狼巨門

杓樞貪巨秉天真。玄皇附耳親。扶持五蘊已通神。都收萬劫塵。寂然定，體清新。温存一性純。冥冥物外傲長春。逍遥月作鄰。

又　禄存文曲

禄存文曲附神光。驅驅逐色忙。昧禪徒亂角和商。如何作道場。雙簾掩，瑣明堂。仙童奪正陽。神功機在性昭彰。冥冥混八方。

又　武曲廉貞

武廉幽貫地天根。綿綿息若存。六天交戰定朝昏。丹爐火力温。驅神寇，養生門。玄功主掌尊。牝關天閉鍊陽魂。雲霽性命屯。

又　破軍

破軍雄鎮北方陰。牢封地户深。真風高捲鎖猿心。氤氳氣制禽。三田貫，五神欽。元胎體變金。羣魔離位九陽臨。功成耀古今。

又　左輔右弼玄牝

司分木火地天通。玄關主掌雄。鹿羊神輅逗真風。都歸保運功。樞九竅，貫三宮。熏蒸藥鼎紅。萬神輻輳性疏通。無形廓太空。

又

暗藏兩曜撫坤乾。綿綿細斡旋。扶持來往貫三田。還元五氣全。河車運，玉鑪煎。炎炎結汞鉛。彩霞光襯晃禪天。明明性月圓。

醉落魄　八卦配九宮

陰陽氣結。乾坤派、六爻交設。四分九數明羅列。兩遁推移，周歲用相迭。殷勤進取功無缺。抽添加減應時節。烹成二八丹威烈。吸海吞山，方寸道明徹。

木蘭花慢　坤卦老陰之象

剖坤柔立象，太陰體，換三陽。因六變心虛，闢開實腹，應候呈祥。沖和易靈變態，運聖功、旋轉斡天罡。消息栽培道化，六宮轂輳中央。融融品物含章。歸土德，密收藏。性與命咸通，箇中將養，氣孕玄霜。香浮彩霞烜赫，混浩然、純粹散諸方。造化冥冥極妙，超凡不離玄黃。

又　乾卦老陽之象

判乾元剛象，德純貞，利元亨。運一氣氤氳，施生品物，分布形成。調和四時簡易，正始終、機動應經營。日月東西出沒，總因元氣流行。參羅列曜循環，晃寥廓，體輕清。盡變化無方，杳冥真造，內隱精誠。醞就命基性燭，混太虛、模樣貌峥嵘。了了真空無礙，八紘揮斥難名。

風入松

乾坤兩卦上天梯。分柔健高低。六關爻變推天道，斡璇璣、日月東西。妙採精華成液，通神息，飲刀圭。溶溶金水泛曹溪。得九轉功齊。變成丹體香風裊，木童喜、壽域長躋。顯出元初氣豔，廓胸襟，吐虹霓。

又

乾坤羅列道綱維。斡斗轉星移。守遷飛伏隨方變，應周天、衰旺相推。保護坎離丹藥，啟玄牝，契希夷。　冥冥杳杳入無爲。會三姓相期。應時烹鍊循火數，結圓明、二八芳姿。徹地通天聖變，表身外，顯容儀。

又

乾坤爻變括天心。樞簡易浮沉。斡旋昇降成甘露，種黄芽、陸地根深。瀲灧滋榮金蕊，丹霞照，萬神欽。　雲收天静酒重斟。韻聒耳鳴琴。醺醺酩酊乘風舞，恣神怡、鼓掌歌吟。深入洞天静境，得真樂，寫知音。

又

陰陽爻變坼乾坤。運一氣高奔。推移動静分昇降，攝浮沉、造化歸根。引養谷神不死，表塞兑，閉其門。　七星羅列遶崑崙。分取捨司存。扶持日進無爲道，現神光、金色高噴。巧醖華英成秀，露玄體，證陽魂。

又

乾坤簡易定長生。推變化虛盈。默契四時神功用，泄沖和、品物生成。茂養深根固蒂，臨金井，吐瓊英。　芳姿香襯彩霞明。聒萬籟聲清。造化冥冥無中有，顯虛皇、陽體飛行。縱横恣遊法界，廓神變，混無名。

又

乾坤鼎沸鍊神丹。聚虎肺龍肝。合和蟾鳳凝嘉瑞，變盈空、甘露溥溥。斂掠烹成金液，噴真味，靄椒蘭。　峥嶸酌飲醉乘鸞。韻法曲吟彈。舞袖婆娑容儀整，傲清風、明月天寬。一段清涼活計，占長春，得真懽。

又

乾坤分布派春秋。進九六添抽。陽昇陰復生元氣，輔靈臺、配定剛柔。進退八歸六聚，定浮沉，顯真修。瓊漿八味一渠流。聚百寶相投。滋榮君聖民安富，樂陶陶、馳驟神洲。天地不能陶鑄，無爲體，恣優游。

又

乾坤爻體兩相纏。繞造化機權。剛柔變態分動靜，斡生成、運契周天。日月陰陽匹配，聚戊室，鎮團圓。兩情將養入瓊田。甃玉雪團團。占得長生曹溪路，向五湖、四海留連。領略尊禪祖意，抱真樂，復便便。

又

乾坤爻斡氣玄黃。攝進退陰陽。造化數符周火候，動清風、遞轉天罡。簡易浮沉變態，吐消息，醞瓊漿。仙童觥飲奏宮商。引歌舞悠揚。半醉式微明月下，主邀賞、笑傲中堂。脅服羣魔遁跡，擅祖意，轉清涼。

又

乾坤督魄鍊陽精。攝離坎煎烹。九還七返神功用，定絪緼、氣象推行。日月照臨滿室，和二物，産瓊英。器成常靜體無傾。飽浩氣輕清。內全得一真靈顯，露元初、模樣圓明。不在地天機彀，超物外，任縱橫。

蘇幕遮　乾坤卦象明道

序乾坤，分賓主。匹配周天，甲己局分五。六十時歸五日聚。五六三十，六六依策補。離中己，坎藏戊。離坎交媾，二土刀圭祖。減息綿綿自飲取。鎮日忘情，定裏神歸姥。以下有牆頭花十首乃曲調，不録

減字木蘭花　九還陽丹進道

長男尊女。甲帳辛堂同宴處。一返遊魂。閃爍鑪開火力温。風雷酷烈。威赫雲深明電掣。煙雨濛濛。飛下金烏宿桂宮。右初一日震偶巽

又

一陽光啟。戊室盤旋離合體。一返鉛葩。永鼎温温進火車。深連巨海。踴出神鼈飛五彩。洞瑣煙霞。密罩金童弄月華。右初二日坎偶離

又

山通澤氣。亂捲雲騰風浪沸。三返鑪煎。熾焰炎炎映洞天。奇蓮煥吐。五葉香浮霞萬縷。信手拈來。捧弄輕便上月臺。右初三日艮偶兌

又

乾坤呈瑞。六合三才八卦備。四返歸真。一粒神丹氣像新。見前心定。酩酊沉沉渾未醒。子母團圓。雲步長春法界天。右初四日乾偶坤通得六合

又

巽榮春谷。辛水溶溶滋震木。五返雲雷。玉桂蟾宮應候開。月娥清寫。風震庚金調木馬。功顯强兵。火衮深淵四海平。右初五日巽配震

又

己從戊室。藥味烹煎成玉質。六返金光。烈焰輝輝滿洞房。内全養浩。壯觀酡顏能永保。體透金香。捧出陽魂樂道場。右初六日離配坎

又

澤山同器。一點精華天癸至。七返丹成。遠放流霞射玉清。氣安神定。滌蕩塵煩心月瑩。獨露禪天。萬派波澄一樣圓。右初七日兌配艮

又

坤乾情睦。十二周天明二陸。八卦循環。驅率陰陽造化間。時當交泰。昧爽氤氳神氣會。體鍊純陽。輕健冰姿散異香。右初八日坤配乾陰陽通得六合

又

返還成數。八卦爻抽同體聚。藥祖完全。運就三三九九天。歸根復命。鼎冷丹凝常藥淨。烜赫金光。透體明連滿室香。右九日九陽而還元

以上會真集卷之二

月中仙 九轉功成

道泄沖和，運開基杳冥，生發元首。推排七返，配二三成六，再三成九。九還真造化，分八卦、妻男自偶。默默真情契，凝然氣神，如一鎮相守。盈盈動靜歸元，證不空不有。頭面仍舊。無爲性普，應地天神化，視之能久。任從劫運變，太空體、綿綿不朽。次了無生滅，恢弘妙用真樂受。

風入松 鍊神合道

太陰二八産純乾。抱六合真筌。二氣經營元數足，始離形、祖意空傳。變態超塵契聖，顯物外，性空圓。冥冥反朴表精研。越枯木巖前。拍手歸來明月下，拉清風、戲舞瑶天。笑傲華胥真境，喜坦蕩，夢遊仙。

又

鍊神入道混融成。表真淨真清。造化陽魂離體變，恣縱横、觸處蓬瀛。野鶴孤雲無礙，觀自在，任飛行。死生寵辱不須驚。得久視長生。欣見主人真頭面，露堂堂、妙體峥嶸。了了圓空一着，形無像，道爲名。

緑頭鴨 大圓覺海

混融成。大圓覺海峥嶸。性珠顯、恢弘祖意，慧風通、虚谷傳神。有中無、無中有有，應變處、廓爾縱横。坦蕩融通，杳冥豁爽，澄澄一混體無榮。證動靜、俱忘何在，觸處露圓明。如如貌、莫形莫狀，真淨真清。靈通像、不增不減，罄劫一段光榮。無限域、含容萬有，遍四海、三際充盈。荏苒沖虚，無離無壞，浩然一點括長生。證未有、巍巍極致，奇特體妍精。道模樣、人能悟入，與道同名。

又

貌幽玄。混成法像無邊。悟真常、靈明妙用，越驪珠、獨耀深淵。銜真聖、穿山透壁，展威風、入地昇天。變化多方，神通揮霍，一輪炳耀顯孤圓。淨灑灑、難握難把，朗朗湛如然。無爲相、高低莫測，遠近難詮。非空色、亦無二體，顯本來、清淨因緣。大千界、渾無罣礙，證方寸、拍塞坤乾。究竟圓通，不離不卽，堂堂恢廓體倏然。括慧灼、天真至理，悟入奮威權。妙中妙、騰今跨古，無像功全。

瑞鶴仙　五行生數至成數

五行真氣集。通玄牝、谷神應時出入。綿綿定呼吸。顯平調榮衛，蠕分和輯。脉方動十。得火候、熏蒸自給。蕩百骸、九竅關開，上下泝流相襲。功及三天兩地，九六陰通，七八陽立。降昇氣揖。推造化，寶瓶緝。配剛柔合體，抽添循數，養就神丹一粒。變陽魂、法界恢弘，跨雲步急。

瑞鶴仙　成數造化金丹

金丹真造化。在進火、功夫抽添相亞。綿綿息全藉。配天關地軸，器鑪形借。鉛消汞瀉。引彩鳳、金烏自下。入黃庭、展轉相交，降昇兩情迎迓。多暇月娥捧酒，間簇笙簧，喜連夙夜。仙童力霸。乘空舞，彩雲跨。向三天深處，放懷如意，五色光輝緊射。料玉壺、九轉金成，殆難估價。

又

鍊丹成數究。進水火、抽添六陽時候。嚴嚴虎龍開，捲清風帀地，兩情精媾。雷轟宇宙。漬玉蕊、靈芝吐秀。待藥鑪、火冷冰凝，方是雪肌成就。身富香噴蘭麝，內放金光，夜明如晝。沖虛德懋。表清淨，果無漏。馨色空都泯，魄纖魂聖，地厚天高遠透。向三清、妙選叢中，已爭領袖。

浣溪沙　飲刀圭

離坎昇沉氣不迷。天門滅息飲刀圭。月宮飛出日中鷄。東北朋生調玉兔，兩情和氣吐虹霓。烹成火棗玉童携。

又

勤飲刀圭鍊極陽。薰蒸藥味透天香。旋噴甘露返魂漿。爛飲醺醺長日醉，婆娑飛舞應笙簧。陶陶真樂上天方。

又

三八爲刀息緩留。圭憑戊己吸呼修。飛伏十干證添抽。造化結成仙藥體，依時餌訖御神遊。日飛天外得優游。

又

飲息時時藥味加。五神運起海金沙。天河仙子度靈槎。水滿金城凝露冷，人牛不見月空華。清風捧擁笑歸家。

萬年春　玉瑣金關互換封閉

玉瑣金關，陰陽擊拆牢封閉。相凝制。變通無繫。滿腹清風細。九氣天中，雲步無纖翳。真根蒂。道情潛契。湛湛通三際。

又

一氣沖和，心猿緊瑣難奔走。調柔受。密封關口。太一氤氳守。二者相融，默默昏昏久。成奇偶。鍊須九九。丕享虛空壽。

又

浩氣流行，綿綿擁簇真禪定。頤神興。杳冥難醒。凝結玄黃孕。造化圓空，剔透靈臺瑩。能常應。木童形勝。穩步雲霞徑。

江神子慢　真坐

修真萬緣擊。心地下、功夫要剛烈。育愚拙。放四大、自在安閑不惙。志如鐵。强斬馬猿雙足折，罷顛劣、都收歸寂滅。八關六腑三宮，總和暢，萬神悅。龜息玄通無間，得澄湛子母，團圓交結。兩情泄。顯陽體、鍊就飛行時節。意冰潔。造化真空歸物外，無爲道、圓成還若缺。放開性月輝輝，貫乾坤徹。

又　偶坐

谷神死不作。蟄窟彼、心迷用功錯。妄穿鑿。搜玄妙、水谷雲根爲託。謾消索。扭捏一身常把捉。相專著、地闕無鎖鑰。天門不折彌封，豈留氣，有無若。難爲三宮昇降，執一性返失，西來糟粕。道情薄。乖魂魄、動静龍虎盤礴。昧橐籥。怎鍊玉爐金水結，無丹體、何能雲步樂。儻還剔透玄機，會蓬萊約。

無俗念

一呼一吸，昧谷神、玄牝綿綿踵至。聚散忙忙乖造化，根蔕懸懸遠離。上下無歸，往來失御，不向三宮施。內迷歸腠，意因執定一位。外灌四體皮膚，浮行散亂，蠢蠢難安置。壯觀渾身多震動，變易千般何啻。意不灰寒，形不木槁，性命雲泥異。禪功鬱結，怎成陽體純粹。

江梅引　氣邪歸正

浩然氣動混元功。契修崇。運清風。透徹三關，上下自然充。腠外浮遊收入內，盡一指，都歸玉路中。神迎天谷傲晴空。養沖融。得疏通。體了無縈，澄湛證參同。物我兩忘真豁暢，無爲理，至圓成顯聖功。

又　神邪

四肢氣散失根芽。作神邪。發空華。異物千般，目下亂如麻。一切聖賢隨意現，總變化，都因一念差。不知心病尚强誇。景無涯。事爲嘉。特昧玄通，道眼被塵遮。不作真禪成魔境，陰陽隔，看如何鍊玉砂。

又　神邪歸正

靈襟澡雪蔑塵污。幻形刳。外容愚。恬淡場中，馳驟道情娛。一氣制神神酩酊，乘醉舞，金童玉女扶。玄機真造志勤劬。蛻凡軀。入虛無。恢廓圓明，性月一輪孤。冷浸禪天風霧静，冰肌彩，傲澄澄晃玉壺。

又

景忘情滅萬緣疏。覽滌除。道情舒。把握權輿，神息動徐徐。將養靈臺山岳靜，常默默，調神定有餘。森羅真境傲華胥。顯元初。妙如如。無像堂堂，模樣契沖虛。飛舞遊嬉無罣礙，狂歌詠，恣欣欣類接輿。

又

萬斛不作一靈孤。妙容模。契虛無。覺海縱橫，獨耀越驪珠。雲静水寒無點翳，清淨體，穿山透壁殊。無人野上傲雙鳧。奮天衢。翫仙都。一點圓明，變化不能拘。腹實沖和懷美玉，密藏匱，更不求善價估。

月中仙　賓主互换

索妙修真，分元神作賓，一氣爲主。玄機不昧，憑坎離精粹，權衡三五。浩然成造化，銷尸魄、純陽結聚。七返真陰降，功全攝迹，歸本認元祖。鍊神合道冥冥，始真空體露。實相難覩。無窮變化，顯性珠如意，恢弘光吐。獨超三界外，令清淨、騰今跨古。反換賓爲主，首提究竟功德普。

又

志士窮元，派浮沉動静，體用分別。神初象客，藉氤氳爲主，應時提挈。杖頭挑日月，斡天地、推移氣泄。北斗南辰轉，輝輝洞天，深處木童悦。而今主掌專權，證陽極返還，陰降時節。真功造化，顯本來體段，清輝冰潔。焕然無點污，罊三界、十方透徹。一混希夷化，不空不有無生滅。

武陵春　欲界

欲界谷神初剖判，情逸混沖融。太一雲興帀地風。嶽頂雨濛濛。造化陰陽昇降應，八脉醴泉通。琴韻琅琅聒耳聽。絶念醞奇功。

又

一氣始方離混沌，八卦九宮期。羅絡壺中媾坎離。

消息浩充肌。斡轉旋璣神寂定，龍虎甲庚頤。性普三宮造化奇。默默入希夷。

又

嗜愛頓忘情不縱，去智道頤形。心跡交時醉半醒。子母聚黃庭。九氣天中鳴玉韻，晝夜不曾停。斷送仙童入杳冥。變態奮威靈。

又

心樂澄澄時靜應，陰裏媾陽精。颯颯和風海底生。六腑九宮盈。一氣混挑罡斗轉，天谷至神迎。慮念俱無淨德成。咫尺傲鵬程。

永遇樂　色界

心慮灰凝，妙圓德備，威儀無缺。杳杳禪安，冥冥色礙，壺裏風光泄。雲霞來往，虎龍吟嘯，捧弄木童神悅。廓胸臆、洪飲沖和，坦蕩醉吟時節。笙歌鼎沸，鸞凰風舞，縱橫自在行列。滿目祥光，盈空瑞靄，隱隱飄紅雪。拍懷冰瑩，充襟月冷，壯貫道情明徹。傲真境、真樂真歡，出塵妙絕。

又

機括獨行，猶然形累，莊嚴神正。諸漏牢封，萬緣齊剪，豁達開心鏡。禪關打破，壺春深入，萬象拱環七政。天河轉、月窟光飛，低襯碧霄相映。純陽束體，瑞雲高臥，輕清拂面風勁。歡樂無涯，變通難約，時復狂歌詠。笙簧繚繞，雷霆鼓潤，做弄木童餘慶。冥冥證、一點圓空，至清至靜。

長思仙　無色界

命還空。性還空。物我雙忘闡慧風。冥冥一混同。運神功。契鴻濛。反素靈光天地中。虛形處處通。

又

定心惺。識心停。主客同宮湛湛寧。人牛不見形。性真靈。像真靈。動靜無爲混杳冥。圓空上下經。

黃鶴洞中仙　頑空

深染頑空病。未識修真命。徒昧陰陽變化機，密翳真心鏡。念斷爲見性。正是沉空淨。不鍊成丹妙體全，久久難歸聖。

又

性命根基奥。道本陰陽造。孤守靈光一點清，殆失觀天道。三盜宜深討。四象當逆考。奪得乾坤造化權，結就圓明寶。

一剪梅　斷空

奪得周天火候煎。丹鑪晝夜，煮汞烹鉛。海源江岸氣噴煙。繼日奔騰，通貫三田。不悟冥冥入定禪。神離氣散，子母難圓。陰陽失媾昧玄玄。九載三年，不見壺天。

又

一氣昇騰寶鼎煎。相交水火，玉路飛鉛。不能神定兩團圓。隔若雲泥，難契重玄。切要澄心剿萬緣。自然性命，混合歸禪。陽魂變化恣昇遷。百日千朝，雲步壺天。

望海潮　真空

真空根蒂，全憑神息，分開五蘊精華。和暢六神，氤氲三島，天河浪泛靈槎。乾鼎煮丹砂。正雲駕坤牛，風送羊車。密運黃金井，成燦爛，結瓊華。滋彰極妙生涯。放空圓顯理，玄覽無瑕。純粹一真，通天透地，恢弘無障無遮。方寸括河沙。恣與陪風月，醉卧煙霞。箇裏真消息，偏分付，道人家。

又

形神俱妙，靈通無礙，卓然獨立玄玄。顯理箇情，空色無閡，揭爲究意因緣。祖意密空傳。自心境俱冥，智解都蠲。一段真清淨，廓神變，出坤乾。恢弘妙體空圓。露如如無像，高傲禪天。烜赫慧光，崢嶸實相，森羅法界無邊。契道奮威權。已打破虛空，劫力難煎。擘碎輪回殼，拉真一，度流年。

老君吟　三千功

清神奪鳳髓，止息收烏血。六陽飛宇宙，五氣通關節。雲雷風雹，擊向三天降冰雪。瑶山海嶠噴紅霧，赫赫如晴，晝性光明徹。兩情結。禪天齊物變，意寫成歡悦。陽魂全造化，號真功功妙絶。三千數合無圓缺。神超歸物外，永離生滅。

又

靈風透骨髓，秀氣盈肢節。抽添離與坎，動静相交設。符數周天，造聚陰陽氣神結。黄庭錦帳渾孕瑞，變化陽魂，勝地天通徹。細分别。三千真造化，消息玄黄泄。性光無點污，瑩如冰攄澡雪。頓超三界真歡悦。歌吟遊閬苑，道情清絶。

又　八百行

靈源無點污，常應常清淨。陰陽已罷交，子母同宫慶。沖虚葆真，一廓圓明輝心鏡。頭頭照破歸寂滅，妙用弘法，海變通無竟。具真行。慈悲形道本，慘怛心無爭。普施咸利物，執謙德爲權柄。圓成八百無漏果，頓超雲步穩，脱凡歸聖。

放心閑　返老還童

地水火風。裝成四大，到頭衰老成空。死生蟬脱，憑據妙用修崇。合天地、推移真造，陰陽運、匹配雌雄。神胎剖判，氤氳聖體，輕健還童。養就如如，玄皇消息，匠至虚、法像靈通。密藏浩氣，廓變化，體無窮。恣烜赫、元初模樣，跨鸞鶴、笑傲天宫。縱横自在，顯超凡入聖，千古清風。

又

一氣玄功，三奇真造，本來玉貌修完。混歸寶藏，密蘊九轉神丹。傲陽體、堂堂實相，棲真境、坦蕩天寬。從渠日月，忙催四大，迤邐衰殘。物壯難留，假軀易失，獨卓爾、一點冰寒。恢恢聖變，奮飛舞，恣吟彈。伴雲外、清風明月，放宛轉、隱顯多般。還童不老，任災臨劫運，無像神安。

無俗念　火候不正

周天火候，要昇沉飛伏，無差無錯。氣運前昇穿絳闕，透上九天燻烙。兩目難開，終爲大患，急急須臾撥。遷延歲月，變成魔境淪落。六神失御猖狂，三尸放蕩，五賊俱成惡。要鎮炎炎歸玉路，深入神宮恢廓。三盜循環，相交水火，鍛鍊成丹藥。驅馳歸正，得醇賢聖糟粕。

感庭秋　全真

陰陽悉備道風淳。精粹保天真。分擘剛柔動靜，鍊九還、丹體清新。扶持一性已通神。觸處露全身。了了三空無礙，混太虛、體淨超塵。

又

志通天地媾精神。消息葆全真。造化玄黃極妙，鍊九陽、魂變逡巡。西來祖意坦然伸。無礙法門親。應化河沙周普，露妙圓、糟粕清醇。

又

如如徹底性圓明。三昧理研精。縱使頭頭應顯，是一靈、陰魄神情。玄機須悟志澄清。丹體鼎煎烹。養就純陽法象，性命全、永保無生。

以上會真集卷之三

春從天上來

名利如何。歎六朝七國，五霸山河。幾多興廢，一夢南柯。光陰暗裏消磨。悟雲山煙水，好歸去、策杖披蓑。任春秋，樂調神養氣，行止蹉跎。家園雪梅火棗，醞玉壺瀲灩，滿泛金波。爛飲醺醺，神遊雲外，真樂自在吟哦。伴清風明月，通天爽、飛舞婆娑。泄沖和。證鴻濛體段，超彼波羅。

其二

返本修真。待一陽初動，五氣全伸。金童施義，玉女弘仁。剛柔消息成姻。會黃庭仙館，慧風引、宴拉諸神。瑞煙濃，泛瓊壺雪浪，烹點鉛銀。冰肌爛霞帳錦，膾三奇光射，瓊蕚清新。體膩蘭香，魂飛羽健，陪從道德爲隣。傲太虛寥廓，真清淨、不變長春。性中珍。輝十方三界，元邁冰輪。

水調歌頭

沖和養真命，神耀破昏衢。水山明秀雷澤，深處孕玄珠。七曜北辰樞紐，燦爛金華氣結，槁木得重甦。靈腑風煙静，嶽頂月輪孤。透三天，滋九鼎，飲瓊酥。華胥笑傲，陶陶沉醉玉童扶。窈窕芝軿鶴駕，馳驟純陽聖境，宇宙不能拘。寂閴先天貌，隱顯混虛無。

其二

慧風掃魔障，寶劍剿輪回。內澄神息驅逐，甘露灑靈臺。四象五行三一，聚鼎煙凝橐籥，鼓潤發雲雷。水泛金花折，火養玉蓮開。應符數，合九六，契三才。資成健體，清風明月久追陪。杳杳冥冥精變，一混希夷道化，神用顯恢恢。髣髴歸極樂，咫尺翫蓬萊。

解愁

今古常情，多强侮弱。蠻觸是非成惡。上天垂孔監，定富貴理無適莫。決烈英賢，總不如訪道德，至虛清樂。旋調燮、木液金晶，九重玉闕，鍊玄霜藥。光灼。滿室輝華，顯陽體飛行，變通難約。放懷明月下，恣酩酊、玉童斟酌。萬籟聲清鳴管籥。傲物外、澄澄寥廓。放祖意獨暈，禪天透徹，占得最長生着。

滿江紅慢

勘破榮華，提智劍、急逃生死。要黜聰、隳體虛室，內專窮理。綠水青山成伴侶，清風明月爲知己。得自歌自樂樂天真，真常美。胸襟静，神情喜。從舒卷，恣行止。肖孤雲野鶴，往來難擬。釋氏真風勤整頓，淨除諸障如頑鄙。醒圓明、一點證菩提，功超彼。

其二

志士窮元，憑決裂、豁開塵網。務理神、和暢真素、內純恬養。一氣氤氳成造化，九宮上下通來往。運三光、臨照晃乾坤，華英長。金光燦，心燈朗。常清淨，絶阿黨。盡頭頭能顯，劫來形像。非外非中真境露，不生不滅通天爽。已虛空、打破脫輪回，遐齡享。

燭影搖紅 贈高瑩蟾

心冷狙徒，志循教父尋宗祖。上天秘訣始恢弘，冰雪充靈腑。封閉庚金土釜。定陰陽、斡旋子午。應時昇降，造化希夷，三光明吐。性命相資，地天交泰分賓主。湛然昏默契神功，法像周沙普。此理君休輕侮。莫貪愛、縱心踰矩。一朝功滿，三島同歸，名超今古。

其二 警善惡

大道門開，正當甲子天元數。三清仙院列名科，精選須超度。此出幽人理悟。棄榮華、浮雲不顧。鑿開圓覺，打破虛空，梯登雲路。愛海愚流，樂歸轂觥沉諸趣。冥冥深夜昧三光，手足渾無措。縲紲鄷都難訴。恨修遲、迷途失步。相躋真境，動扯清風，何時能遇。

繡定針

道忠告。想射日回天，到頭虛耗。曠劫沉埋，名利氣財識破，餘風一掃。寸心清操。會得過、箇中三盜。斡旋星斗，銀河運轉，浪傾丹竈。玄黃氣相導。結地髓天精，蠢然騰倒。烹玉燒金，神化至虛，體合希夷深奧。彩雲高蹈。露妙體、真空長傲。這些風味，咫尺世人不到。

其二

釀金醴。灌上下三田，劫塵一洗。養浩師軻，貧樂慕回情逸。泛湖襲蠡。內攄愷悌。傲妙苑、道風濟濟。滌除心照，無離抱一，致柔循禮。胸襟冒雲陛。盜月殿蟾精，日宮烏髓。二物相資，烹鍊玉霜，滿室丹霞光啓。變成玄體。諒作箇、陽魂頭抵。步風超越，不在九霄境底。

水龍吟

沖和牧養循天數。暗契運行躔度。陰陽戀態，風雷雲電，相凝作澍。點滴靈源注。遍澆溉、宿塵難污。顯曲江瑩静，烏擒玉兔，桂柯宿，吐紅霧。二氣氤氲結聚。散金光、三山密布。鍊成健體，童顔滋潤，飛行餘裕。神變超塵，趣表清淨，真容全露。是劫來一段，通天活計，在人人悟。

其二

乾坤利判陰陽位。樸散氤氲成器。母懷子腹，兒因母産，杳冥分瑞。體化成純粹。廓神室、雲收塵累。現風清月朗，金童飛舞，傲嘉山，景奇異。宴罷歸來沉醉。到華胥，玉闕猶閉。劈開壁帳，主人邀我，密傳祖意。豈有三空，體顯清淨，圓明不二。放縱横自在，無縈無繫，與虛空類。

其三

慧驅茅塞開心地。氣養氤氲純粹。三奇聚鼎，炎炎火裏，丹花吐瑞。海底上清吹。異香噴、芳姿肥膩。被木童拈弄，飛行無礙，寶光襯，彩霞熾。奥室清涼常媚。廓胸襟、冰霜光被。煙消火滅，雲收霧斂，頓成不二。頭角逍遥，事混河沙，光塵不異。這元初妙有，清虛法體，證菩提位。

其四

至人主掌修真柄。格外玄言究竟。澄澄沉慮，綿綿至息，氤氲真性。一混炎風勁。五門開、三奇光並。動盈虛時候，陰陽變泰，顯真造，契天命。整頓神情中正。現長春、風光卓敻。爛霞萬縷，煙嵐一派，盈空澄淨。遠近樓臺，映奮雲步，逍遥歌詠。傲清涼法界，安閒活計，證無爲聖。

瑞鶴仙

衷情崇淡薄。蕩浮萍、縱跡逐波淪落。聰明總不作。念掀天富貴，夢驚爲錯。猛揮愛索。訪餘裕、真風綽綽。谷神寧、緩息通真，元氣動，符槖籥。
揮霍玉鑪金鼎，火衮雲翻，妙娠丹藥。神魂剔撥。成純粹，體恢廓。向冥冥杳杳，湛徹壺天，領略清風逸樂。混虛無、真淨真清，了空一着。

永遇樂

妙契天輪，斡樞七政，玉衡旋轉。潛運昇沉，推窮造化，一氣三奇變。龜精蟾髓，鸞精烏血，滚滚鼎中烹鍊。玄珠結、金蕊鮮妍，噴起九龍光電。嬰投金室，姹歸銀闕，笙歌鬧簇清宴。翡翠幃低，珍珠簾卷，喜氣祥雲銜。冰寒天闊，風清月皎，顯出本來頭面。圓空廓、無礙神通，太虛撒遍。

其二

蝸角功名，蠅頭利賂，慨然除勦。唾手提鋒，剔開關要，箇裏玄元曉。迷雲瓦解，禪天冰瑩，頓露月明風梟。印千派、緑水澄澄，普浸一輪皎皎。卓然獨立，圓融模樣，邇遐一混不擾。來往分明，斷常都泯，吉應陽魂兆。清涼彼岸，妙明活計，坐臥玉花窈窕。巍巍證、無漏功圓，聖機了了。

其三

智劍剛鋒，百魔勦退，膽驚心顫。猛虎生擒，蛟龍活捉，撒起威神變。雷轟鐵鼓，蛇飛金電，衮衮亂雲噴霰。徹江海、洪浪衝翻，兩獸正當死戰。三山火迸，九天霞燦，罩籠寶藏光現。瑞色千條，黄金一點，壺鼎頻頻鍊。烹成瓊蕊，肌膚雪樣，顯出玉人頭面。木童喜、相拉歸來，異香滿院。

其四

一氣氤氳，斡旋宇宙，萬端神變。造化昇沉，東西顛倒，金木情相戀。紅霞千縷，金光一派，應是日歸蟾殿。異香襯、丹桂争輝，六陰九陽習戰。雲收雨散，風清月朗，始見舊時頭面。靜裏加恬，閑中沉慮，法界從遊宴。網疎銀漢，關開鐵壁，隱顯變通難見。無中有、體混河沙，妙場業擅。

神光燦

悲歡歇念，動靜刳心，無人野上恢恢。秀氣融融，巧醞鼓潤風雷。發揮地天變泰，作甘霖、法種蓮開。顯嘉瑞，向黃庭錦帳，妙産神胎。靄靄祥光罩體，九龍水浴出，捧上瑶臺。笑傲長春，笙歌鬧送金罍。景簇瓊英燦爛，醉乘風、飛舞徘徊。得真樂，料前途生滅自摧。

其二

神功造化，斡轉天輪，閑中默契真修。照耀三光，推移五氣添抽。北斗南辰圍繞，捲銀河、萬派波流。玉闕啟，運三車衮衮，齊駕金牛。霹靂轟驚宇宙，紅光迸山川，電掣無休。布設黃芽，霞罩鳳闕龍樓。定結圓珠無價，木童喜、祕密牢收。這模樣，拉虚空證果到頭。

南歌子

洞鎖猿馴靜，韁收馬不顛。氣凝神聚契空圓。浩劫雲收，長傲自家天。皓月清風爽，祥光罩瑞蓮。木人石女共談玄。變態神通，物外證金仙。

其二

固蒂恢機柄，深根植化權。拈花摘葉總除蠲。引養沖和，上下貫三田。江岸和烏兔，丹鑪煮汞鉛。數成九轉聖功圓。體透金光，晃耀照禪天。

其三

絕念驅羣醜，澄心剿萬緣。內樞槖籥息綿綿。一貫三宫，經緯契周天。火力温金鼎，明循六百篇。烹成二八體方圓。隱映祥光，綽約傲飛仙。

其四

燭點心光吐，雲收性月輝。一壺冰瑩振風威。萬象參羅，魁斗斡璇璣。造化無爲理，恢恢道化巍。冥冥杳杳契天機。鳩僝神功，法界步雲歸。

其五

靈腑諸塵淨，民山一氣生。三田晝夜鐵牛耕。鼓潤風雷，金井長瓊英。火力憑加減，冰肌應候烹。圓明方寸鬼神驚。悅暢仙童，餌訖恣飛行。

其六

極品輕肥貴，金章列鼎雄。掀天聲價暫時中。電轉星飛，身沒氣隨風。唾手驚前拙，裝愚不作聰。元陽真秀緊修崇。九九功圓，平步翫蓬宮。

其七

大藥西南採，調和東北隅。火龍水虎奮天衢。七政樞機，斡轉運瓊酥。月窟噴香麝，冰壺迸玉珠。金童拈弄謁仙都。喜動天顏，賜壽等虛無。

其八

氣射秋光冷，胸藏麗色風。騰身宛轉離龍宮。趣造蘭庭，笄歲喜和同。跨虎清溪裏，驅烏皓月中。攢完鼎鍊藥成功。揮霍神通，無礙傲真空。

江梅引

玄珠吐瑞電光飛。透簾幃。遶璇璣。倒捲黃河，風浪湧神威。子後六爻陰復降，成七返，仙童展羽衣。浩然恬養道巍巍。主無違。客同歸。不見元初，萬象境依稀。湛入希夷常默默，全體露，證鴻濛，一點輝。

其二

猿顛馬劣論修真。最艱辛。道難親。要箇惺惺，慷慨脫凡塵。推倒恩山心裂碎，樂雲水，歸依德有鄰。坎離真造養元神。曲江濱。藥苗新。醞就瓊田，富國已安民。壯觀九陽玄體健，揮法界，表巍巍，道化純。

其三

黃裳元吉縱金風。擊疎桐。退殘紅。萬物歸根，祖意證圓空。兀兀時當明西令，黃菊綻，秋香滿玉叢。登高聖會興無窮。醞金翁。聚仙童。爽氣盈襟，沉寂內靈通。高傲無爲真自樂，顯本體，振巍巍，萬古雄。

其四

無明咬斷契真修。度春秋。志清幽。江月光飛，冰彩耀神州。萬劫雲收明祖意，眉毛剔，齊偕萬事休。混融性命妙機投。兩綢繆。恣神遊。湛湛真空，天地轂難收。通變罔極非内外，太虛體，廓元初，氣艷浮。

採桑子　贈王姑

性弘定慧空消息，虛谷傳神。無象天真。拍塞乾坤貌至純。歷年無礙圓明相，不變長春。祖意明伸。陰粹陽精身外身。

其二

性珠瑩徹禪天月，三界流光。四海呈祥。氣會神交降玉霜。靈芽勻漬金花綻，透體清香。廓噴明堂。歷劫宗風道化昌。

其三

慧光剔透茅心鄙，絶慮忘情。形靜神清。捧出圓空一點明。驅雲掃霧神機勝，出入縱橫。實相難明。揮斥光華耀八紘。

其四

志樞動靜勤朝暮，特翫屯蒙。消息玄通。橐籥吹噓契太空。匠成伏火純陽體，法界沖融。造化真功。宇宙都歸掌握中。

緑頭鴨

道風清。武籬交互經營。聚三天、合和兩地，斡元宮、真氣流行。變剛柔、游龍牝馬，應七十、二候生成。走玉飛金，噴煙吸霧，相交水火迅當鳴。六陰散、三陽鼎聚，丹品秀華英。香風襯、金光透體，幾縷霞明。頓開基、頭頭性顯，徹大千、沙界縱橫。拉輕吹、徘徊踴躍，步雲霄、體段峥嶸。非色非空，不增不減，海珍如意吐真晶。罄内外、光華無礙，神用六通迎。先天貌、功成蕩蕩，無復能名。

其二

體希夷。谷神玄牝爲基。氣回蹙、三千六百，迥雙關、風浪漣漪。遶金城、泥牛拉鳳，度玉徑、木馬參龜。七返歸真，九還復命，孕成魂聖瑞煙彌。念般若、不迷三昧，得岸證無爲。超真境、紅光素艷，出入相隨。洞天瑩、清微灑落，恣陽魂、輕健風馳。抉神耀、無涯炳輝，總輝開、千古容儀。清淨風光，沖虛活計，浩然一點頓無虧。放聖變、通天徹地，珠顯露摩尼。如如相、騰騰兀兀，處處瑤池。

雨霖鈴

萬緣心歇。放神情和暢，痼疾蟄窟。清虛道業修崇，蠕神息、運無倉卒。七曜迎真虛室潔，冷輝冰骨。鎮九天、十二樓前，五氣騰空帳金闕。高提慧劍仙童謁。迸寒光、尖鋒挑日月。收藏炳耀精華，聚壺鼎、激玄霜發。有物生成，無上妙、總歸恍惚。廓性海、浸潤無爲，綽約三空越。

其二

乾元資始。偶坤柔成物，默契天癸。推移造化清虛，運三要、五行神水。九氣騰空六陰靜，潛生煙紫。顯降昇消息還元，玉窟三花吐金蕊。虛皇寶藏風琴美。送青娥、離宮宴赤子。螺盃灩灩香浮，恣洪飲、寫真情喜。物外巍巍，陽體露、出離生死。相曠代、販骨輪流，了了今生止。

以上會真集卷之四

驀山溪

元來一點，本也無生滅。逐景落陰陽，匠成形、頭面轉別。五濁惡代，八苦鎮交煎，生還死，死還生，生死何時徹。教君省悟，志奪玄黃訣。七耀貫三奇，斡珠璣、推移氣泄。九還七返，藥配按時烹，黃金窟，綻瓊英，五氣飛紅雪。

醉落魄

齋心養浩。斡顛倒五行真造。靈風上下牙三島。功契周天，真一內深抱。有形資養無形道。無情醞就有情寶。扶持體健神永保。獨露禪天，心照月光皓。

金盞子

鎖猿心。慮沉沉。冥冥杳杳玄機運。南天火，北淵金。開汞鼎，虎龍吟。滋九氣，剥羣陰。酒勸斟。韻風琴。斷送木童洪醉飲。六腑暢，五神歆。濟聖域，脱凡襟。清淨體，鬼神欽。

其二

保天真。養元神。調和二物東陽醞。循天數，應時辰。抽添謹，起庚申。烹汞蕊，鍊鉛銀。八瓊新。雪肌匀。紅雲匝地香風動。西來客，意精純。華胥夢，夢遊春。歸物外，露全身。

其三

扣玄關。步雲山。花光石潤松風軟。琴解愠，酒開顔。衷情逸，放心閑。諸境滅，我獨頑。九陽還。六陰刪。收藏八寶金光滿。融體耀，彩霞殷。相實相，太無間。迎仙客，越塵寰。

其四

剿塵情。慧風生。天關地軸爲權柄。玄機運，斗樞行。蟾兔髓，日烏精。壬府聚，玉鑪烹。秀華英。萬神清。三台六輔天宮慶。飡玉液，醞真精。歸覺海，混圓成。觀自在，貌崢嶸。

其五

翠嵐時，疑晴之誤緑波清。光浮草屋松窗靜。碁旋著，膝琴横。閑唱詠，愜真情。貧自樂，勝公卿。寵無榮。辱無驚。靈臺將養消息勝。禪月淨，性珠明。三昧解，六通精。無上道，證圓成。

醉蓬萊

混元形一氣，位析乾坤，樸分呈瑞。曠劫難逃，被陰陽相累。頓悟回、光合和金，木簇坎離精粹。瘴海風高，雲行雨施，丹基匀漬。九會三期，六爻數足，奇偶相乘，谷神離器。透上崐崘，拉清風遊嬉。

偃仰安閑，白雲堆裏，任陶陶沉醉。看破虛空，行藏綽約，神珠如意。

酹江月

鴻濛一氣，運天樞魁斗，斡旋星象。日月躔移分進退，定立朝昏弦望。四序循環，陰陽調燮，造化功無上。含弘光大，匠成品彙咸暢。神用剖判乾坤，生成應候，七九功歸向。虎遶龍蟠吟嘯曲，江岸聲鳴風浪。將養神胎，奔騰聖變，法界真情放。玄中珠顯，廓開光像無量。

其二

真心徑寸，括太極分瑞，玄黃交結。造化中間消息聖，日月虎龍羅列。釜下紅光，勤交文武，進退依時節。烹成金蕊，密攢丹體冰潔。沖和國裏人安，天根默契，沉靜真如悅。珠鑑晶光牛斗射，耿耿清輝霜雪。萬劫雲收，多生塵斂，心法渾雙滅。無言可說，慨然脱底明徹。

南鄉子

萍梗涉天隅。遣累刳情物物無。漱石枕流甜養浩，勤劬。拈弄龜蛇入玉鑪。黑水産金珠。曲岸紅霜潤點酥。體罨寸丸丹品妙，無虞。馳驟神通日月壺。

其二

進退兔和烏。驅入乾坤造化鑪。少減多添循度運，情娛。巧鍊丹凝體不枯。性養點塵無。放蕩空圓傲玉壺。應物頭頭無罣礙，形殊。密蘊摩尼不夜珠。

其三

符火應周天。加減無差達四禪。潛養鐵牛噴玉蕊，功圓。換骨回陽證妙玄。般若有因緣。超上波羅意坦然。穩駕神舟歸極樂，塵捐。清淨心攄出水蓮。

其四

默默有如愚。一氣氤氲日月鑪。玄牝驅馳三性

藩衛。珠孕玄冥煥赫。顯魄鍊、雲英蟬蛻。出入杳冥，無礙混通三際。

瑤臺第一層

暑往寒來，被日月循環進退忙。春秋更變，枯榮迭運，幾換風光。人生催促，斷送沉腰，皤貌俱尫。至無常，有滿籯金玉，救護無方。參詳。輪迴猛悟，豁開心地養元陽。手搏天地，身生萬化，空界遊颺。死生揮斷，跳出世網、真相清涼。道情昌。證三時了了，千古堂堂。

月華清

一點靈光，千迴淪落，四生六道遊遍。苦海淹流，幾許改頭更面。諒四大、虛幻無根，出沒甚、流星飛電。無限。遞來往奇臭，枯榮遷變。識破般般不戀。悟夢蝶燈蛾，超生業字疑衍專擅。密扣玄關，摧挫寸心千鍊。鍊得顯、元初灑落，展入地、昇天體現。一貫。傲神通揮霍，清涼風扇。

鶯穿柳

觀天能盡，向三山四海，氤氳風趁。金木玄冥，雲聚一時，六卦火記潛進。七返功宜緊鍊，丹質蕙蘭香陣。到此鬼神欽，不許三尸親近。塵情碎爲殘粉。潑無明恚火，翻作冷燼。智藏揮開神耀，占上清選院。名科精俊。實相崢嶸，障步虛際，爛霞光襯。體顯九陽，騰出塵堪信。

百寶粧

雲水閑情，松筠雅操，根究入道真訣。掃霧驅煙，磨鍊志如鐵。慨然不改簞瓢樂，廓愚谷，聰明養素拙。放胸襟，取興狂吟，奮筆楮面揮徹。虎龍發怒，盤旋萬丈，艷噴詞翰，摛錦清絕。靜裏功夫，神用至靈泄。如如性月。光全露，表耀古明今圓若缺。混希夷一氣，縱橫八表，真體無別。

定風波

功鍊心開智藏圓。靈明一點邁嬋娟。物外崢嶸惟獨步，玄玄。不空不有貌難詮。觸處全伸無礙相，虛空打破應無邊。喜脱輪迴今度了，功遷。九玄超上太微天。

其二

悟結清涼浩劫因。生涯淡薄出囂塵。物物般般心上離，思純。克勤虛谷養元神。接物和光循德柄，無方應變任天真。豁落圓通精三昧，懷珍。道人才調特清新。

其三

一寸丹心碎鍊摩。揮開智海息風波。林下樂投甘養素，中和。放開心月照娑婆。澄淨內全三聚戒，安閑身富六波羅。隱顯神遊渾飄逸，無何。青霄物外恣蹉跎。

摸魚兒

養疎慵夢驚俗態，浮雲富貴虛矯。高提寶劍霜姿冷，蠻觸是非齊剿。猿馬夭。世務起、心頭絆迷相縈擾。冰襟洞曉。樂淨境行藏，善芽茂養，飲水識多少。真氤氳，定海心珠皦皦。凜然雲外寂悄。離塵瑞孕丹基造，麗蝃蝀神光，晶真了了。破千古昏衢，放徹禪天皎。魂飛杳杳。恣盤礴清微，遊颺法界，出露儀表。

轉調木蘭花

氣融和，風韻切。龍蟠虎遶，戊庭交結。温存寸體縈春雪。神光月樣，九天輝徹。照破迷雲魔陣滅。三台六腑，八關冰潔。純陽體證無爲訣。優遊法界，道情清絶。

六么令

觀天造化，進取慕希夷。剛柔中正扶持，五蘊樂無爲。靈育九陽嘉瑞，坤殿坎交離。日中彩鳳，翱翔江曲，萬重水底覓烏龜。紫霧彌漫嶽頂，消息結冰肌。巍巍體段清涼，風韻六神頤。豁爽三光洞照，海角恣棲遲。雲間偃仰，陶陶無繫，朗然恢廓舊容儀。

愛蘆花

心開五對忘，性逸六情絶。氣神形變化，首級空飛血。功旌丹品瑩，産陽魂，奮威烈。始終不變實相露，貫通無内外，貌難分別。出生滅。縱横清淨體，無像天中徹。究竟真法眼，剔眉毛纖翳抉。輝開萬古清光潔。圓明物物顯，了然如缺。

以上會真集卷之五

劉志淵

志淵，萬泉（今山西省聞喜縣）人。師事超然子王吉昌。享年五十九。有啓真集，署名金峯山通玄子。

滿庭芳

一片閑心，孤雲蓬跡，飄然不掛諸緣。九天池裏，滾滾湧靈泉。澆溉黄芽瑞草，吐清淨、光罩金蓮。真消息，清風匝地，透骨自綿綿。混融成實相，顯昂昂獨立，笑傲禪天。任陰陽運變，劫力難煎。亘古常存不壞，拉真一、法界安然。無生滅，淨明妙體，萬里一嬋娟。

其二　贈侯伯通善算法

天賦多能，縱横業擅，策量天地高低。數明日月，加減辨盈虧。山嶽明分廣闊，料江海、深淺皆知。方隅内，支分人物，一一見毫釐。廓開方寸徑，求一真趣，九九爲規。定身田精變，上下推移。共積三千數足，商除到、八百功齊。一乘妙，□□二字原缺拈下，實際總無遺。

其三　警墮道者

謾整巾袍，妄名清淨，放搽劣馬顛猿。利名叢裏，徒衒有因緣。逐浪隨波日日，不曾澄、湛靈源。堪嗟訝，閑模閑樣，辜負慕玄玄。爾心還自忖，怕空遷日月，鬢雪垂肩。好檢情攝念，慧種心田。認取元初靈覺，常耕道、獵德綿綿。功三考，形神俱妙，灑灑證飛仙。

水調歌頭

人道無生趣，日就月相和。高奔用顯烏飛，離外宿靈柯。秀孕蕊珠嘉瑞，光射銀蟾皎潔，顯現月中娥。相會瑤池宴，時復醉金波。　兩同宮，七返火，九成金。長生體就，一真安住傲無何。聚散冥冥誰約，出入惺惺由我，玄妙苦無多。大都方寸用，法界總包羅。

大江東去

人生最貴，禀五行真氣，千靈夙賦。首足方圓天地肖，反被陰陽陶鑄。秋月春花，昨朝今日，斷送紅顔去。前程路險，到時手足無措。　算來除却一身，輕肥青紫，總是閑家具。好把中間心裂碎，靜裏調和龍虎。孕出靈珍，天光内發，變作明珠庫。外融空界，卓然獨縱霞步。

其二

別山美玉，匠一合成器，乾坤體辨。兩斅明開分日月，八卦九宮齊展。方寸心存，斡旋真要，乙木金相戀。幽人得趣，便將乾象推轉。　微微騰倒元精，只憑眼下，暗裏興雷電。萬匝千回循舊路，迤邐亂飛銀線。馥郁香塵，味能實腹，淨體今相見。光飛如雪，這迴識得頭面。

其三

初功混沌，在機緘斡變，坎中一氣。潛發氤氳初出地，昇變陣雲呈瑞。電掣雷轟，陰陽交會，致作廉纖雨。帝川飛過，化成玉鼎神水。　溶溶九變生金，鍊歸離内，點化成陽體。神變離形攄妙用，獨擅幕天席地。兀兀騰騰，隨方應現，坦坦無拘繫。含融一體，頓然超出生死。

其四

天元教顯，正金蓮朵朵，開遍時節。士庶官僚咸仰奉，緣覺聲聞心說。悟者清涼，背之熱惱，多口明真訣。諸人着眼，照開千古心月。了知諸相皆空，不生妄想，當體能消滅。境界真實無染著，種種抑絶分別。萬境一心，現前孤覺，寂寂圓明徹。淨無可觸，太虛一體無別。

水龍吟

宦途馳驟心貪職。官事何時能畢。力饒射日，名高爲復，到今何濟。休道功名遂。好身退、緊尋歸計。啖古人糟粕，放懷湖上，泛扁舟，樂真味。穎悟安閑雲水，恣逍遥、坦然無累。豁天寬胸臆，調神養氣，無縈無繫。性命俱相契，露實相、混融三際。看自強手段，斬釘截鐵，把塵緣棄。

其二　贈李元法

綿綿一氣衝關節。熏蒸遍流百脈。聚歸乾鼎，象成龍虎，性情感結。精變高超越，功七返、九還無闕。鍊成大藥，通神顯用，覺香味，遍身泄。煥吐丹光皎潔。晃靈臺、一點如雪。常清常淨，無餘無

欠，圓明瑩徹。顯出真心月，射宇宙、了無塵屑。聳太虛法相，無生神妙，鎮千萬劫。

其三　贈楊道寬

名高三昧丹青匠。貌出玄元古樣。明金繪素，堂堂殊勝，本來真狀。寶殿嚴供養。攝諸方、羣魔膽喪。露説經消息，真風鬱鬱，感人人，總歸向。外肅威儀瞻仰。内須明、物離心上。些兒妙用，無爲無作，無中有相。變機無障。納十方、廓開玄量。契太空一點，虛無活計，壯神通藏。

其四

閑人閑樂琴書味。行胡朗反貨藥囊符水。頓然識破，沽名作解，蹉跎真計。枯木巖前累。要撇劣、諸緣總棄。剔開性月，時時不昧，忘神氣，養虛體。鍊就不空真智。向太虛、神妙成器。淨明體態，縱横恢廓，一塵無翳。圓覺融三際。具莊嚴、法身純粹。顯如如了了，真常安住，徹無生理。

聲聲慢

衡門養浩，匱玉藏輝，營營守拙忘機。手握乾坤，身生萬化維持。氣滚三田日日，斡一渠、流轉時時。百骸理，顯瓊漿止渴，玉液充飢。浴出元神妙體，契圓成，了了動静熙熙。不没不生，虚界體段無疵。卓爾惺惺獨立，傲空空、實際無爲。樂真趣，顯德風遠扇，道紀高提。

其二

玄關擊拆，抱一無離，知白守黑藏機。火運清風，三關過海輕吹。化液下成四象，作真汞、低浸華池。功九轉，證黄金體就，神室輝輝。顯現圓明正相，混人間天上，萬變神奇。不有不空，不受垢染成疵。獨擅念虚寂照，料本無、一物羈縻。真空用，顯輪回穎脱，智劍高提。

其三　贈王彦寳

瘦除人我，冰冷高低，唤惺今是昨非。檢教靈質，枉受萬劫沉迷。況遇真風大闡，要諸仙、選陀名題。顯一志，敢泥抛骨肉，屣棄輕肥。覓個煙霞妙趣，息諸緣妄想，落魄無爲。保護一真，洞照力盡嚴持。安泊元空妙體，顯靈光、出入相隨。前途了，決平登覺岸，穩步仙梯。

上丹霄

正陽生，歸癸地，氣沉沉。産陰陽、偃月中心。化形龍虎，應時交媾不須擒。共成三體，長黄芽、香滿乾鬵。音尋鼎也　性如珠，心如月，懷如玉，體如金。顯九陽、絶盡纖陰。本來實相，應機隱顯鬼神欽。太虚同量，瑩無塵、跨古騰金。

一枝花

玉壺金世界。日月同光彩。仙童爲活計，戀風采。覓藥川源，日日西南採。收拾歸碧海。始結金晶，九變還元不壞。熏透遍身香霧靄。湧出光明大。長生純體現，傲物外。可去聲界惺惺，動静都無昧。

一體含融量，括古包今聚散，無罣無礙。

一剪梅　與張三老善友

春去秋來染鬢斑。日將月就，斷送朱顏。鉛虧汞水海源乾。亢盡瓊酥，枯損金蘭。好養三元閉五關。高奔日月，光射鼇山。結成圓寶雪霜寒。眼底如如，物外閑閑。

行香子　李會首問道

大道無形。强立其名。判五氣融攝生成。貫通六合，總括羣靈。本無情，亦無臭，又無聲。人悟勤行。造化無生。要灰心、杳杳冥冥。不空不有，妙體縱橫。這真常，騰今古，獨惺惺。

其二

妙道勤求。樂以忘憂。要蝸名蠅利心休。六空罷對，一氣專柔。火無虧，水無缺，契添抽。百脉通流。四海周遊。漸丹凝、清淨光浮。虛無妙體，難礙難留。應無方，明物物，顯頭頭。

其三　問修行門户

道體平平。瞽者難行。覓邊徼、執法功精。貪遊異路，昧却前程。啓諸人，高着眼，認無生。湛湛澄澄，醞釀惺惺。啓天門、地户牢扃。陽昇邃路，高越神京。過層樓，歸空土，結丹成。

其四

妄認苦蘊。汩礙胸中。逐緣生、分別匆匆。好將萬境，同攝心宮。泯迷蹤，知諸相，體皆空。照見空宗。有用真空。顯心法、動作明空。崑崙頂上，擢弄虛空。這空空，無可觸，遍含融。

江神子令

金藏木性木藏金。體難尋。火生鬻。二物烹煎，庚甲定浮沉。返本還元真體現，魂魄聚，淨無陰。九陽消息自來臨。耳鳴琴。運清音。喚出靈靈，越古與超今。遍界遍空無不是，顯了了，這真心。

其二　西山隱者相訪

有緣相遇芥投針。話真心。死三陰。陽自漿成，瓊液不時斟。伴飲琅琅聲貫耳，無絃曲，肖風琴。

氤氳消息拍胸襟。九成金。鬼神欽。一混天光，變化體難尋。空似空中成妙有，心朗朗，慮沉沉。

其三

一江九曲虎龍奔。意雄雄。氣融融。帀轉崑崙，霹靂震乾坤。噴出金沙光的爍，明明相，混虛空。

法身縹緲性恢弘。變無窮。體無蹤。常應常靜，法界顯圓通。境攝一心空色混，無分別，契真風。

其四

曩甘聰黜體還隳。索玄機。守謙卑。地久天長，迤邐志遲疑。法弱馬顛亡羈勒，風花陣，恣奔馳。

縱横熟境意熙熙。慕臺池。騁輕肥。蕩散沖和，仙路隔雲泥。再展維持天地手，摶真造，長靈儀。

其五　賞菊

山寒木葉暈輕黃。氣封商。露凝霜。萬物歸根，逆氣送荒涼。唯有東籬黃菊綻，噴冰艷，吐清香。

分明圓相顯重陽。生中央。放金光。全露如如，神妙貌洋洋。覿面一時渾認得，心月照，覺相忘。

其六　與小李先待詔

人情膠漆道情乖。味靈臺。翳塵埃。不懼如山，販骨走輪迴。見在寶軀今不悟，千萬劫，朽仙材。

好收鈆住武都階。藥苗栽。結神胎。九轉功成，方寸蕊珠開。體混淨光從隱顯，隨眼底，是蓬萊。

江梅引　贈李元法

不驚榮辱總無憂。度春秋。得優游。打破播播，無物掛心頭。天内一天爲活計，調龍虎，恣盤旋，闘未休。紫金霜結有來由。晃三周。玉童收。法界清天，風月獨相酬。神妙器成堪中選，向仙院，奪仙標，第一籌。

其二　贈劉會首

粒食衣蠒苦貪求。鎖眉頭。利名搜。酷戀埏埴，爲器弄風流。謾到寶山甘空手，只坐守，這輪回，未肯休。不如返照一身修。馬猿收。汞鉛留。火爇丹爐，按候謹添抽。鍊就一真圓明寶，射宇宙，瑩無疵，價莫酬。

木蘭花令

兩絃中，藏真造。陰陽返復，坎離顛倒。二氣驅馳入鑪竈。烹煎按候，藥林不耗。異香馥郁風飄渺。金花吹綻，結成圓寶。淨明實相非草草。虛空一樣，大光融照。

踏莎行

寂淡忘機，恬然養拙。些兒妙處人難別。冥冥杳杳滌神珠，昏昏默默開心月。萬劫雲收，一天朗徹。清明淨體如冰雪。不增不減顯圓成，惺惺灑灑無生滅。

其二

動靜忘機，聰明不作。悟來總把塵情削。心燈挑剔不曾昏，慧光遍照彌寥廓。常淨常清，不耽不着。一真境上從盤礴。亦無牛像亦無人，卓然獨立攄真樂。

又　原調作靈壽杖

靈壽一枝，瘦同鶴脛。肌輕體赤幽人稱。住行坐臥不相離，穿雲過水常隨定。豁散迷津，指回斜徑。扶危助險通神聖。依時攪撥虎龍爭，尖挑日月乾坤瑩。

南柯子

體若虛空淨，心如泰華安。萬緣妄想不相干。正住無思，觸處得安閑。覺海神珠瑩，禪天性月寒。圓明不昧顯璠璠。放去收來，一點地天寬。

其二　與背道者

久靜還思動，情甘愛海迷。仙凡兩路似雲泥。從此相分，不顧上天梯。莫學鷦鷯志，營營戀小枝。北溟鯤量願君爲。咫尺成鵬，准擬奮天池。

其三　張道一問黃芽

陽動陰隨變，黃芽漸長成。參差五葉發黃庭。珠蕊苞開，放出紫金英。　始結神丹粒，清光宇泰生。從容透體縷霞明。內外輝輝，法界混惺惺。

其四

坐卧常澄湛，連綿緩吸呼。溫溫九氣聚鉛鑪。滾泛身田，晝夜飲瓊酥。　腹內三丹有，心頭一物無。養成健體契空虛。出没惺惺，實相現元初。

金盞兒

放心閑。樂林泉。山檀瓦鼎龍涎爇。寒罇興，冷茶煙。情湛湛，腹便便。陪遊鹿，伴啼猿。　淨靈源。火生蓮。清涼照見諸塵遣。明五眼，證重玄。珠瑩海，月沉淵。圓明相，應無邊。

解佩令　歎燈蛾

燈蛾種性。迷沉苦境。只貪尋、燭中花影。抵死身投，被爛炙、猶然不省。全錯認、流螢艷冷。　向明有意，因懷暗景。奈無功、忍死俄頃。識破炎光，不自炙、亡形亡命。落清涼、境中獨興。

其二

心清養浩。星塵無擾。近林泉、輪蹄不到。活計蕭閑，任盈門、苔蘚圍繞。有滿院、落花風掃。　鶴鳴露冷，猿啼月皎。日相陪、松花瑤草。受用無爲，也不曾、身外尋討。悟衣珠、目前蓬島。

浪淘沙

休執相皆空。徒滯頑空。勞勞不見有中空。空裏混成神妙體，空迺不空。　此理是真空。物物明空。念無念念不爭空。照見緣空成深智，方了圓空。

萬年春

靜聽身中，火龍水虎爭吟嘯。真奇妙。風浪聲繁，盤遶天光罩。　鍊結金霜，壺鼎推真造。成寶耀。地輝天淨，□原缺體無塵擾。

其二

活計安閑，日日風月爲真宰。心無掛。靜聽猿啼，似訴無生話。一味清涼，眼底無纖芥。光明大。內外輝輝，如託虛空界。

其三　中秋

秋夜銀蟾，一天萬里光如洗。清風細。拂拭乾坤，冰瑩無纖翳。星斗光沉，全露圓明體。白麾底。晃我神遊，親詣攀青桂。

武陵春　警執法

人自因言能悟理，得理要忘言。既得魚時莫執筌。筌執謾着鞭。閉口藏舌不作解，默默究重玄。專氣修心息妄緣。月冷照青天。

又　王小先問禪

法界一真心正住，當體滅諸緣。內外輝輝體現前。無地亦無天。取相於禪禪復遠，禪性月沉淵。動靜俱無鎮湛然。神用卽真禪。

南鄉子

七返降真陰。主換爲賓力不禁。神妙崢嶸三界外，俄臨。徹地通天耀古今。當體慮沉沉。鶴馭清風一片心。自北自南無罣礙，時歆。真樂真歡恣嘯吟。

望蓬萊

修真客，守弱志須剛。金鼎滿添留命藥，玉爐頻爇洞真香。心境總清涼。通玄妙，獨據法中王。諸魅羣魔俱爐滅，三陽九氣用兵強。觸處露堂堂。

又

涉塵客，念念苦貪饕。挂壁飛猱心縱樂，戰風劣馬意徒勞。熟境恣煎熬。甘執苦，心事冗如毛。爭似劈摧情擾擾，且甜耕道樂陶陶。生死路能逃。

採桑子

虛無妙道心堅守，虛自投來。氤氳成胎。靈質無中日月栽。時時自飲崑山酒，醉卧丹臺。令攝三台。萬劫迷雲一豁開。

西江月

一點陽生坎殿。兩絃風陣衝天。三關頂化液溥溥。四象真砂始變。五彩霞生鼎燦。六神和暢綿綿。七星司用總安然。八面玲瓏體現。

減字木蘭花

鑾觸非是。識破心顏如棄屣。痼疾雲山。猿鶴相陪盡日閑。一壺風月。清淨光明相照徹。內外俱空。無執空心觸處通。

又

忘機索妙。萬法皆空心上了。無徼無邊。一片清光萬里天。明明淨體。不放星塵蠅點翳。內外圓融。正住空空法界中。

長思仙

鼎乾坤，鍊雌雄。陰變純陽空像同。縱橫妙體融。風乘我，我乘風。風我相乘法界中。無形空不空。

如夢令

萬法心頭可可。偃月抽添水火。淘鍊結金晶，迸出圓明珠顆。證果。證果。一混虛空是我。

以上啓真集卷中

長筌子

長筌子有洞淵集，署名龜山長筌子。詩序有正大辛卯語，可知爲金人。

拋毬樂

道人心印悟來，自然惺灑。這妙用、玄關造化，神功巧筆，今古難畫。見壺中、不夜春光，有錦繡、江山相亞。處處花萼樓臺，秀吐香風，高聳蟠桃架。玩紫微絳闕，瑤池閬苑，豈羨世間，園林郊野。閑步鳳凰臺，聽一派簫韶，音韻清雅。任縱橫出入，靈空不用，玉鞭金馬。倚然卓立乾坤，看萬象、森羅青霄下。五明宮，玄珠會，妙體嬋娟姬姹。醍醐芝草，誰肯著、千金酬價。有緣得遇真師，點透靈通，常應無虚詐。賞聖賢至理，謙慈度日，更六根清淨，無爲風化。性月桂枝芳，放萬道光明無毀謝。把天機祕訣，勿令輕捨。

又

細開根基妙道，幾人深知。自大樸初分，剖散洪濛，畫八卦帝尊伏犧。辨百草、功顯神農，播稼穡、德布華夷。次後運啟軒轅，聖明宣教，諸方吐瑞芝。感遐荒奠枕，清寧萬國，更迤邐求道，七十餘師。從此闡淳風，降後代神仙出世機。既到今日，不悟羣迷。總被利名驅馳。獨余擺脱羈縻。任落魄、南北與東西。壺中景，真消息，三火烹煎坎離。杳冥恍惚，誰信有、純陽龍飛。斡開玉户金關，祥煙瑞氣，紅雲罩紫微。聽無絃雪曲，仙音韻正美，見日月配合，結就刀圭。功滿大丹成，便拂袖長生路上歸。住天宮快樂，武陵瑶池。

天香慢　梅

萬木歸根，三冬拔翠，曉來梅蕚輕坼。妬雪精神，清人氣焰，不許等閑攀摘。百花未發，獨占得東君春色。庾嶺斜横，秀孤芳，更妙機難測。西湖灑然至極。勝蠟黄愈增靈識。漏泄前村驛使，喜傳消息。解引詩人雅詠，對一枝金蕾，興自適。月浸寒梢，天香可惜。

燭影摇紅

菊綻黄花，月生碧漢清光皎。霜前雨後正芬芳，四海圓明照。朵朵争開爛熳，吐香風、騰輝天表。檻邊幽雅，空外嬋娟，依時呈妙。閬苑仙葩，蔣公二徑知音少。瑶臺寶鑑照娑婆，悟者頭頭了。好對東籬賞玩，射江山、虚堂靈沼。數枝金蕊，萬道銀霞，浮生難曉。

解愁

歲月匆匆，忙如奔騎。來往暗催浮世。愛河誰省悟，戲欲浪苦争名利。火院憂他妻共子。更不念、自身憔悴。你直待大限臨頭，恁時悔恨，又成何濟。活鬼販骨千迴，空勞壤紛紛，鬧如螻蟻。丈夫心猛烈，秉慧萬緣齊棄。劈碎凡籠無罣礙。任自在、翫山遊水。向林下、醉飲真風，坦然高卧，占清閑貴。

又

返照人間，忙忙劫劫。晝夜苦辛無歇。大都能幾許，這百年有如春雪。可惜天真逐愛欲，似傀儡、被他牽拽。暗悲嗟、苦海浮生，改頭换殼，看何時徹。聽說古往今來，名利客，空有兔蹤狐穴。六朝並五霸，輪他水雲英傑。一味真純爲伴侣，養浩然、歲寒清節。這些兒、冷淡生涯，與誰共賞，有松窗月。

滿庭芳

大覺光明，不須外覓，人人各有如來。浮生迷昧，販骨走千迴。鑿透靈源法海，禪河漲、風浪崔巍。泥牛吼，威音嘹喨，鐵壁起雲雷。菩提。無縫塔，林巒掩映，山色分開。任曹溪雪滿，漏泄紅梅。處處香嚴法界，休分別、祇樹蒿萊。真消息，孤峯頂上，石女繡莓苔。

又

微妙家風，非空非色，卓然無去無來。超今越古，悟者免輪迴。拈出長春聖境，瓊花綻、鐵樹崔嵬。誰知覺，丁翁夜半，震動九天雷。玄門真灑落，星樓月殿，愚昧難開。寥陽芝草，端的勝寒梅。方寸神機莫測，何消得、飛過蓬萊。玉霄閑客，未肯躡蒼苔。

又

決烈修真，殷勤辦道，萬緣識破皆空。太虛鼎内，默默養和沖。一顆靈珠燦爛，光輝似、月射千峯。

長春景，五雲台上，芝草吐香風。　這些微妙理，有緣端的，千里相逢。　纖塵不染，清淨是真功。　日用頭頭不昧，超生滅、法界難籠。　還能此，逍遥自在，處處是仙宫。

又

老氏真機，如來祖印，明明象帝之先。　不生不滅，端的至幽玄。　一派清風匝地，迷雲散、皓月當天。　君知否，寥寥劫外，法鼓震三千。　本來真箇妙，無名無相，非道非禪。　學人外覓，教我怎生傳。　不肯迴光返照，區區地、走遍山川。　歸來也，人牛不見，芳草鎖江煙。

又

本分家風，尋常日用，何方不是林泉。　飢餐渴飲，任運度流年。　行止非人所及，休思算、好弱由天。　君知麽，一身尚假，萬事豈牢堅。　些兒窮活計，寂寥瀟灑，有口難言。　簞瓢不置，那得買山錢。　且恁騰騰兀兀，任從他蝗戰蜂喧。　真清樂，松間步月，石上枕書眠。

緑頭鴨

雨初晴，江山景色新鮮。　乍艷陽，春光美麗，見郊原、芳草芊芊。　覩梨花、輕籠淡月，聞松聲、泠和清泉。　風細池塘，簾垂院落，曉鶯啼唤柳含煙。　更疊翠山屏如悄，時物筆難傳。　誰能悟，韶華不久，人世非堅。　走紅塵、何曾返照，損氣神、虚度流年。　競錐刀、如蠅見血，戀妻男、似蟻争羶。　火宅憂煎，情波出没，四生六道不知還。　任千劫輪迴販骨，迷了本靈源。　聰明客，諸緣放下，閑裏修仙。

江神子慢

掃除六塵迹。　點檢現前，真箇消息。　慧光赫。　覰拈出，妙用靈根端的。　越聲色。　一曲威音非律吕，超今古，琅琅誰聽得。　湛然萬里雲收，晴天闊。　月華白。　縱横金田覺海，笑巴歌謅謅，葛藤千尺。

泯情識。空劫外、門掩蒼苔閑寂。致虛極。枕上江山春色好，松花老、香風飄廣陌。此時作箇逍遥，一煙霞客。

雨霖鈴

清晨凝竚。見風雲濟，及作時雨。陰陽協順空中，爲甘露、山澤敷布。點點如膏利益，洗滅妖氛，四海澄素。造化天地神功，擾擾浮生幾人悟。乾坤美澤恩霑溥。勝娑婆、此價應難賈。滋生萬物榮甦，增瑞慶、兆民歌舞。五穀豐登，庶事康寧，遐邇安固。感上下和睦無爲，敬禮玄元祖。

絳都春

天生懶惰。愛静處坦然，開懷澄坐。面垢頭髯，養疎慵，消災禍。無縈無繫隨緣過。也不會、焚燒香火。囉噔哩噔，鸞歌舌誕，恣情吟和。南柯夢中識破。把蝸角蠅頭，身心摧挫。手握靈芝，泛無何，誰知我。清風皓月時相賀。杳冥中、修成仙果。了然歸去，綿綿九天高卧。

又

侵尋妙景。看赤城秀稔，芝田千頃。物外閑閑，樂真情，搜佳興。扁舟載月煙蓑冷。酒醒時、臨流清詠。一聲羌管，三幅曉風，灑然幽勝。徽音慢彈誰聽。似野鶴騰空，生涯萍梗。放曠乾坤，與江湖，絲綸整。錦鱗釣得成餘慶。便歸來、玄都馳騁。杖挑春色，逍遥太虛仙境。

又

心如江海。納百川萬派，澄清無礙。渺渺淵源幾人知，包沙界。光明燦爛超三昧。誂小乘、邪魔潛退。混元風範，虛無祕密，下愚難解。宣揚亘初真載。統衆妙之門，高下無賽。應物頭頭，顯慈悲，消災害。不生不滅非中外。這一曲、玄歌誰買。玉京仙子，吹動太虛天籟。

瑞鶴仙

歲華如轉轂，嘆世路忙忙，何日知足。錐刀競蠻觸。這浮名浮利，少榮多辱。誰能寡欲。解恬淡、天之美祿。把塵緣一旦紛飛，回首退藏嵓谷。清福。松間步月，石上眠雲，性如麋鹿。高歌一曲。閑吟罷，布棊局。聽猿啼鶴唳，水綠山青，籬外風敲瘦玉。這真歡，誇古騰今，幾人繼續。

又　花開閬苑

武陵溪上看，覩閬苑瑶臺，應是花綻。風流世間罕。噴清香鮮異，紫芝相間。東君不管。更別有、長春手段。向無爲樹上芬芳，光彩日常呈現。堪獻。玄元根本，錦綉枝梢，是誰親見。何方貴顯。金蓮會，任舒展。這天生雅艷，一種瓊英，只許神仙作伴。若諸人，採得歸來，玉京賞玩。

又　風入瓊林

玉峯時暫歇，覺風入瓊林，倍增真悅。煩蒸頓消滅。掃塵埃四海，廓然施設。八方静潔。布一味、清涼妙絶。這些兒冷淡生涯，等閑未曾輕泄。奇別。蕭蕭晝夜，颯颯乾坤，幾人能瞥。隨機應轍。尋知友，伴明月。遶羣芳結秀，響報聲聞，動用陰陽正訣。待浮生，吹散迷雲，恁時細說。

又　月照洞庭

素秋天似水，更夜色呈鮮，物華殊麗。山堂興無際。見團圓月照，洞庭深邃。清風匝地。但處處、昭彰德被。遍恒沙朗射晴空，千古秀凝青桂。高貴。隨形應現，鑑物無私，碧霄呈瑞。孤然爽異。輝法界，顯靈慧。放清光萬道，入户穿窗，皎皎昏蒙普濟。願凡夫，早悟圓明，盡知此理。

又　雪迷蓬島

幸逢玄運到。正律吕推移，北辰宣號。須臾瑞祥報。見同雲凝雪，曉迷蓬島。天公德茂。但處處、瓊花映罩。向長空片片輕飄，顯揚聖功微妙。深奧。虛無造化，祕密神機，對誰分表。三山路杳，真瀟灑，洗塵擾。看瓊宮寶殿，素淨樓臺，出入仙姿窈窕。這冰清玉潔家風，幾人頓了。

玩瑤台　本名耍三台

直指玄元路。嘆苦海、迷人不悟。在目前、平平穩穩，又無些、險難相阻。把萬緣、一齊放下，他自然有聖賢提舉。似斷雲、野鶴飛騰，向物外、青霄信步。慶會神仙語。渴時飲、蟠桃醾醑。出入在、星樓月殿，笑人間、死生今古。跨彩鳳祥鸞翫太虛，歸來卧、碧霞深處。這逍遥活計誰傳，分付與、蓬萊伴侶。

花心動

江路閑遊，見梅芳姿，水邊將發。蓓蕾半開，疎影斜橫，幽艷傲欺霜雪。清癯獨秀風台畔，笑百卉、凍凝摧折。散芳烈。竹籬茅舍，最堪栽接。破臘傳春放徹。吐玉蕊瓊芝，等閑誰瞥。欲寄故人，驛使稀逢，空對暗香淒切。壽陽公主今何在，這姑射玉仙清絕。向誰說。黃昏小窗淡月。

又

百歲光陰，似飄風浮漚，電雷轟掣。返照速修，急景難留，不覺鬢莘如雪。萬緣羈絆何時了，謾昏曉、寸心愁結。勸英傑。莫教釜破，斷繩難接。一失人身萬劫。歎伶俐惺惺，不遭縲紲。欲浪恩山，玉杻金枷，誰肯猛然拋撇。一朝大限臨門唤，見閻老，怎生推說。恁時節。追思聖賢妙訣。

洞玄歌

野堂花老，檻外幽香度。緑影沉沉映窗户。任從他、日轉西郊，且閑看、雲生南浦。見隱隱遥嶺接天青，又石齒分泉，迸珠飛雨。丹丘咫尺，幾箇人回顧。鼷鼠穿窬豈足數。假直饒、綺陌長遊，争似向、煙嵐深處。枕萬壑雲霞樂平生，便不勝紅塵，點染緇素。

又

倦遊退尺，栗里潛疎拙。浩氣凌空向誰説。醉酬春、醞釀三杯，遣幽興、滄茫一葉。更野服蕭然越林叢，拉信友，相須竹風花月。　生涯淡淨，至妙人間絶。不尚文軒錦屏列。樂田廬、嘯傲華顛，種松菊、棲遲清節。這一味真歡幾人知，有靜几蒲團，獸爐沉屑。

水龍吟

故鄉何處棲遲，海山霧斂春風細。花濃石潤，雲嬌煙淡，天容如水。芝桂香分，橘橙酒灩，錦茵擒翠。佩霓裳縹渺，飛瓊羽蓋，瑶池宴，賞佳麗。　俯笑人間富貴。到頭來、一場虚僞。桑田暗改，人生空老，誰能適意。虎戰龍争，漢興秦滅，今成何濟。看蓬萊紫府，長春勝景，妙無加矣。

雨中花

急急蛩音，似箭暗催，人物煙草茫茫。塞鴻悲秋晚，敗葉飄黄。萬里關山牢落，一天風雨淒涼。這蕭閑活計，向誰分訴，表我衷腸。　霜零露冷，菊瘦梧凋，又近重陽。信道壺中光景，雲水家鄉。金殿玉樓庭院，錦溪花塢池塘。世間虚幻，薄名浮利，都寄黄粱。

百寶粧

榴蕊濃芳，簾幕半捲，清閑白晝偏長。院宇無塵，微雨過池塘。幽軒細細，風披竹簌，石枕藤牀。分外涼。　看雲峯偃仰，高眠晃然，已到羲皇。休休塵世俱忘。真常妙用，安排黄卷爐香。莫羨俗情，如蟻慕羶腸。清虚淡素甘貧樂，縱酷暑難侵道哲堂。好棲心見素家風，洞中別是仙鄉。

又

一點靈光，輪廻萬劫，胎卵濕化無歇。苦海無涯，生滅甚時徹。無根四大非堅固，戀此箇形骸何太拙。　把浮沉世夢磨開，慧劍割斷根孽。逍遥物外生涯，隨分樂天知命，閑伴風月。抱守元陽，神氣自交結。乾坤倒顛翻離坎，這既濟天然非扭揑。有春生夏長秋成，萬彙一氣無別。

鶯穿柳

乘桴默契。便休休倦役，結茅歸里。一任貔貅威鎮，虎韜熊略，旌麾争起。赳赳成何濟。只贏得、玉顔先弊。覆手一場空，過眼繁華虚矣。争似樂然從己。賞花濃上苑，魚游春水。滿泛紅潮美。且鬱陶襟懷，青門歌吹。醉卧東風裏。看隋堤柳摇金蕊。放適簪纓，亂鋪蒼翠。

天香

過隙年光，如毛塵事，幾人識破休矣。歸去來兮，雲耕水釣，林下澹然寧耳。翠微影裏，别有些逍遥真味。一曲玄歌寄天香，嘆物華榮悴。白茅半間而已。暢情懷、四時吟醉。返照人生，畢竟到頭何濟。坐看空華起滅，這混成消息越衆美。太樸淳風，清虚妙理。

又

若論修真，玄關直指，外緣心上都撇。静處跏趺，存神握固，莫辯是非優劣。任緣度日，除飽暖其餘忘絶。一味清閑價無窮，對下愚難説。端的至誠妙訣。歎學人、幾曾休歇。默默昏昏，壺内玉花開徹。恍惚中間顯現象，見寶珠、光耀似皎月。悟得之時，同遊聖闕。

二郎神

歎平生，謾日夜勞勞攘攘。想一世浮華能幾許，若雲間、電光翻掌。夢幻吞侵何日省，戀火院、纏綿業網。這人身一失，萬劫難逢，誰能廻向。清爽。猛跳出迷津欲浪。彼岸風光真快樂，伴孤雲野鶴飄蕩。悟徹靈臺無障礙，似月挂寥天朗朗。滿十方三界，瑩徹圓明，逍遥吟唱。

又

平生興，有萬頃雲山野景。竹疃梅村蓬户悄，這幽閑、世間難勝。一曲無絃喧宇宙，對沉水、石爐絶聽。向林下棲遲，養就懶散，煙霞情性。復命。披短褐玄通古聖。看鷺立鷗飛沙觜岸，笑醯雞瓮中流梗。一枕華胥春夢覺，豈羨封侯列鼎。早回首歸來，月照松溪，雲嵓苔徑。

又

離塵俗，便點檢林泉雅趣。竹杖芒鞋青蒻笠，泛煙波、緑蓑柔櫓。月夜江天無盡樂，品短笛、瀟湘蓼渚。此消息，千金不賣，好對漁樵分付。歸去。對晚翠風生小浦。勘破南華龜曳尾，儘教他衣冠豺虎。野水添杯誰似我，醉卧白雲深處。任秋月春花，暗換桑田，明催今古。

又

訴衷情，爲大地衆生淚灑。曉夜憂煎貪活路，盡都被、妻男相挂。使萬種機關圖富貴，全不怕、犁耨高架。勸愚迷早悟，後世因緣，直言真寫。幽雅。買玄妙不用錢價。只用他心燈常不昧，要萬法靈通總壓。待行滿丹成歸去日，把四假凡軀脱下。向桃源仙會，玉殿金樓，長春不夜。

上丹霄

嘆人生如掣電，似浮漚。更何消苦苦貪求。榮枯得失，宿緣分定豈須憂。我今悟此養天倪，晦迹林丘。　簞瓢樂，琴書味，閑中過，静中休。有恬淡真趣相酬。花朝月夜，大開口、笑展眉頭。玄珠收得默然歸，方外優游。

月上海棠

應時宇宙行慈善。向苦海横舟運方便。法界顯威光，誅羣魔、隱潛逃竄。真仙現。別有神通手段。　上蒼委我開仙院。把大道玄風任弘闡。香餌滿娑婆，釣金鼇、玉京遊玩。瓊瑤宴。俯嘯人間蟻戰。

一枝春

堪嗟肉傀儡，塵世争奇怪。晝夜火院煎苦，沉埋花酒叢中，孽重終難改。販骨何時徹，頭面翻騰，昧了靈源真宰。獨我而今樂自在。放逸游寰海。逍遥天地間、笑開懷，一味清閑，萬里金難買。九轉功夫足，步月携雲，穩赴金蓮仙會。

醉中歸

過隙時光促。人身似風燭。誰信神明，暗裏報人災福。觀二曜如轉轂。晝夜翻騰榮辱。羣情苦，攢攢簇簇，貪迷嗜欲。獨我迴頭，歸來隱山谷。水釣雲耕，雅種數枝松菊。閑來後，歌一曲。不羨權門紅緑。養愚魯，清貧自在，平生願足。

傾盃

物外迴觀，愛河滚滚，空勞攘、爲何因故。戀惜妻男，競争名利，念念隨他，蒙昧真如。掀天富貴，傾城嬌艷，總歸何處。嘆浮生下梢，終久盡成虛。傷嗟是非今古。百年歡宴，大都幾許。夢想南柯，命遭北府，尚自貪婪，不尋歸路。輪回販骨，身伴狐狸，幾番荒蕪。謾贏得往來，欲浪苦流注。

又

休休我省也，棄世俗、洞庭深處。好行步。大藥燒成，寶珠收得，曲按無弦，音勝宫羽。洪楊道德，風範鐘吕，許由巢父。向逍遥彼岸，尋箇水雲侣。誰能繼聖徒，智若愚，六情斷滅，九玄通悟。妙粹沖虛，炳煥靈明，物物般般，無疑無慮。一真瑩徹，功行滿足，頓超塵所。便歸來灑落，方外了然去。

鳳棲梧

逃暑繩牀聊慰興。翠篳森森，幾處花陰襯。萱草池塘人不問。緑荷暗竊薰風信。懶把霜紈嫌力困。沉李嚼冰，煮茗清泉近。裸袒襟懷無鬱悶。算來唯有神仙分。

神仙會

堪嗟世上人，箇箇蠶成繭。不肯回頭，抵孔火坑貧戀。千辛萬苦，甘受無辭嘆。置家計，慮妻男，恐不辨。一朝業滿，看你如何免。眼光落地，別改一般頭面。披毛戴角，恁時難分辯。早下手，出迷津，應仙選。

又

韶華似激箭，暗把朱顏換。我今識破，渾若夢中驚散。囚枷脱下，信任胡歌誕。儘人言，一乖慵，害風漢。大開口笑，世俗無拘管。落落魄魄，信脚水山遊玩。天涯海角，自有清閑伴。細算來，這些兒，最長便。

一剪梅

身若白雲任卷舒。天涯海岸，自在無拘。太虚廓落是吾廬。不羨王侯，拱璧軒輿。一味閑閑樂有餘。從他活計，冷淡消疎。歸來畢竟理何如。心月輝輝，光射蓬壺。

楊柳枝

頓悟真空棄外緣。樂清閑。四時進火運周天。種芝田。埏植玄爐分造化，飲靈泉。寥陽丹闕永綿綿。證金天。

又

二曜忙忙若轉丸。走天邊。催人販骨似丘山。不停閑。戀火貓兒拽不出，忒癡頑。遍觀塵世總如然。好心酸。

踏雲行

無相形容，靈明心手。清虚岸上栽金柳。剪除魍魎跨鵾螟，希夷俯嘯空山陡。劫外飛騰，妙中行走。杳冥鄉裏尋知友。飲餘恬淡醉真風，乾坤曠朗絶纖有。

粉蝶兒

欲説天機，奈塵寰、世人不信。只因他夙緣無分。戀浮華，貪火院，氣神虧損。販屍骸，迷了本來心印。悟後迴頭，樂清閑、莫勞方寸。好參求妙靈玄牝。煉純陽，驚宇宙，一聲雷震。恁時節，向蓬萊會中相等。

江神子令

世情誰不愛浮榮。利和名。兩關扃。識破歸來，林下傲餘生。萬頃煙霞真伴侶，猿鶴老，水風清。任教駟騎走塵纓。掩柴荆。坐忘形。一味閑閑，斜日照窗櫺。試問知音何處也，雲漢闊，遠山青。

又

莊周蝶夢幾人醒。理圓明。了余生。老計田園，谷口傲其耕。落日西風吹敗葉，雲返岫，雨初晴。數聲高柳暮蟬鳴。淡煙横。野泉傾。千里關河，秋色滿山城。晦迹人間青眼少，誰念我，養遐齡。

青玉案

瞥然悟得長生路。平坦無來去。萬法圓融超六度。威音那畔，幾人曾到，別有逍遥處。　靈明國内絶朝暮。誰薦當頭這一句。木馬嘶風泥牛許。慈雲廣布，法雷高震，密灑禪天雨。

賀聖朝

春光明媚，黄鶯出谷，紫燕來巢。見仙桃初放兩三枝，間翠竹香茅。琴書高枕，柴門緊閉，莫放人敲。任松軒紅日照三竿，更蝶夢花梢。

又

道人幽趣，蕭閑風味，林下雲煙。夜横琴高隱翠微間，看月印寒泉。逍遥吟唱，還鄉宫調，雪曲無絃。這玄珠收得未朝元，作住世神仙。

長思仙

醉中醒。夢中醒。月浸松窗枕簟清。誰家搗練聲。訴真情。樂真情。竹外流泉漱石鳴。雲山疊翠屏。

西江月

莫羡金閨黼黻，好攀仙桂枝柯。悟來心鏡不須磨。頓泯浮華物我。返照壺天日月，休言塵世風波。長拖瘦玉泛無何。歸去煙蘿深卧。

又

形物雖居宇內，夢魂長玩台州。山堂真趣與誰酬。窗外梅疎竹瘦。千里煙霞冉冉，半簾風月颼颼。天公賜我這清幽。料想浮生難勾。

訴衷情

夜深人悄漏聲殘。秋色滿江干。寒煙野塘橫渡，誰寫畫圖間。風瀝瀝，月彎彎。坐更闌。寶鼎香燼，銀漢星稀，蝶夢飛還。

又

楮冠竹杖友南華。耕釣老生涯。焉能繫而不食，吾志豈匏瓜。忘扣角，憶歸槎。傲漁家。煙波萬頃，紅蓼灘頭，醉卧蒹葭。

小重山

自古高人遠市塵。超然離俗表，隱林泉。曾聞宣聖有遺言。仁智者，山水寓中安。無事惱心間。猿鶴爲朋友，養成丹。白雲深處樂幽閑。明月下，一曲小重山。

大官樂　春

踏青放適遊人悅。江山明媚陽和節。出谷新鶯聲軟怯。柳綿零落如飛雪。

又　夏

石榴色蘸香囊血。緑荷如蓋蓮開葉。避暑登樓心爽潔。霜紈揮落寥天月。

又　秋

登高雅會時當九。黄花乍坼東籬後。煙淡波寒誰信受。風敲紅葉霜林瘦。

又　冬

斜橫疎影天香軟。冷齋夜話詩魂遠。好把紅潮頻滿勸。任教六出風撩亂。

鷓鴣天　春

小村隱居樂至閑。興來吟首鷓鴣天。桃花笑日開紅錦，門柳垂絲裊翠煙。扃蓽户，掃苔錢。困時禪榻枕書眠。有人問我修何事，夢載華胥月一船。

又　夏

弄舌閑禽向鬱林。滌蒸散髮趁松陰。清風習習來冰簟，陶寫真情取次吟。　天似水，柳如金。火雲疊翠出遥岑。危樓安枕王孫趣，静室忘機逸士心。

又　秋

乍覺西風吹葛衣。蕭蕭秋色滿華夷。催排蕎麥花開日，點勘梧桐葉落時。　鵶噪晚，客思歸。一川禾黍正離離。蟬聲莫向高枝叫，切恐賓鴻苦皺眉。

又　冬

一夜嚴凝作苦寒。頭明六出落人間。彤雲摻粉蛾飛舞，柳絮隨風蝶往還。　梅影瘦，竹枝彎。一丘湖玉倚闌干。何人助我丹青力，寫入屏山子細看。

華溪仄

華溪仄。春風也是人間客。人間客。飄零南北，幾時休息。不如學箇商山伯。石樓雲殿銷塵迹。銷塵迹。丹丘閑看，老松千尺。

花心動

劫外威音，嘆勞生荒蒼，幾曾知覺。勘破轉輪，擘碎虚空，遊戲六門無著。塊然蕙帳胡牀穩，看鐵樹應時花灼。慧光爍。大明寶殿，玉龍盤薄。　一顆玄珠踴躍。迸霞彩輝輝，萬神懽樂。放去收來，逆順縱横，雪曲頓超槖籥。真情欲訴憑誰説。見胎卵、夢魂交錯。曉天廓。聽吹鳳樓畫角。

月中仙

歷劫清凝，鑑無私瑩澄，誰是宜表。沖虚浩渺。統萬靈機變，恢恢臨照。湛然包大道。體難測、窮通暗報。素碧誰能到。寂寥九陽，閑静至玄奥。　乾元浩立青霄，覆三千大千，神用樞要。高明杳杳。應四時生化，清虚顛倒。慧風空外掃。更廓朗、羣迷怎曉。我今深通了。歸來賞玩逍遥好。

成功了

瞥然曉。便識破浮生，一場虛矯。利路驅馳，光陰迅速，空惹物情衰老。自歌自笑。念好景、幾人曾到。故園春色，海棠半開，綠楊輕裊。休休萬事了。聽亂山深處，杜鵑啼叫。歸去來兮，長安古道，隱隱斷霞殘照。洞庭寂悄。歎門外、落花風掃。故人別後，青霄鳳吟杳杳。

又

悟浮世。把萬事紛紛，盡皆忘棄。藜杖雲巾，麻條紙襖，便是隨身行李。玩山遊水，要到處、樂然從己。兀兀騰騰，逍遙自在，快活誰比。同流看子細。是這些消息，恁般活計。一味真歡，君還會得，人靜月明千里。暢哉而已。對小齋、幾枝寒蕊。有誰知我，西山半軒曉翠。

以上洞淵集卷五

冀國公主

驀山溪　遊靈源山

楚峰遠眺，山嵐凝芳樹。禾黍正離離，立西風、雲煙向暮。青松瑟瑟，風送短笛聲，寒溪畔，翠微問，依約人問住。靈源待月，襟袖涼微度。把酒問青天，廣寒宮，知何處。中元吟賞好，預作中秋歸與逸，欲乘鸞，竟得神仙趣。

朝中措　遊靈源山

倦遊蹤跡查無憑，寥落過山城。客館瀟瀟夜雨，披襟鳳燭青熒。追思往事，十年一夢，堪笑堪驚。冉冉隙駒光景，依依嚼蠟心情。

以上二首見孫德謙全金詞稿本

無名氏

導引 天德二年三月祫享迴鑾姑洗宮

禮成廟享，御衛拱飛龍。諸家起翔風。太平天子多受福，孝德與天通。鳳簫龍管韶音奏，聲在五雲中。粲然文物昭治世，萬億祺無窮。

導引 貞元元年三月駕幸中都姑洗宮

鑾輿順動，嘉氣滿神京。輦路宿塵清。鈎陳萬旅隨天仗，縹緲轉霓旌。都人望幸傾堯日，讙抃溢歡聲。臨觀八極辰居正，寰宇慶昇平。

導引 正隆六年六月駕幸南京林鐘宮

神宮壯麗，宮殿壓蓬萊。向曉九門開。聖明天子初巡幸，遥駕六龍來。五雲影裏排仙仗，清蹕絶塵埃。都人齊唱昇平曲，更進萬年盃。

導引 大定三年十月祫享迴鑾應鐘宮

禮行清廟，華黍薦年豐。聖孝與天通。六龍迴馭千官衛，玉振珮環風。黃麾金輅嚴天仗，霏霧鬱葱葱。工歌迭奏升平曲，福禄自來崇。

導引 大定二十七年三月皇太孫受册謝廟

璿源濬發，衍慶自靈長。聖運日隆昌。震闈顯册遵彝典，基緒焕重光。揀時廟見嚴昭報，禮樂粲成章。精誠潛格神明助，福禄永無疆。以上五首導引並見金史卷四十樂下

案金史卷四十，尚有天眷三年九月一首鼓吹導引曲，據大金國志，乃翰林邢具瞻作。

減字木蘭花 原無調名，兹據律補

并州霜早。禾黍離離成腐草。馬困人疲。惟有郊原雀鼠肥。分明有路。好逐衡陽征雁去。鼓角聲中。全晉山河一半空。浩然齋雅談謂爲鬼詞

望江南

纔舉意，玄象照離宮。坎女離男金水火，幾多鐵騎

漫英雄。最苦是雲中。遼陽鶴，驚起老蒼龍。四海九州沾惠澤，狼煙影裏弄清風。堪作主人公。金完顏亮求仙，依託乩仙詞，見輿地紀勝卷一百五十一引夷堅壬志。

楊柳枝

已謝芳華更不留。幾經秋。故宮臺榭只荒邱。忍回頭。　塞外風霜家萬里，望中愁。楚魂湘血恨悠悠。此生休。依託宋宮人玉真鬼詞，與金李生遇，見金元好問續夷堅志卷下。

全金元詞

唐圭璋 編

下册

中華書局

楊弘道

弘道字叔能，淄川(今山東省淄博市)人。生於金世宗大定二十九年(一一八九)。正大元年，嘗監麟游酒稅。入元北還，寓家濟源。卒年七十餘。有小亨集，元好問序。

鷓鴣天　避酒

玉帳人間綺席開。便將紅粉作金臺。詩情先自無多子，更著繁絃急管催。香穗裊，燭花摧。老來辜負即時杯。白眉已任蛾眉笑，一夜惺惺騎馬回。

望江南　詠桃源

桃源好，雞黍競相邀。鸞鳳有期朝絳闕，風霾無計上青霄。萬點落英飄。茅屋底，何以水永朝。一念不從癡處起，萬緣都向靜中消。知命也逍遥。

沁園春　佳人

揩汗殘妝，咀梅顰黛，楚腰如束。爲蔗漿頻飲，全疎綠蟻，繡牀慵傍，閒倚青奴。解愠風來，忘憂花發，庭樹扶疎如畫圖。淩波襪，步蘭堂欲下，猶自踟躕。　星娥月姊相呼。趁清樾桃笙特地鋪。悵紫簫聲遠，青鸞夢斷，逸居無事，長日何如。玉子圓磨，文楸方界，多算須防一著輸。閒情遠，漸西山翠重，飛下陽烏。

梅梢月　歌女

春到人間，嫩黃染長條，暖煙晴晝。未按舞腰，學畫妝眉，二八女兒纖瘦。絳桃穠李攜佳伴，陳步障、青紅如繡。過微雨，年年好在，禁煙時候。　嬌困如酣卯酒。應惱殺、翩翩燕朋鶯友。綠水溮橋，斜日章臺，雪絮亂飄襟袖。勸伊休管別離事，但贏取、青青依舊。再相見，清陰漸成數畝。

酹江月　寄贈

漢家都邑，歷綿綿延祚，增崇榮富。千古繁華猶眼見，看取班張詞賦。太液鴛鴦，昭陽鳷鵲，蘭麝熏香霧。君恩如日，照臨知在何處。　窗下軋軋鳴機，杼霜抽雪，裂下齊紈素。團扇裁成明月樣，搖動涼風披拂。玉宇塵清，金莖露重，黄葉飄宮樹。紫毫斑管，定書當日佳句。

滿江紅　有感

尚寐無聰，幽夢斷、蘧然難續。隱隱聽、鼓聲如呼，角聲如哭。簷短茅堂窗已白，灰殘爐火樽無緑。稱有無，隨分具晨餐，唯饘粥。　有義命，何思慮。在坎埳，彌謙牧。但客來嘗媿，小坊深曲。不及屠沽餘酒肉，不及駔儈多僮僕。下葦簾，相對話移時，清歡足。

六國朝

繁花煙暖，落葉風高。歲月去如流，身漸老。　歎三十年虛度，月墮雞號。痛離散人何在，雲沉雁杳。浮萍斷梗，任風水、東泛西漂。萬事總無成，憂患繞。　虛名何益，薄宦徒勞。得預俊游中，觀望好。漫能出驚人語，瑞錦秋濤。莫誇有如神句，鳴禽春草。干戈滿地，甚處用、儒雅風騷。援筆賦歸田，宜去早。以上四庫珍本小亨集卷五

三奠子　遠遊

歎五材並用，水德靈長。初泛濫，漸汪洋。轉雷經灩澦，濺雪下瞿唐。纔出險，吞漢沔，略沅湘。　發源湔道，東過維揚。由有本，自無疆。遠遊還故國，待渡立斜陽。山煙紫，津樹緑，客心傷。趙萬里據永樂大典八千八百四十五遊字韻引楊弘道詞補

鷓鴣天　留贈元遺山

邂逅梁園對榻眠。舊游回首一淒然。當時好客誰爲最，李趙風流兩謫仙。　居接棟，稼鄰田。與君詩酒度殘年。飄零南北如相避，開歲還分隴上泉。附見遺山樂府定風波詞序内

白華

華字文舉，號寓齋，隩州（今山西省河曲縣）人。後徙真定（今河北省正定縣）。貞祐三年（一二一五）進士，初爲應奉翰林文字，正大元年（一二二四），累遷爲樞密院經歷官。入元，與子樸同卜居滹陽。

滿庭芳　示劉子新

光禄池臺，將軍樓閣，十年一夢中間。短衣匹馬，重見鎮州山。內翰當年醉墨，紗籠在、高閣依然。今何夕，燈前兒女，飄蕩喜生還。衣冠初北渡，幾人能得，對酒常閑。算唯君日日，陶寫餘歡。得隴且休望蜀，南山卧、白額黄斑。茅簷底，男兒未老，勳業後來看。　永樂大典卷一萬三千三百四十四示字韻引元寓齋

耶律楚材

楚材字晉卿，履之子。生於明昌元年（一一九〇）。入元，累官中書省，贈太師，封廣寧王。卒於元太宗后稱制四年（一二四四），年五十五，謚文正。有湛然居士集。

鷓鴣天　題七真洞

花草傾頹事已遷。浩歌遥望意茫然。江山王氣空千劫，桃李春風又一年。　横翠嶂，架寒煙。野花平碧怨啼鵑。不知何限人間夢，併觸沉思到酒邊。

詞綜卷三十三

李治

治（元史誤作治）字仁卿，欒城（今河北省欒城縣）人。生於明昌三年（一一九二）。至元初，以學士徵，就職期月，辭去。至元十六年（一二七九）卒，年八十八。著敬齋文集。

摸魚兒

雁雙雙、正飛汾水，回頭生死殊路。天長地久相思債，何似眼前俱去。摧勁羽。儻萬一、幽冥卻有重逢處。詩翁感遇。把江北江南，風嗥月唳，并付一丘土。仍爲汝。小草幽蘭麗句。聲聲字字酸楚。拍江秋影今何在，宰木欲迷堤樹。霜魂苦。算猶勝、王嬙青冢貞娘墓。憑誰説與。歎鳥道長空，龍艘古渡。馬耳淚如雨。遺山樂府上附

又

爲多情、和天也老，不應情遽如許。請君試聽雙蕖怨，方見此情真處。誰點注。香瀲灩、銀塘對抹胭脂露。藕絲幾縷。絆玉骨春心，金沙曉淚，漠漠瑞紅吐。連理樹。一樣驪山懷古。古今朝暮雲雨。六郎夫婦三生夢，腸斷目成眉語。須喚取。共鴛鴦翡翠、照影長相聚。西風不住。恨寂寞芳魂，輕煙北渚。涼月又南浦。同上

江梅引

陌頭楊柳恨春遲。被寒欺。澹依依。瘦損王孫，青瑣小腰圍。牆外瓊枝空照影，翠娥斂，游絲百丈飛。燕歸雁歸書問寂。月細風尖供怨笛。玉骨成灰聖得回，夢裏音容，良是覺來非。多少江州司馬淚。斷腸曲，河聲送落暉。遺山樂府中附

鷓鴣天

太一滄波下酒星。露醽祕訣出仙扃。情知天上蓮花白，壓盡人間竹葉青。迷晚色，散秋馨。兵廚曉溜玉泠泠。楚江雲錦三千頃，笑殺靈均話獨醒。遺山樂府下附

又

十丈冰花太一峰。拍浮來赴酒船中。碧筒象鼻秋泉滑，澤國幽香笑捲空。雲澹泞，月朦朧。醉鄉千里鯉魚風。馮夷擊鼓休驚客，羅襪生塵恐惱公。同上

楊果

果字正卿，號西庵，祁州蒲陰(今河北省安國縣)人。生於金章宗承安二年(一一九七)。金正大中進士，入元爲北京宣撫使，拜參知政事，出爲懷孟路總管。卒於元至元六年(一二六九)，年七十三，諡文獻。有西庵集。

太常引　送商參政西行

一盃聊爲送征鞍。落葉滿長安。誰料一儒冠。直推上、淮陰將壇。西風旌旆，斜陽草樹，雁影入高寒。且放酒腸寬。道蜀道、而今更難。

又

長淵西去接連昌。無日不花香。雲雨楚山娘。自見了、教人斷腸。絃中幽恨，曲中私語，孤鳳怨離凰。剛待不思量。兀誰管、今宵夜長。以上二首見元草堂詩餘卷上

摸魚兒　同遺山賦雁丘

悵年年、雁飛汾水，秋風依舊蘭渚。網羅驚破雙棲夢，孤影亂翻波素。還碎羽。原作醉與，從詞綜改算古往今來，只有相思苦。朝朝暮暮。想塞北風沙，江南煙月，爭忍自來去。埋恨處。依約并門舊路。一丘寂寞寒雨。世間多少風流事，天也有心相妒。休說與。還却怕、有情多被無情誤。一杯會舉。待細讀悲歌，滿傾清淚，爲爾酹黃土。花草粹編卷十二

許謙

謙字益之，金華(今浙江省金華縣)人。生於慶元五年(一一九九)，受業於金履祥，累薦不起。至元三年(一二六六)卒，年六十八，賜諡文懿。有白雲集。

祝英臺　次韻潘明之秋思

上簾鉤，開硯匣，詩興在風柳。磊磈胸懷，臨鏡謾搔首。看他冉冉來鴻，匆匆歸燕，時不再、且須

傾酒。釣鼇手。無奈萬里煙波，空舟竟何有。未卜行藏，心事幾凭牖。最宜野月穿窗，山雲擁户，箇中樂，有人知否。

蝶戀花 正月十一日

楊柳池塘春信早。簾卷東風，猶帶餘寒峭。暖透博山紅霧繞。洞簫扶起歌聲杳。初試花冠金鳳小。鬢亂釵横，長怯旁人笑。銀燭未殘尊未倒。雞聲漏永頻催曉。以上二首見白雲文集卷四

李庭

庭字顯卿，號寓庵，奉先（今陝西省蒲城縣）人。生於慶元五年（一一九九）。曾爲安西府諮議。卒於至元十九年（一二八二），年八十四。有寓庵集。

水調歌頭 史侯生朝

轅門奏歸凱，旭日上初筵。東風萬家香火，春信到梅邊。側聽稱觴新語，一滴願增一歲，門外酒如川。詔領八州督，聲動九重天。茁蘭芽，輝花萼，樹堂萱。一門餘慶如此，今古幾人全。多少山東父老，久望太平勳業，畢竟在何年。整頓乾坤了，拭目認淩煙。

滿庭芳 冀德修生朝

燕寢凝香，金貂貰酒，挽將天上春迴。踵門爲壽，盡道謫仙才。誰識元龍豪氣，沈雄自、湖海中來。十年夢，新亭風景，惟有歲寒梅。老來。須共約，原作酌，兹從藕香零拾本改鳳皇山太谷山名下，竹杖芒鞋。要從今澆下，胸次崔嵬。釀取周郎醇酎，更休用、桃李傳杯。衡門外，枯荊尚在，千歲看花開。

水調歌頭 張耀卿壽日

傷心庾開府，書劍憶游梁。十年流落冰雪，如履柏臺霜。昨日螳螂當轍，今日豺狼當路，牛背置神光。竟訪赤松去，不顧紫微忙。漢貂蟬，萬人傑，

八州王。有君如是何事，高卧北窗涼。傳得黄州密印，有病安心是藥，此外更無方。莫袖經綸手，遺愛在甘棠。

水龍吟　蕭公弼生朝

喜逢天上天人，一尊共醉梅花底。朝元已了，讀書未徧，復來人世。憩鶴臺邊，景龍門外，十年游戲。自歸來，御過趙州橋上，閲橋下，東流水。　盡道翱翔物外，解牛刀、刃游餘地。誰知別有，香山遠韻、謫仙豪氣。應笑蹉跎，半生書劍，今猶如此。待西風，拂口貂裘塵土，進黄公履。

望月婆羅門引　史尚書生朝

太平有象，老人星、喜照漳陽。前銜曾近文昌。壽樂堂名今年餘慶，新到五花堂。看雞鳴問寢，鱗次稱觴。　白眉最良。八州督，漢侯王。院院瓊林玉樹，晝戟清香。一椿五桂，更休説、燕山竇十郎。談塵上，白日羲皇。　彊村叢書校孔葒谷藏鈔寓庵集本，茲另據藕香零拾本校改。

許衡

衡字仲平，河内(今河南省沁陽縣)人。生於嘉定二年(一二〇九)。累官元中書左丞，集賢大學士兼國子祭酒。至元二年(一二八一)卒，年七十三，謚文正。有魯齋集。

沁園春　東館路中

自笑平生。一事無成。險阻備經。記丁年去國，干戈擾攘，□□□□，蹤迹飄零。魯道塵埃，齊封景物，旅況悠悠百恨增。斜陽裏，對西風灑淚，魂斷青冥。　家園未得躬耕。又十載羇棲古魏城。念拙謀難遂，丹心耿耿，韶華易失，兩鬢星星。五畝桑田，一區茅舍，快與溪山理舊盟。橋邊柳，安排青眼，待我歸程。

鷓鴣天　夜寒

土榻侵尋夜半風。眼羞無睡强朦朧。新詩暗琢拳攣裏，往事都思展轉中。　膚起粟，脊彎弓。須知玉汝是天衷。墦閒也去從人乞，怎立當年濟世功。一作怎得心胸浩氣沖

滿江紅　書懷

親友留連，都盡道、歸程息逼。還可慮、干戈摇蕩，路途難厄。萬事豈容忙裏做，一安惟自閒中得。便相將、妻子抱琴書，青山側。　行與止，吾能識。成與敗，誰能測。但糲餐餬口，小窗容膝。桑梓安排投老地，詩書準備傳家策。使蘇張重起論縱横，心難易。

沁園春　墾田東城

月下檐西，日出籬東，曉枕睡餘。喚老妻忙起，晨餐供具，新炊藜糝，舊醃鹽蔬。飽後安排，城邊墾劚，要占蒼煙十畝居。閒談裏，把從前荒穢，一旦驅除。　爲農換卻爲儒。任人笑、謀月拙更迂。念

老來生業，無他長技，欲期安穩，敢避崎嶇。達上聲名，貴家驕蹇，此好胸中一點無。歡然處，有膝前兒女，几上詩書。以上彊村叢書用明刊魯齋遺書本魯齋詞

滿江紅　別大名親舊

河上徘徊，未分袂、孤懷先怯。中年後、此般憔悴，怎禁離別。淚苦滴成襟畔濕，愁多擁就心頭結。倚東風、搔首謾無聊，情難說。　黄卷内，消白日。青鏡裏，增華髮。念歲寒交友，故山煙月。虚道人生歸去好，誰知美事難雙得。計從今、佳會幾何時，長相憶。元草堂詩餘

案彊村叢書亦引此首，但未分袂誤刻作赤分袂，消白日誤刻作消白月，茲並據元草堂詩餘改正。

劉秉忠

秉忠字仲晦，初名侃，拜官後，改名秉忠。邢州（今河北省邢台縣）人。生於貞祐四年（一二一六）。少爲僧，名子聰，隨其師海雲入見元世祖，遂留之。至元初，拜光禄大夫，位太保。至元十一年（一二七四）卒，年五十九，謚文貞。有藏春散人集。

木蘭花慢

到閑人閑處，更何必，問窮通。但遣興哦詩，洗心觀易，散步携筇。浮雲不堪攀慕，看長空、澹澹没孤鴻。今古漁樵話裏，江山水墨圖中。千年事業一朝空。春夢曉聞鐘。得史筆標名，雲臺畫像，多少成功。歸來富春山下，笑狂奴、何事傲三公。塵事休隨夜雨，扁舟好待秋風。

又

既天生萬物，自隨分，有安排。看鸑鷟雲霄，驊騮道路，斥鷃蒿萊。東君更相料理，著春風、吹處百花開。戰馬頻投北望，賓鴻又自南來。紫垣星月隔塵埃。千載拆中台。歎麟出非時，鳳歸何日，草滿金臺。江山閲人多矣，計古來、英物總沈埋。鏡裏不堪看鬢，尊前且好開懷。

又

笑平生活計，渺浮海，一虚舟。任紫塞風沙，烏蠻瘴霧，即處林丘。天地幾番朝暮，問夕陽、無語水東流。白首王家年少，夢魂正繞揚州。鳳城歌舞酒家樓。肯管世間愁。奈麋鹿疏情，煙霞痼疾，難與同遊。桃花爲春憔悴，念劉郎、雙鬢也成秋。舊事十年夜雨，不堪重到心頭。

又 混一後賦

望乾坤浩蕩，曾際會，好風雲。想漢鼎初成，唐基始建，生物如春。東風吹徧原野，但無言、紅緑自紛紛。花月流連醉客，江山憔悴醒人。龍蛇一屈一還伸。未信喪斯文。復上古淳風，先王大典，不貫經綸。天君幾時揮手，倒銀河、直下洗囂塵。鼓舞五華鸞鷟，謳歌一角麒麟。

風流子

書帙省淹留，人間事，一笑不須愁。紅日半窗，夢隨蝴蝶，碧雲千里，歸驟驊騮。酒杯裏、功名渾瑣瑣，今古兩悠悠。漢代典刑，蕭曹畫一，晉朝人物，王謝風流。冠蓋照神州。春風弄絲竹，勝處追遊。詩興筆搖牙管，字字銀鉤。遇美景良辰，尋芳上苑，賞心樂事，取醉南樓。好在五湖煙浪，誰識歸舟。

永遇樂

山谷家風，蕭原作瀟，據抄本改閑情味，只君能識。會友論文，哦詩遣興，此樂誰消得。壺中天地，目前今古，今日還明日。似南華蝶夢醒來，秋雨數聲殘滴。詩書有味，功名應小，雲散碧空幽寂。北海洪尊，南山佳氣，清賞今猶昔。一天明月，幾行征鷹，樓上有人橫笛。想醉中、八表神遊，不勞鳳翼。

望月婆羅門引

午眠正美，覺來風雨滿紅樓。捲簾情思悠悠。望斷碧波煙渚，蘋蓼不勝秋。但冥冥天際，難識歸舟。大夫骨朽。算空把，汨羅投。誰辨濁涇清渭，一任東流。而今不醉，苦一日醒醒一日愁。薄薄酒、且放眉頭。

又

年來嬾看，古今文字紙千張。酒中悟得天常。閑殺堦前好月，不肯照西廂。任昏昏一醉，石枕滕牀。名途利場。物與我，兩相望。目斷霜天鴻鴈，沙漠牛羊。一庭秋草，教粉蝶黄蜂自任忙。花老也、尚有餘香。

洞仙歌

倉陳五斗，價重珠千斛。陶令家貧苦無畜。倦折腰閭里，棄印歸來，門外柳、春至無言自綠。山明水秀，清勝宜茅屋。二頃田園一生足。樂琴書雅意，無箇事，卧看北窗松竹。忽清風、吹夢破鴻荒，愛滿院秋香，數叢黄菊。

江城子

平生行止嬾編排。住蒿萊。走塵埃。社燕秋鴻，年去復年來。看盡好花春睡穩，紅與紫，任他開。紫微天上列三台。問英才。幾沉埋。滄海遺珠，當著在鸞臺。與世浮沈惟酒可，如有酒，且開懷。

又 遊瓊華島

瓊華昔日賀新成。與蒼生。樂昇平。西望長山，東顧限滄溟。翠輦不來人換世，天上月，自虛盈。樹分殘照水邊明。雨初晴。氣還清。醉卻興亡，惟有酒多情。收取昔人腮上淚，千載後，幾新亭。

又

松蒼竹翠歲寒天。鴈山前。鳳城邊。回首燕南，一別又三年。長愛故人心似月，人不見，月還圓。小窗寂寂鎖凝煙。一燈然。一詩聯。詩若燈青，孤影伴無眠。明日酒中餘思在，揮醉墨，灑雲牋。

三莫子

念我行藏有命，煙水無涯。嗟去鴈，羨歸鴉。半生形（原作人，據抄本改）累影，一事鬢生華。東山客，西蜀道，且還家。壺中日月，洞裏煙霞。春不老，景長嘉。功名眉上鎖，富貴眼前花。三杯酒，一覺睡，一甌茶。

玉樓春

閑雲不肯狂馳騁。向晚自來棲峰頂。野人無事也關門，一炷古香焚小鼎。驚鳥有恨無人省。飛去飛來明月影。夜闌萬籟寂中聞，破牖透風微覺冷。

又

翠微掩映農家住。水滿玉溪花滿樹。青山隨我入門來，黃鳥背人穿竹去。煙霞隔斷紅塵路。試問功名知此趣。一壺春酒醉春風，便是太平無事處。

臨江仙

同是天涯流落客，君還先到襄城。雲南關險夢猶驚。記曾明月底，高枕遠江聲。年去年來人漸老，不堪苦事功名。傾開懷抱酒多情。幾時同一醉，揮手謝公卿。

又

滿路紅塵飛不去，春風弄我華顛。故園桃李酒尊前。賞心逢美景，此事古難全。若智若癡人總笑，夕陽空裊吟鞭。馬頭山色翠相連。不知山下客，何日是歸年。

又

堂上簫韶人不奏，鳳凰何處飛鳴。黃塵擾擾馬縱橫。誰能知樂毅，志不在齊城。後輩謾搜前輩錯，到頭義重功輕。海隅四面盡蒼生。東風吹綠草，布穀勸春耕。

又　梨花

冰雪肌膚香韻細，月明獨倚闌干。遊絲縈惹宿煙環。東風吹不散，應爲護輕寒。素質不宜添彩色，定知造物非慳。杏花才思又凋殘。玉容春寂寞，休向雨中看。

又　桃花

一別原作碧，據抄本改仙源無覓處，劉郎鬢欲成絲。蘭昌千樹碧參差。芳心應好在，時復問蜂兒。報到洞門長閉着，只今未有開時。杏花容冶沒人司。東家深院宇，牆外有橫枝。

又　海棠

十日狂風才是定，滿園桃李紛紛。黃蜂粉蝶莫生嗔。海棠貪睡著，留得一枝春。便是徐熙相對染，丹青不到天真。雨餘紅色愈精神。夜眠清早起，應有惜花人。

小重山

詩酒休驚誤一生。黄塵南北路、幾功名。枝頭烏鵲夢頻驚。西州月，夜夜照人明。枕上數寒更。西風殘漏滴、兩三聲。客中新感故園情。音書斷，天曉鴈孤鳴。

又

雲去風來雨乍晴。斷煙分遠樹、夕陽明。夕陽無處雁斜横。山重疊，山外更人行。千古短長亭。别離渾是苦、柰西征。欲憑雙鯉寄幽情。東流水，幾日到襄城。

又

曉起清愁酒盎空。清愁緣底事、别離中。登臨無地與君同。青山色，山外更重重。落盡海棠紅。薔薇新破萼、露華濃。牡丹芳信一簾風。尋幽夢，曾到小園東。

又

漠北雲南路九千。舊年鞍馬上、又新年。玉梅寂寞老江邊。東風輭，楊柳得春先。斜月照吟鞭。可人難似月、缺還圓。桃花流水杏花天。歡娱地，誰鬬酒尊前。

又

一片殘陽樹上明。百禽争啅噪、雨初晴。西風鴻雁落沙汀。歸舟遠，漁笛兩三聲。煙草逐人行。前山青未了、後山横。山川人物鬬峥嶸。黄塵路，鞍馬笑平生。

江月晃重山

芳草洲前道路，夕陽樓上闌干。碧雲何處望歸鞍。從軍客，耽樂不思還。洞裏仙人種玉，江邊楚客滋蘭。鴛鴦沙暝鶺鴒寒。菱花鏡，不柰鬢毛斑。

又

杜宇聲中去住，蝸牛角上輸贏。金甌名字儘人争。

秋鴻影，湖水鏡般明。楊柳煙凝露重，蓮花月冷風清。萬年枝穩鵲休驚。隣家笛，夜夜故園情。

又

太白詩成對酒，仲宣賦就登樓。思鄉懷古兩悠悠。黃塵路，風雨鬢驚秋。三島雲隨鶴馭，五湖月載歸舟。青山西塞水東流。功名好，歡伯笑人愁。

又

紅雨斜斜作陣，緑雲碎碎成堆。武陵溪口幾人迷。桃花水，流入不流迴。夏日薰風殿閣，秋宵寶月樓臺。仙凡境界隔塵埃。青鸞客，歸去又歸來。

南鄉子

南北短長亭。行路無情客有情。年去年來鞍馬上，何成。短鬢垂垂雪幾莖。孤舍一檠燈。夜夜看書夜夜明。窗外幾竿君子竹，凄清。時作西風散雨聲。

又

翠袖捧離觴。濟楚兒郎窈窕娘。別曲一聲雙泪落，悲涼。縱不關情也斷腸。今古利名忙。誰信長安道路長。昔日去家年正少，還鄉。故國驚嗟兩鬢霜。

又

憔悴寄西州。賦得登樓嬾上樓。魂夢不知關塞遠，悠悠。疏雨梧桐客裏秋。往事起新愁。九曲迴腸不自由。見說世間離别苦，休休。一夜相思了白頭。

又

遊子遶天涯。才離蠻煙又塞沙。歲歲年年寒食裏，無家。尚惜飄零看落花。閑客臥煙霞。應笑勞生鬢早華。驚破石泉槐火夢，啼鴉。掃地焚香自煮茶。

又

李杜放詩豪。萬丈晴虹吸海濤。六義不傳風雅變，離騷。金玉無言價自高。春日對春醪。短詠長歌慰寂寥。幽鳥落來花裏語，從教。彩鳳飄飄上九霄。

又

季子解縱横。六印纍纍拜上卿。鳳鳥不來人漸老，謀生。二頃田園也易成。尊酒醉淵明。菊有幽香竹有聲。吹破北窗千古夢，風清。小鳥喧啾噪曉晴。

又

夜户喜涼飆。秋入關山暑氣消。句引客情緣底物，鷦鷯。落日淒清叫樹梢。古寺漏長宵。一點青燈照寂寥。暮雨夜深猶未住，芭蕉。殘葉蕭疏不柰敲。

又

檀板稱歌喉。唱到消魂韻轉幽。便覺絲簧難比似，風流。一串驪珠不斷頭。惟酒可忘憂。況復盧家有莫愁。醉倒不知天早晚，雲收。花影侵窗月滿樓。

鷓鴣天

垂柳風邊拂萬絲。春光照眼惜花枝。鳳城好景誰來原作家，據抄本改賞，忙殺悠悠世上兒。歌近耳，酒盈巵。十分勸飲欲推辭。人生休聽漁家曲，一日風波十二時。

又 酒

酒酌花開對月明。醒中醉了醉中醒。無花無酒仍無月，愁殺耽詩杜少陵。三品貴，一時名。衆人争處不須争。流行坎止何憂喜，笑泣窮途阮步兵。

又

花滿尊前酒滿巵。不開笑口是痴兒。山林鐘鼎都休問，且聽雙蛾合一詞。春爛處，夜晴時。玉壺香裊原作春雪，據抄本改冷胭脂。海棠影轉梧桐月，吟到梨花第一枝。

又

淸夜哦詩對月明。詩魂偏向月邊清。欲成小夢還驚破，無柰洋河聒枕聲。紅日曉，碧天晴。風沙撲面過雞鳴。灤陽川裏魚龍混，四海青山拱一城。

又

水滿青溪月滿樓。客懷須賴酒消愁。風迴玉宇三更夜，露滴金莖八月秋。情脈脈，思悠悠。星河織女隔牽牛。乘槎欲把仙郎問，也似浮生有白頭。

又

柳映清溪漾玉流。火榴開罷芰荷秋。一聲魚笛煙波上，宜著簑翁泛小舟。紅蓼岸，白蘋洲。閑鷗閑鷺更優游。斜陽影裏山偏好，獨倚闌干嬾下樓。

又

殘月低簷掛玉鉤。東風簾幙思如秋。夢魂不被楊花攪，池面還添翠壓稠。紅叱撥，翠騂騮。青山隱隱水悠悠。行人更在青山外，不許朝朝不上樓。

太常引

長安三唱曉鷄聲。誰不被，利名驚。攬鏡照星星。都老卻、當年後生。山林蒼翠，江湖煙景，歸去沒人爭。休望濯塵纓。幾時得、滄浪水清。

又

衲衣籐杖是吾緣。好歸去，舊林泉。富貴任爭先。總不較、諸公著鞭。鴈飛汾水，鶴歸華表，人事又千年。滄海變桑田。誰知有、壺中洞天。

又

青山憔悴鎖寒雲。站路上，最傷神。破帽鬢沾塵。更誰是、陽關故人。頹波世道，浮雲交態，一日一番新。無地覓松筠。看青草、紅芳鬭春。

又

桃花流水鱖魚肥。青篛笠，綠簑衣。風雨不須歸。管甚做、人間是非。兩肩雲衲，一枝笻杖，盡日可

原缺可字，據丁藏四庫抄本補

忘機。之子欲何爲。歸去

來、山猿怪遲。

又　魯仲連

當時六國怯强秦。使羣策，日紛紛。談笑卻三軍。算自古、誰如此君。一心忠義，滿懷冰雪，功就便抽身。富貴若浮雲，本是箇、江湖散人。

又　武侯

至人視有一如無。見義處，便相扶。三顧出茅廬。莫不是、先生有圖。拯危當世，覺民斯道，佩玉已心枯。遺恨失吞吳。真箇是、男兒丈夫。

秦樓月

杯休側。爲君送別城南陌。城南陌。萋萋芳草，萬家春色。陽關一曲愁腸結。吟鞭斜裊黃昏月。黃昏月。長安古道，洛陽遊客。

又

斜陽暮。西風落葉關山路。關山路。歸鴻巢燕，笑人來去。我歌一曲君聽取。人生聚散如今古。如今古。湘江秋水，渭川春樹。

又

調羹手。殘枝莫折離亭柳。離亭柳。年年春盡，爲誰消瘦。海棠過雨愁紅皺。行人駐馬空搔首。空搔首。秦樓花月，鳳城歌酒。

踏莎行

白日無停，青山有暮。功名兩字將人誤。褊懷先著酒澆開，放心又被書收住。一味閑情，十分幽趣。夢哦芳草池塘句。東風吹徹滿城花，無人曾見春來處。

又

碧水東流，白雲西去。旌旗捲盡西山雨。淡煙寒露月黃昏，傷懷又是別來處。雙眼增明，青山如故。故人怪我來何暮。征鼙聲震五更風，夢魂驚散無蹤緒。

訴衷情

山河縈帶九州橫。深谷幾爲陵。千年萬年興廢，花月洛陽城。圖富貴，論功名。我無能。一壺春酒，數首新詩，實訴衷情。

謁金門

春寒薄。睡起宿酲生惡。枕上家山都夢卻。東風吹月落。留客定知西閣。有酒與誰同酌。別手臨岐曾記握。君心真可託。

又

醪雖薄。再四勸君無惡。林到面前須飲卻。鶯啼花未落。束置功名高閣。兩日三朝留酌。綠柳來年無可握。春情憑底託。

好事近

桃李盡飄零，風雨更休懷惡。細把牡丹遮護，怕因循吹落。平蕪望斷更青山，樓外數峯削。野鳥不知歸處，把行雲隨著。

又

酒醒夢回時，小鼎串煙初滅。留得瘦梅疏竹，弄窗閒素月。起來幽緒轉清幽，幽處更難說。一曲竹枝歌罷，滿襟原作腔，據抄本改懷冰雪。

清平樂

月明風勁。花弄窗閒影。一夜玉壺秋水冷。梧葉午凋金井。世閒日月如梭。人生會少離多。籬畔黃花開盡，相逢不醉如何。

又

夜來霜重。簾外寒風動。橫笛樓頭才一弄。驚破綠窗幽夢。起來情緒如何。開門月色猶多。照我如常如舊，更誰能似姮娥。

又

漁舟橫渡。雲淡西山暮。岸草汀花誰作主。狼籍一江秋雨。隨身篛笠簑衣。斜風細雨休歸。自任飛來飛去，伴他鷗鷺忘機。

又

彩雲盤結。何處歌聲噎。歌罷彩雲歸絳闕。掉下階前明月。月華千古分明。照人一似無情。不道天涯離客，夢回愁對三更。

卜算子

曉角纔初弄。驚覺幽人夢。珠壓花梢的的圓，春露昨宵重。小鼎香浮動。閑把新詩誦。坐客同嘗碧月團，擘破雙飛鳳。

浣溪沙

桃李無言一徑深。客愁春恨莫相尋。看花酌酒且開襟。白雪浩歌真快意，朱絃未絕有知音。月明千里故人心。

朝中措 賦贈章仲一

衣冠零落暮春花。飄捲滿天涯。好把中原麟鳳，網來祥瑞皇家。白雲丹嶂，青泉綠樹，幾換年華。認取隨時達節，莫教繫定匏瓜。

又 書懷

布衣藍縷曳無裾。十載苦看書。別有照人光彩，驪龍吐出明珠。天人學業，風雲氣象，可困泥塗。隨著傅巖霖雨，大家濟潤焦枯。

桃花曲

一川芳景，一壺春酒，一襟幽緒。今朝好天（原作春，據抄本改）色，又無風無雨。水滿清溪花滿樹。有閑鷗、伴人來去。行雲望逾遠，更青山無數。

又

青山千里，滄波千里，白雲千里。行程問行客，更無窮山水。青史功名都半紙。念劉郎、鬢先如此。桃源覓無路，對溪花紅紫。

又

茸茸芳草，漫漫長路，悤悤行李。佳人在何許，渺雲山千里。莫惜千金沽一醉。道劉郎、不宜憔悴。春歸寂寞語，恨桃花流水。

點絳脣

十載風霜，玉關紫塞都遊遍。驛途方遠。夜雨留孤館。燈火青熒，莫把吴鉤看。歌聲輭。酒斟宜淺。三盞清愁散。

又

古寺蕭條，十年再到經行路。舊題新句。總是關心處。睡起西軒，轉覺添幽趣。斜陽暮。淡煙疏雨。溼遍山前樹。

又

客夢初驚，雪晴風冷千山曉。塞煙沙草。又上郵亭道。石窟蘿龕，爲我君應埽。何時到。放懷吟嘯。相伴山閒老。

又

寂寂珠簾，鳳樓人去簫聲住。斷腸詩句。彩筆無題處。花褪残紅，緑滿西城樹。蘅皋暮。客愁何許。梅子黄時雨。

又

天上春來，滿前芳草迷歸路。楚山湘浦。朝暮誰雲雨。鳳吹初聽，認是吹簫侣。劉郎去。碧桃千樹。世外無尋處。

又　梨花

立盡黄昏，襪塵不到淩波處。雪香凝樹。嬾作陽臺雨。一水相縣，脈脈難爲語。情何許。向人如訴。寂寞臨江渚。

又　梅

策杖尋芳，小溪深雪前村路。暗香時度。更在清幽處。一見冰容，便有西湖趣。題新句。句成梅許。折得南枝去。

又

恰破黄昏，一灣新月稍稍共。玉溪流汞。時有香浮動。別後清風，馥郁添多種。如相送。未忘珍重。已入幽人夢。

桃源憶故人

桃花亂落如紅雨。閃下西城碧樹。寂寞瑣窗朱户。最是春深處。一尊酒盡青山暮。樓外輕雲猶渡。遠水悠悠不住。流得年光去。

以上四印齋本藏春樂府八十一首

姜彧

彧字文卿，山東萊陽人。生於嘉定十一年(一二一八)，歷宦至行臺御史中丞。至元三十年(一二九三)卒，年七十六。

浣溪沙 晉祠石刻二闋

方丈堆空瞰碧潭。潭光山影静相涵。開軒千里供晴嵐。流水桃花疑物外，小橋煙柳似江南。挽將風月入醺酣。

又

山滴嵐光水拍堤。草香沙暖淨無泥。只疑誤入武林溪。兩岸桃花烘日出，四圍高柳到天垂。一尊心事百年期。

至元十八年三月中澣，太史大夫河東山西道提刑案察使姜彧文卿，因視水利，敬謁祠下，少道目前之勝概。從行者，前嵐州知州平晉尹魏章，書吏王中千，中權秉中伯庸，簿尉史彦英。金石萃編補正卷三

鷓鴣天 晉祠石刻二闋

滿谷蕭蕭落葉黄。繡衣總馬駐平崗。一川野色迷秋色，四面山光接水光。花作陣，酒爲漿。晉祠風物正重陽。殷勤留住黄華使，同放乾坤入醉鄉。

又

一代衣冠共勝遊。晉陽祠宇若爲酬。溪山影裏聯金勒，簫鼓聲中倒玉舟。蒼壁秀，錦屏幽。留連一醉也風流。生平適脱一字能如此，不信青山兩鬢秋。

是歲九日陪御史中丞來遊，卽席賦鷓鴣天。同前

杜仁傑

仁傑字仲梁，號止軒，原名之元，字善夫。濟南長清人。金正大中，隱内鄉山中。元至元中，屢徵不起。子元素仕元，任福建閩海道廉訪使。仁傑以子貴，贈翰林承旨，資善大夫，卒謚文穆。

太常引

碧幮冰簟午風涼。都是好風光。獨自守空牀。淚滴了、千行萬行。別時情意，去時言約，剛道不思量。不是不思量。説着後、教人語長。

朝中措

汴梁三月正繁華。行路見雙娃。遍體一身明錦，遮塵滿面烏紗。車鞍似水，留伊無故，去落誰家。争奈無人説與，新來憔悴因他。以上二首見元草堂詩餘卷上

耶律鑄

鑄字成仲，楚材子。生於元太祖十六年（一二二一）。累官中書左丞相，卒於元世祖至元二十二年（一二八五），年六十五，追贈懿寧王，謚文忠。有雙溪醉隱集。

鵲橋仙 閬州得稼軒樂府全集，有西江月而今何事最相宜，宜醉宜閒宜睡。或曰，不若道宜笑宜狂宜醉。請足成之

皇都門外，玄都觀裏。露井樹旁歌意。先生憑恁作生涯，只嘲柳嘲桃嘲李。酒龍歌鳳，莫相迴避。就取逢場□戲。且聽人勸要推移，更宜笑宜狂宜醉。丁藏舊鈔本有注云，古歌詞，桃生露井上，李生桃樹傍。蟲來嚙桃根，李樹代桃僵。

太常引 題李隱君文集

扣聲寂寞播陽春。看流水、混行雲。大雅□扶輪。忍顏繼、齊梁後塵。清風明月，四時長在，光景自長新。不見謫仙人。更何處、乘槎問津。

眼兒媚 醴泉和高齋，遇煬帝故宮。

隔江誰唱後庭花。煙淡月籠沙。水雲凝恨，錦帆何事，也到天涯。　寄聲衰柳將煙草，且莫怨年華。東君也是，世間行客，知遇誰家。

木蘭花慢 丙戌歲，遊永安故宮，徧覽太液池、蓬瀛桂窟殿、天香閣，同坐中諸客，感而賦此。

花枝臨太液，□解語、入温柔。銜桂窟低迷，天香飄蕩，倒影遲留。須知畫圖難足，更青山環抱帝王州。□□□□□，□□□□□□。　□□□□□□□。鳳吹繞瀛洲。記水淺蓬萊，塵揚滄海，一醉都休。華胥夢，雖無迹，甚鼎湖、龍去水空流。青鳥不來難問，玉妃幾度仙遊。

彊村叢書用善本書室藏鈔雙溪醉隱集本

憶秦娥 贈前朝宮人琵琶色蘭蘭

恨凝積。佳人薄命尤堪惜。尤堪惜。事如春夢，了無遺跡。　人生適意無南北。相逢何必曾相識。曾相識。恍疑猶覽，內家圖籍。

趙萬里據永樂大典三千零四人字韻引耶律鑄樂府補

南鄉子 送人北行入燕作

匹馬赴嚴宸。將謂青雲上致身。不是男兒容易事，風塵。水遠山長愁殺人。　離別若爲情。雪暗西山淚滿巾。還憶夜來分手處，天津。桃李無言各自春。

永樂大典卷八千六百二十八行字韻引耶律鑄雙溪醉隱集

滿庭芳 西園席間用人韻

酒陣詩壇，徵兵命將，得無傾動華筵。擬勤春事，還自要相先。天地元如逆旅，應自愧、不駐流年。憑誰問，姮娥心事，何惜月長圓。　西園張樂地，獻歌呈舞，燕擾鶯喧。儘未妨穎玉，錦瑟旁邊。脱落塵凡健筆，終不負、與染芳煙。歡緣在，判家視草，仍是玉堂仙。

六國朝令 家園席間作

鳴珂繡轂，錦帶吳鉤。曾雅稱、量金結勝游。信人問無點事、可掛心頭。須知，不待把閑情釀做閑愁。只恐落高人第二籌。歌雲容裔，夢雨遲留。殢慣振芳塵，不夜樓。光飾仙春盛跡，點化温柔。索教頽縱惜花人，標牓風流。快入醉鄉來，劉醉侯。

以上二首見永樂大典二萬三百五十三席字韻引耶律鑄詞

白樸

樸字太素，一字仁甫，號蘭谷，真定(今河北省正定縣)人。生於正大三年(一二二六)。父華仕金爲樞密院判。樸七歲時，元師入汴，父遠適，依元好問長成。元一統後，徙家金陵，放情山水，卒於至元二十二年(一三〇七)，年八十一。所作除散曲雜劇外，有天籟集詞。

春從天上來　至元四年，恭遇聖節，真定總府請作壽詞。

樞電光旋。應九五飛龍，大造登乾。萬國冠帶，一氣陶甄，天眷自古雄燕。喜光臨彌月，香浮動、太液秋蓮。鳳樓前。看金盤承露，玉鼎霏煙。　梨園。太平妙選，贊虎拜兕觴，鷺序鵷班。九奏虞韶，三呼嵩嶽，何用海上求僊。但巖廊高拱，瓜瓞衍、皇祚綿綿。萬斯年。快康衢擊壤，同戴堯天。

奪錦標　奪錦標曲，不知始自何時，世所傳者，惟僧仲殊一篇而已。予每浩歌，尋繹音節，因欲效顰，恨未得佳趣耳。庚辰卜居建康，暇日訪古，採陳後主張貴妃事，以成素志。按後主既脱景陽井之厄，隋元帥府長史高熲竟就戮麗華於青溪，後人哀之，其地立小祠，祠中塑二女郎，次則孔貴嬪也。今遺構荒涼，廟貌亦不存矣。感歎之餘，作樂府青溪怨。

霜水明秋，霞天送晚，畫出江南江北。滿目山圍故國，三閣餘香，六朝陳迹。有庭花遺譜，口哀音、令人嗟惜。想當時、天子無愁，自古佳人難得。　惆悵龍沈宮井，石上啼痕，猶點胭脂紅溼。去去天荒地老，流水無情，落花狼籍。恨青溪留在，渺重城、煙波空碧。對西風、誰與招魂，夢裏行雲消息。

又　得友人王仲常李文蔚書（案丁鈔本天籟集題下注云，仲常名思廉，仕元至翰林學士承旨）

孤影長嗟，憑高眺遠，落日新亭西北。幸有山河在眼，風景留人，楚囚何泣。儘紛争蝸角，算都輸、林泉閒適。澹悠悠、流水行雲，任我平生踪跡。誰念江州司馬，淪落天涯，青衫未免沾溼。夢裏封龍舊隱，經卷琴囊，酒樽詩筆。對中天涼月，且高歌、徘徊今夕。隴頭人、應也相思，萬里梅花消息。

水調歌頭　詠月

銀蟾吸清露，白兔搗玄霜。青天萬古明月，中有物蒼蒼。想是臨風丹桂，費盡斫雲玉斧，秋蕊自芬芳。印透一輪影，吹下九天香。怪霜娥，才二八，減容光。娥眉幾畫新樣，晚鏡爲誰妝。見説開元天子，曾到清虚僊府，一曲聽霓裳。何事便歸去，空斷舞鸞腸。

又　用前韻

明月復明月，天宇淨新霜。霜中養就白兔，未覺玉容蒼。照影來今往古，圓缺陰晴幾度，丹桂儼然芳。遐想廣寒露，誰得一枝香。恍瑶臺，飛寶鏡，散重光。嫦娥久餌靈藥，點出淡雲妝。閒與風姨相聚，不似天孫獨苦，終日織僊裳。脉脉望河鼓，縈損幾柔腸。

又　初至金陵，諸公會飲，因用北州集咸陽懷古韻。

蒼煙擁喬木，粉雉倚寒空。行人日暮回首，指點舊離宫。好在龍蟠虎踞，試問石城鍾阜，形勢爲誰雄。慷慨一尊酒，南北幾衰翁。賦朝雲，歌夜月，醉春風。新亭何苦流涕，興廢古今同。朱雀橋邊野草，白鷺洲邊江水，遺恨幾時終。唤起六朝夢，山色有無中。

又　諸公見賡前韻，復自和數章，戲呈施雪谷景悦。

樓船萬艘下，鍾阜一龍空。胭脂石井猶在，移出景陽宫。花草吴時幽徑，禾黍陳家古殿，無復戍樓雄。

更道子山賦，愁殺白頭翁。記當年，南北恨，馬牛風。降旛一片飛出，難與向來同。璧月瓊枝新恨，結綺臨春好夢，畢竟有時終。莫唱後庭曲，聲在淚痕中。

又　感南唐故宮，就隱括後主詞。

南郊舊壇在，北渡昔人空。殘陽澹澹無語，零落故王宮。前日雕闌玉砌，今日遺臺老樹，尚想霸圖雄。誰謂埋金地，都屬賣柴翁。慨悲歌，懷故國，又東風。不堪往事多少，回首夢魂同。借問春花秋月，幾換朱顏綠鬢，荏苒歲華終。莫上小樓上，愁滿月明中。

又

朝花幾回謝，春草幾回空。人生何苦奔競，勘破大槐宮。不入麒麟畫裏，卻喜鱸魚江上，一宅了楊雄。且飲建業水，莫羨富家翁。酹青山，歌赤壁，想高風。兩翁今在何許，喚起一樽同。繫住天邊白日，抱得山間明月，我亦遂長終。何必驂鸞鳳，游戲太虛中。

又　咸陽懷古，復用前韻。

鞭石下滄海，海内漸成空。君王日夜爲樂，高枕望夷宮。方歎東門逐兔，又慨中原失鹿，草昧起英雄。不待素靈哭，已識斬蛇翁。笑重瞳，徒叱咤，凜生風。阿房三月焦土，有罪與秦同。秦固亡人六國，楚復絶秦三世，萬世果誰終。我欲問天道，政在不言中。

又　擬遊茅山，贈心遠提點。

三峰足雲氣，萬壑散秋聲。茅君曾此成道，山與地俱靈。遥望蒼松紫檜，疑是煙幢霧蓋，冉冉下青冥。鸞鶴故山夢，香火歲時情。洞天開，丹竈冷，有遺經。華陽自古招隱，飛煉得長生。慙媿山中宰相，便許綸巾鶴氅，相對聽吹笙。何處滄浪水，吾亦濯塵纓。

又　冬至，同行臺王子勉中丞，韓君美侍御，霍清夫治書，登周處讀書臺，過古鹿苑寺。

疎雲黯霧樹，秋潦淨寒潭。徘徊子隱臺下，不見舊書龕。鹿苑空餘蕭寺，蟒穴誰傳郗氏，聊此問瞿曇。千古得欺罔，一笑莫窮探。俯秦淮，山倒影，浴層嵐。六朝城郭如故，江北到江南。三十六陂春水，二十四橋明月，好景入清談。未醉更呼酒，欲去且停驂。

又　丙戌夏四月八日，夜夢有人以三元秘秋水五言謂予，請三元之義，曰，上中下也。恍惚玩味，可作水調歌頭首句，恨秘字之義未詳。後從相國史公歡遊如平生，俾賦樂章，因道此句，但不知秘字何意。公曰，秘即封也，甫一頡而寤，後三日成之，以識其異。

三元秘秋水，□□□□□。天人點破消息，夢裏悟南華。河伯徒□□□，□□□歸毫末，一笑井中蛙。試問漆園老，誰是大方家。□黃鐘，推甲子，定無差。悠悠天理人事，風外萬飛沙。且弄空山明月，自薦寒泉秋菊，睡起漱朝霞。更欲辨齊物，銀海眩生花。

又　予既賦前篇，一日舉似京口郭義山，義山曰，此詞固佳，但詳夢中所得之句，元者應謂水府，今止詠甲子及秋水篇事，恐未盡也，因請再賦。

三元秘秋水，秋水一何多。江流滾滾無盡，淮漢入包羅。遥想靈官神府，坐閱潮頭風怒，萬里瞰滄波。浩蕩没鷗鷺，噴薄出蛟鼉。馬當山，牛渚渡，幾人過。金鼇下瞰京口，舟楫避盤渦。始信林生禱雨，一濯黃泥盡許，無柰旱苗何。我欲洗兵馬，誰解挽天河。

又　予兒時在遺山家，阿姊嘗教誦先叔放言古今忽白首，感念之餘，賦此詞云。

韓非死孤憤，虞叟坐窮愁。懷沙千古遺恨，郊島兩詩囚。堪笑並蛙禪黽，不道人生能幾，肝肺自相讎。政有一朝樂，不抵百年憂。嘆悠悠，江上水，自東流。紅顏不暇一惜，白髮忽盈頭。我欲拂衣遠行，直上崧山絶頂，把酒勸浮丘。藉此兩黄鵠，浩蕩看齊州。

又

北風下庭緑，客鬢入霜華。回首北望鄉國，雙淚落清笳。天地悠悠逆旅，歲月匆匆過客，吾也豈匏瓜。四海有知己，何地不爲家。五溪魚，千里菜，九江茶。從他造物留住，辦作老生涯。不願酒中有聖，但願心頭無事，高枕卧煙霞。晚節憶吹帽，籬菊漸開花。

又　至元戊寅爲江西吕道山參政壽

香風萬家曉，和氣九江春。朝回冠蓋得意，玉季和金昆。屈指登高舊節，側耳稱觴新語，採菊舊芳樽。南土愛王粲，東閣壽平津。節龍香，符虎重，印龜新。弓刀千騎如水，曾爲下南閩。牆外陰陰桃李，庭下輝輝蘭玉，一笑指莊椿。更看濟時了，高卧道山雲。

又　十月海棠

金盤薦華屋，銀燭照紅妝。歡遊曾得多少，風雨送春忙。只道神仙漸遠，争信情緣未斷，自有返魂香。萬木盡摇落，穠艷又芬芳。憶真妃，春睡足，按霓裳。馬嵬西下回首，野日淡無光。不避山茶小雪，似愛江梅新月，疎影伴昏黄。誰唤□□起，呵手染臙霜。案丁鈔本天籟集注云，臙與胭同，是中州集王予可詞自注，謂脂粉也。

又　夜醉西樓爲楚英作

雙眸翦秋水，十指露春葱。仙姿不受塵污，縹緲玉芙蓉。舞徧柘枝遺譜，歌盡桃花團扇，無語到東風。此意復誰解，我輩正情鍾。喜相從，詩卷裏，酒杯中。纏頭安用百萬，自有海犀通。日日東山高興，夜夜西樓好夢，斜月小簾櫳。何物寫幽思，醉墨錦箋紅。

水龍吟　丙午秋，到維揚，途中值雨，甚快然

短亭休唱陽關，柳絲惹盡行人怨。鴛鴦隻影，荷枯葦淡，沙寒水淺。紅綬雙銜，玉簪中斷，苦難留戀。更黃花細雨，征鞍催上，青衫淚、一時濺。回首孤城不見，黯秋空、去鴻一線。情緣未了，誰教重賦，春風人面。鬬草閒庭，採香幽徑，舊曾行徧。謾今宵酒醒，無言有恨，恨天涯遠。

又　么前三字用仄者，見田不伐洋嘔集，水龍吟二首皆如此。田妙於音，蓋仄無疑，或用平字，恐不堪協。雲和署樂工宋奴伯婦王氏，以洞簫合曲，宛然有承平之意，乞詞於予，故作以贈。會好事者爲王氏寫真，末章及之。

綵雲蕭史臺空，洞天誰是驂鸞伴。傷心記得，開元遊幸，連昌別館。力士傳呼，念奴供唱，阿郎吹管。悵無情一枕，緐華夢覺，流年又、暗中換。邂逅京都兒女，歡遊徧、畫樓東畔。樽前一曲，餘音嫋嫋，驪珠相貫。日落邯鄲，月明燕市，儘堪腸斷。倩丹青細染，風流圖畫，寫崔徽半。

又　送史總帥鎮西川，時方混一。

壯懷千載風雲，玉龍無計三冬臥。天教喚起，崢嶸才器，人稱王佐。豹略深藏，虎符榮佩，君恩重荷。看旌旗動色，軍容一變，鵬翼展、先聲播。我望金陵王氣，儘消磨、區區江左。樓船萬艘，瞿塘東瞰，徒橫鐵鎖。八陣名成，七擒功就，南夷膽破。待他年畫像，麒麟閣上，爲將軍賀。

又　九月四日，爲江州總管楊文卿壽。

鴈門天下英雄，策勳宜在平吳後。金符佩虎，青雲飄蓋，名藩坐守。千里江皋，一時淮甸，掃清殘寇。看人歸厚德，天垂餘慶，階庭畔、芝蘭秀。我望戟門如畫，氣佳哉、危亭新搆。年年此席，風流長占，中秋重九。丹桂留香，綠橙供味，碧萸催酒。有廬山絕頂，蒼蒼五老，贊君侯壽。

又　登岳陽樓，感鄭生龍女事，譜大曲薄媚。

洞庭春水如天，岳陽樓上誰開宴。飄零鄭子，危欄倚遍，山長恨遠。何處蘭舟，彩霞浮漾，笙簫一片。有娥眉起舞，含嚬凝睇，分明是、舊仙媛。　風起魚龍浪捲，望行雲、飄然不見。人生幾許，悲歡離聚，情鍾難遣。聞道當時，汜人能誦，招魂九辯。又何如乞我，輕綃數尺，寫湘中怨。

又　九日同諸公會飲鍾山望草堂有感

倚天鍾阜龍蟠，四時青壁雲煙潤。陂陀十里，蒼髯夾路，清風緩引。蘭若西邊，草堂别崦，遺基猶認。自猿驚鶴怨，山人去後，誰更向、此中隱。　獨愛丹崖碧嶺，枕平川、人家相近。登臨對酒，茱萸香細，莓苔坐穩。老計菟裘，故應來就，林泉佳遯。怕煙霞笑我，塵容俗狀，把山英問。

又　送張大經御史，就用公九日韻，兼簡盧處道副使，使寧國買丁鈔本作賈按察司時。丁鈔本題下注云 盧號疎齋。

繡衣攬轡西行，慨然有志人知否。江山好處，留連光景，一杯别酒。世事無端，惱人方寸，十常八九。對霜松露菊，荒涼三徑，等閒又、登高後。　問訊宣城太守，幾裁詩、畫堂清晝。山長水闊，思君不見，踟躕搔首。卻羨行雲，暫留還去，無心出岫。笑窮途歲晚，江頭送客，唱青青柳。

又　遺山先生有醉鄉一詞，僕飲量素慳，不知其趣，獨閒居嗜睡有味，因爲賦此。

醉鄉千古人行，看來直到亡何地。如何物外，華胥境界，升平夢寐。鸞馭翩翩，蝶魂栩栩，俯觀羣蟻。恨周公不見，莊生一去，誰真解、黑甜味。　聞道希夷高卧，占三峰、華山重翠。尋常羨殺，清風嶺上，白雲堆裏。不負平生，算來惟有，日高春睡。有林間剥啄，忘機幽鳥，唤先生起。

案此下原附曹光輔和詞另録

又　用前韻，贈答光輔。

倚闌千里風煙，下臨吳楚知無地。有人高枕，樓居長夏，晝眠夕寐。驚覺游僊，紫毫吐鳳，玉觴吞蟻。更誰人似得，淵明太白，詩中趣、酒中味。 慙媿東溪處士，待他年、好山分翠。人生何苦，紅塵陌上，白頭浪衆。四壁窗明，兩盂粥罷，暫時打睡。儘聞雞祖逖，中宵狂舞，蹴劉琨起。

又 予始賦睡詞，諸公賡和三十餘首。一日友人王文卿携餚來訪，話及梁園舊遊，因感其事，復用前韻。

萬金不買青春，老來可惜歡娛地。有時記得，江樓深夜，解鞍留寐。蘭焰噴虹，寶香薰麝，玉醅蒭蟻。更誰能細說，當年風韻，江瑤柱、荔枝味。 漂泊江湖萬里，渺難尋、採菱拾翠。何心更到，折枝圖上，賣花聲裏。蓬鬢刁騷，角巾欹墮，枕書聊睡。恨悤悤未辦，蓴鱸歸棹，又秋風起。

念奴嬌 題鎮江多景樓，用坡僊韻。

江山信美，快平生、一覽南州風物。落日金焦，浮紺宇，鐵甕獨殘城壁。雲擁潮來，水隨天去，幾點沙鷗雪。消磨不盡，古今天寶人傑。 遙望石塚巉然，參軍此葬，萬劫誰能發。桑梓龍荒，驚嘆後、幾度生靈埋滅。往事休論，酒杯纔近，照見星星髮。一聲長嘯，海門飛上明月。

又 中秋效李敬齋體，每句用月字。

一輪月好，正人間、八月涼生襟袖。萬古山河，歸月影、表裏月明光透。月桂婆娑，月香飄蕩，修月香人手。 深沈月殿，月蛾誰念消瘦。 今夕乘月登樓，天低月近，對月能無酒。把酒長歌邀月飲，明月正堪爲友。月向人圓，月和人醉，月是承平舊。年年賞月，願人如月長久。

案此下原附僧仲璋念奴嬌另録

又 題闕

江湖落魄，鬢成絲、遙憶揚州風物。十里樓臺，簾半捲、玉女香車鈿壁。后土祠寒，唐昌花盡，誰弄瓊枝雪。山川良是，古來銷盡雄傑。落日煙水茫茫，孤城殘角，怨入清笳發。岸檥扁舟人不寐，柳外漁燈明滅。半夜潮來，一帆風送，凜凜森毛髮。乘流東下，玉簫吹落殘月。

又　壬戌秋泊漢江鴛鴦灘，寄贈。

露團漸冷，又今年、孤負中秋明月。誰念江干、憔悴我，夢斷芙蓉城闕。燕子東歸，鴻賓南下，滿眼蘆花雪。行人何處，也應珠淚凝睫。常記樓上歌聲，一尊酒盡，默默無言別。恨殺鴛鴦灘下水，不寄題詩紅葉。聚淚鮫綃，畫眉螺黛，總在歸時節。百年心事，等閒休向人說。

滿江紅　題呂仙祠飛吟亭壁，用馮經歷韻。

雲外孤亭，空悵望、煙霞仙客。還試問、飛吟詩句，爲誰留別。三入岳陽人不識，浮生擾擾蒼蠅血。道老精、知向樹陰中，曾來歇。松檉在，虬枝結。皮溜雨，根盤月。恨還丹不到，後來豪傑。塵世千

年翻甲子，秋空一劒横霜雪。待他時、攜酒赤城遊，相逢說。

又　用前韻留别巴陵諸公，時至元十四年冬

行遍江南，算只有、青山留客。親友問、中年哀樂，幾回離別。棋罷不知人換世，兵餘猶見川留血。歎昔時、歌舞岳陽樓，繁華歇。寒日短，愁雲結。幽故壘，空殘月。聽閣閣談笑，果誰雄傑。破枕纔移孤館雨，扁舟又泛長江雪。要煙花、三月到揚州，逢人說。

又　庚戌春別燕城

雲鬢犀枕，誰似得、錢塘人物。還又喜、小牕虚幌，伴人幽獨。薦枕恰疑巫峽夢，舉杯忽聽陽關曲。問淚痕、幾度浥羅巾，長相續。南浦遠，歸心促。春草碧，春波緑。黯銷魂無際，後歡難卜。試手牕前機織錦，斷腸石上簪磨玉。恨馬頭、斜月減清光，何時復。

又　重陽後二日王彥文並利用秦山甫相過小飲

過了重陽，寒慘慘、秋陰連日。尚何事、滿城風雨，漏天如泣。點染一林紅葉暗，飄蕭三徑黃花溼。聽敲門、忽有客三人，來相覓。時節好，誇橙橘。兒女喜，分梨栗。罄一樽聊慰，老懷岑寂。想像曾來神女賦，傷心似失文通筆。破殘年、催釀酒如川，長鯨吸。

又　同（案原無同字，茲從丁鈔本補）鄭都事復用前韻退訖所租學田

費盡長繩，繫不住、西飛白日。客窗外、滿庭秋草，露蛩寒泣。酒後看花空眼亂，花前把酒從衣溼。要一廛、歸老作菟裘，何難覓。仙客老，巴園橘。封萬户，燕山栗。且栽培松竹，伴人孤寂。豈有梁鴻高世志，也無司馬題橋筆。便與君、同訪洞庭春，和雲吸。

瑞鶴仙　登金陵烏衣園來燕臺

夕陽王謝宅。對草樹荒寒，亭臺欹側。烏衣舊時客。渺雙飛萬里，水雲寬窄。東風羽翅，也迷卻、當時巷陌。向尋常百姓人家，孤負幾回春色。悽惻。人空不見，畫棟棲香，繡簾窺額。雲兜霧隔。錦書至付誰拆。劉郎只見慣，金陵興廢，贈得行人鬢白。又爭如復到玄都，免葵燕麥。

沁園春　金陵鳳凰臺眺望

獨上遺臺，目斷清秋，鳳兮不還。悵吳宮幽徑，埋深花草，晉時高塚，鎖盡衣冠。橫吹聲沈，騎鯨人去，月滿空江鴈影寒。登臨處，且摩挲石刻，徙倚闌干。青天半落三山。更白鷺洲橫二水間。問誰能心叱，秋來水靜，漸教身似，嶺上雲閒。擾擾人生，紛紛世事，就裏（原無此二字，茲從丁鈔本補）何常不强顏。重回首、怕浮雲蔽日，不見長安。

又　保寧佛殿卽鳳凰臺，太白留題在焉。宋高宗南渡，嘗駐蹕寺中，有石刻御書王荊公贈僧詩云，紛紛

擾擾十年間，世事何常不强顏，亦欲心如秋水靜，應須身似嶺雲閒。意者當時南北擾攘，國家蕩析，磨盾鞍馬間，有經營之志，百未一遂，此詩若有深契於心者以自況。予暇日來遊，因演太白荆公詩意，亦猶稼軒水龍吟用李延年淳於髡語也。

我望山形，虎踞龍盤，壯哉建康。憶黃旗紫蓋，中興東晉，雕闌玉砌，下逮南唐。步步金蓮，朝朝瓊樹，宮殿吴時花草香。今何日，尚寺留蕭姓，人做梅妝。　長江。不管興亡。謾流盡、英雄淚萬行。問烏衣舊宅，誰家作主，白頭老子，今日還鄉。弔古愁濃，題詩人去，寂寞高樓無鳳凰。斜陽外，正漁舟唱晚，一片鳴榔。

又　夜夢，就樹摘桃噉之，於中一枚甘苦，覺而異之，因爲之賦。

渺渺吟懷，望佳人兮，在天一方。問鯤鵬九萬，扶搖何力，蝸牛兩角，蠻觸誰强。華表鶴來，銅盤人去，白日青天夢一場。俄然覺，正醯雞舞甕，野馬

飛窗。　徜徉。玩世何妨。更誰道、狂時不得狂。羨東方臣朔，從容帝所，西真阿母，喚作兒郎。一笑人間，三遊海上，畢竟仙家日月長。相隨去，想蟠桃熟後，也許偷嘗。

又　監察師巨源將辟予爲政，因讀嵇康與山濤書，有契於予心者，就譜此詞以謝。

自古賢能，壯歲飛騰，老來退閒。念一身九患，天教寂寞，百年孤憤，日就衰殘。麋鹿難馴，金鑣縱好，志在長林豐草閒。唐虞世，也曾聞巢許，遁跡箕山。　越人無用殷冠。怕機事纏頭不耐煩。對詩書滿架，子孫可教，琴樽一室，親舊相歡。況屬清時，得延殘喘，魚鳥溪山任往還。還知否，有絶交書在，細與君看。

又　送按察司合道公赴浙東任

玉節星軺，十道監司，治稱最優。甚惠風纔到，豚魚亦信，清霜未降，狐兎先愁。鎮靜洪都，澄清白

下，又過東南第一州。雲煙底，看千嵒競秀，萬壑爭流。離筵無計相留。謾慷慨中年白髮稠。記瓊花照眼，忙催詩筆，松燈促座，笑遞觥籌。放浪形骸，欣於所遇，負我蘭亭共一遊。心期在，想山陰興盡，和月回舟。

又 十二月十四日爲平章呂公壽

蓋世名豪，壯歲鷹揚，擁兵上流。把金湯固守，精誠貫日，衣冠不改，意氣橫秋。北闕絲綸，南朝家世，好在雲間建節樓。平章事，便急流勇退，黄閣難留。 菟裘。喜遂歸休。著宮錦、何妨萬里遊。醉似謝安笑傲，東山別墅，鴟夸放浪，西子扁舟。醉眼乾坤，歌鬟風霧，笑折梅花插滿頭。千秋歲，望壽星光彩，長照南州。

又 呂道山左丞覲回，過金陵別業。至元丙子，予識道山於九江，今十年矣。

流水高山，獨許鍾期，最知伯牙。愧我投木李，得酬瓊玖，人驚玉樹，肯倚蒹葭。風雨十年，江湖千里，望美人兮天一涯。重攜手，似仲宣去國，江令還家。 門前柳拂堤沙。便好繫、天津泛斗槎。看金鞍鬧簇，花邊置酒，玉盂旋洗，竹裏供茶。朱雀橋荒，烏衣巷古，莫笑斜陽野草花。寒食近，算人生行樂，少住爲佳。

又 夜枕無夢感子陵太白事，明日賦此。

千載尋盟，李白扁舟，嚴陵釣車。囗故人偃蹇，足加帝腹，將軍權幸，手脫公靴。星斗名高，江湖跡在，爛熳雲山幾處遮。山光裏，有紅鱗旋斫，白酒須賒。 龍蛇。起陸曾嗟。且放我狂歌醉飲些。甚人生貧賤，剛求富貴，天教富貴，卻騁驕奢。乘興而來，造門卽返，何必親逢安道耶。兒童笑道，先生醉矣，風帽欹斜。

風入松 詠紅梅將橙子皮作酒杯

使君高宴出紅梅。腰鼓揭春雷。更將紅酒澆濃艷，風流夢、不負花魁。千里江山吳楚，一時人物鄒枚。軟金杯襯硬金杯。香挽洞庭回。西溪不減東山興，歡搖動、北海樽罍。老我天涯倦客，一杯醉玉先頹。以上四印齋本天籟集卷上四十八首，間以丁鈔本天籟集校，詞中附録曹光輔詞及僧仲璋詞另録。

風流子　丁亥秋，復得仲常書，有楚星燕月，千里相望，何時會合，以副舊遊之語。就譜此曲以寄之。

花月少年場。嬉遊伴，底事不能忘。楊柳送歌，暗分春色，夭桃凝笑，爛賞天香。綺筵上，酒杯金瀲灩，詩卷墨淋浪。閒裊玉鞭，管絃珂里，醉攜紅袖，燈火夜原缺夜字，茲從丁鈔本補行。回首事堪傷。溫柔竟處，流落江鄉。惆悵鬢絲禪榻，眉黛吟窗。甚社燕秋鴻，十年無定，楚星燕月，千里相望。何日故園行樂，重會風光。

燭影搖紅　前事用呂東牕韻

三尺枯桐，古來長恨知音少。玉簫吹斷鳳樓雲，此恨何時了。落日飛鴻聲悄。□長江、離魂浩渺。□□□□，□□□□，□□誰表。風雨紅稀，夢回別院鶯啼曉。一生孤負看花心，惆悵人空老。待訪還丹瑞草。駕飇輪、蓬萊去好。又愁滄海，恍惚塵揚，難尋仙島。

摸魚子　七夕用嚴柔濟韻

問雙星、有情幾許，消磨不盡今古。年年此夕風流會，香暖月牕雲户。聽笑語。知幾處。彩樓瓜果祈牛女。蛛絲暗度。似拋擲金梭，縈回錦字，織就舊時句。愁雲暮。漠漠蒼煙掛樹。人間心更誰訴。擘釵分鈿蓬山遠，一樣絳河銀浦。烏鵲渡。離別苦。啼妝灑盡新秋雨。雲屏且駐。算猶勝姮娥，倉皇奔月，只有去時路。

又　真定城南異塵堂同諸公晚眺

敞青紅、水邊牕外，登臨元有佳趣。薰風蕩漾昆明錦，一片藕花無數。纔欲語。香暗度。紅塵不到蒼煙渚。多情鷗鷺。儘翠蓋搖殘，紅衣落盡，相與伴風雨。橫塘路。好在吴兒越女。扁舟幾度來去。採菱歌斷三湘遠，寂寞岸花汀樹。天已暮。更留看飄然月下淩波步。風流自許。待載酒重來，淋漓醉墨，爲寫洛神賦。

又

秋仲一日，李具瞻侍御偕予過天慶觀，訪蒲敬之都事。既而登冶城，藉草於蒼蒼萬玉中，觴詠樂甚。道官王默隱者在焉，且盟其兩柏森立間搆亭，爲遊目騁懷之所。翌日賦此，記一時之概耳。

望參差、冶城煙樹。故人知在琳宇。繡衣來就論文飲，隨意割雞炊黍。歡樂處。忘爾汝。清談況有神仙侶。一杯緩舉。放遠目增明，遥岑出翠，俯仰幾今古。紅塵夢，不到丹臺紫府。尋真偶得佳趣。兩株翠柏參天起，千畝渭川煙雨。君已許。向此地結亭，爲我開牕户。朝來暮去。待細攬煙霞，平分風月，揮灑錦囊句。

又

用前韻送敬之蒲君卜居淮上，敬之自翰苑□蘄黄道宣慰幕官。

聽西風、細吟亭樹。秋聲先到衡宇。季鷹千里蒓鱸興，更喜范張雞黍。傾蓋處。慙媿汝。高樓不減煙霞侶。匏樽笑舉。對得意江山，忘懷風月，醉眼玩今古。鸞坡客，又向紅蓮幕府。田園何日成趣。九重聞道思賢佐，恐要濟時霖雨。天若許。從所好結廬，相就開蓬户。山人休去。怕蕙帳空懸，猿驚鶴怨，貽笑草堂句。

又

復用前韻

問誰歌、六朝瓊樹。當年春滿庭宇。歌殘夜月西風起，吹動一川禾黍。愁絶處。□□汝。姑蘇麋鹿成羣侶。清樽謾舉。對淡淡長空，蕭蕭喬木，慷慨弔今古。生平苦。走徧南州北府。年來頗得幽趣。緑簑青笠渾無事，醉卧一天風雨。秋幾許。沙渚上，漁樵小隱隨編户。扁原缺扁字，茲從丁鈔本補舟脱去。望綺散餘霞，江澄淨練，還愛謝公句。

木蘭花慢　燈夕到維揚

壯東南形勝，淮吐浪、海吞潮。記此日江都，錦帆巡幸，汴水迢遥。迷樓故應不見，見原缺見字，兹從丁鈔本補瓊花、底事也香消。興廢幾更王霸，是非總付漁樵。　誰能十萬更纏腰。鶴馭儘飄飄。正繡陌珠簾，紅燈鬧影，三五良宵。春風竹西亭上，拌淋漓、一醉解金貂。二十四橋明月，玉人何處吹簫。

又　題闕

聽鳴騶入谷，怕驚動、北山猿。且放浪形骸，支持歲月，點檢田園。先生結廬人境，竟不知、門外市塵喧。醉後清風到枕，醒來明月當軒。　伏波勳業照青編。薏苡又何寃。笑蕞爾倭奴，抗衡上國，挑禍中原。分明一盤棋勢，謾教人、著眼看師言。爲問鵾鵬瀚海，何如雞犬桃源。

又　覃懷北賞梅，同參政西庵楊丈，和奥敦周卿府判韻。

記羅浮仙子，儼微步、過山村。正日暮天寒、明裝淡抹，來伴清樽。行雲黯然飛去，悵參横月落夢無痕。翠羽嘈嘈樹杪，玉鈿隱隱牆根。　山陽一氣變冬温。真實不須論。滿竹外幽香，水邊疎影，直徹蘇門。彷彿對花終日，拌淋漓、襟袖醉昏昏。折得一枝在手，天涯幾度銷魂。

又　復用前韻，代友人宋子冶賦。

望丹東沁北，淡流水、繞孤村。對幾樹疎梅，十分素艷，一曲芳樽。誰堪歲寒爲友，伴仙姿、孤瘦雪霜痕。翠竹森森抱節，蒼松落落盤根。　銅瓶水滿玉肌温。此意與誰論。漸月冷芸牕，燈殘紙帳，夜悄衡門。傷心杜陵老眼，細看來、只似霧中昏。賴有清風破鼻，少眠浮動吟魂。

又　王彦立所居南齋，榜真隱，庭中新作盤池，同諸公賦。

渺高情公子，得真隱、信悠哉。占上下壺天，中間隙地，鑿破莓苔。移將鑑湖寒影，放微風、灩灩翠奩開。便有一番荷芰，都無半點塵埃。夜深明月晃閒階。不負小亭臺。儘羅袖盛香，碧筒吸露，一洗胸懷。紅蓮故家幕府，看新詩、題詠滿南齋。好聽蕭蕭風雨，老夫從此須來。

又　丙子冬，寄隆興吕道山左丞。

憶元龍湖海，樽俎地、笑談間。儘畫燭寒燒，紅螺細捲，沈醉更闌。西風數聲笳鼓，悵匡廬、山下送征鞍。秋水蘋花漸老，曉霜楓葉初丹。滕王高閣倚江干。極目楚天閒。想畫棟朱簾，朝雲南浦，暮雨西山。天涯倦遊司馬，更幾時、攜手一憑欄。別後相思何處，月明千里鄉關。

又　戊子秋，送合道監司赴任秦中，兼簡程介甫按察。

倦區區遊宦，便回棹、謝山陰。算誰似君侯，蓴鱸有味，富貴無心。匆匆又移玉節，恨相思、何處更相尋。渭北春天樹遠，江東日暮雲深。岸花檣燕動悲吟。把酒惜分襟。問玉井蓮開，三峰絶頂，誰共登臨。長安故人好在，憶元龍、名重古猶今。説與英雄湖海，應憐枯槁山林。

又　己丑送胡紹開王仲謀兩按察赴浙右閩中任。時浙憲置司於平江，故有向吴亭句。

擁煌煌雙節，九萬里、入鵬程。愛人物鄒枚，文章李梅，海内聲名。相逢廣陵陌上，恨一樽、不盡故人情。歲月奔馳飛鳥，交遊聚散浮萍。出門一笑大江橫。馬首向吴亭。且分路揚鑣，七閩兩浙，得意澄清。江山賸供詩□，想徘徊、南斗避文星。留著調元老手，却來同佐昇平。

又　歌者樊娃索賦

愛人間尤物，信花月、與精神。聽歌串驪珠，聲匀象板，咽水縈雲。風流舊家樊素，記櫻桃、名動洛陽春。千古東山高興，一時北海清樽。天公不禁自由身。放我醉紅裙。想故國邯鄲，荒臺老樹，儘賦招魂。青山幾年無恙，但淚痕、差比向來新。莫要琵琶寫恨，與君同是行人。

又　爲樂府宋生賦。宋字壽香，燕城好事者爲渠寫真，手撚荼蘼一枝。

展春風圖畫，恍人世、有神仙。愛手撚荼蘼，香間韻遠，韡袖垂肩。東鄰幾番覩見，意丹青、無地著嬋娟。杏臉紅生曉暈，柳眉翠點春妍。　舞衫歌扇綺羅筵。還我舊因緣。儘金縷新聲，烏絲醉墨，共惜流年。年來茂陵多病，更玉琴、凄斷鳳鸞弦。時方喪偶留得一枝春在，不妨絶倒尊前。

又　題闕

快人生行樂，捲江海、入瑶觴。對滿眼韶華，東城南陌，日日尋芳。吟鞭緩隨驕馬，殢春風、指點杏花牆。時聽鶯啼宛轉，幾回蝶夢悠揚。　行雲早晚上巫陽。驀地惱愁腸。待玉鏡臺邊，銀燈影裏，細看濃妝。風情自憐韓壽，恨無緣、得佩賈充香。説與殷懃青鳥，暫時相見何妨。

又　感香囊悼雙文

覽香囊無語，謾流淚、溼紅紗。記戀戀成歡，匆匆解佩，不忍忘他。消殘半襟蘭麝，向繡茸、詩句映梅花。疎影橫斜何處，暗香浮動誰家。　春霜底事掃濃華。埋玉向泥沙。嘆物是人非，虚迎桃葉，誰偶匏瓜。西風楚詞歌罷，料芳魂、飛作碧天霞。鏡裏舞鸞空在，人間後會無涯。

玉漏遲　題闕

故園風物好。芳樽日日，花前傾倒。南浦傷心，望斷緑波春草。多少相思淚點，算只有、青衫知道。殘夢覺。無人解我，厭厭懷抱。　懊惱。楚峽行雲，便賦盡高唐，後期誰報。玉杵玄霜，著意且須重擣。轉眼梅花過也，又屈指、春殘燈鬧。妝鏡曉。應念畫眉人老。

又　段伯堅同予留滯九江其歸也別侍兒睡香予亦有感

睡香花正吐。誰交付與，東君爲主。夢覺廬山，一片綵雲何所。惆悵留題在壁，麝墨染、無窮愁緒。常記取。徘徊顧影，鐙前低語。幾許。欺密留情，繫絆煞世間，□□兒女。淪落天涯，夜夜月明溢浦。連我青衫淚滿，料不忍、孤帆東去。離思苦。休唱渭城朝雨。

又　題闕

碧梧深院悄。清明過也，秋千閒了。楊柳陰中，又是一番啼鳥。人去瑤臺路遠，孤負卻、花前歡笑。音信杳。西樓盡日，憑欄凝眺。縹緲。霧閣雲窗，恨夢斷青鸞，夜深寒悄。簷玉敲殘，捱得五更風小。麝注金猊燼冷，畫燭短、銀屏空照。芳徑曉。惆悵落紅多少。

江梅引　題闕

一溪流水隔天臺。小桃栽。爲誰開。應念劉郎，早晚得重來。翠袖天寒憔悴損，倚修竹，□殘紅，墮綠苔。怨極恨極愁更哀。甚連環，無計解。百勞分背燕飛去，雲樹蒼崖。□□千里，何處託幽懷。溫嶠風流還自許，後期杳，□塵生，玉鏡臺。

秋色橫空　（本名玉耳墜金環。秋色橫空蓋前人詞首句，遺山用以爲名。）贈虞美人草

兒女情多。甚千秋萬古，不易消磨。拔山力盡英雄困，垓下尚擁兵戈。含紅淚，顰翠蛾，拌血污遊魂逐太阿。草也風流猶弄，舞態婆娑。當時夜聞楚歌。嘆烏騅不逝，恨滿山河。匆匆玉帳人東去，耿耿素志無他。黃陵廟，湘水波。記染竹成斑泣原缺泣字，茲從丁鈔本補舜娥。又豈止虞兮，無可奈何。

又　詠梅，順天張侯毛氏以太母命題索賦。

搖落初冬。愛南枝迥絕，暖氣潛通。含章睡起宮妝褪，新妝淡淡丰容。冰蕤瘦，蠟蔕融，便自有翛然林下風。肯羨蜂喧蝶鬧，艷紫妖紅。何處對花興

濃。向藏春池館，透月簾櫳。一枝鄭重天涯信，腸斷驛使相逢。關山路，幾萬重。記昨夜筠筒和淚封。料馬首幽香，先到夢中。

石州慢　丙寅九日，期楊翔卿不至，書懷用少陵詩語。

千古神州，一旦陸沈，高岸深谷。夢中雞犬新豐，眼底姑蘇麋鹿。少陵野老，杖藜潛步江頭，幾回飲恨吞聲哭。歲暮意何如，快秋風茅屋。　幽獨。療飢賴有，商芝暖老，尚須燕玉。白璧微瑕，誰把閒情拘束。草深門巷，故人車馬蕭條，等閒瓢棄樽無緑。風雨近重陽，滿東籬黄菊。

鳳凰臺上憶吹簫　題闕

笳鼓秋風，旌旗落日，使君威震雄邊。羨指麾貔虎，斗印腰懸。盡道多多益辦，仗玉節、亳邑新遷。江淮地，三軍耀武，萬竈屯田。　戎軒。幾回□□，□晝戟門庭，珠履寶筵。慣雅歌堂上，起舞樽前。況是稱觴令節，望醉鄉、有酒如川。明年看，平吴事了，圖像淩烟。

滿庭芳　屢欲作茶詞，未暇也。近選宋名公樂府，黄賀陳三集中，凡載滿庭芳四首，大概相類，互有得失。復雜用元（原作無，茲從丁鈔本改）寒刪先韻，而語意若不倫。僕不揆，□斐合三家奇句，試爲一首，必有能辨之者。

雅燕飛觴，清談揮麈，主人終夜留歡。密雲雙鳳，碾破縷金團。□品香泉味好，須臾看、蟹眼湯翻。銀瓶注，花浮兔椀，雪點鷓鴣斑。　雙鬟。微步穩，春纖擎露，翠袖生寒。覺清風扶我，醉玉頹山。照眼紅紗畫燭，吟鞭送、月滿銀鞍。歸來晚，芸牕未寢，相伴小妝殘。

緑頭鴨　洞庭懷古

黯銷凝，楚天風物淒清。過黄陵、山長水遠，古今遷客傷情。渺澄波、聚魚曲港，浣紗人去掩柴荆。洞庭晚、荻花風細，秋月照茅亭。一壺酒，澆平磊魂，問甚功名。買扁舟、安排歸去，五湖煙景誰争。等閒攜、弄瓢西子，恍惚遇、鼓瑟湘靈。看盡嬌顰，聽殘雅奏，暮雲江上數峰青。舵樓底，香芹鮮鯽，還似越中行。問身好、浮家泛宅，聊寄平生。

永遇樂　至元辛卯春二月三日，同李景安提舉遊杭州西湖。

一片西湖，四時煙景，誰暇遊遍。紅袖津樓，青旗柳市，幾處簾争捲。六橋相望，蘭橈不斷，十里水晶宮殿。夕陽下、笙歌人散，唱徹採菱新怨。金明老眼，華胥春夢，腸斷故都池苑。和靖祠前，蘇公堤上，謾把梅花撚。青衫儘耐，濛濛雨溼，更著小蠻針線。覺平生、扁舟歸興，此中不淺。

賀新郎　題闕

喜氣軒眉宇。□盧郎、風流年少，玉堂平步。車騎雍容光華遠，不似黄粱逆旅。抖擻盡、貂裘塵土。便就莫愁雙槳去，待經過、蘇小錢塘渡。畫圖裏，看煙雨。一樽邂逅歌金縷。望晴川、鑪峰瀑布，浪花溢浦。老我三年江湖客，幾度登臨弔古。悵日暮、家山何處。别後江頭虹貫日，想君還東觀圖書府。天咫尺，聽新語。

讌瑤池　讌瑤池本名八聲甘州，樂府八聲甘州名頗鄙俚，予愛其法雅健，因採東坡戚氏一篇，稍加檃括，使就新翻，仍改其名。

玉龜山、阿母統羣仙。幽閒志蕭然。有金城千里，瓊樓十二，紫翠霏煙。穆滿當時西狩，八駿戲芝田。駐蹕瑤池上，命賜華筵。天樂雲璈鼎沸，看飛瓊舞態，醉飲留連。漸月斜河漢，霞綺布晴天。望神州、東回玉輦，杏花風、數里響鳴鞭。長安近、依稀柳色，翠點秦川。

垂楊　壬子冬，薄遊順天，張侯毛氏之兄正卿，邀予往拜夫人。既而留飲，撰詞一詠梅，以玉耳墜金環歌之，一送春，以垂楊歌之，詞成，惠以羅綺四端。夫人大名路人，能道古今，雅好客。自言幼時，有老尼，年幾八十，嘗教以舊曲垂楊，音調至今了然，事與東坡補洞仙歌詞相類。中統建元，壽春榷場中，得南方詞編，有垂楊三首，其一乃向所傳者，然後知夫人真承平家世之舊也。

關山杜宇。甚年年喚得，韶光歸去。怕上高城望遠，煙水迷南浦。賣花聲動天街曉，總吹入、東風庭户。正紗窗、濃睡覺來，驚翠蛾愁聚。一夜狂風横雨。恨西園、媚景匆匆難駐。試把芳菲點檢，鸎燕渾無語。玉纖空折梨花撚，對寒食、厭厭心緒。問東君，落花誰是主。

西江月　題闕

白石空銷戰骨，清泉不洗飛埃。五雲多處望蓬萊。鞭石誰能過海。一夕神遊八表，衆星光拱三台。天公元不棄非才。坐我金銀世界。

又　郭祐之得雄渠即賈治中婿

天上靈椿未老，月中丹桂初花。充閭佳慶儘堪誇。聖善元來姓賈。廣座平分玉果，絳顱剩拂丹砂。從今人説細侯家。自有青衫竹馬。

又　題闕

過隙光陰流轉，還丹歲月綿延。幾人青鬢對長年。且鬭時間康健。四海幸歸英主，三山免化飛仙。大家有分占桑田。近日蓬萊水淺。

又　九江送劉牧之同知之杭

我自紉蘭爲佩，君方剖竹分符。才情風調有誰如。彷佛三生小杜。置酒昔登峴首，題詩今對匡廬。青衫恨不到西湖。共溼黄梅細雨。

又　李元讓赴廣東帥幕

皎皎風前玉樹，煌煌腰下金符。陳琳檄草右軍書。香滿紅蓮幕府。政自雄心撫劍，不妨雅唱投壺。長纓繫越在須臾。看埽蠻煙瘴雨。

又　漁父

世故重重厄網，生涯小小漁船。白鷗波底五湖天。别是秋光一片。竹葉醅浮緑釀，桃花浪潰紅鮮。醉鄉日月武陵邊。管甚陵遷谷變。

浪淘沙 題闕

今古海山情。月牖雲扃。潛教小玉報雙成。整頓羅衣斜斂出，門外嬌迎。鐙暗酒微醒。鬢亂釵橫。一春心事語叮嚀。明夜閒衾容易冷，誰復卿卿。

又 題闕

青鎖幾窺容。帶結心同。臨鸞誰與畫眉峰。自恨尋芳來較晚，孤負春紅。無物此情濃。無計相從。殷勤心事若爲通。留得青衫前日淚，彈滿西風。

又 題闕

行路古來難。似得還山。山閒終是勝人閒。風月琴樽應不羨，塵土征鞍。何處老來閒。白下長干。一番春事又闌珊。□□□□□□□，□□□□。

朝中措 題闕

燕忙鶯亂鬬尋芳。誰得一枝香。自是玉心皎潔，不隨花柳飄揚。明朝去也，燕南趙北，水遠山長。都把而今歡愛，留教後日思量。

又 題闕

娃兒十五得人憐。金雀髻垂肩。已愛盈盈翠袖，更堪小小花鈿。江山在眼，賓朋滿座，有酒如川。未便芙蓉帳底，且教玳瑁筵前。

又 題闕

田家秋熟辦千倉。造物恨難量。可惜一川禾黍，不禁滿地螟蝗。委填溝壑，流離道路，老幼堪傷。安得長安毒手，變教四海金穰。

又 題闕

蒼松隱映竹交加。千樹玉梨花。好箇歲寒三友，更堪紅白山茶。一時折得，銅缾插看，相映烏紗。明日扁舟東去，夢魂江上人家。

又 題闕

東華門外軟紅塵。不到水邊村。任是和羹傅鼎，爭如漉酒陶巾。三年浪走，有心遯世，無地棲身。何日團圞兒女，小窗鐙火相親。

清平樂　詠木樨花

碧雲葉底。萬點黃金蕊。更看薔薇清露洗。澤國秋光如水。　餘生牢落江南。幽香鼻觀曾參。見說小山招隱，夢魂夜夜雲嵐。

又　詠水仙花

玉肌消瘦。徹骨熏香透。不是銀臺金盞酒。愁殺天寒翠袖。　遺珠悵望江皋。飲漿夢到藍橋。露下風清月慘，相思魂斷誰招。

又　李仁山檻中蟠桃梅

前村瀟灑。雪徑人回駕。一檻誰移春造化。鬱鬱香浮月下。　青綾半護冰姿。宛然臨水開時。說與綠毛幺鳳，不妨倒掛虬枝。

案此下原附李仁山次韻另錄

又　題闕

笠篠朱字。夢覺參差是。不種仙家白玉子。著甚消□好事。　桃花門外重重。一言半語相通。縈損題詩崔護，幾回南陌春風。

又　題闕

朱顏漸老。白髮添多少。桃李春風渾過了。留得桑榆殘照。　江南地迥無塵。老夫一片閒雲。戀殺青山不去，青山未必留人。

又　同施景悅賭雙陸不勝，戲作。

閒尋博奕。飽飯消長日。自笑家儲無甔石。百萬都教一擲。　平生酒聖詩豪。韋娘局上相嘲。今日風流磨折，翠裘輸與綈袍。

點絳唇　題闕

翠水瑤池，舊遊曾記飛瓊伴。玉笙吹斷。總作空花觀。　夢裏關山，淚浥羅襟滿。離魂亂。一鐙幽幔。展轉秋宵半。

案此下原有小桃紅一首，以其爲曲調，因删去

踏莎行　詠雪

凍結南雲，寒風朔吹。紛紛六出飛花墜。海仙翦水看施工，仙人種玉來呈瑞。梅蕚清香，竹梢點地。畫欄倚遍湖山翠。先生方喜就烹茶，銷金帳裏何人醉。

浣溪沙　酒間贈金禪師，時近六旬，頭白如雪。

世事方艱便猛回。叢筠佳處得栽培。花光別有一枝梅。　頭似雪盔那復漆，心如風篆也無灰。生前相遇且銜杯。以上四印齋本天籟集卷下五十六首，間以丁鈔本天籟集校，詞中附李仁山詞另録並有小桃紅曲調删去。

曹光輔

水龍吟

世間清苦禪和，了心纔到安閒地。藜牀兀兀，經年打坐，頹然假寐。卻甚牀邊，偶聞牛鬬，不知喧蟻。怪藤條臨濟，饑餐困卧，方會得、箇中味。　爭似橫江樓上，入簾櫳、好山供翠。悠悠萬事，從今都付，黃粱原作糧，茲從丁鈔本改炊裏。朝暮陰晴，定應不廢，平生甘睡。笑傍人問我，何當夢覺，爲蒼生起。附見四印齋本天籟集卷上內。原題云，曹光輔教授凡和三十首，不能盡録，姑記其一云。

仲璋

仲璋俗姓閻，法號志璉，號山泉道人。

念奴嬌

消磨九日，算年年、惟有黃花白酒。把酒簪花能有幾，七十光陰回首。人壽難期，酒盃有限，花色應如舊。花穠酒釅，問君著甚消受。　彭澤千古英魂，有花能折，有酒能傾否。萬事悠悠輸一醉，花

酒休教離手。明日西風，闌珊酒盡，憔悴花枝瘦。酒腸花眼，正宜年少時候。附見天籟集卷上內。原題云，中秋重九，人間佳節也，古今賦詠固多，予早年嘗記僧仲璋九日述懷一篇，與此篇格相同，恐歲久無傳，就附於此。仲璋俗姓閻，法諱志璉，號山泉道人。落魄嗜酒，滑稽玩世，頗爲時人所愛。

李仁山

元草堂詩餘載有王夢應壽李仁山詞。

西江月

瑤英輕灑。姑射飄仙駕。巧奪孤山能變化。夭嬌飛來白下。　絕憐玉骨清姿。不隨紅紫芳時。要識天然標格，竹籬茅舍橫枝。附見天籟集卷下內。原題云，李仁山次韻，自注蟠桃來自杭和靖詩句，得於孤山也。

王惲

惲字仲謀，號秋澗，衛輝汲(今河南省汲縣)人。生於正大五年(一二二八)。至元中，曾官監察御史，翰林學士。大德八年(一三〇四)卒，年七十七，謚文定。有秋澗先生大全文集。

望海潮　乙卯歲端午，賦北郊騎鞠，呈節使史侯

龍沙王氣，恒山秀色，德星光動南州。使君高亶，北山佳處，薰風紅閃旗旒。兩翼擁貔貅。駭鼉鳴疊鼓，杖奮驚虬。一點星飛，畫柱得意過邊籌。　貂蟬元自兜鍪。笑閶闔小子，談笑封侯。萬騎平原，千艘漢水，堂堂小試清油。賓從儘風流。喜武同張肆，書漫韓投。樂事更酬。醉魂還夢菊花秋。

又　爲故相雲叟公壽

炬明珂馬，戟森兵衛，日長鈴閣春凝。舜朝儀鳳，傅巖霖雨，世傳昂宿儲精。天地入經綸。見東山高臥，一念蒼生。談笑金華，故事六合海波平。　一杯福壽川增。請大人靜聽，賤子微誠。蘇嶺雲霄，西溪梅竹，風煙畫出共城。羽翼漢功成。儘山中

名在，天外鴻冥。一點臺星。清光長射老人明。

又　爲子初總管壽

桐鄉遺愛，于門陰積，充閭氣自蔥蔥。霜華封菊，橙金泛醁，秋香吹滿簾櫳。人物漢元龍。喜升堂一拜，今歲相同。洗盡金貂，貴氣黃卷貯深功。見君雅量雍容。信男兒到此，方是豪雄。林下夫人，膝前文度，摩挲湖玉雙峰。福壽儘無窮。看一家樂事，五縣提封。彩袖歌鐘。年年長醉玳筵紅。

水調歌頭　送王子初之太原

將軍報書切，高卧起蟠蟠。悲歡離合常事，知己古爲難。憶昔草廬人去，鬱鬱風雲英氣，千載到君還。歌吹展江底，長鋏不須彈。路漫漫，天渺渺，興翩翩。西風鴻鵠，一舉横絶碧雲端。自笑鶺鴒孤影，落日野煙原上，沙晚不勝寒。後夜一相憶，明月滿江干。

又　爲仲方東園賦

野飲不稱意，歸促紫游韁。誰知草堂深處，清賞興尤長。夢里佳人錦瑟，眼底瓦盆濁酒，衣袖醉淋浪。歌罷竹軒晚，風細月波涼。爲東園，梅與竹，足清香。不須更栽桃李，花底駐春光。人道漆園家世，王謝風流未遠，培取桂枝芳。讀書貧亦好，此語試平章。

又　送王修甫東還

樊川吾所愛，老我莫能儔。二年鞍馬淇上，來往更風流。夢裏池塘春草，卻被鳴禽呼覺，柳暗水邊樓。浩蕩故園思，汶水日悠悠。洛陽花，梁苑月，苦遲留。半生許與詞伯，不負壯年游。我亦布衣游子，久欲觀光齊魯，羈紲在鷹韝、早晚西湖上，同醉木蘭舟。

又　和趙明叔韻

西山捲殘雨，天宇翠眉修。餘霞漸成綺散，樓外月如舟。漾漾銀河垂地，浩浩天風拂枕，吹滿一簾秋。覺我清興遠，歸夢到巖幽。　野猿驚，山鳥笑，欲何求。十年一官黄散，了不到封侯。朱校云，按下闋云次前韻，是句押留字，侯疑誤　自有竹林佳處，　滿酌窪尊貯酒，一醉共浮休。　夔契在廊廟，畎畝不須憂。

又　次前韻

紉蘭綴芳佩，遠駕振靈修。王城似海無際，泛若一輕舟。誰著朱衣白簡，老坐癡牀十日，雙鶻漫横秋。落日壯心在，不負鬼神幽。　笑咿嚘，驚骯髒，竟何求。丈夫出處義在，不用計行留。　萬事味來嚼蠟，只有濟時一念，未肯死前休。　驅馬出東郭，聊以散吾憂。

又　和姚雪齋韻

書史有真味，詭遣博微官。　丈夫出處道在，義命正須安。浩浩都門冠蓋，眼冷雞蟲得失，矯首入遐觀。　時對雪齋老，清議豁襟顔。　閲名書，探理窟，警銘盤。自歎空然鼠腹，過飲不知繁。　萬古乾坤清氣，散人詩仙脾鬲，揮灑有餘歡。　早晚付心訣，風雨滿堂寒。

又　壽雪齋

高齋際晴雪，萬象入遐觀。　文章在公餘事，聞望到歐韓。千古微茫洙泗，浩浩發源伊洛，百折障狂瀾。　歌詠武公志，儆折過銘盤。　濟時心，調鼎手，未容閒。重看印窠，垂錦花底壓千官。　見説梅梢春信，一夜蠟痕香滿，光動壽杯寬。　勳業鼎鐘上，留待百年看。

又　壽王子壽，時年八十三

汾流浥餘潤，霜菊滿秋香。　釀成一堂和氣，來薦老人觴。七十人生稀有，況復年踰八十，飲啖日康强。骯髒欲誰與，趙壹倚門旁。　頬浮丹，瞳點漆，鬢如霜。平生陰有神相，特爲表剛腸。　世事語來無味，只有讀書一念，老矣不能忘。　九老更添一，圖畫見高堂。

又　壽時相

佩蘭近佳節，高第照神州。西山致有爽氣，天際翠眉修。釀作碧霄清露，暗滿庭前細菊，香澹一簾秋。春酒未容瀉，壽席已風流。　鏘鳴玉，看獨步，鳳池頭。薦賢真宰事業，藥籠到兼收。總道平生襟量，一片丹衷爲國，不負幕中籌。齊澣救時語，持用壽君侯。

又　文卿提刑自陝西按察改授河東，其子東還，寄聲不肖，且徵鄙作，因贈樂府水調歌頭，以答雅意

一峰華不注，東望雨冥冥。黃雲畫角，回首客舍又幽並。喜按西來佳耗，聞道東山未老，雙鬢爲誰青。經濟有公論，且莫歎飄零。　杏花吟，山色句，儘稱停。平生風味不淺，聊爾寫襟靈。步冷東垣秋水，坐對汾亭夜月，兩地若爲情。合作碧簫曲，留待醉時聽。

又　宴張右丞遂初園

園林足佳勝，鐘鼓樂時康。去天尺五韋杜，此日漢金張。誰似主人好客，暫趁金華少暇，尊俎共徜徉。三館儘英雋，簪履玉生光。　眺東臺，登北榭，宴南堂。露涼玉簪零亂，竹靜有深香。醉聽新聲金縷，愛仰東山雅量，清賞興何長。高詠遂初賦，松柏鬱蒼蒼。

水龍吟　壽都督史侯，時爲東平總管

漢壇千古風流，笑談自是詩書將。兩淮草木，一門忠孝，先聲遠暢。奕世金貂，雄邊韜略，三軍獨張。道十年漢水，旌旗動色，春都在，投壺唱。　一點德星迴照，光浮動、太山千丈。戟門春靜，人安事簡，提封保障。漢相規隨，蓋公安靖，平生心賞。見籌毫不遠，鳳池消息，醉仙家釀。

又　賦蓮花海棠

兩株雲錦翻空，換根元有丹砂祕。繡幃重繞，銀紅高照，故家風味。翠羽生紅，霧紗肌玉，風流誰比。

記沈香亭暖，真妃半醉，雲鬟亂，眈春睡。　夢里昆明灰冷，恍留在、紅幢翠袂。　金盤華屋，無心與並，朱門桃李。　一殘傷春，臨軒便恐，彩鸞交墜。　倩紫簫喚起，霓裳舊曲，拚花前醉。

又　送焦和之赴西夏行省

當年紫禁煙花，相逢恨不知音早。秋風倦客，一杯情話，爲君傾倒。回首燕山，月明庭樹，兩枝烏繞。正情馳魏闕，空書怪事，心膽墮，傷殷浩。　禍福無端倚伏，問古今、幾人明了。滄浪漁父，歸來驚笑，靈均枯槁。邂逅淇南，歲寒獨在，故人襟抱。　恨黃塵障盡，西山遠目，送斜陽鳥。

又　賦春雪

空齋寂寞春寒，坐來庭竹風聲悄。　天低雲暖，冰花誰翦，須臾雲擾好是東君，與時呈瑞，春迴枯槁。快黃塵壓盡，千林膏沐，休更問，青山老。　我愛春來起早。恍芸窗、光搖瓊島。玉華城郭，炊煙巷陌，

酒旗風嫋。高興悠然，沽壚思與，文園傾倒。爲使君預報，春城燈火，比年時好。

又　壽陳節齋

倚天望漢臺高，公趙人，有鄧將軍望漢臺騫騰便到煙霄上。一時殊遇，風雲儷景，元龍豪爽。　剛斷冰清，風流卻有，東山雅量。道十年京洛，棠陰遺愛，人如醉，春風釀。　一點德星迴照，光浮動、太行千丈。戟門春靜，人安事簡，功餘保障。燕寢香凝，不妨時在，騷壇吟賞。爲使君預泛，鳳池春浪，壽金華相。

又

日邊儷景同翻，千年高際風雲會。堂堂大節，中流砥柱，狂瀾橫制。黃閣歸來，英姿颯爽，故家房魏。甚是中卻有，東山雅量，經綸盡，金華事。　總道丹心爲國，要春滿、人間桃李。詩壇風月，清時鐘鼓，不妨游戲。一點臺星，五雲縈繞，鳳池佳氣。爲相

君滿泛，金盤仙露，枕秋蟾醉。

又

己未春三月，同柔克濟河，中流風雨大作，幾覆者再，感念疇昔，爲賦此詞，且以經事之後，重有所惜云

春流兩岸桃花，驚濤極目吞天去。孤舟纜解，棹歌聲沸，漁舠掀舞。雲影西來，片帆吹飽，滿空風雨。悵淋漓元氣，江南圖畫，煙霏盡，汀洲樹。　天地此身逆旅，笑歸來、滿衣塵土。功名無子，就中多少，艱危辛苦。北去南來，風波依舊，行人爭渡。聽滄浪一曲，漁人歌罷，對夕陽暮。

又

舜泉在濟南城中，自壬子年水去來不常，今歲秋八月，予到官兩日，泉流復出，其深可厲，回風瀟瀟，翠蘋盈沼，邦人以爲神來之兆。近陪憲使，展敬祠下，因索鄙作，謹繼丞相雙溪公懷古嚴韻，用紀其異

窈然碧玉池方，綠波不見還凝竚。翠蘋痕在，金支光澹，湘妃無語。瑤瑟聲沈，畫闌愁絕，幾回如許。甚風煙依約，魚龍黯慘，空回首，珠簾暮。　一夕翠華臨幸，也悲涼、故宮塵土。石根碧漲，天瓢翻出，黑灣雷雨。思舜亭高，風漪吹散，滿空秋暑。欲蒼梧回叫，鳳簫凄斷，聽躬耕處。

又

登邯鄲叢臺

春風趙國臺荒，月明幾照苕華夢。縱亡橫破，西山留在，翠鬟煙擁。劒履三千，平原池館，誰家耕壠。甚千年事往，野花雙塔，依然是，騷人詠。　還憶張陳繼起，信侯王、本來無種。乾坤萬里，中原自古，幾多麟鳳。一寸囊錐，初無銛穎，也沾時用。對殘釭影澹，黃粱飯了，聽征車動。

又

至元十七年三月廿二日，予按部東行梁門，劉君仲祥自高林來餞。臨歧把酒，長歌不休，既而壺傾，猶不忍別，復聯鑣幾三十里，踰大尹而去。不知劉君得於予者何，而乃爾相愛，因以水龍吟歌之，且酬雅厚，仍答見徵之意云

綠楊一道飛花，繡衣亂點如晴雪。玉缾酒盡，陽關歌徹，未容輕發。綠綺論心，幾人得似，劉君風節。記山堂轟醉，已成陳迹，今又作，東城別。　世事悠

悠誰料，澹長空、孤鴻明滅。老懷耿耿，正須自信，堅彌百折。白髮灰心，平生留在，情馳丹闕。悵孤雲細草，東州回望，恨高城隔。

又　賦秋日紅梨花

纖苞澹貯幽香，玲瓏軒鎖秋陽麗。仙根借暖，定應不待，荆王翠被。瀟灑輕盈，玉容渾是，金莖露氣。甚西風宛勝，東闌暮雨，空點綴，真妃淚。　誰遣司花妙手，又一番、争奇呈異。使君高卧，竹亭閒寂，故來相慰。燕几螺屏，一枝披拂，繡簾風細。約洗妝快瀉，玉缾芳酒，枕秋蟾醉。

又　至元二十三年丙戌孟冬廿八日小雪，十月中，是日雪作，連明沾地，而釋潤於春澤，其應時顯瑞，數年以來，未之見也，實可爲明時慶，因作樂府水龍吟以紀其和。予平昔屢嘗賦此，未免掇拾故事，張皇景氣而已。兹篇之作，頗體白戰，抑老懷，略見樸忠之至，畎畝不忘之意也

晝樓十日春陰，晚風吹作冰花轉。初冬中候，應時呈瑞，幾年未見。沽酒尋梅，就中此興，撩人不淺。更露堂添得，虚窗夜白，清於水，光如練。　我老久諳世味，最欣然、人安米賤。蝗蝝入地，麥旗掉攏，翠翻平甸。大獵清邊，爲民祈穀，睿思何遠。在詞臣合取，元和賀例，拜明光殿。

又　郭宣徽善甫開宴娛賓，命樂工郭仲禮鳴笳佐酒，思甚清暢。酒闌人散，餘音嫋嫋，宛猶在耳，且有衰年情嚮之感。明日巖甫修撰爲求樂府，賦越調以歌之

春風緑綺堂深，尊前初識龜年面。煙花紫禁，幾年供奉，香飄合殿。悲壯淒清，九天飛下，鳳吟鸞囀。待近前細看，品題銀字，知還是，紅牙管。　儘著金簧玉磬，泛宮聲、五音初徧。朋簪四合，回頭聽處，少陵情惋。緑酒抛春，何心傾倒，汾陽金椀。爲斯人少漏，玉堂消息，寫清商怨。

又　丙戌八月十二日宴李氏宅，郡侯扎忽觧酒酣，爲余親彈琵琶勸酒，明日賦此曲以謝

相逢一醉金荷，氣豪長恨歡娱少。貂蟬貴侍，內家聲伎，琵琶最好。鐵撥鵾絲，劃然中有，繁音急調。笑黃雲出塞，青衫拭淚，恩怨事，君休道。　且聽新聲硬抹，更銀箏、與相繚繞。空堂雪幌，玉盤珠迸，清雄縹緲。漢殿承恩，侯藩作牧，此心未老。付曲中細寫，他年事業，拜紅雲島。

又

去歲秋至今年春，凡七月不雨，有終風徒曀而已，生意殊悴然也。逮二月九日雨，雖以小言隨妥（朱校云隨妥二字疑有誤）而釋，三日方霽。向來焦枯一洗而潤，且又在清明節前。嘗念一旱所繫甚重，詩云，哿矣富人，哀此煢獨。然衆安，我乃能安，不然，雖屋潤者其可能獨安乎。此施既光，誠可賀也，作越調以歌之，秋澗老人序

喜看春雨如膏，東風吹作冰花轉。海棠紅瘦，梨花香澹，似嫌春晚。縱使寒生，猶勝空際，陌塵黃捲。道佳人拾翠，王孫憶草，都不負，尋芳眼。　欲見太平有象，除豐年、更何可羨。田家作苦，老臣憂國，眉頭俱展。最好知時，清明前後，一犂非淺。笑樂天空抱，元和詩律，夢金鑾殿。一作典春衫爲問，鄰家新釀，撥春缸面

又　賦箏

故家張樂娱賓，樂中無似秦箏大。華筵聽處，一揮銀甲，笙竽幽籟。四座雄聲，滿空秋雨，來從天外。甚翛然思變，白翎清調，驚飛下，金蓮塞。　長憶桓伊手語，撫哀絃、醉歌悲慨。使君元有，不凡風調，平生豪邁。綠酒毹堂，爲予翻作，八鸞□海。道更張正賴，新聲陶寫，繼中書拜。

又　送崔中丞赴上都

綠楊一道飛花，繡衣亂點如晴雪。都門幾日，翠鸞回軫，情馳魏闕。頃不忘君，時雖多暇，遠猶辰說。道六條儘備，諸人多樣，卒難應，和鸞節。　物勝自餘芽枿，恐多輸、豸霜摧折。人無定志，事隨雲變，莫把渠舌。百步穿楊，空拳搏虎，豈容重發。望君

侯早晚，去登黃閣，作調元客。

又　飛卿系出將種，予官燕趙時相識。讀書尚義，若不碌碌者，然流離頓挫，迄於今十年，其窮極矣，既爲哀之，且求其所以然，遂有斯作。以越調水龍吟歌之，庶幾伯奇履霜，自傷窮思返義，俾採詩者聞之，不無當答逐兒之感

彫零萬木叢中，秋霜不隕蒼筠節。十年相見，燕南趙北，無根行客。妻病兒殤，歸來空在，蒯緱彈鋏。分躬耕壟□，□山鵲起，誰喚與，將軍獵。腰下鐵絲有箭，柰荒寒、冷霾彪穴。見哀漂母，猶勝低首，看人顏色。百折彌堅，一窮終泰，不容終結。朱校云終結二字疑有誤望伯奇細寫，履霜幽怨，灑西風血。

酹江月　東原寒食

天涯寒食，問東風、底事留連行客。千樹芳菲春不管，吹盡枝頭紅雪。湖水春波，佳人錦瑟，腸斷非離索。西來一劍，不堪塵滿霜鍔。憑仗誰話春愁，一尊濁酒，醉了還重酌。盡日西歸歸未得，怨煞山中猿鶴。六印雙旌，兩都無分，此去從吾樂。太行佳處，布衣高卧雲壑。

又　平陽府倅第，有來禽兩株，以託根官舍，有空谷幽居之歎。逮亞尹明卿來培植顧護，始知重惜。今年清明前，花盛開，芳姿綽約，頓增容色。侯置酒高會，遂極歡賞。予因念草木之微，豈輕重顯晦，亦有數存（存下原有焉字，茲據宋賓王校本秋澗樂府刪）其間耶，乃以酹江月歌之。同飲者忽治中英甫，劉提舉老哥，時至元甲戌春二月十有三日也

遺臺樹老，獨畫闌、春事猶未消歇。好在來禽花盛發，滿意清明時節。翠袖翻香，朱顏暈酒，綽約冰肌潔。幾年空谷，等閒飄墜香雪。回首綺閣東風，使君情重，一顧傾城色。只恐花飛春減卻，東約尊前歡伯。起舞山香，醉歌金縷，細按紅牙拍。青鸞高興，恍然歸夢瑤闕。

又　賦玉瀏鶒薫鑪贈數學劉文卿

客窗涼夕，問故家、何物能慰岑寂。都把龍涎三萬

斛，滿貯宮池㶉鶒。玉立瓊洲，雪翻花臆，夢繞春江碧。看雲失水，淋漓元氣猶濕。我昨拄杖敲門，主人情重，預報春消息。相對掀髯談笑間，一縷飛雲摇曳。暖透天心，冷穿月窟，好箇行窩客。金盤瀉露，約君同醉秋月。

又 爲友人壽中丞子初

棲遲林壑，甚雍容、雅量氣横寥廓。人道魁然真宰輔，心在朝家黄閣。幾卷閒書，一門清樂，不羨千金橐。諸郎楚楚，鳳毛輝映麟閣。今歲錦席雲涼，菊香添麝，竹樹煙霏薄。風朱校云風疑夙誤愛堂前秋氣好，歌裏甘棠如昨。十二金釵，百壺清酒，細把紅螺酌。年年此日，醉看清獻龜鶴。

又 賦雞頭

紫荷盤若，向波心、濈濈鴻頭高啄。滿喙明珠三百顆，一夕秋風吹落。沙盎圓搓，麝湯旋煮，香噴佳人嚼。杯盤涼夜，楚江風味依約。今歲冷澹中秋，空堦雨濕，坐久寒生幕。草草時新聊應候，兒女燈前歡噱。趁暖争拈，分朋鬬噛，翠屑紛如削。老夫旁看，苦吟思與韓較。韓昌黎聯句云鴻頭刺劍石

又 福建官舍言懷

散材無用，空擁腫、豈是入時花樣。白髮蒼顔官舍底，日把早衙來放。主治官書，隱憂民瘼，擬愜澄清望。簡華霜在，顧予闕甚得喪。□□□□□□，藕絲能繫，況忝爲司長。後擁前呵非不欲，夢寐山林長往。不憶蓴鱸，不懷松桂，祇爲身多恙。諸公垂顧，免教憔悴煙瘴。

滿江紅 爲大丞相史公壽

柱石中朝，還不減、汾陽勳考。人盡道、今年相府，南衙春早。肘後不知金印大，書中漸覺羣疑少。問南枝、消息幾多春，調羹了。寶竇暖，香雲嫋。晴雲靄，西山曉。見一星朝出，五雲縈繞。漢日舒長鈴閣靜，雅歌聲入江淮渺。願神尖、長對壽眉青，

應難老。

又　至元十七年十一月十四日，夜夢丞相忠武史公坐甲第西閤中，余侍立其旁。欻急報至云，有敵犯府城西面，公佩櫜鞬，集將領將出，予握玉魚一雙，跽請從行。公曰不遲不遲，因朗誦一樂府，意欣暇日，此徒單侍講詞也。既覺，但記其日月風雲瀟灑六字，五夜枕上，因足成之，覺思來甚易，録之，以驗他日之祥云

雷動雲横，驚飆鶩、北城西下。人共駭、赤丸夜語，電光飛射。將領未承諸葛令，櫜鞬已在汾陽胯。笑書生、思握玉鱗符，從公駕。　鈴索静，雲麾亞。追往事，何多暇。道一篇樂府，翰林情話。日月低回黄閣夢，風雲慘澹淩煙畫。儘花邊、高塚卧麒麟，終瀟灑。

又　德元來辭，求贈言爲榮，且及河防利害。又聞介甫提刑捍禦衛災有功，用殷卿嚴韻，聊助行色，兼簡德裕彦隆二良直

冠劒梁園，又去作、龐眉書客。休自歎、功名幾許，一家風雪。春色似嫌鶯燕老，秋霜歷試松筠節。愛趙生、游刃簿書閒，昆刀鐵。　都會地，繁華歇。形勝在，猶堪説。更諸君表裏，玉輝冰潔。水陸若論都漕計，夷門忍使黄流坼。好相須、著力障狂瀾，休傷別。

又　復用前韻有懷西溪梁園之游

書劒梁園，憶曾是、青驄游客。宫苑廢、三山依約，緑雲紅雪。好在西溪王老子，留連醉盡花時節。記尊前、金縷唱新聲，忘箏鐵。　襟韻合，曾衰歇。消客氣，欵情説。儘暮年心事，風霜孤潔。一片黄流翻晚照，回驚吴楚東南坼。偶追思、往事歎餘生，長年別。

又　不肖目疾，中承都運趙侯天章漕副相過。自惟衰朽，何以得此。昨晚又以樂府見示，疾讀數過，不覺有起予之歎。復尋前盟，略酬二公雅意

風月溪堂，也曾是、東州行客。長記得、相逢一笑，羇愁都雪。又對青山談世事，老懷未減元龍節。恨

霜蹄、蹴踏短轅閒，論鹽鐵。官裏事，何曾歇。公等志，吾能說。儘縱橫鞭算，玉壺冰潔。爛醉春風能幾度，桃花未了楊花坼。甚一城、相望半年過，長如別。

又　廿一年二月初四日，午夜枕上，復繼前韻，書夢中所見

秣馬膏車，又去作、天涯羈客。明見得、水雲深處，萬花如雪。綠暗江城多洞府，紅燒燭影翻雙節。被曉風、吹散枕中春，檐閒鐵。　塵世事，無窮歇。吾最愛，滄浪說。恐靈均澤畔，衹成孤潔。心事比量無少惡，前途何必論龜坼。倘祥金、陶鑄遇良工，從區別。

又　至元廿一年歲次甲申，二月廿八日灤口離筵，送殷卿同僚西還鎮陽

一柱華峰，綠翠似、芙蓉金削。孤負卻、畫船春水，一尊同酌。寒食清明都幾日，征鞍遽作西歸客。漫春風、檣燕語留人，高城隔。　春草碧，楊花白。妝點就，行軒色。道不應霜翮，能舒長策。三尺青萍風義在，看君冠蓋長安陌。對夕陽、澹處最關情，河梁別。

又　壽康平章用臣

柱石中朝，人道是、漢家真相。試看取、鳳池高步，佩聲清響。世祖功臣三十六，第勳合在雲臺上。欲暫分、霖雨霈秦川，從時望。　睿思遠，誰能□。朱校云元作亮與下韻複，疑諒誤空健倒，驪駒唱。撫一方何似，際天寅亮。肘後不知金印重，玉堂正要吾軍張。向五雲深處望三臺，光千丈。

鳳凰臺上憶吹簫　爲張孝先紫簫賦，係亡金宮中物

宮樹春空，御屏香冷，誰遺金椀人閒。愛一枝紫玉，雙鳳聲蟠。秋月春花客思，把幽情、都付伊傳。驚吹處，籟翻天吹，鶴怨空山。　風流貴家公子，記

夢裏瓊樓，穩跨蒼鸞。恍露凝銀浦，霜裂琅玕。不見雲間弄玉，餘音散、赤壁江寒。秦臺晚，碧雲零亂瑶天。

又　贈喬媪張氏

碧鳳翹寒，玉霄宫晚，雲窗誤讀黄庭。恨淩波羅襪，洛浦塵生。往事風流雲散，但翠衾、冷落餘馨。人何在，澹妝縞袂，幽樹柴荆。相逢一尊芳酒，對夜色疏星，歌嫋雲停。記水南佳麗，姚魏池亭。夢繞芙蓉城闕，歸馭穩、緱嶺風清。桃花晚，等閒休負瑶英。以上彊村叢書本秋澗樂府卷一

木蘭花慢

憲陵臺畔客，笑幾度，送人行。對一道青山，兩行官柳，去住人情。蒼生望初不繫，問此身、何用絆虚名。宦味真成畫餅，隱居卻伴侯鯖。十年慚愧草堂靈。自分苦飄零。甚一片閒雲，幾回歸夢，野釣林耕。浮沈待從里社，覺倘來、軒冕總堪驚。寄謝竹林舊友，且休筆削寒盟。

又　送史誠明總管還洛陽，春日飲餞任氏園亭，時紅梅爛開

愛春光澹沱，歌吹暖，竹西亭。正花簇金鞍，香翻雪樹，碧酒同傾。誰將翠帷雙捲，擁紅妝、臨水照娉婷。縹緲淩波仙子，依稀羅襪塵生。使君高興動青冥。心事怯流鶯。對如畫江山，一時豪傑，湖海交情。自憐鬢華如此，且相逢、一笑惜飄零。明日河陽客舍，春風柳色青青。

又

歎西山歸客，又愁裏，過清明。記幕燕巢傾，朝堂人去，往事堪驚。行藏固非人力，頓塵纓、終愧草堂靈。潘岳無間可賦，淵明何地堪耕。漢家一論到書生。六合望澄清。甚樓上元龍，山中宰相，何止虚名。當年卧龍心事，儘羽毛、千古見青冥。憔悴中堂故吏，醉來老淚縱横。

又　河内人焦其氏者作樂器，僅容一握，張以二絃，隱彈袖間，因雙鳴起舞，周旋跕躧，曲盡音節，昔人未之見也。座間承待制翰學命不肖以樂府木蘭花慢歌之，因狀其名，曰鳴鳳雙棲曲

愛雙鳴棲鳳，趁舞袖，共婆娑。恨疊鼓凝笳，繁絃急管，悲壯何多。金泥小檀花面，儘淒清、翻盡雪兒歌。幄殿悄聞私語，銅龍冷籟秋波。　明妝高燭洗金荷。心賞重經過。聽一曲流連，珠簾畫棟，幾度斜河。紅雲島，仙音部，說新聲、得意掩雲和。看取長安日近，春風搖蕩鳴珂。

又　至元七年京師除夜，燈下與兒子孺讀文正范公行已（朱校云已疑紀或記誤）且憶馬賓王來事可爲云語，因感而賦此，以見其志云

澹中庭暝色，初遣奠，夜寒淒。對草草杯盤，昏昏燈火，客裏京師。比量舊年心事，笑蹉跎、書劍向來非。誰著朱衣白簡，春風三拜龍墀。　山妻稚子竟何爲。温飽汝嘻嘻。悵故國丘山，蒼煙喬木，卿月空輝。葵心要須傾日，道等閒、休遣鏡鸞知。自信蒼顏如鐵，不堪雙鬢如絲。

又　奉送節使賢侯分帥譙軍，兼簡仲季諸卿爲一噱也。且寄聲子初知府

壯東南一柱，分閫寄，事非輕。見雨露思綸，河山帶礪，勳府元盟。依依汴隄楊柳，甚一朝、光彩動旗旌。曉日千梁浮蝀，春風百雉嚴城。　臨軒鼙鼓正凝情。忠孝舊家聲。看奕世功名，麒麟高閣，宛轉丹青。緑波北潭花影，又一年、春好是清明。彩袖一杯壽了，望中三楚雲平。

又　十三年平陽秩滿，清明日賦

老西山倦客，喜今歲，是歸年。笑鏡裏衰容，吟邊華髮，薄宦流連。功名事無有分，且著鞭、休羨祖生先。望裏芙蓉大府，夢餘禪榻茶煙。　恨無明略卧林泉。平子太拘牽。儘俯首轅駒，寸心能了，猶勝歸田。前途事，如抹漆，又向誰、重理伯牙絃。

自是一生心苦，非關六印腰懸。

又　望郝奉使墓

灑西風老淚，又馬上，望郎山。對紅露秋香，芙蓉城闕，依舊雄藩。碧雲故人何在，憶扶搖、九萬看鵬搏。賦就鳳凰樓晚，星沈鸚鵡洲寒。一丘宿草鎖蒼煙。零落復何言。似燕許才名，風雲際會，自古天慳。皇皇使華南下，愛丹衷、擬締兩朝歡。恨煞奸回秋壑，月明愁滿江干。

又　憲臺諸公九日登高韓墅遠風臺，侍御繼先首唱樂府，諸公賡和，以紀雅集之盛。予時移病在告，既而君美御史以嚴韻見徵，勉爲續貂

遠風臺上客，説雅集，玉生光。縱尊俎無情，登臨佳節，此興能忘。龍山會君莫羨，愛綠蘿、影裏到山莊。驄馬長安清貴，留連春草池塘。淵明骯髒傍門旁。多病對秋香。悵歲晚田荒，幾多稂莠，薿薿登場。人間事，如意少，且同來、一笑共匡牀。寄謝牛山公子，何須揮涕殘陽。

又　壽史中丞

相門佳公子，都忘卻，貴人驕。有萬石忠勤，伯魚詩禮，才氣飄飄。風流謝家玉樹，説妙齡、英譽冠東朝。桂殿親承弓硯，豸冠高映金貂。兩臺清議聳風標。睿眷見恩饒。要寶瑟朱絃，羹梅伊鼎，試手更調。鳳凰池，還浴鳳，看羽毛、奕世動雲霄。鄭重歲寒貞節，青松千尺難彫。

又　再和何侍御前府韻，前章所謂變風，終章止乎禮義而已

六合一家統，依日月，到重光。道太岱封書，雲龍接踵，此意難忘。西園萬花繡錯，好枕中、蝶化似蒙莊。斂翅深棲金粉，貪芳更度銀塘。一生白眼貴人旁。贏得姓名香。幾戲影棚邊，隨人鼓笛，賀老當場。雖可笑，猶有用，似也勝、陳許怒爭牀。靜想行藏有命，且休眼熱王陽。

又　爲史總帥尊夫人之壽

靄長筵拜慶，似眉壽，幾人同。更緑髮垂肩，方瞳炯漆，五福尊崇。風流大家儀範，甚能移、子孝作臣忠。獵獵征東朱校云疑似東征漢旆，堂堂南下殊功。一江春浪醉醒中。都捲入歌鐘。看和氣怡聲，承顔起舞，袖錦翻紅。雲開婺光分彩，儘蕭然、林下謝家風。笑擁滿庭蘭玉，年年樂事無窮。

又　賦芙蓉杏花

聽夜來微雨，甚一霎，過東牆。愛活色生香，芙蓉標格，暖貯春光。瓏鬆寶團瓊綴，笑海棠、能睡更無香。爛漫宋郎心眼，風流時世新妝。少年走馬杏花岡。句惹興偏長。記誇酒青旗，樹頭招颭，喚客初嘗。別來吴姬粉面，比舊年、風韻轉芬芳。似覺生紅鬧意，未容説與東皇。

又　至元十七年上巳日，同西溪公飲鎮陽城南高氏勝游園，歸賦此詞

問城南花柳，最好處，勝游鄉。對湖水微茫，瑶翻碧瀲，修禊浮觴。比量今春樂事，憶去年、書劒共游梁。曉日繁臺古寺，春風碧草宫牆。人生離別是尋常。兩歲喜徜徉。更金縷新聲，佳人錦瑟，踏偏春陽。多君歲寒心在，似西溪、松柏鬱蒼蒼。記得醉時笑語，夢回枕上猶香。

又　賦紅梨花

愛一枝香雪，幾暮雨，洗妝殘。儘空谷幽居，佳人寂寞，淚粉闌干。芳姿似嫌雅澹，問誰將、大藥駐朱顔。塞上臙脂夜紫，雪邊蝴蝶朝寒。風流韻遠更清閒。醉眼入驚看。甚底事坡仙，被花熱惱，惆悵東闌。細傾玉缾春酒，待月中、横笛倩雲鬟。吹散碧桃千樹，盡隨流水人閒。

又　穀雨日，王君德昂約牡丹之會，某以事奪，北來祁陽道中，偶得此詞以寄

問東城春色，正穀雨，牡丹期。想前日芳苞，近來

絳豔，紅爛燈枝。劉郎爲花情重，約柳邊、娃館醉吴姬。羅襪淩波微步，玉盤承露低垂。春風百帀繡羅圍。看到彩雲飛。甚著意追歡，留連光景，回首差池。半春短長亭畔，漫一杯、藉草對斜暉。歸縱酴醾雪在，不堪姚魏離披。

又　和國範郎中見贈嚴韻

卧孤松雲壑，愛青貫，四時心。自絶澗幽蟠，蒼煙高擁，氣壓千林。冰霜幾年淩傲，甚九天、一日露恩深。白璧無雙國士，朱絃三歎遺音。春風草木變蕭森。又復見雄襟。想直犯龍顏，片言曾霽，萬里重陰。相逢莫驚白首，更明時、幾世似於今。只恐南陽壠底，空懷粱父長吟。

又　賦白蓮和王西溪

愛玉華仙供，偶移影，下瑶池。悵野渚蒼煙，結根非所，繁豔争欺。風清月寒半墜，道無情、有恨欲誰知。羅襪淩波微步，澹香高韻幽姿。風煙回首夢共溪。采采畫船歸。趁粉露和香，秋光細釀，瓊液淋漓。招呼謫仙共飲，記兩舷、脚踏醉吴姬。一曲清吟未了，翠盤狼藉珠璣。

又　武邑縣王楫善居室，母俎氏出隆平富家，今年八十有九，慈祥康健，精彩如五六十人。教授馬君向予説如此，因紹介拜求予文，將爲母氏百世之光。予方以善俗任責，楫之孝養致樂，實有關於風化者，故作是詞以付，俾來者庶有所勸焉

爛雲衢彩婺，和曉月，滿庭闈。正梅粉香飄，林梢紫動，淑景初遲。觀津盛傳王氏，道孝心、重見老萊衣。和氣一家瑞靄，慈顔九十柔儀。香燒静院趁朝暉。未省杖扶持。縱德厚流長，遐齡能健，此事應稀。婆娑緑萱堂背，愛一竿、蒼竹六孫枝。照映西山秀色，年年翠點修眉。

又　賦酴醾

愛雪團嬌小，開較晚，儘春融。似麝染沈薰，檀輕粉薄，費盡春工。緑陰小庭晴晝，放繡簾、輕度竹

梢風。待著一天香韻，醉吟留伴詩翁。　洗妝不用露華濃。玉樹濕青葱。欲細挽柔條，重圍錦幄，不放春空。春殘未應多恨，道典型、猶在酒杯中。何似留芳翠枕，夜深歸夢瑤宮。

又　壽崔子文

際河山兩界，道此地，正文衡。纔北渚離筵，南亭奔迓，終歲倥傯。風流故家從事，暫淹留、蓮幕簿書叢。更辦錦牋詩句，筆端暈碧裁紅。　今朝壽席且從容。賓客喜相同。就雪蟻浮香，眉毫舒彩，莫放杯空。人生正須適意，儘冰梢、蠟蒂未沖融。海曲尚存遺愛，稼齋自有春風。

又　寄王宣慰立夫

浩魚龍濼海，曾同醉，鳳凰樓。記獵較河南，並持英蕩，千里長游。風流故家人物，愛賦詩、鞍馬氣横秋。落日隆中懷古，薰風洛水浮舟。　重逢春色入東州。小試統清流。看生嘯江淮，風連臺閣，名動金甌。經綸半生心事，細推量、合在百花頭。此日清香畫戟，不應談笑封侯。

又　爲張詹事壽

愛承華詹尹，儘明略，更雄襟。甚瀟灑清吟，半生夢寐，銅輦秋衾。莫論量，歸計早，恐未容、亭扁遂初心。共道東山絲竹，風雲兩袖商霖。　春坊桃李滿清陰。氣幹鬱千尋。看他日明堂，圓杈偃（三字原作國權□，茲據景元本秋澗樂府改）植，棟宇雄沈。家近上林春早，覺桂香、浮酒動華簪。滿酌一杯爲壽，魯連不用千金。

又　居庸懷古

壯巉巉鐵峽，誰設險，劈蒼岑。擁萬里風煙，一栓横鎖，形勝雄沈。漢王陽□□□，憶當年、叱馭走駸駸。半夜郵亭索酒，平明燕市長吟。　追思往事不堪尋。山色古猶今。甚三十年來，青雲垂翅，素髮鬜鬙。投閒卻教應聘，笑委身、從事老難任。立徧西風殘照，山光翠滿疏林。

又　伏聞鑾輅近在山北，以疾不能前迓，悃衷有不能已者，作樂府木蘭花慢，以見葵藿傾嚮之萬一云

悵居庸北口，愛蒼靄，擁千岑。澹秋滿陪京，翠華南狩，萬騎駸駸。從千宮□□□，望清塵、拜聽車音。日月中天統在，風雲龍虎臺深。馬遷留滯臥周南。戀闕破丹心。恨伏枕悠悠，情關藥裹，夢共秋衾。豈知金鑣野鹿，恐暮年、分薄是長林。卻爲有恩未報，許身愧比南金。

望月婆羅門引　彝舉宋屯田幕官也，與予一見，有忘年之歡。既而告别東游，賦此爲餞

星屯落落，當年旌旆擁雍丘。西風騰踏清秋。回首黃雲畫角，吹斷夕陽樓。且杯傾竹葉，歌戛吴鈎。功名浪求。枉敝盡、黑貂裘。重恨人生無定，長負歡游。燕鴻南去，悵秋水、秋煙總是愁。江浦晚、穩宿汀洲。

又

小窗人静，梅枝香細月華明。博山一縷雲蒸。好箇臞仙風骨，詩思苦憑陵。有閒書遮眼，攲枕松聲。素無宦情。較得失、一毫輕。自歎高歌白雪，寡和誰聽。瀟然巾卷，見芝宇、光浮壽頰生。春酒緑、何礙頻傾。

又　燕城元夕有感，且憶去歲汴梁行樂

去年元夕，飄零書劒大梁城。春風九市花燈。尚憶東樓行樂，談笑故人情。對一尊芳酒，滿意歌聲。今年可能。人與境、兩竛竮。寂寞黄昏陌巷，戍鼓斷人行。梅花歸夢，正一笑、柴門稚子迎。庭樹鵲、何苦頻驚。

又　春雪後看山

太行晴霽，孤墉高處挹清寒。雲開萬髻千鬟。底事春風面目，一變玉巑岏。澹夕陽平遠，野鳥飛還。青雲莫攀。吾高興、在東山。偃蹇孤松丘

鑿，不礙春慳。背陰桃李，正藉得、春光亦强顏。長劍鋏、且莫輕彈。

又 中秋夜

柳邊層樹，倚闌人共月孤高。亂雲脱壞崩濤。一片廣寒宫殿，桂影數秋毫。儘掀髯老子，露濕宫袍。人生此朝。能幾度、可憐宵。況對清尊皓齒，舞袖纖腰。碧空如洗，拚一醉、河傾轉斗杓。今夕樂、歸夢臨皋。

又 昨者觀唐津舟車之盛，通湊南北，實爲燕南一咽會也。第吾輩居此，有抱瑟竽門之歎，以婆羅門歌之

河山清眺，風煙兩戒見殷都。唐津浩浩舟車。一水東浮滄海，寶帶束燕吴。更中州雄跨，奇貨堪居。平生壯圖。笑到此、反區區。正似齊門抱瑟，不解吹竽。視吾耿耿，道玉佩、或能利走趨。如不爾、歸老樵漁。

又 爲吹頭管張解愁賦

秋懷索寞，悠悠心事野鷗邊。幾回崔九堂前。照眼故家風調，人物尚依然。按清商一曲，傾動華筵。新聲巧翻。道且莫、詫貞元。愛煞珠繩銀管，滿意清圓。風花無夢，待回施、春光與少年。杜陵老、淒斷鄰船。

春從天上來 承御韓氏者，祖母之姝也，姿淑婉，善書。年十一選入宫，既笄爲承御。事金宣宗天興二帝，歷十有九年，正大末以放出宫。明年壬辰，鑾輅東巡，又明年國亡於蔡，韓遂適石抹子昭，相與流寓許昌者餘十年。大元至元三年，弟澍爲汲令，自許迎致淇上者累月。一日酒間，談及宫掖故事，感念疇昔，如隔一世而夢鈞天也，不覺泣下，予亦爲之欷歔也。今將南歸，贅兒子醜於許，既老且貧，靡所休息，而抱秋娘長歸金陵之感，乃爲賦此，庶幾攄寫哀怨，洗亡國之愁顏也。且使好事者倚其聲而歌之，不必覩遺臺而興嗟，遇故都而動黍離之歎也。歲丙寅秋九月重陽後二日，翰林修撰王惲引

羅綺深宫。記紫袖雙垂，當日昭容。錦封香重，彤管春融。帝座一點雲紅。正臺門事簡，更捷奏、清

畫相同。聽鈞天，侍瀛池内宴，長樂歌鐘。回頭五雲雙闕，恍天上繁華，玉殿珠櫳。白髮歸來，昆明灰冷，十年一夢無踪。寫杜娘哀怨，和淚把、彈與孤鴻。澹長空。看五陵何似，無樹秋風。

摸魚子　賦白蓮　至元廿二年乙酉九月重九後三日雨中作

澹亭亭、影摇溪水，芳心知爲誰吐。玉華寶供年年事，消得一天消露。私自語。君不見仙家，玉井無今古。澹妝誰妒。儘千頃昆明，紅幢翠蓋，雲錦爛秋浦。瓊綃襪、自有淩波故步。賞心莫遣遲暮。風清月冷無人見，零亂碧煙修渚。聞好去。待醉浥秋香，不羡風標鷺。遠游重賦。擬太一真仙，共浮滄海，一葉任掀舉。

又　送雷彦正西還，時授恩州倅

望都門、滿山晴雪，悤悤君又西去。當時漢將征西幕，氣壓瘴江煙雨。還自許。儘虎穴雄深，萬里班

超舉。燕臺再過。甚牢落高情，霜風偃薄，似厭貂裘土。絃歌事、正爾邯鄲故步。功名從此軒翥。一麾回首甘陵樹，千室正歌來暮。須記取。拊摩外催科，未礙陽城古。征鞍莫駐。趁渭北春天，升堂拜慰，捧檄爲親舞。

奪錦標　君卿宣慰來別，索鄙作贐行，賦樂府奪錦標爲贈，庶酒酣相憶，倚聲歌之，六朝老樹不無動色也

六郡雄藩，會稽旁帶，雨浙風煙如昔。碧草莫傷春浦，冠蓋東南，幾多行客。正新亭父老，望雲霓、苦思休息。道朝家、雨露同春，問甚江南江北。賀監歸舟逸興，何似雙旌，儘慰元郎行色。鏡水緑通朱閣，威暢恩宣，海波春寂。笑東山老去。此心初、非□泉石。約海樓、翡翠同游，醉裏山陰陳迹。

喜遷鶯　祁陽官舍，早春聞鶯

五更殘夢。聽緑窗鶯語，羅衾香擁。百囀多情，嬌啼無淚，枕上一聲時送。真成翠鬟雙筍，當户玉琴

初弄。欲誰共。趁風和求友，喬林煙蓊。春動。花氣重。暗度垂楊，暖入酴醾洞。倦客芳悰。佳人幽思，愁滿彩牋金鳳。自憐比來心事，兩翅果誰搏控。聽指縱。望高城落日，黃塵飛鞚。

又　題聖姑廟　仙姓郝氏，博陵縣會渦里人。里去滱水甚邇，水多蘋蘩蘭茝，仙年方笄，姿態殊麗，嘗同女郎輩采蘋溪中，樂而忘返。一日，歘蒼煙盛起，白晝異色，龍淵鮫室，金支光爛，飄飄然有波神泝流而上，衆姝驚散。仙獨留不去，遥見與神顧語，乘碧菌同逝。俄煙開日晶，遂失所在。其母哀求水濱，願言一見，良久，覺異香襲人，仙霧鬟風馭，隱約於波渚間，若有以謝曰，兒以靈契，託迹綃宫，陰主是水，塵緣已斷，毋庸悲悒。今而後，使鄉梓田蠶歲宜，有感而通，乃爲吾驗。時魏青龍二年也。後人相與館仙於博陵城，臺制甚宏麗。縣教諭李曜告予如此，今燕趙閒冷竈日，香火趨祀者，所至風動，以孝感聖姑稱云。至元庚辰夏四月，按部至縣，喜其事甚異爲民禱蠶祠下，以仙吕命曲，庶爲迎送神詞，俾邦人歲時歌以祀焉

汀洲蘋滿。記翠籠采采，相將鄰媛。蒼渚煙生，金支光爛，人在霧綃鮫館。小鬟頓成雲散，羅襪淩波不見。翠鸞遠。但清溪如鏡，野花留靨。情睠。驚變現。身後神功，絲滿吴蠶繭。漢女菱歌，湘妃瑶瑟，春動倚雲層殿。彤車載花一色，醉盡碧桃清宴。故山晚。歎流年一笑，人閒飛電。

又　己丑秋八月廿六日，雨中飲賈方叔家。樂籍劉氏歌以侑觴，衆賓欣然，爲之賞音。劉因求樂府於予，遂賦此，且道坐客醉語

秋懷誰寫，聽一聲金縷，同傾芳酒。嬌囀林鶯，圓纍珠串，春在碧羅雲袖。宫中磬簧齊發，字外五音何謬。坐閒友。道江南風月，此聲無有。回首。傷離久。三疊陽關，不到青青柳。得意石州，片帆雲影，翻動海山明秀。風流故家未滅，自笑杜陵衰叟。再相遘。卷中人正好，崔徽消瘦。

感皇恩　贈李士覯。諱儀，霸州人。予廿時，鹿庵先生門同舍郎也，性端方。嘗爲刑司經歷官，好學不倦。與人交有終始，

回首竹林游，山陰陳迹。灑落襟期記疇昔。論文把酒，醉盡清泉白石。幾年江海上、空相憶。邂逅淇南，羇愁都釋。兩鬢憐君更如漆。幽懷重敍，不待小槽紅滴。新詩隨欬唾、驪珠溼。

又　贈元舜舉。嘗爲宋文卿屯田官，以善歌聞天下，祁州人。與參政楊西庵爲通家

今夕是何年，故人相遇。快著銀杯瀉春露。高陽舊友，要聽一聲金縷。行雲留不去、驚如許。鳳喙微吟，珠繩低度。夜半銀屏恍私語。夜花零亂，掩盡六朝瓊樹。明朝南浦道、傷平楚。

又　題沙河南堤鎮壁，留別元舜舉

濃綠漲千林，征鞍東去。十日祁陽爲君住。幾回清唱，飛盡海棠紅雨。人生當適意、何良苦。簿領公堂，風沙長路。贏得佳人怨遲暮。沙頭酒盡，猶惜玉鞭輕舉。一聲聲不斷、歌金縷。

又　𤺋下晉州臥病中，謝故人相訪

暴下晉州城，茫然心曲。臥對風軒數竿竹。暑光不受，似我腰圍□束。病機還自忖、非寒燠。力仕難任，居閒不足。風雨憂愁更相促。星星鬢影，中有利名千斛。省來都外物、真蠻觸。

又　史公總帥子明命，題其弟柔明所寫平江捕魚圖，乃以樂府感皇恩歌之。古人稱文章與畫同一關紐，所愧辭意恐不稱於畫也

疊嶂際清江，楓林輝映。潮落波平鏡光靜。六朝興廢，都付漁郎煙艇。蓴鱸香正美、秋風冷。笳鼓歸來，風雲增勝。夢裏無煩想幽景。風流公子，寫出五湖高興。畫中還領取、江山影。

又　至元十七年八月八日爲通議西溪兄壽。三十年前，西溪授館蘇門趙侯南衙，予始相識。時初夏桐陰滿庭，故有南衙清晝之句

少日竹林游，鳳麟飛走。一段江山最英秀。南衙傾蓋，滿院桐陰清晝。鬢華思此際、渾依舊。雲夢心胸，文章山斗。好箇經綸玉堂手。婆娑桂影，

涼入露盤仙酎。一杯先領取、喬松壽。

又　昔向長年老敕斷家事，無令子孫關白，時人高之。今總帥公以鴻名懋績，照映一世，未老得請於朝，亦慕子平爲人，盡以内務付之。諸郎其賢於人遠甚，某喜聞而樂道之，爲賦此，以歌其盛德云

節序四時閒，功成還退。此事君侯與心會。幽亭高卧，眼冷畫堂金翠。越裝都付與、諸郎輩。虎帳籌邊，錦韉歌凱。慘澹風雲夢江海。大弨挂壁，小隱一枝松蓋。清閒人道勝、中書拜。

又　送子初中丞赴燕，時予在真定憲司座閒，作勸子初酒

燈火夜闌珊，故人相對。忘盡南窗引書睡。情談亹亹，時帶少年風味。門前霜月炯、停吟轡。湖海相望，金蘭交契。白髮中年能幾會。明朝趙北，又是摇摇風旆。一杯還到手、休辭醉。

又　夏日，同延陵君遇簽事順之心遠堂，以感皇恩歌之

書葉散芸香，牙籤無數。案上藜羹當膏乳。地偏心遠，日與聖賢晤語。市聲飛不到、横披處。一炷龍涎，滿甌春露。旋埽幽軒約賓住。清談有味，總是故家風度。子雲亭户好、龍津路。

又　廣平道中，寄總管寧端甫

風雨暗公堂，故人晤對。邂逅燕城又三載。偶因官事，喜向廣平重會。照人光彩好、心期在。萬里功名，半生湖海。十五年間鬢顔改。笑談尊俎，比老幾回傾蓋。秋風横漯上、期相待。

又　癸未重午日，治頭回轡，得感皇恩一闋，他時倚聲歌之，不能無相憶之情也。示秀才鄭彦通

流水小橋横，治頭沙路。一道清陰轉林塢。滿襟涼潤，猶是夜來新雨。幽禽忺客至、如晤語。坐蔭辛夷，閒揮吟麈。澤畔行歌恐良苦。人生適意，正要時情容與。卻憐身處世、初無補。

又　乙酉歲八月九日晚，積雨開霽，碧空如洗，月色入户，似與幽人約者。遂披衣步月於庭中，久之，覺風

露凜然，恍疑去青冥無幾也。因以感皇恩歌之，且寓幽懷之梗概云

佳節近中秋，秋霖晴快。飛淨殘雲碧空大。金波穆穆，掩盡玉繩光彩。坐來風露冷、青冥外。世運難前，儒冠何賴。四壁相如到沽賣。紛紛過眼，多少時情物態。杳然清夢去、桴滄海。

又　與客讀辛殿撰樂府全集

幽思耿秋堂，芸香風度。客至忘言孰賓主。一篇雅唱，似與朱絃細語。恍疑南澗坐、揮談麈。霽月光風，竹君梅侶。中有新亭淚如雨。力扶王略，志在中原一舉。丈夫心事了、驚千古。

又　贈提刑曹仲明

把酒愛髯卿，故家風度。不爲臨江老能賦。飽諳世事，成敗見來無數。□□□□、□□□。歲月如流，睽離良苦。更著佳人怨遲暮。羈愁頓解，一笑團圓兒女。殷勤君記取、周郎語。

又　登樓卽事

斜日倚高樓，亂峰圍繞。山色湖光翠如埽。天涯倦客，目斷野煙高鳥。□□□□、□□□。老境鬖鬖，憂心悄悄。也待癡頑事須了。故園三徑，已是菊荒松老。諸君應有語、歸來好。

又　辛卯年秋八月，與周宰游王氏祠堂

日日午餐餘，卽須幽討。拄杖長行覓周老。三杯兩琖，不致玉山傾倒。與君何處去、乾岡好。松影閒庭，長吟藉草。白髮多來故人少。春山何在，兩樹寒梅枯槁。一聲鄰笛起、催歸早。

又　史總管誠明伯還汶川，老懷淒然，有不能已者，賦感皇恩，歌以送之

十里走徵車，笑予游宦。老馬爲駒望英盼。客懷相慰，時對淩煙生面。浩歌雖慷慨、南山粲。公子翩翩，沈酣經傳。不似當年閉門衍。楊花歸路，肯逐東風流轉。且遮西日去、長安遠。

又　壽表弟韓雲卿

臨事羡君材，笑予拙宦。待詔雲龍更英盼。夢迴孤枕，依舊新豐旅爨。明時無寸補、空留戀。緑泛蓮波，望高霄漢。灑灑元康濟時彥。諸公延譽，莫爲驥淹臺院。百年安健裏、千千算。

又　壽左司吴君章母夫人

曉色静簾櫳，婺光千丈。香滿含真泛春釀。洛花呈瑞，照眼一枝先放。要將金屑粉、妝仙仗。月榭焚香，松陰扶杖。好箇人閒壽星樣。斕斑舞袖，輝映鳳池春浪。年年稱慶日、長無恙。三月十三日，時庭下有牡丹，兩闌内一花獨先開。

又　壽董野莊

健羡玉堂仙，中朝元老。過眼繁華任紛擾。百年心事，愛煞野莊春好。南枝誰道是、調羹了。風月吟懷，冰霜節操。千尺青松儘難槁。春宮調護，好箇當年商皓。日邊消息近、中書考。以上彊村叢書

本秋澗樂府卷二

玉漏遲　答南樂令周幹臣來篇

竹林幽思杳。棲遲自歎，離羣孤島。萬里雲翔，海樹去相依遶。鄰笛一聲喚起，憶共聽、朱絲雅調。還自笑。當年已愧，孫登清嘯。清擾。回首分飛，悵落落相期，望高崧少。會鮮離多，經世又誰曾了。二子況成陳迹，落月滿、屋梁空照。庭户曉。得意眼中人少。二子謂西溪春山

又

越山征路杳。東南澹澹，長空飛鳥。儷影同翻，明月一枝烏遶。共道有心避事，甚未若、從渠相調。君莫笑。南樓苦要，胡牀舒嘯。空擾。畫裏江山，總輸與風流，眼中年少。也學癡兒，官事幾時能了。一曲驪歌未動，還夢到、三山晴照。江月曉。莫爲賞音稀少。

前一篇懷舊有感，曰鄰吹者，爲見寄樂府也。朱絲雅調者，

爲鹿庵先生也。孫登者，爲足下與諸君也。二子者，爲西溪春山兩忘年友也。後一闋將行卽事，曰三山者，福城中山也。幾夢者，爲不肖拜命前後，凡夢三至其處。曰賞音不少者，爲彼中宋吏部陳菊圃者甚衆，故云。二篇自覺語硬音凡，固非樂府正體，望吾子取其直書，可也

又　留別淇上諸君

浙江江路杳。蒼茫自歎，南飛烏鳥。故國回頭，夢裏青山吟遶。手把一麾南去，道不比、八州常調。君莫笑。南樓苦要，胡牀舒嘯。休擾。歸去扁舟，若比似陶朱，尚猶年少。飛泳雖殊，友義固應明了。擬覽九江秀色，誰淒斷、關河殘照。霜月曉。去去眼中人少。

風入松　觀燈下半開杏花

一枝穠豔照華堂。暖蘂貯春光。寫生莫羨徐熙筆，風流在、百子池傍。點綴紅妝朱校云妝疑裝誤玉頰，簾苫粉澹宮妝。靜憐疏影伴昏黃。添麝入鑪香。惜花人老情緣在，雲屏晚、銀燭高張。細瀉一杯春露，浩歌微雨東牆。

三奠子　都城七夕

渺新秋節物，客思天涯。巖桂重，碧雲賒。煙華縈紫禁，心事夢長沙。青銅裏，人未老，鬢先華。鉤簾望月，得巧誰家。兒女輩，語空譁。露翻梧葉重，河映綺樓斜。傾雲液，歌金縷，岸烏紗。

又　登河中迎煦樓，樓故址卽唐崔徽白樓也

壯河山表裏，百二喉襟。形勝地，古猶今。風雲全晉在，草木故都深。澹長空，孤鳥没，總消沈。東山高卧，梁甫長吟。人未老，鬢毛侵。平生多古意，落日更登臨。倚危闌，窮遠目，恐傷心。

又　辛卯七月，時久雨未霽，中以感寓爲歎

湛新秋風露，曖曖微霄。梧葉下，桂香飄。鵲翻銀漢水，人渡玉闌橋。歡能幾，虹影斷，渚宮遥。人閒多巧，天上無憀。今古恨，苦相撩。果瓜絲曲綴，兒女思空饒。層軒晚，香露濕，可憐宵。

又

悵神光奕奕，天上良宵。花露濕，翠釵翹。風回鸞扇影，愁滿紫雲軺。恨相望，雖一水，隔三橋。朱絃寂寂，心思迢迢。人未老，鬢先彫。翻騰驚世故，機巧到鮫綃。涼夜永，簫聲咽，篆煙飄。

又

隔盈盈一水，歡會今宵。梧葉上，雨蕭蕭。星沈開帳燭，雲黯渡河橋。渚宮深，離思苦，兩無憀。金針縷細，彩舫花嬌。兒女輩，漫情饒。巧來心愈拙，絃促韻難調。西樓月，銀漢影，碧天遥。

江城子　爲張同知壽

灤江晴漾首山前。玉爲淵。秀相連。總把華英，都付使君賢。梅竹堂深歌吹動，香似霧，酒如川。列城千里聽鳴絃。頌聲喧。覺春偏。争遣翺翔，猶是貳車權。滿泛一杯添壽酒，懸斗印，看他年。

又　賦拜月圖

一枝繁杏宋牆東。翠帷重。捲春風。留得殘妝，簾月拜玲瓏。雲作鬢蟬霞作袂，香霧濕，玉鬟鬆。閒情都付燭華紅。瑣窗中。照芳容。細逐行雲，零亂紫金峰。天外翠鸞仙侶在，城闕晚，夢芙蓉。

南鄉子　近聞吾子有茂陵側室之舉，順命故也。且在昔賢女雖有小星惠下之行，不無黲悒自傷之意。故首章託以自怨自責，忌嫉傷善略不見也。然怨不已，則夫婦道乖，故釋以人子之孝，嗣續爲重。嗚呼，商陵穆子之悲，衞莊姜傷己之歎，匪歌詩莫能宣其志，此樂府之所以作也。庶幾言之者無罪，聞之者少有慰焉

人物舊温郎。心事珠簾月半牀。笑裏玉臺重藉手，誰量。折得楊枝惱孟光。得鯉豈思魴。老境其如伯道傷。但願維羆應汝夢，稱觴。趁取春風慰北堂。

又　癸丑三月廿一日祭龍祠，回飲張氏草堂

喬木色蒼蒼。山頂難留落日光。燈影碧流深幾

許，浮觴。來醉張家第四場。世事莫論量。相對尊前兩鬢霜。富貴幾時當適意，杯長。問甚春星帶草堂。

又　夏日，同王子勉雷彥正王子初納涼西園亭

簾影靜棋枰。平野風來分外清。一帶好山供望眼，雲屏。落日煙霏翠滿亭。世事不須驚。底用相逢話獨醒。常使玉缾沙上酒，如澠。杖履時來月下傾。

又　春日，游李氏園亭

溪水淨灘沙。紫動林梢半是花。長日馬蹄閒信步，誰家。曉入南園到晚霞。時事鬧蜂衙。一片閒心逐去鴉。爛醉玉缾沙上酒，生涯。過眼浮雲不足誇。

又　承旨董公，壽登七秩，康寧好德，誠可慶也。取坡例，以玉案香歌之

青瑣漢中郎。滿袖長攜玉案香。記得賦詩橫槊日，臨江。氣壓風濤一葦航。蓮炬晚分光。諫疏回天豸有霜。七十平頭從此數，稱觴。滹水淵源慶未央。

又

一雪靜林皋。冷壓浮陽氣不驕。菜甲榆椒渾不動，寂寥。賺得輕黄上柳條。詩思苦相撩。酒琖新來頓絶交。連夜客窗寒似水，無憀。誰約春風鎖綺寮。

又　和幹臣樂府南鄉子，南樂言懷中間，更易兩韻，蓋前人用音意之例也

萬彙帝城春。況是明時選用人。愛煞曲山周老子，依仁。任運□□不自論。六任漫逢辰。甚是榮華盡苦辛。贏得歸來兒女笑，蘇秦。白馬紅纓衫色新。一作潦倒客居雖有甑，生塵。日有詩來發興新。

卜算子　辛卯九月二十三日夜，夢上層闌北望，黑雲截空，二龍尾足連卷下垂，殊分明也。覺而賦此，秋

潤老人識

一抹截頭雲，霎霴從龍發。尾足連卷見半空，霽色翻蒼鬣。舉手欲攀鱗，散我麒麟髮。天外雄風秘化機，吹落蒼煙峽。

青玉案 賦紫金沙

綠陰暗盡西城樹。人總道、春歸去。嫋嫋柔條高幾許。絳燈閃爍，翠雲縈護。元有留春處。金尊未厭傾芳醑。醉墨題詩要香露。蝴蝶飛來何栩栩。向人有意，繞闌翻舞。似約花閒住。

臨江仙 壽李節使

柱石中朝黃閣相，河山千古南州。多君談笑覓封侯。朱輪繙皁蓋，錦帶佩吴鈎。滿府治聲歌五袴，稍稍俊氣橫秋。今年壽席更風流。青雲新甲第，一笑醉金甌。

又 八月一日，同高仁甫李靖伯史潤之餞伯昌東行，韓明日至滑，得陰疾，後三日舟載西還，夕次淇門東劉家渡而没，得年五十有五。韓予出就外傅時同舍生也。哀哉

昨日舉杯親餞別，六人吟嘯呵呵。今朝丹旐颺城阿。一棺零落恨，都付逝川波。萬事轉頭真是夢，兩輪來往如梭。人生百歲合如何。放開眉上鎖，得酒且高歌。

又 送治中李公

天上雲衣無定態，眼中時事休驚。年來鐘鼎到書生。一麾仍出守，五馬看專城。千古金陵佳麗地，中郎素有先聲。一江春浪暮煙平。此身眠食外，萬事總虛名。

又 爲曲山作

別墅寒梅方入夢，多君來報花期。野塘流水小橋西。南枝香爛漫，卻恨賞音稀。正有玉堂人最愛，垂垂兩鬢如絲。和羹心事未應遲。金尊重醉倒，且莫晚風吹。

蝶戀花　賦來禽歌枝

今歲尋芳春已誤。一粒丹砂，不到來禽樹。滿意紅芳春也妒。長條簇滿珍禽羽。　花道無情應有素。似惜金尊，一醉珠簾暮。春自還來花自故。人生最恨離筵苦。

又

昔鹿庵頤軒，樂育淇上，一時秀造，號稱多士。逮（原作建，茲據宋賓王校本改）中元已來，例宦游四方。僕二十年閒，纔三至鄉里，慨然有離索之歎。今歲投紱自濟南來歸，而諸公頗集。所欠者惟王尚書子勉，傅漕使士開耳。因賦樂府以見歡會之不恆，聚散之有數也。至於義安分定，詞兼六客，倚聲者當自知之。恐酒酣耳熱後，不無倒冠落佩之適也

淇水當年麟鳳渚。回首飛翔，落落風雲舉。三原誤作手，茲據景元刊本秋澗樂府改疊陽關回首處。渭城柳色朝來雨。　今夕何年天所與。白髮歸來，一笑同歌舞。醉裏相將尋杖履。苕溪風月無今古。

又

緑暗蘭皋春雨暮。露浥風吹，馥馥香如霧。一曲清歌花解語。落紅羞滿沙頭路。　錦瑟華年誰與度。夜月珠簾，腸斷春風句。我自興來聊一顧。醉魂不到淩波步。

又　和曲山韻因爲贈之

經世此心誰盡了。欲畫麒麟，功業何由到。白髮滿頭青鏡曉。花開花落人空老。　適意杯盤從草草。甘坐清貧，方駕郊和島。最愛新詩情致好。篇篇直壓元郎倒。

太常引　送王嘉父

去年鞍馬客南鄘。柰告別，苦悤悤。今歲又相逢。喜客舍、清尊屢同。　仲宣樓上，杜陵幕下，著處話途窮。好去漢元龍。道休著、青春負公。

又　壽龐咨議

髯郎風度幕中蓮。已師範，使君賢。驥足快騰騫。道好箇、龐家士元。　滄浪高興，寒花晚節，秋色滿

淇園。一琖願遐年。要都釀、君家百泉。

又　壽劉同知

太行晴色泛簾鉤。對書史，日優游。賓從儘風流。誰健似、東陵故侯。人閒萬事，塵埃野馬，一笑付紋楸。眉宇壽光浮。拚醉過、黃花暮秋。

又　周都運生朝時添壽王村

量蟠英偉氣和愉。道滄海，得遺珠。忠義與心俱。見漕府、歸來轉輸。山呈霽色，杯添野水，春滿野人廬。鄭重萬金軀。要羽翼、當年漢儲。

又　爲王同知壽

雍容詩禮冠時髦。都忘卻，貴人驕。橫槊見英標。道勇似、當年嫖姚。默含萬動，德尊一府，歌壽聽民謠。綠鬢映金貂。儘千尺、青松後彫。

又　爲萬奴總管壽

重於山岳藹如蘭。喜一旦，得同官。裁鑑笑談閒。道不似、當年將壇。一年好處，中秋節近，涼露洗金盤。丹桂月中看。儘耐得、人間歲寒。

又　奉寄（朱校云奉寄二字疑衍）參政李侯仲實，自北京行省，改授安西王相，人來徵詩於予，因作此奉寄，時屯田涇陽規畫財賦

北平移鎮入咸秦。說睿眷，更情親。下手見經綸。道好箇、中原老臣。萬屯曉日，一鞭農事，涇水晝中春。陸海儘藏珍。似只欠、封侯富民。

又

春風碧水靜林丘。對書史，日優游。來往更風流。問誰似、東陵故侯。黃陂襟度，曲江譽望，山立看揚休。春釀儘禁篘。拚醉盡、蟠桃上秋。

又　送段信卿拜河東憲司經歷

北來孤劒鬱蒼顏。聽時事，立談閒。秋隼正騰翻。莫便倚、霜空陡寒。太行秋色，汾川雁影，極目送歸鞍。簿領憲司閒。道好箇、河東幕官。

又　壽陶珉溪

南枝梅信點冰妍。覺初度，得春偏。人物鱣堂仙。看才思、渾如湧泉。悠悠往古，紛紛俗學，犂幌繡空鮮。青鬢莫蒼然。要折衷、陶家講筵。

鷓鴣引 爲王太夫人壽

簪纓瀟然自謝林。一家柔範到周南。以賢論母書彤管，有子能官盡孝心。香霧碧，壽尊深。歲時春葦醉花陰。從今叢慶堂前月，翠竹高梧聽鳳吟。

又 和周幹臣韻。中統五年三月十二日夜，陪徒單文與雷彥正夜話

門外東風駐馬蹄。月明庭樹綠陰稀。眼中時事驚天運，醉裏游談似□機。思遠走，擬高飛。此心安得與時違。遺書浩蕩三千卷，未分窮愁老布衣。

又 韓氏別墅

竹映方臺翠滿湖。煙霏荷露淨郊居。棣花輝映春風被，雲錦香翻碧玉壺。吟倚杖，卧看書。一家風景輞川圖。酒杯儘泛牀頭甕，未礙門多長者車。

又 謁太一宮贈王季祥

來謁齋宮又五年。道人邀我坐前軒。只驚前度劉郎老，不見庭松偃蓋圓。人與境，兩翛然。呼童茶罷炷鑪煙。壁閒一軸煙蘿子，依約風流墮眼前。

又 爲樂籍張惠英賦

秋水芙蓉鏡裏仙。一枝明玉濯煙鬟。鶯初解語調柔石，柳不勝嬌拂畫闌。催疊鼓，按弓彎。樓心低月怯清寒。人生莫惜纏頭錦，能得春風幾度看。

又

野粉宮牆暮雨邊。洛京依舊鎖嬋娟。一聲金縷關情處，滿串驪珠訝許圓。金谷月，石樓煙。留連光景待他年。襪塵休放淩波去，更聽新翻倒玉船。

又

浴鳳池邊養相材。朝端先肅漢儀開。九秋灝爽臨初度，千丈恩光動憲臺。鏘劍佩，望蓬萊。翠華南扈拂天來。一枝好在霜前菊，留待清香薦壽杯。

又　爲耶律總管太夫人壽

遼海千年將相家。婺星光動赤城霞。回首畫戟清香地，滿意春風玉樹花。　金椅背，紫雲車。謝林風度見來賒。壽波瀲灩宮壺暖，滿泛秋光醉緑華。

又

何處人間淑景新。韶光都付牡丹春。後庭花老空瓊樹，曲水江深見麗人。　金屑粉，麝香裙。近前細看倒芳尊。惜教赤壁磯頭月，吹散春風陌上塵。

又　賦鮑家黄

何處人間淑景新。劉家池館鮑家春。後庭花唱空瓊樹，曲水宮妝見麗人。　金作粉，麝爲塵。一枝千葉擁黄雲。花工可是多情思，夢逐淩波問洛神。

又　丁亥上巳日，與諸君宴林氏花圃，李氏以歌曲侑觴，醉中懇求樂府，賦鷓鴣天以歌之。李氏字蘭英，樂籍之名香者也

花草離騷試品量。猗猗香色紫蘭芳。樂棚擢秀名何麗，楚澤含秋思更長。　金縷曲，紫霞觴。留連光景醉銀塘。竹西歌吹歸時晚，也勝揚鞭問葛疆。

又

拾翠仙洲野興長。尊前一曲杜韋娘。人憐暖日明歌扇，我愛蘭英媚國香。　供楚佩，笑梅妝。春風著意泛崇光。老懷不到淩波夢，要遣琵琶送一觴。

又　壽李靖伯母

香静堂萱燕處温。一家柔範被鄉鄰。三牲奉養真純孝，八十康寧是福人。　巖菊晚，嶺梅春。丰容林下舊精神。婺光不動雲衢爛，供佛牀頭景氣新。

又　贈馭説高秀英

短短羅袿澹澹妝。拂開紅袖便當場。掩翻歌扇珠成串，吹落談霏玉有香。　由漢魏，到隋唐。誰教若輩管興亡。百年總是逢場戲，拍板門鎚未易當。

又

先相風流德業尊。又看天馬五花文。飄飄青瑣凝

佳思，靄靄新詩似嶺雲。淮海秀，已平分。珪璋未礙琢來勤。吴人元重中州氣，繡被何嘗擅鄂君。

又

潦倒衰翁不足尊。更堪刺口論詩文。經途江浙多蘭友，照眼吴山霽霧雲。傷別久，惜輕分。臨歧一語見微勤。萬艘未是周郎志，他日經綸要使君。

又　辛卯九月二十三日，靖伯仲先携酒相過，客去，醺然獨坐，以見酣適之意云

波蕩江湖萬里餘。歸來縮首伴凡魚。門從席後軒車盛，鬢自霜來宦味疏。思往事，注殘書。閒鋤明月種秋蔬。傍人莫笑揚雄宅，好事時過載酒壺。

又

閭井錐刀劇戰烘。詠歸奚取舞雩風。道開聖學千年後，春在先生一畝宫。敦誨誘，見從容。絃歌不隔幔紗紅。珉溪幾點梅梢雪，歲歲吹香入壽鍾。

虞美人

紅顔緑鬢無長好。日對菱花老。頭童齒豁竟何裨。只有飢時餐飯飽時嬉。因行消散昏和悶。卻覺筋骸困。那錢置箇馬兒騎。食飲難消，終日緊門陲。

又　謝成耀卿僉事携酒芋相過

山餅乳酒甘如蜜。鴟芋堆盤赤。見君相贈固多情。潤我枯腸一吸破愁城。秋光湖碧西灣瀲。不到中心慊。何時盡煮土芝香。醉飽歸來，肯把故山忘。一作醉後歸時，騎馬似知章

西江月　清明拜埽回，值田家野飲，有頒白者邀予就飲，因實老人之意，作西江月以歌之

社鼓驚飛梨雪，村簫吹破桑芽。清明野飲見田家。老叟邀予下馬。勸飲一巵芳酒，繞看滿樹幽花。杯盤草草樂年華。不棄同來觀化。

又　閒步州南古堤

返照斜明雙塔，亂山回遶孤城。年來風物似昇平。

人説三王善政。世事正宜静待，田園好去躬耕。雲閒歸鳥有遺聲。唤起投林高興。

又　大河凝冰蔽川而下，與一二僚友登白樓俯觀，賦此調以歌之

散策暫辭鳧吏，倚樓來聽漁歌。夕陽西下亂山多。白鳥蒼煙衝破。一夜朔風吹雪，白雲飛滿長河。不將幽夢付淩波。意在吴郎畫舸。

又　贈張子文

聯轡閒談詩雅，停杯高詠晁詞。山城投宿晚涼時。邂逅青雲公子。濯錦江邊相憶，鳴條山下分攜。秋風摇蕩菊花期。竚候翩翩歸騎。

又　繼張孝純韻

郢下空歌白雪，琴中誰聽高山。人生何用釘朱校云釘疑誤疏頑。不過兩盂日朱校云日何本作白飯。夢到釣臺老樹，秋風閒煞漁竿。沙鷗無數點江干。知我忘機去慢。

又　壽王中丞

梅蕚暗傳春信，菊枝儘傲霜威。風姿元與歲寒期。況是小春天氣。翠實調羹未晚，秋香添壽多宜。高名北海舊蟠螭。未似東山雅意。

又　壽李彦祥

近歲憶游竹里，今年來遇生朝。平生灑落邑中豪。邂逅風神不老。賞盡山陽煙景，去翻毫海雲濤。太行晴色任秋高。人與黄花長好。

黑漆弩　游金山寺　鄰曲子嚴伯昌嘗以黑漆弩侑酒，省郎仲先謂予曰，詞雖佳，曲名似未雅。若就以江南烟雨目之，何如。予曰，昔東坡作念奴曲，後人愛之，易其名曰酹江月，其誰曰不然。仲先因請予效顰，遂追賦游金山寺一闋，倚其聲而歌之。昔漢儒家畜聲妓，唐人例有音（朱校云音疑樂誤）學，而今之樂府，用力多而難爲工，縱使有成，未免筆墨勸淫爲伎（朱校云伎疑誤）耳。渠輩年少氣鋭，淵源正學，不致費日力於此可也，其詞曰

蒼波萬頃孤岑矗。是一片、水面上天竺。金鼇頭、

滿嚥三杯，吸盡江山濃綠。蛟龍恐下然犀，風起浪翻如屋。任夕陽、歸棹縱橫，待償我、平生不足。

又　曲山亦作言懷一詞，遂繼韻戲贈

休官彭澤居閒久。縱清苦、愛吾子能守。幸年來、所事消磨，只有苦吟甘酒。平生道在初心，富貴浮雲何有。恐此身、未許投閒，又待看、鳳麟飛走。

好事近　過南雲門

南北兩雲門，竹圃稻畦如畫。罷亞黃雲萬頃，自長渠飛灑。太行鍾秀盡三鄉，形勝遞高下。笑我年來用捨，似田間秧馬。

又　嘗點東坡橘樂湯作

石鼎響松風，茗飲老來多怯。喚起雪堂清興，瀹鷓斑金屑。橘中有樂勝商山，香味不容說。覺我胸中魂磊，被春江澄徹。

又　賦庭下新開梨花

軒鎖碧玲瓏，好雨初晴三月。放出暖煙遲日，醉風檐香雪。一尊吟遶洗妝看，玉笛笑吹裂。留待夜深庭院，伴素娥清絕。

又　春寒繼劉君卿韻三首

斗柄轉春城，向暖小桃開徹。不似今年正月，過深冬時節。故將新巧發陰機，春事未容說。且就驅雲風帚，埽西山晴雪。

又

宮殿曲江頭，漠漠輕陰開徹。花柳都城三月，正禁煙時節。阿嗚轂擊玉泉游，故老向人說。一片春風簫鼓，蕩黎花香雪。

又

華髮一衰翁，世事眼中看徹。只爲年來薄宦，負東山高節。冥冥神理到無憑，此外更何說。安得百壺春酒，埽羈愁如雪。

玉樓春　冬至夜侍祭

陰消陽長從今數。除客歸來聞好語。月明滿地紫煙生，暖入刺文添繡縷。冷風肅肅生庭户。桂酒光清摇燕俎。今冬記我致嚴時，爆竹聲中聽五鼓。

秦樓月

今歲八月自哉生明夜，月色如晝，及至良夕，乃多風雨，所謂獨向此時偏者，詩人不得無悵然之情也。取太白詩例，賦秦樓月一闋，歌以問之。是夜月色亦佳，但微雲點綴耳

華陽閣。一年心賞中秋約。中秋約。九霄風露，有懷都豁。挂香和雨風吹落。倚闌望處秋煙薄。秋煙薄。一尊能與，素娥同酌。

又

己丑歲春分前一日，栽培衆卉罷，晚坐前閣，無以解之。偶得催閣芍藥詞秦樓月一闋，因放聲自歌，浮大白者數行，實至元二十六年三月二十日也。時夜漏交二鼓燈下書，秋澗老人題

花時樂。醁尊記醉平津閣。平津閣。一聲金縷，滿堦紅藥。小闌此日情蕭索。土膏一寸春如削。春如削。幾時盼到，絳燈紅爍。 以上彊村叢書本秋澗樂府卷三

行香子

乙酉歲九月二十五日，過林氏西園，與主人公泊張道士看花小酌。林曰，若作數語，以記其事，使通俗易解甚佳。既歸不百步，得樂府行香子一闋，醉立斜陽浩歌而去

秋霽遥岑。何處登臨。水西頭、來散閒心。遶園細履，栽種成陰。□撚秋香，浮酒梡，入孤斟。老境鬖鬖。鄉社浮沈。醉顔酡、白髮盈簪。夕陽歸路，聽我長吟。待野梅芳，多載酒，再相尋。

江神子

金朝遺風，冬月頭雪，令僮輩團取，比明抛親好家，主人見之，即開宴娛賓，謂之撇雪會。去冬無雪，今歲初白如此，燈下喜賦此詞，録奉達夫，且應撇雪故事，爲一觴之侑也

小窗遥夜失冬嚴。覺春添。捲疏簾。掌許冰花，撩亂撲風檐。喜倒坐中兒子輩，争指似，謝家鹽。一杯燈下醉掀髯。處窮閻。最情忺。萬壠含春，江上麥纖纖。應笑凍吟蘇老子，揩病目，認青帘。

眼兒媚

賦燕子樓用幹臣繼路宣叔樂府韻

橫塘煙澹冷涵秋。寂寞舊妝樓。珠簾夜月，露桃幽怨，總是閒愁。形消骨化情緣在，此恨若爲休。長河解浣，佳人無那，倒捲黃流。

又

滿簾夜月耿霜秋。雲夢黯歌樓。殘燈伴曉，夕陽催暮，海水添愁。天涯地角相思恨，誰道此生休。一篇照映，唐人詩雅，千古風流。

又

我來弔古過悲秋。徙倚夕陽樓。畫堂歌舞，都能幾日，何限幽愁。合歡牀冷孤眠苦，爭向死前休。憑闌閒看，一雙鸂鶒，對起中流。

又

西風歸燕幾經秋。人老水邊樓。一燈孤枕，滿襟清血，花也含愁。前堂歌吹新聲有，爭似去來休。長河若解，將姝遺恨，與淚俱流。

又　呈周幹臣

桑榆晚景日駸駸。莫厭數相尋。靜憐幽境，閒談情話，與滌煩襟。濟時幸有諸公在，鄉社好浮沈。閒雲卻恐，西風吹去，認做商霖。

鵲橋仙　壽胡紫山

秋香懸桂。光風轉蕙。掩盡尋常花卉。西城來往已風流，更點檢、生涯次第。堂名休逸。策扶流憩。占盡閒中風味。雞聲纔動已扶頭，紅日上、花梢未起。

又

調羹粉桂。愛香種蕙。自笑秋風野卉。兩椽茅屋對青山，初不羨、入雲高第。將心自逸。欲行且憩。如愛清時有味。桐江波上一絲風，儘容得、嚴光不起。

又

金蓮蜜炬。紫山仙侶。夢寐青門瓜圃。春風著處是行窩，要一笑、人閒今古。錦牋佳句。新聲金縷。灑徧薔薇清露。東華待漏滿韡霜，恐輪與、西城杖履。

又　和劉夢吉韻

高人非古。沖襟粹宇。要覽德輝飛舉。伊周元不是庸人，吾志在、箕山巢許。蘭紉有賦。菊香釀黍。夢斷糟牀秋雨。淵明卧老北窗風，猶勝似、清談夷甫。

又

沈酣往古。棲遲衡宇。劇有弓招此舉。長林豐草野麋心，是中散、生平自許。日邊草賦。矛頭炊黍。誰道閒雲有雨。周宣補衮要深功，除喚起、當年山甫。

又

金鑾視草。蒲輪應召。客路人情殊好。豈知野鹿飾金鑣。志卻在、長年豐草。霜風料峭。形容枯槁。愁緒百端縈遶。故山歸去有茅廬，任束置、長沙諫稿。

又

五窮作祟。百端相滯。破帽一風吹碎。邯鄲道上斷人行，消鑠盡、元龍豪氣。商顏綺季。當時不起。誤甚漢家經濟。書生薄相到還元，要結末、黃齏滋味。

又　爲何繼光壽

調和謀斷，論思機務。許大茫茫疆宇。當年姚宋救時才，聽沙路、歸來好語。階翻紅藥，省連溫樹。滿貯春風瑞露。眼中庭檜鬱蒼蒼，道晚節、昌於韓圃。

浣溪沙　壽李衛尉

矍鑠當年漢伏波。紫微垣外侍彤戈。笑騎天駟下天河。華髮雅宜麟閣畫，春風先送武城歌。朱顏休惜捲金荷。

又　内黃道中

風柳婆娑半畝陰。兩枝巧與道相鄰。樹頭幽鳥似知音。馬上行人思困睡，天邊赤日欲流金。解鞍休惜濯煩襟。

又　送王子勉都運關中

薊北分携已六年。秋風淇上又離筵。一尊情話重留連。內史調兵惟漢相，春潭通漕笑韋堅。嶽雲抛翠上吟鞭。

又　題韓氏別墅

翠竹連村映白沙。小岡回抱一川斜。旋開幽沼聽鳴蛙。樵客局邊驚橘樂，黃塵門外任蜂衙。樹頭山色晚來佳。

又　客亭觀漲

老雨長河壯怒濤。客亭夜久聽喧號。平明兩涘渺江臯。沙尾没來漁舶短，危檣看處客帆高。斜陽汀草亂青袍。

又　壽周幹臣

十載相期紫禁游。一官誰想客西州。春風閒倚仲宣樓。四海論交真益友，一年好處是中秋。壽波無惜捲金甌。

又　吴村道中在平陽府北三十里汾水西，三月十五日，送客回作

緑樹連村際碧山。春風吹水漲黃灣。沙汀蘋滿釣舟閒。薄宦崎嶇清議裏，風煙吞吐畫圖閒。夕陽明處鳥飛還。

又　至元九年秋九月，登秋風亭觀雨，賦呈曹參軍周幹臣

雨勢蒼山共一雲。雨聲作氣張三軍。秋風亭下葉繽紛。官事何憂嚴限促，天心不負老農勤。夜窗孤客儘先聞。

又　乙亥自壽，時二孫□行一女孫□兒時避人事，在汾西廣福院

梅點冰梢蠟蒂凝。蘭芽珠樹鬭鮮明。團欒香火此時情。避世遠慚金馬客，現朱校云現疑誤山人道老

人星。雪邊巖檜儘青青。

又 壽湯總管

十載煙花紫紫游。嘉謨曾補翠雲裘。歸來尤荷寵光優。畫戟清香高北里，虎符金節照南州。壽波無惜捲吟甌。

又 壽王子初

六合澄清到一家。顒顒文物望中華。未容詩禮養蘭芽。松柏後彫元有待，珪璋涵潤本無瑕。誥恩行墮五雲花。

又 王中丞許贈新香不至，書此以催之

珍品無多百和濃。露沾婆律濕蘭叢。喜分新供到南豐。螺甲未融金雀餅，芳菲已夢碧湘宮。寶猊先障繡簾風。

又 六月初三日，與學官高伯祥夜話於魏府之清潤堂

露榻風簾燭影搖。故人留話慰蕭條。徘徊花月可憐宵。天澹有雲空漠漠，月明無雨更翛翛。洞天歸路踏瓊瑤。

又 送劉仲元赴平定州親迎

青鳥西傳燕爾期。乘龍喜氣見修眉。芳悰濃似去年時。禁籞名香天盼重，玉臺春暖鏡鸞棲。人生樂處是新知。

又 賦箏

朋盍華簪醉未沾。主人張樂見厭厭。一聲銀甲裂霜縑。澗水咽冰翻隴怨，將軍出塞憶蒙恬。碧桃花底玉笙澁。

又 付高彥卿

紅翠叢中樣度新。桃花扇影駐行雲。隋唐嘉話閱來真。一片錦帆浮汴水，兩京花柳暗風塵。彩聲會動鳳城春。

又

雨點鳴鐃裂竹聲。併隨牙板一時停。詞源都作建瓴傾。白羽揮開諸葛陣，蒼濤翻動憲王陵。低空

知有彩雲橫。

又

隋末唐初與漢亡。干戈此際最搶攘。一時人物盡鷹揚。褒鄂有靈毛髮動，曹劉無敵簡書光。争教含泣到分香。

又

旅館燈青夜色曛。據牀談劇作春温。胸中雲夢入雄吞。清議素高烏府月，秋霜低壓漲江雲。吴山山下惜輕分。

又　中秋雖見月，桂花出没於雲影間，有不快人意者，作此詞以歌之

月色都輸此夜看。人心偏處卽多慳。碧雲吹恨滿瑶天。儘著冰壺涼世界，故將陰巧妒嬋娟。桂香和露温幽彈。

又　贈朱簾繡

滿意茗華照樂棚。緑雲紅灎逐春生。捲簾一顧未忘情。絲竹東山如有約，煙花南部舊知名。秋風吹醒惜離聲。

又　張右丞壽

補袞功深浴鳳池。好賢人道似緇衣。佩聲清響見委蛇。千歲壽祺陰有積，兩宫恩睠古來稀。東山歌酒樂時熙。

又

紙帳梅花夜色清。行雲香濕墮銀屏。惜花人老若爲情。對酒當歌須適意，淩煙圖象是虚名。千年編簡幾人青。

點絳脣　壽周幹臣

秋氣平分，畫闌桂樹秋香底。良辰美景，朱校云景字失叶，疑當作辰良景美拚取花前醉。彭壽添君，白也詩堪擬。高歌起。月波如水。長照金尊裏。

又　壽涿郡房二尊親

露影庭萱，一枝金綻釵頭鳳。寶花香供。壽席光

浮動。懿範閨門，姻族同推重。瓊杯捧。二親安寵。共醉玻瓈甕。

又 送董彦才西上

楊柳青青，玉門關外三千里。秦山渭水。未是消魂地。坦卧東牀，恐滅風雲氣。功名際。願君著意。莫揾春閨淚。

又 癸酉夏六月五日同河中府官宴白樓

倚檻清歌，一聲高遏行雲住。長河傾注。不煞曦輪暑。燕寢清香，畫棟珠簾雨。人何處。一尊緑醑。滿眼青山暮。

又 題絳州花萼堂時大暑回自河中

一榻清風，故山邂逅欣相遇。緑陰池樹。蕩漾瑶翻處。赤日紅塵，前日中條路。人良苦。壯心如故。快叱王陽馭。

又 後六月二十二日，同府僚宴飲白雲（朱校云雲字疑衍）樓，時積雨新晴，川原四開，青嶂白波，非復塵境。忽治中英甫堅索鄙語，酒酣耳熱，以樂府歌之

晴倚層闌，飄飄醉上青鸞背。飛雲崩墜。萬疊銀濤碎。青嶂白波，非復人間世。人懷霽。夕陽有意。返照千山外。

又 爲房祖母壽

婺女呈祥，瑞光分自雲衢爛。鳳萱金燦。留待佳辰綻。林下丰容，閨壼瞻儀範。香紫篆。玉顔如練。歲歲長康健。

又 壽周幹臣

千古詩壇，苦吟誰得風騷妙。羨君才調。一蹴無邊徼。歲歲中秋，喜見朱顔好。霜蟾皎。一尊傾倒。萬事秋毫小。

又 爲承旨唐壽卿壽

秋氣平分，鬱葱都作充閭喜。玉堂風味。磊落青雲器。醉墨烏絲，緑綺傳湘水。千秋歲。月波如洗。長照金尊裏。

又　雨中故人相過

誰惜幽居，故人相過還晤語。話餘聯步，來看花成趣。春雨霏微，吹濕閒庭户。香如霧。約君少住。讀了離騷去。

又　春夜喜雨

好雨知時，萬金欲買初無價。種花纔罷。似爲芳枝下。花重宮城，好箇風人雅。從飄灑。探花走馬。明日春如畫。

又　雨宵即事

春雨空濛，晚來點綴閒庭景。一牀燈影。潤入琴絲冷。清夜沈沈，誰慰孤懷耿。雲生鼎。倚窗高詠。愛此春宵永。

又　探花

春雨添花，遶闌來看花開否。海棠紅瘦。緑葉花如豆。梨雪生香，近在清明候。花爲友。莫輕孤負。預問鄰家酒。

又　喜芍藥發芽

紅藥當堦，朝來撥土紅芽秀。畫闌晴晝。凭暖佳人袖。一粒丹砂，誰點仙根透。從今後。爲渠釀酒。去作花閒友。

又　春雨後小桃

端正樓空，一枝春色誰偷得。夜來消息。暮雨臙脂濕。倚竹佳人，翠袖嬌無力。須相覓。一尊休惜。轉首春狼藉。

又　己丑清明前一日，春露堂即事，時既雨快晴，明日書示友人。主人出名酒相屬，因放歌數闋而去，實至元二十六年三月七日也，可爲不虛度此節矣。秋澗老人深香閒適（朱校云深香閒適疑有脱誤）

春雨如膏，最憐適與清明遇。晚晴庭宇。畫出樊川賦。冉冉行雲，低拂垂楊度。春如許。亂花深處。幾點薔薇露。

又　西灣即事

碧玉環深，朱校云深疑誤一尊同醉清明後。緑陰晴

畫。多少閒花柳。身世虛舟，日月驚跳走。誰豪右。忘懷惟有。拍泛船中酒。以下有十三首平湖樂，十首絳桃春皆曲調，茲不録

如夢令　和曲山韻

仕宦須求遭遇。不顧已沾泥絮。攘攘世間人，總被虛名引去。引去。引去。光景促於朝暮。

又

半世隨波從衆。幾被狙翁調弄。富貴苦相謾，一枕槐根春夢。春夢。春夢。況復此身無用。

又

友道雨翻雲覆。膠漆幾人持久。遣興漫題詩，客至有錢沽酒。沽酒。沽酒。徑入醉鄉無有。

又

老境心便多暇。束縛塵纓高掛。飯飽去尋君，閒步閒吟閒話。閒話。閒話。過眼紛華都罷。以下有柳圈（調卽合歡曲）詞六首，樂府合歡曲九首，後庭花破子一首，皆曲調，茲不録。

驀山溪

冰姿綽約，翠袖翻青露。林下謝夫人，依然是、故家風度。搔頭玉重，雲髻不勝寒，繡簾疏，涼月細，一點香來處。清標一插，脈脈秋如許。無語對西風，恍當年、六朝瓊樹。幽窗深鎖，莫厭惜娉婷，瑤臺路，藐姑仙，恐跨青鸞去。

鵲橋仙　大德辛丑歲八月初四日壽平章相公夫人

金波秋靜，桂蘭香重。瑞應熊羆佳夢。錦綳擎出玉麟兒，道釋氏、老君親送。壽筵增慶，朝鞍歸控。恰及瑤觴拜捧。平津起舞棣華歌，好一醉、玻瓈春甕。以上彊村叢書本秋澗樂府卷四

胡祇遹

祇遹字紹開，號紫山，亦號少凱，磁州武安（今河北

省磁縣)人。生於正大四年(一二二七)。元滅宋後,爲荆湖北道宣慰副使。元貞元年(一二九五)卒, 年六十九,謚文靖。有紫山大全集。

點絳唇　贈妓

風度高閒,水仙花露幽香吐。等閒尊俎。細聽黄金縷。命薄秋娘,夢斷霓裳舞。黄梅雨。燕儔鶯侶。那解芳心苦。

太常引　寄王提刑仲謀

七年分袂一相逢。倏南北、又匆匆。白髮兩衰翁。縱握手、渾如夢中。共山如畫,洹溪如練,空幾度春風。觴詠幾時同。休直待、功名景鐘。

又　爲汪奉御夫人壽日

慶門華胄幾千秋。更名父、早封侯。天性自貞柔。立閨範、并州應州。一杯千歲,嫩涼時節,暑氣雨前收。壽酒勸金甌。記歲歲、西風畫樓。

西江月　讀通鑑唐太宗揞魏徵碑,有感而作

晚食甘於粱肉,徐行穩似軒車。直須朝暮苦馳驅。指望淩煙高處。前日豐碑旌表,今朝貶竄妻孥。喜爲正直怒奸諛。自古忠臣良苦。

南鄉子　宿武安李仲威家因營葬事

夢破五更頭。萬慮關心不可收。憂世憂身無限事,多憂。自笑元龍百尺樓。寒葉雨聲稠。百蟄無聲已暮秋。一歲又從流水去,悠悠。明日田家酒百甌。

又　詠李通甫秋扇

新樣玉瓏璁。偏賜輕涼滿漢宮。記得班姬拈彩筆,恩隆。寫入新詩字字工。殘暑又西風。動是經年篋笥封。只欠一枝霜後葉,殷紅。點破團團璧月空。

鷓鴣天　甥孫以紅葉扇索樂府

露冷霜寒百卉腓。容光來與菊花期。雪香睡足青春夢,晚節隨時始衣緋。流水遠,夕陽遲。秋山斂黛讓晴暉。醉魂不逐西風散，璧月瑤宮晚更宜。

江城子　夜飲池上

摩訶池上水風清。露零零。月華明。玉簟銖衣，清影照閒情。一曲洞仙歌未闋，霜葉滿，鳳凰城。醉魂輕舉上青冥。閟仙扃。墮滄溟。散作秋香，無語話三生。安得青蓮同把酒，揮醉墨，問枯榮。

水調歌頭　招友人飲

人處六函內，蚊睫一微塵。匆匆數十寒暑，駒隙等逡巡。禮樂衣冠縛束，文字功名汩没，辱寵萬悲忻。雅意竟誰了，含恨入荒闉。笑緇黄，誇解脱，保天真。將心自遊，溟涬屈蟄不生春。氣化也應歸盡，雲影白衣蒼狗，何處駐陽神。莫聽三家語，來作醉鄉民。

又　賞白蓮招飲

妖嬈厭紅紫，來賞玉湖秋。亭亭水花凝竚，萬解冷香浮。初訝西風靜婉，又似五湖西子，相對更風流。翠潤寶釵滑，重整玉搔頭。泛雲腴，歌白雪，捲瓊甌。尊前共花傾倒，一醉洗閒愁。屈指秋光能幾，歌詠太平風景，佳處合遲留。更倩月爲燭，散髮弄扁舟。

又　宴樂

嗚咽洞簫裏，皓齒豔歌聲。同聲同氣相應，雙鳳一時鳴。春晝沈香火底，涼月碧桃花下，握手共誰聽。有酒且勿醉，細倩玉纖傾。白髭鬚，緣底事，爲愁生。尊前怨思兒女，向我訴衷情。東第貴官鼓吹，北里市塵箏笛，適意各忻榮。老耳未聾聵，日日飲昇平。

又　慶翰長生朝

千古大名下，五福幾人全。相如妙齡詞賦，一降冠羣賢。姓字家傳户説，丰表芒寒色正，星日麗青天。朱服赤墀裏，緑髮玉堂仙。忽西風，吹夢破，海成田。冥冥造物，雲龍風虎又奮緣。兩代斯文盟主，百載中朝元老，雅望更誰先。好藉金蓮燭，壽酒要如川。

木蘭花慢　贈歌妓

話興亡千古，試聽取，是和非。愛海雨江風，嬌鶯雛鳳，相和相催。泠泠一聲徐起，墜梁塵、不放彩雲飛。按止玉纖牙拍，細傾萬斛珠璣。又如辯士遇秦儀。六國等兒嬉。看捭闔縱横，東强西弱，一轉危機。千人洗心傾耳，向花梢、不覺月陰移。日日新聲妙語，人間何事顰眉。

又　酬宋鍊師贈梅

愛清香疎影，問誰識，歲寒心。稱月底溪橋，水邊籬落，雪後園林。仙家亦憐幽獨，美玉堂、温水静相尋。寫影華光醉墨，招魂和靖清吟。陶潛官罷杜門深。門客欲誰臨。謝携酒扶花，敲門見過，一洗塵襟。揮毫徑酬雅意，拚醉來、忘卻雪盈簪。更結松筠高會，從渠桃李繁陰。

又　元夜宴王三舍人宅，有大塔松燈之樂

愛玲瓏紅玉，光照夜，滿庭春。更翠焰浮空，朱明射月，和氣留人。河東上元佳節，念客懷、誰作□情親。喜二三更雅集，清歡滿意殷勤。人生元夜幾番新。賢主亦佳賓。儘月轉參横，香殘燭燼，猶勝芳晨。團圞膝前兒女，放盃行、到手莫辭頻。燈火佳庭此夕，明朝世務紅塵。

又　題倪都運南塘蓮社廬山社蘭亭會後世圖畫，題詠至今，傳翫不絶，乃知前代尊俎風流，猶爲人永永景慕。其於善行名言，豐功懋烈，誰得而廢之。去歲夏，僕以從百官之後，走上都，聞南塘白蓮雅集諸名公，皆賦樂章，自以不得一繼餘韻爲恨。今年秋，席上運使倪公得尋舊盟，僕忝與賓末，僅贅一闋，庶幾異日，得附南塘蓮社之故事云

倚西風閒坐，談清影，玉亭亭。問幽苦芳心，何時解語，脈脈盈盈。秋香欲無還有，似自憐、不嫁惜娉婷。好在芙蓉城闕，夢回羅襪塵生。多情爭似

總無情。殘照又西傾。怕去去蘭舟，露涼煙冷，月落參橫。沙雁也能留客，倩溪光、相照晚妝明。緩按梁州絲竹，聽番白苧新聲。

又　春日獨遊西溪

愛西溪花柳，紅灼灼，綠陰陰。更細水園池，修篁門巷，一徑幽深。春風一聲啼鳥，道韶華、一刻抵千金。飛絮游絲白日，忍教寂寞消沉。我來無伴獨幽尋。高處更登臨。但白髮衰顏，羸驂倦僕，幾度長吟。人生百年適意，喜今年、方始遂歸心。醉引壺觴自酌，放歌殘照清林。

又　留題濟南北城水門

歷雄都大邑，厭車馬，市塵深。愛歷下風煙，江湖郛郭，城市山林。人家水芝香裏，看萬屏千嶂變晴陰。無問買山高價，休論寸土千金。偶因王事愜閒心。佳處更登臨。倩萬斛泉珠，四圍嵐翠，一洗塵襟。強齊霸圖陳迹，但華山平野聳孤岑。今夕高筵清賞，明朝驛騎駸駸。

又　殷獻臣伯德孝先奉使日本，索詩送行，得此三闋

要聲名洋溢，須涉險，卒奇功。儘萬里滄溟，魚龍吹浪，□□□□。□□□□□，□□□□□□□。□□□□海若，能如十萬兵雄。明年春暖際天東。佳報定先通。看倭氏稱藩，遐夷稽顙，異服殊容。都人聚肩重足，喜歸來、朝拜大明宮。寄語三吳百越，休誇江水連空。

又

狀驪歌慷慨，望天際，送君行。眇月窟張騫，雪山殷侑，虛擅英名。忠肝落落如鐵，要無窮渤澥驅長鯨。笑指扶桑去路，等閒風浪誰驚。士當一節了平生。羞狗苟蠅營。仗雷電神威，風雲聖算，何往無成。佳聲定隨潮信，報東夷重譯覲來庭。好箇皇朝盛事，毋忘紀石蓬瀛。

又

百年湖海氣，得初效，處囊錐。更緑鬢朱顏，雄姿英發，光射征衣。大夫喜伸知己，感宸恩深重此身微。虎節才辭北闕，丹誠已落東垂。中天雨露徹偏裨。只欠海諸夷。好敷悉丁寧，殷勤感悟，立解疑危。邊隔普霑王化，便細心懷德徑來威。一降功名事了，清御史册騰輝。

又　慶翰長八十

應飛熊佳兆，年共德，兩俱高。論少日才名，遐齡勁節，合擅中朝。文章在公餘事，快筆端、雲海□風濤。四海名卿奇士，百年齊入鈞陶。笑將經濟讓兒曹。萬事一秋毫。享內相尊榮，金蓮晝燭，宮錦朝袍。投壺雅歌文會，盡百杯、春色醉仙桃。好爲昇平强健，賓從東岱南郊。

摸魚兒　玉簪

問秋香都在何許。棠陰暮涼風露。空圓不費司花巧，玉立幽閒丰度。如欲語。似含訴。一襟清苦愁千縷。長門夜雨。更月暗燈昏，水沈煙燼，寂寞瑣窗户。憑誰問，見棄宣和花譜。應爲孤高自娱。升平枕上温柔夢，不到琳宮仙府。仍爲汝。待安排，軟金羅幕重遮護。秋霜良苦。怕清夜無人，天寒翠袖，孤影更衰素。

以上周泳先校大典紫山大全集本詞二十三首

魏初

初字太初，號青崖，弘州順聖（今河北省陽原縣）人。生於正大八年（一二三一）。中統初，爲中書省掾史，累官至南臺御史中丞，卒於至元二十九年（一二九二），年六十一。有青崖集。

木蘭花慢　爲安總管壽

記鳳凰城下，走飛騎、扈龍舟。正春水生波，頭鵞落雪，風偃貂裘。西南憲司高選，自并汾以去敷君侯。處處隨車有雨，行行白簡生秋。今年冠蓋駐梁州。民物沸歌謳。看綠水平田，人家煙火，桑柘鳴鳩。輝輝虎頭黄節，道看看、飛下日邊頭。儘把中原山色，與君同醉南樓。

又 爲姜提刑壽

記當年分陝，擁飛蓋、入長安。把渭北終南，秦宫漢闕，都入凭闌。追隨大渾幾日，又嘉陵山色上征鞍。楊柳離亭痛飲，梅花樂府新翻。一封丹詔五雲間。全晉動河山。看匹馬横秋，弦轟霹靂，虎卧斕斑。生平此心耿耿，道君恩未報敢投閒。袖裏昇平長策，春風咫尺天顔。

又 爲完顔振之壽

笑功名謾我，都幾許、競匆匆。記玉佩紅鞓，長安陌上，人指青驄。歸來買田故園，儘人問社燕與秋鴻。喚奴拏魚溪上，看兒種豆村東。算來何物是窮通。只有讀書功。愛杖履風流，崖西古石，舍北長松。宦塵千丈如海，更何心、鞍馬避奴童。萬古醉中天地，井蛙湖海元龍。

又 爲馮副使壽

記春風門巷，騎竹馬、舞青衫。笑我拙何堪，君才十倍，頭角巉巉。讀書故都喬木，更含香蘭省並歸驂。醉聽灤河夜雨，清吟太液秋蟬。別來何物是新添。霜入鬢毛尖。正渭北江東，暮雲春樹，得共新銜。人生別離居半，但公餘、有酒且醺酣。幾日鄰村桑柘，夢中煙雨江南。

又 宋漢臣墨梅並序嘉議宋公於予爲世契兄，向過洛陽，吾兄適宰是郡，尊酒留連者累日，還後訃音至長安，予不勝驚悼。今年以事來京都，其弟義甫秘監會予於東溪，出示嘉議墨梅横幅，因作長短句一章，兼致區區追挽之意云

愛筆端造化，春不盡、思無邊。看詩意精神，不求顔色，物外神仙。回頭水南水北，覺冰姿玉骨却悽然。一片肝腸鐵石，三年雪月情緣。洛陽尊俎記

留連。慷慨正華年。恨鞍馬匆匆，長亭老樹，芳草離筵。西風雁來何處，忽傳將、幽恨到重泉。昨日東溪再過，不堪塵滿冰絃。

又　次韻奉答劉兄

記漢皐亭上，從別後、幾秋風。愛詩酒追隨，衣冠雅重，車騎雍容。回頭白雲汾水，又傳將、淮海避青驄。官府年來有禁，音書未易相通。肝腸如鐵氣如虹。佳句入清雄。問渭北江東，暮雲春樹，此意誰同。虛名百年慚愧，賴吾鄉、風味近河東。幾日鳳凰山下，雞豚社酒迎逢。

又　贈閬州揚宣撫

問高城鐵甕，緣底事、淨妖氛。道霜落長安，元戎閫令，萬騎雲屯。人人知自有用，望金湯、直上攄乾坤。海陸鯨鼇掀舞，秋風怒捲孤豚。將軍。却恐熾災燻。玉石到俱焚。便立馬城頭，扶傷弔病，不侈奇勳。區區蠆蜂螳臂，算從今、都合□原不空格，據趙萬里校本補平呑。一片旌旗閒暇，夢魂常繞夔門。

又　送張夢符治書赴召

正江南二月，春色裏、送君行。對芳草晴煙，海棠細雨，不盡離情。思量漢皐城上，共當時、飛蓋入青冥。醉後嘉陵山色，馬頭楊柳秦亭。十年一別鬢星星。慷慨只平生。愛激濁揚清，排紛解難，肝膽崢嶸。此心一忠自信，更太平、丞相舊知名。寄謝草堂猿鶴，移山未要山靈。

石州慢　留別雷御史

才得相從，還有此行，難合交錯。公餘頗喜新涼，杖履頻承談益。白衣蒼狗，不如付與無心，到頭誰是真功業。天地儘知音，足清風明月。應惜。枯罷未脫，瘡痍鞍馬，不嫌驅役。筆底清霜，隱隱已沾鬢髮。秋風萬里，飄飄老鶻摶空，鶺鴒尺鷃廿沉沒。開歲待君來，滿江南春色。

又　次高郎中道凝韻

千古汗青，勳業幾人，能是雄傑。麒麟畫像當年，轉首許多除折。前村月底，一壺春酒追隨，梅花解軟肝腸鐵。萬事儘悠悠，只固吾窮節。　愁絶。倦游歲暮，棲遲風雨，一枝鳩拙。意廣才疏，事與古先殊別。夢中鄉國，閒時獨上城樓，角聲旗影供淒切。醉裏倚闌干，滿西山晴雪。

滿江紅　寄何侍御

少日肝腸，雲夢地、氣吞八九。今老去，才疎計拙，百居人後。倦處收回行路脚，懶來噤却吟詩口。算從前、四十九年非，如回首。　風與月，須長久。誰放我，成三友。笑官倉紅腐，可堪癡守。倒鳳顛鸞吾已矣，淋漓醉墨蛟虯吼。儘都門、冠蓋擁紅塵，青青柳。

又　寄何繼先御史

落日何山，人好在、鳳凰城闕。還記否、長安城下，一盃離別。芳草連空春欲暮，落紅千片飄香雪。憶使君、昨日出潼關，今三月。　吾有意，從君說。君爲我，能周折。想臺中評議，正勞提挈。走馬秦川塵土裏，離愁一似年時節。問白頭老母倚門心，何時歇。

又　爲書史王愷甫壽

年少才華，文字裏、已曾相識。還又喜、柏臺高選，我承飛檄。筆底輝輝多古意，幕中隱隱當勁敵。更今年、相從入川來，良可益。　心與膽，當如石。須不負，文章力。要他年事業，轟隆霹靂。自覺空疏成底事，愛君文雅吾平昔。把清江、都與釀成春，如鯨吸。

又　爲雙溪丞相壽

借問中朝，誰得似、相公勳舊。記前日、風雲慘淡，雷霆奔走。萬里野煙空緑樹，旌旗莫捲熊羆吼。更挺身、飛出虎狼羣，人能否。　元自有，談天口。初不負，經綸手。更詩書萬卷，文章星斗。樂聖銜盃應暫耳，不妨桐院閒清晝。願壽杯、青與北山松，俱長久。

又　爲張右丞壽二首

梁甫孤吟，已認得、真龍頭角。記當日、江山如畫，一時英略。立馬便談天下事，鳳池十倍揚州鶴。更詩書萬卷豁心胸，無邱壑。活國手，千金諾。自不負，麒麟閣。算點鞭餘事，不妨清酌。今日文昌虛八座，鬢毛莫遣星星却。要袖中、霖雨洗乾坤，侵寒廓。

又

天造雲雷，問誰是、中原豪傑。人盡道、青錢萬選，使君高節。自有胸中兵十萬，不須更事張儀舌。看千秋、金鏡一編書，心如鐵。天下利，君能說。天下病，君能切。要十分做滿，黑頭勳業。樂府新詩三百首，篇篇落紙揮冰雪。更醉來、鯨吸捲秋波，杯中月。

又　登汪師展江樓次張周卿韻

落日江樓，山不盡、亂雲橫碧。還又見、人家煙火，倚天青壁。貔虎夜攢分遠近，魚龍入海無南北。道軍門、昨夜有人來，傳佳檄。歌慷慨，吾平昔。今潦倒，嗟何及。幸此身膏沐，太平文德。方喜詩壇逢老手，却愁酒陣當强敵。便從今、都與捲降幡，知吾必。

水龍吟　爲祖母太夫人九十之慶

玉峰千古高寒，浮花細葉難相稱。風流不減，謝家林下，藹然輝映。最□關心，原作最關心處，據趙校本改歲時伏臘，蘋蘩薦敬。笑人間兒女，那知許事，空脂粉，香成陣。慚愧兒郎草草，滿金杯、緑浮春瑩。此心但願，旁霑親舊，年年康勝。一曲龍吟，又傳佳話，尊前試聽。道期頤未勞，十年今日，再安排慶。

又　予誕日，不得與兒子必復相會聚者凡六寒暑矣。

今年是日，必復以詩上壽，有勇退神仙今不遠之句，因以此曲示之

平生翰墨箕裘，誤蒙獬豸分司早。登車攬轡，風煙萬壑，連雲鳥道。五載歸來，中臺無事，江南芳草。記錢塘門外，西湖湖上，登臨處，知多少。 夢裏五雲樓閣，正瞻依、玉墀春好。南海陰風，越臺暑瘴，不禁懷抱。白粥青虀，平心養氣，萬緣俱掃。便從今、收拾黄牛十角，只閒中老。

念奴嬌 爲王約齋紹明壽

離騷痛飲，問畢竟、世上功名何物。眼底誰能知許事，只有雙鳧仙客。一局殘碁，兩窗疏翠，談笑揮冰雪。 紅塵千丈，定知不到雄傑。昨日黄菊籬邊，淵明招我，逸興悠然發。今日秋香猶好在，請對玉芝仙骨。富貴謾人，雲翻雨覆，枉換青青髮。不如高卧，浩歌且醉明月。

沁園春 留别張周卿韻

自揣平生，百無一能，此心拙誠。甚年來行役，交情契闊，東奔西走，水送山迎。遥望神州，故人千里，何幸今年共此行。瀟瀟雨，算幾番茅屋，燈火殘更。 從教長路欹傾。拚一醉、都澆磊磈平。向白雲直上，君吟我和，緑波江畔，我唱君賡。恰到相逢，又還相别，慚愧人問功與名。長亭外，望野煙春草，不盡離情。

又 送霍國瑞

雞舌濃香，朝馬晨鐘，十載禁廷。恰行春緑野，從容冠蓋，人家煙火，相望昇平。一夕霜臺，又頒新寵，白璧青錢到姓名。人争道，看春風袖裏，霹靂抨轟。 誰憐漢水孤征。得旗旆相從有此行。愛風流凝遠，長歌細飲，青燈夜語，款曲交情。恨殺文書，官程未了，又到殷勤唱渭城。百年裏，算悲歡離合，幾度長亭。

又 次張可與郎中韻，可與郎中與晉卿德昌以樂府相

唱酬，初不揆奉次

三子追隨，文筆崢嶸，相如上林。正遥山雨過，嵐光湧翠，平湖風起，天氣行金。老我何堪，頽然於上，得共停舟賞此音。高歌罷，似千山月冷，萬壑龍吟。玻瓈莫厭杯深。儘塵土機關苦用心。對湖山如此，安能不醉，交親知己，何處重尋。慷慨中流，闌干拍徧，離合悲歡一古今。明朝去，向滕王閣上，暮雨孤斟。

水調歌頭　送張夢符

一代橘軒老，胸次浩無窮。當年比度元李，氣象鬱相同。況是文章翰墨，濈濈龍拏虎躍，又得復齋公。俛仰想前輩，風采照區中。羡君侯，三尺劍，六鈞弓。風雨墮地奔走，齷齪笑田翁。今日衣冠華選，前日龍門桃李，歌咏入清雄。看取此回去，奏論大明宫。

又　喜雪

南國畫多霧，大是寫真詩。今年何許風色，吹作雪花飛。人道使車剛節，我道使車和氣，此語未應非。簿案儘叢雜，梅竹復參差。釣魚君，今老矣，復何之。人傳日邊消息，四海入皇威。況是髯張癯霍，偶有相逢今日，時復吐奇辭。朱子有佳酒，連爲倒瓊巵。

感皇恩　次商參政韻

睡起獨登臨，不禁殘酒。樓上闌干壓晴柳。好山凝望，良是慰予心友。風煙春近也，平安否。畫戟朱門，誰堪炙手。茶社詩盟要長久。年來和夢，無復東奔西走。麒麟新畫像，從渠有。

鷓鴣天　次姜御史韻

雨過鷄窗覺夢清。文書一束五更燈。愁於飢鵲癡於鶴，閒愛孤雲静愛僧。人似月，酒如澠。幾時別墅醉秋燈。高情千古閒居賦，世故驅人不易能。

又　九日晉溪

何處龍山事不偏。晉王祠下水浮天。參空鐵樹三千丈，刻石名臣五百年。歌浩蕩，酒如川。暫陪珠履對風煙。自憐白髮無能事，只有丹心在日邊。

又　霍國瑞母八十之壽

少日教兒苦讀書。只今驄馬到亨衢。鏡中雙鬢秋難染，膝上諸孫玉不如。花澹澹，竹踈踈。風流好個壽星圖。平安日月從今數，百歲平頭儘有餘。

又　贈王敬之御史耿伯玉臺掾

去歲新秋別鳳城。今年春早會秦京。人生離合知無定，空裏相逢重有情。花澹澹，柳青青。半風半雨若爲平。清明得暇還相見，醉倒沙頭碧玉瓶。

又　室人降日以此奉寄

去歲今辰却到家。今年相望又天涯。一春心事閒無處，兩鬢秋霜細有華。山接水，水明霞。滿林殘照見歸鴉。幾時收拾田園了，兒女團圞夜煮茶。

江城子　爲祖母夫人八十之壽

如兒花額粉香勻。點妝新。看來真。八十風流，都屬太平人。長日篆煙琴一曲，瓶水暖，麝梅薰。酒烘仙頰暈微醺。洞庭春。要平分。兒女團圞，語笑重情親。更看藍襂紅袖舞，歌婭姹，小諸孫。

南鄉子　贈友人

一別五雲城。慚愧朝陽有鳳鳴。奔走幾年成潦倒，堪驚。底事能傳萬古名。猶記少年行。可慣清樽獨自傾。昨日東岡歡笑處，誰醒。吸盡人間竹葉清。

定風波

長日心邊一事無。放癡兒女走相扶。不道牽衣緣底事。笑指。杖藜門外看平湖。好借西鄰霜羽鶴。更著。青松和月兩三株。一片春風千古意。倩取。龍眠作箇壽星圖。

朝中措　爲寒仲山僉司壽

五年憲府記相看。秋水净門闌。一曲驪歌別後，眼前萬里河關。愛君佳處，文書堆積，意思安閒。看取清秋射虎，短衣匹馬南山。

清平樂　祖母夫人壽

珠圍翠繞。塵土知音少。一曲清琴松月曉。兒女肝腸容了。　歌聲不用琵琶。銀盃細捲原作斟據趙校本改流霞。歲歲而今時候，小溪晴雪梅花。

太常引　黨氏園亭紅梅，次徐子方韻

亭亭清瘦阿誰鄰。合占了、百花春。蜂蝶漫成羣。只山月、澹煙最親。　舊家窗户，精神好在，紅簇麝香新。有酒到吾唇。更拚作、花邊醉人。

人月圓　爲細君壽

冷雲凍雪褒斜路，泥滑似登天。年來又到，吴頭楚尾，風雨江船。　但教康健，心頭過得，莫論無錢。從今只望，兒婚女嫁，雞犬山田。

點絳唇　次商台符韻，送何侍御

昨日郵亭，樹頭一帶青山晚。緑波清淺。人與天涯遠。　今日相逢，緑蟻新醅滿。歌聲斷。落紅零亂。夢逐春來雁。

又　爲孫叔庸壽

月底秋吟，愛君星斗銀河句。拍江風雨。認得迴舟處。　十角黄牛，曾是生平語。相將去。緑雲千樹。作個菟裘處。

浣溪沙　爲劉歸愚壽

前輩風流有幾人。拚教詩酒百年身。小紅燈影近新春。　醉裏看花城外寺，閒來課種水南村。人間百僞不如真。

又

心地寬平見壽徵。鬢鴉勻薄只青青。從今却是數松齡。　除却弄孫無一事，閒時針線困時行。小兒新語喚文苓。

又

燈火看兒夜煮茶。琴絲香餅伴生涯。秋霜元不點

宮鴉。十月好風吹雪霽，一天春意入梅花。壽星人指示仙家。以上四庫珍本青崖集卷三

張之翰

之翰字周卿，邯鄲(今河北省邯鄲市)人。至元末，自翰林侍講學士，知松江府事。有西巖集。

萬年春 案此即點絳唇調

一夜東風，滿城和氣先吹徹。問春來也，趙輯本原作來春，據四庫珍本西巖集改幾點梅花雪。心事蹉跎，羞對東君說。長爲客。去年時節。走馬銅臺陌。

前調 立春日宮前對雪

斷送餘寒，舜韶聲裏春風度。九重金户。催進宜春句。道是春來，又候春將去。朝天處。柳花無數。飛滿宮前路。

南鄉子 元夜，嘉陵江觀放燈後作

燈夕在江陰。緑酒紅螺不厭深。醉眼清江江上看，更沈。放盡春風萬炬金。流到碧波心。水竹連舟儘自禁。此夜此情誰會得，如今。都付青崖馬上吟。

前調 十六夜待燈不見作

簾幕卷春陰。坐守江燈正夜深。兩岸人家樓閣暗，消沈。笑道良宵直萬金。負煞隔年心。多病情懷難更禁。腸斷一江春水碧，從今。著甚垂鞭帶月吟。

前調 謝王秋巖元帥重陽送餻果

霜冷雁來天。甓社重陽又一年。多病文園扶未起，攣拳。節物關心正自憐。照眼菊花鮮。盤果旗餻簇滿前。知是秋巖人送似，欣然。便帶新詞到枕邊。

前調 和秋巖重陽

紅樹掛斜陽。秋滿淮南甓社鄉。古往今來多少

恨，縈腸。寫作詩詞四五行。酒熟勝鵝黃。直待西風醉一場。說與多情籬畔菊，留芳。青女能慳幾夜霜。

江城子　瓶梅

隔簾風動玉娉婷。見來曾。眼偏明。手揀芳枝，自插古銅瓶。六載烏臺飢欲倒，猶爲汝，未忘情。幽姿芳意正盈盈。可憐生。欲卿卿。更取青松爲友竹爲朋。今夜黃昏新月底，還却怕，太孤清。

前調　遊孫園

丹青畫出小亭臺。巧安排。絶塵埃。二十年間，成此亦奇哉。借問主人凡幾醉，直到老，不曾來。來鶯去燕莫相猜。水平階。遥生苔。倚遍闌干，堪愛也堪哀。柳外春風都不管，依舊遣，百花開。

前調　寄盧副使處道

去年雪裏送君時。馬遲遲。思依依。及至金陵，還却值君歸。獨抱此情誰與語，空三復，草堂詩。年來霜鬢欲成絲。惜睽離。喜追隨。四海而今，渾有幾相知。上到廬山高絶處，曾爲我，一支頤。

前調　博文歸意有未盡，又以江城子爲贈，兼簡吴中諸士夫

閒中自合故人疎。五湖居。二年餘。鄭重君家，遠寄數封書。昨日相逢還憶不，只記得，舊清癯。留君無計住須臾。使歸吴。重躊躇。曾掛風帆，三度過姑蘇。爲問臺前雙白鷺，煙景似，向來無。

前調　和韻姜中丞，兼寄趙侍御明叔

黃金臺下識行驂。著朝衫。宦情酣。不料維揚，留住老曹參。舊說長江千里外，今只在，小樓南。金焦倒影碧潭潭。送飛嵐。要奇探。看取尊前，醉袖旋分柑。一曲高歌春未老，官裏事，且休談。

前調

道途急急莫留驂。敝塵衫。困如酣。二載徐州，剛喚作髯參。長記秋風吹別酒，君向北，我來南。

前歲與明叔別於長清門外來時霜未落寒潭。正山嵐。便平探。嘗遍閩中新荔不論柑。留著歸囊三百首，都直待，見君談。

菩薩蠻 暮春卽事

梁間雙燕呢喃語。想曾知得春歸處。問著不應人。芹泥香正勻。翠陰庭院悄。手摘青梅小。天氣恰清和。越衫猶薄羅。

朝中措 十六夜月

夜來三五月初圓。歌吹競喧闐。二八嬋娟更好，便無人對樽前。可憐浮世，只爭一夕，如許心偏。玉色何嘗喜慍，年年歲歲依然。

臨江仙

須信人生皆有命，前途造物由他。年光時事苦相磨。一從居冗劇，兩度見新禾。枉著黃塵三萬丈，等閒換却滄波。別來誰與隙漁蓑。不知同釣者，時復謂余何。

太常引 寄鄉中諸友

一書除得海邊頭。悵無地著羈愁。何處望吾州。漫斜日、高城倚樓。東湖湖上，錦雲十里，政好藕花秋。日日醉扁舟。也曾念、山東舊遊。

木蘭花慢 聽姜惠甫搊阮

羨黃臺公子，能辦此、淡中清。看璧月當胸，松風應手，一洗秦箏。都來四條絃上，有幾家樂府幾般聲。秋水孤鳴老雁，春風百囀嬌鶯。嫩涼窗户酒初醒。特地爲渠聽。寫江南江北，無窮意思，字字分明。悠揚博山煙底，把滿懷幽恨一時平。長記曲終時候，錢塘暮雨潮生。

前調 同濟南府學諸公泛大明湖

喚扁舟載酒，直轉過、水門東。正十里平湖，煙光淡淡，雨氣濛濛。迴頭二三名老，望衣冠、如在畫圖中。但得城頭晚翠，何須席上春紅。清樽旋拆白泥封。呼作白頭翁。要與汝忘情，高歌一曲，痛飲千鍾。夕陽醉歸扶路，儘從渠、拍手笑兒童。官事無窮未了，人生適意難逢。

前調

自中年以去，覺歲月、疾如流。漸鬢影蕭蕭，人情草草，世事悠悠。言歸幾曾歸去，向高沙、一度一年秋。未要清雲著脚，且簪黄菊盈頭。五湖煙月一扁舟。髣髴鳳麟洲。但乘興而吟，吟而須醉，醉則纔休。余生本來疎懶，更忘機、鷗鳥苦相留。不是舊游情厚，夢魂不到南州。

前調　送趙治中

見平鑾詩卷，都道是、膽包軀。聽細話平生，辭雖慷慨，氣却舒徐。春風忽然吹興，正瓊花時節別江都。恨煞樓頭雙鶴，不能留住須臾。輕煙細雨濕平蕪。一舸下東吴。想拄杖尋梅，敲門看竹，多在西湖。行裝不須多辦，把錦囊、分付小奚奴。怕過孤山山下，一杯先酹林逋。

踏莎行　和張夢符

踏月才歸，戴星還起。客懷苦似當途李。舊時曾釣細鱗魚，新醅旋醱浮香蟻。此興茫然，于今已矣。朝朝暮暮奔忙裏。淮春樓下有吾舟，掛帆又過桃花水。

蝶戀花

往歲相從今幾許。今歲逢君，愈見真誠處。除卻交情無別語。匆匆忍上歸舟去。醉裏猶歌長短句。醒後軒窗，歷歷餘音度。銷盡爐熏三兩炷。片帆風送寒江暮。

唐多令　和劉改之

何處是滄洲。寒波不盡流。恰登舟、便過城樓。一片錦雲三萬頃，常記得、藕花秋。漁父雪蒙頭。此情知道否。說生來、不識閒愁。青笠綠簑煙雨裏，吾與汝、可同游。

前調　懷高沙

往事水東流。槐根春夢休。被長淮、隔斷中州。三十六湖湖上住，却又過、一年秋。佳處總堪遊。同盟只數鷗。把功名、且付扁舟。天上故人知己者，休笑我、太遲留。

前調

静有讀書緣。貧無使鬼錢。儘虛齋、盡日蕭然。鯨海波濤三萬丈，元不到、此山前。夢蝶正翩翩。香匜飄篆煙。更何心、敢怨青天。若論閒居多少興，風與月、浩無邊。

前調

不是强辭榮。風波實可驚。算平生、耐久交情。走遍天涯依舊好，都不似、一燈青。世路自欹傾。湖天方晦明。也休將、文字争鳴。一曲漁歌無別調，煙雨外、兩三聲。

前調

怨思入清笳。斜陽鳴亂鴉。正開尊、細酌流霞。北里南莊今歲熟，全不覺、米難賒。筆硯淡生涯。胸中氣自華。看凋零、野草閒花。事不相關收脚坐，吾便是、貴人家。

前調

冠上滿塵埃。未彈君莫猜。有諸公、暮省朝臺。醉後狂歌歌後醉，能辦此、竭吾才。可以慰幽懷。此時何有哉。道寒梅、又欲新開。碧玉枝頭今幾蕾，須一一、寄書來。

感皇恩　庚寅立春

日日苦思春，春來何處。積雪層冰正無路。春風吹面，萬里故人相遇。隔年離別恨，從頭訴。鬢髮清霜，形容枯樹。漸覺人生不如故。唯春最好，底用一年一度。有心當不放，春歸去。

前調　立春日，次趙疎堂大中韻

何處鳥飛來，一聲清曉。報我東君已來了。青陽歌罷，又是一番春早。冷官庭户裏，纔知道。千里歸心，六年愁抱。不覺朱顔鏡中老。故園茅屋，依舊白雲深繞。有誰曾占却，西巖好。

婆羅門引　賦趙相宅紅梨花

冰姿玉骨，東風著意換天真。軟紅妝束全新。好在調脂纖手，滿臉試輕勻。爲洗妝來晚，便帶微嗔。香肌麝薰。直羞煞海棠春。不殢數卮芳酒，誰慰黄昏。祇愁睡醒，悄不見惜花賢主人。枝上雨、都是啼痕。

前調　病中對菊

當軒有菊，幾年不共結清歡。偶然乘興南旋。却念都城手種，誰與護霜寒。正閏餘秋晚，曾未開殘。宦游最難。算長在別離間。不是未逢蓓蕾，早已闌珊。今年好處，恰花近重陽慰病顔。微雨後、一笑相看。

前調

自公去後，曲欄荒徑老孤芳。公來花亦生光。一陣朝來細雨，開作十分黄。甚厭厭抱疾，却誤重陽。曾吟短章。也曾見醉銜觴。但得翛然相慰，欹枕何妨。燕山已遠，且莫問園亭此際霜。人意足、處處花香。

前調　辛卯中秋望月

宦遊南北，月明何處不相隨。十年九賦新詞。今夜清光如許。無以侑金卮。想叨居此職，著甚推辭。臨風再思。是有句欲來時。除却廣寒人見，塵世誰知。天香一陣，恰飄動婆娑桂樹枝。秋影裏、醉寫烏絲。

滿江紅　送劉叔謙御史

滿酌離盃，留不住、繡衣行客。還正是、登車攬轡，慨然時節。白簡纔辭烏府去，紅塵旋被青山隔。看弓刀千騎擁秋風，塗陽陌。自不負，心如鐵。著甚語，堪爲別。道太柔則廢，太剛則折。任外豈非經濟手，得中便是澄清策。待功成、隨詔早歸來，從頭説。

前調　益都時習閣睡起

六月青州，何處是、此身堪著。都不似、素王宫裏，倚雲高閣。萬里風來無隔處，睡餘常覺衣裳薄。把暑天如水晝如年，消磨却。心地上，何軒豁。眼界外，猶寥廓。被野煙高鳥，勸予清酌。一片青山知客意，冷光堆滿欄干角。恨偃然、不肯入城來，難相約。

前調　登汪帥展江樓

山壓長江，流不盡、滔滔深碧。形勝地、以江爲塹，以山爲壁。兵府舊分城上下，人家新住城南北。説當年、天馬入川時，皆傳檄。市不易，居如昔。龍已去，攀何及。問人人能道，聖朝恩德。蕞爾南州成底事，宛然上將勞吾敵。看紅塵一騎捷書來，來春必。

前調

眼底交游，十載被、江湖相隔。嘗記得、道菴人静，縱談朝夕。紙上雲煙隨散落，毫端風雨何休息。甚這回相見便蒼顏，都非昔。中年别，真堪惜。生辰會，誰曾必。看西風摇動，可人詞筆。天上桂華香近也，此杯再要和君吸。恨抗塵走俗太忙生，無閒日。

前調　寄張藍山

古木寒藤，高岸底、蕭然舟宿。一夜雨、朔風吹浪，浪高於屋。夢覺蓬窗無共語，此時正自憐幽獨。道藍山老子送詩來，挑燈讀。辭與理，俱能足。從别後，情尤篤。想鬢毛如鶴，目睛如鵠。四海如公知已少，有心日日相追逐。恨濯纓亭遠水縈紆，山重複。

念奴嬌　九日，同府學諸君飲王氏園

二年重九，算都向、江北江南虚度。鴻雁來時秋最好，底用千愁萬緒。九朵青山，幾尖白塔，何限登臨處。今朝乘興，也和詩客凝竚。正是雨洗芙蓉，風翻野菊，霜染江楓樹。一片天開圖畫裏，留著天然佳句。收拾方來，安排未定，試問雲間路。三杯纔盡，筆頭疑有神助。以上西巖集卷十一

酹江月

人間良夜，是年年、八月中秋時節。萬古青天當此際，正要十分澄澈。何處浮雲，微茫黯淡，便把青光隔。凭欄三歎，恨無長笛吹裂。　坐看蠟燭爭輝，青燈吐焰，負煞尊前客。待到譙樓初鼓後，不覺衣裳涼徹。試草新詞，憑風吹去，教向嫦娥說。須臾知道，廣寒推出明月。

前調　賦濟南風景，和東坡韻

南山北濟，算難盡、十二全齊風物。平地華峯天一柱，鵲倚巖巖青壁。金線橫波，真珠出水，趵突噴寒雪。無窮瀟灑，品題宜有才傑。　遥憶工部來時，謫仙遊處，輿自雲間發。翠琰高名千古在，不逐兵塵磨滅。細嚼遺篇，高歌雅句，風動蕭蕭髮。英靈何許，畫船獨醉明月。

水龍吟　張大經寓第牡丹

舊時來往燕都，爲花常向花前醉。十年一夢，鬢絲如許，尚餘情味。曾見君家，後園深處，滿栽姚魏。恨匆匆過了，趙輯本原缺了字，據四庫珍本西巖集補　尋芳時候，又早是、春歸際。　只想十分憔悴。說兩株、吐花猶未。曲欄干凭，朝酣不語，爲誰凝思。擬合金屐，清平妙曲，與渠相慰。怕今宵，便有無情風雨，作遮藏計。

前調　留別

別來幾度秋風，數千里外還重遇。虛齋晝掩，厭厭多病，賴君看護。鵝鴨比鄰，魚蝦市井，擬留余住。被催人天上，除書一紙，又催過、江南去。　一夜扁舟風雨。問誰知、此時情緒。明朝回首，荒城古塔，離亭高樹。點檢囊中，錦牋半是，秋巖佳句。

待從今，且把新詞閣起，共何人賦。

前調　伯庸近以樂府賀余新居，未及裁答。伯庸復有遼陽省掾之行，相愛之情，不能無語，僕因用前韻奉餞，且爲後凱還日，把杯一笑也

去年鞍馬東來，爲予嘗説遼陽好。而今風物，戰塵低暗，陣雲高繞。幕府掄材，縱横健筆，似君元少。看燈前草就，捷書一紙，飛奏入、龍樓曉。　遥望蓬萊晻靄，問何如、日邊瓊島。雁來時候，霜風淒緊，應思歸早。萬里西州，雙親雖健，衆雛猶小。怕區區，但了平日心事，約山間老。

前調　送程達之萬户還宣城

我從年少知君，胸中氣與秋天杳。天戈南下，幾番屯戍，幾番征討。筆硯從戎，詩書爲將，世間元少。想何如静處，求田問舍，便辭得、功名了。　兵府水圍山繞。儘雄深、不妨吟嘯。秋高時候，羽書催急，渡江須早。號令重明，角聲風冷，劍華霜曉。要從今，做取十分事業，恰歸來好。

前調　寄郭安道御史

一杯未盡分攜，匆匆争似休相遇。方余病起，不禁同醉，只須將護。萬里淮天，數行征雁，雨晴風住。趁瓜州古渡，東來潮水，便高卧、孤帆去。　卧聽江聲如雨。漸消磨、滿懷愁緒。丹青畫出，金山煙塔，焦山霜樹。如此江山，發揮正要，雄章奇句。仗何人唤取，青驄御史，看揮毫賦。

前調　秋巖既別，是日晚又訪予龍城外，復以前韻寄謝

中年怕見離筵，惡懷易感歡難遇。愁城百丈，舊時全仰，酒兵遮護。不飲而今，如何禁得，欲行還住。與元戎已別，弓刀小隊，能爲我、年來去。　一陣黄昏細雨。正心頭、萬絲千緒。幾家燈火，煙迷湖水，風號堤樹。咫尺重闉，故人千里，可能無句。聽譙樓，更鼓寒聲歷歷，倚篷窗賦。

沁園春　寄劉光裔都事

有手拏雲，有背摩空，相期昔年。記南方初下，送君硬語，東曹未滿，寄我奇篇。二十年間，數千里外，底事曾無人所憐。青青鬢，但一迴，相見，一度蒼然。　此心寧逐時遷。且同醉金波藥玉船。要詩之悟處，深如學佛，詞之妙處，絶似談仙。匹馬江都，片帆甓社，又別西風落照邊。沉吟久，寫離情不盡，雁字聯翩。

前調　送劉牧之同知歸江南

昨日送春，今日送君，難禁別離。正桃花水滿，遠歸江浙，楝花風起，輕出京師。早把功名，置之身外，世上何愁可皺眉。從今去，但求田問舍，此意誰知。　當年交友全稀。試屈指諸君更有誰。説郭髯磊落，猶居判府，許翁清健，已謝簽司。回首南關，悵然如夢，幾度憑欄費所思。煩傳語，甚孤懷索莫，不寄新詩。

前調　送趙彦伯御史

君按西秦，我走東秦，一尊共開。恨匆匆行色，無多款曲，區區別語，未易安排。百二關河，三千道路，前歲如今曾往迴。但休問，過潼關北去，都是詩材。　公餘應見青崖。怕念我、兹游無好懷。□也知巧宦，常居要地，其如公論，不用非才。北渚光中，華峯影裏，放得婆娑亦快哉。三年裏，儘平分煙景，抖擻塵埃。

前調　至元戊子冬，國子司業李君兩山以春官小宗伯奉命使交趾，故作此以壯其行

國子先生，博帶峩冠，胡爲此行。正蠻煙瘴霧，遠趨象郡，祥雲瑞靄，近別龍庭。率土之濱，際天所覆，何處而今不太平。安南者，彼地方多少，敢抗吾衡。　一封天詔丁寧。要老子胸中百萬兵。看健如馬援，精神矍鑠，辨如陸賈，談舌縱横。奉職稱藩，功成事定，更放文星分外明。歸來儘，不妨

詩筆，顛倒南溟。

前調　不肖掾內臺，時西溪王公爲侍御史，遵晦韓兄爲監察御史，恕齋霍兄爲前臺掾。其後柳溪耶律公提刑河北，頤軒李兄都司臺幕，皆平昔所敬慕者。至元甲申春，不肖以南臺裏行求去，退居高沙。又二年冬十月，迫以北歸，由維揚至金陵，别行臺諸公。適西溪柳溪拜中丞，遵晦擢侍御，頤軒恕齋授治書。越二十有五日，會飲頤軒寓第。時風雨間作，以助清興。西溪草書風雨會飲之句，柳溪復出燕脂井闌之製，遵晦恕齋道古今之事，頤軒歌樂府之章，某雖不才，亦嘗浮鍾擧白，鼓譟其旁，一談一笑，不覺竟醉。竊嘗謂人生同僚爲難，同僚相知爲難，相知久敬爲尤難。今歡會若此，可謂一臺盛事，因作沁園春歌之

四海交親，别離儘多，會合最難。見西溪老子，情懷樂易，柳溪公子，風度高閒。鐵石心腸，風霜面目，更著中朝霍與韓。知音者，有頤軒侍御，收拾清歡。　不才自顧何顏。也置在諸公酹酢間。似蒹葭倚依，瓊林玉樹，蕭蒿隱映，春蕙秋蘭。南北烏臺，當時年少，雙鬢而今半欲斑。明朝去，向德星多處，遥望鍾山。

前調　謝王巨川侍郎，以澹游所書扇見惠

四海黃花，文采風流，于今尚存。直澹翁詩句，大羹玄酒，名家書法，流水行雲。泗上青山，楓林丹葉，書破晴空月一輪。余嘗見，把君髯摇動，特地精神。　謝君雅意殷勤。便付與同僚更可人。愛紫筠真節，柄纔到手，輕羅縞面，影不離身。縱使當年，石城風起，不怕庾公千丈塵。難忘處，正午天如火，涼滿衣巾。

前調　送鶴寄可與郎中

鶴汝前來，與余相從，近乎一年。每座隅擧目，看揮大字，窗前側耳，聽誦佳篇。月白風清，天高露下，不肯飛騰亦可憐。雞羣裏，見雪衣丹頂，空自昂然。　星郎明日南遷。待送上秋風千里船。莫因其所好，乘軒受禄，啟其所欲，學道昇仙。渠是而今，經綸大手，早取徵書下日邊。長鳴罷，似知

余雅意，兩翅翩翩。

前調　鶴答和，寄可與郎中

昔自九皐，慕翁而來，何期歲年。記初爲翁客，獻千百壽，後爲翁友，得兩三篇。夜夜飛鳴，朝朝起舞，不是賞音誰見憐。追隨久，儘人多怨者，我獨欣然。翁今猶未高遷。便離却交游載月船。想西巖夢我，大綱坡老，繡江畜我，小樣逋仙。二老風流，他時相約，須到西湖煙水邊。孤山路，看雲間來逬，秋影翩翩。

前調　用送鶴樂府韻，寄可與亦督和之

自別君來，日如三秋，夜如一年。想小金山下，笙歌促席，橫江樓上，樂府連篇。世故相驅，歡情未已，遽爾歸來秖自憐。空回首，望南州城郭，煙水茫然。思君便欲移遷。更共泛西湖湖上船。但杯中有酒，何分賢聖，心頭無事，便是神仙。鶴去多時，甚無一語，迴到高沙煙雨邊。吾知矣，正挑燈和韻，筆勢翩翩。

前調　遊孤山寺寄姜中丞

若論西湖，潁川汝陰，俱難似之。正湧金門外，大開罨畫，錢塘岸側，城展玻瓈。曾借扁舟，晚涼一棹，先向孤山近處嬉。回頭望，是吳山樓閣，煙靄參差。淡妝濃抹相宜。道不獨晴奇雨亦奇。訪歐公遺像，仍存古井，逋仙舊隱，猶有荒祠。泉若通靈，梅如解語，應也怪公題詠遲。從今後，怕公餘無事，準備新詩。

摸魚子　辛卯清明日，嘗以金縷曲侑觴，今年獨無可乎，因作摸魚子一闋以寄意

問誰知此時情緒。匆匆寒食相遇。東風可是無閒暇，開盡白紅千樹。春幾許。還又怕、轉頭風雨留難住。浮生浪苦。且携酒重尋，去年花下，歌我舊金縷。尊前友，惟有青山如故。至今面目無妬。冷光晴色三千丈，斜照夕陽窗户。堪訝處。被幾

葉風帆，催上江南路。無人自語。想五載居京，一朝得郡，却甚也能去。

金縷曲　送可與，即用其韻

樂府寧無路。彼區區、斜門枉逕，少人知處。從得君詞驚且訝，醉裏坡仙曾遇。是夢裏、稼翁教汝。玉尺金刀俱在手，把天機雲錦裁成句。纔落紙，便傳去。　筆頭不用空豪怒。也何須、梨花縞月，海棠紅雨。一曲離歌悲壯處，不覺人間三鼓。有幽壑、潛蛟起舞。休道此情天不管，怕餘音嫋嫋無人許。風送入，渡江櫓。

前調　送茅山倪道人，並寄山中諸道友

回首茅山路。渺滔滔、長江南畔，碧山無數。曾被天風吹醉夢，直到華陽深處。也親見、鸞驂鶴馭。覺後分明空記省，悵丹坡、蹤跡今何許。還又被，世緣誤。　幾番自詠山中句。覺霏霏、雲煙秀色，去來眉宇。曾共三峯重有約，已辦清秋杖屨。看能與、羣仙相遇。君去丁寧無別語，怕山靈怪我來何暮。纔有伴，便同去。

前調　送德昌

走遍江南路。看天公、何時還我，故山深處。君處錢塘余甓社，千里不期而遇。更分甚、主賓吾汝。一片湖光濃似酒，待發揮、我輩清新句。幾魚鳥，不驚去。　醉中不怕波神怒。儘人間、紛紛輕薄，翻雲覆雨。燈火歸來纔半醒，月月上趙輯本原衍明字，據四庫珍本西巖集刪夜譙樓初鼓。正老鶴迎門飛舞。此樂人生能有幾，悵後期好在知何許。明日又，送柔櫓。

前調　中秋夜不寐，枕上作以自遣

未過松江去。被高沙、同盟鷗鷺，暫時留住。曾共中秋心期定，再上江船容與。待滿載、淮歌楚舞。豈料桂花香霧底，正河魚、作祟深相苦。尊有酒，不忺舉。　夢中似聽嫦娥語。道人生、百年纔半，未爲衰暮。江北江南行欲遍，幾見月明三五。嘗爛賞、通宵達曙。可是今年情思懶，便臨風、誤却清新句。聊援筆，爲渠賦。

前調　雙陸

此博誰名汝。想當年、波羅塞戲，涅槃經語。天竺傳來雙采好，么六四三二五。要隨喝、隨呼隨數。從得三郎緋衣了，再曾逢、潘彥知音侶。同入海，亦良苦。雄拿豪攫争鳴杵。正關河、疎星殘月，幾聲秋雨。却是驅馳玄黄馬，脚底蹈燕蹴楚。甚一磵一粱能阻。翻覆輸贏須臾耳，算人間萬事都如許。且一笑，看君賭。

前調　乙未清明

風雨驚春暮。恨天涯、留春未辦，却留余住。時序匆匆催老大，又早飛花落絮。算禁得、清明幾度。試倚危欄西北望，但接天煙水無重數。空目斷，故山路。先塋松柏誰看護。想東風、杯盤蕭索，飢

烏啼樹。便做松江都變酒，醉裏眉頭休聚。向醒後安排何處。萬里南來緣底事，也何須、杜宇聲聲訴。千百計，不如去。以上西巖集卷十二

太常引　紅梅

幽香拍塞滿比鄰。問開到、幾層春。謝絶蝶蜂羣。祇么鳳、和渠意親。醉紅肌骨，豔紅妝束，能有計時新。也待不揺唇。忍孤負、風流玉人。永樂大典二千八百零九梅字韻引張西巖集

又

兩株如玉瘦相鄰。儘紅複、抱芳春。看到不同羣。比問白尋黄更親。出塵態度，倚風標格，消得一詞新。誰解按歌唇。教唱與、青崖故人。同上

案此和魏初詞作見青崖詞。

水調歌頭　翰林諸公相餞齊化門外，因用不肖與諸公倡和水調韻寄意

煙柳緑陰底，祖席國門東。舊時沙上鷗鷺，此地别

鵷鴻。幾載備員苟祿，一日分符剖竹，誰道不遭逢。回望九重闕，高出五雲中。重殷勤，深眷戀，謝諸公。佳篇繼之以酒，情與禮俱通。渺渺松江煙水，斗郡若無多事，其孰可相從。杖屨放鶴叟，簑笠釣魚翁。永樂大典三千五百二十七門字韻引張西巖集

賀新郎　余家古瓶蠟梅忽開，清香可愛，質之范石湖梅譜，乃宿葉而佳者也。且云，素難題詠，山谷簡齋但作小詩而已，在簡齋餘作且勿論，偶不及東坡長句，何耶。因以樂府賀新郎見意

不受鉛朱汙。問嬌黃、當初著甚，染成如許。便做采從真蠟國，特地朝勻暮注。也無此、宫妝風度。長記方壺春半貯，只蕭然、儘慰人情苦。誰更望、暗香吐。爲渠細檢梅花譜。以芳馨與梅相近，故梅名汝。底是石湖堪怪處，説道涪翁曾賦。還忘却、東坡佳句。從被二仙題評了，到而今、傲然吟詩似。吾試與，下斯語。永樂大典二千八百十一梅字韻引張西巖集

以上趙萬里校補本張之翰西巖詞六十九首，間以四庫珍本西巖集校訂

廉希憲

希憲畏吾人，布魯海牙子，字善甫。布魯海牙初拜廉使，希憲適生(一二三一)，因以官爲姓。後侍元世祖，世祖呼爲廉孟子。累拜中書平章政事，復召爲相。至元十七年(一二八〇)卒，年五十，謚文正。

水調歌頭　讀書巖

杜陵佳麗地，千古盡英游。雲煙去天尺五，繡閣倚朱樓。碧草荒巖五畝，翠靄丹崖百尺，宇宙爲吾留。讀書名始起，萬古入冥搜。鳳池崇，金谷樹，一浮鷗。彭殤爾能何許，也欲接余眸。喚起終南靈與，商略昔時名物，誰劣復誰優。白鹿廬山夢，頡頏天地秋。永樂大典九千七百六十五巖字韻

案大典巖字韻引此詞作廉文靖公集。又引元明善清河集

讀書巖記，謂讀書巖爲故相太傅魏國廉文正公之别業，在京兆樊川少陵原之陽，可證大典作廉文靖公，當爲廉文正公之誤。

陳思濟

思濟字濟民，號秋岡，柘城（今河南省柘城縣）人。生於元太宗四年（一二三二）。元世祖時，歷官監察御史，河南等處行中書省事。卒於大德五年（一三〇一），年七十，謚文肅。有秋岡先生集。

木蘭花慢

望西南之柱，插天翠，一峯寒。儘泄霧噴雲，撑霆拄月，氣壓羣山。神仙。舊家洞府，但金堂、玉室畫中看。苔壁空留陳迹，碧桃何處驂鸞。兵餘城郭半凋殘。製錦古來難。喜村落風煙，桑麻雨露，依舊平安。興亡視今猶昔，問漁樵、何處笑談間。斜倚西風無語，夕陽煙樹空閒。

右與宣慰趙中順讞獄浙西之餘杭，相過洞霄故宮，因作樂府木蘭花慢，以道吾懷。至元十七年秋七月廿二日，秋崗陳思濟爲吴清虚周清溪題於琳宇之一庵。洞霄詩集卷九。

趙若秀

若秀號西湖子。

木蘭花慢　和陳思濟

看洞天佛地，秋氣爽，溼衣寒。對九鎖峯高，擎天一柱，壯觀杭山。巖前。舊遺仙跡，幻雲根、直作畫圖看。多少喬松古木，真如舞鳳飛鸞。西風匹馬夕陽殘。行路肯辭難。便乘此清游，欲尋仙去，心與身安。班超侯封萬里，笑虚名、牢落滿人間。試問潺潺流水，無心争似雲閒。洞霄詩集卷九

劉元

元字秉元，寶坻（今河北省寶坻縣）人。始爲黄冠，後善塑佛像。

木蘭花慢　和陳思濟

問神仙何處，尋溪路，水聲寒。此福地靈巖，西南天柱，洞府名山。翠蛟對誰或舞，更巖飛、龍鳳駭人看。見説丹成仙去，當年跨鶴乘鸞。　浮生貪勝似棊殘。一著省時難。便採藥眠雲，吟風對月，醉酒長安。一任流行坎止，又何須、汩汩利名間。試與林泉相約，幾時容我投閒。　洞霄詩集卷九

木蘭花慢　和陳思濟

訪仙家洞府，仰天柱，徹高寒。對百尺飛湍，四圍喬木，九鎖青山。危亭晚來極目，勝王維、三昧畫中看。何處朝元會宴，時聞命駕迴鸞。　桃花臨水已凋殘。别後見應難。歎昨日秦宫，今朝漢苑，一夢槐安。征鞍欲留無計，恐仙棊、一局换人間。羨殺知還倦鳥，白雲相對空閒。　洞霄詩集卷九

劉雲震

困學齋雜録稱劉祭酒雲震。

浣溪沙

粉署含香舊有名。庖刀試手便峥嶸。并州人物未飄零。　父老共傳新政好，兒童都道長官清。十分和氣滿春城。

太常引

李德基

德基平水（今山西省新絳縣）人。

東湖亭下簇金鞍。四座浹清歡。人物畫中看。只枉了、劉郎鬢斑。　花枝裊娜，酒盃瀲灩，全不放春閒。絲竹舊東山。暢好個、風流謝安。

念奴嬌　都城元夜

景龍天氣，正餘寒料峭，□□簾幙。萬斛金蓮光不夜，香滿雲間樓閣。金鐙頻敲，綠簾高揭，應爲黄昏約。霜娥無恙，唤人依舊飄泊。　却恨烏兔無情，把人青鬢，白恁星星却。千古繁華行樂地，誰笑誰歌誰酌。北海尊罍，東山絲竹，夢裏揚州鶴。客窗無寐，故人誰念蕭索。

太常引

耽耽九虎隔重關。到天上，却空還。回首謝塵寰。問今日、誰人姓韓。　瓜田蔬圃，竹溪松徑，何地不堪閒。且莫問長安。比蜀都、原來更難。以上四首見困學齋雜録

盧摯

摯字處道，號疎齋，涿郡（今河北省涿縣）人。生於元太宗七年（一二三五），至元五年（一二六八）進士。大德初，授集賢學士，大中大夫，後遷江東道廉訪使。卒於大德四年（一三〇〇），年六十六。有疎齋集。

菩薩蠻　寄江西米理問信父

市橋煙柳春如畫。小樓明月吴山下。把酒聽君歌。可人良夜何。　舊遊新夢斷。月落西江遠。江上數峯青。寄聲徐孺亭。天下同文

清平樂　送張都事子敬秩滿北歸

朱絃三歎。寶瑟凝塵滿。更奈芙蓉秋思晚。湘浦離歌欲斷。　往年尊俎風流。憶君送客江樓。此日江樓送客，忘懷賴有沙鷗。同上

又　行郡歙城寒食日傷逝有作

年時寒食。直到清明日。草草杯盤聊自適。不管

家徒四壁。今年寒食無家。東風恨滿天涯。早是海棠睡去，莫教醉了梨花。同上

又　歙郡清明

海棠癡絶。忙甚都開徹。不是蕪菁花上蝶。誰爲清明作節。溪山今日無塵。繡衣却待禁春。莫遣鳴騶多事，老夫也是遊人。同上

又　元貞元旦

元貞更號。日月開黄道。試看韶華何處好。擊壤康衢父老。相將竹馬兒童。崧高萬歲聲中。洛浦海花香裏，人間第一春風。天下同文補遺

黑漆弩　晚泊采石，醉歌田不伐黑漆弩，因次其韻，寄蔣長卿僉司、劉蕪湖巨川

湘南長憶崧南住。只怕失約了巢父。艤歸舟、喚醒湖光，聽我蓬窗春雨。故人傾倒襟期，我亦載愁東去。記朝來、黯别江濱，又弭棹、蛾眉佳處。

永樂大典一萬四千三百八十一寄字韻引盧疎齋集

鷓鴣天　元貞元年九月初五日

青女飛來汗漫遊。素娥相賞玉爲舟。三千年也蟠桃熟，萬歲山高錦樹秋。開壽域，望神州。日華雲影思悠悠。願將江漢清風頌，鎸向崧崖最上頭。

天下同文補遺

南鄉子　寄廣東肅政使者欽公，兼贈别趙景山知事

嶺嶠荔枝新。前歲曾逢舊使君。下足扶胥江上雨，南薰。吹散蠻煙瘴海雲。去去幕中賓。恰及梅開寂寞濱。載酒隨車應共賞，殷勤。要識寒花别有春。永樂大典一萬四千三百八十一寄字韻引盧疎齋集

踏莎行　堯山堂外紀記其本事云，杜妙隆，金陵佳麗人也，盧疎齋欲見不果，因題踏莎行於壁

雪暗山明，溪深花藻。行人馬上詩成了。歸來聞説妙隆歌，金陵却比蓬萊渺。寶鏡慵窺，玉容空好。梁塵不動歌聲悄。無人知我此時情，春風一枕松窗曉。堯山堂外紀六十九

蝶戀花　鄱江舟夜，有懷餘干諸士，兼寄熊東采甫

越水含秋光似鏡。泛我扁舟，照我綸巾影。野鶴閒雲知此興。無人説與沙鷗省。　回首天涯江路永。遠樹孤村，數點青山暝。夢過煮茶巖下聽。石泉鳴咽松風冷。天下同文

又　春正月八日，借榻劉氏樓居，翌日早起，賦瓶中紅梅，以蝶戀花歌之

冰褪鉛華臨雪徑。竹外清溪，拂曉開妝鏡。銀燭銅壺斜照影。小樓遮斷江雲冷。　香透羅幃春睡醒。如許才情，肯到枯枝杏。客子新聲誰聽瑩。孤山快喚林和靖。永樂大典二千八百零九梅字韻引盧疎齋集

天仙子　用韻和趙平原折贈黃香梅之作，並序致政宣慰平遠趙公園館，黃香梅始華，折枝走伻，仍賦樂府天仙子，藉以見餉，用韻和之，聊答盛意

半額淡妝鸞影翠。約略玉人新病起。碧彝金雀暗香來，凭竹几。薰沉水。詩在靜華春夢裏。　羞澀蠟痕無意味。儘縱絳英争嫵媚。中州風韻到南枝，歸穎計。紉蘭佩。日暮對花愁欲醉。永樂大典二千八百一十梅字韻引盧疎齋集

梅花引　和趙平原催梅

緑華縹緲玉無痕。托清塵。擬招魂。放著籃輿，懶倦到前村。笑撫高齋新樹子，晚妝未，悠悠學夢雲。　竟日含情何所似，似佳人。望夫君。寒香細月空江上，會有春温。羞澀冰蕤，寂寞掩重門。交下横枝消息動，肯虚負，風流竹外尊。天下同文

木蘭花慢　大德六年正旦

問東風何似，早吹緑、洞庭波。要催起江頭，梅妝的皪，柳態婆娑。遥知玉墀鵷鷺，對青陽、緑禁鬱嵯峨。歡動雲間閶闔，應收雪外蓬婆。　誰將瑶瑟託湘娥。穎客播絃歌。向執法森然，壽星明處，陡頓春多。衡君也能三呼，更雙成度曲奏雲和。如許昇平文物，仍逢混一山河。天下同文補遺

春從天上來　至元二十九年八月二十八日

姑射乘龍。與少皞行秋，佳氣葱葱。九重二字趙輯原缺，據汲古閣抄本疎齋詞補天上，萬歲聲中。想見玉立神崧。更川妃微步，恰恰字趙輯原缺，據汲古閣抄本疎齋詞補便似、户外昭容。建章宮。正雞人唱曉，鳳吹騰空。風流太平禮樂，是鼓腹康衢，白叟黃童。説向周公，聲容文物，歌舞帝力神功。幸天公不禁，人間酒醉得西風。此心同。有黃河爲帶，江漢朝宗。天下同文補遺

摸魚子　奉題雪樓先生鄂憲公館歲寒亭詩卷

爲君歌歲寒亭子，無煩洲畔鸚鵡。江山勝概風霜地，要近魯東家住。丘壑趣。應素愛、昂霄老柏孤松樹。登高作賦。想白雪陽春，碧雲日暮，別有倚樓處。金閨彦，尚憶西清接武。年來喬木如許。團茅時復羲皇上，我醉欲眠卿去。歌欲舉。還自悟君亭，琢就瓊瑶句。疎齋試與。倩倚竹佳人，湘絃赴節。涼滿北窗雨。雪樓樂府附録

六州歌頭　題萬里江山圖

詩成雪嶺，畫裏見岷峨。浮錦水，歷灧澦，滅坡陀。滙江沱。唤醒高唐殘夢，動奇思，聞巴唱，觀楚舞，邀宋玉，訪巫娥。擬賦招魂九辯，空目斷雲樹煙蘿。渺湘靈不見，木落洞庭波。撫卷長哦。重摩娑。問南樓月，癡老子，興不淺，意如何。千載後，多少恨，付漁蓑。醉時歌。日暮天門遠，愁欲滴，兩青蛾。曾一舸。奇絶處，半經過。萬古金焦偉觀，鯨鼇背，儘意婆娑。更乘槎欲就，織女看飛梭。直到銀河。天下同文

以上趙萬里輯本盧摯疎齋詞十七首，趙本原附録有福壽千春柳暗三眠一首，乃無名氏詞，詞譜卷二十六誤以爲盧作。

鵲橋仙　浙省李參政燕予杭之白塔寺，南廡樂府賜春宴者引喉赴節於尊俎之間，遂醺然而歸。翌日，載酒西湖，春宴已伺於舟中矣。大參公謂予不可無詞，飲後賦長短句以贈

江山畫圖，樓臺煙雨。滿意雲間金縷。饒他蘇小

更風流，便怎似、貞元舊譜。西湖載酒，薰南清暑。弭棹芙蓉多處。醉扶紅袖聽新聲，莫驚起、同盟鷗鷺。永樂大典二千二百六十五湖字韻

以上周泳先補盧摯詞一首

行香子　潭名士黃古山，名其北郭別業曰塵外江村，屬予賦詞，與里中樵漁歌之

社裏詩人，塵外江村。甚終朝、關定柴門。釃泉行去聲藥，釣月耕雲。問是誰歟，今隱者，古山君。老子雖貧，儘辦清尊，但休嫌、俗壯輪囷。他時有暇，準去尋春。把竹邊梅，松下石，可平分。永樂大典卷三千五百七十九村字韻引盧疎齋集

蝶戀花　登封馬叟飛卿壽席即事賦詞爲馬卿祝且俾山倡歌以侑尊

種竹山分澆稻水。箕潁田園，菘少屏風裏。玉樹芝蘭誰可比。堂前索甚栽桃李。薄劣鶯兒來報喜。似說朝來，麥秀蠶眠起。快喚巢由同一醉。君家好箇人間世。

又　予將南邁席間贈合曲張氏夫婦

前度歸田菘下住。野店荒村，撫掌琵琶女。忽聽梨園新樂府，離鸞別鶴清如許。歌管聲殘絃解語。玉筍春泉，心手相忘慶。明日扁舟人欲去，曉風吹作瀟湘雨。

最高樓　智郎中席上即事並序。予謝病北歸，鄂省郎智仲謙爲具見召，席間左轄龍川李公、鄂牧安侯思誠索詩，爲賦最高樓兼貽仲謙郎中

長沙客，寧食武昌魚。未覺故人疏。歸舟喚醒鄉關夢，賓筵容攬使君鬚。聽民謠，今五袴，昔無襦。待留與，南州談盛事。更恰好、南樓逢老子。明月夜，古來無。江頭春草迷鸚鵡，幕中秋水映芙蕖。綠尊傾，紅袖舞，醉時扶。以上三首見永樂大典卷二萬三百五十三席字韻引盧摯詞

張弘範

弘範字仲疇，定興（今河北省定興縣）人。生於元太宗十年（一二三八）。後爲都元帥攻宋海上，摯文天

祥，破張世傑陸秀夫，因以亡宋。卒於至元十七年（一二八〇），年四十三，封淮陽王，諡獻武。有淮陽樂府。

木蘭花慢　題亳州武津關

憶譙都風物，飛一夢，過千年。羨百里溪程，兩行堤柳，數萬人煙。傷心舊家遺跡，謾斜陽、流水接長天。冷落故祠香火，白雲淚眼潸然。　行藏好向故人傳。椽筆舞蠻箋。總糾糾貔貅，秋風江上，高卧南邊。功名笑談罇俎，問錦江、河必上樓船。他日武津關下，春風驕馬金鞭。

又　征南

混魚龍人海，快一夕，起鯤鵬。駕萬里長風，高掀北海，直入南溟。生平許身報國，等人閒、生死一毫輕。落日旌旗萬馬，秋風鼓角連營。　炎方灰冷已如冰。餘燼瀹孤星。愛銅柱新功，玉關奇節，特請高纓。胸中凜然冰雪，任蠻煙瘴霧不須驚。整頓乾坤事了，歸來虎拜龍庭。

又

功名歸墮甑，便拂袖，不須驚。且書劍蹉跎，林泉笑傲，詩酒飄零。人間事、良可笑，似長風、雲影弄陰晴。莫泣窮途老淚，休憐兒女新亭。　浩歌一曲飯牛聲。天際暮煙冥。正百二河山，一時冠帶，老卻昇平。英雄亦應無用，擬風塵、萬里奮鵬程。誰憶青春富貴，爲憐四海蒼生。

又

乾坤秋更老，聽鼓角，壯邊聲。縱馬蹙重山，舟橫滄海，戮虎誅鯨。笑入蠻煙瘴霧，看旌麾、一舉要澄清。仰報九重聖德，俯憐四海蒼生。　一尊別後短長亭。寒日促行程。甚翠袖停盃，紅裙住舞，有語君聽。鵬翼豈從高舉，捲天南地北日昇平。記取歸來時候，海棠風里相迎。

滿江紅　襄陽寄順天友人

奔驛南來，擁貔貅、且趁江右。良自愧、劣才微渺，聖恩洪厚。萬里長江今我有，百年堅壁非他守。看虎牙、飛上萬山頭，誅羣醜。風雨夢，鄉關友。南北事，君知否。寄一緘梅信，小春時候。夜静戟門嚴鼓角，月明蓮幕閑詩酒。怕故人、相憶問歸期，平蠻後。

臨江仙

千古武陵溪上路，桃花流水潺潺。可憐仙契剩濃歡。黄鸝驚夢破，青鳥唤春還。回首舊遊渾不見，蒼煙一片荒山。玉人何處倚闌干。紫簫明月底，翠袖暮天寒。

又

愛煞林泉風物好，羨他歸去來兮。世緣相挽又還思。功名當壯歲，疏懶記當時。肝膽自知塵輩異，鳳池麟閣須期。風雲滿目任時宜。東山高卧處，絲竹醉吴姬。

點絳脣　詠海棠

醉臉勻紅，向人無語誇顔色。一枝春雪。猶染嵬坡血。庭院黄昏，燕子來時節。芳心折。露垂香頰。羞對開元月。

又

庭院黄昏，子規啼破開元夢。晚風吹動。似舞霓裳弄。有色無香，好著詩人諷。和誰共。月廊煙重。燒徹蘭膏鳳。

又

星斗文章，詞源落落傾胸臆。十年南北。幾度空相憶。把酒留君，後會知何夕。愁如織。一鞭行色。春雪梅花驛。

又　賦梅

春日前村，一枝香徹江頭路。月明風度。清煞西湖句。昨夜幽歡，夢裏誰呼去。愁如許。覺來無語。青鳥啼芳樹。

又

獨上高樓，恨隨春草連天去。亂山無數。隔斷巫陽路。信斷梅花，惆悵人何處。愁無語。野鴉煙樹。一點斜陽暮。

南鄉子

深院日初長。萬卷詩書一炷香。竹掩茅齋人不到，清涼。茶罷西軒讀老莊。世事莫論量。今古都輸夢一場。吷煞利名途上客，乾忙。千丈紅塵兩鬢霜。

又 送劉仲澤壽

天地萃英靈。秀出人龍間世生。不只文章爲第一，峥嵘。氣吐虹霓萬丈横。白褐黑頭卿。埋沒黄塵氣未平。昨夜長庚高似月，分明。光照乾坤徹五更。

又 贈歌妓

淺淡漢宮妝。扇底春風玉有香。特地向人歌一曲，非常。縱使無情也斷腸。寶髻繡霓裳。雲雨巫山窈窕娘。好著千金擕得去，何妨。絲竹東山醉玉觴。

又 送友人劉仲澤北歸

煙草入重城。馬首關山接去程。幾度留君留不住，傷情。一片秋蟬雨後聲。無語淚縱横。別酒和愁且強傾。後會有期須記取，叮嚀。莫負中秋夜月明。

又 寄劉仲澤

音信怪來稀。世態時情固自宜。莫比紅塵兒女輩，須知。義士交情死不移。應是占花期。簫鼓東城醉玉姬。誰念書生寒屋底，傷悲。忍淚窗前聽子規。

太常引

晚涼庭院鑠黄昏。鼓角静譙門。酒興戀詩魂。清遶斷、梅梢月痕。胸中豪氣，壺中春光，醉眼小乾坤。今古不須論。且更盡、花前幾尊。

浣溪沙

山掩人家水遶坡。野猿嵓鳥太平歌。黃鷄白酒與偏多。幸自琴書消日月，儘教名利走風波。釣臺麟閣竟如何。

又

一片西風畫不成。無人來此結茅亭。野猿山鳥樂昇平。名利著人濃似酒，肝腸熱醉不能醒。黃塵奔走過浮生。

又

新卜西山崦下莊。疏籬編竹草苫堂。門前流水柳成行。滿目煙嵐詩酒地，十年鞍馬是非場。虛名半紙幾多忙。

青玉案　寄仲澤

西風天際征鴻去。問曾過、燕山路。葉落虛庭空綠樹。一川秋意，滿懷愁緒。樓外瀟瀟雨。天涯

望斷行雲暮。好著蠻牋寄情句。底是相思斷腸處。吟風賦月，論文說劍，無箇知音侶。

清平樂

關河南北。有鴈無消息。落日樓頭人正憶。啼鳥一聲山碧。鶯鶯燕燕爭春。紅塵馬足車輪。惟有新豐豪客，東風老淚沾巾。

又

高眠窗北。偃臥喧雷息。依約關山歸路憶。夢遶池塘春碧。功名負我青春。悤悤日月奔輪。且把琴書歸去，山林道髮儒巾。

又

天南地北。何日兵塵息。四海昇平歸老憶。鳳遠岐山空碧。衣冠滾滾爭春。誰能臥轍攀輪。一劍風雲未遂，幾回怒髮衝巾。

又

窮冬冷落。客思添蕭索。濁酒沽來須强酌。要把

閑愁推卻。時間榮辱何驚。胸中氣象休更。且匣風雲長劍，天容兩鬢青青。

案此下原有喜春來一首，殿前歡一首，以其俱爲曲調删去。

鷓鴣天 圍襄陽

鐵甲珊珊渡漢江。南蠻猶自不歸降。東西勢列千層厚，南北軍屯百萬長。弓扣月，劍磨霜。征鞍遥日下襄陽。鬼門今日功勞了，好去臨江醉一場。

案此下原有天淨沙二首，以其爲曲調删去。

以上四印齋本淮陽樂府二十七首，其中原有四首曲調，玆删去。

陳參政

木蘭花慢 送陳石泉自北歸

北歸人未老，喜依舊，著南冠。正雪暗滹沱，雲迷芒碭，夢落邯鄲。鄉心促、日行萬里，幸此身、生入玉門關。多少秦煙隴霧，西湖淨洗征衫。燕山。望不見吴山。回首一征鞍。慨故宫離黍，故家喬木，那忍重看。鈞天。紫微何處，問瑶池、八駿幾時還。誰在天津橋上，杜鵑聲裏闌干。志雅堂雜鈔

傅按察

鴨頭緑 錢塘懷古

静中看。記昔日淮山隱隱，宛若虎踞龍盤。下樊襄、指揮湘漢，鞭雲騎、圍繞江干。勢不成三，時當混一，過唐之數不爲難。陳橋驛、孤兒寡婦，久假當還。掛征帆、龍舟催發，紫宸初卷朝班。禁庭空、土花暈碧，輦路悄、呵喝聲乾。縱餘得西湖風景，花柳亦凋殘。去國三千，游仙一夢，依然天淡夕陽閒。昨宵也、一輪明月，還照臨安。輟耕録卷十四

姚燧

燧字端甫，號牧庵，洛陽(今河南省洛陽市)人。生於元太宗十一年(一二三九)。大德五年(一三〇一)，爲江東廉訪使。至大元年(一三〇八)，入爲太子賓客，進承旨學士，尋拜太子少傅，四年告歸。延祐元年(一三一四)卒，年七十六。著有牧庵集。

浣溪沙　舟中紀事

白髮年來自笑余。孔方從有絶交書。誰憐多病麴生疏。兩岸行人争抵掌，誰家舟上載籃輿。江南休問看山無。

菩薩蠻　皇慶癸丑春賞花詞

兩閒日月同悠久。算來無比東君壽。一歲一歸來。光風吹九垓。花枝依舊好。只自傷垂老。七十六年人。見花能幾春。

又　中秋雨

素娥會把詩人調。衰顔不值圓蟾照。特地變雲陰。江城三日霖。今宵佳節過。天上冰輪破。纔卻放餘輝。要看清興違。

清平樂

水仙裝束。風致清逾淑。春竟枝頭添萼緑。要與梅花仲叔。生紅從此羞顔。甘同桃李漫山。不是冥鴻過盡，情教銜子荊蠻。

又

菲菲香雪。更照溶溶月。管被司花嫌太潔。故遣啼鵑濺血。方舒笑臉迎丹。兩聲深院珊珊。有底春愁未訴，向人紅淚闌干。

又　聞雁

春方北度。又送秋南去。萬里長空風雨路。誰汝冥鴻知處。朝朝舊所窺魚。由渠水宿林居。爲問江湖苦樂，汝於白鷺何如。

又　大德改元之明年辰在戊戌春三月十有一日，宣慰

麓堂邀飲，怪坐客無吾肖齋，或云逃生朝矣，卽席賦清平樂以壽之

南陽昔歲。此日懸弧記。不料長沙今款避。紅袖青軒負醉。橫闌直楯西東。飄殘萬紫千紅。不是荼蘼噴雪，争些閒殺春風。

浪淘沙　爲柴氏題

河水發崑崙。浩浩泉源。餘波九里潤猶存。若問是誰家胄出，顯德諸孫。今日在清門。玉季金昆。能時夏清與冬温。直得鑾坡褒一字，華袞休論。

又　競渡

楚俗至今朝。服艾盈腰。喧江鐃鼓節蘭橈。士女踏歌巫覡舞，魚腹魂招。去古既云遥。讒毀言消。修名立與日昭昭。免向重華敷衽跪，來直皋陶。

又　余年七十，洪山僧相過，言别公十餘年，面頰紅潤，益加於昔，有道然耶，因爲一莞，賦此曉之

七十鬢雙蓬。已分衰翁。煩君休譽面如童。只此正爲吾老驗，物理曾窮。天地一微躬。草木還同。桃花初也笑春風。及到離披將謝日，顏色逾紅。

又　大德丙午端月十四日立春，巧連燈夕，求西野澹齋月澗同賦

春燕玉釵騰。又試初燈。天公節序巧相仍。纖手青絲盤出看，寶餤層層。鞭絶土牛繩。已送嚴凝。牙旗鐵馬響春冰。六十九年余治學，老病宵興。

又　送貢應奉仲章歸覲宣城

明月萬家砧。蟋蟀哀音。何人不起故園心。一語最難留斷袖，説觀雲林。回首玉堂深。誰紵綸音。都門無酒與君斟。只賦祈招當贈别，如玉如金。

又　贈重陽奴

初度菊花秋。霜水痕收。可知不肯離荆州。元就龍山風力軟，破帽颼颼。今夕定開舟。漲水磯頭。淵明解印去來休。夢繞橘齋新草閣，檀板輕謳。

鷓鴣天　退觀堂暮飲

誰道夔龍不致君。白頭離亂不曾聞。三秦碧樹生春色，千里青山入暮雲。何事業，底功勳。百年五十已中分。從今萬八千場醉，莫酹劉伶荷鍤墳。

虞美人　牧庵即事爲李元素作

竹風吹落疏疏雨。紈扇收殘暑。小軒驀地細香來。莫是鄰家早有木犀開。玉環穿耳誰家女。自獻歌金縷。新聲和徹紫檀槽。袖出烏絲纔説要揮毫。

又　玉梳贈內子

相輝瑜珥瑶釵鳳。寶翼蜻蜓動。新妝又得水蒼

梳。人道秋風何物不瓊踞。人無玉質容何害。玉德斯堪愛。尚慚猶未十分全。聽取明年環佩戛璆然。

木蘭花　劉子善得常德壽梅圖持歸鎮江壽其父梅軒

壽梅紙本傳常武。遠壽梅軒歸北固。愛梅無有似君貪，東極吴中西盡楚。黄昏清淺孤山路。能對春風旬日許。不如滿歲畫中看，冷蘂疏枝常照户。

南鄉子　游洪山寺

良月大洪山。楓葉青青柏葉殷。一樹桃花修竹裏，天慳。連見春風一歲閒。争挽插雲鬟。日暮金鞍未擬還。偏與歌姝相映照，朱顔。應笑詩人兩鬢斑。

又　次馮雪崖韻二首

荆憲品皆加。纔罷還除世共華。恨殺峴山山下路，梅花。誰醉雙瓶玉照沙。涂水聽宜麻。行脚陽春起未涯。君去莫嗟風土異，堪誇。君祖鄉鄰

我祖家。

又

日覺鬢霜加。欲對清尊戀物華。離別紛紛長眩眼，生花。易散難摶掌上沙。蓬意不依麻。未必移居漢水涯。前日曾於遺集序，張誇。素範清風有幾家。

小重山　蕤女歸寧還襄陽

江渚蒹葭白露晞。雲閒渾未有、蚤鴻飛。人情難在別庭闈。攜諸幼、孤艇溯流歸。七十古來稀。乃翁筋力，尚未衰微。峴山不是遠相違。猶能往、清淚莫沾衣。

又　風雨折枝詞

早是清明應候風。勢如滄海浪、怒號空。更兼潑火雨冥濛。如何得、枝上有殘紅。最惜牡丹叢。曉來吹盡折、教兒童。且爲支拄曲闌中。還堪否、留客一尊同。

定風波　南州以菌生竹間爲蕈，并樹雞瘦薄而赭，雖日乾猶可羮茹，此筆竹絲爲之蕈，蓋得竹餘氣而生。然以世多未見，故祥之，余以理推如此，唐古憲僉筆生菌繪爲圖，因有是作

五馬雙旌出郡堂。歸來椽筆對凝香。只爲好書天作意。相戲。故生三秀在毫芒。不是畫師生手觸。拳曲。層雲連葉幾何長。我有一占君試記。何事。已開他日判花祥。

又　題軸軒左右埋二石檻植荷其中

旋汲清泉石斛方。便疑身已置江鄉。八九吞胸雲夢小。應笑。白頭兒戲未曾忘。荷葉且看張翠蓋。此外。芙蓉誰望集朱裳。還有不如人意處。遮去。碧天明月照泱泱。

洞仙歌　石山

伊誰斧鑿，此玲瓏巖岫。至巧先天化工手。又不知何地，夜壑深藏，今留待、白髮詩人攜走。向宜

和廢苑，睥睨高株，欲轉愁回萬牛首。期出處與君偕，立則參前，卷密可懷之襟袖。尚未敢、云能此私從，怕雷雨冥冥，六丁來取。

又　對梅

疏枝冷蘂，臘前時初破。年後纔多玉妃墮。問梅軒白髮，寂對空株，期三百六十，誰同幽坐。孔方兄善幻，半幅溪藤，貌出緇塵素衣涴。當盛暑展圖看，遽失炎蒸，甚欲摘傾筐三箇。又卻被、旁人勸休休，怕他日鹽羹，鳳毛無和。

江梅引　謝王子勉提刑送江梅二首

西湖不近上林隈。問江梅。定誰栽。莫是冥鴻，銜子遠飛來。紫陌游人多不識，但驚看，青天霽，一樹開。獨有使君憐寂寞，爲持杯。能幾回。玉纖橫管東風外，落日樓臺。不恨明朝，飛雪滿蒼苔。恨殺南溪調鼎手，恐遲暮，到而今，霜鬢催。

又

年年江上見寒梅。幾枝開。暗香來。疑是月宮，仙子下瑤臺。冷豔一枝折入手，斷魂遠，相思切，寄與誰。怨極恨極嗅玉蘂。念此情，家萬里。暮霞散綺楚天外，幾片輕飛。爲我多愁，特地點征衣。我已飄零君又老，正心碎，那堪聞，塞管吹。

以上聚珍版本牧庵集卷三十五

玉漏遲　與暢純父學士同舟過鹿門山

溯丹青未了。森然玉立，相迎雲表。勞苦詩人，鄭重鹿門清曉。耆舊猶今好在，算竊比、山靈年少。青蓋照。宜余翠葆，蕭蕭華皎。渺渺。漢水滄波，閲流盡人間，幾多悲嘯。□對羊公片石，一尊相弔。喚起長庚小妾，試看坐、金鞍歌笑。飛蚋小。澹澹長空孤鳥。

滿江紅　廉野雲左撰求賦南園

面勢林塘，緊橫睫、觚棱如削。還更比、城南韋杜，去天盈握。便有名園能甲乙，他山峛崺先尊岳。

甚一花一石，總都將平泉學。雖鬢髮，流光覺。渾未厭，明來數。有慶雲善譜，新聲天樂。正爾闕弓鴻鵠至，可知棄屣麒麟閣。只北山逋客負塵纓，滄浪濯。慶雲都城善謳者

又 送李景山使交趾

六詔江山，十年厭、拏舟還轍。但只有、日南遐域，未嘗持節。八月秋風來朔漠，燕然已没鞍韉雪。料此時、銅柱瘴雲收，無炎熱。衡尺一，行宜決。煩重爲，雕題說。道皇元威德，萬方臣妾。直以越裳聲教阻，千金裝匭渠誰屑。要降王、明日共轓軒，來金闕。

又 送張子正廣西宣慰司都事

瘴海盲風，更誰避、樓船檣折。長記得、鐃歌歸路，獲嘉時節。日夜丹青麟閣夢，論功纔補朱衣缺。問世間、求寵有門無，終迷轍。爲此錯，平生鐵。踰嶺嶠，皆炎熱。獨梅花萬里，桂林冰雪。躍馬十年銷髀肉，遠游一債償難徹。笑悠悠、造物戲人哉，冠纓絶。

滿庭芳 寄趙宣慰平遠

有北先寒，來時鴻雁，記經何地初霜。問渠鵝鸛，何苦上顔行。浩蕩煙波萬頃，怕誰去、争許三湘。聊容與，誰求繫帛，傳語寄炎荒。丹山如鳳鳥，相逢定是，問我行藏。説於今華髮，爲汝增傷。晚笑巢阿覽德，莫貪快、千仞翱翔。和鳴擬，從吹嶰管，終不似朝陽。

水調歌頭 幽居

開軒對朝爽，吾亦愛吾廬。君亭有笏堪拄，人道富於余。尚恐軒裳念在，前日朱門故態，消釋未全除。反覆看如此，儂豈遽漸渠。最同是，煙滅竈，斧生魚。年年客裏相值，佳興負當初。縱使軒亭無恙，亦取山靈抵掌，猿鶴怨移書。尊酒酹江月，何日賦歸歟。

又　買田天生門外

買地近隍壑，十頃展平瀾。相如漫説雲夢，八九可胸蟠。已具扁舟放鶴，又且觀魚知樂，何忍利投竿。卻恐避地下，鷗鷺怨盟寒。　屋茨茅，蹊種竹，畹滋蘭。天生此所宜著，素髮颯垂冠。手苦彎弓難合，惟有招麾毛穎，筋力尚桓桓。擕我二三子，日往將詩壇。

又　送徐大山

崇仁送行役，回首十周星。因今常武丞去，衣繡記曾經。西北桃源山峻，東北洞庭春盡，浩浩際滄溟。鄂渚玉薪米，連月雨冥冥。　天氣佳，殊未暮，莫揚舲。便令綰印遲上，誰奪老槐廳。一語嗟卑烏用，覽鏡還宜自重，如此鬢毛青。軒冕暮塗看，馭日與鞭霆。

又　岳陽寄定菴王萬户

茲游太奇絶，我亦壯君侯。春風殷地悲歗，笳鼓萬貔貅。平昔心胸吞著，八九江南雲夢，今上岳陽樓。尊酒浣塵土，山雨戰青油。　竟陵客，又挾病，入西州。惟余與汝湍水，東決則東流。遥想凝香畫戟，談笑兜鍪晝息，莫賦大刀頭。麟閣看他日，居右有人不。

又　守歲

六十一年似，窗隙白駒馳。人家守歲癡計，明日怕容辭。萬事纔堪一笑，何必朱顏年少，誰不侮吾衰。只看屠酥酒，先酌襁中兒。　無以爲，閒隱括，謫仙詩。人生日日渾醉，百歲以爲期。三萬六千場耳，一日杯傾三百，巧曆算能推。試問自今去，餘有幾何卮。

燭影摇紅　新齋肅政李元讓座間，任氏婦歌海棠開後之語，非專爲海棠設，故别賦二首録呈太初宣相時中

天寶三郎，愛環睡起紅妝懶。背渠素手洗朱鉛，吹裂寧王管。羯鼓嵬坡塵散。記紅冰、淫淫淚斷。

際天長，悵蜀棧青螺，錦江難浣。千古驚魂，泛蘭轉蕙光風暖。嫣然一笑尚傾城，桃李空繁滿。銀燭春宵苦短。願青軒、流光緩緩。借諸任袖，回施新齋，捧□□□。

又

娟娟東風，碧湘左畔羣山囿。海棠無語不成蹊，桃李羞牛後。生臉朱唇暈酒。問坡仙、肝腸錦繡。未容花睡，銀燭高燒，何如晴晝。十事之中，不隨人意長居九。結貽頗頷笑靈均，蘭茝盈襟袖。今代巫陽恐有。劍南呼、樵人畫手。向青軒底，貌取妖妍，爲司花壽。

木蘭花慢　清明上巳同日，亦吾生少遇，賦樂府奉呈判縣伯陽志友，兼寄高侍讀

暢光風娟娟，轉幽蕙，泛崇蘭。最上巳清明，相期一日，百歲逢難。鞦韆自兒女事，快鄰翁、覆手羽觴乾。莫道韶華一月，從今已屬春殘。故人回首隔長安。輪值下金鑾。對賜火新煙，應思祓禊，何地江干。依然齒牙牢在，竝年時、花似露中看。獨賴中書未老，言時髮尚衝冠。

石州慢

高與雙崖，馮雪魏青，三子皆人傑。當年慣見中宵，天外德星難拆。華觴雕俎，清辭細切琅玕，定應袖有鋃鋙鐵。而我獨離羣，卧南陽甘節。書絕。故人石影，新翻欲譜，調疏聲拙。誰遣巫陽，喚起滕王長別。珠簾畫棟，縈飛南浦朝雲，當時此句雖清切。何似倚危闌，滿西山晴雪。

賀新郎

杜宇爲謀拙。只當時、西州已報，鼉靈功烈。何事爲心輕傳禪，坐取名隳身滅。化怨鳥、春山啼血。試聽不如歸去語，怕君遠、未曉吾能說。寃憤在，失金闕。胡爲不叩天閽裂。枉人間、丁寧控訴，欲求誰雪。蜀道思歸誠何有，便隔雲山千疊。一再

舉，猶堪橫絶。苦趣東君行不早，到千紅、萬紫飛時節。呼謝豹，慎捫舌。

摸魚子　賦玉簪録呈趙太初兼與時中茂異

更休尋、玉山瑶草，蓬萊知在何處。司花嫌被春風妒。留待九秋清露。還解語。試問著、當時月夜乘鸞女。何年遺汝。甚不怕高寒，青冥萬里，鬟鬢亂風霧。人間世、無物有香如許。靈均遺恨千古。芙蓉杜若何堪佩，顦顇行吟沅浦。空自苦。悄教得、揚雄不信離騷賦。雲窗月户。恨白髮詩翁，年來多病，不識醉鄉路。

蘭陵王　昨日奉候，知玉體已不恙，軒從可北矣，其戒行何時，作蘭陵王曲問之，上雪崖使君

雪崖雪。玉壘浮雲變滅。蓬婆外、晴白界天，西嶺窗涵古今絶。秦山置下列。類媵姬姜娣姪。望太白、三百去天，六月人猶失炎熱。緇塵苦爲涅。問誰可配茲，千仞高潔。惟君雅號相優劣。有北

正寒冽，傳將移節，及門再命益磬折。未聞賜環玦。我拙。誤名竊。甚此日徵書，亦到巖穴。何人轣轆同車轍。華首最相悦，忍爲輕別。定成竹否，乞爲汝，負羈紲。

案此下原有綠頭鴨錦堂深一首，乃北宋晁端禮詞，見閑齋琴趣外編，茲删去。

六州歌頭　賦木蓮花

靈均不信，木末搴芙蓉。徒自潔，好奇服，芰荷縫。看心胸。霽月光風。似愛蓮叟，云難狎，應亦未觀，林下澹丰容。坐蔭高花十丈，身疑在，玉井二峰。甚東皇遺與，桃李鬬春濃。男色昌宗。失昌丰。訪平泉記，奇草木，惟赤柏，與金松。岷嶺導江，浩浩發臨邛。進吴儂。萬里江南北，行欲徧，未曾逢。堪悵恨，風與雨，苦相攻。怕學瓊花不墜，潛飛去，地上無蹤。柰明朝酒醒，空對夕陽舂。流水溶溶。以上牧庵集卷三十六

感皇恩 捧讀雪樓憲使歲寒亭記，擊節之餘，攀疎齋例，亦賦樂章

尋丈歲寒亭，何多環侍。煙節雪旓萬青士。旄頭鐵甲，更兩蒼官爲帥。落成天雨雪、皆奇事。不獨玄冬，偏生幽思。六月清風失炎熾。三年轉燭，君去豈無人至。惟應無坐嘯、文章使。程文海雪樓樂府附録

緑頭鴨 又寄疎齋

笑疎齋，老來猶未情疎。似嫌呼、緱山笙鶴，表彰特號雲居。善形容、世間有幾，寫綽約、天外無餘。我恨離羣，陽春寡和，溉鬵來食武昌魚。對芳酒、一聲金縷，絲竹用何如。今適信、古人一言，名下無虚。記前回、東山勝賞，萬株霜葉紅初。向巖前、緩移玉勒，怕林下、相失籃輿。忘賦桃花，清新捷對，坐令辭客擲中書。看明日、片帆東下，江渺正愁予。憑消遣、算除睡鄉，能到華胥。武昌歌妓小字僊兒，色技皆可觀，疎齋字之曰雲居，其人姓王氏。永樂大典卷一萬四千三百八十三寄字韻姚牧庵集

黑漆弩 吳子壽席上賦。丁亥中秋，遐觀堂對月，客有歌黑漆弩者，余嫌其與月不相涉，故改賦，呈雪崖使君

青冥風露乘鸞女。似怪我白髮如許。問姮娥不嫁空留，好在朱顏千古。笑停雲老子人豪，過信少陵詩語。更何消斫桂婆娑，早已有吳綱揮斧。永樂大典卷二萬零三百十三席字韻引姚牧庵集

陳孚

孚字剛中，號笏齋，臨海（今浙江省臨海縣）人。生於元太宗十二年（一二四〇）。至元中，上大一統賦，謂翰林國史院編修官，累官台州路治中。卒於大德七年（一三〇三），年六十四。

太常引 端陽日當母誕不得歸

綵絲堂上簇蘭翹。記生母，在今朝。無地捧金蕉。

奈煙水、龍沙路遥。碧天迢遞，白雲何處，風急雨瀟瀟。萬里夢魂消。待飛逐、錢唐夜潮。

又

短衣孤劍客乾坤。奈無策，報親恩。三載隔晨昏。更疎雨、寒燈斷魂。赤城霞外，西風鶴髮，猶想倚柴門。蒲醑謾盈尊。倩誰寫、青衫淚痕。以上二首見詞品卷五

楊立齋

鷓鴣天　詠趙真真楊玉娥唱雙漸諸宮調

煙柳風花錦作園。霜芽露葉玉裝船。誰知皓齒纖腰會，只在輕衫短帽邊。　啼玉靨，咽冰絃。五牛身去更無傳。詞人老筆佳人口，再喚春風在眼前。青樓集

燕公楠

公楠字國材，號芝庵，南康（今江西省南康縣）人。生於淳祐元年（一二四一）。至元中，召對稱旨，賜名賽因囊加，累拜湖廣行省右丞。卒於大德六年（一三〇二），年六十二。有五峯集。

摸魚兒　答程雪樓見寄

又浮生、平頭六十，登樓悵望荆楚。出山小草成何事，閑卻竹煙松雨。空自許。早摇落江潭，一似琅琊樹。蒼蒼天路。謾伏櫪心長，銜圖志短，歲晏欲誰與。　梅花賦。飛墮高寒玉宇。鐵腸還解情語。英雄摻與君侯耳，過眼羣兒誰數。霜鬢縷。祇夢聽、枝頭翡翠催歸去。清觴飛羽。且細酌盱泉，酣歌郢雪，風致美無度。附見雪樓樂府內

蕭𣂏

𣂏字維斗，奉元(今陝西省長安縣)人。生於元太宗十三年(一二四一)。大德間，拜太子諭德，尋以疾辭歸，延祐五年(一三一八)卒，年七十八，謚文貞。著有勤齋文集。

鵲橋仙　壽詞

萬金寶劑，三山仙島。□祝康寧壽考。似君全福幾人能，真不是、天公草草。綵衣膝下，仙歌雲杪。莫厭金荷□倒。祇應龜鶴羨長年，八千歲、靈椿未老。

太常引　壽詞

天家崇德報元功。稽盛典，極追隆。美謚亞三公。更大國、新開魏封。夫人配德，淵深玉粹，麟趾見清風。恰恰壽筵逢。想醉德、多於酒醲。

浣溪沙　張詳議八十壽

紅藥香中敞壽筵。一叢蘭玉拜尊前。曾孫繞膝愛高年。白髮弟兄真樂事，雪溪孝友卽家傳。人生佳處只君全。

望月婆羅門引　叔經宣慰壽

□□□□，□誰人得數登臨。看公鐘鼎何心。鳳味東邊小築，桃李作高林。道詩書教子，絶勝黃金。千年尚禽。肯隨世、漫浮沈。好在傳家棠樹，培壅清陰。年高德劭，似一日、春光一日深。青鏡裏、白髮休侵。彊村叢書用善本書室藏鈔勤齋集本

梁曾

曾字貢父，燕人。生於元太宗后稱制二年(一二四三)。至元中用累考及格，授都事，歷遷知南陽府，召爲兵部尚書，使安南。仁宗朝，拜集賢侍講學士。卒於至治二年(一三二二)，年八十一。

木蘭花慢　西湖送春

問花花不語，爲誰落，爲誰開。算春色三分，半隨流水，半入塵埃。人生能幾歡笑，但相逢、尊酒莫相催。千古幕天席地，一春翠繞珠圍。彩雲回首暗高臺。煙樹渺吟懷。拚一醉留春，留春不住，醉裏春歸。西樓半簾斜日，怪銜春、燕子卻飛來。一枕青樓好夢，又教風雨驚回。詞品卷六

張伯淳

伯淳字師道，崇德(今浙江省嘉興縣)人。生於淳祐二年(一二四二)。至元二十三年(一二八六)，以薦除杭州路教授，大德中，官至翰林侍講學士，卒於大德六年(一三〇二)，年六十一。有養蒙集。

木蘭花慢

載西山爽氣，添不重，月船輕。記前度今朝，瓊花爛漫，管領歌聲。今歲穠華深處，羨袞衣、還看綵衣榮。人世雲萍相遇，歲寒松柏長青。行行。催覲朶雲明。曉色上觚稜。看春去春來，依然黃閣，移近家庭。浮雲儻來軒冕，算古今、久遠是功名。尚有寒厓枯卉，東君也解留情。

又　送季治書

羨高標雅量，窗八面，更玲瓏。每風日佳時，湖山清處，袍錦從容。不把雲霄自隔，向尊前、看我嘯吟中。人世流光易老，古來知己難逢。青驄。來往太悤悤。呵護有紗籠。想當道豺狼，先聲到處，膽落英風。南樓原作枝，茲據厲鈔本改暫容橫榻，算覽觀、有限與無窮。別後相思何處，心期付與飛鴻。

又　壽張可與

對黃花爛漫，能幾日，又重陽。問眼底湖山，新□□□，別是風光。三台近臨吳地，映奎躔、明處紫微郎。人道原缺五字，茲據厲鈔本補當年豸角，這回收斂秋霜。笑談。談字原缺，據厲鈔本補幕府晝偏長。何事最爲忙。但寬取一分，一分方便，亦足流芳。山人

敢攀宗袞，爲東南、民命秉心香。更借南陽菊水，殷勤滿注瑶觴。

又 壽劉東匡

記當年客裏，是今日，奉霞觴。任廚傳荒涼，風林原缺林字，據厲鈔本補震撼，樂自難量。別來歲華電走，又都門、我北爾南塘。我半原缺以上七字，據厲鈔本補百年已老，兄多四歲偏强。玉堂。滿袖惹天香。鳳閣様詞章。看采帖題春，椒盤草頌，蓬矢開張。金甌御屏簡記，賦□鈞、壽域奏明光。後十五年再見，伴原作今日，又缺伴字，並據厲鈔本改冗緑野徜徉。

又 壽抑齋

儘江南江北，誰不慕，抑齋名。羨夢筆才華，粲花談論，喬木家聲。重尋玉堂舊步，喜今番、天語重丁寧。云是儒家領袖，居然史筆權衡。 相迎。便覺眼常青。相對話羈情。正緑暗園林，朱明時候，瑞靄騰騰。期公久長名節，太羹中、還著五侯鯖。此去明堂一柱，當年玉樹階庭。

又 壽陳介軒

問家傳舊物，有清節，與高風。任野色充庭，俗塵掃迹，談笑從容。生涯但隨分足，比孟嘗、襟度只差窮。曾是貞元朝士，本來湖海元龍。 旦評。推分許軒翁。萬□一詞同。喜漸近稀年，從教髮白，目炯雙瞳。蟾鈎又還乍吐，對荷香、莫放酒尊空。砌下芝蘭競爽，年年家慶圖中。

又 贈彈琵琶者

愛當壚年少，將雅調，寄幽情。儘百喙春和，羣喧夜寂，老鳳孤鳴。都來四條絃裏，有無窮、舊譜與新聲。寫出天然律吕，掃空眼底秦箏。 落紅。天氣暖猶輕。洗耳爲渠聽。想關塞風寒，潯陽月色，似醉還醒。軒窗静來偏好，到曲終、懷抱轉分明。相見今朝何處，語溪乍雨初晴。

又 次唐格齋韻

儘交游滿眼，歲寒者，果誰歟。羨錦繡爲心，冰霜作操，仁義蘧廬。門前掃清俗軌，自熙然、甕牖與繩樞　記我蓬弧時候，寓情翰墨歡娛。驅車。特地致函原作幽，據厲鈔本改書。高義渺江湖。悄夢斷鷀鸞，盟深鷗鷺，閒適從渠。槐陰漸成翠幄，看庭前、鶯過引新雛。歲歲期君一醉，相忘非我非魚。

滿江紅　壽張繡江

省闈絲綸，早傳到、和羹消息。無限事、但從綱領，認教端的。回省平生游宦處，那曾些箇由人力。算知心、惟有好湖山，秋澄碧。從此去，開壽域。緣底事，催行色。傍重陽時候，且排瑤席。何待殷勤斟菊水，底須託興青松柏。願年年、濃蘸繡江波，供詞筆。

又　次韻壽雪澗兄

七日新秋，還又記、生申初度。清夢到、小橋流水，翔蓬深處。去歲灤京猶望遠，今年談宴知誰與。想荷翻、翠蓋飽涼飆，時掀舞。何時吸，擎盤露。何必頌，長明炬。更何須伊召，何須巢許。但有金丹消息在，待將銅狄摩挲去。儘西湖、山水四時佳，宜晴雨。

臨江仙　壽程雪樓

白雪樓前清晝，新來喜事連緜。朱明綠暗麥秋天。繡衣何日去，丹荔已香傳。前夜團圓明月好，清光流照華筵。錦囊隨處地行仙。庭椿關望眼，同慶八千年。

糖多令　壽王肯堂

前日是中秋。嬋娟爲我留。畫圖間、主勸賓酬。忙處偷閒誰得侶，真意度，淡交游。薇省老參謀。三台一舉頭。魯祥麟、憎重儒流。今歲綵衣還有伴，方衮衮，慶公侯。

又　寄吳閒

移住還瀛洲。天槎去莫留。數歸期、已過中秋。

上界羣仙官府足，雲不礙，水長流。酒令與詩籌。依然記舊游。倚斜陽、分付羈愁。應與鼇峰人共語，還不減，去年不。

齊天樂 壽王伯起

庭柯一葉炎曦淡，秋光宦情相似。駟馬争馳，千帆競送，不羡紛紛時輩。隨緣賦禄，慶官府清明，紀綱興起。暇日吟鞍，湖山公案更兼理。　將軍猶自未老，舊時供奉曲，還有風致。拄笏西山，蟠螭北海，卻是君家盛事。佳辰雅聚。且滿引霞觴，坐看芝砌。富貴長年，四時談笑裏。

又 送馬德昌

人生南北如歧路，相逢自憐不早。傾蓋班荆，分燈並壁，吟卷筆牀茶竈。交情古道。怕催詔連翩，好風吹到。聚久别難，砌蛩那更碎懷抱。　臨行誰勸駐馬，待將塵土事，妨我吟嘯。小住雖佳，還堪就否，催得雲帆縹緲。官梅正好。比前度孤山，臘開多少。兩處心旌，倚樓同晚照。

又 次韻謝倦翁

班荆傾蓋當時事，回頭屢更寒暑。倦翼纔還，蒼顔易得，零落江陵千樹。相逢冷署。且莫訝儒冠，解將人誤。計我生朝，采牋新調映紅炬。　投閒誰道太早，人生行樂耳，何地非旅。緑暗書眸，紅生醉臉，聊對檐花細雨。移尊共語。問何日扁舟，嫩荷香處。坐待蟾光，四更猶未吐。

摸魚兒 次韻抱甕

采黄花、自斟清酳二字原缺，據厲鈔本補南山人在何許。浮生聚散雲萍似，消得幾番寒暑。些箇路。□不斷情悰，惟有春天樹。停歌罷舞。更説甚悲歡，從教白首，心事付崔檐。鈞天夢、忘卻當年宦譜。吟蛩休怨休訴。如今世味更嘗慣，但見青山多嫵。清對苦。是我誤儒冠，還是儒冠誤。西湖勝處。且趁取時佳，不寒不暖，同泛小舟去。

賀新郎　次韻

回首章臺路。又一番春事闌珊，滿簾風絮。郭外誰家閒院落，別是壺天意趣。拚一日、來游一度。除卻憂愁風雨外，肯容他、野馬埋雙屨。行樂地，更何處。人生忍把佳期誤。況今朝滿坐春風，怎禁不去。蓮社蘭亭當日話，便合從今委付。算此語、非緣要譽。飲少歡多還覺醉，看歸途、疊嶂青無數。情未足，日催暮。

望月婆羅門引　送徐容齋

容齋平日，一身用舍繫安危。兒童走卒皆知。誰料鱸魚江山，忽憶故山薇。任西風別酒，月正圓時。性齋有詩。道掃舍，待吾歸。二老相招如此，公論疇依。人生行樂，對佳水佳山何必歸。公笑曰、歸去來兮。

玉漏遲　壽張右丞

太平元夜好。鼇山宴徹，祥煙凝曉。端正嬋娟，爲我玳筵留照。曾侍龍潛舊邸，更欣際、鴻圖初造。人盡道。兩宮柱石，元真廊廟。天轉右轄星躔，儘向上勳名，歷堦須到。商鼎周彝，時奉退朝吟嘯。賸有塤篪韻雅，況庭户、纖塵如掃。經濟了。長醉遂初春早。

又　壽馬右丞

浙江回棹處。急流勇退，冥鴻高舉。出晝遲遲，不爲虎丘二字原缺，據厲鈔本補留住。姑待春和水漲，旋乘箇、月明船去。天未許。雲歸又出，依然霖雨。熟路小隊輕車，想司馬重來，聚觀如堵。暇日西湖，點檢舊題詩句。冷落江南倦翼，但惟有、心香一縷。長記取。每歲仲春端午。

柳梢青　賦枯梅寄張郎中馬同知

冷淡根荄。小春時候，兩蕊三花。栽向西湖，移來東閣，一任安排。絕憐瘦影横斜。但宜在、山巔水涯。花裏平安，嶺頭孤秀，榮悴爭些。彊村叢書用繡

谷亭藏明刊養蒙先生集本，兹訛脱頗多，以丁藏厲鶚鈔本校補

劉敏中

敏中字端甫，濟南章邱（今山東省章邱縣）人。生於元太宗后稱制三年（一二四三）。至元中，拜監察御史。大德間，宣撫遼東山北，後召爲集賢學士。武宗時出爲淮西肅政廉訪使，轉山東宣慰使，又召爲翰林學士承旨，以疾還鄉里。延祐五年（一三一八）卒，年七十六，贈光禄大夫柱國，追封齊國公，謚文簡。有中庵集。

木蘭花慢　曉過盧溝

上盧溝一望，正紅日、破霜寒。儘渺渺飛煙，葱葱佳氣，東海西山。依稀玉樓飛動，道五雲深處是天闕。柳外弓戈萬騎，花邊劍履千官。寒窗螢雪一生酸。富貴幾曾看。問今日誰教，黄塵匹馬，更上長安。空無語，還自笑。恐當年、貢禹錯彈冠。擬把繁華風景，和詩滿載歸鞍。

又　送親衛劉副使遷成都統軍，公號舜田

燦星纏寶校，跨天駟、日華邊。看嶺表孤松，峯尖秋隼，誰與争先。君王識公英武，便除書、飛下九重天。内府彤弓玆矢，元戎虎旆龍旂。陰風慘淡拂春煙。萬里入秦川。想諸將歡迎，三軍賈勇，威震江壖。何如渭城客舍，對青青柳色惜離筵。回首平吴事了，兜鍪更换貂蟬。

又　壽大智先生

憶長庚初夢，是誰遣下蓬壺。到今日相看，仙風道骨，依舊清癯。胸中浩然何物，管三冬、讀盡鄴侯書。筆落千山風雨，氣吞萬里江湖。豪門落落曳長裾。醉倒倩人扶。剛只要疏閒，争教富貴，不肯饒渠。蟾宫桂春榜字，看明年、光耀滿門閭。應笑青燈黄卷，却成玉帶金魚。

又　次韻答張直卿見寄

兩城無百里，算只是、一家鄉。愧每每相看，來迎

去送，水影山光。殷勤舉杯一笑，要都收、百福與千祥。鏡裏吾衰已甚，尊前君意何長。誰能齊物似蒙莊。歲月去堂堂。更多病何堪，閒愁萬緒，惱亂詩腸。明年定須豐稔，看桑蠶成簇麥登場。君到野亭應喜，酒簾花外悠揚。

又　適得醉經樂章，讀未竟而彦博尚書有兵厨之餉，因用其韻書二本，一呈醉經，一謝彦博

待揩撐暮境，道比舊、不争多。奈白日難留，丹心易感，緑鬓全皤。行樂處，渾一夢，憶黄公壚下幾回過。振策千峯絶頂，濯纓萬里長河。紅塵世事費磋磨。人海駕洪波。悵學古無成，於今何補，謾爾磋跎。閒攬鏡，還獨笑，甚蒼顔一皺不曾酡。忽報鳴鞭送酒，開軒自洗空螺。

又　贈貴游摘阮，時得名妾，故戲及之

此聲何所似，似琴語、更琅然。問太古遺音，承平舊曲，誰爲君傳。知音素蛾好在，只向人懷抱照人圓。一笑青雲公子，不應猶有塵緣。松間玄鶴舞翩翩。山鬼下蒼煙。正閉户焚香，流商泛角，非指非絃。華堂静無俗客，算風流、未减竹林賢。何日西窗酒醒，聽君細瀉幽泉。

又　會有詔止征南之行，復以木蘭花慢送還闕

妙年勳業在，正千載、會風雲。有横槊新詩，投壺雅唱，將武儒文。風流聖朝人物，算錦衣、難避軟紅塵。瓊島羽林清曉，紫垣星月黄昏。悠悠軒旆下東秦。賓客滿于門。看戲綵萱堂，揮金置酒，和氣回春。平生事，忠與孝，但圖忠、雲路莫因循。此去秋光正好，龍墀再荷新恩。

又　八月二十五日爲仲敬壽

對南山秋色，湖海氣、鬱峥嶸。更落葉疏風，黄花細雨，何限詩清。良辰醉中高興，料殷勤、喜見故人情。玉斝雲腴仙釀，木蘭花慢新聲。歸鴻遠目入青冥。相與慰飄零。儘起舞狂歌，新愁舊恨，一

笑都平。平生事，天已許，道青霄有路上蓬瀛。隨分人間富貴，不妨游戲千齡。

又　代人作

渺雲問天淡，離別意、一消魂。憶金縷珠喉，冰絃玉笋，明月幽人。風流舊家心事，指南山、松柏託殷勤。煙草夕陽別浦，梨花暮雨重門。浪憑歸夢覓行雲。腸斷幾黄昏。甚百種凄凉，一般寂寞，兩地平分。多情料應有語，道卿卿、不惜鎖窗春。爲謝倩桃風柳，不禁鞍馬紅塵。

又　元夕後小雨

澹春陰如霧，釀春雨、灑春城。便羅綺風柔，園林氣暖，巷陌塵輕。鼇山頓成瀟灑，恰上元過也罷燒燈。到處柳金梅雪，一時水緑山青。午窗夢斷破微晴。驀聽賣花聲。憶北苑尋芳，南園載酒，節近清明。韶華向人如舊，莫青春行樂負平生。說與東君知道，先迎舞燕歌鶯。

又　代人贈吹簫趙生

甚無情枯竹，使人喜、使人悲。愛太古遺音，承平舊曲，吹盡參差。千秋鳳臺人去，算風流、只有趙郎知。秋晚樓空月夜，日長人靜花時。酒闌更與盡情吹。欲起不能歸。怕幽壑潛蛟，孤舟嫠婦，掩泣驚飛。傷心少年行樂，奈春風、不染鬢邊絲。靜倚闌干十二，醉魂飛上瑤池。

滿江紅　至元丙戌，敏中與廣平安思承同爲御史，吾二人者仕同，道同，齒同，而志意又同，以是交甚歡。又因思承得拜其兄今宣慰公于其家，公即歡然相接，傾倒如舊。公時在京領漕運，明年爲刑曹尚書。會夏暑，以恩例決諸司囚。敏中以御史公以秋官實同其事。旦夕相從者彌月，凡公之毅敏公恕，盡於斯得之，而情好益密矣。又再歲，思承爲四川副按察之成都，敏中爲御史都司，歲餘，謝病歸濟南。已而聞公由刑曹宣慰雲朔，又聞思承還京爲冬官侍郎。今年癸巳夏六月，公復以宣慰來山東，常治益都，過濟南，顧敏中於陋巷，且致思承之問。凡與思承別蓋五年，而公則四年矣，陳敘契闊，甚相樂也。明旦，公已行矣，乃知公近有充閭之慶，則又喜焉，而獨恨不得爲一賀也。十月，公以行部復過濟南，見公於皇華驛，退以鄙懷作樂府一篇獻於公，以發一笑，其亦古人所謂情動於中，而形於言，言不足而詠歌之義也

十載京華，也曾是、飄零狂客。還有幸、公家兄弟，相逢相識。記得宣恩疏決日，柏臺驄馬秋官筆。甚人生聚散等閒間，都難測。　摩撫手，天西北。放浪跡，江湖國。忽高軒飛下，今夕何夕。頭上貂蟬看欲見，掌中珠顆今先得。暫放教、詩酒豁平生，公休惜。

又　十一月十六日，爲蔡知事壽

愛日回春，恰開放、江頭梅萼。還更有、遠山晴雪，竹溪松壑。晚節豐年人盡喜，良辰美景君須樂。便揜教壽酒一千鍾，深深酌。　眉宇秀，胸懷廓。問誰識，平生略。只優游無事，笑談賓幕。萬里秋天鴻鵠志，高名四海麒麟閣。待此時、滿意祝莊椿，揚州鶴。

又　病中呈諸友

晝景清和，南風扇、葛衣未試。知又是、梅黃時候，麥秋天氣。寶鴨旋薰香篆小，緑陰生寂重門閉。有畫梁雙燕伴人愁，知人意。　螢窗苦，貂蟬貴。窮與達，心如醉。個月來多病，不禁憔悴。諱疲怎謾衣帶緩，怯眠却把窗兒倚。問阿誰、心緒正如今，還如此。

又　次韻答暢泊然

滿紙龍鸞，渾壓倒、來禽青李。黃絹好、朝吟暮諷，愛之無已。玉刻來從千載上，寶珠出自重淵底。每相逢相慰淡相於，如君幾。　無所見，譁然毀。安所有，同然喜。賴多情問我，病歟貧耳。一寸灰心寒欲盡，數莖緑髮愁難理。說青簾高處有仙鄉，無人指。

又　病中又次前韻

北去南來，凡幾度、風沙行李。離又合、新歡舊恨，

古今何已。風鑑俄瞻衡宇外，月明照見寒江底。問朱絲白雪尚依然，知音幾。無所作，誰成毀。非所望，何悲喜。謂人生得失，卷舒天耳。病骨支離羈思亂，此情正要公料理。但無言、手捉玉連環，東南指。

又 又次前韻

我笑前人，癡絶甚、搔瓜鑽李。天壤內、神奇腐朽，有所窮已。才見淩風霄漢上，忽看垂翅蓬蒿底。試閒將、得失遍思量，凡經幾。無汝愧，從渠毀。非我有，何吾喜。但物來卽應，盡心焉耳。一榻高眠人事了，一瓢樂飲家緣理。也何曾、直待馬千蹄，童千指。 搔瓜事見劉向新序

又 送李清甫赴西蜀提刑副使

萬古雲霄，誰辨得、妙齡勳業。長有恨、君恩未報，鬢毛先雪。紫詔俄從天闕下，繡衣已逐星軺發。但七千里外望庭闈，三年別。忠與孝，心應切。行與止，君須決。說蜀中父老，望君如渴。地迥無妨鷹隼繫，山深要靜狐狸穴。着新詩、收拾錦城春，歸來說。

又 送鄭鵬南經歷赴河東廉訪幕

宿酒初醒，秋已老、故人來別。情味惡、從前萬里，不堪重說。大抵男兒忠孝耳，此身如葉心如鐵。但始終夷險要扶持，平生節。湖海氣，詩書業。霜雪地，風雲客。問而今月旦，果誰豪傑。君去還經汾水上，依然照見齊州月。怕相思、休費短長吟，生華髮。

念奴嬌 聖節進酒詞

龍飛九五，記虹流電繞，天開華旦。萬寶成時秋正好，四海皇皇枕奠。教雨仁風，聲名文物，允協斯民願。途歌里詠，太平今日真見。遙想禹子湯孫，堯臣漢相，拂曉班如剪。萬國衣冠同拜舞，春滿九重宮殿。湛露恩隆，南山慶遠，處處須新宴。

瞻天望聖，玉卮萬壽遥獻。

又　大德己亥冬，余再至京師，聞中書掾東平張君敬甫以練達俊偉遊諸公間，名聲籍籍。已而識君於王禮部彦博家，歲餘，君掾秩滿，出尹余鄉陽丘。陽丘大縣，繁阜難治，君至，刓疣抉蠹，善政日聞。甲辰春，余還綉江野亭，實邇縣，郛君苟有暇，必從容就余，嘯詠相忘，追泉石之樂。是歲十月，君受代，自爾來益數，情益欵，而知益以深。憶昔言曰，吾當去矣，途既戒矣，先生豈有言乎。余諗之曰，敬甫，子以敬自銘者也，人之才不同，概言則有能有不能無可無不可二者而已，若吾子無可無不可者歟，以無可無不可之才，而行之以敬，則異時功業之所就，非余所得慮者，子惟持子之敬，慎子之才而已矣。衰懷激烈，不覺黯然，於是飲之酒，而贈之以歌，實乙巳三月下澣一日也

百花開後，殿餘春、只有翻階紅藥。人似春光留不住，半夜東風作惡。寥落離懷，蒼涼行色，更與花前酌。浩歌一曲，鳥啼花自飛落。瀟灑誰復如君，溪山如此，何限山中樂。政爾功名相促迫，眼底西臺東閣。我識君才，青雲明日，萬里秋天鶴。有時還夢，野亭亭下巖壑。

又　仲庸集賢以冬日桃花並樂章贈漁庄公，漁庄邀和，因次其韻

探梅時候，怯朝寒、倦説梅溪清淺。誰竊玄都春一握，烘暖小齋冰硯。何意芳妍，如今又與，前度劉郎面。武陵回首，斷腸流水花片。信道造化能移，何須更問，世事雲千變。猶勝當時深院裏，滿樹芳菲細剪。寶鴨熏香，銅瓶浴水，休把重簾卷。風流故在，乞漿怕有人見。

又　又次前韻

看花須約，一千年、知赴瑶池緣淺。雪裏花枝來索句，恍覺春生冷硯。却憶前時，尋芳處處，霞影浮杯面。酒醒花落，樹頭飛下餘片。何事歲晚重妍，多情應笑，我早朱顔變。依樣鉛華紅勝錦，争得瓶梅並剪。小閣幽窗，回寒向暖，百怕霜風卷。

舊家野老，也來驚訝希見。

又　自述呈知己時有小言

烏飛兔走，嘆勞生、浮世匆匆如此。眼底風塵今古夢，到了誰非誰是。擊短扶長，曲邀橫結，爲問都能幾。悠悠長嘯，謾嗟真箇男子。　數載黃卷青燈，種蘭植蕙，頗遂平生喜。冷笑紛紛兒女語，都付春風馬耳。美景良辰，親朋密友，有酒何妨醉。高歌一曲，二三知己知彼。

沁園春　仲敬吾友歸自曹南，而壽辰適至，喜可知也已。因憶僕前日所寄沁園春樂章，遂用其韻，俾奉觴者歌以侑歡云

萬里長風，一夕吹君，飛來自南。想江東渭北，同驚過雁，升高望遠，幾度停驂。驀地相看，茫然皓首，依舊華峯碧玉簪。風雷起，放連宵痛飲，擁席高談。　君才何地非堪。從此看、恩麻綵鳳銜。但平生出處，於心已卜，古人事業，着力須貪。有道如斯，區區更問，紫綬朱衣青布衫。今秋菊，也爲君開早，香滿均庵。中秋後十日菊花爛開

又　大德甲辰之歲，張君秀實得石百脉泉南麓土中，輟以遺余，余使視之，石四旁皆大石附而不屬土，周隙間宛然猶胞胎，扶其土，碎其旁石而取焉，寘之所居中庵之前，余命之曰太初之巖，且號曰蒼然子，奇之也。頃余族弟仲仁得石太初所出之旁，又以見遺，其胞胎猶太初，而艱深倍之。仲寬弟合衆力出之，闢垣而納之，寘之中庵之後，又一奇也。徐思其名，自混沌始分，而有是質，迄於茲遠矣，乃得安常守密，無動移摧剝之患，渾然天全，獨立遠矣。其狀雄拔高峻，壁嶺竅穴，嵐彩輝煥，意態橫出，雖具眼未易盡其妙，遠矣。生而與太初並處，出而與太初對列，協久要不忘之義又遠矣。有是四遠，而秀發如此，乃定名曰遠秀峯，號之曰頎然子云。且用太初樂章韻，作歌以喻之。石之至延祐戊午仲春十有九日也，其歌曰

石汝何來，政爾難忘，平生太初。想將迎媚悅，無心在此，清奇古怪，有韻鏗如。何乃排垣，直前不屈，似此疏頑其可乎。今而後，有芳名雅號，聽我

招呼。世間貴客豪夫。問幾箇回頭認得渠。既千巖氣象，君都我許，四時襟抱，我爲君虛。無語相看，悠然意會，自引壺觴不願餘。商歌發，恰風生細竹，月上高梧。

又　暢泊然純甫由山東僉憲謝病歸襄陽，以樂府沁園春見寄，次韻奉答

世事何窮，遇合無媒，飛昇有丹。看兵塵蝸角，爭知地窄，雲垂鵬翼，豈信天寬。一語侯封，九階夜轉，白髮十年不調官。人曾說，道本來分定，枉了心艱。苟非吾有誠難。問廣厦何時千萬間。羨柴扉草閣，自成瀟灑，斜風細雨，不用遮闌。麾去青驄，呼來白鳥，要伴扁舟畫裏看。遨遊耳，儘才情風調，付與溪山。

又　次前韻

別後何如，兩鬢全霜，寸心尚丹。但酒腸蕭瑟，常因病窄，詩懷寥落，强爲秋寬。無補公家，坐縻廩粟，自笑閒身也屬官。思君甚，只夢魂夜夜，水阻雲艱。人才自古良難。問誰在、曹劉沈謝間。想羊公石畔，臨風把酒，習家池上，待月憑闌。黃絹飛來，青燈無寐，盥手薰香百過看。還知否，怕中年絲竹，難久東山。

又　韓雲卿右司邀賞牡丹，且云，芍藥有雙頭者，以病不果赴，作此以呈諸公。時余爲國子祭酒

先自空疏，幾載蹉跎，歷繞湖江。甚如今却遣，官閒責重，茫然自愧，學陋言厖。鬢雪難消，君恩莫報，五鬼欺陵不可降。如何奈，强支撐病骨，獨伴寒釭。心如孤旆高樁。但猶想茅齋對石矼。笑隨身惟有，詩囊藥裹，打門誰送，酒榼羊腔。夢裏笙歌，無名亭上，滿眼春風四面窗。人如玉，看牡丹第一，芍藥成雙。韓家有無名亭

又　題戶部郎完顏正甫舒嘯圖，仍用盧疎齋韻

華屋高軒，富貴之心，人皆有之。甚伯倫挈榼，惟

知㢋酒，浩然踏雪，只解吟詩。一見令人，利名都忘，更有高情元紫芝。還知否，蓋道分彼此，事有參差。看君綠髮雄姿。況千載風雲正遇時。便登高舒嘯，如今太早，揚眉吐氣，過此還遲。愧我衰殘，終然無補，久矣寒灰枯樹枝。雲山夢，被畫圖喚起，情見乎辭。

又 壽張繡江參政

長白之英，爲國生賢，魁然此公。看功名一出，江湖氣量，才華誰有，星斗心胸。霖雨鹽梅，隨宜適用，已見時和歲又豐。餘無事，但門庭清雅，車騎雍容。秋香笑指籬東。道擬共他年伴赤松。要河車挽水，雙瞳似月，丹砂伏火，兩頰還童。雪落花開，東阡北陌，折簡來呼白髮翁。高情在，是繡江綠野，黄閤清風。

又 和省中諸公秋日海棠韻

花有花時，何事兹花，待開便開。看嫣然一笑，秋容也媚，問之不語，春意潛回。静想乾坤，中間萬有，元氣循環共一胎。花如此，儘風流奇特，嘆了還猜。三生月地雲階。料曾被、西風點鏡臺。悵賞餘人散，黄蜂日晚，夢回日落，白雁霜催。兩度頻繁，一番遲暮，争似從他本分來。青霄客，有留連新句，爲寫芳埃。

又 張君周卿將赴濟南提刑經歷，出示樂府，因其韻以餞之

簿領埃塵，鞍馬風沙，逸才未舒。但平生豪宕，黄金易散，高懷灑落，白璧難迂。我問行藏，掀髯一笑，意外功名不用圖。南游興，愛華峯北渚，雲海方壺。故園風景非殊。恍六載别來一夢如。想疏篁缺處，多應得笋，新松種後，迤漸成株。歸去來兮，東樓南浦，爛醉何妨翠袖扶。明年必，記此時休厭，折簡相呼。時周卿猶爲憲掾

水龍吟 王𤓰山承旨以賞牡丹水龍吟見寄，且云，三

花脈脈，似怨中庵無一語者。則知瓠山所居，乃余向者所寓李氏居也。次韻答之

牡丹何可無言，廣平曾有梅花賦。蹉跎老矣，愁多歡少，花開人去。黄絹飛來，分明却見，舊家風度。是東皇，喚取玉堂仙伯，要長在、花間住。慚愧相思千里，也看同去年崔護。詩盟酒伴，吟看醉繞，應無重數。寂寞江亭，青山不斷，碧雲將暮。對夕陽老樹，悠然北望，誦天香句。

又

陽丘南逾五里，余别墅在焉。地方僅二畝，南西北皆巨溝，崖壁嶄絶。下爲通達人由其中，東垂蔽古藤，晦密尤峻。綉江遠來觸巽隅刮足而北，餘流復西，漸達於坤維，周覽上下，歸臺宛然，因取淵明語，命之曰賦詩之臺。南偏少東尤高敞，東向爲小亭，軒户始開，而長白湖山諸峯林壑，奔躍來見，明姿晦態，與綉江相表裏。復取謝靈運語，命之曰含暉之亭。亭之築，實至元辛卯前重陽一日也。戲作樂府水龍吟一首，書於壁，以識其始，且以爲老子醉後浩歌之資云

乾坤遺此方臺，賦詩名字從吾起。十分高處，更宜着箇，含暉亭子。無數青山，一時爲我，飛來窗裏。渺浮天玉雪，江流忽轉，風雨在、寒藤底。嘗試登臨其上，把閒愁、古今都洗。長空澹澹，無言目送，飛鴻千里。看取明年，四圍松菊，一番桃李。放籃輿杖屨，醒來醉往，自今朝始。

又

次韻答馬觀復左司九日

二豪侍側何知，舉頭一幕青天大。歸盤樂矣，丁寧更說，閒居粉黛。我見沙鷗，蓋嘗有問，無言意對。道試看自古，忘機未了，空無益、又遺害。萬事宜須自得，笑衰翁、幾時方會。今朝重九，西風杖屨，一番輕快。滿地黄花，清泉酌醴，新詩嚼膾。若東籬老子，能來共此樂，吾當拜。

又

馬觀復左司以九日水龍吟賦神麕峯邀和，復和之，神麕峯渠家几硯間小石也。觀復家廣平地有神麕山，因以命石

物齊各自逍遥，何知鷃小鯤鵬大。乾坤太華，神麕

相望，兩眉爭黛。元氣遺形，幽人良友，朝看夕對。儘共工怒觸，巨靈善擘，衆山碎、未吾害。借問此峯誰得。羡白眉、故家文會。蕭然文室眼明，更比尋常寬快。長與安排，名香細茗，芳醪鮮膾。恐不時、便有打門狂客，設元章拜。

又　同張大經御史賦牡丹

春風一尺紅雲，粉蕤金粟重重起。天香國色，宜教占斷，人間富貴。最喜風流，妝臺卯酒，欲醒還醉。算年年歲歲，花開依舊，問當日、人何似。休說花開花謝，怕傷它、老來情味。依稀病眼，故應猶識，舊家姚魏。無語相看，一杯獨酌，幽懷如水。料多情、笑我蒼顏白髮，向風塵底。

又　次韻賦牡丹

曉來露濕仙衣，盛開更比初開重。春風也惜，頩然薄怒，不堪搖動。天上人間，我許唯有，司花會種。想年年京洛，紅塵紫陌，都占斷、繁華夢。醉裏依稀有語，只清詩、可爲光寵。有香萬斛，從今準備，公來迎送。風雨難憑，綵雲回首，總成無用。喚玉壺、留取一枝春在，作中庵供。

摸魚兒　觀復以摸魚子賦神龕見示，次韻答之

莫相疑、愛石如許，流形我亦隨寓。神龕更有神龕在，照影幾煩清滏。山下路。還記得、當時射虎人曾誤。如今文府。但日永閒階，香凝燕寢，雲岫翳還吐。崔嵬起，欲作飛仙騫翥。依稀老眼如霧。品題好刻奇章字，嗟爾賞音難遇。如砥柱。應笑我心，更欲誰安住。茶餘客去，相對靜無言，悠然意會，一陣北窗雨。

又　九日上都次韻答邢伯才

嘆萍蓬、此生無定，年年客裏重九。南來北去風沙夢，彈指已成白首。誰有酒。都喚起、一天秋色開林藪。還開笑口。對滿意青山，多情黄菊，莫唱渭城柳。龍鍾態，也向人前叉手。思量難以持久。

東塗西抹皆傾國，只有效顰人醜。嗟汝叟。今誤矣，江亭好去藏衰朽。鳴鷄吠狗。盡里社追隨，何須更說，鼻醋吸三斗。

水調歌頭 長蘆商子文伯父元鼐國寶，年九十三，父元鼒國用，年八十五，叔父元鼎國器，年八十二，扁其堂曰三椿，以兄弟三人皆壽而言也。閻承旨序之甚詳，子文爲殷陽路知事來徵言，書此詞以遺之

五福一曰壽，七十古來稀。鯨川兄弟何事，接武上期頤。添是商顏四皓，減卻西周二老，白鶴一行飛。紾臂閱牆者，何地望餘輝。世皆云，家積善，慶相隨。三椿堂上，陰德幾許只天知。子弟聯芳並秀，戲綵稱觴先後，和氣藹春熙。本大枝葉茂，門户看巍巍。

又 戊辰年，壽烏總管

朱門藹麟鳳，畫戟映貂蟬。重侯累將家世，更覺使君賢。皎皎秋霜懷抱，隱隱春風眉宇，形出性中天。袖手吏民喜，曾未試蒲鞭。沸鳴絃，歌五袴，

已三年。年來歷城城郭，天也怪春偏。會見九重丹詔，收取一方霖雨，動業迫淩煙。富貴與難老，真作地行仙。

六州歌頭 暢純甫與姚牧庵郢城會飲，唱和樂章六州歌頭往返凡數首，余次其韻二篇，答純甫

江城會飲，東壁照奎星。肝膽露，乾坤秘，盡披零。勢分庭。筆下風雷發，何爲爾，聊相慰，供一笑，悠悠者，總流萍。虎擲龍跳幾遇，依然對、高壘深扃。覩殷盤科斗，不說換鵝經。老眼塵醒，認聲形。中州月旦，千載後，猶灑落，有歆寧。人不見，搔首立，望餘馨。海邊亭。寂寞鍾期遠，高山曲，幾人聽。何必要，椿與菌，校年齡。萬事元無定在，此心得到處仙靈。愛爛遊南北，快馬接飛舲。萬里丹青。純甫自京師入長安，歷巴蜀，轉江淮，入廉山東，皆極貴顯，故末章及之

又

窺天以管，認得幾多星。嗟擾擾，矜完美，校奇零。蟻緣庭。物化無窮已，石生火，火生壤，壤生濕，濕生木，木生萍。　夢裏高車駟馬，蘧然覺、甕牖柴扃。記達人有語，痛飲讀騷經。非醉非醒，妙難形。　曾經灩澦，夷險地，人上慓，比心寧。更誰問，桃李治，蕙蘭馨。水東亭。一曲滄浪詠，都分付，野鷗聽。　還漸喜，鄉社飲，近高齡。但愧霜臺舊友，平生念、鐵石通靈。辦林間一笑，酒醆灩風舲。　飯白芻青。

玉樓春　次韻答王太常　時純甫按事東州，歸欲過余綉江。

東生白日西生月。世累驅人何日徹。　致身事業蕢爲山，過眼紛華湯沃雪。　心田莫説誰寬窄。　室有空虛生夜白。　醒時却校醉時言，笑殺觀魚濠上客。

又　壽何平章

泰山高壓羣山小。齊魯百城青未了。　豈知山更有聰山，暫出雨雲周八表。　説山纔説聰山好。　便覺泰山功烈少。　聰山天要慰蒼生，山不可移人不老。

又　雨中戲書

玉簪葉趁芭蕉大。低映階墀高映座。　雨來時節一般鳴，點點聲聲相磨和。　芭蕉重被風吹破。　狼藉玉簪看又過。　蕭騷長與雨相宜，賴有竹君三五箇。

又　次韻，答趙簽事學子温來詞末句云，天教酒禁幾時開，准擬與君同一醉。

清官廚饌無兼味。　飢待公庭人吏退。　野人尊俎有餘歡，明月可批風可膾。　野人衰賤清官貴。　生死論交吾未愧。　天開酒禁已多時，却甚不來同一醉。

又

米如珠玉薪如桂。　春畏旱霜秋畏水。　匆匆鞍馬去年間，夜夜可能安穩睡。　今年却到澄清內。　眼底功名真望外。　天開酒禁已多時，却甚不來同一醉。

又　大德癸卯，子温僉憲濟南，余奉使宣撫山北遼東，明年歸濟南，故云尋常聚散頻驚歲。只許相思勞寤寐。心如膠漆定前緣，跡似燕鴻真拙計。棄瓢林下應無累。立馬花邊還可會。天開酒禁已多時，却甚不來同一醉。

又

野亭正在溪山際。溪瀉寒聲山滴翠。望君不見奈君何，好景滿前誰與對。盡心王事君應瘁。暫息可能無少遂。天開酒禁已多時，却甚不來同一醉。

最高樓 次韻答張縣尹

高高屋，羅幕卷輕漪。阿渚一周圍。雄吞不數針三盤，治生何計韭千畦。是賢乎，既富矣，又時兮。我喜踏探梅溪畔月。君愛掃煮茶枝上雪。君遺興，我心夷。東家畫鼓更深舞，西家紅燭醉時歸。莫教他，知我輩，不投機。

又 次前韻

文章好，自得似風漪。不定似棋圍。郢人斲堊元無跡，仙家種玉不論畦。子能之，吾耄矣，奈何兮。都占斷野芳花與月。更帶却野亭風與雪。情放曠，境清夷。木瓜暫比空函往，瓊瑶已報滿車歸。怪天孫，渾不藉，錦雲機。野芳張古齋亭名，野亭余家亭名也。

又 又前韻

江風遠，吹皺翠羅漪。山繞似重圍。連延花枝香成陣，坡陀壠畝緑如畦。箇中間，吾受者，一廛兮。君不見花間偏愛月。又不見山陰偏喜雪。搴杜若，載辛夷。東籬日落悠然坐，舞雩春暖詠而歌。此何人，千萬古，一天機。

又 又次前韻

吾衰矣，廢治不重漪。朽木更堪圍。觸藩曾看羸其角，脅肩又見病于畦。此何哉，自取耳，亦難兮。待闊展月臺秋待月。更別起雪堂冬聽雪。花灌溉，草芟夷。偶逢林叟歡成醉，閒隨沙鳥澹忘歸。嘆人生，塵土事，漫勞機。

又　古齋受益所居，當綉江之源，江北流二十里，其東壖有日野亭者，則余之別墅也。頃歲，余與古齋同在京師，而同有歸歟之思，逮茲而同如其志同樂也，作詞以道之，同一笑云

山家好，河水淨漣漪。茅舍綠蔭圍。兒童不解針垂釣，老翁只會甕澆畦。我思之，君倦矣，去來兮。也問甚野芳亭上月。也問甚太初巖下雪。乘款段，載鴟夷。興來便作尋花去，醉時不記插花歸。問沙鷗，從此後，可忘機。

又　既作此詞，有懷張秀實公子幽居，復用前韻

幽居好，煙靄翠生漪。水繞更山圍。錦幃四面花藏屋，綠雲一望稻盈畦。問誰歟，君子者，美人兮。也不看李家堂裏月。也不踏班生關外雪。尋寂寞，覓希夷。醉眠長被鶯呼起，相看時有燕飛歸。我憐君，君似我，本無機。以上元刻本中庵集二十四

清平樂　西野內翰奉使寄示佳篇累幅，三韓山川風土之勝，了然目中。夫能以吟詠之樂，而忘其跋涉之勞，固君子之所尚也。披賞之餘，輒敢用清平樂韻少答雅貺，且以奉旋旆一笑云

雲窗月户。水秀山奇處。畫裏二三千里路。一步哦詩一住。　詩中却也思家。寄來滿紙煙霞。辦了皇華事業，做成冷淡生涯。

又　次前韻

經春閉户。人不思量處。驀地花神通一路。留得神仙肯住。　相歡忘却無家。對花細引流霞。此日詩來腸斷，望君東海西涯。西野郭安道所寄清平樂，專言予寓居賞牡丹之樂，故予答云然。

又　用前韻，答郭幹卿二首

松窗竹户。山氣空濛處。煙柳迷人花滿路。此是中庵舊住。　沙鷗久望歸家。歸心已接飛霞。他日乘軒過我，待君綉水之涯。

又

蜂房蟻户。總是容身處。脚底東西南北路。萬古

人行人住。出家何必離家。求仙不用飡霞。但得花開酒美，老夫歡喜逾涯。

又　張秀實芍藥詞

牡丹花落。夢裏東風惡。見説君家紅芍藥。盡把春愁忘却。隔牆百步香來。數叢爲我全開。拚向綵雲堆裏，醉時同卧蒼苔。

又　白芍藥

何年金屑。飛上玲瓏雪。一樹風情誰解説。只有盈盈夜月。牡丹紅藥相誇。鉛華各自名家。爲向看花人道，此花不在鉛華。

又　大德癸卯，奉使宣撫山北遼東道，五月赴懿州道中二首

茸茸碧草。點點金花小。十里青山山下道。地錦都教蓋了。天然草軟平勻。馬蹄穩送行人。路斷不堪回首，南風依舊黄塵。平川細草上有黄花可愛

又　山行見芍藥

山寒開晚。開也無人管。風裏欹紅顔色淺。恨與天涯共遠。多時立馬彷徨。一枝爲挽餘香。欲説揚州舊譜，怕渠分外凄涼。山中芍藥五月始開，有感而作

又　九月回至隆興

雲峰咫尺。竹静芭蕉碧。鶴繞蒼苔行又立。不見高堂素壁。簿書馹騎匆匆。暫時留住衰翁。片歸心難畫，野亭綉水秋風。隆興廳事壁間作六鶴圖，頗奇，戲書及之。

又　野芳亭觀畫羅漢

千金不換。壁上阿羅漢。古怪清奇君細看。畫是如來變現。天龍鬼物青紅。斷崖流水孤松。知在野芳亭上，恍然兜率天中。

又　古齋約余遊山，而因循不果，用韻戲作二首，一以促其期，一以道其山中之興以動之

山靈久望。要看遊山狀。酒榼詩囊空放蕩。不肯

凌風直上。快教去結山庵。安排暮歷朝探。整頃衰年杖屨，並君飛出危嵐。

又

繁華敢望。自喜清貧狀。老屋三間空蕩蕩。幾册閒書架上。客來或問中庵。平生虎穴曾探。隱几悠然不答，窗間笑指山嵐。

又 此篇促遊山

今晨過望。盡得山形狀。石險路危心欲蕩。手撥白雲又上。半空仰見仙庵。山靈許我高探。倦處旋傾春酒，不愁冒雨銜嵐。

又 次前韻

相親相望。兩箇哦詩狀。坐即堆豗行曠蕩。怎着麒麟閣上。風巖水穴雲庵。非君與我誰探。好興最難忘處，半山斜日濃嵐。

又 次前韻

功名休望。且看龍鍾狀。身是龍鍾心坦蕩。大吉宜稱上上。如今已結幽庵。溪山好處須探。料得山風知我，隔林吹下飛嵐。

又 次前韻

東皋晚望。盡了溪山狀。一似龍湫浮雁蕩。人在營丘畫上。中間小小吾庵。君來共此奇探。啼鳥一聲飛去，落花點破層嵐。

又 次前韻

悠揚酒望。點綴春情狀。雲氣欲酣花氣蕩。語燕啼鶯下上。水邊柳閣松庵。遙遙眼力先探。一陣山風雨過，馬頭日脚烘嵐。

破陣子 梓慶齋戒入山林，見成鐻乃加削焉，而鐻成若神。莊周謂爲以天合天，蓋材之生蟠錯曲直，莫不有自然之質。製器者因其質之自然，用其巧而不以巧自私，則巧存而器全，是之謂以天合天者歟。今之杖有韻書所謂老人杖者，著横握焉，枘鑿而膠之至密也。然未幾何，以杌隉而棄者恒十七八。僉衛友竹劉君獨能得成杖，時削而出之，人直以爲枘鑿之妙，而莫知得梓慶之道也。吁，世之言工拙何如哉。解

秘書安卿得是杖，因古齋乃輟以見寄，把玩扶攜，深愜病軀，作樂府破陣子謝之

畫道十分意巧，不知一段天成。捉得山中獨脚鬼，變作人間有尾丁。奇哉見未曾。　說破何愁脱杜，把來真是持平。得力最宜高處柱，行倦還堪立地憑。衰年吾友生。

又　野亭遣興

老眼偏宜大字，白頭好映烏紗。詩不求奇聊遣興，酒但成醺也勝茶。出家元在家。　野水傍邊種竹，草亭直下栽花。拙婦善供無米粥，稚子能描枯樹槎。無涯還有涯。

減字木蘭花　有懷灤源勝概樓舊遊

江山勝概。天與飛樓供眼界。上得樓頭。銷盡人間萬古愁。　十年京國。兩鬢黃塵歸未得。捲地泉聲。辜負憑闌帶月聽。

又　王彦博尚書，由刑部遷禮部之明日，乃其壽旦，戲以小詞爲賀

年時壽酒。共喜秋卿新拜後。壽酒今朝。道改春闈是昨宵。　官隨福轉。一到生辰須一換。看取明年。鳳詔迎年醉壽筵。

滿庭芳　壽何聰山平章

經濟才難，升平事了，喜公親見唐虞。精神如畫，風節凜雲衢。回首嵓嵓鉅望，更須問、山斗何如。還知否，三朝舊德，眷倚在吁俞。　高情誰得似，詩中元亮，易裏堯夫。便蕭然忘却，玉帶金魚。此意君恩亦許，三二日一到中書。公無倦，長開壽域，四海一蓬壺。

又　二舅魏知房戍沂州，見示此詞，因次韻

鞍馬雄豪，搢紳馳驟，幾年都付尋常。邊城歲晚，蓮幕錦生光。得意尊前一笑，遐衝具威凜秋霜。人誰似，胸懷豁落，溫雅更文章。　從軍真樂事，功名那問，故國他鄉。笑熊非渭水，龍卧南陽。從此鵬

程高舉，快天風萬里無妨。回首悵，窮途狂客，搖蕩嘆行藏。

蝶戀花　曉至野亭

臨水衰葵欹欲倒。三兩幽花，更比初開好。何處飛來金鳳小。碧筵開徹忘憂草。月桂新栽枝葉少。一朵妖紅，點破江煙曉。最愛牽牛隨意繞。四闌青錦遮圍了。

又　雲卿寄長短句徵無名亭記，戲用其韻以答之

忽得新詞深自愧。欲記無名，未見無名例。自古求名今卻避。不知誰與君同議。　旦晝行爲昏暮睡。我自無心，何物能吾累。若道無名名可棄。無名名處曾留意。

又　次韻答魏鵬舉

五日祥風十日雨。國泰年豐，天也應相許。見說少年行樂處。青樓宛轉低瓊戶。　城市笙簫村社鼓。何礙狂夫，醉裏閒詩句。明日南山攜酒去。共君一笑雲間語。

又　又次前韻

簾底青燈簾外雨。酒醒更闌，寂寞情何許。腸斷南園回首處。月明花影閒朱戶。　聽徹樓頭三疊鼓。題遍雲牋，總是傷心句。咫尺巫山無路去。浪憑青鳥丁寧語。

又　文卿良友素守確然，迥拔流俗，世所難能也。古人所謂振衣千仞岡，濯足萬里流者，子可以當之。崔生來辱手帖，歡感無已，因憶往年壽吾子樂章，用其韻以道其款慕之懷，且奉一笑云

我似漏巵長不滿。暮側朝翻，自笑天機淺。君似寶珠無可揀。暑天不熱冬還暖。　神欲逍遙心欲散。咫尺幽栖，回首雲霄遠。千古風流嵇與阮。竹林不受黃塵管。

又　益都馮寬甫號雪谷，嘗爲江南廉使，以臘茶見貺，茶作方板，光如漆，香味不可言，誠佳品也。感荷作長短句，寄之一笑

帶上烏犀誰摘落。方響勻排，不見朱絲約。一箇拈來香滿閣。矮爐翻動松風壑。幾日餘酲情味惡。七盌何須，一啜都醒却。兩腋清風無處着。夢尋盧老翔寥廓。

又　清和即事

池館清和風色軟。筍綠梅黃，細雨忙新燕。榴萼尚含紅一半。荷錢亂疊青猶淺。心緒未忺腸已斷。病損形骸，自是追陪懶。一縷麝煙斜作篆。日長慵把重簾卷。

又　次前韻，答智仲敬

多病多愁心性軟。自上疎簾，怕隔雙飛燕。夢覺綠窗花影畔。起來翻喜茶甌淺。香壓玉爐消欲斷。情緒厭厭，猶傍琴書懶。瞥見壁間蝸引篆。急將山水圖兒卷。

鵲橋仙　以紗巾竹扇爲趙文卿壽

飛雲半卷，烏紗一幅。扇影寒生湘竹。雪髯丹頰

羽衣裳，真箇是、神仙人物。濁醪醉倒，清風睡足。不識黃金滿屋。野夫倦眼少曾開，爲吾子、狂歌一曲。

又　書合曲詩卷

無情枯竹，多情軟語。誰按梨園新譜。鄰舟餘韻遏雲聲，只認作、珠繩一縷。秦臺風物，當時幾許。扇影春風解舞。客愁都向坐間空，問誰管、西窗夜雨。

又　張古齋送古銅研滴，書此爲謝

烏瞻三足，蟾看膰腹。矯首驚虬突兀。走來便吸繡江波，却只是、陶泓舊物。玄卿如故，毛生木禿。老楮猶堪一拂。此時才氣鬬誰先，看箇箇、驪珠吐出。

又　至元甲申三月，余以宰相命市帛東路，將至獻州亭上，折梨花一枝，戲作長短句，書於驛壁

黃塵古驛，荒園小樹。幾朵晴雲自舞。殷勤馬上

折來看，問過却、行人幾許。瓊苞半拆，檀心乍吐。笑向春風不語。多情莫怪洗妝遲，我也是、天涯逆旅。

又 上都金蓮

重房自拆，嬌黃誰注。爛熳風前無數。凌波夢斷幾番秋，只認得、三生月露。川平野闊，山遮水護。不似溪塘遲暮。年年迎送翠華行，看照耀、恩光滿路。

又 盆梅

孤根如寄，高標自整。坐上西湖風景。幾回誤作杏花看，被夢裏、香魂喚省。薰爐茶竈，春閑畫永。不似霜清月冷。從今更愛短檠燈，夜夜看、江邊瘦影。

又 謝人惠酒

江村歲晚，山寒雪落。一樹梅花寂寞。門前剝啄問誰來，驚不起、簷間噪鵲。白衣錦字，清尊玉絡。盡把離愁忘却。歷城春色故人心，放老子、梅邊細酌。

菩薩蠻 賈君彥明爲陽丘丞，三年職揚政舉，而廉苦遇甚。其歸也，作長短句贈之

挈家來喫山城水。三年不剩公田米。何物辦歸裝。一車風滿箱。吾人垂淚嘆。過客回頭看。誰不愛清官。清官似子難。

又 次解安卿韻

惜花不似東庵惜。近來恰得真消息。玉雪兩三枝。暗藏和靖詩。看花誰可約。定與花斟酌。後閤盛筵開。老夫來不來。

又 山居遣興

衆山圍繞橫塘路。中庵正向中間住。花木四時開。沙鷗日日來。門前車馬駐。不得中庵趣。下馬問中庵。庵中睡正酣。

又 綉江即事

行雲恰過前山北。靠山村落移時黑。脚底一聲雷。北風截雨回。出門南望立。過客衣裳濕。問有雨如何。一傾三尺多。

又　憶家庭月桂二首

新枝舊孕嬌無力。翠銷香霧闌干濕。秋月與春風。深紅復淺紅。相思幽夢苦。夜夜西窗雨。且莫怨芳菲。惜花人欲歸。

又

眼中有此妖嬈色。花中無此風流格。一月一番新。一年都是春。盈盈花上月。幾度圓還缺。不去捲金荷。奈渠花月何。

又　春雪後，訪友東山

行行正向西山缺。遥遥望見東山雪。風色夜來問。杏花寒不寒。故人家遠近。只向林東問。一徑傍山開。鵲聲迎我來。

又　盆梅

纖條漸見稀稀蕾。孤根旋透温温水。但得一枝春。誰嫌老瓦盆。寒愁芳意懶。移近南窗暖。却怕盛開時。香魂來索詩。

又　送秦主簿赴宿遷二首

綉江江水清如玉。梅花香滿清江曲。風味此中論。可憐惟有君。江頭春正好。别去君何早。折得一枝梅。送君三百杯。

又　次前韻

看君自是豐年玉。贈行不用陽關曲。但把此心論。幾人能似君。到官消息好。來歲春風早。再折綉江梅。寄君揮一杯。

阮郎歸　壽太乙真人李六祖

八千歲月作春秋。神仙第一流。笑看塵世等浮漚。家居麟鳳洲。纔八十，儘優游。細斟雙玉甌。醉邀明月與同遊。西風蓮葉舟。

又　奉使由平灤之惠州山行

青山不盡一重重。重重如畫中。石根流水玉玲瓏。高低處處通。山向北，路回東。馬前三兩峯。峯頭更覺翠煙濃。煙中無數松。

南鄉子　鵬舉兄致仕，寓家松江。今年秋，獨舟至歷下，顧予綉江野亭。憶兄往年由南中赴調北上，過綉江，宿女郎山下，予會焉。時有詩云，南北分飛十五年。歸來相見各華顛。祇應又作明朝別，酒醉更闌不肯眠。詰旦，兄別去，距今又二十寒暑，悲喜恍惚，乃情何如。酒中兄喟曰，吾數日當又南矣，因成小詞，舉觴爲壽，以發一笑

憶昔嘆華顛。一別曾驚十五年。醉裏知君明便去，留連。酒盡更闌不肯眠。今更老於前。二十年間又別筵。安得柳絲千百丈，纏聯。不放東吳萬里船。

又　壽何聽山

瑞雪夜來晴。和氣歡聲滿鳳城。雪裏梅花開更好，分明。要見和羹事業成。東閤此時晴。慶在春風瀲灩觥。陰德自應長富貴，康寧。便擬台星是壽星。

又　次韻答魏鵬舉

英譽藹西秦。襟量温和別有春。落筆妙詞新可喜，精神。玉葉瓊葩不染塵。俊逸鮑參軍。誰道儒冠誤却身。相見莫談塵世事，銷魂。趁取追歡語笑頻。

又　賀于治泉尚書有子

千古一高門。不斷軒車駟馬塵。五色鳳毛新照眼，驚人。氣壓喧啾百鳥羣。語笑滿堂春。聳壑昂霄看已真。玉唾成時十六七，知君。膝上摩挲不肯嗔。

臨江仙　芙蓉

見說瑤池池上路，雪香花氣葱蘢。一雙依約玉芙蓉。煙波孤夢斷，風月兩心同。千古情緣何日了，此生何處相逢。不堪回首怨西風。殘芳秋淡

淡，落日水溶溶。

西江月　戲題五子扇頭

階下竇郎丹桂，眼中陶令新詩。渾教不是寧馨兒。且得平生慰意。曉露蘭芽香徹，春風杏蕾紅肥。最堪憐處雁行齊。宜箇同聲小字。

又　壽杜醉經左丞

有道實關消長，無心不異行藏。問公獨樂醉經堂。何似凌煙閣上。畫戟清香宴寢，春風玉樹諸郎。臺星明動紫霞觴。正與壽星相望。

又　戲呈仲敬，并其母兄

掌上鵷雛玉嫩，眼中麝錦香庖。鐵郎癡小阿瓊嬌。十歲婆兒最巧。已許卯君書癖，更看坡老詩豪。畫堂仙媪醉春醪。五福天教占了。

鷓鴣天　祖母壽日

綠牖涼霏紫麝塵。寶猊晴暖瑞香雲。蟠桃日日瑶池宴，玉桂年年月殿馨。潘岳賦，孟家鄰。儘將歌酒壽良辰。慈顏剩爲斑衣樂，眼底兒孫莫厭貧。

又　壽潘君美

萱草堂前錦棣花。靈椿樹下玉蘭芽。二毛鬢莫驚青鑑，五朵雲須上白麻。攜斗酒，醉君家。春風吹我帽簷斜。座中貴客應相笑，前日疎狂未減些。

又　題雙頭蓮二首

脉脉誰教並蒂芳。情緣何許苦難量。西風香冷同幽怨，落日紅酣對晚妝。波浩蕩，月微茫。湘靈寂寞下橫塘。不堪回首鴛鴦浦，一樣相思祇斷腸。

又

一段清香雲錦秋。雙花開處儘風流。只應無語常相並，却是多情不自由。湘水怨，漢濱愁。淡煙斜日兩悠悠。凌波不下橫塘路，對立西風共倚羞。

又　秋日

竹瘦桐枯菊又開。遠山合抱水縈回。幾行銀篆蝸行過，一朵梨花蝶舞來。秋意思，悶情懷。嬾將閒事强支排。倚欄目送歸鴻盡，萬里晴空入酒杯。

烏夜啼 含暉亭芍藥謝

含暉亭下春風。錦雲叢。臨到開時別去，苦匆匆。人乍到。花已老。酒瓶空。惟有一溪流水，照詩翁。

又 因野亭杏爲風雨所落

葉間誰綴金丸。一攢攢。只爲高枝臨水，摘來難。風雨過。還自墮。試拈看。怕似江南梅子，一般酸。

又 閑適

日長誰伴中庵。太初嵓。静掃閑庭，獨自看晴嵐。嵐翠滴。雲影濕。雨聲酣。欲借昌黎老筆，賦終南。

又 月下用前韻

夜深誰伴中庵。太初嵓。滿酌一杯，和月吸濃嵐。瓊露滴。霜鬢濕。興方酣。不覺河傾東北，月西南。

眼兒媚 賦秋日海棠，分韻得闌字

春來應怪洗妝慳。故作兩回看。風流依舊，檀心暈紫，翠袖凝丹。玉容寂寞闌干淚，細雨豆花寒。多情誰管，今宵冷落，淡月東欄。

秦樓月 書合曲詩卷

秋蕭索。秋來不奈情懷惡。情懷惡。西風一曲，醉鄉寥廓。宮聲自與商聲約。珠喉玉管都忘却。都忘却。行雲不散，月高山閣。

浣溪沙 賀石仲璋侍御父年八十五，拜司徒，五子皆貴仕

拂旦恩麻下玉墀。六朝元老萬人知。知公福慶世間稀。年過太公漁渭日，官如鄭武相周時。一行金帶五男兒。

又 元夕前一日，大雪始霽，子京敬甫兩張君過余綉江別墅。既坐，皆醉酒，索茶，遂開玉川月團，取太初嵓

頂雪，和以山西羊酥，以石竈活火烹之。而瓶中蠟梅方爛熳，於是相與嗅梅啜茶，雅詠小酌而罷。作此詞以誌之

瀟瀟清流淺見沙。沙邊翠竹野人家。野人延客不堪誇。旋掃太初嵓頂雪，細烹陽羨貢餘茶。古銅瓶子蠟梅花。

又　次前韻

世事恒河水内沙。乾忙誰遣强離家。如今老也不矜誇。檢得閒書能引睡，暖來薄酒勝煎茶。一江風月四時花。

又　賀趙文卿新娶，文卿昆仲第六，所娶魏氏

共説蓮花似六郎。從來魏紫冠羣芳。多情恨不一時香。也甚春風閒着意，許教國色嫁横塘。海枯石爛兩鴛鴦。

感皇恩　張子京以春臺子瞻椅見許，以詞催之

公子説春臺，其光如水。相對偏宜子瞻椅。老父危坐，不覺耳聞心喜。慨然都見許，情何已。禪榻鬢絲，繩床烏几。前輩風流要吾比。綉江風月，鷗鷺已應知矣。幾時分付到，中庵裏。

又　立秋後一日有感

雲月淡幽窗，黄昏微雨。窗外梧桐共人語。秋來情味，便覺今宵如許。斷腸楊柳苑，芙蓉浦。青鬢易消，朱顔難駐。行樂光陰水東注。山林朝市，兩地笑人返袂。傷心都付與，潘郎句。

卜算子　長白山中作

長白汝來前，問汝何年有。只自雲間偃蹇高，不肯輕低首。我即是中庵，汝作中庵友。怪得朝來爽氣多，浮動杯中酒。

又　望湖山

落日望湖山，山在空濛裏。劍佩冠裳整頓嚴，欲作崔嵬起。我病正無聊，見此奇男子。急往從之呼不應，癡絶還如此。

黑漆弩 村居遣興

高巾闊領深村住。不識我、唤作傖父。掩白沙、翠竹柴門，聽徹秋來夜雨。 閒將得失，思量往事，水流東去。便直交、畫却淩煙，甚是功名了處。

又 次前韻

吾廬恰近江鷗住。更幾箇、好事農父。對青山、枕上詩成，一陣沙頭風雨。 酒旗只隔横塘，自過小橋沽去。儘疎狂、不怕人嫌，是我生平喜處。

好事近 贈吹簫趙生

行樂酒尊前，全減向來時節。今日玉簫聲裏，捲露荷金葉。 醉中如在鳳凰臺，風境更清絶。扶起滿身花影，步溪橋明月。

鳳凰臺上憶吹簫 贈吹簫東原趙生

千古虞韶，鳳凰飛去，太平雅曲誰傳。有碧瓊霜管，猶似當年。妙處風流幾許，待試問、天外飛仙。西州客，心邊賺得，一味春偏。 清秋畫欄高倚，屏金縷紅牙，羯鼓湘絃。倩玉觴唤起，悲壯清圓。嫋嫋餘音未了，正夜静、月上寒天。青燈外，有人無語悽然。

定風波 次韻答人見寄

率意謳吟信手書。山間行坐水邊居。不是幽閒偏自好。知道。濟時才具本來無。 植柳移花兼種竹。多故。此心更看幾時除。説着廟堂誰辦得。曾憶。只宜公等不宜予。

太常引 憶歸

無窮塵土與風濤。名利兩徒勞。解印便逍遥。算只有、淵明最高。 小窗幽圃，種蘭栽菊，心遠氣應豪。海上摘蟠桃。不許見、秋霜鬢毛。

婆羅門引 送李士元之荆南提刑經歷

京華逆旅，轉頭歲月十年中。悠悠真賞難逢。牢落黄金已盡，僕馬亦龍鍾。但平生豪氣，未減元龍。 臨江故封。吳與蜀，渺西東。此幕聊堪一笑，且嘆途窮。扁舟南下，正霜落荆門江樹空。詩有興，說與飛鴻。

又　壽大智先生

草堂瀟灑，今年初種碧琅玕。更宜野菊幽蘭。便信先生於此，真箇不求官。但西風攬鏡，落日憑欄。耕筆釣磻。算遭遇，未應難。好待青霄得路，穩上長安。良辰樂事，且展放尊前舞袖寬。天影外、秋色南山。

漁家傲　餞表兄魏鵬舉歸華亭寓居

矍鑠詩翁人共許。遠遊不怕別離苦。夢裏華亭亭下路。來又去。扁舟一葉輕如舞。二陸人材今似古。五湖風景饒煙雨。倦處一杯君自舉。還有路。江山信美非君土。以上元刻本中庵集二十五

點絳唇　人至承以二絶句見貺，清簡幽深，情意都盡，披閱諷詠，如接芝宇，感慰可勝言哉。輒有小詞，録奉一笑，且以寄企嚮之意云，劉敏中上

短夢驚回，北窗一陣芭蕉雨。雨聲還住。斜日鳴高樹。起望行雲，送雨前山去。山如霧。斷虹猶怒。直入山深處。程雪樓文集二十八

菩薩蠻　月夕對玉簪獨酌

遥看疑是梅花雪。近前不似梨花月。秋入一簪涼。滿庭風露香。舉杯香露洗。月在杯心裏。醉眼月徘徊。玉鸞花上飛。文津閣本中庵集六

南鄉子　老病自戲

老境日蹉跎。無計逃他百病魔。强打支撑相伴住，難呵。也是先生没奈何。耳重眼花多。行則欹危語則訛。暗地自憐還自笑，休麼。智者能調五臟和。同上

鵲橋仙　觀接牡丹

栽時白露，開時穀雨。培養工夫良苦。閒園消息阿誰傳，算只是、司花說與。寒梢一拂，芳心寸許。點破凡根宿土。不知魏紫是姚黄，到來歲、春

風看取。同上

沁園春 余既以太初名石，且爲記。客曰雖命之不可無號，號所以貴之也，乃以己意，號之曰蒼然。余復援稼軒例作樂府沁園春一首，改名曰蒼然吟，附於記後

石汝來前，號汝蒼然，名之太初。問太初而上，還能記否，蒼然於此，爲復何如。偃蹇難親，昂藏不已，無乃於予太簡乎。須臾便，喚一庭風雨，萬竅號呼。　依稀似道狂夫。在一氣何分我與渠。但君纔見我，奇形怪狀，我先知子，冷淡清虛。撑拄黃壚，莊嚴綉水，擯斥紅塵力有餘。今何許，倚長風三叫，對此魁梧。同上

以上趙萬里校元本劉敏中中庵樂府一百四十九首

劉因

因字夢吉，容城(今河北省容成縣)人。生於元定宗后稱制二年(一二四九)。至元中，徵爲承德郎右贊善大夫，以母疾乞歸。至元三十年(一二九三)卒，年四十五，謚文靖。有樵庵詞。

水調歌頭 同諸公飲王丈利夫飲山亭，索賦長短句，效晦翁體

一諾與金重，一笑對河清。風花不遇真賞，終古未全平。前日青春歸去，今日尊前笑語，春意滿西城。花鳥喜相對，賓主眼俱明。原未空一格區分上下闋，茲從律空一格。以下同此　平生事，千古意，兩忘情。我醉眠卿且去，原作醉眠卿且去我，茲從彊村叢書本樵庵樂府改正扶我有門生。窗下煙江白鳥，窗外浮雲蒼狗，未肯便寒盟。從此洛陽社，休厭小車行。

念奴嬌 飲山亭月夕

廣寒宮殿，想幽深、不覺升沉圓缺。天上人間心共遠，如在瓊樓玉闕。厚地微茫，高天涼冷，此際紅塵歇。翠陰高枕，併教毛骨清澈。爲問此世，從

來幾人吟望，轉首俱湮滅。蟣虱區區尤可笑，幾許肝腸如鐵。八表神游，一槎高泛，逸興方超絕。嫦娥留待，桂花且莫開徹。

又　憶仲良

中原形勢，壯東南、（原作東南壯，兹從百家詞本靜修詞改）夢裏譙城秋色。萬水千山收拾就，一片空梁落月。煙雨松楸，風塵淚眼，滴盡青青血。平生不信，人間更有離別。　舊約把臂燕南，乘槎天上，曾對河山說。前日後期今日近，悵望轉添愁絕。雙闕紅雲，三江白浪，應負肝腸鐵。舊游新恨，一時都付長鋏。

玉漏遲　泛舟東溪

故園平似掌。人生何必，武陵溪上。三尺蓑衣，遮斷紅塵千丈。不學東山高卧，也不似、鹿門長往。君試望。遠山顰處，白雲無恙。　自唱。一曲漁歌，覺無復當年，缺壺悲壯。老境羲皇，換盡平生豪爽。天設四時佳興，要留待、幽人清賞。花又放。滿意一篙春浪。

鵲橋仙　喜雨

紇干生處。幾時飛去。欲去被天留住。野人得飽更無求，看（原無看字，兹從百家詞本靜修詞補）滿意、一犁春雨。　田家作苦。濁醪釀黍。準備歲時歌舞。不妨分我一豚蹄，更試聽、今秋社鼓。

又

悠悠萬古。茫茫天宇。自笑平生豪舉。元龍儘意卧床高，渾占得、乾坤幾許。　公家租賦。私家雞黍。學種東皋煙雨。有時抱膝看青山，却不是、長吟梁甫。

木蘭花

未開常探花開未。又恐開時風雨至。花開風雨不相妨，說甚不來花下醉。百年枉作千年計。今日不知明日事。春風欲勸座中人，一片落紅當眼墜。

又

西山不似龐公傲。城府有樓山便到。欲將華髮染晴嵐，千里青青濃可掃。人言華髮因愁早。勸我消愁惟酒好。夜來一飲盡千鍾，今日醒來依舊老。

又

錦雲十里川妃供。一棹晚涼風欵送。只愁無處著清香，滿載月明船已重。冰壺水鑑元空洞。天意似嫌紅翠擁。併教風露入吟尊，不惜秋光渾減動。

菩薩蠻　爲王丈利夫壽

吾鄉先友今誰健。西隣王老時相見。每見憶先公。音容在眼中。今朝故人子。爲壽無多事。惟願歲長豐。年年社酒同。

又　飲山亭感舊

種花人去花應道。花枝正好人先老。一笑問花枝。花枝得幾時。人生行樂耳。今古都如此。急欲醉莓苔。前村酒未來。

又

元龍未減當年氣。呼山臥向高樓底。今日到山村。青山故意昏。商歌聊一振。千里浮雲盡。老子氣猶豪。山靈未可驕。

又　回文

水圍山影紅圍翠。翠圍紅影山圍水。西近小橋溪。溪橋小近西。隱人誰與問。問與誰人隱。孤鶴對言無。無言對鶴孤。

清平樂　飲山亭留宿

山翁醉也。欲返黄茅舍。醉裏忽聞留我者。說道羣花未謝。脱巾就掛松龕。覺來酒興方酣。欲借白雲爲筆，淋漓灑遍晴嵐。

又

青松偃蹇。不受春風管。松下幽人心自遠。驚怪人間日短。微茫雲海蓬萊。千年一度春來。争信門前桃李，年年花落花開。

又

青天仰面。卧看浮雲卷。蒼狗白雲千萬變。都被幽人窺見。偶然夢到華胥。覺來花影扶疏。窗下魯論誰誦，呼來共詠風雩。

又　賀雨

雨晴簫鼓。四野歡聲舉。平昔飲山今飲雨。來就老農歌舞。半生負郭無田。寸心萬國豐年。誰識山翁樂處，野花啼鳥欣然。

又　圍棋

棋聲清美。盤薄青松底。門外行人遥指似。好箇爛柯仙子。輸赢都付欣然。興闌依舊高眠。山鳥山花相語。翁心不在棋邊。

人月圓

自從謝病修花史，天意不容閑。今年新授，平章風月，檢校雲山。　門前報道，麴生來謁，子墨相看。先生正爾，天張翠幕，山擁雲鬟。

又

茫茫大塊洪爐裏，何物不寒灰。古今多少，荒煙廢壘，老樹遺臺。　太行如礪，黄河如帶，等是塵埃。不須更嘆，花開花落，春去春來。

太常引

男兒勛業古來難。歎人世，幾千般。一夢覺邯鄲。好看得、浮生等閑。　紅塵盡處，白雲堆裏，高卧對青山。風味似陳摶。休錯比、當年謝安。

又

臨流相喚百東坡。君試舞，我當歌。不樂欲如何。看白髮、今年漸多。　青天白日，斜風細雨，盡付一漁蓑。天地作行窩。把萬物、都名太和。

又

冥鴻有意避雲羅。問何處，是行窩。今古一漁蓑。收攬了、閑人最多。　求田問舍，君休笑我，兩鬢已成皤。髀肉儘消磨。渾換得、功名幾何。

風中柳　飲山亭留宿

我本漁樵，不是白駒空谷。對西山、悠然自足。北窗疎竹。南窗叢菊。愛村居、數間茅屋。風煙草屩，滿意一川平緑。問前溪、今朝酒熟。幽禽歌曲。清泉琴筑。欲歸來、故人留宿。

西江月　送張大經

留在平生落落，休嗟世事滔滔。青雲底柱本來高。立向頹波更好。一片花飛春減，可堪萬點紅飄。江花江月可憐宵。莫賦招魂便了。

又　飲山亭留飲

看竹何須問主，尋村遥認松蘿。小車到處是行窩。門外雲山屬我。張叟臘醅藏久，王家紅藥開多。相留一醉意如何。老子掀髯曰可。

南鄉子　題外舅郭氏留耕堂壁上（舅原誤作曰，兹從百家詞本靜修詞改。四印齋本及彊村叢書本樵庵詞，舅誤作甥）

方寸足留耕。大勝良田萬頃平。陰理不隨陵谷變，分明。霜落西山滿意青。千載董生行。鷄犬昇平畫不成。終日相看天與我，高情。身外浮雲自古輕。

又　張彦通壽

窗下絡車聲。窗外兒童課六經。自種牆東新菜莢，青青。隨分杯盤老幼情。千古董生行。鷄犬昇平畫不成。應笑劉家劉老子，無能。縱飲狂歌不治生。四印齋本樵庵詞注云，按换頭與上闋複，必有錯簡，諸選皆然，姑仍之。

朝中措　賀廉侯舉兒子

金張家世費貂蟬。七葉侍中冠。若就詩家攀例，生兒合喚添官。憑誰寄語，㢘泉父老，斗酒相歡。今歲孫枝新長，甘棠消息平安。

臨江仙　賀廉侯舉次兒子

四海荆州吾所愛，虎賁誰似中郎。小孫今擬喚甘棠。添官前有例，簪笏看堆床。明日乃公歸舊隱，後園喬木蒼蒼。青衫竹馬雁成行。當年廉孟子，應有讀書堂。

又　送王從事（王原誤作二，茲從彊村叢書本樵庵樂府改）

行色匆匆緣底事，山陽梅信相催。梅花香底有新醅。南州今樂土，得意即銜杯。君見太行憑寄語，雲間蒼壁崔嵬。平生遮眼厭黃埃。高樓吾有興，無惜送君來。

喜遷鶯　乙亥元日

春風滿面。是胸中春意，與春相見。不醉陶然，無人也笑，況是一年清宴。寧兒挽鬟學語，嫛婦舉杯重勸。道惟願。貧常圓聚，老常康健。□□□□□。（原無五空格，茲從彊村叢書本樵庵樂府補）二十七年，世事經千變。今是昨非，春風（原作思，茲從百家詞本樵庵詞改）花柳，消盡冰霜殘怨。門外曉寒猶淺。門上垂簾休捲。燈花軟。酒香濃趁歌聲，（原作舞，茲從彊村叢書本樵庵樂府改）試輕輕囀。以上四部叢刊縮印元刊小字本靜修先生文集卷十五，間以百家詞本樵庵詞、四印齋本樵庵詞、彊村本樵庵樂府校補

西江月　贈趙提學酒

買得雞泉新釀，病中無客同斟。遣人持送旅窗深。呼取毛翁共飲。少箇散花天女，維摩憔悴難禁。安排走馬杏花陰。咫尺春風似錦。彊村叢書本樵庵樂府

菩薩蠻　湖上即事

樓前曲浪歸橈急。樓中細雨春風溼。終日倚危闌。故人湖上山。高情渾似舊。只在東風瘦。薄晚去來休。裝成一段愁。

玉樓春

柳梢綠小梅如印。乍暖還寒猶未定。惜花長是爲花愁，殢酒卻嫌添酒病。蠅頭蝸角都休競。萬古

豪華同一盡。東君曉夜促歸期，三十六番花遞信。

以上二首四印齋本樵庵詞，據歷代詩餘補，王鵬運疑非劉詞。

程文海

文海字鉅夫，江西建昌人。生於淳祐九年（一二四九）。元世祖時爲翰林學士，歷官廉訪使，拜承旨。延祐五年（一三一八）卒，年七十，謚文憲。有雪樓集。

漢宮春 壽劉中齋尚書

記得年時，向爛柯山上，問訊山君。神仙當日機格，付與何人。猿驚鶴怨，道煙雲、又暗楸紋。祇有箇，留侯好在，玉梁千尺崢嶸。老子當筵原作年，據景元本雪樓樂府改國手，曾看書貯墅，決策推枰。原作秤，據景元本改而今長垂衫袖，卷卻機心。後先翻覆，一從他、局面虧成。旁觀者，不求他訣，只從乞與長生。

喜遷鶯 壽大人四月七日

天南天北。記歲歲今朝，白雲凝目。遙想羣仙，擘麟行脯，鶴馭丹霞三谷。此日癡兒，多幸引領，諸孫盈屋。齊綵服，對綠陰青子，緩斟醽醁。和睦保吾門，一家詩禮，箇是長生籙。官不在高，名何必大，無用滿堂金玉。但願太平，無事日用，莫非天祿。從今去，看壽如磐石，鬢鬚長綠。

酹江月 寄壽京山宣慰叔

歲時荊楚，渺淮海、相望竹林清逸。掛了豸冠歸去也，側耳中郎消息。見說旌旗，行春江上，也報歸來日。嬋娟千里，如今猶共天北。應是南國甘棠，綠陰新長，未放春風歇。料得清香凝燕寢，兵衞森然畫戟。回首原作看，據景元本改塵蹤，轉蓬未了，又欲馳京陌。浩歌金縷，殷勤遙寄銅狄。

木蘭花慢 壽中齋三月廿七日

春光明媚日，萬紅紫，鬭芳菲。算幾許韶華，脂消粉褪，蝶懶蜂稀。誰知半山解道，道緑陰、幽草勝花時。天與誕生元老，壽筵長占佳期。功名富貴轉頭非。滋味總曾知。且鑾坡鳳掖，文章議論，玉佩瓊琚。癡兒那知許事，須安排、名字作公師。豈識遼東歸鶴，只今壽國元龜。

臨江仙　壽崔中丞四月十日

永日緑陰庭院静，最憐紫燕翩翩。舊巢已墮不堪粘。主人情愛重，親手捲珠簾。恰則五龍同浴佛，崧高又報生賢。殷勤深意請誰傳。呢喃如對語，富貴出長年。

又　予生之辰，先養蒙學士旬日，亦既拜臨江仙曲之賜，謹次韻爲養蒙壽，且賀新(原脱新字據景元本補)除，四月二十五日

卷起黃庭聽壽曲，蒙齋可賀緜緜。安排機會實關天。生辰今日是，新命此時傳。宣室曾聞前席語，偉哉龍象初筵。斜飛取勢玉堂仙。太平遲公等，大拜是今年。此首下原附養蒙詞不録

青玉案　壽趙方塘學士五月五日

昌陽初薦長生醑。又好日、逢重五。緑鬢神仙家玉署。每年今日，彩鸞齊駕，排日歡原作慶，據景元本改初度。今年天上恩榮異。道壽也、還他富。細葛香羅難比數。醺醺醉了，卿卿一笑，巧結同心縷。

沁園春　五峯大卿示所和繡江參議沁園春詞，一以退爲高，一以進爲忠，二者皆是也。區區愧未之能焉，倚歌而和，情見乎詞

十載京華，騎馬聽鷄，自憐闊疏。看春風葵麥，敷舒如此，故園桃李，憔悴知與。要乞閒身，聊追故步，雪艇煙蓑一釣夫。君恩重，卻許令便養，欲去躊躇。竹西準擬寧居。詠不到、娉娉嫋嫋餘。又橋邊巷口，燕尋舊壘，天東海角，月上新衢。尸素有慚，澄清無補，豈不懷歸畏簡書。堪時用，得卿

如卿法，吾自吾廬。

金縷歌　壽大人

新月溶青荔。望天邊、壽星一點，白雲千里。又是吾翁初度日，兩見童顔十四。多絳縣、老人一歲。想得姑仙麟脯宴，進蟠桃、滿引霞杯醉。羣玉樹，可人意。　癡兒未了公家事。喜此中、堂名繡綵，晨昏如侍。著箇斑衣渾鼓舞，卻把壽卮遥跪。祝翁壽、三山一似。已潔清香凝寢處，奉安車、弭節徐徐至。就禄養，看孫戲。

沁園春　次韻王寅夫樓居妙曲，兼致惜别意

天上仙人，只愛樓居，真成故常。自五雲深處，乘風冉冉，三神山畔，弭節陽陽。醉裡乾坤，閒中歲月，興到謝家春草塘。凭高望，看塵間萬事，翻覆蒼黄。　好留此意要荒。想坡老、風流肯獨當。況日邊紅杏，空迷蝶夢，眼前緑樹，嬌囀鶯簧。明媚時光，温柔地氣，儻可棲遲老是鄉。花神訴，怨春歸閬苑，自有天香。

清平樂　以茗芽櫻扇壽長樂尉弟，四月三日

潮來潮往。百里遥相望。喜見卯君初度揆，好寄海南拄杖。　蕭然四壁坡翁。要求黄木原作犬，從景元本改無從。受用一般苦味，奉揚千載清風。

品令　壽譚公植提學九月十日

黄花的皪。更着意、妝秋色。三神山外，九仙峯頂，輝騰奎壁。聚遠樓高，人在青雲千尺。輕車岁崱。度窈窕、穿丹壁。翠橙香沁，玉醪春豔，笑摩銅狄。數點梅花，已報調羹消息。

滿庭芳　壽曾勁節

天地爲爐，崐岡欲燼，此君興味何長。深林蒼雪，特地作清涼。甲刃摐摐陣裏，翠旌纛、佩玉鳴璫。須知道，生來有節，晚歲更昂藏。　詩人閒品藻，衛公九十，淇水徜徉。任風花高下，蝶亂蜂狂。有客長途苦原作若，據景元本改喝，貪美蔭、欲買陂塘。推門去，何妨枕藉，三萬六千場。

青玉案　壽趙定宇

梅花杯酒年年早。有箇詩人未老。恰則蛾眉新月巧。人間春信，水邊仙影，共約今宵到。少年回首卻休道。算只有、紅泉快幽抱。贏得池塘閒夢草。堂開二樂，客添一笑，長似梅花好。

金縷歌　壽胡澗泉憲僉二月七日

八桂歸來後，又十年、泉紅澗碧，蟠桃春曉。老子精神真滿腹，合借福星當道。怎長寄、東皋舒嘯。是則顛崖人渴想，柰一川風月多情好。攀琪樹，拾瑤草。耆英洛社尊胡杲。問何當、棕鞋桐帽，率先九老。歲月天長留石磴，此約他時須早。定分我、香山歌笑。未論桑田滄海事，比諸公、他日猶年少。政恐有，鋒車到。

摸魚兒　壽燕五峯右丞

記江梅、向來輕別，相逢今又平楚。東風小試南枝暖，早已千林煙雨。春幾許。向五老仙家，移下瓊瑤樹。溪橋驛路。更月曉隄沙，霜清野水，疏影自容與。平生事，幾度含章殿宇。隔花么鳳能語。苔枝夭矯蒼龍瘦，誰把冰鬚細數。千萬縷。簇一點芳心，待與和羹去。移宮換羽。且度曲傳觴，主人花下，今日慶初度。此首下原附五峯詞不録

水龍吟　次韻謝五峯

不知今夕何年，飛來五老峯頭月。清輝無限，殷勤回原缺回字，據景元本補照，歲寒蒼雪。寫入宮商，鋪成紈素，盡情誇説。倚胡床老矣，若爲消得，除卻是，杯中物。自笑平生長客，正沈思、故林幽樾。兒童驚走，龍鸞雜遝，兩山排闥。風雨蕭蕭，冰霜耿耿，相看高節。問此君學和，龍吟水底，幾時成闋。

漁家傲　次韻謝郭西埜僉事

出世自憐居佛後。眼前萬境真何有。曲調最新情卻舊。重湖右。林宗一笑同攜手。西埜有雲初

出岫。浮空肯學纖絺綌。須信此中無雨久。君識否。老夫只羨無官守。

摸魚兒　次韻盧疎齋憲使題歲寒亭

問疎齋、湘中朱鳳，何如江上鸚鵡。波寒木落人千里，客裏與誰同住。茅屋趣。吾自愛吾亭，更愛參天樹。勞君爲賦。渺雪雁南飛，雲濤東下，歲晏欲何處。疎齋老，意氣經文緯武。平生握手相許。江南江北尋芳路，共看碧雲來去。黃鵠舉。記我度秦淮，君正臨清句。宣城水名歌聲緩與。怕徑竹能醒，庭花起舞，驚散夜來雨。此首下原附疎齋詞不録

感皇恩　次韻姚牧庵題歲寒亭

翠節下天來，通明誰侍。地有高齋要名士。相逢恨晚，老矣酒兵詩帥。歲寒同一笑、千年事。黃鶴羈情，暮雲離思。半掬心香火初熾。梅花滿樹，又是一年冬至。正相思，恰有江南使。此首下原附牧庵詞不録

臨江仙　以鴛鴦梅一盆壽程靜山平章

千歲蒼虬成玉樹。江南江北孤芳。平生何處最聞香。五更江上路，幾度月中霜。休笑梅兄今老大，年年青子雙雙。風流消得喚鴛鴦。和羹真箇也，莫忘水雲鄉。

清平樂　壽王楚山

楚山清曉。借問春多少。松菊深深香縹緲。萱朵蘭芽交照。丹霞洞口紅泉。從來慣醉飛仙。不是稱觴獨後，後天長似先天。

臨江仙　餞拜都御史

海北天南千萬里，繡衣霄漢乘驄。飛來黃鶴喜相逢。清霜鸚鵡月，寒食牡丹風。仙原作山，據景元本改闕曉班催玉筍，馬蹄還上春空。江頭官柳得春濃。不如江漢水，萬折與俱東。

點絳唇　送王藎臣

緑鬢青雲，王郎故是乘驄侶。阿龍風度。想在烏

衣住。帶得春來，又共春歸去。江頭路。美人何處。官柳吹風絮。

又　送王世英

執法星邊，從前合著雙星佐。近來添箇。轉覺光明大。到得長干，想見鶯花過。情無那。王郎知麼。喚起思歸我。

摸魚兒　次韻謝張古愚（原作謝張思古據景元本改）

漢江東、舊家文獻，風流意氣相許。金臺早集荊山鳳，聲振一庭鵷鷺。春幾處。須信道、甘棠樹樹含清露。平湖古步。妙一曲鈞天，魚龍出聽，未數應鍾呂。吾衰矣，鬢點吳霜幾縷。劉郎忘卻前度。千年黃鶴歸來晚，山色漫留眉翠。東北注。羨滾滾雲濤，去接西江水。仙塵異趣。但極目朝陽，清光萬里，阿閣送高翥。

鷓鴣天　壽郝仲明御史

庚暑初消酷吏更。秋風新動仕途清。生辰長占中元是，今歲欣逢二美并。冠獬豸，掌銓衡。鏡般明了水般平。手中一卷山翁啟，人道延生北斗經。

蝶戀花　壽千奴監司十二月朔

黃鶴山前梅半吐。歲歲年年，誰是冰霜侶。自有使君來共住。黃昏不怕風吹雨。見說和羹天已許。帶得春來，又怕春將去。記取澄清堂上語。八千眉壽從今數。

南鄉子　壽程靜山

報道杏梢紅。又報新添老令公。好箇平章風月手，成功。畫戟金釵各幾重。七十未爲翁。彭祖當時丱角童。家慶圖中須著我，吾宗。歲歲年年壽酒濃。

浣溪沙　題湘水行吟

風雪交加凍不醒。抱琴誰共賞湘靈。數峯全似故鄉青。流水落花何處路，綠陰幽草可憐生。行人小待我同行。

滿江紅　送陳正義繡使將指江閩

楚甸春濃，早重染、甘棠舊綠。天又念，海深江闊，達聰明目。漢使只今應遣十，周官自古須廉六。羡繡衣、遥映衮衣明，人如玉。論別恨，猶未足。還怕見，征車速。待相隨千里，試騎黄鵠。無奈江山分去住，漫教風雪欺松竹。問使君、如肯酌紅泉，尋三谷。

掃花游　寄贈西埜赴臺都事

別離況味，歎自古難禁，最關情處。暮簾卷雨。念征衣乍拂，故人良苦。見説麻姑，也怕方平節斧。正凝竚。又報道待回，天上官府。誰與傳尺素。想玉箇頻催，彩雲難駐。中臺獨步。便金門迤邐，近連沙路。野鶴江樓，爲囑仙翁記取。耿（原脱耿字據景元本補）無語。倚山亭、黯然平楚。

摸魚兒　次韻謝張古愚

又山亭、一番春老，歸遲黄鶴何許。殷勤天上乘槎客，還記渚鷗沙鷺。憔悴處。奈青鏡難藏，一一都呈露。空庭細步。念一笑三年，相思千里，他日看嵇吕。西門柳，煙雨千條萬縷。人誇張緒風度。誰知聳壑昂霄意，春樹漫摇柔翠。杯滿注。願回壽松喬，一曲清如水。壺中得趣。問日麗扶桑，風來閶闔，應許共遐翥。

浪淘沙　次疎齋韻題楊生卷

城上望宸樓。夢裏神游。山無重數水悠悠。唯有西江楊處士，來往扁舟。金鳳落何洲。君試回頭。呢喃檣燕替誰留。誰道明年如斗大，借問沙鷗。

點絳唇　壽王楚山

幾日春寒，楚鄉山色偏濃秀。雪前雲後。相對青如舊。洞府沈沈，聞道花開又。烘晴晝。蟠桃結就。共慶千年壽。

木蘭花慢　壽胡澗泉

者英圖畫裏，笙鶴擁，地行仙。是曾識舊家，南宮禮樂，綾餤春筵。梅南早迎騶轡，凜霜威、風裁肅鑾煙。笑引霓旌絳節，歸尋碧澗紅泉。軒然。過卻古稀年。窗户溼壺天。甚小車花外，醉呼麟脯，滿泛金（原缺金字，據景元本補）船。蒲輪晝榮相錦，福蒼生、此筆健如椽。辦了調元勛業，丹霞小住千年。

浪淘沙　壽譚梅屋

瀟灑水雲鄉。樂事難忘。鳳書無奈又相將。遶屋江梅猶未白，箇上飛霜。小住正何妨。院院秋香。今朝何處按伊涼。一曲一杯千萬意，地久天長。

海棠春　壽胡澗泉

年年二月風光好。佛出世、有誰知道。無量壽如來，昨夜先來報。澗邊玉樹，泉邊瑶草，千歲和（原作知，據景元本改）春未老。莫羨澗泉間，有鳳銜書到。

臨江仙　壽聰山

海鶴松間襟韻，梅花雪後精神。皇家耆蔡老元臣。彝常千載事，品物四時春。人道聰山毓秀，秀如嵩岳生申。壽身壽國壽斯文。三階明紫極，一氣轉洪鈞。

又　壽晉軒

久笑君家無此客，年年天際遥瞻。文星明似半規蟾。槐廳風細細，蓮燭夜厭厭。尚記當年飛鶴譜，重隨賀燕呢喃。逢迎一笑捲疏簾。花開春未減，日永酒頻添。

清平樂　西埜使者自遼左寄詩詞至灤陽猥承見及，次韻代訊，且謝不忘

新來酒户。想勝看花處。帶得春行平壤路。同笑同歌同住。灤陽卻近山家。芒鞋夜夜丹霞。流水落花歸思，蒼煙白石生涯。

太常引　壽李丞相

閒消一半鳳城春。杏桃小、怕嚴辰。獨有柏屏蒼

翠，便似南華大椿。露濃天近，玉魚金印，恩共歲時新。多少太平民。願真箇、朝堂秉鈞。

碧桃春　壽廣微天師

瑟琶峰上曉雲光。遥聞薇露香。雲中王母九霞觴。碧桃今日嘗。開大國，佩重章。舊家張子房。青山虎踞復龍驤。梅花江路長。

沁園春　壽李秋谷平章十一月朔

河漢無雲，淡月疏星，玉宇初澄。漸金仙掌上，露華高潔，西風陣裏，霜氣崚嶒。浪蕊浮花，狂茨惟蔓，此日紛紛一掃平。誰歟原作其，據景元本改似，有天公錫號，秋谷山人。須知與物爲春。向揫斂中間寓至仁。是紱麟盛旦，黄鍾應候，一陽方動，萬彙俱萌。億兆蒼生，鈞陶繫命，壽國端如壽此身。梅花遠，倩新詞描寫，來侑芳尊。

蝶戀花　壽陳北山

月挂新年弓未彀。璧水溶溶，已覺春光透。國子先生松竹友。一尊請爲斯文壽。况是雪中萱樹茂。華萼相輝，天地同長久。何處東風吹雅奏。孔堂絲竹千花晝。

又　戲題疎齋怡雲詞後

長憶山中雲共住。出處無心，只恨雲無語。今日能歌還解舞。不堪持寄山中侶。誰道解愁愁更聚。自有卿卿，慣畫雙眉嫵。問取慳風并澀雨。相逢認得怡雲否。

菩薩蠻　次韻郭安道探梅

孤根自是春憐惜。一苞生意何曾息。南北本同枝。先開先得詩。風來元不約。冷暖憑斟酌。花落又花開。年年去復來。

千秋歲　壽劉中庵

報梅開處。又報君初度。冰雪種，瓊瑤樹。重逢仍嫵媚，方發非遲暮。春滿面，廣平消得平生賦。觀裏桃應妬。無奈冰霜沍。香不斷，清如許。從教吹笛裂，自有和羹具。花會否，明年相見沙隄路。

天仙子　壽杜左丞

一自壽仙臨杜曲。歲歲小春春意熟。泰階相向更分明，調玉燭。扶鈎軸。突兀眼前惟此屋。折得歲寒枝上玉。擬祝翠尊還覺俗。何如繡綵在庭前，看未足。杯方續。周魯後先光汗竹。

太常引　壽高麗王

沁園歲歲菊留芳。待此日、慶真王。金鼎燮和元。造壽域、同開八荒。河山帶礪，一傳千歲，地久與天長。晴日上扶桑。便先照、瓊階玉觴。

鵲橋仙　次中庵韻題解安卿盆梅

南枝春盛，斜斜整整。猶原作獨，據景元本改帶孤山光景。相逢索笑耐尊空，向老瓦盆中自省。風霜人老，關河路永。賴得生成慣冷。憑誰移傍太初巖，待雪月交光得影。中庵有奇石名太初巖

臨江仙　壽尹留守

六月濼陽天似水，月弓初上新弦。一篇來壽我同年。帝京賢牧守，人世妙神仙。年甲偶同人卻別，我今早已華顛。羨君福禄正如川。印章金磊磊，階樹玉娟娟。

玉樓春　次韻王彦博右丞詠梅

梁園賦客情無奈。嚼到梅花和蠟愛。偏憐初日透宫黄，怕染春風成野黛。游蜂怪底隨飛蓋。揀得繁枝償酒債。玉堂開卷已春殘，紅紫紛紛都異態。

清平樂　壽李秋谷

葱葱瑞色。岑蔚亭前客。一點花心藏太極。總是春風消息。去年今日西山。哦詩賭酒忘還。到底黄扉紫閣，不如未老清閒。

天仙子　壽白雲平章

玉漏遲遲高閣報。枝上梅花春又透。紅雲宫闕白雲山，人盡道。如君少。江北江南行處好。試

聽陽春歌楚調。調鼎勛名都做了。人生七十古來稀，仁且壽。誰能到。有酒滿斟南極老。以上江刻本雪樓樂府五十五首

雙照樓景元本雪樓樂府，錯字頗多，不如江本雪樓樂府，茲因用江本。但江本亦有不少脱誤處，則用景元本校補。

點絳唇　原無調名，茲據律補

短夢驚回，北窗一陣芭蕉雨。雨聲還住。斜日明高樹。起望行雲，送雨前山去。山如霧。斷虹猶怒。直入雲深處。永樂大典卷一萬四千三百八十寄字韻引元程雪樓集

吳澄

澄字幼清，撫州崇仁（今江西省崇仁縣）人。生於淳祐九年（一二四九）。至元二十三年（一二八六），徵至京師，以母老辭歸。元統元年（一三三三）卒，年八十五，謚文正。有草廬詞。

臨江仙　九日，舟泊安慶城下，晚歇臨江水驛，于時月明風清，水共天碧，情景佳甚，與徐道川方復齋況肩吾方清之驛亭草酌。子文京侍以殊鄉又逢秋晚分韻，得殊字，賦臨江仙

去歲家山重九日，西風短帽蕭疏。如今景物幾曾殊。舒州城下月，未覺此身孤。勝友二三成草草，只憐有酒無茱。江涵萬象碧霄虛。客星何處是，光彩近辰居。

謁金門　依韻和孤蟾四闋

如何喜。自喜自知可矣。天地與人同一理。世間知者幾。六十循環卦氣。歲歲二分二至。坎險何妨離附麗。共誰研底裏。

如何樂。□見孤蟾輪廓。莫道箇中難捉摸。細尋應會錯。斫桂吳生善謔。管甚高深廣博。記取嫦娥端的約。當空圓不落。

如何快。認得吾廬堪愛。虛敞玲瓏無障礙。主人常只疑不之誤在。得此非因賜賚。得此非因賭賽。

占斷這些閑境界。僦來成永買。王本原作僦木成不買茲據何夢華鈔本改如何悟。静看風前雪絮。飄落晴光明媚處。易晞還似露。大笑忽然回顧。日在天心幾度。八萬里中元不暮。往來經熟路。

渡江雲　揭浩齋送春

名園花正好，嬌紅殢白，百態競春妝。笑痕添酒暈，丰臉凝脂，誰與試鉛霜。詩朋酒伴，趁此日、流轉風光。儘夜遊、不妨秉燭，未覺是疏狂。　茫茫。一年一度，爛熳離披，似長江去浪。但要教、啼鶯語燕，不怨盧郎。問春春道何曾去，任蜂蝶、飛過東牆。君看取，年年潘令河陽。

木蘭花慢　和楊司業梨花

是誰家庭院，寒食後，好花稠。況牆外秋千，晝喧鳳管，夜燦星毬。蕭然獨醒騷客，只江蘺汀若當肴羞。冰玉相看一笑，今年三月皇州。　底須歌舞最

高樓。興味儘悠悠。有白雪精神，春風顔貌，絶世英游。從教對花無酒，這雙眉、應不惹閑愁。那夏關西夫子，許來同醉香篘。

又　再用韻

正羣芳開遍，花簇簇，蘂稠稠。看豔杏夭桃，蒸霞作糝，輥繡成毬。天然素肌仙質，對穠妝豔飾似含羞。癡絶京華倦客，貪眷忘卻南州。　傳聞天上玉爲樓。此事付悠悠。且白晝風前，黄昏月下，爛熳同遊。神疑藐姑冰雪，又何須、一醉解千愁。自有壺中勝賞，釀來玉液新篘。原誤作蒭，茲據何抄本改

又　三用韻

好風流詩老，雙鬢上，雪霜稠。憶少壯歡娱，呼鷹逐兔，走馬飛毬。春風斷腸柔唱，拚千金一笑破嬌羞。此日花時意氣，當年夢裏揚州。　客牀百尺卧危樓。往事總悠悠。把湖海人豪，消磨變换，洙泗天游。應知裂麻司業，爲前時、諫舌頗多愁。今去

卻堪痛飲，甕頭有酒頻篘。原誤作蒭茲據何抄本改

又 四用韻

看風花煙柳，濃又淡，少還稠。有小巧微蟲，垂天布網，轉地搏毬。沖融一般春意，只啼鶯語燕向人羞。收取塵閒樂事，都歸杓裏舒州。 綺筵珍饌醉青樓。光景信悠悠。 柰蚋隊蝦羣，空中聚散，水上浮游。誰知太和真趣，本無愁、何用更澆愁。 問字頻來未已，漉巾不要親篘。

水調歌頭 次韻寄皮達觀（四印齋本原無題茲據永樂大典卷一萬四千三百八十一寄字韻補）

四垂雲晻曖，一夏雨溟濛。千奇百怪驚人，海蜃眩青紅。誰道穀城黃石，混跡長安紫陌，九萬里培風。静夜欻澄霽，皎月麗天中。 問今年，年幾許，尚童蒙。憨癡自哄，能裨造化竟何功。豈意京華倦客，忽得蓬萊妙唱，流響韻商宮。此去兩神劍，終久會雌雄。

以上四印齋本草廬詞十一首

胡炳文

炳文字仲虎，婺源（今江西省婺源縣）人。生於淳祐十年（一二五〇）。曾官蘭溪學正。元統元年（一三三三）卒，年八十四。有雲峰集。

大酺 和玉壺餞春

我欲㦸天，天無語，渺渺誰司喉舌。回看山色好，有清池似玉，一觴堪潔。卻笑幾載京華，嬌花媚柳，攪動風情如熱。何如槃阿裏，自川原晝錦，石矼晴雪。更醉裏賡酬，花邊吟嘯，妙詞稱絶。 友鶯聲切切。歌伐木、怎賦騷中鳩。最好是、静中佳興，眼底繁英，四時春在那曾別。笑殺渠癡，曉鐘未動，眼無交睫。賞心處、長娛悦。花開有謝，休問先天康節。畫梁燕應解説。

滿江紅　贈吳又玄　吳又玄得其伯父子雲太博易學游戲，玄拆字閒，論人窮達貴賤，累多奇中，作此贈之

一畫先天，誰知得、已涵玄九。這易玄機括，子雲傳授。杜宇一聲春欲曉，牡丹幾朵花開晝。問堯夫、數字自何來，俱參透。　心胸裏，羅星宿。心畫上，占爻繇。看肆中簾捲，門前車輳。易字分明書日月，□天真是談天□。豈太玄而後遂無玄，如今又。

水調歌頭　爲揚志行壽

絳闕春回近，先放玉堂梅。當時產此人傑，天豈偶然哉。吾道以爲元氣，學者仰如北斗，聊復振儒臺。來歲紫微閣，閶闔看天開。　七旬老，千里路，爲公來。二十年前，繡衣曾奉紫霞杯。今對湖光山翠，喜有碧桃玉藕，壽酒得重陪。明日賦歸去，回首望蓬萊。彊村叢書用明刊雲峰文集本

歐陽龍生

龍生字成叔，瀏陽人。元時任瀏陽文靖書院山長，遷道州路教授。至大元年（一三〇八）卒，年五十七。

沁園春　玄旦日先君冀郡公作此示勉敬跋于後

玄子來前，還憶汝，今朝初度時。是吾家幾世，書香閥閱，我翁疇昔，心地坦夷。宅相伊何，泛紅老子，汝母慈仁有兒。如今恨，倚門人去，和膽爲誰。　丈夫七十何爲。算三十功名已是遲。要經天緯地，拓開實用，嘲風弄月，省可虛詞。我亦平生，卮言徒費，猶酌檐花向九疑。團圞好，待老吾泉石，留汝鍾彝。

大德丁未，玄賤生之日，先公祝之以沁園春，玄受而藏之。第年少家貧，性亦疎散，房中惟有一敗篋，以繩約之，篋中無所有，又以紙外護之甚嚴，暇日時復展玩。明年戊申，不幸先公棄捐，自是見輒嗚咽，殆

不忍觀。皇慶壬子，玄免先公喪，又二年矣。先公在時，所定謝氏，歲久不克成婚。繼妣長沙郡君，謀爲玄畢婚姻，而玄方游湘中。繼妣老妮啓玄篋，取故衣浣濯補紉，以俟新婚。老妮目不知書，篋中文字，亦爲所持去，此詞亦在焉。玄歸而求之，竟失其所，遍索十數日，無得，深自刻責，以爲不能寶藏先人之訓，遂爲此生抱恨之大端。每至劬勞之日，則泣而識之，如是二十五年，屢嘗籲之先公，冀陰相之，庶幾復見此詞，以無負付囑之意。延祐乙卯以來，玄僥倖科第，歷官中外，至元元年乙亥，叨恩翰林直學士國子祭酒，先公贈翰林直學士亞中大夫輕車都尉，追封渤海郡侯。尋蒙奎章近臣奏請，有旨申勑詞臣，製碑以賜。玄感激之餘，付書還家，囑舍弟信翁，先白於彌告祭之日，諸昆弟子姪咸集中堂，姪進老遽前曰，昨日偶治故書，得先祖手澤一紙，蟫食殆半，乃壽八翁沁園春也。兄弟相視，大驚曰，此汝叔平時徧求而不得者，汝何得此。衆取視之，果然，卽付書報玄京師。二年丙子夏，謁告南歸立碑。甫抵舍，姪卽以詞見遺。玄奉詞涕泣，如隋珠和璧，去而復還，自計生平可喜之事，未有過此，嗚呼異哉。詞所謂宅相伊何，泛紅老子者，謂外大父臨賀府判理齋李公也。倚門人去，和膽爲誰者，是歲免先夫人喪也。嘲風弄月，省可虛詞者，玄少作頗患多，故先公以實學勗之也。猶酌檐花向九疑者，先公分教春陵時將之官也。雖然，玄之至喜者，以此詞之失而驟得，則先公若有陰相之也，他日或可追伯魯授簡之責也。其至懼者，則以先公期待之意如彼，而玄之疎文謭學所成就若此，其何以追伯符不克負荷之譏乎。裝褫既完，踪跡所至，必携以自隨。三年丁丑，以侍講學士召入京，戊寅春，以二品恩例申請，夏五月，進贈中奉大夫，湖廣等處行中書省參知政事護軍，追封冀郡公。先妣追封冀郡夫人。六月甲申祭禮畢，因出此卷，再寫善本，并致所感云。男玄泣血書于賢良坊寓舍。圭齋文集卷十四

陳櫟

櫟字壽翁，休寧(今安徽省休寧縣)人。生於淳祐十二年(一二五二)。延祐中，教授於家，學者稱定宇先生。元統二年(一三三四)卒，年八十三。有定宇集。

玉樓春　代和金滄洲韻

新篁搖翠添波綠。妝點瑠溪深一曲。青衫司馬綬

來遊，卜夜清歡孤繼燭。江心桃杖聊開束。更好著鞭馳駿足。樽前聊有遏雲聲，劣可纖纖扶藥玉。

又

庭槐鬱鬱雲屯緑。新霽彩移階砌曲。麗詞入手可絃歌，想是咄嗟成刻燭。牙籤高閣應難束。黄孏有時誇睡足。覺來課讀愛諸孫，他日登金仍步玉。

金菊對芙蓉 九月二十五日壽金桐岡

壽宿騰光，壽香裊碧，鬱葱枝原缺枝字，據康熙刻本補上梧桐。記紱麟令旦，門掛弧蓬。今年東閣郎皆侍，懷章綬、拜捧金鍾。榮華富貴，眼前誰似，堪展眉峰。 秋高景物俱濃。正堦前金菊，巧對芙蓉。愛菊名壽客，壽與公同。醉蓉初瑩凝脂面，酣天酒、芳臉潮紅。何妨判飲，與花雙醉，醉似花容。金氏園有醉芙蓉

水調歌頭 賀汪覺翁受吉水州判 玆者，恭承芝檢，棨膺竹符，分贊江西，地千里推吉水爲名州斗南。

公一人握高才而上佐，除書星耀，喜氣雲蒸。僭揭短歌，用旌抃手，倅以芹香之贄，少見柏悦之誠。以斯道覺斯民，志本同耕莘之志，佐天子相天下，堂重耕晝錦之堂。讚慶罙深，涵容多幸

殿閣微涼迴，吹到敕書新。定知盤谷深處，草木焕精神。帝念水紋成吉，合得卷阿吉士，州政佐經綸。婉婉幕中畫，行矣細敷陳。 負公望，行自此，列朝紳。志伊所志，將以斯道覺斯民。家有青氊鈞軸，□□□□□□□，振武接芳塵。自秉浮溪筆，晝繡記逢辰。

又 賀金滄洲花甲

天遣東萊呂，丁巳瑞南州。秺侯芳裔如此，生歲媲前修。僂指六旬踰一，過眼流光兩世，花甲又從頭。浩氣塞天地，吾道付滄洲。 暮日望，排日宴，九霞流。齊眉偕老如願，桂子播芳猷。孫稟箕張雙宿，祖付詩書千卷，此外復何求。但願延椿算，燕翼更貽謀。

西江月 代畢仲永作，迓汪梅庵御史

御史乘驄剛直，廡車攬轡澄清。先聲應播五羊城。一道凜然尊敬。　庵外疏花破玉，枝頭佳實調羹。催歸不入秉鈞衡。豈但動公詩興。

臨江仙 次月卿賀生日詞韻戊午歲

吾族英才常接迹，年來似曉星稀。子言日出喜能卮。先兄元不死，兒白馬良眉。　青佩次孫欣得與，樊川小姪名宜。香分甲午月宮枝。各當傳祖鉢，教養願觀頤。時奇學於孫從月卿

滿江紅 賀金子西生日十一月初十日

茲者，恭遇初度令辰，謹填滿江紅一闋爲壽

乾鵲鳴檐，殷勤振、玉人生旦。端巧遇、迎長添線，的堪稱讚。律轉一陽葭已動，復來七日梅初綻。符羲經、□數迓新祺，綿高算。　萱春永，斑衣絢。蘭房煥，琴聲衎。盎一門和氣，流霞深泛。世濟忠貞貂珥七，羊登强仕鵬程萬。未起家、清賞敵神仙，閒遊翫。

滿庭芳 送陳德翁(原無翁字，據刻本補)

標格沖夷，聲名洋溢，德人泰宇春融。一團和氣，還與伯淳同。成就燈窗弟子，今陞擢、論鑄顏功。彈冠興，依稀貢禹，應聘教王宮。　公家梅潤老，皋比戚畹，聲振江東。矧詵詵冑子，得坐春風。自此先生升矣，班玉筍、文補山龍。充德量，薰陶宇宙，和氣一團中。

又 壽判縣梧山先生(七字原缺，據刻本補)

茲者，恭遇判縣翰相梧山先生初度，敢尾賀賓，以祝千歲之壽。竊以爲梧桐月向懷中照，此康節翁，極言天下之清致也。必閒世之賢始能鍾毓此清。必銖視軒冕，超然於榮名利達之表者，始能對越此清。必福壽康寧百禄俱全者，始能領略此清。三者先生奄有之，蓋人間世千萬人而一見者歟。謹以意倚滿庭芳調而歌之，伏乞尊覽

僂指中秋，齊頭十日，後庚玉兔初弦。當年此際，天地恰生賢。自旦駸駸至望，清詠永、翻勝規圓。高掛在，碧梧山上，清絶緑生煙。　懷中梧月照，天知心事，銖視貂蟬。綵衣無價寶，樂自無邊。此去古稀近也，長生籙、世世相傳。慈萱側，金杯滿泛，梧月吸年年。

滿江紅　代送朱姓吏滿歸

只説琳川，精吏道、恢恢餘地。元來是、深衣儒者，將儒飾吏。傳世四書端實學，待人一縣皆和氣。及芳辰、美解賦歸來，真堪醉。　肩已息，心無愧。青鬢在，蒼顔未。符君家翁子，朱買臣□年當貴。九十月終行鷺退，三千水擊摶鵬易。豈有材、如此不超遷，行知遇。

浣溪沙　壽汪茂盤隱卽竹逸戊午四月二十五日

盤隱誰云必太行。神交李愿躡遺芳。今朝南極一星光。　野處襟期尤順適，退藏滋味更悠長。歌中元説壽而康。

清平樂　寄惠山壬戌四月十二日

惠山蒼翠。遠與毗陵媲。彼處錫泉標第二。此更鍾奇毓異。　年年初度浮觴。醉餘新瀹茶香。山下冰濡雪乳，淡中滋味悠長。

又　壽彬齋四月二十八日

清和天氣。三莢萱猶翠。恰喜先生初度至。近迓薰絃佳致。　幾年人物彬彬。文華質實惟均。壽宿臨之在上，龍溪文脈常新。

沁園春　代壽張起齋四月十一日

首夏清和，望三夕前，天現壽星。恰先庚三日，釋迦浴佛，後庚三日，吕洞賓生。慈佛神仙，引前從後，來作人間瑞世英。今耆艾，久提綱諸道，凡萬儒燈。　金甌行覆香名。天再遣留侯佐太平。會榮封萬户，編符黄石，算綿千歲，經誦黄庭。從赤松遊，足知雅尚，好待他年功已成。如今且，向壽星明處，滿捧霞觥。

水調歌頭 代壽朱子章

七十古稀有，今喜見先生。紫陽家學淵奥，場屋舊家聲。鶚薦西風早歲，豹隱南山晚節，天爵自尊榮。桂子蘭孫擁，南極老人星。杜陵老，多酒債，羨修齡。豈如壽富兼得，熊掌與魚并。八十老翁爲將，九十武公爲相，不足爲公稱。鶴算與同久，道重藐公卿。彊村叢書用裘杼樓藏鈔陳定宇文集本，玆以康熙刻本定宇文集校補。

趙孟頫

孟頫字子昂，湖州(今浙江省吴興縣)人。生於寶祐二年(一二五四)。入元，拜翰林學士承旨。至治二年(一三二二)卒，年六十九，封魏國公，謚文敏。有松雪齋文集。

浪淘沙

今古幾齊州。華屋山丘。杖藜徐步立芳洲。無主桃花開又落，空使人愁。波上往來舟。萬事悠悠。春風曾見昔人游。只有石橋橋下水，依舊東流。

太常引

水風吹樹晚蕭蕭。散髮醉吹簫。塵事苦如毛。要洗耳、時聽舜韶。舊游何處，瓊山銀海，宫殿鬱岧嶢。誰與共遊遨。尚記得、仙人子喬。

南鄉子

雲擁髻鬟愁。好在張家燕子樓。稀翠疎紅春欲透，温柔。多少閒情不自由。歌罷錦纏頭。山下晴波左右流。曲裏吴音嬌未改，障羞。一朵芙蓉滿扇秋。

水龍吟 次韻程儀父荷花

凌波羅襪生塵，翠旍孔蓋凝朝露。仙風道骨，生香真色，人間誰妬。佇立無言，長疑遺世，飄然輕舉。笑陽台夢裏，朝朝暮暮，爲雲又還爲雨。狼藉紅衣脱盡，羨芳魂不埋黄土。涉江遥去，采菱拾翠，携儔嘯侣。寶玦空懸，明璫偷解，相逢洛浦。正臨風歌斷，一雙翡翠，背人飛去。

虞美人

池塘處處生春草。芳思紛繚繞。醉中時作短歌行。無奈夕陽、偏傍小窗明。故園荒徑迷行迹。只有山仍碧。及今作樂送春歸。莫待春歸、去後始知非。

江城子　賦水仙

冰肌綽約態天然。淡無言。帶蹁躚。遮莫人間，凡卉避清妍。承露玉杯飡沆瀣，真合唤，水中仙。幽香冉冉暮江邊。珮空捐。恨誰傳。遥夜清霜，翠袖怯春寒。羅襪凌波歸去晚，風裊裊，月娟娟。

蝶戀花

儂是江南游冶子。烏帽青鞋，行樂東風裏。落盡楊花春滿地。萋萋芳草愁千里。扶上蘭舟人欲醉。日暮青山，相映雙蛾翠。萬頃湖光歌扇底。一聲催下相思淚。

點絳唇

昏曉相催，百年窗暗窗明裏。人生能幾。贏得貂裘敝。富貴浮雲，休戀青綾被。歸歟未。放懷煙水。不受風塵眯。

水調歌頭　與魏鶴台飲夫容洲，牟成甫用東坡韻見贈，走筆和之，時己巳中秋也

行止豈人力，萬事總由天。燕南越北鞍馬，奔走度流年。今日芙蓉洲上，洗盡平生塵土，銀漢溢清寒。却憶舊遊處，回首萬山間。丁亥秋與成甫會八詠樓故云　客無譁，君莫舞，我欲眠。一杯到手先醉，明月爲誰圓。莫惜頻開笑口，只恐便成陳迹，樂事幾人全。但願身無恙，常對月嬋娟。

又　和張大經賦盆荷

江湖渺何許，歸興浩無邊。忽聞數聲水調，令我意

悠然。莫笑盆池咫尺，移得風煙萬頃，來傍小窗前。稀疎淡紅翠，特地向人妍。華峰頭，花十丈，藕如船。那知此中佳趣，别是小壺天。倒挽碧筒釃酒，醉卧緑雲深處，雲影自田田。夢中呼一葉，散髮看書眠。

虞美人　浙江舟中作

潮生潮落何時了。斷送行人老。消沈萬古意無窮。盡在長空、澹澹鳥飛中。海門幾點青山小。望極煙波渺。何當駕我以長風。便欲乘桴、浮到日華東。

案此調下原有後庭花清溪一葉舟一首，乃曲調，今不録。

浣溪沙　李叔固丞相會間，贈歌者岳貴貴

滿捧金卮低唱詞。尊前再拜索新詩。老夫慚愧鬢成絲。羅袖染將修竹翠，粉香吹上小梅枝。相逢不似少年時。

月中仙　應制

春滿皇州。見祥煙擁日，初照龍樓。宫花苑柳，映仙仗雲移，金鼎香浮。寶光生玉斧，聽鳴鳳、簫韶樂奏。德與和氣遊。天生聖人，千載稀有。祥瑞電繞虹流。有雲成五色，芝生三秀。四海太平，致民物雍熙，朝野歌謳。千官齊拜舞，玉杯進、長生春酒。願皇慶萬年，天子與天齊壽。

萬年歡　應制

閶闔初開。正蒼蒼曙色，天上春迴。絳幘雞人時報，禁漏頻催。九奏鈞天帝樂，御香惹、千官環珮。鳴鞘静，嵩岳三呼，萬歲聲震如雷。殊方異域盡來。滿彤庭貢珍，皇化無外。日繞龍顔，雲近絳闕蓬萊。四海歡欣鼓舞，聖德過、唐虞三代。年年宴，王母瑶池，紫霞長進瓊杯。

又　中吕宫元日朝會

天上春來。正陽和布澤，斗柄初回。一朵祥雲捧日，萬象生輝。帝德照光四表，玉帛盡、梯航來會。

彤庭敞，花覆千官，紫霄鵷鷺徘徊。仁風徧滿九垓。望霓旌緩引，寶扇徐開。喜動龍顏，和氣藹然交泰。九奏簫韶舜樂，獸尊舉、麒麟香靉。從今數，億萬斯年，聖主福如天大。

長壽仙　道宮　皇慶三年三月三日聖節大宴

瑞日當天。對絳闕蓬萊，非霧非煙。翠光覆禁苑。正淑景芳妍。綵仗和風細轉。御香飄滿黃金殿。喜萬國會朝，千官拜舞，億兆同歡。福祉如山如川。應玉渚流虹，璇樞飛電。八音奏舜韶，慶玉燭調元。歲歲龍輿鳳輦。九重春醉蟠桃宴。天下太平，祝吾皇，壽與天地齊年。

太常引

弄晴微雨細絲絲。山色淡無姿。柳絮飛殘，荼蘼開罷，青杏已團枝。欄干倚遍人何處，愁聽語黃鸝。寶瑟塵生，翠銷香減，天遠雁書遲。

人月圓

一枝仙桂香生玉，消得喚卿卿。緩歌金縷，輕敲象板，傾國傾城。幾時不見，紅裙翠袖，多少閑情。想應如舊，春山淡淡，秋水盈盈。

木蘭花慢　和桂山慶新居韻

愛風流二陸，曾共住、屋三間。算京洛緇塵，平原車騎，爭似身閑。一區未輸揚子，更友于、室邇足清歡。庭下新松楚楚，籬邊細菊班班。白頭相對且團圞。杯酒借朱顏。任醉後長歌，笑時開口，樂最人寰。功名十年一夢，記風裘雪帽度桑乾。幸喜歸來健在，放懷綠水青山。

又　和李篔房韻

愛青山繞縣，更山下、水縈迴。有二老風流，故家喬木，舊日亭臺。梅花亂零春雪，喜相逢、置酒藉蒼苔。拚卻眼迷朱碧，慚無筆瀉瓊瑰。徘徊。俯仰興懷。塵世事，本無涯。偶乘興來游，臨流一笑，洗盡征埃。歸來算未幾日，又青回、柳葉燕重

來。但願朱顏長在，任他花落花開。以上二十首元刊本

松雪齋文集卷十

漁父詞

渺渺煙波一葉舟。西風落木五湖秋。盟鷗鷺，傲王侯。管甚鱸魚不上鈎。

又

儂住東吳震澤州。煙波日日釣魚舟。山似翠，酒如油。醉眼看山百自由。以上二首見松雪齋文集卷三

巫山一段雲　淨壇峰

疊嶂千重碧，長江一帶清。瑶壇霞冷月朧明。欹枕若爲情。雲過船窗曉，星移宿霧晴。古今離恨撥難平。惆悵峽猿聲。

又　登龍峰

片月生危岫，殘霞拂翠桐。登龍峰下楚王宮。千古感遺蹤。柳色眉邊緑，花明臉上紅。欲尋靈蹟阻江風。離思杳無窮。

又　松鶴峰

楓鶴堆嵐靄，陽臺枕水湄。風清月冷好花時。惆悵阻佳期。別夢游蝴蝶，離歌怨竹枝。悠悠往事不勝悲。春恨入雙眉。

又　上昇峰

雲裏高唐觀，江邊楚客舟。上昇峰月照妝樓。離思兩悠悠。雲雨千重阻，長江一片秋。歌聲頻唱引離愁。光景恨如流。

又　朝雲峰

絕頂朝雲散，寒江暮雨頻。楚王宮殿已成塵。過客轉傷神。月是巫娥伴，花爲宋玉鄰。一聽歌調一含嚬。幽怨竹枝春。

又　集仙峰

雨過蘋汀遠，雲深水國遥。渡頭齊舉木蘭橈。纖細楚宮腰。映水勻紅臉，偎花整翠翹。行人倚棹正無聊。一望一魂銷。

又　望霞峰

碧水鴛鴦浴，平沙豆蔻紅。雲霞峰翠一重重。帆卸落花風。　澹薄雲籠月，霏微雨灑篷。孤舟晚泊浪聲中。無處問音容。

又　棲鳳峰

芍藥虛投贈，丁香漫結愁。鳳棲鸞去兩悠悠。新恨怯逢秋。　山色驚心碧，江聲入夢流。何時絃管簇歸舟。蘭棹泊沙頭。

又　翠屏峰

碧水澄青黛，危峰聳翠屏。竹枝歌怨月三更。別是斷腸聲。　煙外黃牛峽，雲中白帝城。扁舟清夜泊蘋汀。倚棹不勝情。

又　聚鶴峰

鶴信三山遠，羅裙片水深。高唐春夢杳難尋。惆悵到如今。　十二峰前月，三千里外心。紅箋錦字信沈沈。腸斷舊香衾。

又　望泉峰

曉色飄紅葉，平沙枕碧流。泉聲雲影弄新秋。觸處是離愁。　臉淚横波漫，眉攢片月收。佳人欲笑卒難休。半整玉搔頭。

又　起雲峰

裊娜江邊柳，飄飄嶺上雲。卸帆迴棹楚江濱。歸信夜來聞。　欲拂珊瑚枕，先薰翡翠裙。江頭含笑去迎君。鸞鳳盡成羣。以上十二首見花草粹編卷二

蘇武慢　原誤作雨中花，茲據律改

北隴耕雲，南溪釣月，此是野人生計。山鳥能歌，山花解笑，無限乾坤生意。看畫歸來，挑簦閒眺，風景又還光霽。笑人生、奔波如狂，萬事不如沈醉。　細看來、聚蟻功名，戰蝸事業，畢竟又成何濟。有分山林，無心鐘鼎，誓與漁樵深契。石上酒醒，山間茶熟，別有水雲風味。順吾生、素位而行，造化任他兒戲。珊瑚網法書題跋卷九

水龍吟　題簫史圖

倚天百尺高臺，雕簷畫棟撐雲表。夜静無塵，秋魂萬里，月明如掃。誰凭欄干，玉簫聲起，乘鸞人到。信情緣有自，何須更説，姮娥空老。　我將醉眼摩挲，是誰人丹青圖巧。爲惜秦姬，堪憐簫史，寫成煩惱。萬古風流，傳芳至此，交人傾倒。問雙星有會，一年一度，那知清曉。孫氏書畫鈔

附録

蘇武慢

雲淡風輕，傍花隨柳，將謂少年行樂。高閣林間，小車城裏，千古太平西洛。瞻彼泱泱，言思君子，流水儼然如昨。但清游、天際輕陰，未便暮愁離索。　長記得、童冠相隨，浴沂歸去，吟詠鳶飛魚躍。逝者如斯，吾衰甚矣，調理自存斟酌。清廟朱絃，舊堂金石，隱几似聞更作。農人告我事兩疇，窈窕掛書牛角。

案此首虞集詞，見道園樂府。珊瑚網法書題跋卷九誤作趙孟頫詞，調並誤作雨中花。

管道昇

道昇字仲姬，一字瑶姬，浙江吳興人，趙孟頫妻。生於景定三年(一二六〇)。至大四年(一三一一)，封吳興郡夫人。延祐四年(一三一七)，加封魏國夫人。延祐六年(一三一九)卒，年五十八。

漁父詞四首

遥想山堂數樹梅。凌寒玉蕊發南枝。山月照，曉風吹。只爲清香苦欲歸。

南望吳興路四千。幾時回去霅溪邊。名與利，付之天。笑把漁竿上畫船。

身在燕山近帝居。歸心日夜憶東吳。斟美酒，鱠新魚。除却清閒總不如。

人生貴極是王侯。浮利浮名不自由。爭得似，一

扁舟。弄月吟風歸去休。

以上四首見清河書畫舫卷十

同恕

恕字寬甫，其先太原人，後徙奉元（今陝西省長安縣）。生於寶祐二年（一二五四）。致和元年（一三二八），拜集賢侍讀學士，辭不赴。至順二年（一三三一）卒，年七十八，謚文貞。有榘庵集。

鵲橋仙　韋國器約賞梨花

鶯鶯燕燕，蜂蜂蝶蝶。酒債幾時還徹。韋郎又約醉梨花，對一樹、玲瓏香雪。盈盈脈脈，翻翻折折。小雨朝來乍歇。一年最是好光陰，算只有、清明三月。

又

香飛玉屑，光凝粉蝶。不比精神瑩徹。春風一樹倚東欄，還稱道、仙肌勝雪。憑誰與說，容吾揀折。老去情緣未歇。觥船一棹百分空，直喫到、花梢有月。

臨江仙　壽竇長卿

我友西溪上老耽，□書未省華顛。春工醞釀一家天。花欄紅日染，柳岸綠風牽。有子有孫蘭映玉，可人不墜青氊。吟詩酌酒過年年。幅巾藜杖子，真箇隱神仙。

以上四庫珍本榘菴集卷十五

滕賓

賓一名斌字玉霄，黃岡（今湖北省黃岡縣）人。或云睢陽人。至大間，任翰林學士，出爲江西儒學提舉。後棄家入天台爲道士。有玉霄集。

點絳唇　墨本水仙

縞袂啼香，爲誰一滴春心碎。淡黃深翠。不似當

時態。東洛緇塵，依舊交情耐。空憔悴。玉人何在。細雨疎烟外。讀畫齋叢書本元草堂詩餘卷上

最高樓　呈管竹樓左丞

梅花月，吹老角聲寒。劍氣拂雲端。台星纔入朝天闕，將星旋出破烟蠻。半年來，勛業事，笑談閒。誰更說元龍樓下卧。誰更說元規樓上坐。終不似竹樓寬。有時呼酒摘星斗，有時提筆撼江山。問何如，容此客，倚欄干。同上

洞仙歌　送張宗師捧香

醉騎黃鵠，飛下紅雲島。鐵笛吹寒洞天曉。被人問識破，惹起虛名，驚宇宙，一笑天高月小。仙槎人去後，殿上班頭，除卻洪崖總年少。看天香袖裏，散作東風，吹不斷、海北天南都到。試容我、從遊五陵間，便吹入蒼寒，一蓑煙釣。同上

玉漏遲　七夕行臺諸公見餞

問誰爭乞巧。誰知巧處成煩惱。天上佳期，底事別多歡少。雨夢雲情半餉，又早被西風吹曉。愁未了。星橋隔斷，銀河深杳。可笑兒女浮名，似瓜果登盤，情絲縈繞。原脱登盤情三字，據劉輯滕賓涵虛詞補百拙無能，贏得自家華皓。我笑姮娥解事，但歲歲孤眠空老。歸去好。江上緑波煙草。同上

歸朝歡

畫角西風轟萬鼓。猶憶元戎談笑處。鐵衣露重劍光寒，海波飛立魚龍舞。匆匆留不住。萬里玉關如掌路。空悵望，夕陽暮靄，人立渡傍渡。木落山空人掩户。得似舊時春色否。雁聲叫徹楚天低，玉驄嘶入煙雲去。無人憑説與。梅花淚老愁如雨。猶記得，顛崖如此，細向席前語。同上

鵲橋仙

斜陽一抹，青山數點。萬里澄江如練。東風吹落櫓聲遥，原作寒，與下文複，兹從詞綜改又喚起、寒雲一片。殘鴉古渡，荒鷄村店。漸覺樓頭人遠。桃花

流水小橋東，是那箇、柴門半掩。同上

齊天樂　題樟鎮華光閣，與宋梅洞、周秋陽、劉尚友、蕭高峯別，以重與細論文分韻，得與字（原題作前題分韻得與字，玆從劉輯滕賓涵虛詞改）

片帆呼渡西山曲，匆匆載將春去。路入蒼寒，浪翻紅暖，一枕欹眠煙雨。酒朋詩侶。儘醉舞狂歌，氣吞吴楚。一樣風流，依然猶是晉風度。　人生如此奇遇。問老天何意，五星來聚。句落瑤毫，香霏寶唾，驚倒世間兒女。渭川雲樹。悵後夜相思，月明何處。怕有新詩，雁來頻寄與。元草堂詩餘卷中

瑞鷓鴣　贈歌童阿珍

分桃斷袖絶嫌猜。翠被紅裩興不乖。洛浦乍陽新燕爾，巫山行雨左風懷。　手携襄野便娟合，背抱齊宮婉孌懷。玉樹庭前千載曲，隔江唱罷月籠階。詞品五

百字令　贈宋六嫂

柳顰花困，把人間恩怨，尊前傾盡。何處飛來雙比翼，直是同聲相應。寒玉嘶風，香雲卷雪，一串驪珠引。元郎去後，有誰著意題品。　誰料濁羽清商，繁絃急管，猶自餘風韻。莫是紫鸞天山曲，兩兩玉童肩並。白髮梨園，青衫老傅，試與留連聽。可人何處，滿庭霜月清冷。同上

奪錦標　送李景山西使

老氣盤空，才名照世，萬里秋風行色。人物中朝第一，司馬題橋，班生投筆。記承流宣化，早威聲，先馳殊域。看吟鞭、笑指關河，歷歷當年曾識。　自古人心忠義，白水朝宗，衆星拱極。銅柱無端隔斷，兩戒平分，天南地北。念瞻依丹闕，捧紅雲、金泥調屑。到明年歸對西山，細説安邊妙策。此首見劉輯滕賓涵虛詞，不知據何本。周泳先輯滕賓玉霄集無此首。檢花草粹編卷十有此首，但作者注應滕賓。（疑當作滕應賓）題無西使二字，才名誤作牙名，照世脱世字，秋風作西風，中朝作朝中，班生作班超，歷歷脱一歷字，朝宗作朝東，兩戒平

分四字全脫，地北作天北，瞻依無依字，調屑作香屑，妙策無妙字。

曹伯啟

伯啟字士開，碭山（今江蘇省碭山縣）人。生於寶祐三年（一二五五）。天曆中，召爲淮東廉訪使，陝西諸道行御史臺中丞。元統元年（一三三三），卒於毘陵，年七十九，謚文貞。有漢泉漫稿。

滿江紅 次元復初韻

四十年間，問何似、古人方略。時自笑、致身無策，療貧無藥。世事從來如意少，宦情已比當年薄。更不須、勛業鏡中看，今非昨。　眠矮榻，登高閣。携短杖，斟長杓。放屈伸由己，碧空盤鶚。較短量長無定論，抗塵走俗非真樂。算從前、有鐵鑄難成，求人錯。

水龍吟 用楊修甫學士登岳陽樓韻

岳陽西望荊州，倚樓曾爲思劉表。國亡家破，當時豪俊，魚沈雁渺。王霸紛更，乾坤搖蕩，廢興難曉。記觀山縱酒，巡檐索句，宿官舫，篷窗小。　不畏黑風白浪，伴一點、殘燈斜照。棹歌明發，天光無際，得舒晴眺。萬里馳驅，千年陳迹，數聲悲嘯。試閒中想像，興來陶寫，付時人笑。

如夢令 贈道夫二首

學有探奇索妙。命有人憎鬼笑。難與老天争，寂寞漢陵周廟。權要。權要。林樾有人清嘯。

又

榮悴本來何處。看取岸花汀樹。醉眼眩青紅，欲問真源無路。歸去。歸去。風外數聲齊女。

酹江月 次王君陽李敏之過龍門韻

洪崖中斷，似蜃樓幻出，層檐疊脊。欲問真源淩絕頂，安得乘風羽翮。勢利相忘，驅馳不憚，面背皆京國。源泉混混，恍如夾右碣石。　遥想巢父襟懷，東溟煙霧裏，片帆如席。逸氣峥嶸今老矣，惆悵劍門千尺。細草平沙，敝裘羸馬，長路無人識。家山回首，不應猶作行客。

又　用子周僉司詠雪韻

六花淩亂，算神工、不用并州刀剪。乍密還疏斜復整，眼底萬更千變。宿麥連雲，遺蝗入地，四海愁顏展。呼童洗酌，更宜簾幙高捲。還念去歲無聊，來秋有望，仰戴天行健。江上漁人應笑我，世路縈迴如篆。何日言歸，此心無競，茅屋臨清淺。滿懷春意，坐令寒谷生暖。

滿江紅　次白君舉州倅所寄韻。君舉三十年前友，屢示佳製，讀之令人起敬。比以簿書倥偬，不遑酬答，聞改除天台，恐因得簪盍於惠泉之側，用以敘懷

壯歲分攜，凝望眼、略無虛日。嗟我輩、江南江北，爲誰形役。自愧散材非管鮑，遥憐老友真元白。況文章之外有良能，安民策。談笑興，浮雲隔。離別恨，流年逼。試賡歌雅韻，不論呼吸。百粵谿山應好在，半生萍梗無終畢。□流行坎止任天公，吾難必。

水調歌頭　次復初韻

山林隱君子，無意事王侯。天戈一日南指，多少賈胡留。不效熊舒龜息，却羨蠅頭蝸角，我亦滯南州。十載厭奔走，贏得雪飛頭。苦思歸，歸未得，恨悠悠。身世何物，野渡一横舟。用舍隨時無定，得失於人有命，誰解曲如鉤。兀坐閱今昔，風露一天秋。

水龍吟　用史藥房韻

悤悤沙際春歸，草如綬帶交加翠。白雲縹緲，四年相望，季鷹歸未。拘束微官，跼蹐俗狀，較人閒氣。想顛鸞倒鳳，天公不管，誰會□，空中意。自要看時撥置。問誰家、小欄堪倚。雲閒公子，爲誰遨致，愁懷一洗。紅玉擎杯，朱絃理調，偶然成醉。又門前俗事，催人上馬，不堪凝睇。

水調歌頭　用崔子由韻

攀鱗年少志，未要嘆羲娥。人生滄海一粟，何在兩飛梭。多事蜂衙蜂穴，十載蝸蟠蠖縮，勛業任蹉跎。觸目世塗險，舉步强顏多。誓從今，陶穎事，罷研磨。丈夫功名談笑，一曲飯牛歌。盡道權門炙手，自是臣心如水，犯露肯相過。袖手待真賞，未及鬢生皤。

摸魚子　用藥庄韻

悵人生、百年如寄，虛舟滄海難艤。是非榮辱雲千變，光景算能消幾。塵世裏。耻婢膝奴顏，不覺長欷矣。憑誰薦起。望幾處侯門，要開懷抱，將進又還止。凝眸處，往往修程萬里。飛黄跛鼈相比。酣歌點檢平生事，惟恐老之將至。鐺有耳。況識字能言，莫負天公意。文章信美。既不用毛錐，寸長無有，尋我泮池水。

水調歌頭　和盧仲敬太守

嘗爲武林客，歡洽快平生。誰知分袂江滸，西往復東行。今日簿書旁午，明日山川迢遞，愁恨幾時清。回首舊遊地，天遠暮雲平。鬢雙皤，腸百結，意何成。多應故山猿鶴，笑我尚争名。儘自轟轟烈烈，到底休休莫莫，何處覓卿卿。夢寐想歸路，濡筆寫心聲。

南鄉子　二闋四川道中作

蜀道古來難。數日驅馳興已闌。石棧天梯三百尺，危欄。應被旁人畫裏看。兩握不曾乾。俯瞰飛流過石灘。到晚纔知身是我，平安。孤館青鐙夜更寒。

又

十月出秦關。竟日悠悠杳靄閒。直到蠶魚開國地，躋攀。行盡千山復萬山。歸轡動歡顏。江路梅花笑往還。稚子候門何日到，癡頑。好把虛名付等閒。

鵲橋仙　舟行辰沅江中，小詞數闋，呈建中御史

杜鵑聲訴。鷓鴣聲助。催上黔陽歸路。輕舟短棹泛滄浪，沾兩袖、夜郎煙霧。雲山如暮。灘流如怒。石齒嶄然無數。天涯愁緒不堪論，這光景、能消幾度。

臨江仙

水出五谿成一派，滔滔日夜東流。倦乘鞍馬卻乘舟。向來危處怯，此去險中愁。伊軋數聲離岸艣，異鄉身世悠悠。暫教杯酒放眉頭。癡兒官事了，聊作子長遊。

又

來艣聲喧鵝鸛，中流石散牛羊。岸邊茅屋伴戎羌。淡煙籠寂寞，微雨助淒涼。畛麥緣山糝原作慘，據景元刊本漢泉樂府改綠，巖花落水流香。離騷記誦不成章。殷勤蘭與芷，千古爲誰芳。

浣谿沙

世態紛紛幾變更。天南地北只虛名。一簪華髮可憐生。旅食驚心三月到，浪花吹面一舟輕。中宵屈指計歸程。

又

解纜西南杳靄閒。萬重煙水閒雲山。艣聲搖蕩五谿灣。世路看來行欲遍，頭顱到此合知還。從今猶得十年閒。

木蘭花慢　壽郝仲明益都人

論寰中英氣，人盡說，古青州。看東坼滄溟，西瞻泰岳，南控營丘。千古能稱管晏，道而今、人物更風流。磊落曝書公子，從前從事公侯。勛名初不願依劉。耿耿運良籌。聽萬里揄揚，一門冠蓋，三世箕裘。屈指瓜期已還，願平生、相遇盡卿儔。好記壽觴先舉，蓴鱸江上新秋。

沁園春　和復初省郎韻，紀仲春陪諸名勝遊西山，同行都首掾元明善，復初行省掾尉遲亨甫，福建同提

舉毛吉甫

山色湖光，宜雨宜晴，春來惱人。笑勞生強半，登臨有興，身司筦庫，所向無親。馬服車轅，鷹羅絲鏇，也算人間一度春。情無賴，怕岸花汀草，彈指成塵。朋簪契我天君。更不管、長鬚喜與瞋。任把酒論文，且行且止，幙天席地，誰主誰賓。敬德猖狂，春陵笑傲，延壽丹青畫不真。歸鞍好，向梅山東下，數點行雲。

八聲甘州　和鄭澤民

算人生南北□何如，彷彿過青春。似斷蓬飛絮，平生懷抱，何處通津。歡逢故山佳友，終日藉陶薰。芥蔕浄如此，咸與維新。男子十年勳業，漫無成一事，負卻晨昏。使功名都了，轉首是非塵。又滯此、蠅營狗苟，料山英、也笑趁墟人。誰相約，重尋故步，經理遺文。

水龍吟　再和修甫學士

高樓壯觀東南，迥然突出千秋表。月檐明爛，風檽蕭爽，煙波浩渺。菊徑新秋柳谿薄暮，桃源清曉。□登臨感慨，悠然引興，銀盤內，青螺小。自念當時行役，顧菱花、不堪頻照。江山如故，中原在眼，幾番危眺。浩浩洪流，茫茫塵世，儘堪吟嘯。但優游老景，浮沈里閈，任邦人笑。

木蘭花慢　和史顯甫左丞韻，略頌平日所長，兼道比年區區之懷，老疾互攻，苦（苦原作恐，從景元本改）無佳思，祈相望一笑

羨紫芝眉宇，正臺閣，濟時人。況公是公非，知常知變，樂道安貧。案前簿書旁午，抱丹誠、一點伴青春。偶遇科條隱密，不辭辨雪殷勤。德星今日是鄉鄰。癃老阻蹕輪。喜陸地神仙，山中宰相，詞語清新。河濱。預沽佳釀，待幽花、相對樂情真。幸有清風皓月，何須翠袖紅巾。

清平樂　寄徐都司

昨朝賡諾。世事真難託。旅舍淙淙冬雨惡。怎地躭籌交錯。東籬尚有花叢。他時不避慳風。傳語徐卿二原作三，據景元刊本改子，佳懷足慰衰翁。

又　寄復初省郎，兼簡希孟文友

情懷渺渺。客舍天將曉。百慮攻心渾未了。不似漫郎多少。人生傀儡棚中。此行那計西東。指日雲泥超異，重占口角春風。

西江月　西京客中，用壽卿路教和雪庵居士，並贈趙李二君子詞韻

歸輿濃如山色，宦情薄似秋光。含殘相伴説綱常。笑殺湖中魯望。制用先須府庫，興戎必待餱糧。世間良賈會深藏。勝我追尋影響。

鵲橋仙

牛毛胥役，蠅頭文字。終日疲神役志。何人崑頂坐垂鉤，應笑我、徒能鄙事。起家寒士，從師夫子。不識蒼頭閽寺。夜郎旋欒又平城，只把做、槐安夢裏。

齊天樂　和蔣四清病暍逢秋所作

普天炎赫衣流汗。號呼坐恨更淺。節序推移，陰陽代謝，誰敢心懷咨怨。冥迷展轉。夢遠壑層冰，澄江匹練。大地嗸嗸，秋空忽散仁風扇。此身慣經寒暑，喧煩俱浄盡，古鑪灰篆。屈指交游，轉頭零落，舉目殘星數點。轟雷掣電。任百計營爲，亦難周遍。日向西山，氣機隨吐嚥。

沁園春　用中丞敬相謝承卿送菊韻

菊有黄華，惠然肯來，思量意懃。見秋容淡泊，寒香馥郁，妖紅俗紫，愛惡由分。玉露金風，豚蹏豆酒，不論文尊與義尊。東坡在蜀時，以巨竹尺許，截爲雙筒，號文尊。後在黄州，聚諸家酒爲一罌，謂之雪堂義尊。重陽過，看悤悤暮景，苒苒行雲。賓朋相與歡欣。況咀嚼頤精好致神。笑量長較短，到頭是夢，春三秋九，夫復何言。江南遇春三秋九爲游玩之時冠蓋名流，

搢紳處士，特贈新詩可以羣。從今後，但有花卽飲，卿自紛紛。

鷓鴣天　寄翟德温

六度他鄉指月牙。旅懷無日不思家。歸來漫讀蘇秦傳，愁比他鄉日更加。貧活計，拙生涯。幾人曾愛屋頭鴉。一襟朱墨纔經澣，土銼重親兩部蛙。

減字木蘭花　爲監司壽

乾坤清氣。崧岳生中名蓋世。白簡霜飛。不爲人間鼠發機。要期庄算。九十春光都占斷。平秩南訛。管領薰風入舜歌。

糖多令　釋懷寄友人

衰境日悤悤。浮生一夢中。笑愁懷、萬古皆同。越水燕山南北道，來不盡，去無窮。萍水偶相逢。晴天接遠鴻。似人間、馬耳秋風。山立揚休成底用，闁健在，好歸農。

鷓鴣天　示次男河南書吏履亨

斗壘衡門筆硯生。清流不棄作豪英。宦途始步防顛躓，人海論交戒滿盈。臨事懼，好謀成。百年到手是功名。羣雛已逐雲萍散，又掛西南一點情。

鵲橋仙　用呂正學所贈韻

昔居清署。今爲編户。要做古人襟度。儘收風月伴殘年，更豈望、當途垂顧。江干徐步。林皋歸路。不受營營相汙。閒來漸覺日舒長，似挽得、韶光遲住。

彊村叢書用善本書室藏鈔本漢泉樂府，兹另據景元本漢泉樂府校訂。

鮮于樞

樞字伯機，漁陽（今河北省薊縣）人。生於元憲宗六年（一二五九）。曾官太常寺典簿。大德五年（一三〇一）卒，年四十六。有困學齋集。

滿江紅

詩酒名場，人都羨、紫髯如戟。今已矣，星星滿頷，不堪重摘。衰老自知來有漸，窮愁誰道尋無跡。笑劉郎、辛苦覓仙方，終無益。東逝水，西飛日。年易失，時難得。賴此身健在，寸陰須惜。生死百年朝有暮，盛衰一理今猶昔。問人間、誰是魯陽戈，杯中物。

近覽鏡，白髮漸多，戲作滿江紅長短句，繡江先生拜參上馬，敢録呈醜，幸乞一笑，鮮于樞頓首。　珊瑚木難卷八

鵲橋仙

青天無數。白天無數。緑水繞灣無數。灞陵橋上望西川，動不動、八千里路。來時春暮。去時秋暮。歸去又還春暮。人生七十古來稀，好相看、能得幾度。　珊瑚網法書題跋卷九

念奴嬌　八詠樓

長溪西注，似延平雙劍，千年初合。溪上千峰明紫翠，放出羣龍頭角。瀟灑雲林，微茫煙草，極目春洲闊。城高樓迥，恍然身在寥廓。我來陰雨兼旬，灘聲怒起，日日東風惡。須待青天明月夜，一試嚴維佳作。風景不殊，溪山信美，處處堪行樂。休文何事，年年多病如削。　詞品卷五

水龍吟　拱北樓呈漢臣學士

倚空金碧崔嵬，鳳山直下如拳小。仰瞻天闕，北辰不動，衆星環繞。喚起羣聾，銅龍警夜，靈鼉催曉。自鴟夷去後，狂瀾未息，從此壓，潮頭倒。回睨呀然雙壁，問遺蹤劫灰如掃。三吴形勝，千年壯觀，地靈天巧。航海梯山，獻琛效貢，每繇斯道。惜無人健筆，載歌謡事，詫東南好。　郁氏續書畫題跋記卷九

陸文圭

文圭字子方，號牆東，江陰（今江蘇省江陰縣）人。生於寶祐四年（一二五六）。延祐初，中鄉舉。至元六年

(一三四〇)辛，年八十五。著牆東類稿。

點絳唇　情景四首

玉體纖柔，照人滴滴嬌波溜。填詞未就。遲却窗前繡。一幅花箋，適與何人手。還知否。孤燈坐守。漸入黄昏後。

其二

笑靨多羞，低頭不覺金釵溜。憑媒將就。鳳枕回雙繡。月地雲階，何日重攜手。心堅否。齊眉相守。願得從今後。

其三

永夜無聊，更堪點滴聽簷溜。枕寒難就。堆亂牀衾繡。人面桃紅，還憶擎將手。君知否。倚門獨守。又是清明後。

其四

悶托香腮，泪痕一線紅膏溜。將身錯就。枉把鴛鴦繡。柳帶青青，攀向行人手。天知否。白頭相守。破鏡重圓後。

又　王仲謙席上，歌者魏都惜求子華寫真，爲賦

小立娉婷，歌聲低遏行雲住。不勝珠翠。玉面慵梳洗。除却姚黄，魏紫誰堪比。君描取。卷中人美。得似崔徽未。

浣溪沙　次伯機

翠玉峰高鷺點明。縠紋波動鴨雛生。湖山宜雨又宜晴。越女蕩舟蓮葉碧，裴郎駐馬柳陰青。折花調客訴衷情。

減字木蘭花　庚申六月三日，同耶律君璋、趙子淵兄弟避暑飲于玄妙觀之荷池。君璋不飲，命歌者歌以勸之

雙鬟聳翠。低護金蓮裙窣地。鐵石心腸。無奈梅花一點香。歌聲梁繞。流水泠泠雲杳杳。白髮劉郎。對景須拚醉一場。

又　卽席贈歌者夏奴

香肌玉潤。花前忽聽流鶯韻。移步金蓮。斜轉清眸踏舞筵。困嬌無力。蜀錦纏頭拚百尺。安處奴鄉。且住容山過夏涼。

阮郎歸　舟中賦所見

風吹一捻柳腰輕。春柔力未勝。眉兒喜學遠山青。終朝畫不成。　嬌滴滴，笑盈盈。雛鶯葉底聲。花梢雨過夕陽明。無情漸有情。

臨江仙　坐客有出寵歌者，乃主人舊所歡也

聽得雅歌珠一串，颯然吹動梁塵。尊前重見舊時人。主人情未重，情重是嘉賓。　飛絮落花無定在，近前遮莫誰嗔。文園倦客最傷神。野亭何處泊，空憶畫堂春。

唐多令　梅隱菴席上，贈歌者

花下笑聲微。鶯喉高又低。怪穿花、粉蝶成圍。唯有禪心清似水，相對坐，兩忘機。　莫道絮沾泥。狂風也解飛。恨殘春、九十將歸。回首陽臺雲縹緲，愁薄暮，雨霏霏。

又　寄遠

明豔注秋波。輕鬆綰髻螺。怕逢人、先斂雙蛾。怯雨羞雲情未穩，佳會少，遠離多。　梁遶憶清歌。蘭舟肯再過。爲他垂泪染香羅。欲倩鱗鴻將錦字，知別後，意如何。

滿江紅　送理伯雍同知改除轉運判官

雙檜堂深，想前日、清風猶在。纔半載、政聲傳播，與人稱快。鞠草圜扉無滯訟，憩棠田舍留遺愛。問方今、循吏幾何人，公爲最。　明而恕，廉而介。官易進，身難退。苦簿書叢委，米鹽繁碎。雁鶩自憐羣裏聚，龍猪不計兒時會。望美人、又向碧雲西，徒增慨。

又　贈歌者

兒女多情，頗自恨、風雲氣少。春夢裏、鶯啼燕語，瞥然驚覺。寸寸淩波蓮步穩，彎彎拭黛山眉峭。似紅雲、一朵罩江梅，天然好。舞腰細，歌喉巧。錦茵褪，梁塵繞。更盈盈笑靨，櫻唇紅小。金錢愛從心裏換，玉山偏向懷中倒。奈劉郎、前度看桃花，如今老。

又　己巳二月二十二日遊北門，有感

試檢春光，都不在、槿籬茅屋。荒城外、牯眠衰草，鴉啼枯木。黃染菜花無意緒，青描柳葉渾粗俗。憶繁華、不似少年遊，傷心目。棠塢錦，梨園玉。燕衣舞，鶯簧曲。豔陽天、輸與午橋金谷。行處綺羅香不斷，歸時絃管聲相逐。怕夕陽、影散近黃昏，燒銀燭。

減字木蘭花慢　滕王閣

九皋明月夜，跨一鶴赴仙都。聽佩玉鏘鳴，驂鸞小住，高閣凭虛。萋萋草生南浦，興未闌、歸去東吳笑指尊前二客，昨宵良會非歟。莊周蝴蝶兩蘧如。變化一華胥。歎物換星移，壺中日月，鏡裏頭顱。芳洲獨醒人在，采芙蕖，歲晏孰華予。欲泛蘭舟容與。煙沙漠漠重湖。

又　和心囦春雪詞

怪東風太早，未燈夕放瓊花。是何處瑶姬，來看玉樹，光彩交加。埜人但知三白，喜新年、天意薦休嘉。肯念兵屯北塞，誰上表，賀南衙。西斜日影簷牙。又被黑雲遮。歎病骨支離，別懷蕭索，空負年華。鼇山已成春夢，歸去來，空谷卧煙霞。卻笑昌黎才子，浪吟逐馬隨車。

念奴嬌

茂林脩竹，自山陰散後，幾番陳迹。脩禊年年春故事，懊恨風流非昔。當日蘭臺，後來菊圃，苗裔江南北。覩君雅號，恍然舊事重憶。歲晚木落天寒，黑貂將敝，尚作新豐客。星斗胸中空燦爛，磨蝎空名何益。袁吕相逢，知音一笑，肉眼無人識。訪予梅屋，談天聊慰孤寂。

又　贈王道人性初歸茅山

芙蓉城郭，有羽仙騎鶴，來從何處。曾拉茅君峯頂會，瑶佩隨風吹去。玉笈偷開，青囊拾得，笑看人間世。藏身壺裏，箇中別有天地。共約手種蟠桃，綴花結實，已是三千歲。欲膾長鯨麟作脯，倒海聊供一醉。偶憶寒梅，更憐小草，拂袖懷歸計。蓬萊清淺，雲帆他日相遇。

又　送幕職

殘花剩柳，正啼鵑聲裏，郵亭別館。三疊陽關聽未徹，手執離杯引滿。政坐諸君，久煩老子，今日纔蕭散。翩然歸去，故園緑樹春晚。人世蒼白浮雲，自舒自卷，不入高人眼。官事如麻何日了，輪與閑中不管。翠柏臺高，紫薇省近，别有清華選。功名歲晏，江城回首天遠。

又　洛陽耆英會二首

戴花劉監，算耆英會上，與吾同歲。伊洛山川今如古，人事幾番興廢。夢枕初殘，黄粱未熟，已換人間世。簞瓢鐘鼎，看來一等滋味。天上赤白雙凡，東來西往，出没真兒戲。惟有神仙長年訣，長似功名富貴。欲擣玄霜，難尋玉杵，何日藍橋遇。裴郎老矣，雲英那肯隨去。

又

延年有術，飧古松根下，茯苓千歲。縱是延年如何益，命也道之將廢。思古之人，詞章節行，杲杲行當世。遺風流韻，淵然尚有餘味。無奈先哲凋零，後生坦率，多以儒爲戲。每笑唐人書不讀，直把黄金買貴。山澤奇才，雲林真隱，没齒何曾遇。人生如夢，江流日夜東去。

水龍吟　次藥房韻

西州玉局飛仙，霓裳曾侍槐龍翠。飛花麗句，雅音猶在，有人賡未。千載峩峯，一江川練，又練清氣。嘆瀛洲路近，剛風吹斷，漫自有，淩霄意。草碧寒窗靜裏。折瓊枝、小欄同倚。新吟婉美，西施態度，慵本脱一字梳洗。按羽調絲，雪兒薄相，爲君心醉。恨高樓暮隔，江城花暗，碧雲遥睇。

案此下原附史蘂房作另録

又　再次韻一首，寄蘂房

燕芹香老春深，微風颭動新篁翠。驚敲夢斷，忙呼小玉，故人來未。香縷篩簾，游絲墮几，暖薰花氣。問春隨鶯到，又隨燕去，誰解得，東君意。　澗水流紅影裏。小樓東、有人孤倚。殘桃著雨，鬢容撩亂，未堪妝洗。冉冉年光，悠悠時事，不如沈醉。更韋娘一曲，司空慣見，也應回睇。

探春慢　和心淵己巳元夕韻

細草黏冰，疏林補雪，衰翁未覺春暖。曝背低簷，燎衣破竈，誰識舞臺歌館。樂事如今懶。謝鄰伴、東招西喚。何消看試華燈，月光、今夕圓滿。　念昔繁華帝里，侍鳳輦夜遊，棚曉人散。迓鼓方催，韻簫正美，忽被西風吹斷。簌簌梅花落，忍聽得、一聲羌管。懷古傷情，淚痕溼，春衫短。

沁園春　送李同知之官鄴都

東西二都，史載循良，不五六人。記南陽有召，潁川有霸，并州如郭，河内如恂。直比朱紘，清伴古鏡，吏自秋霜民自春。如公者，守廉平二字，近古名臣。　棠陰手種方新。又五馬翩翩鄴水濱。想臺高銅雀，尚留遺跡，堂深晝錦，空鎖凝塵。琴瑟從容，雅歌緩帶，美政遥知達紫宸。期年後，看行宣召，班冠廷紳。

又　送楊伯可

雨足江皋，月滿中秋，使客將歸。看扁舟空載，貧無長物，破囊收貯，富有新詩。清白傳家，懷金不受，潔已從來畏四知。民何幸，盡相安南里，樂業熙熙。　誰知經界良規。是三代相傳古法遺。要講明有素，施行不擾，寬嚴相濟，表裏無私。慚愧偏州，久淹老子，卻怪朝家選用遲。公今去，定致身鵷序，接武龍墀。

金縷曲　代送同僚

乍到蓉城路。聽兒童歌謡德政，感恩如父。好入西京循吏傳，誰道今人非古。留遺愛、甘棠佳樹。節操冰霜清凜凜，看和風、吹作陽春雨。程去速，遽如許。我來不見空懷竚。望彼美、碧雲暮合，草萋南浦。信是有才供世用，敢擇東西何處。又誰念、嬰兒思乳。不恨使君吾不識，恨使君不與吾相輔。聊寄意，短長句。以上四印齋本牆東詩餘二十八首，其中附史藥房詞另録

史藥房

水龍吟　清明後浹日，過子方小飲，簾櫳靚深，緑陰晝寂，闌邊玉茶正花，香韻蕭遠。主人出侍人彈琵琶侑觴，酒未終，上馬徑去，恍然藍橋湓浦之遇也，賦水龍吟以記其事，呈子方一笑

等閒過了清明，草痕深一庭新翠。光風信息，牡丹初褪，荼蘼猶未。燕語清圓，梅英鬆潤，困人天氣。笑文園倦客，詩才減盡，猶□有，傷春意。　別有留春去裏。小房櫳、玉英雙倚。天香浮動，朱衣乍試，鉛華盡洗。一曲琵琶，輕攏挑撥，未觴先醉。又匆匆上馬，藍橋路隔，漫增凝睇。附見四印齋本牆東類稿本

吳存

存字仲退，鄱陽（今江西省鄱陽縣）人。延祐初，爲本路學正，調寧國教授。未久，引年歸。有樂庵集。

水調歌頭　江浙貢院

尺一九霄下，華髮起江湖。西風吹我衣袂，八月過三吳。十五西湖月色，十八海門潮勢，此景世間

無。收入硯蜍滴，供我筆頭枯。七十幅，五千字，日方晡。貝宮天網下罩，何患有遺珠。用我玉堂金馬，不用清泉白石，真宰自乘除。長嘯吳山頂，天闊鴈行疏。

滿江紅　謝番丞薦舉

詞賦淩雲，醫不得、家徒四壁。俄又報、槐花風急，一天秋色。老去久忘炊黍夢，興來偶作乘槎客。問當時、鶚表屬何人，松廳墨。人縱有，垂天翼。誰不待，培風力。但吹噓到處，扶摇咫尺。倚我一枝壺叟杖，爲公三弄桓伊笛。約相逢、解佩換蒲萄，長安陌。

水調歌頭　北上道別周明翁，遇雪

昨夢騎白鳳，身到玉皇家。晴開閶闔蕩蕩，白晝舞天葩。堂上圭陳璧委，堂下鷺班鵠侍，整整復斜斜。一笑未曾有，兩眼眩光華。朝來見，庭中樹，玉槎枒。馬頭憐我飛絮，行色渺天涯。想見燕山高處，此際飄花如席，萬帳擁氈車。誰信百花上，江左有梅花。

霜天曉角　峨眉亭次韻

龍梭四壁。風浪生尋尺。卻上危亭孤嘯，天無際，水無極。百年緣底急。晚風牛背笛。回首故鄉千里，山一髮，暮江碧。

江城子　高郵舟中

酒壚餅舍帶長溝。過揚州。又高郵。逆浪流澌，寸寸澀行舟。北望神京天共遠，何處是，五雲樓。昔年此地足戈矛。轉城陬。屢回頭。甓社湖中，明月竟誰收。欲問少年淮海士，疏葦外，起沙鷗。

滿江紅　儀真次韻

興廢榮枯，終不改、江山千古。笑當日、龍争虎戰，一丸淮土。世亂分屯維重鎮，國亡守死無降旅。到如今、貢賦甲東南，輸天府。鴻與燕，千帆度。鼉與蚋，千家聚。有豪雄杜保，風流張緒。白髮寧忘揮麈興，青樓不是留琴處。待明朝、來問孝廉船，乘風去。

摸魚兒　揚州

笑風流、少年杜牧，如今雙鬢成雪。來尋荳蔻梢頭夢，二十四橋明月。人事別。把故國興亡，欲問無人說。淮雲萬疊。但雨外疏鐘，煙中斷角，到曉共嗚咽。　蕪城外，幾樹西風落葉。銷磨多少豪傑。平山堂上朝中措，天載妙音幾絶。歌一闋。怪水部、梅花怪我心如鐵。才情未竭。待跨鶴重來，纏腰半解，一奏玉笙徹。

沁園春　舟中九日次韻

萬里南還，臨江一笑，吾道滄洲。算生來骨相，不堪蟬冕，帶來分定，只合羊裘。薄酒勝茶，晚餐當肉，六印何如二頃謀。人間事，看蜃樓城郭，蟻穴公侯。　舟中此日風流。拚一酌黄花散百憂。甚東籬縣令，歸田自得，西江工部，戀闕多愁。出處雖殊，襟懷略似，光焰文章萬古留。聊記取，待他時話舊，八極神游。

木蘭花慢　春興

問東君識我，應怪我，鬢將華。甚破帽蹇驢，清明無酒，寒食無家。東風緑蕪千里，怕登樓、歸思渺天涯。煙外一雙燕子，雨中半樹梨花。　日長孤館小窗紗。新火試團茶。想明月灣頭，家家筍蕨，井井桑麻。年華不饒倦客，早青梅如豆柳藏鴉。欲逐夢魂歸去，客窗一夜鳴蛙。

點絳脣　春夢

多事春風，年年緑遍江南草。羅裙色好。莫把相如惱。　夢入瑶臺，搔背麻姑爪。還驚覺。杜鵑啼早。一夜相思老。

朝中措　春歸

蜂脾蜜滿燕成窠。春事已無多。風景付渠啼鴂，客情還我煙莎。　春來風雨，春歸風雨，春竟如何。

輸與前溪醉叟，紅雲波上漁歌。

浣溪沙　春閨送別

花滿離筵酒滿瓶。摘花未語泪先零。杯行教醉莫教醒。今夜酴醾連理枕，明朝柳絮短長亭。一般杜宇兩般聽。

木蘭花慢　清明夜與芳洲話舊

又清明寒食，淡孤館，鬱無憀。正杜宇催春，桐花送冷，門巷蕭條。芳洲老仙來下，粲黄冠、翠氅佩瓊瑶。兩客清談未了，三更風雨瀟瀟。青雲妙士早相招。同泛浙江潮。看眼閱青徐，氣横燕趙，天路逍遥。明年此時何處，定軟紅道上玉驄驕。萬里江南歸夢，青燈還憶今宵。

八聲甘洲　禊日禁酤

甚無情一信楝花風，捲盡市簾青。對樓臺寂寂，管絃悄悄，煙雨冥冥。屋角提壺笑我，不上五峰亭。此日流觴節，宜醉宜醒。説與渠儂知否，正門譏太白，巷訴劉伶。網絲沈玉斝，蘚暈入銀瓶。右將軍、蘭亭詩序，儘風流、千載事須停。西窗下、焚香晝永，一卷茶經。

水龍吟　秋水泛舟

陶公三尺漁梭，十年來蘚枯塵壁。無端夜半，風雷入夢，曉痕猶濕。起喚蘭橈，荻花蕩漾，黏天晴碧。望芝雲一點，爛銀盆裏，青螺眼中堪識。獨倚枕牀清嘯，看千帆霎時風力。孤篷穩繫，釣車慢卷，綠楊汀側。遠樹如煙，飛鷗如雪，暮愁如織。倩何人小拂朱絃，寫入一江秋色。

又　督軍湖觀競渡

平湖暮色冥濛，雷風喚起雙龍舞。吸乾彭蠡，須臾噀作，一川煙雨。漢女霓旌，湘妃翠蓋，馮夷鼉鼓。想祝融指揮，濤奔浪捲，來赴世間端午。此地番君舊境，問當年軍容何許。垂楊斷岸，幾回想像，水犀潮弩。風景依然，英雄遠矣，悠悠漢楚。笑邦人只記，飯筒纏綵，汨江懷古。

踏莎行　春雨連日

夜溜瓶懸，朝陰墨鎖。一年桃李糊塗過。欲留晴賞待清明，晴時只恐清明蹉。倚杖孤吟，焚香默坐。春衫莫把春泥涴。憑誰有爪似麻姑，明朝爲擘浮雲破。

摸魚兒　九日會周南翁子溪上

問籬邊、黄花開否，甕頭新酒篘未。故人有約酬佳節，一幅錦雲先墜。凝暮睇。正溪上、西風颯颯吹涼袂。行人笑指。□大似淵明，吟詩吻燥，忍待白衣至。　曾報與，松下巢居居士。應來別墅同醉。三人對月歌還舞，千載重陽奇事。何況是。青雲士、京華冉冉催征騎。吾儕耄矣。願强健年年，茱萸在手，分寄五千里。

蝶戀花　閱周南翁所藏書畫，惜其迂懷雅好，因泣下不自禁，漫賦

傀儡場中青紫楦。縱有神丹，俗骨無由換。可惜米顛蘇内翰。風標何遠年何短。此日開窗開寶玩。想見江船，當日晴虹貫。鐵石吳腸還易斷。風吹老泪春衫滿。

水龍吟　落梅

無端夢醉西湖，楊花撲帳春雲熱。朝來問訊，牆陰玉樹，霏霏香屑。黏竹如斑，點衣如睡，穿簾如蝶。甚兒童驚怪，東風幾日，銷不盡，蒼苔雪。　莫恨玉妃渾老，半面妝風流仍絶。多情應有，洛濱解佩，江中捐玦。銷得幾番，荒煙疏雨，冷雲殘月。倩何人報與廣平，渠不解心如鐵。

摸魚兒　賦潮

定何人、鞭蛟笞蜃，盡驅山石填海。海波坌涌三千丈，蓬嶠落翻鼇背。天晝晦。似睢水、揚沙漢楚三軍潰。東皇翠蓋。遣海若摇旌，馮夷擊鼓，彷彿一時會。　初發處，練白海門如帶。須臾雪嶺天界。

朝生暮落何時了，幾度越成吴壞。君莫怪。這莫有、至人呼吸乾坤外。白鷗自在。待日落潮平，游人歸盡，飛過富陽瀨。

水龍吟　雪次韻

一天雲似穹廬，山川慘淡還非舊。興來欲喚，羸童瘦馬，尋梅隴首。有客遮留，左援蘇二，右招歐九。問聚星堂上，當年白戰，還更許，追蹤否。　御擁重裘深坐，看飛花乍無還有。老來拈筆，不禁清凍，頻呵龜手。想見南山，少年射虎，臂鷹牽狗。暮歸來脱帽，銷金帳裏，飲羊羔酒。

又　壽族父瑞堂是日驚蟄

今朝蟄户初開，一聲雷喚蒼龍起。吾宗仙猛，當年乘此，遨游人世。玉頰銀鬚，胡麻飯飽，九霞觴醉。愛青青門外，萬絲楊柳，都撚作，長生縷。　七十三年閒眼，閲人間幾多興廢。酸鹹嚼破，如今翻覺，淡中有味。總把餘年，栽松長竹，種蘭培桂。待與翁同看，上元甲子，太平春霽。

最高樓　壽松巢次韻

南州士，人品角番川。春動九霞筵。皋比早志青雲上，角巾晚傲白雲邊。喜諸孫，蘭灑灑，玉娟娟。　笑七十、曲江歡未足。笑七十、金城閒未得。吾一壑，可忘年。金丹九轉來雲鶴，玉琴三疊和風蟬。報君知，巢上老，海棠仙。

錦堂春　迎周明翁治中

萬里槎浮碧漢，十年鵠立紅雲。龍墀乞得故鄉身，風月許平分。　魏國歸時已老，會稽仕日猶貧。世間無此錦堂春，富貴少年人。

摸魚兒　送周君崇録判

澮津橋、兩池春水，多情偏寫人影。冰姿玉質梅花骨，誰似此君清整。秋兔穎。似百鍊吴鉤，氣挾風霜冷。光芒炯炯。小試神鋒，蛟奔蜃走，彭蠡湛千頃。　芝山下，三世甘棠舊境。春風重緑相映。緹屏畫戟聲華接，還羨糾曹名盛。風力勁。想御此、泠然徑上蓬萊頂。城煙楚暝。怕別後懷人，登樓無柰，天闊暮江永。

水龍吟　送餘干教鄧覺非歸吳

琵琶亭下春波，滔滔流入三吳去。東風也似無情，不約木蘭舟住。中有仙翁，苧衫烏帽，筆牀談麈。道越鄉雖好，昨非今是，終不似，歸來賦。想見莓苔三尺，玉琴清、杏梢初雨。青青衿佩，童參冠伍，徘徊江暮。我意尤長，公行不顧，一聲柔艣。趁輕風徑上蓬萊頂顫，去天尺五。

百字令　餞張巡檢

芝山南畔，聽將軍鼓角，暮煙朝雨。渺渺番湖三百里，四面封疆皆水。葭葦烽沈，鯨鯢波靜，人在漁樵裏。封留千户，渠家代有人矣。正好緩帶輕裘，吟詩橫槊，五破梅花蘂。誰報萊衣春不待，匹馬戴星而起。細柳營寒，甘棠陰在，萬口稱才美。祥琴何日，玉堂直上天咫。

水調歌頭　代贈醫者葛道夫

欲問長生藥，句漏有丹砂。祇今醫國妙手，還屬葛仙家。出入聖神工巧，操縱温涼寒熱，功用妙無涯。談笑起沈痼，闔郡萬人誇。又何必，神樓散，紫荷車。火攻更是上策，一灼補千瑕。使子聲流梁楚，使子名齊和緩，當代更誰加。金帛何足報，吾筆解生花。

又　代送路同知罷歸

兵衛森畫戟，皁蓋映朱轓。平分一郡風月，家世舊衣冠。數日春風著物，一夜秋霜滿野，六月宛陵寒。只有雙溪水，照見寸心丹。公好似，片雲起，敬亭山。悠悠漾漾，等閒飛去又飛還。笑問無心出岫，何似從龍天上，爲雨徧人寰。輪輿敬亭老，趺坐靜中看。　以上鄱陽五家集本

王沂

沂字思魯，先世雲中人，後徙真定（今河北省正定縣）。延祐元年（一三一四）進士，嘗爲臨淮縣尹。至順三年（一三三二），爲國史院編修官。元統三年（一三三五），爲國子學博士。至元六年（一三四〇），爲翰林待制。至正二年尚轉側兵戈間，計其年當過七十。有伊濱集。

清平樂 春去

宿酲初醒。裊裊吟鞭影。蜀道秦川行路永。羅袖殘香消盡。清明寒食匆匆。能消幾日東風。蝴蝶不知春去，畫橋貪趁流紅。

菩薩蠻 題李溉之詞卷

大明湖上秋容暮。風煙杖屨時來去。説與病維摩。可人秋水呵。自書盤谷序。和了停雲句。把酒爲君歌。濟南名士多。

青玉案 送温叔闢之解州軍司幕官

東風撲面飄紅雨。正杜宇，催春去。馬首西山青半縷。汾陰簫鼓。晉陽煙樹。總是消魂處。芙蓉緑水佳賓主。賭酒金錢□更數。若見東皋煩寄語。山林真味。醉鄉天趣。待我平分取。

滿江紅 壽張良卿學士

九萬扶摇，試看取、垂天鵬翼。追往事，星辰劍履，玉階山立。爲問寶香黃閣夢，何如仙闕丹臺籍。寫風流、杖屨入耆英，今猶昔。詩酒部，笙歌席。松菊社，煙雲屐。早東風爲報，日邊消息。虎節貂蟬端舊物，分封準擬如椽筆。對西山、一笑五千年，髯如戟。

水龍吟 和鄭彦章韻

畫簷疎雨纔收，酒醒凝掩篷窗卧。薫爐火冷，餘香猶在，擁衾清坐。點鬢霜明，窺人月小，短檠花墮。想吴山越水，樓臺縹緲，應曾有，飛鴻過。寂寞文園病後，舊心情、苦無些箇。多君調我，幽蘭新句，紋牋玉唾。花落元都，鶴歸華表，夢誰擎破。待蓴鱸江上，高歌小梅，扣舷相和。

御街行　送王君冕二首

煙中列岫青無數。遮不斷、長安路。杜鵑誰道等閒啼，迤邐得人歸去。隴雲秦樹，周臺漢苑，滿眼相思處。停杯莫放離歌舉。至剪燭、西窗語。元都燕麥又東風，自是劉郎遲暮。紉蘭結佩，裁冰斷句，細和閒情賦。

又

君行廣武山前路。是阮籍、回車處。問他儒子竟何成，落日大河東注。無人說與，遙岑遠目，也會修眉嫵。離宮別館空禾黍。嘯木魅啼蒼鼠。悠悠往事不經心，只有閒雲來去。停雲得句，歸雲洞府，領取淵明趣。御街行原係二首，周泳先誤作一首。

以上四庫珍本伊濱集卷十二

蒲道源

道源字得之，號順齋，自眉州徙居興元（今陝西省南鄭縣）。生於中統元年（一二六〇）。嘗爲郡學正。卒於至元二年（一三三六），年七十七。有順齋閒居叢稿。

酹江月　次李壽卿侍西軒先生九日賞菊

暮秋天氣，似堪悲、還有一般堪悅。憔悴黄花風露底，香韻自能招客。手當紅牙，觴飛急羽，且爲酬佳節。龍山依舊，不知誰是豪傑。我愛隱士風流，就開三徑，欲往無能得。萬事會須論一醉，非我非人非物。座上狂歌，尊前起舞，待向醒時說。傲霜枝在，莫教空老寒色。

又　次梅隱丈生旦感懷

南箕月直，想青天、萬里光芒生夕。誰料英靈如此賦，孤負生平胸臆。世事悠悠，塵緣衮衮，仰看晴空碧。利名餘子，面騂羞汗長澀。幸自吾愛吾廬，南山招隱，灑掃躬厮役。但願身强餘慶在，流與子孫逢吉。暢飲遺情，浩歌乘興，風月共呼集。從今數去，那朝非是生日。

水調歌頭 癸未中秋雨悶中示德衡弟

天公何見戲，凡事每相乖。應知今夜秋半，故□放雲霾。不遣姮娥窺户，空使騷人賞客，尊俎預安排。無復弄清影，祇自黯愁懷。下簾櫳，收綺席，罷金釵。誰能爲我，叩廣寒玉殿令開。待得良辰美景，卻遇淒風苦雨，好事實難諧。高臥清無夢，檐溜滴空堦。

又 次權待制韻

燕城過長夏，鄉思若爲禁。故園松竹瀟灑，久矣負幽尋。賴有仙壇詩伯，同寓玉堂清署，相顧意殊深。餘暇儘談笑，煩暑自消沈。繞長廊，臨靜砌，稱閒心。颼颼樹杪風至，流水入衣襟。尚愧無窮汗簡，也預諸公奮筆，投跡是非林。何日了官事，倒佩脱冠簪。

滿庭芳 南營探梅至梅隱丈□

長憶當年，讀書窗下，歲寒留看孤芳。巡檐索笑，重到更彷徨。梅隱先生何在，清江外、新構茅堂。人應道、攀枝嗅蘂，那得救飢腸。多情餘習氣，芒鞋竹杖，未忍相忘。但年年依舊，疏影幽香。好是春風近也，猶記得、吟繞昏黄。開尊飲，參横斗轉，同醉卧花旁。

木蘭花慢 壽王國賓總管

數當今人物，問誰似，玉堂仙。但蘇子才名，居中未幾，補外何偏。天公意深有在，要周流、海内作師傳。萬古斯文正脈，一生前聖遺編。胸襟理勝自超然。雖老未華顛。念厚禄崇資，真成大耐，何計榮遷。心期歲豐民樂，更公庭、無訟酒如川。喚取梅花爲壽，看他老檜千年。

又　壽劉邢公

八旬今又八，說尚齒，更誰尊。況賜號司徒，跋封大國，榮及生存。白麻制詞新寵，算一家、四世被皇恩。七十兒爲內相，斑衣笑捧金尊。近聞迎駕到金門。親奉玉音溫。問父子行年，康寧壽考，定省晨昏。鑾坡正須耆舊，道平時、致仕不宜論。這種靈椿丹桂，天公偏養深根。

西江月　九日南城郊行

堤柳風前影瘦，池荷雨後香殘。高秋物色已闌珊。落日孤煙微暗。平野大家徐步，此身贏得長閒。路逢俗子笑相看。道我爲歡冷淡。

清平樂　李子文惠秋瓜

一罌甘露。來自東陵圃。五色金盤摩詰句。到□聊消沈痼。劙開碧玉棱層。嚼時牙頰生冰。可惜這般風味，不當六月炎蒸。

又　壽趙總管

相門華胄。勳業誰居右。且向人間涵養就。鼎軸青氈依舊。鄜延遺愛尤思。梁州新政方宜。處處邦民香火，祝君千歲而期。

又　壽李平章

□年宮教。龍躍隨天造。定策兩朝儒者效。勳業更誰能到。玉堂暫得餘閒。歸□燕坐知還。待滿令公書考，卻回絲竹東山。

點絳脣　次杜仲正經歷懷古韻

少日崢嶸，已看紫氣衝牛斗。詩才神授。□輩宜緘口。蓮幕風流，得見芝眉秀。空搔首。野梅官柳。先落君家手。

又

西蜀咽喉，鉤連閣道蒼崖斗。□皇天授。故國□江口。往事浮雲，依舊梁山秀。時延首。淡煙疏柳。欲畫無奇手。

又

一賦阿房，水之江漢星之斗。□□□授。不待形容口。□□□□，□□□□秀。宜稱首。肯教韓柳。獨擅文章手。

又

深味遺編，無心祿仕求升斗。學慚師授。朱墨聊餬口。自笑疏頑，詎敢儕英秀。寧低首。五株門柳。閒袖春風手。

又 賦野荼蘼

玉蘂瓏璁，繞籬盈樹知誰種。碧雲堆重。化作飛瓊洞。句挽春衫，嫋嫋珠纓弄。風微動。行人飛鞚。更著清香送。

又 趙嘉議大尹壽席

政感豐年，天公不禁興之酒。金卮如斗。滿獻君侯壽。福祿川增，來處由寬厚。從今後。平登朝右。官與人長久。

臨江仙 次仲正經歷韻三闋

二路滔滔方得意，從渠掉臂昂頭。崢嶸笑殺楚纍囚。功名雖自許，妻妾見應羞。吏隱羨君懷雅志，胸中自有嵩丘。且須夏葛與冬裘。隨時無不可，未用賦歸休。

又

健筆興來揮樂府，無愁可到眉頭。可憐郊島兩詩囚。枯腸徒自惱，騂汗只供羞。我欲與君追李白，神遊共訪丹丘。千金不惜翠雲裘。呼兒多換酒，一醉萬緣休。

又

俗務相仍何日了，紛紛百緒千頭。空教縈繞似遭囚。情知鷗與鷺，亦解替人羞。春曉拂衣隨父老，扶攜尋壑經丘。本無肥馬衣輕裘。閒身元自在，不問幾宜休。

又 次解東庵學士詠梅韻

聞說東庵梅最好，何須遠訪西湖。金衣相映玉肌膚。幽香俱可愛，顏色不妨殊。花主惜春仍好事，作詩清似林逋。冰蕤雪萼正敷腴。只愁無客至，那怕酒須沽。

朝中措　張允濟子滿晬

熊羆佳兆應神籤。何必夢中占。看取隆顱犀角，不愁長守齏鹽。今朝滿晬，諸般排比，筆墨先拈。休道添丁無用，能教乃祖掀髯。

鷓鴣天　和客中重九

冷落寒芳一徑幽。無詩無酒若爲酬。一生幾得花前醉，兩鬢難禁客裏秋。思往事，淚盈眸。共嗟日月去如流。短歌謾寄鄉鄰友，寫入新牋字字愁。

又　壽楊同知

好景良辰近上元。天公爲閒產英賢。政聲洋溢春風外，德澤流行漢水邊。官一品，壽千年。應知仁者得兼全。鳳凰池上恩波暖，指日丹墀步武聯。

又　壽耶律總管

霡霂春膏兆有年。街頭粟賤不論錢。時機似見天心順，物理端由刺史賢。人富貴，壽綿延。滿城桃李動芳妍。邦民香火纔收罷，黄閣聲名次第傳。

太常引　送趙參政西城別筵

相君今日已登程。暫車馬，駐西城。尊酒若爲情。且喚取、雙歌送行。遠山顰蹙，秋波凝竚，清淚也盈盈。便有遏雲聲。怎留得、前頭旆旌。

人月圓　趙君錫再得雄

君家陰德多多種，重得讀書郎。掌中驚看，隆顱犀角，黛抹朱妝。最堪歡處，靈椿未老，丹桂先芳。他年須記，于門高大，車馬煌煌。

感皇恩　次子驤節使示趙内翰韻

家□本吾儒，六韜能曉。從事和林十年了。一麾纔把，尤被揶揄嗔早。漠城官滿處，人傳道。郊次攀留，馬前持抱。□□殷勤盡癃老。謂君到處不見月烏驚繞。天公終料理，桑榆好。彊村叢書用普

本書室藏鈔順齋閒居叢稿本

木蘭花慢

想天開閶闔，正元日、受朝儀。美出震居尊，承乾繼統，行夏之時。梅花領將春到，更祥煙、浮動萬年枝。麗日徐行黃道，和風細度丹墀。天顏有喜近臣知。稱壽獻瑤巵。道品物惟新，陽剛寖長，百祿咸宜。觚稜五雲佳氣，但遙瞻、百拜只心馳。記得華封餘祝，不妨借入新詞。

點絳脣

旭日東生，五雲宮闕光輝映。百官班定。拜舞朝元正。春滿瑤巵，萬壽同稱慶。邊陲靜。太平全盛。永賴吾君聖。

秦樓月

宸京裏。玉巵爲壽龍顏喜。龍顏喜。天開盛旦，日膺繁祉。蠻荒凱奏風塵弭，羣臣虎拜同歸美。同歸美。山呼萬歲，太平天子。

又

昌期遇。天齊九五符乾數。符乾數。今朝稱賀，載逢初度。金莖玉屑和丹露。寶爐沉水騰香霧。騰香霧。祈君萬壽，永承洪祚。

又

皇都曉。堯階奉引瞻天表。瞻天表。麒麟不動，御香輕裊。電光曾記樞星繞。升平自此開先兆。開先兆。堯天日月，萬年長照。

又

龍樓宴。千官拜表俱歡忭。俱歡忭。今宵帝座，瑞光高見。觚稜引領心常戀。南山萬壽殷勤獻。殷勤獻。皇天眷顧，必從臣願。以上壽詞六首見順齋閒居叢稿卷六

袁　易

易字通甫，平江（今江蘇省蘇州市）人。生於景定三年（一二六二）。曾爲徽州路石洞山長。卒於大德十年（一三〇六），年四十五。有靜春堂集。

聲聲慢　壽張仲實

籤芸垂砌，帶草縈（趙本誤作榮）連，一庭生意天寬。半卷書帷，絃歌晝永人閒。西泠軟紅自遠，對森森、喬木蒼寒。拈綵筆，灑雲煙零亂，飛度吳山。　轂雨初收時候，向魏紫屏幃，舞袖斕斑。更喜今年，濃恩爲染羅襴。傾盃燕鶯院宇，擁神仙、綠鬢朱顏。春似錦，駐風光、都在牡丹。喬木所居亭名

臺城路　壽戴剡源

湖山青倚東風外，天呈圖畫嵐壁。竇瀑流雲，溪源漱玉，人物冰壺同色。清才賦筆。卷千頃秋溟，素□飛入。笑睨西湖，斷煙零霧半篙碧。　貞元朝士未老，舊家供奉曲，前事休憶。芹藻官清，絃歌興遠，花底綠尊頻側。虛亭晝寂。愛晴影岩嶤，翠陰狼藉。見説長生，盡從閒裏得。岩嶤亭名剡源所居

高陽臺　鴛鴦菊

浴水雕翎，眠紗綉羽，天然宜在滄洲。翠被餘聲，涼宵陡頓驚秋。妖姿不共流年謝，帶睡魂、飛上枝頭。任煙波，多少淒涼，分付輕鷗。　金英濃露纔收。誤芰荷翻雨，□夢悠悠。陶令歸來，十分芳意誰酬。惜花長是招花惱，況動人、名字風流。黯銷凝，添得東籬，一段閑（趙本誤作困）愁。

木蘭花慢　九月一日，與彥良及南山上人遊張氏廢園，見海棠數枝，彥良屬予賦詞，末章蓋爲彥良發也

對荒臺老樹，雲物澹，水容清。更犀麈玄談，疎髯長嘯，此地逢迎。幽并故多俊傑，看賦詩、鞍馬氣縱橫。晝擁金猊傍柳，夜呼銀甲彈箏。齊奴錦去

緑蕪生。歌院鎖蟲鳴。問斜日秋光，猩紅睡魄，知爲誰醒。盈盈倚牆弄色，更無言、向客最含情。折贈何人雲鬢，今宵腸斷西泠。

憶舊遊　元夕雨

記笙歌茂苑，綉錦吴歈，京樣風流。夜弛金吾令，正籠紗競陌，霧暖春柔。翠蓬閬府移下，花影一天浮。任畫管催更，玉繩掛曉，猶醉西樓。回頭。事如夢，奈杜牧多情，難忘揚州。小雨重門閉，但簷花敲句，燈影籠愁。黛雲暗鎖妝鏡，不是玉娥羞。怕倦客今宵，憑欄見月懷舊遊。

南鄉子　十月海棠盛開

酒暈映朱唇。籬畔嫣然別是春。笑殺當時桃與李，紛紛。只作東風一霎塵。　霜月夜寒新。睡起斜紅懶未勻。誰道風流飛燕去，無人。更有香肌不粟身。

江城子

爛鋪蜀錦寫烏絲。憶傾巵。燕來時，猶記半揎，雲袖見凝脂。燕子只今何處去，庭院悄，誤心期。　緑蕪凋盡衆芳遲。弄仙姿。瞰方池。墮井殘妝，依約景陽妃。不比春宵常苦短，拚剪盡，燭千枝。

菩薩蠻　和天民賦十月海棠

朱唇初注櫻桃小。逞嬌攙占東風早。似妬臘前梅。百花頭上開。　絳雲生夜暖。卯酒醒時晚。最怕淚闌干。何須帶雨看。

木蘭花慢　喜玉田至

渺仙遊倦跡，乍玄圃，又蒼梧。甚海闊天長，月梁有夢，雁足無書。泠然御風萬里，喜□袍、還對紫霞裾。一自黄樓賦後，百年此樂應無。　蕭閑吾愛吾廬。花淡淡，竹疎疎。更歲晚生涯，薄田二頃，甘橘千株。諸君便須小住，比桑麻、杜曲我何如。不用南山射虎，相從濠上觀魚。

八聲甘州　僕與湯師言、金桂軒、張叔夏、唐月心諸

君爲至交，師言以一官在千里之外，僕又驅馳南北。九月望後，夜泊吳江長橋，有懷諸友，在吳下時，得相周旋，今各一方，意緒惻愴，爲賦八聲甘州一闋，以寫惓惓之意。叔夏於酒邊喜歌自製樂府，故末章及之，以資他日一笑云

正丹楓亂葉舞詩情，驚鴻起汀洲。對蒼茫獨立，江山如此，覊思悠悠。尚憶幽坊小檻，笑語月侵樓。誰遣樓心月，來照行舟。波影□雲如鏡，向滄浪喚酒，空闊呼鷗。縱并刀堪剪，還解剪離愁。待歸來、輕謳淺醉，想舊時、張緒轉風流。却説與、虹橋今夕，一片清秋。

南柯子　僕慕呂弛夫陳天民之爲人久（原作舊，從趙萬里校改）矣，比一再相會酒邊，僕因誦向所寄張玉田詞，二公欣然屬和，遂口占小詞爲謝。酒闌更唱迭和，忽以成卷，漫録之，以爲再會嘉話云

賣藥韓康伯，還丹呂洞賓。相逢況有葛天民。笑殺神仙，元只在紅塵。賦就甘州曲，驚回池上人。悟君那得筆如神。割我一川秋色一江雲。

又　再用韻

跌宕騎鯨客，逍遥跨鶴賓。重來休嘆舊人民。擘脯傾杯，閒話海揚塵。愧乏雙金贈，難酬兩玉人。陽臺仙女水爲神。乞與空齋，孤枕夢行雲。

又　再用前韻

緑酒忘年友，黄花入幕賓。狂歌鼓腹混堯民。冷笑世間，名利細如塵。二妙真無敵，千篇轉逼人。蛟龍驚避嘯無神。争得呼爲風雨吐爲雲。

聲聲慢　壽金桂軒，時有入道之意

宿雲不卷，輕雪初銷，乾坤正沍冰霜。清入萱叢，誰知春在（原作正，據趙萬里校改）華堂。潘輿笑觀戲彩，動星文、兩兩輝煌。堪羨處，看春枝棣蕚，蘭秀芝芳。　賸占人間家慶，甚輿高泉石，耳倦絲簧。見説瑤池，玉娥爲剪霞裳。神仙有緣自得，且徒教、笙鶴翱翔。聊待我，更花前、沉醉幾場。

臺城路　和師言送春

落紅填徑東風惡，貪飛燕雛歸晚。聽雨樓低，留春地窄，誰念閒情消減。天涯漫覽。正鷗渚波寬，柳汀雲黯。賴有遥峯，數尖遮斷送愁眼。年年春草又緑，看花人自老，遺恨天遠。雁柱凝塵，鮫綃暗墨，青鬢吴霜輕點。風流漸懶。但詩惱東陽，病添中散。院落無人，繡簾和絮捲。

燭影摇紅　春日雨中

日日春陰，瑞香亭下寒成陣。鳳靴頻誤踏青期，寂寞牆陰徑。翠被堆床未整。睡初酣、風篁唤醒。幾多心緒，鵲語難憑，燈花無準。得酒澆愁，舊愁不去添新病。吴綾題滿斷腸詞，歌罷何人聽。寶篆香消晝永。裊餘煙、蕭蕭鬢影。出門長嘯，白鷺雙飛，清江千頃。

又　同前韻

二月江南，亂鶯縈攪飛花陣。今年春苑淡如秋，疎柳閑三徑。塵網幺絃待整。怕離愁、琵琶話醒。牡丹猶未，杜宇休催，東君歸準。賦筆才慳，故人能寫蘭成病。中流獨自扣舷歌，空有魚龍聽。娃館琴臺路永。定何時、追隨帽影。斷崖歌樹，蔓草平煙，憑闌俄頃。

減字木蘭花　銷金菊

芳鈿簇簇。曾印鮫綃裙六幅。萬朶天真。我是東籬富貴人。霜寒睡起。移就淺斟鴛帳底。買斷秋風。判得黄金土價同。

念奴嬌　連日雪意淒迷，雲未解駁，僕與勉夫江村眺望，漫興賦此

暮雲樓閣，送悠悠今古，飛鴻明滅。欹到黄蘆洲亂吐，點綴微茫殘雪。淺水灣碕，疏籬門徑，淡抹牆腰月。灞橋清思，向人一片愁絶。堪笑滕六羞慵，三年刻楮，慳放玲瓏葉。争得并刀雙練帶，裁出春風千疊。重按瑶華，新翻白苧，舞趁金釵節。玉龍擎重，爲予飛動鱗鬣。

洞仙歌 去冬無雪，新歲乃稍稍見，正月二十日又大雪，於是立春七日矣，僕與勉夫對坐蕭齋，卽景漫賦

江楓汀樹，掛寒雲零亂。天闊誰塡莫愁滿。散玉塵千斛，裝□柴門，堪笑處、天女多情恨晚。灞橋絲樣柳，恰試鵝黄，笛裏東風便吹斷。莫話剡溪船，乘興歸來，早閒了落梅庭院。愛攙占西園做飛花，又不道春光，暗中消滅。

摸魚兒 正月九日，勉夫暫入城，因賦寄之

裹空濛、凍雲如墨，匆匆人在南浦。灞橋蹇步馱愁去，遞與快帆輕艫。堪恨處。正短燭燒殘，未刻西窗句。荒林斷莽。便閒了門前，近人鷗鳥，此意向誰語。行藏事，盡道日天也悟。流萍忽散還聚。玉缸春漲葡萄綠，準擬千觴飛羽。君聽取。怕越客燈宵，留滯吳簫鼓。江村夜午。來共倚寒梅，吹香弄影，壁月照琪樹。

江城子 余與勉夫應酬，人事之餘，頗浮沉於詩酒。或者訐其廢事，以爲孔覲一月有二十九日醉也，同舟因語及此，吾二人抵掌大笑，就口占江城子一闋

江雲漠漠水潺潺。掛蒲帆。水雲間。更有何人，得共此時閒。說與紅塵須左辟，明鏡裏，白鷗還。天風吹面雪消殘。爲春寒。放梅慳。咫尺吾廬，稚子候柴關。幾首新詩千斛酒，人道我，轉癡頑。

浣溪沙 和勉夫四首

一月寒陰不放春。打窗風雨太頻頻。竹床仰卧看承塵。客去祇殘書葉亂，愁來獨有酒盃親。鏡中白髮不饒人。

又

江上芹芽短試春。去年燕子定巢頻。數朝風伯但消塵。莫問孟桓誰駕御，只緣嵇吕自情親。平生我亦不羈人。

又

釵燕啣將縹緲春。十分春恨入眉顰。粉綿休拭鏡

奩塵。葱指試拈瓊管怯，繡衾翻與獸爐親。爲題閨怨定愁人。

又

鞭罷泥牛無好春。草青空入夢中頻。從今更有二分塵。我自醉眠那問客，身猶如寄更誰親。百年同是可憐人。

風入松　和張玉田閏元夕（趙本調誤作醉花陰，兹據律改）

綵鰲仙樂響空明。前度鳳來迎。月圓月缺年年事，是今番、特地關心。五夜重判爛醉，三分尚有餘春。　玉壺寒沁一天星。車馬氣如雲。籠紗競逐香塵暗，笑幽人、門掩花陰。未見山中歷日，夢中池草先青。

解連環　與金桂軒虎丘送春

燕忙鶯寂。驚千林稚緑，半灣新碧。試送目、官柳河橋，便携酒餞春，去應無跡。岸曲殘英，尚勾引、行舟攀摘。茶笋香頓冷，瘦愁易感，舊遊難覓。　天開畫圖綉壁。看嵐光似染，雲翠疑滴。帶暝色、飛入清吟，爲小駐蘭橈，快尋芳屐。細躡苔階，怕踏碎、白雲狼藉。恨蕭蕭、暮煙細雨，又還送客。

滿庭芳　余家園有蘭花，花開時未著葉，粲然可愛。勉夫同賞，訊余此花於譜中何所屬，余以爲木蘭之別種也。勉夫即席賦，余輒和之

粉膩湯泉，春温湘粟，六銖初掛慵妝。煙皐露畹，異譜各傳芳。月地相逢縹緲，細凝佇、玉潤酥香。瓊姬意，難憑木筆，寫恨寄王郎。　蘇臺雙樹老，當年刺史，看似尋常。夢蘭如此，客不共飛觴。堪憐田家姊妹，黯憔悴、長伴蓉裳。應難比，仙姿淡雅，裙幅瀟湘。

南柯子　嘲阿聰

玉雪娟娟秀，鉛華淺淺塗。生兒何事苦憐渠。奈此繡綳珠絡小於菟。　轉眼長過户，他年畫作圖。

門生不用舉監□。趙萬里校云，疑當作籃輿看我醉眠牛背阿聰扶。

以上袁易靜春詞三十首趙萬里自明鈔四朝名賢詞録出，但有誤字。茲據百家詞本校改。

劉詵

詵字桂翁，號桂隱，廬陵（今江西省吉安市）人。生於至元五年（一二六八），隱居教學，屢薦不起。至正十年（一三五〇）卒，年八十三。有桂隱集。

滿庭芳　次韻賦萍

碧唾成花，翠璣浮霧，水邊裙影知誰。半溝未合，脂水過生肥。小扇迎風試拂，翩翩去、還復差池。憑闌處，怕伊貪見，見了卻忘歸。　橋西。青不住，乳鴛行破，一瞬淪漪。看疏如有恨，密似相依。元是情根種得，更千古、欲盡何時。重相約，章臺春膩，還上最長枝。

西江月

偏是一春憔悴，被人閒賦陽臺。扇遮微雨傍牆回。花信餘寒柳外。　繡果未成雙荔，打鴉摘盡新梅。暗占胡蝶卻飛來。睡起斜陽猶在。

憶秦娥　初見桃花

春愁淺。窺人忽見桃花臉。桃花臉。輕寒初透，小窗猶掩。　東風裙濕湘波颭。相逢處處如人面。如人面。劉郎老去，怕伊重見。

謁金門

春睡倦。自揀花枝行徧。昨日新紅今日變。細挼將袖染。　翠扇迎風撲面。雙燕飛來還轉。簾外楊花簾裏燕。相逢如未見。

青玉案　和友人壽席

春來十日春多少。扶路金釵試燈早。旋翦壽幡飛蝶小。東家垂柳，西家明月，風物年年好。　種桃三千今餘九，誰道桃花笑人老。萬事浮雲如過鳥。

浣溪佳句，柴桑新酒，天地何時了。

臨江仙　戲留友人

何必渡江如去歲，載花買酒山中。赤城風月笑相逢。城中差更樂，佳客飲千鍾。菊水粼粼生翠霧，蓉簾半捲西風。分明不與畫圖同。不妨歌此曲，君自是司空。

以上見嘉靖刊本桂隱詩集卷四，但有錯字，兹據舊抄本校。

張養浩

養浩字希孟，號雲莊，濟南（今山東省濟南市）人。生於咸淳五年（一二六九）。曾爲東平學正，選堂邑縣，拜監察御史。天歷二年（一三二九）卒，年六十一，謚文忠。有歸田類稿。

感皇恩　自壽

林壑八年閑，吟殘山色。無處烟霞不相識。真歡清福，舉世誰人曾得。天教分付與，雲莊客。萬里侯封，九華仙伯。未必情濃似吾適。扁舟風月，好景初無今昔。遐齡原不在，餐松柏。

此石刻見山東歷城縣志卷二十四。志謂石刻在歷城縣（今濟南市）城内張文忠公祠。碑額最上層刻張養浩自壽詞，草書。下題八分書七聘堂記四字，記文，正書，蘇天爵撰。碑陰有虞集五言古詩一首。詞綜補遺卷十八又録張養浩行香子一葉舟輕一首乃東坡詞之誤

葉森

森字仲實，江陰（今江蘇省江陰縣）人。通蒙古字學，推爲譯吏。後改鹽官州判官，調新喻，至治二年（一三二二）卒。

蝶戀花　西湖感舊

小院閑春愁幾許。目斷行雲，醉憶曾遊處。寂寞而今芳草路。年年緑遍清明雨。花影重簾斜日暮。酒冷香温，幽恨無人顧。一陣東風吹柳絮。

又隨燕子西泠去。李衛西湖志卷四十

兀顏思忠

水調歌頭　偕憲掾分司尉邑，偶得友人招隱之章，率爾次韻

白雲渺何許，目斷楚江天。悲風大河南北，跋涉幾山川。手綫征衫塵暗，雁足帛書天闊，恨入短長篇。青鏡曉慵看，華髮早盈顛。嘆流光，真逝水，自堪憐。明年屈指半百，勳業愧前賢。霄漢驂鸞無夢，桑梓歸耕有計，醉且付高眠。寄謝鹿門老，待我共談元。河南通志卷七十四

白雲山翁

水調歌頭　兀顏分憲至邑，奉和前題

憶分司時節，秋雨正連天。官路滿篙流水，舟楫駛如川。陌上漫漫泥潦，徙遠馬瘏人倦，堪賦夫來篇。雪冷梅花萼，春早綠楊顛。問東君，春幾許，爲君憐。浮生恍如蝶夢，栩栩羨高賢。客裏漸磨歲月，兩眼青山圖畫，松翠看雲眠。安得王喬術，飛舄頫通元。河南通志卷七十四

安熙

熙字敬仲，藁城（今河北省藁城縣）人。生於至元六年（一二六九）。少慕劉因之名，欲從之游，因亦願傳所學於熙。會因卒，不果，然所學一以因爲宗。至大四年（一三一一）卒，年四十三。有默庵集。

酹江月　登古容城有感，城陰則靜修劉先生故居

天山巨網，儘牢籠、多少中原人物。趙際燕陲空老御，千仞巖巖蒼壁。古柏蕭森，高松偃蹇，不管飛

冰雪。慕羶羣蟻，問君誰是豪傑。重念禹跡茫茫，兎狐荆棘，感慨悲歌發。累世興亡何足道，等是轟蚊飛滅。湖海襟懷，風雲壯志，莫遣生華髮。中天佳氣，會須重見原缺見字據丁藏默庵先生文集舊鈔本補明月。

又

前日歸途，偶記和仲欲把鋤犂門人願助之語，甚恨不獲請其詳，而亦獨喜其先得我心之所同也。中夕不寐，卒爾成章，寫寄和仲，可爲後日(原無後日二字，據丁藏舊鈔本補)相見一笑。大德乙巳上元日神峰野客書

世途艱阻，正堪悲、萬里清秋搖落。況復乾坤還閉物，奚啻切牀膚剥。消長盈虛，循環反覆，夜半驚孤鶴。東君着意，惠風先到巖壑。悦親原有清歡，簞瓢食飲，不害貧家樂。多病留侯空自苦，慚愧長身諸葛。先手躬耕，卧龍岡上，吾家桑梓在卧龍岡之陽準備豐年穫。豚蹄社鼓，幾時同醉寥廓。

太常引　和王治書仲安

求田問舍欲婆娑。算無地，不風波。胸次儘嵯峨。世間事、都能幾多。登山臨水，望花隨柳，獨此未消磨。便擬借行窩。正霽月、光風氣和。

石州慢　寄題龍首峰

龍蟠虎踞，朝楚暮秦，世路艱蹇。夕陽淡淡餘暉，閶闔九重天遠。千秋萬古，先天消長圖深，何人解識興亡本。夜鶴渺翩翩，儘平林鴉滿。蕭散。不須黄鶴，遺書不用，洪崖相挽。蒼狗浮雲，平日慣開青眼。擬將書劍，西山采蕨食薇，自應不屬春風管。只恐汝山靈，怪先生來晚。

鵲橋仙

徘徊尊俎。徜徉笑語。俯仰乾坤今古。世間豪傑數元龍，想未識、聖門風度。也非學圃。也非懷土。静看落花風雨。安排便買釣魚蓑，□底是、滄浪深處。

彊村叢書用善本書室藏鈔默庵文集本，茲據另一舊鈔本

校補。

楊載

載字仲弘，浦城人，後徙杭州。生於至元八年(一二七一)。延祐二年(一三一五)進士，官寧國路總管府推官。至治三年(一三二三)卒，年五十三。有楊仲弘集。

水龍吟

鴻溝定約東歸，又誰遣赤龍迴指。青娥舞罷，重瞳欲泣，斷腸聲裏。半壁酸風，兩淮寒月，古今興廢。木末眇烏江滿眼，驚濤卷雪，分明總是英雄淚。　木末招招舟子，載何人斷煙流水。平沙盡處，青山數點，江東千里。長嘯風前，無人會我，登臨此意。但黃蘆古木，夕陽回照，有漁歌起。式古堂書畫考卷十八

朱晞顏

晞顏字景淵，長興(今浙江省長興縣)人。初爲平陽州蒙古掾，又曾爲江西瑞州監稅。有瓢泉吟稿，與鮮于樞、楊載等人唱酬。

浣溪沙　謝張魯瞻惠紙筆和來韻

湘管娟娟弱鳳翎。霜毛楚楚醉猩英。就中心早可人情。　漸老江淹無好夢，輸他年少意縱橫。只堪閒寫換鵝經。

菩薩蠻　烏洋觀魚

鯤鵬已向天池徙。瀺灂凡曹争尺水。莫信鼓風雷。俱堪作鱠材。　輕舠風送捷。觸網黃金裂。誰謂我非魚。我知魚不如。

太常引　送樂清宗晦山長陳輔賢

青衫結髮聚秋螢。三館早蜚英。出爲主宗盟。總

祖述、吾家考亭。相逢臺下，卧看秋雁，一笑暮潮平。驛路柳青青。問底事、春風世情。

月中行　追補泰軒録事母夫人壽

廣寒折得桂枝回。嫫母惜多才。九重春色錦江來。齊勸九霞杯。　玉堂有客移宫羽，歌詞麗、總是詩材。我慙弱水隔蓬萊。幾許碧桃開。

南柯子　龍門汲雪

遠脈通蛟穴，清泠瀉翠苔。甌鑪相對竹房開。容我籠頭，紗帽白雲堆。　碧沚中濡雪，金沙二月雷。鉼罌千里走黄埃。嗟爾蒼生，億萬墮顛崖。

糖多令　中秋

凉影下青鸞。晴空瀉素盤。漾玉壺、千頃多寬。老桂散香風露淨，霜兎瑩，骨毛寒。　老子倚闌干。不辭終夜看。有誰人、共此清歡。爲問姮娥今與古，能幾見，正端端。

蝶戀花

挺挺雙清臨淨練。羽佩飛來，頗覺遊情倦。獺髓新痕開半面。前時一似湘皐見。　流水回雲春不豔。怕有生香，引得蜂兒健。淨几明窗斜日轉。如今不許幽蘭占。

千秋歲　壽王推官母九十一是日小寒節

嫩冰池沼。澤國寒初峭。梅乍坼，春纔早。朱門歌管鬧，繡閣沈煙嫋。歡宴處，神仙一夜離蓬島。　九十過頭了。百歲看看到。須聽取千年調。人誇嫫母姸，我覺彭籛少。强健在，看兒歷徧中書考。

洞仙歌　慶張閭總管母八十

人生八十，是世間中壽。七十由來古稀有。況君侯，已樹開國殊勳，曾異數，周魯瞻前拜後。　玉麟分上瑞，千里傳歡，鸞誥金花爛晴晝。象服照青春，□□□□秋香薦，北堂卮酒。問阿母西池底事時來，試爲數蟠桃，幾番開否。

魚遊春水　壽徐仁静其壻樂魯命

蘭室餘香藴。射雀屏、深清晝永。紅旌微動，簾展浪花移暝。重碧先拈翡翠杯，戲綵低窣鴛鴦錦。人在蕊宫，春生蓬境。盡説而翁少穎。記得遺環故時井。而今猶自風流，朱顔緑鬢。百年應惜銅仙在，九里争傳清河潤。山兮壽兮，以仁能静。

掃花遊　送人

津亭柳色，正舞翠毵毵，亂侵歌袖。驪駒送酒。競東門祖席，賓僚動舊。白髮青衫，愁絶風流去後。黯回首。但夢繞藩垣，簾影清晝。遺愛曾未久。聞里役均輸，力排豪右。喧傳萬口。道調元贊化，是經綸手。鼎鉉虚賢，分内功名信有。事非偶。看金甌姓名還又。

慶宫春　送袁仲野歸紹興

彩筆傳歌，青衫提劍，幕中誰似風流。使檄聯芳，賓筵接武，後塵每繼清遊。曉雲春夢，試回首、星霜再周。仙曹書滿，薦剡交推，一鶚横秋。扁舟乍可夷猶。一鏡平湖，數點輕鷗。醉客疏狂，騷翁豪放，二公同是朋儔。仕而猶隱，料出處、胸中已籌。故山雖好，未許歸來，一賦休休。

滿江紅　壽推官焦元播慶六十

鳳鶴翩躚，記昨夢、天錫九齡。從頭數，再周甲子，屈指天星。上界仙人足官府，人間歲月自峥嶸。慶明時，生甫又生申，維嶽靈。珠盈掌，金滿籯。浮瑞鵲，囀春鶯。是乃翁陰德，心事分明。筆下萬言多活國，胸中三尺久持衡。慰來蘇，爲雨福蒼生，騰頌聲。

前調

彈鋏歸來，更誰歎、有魚無肉。念良夜，向闌相對，舊歡難續。一夕乍寒秋枕夢，一年重翦西窗燭。算人生，得意待何時，蕉隍鹿。尊有酒，妻堪熟。書插架，兒能讀。傍虚檐翠雲低亞，萬竿如束。數點蒼山遥入户，半篙春水斜穿屋。便門前，車馬寂無人，從教俗。

滿庭芳　和趙仲敬詠雪

翦水飛花，裁冰作絮，龍宮不管嚴寒。斜侵風帽，吟鬢忽衰殘。誰念梁園倦客，黄金盡、作賦才慳。飄流久，寒欺敝褐，猶事馬蹄閒。兒時曾縱獵，呼鷹野外，落雁雲端。猛呼酒霜韝，溼徧紅鴛。倚馬酣歌秦妓，紫貂暖、不上裘船。今遲暮，翩翩孤劍，寂寞度桑乾。

前調

寒壓衾裯，光摇書幌，夜深香夢初殘。細聽窗户，簌簌響春蠶。風勁時時墮砌，分明認、山溜潺湲。呼童起，疏梅耐冷，修竹報平安。曉來擁被看，閒庭舞鶴，古瓦迷鸞。待戲挽銀河，飛步天壇。恐瓊樓玉宇，最高處、無限清寒。憑君問，九關虎豹，香案五雲閒。

前調

榾柮鑪寒，梅花帳矮，篝鐙愁坐更殘。欲眠還起，身已怯吴蠶。夜静珊珊入竹，依稀聽、石上清湲。遥知道，東皇賦瑞，和氣滿長安。明廷多俊彦，清班振鷺，健筆翔鸞。笑兒女才卑，空占吟壇。奇絶鄒枚賦詠，玉蜍冷、宫袖呵寒。君知否，玉堂清禁，終不似人間。

漢宫春　賦吕子敬梅齋月

梅與月兮，問雪香秋影，幾度黄昏。相逢驚詫，涴盡京洛緇塵。空山耿耿，鎮無言、色笑相親。應頓悟、風前笛裏，三生石上精魂。一自心盟重訂，便神交契合，隨寓吾真。蕭然水邊林下，□□□□。□□□□，炯清輝、冠玉風神。應酷似，家傳清白，□□正獻前身。

八聲甘州　題西山爽氣樓

向青泥坊底午橋邊。新買屋三間。有嘉蔬半席，修篁數箇，分占寬閒。著取層梯直上，闌楯出高寒。不見終南徑，惟有西山。 門外紅塵似海，待抽□手板，同擬君看。對熏鑪茗椀，捫蝨縱雄談。笑當年、多情王粲，賦終非吾土，淚空彈。 任俗子卧之樓下，那許躋攀。

天香　壽桂金堂竹泉總管

碧玉横陳，黄金細屑，天然畫堂風景。古月浮香，冷風度曲，不許一塵侵近。沈沈永夜，漾水色、窗軒秋淨。如識巖前氣韻。端知歲寒心性。 繁華漫誇紅紫，□顔色、直宜相並。縱有交承梅菊，也應推遜。自是蟾宫仙種。儘消原缺消字，據鈔本補得嬋娟伴原缺伴字，據抄本補清影。爲乞姮娥，雲階鷲嶺。

聲聲慢　賦柑花

瀼瀼微露，熏骨濃芳，清暑絶點珠璣。不夢風寒，繁豔自有冰肌。儘任蠻煙瘴雨，向炎州、偷換原作焕，據抄本改朱衣。情緣短，絶無芳夢，飛度江陑。 猶託傳來纖手，藹香名三日，賞徧吴姬。縱使馨兒妖麗，誰與心期。傷情墜樓恩重，忍塵沙、玉瘞珠遺。餘韻在，返清魂、環佩夜歸。

東風第一枝　送人

曉渡呼雲，秋山訪雁，吟情先趁鄉原作香，據抄本改夢。暖風輕約行塵，草色一川翠湧。元戎小隊，隘紫陌、簪纓光動。看碧油沙際，陳兵，玉勒柳邊飛鞚。 陪密幄、折衝需用。贊上幕、典型增重。發硎初試牛刀，儲才正須藥籠。清時異數，有天外、好風吹送。想驛亭、籌筆風流，應憶翦鐙曾共。

桂枝香　壽馬宣差詠桂

何年月地。有白鳳飛來，與秋遊戲。碎屑黄金馥馥，暗熏沈水。如來粟界開全未，直著得、許多清氣。飽諳風露，自應韻色，獨高人世。 更不羨、犀帷富貴。羨鷲峰前度，秀分雲外。彈壓西風，誰數錦英華麗。幽芳素抱巖棲志，笑當時、滿門桃李。等閒乞取，長生妙訣，廣寒宫裏。

木蘭花慢　送陳國材都目

拂溪藤香潤，緘翠墨，寄深情。憶月滿簫臺，春回炎海，驛騎宵征。相思頓成春夢，恰方州、接武敍前盟。媿我弓刀分倅，多君案牘勞形。佳聲。賓佐喜逢迎。曹局賴經營。更尊俎談諧，風襟清曠，逸思縱横。正好相依晚歲，忽原脱忽字，據抄本補歡傳、梅菊已交承。粗喜分携不遠，春來把酒江城。

前調　陳伯永竹院有魏鶴山題扁名公留題

信吟筇到處，儘可款，箇人家。見碧甃横陳，粉牆低亞，亂鎖煙霞。森森萬竿如束，倚虛檐、風影自交加。一點塵無几硯，十分清到窗紗。堪嘉。玉立瘦穿沙。池色淨無瑕。向良夜移牀，靜臨書帙，閒試茶瓜。明月清風仍好，但秦宮、梁苑徧棲鴉。零落殘香秀墨，春衣拂徧苔花。

齊天樂　薊門寒食

青煙一夜傳宮燭，朝來管絃都試。寶扇傳歌，銀瓶索酒，柳下驕驄曾繫。憐紅嫵翠。任栲栳量珠，伴春俱醉。不道無情，花殘春老頓容易。人生幾何適意。甚前時風度，今番情味。楚褐凝塵，濤牋封淚。愁在斷鴻聲裏。情絲恨綺。儘付與風檐，燕兒論理。不似流紅，解隨東去水。

前調　與周可竹會飲和韻

浦潮迎送朝還暮。匆匆燕來鴻去。北牖分茶，西窗翦燭，離合人生由數。狂朋怪侶。記籌酒句吟，幾回凝竚。絮影蘋香，夢中猶是少年路。詞華今度尚在，奈相如漸老，無計重賦。露底冰絃，梅邊玉麈。留得風襟如故。情高萬古。想脱劍呼尊，氣吞寰宇。不管春山，子規啼夜苦。

晝錦堂　壽孔竹所

朱户黏雞，鈿釵簇燕，恰須三日王春。記得當年佳夢，始紱祥麟。杜陵天近衣冠盛，謝庭春暖薰蘭馨。人争羡，青鬢未饒，恩袍草色光凝。佳音須側耳聽。報取日下蜚聲。繭紙塗鴉，天上寶墨猶新。蟄雷先奮三冬暖，便風終快九霄鵬。君須念，早晚小儒，終期一報平津。

渡江雲　題鄭天趣三湘集

渺寒雲萬里，孤舲載雪，逐雁渡三湘。倦遊頻選勝，撫劍延平，貰酒過滕王。清泉自酌，秋草合、賈傅祠荒。算都是、傷心弔古，和月貯吟囊。　難忘。雲邊梅屋，雨底蓀房。料裁雲縫霧，應自有、知心老媪，相與平章。澧蘭沅芷曾親擷，返醒魂、猶帶騷香。看未足，漁歌又起滄浪。

念奴嬌

倦懷無據。凭危闌極目，寒江斜注。吴楚風煙遥入望，獨識登臨真趣。晚日帆檣，秋風鐘梵，倚徧樓東柱。興來携手，與君更上高處。　隱約一水中分，金鼇戴甲，力與蛟龍拒。擬訪臨幕清夜鶴，誰解坡仙神遇。斷壁懸秋，驚濤遡月，總是無聲句。勝遊如掃，大江依舊東去。

前調

怒濤駕雪，躪千騎、争赴危坡奔注。高閣淩空圖畫出，邈邈荆揚佳趣。夢澤雲寬，邗溝霜淨，影落晴檐柱。南來王氣，消沈榛莽深處。　堪笑亡國危機，沈江鐵鎖，欲把東吴拒。司馬家兒那解事，神算真成天遇。商意悲涼，宮詞淒苦。忍聽臨風句。無情江水，不將遺恨流去。

水龍吟　簡周晴川教授會飲和韻，其兄晴山，有吹壎吹篪詞稿

一春臘雨慳晴，悶來閒檢牀頭曆。農占候應，今朝甲子，初開霽色。草徑泥融，柳橋風勁，尚妨吟策。有幽軒水淨，官窯春透，儘可一，觴閒集。　重碧滿浮雲液。奈長歌、此情無極。觥籌交錯，壎篪迭奏，席珍連璧。列屋修蛾，主家陰洞，漫然傾國。任醉魂直到，芙城待問，似他丁石。

喜遷鶯　永嘉思遠樓端午（原脱永嘉思遠樓五字，據鈔本校）

香塵盈篋。是舊日賜來，宮羅疊雪。服艾衣清，浴蘭湯暖，輸與箇人娟潔。性巧戲拈，鍼鼊得、虎兒獰劣。鬢半嚲，貼朱符翠篆，同心雙結。愁絶追楚俗。獨弔湘纍，日映沈菰葉。彩鷁浮空，鳴鼉聒晝，十里翠紅相接。漫有倚空闌檻，誰把朱簾高揭。歸去也，聽叩舷兒女，尚傳歌闋。

宴清都　餞提控令史林君瑞

試倚江亭櫂。來執手、問君歸計何早。賓僚攀挽，元戎舉辟，正堪談笑。青衫兩見書考。且暫屈、致身未老。料鯤鵬、須奮天池，驊騮寧戀芻草。堪誇健筆揮斤，長材破的，積案如掃。霜臺器重，蘭省優容，十連儀表。平生不在温飽。但行志、功名儘了。便歸來、説似梅花，清尊細倒。

一萼紅　盆梅

玉堂深。正重簾護暝，窗色試新晴。苔暖鱗生，泥融脈起，春意初破瓊英。夜深後、寒消絳蠟，誤碎月、和露落空庭。暖吹調香，冷芳侵夢，一餉消凝。長恨年華婉晚，被柔情數曲，抵死牽縈。何事東君，解將芳思，巧綴一斛春冰。那得似、空山静夜，傍疏籬、清淺小溪橫。莫問調羹心事，且論笛裏平生。

大聖樂　至日與周晴川兄弟會飲

霜護庭鴛，春生鑪獸，早梅初破。喜至景、漸覺迎長，刺繡五紋贏得，兒女情多。老侵尋愁添歲月，儘門外、今朝無客過。慵身在，且應時納祐，淺酌高歌。人生有幾勝選，苦不分、千金換翠蛾。便次公酌我，公榮如子，奈此歡何。霜竹歕雲，風瓢激樹，得似壎篪清意呵。休眉鎖，朱顏去了，還更來麽。

過秦樓　客中端午

水碧紗厨，月圓紈扇，悄悄午窗曾共。袪愁楚艾，照眼安榴，節物把人傳送。無奈長晝如年，鶯趁吟情，蝶迷鄉夢。悵歸期多誤，暮雲凝望，亂愁如葑。　誰念我、悶對騷經，慵尋遺譜，冷落赴湘琴弄。醒魂正渴，筒碧初乾，買健聽人呼糉。不似歸來故園，同汎香蒲，頻傾春甕。儘癡兒騃女，齊唱湖樓興動。

賀新郎　壽清尹靳從矩

縣古槐成幄。燕泥香、繁紅墜雨，半簾花落。一夜江皋黄犢雨，萬頃緑雲歕薄。聽四野、田家歡樂。堂上琴聲堂下水，晝庭空、自下風檐雀。喧競少，儘不惡。　竹窗暑淨巾斜著。傍筠軒、閒舒嘯戲，舞翻霜鶴。棐几藤牀揮玉麈，風骨棱棱如削。炯一段、清冰秋壑。待得河陽桃李滿，向雪堂、細訂梅花約。須喚我，共酬酢。

前調　歸雁用劉季和韻

雲影低平楚。看翩翩、離羣避暖，去尋孤戍。猶記登樓看瘦字，零落西風無數。把往事、書將空處。乍別榆關秋夢迥，向江南、睡足菰蒲雨。天欲暝，雪初絮。　江空歲晏衡陽度。儘冥冥、稻粱謀拙，弋人何慕。行斷驚飛悲弔影，誰念嘹風最苦。算只有、天涯羇旅。莫聽城笳迷去翮，被落花、飛絮相縈住。輸海燕，笑遲暮。

哨徧　題坐忘齋

一室退藏，隱几坐觀，默會人閒世。惟集虚，抱一自齋心，黜聰明、形骸之外。回益矣。冥然如喪吾志。烏知禮樂非仁義。彼造物何如，息黥補劓，徒勞巧任私智。但忘年、忘義樂天倪。好惡情、都忘物皆齊。鯈與魚遊，鹿與麋交，將無同異。噫。請試言之。彼知忘此此忘而，海上多矰繳，翁鷗乃、兩忘機。想蝶夢莊周，周迷蝶夢，蘧蘧自適無非己。便是是非非，非非是是，由來非馬非指。我而今、魚兎都忘已。又豈知、筌蹄爲得計。問臧穀、亡羊何累。塞翁得馬奚喜。得失成何濟。頓忘世味。簞瓢陋巷，樂以忘其憂耳。便教有酒也忘歸。在忘形、相汝相爾。彊村叢書本瓢泉詞　兹以愛日精廬藏鈔本瓢泉吟稿校補

彊村叢書本瓢泉詞一卷，用傳鈔四庫瓢泉吟稿本。卷中原有浣溪沙銀海清泉一調，菩薩蠻鄉關散盡一調，芙蓉紅落一調，柳梢青、臨江仙、驀山溪、蘇武慢各一調，並見宋朱希真樵歌。章怡田以爲此七調皆館臣誤録，因删去。

鄭禧

禧字天趣，温州(今浙江省温州市)人。登進士曾任黄岩州同知。作春夢録，見説郛卷四十二。

木蘭花慢

恃平生豪氣，冲星斗，渺雲煙。記楚水湘山，吴雲越月，頻入詩篇。皎潔劍光零亂，算幾番、沉醉樂花前。□種仙人瑶草，故家五色雲邊。芙蓉金闕正需賢。詔下九重天。念滿腹琅玕，盈襟書傳，人正韶年。蟾宫近傳芳信，□姮娥、嬌豔待詩仙。領取天香第一，縱横禮樂三千。

又

望斜楊裊翠，簾試捲，小紅樓。想鸞佩敲瓊，鸞妝沁粉，越樣風流。吟懷自憐豪健，灑雲牋、醉裏度春愁。有唱還應有和，纖纖玉映銀鈎。犀心一點暗相投。好事莫悠悠。便有約尋芳，蜂媒纔到，蝶使重遊。梅花故園憔悴，揖東風、讓與杏梢頭。況是梅花無語，杏花好好相留。

又

任東風老去，吹不斷，淚盈盈。記春淺春深，春寒春暖，春雨春晴。都來殺詩人興，更落花、無定挽春情。芳草猶迷舞蝶，緑楊空語流鶯。玄霜着意擣初成。回首失雲英。但如醉如癡，如狂如舞，如

夢如驚。香魂只今迷戀，問真仙、消息最分明。後夜相逢何處，清風明月蓬瀛。以上三首見春夢録

吴氏女

木蘭花慢　和鄭禧

愛風流俊雅，看筆下，掃雲煙。正困倚書窗，慵拈針綫，懶詠詩篇。紅葉未知誰寄，慢躊躇、無語小窗前。燕子知人有意，雙雙飛度花邊。殷勤一笑問英賢。夫乃婦之天。恐薛媛圖形，楚材興歎，喚醒當年。疊疊滿枝梅子，料今生、無分共坡仙。贏得鮫綃帕上，啼痕萬萬千千。

又　和鄭禧

看紅牋寫恨，人醉倚，夕陽樓。正故里梅花，纔傳春信，先認儒流。此生料應緣淺，綺窗下、雨怨共雲愁。如今杏花嬌豔，珠簾嬾下銀鈎。絲蘿喬樹欲依投。此景兩悠悠。恐鶯老花殘，翠嫣紅減，辜負春遊。蜂媒問人情思，總無言、應只自低頭。夢斷東風路遠，柔情猶爲遲留。

□□□　託箕仙降筆

緣慘雙鸞，香魂猶自多迷戀。芳心密語在身邊，如見詩人面。又是柔腸未斷。奈天不從人願。瓊消玉減，夢魂空有，幾多愁怨。

西江月　託箕仙降筆（原無調名據律補）

今日瑤池大會，羣仙不肯來臨。真筆傳語鄭郎君，記得相嘲妬行。好箇木蘭花慢，休題相契分明。君還要問那香魂，正在仙宫聽命。以上四首見春夢録

周玉晨

玉晨字晴川，朱晞顔瓢泉吟稿中有與周晴川兄弟會飲詞。

十六字令

眠。月影穿窗白玉錢。無人弄，移過枕函邊。花草粹編卷十

案詞品卷一誤作周邦彥詞。詞綜卷三十云，按十六字令即蒼梧謠也。張安國集中三首，蔡伸道集中一首，其首俱以一字句斷，今本訛眠字爲明，遂作三字句斷，非也。是詞見天機餘錦，係周晴川作。今相沿刻周美成，然片玉集無此，其不係美成明矣。

虞集

集字伯生，號道園，又號邵庵，崇仁（今江西省崇仁縣）人。宋丞相允文五世孫。生於至元九年（一二七二）。累官翰林學士，兼國子祭酒。至正八年（一三四八）卒，年七十七，謚文靖。有道園類稿。

浣溪沙　次韻禮院孟子周僉院秋夜曲二疊

天闊秋高初夜長。浮塵消盡霧蒼茫。澄澄孤月轉危牆。金井有聲惟墜露，玉階無色乍疑霜。不聞人語只吟蛩。

又

風力清嚴掃暮煙。纖塵不礙月嬋娟。太虛那得有中邊。大地山河空復影，九霄宮闕舊無傳。幾承劍氣一飄然。

南鄉一翦梅　招熊少府

南阜小亭臺。薄有山花取次開。寄語多情熊少府，晴也須來。雨也須來。隨意且銜杯。莫惜春衣坐綠苔。若待明朝風雨過，人在天涯。春在天涯。

法駕導引　廬山尋真觀題

欄干曲，正面碧崔嵬。嵐氣著衣成紫霧，墨香橫壁長蒼苔。爲白玉蟾記柏影掃空臺。江海客，欲去更徘徊。霧髮雲鬟何處在，風泉雪磴幾時來。鶴翅九秋開。

□□□　題梅花寒雀圖

殘雪曉。窗外幽禽小。春聲初動苔枝裊。花落知多少。春起早。苦被東風惱。綠陰青子歸來早。滿徑生芳草。

柳梢青　至順癸酉立春，客有持逃禪翁此卷相示，清潤蘊藉，使人意消，因所題柳梢青調，亦賦一首云

從別幽花。玉堂金馬，十載忘家。橫幅疏枝，如逢舊識，同在天涯。荒村茅屋攲斜。待歸去、重尋釣槎。解御絲鉤，青鞵藜杖，翠竹江沙。

風入松

畫堂紅袖倚清酣。華髮不勝簪。幾回晚直金鑾殿，東風軟、花裏停驂。書詔許傳宮燭，香羅初翦朝衫。御溝冰泮水挼藍。飛燕又呢喃。重重簾幕寒猶在，憑誰寄、銀字泥緘。爲報先生歸也，杏花春雨江南。

滿庭芳

微雨經宵，暖煙籠晝，相尋閒步堤沙。露桃風絮，香影傍烏紗。徙倚江樓最久，綺窗迥、翠擁雙丫。輕鷗外，水邨山郭，帆過泊誰家。東華。塵土夢，漢宮傳蠟，隋樹啼鴉。記當時攜手，何處天涯。日暮清吟未足，聽街鼓、催發香車。山翁醉，驚雷散雹，深夜未停撾。

鵲橋仙　寄阿里仁甫

維舟南浦。臨流不渡。踏破城南蔬圃。故人直是不相忘，把酒看、沙頭鷗鷺。青雲得路。蘭臺烏府。早晚新承恩露。輕車切莫便乘風，先報與、山翁知取。

法駕導引　爲陳溪山壽

秋氣至，壽斝注天香。燕坐喜看扶兩几，擊鮮何必溷諸郎。長歲接賓行。

又

盤石上，新畫太丘翁。扶老一枝風滿袖，淩霄千歲露垂松。不與世間同。

又

千歲事，何許覓松喬。急雨輕雷開道路，星河北斗轉岧嶤。相對話漁樵。

浣溪沙

江上秋風日夜生。蕭蕭兩鬢葛衣輕。芭蕉叢竹共幽情。病骨不禁湘簟冷，夢魂猶似玉堂清。畫檐疏雨過三更。

燭影摇紅　淮南故將軍家有歌妓，才容自許，善自度曲。歐陽守淮南，妓爲將軍願一見公，竟不及見而卒。客有爲公賦此曲者

雲映虛檐，夢魂正繞陽臺近。朝來誰爲護重籠，雲卧衣裳冷。應念蘭心蕙性。對芳年、才華自信。洞房春暖，換羽移宫，珠圓絲瑩。板壓紅牙，手痕猶在餘香泯。當時惟待醉翁來，教聽鶯聲引。可惜閒情未領。但雕梁、塵銷霧暝。幾回清夜，月轉西廊，梧桐疏影。

蝶戀花　故遼主得其臣所獻黄菊賦，題其後曰，昨日得卿黄菊賦。細翦金英題作句。袖中猶覺有餘香，冷落西風吹不去。二月末，與楊廷鎮陳衆仲觀杏城東，坐客有爲予誦此者，因括檃歸腔，令佐酒者歌之

昨日得卿黄菊賦。細翦金英，題作多情句。冷落西風吹不去。袖中猶有餘香度。滄海塵生秋日暮。玉砌雕欄，木葉鳴疏雨。江總白頭心更苦。素琴猶寫幽蘭譜。

賀新郎　五月中，以小疾家居，陳衆仲助教言乳燕飛華屋調最宜時，連度數曲，病其詞妙則聲劣，律穩者語卑。適有友人期家人到官所而不至，賦此

丹荔明如火。想江城、薰風乍透，繡簾青瑣。寶篆香消初睡起，葉底流鶯又過。算幾度、思歸未果。欲翦冰綃憑誰寄，恐腰圍、漸減愁無那。臨岸曲，命舟舸。涼宵冉冉銀蟾度。望清輝、千里照人，霧低雲軃。準擬雕梁棲飛燕，早晚新巢定妥。歎會

少離多似我。留滯文園頭先白，念琴心、久爲芳塵鎖。將舊恨，歸江左。

風入松　爲莆田壽

頻年清夜肯相過。春碧捲紅螺。畫檐幾度徘徊月，梁園迴，無復鳴珂。門外雪深三尺，窗中翠淺雙蛾。　舊家丹荔錦交柯。新玉紫峰駞。長安日近天涯遠，行雲夢、不到江波。欲度新詞爲壽，先生待教誰歌。以上十七首彊村叢書用吴伯宛輯本虞集道園樂府

蘇武慢

全真馮尊師，本燕趙書生，游汴，遇異人，得仙學。所賦歌曲，高潔雄暢，最傳者蘇武慢廿篇。前十篇道遺世之樂，後十篇論修仙之事。會稽費無隱獨善歌之，聞者有淩雲之思，無復流連光景者矣。予山居每登高望遠，則與無隱歌而和之。無隱曰，公當爲我更作十篇。居兩年，得兩篇半，殊未快意也。昭陽協洽之年，當嘉平之月，長兒之官羅浮。予與客清江趙伯友，臨川黄觀我、陳可立游。東叔吴文明，平陽李平幼子翁歸，泛舟送之。水涸，轉鄱陽湖，上豫章，遇風雪，十五六日不能達三百里。清夜秉燭，危坐高唱，二三夕閒，得七篇半。每一篇成，無隱即歌之。馮尊師天外有聞，能乘風爲我一來聽耶。明春，舟中又得二篇，併無俗念一首。後三年，仙游山彭致中取而刊之，與瓢笠高明共一笑之樂也。道園道人虞集伯生記

案鳴鶴餘音載此小序在詞題前。

自笑微生，凡情不斷，輕棄舊磯垂釣。走馬長安，聽鶯上苑，空負洛陽年少。玉殿傳宣，金鑾陪宴，屢草九重丹詔。是何年、夢斷槐根，依舊一蓑江表。　天賜我、萬疊雲屏，五湖煙浪，無限野猿沙鳥。平明紫閣，日晏玄洲，晞髮太霞林杪。蒼龍騰海，白鶴銜霄，顛倒一時俱了。望清都、獨步高秋，風露洞天初曉。

又

掃盡風雲，綽開塵土，落得半丘藏拙。青松爲蓋，白石爲牀，一切物情休歇。幾度蓬萊，布袍長劍，

閒對海波澄澈。是誰家、酒熟仙瓢，邀我共看明月。歸去也、玉宇寥寥，銀河耿耿，鐵笛一聲山裂。三花高擁，九炁彌羅，縹緲泰清瑤闕。手把芙蓉，淩空飛步，今夜幾人朝謁。便翻身、北斗爲杓，偏散紫甌香雪。

又

山月來時，海風不動，平地玉樓瓊宇。桂子飄香，露華如水，自按洞簫如縷。杳杳冥冥，泠泠歷歷，青鳥解傳芳語。太微中、鸞鶴相求，盡是舊時真侶。君聽取、列豹重關，鼓雷千吏，天界更多官府。石女簪花，木人勸酒，爲我此閒聊住。高唱微吟，揮毫萬丈，塵世等閒今古。看空山、一色青青，何意斷雲殘雨。

又

皓月清霜，釣舟如葉，閒渡小溪澄碧。銀漢無聲，玉虹橫野，斗柄正垂天北。半幅烏紗，數根華髮，一緉野鳧飛舄。問回仙、城南老樹，能見幾何今昔。西華頂、十丈高花，九天秋露，結就翠房瑤實。脱屣非難，淩空何遠，三咽雪融冰液。辟穀神方，餐霞真訣，一去更無消息。笑人閒、長住虛空，誰似一輪紅日。

又

放櫂滄浪，落霞殘照，聊倚岸迴山轉。乘雁雙鳧，斷蘆漂葦，身在畫圖秋晚。雨送灘聲，風搖燭影，深夜尚披吟卷。算離情、何必天涯，咫尺路遥人遠。空自笑、洛下書生，襄陽耆舊，夢底幾時曾見。老矣浮丘，賦詩明月，千仞碧天長劍。雪霽瓊樓，春生瑤席，容我故山高讌。待雞鳴、日出羅浮，飛渡海波清淺。

又

對酒當歌，無愁可解，是箇道人標格。好風過耳，皓月盈懷，清淨水聲山色。世上千年，山中七日，隨處慣曾爲客。盡虛空、北斗南辰，此事有誰消得。曾聽得、碧眼胡僧，布袍滄海，直下釣絲千尺。掣取鯨魚，風雷變化，不是等閒奇特。寒暑相催，乾坤不用，歷劫不爲陳迹。可憐生、忘卻高年，長伴小兒嬉劇。

又

憶昔坡仙，夜游赤壁，孤鶴掠舟西過。英雄消盡，身世茫然，月小水寒星火。何似漁翁，不知今古，醉傍蓼花然火。夢相逢、羽服翩躚，未必此時非我。誰解道、歲晚江空，風帆目力，橫槊賦詩江左。清露衣裳，晚風洲渚，多少短歌長些。玉宇高寒，故人何處，渺渺予懷無那。歎乘桴、浮海飄然，從者未知誰可。

又

十載燕山，十年江上，慣見半生風雪。對雪無舟，泛舟無雪，不遇竝時高潔。斷港殘沙，今茲何夕，一似剡溪歸越。但掀篷、數尺梅花，人迹鳥飛俱絕。君不見、五老危巔，浮丘絕頂，笑我早生華髮。返老還童，易粗爲妙，定有九還丹訣。霽景浮空，天光眩海，一體本無分別。便堪稱、六一仙公，千古太虛明月。

又

歸去來兮，昨非今是，惆悵獨悲奚語。迷途未遠，晨景熹微，乃命導夫先路。風颺舟輕，候門童稚，此日載瞻衡宇。酒盈尊、三徑雖荒，松菊宛然如故。聊寄傲、與世相違，舊交俱息，更復駕言焉取。琴書情話，尋壑經丘，倦鳥岫雲容與。農人告我，有事西疇，孤櫂賦詩春雨。但樂夫、天命何疑，乘化任渠留去。

又

六十歸來，今過七十，感謝聖恩嘉惠。早眠晏起，渴飲飢餐，自己了無心事。數卷殘書，半枚破硯，聊表秀才而已。道先生、快寫能吟，直是去之遠矣。没尋思、拄箇青藜，靸雙芒屨，走去渡頭觀水。逝者滔滔，來之衮衮，不覺日斜風細。有一漁翁，驀然相喚，你在看他甚底。便扶杖、穿起鮮魚，博得一尊同醉。

又

一徑通幽，畫屏横翠，行到白雲深處。世外蟠桃，井邊佳橘，别有種萱瑶圃。檀板輕敲，素琴閒弄，奉獻鳳膏麟脯。舞翩翩、鶴髮飄飄，仍是舊時仙母。君看取、華屋神仙，滿堂金玉，此是螗蛄朝暮。五色蓬萊，九秋鵰鶚，别有出身之路。酒熟麻姑，雲生巫峽，稽首洞天歸去。任海波、清淺無時，何處緑窗雲户。

又

雲淡風輕，傍花隨柳，將謂少年行樂。高閣林間，小車城裏，千古太平西洛。瞻彼泱泱，言思君子，流水儼然如昨。但清游、天際輕陰，未便暮愁離索。長記得、童冠相隨，浴沂歸去，吟詠鳶飛魚躍。逝者如斯，吾衰甚矣，調理自存斟酌。清廟朱絃，舊堂金石，隱几似聞更作。農人告我事西疇，窈窕挂書牛角。

無俗念

十年窗下，見古今成敗，幾多豪傑。誰會誰能誰不濟，故紙數行明滅。亂葉西風，游絲春夢，轉轉無休歇。爲他憔悴，不知有甚干涉。寥寥無住閒身，盡虚空界，一片中宵月。雲去雲來無定相，月亦本無圓缺。非色非空，非心非佛，教我如何説。不妨跬步，蟾蜍飛上銀闕。以上十三首彊村叢書從鳴鶴餘音輯録，原附馮尊師詞蘇武慢二十首删去另録

案詩餘圖譜補遺卷七誤補虞集霜天曉角薊雪裁冰一首，原詞乃宋樓槃作，見絶妙好詞卷三。

一剪梅　春别

荳蔻梢頭春色闌。風滿前山。雨滿前山。杜鵑啼血五更殘。花不禁寒。人不禁寒。　離合悲歡事幾般。離有悲歡。合有悲歡。別時容易見時難。怕唱陽關。莫唱陽關。花草粹編七

歐陽玄

玄字原功，瀏陽(今湖南省瀏陽縣)人。生於至元二十年(一二七三)，中延祐二年(一三一五)進士。累官翰林學士承旨。至正十七年(一三五七)卒，年七十五，謚曰文。著圭齋集。

漁家傲　余讀歐公李太尉席上作十二月漁家傲鼓子詞，王荆公亟稱賞之。心服其盛麗，生平思彷彿一言不可得。近年竊官於朝，久客輦下，每欲倣此，作十二闋，以道京師兩城人物之富，四時節令之華，他日歸農，或可資閒暇也。至順壬申二月，玄修大典既畢，經營南歸，屬春雪連日，無事出門，晚寒附火，私念及此，夜漏數刻，腹稾具成，枕上不寐，稍諧叶之。明日，筆之於簡，雖乏工緻，然數歲之中，耳目之所聞見，性情之所感發者，無不檃括概見於斯。至於國家之典故，乘輿之興居，與夫盛代之服食器用，神京之風俗方言，以及四方賓客宦游之況味，山林之士未嘗至京師者，欲有所考焉，此亦可見其大略矣

正月都城寒料峭。除非上苑春光到。元日班行相見了。朝回早。闕前謕帕歡相抱。　漢女姝娥金搭腦。國人姬侍金貂帽。繡轂雕鞍來往鬧。閒馳驟。拜年直過燒燈後。

又

二月都城春動野。引龍灰向銀牀畫。士女城西爭買架。看馳馬。官家引佛官蘭若。　水暖天鵝紛欲下。鷹房奏獵催車駕。御道海青逢燕怕。纔過社。柳林飛放相將罷。

又

三月都城游賞競。宮牆官柳青相映。十一門頭車馬迸。清明近。豪家寒具金盤飣。　墦祭流連芳

草徑。歸來風送梨花信。向晚輕寒添酒病。春煙暝。深深院落鞦韆迥。

又

四月都城冰椀凍。含桃初薦瑛盤貢。南寺新開羅漢洞。伊蒲供。楊花滿院鶯聲弄。歲幸上京車駕動。近臣準備鑾輿從。建德門前飛玉鞚。争持送。葡萄馬乳歸銀甕。

又

五月都城猶衣裌。端陽蒲酒新開臘。月傍西山青一掐。荷花夾。西湖近歲過苕霅。血色金羅輕汗浹。宫中畫扇傳油法。雪腕綵絲紅玉甲。添香鴨。涼餻時候秋生榻。

又

六月都城偏晝永。轆轤聲動浮瓜井。海上紅樓歌扇影。河朔飲。碧蓮花肺槐芽瀋。緑鬢親王初守省。乘輿去後嚴巡警。太液池心波萬頃。閒芳景。掃宫人户撈漁艇。

又

七月都城争乞巧。荷花旖旎新棚笊。籠袖嬌民兒女狡。偏相攪。穿針月下濃妝佼。碧玉蓮房和柄拗。晡時飲酒醒時卯。淋罷麻稭秋雨飽。新涼稍。夜燈叫賣雞頭燒。

又

八月都城新過雁。西風偏解驚游宦。十載辭家衣綫綻。清宵半。家家擣練砧聲亂。等待中秋明月玩。客中只作家中看。秋草牆頭螢火爛。疏鐘斷。中心臺畔流河漢。

又

九月都城秋日亢。馬頭白露迎朝爽。曾向西山觀蒼莽。川原廣。千林紅葉同春賞。一本黄花金十鏹。富家菊譜籤銀榜。龍虎臺前駝鼓響。擎仙掌。千官瓜果迎鑾仗。

又

十月都人家旨蓄。霜菘雪韭冰蘆菔。暖炕煤爐香豆熟。燔獐鹿。高昌家賽羊頭福。貂袖豹袪銀鼠襆。美人來往氈車續。花户油窗通曉旭。日寒燠。梅花一夜開金屋。

又

十一月都城居暖閣。吴中雪紙明如堊。錦帳豪家深夜酌。金雞喔。東家撒雪西家噱。纖指柔長宫線弱。陽回九九官冰鑿。盡道今冬冰不薄。都人樂。官家喜受新年朔。

又

十二月都人供暖箑。宫中障面霜風獵。甲第藏鈎環侍妾。紅袖厭。笑歌聲送金蕉葉。倦客玉堂寒正怯。曉洮金井冰生鬣。凍合竈觚餳一楪。吴霜鑷。換年懶寫宜春帖。彊村叢書用明刊圭齋文集本

張玉孃

四庫存目有蘭雪集一卷，署元松陽（今浙江省遂昌縣東南）女子張玉孃撰。嘉靖中，邑人王詔爲之作傳。傳中謂玉孃少許字沈佺，後佺卒，玉孃遂以憂死。

法曲獻仙音　夏夜

天捲殘雲，漏傳高閣，數點螢流花徑。立盡屏山無語，新竹高槐，亂篩清影。看畫扇，羅衫上，光凝月華冷。夜初永。問蕭娘、近來憔悴，思往事、對景頓成追省。低轉玉繩飛，澹金波、銀漢猶耿。簟展湘紋，向珊瑚、不覺清倦。任釵橫鬢亂，慵自起來偷整。

蘇幕遮　春曉

月光微，簾影曉。庭院深沈，寶鼎餘香裊。濃睡不堪聞語鳥。情逐梨雲，夢入青春杳。海棠陰，楊

柳杪。疏雨寒煙，似我愁多少。誰唱竹枝聲繚繞。□□臨風，自訴東風早。

玉蝴蝶　離情

極目天空樹遠，春山蹙損，倚徧雕闌。翠竹參差聲戛，環佩珊珊。雪肌香、荆山玉瑩，蟬鬢亂、巫峽雲寒。拭啼痕。鏡光羞照，孤負青鸞。何時星前月下，重將清冷，細與温存。薊燕秋勁，玉郎應未整歸鞍。數新鴻、欲傳佳信，閣兔毫、難寫悲酸。到黄昏。敗荷疏雨，幾度銷魂。

玉樓春　春暮

凭樓試看春何處。簾捲空青澹煙雨。竹將翠影畫屏紗，風約亂紅依繡户。小鶯弄柳翻金縷。紫燕定巢銜舞絮。欲憑新句破新愁，笑問落花花不語。

玉女摇仙佩　秋情

霜天破夜，一陣寒風，亂淅入簾穿户。醉覺珊瑚，夢回湘浦，隔水曉鐘聲度。不作高唐賦。笑巫山神女，行雲朝暮。細思算、從前舊事，總爲無情，頓相孤負。正多病多愁，又聽山城，戍笳悲訴。强起推殘繡褥，獨對菱花，瘦減精神三楚。爲甚月樓，歌亭花院，酒債詩懷輕阻。待伊趨前路。争如我雙駕，香車歸去。任春融、翠閣畫堂，香靄席前，爲我翻新句。依然京兆成眉嫵。

賣花聲　冬景

衾重夜寒凝。幽夢初醒。玉盤香水徹清冰。起向妝臺看曉鏡，瘦蹙梅英。門外六花零。香袂棱棱。等閒斜倚舊圍屏。冷浸寶奩脂粉懶，無限淒清。

念奴嬌　中秋月次姚孝寧韻

冰輪駕海，破寒煙、萬點蒼山凝緑。清逼嫦娥秋殿静，桂樹香飄金粟。萬頃琉璃，一天素練，光徹飛瓊屋。楚雲無迹，蕭蕭夢斷銀竹。都勝三五尋常夜，高河新瀉下，雪波霜瀑。臂冷香銷成獨坐，顧影□愁千斛。燕子樓空，鳳簫人遠，幽恨悲黄鵠。夜闌漏盡，梅花聲動湘玉。

水調歌頭　次東坡韻

素女煉雲液，萬籟静秋天。瓊樓無限佳景，都道勝前年。桂殿風香暗度，羅襪銀牀立盡，冷浸一鉤寒。雪浪翻銀屋，身在玉壺閒。玉闕愁，金屋怨，不成眠。粉郎一去，幾見明月缺還圓。安得雲鬟香臂，飛入瑶臺銀闕，兔鶴共清全。竊取長生藥，人月滿嬋娟。

蕙蘭芳引　秋思

星轉曉天，戍樓聽、單于吹徹。擁翠被香殘，霜杵尚喧落月。楚江夢斷，但帳底、暗流清血。看臂銷金釧，一寸眉交千結。雨阻銀屏，風傳錦字，怎生休歇。未應輕散，磨寶簪將折。玉京縹緲，雁魚耗絶。愁未休、窗外又敲黄葉。

如夢令　戲和李易安

門外車馳馬驟。繡閣猶醺春酒。頓覺翠衾寒，人在枕邊如舊。知否。知否。何事黄花俱瘦。

憶秦娥　詠雪

天冪冪。彤雲黯淡寒威作。寒威作。瓊瑶碎剪，乘風飄泊。佳人應自嫌輕薄。亂將素影投簾幕。投簾幕。不禁清冷，向誰言著。

南鄉子　清晝

疏雨動輕寒。金鴨無心爇麝蘭。深院深深人不到，凭闌。盡日花枝獨自看。銷睡報雙鬟。茗鼎香分小鳳團。雪浪不須除酒病，珊珊。愁繞春叢淚未乾。

浣溪沙　秋夜

玉影無塵雁影來。繞庭荒砌亂蛩哀。涼窺珠箔夢初回。壓枕離愁飛不去，西風疑負菊花開。起看清秋月滿臺。

小重山　秋思

秋入瑶臺玉簟涼。藕花香暗度、紫荷鄉。軟□羅扇動清商。霜漸老，庭外菊初黃。眉月畫應慵瘦朧□對鏡、怨容光。淚痕寒染翠綃裳。梧葉盡，疏影下銀牀。

漢宮春　元夕用京仲遠韻

玉兔光回，看瓊流河漢，冷浸樓臺。正是歌傳花市，雲靜天街。蘭煤沈水，瀲金蓮、影暈香埃。絶勝□，三千綽約，共將月下歸來。多管是春風有意，把一年好景，先與安排。何人輕馳寶馬，爛醉金罍。衣裳雅澹，擁神仙、花外徘徊。獨怪我、繡羅簾鎖，年年憔悴裙釵。

燭影摇紅　又用張材甫韻

梅雪乍融，單于吹徹寒猶淺。夜從燈下翦春幡，笑罷椒盤宴。雲母屏開簾捲。放嫦娥、廣寒宮苑。星移銀漢。月滿花衢，繞城絃管。□□□□，譙樓一任更籌換。錦霞銀樹玉橋聯，誰道蓬山遠。可是紫簫聲斷。漫懊恨、春宵苦短。不堪回首，照□芙蕖，斷腸鴻雁。彊村叢書用孔氏微波榭傳鈔小山堂鈔本

王結

結字儀伯，定興（今河北省定興縣）人。生於至元十二年（一二七五）。元統中，官至中書左丞。至元二年（一三三六）卒，年六十二，謚文忠。有集散佚，今有大典輯本。

蝶戀花　雨中客至

久客幽燕懷故里。野鶴孤雲，笑我京塵底。鄭重佳賓勞玉趾。清談亹亹消愁思。細雨斜風聊爾耳。病怯輕寒，莫捲疏簾起。燕燕于飛應有喜。泥融香徑營新壘。

臨江仙　次韻答曹子貞

寄語蓬萊山下客，飄然俯瞰塵寰。寥寥神境倚高寒。步虛仙語妙，凌霧佩聲閒。笑我年來渾潦

倒，多情風月相關。臨流結屋兩三間。虛弦驚落雁，倚杖看青山。

南鄉子　秋日旅懷

秋氣入簾櫳。矮榻虛軒睡思濃。夢覺黃粱初未熟，相逢。都在邯鄲逆旅中。擾擾正愁儂。雨霽西山翠幾重。更上層樓閒徙倚，晴空。目送冥飛萬里鴻。

水調歌頭　送俞時□

衆裏識中散，野鶴自昂藏。螢窗雪屋十載，南國秀孤芳。河漢胸中九策，君嘗以用人九策干中書風雨筆頭千字，畫省姓名香。文采黑頭掾，輝映漢星郎。怕山間，猿鶴怨，理歸艎。人生幾度歡聚，且莫訴離腸。休戀江湖風月，忘卻雲霄閶闔，鴻鵠本高翔。笑我漫浪者，丘壑可徜徉。

木蘭花慢　送李公敏

渺平蕪千里，煙樹遠、澹斜暉。正秋色橫空，西風

浩蕩，一雁南飛。長安兩年行客，更登山臨水送將歸。可奈離懷慘慘，還令遠思依依。當年寥廓與君期。塵滿芰荷衣。把千古高情，傳將瑤瑟，付與湘妃。栽培海隅桃李，洗蠻煙瘴雨布春輝。鸚鵡洲前夜月，醉來傾寫珠璣。

江城子　送趙致堂

嫩黃初上遠林端。餞征鞍。駐江干。滿袖春風，喬木舊衣冠。怎麼禁持離別恨，傾濁酒，助清歡。夫君家世幾鵷鸞。珥貂蟬。侍金鑾。莞庫而今，誰著屈微官。鵬翼垂天聊稅駕，摶九萬，看他年。

滿江紅　詠鶴

華表歸來，猶記得、舊時城郭。還自歎，昂藏野態，幾番前卻。飲露豈能令我病，窺魚正自妨人樂。被天風、吹夢落樊籠，情懷惡。緱嶺事，青田約。空悵望，成離索。但玄裳縞袂，宛然如昨。何日重逢王子晉，玉笙悽斷歸寥廓。儘儂家、丹鳳入雲

中，巢阿閣。

摸魚兒　秋日旅懷

快秋風颯然來此，可能消盡殘暑。辭巢燕子呢喃語，喚起滿懷離苦。來又去。定笑我、兩年京洛長羈旅。此時愁緒。更門掩蒼苔，黄昏人静，閒聽打窗雨。　英雄事，謾説聞雞起舞。幽懷感念今古。金張七葉貂蟬貴，寂寞子雲誰數。癡絶處。又剗地、欲操朱墨趨官府。瑶琴獨撫。惟流水高山，遺音三歎，猶冀傷心遇。

沁園春　懷故人

蓋世英雄，谷口躬耕，商山采芝。甚野情自愛，山林枯槁，臞儒那有，廊廟英姿。落魄狂游，故人不見，藹藹停雲酒一巵。青山外，渺無窮煙水，兩地相思。　灤京著個分司。是鳴鳳朝陽此一時。想朝行鸞避，豸冠繡服，都人争看，玉樹瓊枝。燕寢凝香，江湖載酒，誰識三生杜牧之。凝情處，望龍沙萬里，暮雨絲絲。

賀新郎　次范君鐸詔後喜雨韻

露下天如洗。正新晴、明河如練，月華如水。獨據胡牀秋夜永，耿耿佳人千里。空悵望、丰容旖旎。萬斛清愁縈懷抱，更蕭蕭、蘋末西風起。聊遺興，吐清氣。　鳳銜丹詔從天至。仰天衢、前星炳耀，私情還喜。鴻鵠高飛横四海，何藉區區園綺。□繩武昇平文治。自笑飄零成底事，裂荷衣、骯髒塵埃地。逢大慶，且沈醉。

前調　贈張子昭

久坐林泉主。更忘機、結盟鷗鷺，逍遥容與。蕙帳當年誰喚起，黄鵠軒然高舉。渺萬里、雲霄何許。鶴爽憐君今猶在，正悲歌、夜半雞鳴舞。嗟若輩，豈予伍。　華如桃李傾城女。悵靈奇、芳心未會，媒勞恩阻。夢裏神遊湘江上，竟覓重華無處。誰爲湘娥傳語。我相君非終窮者，看他年、麟閣丹青汝。聊痛飲，緩愁苦。

前調 子昭見和再用韻

挾策干明主。望天門、九重幽夐，周旋誰與。斗酒新豐當日事，萬里風雲掀舉。歎碌碌、因人如許。昨日山中書來報，道鳥能歌曲花能舞。行邁遠，共誰伍。臨風撫掌癡兒女。問人生、幾多恩怨，肝腸深阻。腐鼠飢鳶徒勞嚇，回首鵷雛何處。記千古南華妙語。夜鶴朝猿煩寄謝，坑塵容、俗態多慚汝。應笑我，謾勞苦。

蝶戀花 贈李公敏

老鶴軒軒心萬里。卻被天風，吹入樊籠裏。野態昂藏猶可喜。九皋宵唳流清泚。宿鷺窺魚癡計耳。整整丰標，謾説佳公子。月白風清天似水。青田回首生愁思。彊村叢書用韓氏玉雨堂藏鈔王文忠集本

望江南 戲題梅圖

江上路，春意到横枝。洛浦神仙臨水立，巫山處子入宮時。皎皎澹丰姿。東閣興，幾度誤佳期。萬里盧龍今見畫，玉容還似減些兒。無語慰相思。永樂大典卷二千八百十三梅字韻引王結詞

周權

權字衡之，號此山，處州（今浙江省麗水縣）人。約元成宗元貞初前後在世。嘗游京師，以詩贄翰林學士袁桷，桷深重之。有此山集。

沁園春

笑此山人，拋卻白雲，又來玉京。憶太華黄河，曾覩鉅麗，輕衫短帽，祇恁飄零。鷗鷺洲邊，杉蘿溪上，儘可漁樵混姓名。瓶無粟，有西山芝熟，南澗芹生。底須役役勞形。但方寸寬閒百念輕。況末路逢人，眼應多白，東風吹我，鬢已難青。酒浪翻杯，劍霜閃袖，磊塊頻澆未肯平。何妨去，借相

牛經讀，料理歸耕。

滿江紅　別毗陵二十載，一日北歸，艤舟訪舊，落落如晨星，閭閻之人無識面者，戲調此詞以自述

獨酌新豐，任疏放、從人不識。還祇是、舊時把酒，秋風狂客。顛倒天吴歸短褐，風濤歲月頭將白。笑平生、儘有氣如虹，難教屈。也不學，悲彈鋏。也不作，譚捫蝨。共梅花心事，歲寒冰雪。眼底山川徒歷徧，胸中史記無雄筆。合歸來、依舊飯吾牛，歌明月。

又

湖海平生，恰都把、中秋負了。那更是、天慳樂事，陰多情少。離合悲歡俱有數，何須感慨添懷抱。喜今宵、對影亦成三，情逾好。天一碧，雲如掃。白銀闕，誰能到。想蟾枝不礙，寒光皎皎。圓少缺多如有恨，素娥孤冷應須老。付狂夫、一笑且徘徊，尊中酒。

念奴嬌　姑蘇臺懷古

飛臺千尺。直雄跨層雲，東南勝絶。當日傾城人似玉，曾醉臺中春色。錦幄塵飛，玉簫聲斷，麋鹿來宫闕。荒涼千古，朱闌猶自明月。送目獨倚西風，問興亡往事，飛鴻天末。且對一尊浮大白，分甚爲吴爲越。物换星移，歎朱門、多少繁華消歇。漁舟歌斷，夕陽煙水空闊。

水調歌頭　慶壽

瀟灑晉文物，奇偉魯衣冠。暫賦淮南招隱，泉石寄清閒。才壓建安六七，胸吞雲夢八九，餘子笑談閒。未頡水蒼佩，虹氣射龍泉。燭花妍，沈水焕，原作换，兹從景元刊本改酒波翻。左弧紀瑞，萊衣五色戲斕斑。庭列森森玉樹，座擁駢駢珠履，金盤蔗漿寒。何以祝君壽，一笑指南山。

滿江紅　次韻張元善

縞兔黔烏，送不了、人間昏曉。問底事、紅塵野馬，

浮生擾擾。萬古未來千古往，人生得失知多少。歎榮華過眼只須臾，如風掃。籬下菊，門前柳。身外事，杯中酒。肯教他蕭瑟，負持螯手。漠漠江南天萬里，白雲入望何時到。倚西風、吼徹劍花寒，頻搔首。

水調歌頭　慶壽

過卻元宵了，何處擁笙簫。喧傳南州老子，花甲慶生朝。留取碧蓮香露，爲此玉壺春酒，風味勝葡萄。昨夜少微外，南極一星高。灑清譚，揮雪麈，儘風騷。金釵玉筍，笑供麟脯獻蟠桃。得雋侯封千户，快意腰纏十萬，此事付鴻毛。且挹閬風客，笙鶴伴遊遨。

青杏兒

兩鬢點霜花，漢南柳、心事蹉跎。幼輿只合居巖谷，繩牀近竹，柴門臨水，任我婆娑。詩老日相過。愛蒼苔、屐齒新蹉。生涯點檢無多子，東籬種菊，南山種豆，醉後高歌。

賀新郎　慶壽

涼浸瑶空月，正壽星、光彩遥燭，少微躔次。鶴髮仙翁還笑道，恰則揆予初度。好文物、衣冠翹楚。雪跨冰懸神炯炯，儘襟懷、清酒金莖露。真好箇，神仙侶。歡呼竹外開尊處，正炰鳳烹麟，環列珠歌翠舞。燭影酒光相眩轉，譚笑風生玉麈。戲膝下、綵衣容與。只恐未閒經濟手，更十年、又起蟠溪呂。頡霞佩，看高舉。

沁園春

閬風老仙，頡佩飛霞，翳鳳騎麟。況眼窄乾坤，氣淩河渭，胸吞渠淥，筆灑煙雲。某水某丘，我觴我詠，物外何曾著一塵。蕭閒處，狎沙鷗半席，更許誰分。圖開家慶團欒。延桂堂前，斑衣采采，茁蘭階下，玉樹森森。紺髮長新，丹芝未老，笑傲壺天不盡春。東山好，恐未容高卧，又起經綸。

花心動　次韻詠荼蘼

翠霧前驅，舞青蛟、飛動一檐晴色。銀鳳翻空，毬雪生香，風韻天然奇特。素豔連娟清露曉，搜香處、蝶棲難覓。這天與、水沈富貴，詩翁消得。好是神仙姑射。擁翠被香寒，甚般標格。特立春深，清閟闌幽，孤注慣諳寥寂。惜芳但恐東風老，怕香屑、碎瓊堪惜。又不道、流年催人暗擲。

滿江紅　次韻邵本初登富春山

長嘯登臨，望不盡、海門修碧。人道□、江山高處，漢時遺跡。一自耕雲人去後，幾番煙草凝秋色。任掀空、駭浪捲銀山，蛟鼉泣。塵世事，紛如織。雲外徑，閒舒立。問來今往古，幾人高適。共拍欄干呼大白，欲傾滄海供豪吸。倚東風、無限客中愁，斜陽笛。

木蘭花慢

好山晴更好，靄空翠，擁樓西。正雨沐秋清，晨暾照射，雲氣初開。山外飛鴉數點，看玉虹、斜繞碧螺堆。幾簇人家如畫，槿籬野路橋低。柴門雞犬不驚猜。和氣似春臺。羨白叟黃童，邨深社鼓，稻滿秋畦。誤我虛名箕斗，歎鏡中、華髮早相催。休論無窮世事，滿浮濁酒三杯。

蝶戀花　夜酌荷亭

數畝寬閒吾老圃。著箇茅亭，斗大無多子。水檻水花明楚楚。灑然不受人間暑。夜悄虛階初過雨。酒淺香深，風味清如許。沁薄吟襟時挹竚。多情涼月還窺户。

朝中措

西風嫋嫋落平沙。獨樹幾人家。箇裏殘虹雨闇，那邊疏嶂雲遮。平洲柿栗滿區瓜。芋野路斜斜。牛笛數聲歸盡，夕陽付與啼鴉。

滿江紅　葉梅友八十

試問梅花，自逋仙後知音少。還又向、石林深處，結清邊友。心事歲寒元不改，一生清白堪同守。歷冰霜、老硬越孤高，精神好。心太極，天機早。開共索，巡檐笑。只消他香影，都吟不了。五蕊三花纔衍數，從頭祇數花爲壽。管年年、南極照南枝，杯中酒。

沁園春　次韻王尹賦東巖

媧皇補天，遺石兩拳，幾千仞兮。定蒼龍擘峽，鐏和天坼，浮屠卓錫，廬倚雲開。世窄三千，天高尺五，日月低躔東復西。人間世，聽晨昏鐘鼓，撼半空雷。登臨紗帽椶鞋。豁雲夢、胸襟一快哉。想醉倚高寒，飛仙可挾，清遊紀勝，俗子難梯。把酒乾坤，笑譚今古，崖蘚摩挲認舊題。九關近，便驂鸞高舉，雲氣徘徊。

又　再次韻

混沌鑿開，天險巍巍，東巖峻兮。是雲髓凝成，半

空高矗，天風吹裂，一線中開。妙出神功，高擘仙界，鳥道疑當太白西。憑高處，見雲噓巖腹，鼓舞風雷。落花香染桃鞋。快闊步青雲志壯哉。便萬里孤騫，超人間世，一枝高折，作月中梯。筆蘸天河，手捫象緯，笑傲風雲入壯題。摩蒼壁，掃龍蛇醉墨，翔舞徘徊。

賀新郎　次韻

清嘯西峰月，記曾經飄飄霞佩，御風飛度。知道仙家蟠桃宴，此夕洞關無阻。看多少往來鶴馭。分得九霞春色醉，聽玉笙、清奏雲深處。好天上，神仙府。俗塵笑我山中侶。歎匆匆歸後，依舊松煙蘿雨。萬事一閒都了卻，說甚官爲柱史。儘拚得此生韋布。甕粟一盂安歲晚，課兒童、閒誦梅花賦。這些福，老天與。

清平樂

南樓劇飲，夢到清虛府。曲聽霓裳難記譜。縹緲

白鸞飛舞。桂花枝上秋光。翠雲影裏疏黃。殿冷姮娥不閉，人間散與清香。

沁園春 慶壽

緱山老仙，翳鳳驂鸞，遊戲塵寰。向五雲深處，頡頏霞佩，三槐影裏，突兀雲冠。坐聽玉笙，閒披寶笈，寄傲壺中日月閒。人都道，飲金莖秋露，風骨非凡。方瞳雪頷童顏。更清嚼梅花滿肺肝。對銀燭光中，霞杯麟脯，綵衣膝下，玉樹芝蘭。五老曾圖，九齡初啟，方寸心藏天地寬。從今去，記年年此酒，長對南山。

百字謠 海棠

輕陰滯雨，正社燕新來，東風院落。十萬紅妝梳洗罷，翠袖春寒猶薄。富貴天姿，風流睡足，酒暈潮紅玉。箇般豔麗，怎教不貯金屋。遥想宮錦城中，向碧雞坊裏，笙歌圍簇。萬炬燒春花底宴，眩轉紅光相爍。對此翛然，向人如有訴，不禁清獨。浩歌此曲，爲渠傾倒尊醁。

又 再用韻

粗桃俗李，漫眼底紛紛，等閒開落。得似花仙誇豔質，暖透胭脂猶薄。梅不同時，芳心難聘，空妒肌如玉。自然佳麗，不須歸薦華屋。最好一抹彩雲，輕盈飛不去，漫空高簇。霽日濃薰渾欲醉，照映光風眩爍。徧倚欄干，狎渠清賞，聊爲憐幽獨。簪花醉也，夜深猶索芳醁。

又 久雨得晴再用韻

海棠開也，問底事慳晴，檐花猶落。可惜風流天不借，都逐閒花浮薄。冷雨難禁，紅脂洗脫，半露膚如玉。東風解事，未教飛點吟屋。清曉多謝天公，著晴暾烘透，嫣紅重簇。欲謝看來還更好，猶自穠芳豔爍。瘦杜無情，老蘇有句，未用論淒獨。春愁多少，直拚付與春醁。

鵲橋仙 次韻馮仲遠春日

曉寒成陣，春□猶薄，見紅紫、紛紛緘萼。東風著意忽吹開，這豔冶、怎生描摸。問渠底事，多情無據，剗地又還飄落。無花獨酌又何妨，但拚我、一尊長緑。

水調歌頭

亭小可容膝，真似寄鷦枝。客來休訝迫窄，老子只隨宜。鳧鶴短長莫問，鵬鷃逍遥自適，何暇論成虧。萬事一尊酒，齊物物難齊。種株梅，移箇竹，鑿些池。添他無限風月，儘可著吾詩。世上黄雞白日，門外紅塵野馬，役役付兒癡。起舞一揮手，天外片雲飛。

蝶戀花

羅綺香濃塵滿道。耳熱笙歌，又酌都城酒。離別中年徒感舊。驪駒抹電曾年少。砧杵西風寒意早。謝盡芙蕖、開到黄花了。獨客自憐音信杳。夜來歸夢懷江表。

清平樂　懷古

殘山賸水，陌上多塵土。此地當時分漢楚。俯仰幾番今古。暮雲野樹蒼茫。秋風荒草沙場。極目寒鴉歸外，數家籬落斜陽。

水調歌頭　慶壽

天上有仙客，家世説南州。精神炯炯秋水，胸次納青丘。帶取括蒼風月，來聽蓬萊環佩，笑閲幾春秋。袖有如椽筆，落紙爛銀鉤。擁紅金，披紫綺，儘風流。斗杓插子，蓂開九莢恰生朝。正好年當富貴，再展青雲步武，鬢影未蕭騷。竚見綸音下，萬里快封侯。

百字謡　東坡昔守彭城，既治決河，乃修築其城，作黄樓城上，以臨河以土實制水，因以黄名樓。樓成，子由作賦，坡翁爲書之，刻於石。予回自京師登樓懷古，並感項籍遺事，末章及之

登臨把酒，問黄樓人去，幾番風雨。妙絶潁濱樓上賦，坡老龍蛇飛舞。千載風流，兩翁笑傲，淮泗歸

譚塵。衣冠安在，我來空自延竚。下視闤闠喧塵，慘昏煙落日，西風鼙鼓。昔日争雄懷楚霸，百萬屯雲貔虎。世事茫茫，山川歷歷，不盡憑闌思。城頭今古，黄河日夜東去。

又

水連天碧，更山光蘸緑，春醅初潑。不盡長淮平似掌，漠漠亂雲堆雪。彩筆留詩，畫船載酒，曾醉沙頭月。勝遊歷歷，輸他鷗鷺能説。猶念歌吹樓西，執紅牙度曲，那時留别。一片離愁天共遠，目送征鴻明滅。楊柳春初，梅花雪後，舊夢還消歇。多情如許，教人添幾華髮。

沁園春

説與黄花，九日今朝，同誰舉觴。笑指點行囊，雖然羞澀，揭來鬧市，怎忍荒涼。螯壓橙香，酒浮萸紫，醉脱烏紗鬢欲霜。孤雲外，是吾廬三徑，歸興偏長。催人苒苒年光。問役役、浮生著甚忙。自東籬人去，總成陳迹，龍山飲散，幾度斜陽。人物彫零，乾坤空闊，世事浮沈醉夢場。登高處，倚西風長嘯，任我疏狂。

洞仙歌 謝歐陽學士偕陳衆仲助教過訪

京塵滿鬢，汗漫遊還倦。環佩玲瓏驚夢斷。恰玉堂仙伯，攜取圜橋，詞翰客、枉顧情何戀戀。衣冠何磊落，閒雅雍容，不把聲光時自炫。漫輕敲團月，煮玉泉冰，□嘯傲、幾多蕭散。笑歸去，蓬萊跨清風，任香徹胸中，五千書卷。

水調歌頭

十載幾風雪，又酌玉京春。玉堂天上仙客，憐我倦紅塵。卻挽翩翩飛袂，東望赤霞晨氣，高處訪三神。上界足官府，翳鳳快騎麟。感生平，歌慷慨，淚沾巾。天球蒼佩，柰何偏屬黑頭人。歲晚相如多病，前日馮唐已老，憔悴不堪聞。長嘯送明月，歸枕北山雲。彊村叢書校元刊此山先生集本

王旭

旭字景初，東平(今山東省泰安縣)人。師事杜善父，與同郡王構、王磐以文章名世，號稱三王。嘗爲碭山令。有蘭軒集。

踏莎行　雪中看梅花

兩種風流，一家制作。雪花全似梅花萼。細看不是雪無香，天風吹得香零落。　雖是一般，惟高一著。雪花不似梅花薄。梅花散彩向空山，雪花隨意穿簾幙。

水調歌頭　端午

漱齒汲寒井，理髮趁涼風。先生畏暑晨起，笑語聽兒童。説道今年重午，節物隨宜稍具，還與去年同。已喜酒尊冽，更覺粽盤豐。　願人生，常醉飽，百年中。獨醒竟復何事，憔悴佩蘭翁。我有青青好艾，收蓄已經三載，療病不無功。從此更多米，莫遣藥囊空。

又

鯨川四重午，歲月若飄風。詩書萬卷何事，白首課兒童。試把楚詞高詠，更取清尊細酌，醒醉竟誰同。俯仰百年了，求足不求豐。　愧吾身，猶未脱，世塵中。還丹有訣誰悟，回首憶仙翁。我欲乘雲歸去，獨與山靈晤語，修道儻成功。笑謝醯雞甕，白日看長空。

大江東去　離豫章舟泊吴城山下作

南游三載，只江山、不負中原詩客。萬里行裝無別物，滿意風雲泉石。牛斗星邊，靈槎縹緲，鬢影銀河溼。哀歌誰和，劍光摇動空碧。　回首帝子長洲，洪崖仙去，風雨魚龍泣。海外三山何處是，黄鶴歸飛無力。天下佳人，袖中瑶草，日暮空相憶。乾坤遺恨，月明吹入長笛。

臨江仙　春夜

簾外蕭蕭風色惡，呼兒掩上重門。小窗孤坐賦招魂。碧梧花落盡，籬雀又黄昏。回首人間行樂事，春風過水無痕。旅游誰肯重王孫。長歌人不解，明月照空尊。

又

夢裏還家喧笑語，覺來春色他鄉。瀟瀟風雨入離腸。有詩還灑壁，無酒不傳觴。試問淩煙辛苦地，爭如畎畝南陽。誰教山鬼伯龍旁。人間無限事，歌罷倚繩牀。

滿江紅　次李公敏梨花韻

客裏光陰，又逢禁煙寒食節。花外鳥、喚人沽酒，一聲清切。風雨空驚雲錦亂，塵埃不到冰肌潔。對芳華、一片惜春心，誰邊說。　難便與，東君別。更莫把，繇英折。恨山香舞罷，玉鸞飛怯。休道梅花同夢好，黄昏只解供愁絶。洗妝來、應笑老書生，頭如雪。

又

不愛浮花，元只愛、松筠高節。歸去好、草堂風雨，對牀心切。東魯雲山多秀麗，西溪泉石尤香潔。待英靈、重入夢中來，分明說。　今古異，行藏別。身易退，腰難折。信叫閽非勇，閉門非怯。玉斧已修明月就，瑤琴何必朱絃絶。試回看、前日利名心，紅鑪雪。

木蘭花慢　聽姜惠甫摘阮

想高情千古，誰得似、仲容賢。把山海遺音，寫歸玄璧，妙絶當年。清風竹林人去，被涇哇、迷御性中天。不有黄臺公子，寧聞清廟朱絃。　博山香底坐臞仙。幽興想飄然。笑婣婣繁聲，三生兒女，恩怨流連。回頭月明千里，正松風、巖壑和流泉。座上神游八表，知音不在言傳。

水龍吟　中秋和人韻

西風萬卷堂空，卧聽簫鼓誰家宴。多情惟有，碧霄明月，肯來相見。因記當年，南樓老子，座前賓滿。把清談當御，彈絲吹管。誰更問，霓裳按。夢裏仙游驚斷。悵天涯、故人難面。空留玉斧，修輪斫桂，又成衰晚。水調歌殘，壯心都付，一聲長歎。對清光不寐，呼兒取酒，不妨重煖。

水調歌頭　和張都運李氏柳塘賞荷韻

我愛此塘好，碧水映紅蕖。垂楊嫋嫋煙籠，緑髮倩風梳。翳卻塵埃俗病，唤起滄浪幽興，懷抱一時舒。更把直鉤釣，得意不須魚。憶當年，吟北渚，醉西湖。蘭舟撑入雲錦，未必畫中如。世事春風一夢，回首歡游安在，煙海隔蓬壺。清賞有今日，題壁記來初。

春從天上來　賀正詞

斗轉寅方。正鳳曆頒春，泰應三陽。河山衍慶，宇宙呈祥。瞻帝闕，五雲鄉。想千官拜舞，萃龍庭、圭璧輝煌。祝君王。願皇基鞏固，國祚靈長。休言太平無象，看武偃文修，歲稔時康。惠澤横流，仁風遠被，四海歌頌洋洋。戴堯天舜日，將何報、金鼎焚香。捧瑤觴。奏鈞天一曲，萬壽無疆。

臨江仙　爲宋太守壽

莫怪今年秋事晚，黄花不在重陽。天公留泛九霞觴。故教争十日，風露壽華堂。豪傑如公誰得似，平生義膽剛腸。功名回首付諸郎。靈椿長不老，桑梓有餘光。

大江東去　爲張可子郎中壽

九秋風露，洗塵埃、人似華峰獨立。蘭省東南經濟地，正賴風流籌畫。湖海胸襟，冰霜氣節，邈矣公難及。蒼生望重，故園休夢泉石。且對得意江山，登臨一笑，香滿黄花席。更把西湖都釀酒，醉取白雲詩客。乘輿爲公，徧游仙府，檢下長生籍。妙毫濃墨，書公壽禄無極。

臨江仙　壽黃鎮撫

莫怪今年秋色晚，黃花留過重陽。要隨仙客九霞觴。助添無量壽，滿意泛清香。富貴功名天已了，何須更問行藏。安排紫綬與金章。五雲鄉不遠，高舉看翱翔。

又　爲子周兄壽

童稚相看今白首，情因兒女尤深。霜天昨夜捲層陰。舟中明月照，華屋壽星臨。氣斂風雲歸寂寞，誰知經濟雄心。南陽煙雨卧龍吟。行藏安所遇，有酒且同斟。

鵲橋仙　壽劉運使

乾坤清氣，山川英秀，鍾作人間豪傑。年年歡慶九秋時，看開到、堯蓂一葉。高明器宇，經綸手段，儘辦得、功名事業。待調元受了廟堂宣，更受到、長生仙牒。

木蘭花慢　壽碭山蔣令

孟春纔過了，看兩葉，坼堯蓂。正杏蕾包紅，梅花謝白，楊柳回青。東風此時須記，是當年、河嶽降英靈。刀筆名香禁署，絲綸寵佩天庭。夜來南極老人星。光彩照前廳。見廳上高人，鳴琴清坐，闔境安寧。因來捧杯添壽，指莊椿、直到八千齡。更有無垠福禄，汪洋別比滄溟。

又　壽泰安石監州

泰山雄勝地，人物出，必豪英。看衍慶堂中，使君才氣，磊落高明。春風又臨初度，正梅花、香滿臘嘉平。喚取茅仙送酒，尊前共祝長生。青雲居第築初成。燕雀亦歡聲。佇夢叶熊羆，祥占弧矢，蘭玉春榮。山城豈能淹滯，佩飛霞、終上紫霄行。留著蘭軒老筆，他年歌頌功名。

臨江仙　壽高伯川

蓂莢生三秋八月，氣溥風露清明。誕來人世作豪英。性天元廣大，心地儘寬平。書院與秋誰得似，燕山竇氏齊名。一身長向善中行。松筠同不老，龜鶴共長生。

又　壽張都運

瑞氣充閭朝不散，歡聲浮動庭槐。九天邀下壽星來。歌翻白雲調，酒泛紫霞杯。八十康彊誰得似，仙風擺落塵埃。斑衣人是棟梁材。他時黄閣上，同看碧桃開。

木蘭花慢　揚州壽瓜爾夾士常

醉西湖壽酒，歌舊曲，已三年。喜萬里湖山，歸來相見，淮海樓邊。春風繡衣無恙，唤竹西歌吹共留連。世事浮雲千變，靈臺孤月長圓。一官聊辦買書錢。行橐故蕭然。有夢裏青山，詞中白雪，徽外鳴絃。悠悠紫臺歸路，樂因循、詩酒墮凡緣。借問蓬萊官府，何如平地神仙。

又　揚州壽紀子周

皇天憂世難，生俊乂，佐時來。有忠孝誠心，文章大手，經濟雄才。他年漢庭三策，要青雲高步出塵埃。兒女徒驚氣岸，丹青莫狀靈臺。詩人清骨卽仙才。何處覓蓬萊。便唤取何郎，一尊同醉，東閣官梅。充閭鬱葱佳氣，挽春風、都入紫霞杯。休道壽君無物，滔滔萬里江淮。

又　壽陳公望

問東原豪傑，先屈指，到元龍。看瀟灑風標，汪洋學海，磊落詞鋒。沂川幾回來往，把乾坤、歌入舞雩風。妙理鳶飛魚躍，塵心雪化冰融。梅花香外歲寒松。高節謝春容。有千歲神膏，扶君壽質，閲世無窮。仍呼九天鸞鶴，與王喬、相約叩瓊宮。但使飛霞佩在，寧愁白玉堂空。

大江東去　壽高伯川

月臨南吕，正庭階、開到蓂三葉。風露清明鍾氣質，誕作人間豪傑。器宇宏深，襟靈闊遠，物我俱融徹。滔滔欲海，回頭一棹超越。試看南墅開尊，西池垂釣，此箇情懷別。記得婆娑亭上酒，還到壽君時節。我夢登天，羣仙相對，曾寫長生牒。見君姓字，分明非是虛説。

臨江仙　壽李長卿

十月小春天氣好，堯蓂五葉初開。長庚曾記夢中來。襟靈元灑落，風骨不塵埃。瑞靄雲生香滿室，安排北海尊罍。仙人來獻紫霞杯。共添山海壽，東閣勝蓬萊。

大江東去　登鯨川樓

飛樓縹緲，礙行雲、勢壓鯨川雄傑。賓主落成登眺日，正是炎蒸時節。把酒臨風，憑闌一笑，忘盡人間熱。四圍煙樹，萬家金碧重疊。休問去櫂來帆，南商北旅，歡會并離別。且向尊前呼翠袖，歌取陽春白雪。千古興亡，百年哀樂，天遠孤鴻滅。酒闌人散，角聲吹上明月。

浪淘沙　賦芍藥

春去牡丹空。誰繼芳穠。彩雲香散畫闌風。喚起詩人供一笑，絶豔難逢。題品斷腸中。心事誰同。千年溱洧自流東。折得芳華人不見，幽恨無窮。

春從天上來　退隱

綠鬢凋零。看幾度、人間春蝶秋螢。天地爲室，山海爲屏。收浩氣、入沈冥。便囊金探盡，猶自有、詩筆通靈。謝紅塵。且游心汗漫，濯髮清泠。平生眼中豪傑，試屈指年來，稀似晨星。虎豹關深，風波路遠，幽夢不到王庭。任浮雲千變，青山色、萬古長青。醉魂醒。有寒鐙一點，相伴熒熒。彊村叢書用孫德謙校本

張埜

埜字埜夫，邯鄲（今河北省邯鄲市）人。張之翰之

張埜

子。元世祖至元末前後在世，曾官翰林學士。有古山樂府二卷。

八聲甘州　戊申再到西湖

憶湖光，醉別幾經春，千里每神馳。恨無窮煙水，無情歲月，無限相思。萬里風沙夢覺，山色碧參差。忙對玻瓈鏡，照我塵姿。　欲寫從前離闊，便安排畫舸，準備新詩。見六橋遺構，煙雨强撐支。怨東風、紅消翠減，比向來、渾是老西施。如何得、劉郎雙鬢，長似當時。

青玉案　戊戌元宵客京師賦

千門夜色霏香霧。又春滿、朝天路。回首舊游誰與語。金波影裏，水晶簾下，總是關心處。　征衫著破愁成縷。留滯京塵甚時去。旅館蕭條情最苦。燈無人點，酒無人舉。睡也無人覷。

水龍吟　詠游絲

落花天氣初晴，隨風幾縷來何處。飄飄冉冉，悠悠

颺颺，欲留還去。雪繭新抽，青蟲暗墜，檐蛛輕度。看垂虹百尺，縈回不下，似欲繫，春光住。　憑仗何人收取。付天孫、雲霄機杼。浮蹤浪跡，忍教長伴，章臺飛絮。惹起閒愁，織成離恨，萬頭千緒。望天涯盡日，柔情不斷，又閒庭暮。

又　題湖山勝槩亭

翠微曾共登臨，冷光瀲灎三千頃。玉京佳處，景雖天造，地因人勝。若把西施，淡妝濃抹，兩相比並。道此閒如對，姮娥仙子，慵梳掠，臨鸞鏡。　滿意曲闌芳徑。早安排、雨篷煙艇。茶甌雪卷，纹楸雹碎，醉魂初醒。湖海高情，林泉清意，幾人能領。算知音只有，中宵涼月，浸蓬萊影。

又　送侍御安公陝西行臺，用馬西麓韻

瘦筇携得風煙，歸來擬待閒吟嘯。濟時人物，天公又早，安排都了。鳳詔泥封，烏臺霜凜，好音新報。見西山一帶，浮嵐滴翠，晚色又添多少。　千里威

聲先到。正秋風渭波寒早。袖中霹靂，何須直把，世間驚倒。激濁揚清，提綱振紀，要歸中道。但從今牘把，救民長策，向燈前草。

又 爲何相壽

中原幾許奇才，乾坤一擔都擔起。人人都讓，廟堂師表，吾儒元氣。報國丹誠，匡時手段，薦賢心地。這中間妙理，無人知道，公自有，胸中易。　眉宇陰功無際。看階前紫芝丹桂。且休回首，明波春緑，聰山晚翠。盛旦欣逢，壽杯重舉，祝公千歲。要年年霖雨，變爲醇酎，共蒼生醉。

又 游錢塘西山

一鞭空翠煙霏，笑談已到山深處。丹崖翠壁，野猿幽鳥，冷泉高樹。兜率天中，蓬壺境内，偶成佳遇。正捫參歷井，窮探未了，回首早，疏鐘暮。　畫舸亭亭横渡。醉歸來被誰留住。雲窗霧閣，羣仙應笑，塵緣相誤。白雪歌殘，青鸞夢覺，滿身風露。料明年卻向，古臺高處，憶桃源路。

又 戊戌中秋，同西麓經歷、祐之提舉諸公，飲於太清道院。時祐之浩歌古調數曲，音韻清壯，座中莫不擊節賞歎。予亦效顰，作此侑觴。若曰樂府，則吾豈敢，姑就其協律云耳

一年好景君須記。桂子天香飄墜。蟾光自古，幾番圓缺，幾番明晦。何況人生，禍中藏福，進中隱退。向是非鄉裏，功名場上，百無事，苦縈繫。　便得侯封萬里。到頭來虚名何濟。人間最好，閒中歲月，酒中身世。一炷龍香，數聲水調，幾多清致。且今朝拚取，陶陶醉了，又陶陶醉。

又 和馬西麓韻

故人邂逅相逢，滿懷和氣無邊際。别來一載，光陰回首，水流星墜。白雪歌詞，青雲人物，知音有幾。把滄溟倒卷，天瓢滿吸，須拚了，爲君醉。　醉眼瞢騰不寐。直望斷長空萬里。風清露冷，乾坤似畫，

月華如洗。夢裏遨游，蘂珠宮殿，飄然得意。到醒來有句，且休拈出，怕驚塵世。

又　爲中和提點壽

袖中攜得新詩，今朝來祝吾師壽。吾師何似，一生清淨，澹然篤守。丹骨通明，霜髯瀟灑，竹堅松瘦。更不須展放，壽星圖畫，自是箇，希夷叟。　忿慾貪癡那有。把玄關近來參透。黃芽白雪，玉鑪金鼎，龍蟠虎走。九轉功成，不妨笑傲，人間長久。待從師杖屨，八千餘歲，肯相容否。

又　爲閻靜軒壽

仙翁家住蓬壺，騎麟來自祥雲表。瓊琚玉佩，月裳霞袂，炯然相照。道出羲黃，才過遷固，文如盤誥。向紫霄高處，遨翔容與，知此貴，世間少。　萬里江湖浩渺。駕風霆有時曾到。斯文誰主，大謨誰決，君歸能早。鈴索聲中，金蓮影裏，鬢華未老。看九重早晚，天恩飛下，歷中書考。

又　詠玉簪花

素娥宴罷瑤池，醉簪誤墮庭深窈。花神愛護，紺纚輕襯，綠雲低繞。秋意重緘，芳心半吐，有香多少。把幽軒好夢，等閒薰破，涼月轉，人初悄。　冷沁冰壺風嫋。肯輕與鉛華相照。湘蘭標致，水仙風度，也應同調。釵鳳香分，鬢蟬影動，此情雲渺。問何時分付，一庭寒玉，對妝臺曉。

又　登滕王閣

畫檐聳翠凌霄，暮雲還送西山雨。千年陳迹，一時勝槩，東南賓主。佩玉鳴鑾，西風吹入，江聲柔艣。漫登臨贏得，征鞍倦客，離思亂，鄉心苦。　一夢繁華何許。空留得悲涼今古。雄文健筆，星輝日映，鬼呵神護。倚徧闌干，有心也待，留題新句。見一雙白鳥，蒼煙影裏，背人飛去。

又　暇日過田學士村居，乃父爲司徒

翠微冷浸清溪，洞天惟許仙家住。主人新葺，柳亭梅塢，竹軒松户。緑野風煙，東山泉石，少人知處。怕椿翁早晚，急流勇退，田園計，已成趣。不戀鑾坡玉署。要管領東臯朝暮。君應解得，風波何限，功名良苦。琥珀醅濃，玻瓈琖大，醉扶歸路。料沙頭鷗鷺，也應笑我，卻悤悤去。

又　飲劉氏野春亭用前韻

夢回花露沾衣，夜來酩酊誰留住。依稀猶記，春風亭檻，野雲窗户。物外仙姿，一聲白雪，翠微深處。要風流陶寫，等閒莫遣，兒童輩，識真趣。四海知音難遇。儘疏林暝煙催暮。一杯未舉，兩眉長皺，人生何苦。只恐明朝，玉驄迷卻，武陵溪路。儻劉郎不厭，醒時來訪，醉時歸去。

又　出郭

太行千里新晴，青山也喜歸來好。一鞭秋色，半帆雲影，去如飛鳥。桂玉情懷，塵埃面目，鬢華空老。道本無伎倆，顛鸞倒鳳，時自把，平生笑。萬里江湖浩渺。便安排雨蓑煙棹。閒時哦句，醉時歌曲，醒時垂釣。十載鵷行，孤忠卻念，君恩難報。倚篷窗時向，夕陽明處，認瓊華島。

又　爲王少傅壽

畫堂佳氣蔥蔥，玉梅迎臘香初透。人生可慶，官居極品，年登上壽。一代風流，三公儀範，四朝耆舊。算世閒除卻，東山謝傅，問誰是，調元手。眉宇陰功何厚。看富貴榮華長久。金章照眼，綵衣戲舞，桂枝聯秀。尚父規模，武公勳業，亨衢儘有。願年年臘把，普天霖雨，釀長生酒。

又　皇慶癸丑重九，登南高峰，寄柳湯佐同知

重陽何處登臨，玉驄慣識南山路。秋空絶頂，西風兩鬢，白雲雙屨。浙浦寒潮，蘇堤畫舸，吴宫煙樹。不一尊瓊露，數聲金縷，將此景，成虚負。試覓舊題詩句。早斕斑雨苔無數。瓊臺寶瑟，不堪重記，泛觴流羽。笑撚黄花，閒尋紅葉，故人何處。倚危

闌北望，燕雲晻靄，又征鴻暮。

又　戊午春詠杏花

雪香飛盡江梅，上林桃李寒猶揹。牆頭驚見，枯枝鬧簇，生紅初歛。嫩綠亭臺，新晴巷陌，清明相近。甚等閒句引，狂蜂戲蝶，早不管，人春困。不怕蠟痕輕褪。怕東風亂飄殘粉。瑣窗猶記，雙鵝細翦，一簪幽恨。駿馬如飛，流光似箭，歸期難準。料黄昏微雨，盈盈淚眼，把燕脂揾。

又　酹辛稼軒墓，在分水嶺下

嶺頭一片青山，可能埋得淩雲氣。遐方異域，當年滴盡，英雄清淚。星斗撐腸，雲煙盈紙，縱橫游戲。漫人間留得，陽春白雪，千載下，無人繼。不見戟門華第。見蕭蕭竹枯松悴。問誰料理，帶湖煙景，瓢泉風味。萬里中原，不堪回首，人生如寄。且臨風高唱，逍遥舊曲，爲先生酹。

滿江紅　盧溝橋

半世乾忙，漫走徧、燕南代北。凡幾度、馬蹄平踏，卧虹千尺。眼底關河仍似舊，鬢邊歲月還非昔。並闌干、惟有石狻猊，曾相識。橋下水，東流急。橋上客，紛如織。把英雄老盡，有誰知得。金斗未懸蘇季印，綠苔空漬相如筆。又平明、衝雨入京門，情何極。

又　寄磁下諸公

楓落衡漳，猶記得、離觴鯨吸。驚又見、宫槐禁柳，綠陰如織。行止難窮天素定，功名有分誰能必。任近來、參透妙中玄，牀頭易。梅雨過，芹池碧。松月山，丹房寂。問此時曾念，京塵蹤跡。七椀波濤翻白雪，一枰冰雹消長日。尚德星、多處望廬山，空相憶。

又　秋日

風雨瀟瀟，便釀出、新涼庭院。人乍起、一簪楸葉，不堪裁翦。翠幄漸凋槐影瘦，紅衣半老蕖香淺。

到秋來、何止沈休文，難消遣。鴻雁杳，音塵斷。空極目，煙波滿。想故人此際，畫闌憑徧。別久幾將情做夢，歸遲一向恩成怨。對西風、無語黯消魂，行雲遠。

又　用李廷弼留別韻

一夢黄粱，邯鄲道、幾人曾覺。空怨殺、津亭疊鼓，戍樓殘角。往歲相逢淮□渡，今年同向錢塘泊。歎飄零、俱爲出山忙，平生錯。青青鬢，長如昨。紛紛事，輕拋卻。道功名何必，鳳池麟閣。老境尚期游汗漫，壯心不用傷離索。恨明朝、相望越山重，吴江闊。

又　和吴此民送春韻

九十韶光，驚又見、刺桐花落。春去也、愁人情緒，不禁離索。桃隖霏霏紅雨暗，柳隄漠漠香緜薄。恨東風、一夜太無情，都吹卻。功名念，平生錯。塵土夢，今朝覺。有一尊分甚，聖清賢濁。聽我高歌如不飲，何人緑鬢長如昨。況東君、動是再相逢，輕年約。

石州慢

紅雨西園，香雪東風，還又春暮。當時雙槳悠悠，送客緑波南浦。陽關一闋，至今隱隱餘音，眼前渾是分攜處。此恨有誰知，倚闌干無語。凝竚。天涯幾許。離情化作，暮雲千縷。過盡征鴻，依舊歸期無據。京塵染袂，故人應念飄零，豈知翻被功名誤。無處著羇愁，滿春城煙雨。

念奴嬌　白蓮用仲殊韻

水風清暑，記平湖十里，寒生紈素。羅襪塵輕雲冉冉，彷彿淩波仙女。雪豔明秋，瓊肌沁露，香滿西陵浦。蘭舟一葉，月明曾到深處。誰念玉佩飄零，翠房淒冷，幾度相思苦。異地相看渾是夢，忍把荷觴深注。碧藕多絲，翠莖有刺，脈脈愁煙雨。江雲撩亂，倚闌終日凝竚。

又　和金直卿冬日述懷

凍雲垂野，乍乾坤慘澹，冰花飛落。卷地朔風寒徹骨，且把貂裘重著。美酒千鍾，清歌一曲，未用傷飄泊。君看席上，玉人嬌勝花萼。自笑老矣元龍，黄塵兩鬢，鏡裏今非昨。不顧腰間懸斗印，不願身騎黄鶴。非俗非仙，半醒半醉，只恐人猜卻。鍾期安在，爲誰重理絃索。

又　題釣臺

釣臺千尺，問誰曾占斷，一江新緑。試拜先生眉宇看，何地可容榮辱。遥想當年，故人邂逅，以足加其腹。書生常事，可憐驚駭流俗。應恨惹起虚名，平生正坐，誤識劉文叔。笑殺君房癡到底，燕雀焉知鴻鵠。萬疊雲山，一絲煙雨，比得三公禄。高風千古，冷香聊薦秋菊。君房侯霸字也。子陵有與君房書

又　登石頭城清涼寺翠微亭

翠微秋晚，試閒登絶頂，徘徊凝竚。一片清涼兜率界，幾度風雷貔虎。鍾阜盤空，石城瞰水，形勢相吞吐。江山依舊，故宫遺迹何處。遥想霸略雄圖，蟻封蝸角，畢竟無人悟。六代興亡都是夢，一樣金陵懷古。宫井朱闌，庭花玉樹，偏費騷人句。此情誰會，艣聲摇月東去。

滿庭芳　夏日飲王氏園亭

珠箔含風，瑣窗凝霧，柳溪别是仙鄉。一枝絶艷，嫋嫋動波光。消盡人間煩暑，冰紈膩、玉骨初涼。腸應斷，清商一曲，餘韻惹蕖香。幽情還解否，冰蓮數合，碧藕絲長。要滿斟芳醑，親舉荷觴。耳畔向人微道，便爲儂、一醉何妨。歸來晚，新愁幾許，山雨夜浪浪。

風流子

離思滿春江，當時事、争忍不思量。記芳徑月斜，凭肩私語，蘭舟風軟，携手尋芳。回首處，青山遮

望眼，綠柳繫柔腸。雲落雨零，燕愁鶯恨，寶釵留股，鸞鏡分光。天涯飄零客，情緣向何處，最是難忘。猶賸滿襟清淚，半臂餘香。□心似雨花，一枝寂寞，夢隨風絮，萬里悠揚。誰信覺來依舊，煙水茫茫。

奪錦標　七夕

涼月橫舟，銀橫浸練，萬里秋容如拭。冉冉鸞驂鶴馭，橋倚高寒，鵲飛空碧。問歡情幾許，早收拾、新愁重織。悵人間、會少離多，萬古千秋今夕。誰念文園病客。夜色沈沈，獨抱一天岑寂。忍記穿針亭榭，金鴨香寒，玉徽塵積。凭新涼半枕，又依稀、行雲消息。聽窗前、淚雨瀟瀟，夢裏檐聲猶滴。

木蘭花慢　陪安參政宴吳山盛氏樓

愛吳山佳處，凝望際，眼增明。正簾卷江濤，屏開罨畫，境接蓬瀛。中朝相君寬厚，領太平、歌吹宴簪纓。巧囀雛鶯錦字，哀彈小雁銀箏。人生樂事古難并。清興卷滄溟。恨老矣劉郎，病餘司馬，慵舉瑶觥。登臨不留一語，怕風煙、笑我太無情。收拾新詩未了，錢塘落日潮生。

又　端午發松江

恨無情畫舸，載離思，各西東。正佳節驚心，故人回首，應念悤悤。殷勤綵絲繫臂，問如何、不繫片帆風。醉裏陽關歷歷，望中煙樹濛濛。驛亭榴火照塵容。依約舞裙紅。縱旋採香蒲，自斟芳酒，酒薄愁濃。功名事，渾幾許，甚半生、長在別離中。不似東來潮信，日斜還過吳淞。

又　餞佟伯起赴江西參政任

算青雲人物，名已著，繡衣時。見湖海襟期，詩書氣味，鸞鶴丰姿。十年五居廉省，便衣官、拜相復何疑。早歲曾同几硯，至今親若塤篪。相逢未久遽相辭。忍寫餞行詩。早隱隱征帆，湖光瀲灧，山翠參差。雄藩笑談餘事，倘蘭舟、開宴舉金卮。

寄語橋邊鷗鷺，劉郎塵鬢如絲。

又　爲李廷弼再舉孫雛之慶

正一陽道長，見佳氣，擁青驄。是桐樹生孫，桂枝結子，喜慶重重。東牀幾多癡福，算平生、乃祖積陰功。敢望成吾宅相，但休墜汝家風。　今朝何必問窮通。滿引紫金鍾。看掌上擎來，玉明五岳，漆點雙瞳。他年與君歸老，向廬山、南北水西東。不怕斜陽醉倒，有人扶兩衰翁。

又　送柳湯佐之覃懷總管任

羨春風五馬，恨無計，駐征鞍。想膠漆真情，雲煙高興，詩酒清歡。當時與君年少，到而今、雙鬢總成斑。幾度批風抹月，幾番臨水登山。　驛途吟袖尚輕寒。珍重且加餐。怕到郡之時，民須加愛，事要從寬。風流賞音人去，縱朱絃、有曲爲誰彈。明日倚樓凝望，雁回早寄平安。

又　送居仁之淮南轉運使任

羨秋空一鶚，便得意，脱塵韝。有道義高情，經綸大手，每事優游。中朝共推雅望，問如何、不肯少遲留。蓮幕三年帝里，白雲幾夢揚州。　威名久矣播吴頭。地上看錢流。喜鞭算之餘，瓊花未老，萱草忘憂。依依送君南去，笑竿頭、戲技幾時收。寄語西樓雙鶴，春風來迓吾舟。　以上彊村叢書本古山樂府卷上

沁園春　送吴此民江州教本任瓜洲官，前長景星白鹿書院

前日廬山，今日廬山，豈偶然哉。喜青衫舊夢，輕車熟路；白雲清興，翠壁丹崖。石鏡光寒，香罏煙煖，晴雪飛空玉峽開。天公意，欲先生健筆，洗盡塵埃。　三年握手金臺。任意氣、相期隘九垓。恨征帆縹緲，秋風南浦，書燈冷落，夜雨西齋。蓮社香中，琵琶亭上，我念京塵無好懷。君須記，怕雁回時節，早寄詩來。

又　宿瓜洲城

瓜步城闉，煙樹西津，幾回往來。儘洪濤千丈，魚龍出沒，蒼顏十載，鷗鷺驚猜。驛館荒涼，征鞍牢落，寄語樓船且莫開。今宵裏，要江聲一枕，洗滌羇懷。　侵晨風定潮回。便掛起、雲帆亦快哉。愛金山東畔，天開圖畫，銀山南下，地湧詩材。衝破晴嵐，拂開蒼蘚，欲紀茲行百尺崖。還停筆，怕吟鞭猶帶，京國塵埃。

又　和人韻

世路崎嶇，世事紛更，年來飽諳。歎都城十載，霜侵老鬢，江湖萬里，塵滿征衫。應物才疏，謀身計拙，桂玉生涯豈久堪。乾忙甚，向是非叢裏，不要窮探。　禪機已悟三三。又何用、天庭似老蠶。羨養生有道，將從子隱，於時無補，祇益吾慚。歸去來兮，與君同醉，醉後扶持有小男。平生樂，在山前山後，溪北溪南。

又　止酒效稼軒體

半世游從，到處逢迎，惟爾麴生。喜一尊乘興，時居樂土，三杯有力，能破愁城。豈料前歡，俱成後患，深悔從來見不明。筠軒下，抱厭厭病枕，恨與誰評。　請生亟退休停。更說甚、濁賢與聖清。論伐人心性，蛾眉非慘，爍人骨髓，鴆毒猶輕。裂爵焚觴，棄壺毀榼，交絶何須出惡聲。生再拜，道苦無大故，遽忍忘情。

又　壬子和人爲壽用止酒韻

身世飄零，勳業何成，鬢華漸生。記去年歡笑，遨游帝里，今年憔悴，卧病江城。直道難行，浮名識破，正要生平兩眼明。心無歉，但世間公論，自有人評。　竹風蕭颯初停。算何境、能如夢境清。問命之窮達，三杯酒軟，身之去就，一葉舟輕。毀譽從他，醉醒在我，贏得篷窗聽雨聲。秋江上，更蓴鱸無限，鷗鷺多情。

又　爲王彦博尚書壽

佳氣蔥蔥，喜事重重，福祿鼎來。記秋官重任，去年顯擢，春闈寵渥，今歲安排。壽算緜緜，班資衮衮，迆邐相隨到上台。人都道，不調和鼎鼐，豈盡其才。　眉間陰德紋開，應只爲、惟刑之恤哉。看門閭高大，堪容駟馬，兒孫昌盛，已種三槐。喚起瓊姬，滿斟玉露，官事無多且放懷。年年醉，對春回柳眼，雪暈梅腮。

又　爲杜左丞壽

勇退歸來，一擔乾坤，十年息肩。柰東山安石，豈容高卧，洛中司馬，須再調元。車擁蒲輪，杖扶靈壽，琴瑟更張爲解絃。人都道，果功成霖雨，澤潤無邊。　河汾閒氣生賢。算甲子、纔同絳縣年。更太公八十，出膺熊虎，武公九十，入戴貂蟬。梅信春香，槐階日煖，數到莊椿歲八千。持杯壽，壽文章宰相，廊廟神仙。

又　泉南作

自入閩關，形勢山川，天開兩邊。見長溪漱玉，千瓴倒建，羣峰潑黛，萬馬回旋。石磴盤空，天梯架壑，驛騎蹣跚鞭不前。心無那，恰鷓鴣聲裏，又聽啼鵑。　區區仕宦誰憐。道有志、從來鐵石堅。但長存一片，忠肝義膽，何愁半點，瘴雨蠻煙。盡卷南溟，不供杯杓，得逐斯游豈偶然。天公意，要淋漓醉墨，海外流傳。

賀新郎　淮上中秋

晚蝀收殘雨。喜晴空、冰輪飛上，月明三五。前歲錢塘江上看，去歲京華容與。今歲又、秋風淮浦。料得常娥應笑我，笑星星、鬢影今如許。空浪走，竟何補。　此生此夜還知否。問幾人、浪蒼抖擻，衣裾塵土。獨倚篷窗誰共飲，萬象不分賓主。恍疑在、玉霄高處。繫碎珊瑚歌未徹，見洪濤、千丈魚龍舞。舟一葉，任掀舉。

又　九日同柳湯佐梁平章弟總管攜歌酒登古臺，乃金之七園也

九日西城路。瀰平川、黃雲萬頃，碧山無數。百尺危樓堪眺望，抖擻征衫塵土。又惹起、悲涼今古。佩玉鳴鑾春夢斷，賴高情、且作風煙主。嗟往事，向誰語。人生適意真難遇。對西風、滿浮大白，狂歌起舞。便得腰懸黃金印，於世涓埃何補。愈想起、淵明高趣。莫唱當年朝士曲，怕黃花、紅葉俱凄楚。愁正在，雁飛處。

驀山溪　和盧彥威應奉食柑韻

洞庭珍味，喚起愁千里。萬顆曉霜餘，記當時、小園秋霽。玉纖分露，半醉對黃花，驚昨夢，渺前歡，歲月如彈指。天涯牢落，無計論心事。冉冉驛塵紅，尚依然、襲人芳氣。帕羅輕護，不忍破金苞，香簌簌，露霏霏，總是相思淚。

鵲橋仙

無窮前古，無窮後世。分得中間百歲。人生七十古來稀，況八九、不如人意。榮枯夢幻，功名兒戲。爭甚一時閒氣。勸君從此更休癡，且拚卻、花前沈醉。

又　詠梅贈人

瓊枝纖弱，瑤英嬌小。占得江南春早。前村雪裏欲開時，料未必、東君知道。芳心一點，幽香多少。幾度被花相惱。隴頭人去早歸來，莫直待、春殘鶯老。

又　壽王趙公時八十

鸞臺鍾呂，瀛州房杜。榮貴康寧天付。三公勳業四朝臣，不勝似、磻溪漁父。朝廷尊敬，君王知遇。香滿春風玉樹。十分壽比老彭年，恰喜慶、筵開一度。

清平樂　到洪寄新齋和前韻

別離心軟。爭似交情淺。去路愁腸千百轉。回首

高城天遠。斷雲零雨西樓。落霞孤鶩南州。應把歸期約定，忍教劃損搔頭。

又　和李御史春寒

日長亭館。尚問寒深淺。底事今年花信晚。柳外東風未軟。韶光已近春分。小桃猶揹霜痕。天意因憐病起，故教遲吐清芬。

蝶戀花

狼藉春衫愁萬點。半是征塵，半是啼痕染。別久流光空冉冉。料想病頰成雙靨。羅帶同心香未斂。甚日蘭舟，重把歸裝檢。極目畫樓煙霧掩。憑誰翦卻吳江險。

江城子　和元復初賦玄圃梅花

雪迷幽徑月迷津。水南村。竹閒門。惟有天寒，翠袖伴朝昏。玄圃移根來萬里，空怨殺，楚江雲。玉堂深處護仙真。怕京塵。染芳魂。一種清香，占斷百花春。只恐東君偏愛惜，桃與李，卻生瞋。

望月婆羅門引　和李廷弼韻就慶初度

井梧葉下，西風正喜洗塵顏。猶然火甑之間。誰釀一天霖雨，爽氣滿河關。甚憂民老子，頓覺心寬。風亭月軒。更何用、種琅玕。自有平生節操，未老投閒。羣烏聲裏，又驚覺、黃粱夢一番。沈醉後、處處廬山。

玉漏遲　和人中秋韻

桂香浮綠酒。持杯邀月，何愁佳友。欲寫秋光，鈍筆近來如帚。空對珠宮貝闕，恍夜色、明於晴晝。休憶舊。人情節意，年年同否。浪走紫陌紅塵，笑底用腰閒，印金懸斗。鷺約鷗盟，江上怪余應久。便有拏雲好手，向此夕、何妨深袖。沈醉後。忘卻鏡中白首。

臨江仙　戊午九月二十一日，宴罷直省，和徐工部韻

簾暮酒闌人散後，滿庭松竹蕭森。擣殘秋思是鄰砧。翠屏驚舊夢，白髮入新吟。蓋世勳名將底

用，悠悠往古來今。一燈孤恨夜窗深。箏閒纖筍玉，杯冷軟橙金。

太常引　贈歌者妙音居士

前身應是散花仙。一念墮塵緣。參透曲中禪。比一串、摩尼更圓。林鶯巧囀，玉冰飛韻，三昧有誰傳。休惜遏雲篇。早醫得、維摩病痊。

又　壽高右丞自上都分省回

巍然勳業歷台司。一柱儘能支。報國與憂時。怎瞞得、星星鬢絲。龍門山色，灤河雲影，添入介眉詩。沈醉莫推辭。趁秋滿、天香桂枝。

南鄉子　贈歌者怡雲，和盧處道韻

靄靄度春空。長妒花陰月影中。曾爲清歌還少駐，怱怱。變作春前喜氣濃。一笑爲誰容。只許幽人出處同。卻恐等閒爲雨後，東風。吹過巫山第幾峰。

阮郎歸　題秋山草堂圖

青山重疊水縈紆。扁舟隔岸呼。依稀緑野輞川圖。又疑陶令居。紅樹晚，白雲孤。乾坤別一壺。草堂瀟灑竹窗虛。箇中容我無。古山樂府卷下

以上彊村叢書本古山樂府

陸行直

行直字輔之，又字季道，號壺天，又號壺中天，吳江（今江蘇省吳江縣）人。生於德祐元年（一二七五），年七十五以上。

清平樂　重題碧梧蒼石圖

候蟲淒斷。人語西風岸。月落沙平流水漫。驚見蘆花來雁。可憐瘦損蘭成。多情因爲卿卿。祇有一枝梧葉，不知多少秋聲。此友人張叔夏贈余之作也。余不能記憶，於至治元年仲夏二十四日，戲作碧梧蒼石，與治仙西窗夜坐，因語及此。轉瞬二十一載，今卿卿、叔夏皆成故人，恍然如隔世事，遂書於卷首，以記一時之感慨云。季道陸行直題

楚天雲斷。人隔瀟湘岸。往事悠悠江水漫。怕聽樓前新雁。深閨舊夢還成。夢中獨記憐卿。依均相思碎語，夜涼桐葉聲聲。珊瑚網名畫題跋卷八

陸留

清平樂　題碧梧蒼石圖

斜陽目斷。秋晚蘆花岸。去信來音俱散漫。陣陣新寒驚雁。愁將梧石描成。寄情祗爲思卿。筆下淋漓水墨，滿空雨響風聲。珊瑚網名畫題跋卷八

王鉉

清平樂　題碧梧蒼石圖

柔腸先斷。舟繫汾湖岸。別恨離愁秋水漫。寫入數行新雁。幽閨蘭夢初成。猶將小字呼卿。幾點梧桐夜雨，一天霜月砧聲。珊瑚網名畫題跋卷八

元卿

清平樂　題碧梧蒼石圖

因緣未斷。江上湖平岸。心事留連煙水漫。愁見天邊孤雁。買蘭和粉方成。因何辜負芳卿。老樹不禁風落，寒猿夜夜哀聲。珊瑚網名畫題跋卷八

葉衡

衡字仲輿，鄱陽(今江西省鄱陽縣)人。

清平樂　題碧梧蒼石圖

翠屏香斷。夢繞瀟湘岸。舊曲不禁愁汗漫。分付秦箏斜雁。吴箋賦恨難成。丹青惱殺蘇卿。一片碧梧蒼石，誰教寫出秋聲。珊瑚網名畫題跋卷八

衞德嘉

德嘉字立禮，華亭（今上海市松江縣）人。生於至元二十四年（一二八七）。授潮州路儒家正，不就。至正十四年（一三五四）卒，年六十八。友人私謚爲尚絅先生。

清平樂　題碧梧蒼石圖

彩雲飛斷。愁思茫無岸。落日平蕪煙水漫。又見去年歸雁。　琵琶舊曲難成。風流誰復如卿。滿耳碧梧秋雨，潯陽江上哀聲。　珊瑚網名畫題跋卷八

施可道

清平樂　題碧梧蒼石圖

峽雲飛斷。錦石秋花岸。猶記尊前情爛漫。脈脈慵移箏雁。　碧梧圖子誰成。主人以墨爲卿。莫道鳳枝栖老，西風長寄新聲。　珊瑚網名畫題跋卷八

曹方父

清平樂　題碧梧蒼石圖

斷腸腸斷。愁滿斜陽岸。遠水遥山情浩漫。春燕參差秋雁。　夜長閒夢空成。離魂不遇君卿。月轉梧桐有影，天高河漢無聲。　珊瑚網名畫題跋卷八

衞德辰

德辰字立中，德嘉弟。太平樂府載其散曲二首。

清平樂　題碧梧蒼石圖

紫簫音斷。睡起烏紗岸。夢峽飛雲空汗漫。又負一番秋雁。　捻沙尚擬圓成。風流不減耆卿。怕聽蒼梧夜雨，等閒寫入無聲。　珊瑚網名畫題跋卷八

趙由儁

由儁字仲時，吳興人，孟頫姪，客陸行直之門。

清平樂　題碧梧蒼石圖

楚雲迷斷。桃葉江南岸。春去秋來情汗漫。愁絶一行新雁。　錦書欲寄雙成。殷勤爲謝芳卿。明月碧梧涼夜，有誰知度簫聲。　珊瑚網名畫題跋卷八

陸承孫

清平樂

吳山夢斷。依舊江南岸。驚起溼香飛汗漫。倦聽徘徊哀雁。　神遊極表難成。屏幃曲曲如卿。深院吟蛩疎雨，斷腸聲外生聲。　珊瑚網名畫題跋卷八

徐再思

再思字德可，號甜齋，嘉興人。嘗爲嘉興路吏。

清平樂　題碧梧蒼石圖

西風吹斷。帆迥潯陽岸。水影碧涵天影漫。倒印片雲孤雁。　琵琶舊譜新成。舟中應有蘇卿。愁耳不堪重聽，聲聲又復聲聲。　珊瑚網名畫題跋卷八

竹月道人

清平樂　題碧梧蒼石圖

寸腸愁斷。目送斜陽岸。楓落吳江秋水漫。盼殺南來征雁。　綺窗好夢初成。夢回相見卿卿。明月西風夜冷，蒼梧亂影多聲。　珊瑚網名畫題跋卷八

郝貞

清平樂　題碧梧蒼石圖

暮雲飛斷。潮落吳江岸。憶昔佳人愁思漫。那更樓頭聞雁。此時有意還成。爭知惱殺蘭卿。畫作碧梧蒼石，至今圖得風聲。珊瑚網名畫題跋卷八

劉則梅

則梅廬山人。

清平樂　題碧梧蒼石圖

楊枝歌斷。春老鶯鶯岸。可笑楊花飛漫漫。卻作蘆花孤雁。國香欲賦難成。向來錯怨輕卿。縱使此心如石，不禁梧葉離聲。珊瑚網名畫題跋卷八

張雨

雨字伯雨，一名天雨，號貞居，錢塘（今浙江省杭州市）人。生於至元十四年（一二七七）。年二十，棄家爲道士，居茅山，自號句曲外史。至正十年（一三五〇）卒於錢塘，年七十二。有貞居先生詩集。

摸魚兒　雙蓮一幹，爲人折去，仲舉邀予賦之

問淩波、並頭私語，夜涼誰共料理。柔情早被鴛鴦妒，怕擊水晶如意。香旖旎。待微雨清塵，略爲新妝洗。騷辭漫擬。搴水末芙蓉，同心輕絕，未説已先醉。空折損，又墮偷香夢裏。藕絲不斷新脆。吳娃小艇無蹤跡，也怪半池萍碎。還略記。是月冷、鷗眠鷺宿曾驚起。高荷恨倚。總回首西風，露盤輕瀉，清淚似鉛水。

又　和王平軒

看棋枰、一番換局，山中知幾朝暮。舊時王謝堂前燕，都付後人懷古。胡琴語。索燕寢凝香，此日天應許。甘回味苦。笑老子癡頑，胸中色線，終爲衮衣補。投簪去，正有小山叢桂，歸來依舊爲主。春江臘釀番江渌，門外儘多朱原作來，據西泠詞萃改履。高陽侶。慣踏醉狂歌，驚起星河鷺。花枝争舞。語蘭玉堦前，穠纖依約，猶染斷綵素。

風入松　壽吴大宗師

羽衣能補舜衣裳。閒看雲忙。宣文奎畫龍珠護，□家山、輝映琳琅。天上重逢初度，仙韶錫宴非常。滿朝人道魯靈光。合佩金章。丹牙修出纖纖月，看年年、王斧吴剛。不枉盤根壽櫟，要扶宗社靈長。

朝中措　早春書易玄九曲新居壁

草堂移住古城隈。堂後水平階。要結柴桑鄰里，不須鷗鷺驚猜。行厨竹裏，園官菜把，野老山杯。説與定巢新燕，杏花開了重來。

蘇武慢　至正八年夏和虞道園

清露晨流，新桐初引，消受北窗涼曉。經卷熏鑪，筆牀茶具，長物任他圍繞。老子無情，年光有限，只似木人花鳥。指凝雲、數朵奇峰，曾見漢唐池沼。還自笑，待老學蟫魚，金題玉躞，書裏便容身了。阿對泉頭，布衣無恙，占斷雨苔風篠。獨鶴歸遲，西山缺處，掠過亂鴉林表。舞琴心三疊胎仙，坐到天高月小。原作月高山小，據西泠詞萃改

賀新郎　戲次仲舉韻

金屋書中有。爲錢塘佳麗，待尋歡偶。記得朝雲前日夢，伏事東坡最久。且不是、郡無官守。日日湖中公事了，更成圍、妓女隨車後。翁兩鬢，秃如帚。老來莫負簪花手。比佳人難得，靈芝三秀。此夕燈花何太喜，便用買紅纏酒。催看箇、肩輿迎取。有子平生千萬足，看明年、墮地於菟走。掛冠

去，學疏受。

木蘭花慢　己未十月十七日壽溪月真人

試瑶臺借雪，春意早，滿林巒。笑東老殷勤，能傾家釀，與盡清歡。曾因求賢把詔，便朗吟、湓浦又廬山。自愛西湖煙雨，玉鞭分付青鸞。神仙官府肯容閒。樞要在玄關。有溪上金鼇，月中金粟，長駐嬰顔。願似洪厓橘朮，儘千年、游戲向人閒。早晚鳳池書到，通明殿上催班。

又　和馬昂夫

想桐君山水，正睡雨，聽淋浪。記短棹曾經，煙郵晚渡，石磴飛梁。無端故人書尺，便夢中、顛倒我衣裳。此去釣臺多少，小山叢桂秋香。青蒼秀色未渠央。臺榭半消亡。擬招隱羊裘，尋盟鷗社，投老漁鄉。何時扁舟到手，有一襟、風月待平章。輸與浮丘仙伯，九皋聲外蒼茫。

又　秋詞

看秋容漸好，一番雨，一番涼。試點檢吾家，小山叢桂，金粟都黄。濤江限他吴越，便胥魂、不似向時狂。眼底龍飛鳳舞，夢中狐嘯鴟張。茫茫今古總堪傷。歌罷意難忘。甚老矣稽生，五絃揮手，怕聽清商。淵明平生師友，白衣人、借與我持觴。若問醉翁年紀，指渠松柏高岡。

又　和黄一峰聞箏

盡彈箏仕女，會銀甲，驟冰絃。看蟬影傲傲，鶯聲歷歷，鴻陣翩翩。哀音暮年多感，柰對花、對酒更聞鵑。卻恐乘雲飛去，纏頭嫋住非煙。烏絲綴譜倩陳玄。雅調爲誰傳。嗟江上峰青，湘皋木落，與挾飛仙。正須絲竹陶寫，儘勝渠、槌拍事枯禪。莫負金尊皓月，難留錦瑟華年。

又　龜溪寄張小山

問出山小草，誰與伴，五湖游。便憶昔風光，桃花流水，杜若芳洲。來時洞門無鎖，倩鶴羣、長繞侍仙樓。邂逅小山招隱，依然我輩清流。春愁相戀住餘不。寒擁敝貂裘。柰雨柳煙花，雲帆溪鳥，都在簾鉤。眼前自無俗物，動山心、嫌聽鹿呦呦。猛把石闌干拍，賈胡知爲誰留。

瑶花慢　賦雪次仇山邨韻

篩冰爲霧，屑玉成塵，借阿姨風力。千巖競秀，怎一夜、換作連城之璧。先生閉户，怪短日、寒催駒隙。想平沙鴻爪成行，□似醉時書迹。未隨埋没雙尖，便淡掃蛾眉，與鬬顔色。裁詩白戰，驢背上、馱取灞橋吟客。撚鬚自笑，儘未讓、諸峰頭白。看洗出宮柳梢頭，已借淡黄塗額。

百字令　壽玄覽真人，次黄一峰韻

橙黄橘緑，占一年好景，人閒真樂。玉麈金鼇相對峙，如我視今猶昨。珍重留侯，招邀黄石，俱赴蟠桃約。一卮仙酒，得陪三老斟酌。總道獨綰銀章，重披宮錦，有自家天爵。八袠明年身更健，胸次遥天恢廓。春小花繁，溪清月皎，都付延年藥。洞霄仙侶，更添一箇仙鶴。

又　四月四日爲王國輔生日作

紅蓮一舸，向游仙夢裏，步虚金闕。朝罷香煙携滿袖，初度玳筵重設。玉軸琵琶，金瓶芍藥，都在春風列。天然清貴，樵林自愛晴雪。笑説奉母閒居，吾非巧宦，未信潘郎拙。戲引鴛雛香徑底，好在雙珠明月。錦繡樓臺，燕鶯簾幙，垂柳青絲結。金籠放鴿，年年飛絮時節。

宴山亭　賦楊梅

鶴頂朱圓，豐肌粟聚，寶葉揉藍初洗。親翦翠柯，遠贈筠籠，脈脈紅泉流齒。骨換丹砂，笑尚帶、儒酸風味。誰記。曾問譜西泠，緑陰青子。君家幾度尊前，摘天上繁星，伴人同醉。纖手素盤，歷亂殷紅，浮沈半壺脂水。珍果同時，惟醉寫、來禽青李。争似。爲越女、吴姬染指。

八聲甘州　舟次垂虹寄玄洲許道民

柳洲冰未浣柰春寒，仙風引歸槎。渺雲岑天末，煙江雨外，猶認漁家。原作芳華，從西泠詞萃改獨酌瓦甌篷底，誰與飯胡麻。疑聽松風響，水宿蒹葭。天上春愁鶴髮，許一庵閒地，壞衲雙髽。笑清狂無賴，痼疾是煙霞。念葛洪、移居辛苦，甚左郎、容易問丹砂。憑傳語、空山流水，深護桃花。

燭影揺紅　紅梅

休擘珊瑚，怕驚幺鳳枝頭睡。看花猶自未分明，雪在空原作雲，從西泠詞萃改堦砌。步障齊奴故里。儘一幅、仙人絳袂。妍丹吮粉，擬見生綃，芳心難寄。姑射肌膚，朝霞散入春風髓。石橋冰酒影娥閒，略約相逢地。錯妒嫣然嫵媚。柰兒家、天寒翠被。碧桃和露，聽徹吹笙，緑珠羞墜。

石州慢　和黄一峰秋興

落日空城，禾黍夜深，砧杵纔歇。怪他蘿薜絺衣，風露潤滋涼浹。清愁多少，只消目送飛鴻，五絃已是心悲咽。把酒問青天，又中秋時節。聞説。謫仙去後，何人敢擬，酒豪詩傑。草草山窗，還我舊時明月。書帷冷落，□□□□□□□，閒文閒字偏情熱。孤負楮先生，有一庭紅葉。

水調歌頭　盆荷

江湖渺何許，歸興浩無邊。忽聞數聲水調，令我意悠然。莫笑盆池咫尺，移得風煙萬頃，來傍小窗前。稀疏淡紅翠，特地向人妍。華峰頭，花十丈，藕如船。那知此中佳趣，别是一壺天。倒挽碧筩釃酒，醉卧緑雲深處，雲影自田田。夢中呼一葉，散髮枕原作看，據西泠詞萃改書眠。

又　爲初心真人七袠初度時延祥有賜田之命

瑞靄延真館，春滿瑞真家。絳縣老人年紀，更柰紫髯何。前日黄華迎賜，賜予青氊舊物，田野總謳歌。報貺啓金籙，笙鶴恰來過。問蟠桃，花結實，樹交柯。今朝佳氣五雲，都在牡丹坡。何物可爲公壽，直比心如明月，清鏡閱人多。於此看勳業，銅狄細摩挲。

又　贈都料邵子和還嘉禾

別有梓人傳，精藝奪天工。便使玉人雕琢，妙手略相同。寶殿網珠窗户，華蓋狻猊牀座，金碧鬭玲瓏。花萼開芝草，細縷一重重。看揮斤，除鼻堊，運成風。多少巧心奇思，舞鳳更翔龍。縱使棘端猴小，與刻三年楮葉，難比錦心胸。快袖吴剛斧，修取廣寒宫。

滿庭芳　重九次趙侯韻

湖曲荒煙，石林斜日，笛聲淒斷山陽。孤懷無託，只用醉爲鄉。回首西風黄落，儘輸他、松檜青蒼。相思處，書題新橘，還待滿林霜。　人生難會合，良辰孤負，把菊傳觴。便三人對月，獨自清狂。正爲跫音空谷，天遠近、鴻鵠高翔。空追和，陽春一曲，

聊代紫萸囊。

鳳凰臺上憶吹簫　和歐陽彦珍催桂

桂影團團，小山叢底，今年特地收香。早陣風陣雨，頻掩西窗。一蓺辟寒金碎，甚教人、長想容光。淒涼夜，香篝撤去，孤負華堂。　金菊芙蓉，儘未怕換葉移根，多少思量。縱素娥老去，肯便相忘。怪得探芳秋蝶，向翠陰深處迴翔。非遲暮，一枝折得，留待仙郎。

滿江紅　開元斗室落成，玄覽真人命名得月軒

笑向桃花，又一番、玄都春色。彷佛記、主家陰洞，不多陳跡。竹裏棋枰憎鳥汚，林閒鶴語無人識。怪東風、遲暮卻歸來，龐眉客。　溝水漲，雲充斥。環堵隘，花狼藉。似石魚湖小，酒船寬窄。庭下已生書帶草，旁人錯認揚雄宅。問青天、明月落誰家，無心得。

又　玉簪次班彦功韻

玉導纖長，頓化作、雲英香莢。風弄影、緑鬟撩亂，搔頭斜插。璞小還思釵燕竝，叢幽略比蕉心狹。看柔鬟、點綴半開時，微烘蠟。冰筋瘦，瓊枝滑。芳徑底，誰偷掐。怕夜涼消得，錦圍紅帀。鵝管不禁仙露重，蜜脾牋借清香發。待使君、絕妙好詞成，須彈壓。

獅兒詞　賦梅次仇山村韻

含香弄粉，便句引、游騎尋芳，城南城北。別有西邨、斷港冰澌微緑。孤山路熟。伴老鶴、晚先尋宿。怕凍損、三花兩蕊，寒泉幽谷。幾番花陰濯足。記歸來醉卧，雪深平屋。春夢無憑，鬢底鬧蛾争撲。不如圖畫，相對展、官奴風竹。燒黄燭。自聽瓶笙調曲。

望梅花　壽師道真人

何處仙家方丈。渾連水隔他塵坱。放鶴天寬，看雲窗小，萬幅丹青圖障。憑高望笑掣金鼇，人道是蓬萊頂上。時問葛陂龍杖。更準備雪中鶴氅。修月吴剛，收書東老，消得百壺春釀。無盡藏，莫傲清閒，怕詔起山中宰相。

踏莎行　王蕺隱五香圖，作圓象墨，寫梅蘭水仙山礬瑞香五品，盤屈折枝於其中，韓明善有月上影娥池，人在衆香國一聯，今予爲易玄賦之

玉鏡臺前，看花如霧。交柯接葉紛無數。春寒約住柳絲圈，月明染下方諸露。盧皐神游，湘臯微步。玉奴老去羞樊素。韓郎解比影娥池，倩誰摘出香匳句。

又　爲朱德輝送醫僧道二首

龍樹名方，阿師偏得。參苓藥籠真奇特。閒身偶爾病魔侵，幾番勞動黄金錫。灌溉三田，平和百脈。只消甘露楊枝滴。八荒壽域太平時，大家都藉慈悲力。

又

春夢還山，藥羅巖上。覺來便覺身無恙。不知引入市廛壺，丹瓢猶掛蒼龍杖。一脈清涼，三關調暢。□□更展滄溟量。還將底事謝先生，山中百斛丹泉釀。

南鄉子　題李紫篔山居

午枕託冥搜。得句棲霞半嶺頭。不柰風篁疏雨過，飀飀。化蝶飛來爲少留。石壁倚清秋。袖拂煙痕寫遠游。信有平生濠濮想，悠悠。身似潛魚嬾上鉤。

蝶戀花

誰道鵝兒黃似酒。對酒新鵝，得似垂絲柳。松粉泥金初染就。年年春雪消時候。一縷柔情能斷否。雨重煙輕，無力紫窗牖。試看溪南陰十畝。落花都聚紅雲帚。

又　清明日，去梁溪，元鎮買舟追送未至，戲題所坐船窗

雨館幽人朝睡美。好趁春晴，茶竈隨行李。九朶芙蓉青似洗。天河一夜增新水。相送殷勤煩主禮。燕子無情，不管帆檣起。錯恨分風三十里。清明小住爲佳耳。

又　追次菘翁卷中冬至之作

空谷天寒殊慰藉。半幅瑶華，喚得春回也。金馬玉堂猶傳舍。崧雲潁水風流夜。馳騁莊騷涉鮑謝。昔日忘年，邂逅鴻濛野。愁絶朱絃誰爲寫。高情那復如疏者。

浪淘沙　周晉仙諱文璞者，有詞云，還了酒家錢。便好安眠。大槐宫裏著貂蟬。行到江南知是夢，雪壓漁船。盤礴古梅邊。也信前緣。鵝黄雪白又醒然。一事最奇君聽取，明日新年。晉仙宋南渡來名士，一號方泉老人，此詞鮮于困學每愛書之。百年後，方外士張雨追和一章，以爲笑樂，惜困學公不能爲我賞音

抛下杖頭錢。取次高眠。玉梅金縷孟家蟬。說著

錢塘都似夢，嬾問游船。誰信酒壚邊。別有仙緣。自家天地一陶然。醉寫桃符都不記，明日新年。

茅山逢故人　句曲道中送友

山下寒林平楚。山外雲原作雪，據西泠詞萃改帆煙渚。不飲如何，吾生如夢，鬢毛如許。能消幾度相逢，遮莫而今歸去。壯士黃金，昔人黃鶴，美人黃土。

案此下原有殿前歡，乃曲調因删去

早春怨　擬白石

盼得春來，春寒春困，陡頓無聊。半剔殘釭，片時春夢，過了元宵。空山暮暮朝朝。到此際無魂可消。卻倚東風，水如衣帶，草似裙腰。

如夢令　山中逃熱三首

湖外殘鐘未了。過嶺樵夫恁早。犬吠又人行，推枕北窗清曉。清曉。清曉。勞動數聲啼鳥。

又

綠錦峰巒似繡。曲折一渠冰溜。中有養痾人，攲枕北窗清晝。清晝。清晝。胡蝶還知夢否。

又

靜默兩家茅舍。特地月明狼藉。不管候蟲吟，高枕北窗清夜。清夜。清夜。涼似樊川水榭。

漁父詞　贊船子和尚二首

此物由來不可名。絲綸收去水波平。長抱膝，可憐生。誰共蓑衣卧月明。

又

上釣金鱗不用多。踏翻船子便高歌。猶有在，問如何。問取儂家張志和。

太常引　浴鵠灣有詠寫奉易玄

一叢奇石古苔龕。一半浸挼藍。有幾許煙嵐。怕魚鳥驚人笑談。幽幽尺宅，蕭蕭環堵，佳處要人參。休看是江南。似鈷鉧潭西小潭。

又　漫翁新製畫舫湖中，予爲名其舫曰浮家泛宅。翁

姓李，字仁仲，湖船用布帆自李始

莫將西子比西湖。千古一陶朱。生怕在樓居。也用著風帆短蒲。銀瓶索酒，并刀斫鱠，船背錦模糊。堤上早傳呼。那箇是煙波釣徒。

定風波　玉虛宗師十月二十八日誕，丁卯九月閏錦衣，期頤之佳瑞也。舊蓬萊閣成後，拜鎮南王賜衣之寵，喜而作歌

漆點方瞳雪覆眉。鶴巢殿角與雲齊。笑挈蓬萊三百丈。更向。白雲層外著丹梯。步障諸峰霜似錦。借問。高寒那與世人知。楊子賢王新有教。淡染。高麗綾子製荷衣。

憶秦娥　楊山居湖舫新成，載酒落之，賦秦樓月二首，書於船窗

蘭舟小。一篷也便容身了。容身了。幾番煙雨，幾番昏曉。出橋三面青山繞。入城一向紅塵擾。紅塵擾。緑蓑青箬，讓渠多少。

又

蘭舟小。沿堤傍著裙腰草。裙腰草。年年青翠，幾曾枯槁。漁歌一曲隨原作門，從西泠詞萃改顛倒。酒壺早是容情了。容情了。肯來清坐，喫茶須好。

水龍吟　代玄覽和東泉學士自壽之作

古來宰相神仙，有誰得似東泉老。今朝佳宴，楊枝解唱，花枝解笑。鐘鼎山林，同時行輩，故人應少。問功成身退，何須更學，鴟夷子，煙波渺。我自深衣獨樂，儘從渠、黃塵烏帽。後來官職清高，一品還他三少。不須十載光陰，渭水相逢，又入非熊夢了。到恁時、拂袖逍遙，勝戲十洲三島。

案此下原有梧葉兒兩首，以其爲曲調因刪去

鷓鴣天　贈醫士沈德誠

東老傳家道氣濃。榴皮壁上有仙蹤。耳孫陰德如何限，都在參苓藥籠中。無貴賤，有窮通。活人心事契蒼穹。吾家昆弟能無恙，須藉全生一匕功。

此下原有喜春來一首，以其爲曲調刪去。

以上彊村叢書用遼雅堂藏鈔本貞居詞。茲據曲律，删去其中殿前歡一首，梧葉兒二首，喜春來一首，另據西泠詞萃本貞居詞校訂。

東風第一枝　玉簪

清淚如鉛，綠房迎曉，寶堦低擁雲葉。蜻蜓飛上搔頭，原作梢從西泠詞萃改依前黯香未歇。西窗暗雨，怪簾底、參差涼月。正一叢、深倚琅玕，石上只愁磨折。　問瑶草、應憐短髮。曾醉墮、無聲膩滑。羞他金雀鈿蟬，似高水仙羅襪。芳心斷絕。誰與贈、湘臯瓊玦。試折花、擲作銀橋，看舞素鸞迴雪。

柳梢青　題楊補之墨梅

面目冰霜。逃禪正派，只讓花光。怪底徐卿，爲渠描貌，縈損柔腸。　有誰步屧長廊。更折竹聲中細香。酒半醒時，雪晴寒夜，月上西窗。以上二首彊村叢書本貞居詞補遺

白賁

賁號無咎，錢塘人。至治間，爲温州路平陽州教授，後爲文林郎，南安路總管府經歷。父珽，號湛淵，長於詩文。

鸚鵡曲

儂家鸚鵡洲邊住。是箇不識字漁父。浪花中一葉扁舟。睡煞江南煙雨。　覺來時滿眼青山，抖擻綠蓑歸去。算從前錯怨天公，甚也有安排我處。陽春白雪後集卷一

案鸚鵡曲原名黑漆弩，王惲、盧摯、姚燧、劉敏中等人所作，皆名黑漆弩。白賁所作起句有儂家鸚鵡洲邊住語，因名鸚鵡曲。馮子振和白詞亦名鸚鵡曲，實卽黑漆弩調。北宋田爲不伐曾作黑漆弩，可能原爲民間詞，流傳至元，音律有變。

馮子振

子振字海粟，攸州（今湖南省攸縣）人。生於寶祐五年（一二五七）。自號怪怪道人，又號瀛洲客，曾官集賢待制。延祐元年（一三一四）卒，年五十八。

鷓鴣天　贈珠簾秀

憑倚東風遠映樓。流鶯窺面燕低頭。蝦鬚瘦影纖纖織，龜背香紋細細浮。　紅霧斂，彩雲收。海霞爲帶月爲鈎。夜來捲盡西山雨，不着人間半點愁。

青樓集

鸚鵡曲　序云，白無咎有鸚鵡曲云，儂家鸚鵡洲邊住。是箇不識字漁父。浪花中一葉扁舟，睡煞江南煙雨。覺來時滿眼青山，抖擻綠蓑歸去。算從前錯怨天公，甚也有安排我處。余壬寅歲，留上京，有北京伶婦御園秀之屬，相從風雪中，恨此曲無續之者。且謂前後多親炙士大夫，拘於韻度，如第一箇父字，便難下語，又甚也有安排我處，甚字必須去聲字，我字必須上聲字，音律始諧，不然不可歌，此一節又難下語。諸公舉酒，索余和之，以汴吴上都天京風景試續之

山亭逸興

嵯峨峯頂移家住。是箇不唧嚼樵父。爛柯時樹老無花，葉葉枝枝風雨。　故人曾喚我歸來，却道不如休去。指門前萬疊雲山，是不費青蚨買處。

又　榮華短夢

朱門空宅無人住。村院快活煞耕父。雲時間富貴虛花，落葉西風殘雨。　總不如水北相逢，一棹木蘭舟去。待霜前雪後梅開，傍幾曲寒潭淺處。

又　愚翁放浪

東家西舍隨緣住。是箇忒老實愚父。賞花時暖薄寒輕，徹夜無風無雨。　占長紅小白園亭，爛醉不教人去。笑長安利鎖名韁，定没箇身心穩處。

又　農夫渴雨

年年牛背扶犂住。近日最懊惱殺農父。稻苗肥恰

待抽花，渴煞青天雷雨。恨殘霞不近人情，截斷玉虹南去。望人間三尺甘霖，看一片閑雲起處。

又　燕南百五

東風留得輕寒住。百五鬧蝶母蜂父。好花枝半出牆頭，幾點清明微雨。繡彎彎濕透羅鞋，綺陌踏青回去。約明朝後日重來，靠淺紫深紅暖處。

又　故園歸計

重來京國多時住。恰做了白髮傖父。十年枕上家山，負我湘煙瀟雨。斷回腸一首陽關，早晚馬頭南去。對吴山結箇茅庵，畫不盡西湖巧處。

又　野渡新晴

孤村三兩人家住。終日對野叟田父。説今朝緑水平橋，昨日溪南新雨。碧天邊雲歸巖穴，白鷺一行飛去。便芒鞋竹杖行春，問底是青帘舞處。

又　漁父

沙鷗灘鷺褵依住。鎮日坐釣叟綸父。趁斜陽曬網收竿，又是南風催雨。緑楊隄忘繫孤橋，白浪打將船去。想明朝月落潮平，在掩映蘆花淺處。

又　市朝歸興

山林朝市都曾住。忠孝兩字報君父。利名場反覆如雲，又要商量陰雨。便天公有眼難開，袖手不如家去。更蛾眉强學時妝，是老子平生懶處。

又　陸羽風流

兒啼漂向波心住。拾得陸羽喚誰父。杜司空席上從容，點出茶甌花雨。散蓬萊兩腋清風，未便玉川仙去。待中泠一滴分時，看滿注黄金鼎處。

又　顧渚紫筍

春風陽羡微暄住。顧渚問茗叟吴父。一槍旗紫筍靈芽，摘得和煙和雨。焙香時碾落雲飛，紙上鳳鸞銜去。玉皇前寶鼎親嘗，味恰到才情寫處。

又　園父

柴門鷄犬山前住。笑語聽傴背園父。轆轤邊抱甕澆畦，點點陽春膏雨。菜花間蝶也飛來，又趁暖風雙去。杏梢紅韭嫩泉香，是老瓦盆邊飲處。

又　野客

春歸不戀風光住。向老拙問訊槎父。嘆匡山李白飄零，寂寞長安花雨。指滄溟鐵網珊瑚，袖捲釣竿西去。錦袍空醉墨淋漓，是萬古聲名響處。

又　城南秋思

新涼時節城南住。燈火誦魯國尼父。到秋來宋玉生悲，不賦高唐雲雨。一聲聲只在芭蕉，斷送別離人去。甚河橋柳樹全疎，恨正在長亭短處。

又　赤壁懷古

茅廬諸葛親曾住。早賺出抱膝梁父。笑談間漢鼎三分，不記得南陽耕雨。嘆西風捲盡豪華，往事大江東去。徹如今話説漁樵，算也是英雄了處。

又　處士虛名

高人誰戀朝中住。自古便有箇巢父。子陵灘釣得虛名，幾度桐江春雨。睡神仙別有陳摶，拂袖華山歸去。漫紛紛少室終南，怎不是神仙隱處。

又　洞庭釣客

年光流水何曾住。早忘却姓呂巖父。記蓬萊閬苑相逢，一別風流如雨。算人間碧海桑田，只似燕鴻來去。岳陽樓劍氣凌雲，度老樹神仙此處。

又　黃閣清風

箕尾傅説商巖住。空桑子伊尹無父。漢蕭何昂宿分英，李靖唐時行雨。出山來濟了蒼生，却捲白雲閑去。一千年黃閣清風，是萬古聲名響處。

又　夷門懷古

人生只合梁園住。快活煞幾箇白頭父。指他家五輩風流，睡足胭脂坡雨。説宣和錦片繁華，輦路看元宵去。馬行街直轉州橋，相國寺燈樓幾處。

又　都門感舊

都門花月蹉跎住。恰做了白髮傖父。酒微醒曲榭回廊，忘却天街酥雨。曉鍾殘紅被留温，又逐馬蹄聲去。恨無題亭影樓心，畫不就愁城慘處。

又 磻溪故事

非熊無夢淹留住。吕望八十釣魚父。白頭翁晚遇文王，閑煞磻溪蓑雨。運來時表海封齊，放下一鈎絲去。至今人想像笠簹，靠蘚石苔磯穩處。

又 泣江婦

曹娥江主婆娑住。五月五水面迎父。蔡中郎幼婦碑陰，古刻荒雲深雨。夏侯瞞智肖楊修，强説不多來去。怕文章泄漏風光，謎語到難開口處。

又 蘭亭手卷

蘭亭不肯昭陵住。老逸少是獻之父。過江來定武殘碑，剥落刓煙剜雨。縱新新繭紙臨摹，樂事賞心俱去。永和年小草斜行，到野鶩家鷄窘處。

又 龐隱圖

團欒話裏禪龕住。靈昭女對老龐父。利名心不挂絲毫，更肯沾風粘雨。嘆黄金散盡還家，逝水看流年去。只尋常賣箄籬休，這眷屬今無討處。

又 拔宅冲昇圖

淮南仙客蓬萊住。髮漆黑變雪髯父。八公山九轉丹成，洗盡腥風醎雨。想雲霄犬吠鷄鳴，拔宅向青霄去。勸長安熱客回頭，鏡影到流年老處。

又 憶西湖

吴儂生長西湖住。艤畫舫聽棹歌父。蘇隄萬柳春殘，麯院風荷番雨。草萋萋一道腰裙，軟緑斷橋斜去。判興亡説向林逋，醉梅屋梅梢偃處。

又 感事

江湖難比山林住。種果父勝刺船父。看春花又看秋花，不管顛風狂雨。盡人間白浪滔天，我自醉歌眠去。到中流手脚忙時，則靠着柴扉深處。

又 買臣負薪手卷

赭肩腰斧登山住。耐得苦是採薪父。亂雲昇急澍飛來，拗青松遮風雨。記年時雪斷溪橋，脱度前灣歸去。買臣妻富貴休休，氣餤到寒灰舞處。

又　燕南八景

蘆溝清絶霜晨住。步落月問倚闌父。薊門東直下金臺，仰看樓臺飛雨。道陵前夕照蒼茫，疊翠望居庸去。玉泉邊一派西山，太液畔秋風緊處。

又　松林

山圍行殿周遭住。萬里看牧羊父。聽神榆樹北車聲，滿載松林寒雨。應昌南舊日長城，帶取上京愁去。又秋風落雁歸鴻，怎説到無言語處。

又　至上京

灤河西北征鞍住。古道上不見耕父。白茫茫細草平沙，日日金蓮川雨。李陵臺往事休休，萬里漠長城去。趁燕南落葉歸來，怕迤邐飛狐冷處。

又　憶雞鳴山舊遊

雞鳴山下荒丘住。客弔古問驛亭父。幾何年野屋叢祠，滅没犁煙鋤雨。默尋思半晌無言，逆旅又催人去。指峯前代好磨笄，是血泪當時灑處。

又　南城贈丹砂道伴

長松蒼鶴相依住。骨老健稱褐衣父。坐燒丹宂記春秋，自在溪風山雨。有人來不問親疎，淡飯一杯茶去。要茅簷卧看閑雲，梅影轉幽窗雅處。

又　別意

花驄嘶斷留儂住。滿酌酒勸據鞍父。柳青青萬里初程，點染陽關朝雨。怨春風雁不回頭，一箇箇背人飛去。望河橋斂衽頻啼，早驀到長亭短處。

以上三十六首見太平樂府卷一，用隋樹森校本

又　錢塘初夏

錢塘江上親曾住。司馬櫃不是村父。縷金衣唱徹流年，幾陣紗窗梅雨。夢回時不見犀梳，燕子又銜春去。便人問月缺花殘，是小小香魂斷處。

又　溪山小景

長繩短繫虛名住。傾濁酒勸鄰父。草亭前矮樹當門，畫出輕煙疎雨。看燕南陌上紅塵，馬耳北風吹去。一年年月夜花朝，自占取溪山好處。

又 四皓屏

張良更姓圯橋住。夜待旦遇箇師父。一編書不爲封留，字字咸陽膏雨。借箸籌滅項興劉，到底學神仙去。待商山四皓還山，再不戀人間險處。

又

逃吳辭楚無家住。解寶劍贈津父。十年間隸越鞭荆，怒捲秋江潮雨。想空城組練三千，白馬素車回去。又逡巡月上波平，暮色在煙光紫處。

又

青衫司馬江州住。月夜笛厭聽村父。甚有傳舊譜琵琶，切切嘈嘈簷雨。薄情郎又泛茶船，近日又浮梁去。說相逢總是天涯，訴不盡柔腸苦處。

又

才郎于祐咸陽住。是箇不識字的田父。御溝西綠水東流，乍歇長安秋雨。恨匆匆一片題情，紅葉爲誰流去。恰殷勤離得深宮，便得到人間好處。以上六首見陽春白雪後集卷一，用隋樹森校本

呂濟民

濟民，生平不詳。

鸚鵡曲 寄故人和韻

心猿意馬羈難住。舉酒處記送別那梁父。想人生碌碌紛紛，幾度落紅飛雨。瞬息間地北天南，又是便鴻書去。問多嬌芳信何期，笑指到玉梅吐處。太平樂府卷一

又

朱顏綠鬢難留住。調弄了幾拙訥的兒父。算光陰咫尺風波，恍着暮晴朝雨。怎禁他地久天長　睚

不過暗來明去。望桃源霧杳煙迷，夢覺也玉人那處。同前

黃澄

澄字子常。

賣花聲

人過天街，曉色擔頭紅紫。滿筠筐、浮光浪蕊。畫樓睡醒，正眼橫秋水。聽新腔、一聲催起。吟紅叫白，報道蜂兒知未。隔東西、餘音軟美。迎門争買，早斜簪雲髻，助春嬌、粉香簾底。詞品卷六

綺羅香　鬭草

綃帕藏春，羅裙點露，相約鶯花叢裏。翠袖拈芳，香沁筍芽纖指。偷摘遍、緑逕煙霏。悄攀下、畫闌紅紫。掃花階、褥展芙蓉，瑤台十二降仙子。芳園清晝乍永，亭上吟吟笑語，妒穠誇麗。奪籌

多，贏得玉璫瑜珥。凝素靨、香粉添嬌，映黛眉、淡黃生喜。綰胸帶、空繫宜男，情郎歸也未。同上

喬吉

吉字夢符，號笙鶴翁，又號惺惺道人，太原（今山西省太原市）人。生於至元十七年（一二八〇），卒於至正五年（一三四五），年六十六。著有小令及雜劇。

賣花聲　和黃子常韻

侵曉園丁，報道嬌紅嫩紫。巧工夫、攢枝飣蕊。行歌佇立，灑洗妝新水。捲香風、看街簾起。深深巷曲，有箇重門開未。忽驚他、尋春夢美。穿窗透閣，便憑伊喚取，惜花人、在誰根底。詞品卷六

張可久

可久字伯遠，號小山，慶元（今浙江省鄞縣）人。以

路吏轉首領官，又曾爲桐廬典史。至正初，年七十餘，尚爲崑山幕僚。有張小山北曲聯樂府三卷，外集一卷，其中有沿用詞調之人月圓、太常引、憶秦娥、霜天曉角。又天一閣本張小山樂府内有詞四十二首。

人月圓　山中書事

興亡千古繁華夢，詩眼倦天涯。孔林喬木，吴宮蔓草，楚廟寒鴉。數間茅舍，藏書萬卷，投老村家。山中何事，松花釀酒，春水煎茶。北曲聯樂府前集今樂府

又　秋日湖上

笙歌蘇小樓前路，楊柳尚青青。畫船來往，總相宜處，濃淡陰晴。杖藜閑暇，孤墳梅影，半嶺松聲。老猿留坐，白雲洞口，紅葉山亭。同前

又　春晚次韻

萋萋芳草春雲亂，愁在夕陽中。短亭別酒，平湖畫舫，垂柳驕驄。一聲啼鳥，一番夜雨，一陣東風。桃花吹盡，佳人何在，門掩殘紅。同前

又　雪中遊虎丘

梅花渾似真真面，留我倚闌干。雪晴天氣，松腰玉瘦，泉眼冰寒。興亡遺恨，一丘黄土，千古青山。老僧同醉，殘碑休打，寶劍羞看。同前

又　會稽懷古

林深藏却雲門寺，回首若耶溪。苧蘿人去，蓬萊山在，老樹荒碑。神仙何處，燒丹傍井，試墨臨池。荷花十里，清風鑑水，明月天衣。同前

又　客垂虹

三高祠下天如鏡，山色浸空濛。蓴羹張翰，漁舟范蠡，茶竈龜蒙。故人何在，前程那裏，心事誰同。黄花庭院，青燈夜雨，白髮秋風。同前

又　吴門懷古

山藏白虎雲藏寺，池上老梅枝。洞庭歸興，香柑紅樹，鱸鱠銀絲。白家池館，吴王花草，長似坡詩。

可人憐處，啼烏夜月，猶怨西施。同前

又　春日湖上

東風西子湖邊路，白髮强尋春。儘教年少，金鞭俊影，羅帕香塵。蹇驢破帽，荒池廢苑，流水閑雲。惱余歸思，花前燕子，牆裏佳人。同前

又　同前

小樓還被青山礙，隔斷楚天遥。昨宵入夢，那人如玉，何處吹簫。門前朝暮，無情秋月，有信春潮。看看憔悴，飛花心事，殘柳眉梢。同前

又　松江遇雪（原作開吴淞江遇雪，從太平樂府卷五改）

一冬不見梅花面，天意可憐人。曉來如畫，殘枝綴粉，老樹生春。山僧高卧，松爐細火，茅屋衡門。凍河堤上，玉龍戰倒，百萬殘鱗。同前

又　寄璩源芝田禪師

龍湫山上雲屯寺，別是一乾坤。檜原作儈，從任二北校

本改參百丈，雪深半尺，梅瘦三分。幾時親到，松邊弄水，月下敲門。相思無奈，煙蘿洞口，立盡黄昏。同前

又　三衢道中有懷會稽

松風十里雲門路，破帽醉騎驢。小橋流水，殘梅剩雪，清似西湖。而今杖履，青霞洞府，白髮樵夫。不如歸去，香爐峯下，吾愛吾廬。同前

秦樓月　即憶秦娥

尋芳屨。出門便是西湖路。西湖路。傍花行到，舊題詩處。瑞芝峯下楊梅塢。看松未了催歸去。催歸去。吴山雲暗，又商量雨。北曲聯樂府後集蘇堤漁唱

人月圓　春日次韻

羅衣還怯東風瘦，不似少年遊。匆匆塵世，看看鏡裏，白了人頭。片時春夢，十年往事，一點詩愁。海棠開後，梨花暮雨，燕子空樓。北曲聯樂府續集吴鹽

又　中秋書事

西風吹得閒雲去，飛出爛銀盤。桐陰淡淡，荷香冉冉，桂影團團。鴻都人遠，霓裳露冷，鶴羽天寬。文生何處，瓊臺夜永，誰駕青鸞。同前

又　子昂學士小景

西風曾放藍溪棹，月冷玉壺秋。粼粼淺水，絲絲老柳，點點盟鷗。翰林新畫，雲山古色，老我清愁。淡煙渾似，以高祠下，七里灘頭。同前

霜角　即霜天曉角　新安八景花屏春曉

初日滄涼。海霞搖曙光。幾摺好山如畫，晴藹藹、鬱蒼蒼。衆芳。雲景香。道人眠石牀。喚起南華夢蝶，鶯啼在、綠垂楊。

又　練溪晚渡

淡煙微隔。幾點投林翮。千古澄江秀句，空感慨、有誰索。拍拍。水光白。小舟争過客。沽酒歸來樵叟，相隨到、許仙宅。

又　南山秋色

華蓋亭亭。向陽松桂榮。背立夜壇朝斗，直下看、老人星。地靈。風物清。衆峯環翠嬴。千古仙山道氣，誰高似、許宣平。

又　王陵夕照

暮蟬聲咽。幾樹白楊葉。細此下原有一細字，綜合八首來看似是衍文看雲嵐舊隱，遺廟在、表忠烈。翌結。弓劍穴。苔花碑字滅。遠水殘陽西下，今人見、古時月。

又　水西煙雨

沙淺波平。孤舟長日横。淡墨瀟湘八景，誰移向、富山城。淨名。疎磬聲。暮歸何處僧。明日披雲風頂，呼太白、賞新晴。

又　漁梁送客

浪花飛雪。船閣蒼雲缺。一片鷗鷺西照，檣燕語、柳絲結。話別。情哽咽。酒邊歌未闋。他日寄

書雙鯉，順流過、釣臺月。

又　黃山雪霽

雲開洞府。按罷瓊妃舞。三十六峯圖畫，張素錦、列冰柱。幾縷。翠煙聚。曉妝眉更嫵。一箇山頭不白，人知是，煉丹處。

又　紫陽書聲

樓觀飛鶯。好山環翠屏。誰向山中講授，朱夫子、魯先生。短檠。雪屋燈。琅琅終夜聲。傳得先儒道妙，百世下、以文鳴。　以上八首並見北曲聯樂府外集，外集中尚有太常引姑蘇臺賞雪一首另見天一閣本張小山樂府因不重錄。

六州歌頭　浙江觀潮，貫學士四萬戶同集

靈鰌何物，天外吐層陰。談笑頃，浙江闊，海門深。載雷車，霹靂揮神斧，劈仙島，掀地軸，馮夷宅，黿鼉窟，渺難尋。十里紅樓圖畫，展西風、快哉登臨。□□□□□，□□□□□。好客披襟。髮蕭森。符

金虎。袍銀鼠。携玉麈。盍瑤簪。喜驍兒踏浪，旗尾互浮沉。酹胥魂，澆海若，酒頻斟。隱約越峯數點，攬飛花、渾在波心。愛漁舟蕩雪，擊楫起吳音。月上秋林。　案此詞疑有脫誤

綠頭鴨　和馬九皋使君湖上即事

別來時。綠牋猶寄相思。自當年、黃州人去，不煩朱粉重施。翠屏寒、秋凝古色，朱奩空、影淡芳姿。蝶抱愁香，鶯吟怨曲，殘紅一片洗胭脂。更誰汲、香泉菊井。寂寞水仙祠。西泠甃、苔衣生滿，懶曳笻枝。尚依依、月移疏影，黃昏翠羽□差。問丹砂、石涵墜井，尋古寺、金匾題詩。歲晚江空，童飢鶴瘦，匆匆舍此欲何之。且重和，四時漁唱，象管寫烏絲。仙翁笑、梅花折得，上閙竿兒。

又　湖上遇雪，再用前韵

勝花時。臨風渺予思。厭春妍、紅嬌綠姹，鉛花只恁輕施。溼模糊、難描樹影，白鬅鬙、盡改松姿。裙

濺冰泥。輾翻粉印，浣紗人倦洗胭脂。青山老、丹移玉井，何處葛公祠。斷橋外、頻催畫槳，誤擊瓊枝。憶當年、阿蘇小小，鸞簫能品參差。紫雲娘、雙歌獻酒，綠簑翁、獨釣成詩。樓殿摇空，管絃作市，樂天有句寄微之。觀未足，朱簾盡卷，情怕雨絲絲。誰呵手、戧金紅上，裝個獅兒。

百字令　湖上，和李溉之

六橋如畫，看地雄兩浙，人驕三楚。誰隔荷花，聽水調、蘭棹採蓮船去。鶴舞盤雲，虹消歇雨，一縷南山霧。冷香凝綠，嫩涼生滿庭宇。猶記醉客吹簫，自蘇郎去後，別情無數。明月天壇塵世遠，青鳥替人傳語。玉解連環，書裁摺疊，没放相思處。裴公亭上，詩來還是懷古。

又　舟泊小金山下，客有歌大江東去詞者，喜而爲賦

片帆摇曳，喜東風吹雨，秋容新沐。一帶長江，青未了、天際亂峯如簇。浮玉山空，梧桐人去，月冷神仙屋。停舟弔古，斞泉三酹寒菊。猶記邂逅桓郎，驛樓殘照裏，倚闌吹竹。南去北來人自唤，老樹柳絲長綠。倦客能吟，倚歌而和，醉寫滄浪曲。今宵何處，釣魚臺下尋宿。

又　春日湖上

扣舷驚笑，想當年行樂，綠朝紅暮。麴院題詩，人去遠、别換一番歌舞。鷗占涼波，鶯巢小樹，船閣鴛鴦浦。畫橋疏柳，風流不似張緒。閑問蘇小樓前，夕陽花外，歸燕曾來否。古井香泉秋菊冷，坡後神仙何許。醉眼觀天，狂歌喝月，夜唤西林渡。穿雲笛響，背人老鶴飛去。

又　贈彈一弦子張文秀

一行秋思，記孫登當日，山中琴趣。誰識吾宗，父老子、自製寸金皮鼓。箏截孤篁，絲抽獨繭，替盡琵琶譜。輕攏慢撚，西湖何限懷古。堪笑錦瑟無端，繁弦五十，撩亂春雲縷。得似嘈嘈么鳳語，隻

手換宫移羽。絶藝無雙，法門不二，喜遇知音侣。燈窗對影，爲君挑盡寒雨。

又　惠山酌泉

艤舟一笑，正三吳好處，天將僧占。百斛冰泉，醒醉眼、庭下寒光瀲灧。雲濕闌干，樹香樓閣，鶯語青山崦。倚花索句，終日登臨無厭。　小瓶聲捲松濤，俗塵不到，休把柴門掩。甌面碧圓珠蓓蕾，强似花濃酒釅。清入心脾，名高秘水，細把茶經點。留題石上，風流何處鴻漸。

木蘭花慢　（原無調名兹據律補）重過吳門

又三高祠下，依古柳，纜輕舟。渺飛過垂虹，相迎畫鷁，勞動沙鷗。凝眸。緑陰多□、小紅簾、猶是酒家樓。萬古清風范蠡，一輪明月蘇州。休休。不似少年遊。兩鬢已經秋。記烏鵲新橋，黄鸝舊市，白虎荒邱。風流。美人何在，但離離、草色辨長州。莫上姑蘇臺上，夕陽無限詩愁。

又　爲樂府楊氏曉鶯春賦，次海粟學士韵

愛金衣公子，偏占得，緑楊堤。喜藹藹韶光，熹熹曙色，恰恰嬌啼。驚飛。踏翻花影，曳殘聲、猶在畫樓西。仙客詞添琴譜，佳人夢斷羅幃。　龐眉。過叟命新題。雅宇重名姬。笑銀蝶交闗，青鸞相對，紫燕雙棲。淒迷。暮年□□，向陰陰、夏木聽黄鸝。何必五更杜宇，張生已自言歸。

又　維揚懷古

笑多情明月，又隨我，上揚州。愛十里珠簾，千鍾美酒，百尺危樓。風流。聒天笳鼓，記茱萸、漫下菊花酒。淮水東來渺渺，夕陽西去悠悠。　巡遊。當日錦帆收。翠柳纜龍舟。但老樹寒蟬，荒祠野鼠，古渡閒鷗。嬌羞。美人如玉，算吹簫、座客不勝愁。未可腰錢鶴背，且將十萬纏頭。

又　常熟徐氏山園

看紅梅未了，搴杜若，結幽蘭。喜樹遮雲鬟，地開月面，竹䩮風鬟。投竿。釣魚臺下，似畫舫、和雨閣前灘。龍掛古藤千丈，鶴眠矮屋三間。躋攀。危磴小闌干。松外倚高寒。且緩步尋詩，忘懷喚酒，滿意看山。斕斑。紫苔外暈，拂蒼雲、字字碧琅玕。説與花間勝友，主人未可清閒。

又　得會稽友人書

有書來問訊，算忘了，若耶溪。想命被文魔，情因酒困，心爲花迷。東西。百年過半，玉堂人、久矣隔雲泥。錦樹鶯嘲蝶弄，翠蘿鶴怨猿啼。淒淒。江遠暮山低。梅屋□幽棲。喜陶公無錢，坡公不飲，莊子無妻。玻璃。碧湖秋水，爲幾聲、漁唱住蘇堤。白髮老將至矣，青山歸去來兮。

又　德清縣圃愛山亭

就巖阿深處，結層屋，上空濛。喜着屐穿花，卷簾看雨，拄笏臨風。玲瓏。夏雲一片，隔籬芭、獨立舞仙風。晛晥黃鸝箇箇，陰森緑樹重重。吟翁。無日不詩筒。杯酒儘從容。更罅石盤梅，陽坡護筍，曲塢移松。芙蓉。古臺直上，倚高寒、長嘯月明中。誰信扁舟苕雪，得遊閬苑崆峒。

太常引　樂府小雲

溶溶一葉不成衣。恰待弄春暉。幽懶意遲遲。只可向、山中自怡。清歌遏玉，嬌鬟翡翠，纖月映蛾眉。來往且孤飛。問行雨、巫咸未知。

又　黃山西樓

黃岩秋色雨頻頻。樓上着閑身。涼意逼羊裙。更添得、砧聲耳根。寒香吹桂，暗苞綻橘，紅日曉窗温。客至莫論文。只坐守、方山看雲。

又　永嘉林熙翁城南舊院

霖鈴秋雨打空階。人坐益清齋。門掩小蓬萊。怕有客、尋真到來。樓頭碧遠，山眉青小，口樹掛蒼苔。且莫寫離懷。看隔水、芙蓉正開。

又　姑蘇臺觀雪

斷塘流水洗凝脂。早起索吟詩。何處覓西施。垂楊柳、蕭蕭鬢絲。銀匙藻井，粉香梅譜，萬瓦玉參差。一曲樂天詞。富貴似、吴王在時。

風入松　三月三西郊即事

啁喳嬌燕語茅茨。紅暗海棠枝。雙丫小髻誰家女，踏青歸、三月三時。淡淡鬱金衫子，盈盈玉藥釵兒。避人忙掩女仙祠。背後見腰支。金鞭過客争回首，拉山翁、懷古成詩。當日苧蘿村裡，誤人曾有西施。

又　春晚泛舟碧瀾湖上，遇雨，宿蕊感方丈

碧瀾湖上小崆峒。人在水精宫。提壺莫惜鶯邊醉，蝶困花、來往怱怱。一餉顛風狂雨，滿山怨紫愁紅。仙翁來憩白雲中。春色已成空。五更正結花心夢，且遲教、童子鳴鐘。明日涼音渡口，緑楊影裏推篷。

又　泊舟好溪，盧希顔相留，寓陳碧山丹房

好風吹皺玉龍鱗。飛雪點吟身。南明古色供詩眼，纜扁舟、鷗鷺相親。邂逅希顔公子，留連訪戴山人。環中天地一壺春。深鎖碧窗雲。步虚聲度迎仙引，小屏空、唤醒梅魂。且向花邊聽雨，不知松外敲門。

又　湖上九日

哀箏一抹十三絃。飛雁隔秋煙。攜壺莫道登臨晚，雙雙燕、爲我留連。仙客玲瓏玉樹，佳人窣索金蓮。琅琅新雨洗湖天。小景六橋邊。西風潑眼山如畫，有黄花、休恨無錢。細看茱萸一笑，詩翁健似當年。案北曲聯樂府後集蘇堤漁唱誤將此一首分爲二首，詞有上下兩片，曲中沿用只有單片。據天一閣本小山樂府載風入松四首皆爲上下兩片，故訂爲詞

黑漆弩　爲樂府焦元美賦，用馮海粟韻

畫船來向高沙駐。便上躡探梅吟屐。對金山有玉娉婷，兩點愁峯眉聚。倚西風目斷行雲，懶唱大

江東去。借中郎爨尾冰弦，記老杜曾遊此處。

又 别高沙諸友，用鸚鵡曲韻

相從一月秦郵住。笑我是不耕種村父。話醒吟酒不成歡，燈下怯雲羞雨。想梅花夢到孤山，又逐雪鴻南去。寨兒中燕侶鶯儔，遠望我認旗指處。案宋金人詞皆無黑漆弩一調流傳，惟元人盧摯作黑漆弩詞，序謂所作乃和田不伐韵。田不伐名爲，宋徽宗時，曾爲大晟府典樂，可見黑漆弩詞調北宋時已有。惜今田不伐原作已不傳，可能此調乃採自民間，元人小令卽沿用之，特唱時音律轉細。天一閣本小山樂府録此兩首歸入詞一類，亦可證此調原係詞調。

鷓鴣天 何尊師故居

萬木森森秀野堂。黄鸝兩兩鶴雙雙。翠岩雲巧蒼松暗，玉洞月明丹桂香。移筆架，拂琴牀。賦詩争看水雲鄉。重來只有黄冠老，落日空齋掛鉢囊。

又 客維揚，爲樂府王英賦

一點芳春近破瓜。生香小朶瑩無瑕。水曹梅萼初擎蕾，石土瓊苞未放花。眉刷翠，鬟堆鴉。淡妝何必尚鉛華。御溝紅葉題詩處，應記當年天子家。

又 貽樂府李芝秀

秀結梨園五色芝。瑞雲婀娜玉參差。佩環搖影青霞洞，歌扇留香白雪詞。花可可，柳枝枝。别情還似送春時。洞簫吹月商顔遠，采藥人來好寄詩。

又 玉泉觀魚

瀲灩晴光動碧虚。一方清鏡照詩臞。□□玉塵三三法，水漾金鱗六六魚。紅舍利，白芙蕖。儘教妝點老僧居。夜深飛過西湖去，奪取小龍明月珠。

鳳棲梧 客吴江

釣雪亭空人老矣。短笛春風，來往魚童喜。白石磯頭青鏡裡。一篙香暖桐花水。波面白虹收不起。兩兩沙鷗，逐逐殘涼尾。都羨酒邊鱸鱠美。東曹冷掾思鄉里。

又 惠山寺

寺下蒼山蹲玉几。兩兩髯龍，澗底拏雲起。矮屋低垣祠短李。舊題名勝今餘幾。駁石闌干曾遍倚。出没煙蕪，見客青黿喜。隱隱蕉花修竹裡。老僧自汲煎茶水。

又　天台石橋

冉冉輕雲隨杖屨。重叠嵐光，花暗濛濛雨。大耳胡僧同笑語。蒼苔石上松陰古。亭角玉龍泉兩股。隔水招提，依約聞鐘鼓。浴罷行吟披白羽。三更月上菩提樹。

又　遊雁蕩

兩袖剛風淩倒景。小磴松聲，獨上招提境。碧水流雲三百頃。白龍飛過青天影。折脚鐺中留苦茗。野菊生花，猶記丹砂井。吹罷玉簫山月冷。題詩人在芙蓉頂。

又　吴山尊勝塔寺

塔擁平山銀甕小。老衲殷勤，説與遊人道。刼火殘灰填翠沼。斷階花隱雙龍爪。藤壓荒籬蟠檜老。井塌青苔，滿地棘針草。窸窣悲風生木杪。沙河無月涼來少。

秦樓月　爲解蕙卿賦

花能語。一枝香玉芳心吐。芳心吐。舊家姊妹，若蘭秦女。荷枯柳倦鴛鴦浦。相逢爲我歌金縷。歌金縷。文遊台上，淺雲疎雨。

又　即事

山童説。清霜一夜芭蕉折。芭蕉折。梅花開也，滿湖風雪。墨痕碎碎題詩葉。玉英棵棵丁香結。丁香結。忍教孤負，小山明月。

釵頭鳳　感舊和李溉之

芳亭飲。仙帷寢。蘭姬曾遺茱萸錦。蒼鳧舄。紅鸞席。煙林凝紫，土花生碧。憶憶。

又　春思

紅雲島。黃鸝曉。關情又是春歸了。愁如織。嬌無力。恨花填曲，怨感吹笛。惜惜。

又 春情

金釵股。瑤琴譜。洞天相見神仙侶。東風惡。庭花落。舊歡雨散，餘情雲薄。莫莫。

青玉案 春思

柳眠花困春如醉。人比年時更憔悴。珊枕香寒風半被。夜長無眠，日高未起。深掩屏山翠。 鬟兒祇道忺春睡。纔説相思那人諱。暖玉鬆鬆珠約臂。卦錢搖遍，帕羅揉碎。幾點桃花淚。

浣溪沙 感舊

翠袖清風品玉笙。羅裙涼月按瑤箏。少年不飲若爲情。 老眼那知誰爾爾，小樓無復舊卿卿。石林高臥聽松聲。

少年遊 別情

帕羅殘粉浥啼痕。遠岫溼寒雲。楓葉寒江，蘆花夜雪，孤雁怕離羣。 歸來獨對銀釭坐，錦被待誰溫。歌譜羞拈，舞衣閒掛，何處不思君。

又 遊鑑湖

美人歌舞競湖中。秋鏡簇春紅。載酒船來，洗花雨過，清似水晶宫。 御羅單扇題新字，争看蕺山翁。石上棋殘，松邊曲破，策馬入樵風。以上四十二首詞，見天一閣本張小山樂府中

劉燕哥

太常引 餞齊參議歸山東

故人送我出陽關。無計鎖雕鞍。今古別離難。兀誰畫、蛾眉遠山。 一尊別酒，一聲杜宇，寂寞又春殘。明月小樓間。第一夜、相思淚彈。青樓集

吴鎮

鎮字仲圭，號梅花道人，嘉興魏塘（今浙江省嘉善

縣)人。生於至元十七年(一二八〇)。平生以畫傳,至正十四年(一三五四)卒,年七十五。

沁園春　題畫骷髏

漏洩元陽,爹娘搬販,至今未休。百種鄉音,千般狃扮,一生人我,幾許機謀。有限光陰,無窮活計,急急忙忙作馬牛。何時了,覺來枕上,試聽更籌。古今多少風流。想蠅利蝸名幾到頭。看昨日他非,今朝我是,三回拜相,兩度封侯。采菊籬邊,種瓜圃內,都只到邙山土一丘。惺惺漢,皮囊扯破,便是骷髏。

酒泉子　勝景者,獨瀟湘八景得其名,廣其傳,惟洞庭秋月、瀟湘夜雨,餘六景皆出於瀟湘之接壤,信乎其爲真八景者矣。嘉禾吾鄉也,豈獨無可攬可采之景歟。閒閱圖經,得勝景八,亦足以梯瀟湘之趣,筆而成之圖,拾俚語,倚錢唐潘閬仙酒泉子曲子寓題云。至正四年歲甲申冬十一月陽生日,畫於橡林舊隱

空翠風煙(在縣西二十七里,檇李亭後,三過堂之北。空翠亭,四圍竹可十餘畝,本覺僧剎也)

萬壽山前,屹立一亭名檇李,堂陰數畝竹娟娟。空翠風煙。騷人隱士留題詠。紅塵不到蒼苔徑。子瞻三過見文師。壁上有題詩。

又　龍潭暮雲(在縣西通越門外三里三塔寺前龍王祠下。水急而深,遇歲旱則祈於此,時有風濤可畏)。

三塔龍潭,古龍祠下千年跡,幾番殘燬喜猶存。靜勝獨歸僧。陰森一徑松陰直。樓閣層層耀金碧。祈豐禱旱最通靈。祠下暮雲生。

又　鴛湖春曉(在縣西南三里真如寺北,城南澄海門外。)

湖合鴛鴦,一道長虹橫跨水,涵波塔影見中流。終日射漁舟。彩雲依傍真如墓。長水塔前有奇樹。雪峰古甃冷於秋。策杖幾經過。長水法師塔前有銀杏,葉上生果實

又　春波煙雨(在嘉禾東春波門外,舊日高氏圃中烟雨樓也)

一掌春波,矗矗艖帆鬧如市,昔年煙雨最高樓。幾

度暮雲收。三賢古跡通歧路。窣堵玲瓏插濠罟。荷花婀婀問菰蒲。依約小西湖。三賢者，朱買臣、陸宣公、陳賢良。

又 月波秋霽（在縣西城堞上下嵌金魚池，昔李氏廢圃也）

粉堞危樓，闌下波光摇月色，金魚池畔草蒙茸。荒圃瞰樓東。亭亭遥峙梁朝檜。屈曲槎枒接蒼翠。獨憐天際欠青山。卻喜水回環。

又 三閘奔湍（在嘉禾北，望吴門外端平橋之北杉青閘）

三閘奔湍，一塘遠接吴淞水，兩行垂柳緑如雲。今古送行人。買妻恥醮藏羞墓。秋茂郵亭遞書處。路逢樵子莫呼名。驚起墓中靈。

又 胥山松濤（在縣東南十八里德化鄉。山約百畝，餘荷鍤翁墓，其下子胥古蹟也）

百畝胥峰，道是子胥磨劍處，嶙峋白石幾番童。時有兔狐蹤。山前萬箇長松樹。下有高人琴劍墓。週迴蒼檜四時青。紅日戰濤聲。

又 武水幽瀾（在縣東三十六里武水景德教寺西廡，幽瀾井泉品第七也）

一甃幽瀾，景德廊西苔蘚合，茶經第七品其泉。清冽有靈源。亭間梁棟書題滿。翠竹蕭森映池館。門前一水接華亭。魏武兩其名。幽瀾泉乃嘉禾八景之一，而亭將摧。在山師欲改作，而力不能給，惟展圖者思有以助之，亦清事也。梅花道人饒勸緣。

漁父

紅葉村西夕照餘。黄蘆灘畔月痕初。輕撥棹，且歸歟。掛起漁竿不釣魚。

又

點點青山照水光。飛飛寒雁背人忙。衝小浦，轉横塘。蘆花兩岸一朝霜。

又

醉倚漁舟獨釣鼇。等閒入海卽乘潮。從浪擺，任風飃。縮手懷中放卻橈。以上葛氏嘯園叢書本梅道人遺墨。朱本有吴伯宛軒梅邊一首，乃曲調金字經，因删去。

漁父　臨荆浩漁父圖十六首

洞庭湖上晚風生。風觸湖心一葉横。蘭棹穩，草衣輕。祗釣鱸魚不釣名。

又

重整絲綸欲掉船。江頭新月正明圓。酒瓶倒，岸花懸。抛卻漁竿和月眠。

又

殘陽浦裏漾漁船。青草湖中欲暮天。看白鳥，下平川。點破瀟湘萬里煙。

又

如何小小作絲綸。祗向湖中養一身。任公子，爾何人。枉釣如山截海鱗。

又

極浦遥看兩岸斜。碧波微影弄晴霞。孤舟小，去無涯。那個汀洲不是家。

又

雪色髭鬚一老翁。欲將短棹撥長空。微有雨，正無風。宜在五湖煙水中。

又

緑楊灣裏夕陽微。萬里霞光浸落暉。擊楫去，未能歸。驚起沙鷗撲鹿飛。

又

月移山影照漁船。船載山行月在前。山突兀，月嬋娟。一曲漁歌山月邊。

又

風攪長江浪攪風。魚龍混雜一川中。藏深浦，繫長松。直待雲收月在空。

又

舴艋爲舟力幾多。江頭雲雨半相和。殷勤好，下長波。半夜潮生不那何。

又

殘霞返照四山明。雲起雲收陰復晴。風脚動，浪頭生。聽取虛篷夜雨聲。

又

無端垂釣空潭心。魚大船輕力不任。憂傾倒，繫浮沉。事事從輕不要深。

又

釣得鮮鱗拽水開。緑萍漾漾逐鈎來。揺赬尾，噞紅腮。不羨嚴陵坐釣臺。

又

五嶺風光絶四隣。滿川梟雁是交親。雲觸岸，浪揺身。青草煙深不見人。

又

舴艋舟人無姓名。葫蘆提酒樂平生。香稻飯，滑蓴羹。掉月穿雲任性情。

又

桃花波起五湖春。一葉隨風萬里身。釣絲細，香餌勻。元來不是取魚人。以上十六首見珊瑚網名畫題跋卷九

又

目斷煙波青有無。霜凋楓葉錦模糊。千尺浪，四腮鱸。詩筒相對酒胡蘆。至元二年秋八月梅花道人戲作漁父四幅並題，見辛丑銷夏記卷四

洪希文

希文字汝質，莆田(今福建省莆田縣)人。生於至元十九年(一二八二)。父巖虎有集名軒渠，希文侍父居山中有集號續軒渠。至正二十六年(一三六六)卒，年八十五

八聲甘州　憲司循行召試

秋光如此，摧落堪嗟，菊穎正新黃。對遠山如畫，殘霞似縷，淡淡煙光。怪得數聲喜鵲，好語繞山

牆。報道黃華使，載酒登岡。回望碧雲深處，凜繡衣霄漢，玉斧光芒。況幕中二客，辣手試風霜。看醉蘸龍蛇健筆，借時人、膾炙齒牙香。儂才薄，如何七步，急就成章。

臨江仙　暑劇，移酒就溪流盥漱，因少憩松陰

欲借明光漢王商事無問處，野懷雅趣林丘。不妨枕漱事遲留。千巖如競秀，萬壑欲争流。月觀風亭隨處好，頓令熱惱全收。一觴一詠足清游。世情看白髮，心事付沙鷗。漢武帝太和四年起明光殿近桂宮，成都侯商病欲避暑，從上借明光宮。

阮郎歸　焙茶

養茶火候不須忙。温温深蓋藏。不寒不暖要如常。酒醒聞箬香。　除冷濕，煦春陽。茶家方法良。斯言所可得而詳。前頭道路長。

海棠春　剖瓜

青門瓜地連芳草。富貴不來年少老。雨露不曾偏，顏色天然好。　朅來就把并刀破。粟樣生金圓顆顆。細味杜陵詩，慰我懷枯槁。

浣溪沙　試茶

獨坐書齋日正中。平生三昧試茶功。起看水火自争雄。　勢挾怒濤翻急雪，韻勝甘露透香風。晚涼月色照孤松。

清平樂　風車

風隨車走。唤做天公否。試運州犁高下手。砂礫糠秕前後。　誰言天籟難移。即今神柄誰持。若問紅爐點雪，從來理欲分歧。

鵲橋仙　水碓

山容疊翠，水光拖練，澎湃奔騰遠勢。輸他心匠動機春，應笑殺、伯鸞左計。　引渠激水，連房鑿臼，擣盡□穅和秕。朝朝暮暮不曾閒，又豈問、豐年歉歲。

桃源憶故人　砭頑

西風摇落梧桐井。氣入韓堂凄冷。百鍊江心銅鏡。照盡孤鸞影。利錐早脱囊中穎。躍冶怎逃頑鑛。獨抱素心誰省。漏甕勞修綆。

青門引　碁

白日沈西永。碁局閒尋清興。兩賢既不爲山河，强令南北，黑白交分陣。雌雄未決誰能省。勢若曹劉競。英雄到底誰是，勸君動也何如静。

品令　試茶

旋碾龍團試。要著琖無留膩。矞雲獻瑞，乳花鬬巧，松風飄沸。爲致中情，多謝故人千里。泉香品異。迥休把尋常比。啜過惟有，自知不帶，人間火氣。心許云誰，太尉黨家有妓。

鷓鴣天　漁父

萬頃玻璃浩蕩浮。桃花小岸蓼花洲。春風秋月等閒度，雨笠煙簑得自由。移桂棹，下綸鈎。功名利禄不須求。得魚换了茅柴吃，船放長江自在流。

如夢令　櫻桃

四月朱櫻乍熟，甘露一般清味。禽嘴奪將來，卸在赤牙盤裏。何似。何似。清淨摩尼珠子。

踏莎行　雪中山茶

風掠寒條，雪封凍蕊。行人蟻凍荒崖裏。千巖萬壑白皚皚，孤紅傑出真堪美。生類殲夷，芳心銷歇。玄冥漏洩春生意。銜寒折得一枝來，徐熙畫底應難比。

沁園春　壽東泉郡公

農樂豐年，擊壤西東，千倉腐紅。正火劑漫山，丹青炫轉，朱華冒水，雲錦繽紛。鍾秀燕山，分付壺嶠，鬱鬱葱葱初度辰。人争道，卿雲甘露，毓瑞儲精。　公餘玉麈綸巾。遠賽過唐賢輩行人。看筆軍掃陣，羊欣給役，詩工綴錦，王翰求鄰。咀嚼羣經，搜羅百史，辦下功夫日日新。東泉水，願永霑學海，混混涯津。漢文帝紀，初爲郡守，爲銅虎符，竹使符剖，竹分符各，留其半，右留京師，左以與之。史記天官書，若烟非烟，若雲非雲，鬱鬱紛紛，蕭瑟輪囷，是謂卿雲。卿音慶，輪音菅。

水龍吟　壽夏改齋閏八月初二

一年兩度中秋，這回初度尤堪喜。蓂生二葉，荷開十丈，荔丹千里。令肅貔貅，業安畎畝，戍安隍壘。況莆民截鐙，帥垣攽檄，人歡悦、雷聲起。　自古將門出將，貴三品、腰金綬紫。他年領取，莫公官職，黃公年紀。綵袖翩翩，慈闈强健，諸孫環侍。待婆娑酒醺，呵笑花下，含飴耍戲。

浣溪沙　雪夜病起

入室天然惱病禪。打窗風雨悶吟仙。歸心一點落燈前。　猶有十三樓上酒，可無三百杖頭錢。一年心老一年年。

柳梢青　春恨

問訊梨花，不知還解否，幾番風。雨打黃昏，泥香白雪，愁與誰同。　可堪鳳嬾鶯慵。飛不到、蕭娘鏡中。望斷碧山，恨迷芳草，春太匆匆。

玉樓春　重書靈巖舊題處

燕語垂楊春又暮。往事空隨流水去。當時傑句倩誰題，塵筆只今無着處。　酒債尋常隨所寓。煙竹風花堪笑語。偷閒將學少年游，終不似邯鄲故步。

水龍吟　代洋尾李氏壽柯竹圃

降庭佳氣葱葱，輝聯南極光如畫。門弧紀瑞，華筵開宴，兜離仙奏。梨棗功深，汞鉛訣祕，內丹初就。嚥壺中日月，放懷詩酒，這安樂、窩中叟。　夢語喧傳萬口。況雞林、有人親售。當家句律，早傳驥子，孫枝又秀。自愧長文，遠離車膝，幾時回首。料得今朝歡笑，大家拜舞，外翁千壽。柯能黃白術故云

齊天樂　壽方君會

山陰文會纔三日，懷陳迹都如掃。鬱鬱葱葱，融融溢溢，和氣偏薰瑶草。春光未老。便撒放鶯花，收回梨棗。醉嚥霞漿，壽星側畔神仙島。　牆屏翩翩

學子。總芝蘭玉樹，映人娟好。德耀新歸，子平畢娶，來歲掌珠可抱。名韁利鎖。任祿食千鍾，位登八座。貴不如閒，與兒郎自效。其子後納粟本府路經歷

滿庭芳　送張譯史東州秩滿歸代方驛史作

卓卓聲名，英英人物，翠壺肯暫遨遊。與君聚散，鴻雁自春秋。位置六曹上客，揮灑處、文彩風流。蓴鱸好，故鄉人夢，留不住東州。　驊騮。從此去，嘶鳴北向，志氣悠悠。指燕臺路近，唾手公侯。料想春風得意，醉眠韋杜最高樓。天付與，男兒事業，姓字覆金甌。

賀新郎　壽李西隱時館於李氏

今日知何日。聽瑤池、西來青鳥，密傳消息。阿母臨行宣曼倩，留取蟠桃休吃。因則甚、鸞驂未出。約待西方無量壽，賀西家、大隱開筵席。蓬萊島，神仙客。　壺公滿眼春光溢。正千花萬草薰人，芳菲紅碧。快意長江都是酒，放出韓湘奇術。況兩鬢蒼蒼如漆。記得晉公留好語，□二三百歲何難劃。耐松柏，堅金石。

倦尋芳　春詞

卧鴨爐邊，翔鴛屏底，正斷腸處。煙草風花，妝點春愁無數。貪睡海棠酣暈臉，欹眠楊柳狂飛絮。倚東風，子規叫月，亂鶯啼樹。　儘遊賞吞花卧酒，握月擔風，誰訴離緒。鏡裏朱顔，還被青春領去。歛紅飛愁萬點，絲絲綠織愁千縷。這光陰，那堪幾番風雨。

念奴嬌　冬月

月華似水，正同雲天氣，流光如爍。冷氣射人寒瘁瘷，走下深簾重幕。十二瓊樓，三千玉斧，手凍憑誰斲。乘鸞女子，爲伊再三驚愕。　回顧玉露淒清，恐非人世，怎敢輕諸謔。上界神仙官府足，肝膽驟然傾落。凍合關河，光搖牛斗，飛起橫江鶴。平明起視，雪封枝上梅萼。

滿江紅　幽居

築室雲屏，連翠巘、斷崖如臼。任紅塵飛到，借風爲帚。談笑從容無俗客，山花風竹皆吾友。做姬公事業竟明農，終田畝。　閒又却，經綸手。緊閉了，謀讀口。看高車公相，寒途僕走。是有命焉那幸致，萬鍾於我大何有。但卿車我笠勿相忘，須回首。

踏莎行　示觀堂

郡國興賢，黌宮課試。書生事業從今始。銓衡當道有司明，吹噓送上青雲裏。　賦要淩雲，文如翻水。八音五色驚童稺。時人莫作等閒看，丹墀獨對應如是。

酹江月　酒邊

一年佳景，又新橙快意，重呼醽醁。争奈情人垂信約，誤聽幾番風竹。□□□□，魚沉雁杳，嬾聽相思曲。少年狂夢，黃粱早已先熟。　烈士壯心猶在，唾壺敲碎，此恨何時足。太息舊交風雨散，大半已歸鬼籙。對酒淒涼，欲□誰訴，喚起蒼虬玉。搥床大叫，爲予更剪明燭。

洞仙歌　早梅

野亭驛路，盡是尋幽客。水曲山隈浩無極。見松荒菊老，歲晏江空，搖落盡、幾點南枝消息。　天寒雲淡，月弄黃昏色。綽約真仙藐姑射。占得百花頭上，積雪層冰，捱不去，只恁地皚皚白。問廣平心事竟何如，縱鐵石肝腸，也難賦得。

風中柳　水碓

錦里人家，桑柘陰連西崦。駛決溪流青似染。引機激水，作碓依山旁，無朝無暮無豐歉。　德耀當年，杵臼生涯勤儉。强勸郎温温笑臉。男兒志氣，正欲長光焰。任頑石、也須頭點。

如夢令　燈花

報道燈花如畫。燁燁文章摛繡。安顧莫風搖，爐恐夜寒花瘦。搔首。搔首。結裹望天將就。

桃源憶故人　別故人

客亭折盡垂楊柳。馬箠堤邊無有。唱徹陽關杯酒。別我平生友。男兒得意須回首。烏兔東飛西走。臨發不堪分手。戀戀君知否。

蝶戀花　蠟梅

雪裏江梅標致好。千古詩人，總被橫斜惱。蠟貌梔言愁殺我。道伊曾向孤山過。檢點花房開幾朵。錯引山蜂，釀蜜供殘課。三嘆楚騷無可考。梅花已不如芳草。

水調歌頭　雪梅

崖谷搖落盡，銀海眩花生。霏霏漾漾，閉門三日斷行人。我欲尋幽無路，但見砌平凹凸，粲粲盡堆瓊。片片勻如翦，散入馬蹄輕。梅索笑，竹含貞，酒頻傾。矜香鬬色，鼻塞無孔眼瞠瞠。昔則寒林水墨，今則瑤臺琪樹，奇妙孰能名。起舞歌白雪，聊暢我幽情。

以上丁藏鈔本續軒渠集卷九詞三十三首

李孝光

孝光字季和，温州樂清(今浙江省樂清縣)人。生於至元二十二年(一二八五)。隱居雁蕩五峯山下。至正八年(一三四八)，授秘書監丞。至正十年(一三五〇)卒，年六十六。有五峯集。

念奴嬌

江南春暮，看麥枯蠶老，故鄉風物。縞袂青裙桑下路，笑動斜陽村壁。鵝鴨比鄰，牛羊日夕，父老頭如雪。桑麻舊語，寧論漢庭別作室人傑。誰辨草草杯盤，朱櫻緑笋，逸興尊前發。冉冉年華吾老矣，別作行過也目送孤雲明滅。拾穟行歌，摘瓜抱蔓，此事真毫髮。逢君轟飲，與吾喚取明月。

水調歌頭　題于彥明新居

東湖浸南麓，北蕩帶西山。其中大有佳處，元不減商顔。上有雁峯千疊，下有龍灘百曲，別是一人寰。昨夜雨新過，流水到花間。　一張琴，一壺酒，伴渠閑。詩成真宰應妒，萬象入嘲訕。北海尊罍依舊，東里杖藜無恙，未放鬢毛斑。吾亦秣吾馬，不怕路盤盤。

又

月來印千水，雲去露千山。乾坤一草亭耳，爲我洗愁顔。東户太湖摇碧，北户長松立鐵，此豈是塵寰。老子樂何事，在山水之間。　算吾生，□□□，只饒閑。平時斗酒相勞，笑語雜譏訕。千古武陵溪上，雞犬也應問訊，春夢落花斑。李願大佳士，誰爲賦歸盤。

臨江仙　壽李后山

種竹栽花溪上宅，此翁初賦歸歟。試嘗菊水味何如。人閒霖雨手，天上壽星圖。　把酒祝翁千歲壽，翁言政不關渠。少令高大我門閭。平反亦多矣，有駟馬高車。

水龍吟　與北山覺公

倚闌藍玉西邊，長松千尺鼪鼯走。風吹香霧，雲生幽樹，泉鳴缺甃。嘻笑山翁，看山不厭，別來渾瘦。且休嫌俗客，竹牀烏几，半分與，真耆舊。　已辦澤車款段，時時過、竹扉花牖。人來問我，功名老矣，狂歌摇首。袖裏經綸，與時消息，只令杯酒。喚香山居士商量，添箇似儂肯否。

滿庭芳　賦醉歸

昨夜溪頭，瀟瀟風雨，柳邊解箇漁舟。狂歌擊楫，驚起欲眠鷗。笑殺子猷訪戴，待到門、興盡歸休。得似我，裳衣顛倒，大叫索茶甌。　長怪天翁，賦人以量，偏曲如鉤。有大於江海，小徑盈抔。愛酒青蓮居士，又何苦、枕藉糟邱。玉山倒，風流膾炙，底爲子孫謀。

水調歌頭　與于雲峯

吾子釣游處，一過一徘徊。舊時酒壺茶盌，重洗古莓苔。點檢東頭松菊，料理西頭水竹，一一手親栽。別有古人意，石上五株梅。　馬少游，陶元亮，大佳哉。世間榮枯寵辱，我輩未須猜。此是君家邱墓，此是君家第宅，緣底不歸來。我有一杯酒，準擬拂塵埃。

鷓鴣天

千載循良漢鮑宣。雲仍儒雅故依然。龍門他日文章客，雁蕩今朝行地仙。　魚鱠玉，酒流泉。紫萸黃菊鬬清妍。祝君此會年年健，藥裹陰功已付天。

鵲橋仙　爲邱梅邊賦

山蟠屋上，水蟠屋下，箇裏花香竹秀。天翁老去更多情，遣青女、幻無爲有。　天根老石，雲根老樹，誰解逡巡揮就。只應煉石補天時，□留取、刀圭爲壽。

念奴嬌

男兒墮地，便試教啼看，定知英物。老去只追風月債，天地應空四壁。黃石殘書，赤松歸去，不料頭如雪。子房何信，竟推何者爲傑。　醉後一笑掀髯，狂歌拍手，四座清風發。竹帛功名人安在，去去雲鴻滅没。棗下枯枝，黃金虛牝，此事真毫髮。豪吟轟飲，直須喚取明月。

沁園春

花壓雙溪，月滿千門，氣象峥嶸。□鄉村父老，踏歌舊曲，閭閻小子，絃誦新聲。雞犬無驚，桑麻如畫，酷似驅車過武城。誰爲此，事魯人姬姓，公旦雲仍。　欲知政理功成。吾父母、斯民只至誠。太夫人九十，板輿春暖，公年六十，綵袖風輕。富貴康甯，天公賦予，老去功名照汗青。祈公處，□人間霖雨，天上文星。

滿庭芳

山色挼藍，溪光鑑玉，天□流轉精神。鶴盤松頂，松下坐高人。好箇壽星圖畫，愛花閒、流水長春。儂知否，此山老子，元是宰官身。　胸蟠書萬卷，翰林才調，獨次冠巾。是僧中龍象，天上麒麟。送客虎溪三笑，溪頭□、鷗鷺相親。香一瓣，祝公眉壽，雙巘碧嶙峋。

水調歌頭

坐上且停酒，聽我別時歌。人生會面何少，離別一何多。我有兩行鐵汁，平生不爲人泣，但恐也滂沱。勸爾且轟飲，挐腳打琵琶。　走兒童，騎竹馬，折桃花。沙頭日日風雨，猶自鼓頻撾。今日玉簫臺下，明日天台路上，是處是天涯。鵬搏扶搖穩，我欲趁飛車。

又　和韻送公弼

酒酣肝膽露，把手共高歌。中年底用離別，作惡漸應多。春盡江頭苦雨，日暮風沙萬里，重俯大江沱。行李幾時發，別意滿琵琶。　仲宣樓，桓公柳，少陵花。別時政自淒斷，忍聽禰生撾。甯作丈夫意氣，莫作妻孥戀嫪，後會渺無涯。風外柳花急，駿馬夾輕車。

滿江紅

煙雨孤帆，又過錢塘江口。舟人道、官儂緣底，驅馳奔走。富貴何須囊底智，功名無若杯中酒。掩篷窗、何處雨聲來，高眠後。　官有語，儂聽取。官此意，儂知否。歎果哉忘世，於吾何有。百萬蒼生正辛苦，到頭蘇息懸吾手。而今歸去又重來，沙頭柳。

水調歌頭

高雲上鵬鶚，大路展驊騮。天風萬里吹上，容易莫遮留。把酒長亭煙雨，問訊西湖風月，梅老暗香浮。更盡一杯酒，應憶舊時遊。　功名事，爲霖雨，濟川舟。少試經綸，便爾老去合封侯。季子他年佩印，麗統行看展驥，竹馬候沙頭。富貴逼人甚，快攬黑貂裘。

水龍吟

舉頭南極星明，五雲飄作天花雨。龜遊蓮葉，鶴栖松頂，□□□露。阿母瑤池，瓊花新好，正逢初度。對碧梧翠竹，黃庭讀罷，更細味，全生處。二十四番花信，待持（王本原作詩，兹據勞巽卿抄本改）入薰風舊譜。琴鳴瑟和，蘭清玉暖，雲翩綵舞。身在簫臺，月明風細，猶聞笑語。想胡麻飯熟，只應流出，向桃源路。

感皇恩

算富貴康甯，於公獨厚。天公著意君知否。古今盛事，百歲在堂壽母。斑衣鶴髮、真稀有。三載河陽，種花插柳。慣父老歌謠拍手。名香朝野，公旦雲仍無負、劍光連紫氣、橫牛斗。

青玉案

兒童齊唱民安作，問底事、來何暮。酷似當年廉叔度。春風千里，□□□□，綠到棠陰處。玉壺清貯金莖露。翻向人間作霖雨。今日東甌成樂土。清都虎豹，借恂無計，衮職須君補。

感皇恩

五馬東（王本原作人，兹據勞抄本改來），人歌襦袴，春晚棠陰綠如許。草堂詩夢，應費湖中簫鼓。清香生晝戟、連嘉樹。父老踏歌、道君侯來何暮。容易君侯又歸去。鳳凰池上，去作九州霖雨。兒童騎竹馬，沙堤路。

水調歌頭

伯仲見伊呂，前日補天歸。平生蓋世勳業，何用藉羣兒。出領繡衣龍節，入擁繡裳赤舄，名字在金閨。磊落正如此，焉學古人爲。濟川舟，調羹手，看當時。功成便引身去，大不負書詩。兩鬢蕭蕭華髮，總爲愛君憂國，臣老繫安危。天子方好老，領取帝王師。

水龍吟

倚闌遥見江南，狒狸前度愁風雨。英雄安在，龍顛虎倒，空悲朝露。落日荒宫，北風過雁，柰何譸跱。見行人指點，戰場猶説，三城下，西州路。有客登高長嘯，訪諸君、舊遊無處。麒麟何物，纍纍誰者，消沈千古。北海人豪，駱駝坡下，而今黄土。算無過何遜風流，便擬賦，官梅去。

以上四印齋本五峯詞二十二首

貫雲石

雲石字酸齋，國名小雲石海涯。父名貫只哥，遂以貫爲氏。仁宗時，拜侍讀學士，尋辭去。泰定初卒，封京兆郡公，謚文靖。

水龍吟　詠揚州明月樓

晚來碧海風沈，滿樓明月留人住。璚花香外，玉笙初響，修眉如妒。十二闌干，等閒隔斷，人間風雨。望畫橋檐影，紫芝塵暖，又喚起、登臨趣。回首西山南浦。問雲物、爲誰掀舞。關河如此，不須騎鶴，儘堪來去。月落潮平，小衾夢轉，已非吾土。且從容對酒，龍香涴繭，寫平山賦。南濠詩話

蝶戀花　錢塘燈夕

燈意留人雲自列。六市輕簾，鬭露錢塘月。十二條鬟流翠結。東風摇落仙肌雪。淺淺銀壺催曉色。蘭影香中，總是江南客。去國一場春夢滅。關情不記分吴越。永樂大典卷二萬三百五十四夕字韻

薛昂夫

昂夫名超吾，回鶻人。漢姓馬，故亦稱馬昂夫。字九皋，官三衢路達魯花赤。有詩名，與薩都剌唱和。

最高樓　九日

登高嬾，且平地過重陽。風雨又何妨。問牛山悲淚又何苦，龍山佳會又何狂。笑淵明，便歸去，一作歸去來又何忙。也休說、玉堂金馬樂。也休說、竹籬茅舍惡。花與酒，一般香。西風莫放秋容老，時時留待客徜徉。便百年，渾是醉，幾千場。

又 暮春

花信緊，二十四番愁。風雨五更頭。侵階苔蘚宜羅襪，逗衣梅潤試香篝。綠窗閒，人夢覺，鳥聲幽。按銀箏、學弄相思調。寫幽情、恨殺知音少。向何處，說風流。一絲楊柳千絲恨，三分春色二分休。落花中，流水裏，兩悠悠。

太常引 題朝宗亭督孟博早歸

冷烟千頃釀寒威。曉霜重壓征衣。休教六花飛。憶尚有、遊人未歸。江空歲晚，故園秋老，行色莫依違。特地與君期。趁南浦、蓴鱸正肥。以上三首見元草堂詩餘卷上

曹居一

居一字通甫，又號聽翁，自稱南湖散人，太原人。金末登進士第，仕元爲行台員外郎。

木蘭花慢 白蓮

愛幽花帶露，映曉色，淡秋塘。恨太華峰高，廬山社遠，身世相妨。誰知半溪烟景，且乘閒、華髮照滄浪。羨殺風標公子，一生何限清香。仙家搖曳水雲鄉。高韻却濃妝。看脈脈盈盈，何消解語，已斷人腸。呼童更須沽酒，待夜涼、和月捲荷觴。明日醒來信筆，新聲付與秋娘。元草堂詩餘卷上

謝醉庵

臨江仙 中書右丞王公行臺揚州，公于平陽鄉里也，

吾友張鵬翼往依焉，于其行，歌以送之二首

淮海東南佳麗地，古今畫品詩題。羨君去意拂晴霓。腰錢期跨鶴，舞劍異聞雞。自笑病來成老嬾，飛沈杳隔雲泥。他時相憶此分攜。月明歸雁過，花落子規啼。

又

白髮壯心還未減，春風夢遶揚州。青山隱隱水悠悠。征帆從蕩漾，行李亦風流。向日侍郎今右相，元龍豪氣橫秋。月明千里鎮淮樓。依然青眼舊，應不負依劉。

鷓鴣天

睡思才消賴有茶。老懷剛慰奈無花。花隨流水三春盡，柳礙東風一向斜。憐病久，怯春一作寒多。莫雲庭院噪歸鴉。碧雲草就關心句，信到吟詩解歎嗟。

浣溪沙　贈琴娃

沈屑微熏睡鴨金。朱絃還解解芳心。盈盈桃李未春深。天上鸞膠須著意，人間鳳曲有知音。莫教風雨綠成陰。以上四首見元草堂詩餘卷上

宋遠

遠號梅洞，涂川（今江西省南昌市）人。

意難忘　同滕玉霄、周秋陽、劉尚友、蕭高峰邂逅古洪，流連數月。北鴻南雁，感意氣之相期，轉羽移宮，寫情詞以爲別。託光華之日月，縱揮灑之雲煙，豈無知言，爲我回首。以重與細論文爲韻，題樟鎮華光閣誌別。分韻得重字

雞犬雲中。笑種桃道士，虛費春風。山城看過雁，春水夢爲龍。雲上下，燕西東。久別各相逢。向夜深，江聲浦樹，燈影漁篷。舊遊新恨重重。便十分談笑，一樣飄蓬。元經摧意氣，丹鼎賺英雄。年未老，世無窮。春事苦匆匆。更與誰，題詩藥

市，沽酒新豐。元草堂詩餘卷中

蕭烈

烈號高峯，滁川人。

八聲甘州 前題分得文字

可憐生，飄零到荼蘼，依然舊銷魂。殘春幾許，風風雨雨，客裏又黃昏。無奈一江煙霧，腥浪捲河豚。身世忽如葉，那自一作是清渾。莫厭悲歌笑語，奈天涯有夢，白髮無根。怕相思別後，無字寫回文。更月明洲渚，杜鵑聲裏，立向臨分。三生石，情緣千里，風月柴門。元草堂詩餘卷中

周景

景字秋陽，南陽（今河南省南陽市）人。

水龍吟 細字韻

人生能幾相逢，百年四海爲兄弟。舊時青眼，今番白髮，年華隕涕。春更無情，抛人先去，楊花無蒂。況江程漸短，別期漸緊，須重把、蘭舟繫。幸自清江如帶，指黃壚、流鶯聲細。滄波如許，平蕪何處，明朝迢遞。何預興亡，不如休去，牆陰挑薺。且相期共看，蓬萊清淺，更三千歲。元草堂詩餘卷中

許有壬

有壬字可用，湯陰（今河南省湯陰縣）人。生於至元二十四年（一二八七）。延祐三年（一三一五）進士，累拜集賢大學士太子諭德。至正二十四年（一三六四）卒，年七十八，謚文忠。著至正集。

水調歌頭 題蕭獨清山水勝處

山水據全勝，消得獨清人。神仙定在何處，此處可

尋真。山有蓬萊氣象，水有瀛洲風物，人是葛天民。翫得紫芝老，吟盡碧桃春。四時花，千日酒，一溪雲。回頭下望濁世，無地不紅塵。憶昔乘軺江右，目斷丹霞翠壁，底事走踆踆。今日送君語，聊爲自移文。

二　胭脂井次湯碧山教授韻

他山一卷石，何意效時妝。天生偶然斑駁，蘭麝不能香。甃作陳家宮井，澆出後庭玉樹，直使國俱亡。故邑久胥廢，陳迹草茫茫。歎人間，纔璇室，又阿房。麗華鬒髮如鑑，曾此笑相將。一旦江山瓶墜，猶欲夫妻同穴，甚矣色成荒。五色補天缺，萬世仰媧皇。

三　即席贈河南廉使高辛甫

徒陽記同署，三十四年過。朝臺暮省蹤迹，贏得鬢雙皤。相別又逾一紀，百歲都能幾見，塵事日蹉跎。今夕復何夕，旌節照山阿。笑年來，洹水上，試漁蓑。迂疏久厭城市，其柰故人何。浩蕩雲山煙水，寥落晨星霜木，如子已無多。邂逅一尊酒，忍負醉時歌。

四　和鄭彥章韻

春來久無雨，都作豔陽天。天公素念民事，其忍機良田。鞭起九淵濃睡，散作兩間膏澤，生意發天然。聽得老農語，大有是今年。玉堂深，金闕近，亂雲煙。乾坤放眼無際，何物不鮮妍。休把聖功收斂，要使人心滿慰，萬事此爲先。我老歸農好，宜買潞河船。

沁園春　送鄉人高子翔次來韻

放眼燕城，北盡淮堧，東馳海門。歎故園遥隔，關山歧路，好懷深負，風月乾坤。邂逅佳人，笑談清致，所見而今勝所聞。江湖樂，任提鷗絜鷺，翳鳳騎驎。世間富貴浮雲。也莫校箕山與渭濱。想抱關擊柝，心期賢聖，耕田鑿井，上有華勳。休道官卑，休嫌俸少，且喜詩成句句新。君歸矣，問故園桃李，幾度逢春。

二　寄題詹事丞張希孟綽然亭，用王繼學參議韻

俯仰乾坤，傲睨羲皇，優游快哉。看平湖秋碧，淨隨天去，亂峰煙翠，飛入窗來。鴻鵠翱翔，雲霄寥廓，斥鷃蓬蒿莫見猜。門常閉，怕等閒踏破，滿院蒼苔。　人間暮省朝臺。柰烏兔堂堂挽不回。愛小軒月落，夢驚風竹，空江歲晚，詩到寒梅。兩鬢清霜，一襟豪氣，舉世相知獨此杯。京華客，問九街何處，堪避風埃。

三　次希孟韻，時召至通州，以病歸。時齋詹事丞亦堅臥不出，因竝呈之

坎止流行，行止非人，何勞用心。羨枝巢居士，泥塗軒冕，時齋老子，城市山林。富貴何常，榮枯遞轉，惟有高名不陸沈。他休問，只清風一榻，多少黃金。　神仙方外難尋。更可笑牛山淚滿襟。且清尊素瑟，半庭花影，芒鞋竹杖，十里松陰。歸去成辭，閒居留賦，梁父安能抱膝吟。迷途者，聽雲間高唱，誰嗣鴻音。

四　壽可行弟，次其見壽韻

天相吾家，篋笥無金，詩書有人。看發揮胸臆，辭鋒凜凜，薰陶氣質，韋佩申申。師友淵源，賢才衡鑑，冑館光華近帝宸。男兒事，便盡輸心力，難報君親。　讀書第一當勤。只孝弟書中是大倫。況人生爲學，百年在幼，田家得計，一歲惟春。科占龍頭，名高雁序，好與皇家作鳳麟。都休問，是地鍾河岳，天應星辰。

五　壽同館虎賁百夫長鄧仁甫

十載炎方，同飲漢江，同爲轉蓬。恨尋常會面，當年無分，三千餘里，此地相逢。宇宙英奇，幽并慷慨，肯事區區筆硯中。男兒志，要長槍大劍，談笑成功。　轅門醉臥秋風。看落日旌旗掩映紅。愛

朔雲邊雪，一聲寒角，平沙細草，幾點飛鴻。湖海情懷，金蘭氣誼，莫惜瓊杯到手空。君知否，怕明朝回首，渭北江東。

六　次班彦功韻

旅食京華，蜀道天難，邯鄲夢回。笑白衣蒼狗，悠悠無定，黄塵赤日，擾擾何爲。長鋏休彈，瑶琴時鼓，倦鳥誰教强去來。衡門下，幸良辰良友，同酒同詩。　功名少壯爲期。柰身外升沈自不知。算人間難得，還丹大藥，山中儘有，老樹清溪。蕙帳雲空，石田苔滿，應被山靈怪去遲。春來也，向故園回首，歸去休迷。

七

弱冠離家，浪走人間，餘三十年。柰救時才短，虚塵政府，讀書功少，深負經筵。風月西清，冰霜柏署，一歲中閒漫幾遷。君恩重，便不教覆餗，直許歸田。　豐碑高表洹阡。又飛上吴頭萬里船。把家傳圖史，拂除塵蠹，舊栽松竹，收貯雲煙。大别嵯峨，鵲逢縹緲，盡在先生几案前。閒人事，但登樓小酌，閉户高眠。

八

老子當年，壯志淩雲，巍科起家。被塵囂沸耳，塵成重聽，簿書眯眼，攻作昏花。天上歸來，山中絶倒，部曲黄牛鼓吹蛙。閒官好，判園丁牧豎，一日三衙。　平生幾度天涯。恰艤住飄飄泛海槎。向竹林苔徑，時來教鶴，山泉石鼎，自爲烹茶。庭下花開，樓頭雨霽，儘著春風笑鬢華。功名事，問西山爽氣，多少煙霞。

九　飛吟亭，和白玉蟾韻

少日飛騰，湖海奇胸，風雲壯圖。把人間遠道，看爲咫尺，眼前實地，認作虚無。醺酒中天，振衣千仞，塵世煙霞有幾區。君山下，見洞庭清淺，欲問麻姑。　故吾只是今吾。已深愧當年大丈夫。悵川流不息，直如逝者，天風高舉，更有誰歟。鼎鼐何功，江山多幸，長鋏歸來食有魚。神仙事，笑臨邛道士，還在洪都。

十　次張孟功韻

擊楫中流，躍馬長途，今非向年。歎故人萬里，江東渭北，流光幾度，雁後花前。鬢影星星，人情落落，恰念蘇家負郭田。空惆悵，負清泉白石，布韈行纏。　壺中浩蕩瑶天。問清濁何須較聖賢。想塵埃狂走，難逢一笑，扶摇直上，且任孤騫。飯有魚羹，儲無甔石，何必千金學計然。君知否，但東山醜婦，也自嬋娟。

十一　次王仲武爲壽韻

彼壽而康，雁自能鳴，樗還不材。且光華老境，春風秋月，消磨舊夢，暮省朝臺。倚伏相尋，窮通素定，軒冕於人果儻來。神仙遠，有桃花流水，便到天台。　雲林都是親栽。幸登覽猶能矍鑠哉。但攜琴載酒，時時游戲，逢山見竹，處處安排。諫議無功，催科無政，爛醉何妨卧客懷。承平日，看英才用世，多少臺萊。

十二　賦鶴奴，次馬明初韻

頂有丹砂，服具玄明，云胡作奴。想風霜搏擊，不如一鶚，雲霄變化，復愧雙鳧。爾雅無名，山經不志，多識慚予問學孤。今知汝，肯自爲卑下，甘事勤劬。　蠏奴魚婢然乎。笑多事文人善矯誣。愛汝從仙侶，每能謙抑，日陪食飲，惟取殘餘。赤壁飛來，雲龍放去，守舍應門屬眇軀。無多語，似王家便了，有約休渝。

十三　賦酪，次明初韻

有物龐然，乃牝而犁，山川舍諸。爲老饕營□，因疏黄稚，平心酬德，忍怠青芻。方丈無功，萬錢增害，茹飲方將笑穴居。桃林媪，幸日輸甘湩，香泛流酥。　老饕笑問長鬚。汝今似挏官不是奴。更題封誰調，聽明德祖，和漿且浣，消渴相如。火候沖融，春膏濃結，常遣韋囊似瓠壺。將軍腹，問果誰相負，吾欲明書。

十四　臨清舟中即席，次韓伯高見贈韻

草木無情，不問寒暄，開時便開。只黄花多事、偏憐隱逸、白頭何補、顛避賢才。老友相逢，清談絶倒，休校劉郎去後栽。尊中物，勝他年千里，漫寄寒梅。　神仙合住蓬萊。柰老母思兒忍不回。任耿莊槐老，休爲癡夢，梅家酒熟，且浣愁懷。渭北江東，暮雲春樹，何日扁舟更此來。公知否，便連朝觴詠，能幾徘徊。

木蘭花慢　秦淮，次湯碧山教授韻

問東來何處，控吴越，壯江淮。愛十里縈紆，水雲圖畫，鼓吹風雷。回頭下臨無地，盡朱樓迢隔倚天開。酒旆高懸別浦，繡簾低拂長桅。　疏狂常與世情乖。勝地卻須來。漫懷古長歌，後庭花落，斜日潮回。傷心舊時明月，照淒涼亡國恨無涯。爲問水邊鷗鷺，人間幾夢庭槐。

二　至大戊申八月廿五日，同疏仙萬户游城南廉園，園甲京師，主人野雲左丞未老休致，指清露堂扁，命予二人分賦長短句，予得清字，皆即席成章，喜甚，榜之堂上。疏仙其甥也，後更號酸齋云

渺西風天地，拂吟袖，出重城。正秋滿名園，松枯石潤，竹瘦霜清。扁舟采菱歌斷，但一泓寒碧畫橋平。放眼奇觀臺上，太行飛入檐楹。　主人聲利一毫輕。愛客見高情。便芡剥驪珠，蓮分冰繭，酒注金瓶。風流故家文獻，況登高能賦有諸甥。清露堂前好月，多應喜我留名。

三　次韻馬廷彦山居

羨山人結屋，腰碧澗，面丹崖。問桂有餘香，槐多擁翠，誰種誰栽。幾年力田勤學，是慶源先世有人開。樂地夏弦春誦，浮雲暮省朝臺。　半生奔走負

山齋。何地不塵埃。歎老病纔歸，鄉鄰幸恕，不忍擠排。白眉故人多事，似東門偏更道賢哉。但有黄雞白酒，老夫不倦頻來。

四 次韻薛壽夫見寄

笑予生多癖，非酒病，即書囚。任世態翻騰，亥訛成豕，沈變爲尤。中條有亭無恙，論三休吾更早宜休。方外青山故在，鏡中白髮新收。天風鏘佩下瓊樓。心事付東流。向一壑雲深，三年夢熟，八表神游。淵明苦無多語，只高標千古邈難儔。老子新銜自署，醉鄉談笑封侯。

五 和杜德常中秋韻

歎流光如水，又分破，一年秋。柰妒雨癡雲，良宵佳節，不遂登樓。山川滿前圖畫，幸故鄉無復有新愁。風物催成老境，乾坤付與雙眸。幾年京國苦淹留。今得賦歸休。況天柱峰頭，清輝好在，氛翳俱收。身閒更逢全景，是腰錢騎鶴上揚州。明日霜天紅樹，絶勝蘆葉汀洲。

六 次白公嚴爲壽韻

記青年充賦，曾射策，對嚴宸。便暮省朝臺，纔離筦轄，又掌絲綸。狂愚豈勝時用，幸扁舟歸去早知津。一任無錢使鬼，猶能有筆通神。交游萍水百年身。襟袂幾回分。正雪後花前，江東渭北，嗟我懷人。澶淵召棠成頌，肯推揚餘韻頌莊椿。老矣甘心伏櫪，天衢行看翔麟。

七 和陳彦章暮春即事韻

問東君何意，來幾日，便言歸。悵衰病襟懷，喧妍景物，正欲相依。狂風不知人苦，遣萬紅千紫一時飛。卻見楊花才思，閒來縈絆晴暉。可人應試紵羅衣。底事雁書稀。望故里關河，雲林杳靄，煙水霏微。多情已無聊賴，更扁舟孤負鱖魚肥。想見洹溪松竹，緑陰籠滿苔磯。

六州歌頭 次馬明初韻書所見

軒昂仙侶，風度似吾儕。凡鳥輩，雖累百，總輿臺。敢偕偕。何處風絲客，味平昔，恣⿸厂彖突，形迹異，天壤隔，劇相排。老眼渾如無見，雲霄遠，未便時乖。笑蛛螯肆螯，自喪亦多哉。我出塵埃。浩無涯。有旁觀者，同氣類，公好惡，挺身來。行不義，宜自斃，坐虺頽。任奸回。萬事如翻手，吾方此，外形骸。來汝鶴，吾有語，汝無哀。誰遣乘軒烜赫，令此輩、眼不能開。付恩讎一笑，漫且啄莓苔。休面三槐。

二　次明初爲壽韻

避賢解組，三見太行秋。慚晝錦，猶遠勝，敝貂裘。玩滄洲。霜水清如玉，窮霄壤，忘物我，恢障塞，無牖户，底綢繆。自笑平生事業，知今日，頗善爲謀。有靜中至樂，何處更天游。已分淹留。醉鄉侯。有江湖客，翰墨友，淩元白，壓曹劉。論文暇，陪杖屨，事龢籌。共藏修。世態誰能校，輕骯髒，重伊優。吾有政、鋤藥圃，治瓜疇。説與漁夫樵叟，既相好、豈但相猶。任多言莫及，野渡有孤舟。天地沙鷗。

蘭陵王　賦古劍，用吉善甫韻

昆吾鐵。神物千年不滅。時出匣、搖蕩碧空，閃閃寒芒電光掣。細看是巨闕。三尺。斜明隙月。新豐旅，彈爾醉歌，也勝毛錐校平側。沈埋土花碧。向堅石寒泉，重礪霜雪。一天星斗昏無色。因起舞爲樂，崆峒試倚，魑魅膽寒石自裂。免豐獄羈紲。　勳業。幾英傑。是曾馘奸邪，腥漬餘血。今方四海邊塵絶。佩服處，閒伴金魚寶玦。只愁靈化，雷雨暗，水雲國。　圭塘樂府卷一

摸魚子　鳳凰臺，次湯碧山教授韻

自簫韶九成來後，岐山猶是隆古。嬴顛劉蹶相枕藉，幾度狸號鼯舞。堪笑處。又蕞爾鍾山，一霎神光吐。鶴汀鳧渚。問吴德何徵，紫霄輕下，天意寬

誰許。江山好，老子狂吟箕踞。千年考信無據。多情只有秦淮月，還照故宮焦土。昏復曙。漫寒暑悠悠，老盡梧桐樹。從今記取。看阿閣成巢，朝陽應瑞，椽筆爲君賦。

二　中都餞荀平叔都事赴大都

正荒寒似逃空谷，佳人又話離別。風低白草天無際，漠漠平沙如雪。心欲折。看落日飛鴻，一線明還滅。長歌激烈。把湖海襟期，關山風物，取次付彈鋏。毛錐子，千古鑽研搜抉。誰知更比鳩拙。仲宣不作登樓賦，閒殺一天秋色。珊佩玦。羡公去鳴騶，醉上長安陌。予懷轉結。怕紫塞寒深，碧雲暮合，酒醒見明月。

三　登洞庭湖連天樓，和劉光遠韻

問樓頭幾多煙景，長風千里吹送。洞庭島嶼留殘雪，依約玉龍飛動。天故縱。要老子南來，添得詩囊重。遥山翠聳。更澹澹斜陽，蕭蕭落木，感慨古今共。人間世，何處祥麟威鳳。繁華一枕春夢。江湖無限閒風月，待我往來吟弄。君莫痛。看起舞紛紛，踏破中宵甕。深杯自捧。便喚起湘纍，汨羅江上，沈醉是奇供。

四　賦玉簪，用明初韻

笑人間衮珪何物，此花良貴天與。倚闌瘦立亭亭玉，刻畫一生清苦。人有語。道不出藍田，豈是真才具。山人告汝。正蓬鬢蕭疏，不勝冠冕，真者亦投去。洹溪水，洗盡眼中塵土。天葩静看齊吐。冰壺涼月天如水，麈柄肯論夷甫。翁醉舞。任蕞爾寰區，共訝山中許。搔風沐雨。且受用清香，古今多少，富貴草頭露。

五　賦雞冠花，用明初韻

笑山人木雞心事，年來斂觜藏距。幽花細草聊娱目，小圃更無閒土。膏澤溥。豈天爲司晨，偏與鍾奇古。無人起舞。對寂寂園池，蕭蕭風雨，竦立爲誰怒。三生夢，猶繞屍鄉棲處。昂然幾欲掀舉。援丹甃錦頭顱好，葉葉舊時毛羽。天已許。待海日升時，飛上桃都樹。人間凝佇。看叫白東方，卻來平地，千載不容腐。

六　次明初爲壽韻

算驅馳三十餘歲，只將光景虛度。野雲本是無心物，辦得幾多霖雨。還自許。量脇力粗才，猶可松筠主。天方見與。把村落溪山，風煙朝夕，著在最佳處。青年志，萬一容裨當宁。何慚與噲爲伍。歸來千仞岡頭看，卻笑甕天飛舞。方學圃。要摘我園蔬，細和淵明句。譊譊醉語。道咫尺重陽，登高落帽，休競汨羅渡。

七　次郭子敬祭酒同賞牡丹韻

記花王舊時名品，共傳姚魏黃紫。洛陽種植雄天下，何日移根來此。青鏡裏，任澹抹濃妝，莫挽春衫比。人間四美。更天遣舒郎，等閒一賦，千載共心醉。清平調，漫與東風料理。繁華能攪天紀。沈香亭上無人恨，流入錦江春水。安故里。又何似吾儕，聊復尊罍耳。清歌且止。怕檀板無知，多嬌不耐，驚得彩雲起。

八　洹堂盆池紅日蓮開，予適臥病城居，六月一日始往一觀，落者雖多，開者方未已，喜而賦此

笑當年柏臺蘭省，四時風景孤負。歸來幸得身無事，底又悤悤朝暮。心口語。是傳癖詩臞，常把芳辰誤。夜來風雨。早練帨雲飄，紅衣霞捲，香滴翠杯露。司花手，無限芳妍留住。凝妝爲我延佇。姑仙綽約如冰雪，次第相從微步。天不妒。便失卻東隅，儘有桑榆路。人間塵土。看太華峰頭，花開十丈，吾老尚能去。

九　明初賦摸魚子壽予，既次其韻，而可行塘成，和之成什，衰病技癢，亦足爲十首

買陂塘旋栽楊柳，歸來此是先務。他鄉故里都休

校，舊雨不如今雨。鴻在渚。笑爾尚南飛，吾已安孤嶼。黃花解語。道人老宜秋，身安耐酒，此正有真趣。　欒坡路，大手深慚燕許。超騰又悖鍾呂。但求閒澹如元亮，卻恨詩多奇句。傾綠醑。底須按，樂天池上霓裳譜。休論往古。有三日重陽，約君同醉，老子築西圃。

十

買陂塘旋栽楊柳，閒官宜治閒務。老天助我攻清澹，兩月不遭泥雨。規別渚。更累土爲山，留土分爲嶼。鄉人共語。歎百歲陻蕪，一朝疏闢，此去日成趣。　江湖願，自是平生心許。元英誰羨陳呂。石渠細溜鳴琴筑，清似我家詩句。杯引醑。便收拾松風，寫入絲桐譜。區區學古。愧竊祿無功，投閒有分，猶患不如圃。

十一

買陂塘旋栽楊柳，年來於此承務。涼臺燠館吾何有，聊芘一時風雨。洲映渚。向一片煙波，鼎峙嵯峨嶼。盤空硬語。挽三峽詞源，千軍筆陣，不盡樂閒趣。　當年志，爲國微軀曾許。青雲仍際干呂。從知弱步難勝重，夢斷九天臚句。時飲醑。趁四序栽花，綴作園池譜。長歌弔古。悵安得良田，茫茫萬頃，種玉闢玄圃。

十二

買陂塘旋栽楊柳，田園忙勝官務。放魚種藕常無暇，移竹又當新雨。由近渚。駕一葉扁舟，時復還吾嶼。花香鳥語。況心上無營，眼前多景，絃外有琴趣。　尊罍小，能費人間幾許。荷香惟欠仙呂。天光雲影清難寫，盡日撚髭無句。池作醑。要醉上通明，傳取鈞天譜。西山翠古。任列壑爭譏，攢峰竦誚，難及野人圃。

十三

買陂塘旋栽楊柳，塵凡皆與停務。半生醉夢人間世，翻覆幾回雲雨。歸有渚。似真到三山，縹緲紅雲嶼。忘懷笑語。任白鷺驚飛，蒼苔不掃，去此便無趣。斜川路，宇宙茫茫何許。綺園肯附諸呂。悠然一見南山後，便覺世多塵句。持此酹。論心事中間，異姓還同譜。迂疏好古。因藝菊栽松，滋蘭植蕙，荒了種瓜圃。

十四

買陂塘旋栽楊柳，散人不理他務。柳栽近水先應綠，底用等閒霖雨。遵北渚。看雙檜盤空，倒影搖煙嶼。千言萬語。只今日投簪，經年閉户，便自得天趣。真男子，報國誰如張許。論交仍負嵇呂。我今但要閒陶寫，幸免鏤章雕句。村甕酹。此真是，交梨火棗傳家譜。庭空樹古。有野鶴時來，衡門不鎖，清徹地仙圃。

十五

買陂塘旋栽楊柳，歸農未免多務。一庭四序饒風景，且說夜來春雨。香涇渚。愛新樹依稀，敷影連三嶼。黃鸝不語。怕曲几團蒲，坐忘方定，驚破靜中趣。功名事，卻笑平生自許。誰調陽律陰呂。而今且向東君問，舊句豈如新句。開臘酹。要醉喚石湖，重緝寒梅譜。榮枯自古。趁九十韶華，六旬餘力，終日醉吾圃。

十六

買陂塘旋栽楊柳，清風靜掃塵務。柳陰已見疏成密，又聽綠荷敲雨。鷗戲渚。柰倏爾翻飛，飛過崔嵬嶼。形神自語。豈世事相縈，機心未息，物我不同趣。池亭小，收斂風煙來許。漁歌何愧鍾呂。水紋瓦影相娛悅，高詠退之佳句。荷酌酹。有一曲滄浪，不犯人間譜。悠悠振古。問誰似吾儕，攻迂習澮，爲水廢場圃。

十七

買陂塘旋栽楊柳，眼中已辨歸務。柳成修幹蓮成實，均沐老天恩雨。憐小渚。敢氣象侵陵，海上神仙嶼。神仙有語。任涓滴蹄涔，茫洋鯨浪，各自適歸趣。星星鬢，鏡裏衰容如許。西風又動商吕。九原宋玉悲何及，付與短歌長句。瓢汎醑。縱不到箕山，也是曾通譜。由今視古。看畫錦堂前，霜天老月，千載照韓圃。

十八

買陂塘旋栽楊柳，田家小小成務。一年清景君須記，大勝草煙花雨。冰沍渚。把一片玻瓈，圍護瓊瑶嶼。鉤簾獨語。是天富吾家，地輪清供，種種出奇趣。桑榆樂，造物而今已許。一竿自惜歸吕。圭塘欵乃煙波曲，御作腐儒章句。尊有醑。是波若神湯，世與詩同譜。誰能復古。且池上觀梅，鑪中煨芋，燈下治書圃。

水龍吟　過黄河

濁波浩浩東傾，今來古往無終極。經天亙地，滔滔流出，崑崙東北。神浪狂飆，奔騰觸裂，轟雷沃日。看中原形勝，千年王氣，雄壯勢、隆今昔。　鼓枻茫茫萬里，棹歌聲、響凝空碧。壯游汗漫，山川緜邈，飄飄吟迹。我欲乘槎，直窮銀漢，問津深入。喚君平一笑，誰誇漢客，取支機石。

二　題賈氏白雲樓，次牧庵韻

結樓高倚晴空，人間何限思親處。白雲誰遣，等閒出岫，悠悠來去。本是無心，寧知下土，有人延佇。悵荒煙衰草，九原難作，空目斷、丘陵樹。　見説大鵬變化，趁扶摇、又摶雲路。朱簾畫棟，關山緜邈，夢魂良苦。兩字行藏，百年忠孝，致君榮祖。待更驅屏翳，溥爲霖雨，繼商家傅。

三　至順癸酉九日秋興亭賦

一亭飛出層霄，昔人似爲登高辦。雙眸千里，茫茫宇宙，滔滔江漢。一片秋光，青山紅樹，斷雲斜雁。想人生塵世，難逢開口，但酬節、何多歎。細數年年今日，誤清歡、半因羈宦。邇來心事，無慚猿鶴，更齊鵬鷃。華髮新添，黄花任笑，烏紗頻岸。且一尊傾倒，不須醉後，把茱萸看。

四　趙伯寧中丞代祀淮瀆，過維揚徵賦

五雲飛出蓬萊，天香散滿人間世。龍翔鳳翥，千齡一遇，明良慶會。節鉞重來　士民騰喜，山川增氣。想四方地遠，九重心切，都要見、閭閻事。　寤寐天顔咫尺，裊秋風、一鞭歸騎。昔年勳業，烏臺倚重，紫垣虚位。自顧疏庸，資身無策，敢論經費。但儒酸不改，作鹹充賦，助和羹味。

五　喜雨用鄭彦章韻

四郊禾稼如雲，方驚數日甘霖好。吾皇有德，老天能事，非因人禱。一夜風雷，玄雲撩亂，銀河傾倒。問田間消息，年年氣象，更催得、秋成早。　壓盡東華塵土，湛冰壺、九重清曉。晴光漸放，瀛洲波定，御溝聲小。緑野春回，黄扉晝静，篆煙縈繞。願魚羹有飯，避賢歸去，向山林老。

六　甲申七月廿六日，偕王居仁仲武小酌洹堂

洹堂半月三來，小庭日見添佳致。蒼筤疏瘦，黄葵高潔，玉簪清麗。林影波光，新晴景物，嫩涼天氣。對溪山如此，田園歸去，除詩酒、渾無事。　爛漫鄉鄰雞黍，比當年、鼎烹加味。古今都説，浮雲春夢，功名富貴。何事迷途，直臨老境，纔尋平地。把塵寰休問，菊花行綻，請重來醉。

七　次前韻二首

此身就健宜閒，莫教七十纔休致。招讒買怨，聲名烜赫，文章雄麗。三紀紅塵，一簪華髮，消磨豪氣。有清泉白石，實聞吾語，吾衰矣、毋多事。　世故真如嚼蠟，數年來、已知無味。尋常有句，人爲宰相，閒方是貴。洹水秋清，無邊風月，無窮天地。看奮髯箕踞，蒼苔濁酒，爲青山醉。

八

半生人海風波，謗書盈篋從文致。歸來結構，且圖跧伏，敢求華麗。朝暮娛人，水聲山色，柳陰花氣。笑彤闌紫闥，浮沈十載，更幾載、成何事。　好是西成咫尺，秋田風、已飄香味。安排小甕，從今不怕，鄰翁酒貴。更築詩壇，陪君游刃，周旋餘地。但有人來問，金鑾舊話，便昏昏醉。

九　游三臺

幾年三到三臺，往年不似今年好。故人雲集，遠山屏列，蔚藍清曉。趙舞燕歌，一時奇絕，百壺傾倒。對山川如昔，風煙不減，但人比、當時老。　放眼秋容無際，碧澄澄、雁天霜早。曹瞞事業，悠悠斜日，茫茫衰草。爲問漳流，古來豪傑，浪淘多少。有建安遺瓦，張吾筆陣，把姦雄掃。

十　予一病五十日始愈，因自點檢，目視雖不如昔，書字稍大者尚可夜讀。手可揮翰，足可步園，腹可容酒，齒可齧肉，耳可聽歌，體稟素弱，今六十有七，而得所謂六可者，私自喜幸，戲成此曲。子之所慎疾也，乃深寓節飲之意焉

可翁點檢形骸，關心六事今猶可。摩挲老眼，殘編細讀，小窗危坐。信手揮毫，雲煙撩亂，波濤掀簸。笑蹣跚病足，登山不武，尚能踏、苔痕破。　便腹還堪容酒，齒牙攻、脯殽蔬果。歌聲到耳，宮商少誤，肯教輕過。饞口如門，丁寧告戒，欲須堅鎖。怕麴生徒衆，羣然趨入，困風流我。

十一　己丑中秋用瑨韻

一生白浪紅塵，得歸纔見乾坤闊。三升無分，如何料理，文園消渴。衰病禁持，不教杖履，經丘尋壑。記平生懷抱，曾逢惡處，都不似、今年惡。　見説圭塘如舊，賴山英、好看猿鶴。夢中斗室，蠹殘圖史，塵凝鐺杓。蟾桂香多，莫將長笛，等閒吹落。問嫦娥，我輩何時還又，享清平樂。

十二　壽静公右平章

歷觀今古名臣，求如公者人能幾。平生勳業，行其

無事，一誠而已。方信名言，臣門如市，臣心如水。正乾坤清晏，飄然高蹈，非明哲、安能此。　太古歲寒松柏，儘春風、鬧開桃李。傅巖霖雨，蘇門風月，無非天理。莫訝求聞，從來老眼，閲人多矣。待他年，鳳詔九重重下，爲蒼生起。

緑頭鴨　八月十四日，圭塘翫月

廣寒宫。秋期明日方中。歎陰晴、自來無定，何如今夕從容。棹蘭舟、亂穿波月，斟玉斝、清帶荷風。身世難期，歡娱易失，名言千載記坡公。公曾道，涼天佳月，何必限春冬。況復有，西賓共載，仙季相從。　笑疏狂、興來無盡，艤舟更策吟筇。任諸君、班荆藉草，環四岸、度竹穿松。飛上崇臺，放開老眼，冰輪誰遣卻朦朧。多應是嫦娥見妒，勝事不教窮。天知我，須臾風起，萬里雲空。　圭塘樂府卷二

念奴嬌　中都送韓巖夫歸大都

南鴻過盡，正龍沙歲晚，嚴凝時節。朔吹翻空沙石走，一夜坤維凍裂。宇宙茫茫，山川杳杳，千里飛陰雪。停驂回顧，壯心未信如鐵。　京國十月先春，杏桃無數，破暖應開徹。此去佳游知不負，醉裏雕鞍南陌。篝火罏邊，簡書叢裏，肯念飄零客。故人欲問，此情正待君説。

二　賦螢

更闌人静，正滿天晴露，半庭斜月。時見飛螢三四點，樹影依稀相隔。暗地偷明，微形自照，冷焰明還滅。有時分亂，殘星流下天闕。　應念造物多情，翻騰變化，腐草還成物。多少黄萎隨土壤，争似超然飛越。我正清貧，寒窗寂寞，賴爾成勳業。案頭乾死，也勝零落霜雪。

賀新郎　登滕王閣，用稼軒韻

陳迹空凫渚。悵繁華、等閒一夢，便成今古。佩玉鳴鑾人如畫，何處爲雲爲雨。只明月、還生春浦。

帝子當時無窮欲，奈浮雲、回首渾非故。天有意，肯輕許。江湖襟帶雄吳楚。更翩翩、三王文采，儷章駢句。一旦飛來韓家筆，纔見龍翔鳳舞。漫千載、懷人延佇。豪傑紛紛今誰在，笑世間、華屋爭寒暑。瀛海遠，去無侶。

二　次呂叔泰南城懷古

故壘空如堵。杳無蹤、朝臺暮樹，燕歌趙舞。爲問人間繁華夢，幾度邯鄲炊黍。只燕子、春來秋去。太液句陳何由辨，似咸陽、一炬成焦土。興與廢，竟誰主。滿川芳草迷煙雨。悵平生、楚騷心事，更堪羈旅。野水芙蓉香寂寞，猶似當年怨女。長嘯罷、中天凝佇。滄海桑田尋常事，附冥鴻、便欲飄飄舉。回首後，又千古。

滿江紅　次湯碧山清溪

木落霜清，水底見、金陵城郭。都莫問、南朝興廢，人生哀樂。載酒時時尋伴侶，倚闌處處皆樓閣。對溪雲、試放醉時狂，渾如昨。沙洲外，輕鷗落。風帘下，扁舟泊。更寒波摇漾，緑簑青箬。爲向九原江總道，繁華何似今涼薄。怕素衣、京洛染緇塵，從新濯。

二　次李沁州見寄韻

徒倚危闌，愛四面、嵐光翠溼。回首見、疏雲黄葉，遠林平磧。老眼都迷秋遠近，壯游已徧天南北。有一官、更比在家時，添幽寂。人閒世，天涯客。喚李杜，招元白。問鳬因誰損，鶴因誰益。有酒直須拚醉倒，古今長短嗟何極。笑韓非、孤憤若爲多，常填臆。

三　同前

一夜繁霜，便染得、乾坤澄寂。秋滿眼、蕭蕭雲樹，淒淒風日。山色偏供羈旅恨，年光肯爲英雄息。只寒花、不減舊時香，天應惜。官況薄，勞耕織。詩律在，森戈戟。更山城容我，清尊瑶瑟。不是皇家勞結網，姓名底用人間識。喜使君、時有一牋來，雲煙溼。

四　和郭子敬夏日村居韻

一曲清溪，收拾盡、風聲月色。還自笑、六旬將近，數椽方葺。已分封侯非燕頷，儘教有地爭蝸角。算人生、難得是清閒，吾今得。離離黍，芃芃麥。觀此景，皆真樂。更葵花未謝，藕花仍發。煩劇只因詩有債，迂疏卻喜門無客。問小亭、盛暑不容人，今秋月。

石州慢　次張凝道韻

足跰塵囂，目厭紛華，擾擾蜂蝶。擊壺未了長歌，又聽陽關三疊。平生湖海，可憐牢落新豐，蓬山回首煙霞隔。鵬鷃不同天，任焦明蚊睫。愁絶。停杯爲問羲娥，幾度東生西滅。俯仰金臺陳迹，千年誰接。天空秋老，倚闌南北悠悠，暮雲汀樹人長別。想見苦吟時，滿吳江楓葉。

二　送牛農師赴石州學正

少日襟期，不信儒冠，能把身誤。長歌拂袖南來，眼底雲霄平步。黃金散盡，三年流落京華，區區又上并州路。官冷坐無氈，任齏鹽朝暮。今古。男兒萬里封侯，休歎雲萍羇旅。我亦蒼黃，明日攜書北去。居庸關下，蕭蕭風振駝鈴，酒醒夢覺君何處。畫出斷腸時，滿斜陽煙樹。

金菊對芙蓉　宿程松壑月香亭次韻

曉夢初回，餘酲未解，月明猶挂疏桐。在月香絶頂，穩駕天風。喬松勁竹高寒地，還容得、幾朶芙蓉。霜空放眼、水痕褪碧，山色添濃。休問衰老詩窮。把煙嵐奪取，也是豪雄。問今來古往，誰異誰同。老懷陶寫惟絲竹，有捧觴、林下丰容。傍人任笑，疏狂不減，我輩情鍾。

齊天樂　天津橋次韻

深宮傅粉，江東主肥，鮮養成嬌軟。北望中原，自分秦越，儘付馬蹂車碾。神州天遠。笑六代封疆，一毫無展。更著荒淫，月明瓊樹照同輦。長虹誰駕千尺，要等閒盡跨，人海深淺。名襲東都，侯封違命，贏得興亡流轉。年光冉冉，又匹馬南來，片時宮苑。獨倚闌干，夕陽鴉萬點。

滿庭芳　偕晉士安馬明初登荀和叔廣思樓

沙路無泥，柳風如水，嫩涼偏入吟鞍。廣思樓上，雨後看西山。回首炎氛千丈，便長嘯、跳出塵寰。青天外，斜陽澹澹，倦鳥正飛還。　郊原秋色裏，望窮霄壤，倚偏闌干。問神仙何處，獨占高寒。樓下悠悠洹水，爲底事、不暫休閒。吾衰矣，休將舊手，遮日上長安。

二

槐院風清，蘚階塵淨，日長鎮掩衡門。葛帷藤簟，石枕竹夫人。不作南柯癡夢，要來往、月窟天根。花陰轉，閒關幽鳥，啼破一窗雲。　起來盤膝坐，松風沸鼎，花雪浮春。便洗除胸次，多少凝塵。更喜秋原有秋，快準備、小甕清尊。東籬下，黃花香裏，顛倒白綸巾。

三　庚寅正月十六日夜，獨酌戲成

學本迂疏，才非明哲，天恩偶聽歸田。良辰美景，相遇更欣然。細數人生行止，或城市、或在林泉。都評過，忘形適意，惟是在尊前。　只今頭盡白，但憐飲量，不似當年。甚蘖痰媒渴，無事招愆。時有親朋來勸，學康節、微醉爲賢。先生笑，偶當乘興，又作飲中仙。

玉燭新　題李伯瞻一香圖次韻

清風林下寺，愛三友聯翩，世無能四。淩波仙子香魂散，此地是誰招此。萬紅千紫，惟礬弟梅兄二子。堪共領歲晚高寒，來成花部新史。　佳人玉潔冰清，縱彷彿肌膚，異香難似。醉吟無次。花應笑，彼此消融渣滓。春空雁字。不帶到、江南情思。還自笑，今日相看，袁家有姊。

玉漏遲　同前次張夢臣韻

雪晴天似水。風清月白，蕭然三子。天巧難名，鏤玉鎪冰無此。卻是同心異種，解斂聚、山林高致。誰不喜。花中隱德，人間真味。　邂逅粲者相逢，似瓊佩霓旌，九霄飛墜。移入銅瓶，付與野人憑几。滿意挼香嚼蘂，有濁酒、微吟相繼。休喚起。明日此觥重洗。

望月婆羅門引　偕王仁甫左丞、賈伯堅左司，朝罷過李廷秀參議，因覩盆梅，遂成歡酌。廷秀求詞，醉中賦此

紫宸朝罷，東風吹到謫仙家。貂裘抖擻塵沙。一室窗明几净，人境獨清華。有息齋名畫，殿帥高茶。　主人意佳。道分手、卽天涯。何事相逢不飲，戚戚嗟嗟。黄封旋拆，有鵝臘、雞胸與兎羓。公不飲、孤負梅花。

二　雪夜宴長沙班良輔家，時爲湖南宣慰使

人家十萬，春風先到使君家。天公更著芳華。盡把樓臺粉澤，瓊樹映横斜。要歌宜白雪，暖借流霞。　吴姬趙娃。亂銀燭、影交加。不放行雲歸去，敲碎紅牙。可憐杜老，肯飛送、江頭只岸花。爭似我、夜醉長沙。

江城子　次韻

懶於沙鳥拙於鳩。爲無求。得無憂。底事疏狂，卻效子長游。畢竟無求何用出，求不得，亦宜休。　西風真解釀羈愁。試登樓。望南州。黄葉疏雲，摇蕩一川秋。更被誰家多事笛，吹不盡，思悠悠。

二　飲海子舟中，班彦功招飲斜街，以此答之

柳梢煙重滴春嬌。傍天橋。住蘭橈。吹暖香雲，何處一聲簫。天上廣寒宫闕近，金晃朗，翠岧嶤。　誰家花外酒旗高。故相招。儘飄摇。我正悠然，雲水永今朝。休道斜街風物好，纔去此，便塵囂。

行香子 同李元鎮晚酌張氏小閣

璧月香雲，小院重門。辦詩愁、多是黄昏。梨花澹澹，柳絮紛紛。對古銅鑪，神品畫，靚妝人。半醉多羞，一笑欺春。有丹青、描寫難真。秋波側媚，雲岫輕顰。是蘂珠仙，巫峽女，洛川神。

鷓鴣天 次韻李沁州寄酒

滴困檀槽碎玉聲。青州合换沁州名。高風未論陶元亮，豪氣應吞阮步兵。明老眼，慰浮生。人閒勢利一毫輕。羇愁如海都消盡，細和清歌帶月傾。

二 同前

甘滑端能壓蔗漿。芳華初不藉山薑。可憐太白分餘瀝，遠與文園浣渴腸。青瑣闥，白雲鄉。百年誰與校閒忙。何如常對松巖老，萬事悠悠付一觴。

三

縷篆煙消月滿簾。青綾香減夜寒尖。鵲橋誰駕銀河渡，虬漏應將海水添。天漠漠，恨厭厭。不成怨夢睡空甜。一春多少相思恨，瘦得腰肢分外纖。

四

伏臘歸寧已愴然。天涯回首路三千。倦游久賦王孫草，寫恨應歌相府蓮。天也老，月空圓。鐵心難受夜如年。麝煤閒殺春風手，想像顰蛾更可憐。

南鄉子 醉書月香亭桂几

老子分漁樵。説著登山氣更豪。天外長江流不盡，迢迢。脚底青雲步漸高。兩手敢辭勞。右有深杯左有螯。我似淵明多一字，陶陶。明日黄花笑二毛。

二 贈軋二絃胡琴高才甫

錦瑟思華年。底用嘈嘈五十絃。兩線清冰千萬調，能傳。句句分明字字圓。高藝擅華筵。多少新聲出自然。更著趙娘歌宛轉，相聯。消得詩人筆似椽。

三

山水緑相紆。好箇依山傍水居。不是隆中高卧處，茅廬。直挽岷峨入壯圖。匡世策全疏。只合歸來坐守株。鄉里小兒從笑我，非夫。卻勝攜人共泛湖。

四

波漾石粼粼。浮磬依稀類泗濱。回首林慮千萬丈，嶙峋。不效修蛾一點顰。幽討日方親。林下何嘗見一人。便把清流都洗盡，緇塵。領取羲皇以上春。

五　次可行韻二首

薄宦苦營營。半世長亭復短亭。一旦結茅當疊嶂，雲屏。朝暮陰晴幾樣青。濁酒瓦盆盛。農父無才卻有情。好雨知時公到此，安寧。話到盆空月滿庭。

六

小隱遠民廛。草舍三間柳作椽。圍繞佳城纔二頃，山田。便覺胸中綽綽然。世態自争妍。老我壺觴業自專。地闊天寬容醉舞，回旋。又似偷閒學少年。

七　和明初鶴飢韻四首

淅米劍頭炊。枵腹雷鳴出險詩。詩客眼高輕視鶴，如雞。終是雞羣有等威。供飼不如期。柰此瓶儲告盡時。也勝劈琴饞俗子，充飢。窮餓相從更怨誰。

八

沙礫不堪炊。華表高歌乞食詩。不爲啄腥甘趁逐，羣雞。爲伴書癡老竇威。萬里在襟期。會見青雲奮迅時。吐故納新元有術，偏飢。奉瘞佳銘卻付誰。

九

暑室困蒸炊。呼鶴前來聽詠詩。鶴告不餐空碌碌，隨雞。諸僕無恩但有威。雲海夙相期。忍使清齋十二時。主者不才今遣汝，調飢。騎去揚州定屬誰。

十

塵夢黍方炊。白鶴空中漫誦詩。飲啄適時爭得似，山雞。敢效妖狐更假威。曾與老仙期。衛國遭逢彼一時。千六百年纔不食，無飢。我欲推窮欠大誰。

臨江仙　瓅江萬梅方吐，而予來長沙，風雪十日，晴復大霜，有懷而作

十日惡風三尺雪，繁霜又滿人間。梅花誰與問平安。玉肌清似削，爭柰許多寒。夢繞琅瓅江上路，竹籬茅舍青山。莫教芳酒滯歸鞍。黄昏無限月，待我倚闌干。

踏莎行　贈相士

黄鶴樓前，胭脂山上。敲門有客來相訪。自言閲徧世間人，要觀塵俗酸寒狀。闕塞冰霜，江湖風浪，歸來幸得身無恙。君言雖應我方慚，山中道士何勞相。圭塘樂府卷三

鵲橋仙　同李雲松宣慰過思齋，宣慰值出，書其壁

雪松仙客，箕山道士。來訪思齋老子。思齋何處未歸來，想衹在、翠紅鄉裏。風清月白，橙黄蠏紫。一巷笙歌紛起。良宵不遇負佳賓，都不念、人生有幾。

二　贈可行弟

花香滿院，花陰滿地。夜静月明風細。南坡一室小如舟，都斂盡、山林清致。竹簾半捲，柴門不閉。好箇暮春天氣。長安多少曉雞聲，管不到、江南春睡。

三　贈相師周可山

春秋七衮，江湖萬里。老子閲人多矣。兩朝名勝一囊詩，道渾似、當時袁李。紅塵陌上，白雲堆裏。擾擾浮生行止。我非燕頷虎頭人，但詩聖、酒

狂而已。

四　宴胡安常侍御家

清香華屋，黃葵紅葉。正是新涼時節。文園多病不勝杯，孤負殺、一庭秋色。珍殽紛錯，玉醅芳烈。醉倒江湖狂客。涼天佳月即中秋，更有箇、今年閏月。

五

心閒勝貴，身閒勝富。已往而今始悟。來言精力未宜閒，此俗子、便宜推去。秋風雞黍，春山杖屨。盡是幽人樂處。儘教鬢鬢雪飄蕭，總不礙、銜杯琢句。

蝶戀花

九陌千門新雨後。細染濃薰，滿目春如繡。恰信東君神妙手。一宵綠徧官橋柳。　樓下蘭舟樓上酒。沙暖蘋香，渾似來時候。說與可人知信否。傷春更比悲秋瘦。

二　以變白方贈朱亮卿

聞道卿卿僝僽損。花落深閨，無限傷春恨。天上靈方吾不靳。爲君細染三生鬢。　鑷白從今閒玉筍。坐看丰姿，潦倒還髫齔。洞裏桃花應錯認。劉郎乃爾添風韻。

三

一片白雲迷楚岫。風捲青秧，迆邐波紋皺。馬上推敲詩未就。回頭不覺雙山堠。　漁父樵翁常邂逅。問我何求，無事空奔走。我固蒼黃慙二叟。少年有志還知否。

四

萬象森森天漠漠。吹徹殘更，聲咽梅花角。窗外月明無處著。暗螢沾露隨風落。　夢裏詩成渾忘卻。起傍屏山，涼透紗幮薄。靜裏悠然心自樂。蓬山不用乘黃鶴。

五　丁亥正月十三日親朋治具，醉中賦此

老子行年過耳順。蓬鬢蕭疏，人道猶風韻。領略風光元有分。賞心又喜燒燈近。薄雪初消寒欲盡。詞館多閒，時得陪英俊。莫訝連朝爲酒困。東君已是傳花信。

漁家傲　訪畢雪巖不遇

水落寒林山骨瘦。湘江風細波紋皺。何處携琴何處酒。惆悵久。亂鴉啼斷煙中柳。　茅屋蕭蕭連甕牖。半檐寒旭閒清晝。歸路梅花香滿袖。詩未就。青山笑我雲回首。

二　歌圭塘四時四首

冰盡泉香雲縹緲。韶華隱隱浮林杪。酒在葫蘆魚在沼。清晝悄。好音時復來黃鳥。　管領風光心未老。衰顏卻怕清波照。有酒可斟魚可釣。能事了。東風一曲漁家傲。

三

窗影修篁搖翠葆。牆陰幽徑連芳草。驀地雨來荷葉鬧。香更好。亂煙浮動紅雲島。　稚柳千條絲嫋嫋。柳邊宜著蘭舟小。世態紛紛何足校。收桂棹。嗚嗚且和漁家傲。

四

露洗璇穹青杳杳。年光紅入灘頭蓼。翠蓋撐煙吹半倒。霜信早。一陂寒影磨清曉。　早是軒扉塵不到。好山更與供登眺。酒債漸多詩債少。翻水調。西風幾疊漁家傲。

五

落日崇臺寒力悄。登臨恰似尋安道。有竹何人能徑造。吾不誚。相逢要遂掀髯笑。　雙檜淩空龍夭矯。有知定訝人枯槁。珍重歲寒冰雪操。君自寶。老夫但和漁家傲。

太常引　武昌別墅

胭脂山下老農家。看雪樹、翠交加。香透小窗紗。是昨夜、幽蘭放花。　引泉澆樹，破苔移菊，更種故侯瓜。一笑有生涯。但休歎、清霜鬢華。

二　用同年歐陽原功韻，贈相師陳壺秋

年來詩筆尚能神。但無柰、舊時貧。天地一閒身。且不在、青雲後塵。壺秋眸子，野人心事，相對好敷陳。山酒正清醇。要茅屋、朝朝是春。

三　速可行治具

小齋瀟灑頗宜貧。清有竹、靜無塵。俗子不敲門。只風月、煙霞是鄰。古瓶清雅，寒梅疏瘦，昨雨忽紛紛。尚有一枝春。快報與、南廳主人。

四　同前

忍寒搜句意何如。正因我、腹焦枯。茶竈火慵噓。高陽侶、元非姓盧。佳章聯疊，新醅寥落，飛夢繞兵厨。新釀取來無。要親與、梅花餞途。

五　至正辛未春，環樞堂海棠開，偕馮公勵參議，陪紫清夏真人飲其下。今年花發，事務方殷，欲尋舊盟，跬步牽縶，堂西漱芳亭甃方池種芙蕖，連歲約觀，而皆不果。六月初日，禱雨一過，則紅衣落盡，翠房森矗矣。口占長短句，奉紫清一笑

漱芳亭下小方塘。清散水芝香。回首翠成房。忍不待、佳人奉觴。紫垣朝暮，紅塵車騎，遮斷白雲鄉。老我重尋芳。又渾似、今年海棠。

六　次王居仁爲壽韻

進爲卿相退爲仙。歎今古少能全。抛卻祖生鞭。且占取、煙霞洞天。遥峰罨畫，清流漱玉，故里好山川。黄菊正鮮妍。便沽酒、休論幾千。

七　登樓觀柳

雲消春氣恰和柔。先到柳梢頭。數日不登樓。笑青眼、窺人尚羞。清明近也，老夫耄矣，其忍負懽游。飛絮便生愁。儘都變、浮萍去休。

八　斡克莊杜德常寓所二松可愛，醉中賦此，以贈二君

二松如蓋偃中庭。向朱夏、作秋聲。摇影動疏櫺。掩映得、苔痕轉青。西清博士，西臺御史，相對又雙清。咫尺到蓬瀛。休認作、藍田縣丞。

九　丙戌次舊韻，寄紫清真人

道宮城市勝林塘。松竹滿、芰荷香。煮酒出丹房。記相見、悤悤一觴。雲萍飄忽，仙凡懸絶，翻手又殊鄉。何日漱餘芳。看華髮、詩人許棠。

十　再用舊韻，寄紫清

詩成春草夢池塘。相憶託玄香。常記飲仙房。笑一舉、曾蒙十觴。百年行止，幾番離合，吾老且吾鄉。聊與領羣芳。漸開到、江頭野棠。

十一　圭塘四首

圭塘種藕已多時。貼水曉星稀。生意一朝回。便萬柄、紅酣緑攲。連宵驟雨，透空繁響，清絶不容詩。對境寫襟期。要無愧、鴟夷子皮。

十二

幽人早起赴池亭。看初日、照娉婷。風蓋露珠傾。又勝似、前時雨聲。水沈鄉裏，錦雲深處，雙檜插天青。一葉釣舟輕。似野渡、無人自横。

十三

四堤楊柳接松筠。香破水芝新。羅韈不生塵。笑畫裏、淩波未真。紅雲飄緲，清風蕭颯，半醉岸烏巾。不是葛天民。也做得、江湖散人。

十四

雲舒霞捲萬妝穠。倒影水天紅。池轉小臺東。又一種、娟娟玉容。仙肌綽約，奇芳清遠，浮動水晶宮。一笑對衰翁。好同赴、廬山社中。

清平樂　登北山閣

鍾山高處。又結層樓住。山自蒼蒼江自去。萬景一時收聚。平生湖海詩豪。更傾五斗香醪。不信人閒好句，不教驅入霜毫。

二　瓶梅

膽瓶温水。一握春如洗。斗帳怯寒呼不起。嬌滴粉雲香裏。誰教淺笑輕顰。恰如鏡裏傳神。不用瑤天雪月，眼前瓊樹常新。

三　避暑神山詠桂

堂前雙桂。雲潑交加翠。火老金柔花尚未。且愛清陰滿地。秋風一旦花開。天香吹散亭臺。卻被花神見笑，先生未必能來。

四　和可行梅竹韻三首

平生愛竹。到處縈心曲。一日相違人便俗。栽滿水邊茅屋。誰知歲晚空山。佳人能慰荒寒。莫論和羹結實，且看高節停鸞。

五

賞梅觀竹。不暇饞黃獨。白玉吹香連碧玉。富殺山人林谷。幾年行路艱難。眼明今日重看。便結歲寒心友，休教夢到槐安。

六

天寒日暮。百繞梅花樹。萬斛清香藏不住。都在一花開處。可憐月墮霜飛。不知疏影來時。誰報雲川老子，翠禽先在南枝。

七　題郭思誠山居

西巖仙老。身在蓬萊島。竹月松雲塵不到。況有清風自掃。霜溪淺碧搖沙。煙村落照明霞。說與門前鷗鷺，仙家又是漁家。

憶秦娥　和希孟張中丞韻

山人笑。人間不識山間妙。山間妙。嵐光浮動，半江殘照。移文莫待山英校。煙霞曾結三生好。三生好。白雲深鎖，葛洪丹竈。

二

山瓢飲。太空爲幕雲爲枕。雲爲枕。松聲萬壑，月明風冷。人生未老宜先省。塵寰儘有清閒境。清閒境。孤雲野鶴，杳無蹤影。

三

山花舞。巖姿能笑禽能語。禽能語。百年心事，一犂春雨。神仙護短多官府。老夫只解爲農圃。爲農圃。乾坤休問，幾番今古。

四

山雞唱。少年中夜心悲壯。心悲壯。世間何事，不來眉上。迷途未遠奚惆悵。五湖煙水春搖蕩。春搖蕩。誰知平地，拍天風浪。

五 送牛農師二首

春山碧。詩成馬上應相憶。應相憶。盧溝橋畔，晚雲如織。人生有別休多惜。但悲後會知何日。知何日。暮雲心緒，斷鴻消息。

六

長安陌。東風楊柳花如雪。花如雪。青條無數，爲君攀折。少年剛道輕離別。臨歧未信心如鐵。心如鐵。舊懷新恨，滿梁殘月。

菩薩蠻 寄都下友人

憑高日望金臺路。黃沙盡處空煙樹。歲晚足蕭疏。雁聲無夜無。簿書臨俗態。人道儒酸在。何以慰相思。半年無好詩。

二 宿造口用稼軒韻

月明江闊天如水。夜深殘燭縱橫淚。底事不求安。世間多好山。一杯君且住。萬里人南去。倡汝莫要予。山寒無鷓鴣。

三 寄中書諸公

三司笑面鞾紋皺。鹺官憔悴非詩瘦。紅袖寫烏絲。誰曾夢見之。淮鹽真是白。染得鬚成雪。何處有神仙。能教白復玄。

浣溪沙

修黛橫愁苦愛顰。頳霞亂玉更宜瞋。嗅香挼蘂柰何春。織就回文難會意，寫成離字亦傷神。他年不及卷中人。

二

花露濃沾桂棹香。柳風輕拂葛衣涼。放歌深入水雲鄉。荷葉杯中傾綠醑，瓜皮船上載紅妝。都堂何似住溪堂。

三　游善應

崖上留題破紫煙。巖前瀹茗挹清泉。爛游三日酒如川。有水有山高士宅，無風無雨小春天。人間真見地行仙。

點絳脣　病中偶成

酒病詩愁，好春三月常孤負。開門春暮。新綠迷雲樹。一片飛花，綰住游絲舞。東風妒。等閒吹去。散亂隨紅雨。

二　次呂叔泰韻

雲海茫茫，何人尋得春歸處。年年遲暮。不逐春歸去。何日真歸，歷歷江湖路。舟橫渡。青山無數。醉吸荷心露。

如夢令

牆角黃葵都謝。開到玉簪花也。老子恰知秋，風露一庭清夜。瀟灑。瀟灑。高臥碧紗窗下。

二

爲問蕃釐道士。今日瓊花開未。老子偶然閒，要向花間游戲。游戲。游戲。莫待清陰滿地。

三　饒德明學士收疏齋詠竹二首，求和

誰把清風領受。尋得歲寒心友。霜月玉亭亭，恰似老夫詩瘦。詩瘦。詩瘦。無柰碧雲懷舊。

四

歲暮天寒時節。滿意相看冰雪。不遣野人歸，誰慰此君清絕。清絕。清絕。添上一方明月。

五

桃李東風不耐。好在西山如黛。杖策看山來，正爾青青相待。無柰。無柰。卻被暮雲妨礙。

六

一片蒼苔鑿破。百折清泉分過。長日午陰圓，自挈胡牀來坐。斯可。斯可。從此閒身屬我。

七

昨夜庭梧隕翠。詩思尤便爽氣。無事要生悲，可笑宋家多事。衰矣。衰矣。但校鄰翁酒味。

八

火榻只宜春早。紙帳不知天曉。枕上問山童，門外雪深多少。休掃。休掃。收拾老夫茶竈。

九　次郭子敬韻四首

三日瓊瑤飛灑。天巧豈容摹寫。佳客不曾來，有酒定從誰把。文雅。文雅。應笑珉多玉寡。

十

老子風神清灑。好句自然傳寫。立雪賦梅花，更折緑條成把。閒雅。閒雅。莫道吉人辭寡。

十一

門外雪花飄灑。坐上烏絲方寫。秋露白泠泠，更著玉人親把。三雅。三雅。取醉莫論多寡。

十二

有淚緑窗偷灑。有恨錦牋難寫。消瘦不勝春，玉骨都無一把。風雅。風雅。正值文君新寡。

長相思

夢揚州。到揚州。明月長街十二樓。珠簾不上鉤。爲誰憂。爲誰愁。愁得春風人白頭。見花應自羞。　圭塘樂府卷四

以上彊村叢書用至正集本

沁園春　可行弟泰定甲子壽日，賦樂府沁園春，時讀書上庠，因勉其進學。後三十九年至正壬寅，同在京華，遇其壽日，語及舊作，遂再和前韻

四海之閒，難弟劣兄，白頭二人。記昌期瑞旦，行年在卯，善門餘慶，維嶽生申。科第佳名，祠宗優秩，常奉天香降紫宸。身通貴，只貧安分定，老益書親。簡編不負辛勤。羨進德揚名邁等倫。任家無厚積，融融度日，詩多好句，藹藹回春。明月清風，交梨火棗，竹裏行厨脯擘麟。吾何事，但問花攜酒，專競芳辰。

緑頭鴨　爲牧庵壽

論斯文，世誰方駕韓歐。渺翩翩、舊家人物，一峰玉立高秋。走蒲輪、鑾坡再至，照藜杖、石室重紬。要使吾元，典章文物，輝光什伯夏殷周。君信否，千言乘醉，字字□雕鎪。侔堂陣，寄言渠輩，且避戈矛。憶當年、江湖來往，月明太乙仙舟。灑烏絲、芙蓉秋水，振宮錦、杜若芳洲。鸞鶴賡歌，魚龍迎舞，人閒元自有天游。儻來物視之毫許，豈足辱回頭。終焉計，匡廬深處，已辦菟裘。

水調歌頭　庚寅秋，卽席次可行見壽韻

歸歟正宜早，動也貴研幾。夜深山月飛出，何地不揚輝。休說采山釣水，正爾切風批月，底用朶吾頤。萬事一尊酒，身外復何爲。　笑年來，人與我，不相知。投林已分垂翅，猶勸九天飛。敢效歸鄉錦繡，且就盤鈴傀儡，終日看兒嬉。但恐子掀舉，誰與話襟期。

鵲橋仙　壽何聽山平章

膠身名爵。醉心糟粕。正可束之高閣。廟堂誰信是行窩，更高似、堯夫一著。　胸中磅礴。眼前寥廓。與物元無城郭。自從席末挹春風，覺二十年來盡錯。

南鄉子　和歐陽玄之韻

高論聽懸河。先和新詩問老坡。手冷不甘寒氣早，誰呵。更被黃花笑鬢皤。　風竹亂婆娑。老我衰顏藉酒酡。佳節重逢真可賞，賡歌。陶令壺觴旨且多。

二

健筆挽銀河。公直鑾坡我諫坡。只好老來供一笑，呵呵。喜怒從人愧國皤。　花月共婆娑。勸飲隨君學邵酡。松菊有盟休冷落，哦歌。我輩同年甚不多。

三　夜寒無寐仍就韻湊來粗語，以供一粲

烏鵲欲填河。蝡蝂多持更上坡。蟲鳥無知徒自苦，誰呵。恰似貪人少已皤。市也好婆娑。要染先生面色酡。有口難言今只可，狂歌。終歲陶陶不是多。

念奴嬌　汴中見寄

一壺天地，亘南交朔漠，東溟西極。斫桂吳剛難措手，轉見今宵挺特。露軋冰輪，雲歸碧海，上下瓊瑶色。白虛光裏，更無毫髮閒隔。夢想洹上池臺，五年放浪，延賞無虛席。底事夷山丞節鎮，擾擾塵埃朱墨。傑句才慳，深杯量減，況敢論勳業。嫦娥應道，老當歸去時節。

春從天上來　祝一齋大參壽

自古英雄。試倒指，誰能廊廟雍容。相君此遇，風虎雲龍。光掩前後諸公。正天開治運，□□力、啓沃宸衷。況平生，把詩書禮樂，爛入胸中。當年側聞先德，只一語喚起，萬室春風。桂樹成叢。棣華聯萼，總是舊日陰功。怪昨宵雪霽，煙光薄、生意浮空。我來爲壽，相期何以，維嶽維嵩。

太常引　六月十八日喜雨，酒間應口，和不肖韻

荷盤蕉扇久無聲。笑祈禱、果難憑。倚檻看雲停。問誰把、天瓢遽傾。玄功不宰，太平有象，礧磈一時平。老我問陰晴。笑尚爲、蒼生有情。

千秋歲　即席次可行見壽樂府韻

諛人稱好。何似歸來早。營五畝，如三島。深杯江海淺，老眼乾坤小。松竹在，肯教老圃秋容老。方外多真趣，池上宜清曉。隨里社，游鄉校。逢場皆可樂，得句惟供笑。吾有政，考功不校閒官考。

二

青年詩好。正坐聲名早。攀李杜，淩郊島。官慚才力弱，技悟文章小。青鏡裏，朱顏不覺成衰老。習氣消除盡，惟酒娛昏曉。思阮子，甘兵校。因知身外事，何似尊前笑。追往昔，中書已署陽城考。

鷓鴣天　夜長臂痛手攣，展轉不能寐，霜曉窗明，太

常弟適至，因試浙筆，書枕上所得長短句三首，呈賢弟一笑。仍請子姪輩一和，以暢老懷

白髮京華戀俸錢。溪山游釣惜無緣。老來惡興憑詩遣，枕上纔成一兩聯。人自苦，月空圓。衾裯如鐵夜如年。但稽子姪新文學，莫問賓朋歲幾遷。

二

心到忘機便是仙。琴能得趣任無絃。病多課子酬文債，田少從人借酒錢。生盛世，遇今年。雕蟲存稿不求傳。有言難盡閒中樂，竹影花香白晝眠。

浣溪沙

老境閒門晝不開。閒人庭院甚宜苔。打門詩債任渠催。千里有家頻入夢，一春無酒可開懷。心寬隨處是蓬萊。

柳梢青　老病客燕，值此艱歲，口腹甚窘，記少年寓湖湘讀書時度日情況，誦秦少游柳梢青樂府，依其調作俚曲以遣興。南方適口多品，此則記予之偏嗜而多用者，可行蓋亦知味，請同賦，資一笑云

窗對晴嵐。門臨流水，坐閱歸帆。爲口勞心，雪猶燒筍，霜便分柑。酒香梅下茅庵。就湖罝、新魚滿籃。夢記當年，此皆身享，好箇江南。彊村叢書用吳伯宛據圭塘小稿輯本

案此下原有可行太常弟卽席次韻二首及許楨步韻四首並删去另録。

沁園春

采詩洹水，清秋興來，不暇求工。致行雲流水，雖違高古，亦無浮麗，更有佳人。韶音同韻，芝蘭同氣，笑高山□□□中。宰相倡酬，餘力判酒，政兼花事。休教阮家三品，但身閒便下缺

以上周泳先據至正集七十九，補許有壬殘詞。

許有孚

有孚字可行，有壬弟。登進士第，授湖廣儒學副提舉，歷中憲大夫，同僉太常禮儀院事。嘗集諸人

唱和之作，爲圭塘欸乃集。

摸魚子 並引

至正戊子秋，吾兄中丞公以賜金得康氏廢園于相城之西。池陘亭圮，垣垝卉木伐，惟雙古檜在庭。徒具畚鍤，從事疏鑿，池廣袤千餘步，深一仞，形如桓圭。西糒二洲，東規一島，帶以平隄，繚以周垣，渠于乾艮，以時啓閉。臺于坤維，高可數丈，西山巖巖，近在目睫，百里之景可攬而有。視亭之罅漏塓葺而户牖之，南爲道，中爲橋。十一月五日，導水入池，縱魚數千尾，作樂合賓友落成。將橋于二洲，舫于水，蓮于池，柳于堤，果于亭側，松竹花草于池南，次第而蒔植焉。昔人平泉绿野，吾不知其何如。若是園者，亦城西之佳地矣。公杖履，或鶖衣，或宫錦，招佳賓，挈子弟，觴詠其間，香山獨樂，不是過也。公嘗謂池成，當用晁補之摸魚子首句買陂塘旋栽楊柳爲樂府。未幾，明初馬先生摭此以爲公壽。公懽然，卽席和之，命有孚同賦，得二首。池既成，載賡八韻，通爲十闋，以成初意，且以爲同聲唱和張本。公因題之曰圭塘欸乃，是池得佳名矣。然園石亭臺，命名紀實，則必待公爲記焉

買陂塘旋栽楊柳，詩翁急欲知務。平生想像江湖意，幾度雞鳴風雨。凫有渚。直晚景桑榆，才得壢霞嶼。先賢好語。道鐘鼎山林，神仙宰相，從昔不同趣。西池路。天意而今都許。佳人協律調吕。浮沈願入雞豚社，其奈香山佳句。誰我醑。又菊節相催，先約修花譜。猶今視古。有洹水秋聲，林慮爽氣，壯觀我西圃。

又

買陂塘旋栽楊柳，山中道士家務。豐年城市秋偏好，又近重陽風雨。蘭汎渚。雖信美江山，不似吾雙嶼。孫兒學語。説桑梓光陰，松筠節操，歲歲有懽趣。沙隄路。身退功成天許。非熊夢斷占吕。但教階下人如謝，解道春池新句。尊有醑。更不説、傳家事業光吾譜。衣冠尚古。有雙檜亭台，萬荷池沼，安我邵平圃。

又

買陂塘旋栽楊柳，平章風月專務。歸來温樹無人問，但聽四窗荷雨。圓作渚。準擬似、神仙瀛海煙

波嶼。凭闌獨語。笑元亮謀生，秫多菊在，唯識酒中趣。東華路。朝士從教推許。廟堂議論如吕。而今不説經綸話，只辦西城聯句。鄰酒醑。更乘興相從，香鼎兼琴譜。平生考古。已散卻黄金，買回清福，倚杖看爲圃。

又

買陂塘旋栽楊柳，園亭儘有公務。東山更理閒絲竹，莫用蒼生霖雨。鷗鷺渚。澹相對忘機，不羨蓬瀛嶼。平生願語。便泉石膏肓，煙霞痼疾，始遂隱居趣。邯鄲路。老我頭顱如許。黄粱何日逢吕。斜川便是桃源洞，千載歸來辭句。巾漉醑。笑琴亦無弦，何處求新譜。茫茫萬古。任滄海桑田，白衣蒼狗，不到老農圃。

又

買陂塘旋栽楊柳，閒人有此忙務。平泉緑野吾無羨，僅着一簑煙雨。舟泊渚。更把釣觀魚，宛在池中嶼。掀髯自語。待月到天心，風來水面，笑領此時趣。隄邊路。劚藥鄰翁相許。阿蒙非復吴吕。西山如畫花如錦，專待公來尋句。瓢挹醑。聽牧唱樵歌，高下從吾譜。何須説古。只待漏東華，軟塵千尺，應不到茲圃。

又

買陂塘旋栽楊柳，佳人屢輟齋務。扁舟蕩漾亭深處，堪避片雲疏雨。明月渚。有仙子淩波，解佩留芳嶼。園丁亦語。道四美俱全，二難巧遇，杯酒易成趣。昇平相，元與旌陽同許。水雲身世希吕。歸來卻覓玄真子，不和岳陽樓句。斟佳醑。悵瑤瑟朱弦，遺曲誰能譜。談今援古。聽無底書囊，有源詩派，何必種芝圃。

又

買陂塘旋栽楊柳，不妨三月農務。溪翁走報新痕漲，昨夜西山雷雨。將没渚。有複道雙洲，繚繞通孤嶼。黄鸝對語。正春色喧妍，物華明媚，好在浴沂趣。 天涯路。芳草茫茫如許。蠻箋難寫心吕。碧雲冉冉春波緑，都是相思情句。花共酹。似梅與山礬，臭味曾同譜。隄陰樹古。要亂絮漫空，柔條蘸水，慎勿折樊圃。

又

買陂塘旋栽楊柳，詩人何遜曹務。水雲鄉裏看雲錦，不羡落花紅雨。如顧渚。膾鮮鯽銀絲，畫舫縈回嶼。花嬌欲語。任瀲灩荷觴，淋漓宫錦，痛飲是佳趣。 虚閒地，更有圖書如許。坑灰追笑嬴吕。北窗一榻清風細，讀罷羲文章句。姑置酹。對避暑樓臺，名畫宣和譜。亭前檜古。看黛色參天，霜皮溜雨，閒煞漢陰圃。

又

買陂塘旋栽楊柳，新來已見成務。小山叢桂人如玉，何用爲雲爲雨。懷北渚。悵渺渺予懷，目斷游龍嶼。憑誰寄語。正宋玉悲秋，桓温種木，妨我遠遊趣。 西風勁，一鶴横空何許。匆匆月又南吕。崇臺迥出雲霄裏，好是登高題句。時載酹。却不似香山，淚落琵琶譜。無多讓古。有黄菊青松，寒香晚節，吾不負吾圃。

又

買陂塘旋栽楊柳，英雄頗識時務。老臣正欲彰君賜，未辦萬間風雨。安石渚。可無事争墩，吾自安吾嶼。從人浪語，且雪後觀山，燈前飛蓋，不動剡溪趣。 西湖夢，卻要扁舟來許。何時命駕如吕。對梅渾是蘇堤上，追和逋仙佳句。茶當酹。有佳客相過，刻燭論詩譜。因評近古。自晝錦歸來，觀魚軒後，誰更問園圃。

太常引

藕花無數半開時。池上客來稀。杖屨獨徘徊。忽翠蓋、因風盡欹。天工妝景，水神輸供，陶寫費新詩。身外杳難期。笑士價、才堪五皮。

又

綠衣持節擁亭亭。玉立萬娉婷。一見寸心傾。任詩畫、無聲有聲。新篁搖葆，蒼梧張蓋，山色入簾青。雲澹午風輕。看樹影、西窗又橫。

又

水文湘簟織霜筠。座客句清新。何物是紅塵。更著箇、漁舟寫真。趙公琴鶴，謝家絲竹，漉酒又陶巾。不獨太平民。好鳳閣、鸞坡舊人。

又

靚妝仙子謝纖穠。獨立水雲紅。綽約畫闌東。似姑射、冰肌雪容。翠盤承月，玉杯擎露，粲粲蕊珠宮。真賞有鄰翁。畫添入、霓裳曲中。

漁家傲　和

莫訝圭塘春縹渺。要知生意從冬杪。柳動長隄冰泮沼。庭院悄。舊巢又見來玄鳥。九十韶華容

易老。鏡中勳業慚頻照。招飲便須忙罷釣。休辭了。東君要聽漁家傲。

又

濃綠園林光莫葆。詩翁只愛窗前草。驟雨才過蛙又鬧。亭館好。日長人在蓬萊島。風度新松聲嫋嫋。酒酣卻笑瀛洲小。柳外荷邊休計較。皆可櫂。採蓮人和漁家傲。

又

雲外賓鴻聲漸杳。羈人聽罷如嘗蓼。我對清尊時復倒。風露早。黃雞果是能催曉。蓮褪殘紅涼乍到。水天一色供遊眺。短笛悲秋知音少。吹別調。新翻商意漁家傲。

又

雪後西山崖壁峭。奇觀難與他人道。煨芋有爐無客造。從鏊誚。巡簷且索梅花笑。冷蕊疎花開嬌嬌。水村妝點霜林槁。賴有此君同節操。成二

寶。淺斟低唱漁家傲。

以上周泳先校舊抄圭塘欸乃集本許有孚詞十八首

柳梢青

遠岫浮嵐。澄江拖練，飛夢雲帆。樂事關心，菊朝烹蟹，燈夜傳柑。春郊隨處行庵。聽騶從、攜花幾籃。洲渚凝妝，園林窮勝，好箇江南。

又

山潤浮嵐。溪清呈底，畫帆無帆。酒友詩朋，香芹鮮鯽，綠橘黃柑。風亭月榭雲庵。更奇品、花盆果籃。城市繁華，湖山佳麗，好箇江南。

以上二首和許有壬詞，附圭塘樂府別集內。

馬熙

熙字明初，衡州(今湖南省衡陽市)人。官右衛率府教授，嘗與許有壬兄弟唱和。

摸魚子 並序 中執法安陽公初度之辰，熙賦樂府爲壽，以買陂塘旋栽楊柳爲首句，爲新得園池，成公志也。公洎可行都司各和二首，楨和二首。既而可行董浚築之役，竣事，復八賡公韻，公亦和之，愈出而愈奇，有本者如是夫。公命熙復賡，而黯技窮矣，搜枯得九首，並倡爲十闋，謹錄以呈，優希指教

買陂塘旋栽楊柳，參知綠野機務。春花秋月冬宜雪，夏有芰風荷雨。亭北渚。更倚棹觀魚，時憩東西嶼。掀髯自語。任黃閣絲綸，彤庭劍履，未換涉園趣。人間世，多少高眠巢許。勳庸終愧伊呂。得閒宰相方爲貴，誰識山中詩句。觴玉醑。看老鶴蹁躚，舞入南飛譜。清風萬古。是舊隱晞韓，新堂醉白，香滿菊花譜。

又

買陂塘旋栽楊柳，參知老圃機務。宰相得請歸田里，久旱忽逢甘雨。懷鄂渚。悵黃鶴樓前，鸚鵡翔煙嶼。清魂可語。奈信美江山，無窮湖海，難得故

鄉趣。西園地，天意昔年曾許。塤篪近協音呂。築台浚沼方竣事，更辦雪兒佳句。仍酹醑。爲禱爾三家，恐有治園譜。今吾勝古。問孟氏芳鄰，何時康樂，何似東之圃。

又

買陂塘旋栽楊柳，參知圭沼機務。石渠濊濊鳴西北，不用九天瓢雨。魚在渚。又戲藻翻荷，遶遍方圓嶼。魚如解語。道惠子忘言，莊周忘象，豈識水中趣。寒泉上，雲影天光如許。高談曾會朱呂。此中儘有源頭水，添我感懷新句。姑御醑。便合著葉嘉，百世雲初譜。心源汲古。任眢井無波，方塘好在，餘潤及蔬圃。

又

買陂塘旋栽楊柳，參知三島機務。方壺圓嶠千夫力，揮汗已能成雨。凫立渚。看兩兩胎禽，俯伏紅雲嶼。忘機對語。儘較短量長，昨非今是，未害老仙趣。山中計，長吏詎能羈許。糊塗正合晞呂。交梨火棗如緘惠，何必雲林漓句。缾罄醑。問玉醴金漿，通我仙宗譜。嘗聞往古。說舟近蓬萊，風猶引出，何處覓縣圃。

又

買陂塘旋栽楊柳，參知漁艇機務。巨川冒涉風濤險，此際纜煙維雨。朝泊渚。到日落滄波，移傍寒梅嶼。翠禽無語。甚雪意方深，月明空載，獨棹始成趣。鑾坡夢，年少紛紛權許。功名更欲倖呂。桃花浪暖多肥鱖，不識緑簑詞句。常載醑。豈特與、筆牀茶竈聯文譜。閒忙今古。是世上何人，淵明日涉，董子不窺圃。

又

買陂塘旋栽楊柳，池亭檢校公務。團茅時復羲皇上，驚夢每來窗雨。東望渚。卻不似西偏，略約連雙嶼。于時語語。待柳色環隄，荷香入座，方足倚闖趣。園丁戇，直把廉名自許。端如司馬家呂。十年護得簷前檜，莫詠蟄龍奇句。誰酌酹。試共看東皋，五斗先生譜。明當仿古。要渠列箕疇，牗縣義畫，學取晦翁圖。

又

買陂塘旋栽楊柳，平隄檢校公務。近來不用新沙築，屐齒要深苔雨。蘭藝渚。植桂樹團團，宛在池中嶼。隄應怨語。只有恨柔條，無情飛絮，日與我同趣。周垣下，杖策已蒙神許。饐瓜何用懷呂。丈夫志不期温飽，愧爾碧紗籠句。行且酹。聽弦索迎風，吹入新翻譜。由今視古。對草緑西湖，裙腰一道，端合讓西圖。

又

買陂塘旋栽楊柳，飛橋檢校公務。當年題柱非無意，借用池墨玄雨。沱共渚。早有路潛通，海上三神嶼。歸來笑語。便玉蝃横空，金猊跨海，安有野亭趣。裴中令，别墅相師惟許。倡酬聲應鐘呂。若教子午成丁卯，容得老漁尋句。忙喚酹。好淨洗窮愁，卻與論詩譜。西風道古。我欲繫匏瓜，匏瓜何在，緱氏已無圖。

又

買陂塘旋栽楊柳，崇台檢校公務。西山遠巘千巖壑，總解蓄雲藏雨。臨淺渚。更俯視銀濤，萬頃摇孤嶼。姮娥寄語。約靜影浮光，浴金沈璧，方領眺瞻趣。登臨地，休逸主人先許。買鄰邀我從呂。黄金鑄作千錢賀，不及無須新句。斟緑酹。甚欲把、園亭草木隨時譜。歌豳驗古。看祭韭條桑，薪樗剥棗，納稼築場圖。

又

買陂塘旋栽楊柳，夢中還理家務。十年不到衡山麓，孤負楚雲湘雨。蘋映渚。渺杜若江蘺。香接煙霞嶼。口心相語。爲蝿驥東西，雲龍上下，誤卻釣遊趣。生平志，願識平輿二許。煌煌岳降申吕。集詞敬爲先生壽，博得月章星句。毋我酯。只小草幽蘭，心醉離騷譜。松存徑古。待遊徧西園，荷鋤歸去，吾亦愛吾圃。

太常引　補和可翁四首

園池多在魏公時。盛極自然稀。天遣可翁回。要扶起、台傾榭欹。圭塘如此，藕花無數，一笑領翁詩。帝里不須期。怕韡似、三司面皮。

又

園中風物水中亭。消得兩娉婷。濁酒卷荷傾。早洗盡、箏聲笛聲。四隄晴柳，一天花氣，付與晚山青。飛絮挾雲輕。任膝上、瑶琴自横。

又

遲紅酣日照修筠。光景一時新。萬物卻游塵。看出浴、温泉太真。榜上龍虎，班頭鵷鷺，無復困冠巾。花亦識天民。問身到、黄扉幾人。

又

露桃雲杏不勝穠。合讓水花紅。别種出林東。爲冰雪、相看改容。洹堂雙瓮，此時千葉，愁絶閟珠宫。貯酒待吟翁。念疇昔、時來一中。

漁家傲　補和可翁四首

香霧空濛煙縹渺。青歸林木先從杪。若采芳洲繁采沼。花事悄。幽情聊復忘魚鳥。鳥倦知還亭月老。魚安淺碧吹斜照。魚若有言求直釣。秦吉了。也應能唱漁家傲。

又

八十鄰翁頭似葆。爲言環翠埋芳草。不似圭塘風物鬧。清晝好。來游往往逢郊島。細浪粼粼風嫋嫋。柳絲柔直荷錢小。鳧短鶴長無用較。舟可櫂。扣舷重和漁家傲。

又

涼入槐陰門巷杳。秋容次第歸蘋蓼。潦盡波寒亭影倒。征雁早。一聲喚起江天曉。菊外白衣殊未到。沙隄留得西山眺。何事水蓮花獨少。詩與調。倚風仍度漁家傲。

又

池上水枯根岸峭。池邊雪霽無行道。三島遥遥心欲造。舟子誚。拏舟恐受堅冰笑。遵渚一鴻方矯矯。苦飢雙鶴從形槁。吾亦安能充爾操。惟善寶。歲寒歌徹漁家傲。

以上周泳先校舊抄圭塘欸乃集本馬熙詞十八首。

許楨

楨字元幹，有壬子。以門功補太祝，應奉翰林。

摸魚子　和

買陂塘旋栽楊柳，求田專理農務。扁舟來往煙波裏，青篛緑簑風雨。時汎渚。把遠岫遥岑，收拾來孤嶼。黄華解語。道鳳閣鸞臺，黄塵烏帽，争似醉鄉趣。洹溪上，道士而今惟許。飛熊夢斷姜呂。水聲山色相縈繞，涌出筆端新句。斟桂醑。聽萬籟笙竽，一派仙家譜。休論往古。向種菊籬邊，觀魚軒外，晚節有秋圃。

又

買陂塘旋栽楊柳，閒人忙過曹務。山翁溪友來相賀，昨夜應時甘雨。舟泛渚。有茶竈相從，同過東西嶼。鷗邊自語。是午夢初回，餘酲未解，七椀得真趣。神仙事，雲海茫茫何許。何人巖下逢呂。詩家卻有還丹訣，萬景點成奇句。公自醑。且山水徜徉，莫考飛昇譜。悠悠萬古。看一片煙霞，四時風物，吾圃即玄圃。

太常引　和

池亭荷淨納涼時。四面柳依稀。棹得酒船回。看風裏、沙巾半欹。殘霞照水，夕陽明樹，天付畫中詩。應不負歸期。更誰看、桃花面皮。

又

西池池上好新亭。紅翠門娉婷。翠蓋幾翻傾。聽水上、紅妝笑聲。歸來鄉社，不關塵事，活計問樵青。世事一毫輕。看西泠、晴雲暮横。

又

藕花香裏有叢筠。照水緑梢新。清潔出風塵。似特與、幽人寫真。門無俗客，地多清興，羽扇白綸巾。甘作太平民。故自謂、羲皇上人。

又

澹妝素服更纖穠。清致不須紅。佇目畫橋東。一掃盡、人間冶容。麻姑何在，嫦娥昨夜，飛出廣寒宮。天亦爲詩翁。把好景、都移此中。

漁家傲　和

青入西山煙渺渺。天機只在菰蒲杪。風解冰澌融小沼。人静悄。一聲何處啼山鳥。杖策尋芳逢野老。草芽柳眼明殘照。歸到圭塘還獨釣。心事了。簫聲緩和漁家傲。

又

衆緑如生如羽葆。池光摇漾連汀草。紅杏已無春意鬧。風致好。水中三嶼如三島。荷葉如錢蒲嫋嫋。石渠静聽泉聲小。從此圭塘時檢校。停短櫂。柳陰高唱漁家傲。

又

鴻雁翩翩雲路杳。蘆花如雪迷紅蓼。荷葉不禁風雨倒。秋意早。詩懷清似霜天曉。獨掩柴扉誰得到。高台日暮宜瞻眺。清致日多塵事少。歌古調。新聲移入漁家傲。

又

萬木凋零巖壑峭。一機消長觀天道。松竹園亭時一造。誰敢誚。敲冰煮茗供談笑。自負平生心嬌嬌。三閭何事形容槁。琴到無絃誰與操。懷我寶。相逢且賦漁家傲。

以上周泳先校舊抄圭塘欸乃集本許楨詞十首。

柳梢青

山霽無嵐。尋幽有屐，不用張帆。樂事關心，良辰修禊，元夜傳柑。芳郊隨處行庵。聽鸝導、擔花幾籃。洲渚凝妝，笙歌歸院，好箇江南。

又

雲岫如嵐。月池通港，畫舫無帆。細葛春纖，摘來盧橘，香賽温柑。荷亭柳榭松庵。更奇品、花盆果籃。夢想飛觥，水晶宮裏，好箇江南。

又

疊嶂浮嵐。澄江拖練，遠浦歸帆。橙蟹分甘，蓴鱸專美，露酒霜柑。登高聊憩禪庵。採菊蕊、茱萸滿籃。丹桂飄香，芙蓉弄色，好箇江南。

又

山遠生嵐。溪清呈底，剡棹收帆。風物依然，爛紅茶樹，回色青柑。暗香寒阻梅庵。把楮穎、權收墨籃。煖閣紅鑪，淺斟低唱，好箇江南。

以上四首，許楨步其父許有壬韻，附見圭塘樂府別集内。

張翥

翥字仲舉，晉寧（今江蘇省武進縣）人。生於至元二十四年（一二八七）。至正初，用薦命修遼金宋三史，累拜翰林學士承旨。至正二十八年（一三六八）卒，年八十二。有蛻巖詞。

六州歌頭　孤山尋梅

孤山歲晚，石老樹查牙。逋仙去。誰爲主。自疏花。破冰芽。烏帽騎驢處。近修竹，侵荒蘚，知幾度。踏殘雪，趁晴霞。空谷佳人，獨耐朝寒峭，翠袖籠紗。甚江南江北，相憶夢魂賒。水繞雲遮。思無涯。又苔枝上，香痕沁，幺鳳語。凍蜂衙。瀛嶼月，偏來照，影横斜。瘦争些。好約尋芳客，問前度，那人家。重呼酒。摘瓊朵。插鬢鴉。喚起春嬌扶醉，休孤負錦瑟年華。怕流芳不待，回首易風沙。吹斷城笳。

瑞龍吟 癸丑歲冬，訪游弘道樂安山中，席賓米仁則用清真詞韻賦別，和以見情

蘢溪路。瀟灑翠壁丹崖，古藤高樹。林閒猿鳥欣然，故人隱在，溪山勝處。久延佇。渾似種桃源裏，白雲窗户。燈前素琴清尊，開懷正好，連牀夜語。應是山靈留客，雪飛風起，長松掀舞。誰道倦途相逢，傾蓋如故。陽春一曲，總是關心句。何妨共、磯頭把釣，梅邊徐步。只恐匆匆去。故園夢裏，長牽別緒。寂寞閒針縷。還念我、飄零江湖煙雨。斷腸歲晚，客衣誰絮。

多麗 爲友生書所見

小庭階。簾櫳婀娜蓬萊。恨匆匆、歸鴻度影，東風搖蕩情懷。不多时，見他行過，霎兒後、依舊迴來。

銀鋌雙鬟，玉絲頭導，一尖生色合歡鞵。麝香粉、繡茸衫子，窄窄可身裁。偶回頭、笑渦透臉，蟬影籠釵。憶疏狂、隨車信馬，那知淪落天涯。荳蔻初、可憐春早，菖蒲晚、難見花開。紅葉波深，綵樓天遠，浪憑青鳥信音乖。等閒是、這番迷眼，無處可安排。行雲斷、夢魂不到，空賦陽臺。

又 清明上巳，同日會飲西湖壽樂園

鳳凰簫。新聲遠度蘭橈。漾東風、湖光十里，參差緑港紅橋。暖雲蘸、鬱金衫色，晴煙抹、翡翠裙腰。罨畫名園，鬧紅芳榭，蒲葵亭畔綵繩搖。滿鴛甃、落英堪藉，猶作殢人嬌。漬羅袂、莫揉痕退，生怕香銷。 憶當年、尊前扇底，多情治葉倡條。浴蘭女、隔花偷盼，修禊客、臨水相招。舊約尋歡，新聲換譜，三生夢裏可憐宵。從留得、楝花寒在，啼鴂已無聊。江南恨、越王臺下，幾度迴潮。 案此首詞統卷十八誤作柳永詞

又　西湖汎舟，夕歸施成大席上，以晚山青爲起句，各賦一詞

晚山青。一川雲樹冥冥。正參差、煙凝紫翠，斜陽畫出南屏。館娃歸、吳臺遊鹿，銅仙去、漢苑飛螢。懷古情多，憑高望極，且將尊酒慰飄零。自湖上、愛梅仙遠，鶴夢幾時醒。空留在、六橋疏柳，孤嶼危亭。　待蘇堤、歌聲散盡，更須攜妓西泠。藕花深、雨涼翡翠，菰蒲軟、風弄蜻蜓。澄碧生秋，鬧紅駐景，採菱新唱最堪聽。□一片、水天無際，漁火兩三星。多情月、爲人留照，未過前汀。

蘭陵王　臨川寓舍聞箏

晚風惡。牆外楊花正落。鞦韆罷、人在瑣窗，猶怯春寒下簾幕。多情倦繡作。恰了棠梨半萼。移金雁、應是自調，盡寄深情與絃索。　數聲白翎雀。又歇拍多時，嬌甚彈錯。新聲舊譜多忘卻。想紅香憔悴，錦書遼邈，悤悤前度見略略。甚如在天角。霧閣。閉銀鑰。奈夢斷行雲，青鳥難託。三生書記情緣薄。記舊家歌舞，那时行樂。桃枝人面，問酒家，負舊約。

摸魚兒　送黃任伯歸豐城，時任伯放其妾還家故及

正悤悤、楚鄉秋晚，孤鴻飛過南浦。同來桃葉堪惆悵，一舸載春先去。愁絕處。問那曲闌干，曾聽人低語。今宵最苦。向楓樹溪橋，蘆花野館，翦燭臥聽雨。　吳霜鬢，破帽西風怎護。絲絲都是離緒。舊情頓冷新愁重，總付墜鞭詞譜。君記取。待雪夜、相思乘興柴岡路。唱予和汝。要款段隨車，輕盈喚酒，重爲國香賦。

又　臨川春遊，連日病酒，賦此止之

過花朝、淡煙輕雨，東風還又春社。客懷不斷還家夢，只泥酒杯陶寫。孤館夜。甚濃醉、無人知道歸來也。蘭燈半灺。任賦就魚牋，絃拋玉軫，誰念倦司馬。　長安市，幾度攜尊命駕。空驚遊興衰

謝。醉鄉天地無今古，争得一襟蕭灑。春縱冶。便不飲、從教團雪揉花打。觥籌已罷。笑蜾蠃螟蛉，吾今真止，爲報獨醒者。

又　春日西湖汎舟

漲西湖、半篙新雨，麴塵波外風軟。蘭舟同上鴛鴦浦，天氣嫩寒輕暖。簾半捲。度一縷、歌雲不礙桃花扇。鶯嬌燕婉。任狂客無腸，王孫有恨，莫放酒杯淺。垂楊岸，何處紅亭翠館。如今遊興全懶。山容水態依然好，惟有綺羅雲散。君不見。歌舞地、青蕪滿目成秋苑。斜陽又晚。正落絮飛花，將春欲去，目送水天遠。

又　題熊伯宣藏梅花卷子

記西湖、水邊曾見，查牙老樹如此。冰痕冷沁苔枝雪，的皪數花纔試。天也似。愛玉質、清高不久閒紅紫。孤山處士。總賦得招魂，煙荒雨暗，寂寞抱香死。春風筆，休憶深宮舊事。添人多恨多思。墨池雪嶺三生夢，喚起縞衣仙子。仍獨自。伴瘦影、黄昏和月窺窗紙。聲聲字字。寫不盡江南，閒愁萬斛，訴與緑衣使。

又　王季境湖亭，蓮花中雙頭一枝，邀予同賞，而爲人折去。季境悵然，請賦

問西湖、舊家兒女，香魂還又連理。多情欲賦雙蕖怨，閒卻滿匳秋意。嬌旖旎。愛照影、紅妝一様新梳洗。王孫正擬。喚翠袖輕歌，玉箏低按，涼夜爲花醉。鴛鴦浦，凄斷淩波夢裏。空憐心苦絲脆。吳娃小艇應偷採，一道緑萍猶碎。君試記。還怕是、西風吹作行雲起。闌干謾倚。便載酒重來，尋芳已晚，餘恨渺煙水。

又　賦湘雲

問湘南、有雲多少，不應長是爲雨。平生宋玉緣情老，贏得鬢絲如許。歌又舞。更一曲琵琶，昵昵如私語。閒悲浪苦。怪舊日青衫，空流淚滿，不解畫

眉嫵。空凝佇。十二峰前路阻。相逢知在何處。今朝重見春風手，仍聽舊彈金縷。君且住。怕望斷、蘅皋日暮傷離緒。新聲自譜。把江北江南，今愁往恨，盡入斷腸句。

又　元夕，吴門姚子章席上，同柯敬仲賦。敬仲以虞學士書風入松于羅帕作軸，故末語及之。楚芳吴蘭二妓名

記蘇臺、舊時風景，西樓燈火如畫。嚴城月色依然好，無復綺羅遊冶。歡意謝。向客裏相逢，還又思陶寫。金尊翠斝。把錦字新聲，紅牙小拍，分付倦司馬。　繁華夢，喚起燕嬌鶯奼。肯教孤負元夜。楚芳玉潤吴蘭媚，一曲夕陽西下。沈醉罷。君試問、人生誰是無情者。先生歸也。但留意江南，杏花春雨，和淚在羅帕。

又　錢萬户宜之邀予賦瑶臺景

甚瑶臺、翠鸞雛小，風流占斷妍景。數聲何處啼春勝，簾捲曉窗人静。天氣困。梳未穩、緑鬟倭墮臨妝鏡。懶羞倦整。待鉸箇金花，眉夫雙雁，還怯剪刀冷。　仙家好，十二行雲路迥。牢籠芳夢不定。多情正要人拘管，無柰緑昏紅暝。乘酒興。攜兩袖、天風飛上蓬萊頂。闌干獨凭。爲喚玉笙來，霓裳按舞，和月醉花影。

金縷詞　送王季境還廣陵

西子湖邊路。看依然、水光山色，自宜晴雨。天上歸來重載酒，惟有舊盟鷗鷺。笑鬢影、星星如許。公子華筵涼似水，更緑鬟、窈窕歌金縷。留晚醉，看眉嫵。　三生書記真豪舉。把平·生、香奩軟語，錦囊佳句。君到淮南明月夜，爲問崔娘安否。□翻作、錦箏新譜。只恐驚鴻花外起，趁行雲、直過滄江去。飛不到，斷腸處。

又　送上官子東之崑山州幕官

煙草長洲苑。渺姑蘇、舊遊麋鹿，歲華云晚。多少

吳宮花月恨，春去春來不管。只付與、行人淒斷。君去風流賓幕裏，把今情、古意供裁翦。珠唾溼，玉煙暖。相逢儘看金杯滿。信人生、好懷有幾，夢長緣短。白髮峥嶸三千丈，底用雲揉雨染。且鬭取、尊前强健。爲問浮槎還到否，便乘之、直上三山遠。看瀛島，水清淺。

沁園春　讀白太素天籟集，戲用韻效其體

客汝知乎，載酒輕舟，看花小車。勝炎州出使，瘴浮征旆，禁門待漏，霜滿朝韡。歲去堂堂，老來冉冉，瓶雀飛時手怎遮。平生事，歎山林迹遠，霄漢程賒。　從渠夢蝶疑蛇。得放懶、還須自在些。甚天荒地老，銅臺歌舞，水流雲在，金谷豪奢。客問先生，歸宜早計，醉後之言可信耶。鷗盟在，任漁蓑江上，雨細風斜。

又　泉南初度，伯時將北歸，諸友宴次，賦此留別

天上玉堂　海外瀛洲，山中蜕巖。甚六十四歲，出持使節，八千餘里，來駐征驂。香火緣深，功名意薄，夢覺仙家雪滿簪。桐花社，喜酒邊鶯燕，詩外雲嵐。　錦堂容我清酣。擁畫燭、金鉤手屢探。怪朗吟御史，笑回紅粉，送歸司馬，淚溼青衫。蜀魄春多，塞鴻秋遠，無限離情老不堪。空留意，在水光山色，江北江南。

又　廣陵九日，與劉士幹成元璋泛舟邗溝

何許登臨，路繞蕪城，岡連楚臯。愛流雲低響，歌催瓊樹，微波照影，人豔仙桃。松院移尊，柳橋擕袖，隨處蘭舟且暫捎。秋無際，望空江雁遠，落木天高。　不妨左手持螯。更右把、金尊送濁醪。歎雞臺草暗，淒然興廢，龍山煙冷，老矣英豪。白髮寧饒，黄花任插，要裏西風破帽牢。劉郎醉，把吳牋笑擘，試與題糕。

又　次韻李元之聽董氏雙絃

誰喚嬌嬈，斜插雙絃，華筵乍開。愛玉纖輕軋，半

籠翠袖，歌喉緩引，暗點鴛鞢。胡部新聲，樂工巧製，寫出龍沙馬上哀。哀何似，似離鸞鸞起，白雀飛來。丁寧擊節金釵。要細聽、春風且慢催。正宮商分犯，拽歸雙調，伊州入破，攧徧三臺。畫扇香收，羅巾汗溼，愁是雲兜醉後回。花閒客，任鸞綃纏髻，更盡餘杯。

蘇武慢　對雪

凍雨跳空，朔雲屯地，陡覺夜寒無賴。誰從蘂闕，宴罷羣仙，一樣佩零珠解。應喚馮夷，起舞回風，攪碎渺茫銀海。倚南窗清思，盈襟看盡，整容斜態。　君試問、白羽鳴弦，青貂束錦，千騎獵歸煙塞。何如倦客，蠟屐枝笻，乘興竹邊梅外。隨處堪尋，賣酒人家，春渚水鄉挑菜。趁湖山晴曉，吟魂飛上，玉峰瑤界。

又　歲晚再雪，仍用前韻

歲晚江空，雪飛風起，老境若爲聊賴。家人解事，準備深尊，旋遣夜窗寒解。萍梗孤蹤，幻影浮生，萬里喜還閩海。但囊中留得，詩篇爛寫，水情山態。　真比似、一箇冥鴻，南來北去，閱盡幾重關塞。名韁利鎖，絆殺英雄，都付醉鄉之外。惟不能忘，一舸吳淞，鱸鱠菰羹蓴菜。且今宵還我，冰壺天地，眼空塵界。

風流子　臨川歲五月祠神，以中末二旬之六七八日張燈，遊人特盛，回憶武陵元夕

荷雨送涼飆，炎塵淨、三市影燈宵。看珠珞翠繩，錟搖冰盌，綵棚花架，光射星橋。洞天好、笑聲遮畫扇，歌韻合鸞簫。瓊樹影中，月窺端正，雪羅香裏，人鬭嬌嬈。　依稀元夜影，銅壺短，還又露灑煙飄。空遺酒懷搖蕩，羇思無聊。想驄馬鈿車，俊遊何在，雪梅蛾柳，舊夢難招。醉掩重門，半釭蘭燼紅銷。

又　賞箏妓崔愛

梨園供奉曲，卿卿解、寫入十三絃。聽促彈寶柱，暮催行雨，放嬌銀甲，春繞飛煙。可人處、鳳聲啼玉碎，燕尾點波圓。宜與畫看，徽容妍麗，欲裁詩寄，鶯思纏綿。　多情曾相遇，歸舟字、夢裏尚記遊仙。好倩鈿牀纖手，移近尊前。儘何處教吹，玉簫明月，此情追憶，錦瑟華年。多少舊愁新恨，知爲誰傳。

疏影　王元章墨梅圖

山陰賦客。怪幾番睡起，窗影生白。縹緲仙姝，飛下瑶臺，淡佇東風顏色。微霜恰護朦朧月，更漠漠、暝煙低隔。恨翠禽、啼處驚殘，一夜夢雲無迹。　惟有龍煤解染，數枝入畫裏，如印溪碧。老樹枯苔，玉暈冰圈，滿幅寒香狼藉。墨池雪嶺春長好，悄不管、小樓横笛。怕有人、誤認真花，欲點曉來妝額。

望海潮　丁巳清明日，登定海縣招寶山望海

扶桑何許，蓬萊何處，滄海一望漫漫。精衛解填，黿鼉可駕，淩波直度三韓。雲氣有無閒。只是天是水，無地無山。贔屭鼇掀，颶風俄起晝生寒。　從今不數鯢桓。羨秦人採藥，龍伯垂竿。槎信未來，珠光暗徙，羣仙約我驂鸞。長嘯壯懷寬。且振衣絶頂，釃酒長瀾。揮手相招，片帆飛趁暮潮還。

解連環　留別臨川諸友

夜來風色。歎青燈素被，早寒欺客。想寂寞、人在簾櫳，望鴻雁欲來，又催刀尺。秋滿關河，更誰倚、夕陽横笛。記題花賦月，此地與君，幾度遊歷。　江頭楚楓漸赤。對離尊飲淚，難問消息。趁一舸、千里東歸，眇天末亂山，水邊孤驛。畹晚年華，悵回首、雨南雲北。算今古、此情此恨，甚時盡得。

春從天上來　廣陵冬夜，與松雲子論五音二變十二調，且品簫以定之。清濁高下，還相爲宮，犂然律呂之均，雅俗之應也。不覺漏下，月滿霜空，神情爽發。

松雲子吹春從天上來曲，音韻淒遠。予亦飄然作霞外飛仙想，因倚歌和之，用紀客次勝趣。是夕丙子孟冬十又三夕也

嫋嫋秋風。聽響徹雲閒，彩鳳啼雄。嬴女飛下，玉佩玲瓏。腸斷十二臺空。渺霜天如海，寫不盡、楚客情濃。燭銷紅。更鏘金振羽，變徵移宮。揚州舊時月色，歎水調如今，離唱誰工。露葉殘蛾，蟾花遺粉，寂寞瓊樹香中。問坡仙何處，滄江上、鶴夢無蹤。思難窮。把一襟幽怨，吹與魚龍。

又　同王繼學憲使賦

十里紅樓。問聲價如今，誰滿揚州。白髮書記，此日重遊。聽取席上名謳。擁冰絃斜佇，更爲我、斂笑凝眸。覓黃騮。看端端怎比，楚楚風流。殷勤砑綾小草，寫不盡宮妝，一段春柔。淡月疏花，知誰消受，幾度簾捲香收。怕巫娥歸去，空惆悵、夢斷情留。把離愁。付行雲行雨，楚尾吳頭。

南浦　艤舟南浦，因賦題

花落楚江流，過西山、雨漲漁村無路。雙槳載愁來，蘋沙外、惟有盟鷗相覷。春波碧草，送君曾是傷情處。依舊朝雲飛畫棟，秋滿鶴汀鳧渚。斜陽三兩人家，□青旗影裏，炊煙一縷。絃索夜深船，淒涼聽、還似西風溢浦。征鴻去盡，夢回明月生煙樹。如此山川無限恨，都付一尊懷古。

花心動　劍浦有感

花信風寒，綺窗深、悤悤禁煙時節。燕子乍來，宿雨纔晴，滿樹海棠如雪。黛眉準擬明朝畫，燈花翦、妝匳雙疊。負佳約、鵲還誤報，燕應羞說。寶鏡將圓又缺。從澀盡銀簧，怕吹嗚咽。一霎夢魂，也喚相逢，依黯斷雲殘月。古來多少春閨怨，看薄命、無人如妾。軟綃帕、憑誰寄將淚血。

綺羅香　雨中舟次洹上

燕子梁深，鞦韆院冷，半溼垂楊煙縷。怯試春衫，

長恨踏青期阻。梅子後、餘潤留寒，藕花外、嫩涼消暑。漸驚他、秋老梧桐，蕭蕭金井斷蛩暮。　薰篝須待被暖，催雪新詞未穩，重尋笙譜。水閣雲窗，總是慣曾聽處。曾信有、客裏關河，又怎禁、夜深風雨。一聲聲、滴在疏篷，做成情味苦。

眉嫵　七夕感事

又蛛分天巧，鵲誤秋期，銀漢會牛女。薄命猶如此，悲歡事，人間何限夫婦。此情更苦。怎似他、今夜相遇。素娥妒、不肯偏留照，漸涼影催曙。　私語釵盟何處。但翠屏天遠，清夢雲去。縱有閒針縷，相憐愛、絲絲空綴愁緒。竊春伴侶。問甚時、重畫眉嫵。謾鉛淚彈風，都付與洗車雨。

喜遷鶯　瓊花

東風吹盡。但一片綠陰，空留春恨。后土祠荒，飛瓊謫久，還喜玉容堪認。二十四橋夜月，二十四番花信。便載酒，怕芳菲易老，陰晴難穩。　嬌困。羞起晚，佇立畫闌，淨洗閒脂粉。沈水濃熏，蜂黃淡染，自有絕塵香韻。也知世間無對，肯許浮花相近。鳳簫遠，待數枝折與，玉峰人問。

石州慢　春日雨中

煙雨輕陰，庭院悄寒，晴意難準。社前燕子歸來，恰換一番花信。春光全在，杏花紅鬧枝頭，雙鸞銜上金釵鬢。待到盡開時，又臙脂成粉。　堪恨。西園撲蝶，人間芳徑，踏青鞵潤。簾影愔愔、竟日瞢騰如困。惜花中酒，尋常過了年年，情多那得離愁盡。翠被不成溫，滿薰篝蘭燼。

又　題玉笙手卷

仙去緱山，宴罷武夷，瓊響吹徹。叢霄舊樣親傳，琢就玉煙凝白。悠揚彩鳳恰從雲杪飛來，數聲又趁鴛鴦歇。零落碧桃花，點春風如雪。　清絕。更宜秦女，銀筝喚取，楚娥瑤瑟。旋炙嬌簧，只愁夜深寒咽。相看老矣，剩須陶寫留連，尊前遞把紅牙節。歸去畫船時，滿西湖明月。

水龍吟　賦情雲

無心卻恁多情，閒愁長向眉尖聚。牢籠不定，爲誰留戀，爲誰歸去。半餉花陰，霎兒月暝，幾番日暮。被東風攪散，離愁惹斷，又還趁，歌聲駐。只恐佩環臥冷，好重將、繡帷調護。何人得似，曉妝鬟髻，春嬌態度。縹緲尊前，朦朧眼底，非煙非霧。把柔情一縷，都隨好夢，作陽臺雨。

又　傅淵道宅上賞紫牡丹

紫雲何處飛來，仙家別有藏春洞。刻繒紋皺，鏤檀色膩，薰臍香重。縠雨初晴，榆煙新換，楝風微動。是花姑養就，韓仙染出，還分與，人閒種。　好與密籠繡幄，護玉環、三生妖夢。只愁今夜，綠叢月老，珠房露凍。便喚秋娘，重澆卯酒，緩歌低送。倩紅鸞與約，韻華且住，作尊前供。

又　次韻王本中賦樓子芍藥

寶樓十二玲瓏，仙家只在雲閒住。金盤舞罷，羅裙襞皺，乘風欲去。畫檻移春，彩鸞銜信，幾番延佇。看釵莛疊萼，天然富貴，妝臺近，有人妒。　句引廣陵遺恨，倩流鶯、爲花低訴。年年長是，芳菲時候，滿城煙絮。春色三分，落紅千片，總成塵土。向月明空羨，雙雙睡蝶，宿花房露。

又　西池敗荷

水宮仙子歸來，爲誰獨立西風背。凌波夢斷，可憐零落，一奩環佩。雨葉敲寒，露房倒影，秋聲驚碎。問西亭翠被，將愁何處，空留得，餘香在。　最愛雙飛白鷺，鎮相依、蓼邊蘋外。舞衫歌扇，有人繡出，水情雲態。西子湖邊，越娘舟上，憶曾同採。甚人今未老，花應依舊，約明年再。

又　廣陵送客，次鄭蘭玉賦蓼花韻

芙蓉老去妝殘，露華滴盡珠盤淚。水天瀟灑，秋容冷淡，憑誰點綴。瘦葦黃邊，疏蘋白外，滿汀煙穟。

把餘妍分與，西風染就，猶堪愛，紅芳媚。幾度臨流送遠，向花前、偏驚客意。船窗雨後，數枝低入，香零粉碎。不見當年，秦淮花月，竹西歌吹。但此時此處，叢叢滿眼，伴離人醉。

又　鄭蘭玉賦蠟梅，工甚，予拾其遺意補之

玉人梔貌堪憐，曉妝一洗鉛華盡。此花應是，菊分顏色，梅分風韻。萼點駝酥，口攢金磬，心凝檀粉。甚女貞染就，仙女絕勝，蜂兒童，鵝兒嫩。說與玉龍莫品，怕宮波、一般流恨。故人堪寄，折枝代取，江南春信。沈水全熏，檗絲密綴，額黃深暈。乍燕姬未識，是花是蠟，笑偎人問。

又　聽房氏自然歌，求詞爲賦

春風瓊樹香中，數聲恰似流鶯囀。歌塵飛下，落花起舞，驪珠脫串。荳蔻珠簾，牡丹雪嶺，小桃人面。是自然絕藝，天然書譜，霓裳序，六幺徧。獨占二分月色，向尊前、幾番曾見。賞音如此，不辭醉墨，

爲題紈扇。浪雨閒雲，賸香殘黛，莫論恩怨。看穠華又老，情緣未斷，寄樓中燕。

憶舊遊　重到金陵

恨麟殘廢井，鳳去荒臺，煙樹攲斜。再到登臨處，渺秦淮自碧，目斷雲沙。後庭謾有遺曲，玉樹已無花。向宛寺裁詩，江亭把酒，暗換年華。雙雙舊時燕，問巷陌歸來，王謝誰家。自昔西州淚，等生存零落，何事興嗟。庾郎似我憔悴，回首又天涯。但滿耳西風，關河冷落凝暮笳。

齊天樂　夜宴楊元誠山樓，送陳子敬之三山，瞿子誠之吳門

闌干十二東風外，春藏畫樓鴛瑣。蠟炬光濃，氍毹坐軟，寶鼎旋培沈火。玻瓈琖大。但有酒須傾，有歌須和。劇飲淋浪，萬金良夜虛過。中年情緒易惡，風流青鏡裏，銷減些箇。閩雨程賒，吳雲驛遠，別恨料應如我。先拚醉臥。任楊柳煙銷，海棠月

墮。明日江頭，倩誰留畫舸。

又　臨川夜飲滏陽李輔之寓所

江霜一樹淒涼葉，驚烏夜深啼落。客裏相逢，尊前細數，幾度雨漂風泊。微吟緩酌。漸月影斜欹，畫闌東角。只怕梅花，無人看管瘦如削。江湖容易歲晚，想多情念我，歸信曾約。塵土狂蹤，山林舊隱，夢寄草堂猿鶴。離懷最惡。是酒醒香殘，燭寒花薄。一段銷凝，覺來無處著。

桂枝香　賞桂楊氏山園，夜飲花下有作

天香萬斛。盡貯入魏臺，辟寒金粟。誰喚仙娥睡起，露妝煙沐。翠雲裙袖黃雲襪，倚秋風、乍驚郎目。恨無明月，高燒蠟炬，分陰叢緑。深照見、涼禽並宿。愛搖灩瓊杯，花影堪掬。寸夢絲緣舊約，尚堪重續。何時卜隱西湖上，葺緗荷、芳杜爲屋。小山人遠，魂招不來，謾歌遺曲。

木蘭花慢　次韻陳見心文學孤山問梅

壓西湖千樹，曾幾度，爲攜尊。向柳外停橈，苔邊待鶴，酒熟詩温。瀛洲舊時月色，悵荒涼、惟有數枝存。天上梨花成夢，江南桃葉移根。如今憔悴客愁村。難返暗香魂。甚歲晚春遲，角寒笛曉，雪暗雲昏。登臨不甚寄目，但青山、隱隱月紛紛。再約與君同醉，從他啄木敲門。

又　題紅犀扇面

記西湖送別，曾共綰，緑楊絲。悵水去雲回，佳期杳渺，遠夢參差。重來訪鄰尋里，愛卿卿、不減舊風姿。不著銀箏清怨，難題紈扇相思。暗香銷盡合歡枝。留在錦囊詩。又越北閩南，秋隨雁影，花老鶯兒。應緣采春情重，便鑑湖、春色戀徽之。扶起曉窗殘醉，潮平月落多時。

真珠簾　壽韓伯清提舉，時在平江

銀蟾半露嬋娟影，西風早、次第中秋天氣。涼透小簾櫳，乍夜長遲睡。見説靈巖山色好，甚也不濃如歸意。歸未。趁西泠載酒，南園尋桂。還又客裏生朝，把金尊綠酒，與誰同醉。煙雨隔垂虹，望美人秋水。桃葉妝樓團扇曲，但小草、鸞箋相寄。傳示。送白蘋一翦，碧雲千里。以上彊村叢書本蛻巖詞卷上

丹鳳吟　幺鳳

蓬萊花鳥。記並宿苔枝，雙雙嬌小。海上仙姝，喚起綠衣歌笑。芳叢有時遣探聽，東風數聲啼曉。月下人歸，淒涼夢醒，悵愁多歡少。念故巢猶在瘴雲杪。甚閉入雕籠，庭院深悄。信斷羈雌遠鎮怨縈繞。翠襟近來漸短，看梅花又還開了。縱解收香寄與，柰羅浮春杳。

高陽臺　題趙仲穆作陳野雲居士山水便面

染黛浮空，凝妝佇遠，數峰底事含顰。十樣新眉，從他雨抹煙勻。龍綃便面宜歌舞，看亭亭、玉骨冰神。幾銷魂，翠被餘香，錦瑟清塵。　如今歸去湖山畔，對一川平野，一片閒雲。兩兩漁舟，相過桂渚蘭津。誰將玉斧脩明月，柰瓊樓、高處無人。憶王孫，芳草江南，啼鴂殘春。

百字令　眉閒雁

曉妝乍了，又翩翩何許、飛來臨鏡。欲寄相思無一字，拈起芳心重省。鬢嚲雲低，眉顰山遠，去翼宜相映。嬌波頻送，恍如秋水涵影。　幾度揉損啼紅，恨卿卿不到，吳江楓冷。一點風流應解妒，翡翠雙鈿相並。忘入香奩，時偎繡枕，看足宮花暝。多情翦就，忍教分做孤另。

又　蕪城晚望

碧天向晚，遠雲開疑是、江南山色。渺渺孤鴻殘照外，獨上高城望極。雞散臺空，螢沈苑廢，龍去溝無迹。英雄安在，千秋恨血凝碧。　我欲攜酒重來，佛貍祠下，字暗蒼苔石。社鼓神鴉渾不見，一片青青蕎麥。夜月瓊枝，春風水調，肯慰淹留客。翩然歸去，天風扶下雙舄。

玉蝴蝶 春夢

屏裏吴山深竊，宿酲未解，午枕初甜。膽怯窗虚，驚起誤使人嫌。是乳鴉、聲聲緑樹，是語燕、兩兩朱簾。轉愁添。斜翹不正，墮珥慵拈。厭厭。行雲飛去，瀟湘江上，巫峽峰尖。不盡銷凝，海棠月上已窺檐。蝶粉寒、羞薰翠被，燈花瘦、嬾疊香匳，倚春纖。暗啼妝淚，半袖紅淹。

東風第一枝 憶梅

老樹渾苔，横枝未葉，青春肯誤芳約。背陰未返冰魂，陽梢已含紅萼。佳人寒怯，誰驚起、曉來梳掠。是月斜、花外幺禽，霜冷竹間幽鶴。雲淡淡，粉痕漸薄。風細細，凍香又落。叩門喜伴金尊，倚闌怕聽畫角。依稀夢裏，記半面、淺窺朱箔。甚時得、重寫鸞箋，去訪舊遊東閣。案詞品卷二誤以爲吕渭老詞

陌上花 使歸閩浙，歲暮有懷

關山夢裏，歸來還又、歲華催晚。馬影雞聲，諳盡倦郵荒館。緑箋密記多情事，一看一回腸斷。待殷勤寄與，舊遊鶯燕，水流雲散。滿羅衫是酒，香痕凝處，唾碧啼紅相半。只恐梅花，瘦倚夜寒誰暖。不成便没相逢日，重整釵鸞箏雁。但何郎，縱有春風詞筆，病懷渾嬾。

定風波 商角調 西江客舍酒後聞梅花吹香滿窗醒而賦此

恨行雲、特地高寒，牢籠好夢不定。婉娩年華，淒涼客況，泥酒渾成病。畫闌深，碧窗靜。一樹瑶花可憐影。低映。怕月明照見，青禽相並。素衾正冷。又寒香、枕上薰愁醒。甚銀牀霜凍，山童未起，誰汲牆陰井。玉笙殘，錦書迥。應是多情道薄倖。争肯。便等閒孤負，西湖春興。

八聲甘州 秋日西湖汎舟，午後遇雨

向芙蓉湖上駐蘭舟，淒涼勝遊稀。但西泠橋外，北山堤畔，殘柳依依。追憶鶯花舊夢，回首冷煙霏。

惟有盟鷗好，時傍人飛。聽取紅筵象板，儘歌回彩扇，舞換仙衣。正白蘋風急，吹雨暗斜暉。空惆悵、離懷未展，更酒邊、忍又送將歸。江南客、此生心事，只在漁磯。

聲聲慢　九日汎湖遊壽樂園賞菊，時海棠花開，即席命賦

西風墜緑。唤起春嬌，嫣然困倚修竹。落帽人來，花豔乍驚郎目。相思尚帶舊恨，甚淒涼、未忺妝束。吟鬢底，伴寒香一朵，並簪黄菊。　卻待金盤華屋。園林静、多情怎禁幽獨。蛺蝶應愁，明日落紅難觸。那堪雁霜漸重，怕黄昏、欲睡未足。翠袖冷，且莫辭、花下秉燭。

又　揚州箏工沈生彈虞學士浣溪沙，求賦

金鑾學士，天上歸來、蘭舟小駐蕪城。供奉新詞，幾度慣賦鳴箏。相逢沈郎絶藝，爲尊前、細寫餘情。問何似，似秦關雁度，楚樹蟬鳴。　我亦從來多感，但登山臨水，慷慨愁生。一曲哀彈，只消髯變魂驚。行期買花載酒，趁秋高、月明風清。須盡醉，聽江頭、腸斷數聲。

掃花遊　落紅

洗春雨急，碎萬點胭脂，蕩空無影。館娃骨冷。悵香銷麝土，淚殷玉井。莫怨東風，自古佳人薄命。掩鸞鏡。縱補得茜瘢，妝壞難整。　芳事誰管領。但蜜膩蜂房，蘚斑鴛徑。一簾晝永。緑陰陰尚有，絳趺痕凝。彩筆招魂，已是繁華夢醒。佇芳景。换西湖、錦雲千頃。

水調歌頭　御河舟中

中夜正無寐，何處觻聲來。河聲不堪强聒，更聽雁聲哀。月色依依偏照，霜氣蕭蕭漸緊，何以解離懷。明發吾無策，惟有快銜杯。　過重陽，都未見，菊花開。遥知數叢籬下，破蘂映書齋。三十六陂煙水，二十四橋風月，天遣幾時回。傳語問鷗鷺，

相望莫驚猜。

又 己丑初度，是歲閏正月戲以自壽（彊村叢書本校記引錢衎石曰水調歌頭一首爲乙丑初度原作己丑誤）

三十九年我，老色上吟髭。生辰月宿南斗，正合退之詩。今歲兩逢正月，準算恰成四十，歲暮日斜時。臘甗剮紅玉，湯餠煮銀絲。炷鑪香，飲杯酒，賦篇詞。蕭然世味，前身恐是出家兒。天下誰非健者，我輩終爲奇士，一醉不須辭。莫問黃楊厄，春在老梅枝。

鳳凰臺上憶吹簫 聽沈野雲吹簫醉後有賦

琪樹鏘鳴，春冰碎落，玉盤珠瀉還停。漸一絲風嫋，悠颺青冥。疑把紅牙趁節，想有人、記豆銀屏。何須數，琵琶漢女，錦瑟湘靈。追思舊時勝賞，醉幾度西湖，山館池亭。慣依歌花月，按舞娉婷。歲晚相逢客裏，且一尊、同慰漂零。君休惜，吳音朔調，盡與吹聽。

玉漏遲 春日有懷

病懷因酒惱。依稀夢裏，吳娃嬌小。金縷歌殘，人去月斜雲杳。怕見棲香燕晚，又怕聽、啼花鶯曉。庭院悄。生衣欲試，風寒猶峭。窈窕青粉牆低，送影遇鞦韆，驀然閒笑。半朶棠梨，微露鳳釵紅嫋。近日琴心倦寫，更遠信、西沈青鳥。虛負了。花月一春多少。

一枝春 鬧蛾

霧翅煙鬟，向雲窗鬬巧，宮羅輕翦。翩翩鬢影，側映寶釵雙燕。銀絲蠟蒂，弄春色、一枝嬌顫。誰網得、金玉飛錢，結成翠羞紅怨。燈街上元又見。鬧春風簇定，冠兒爭轉。偷香傅粉，尚憶去年人面。妝樓誤約，定何處、爲花留戀。應化作、曉夢尋郎，採芳徑遠。

滿江紅 錢舜舉桃花折枝

前度劉郎，重來訪、玄都燕麥。回首地、暗香銷盡，暮雲低碧。啼鳥猶知人悵望，東風不管花狼籍。又凄凄、紅雨夕陽中，空相憶。　繁華夢，渾無迹。丹青筆，還留得。恍一枝常見，故園春色。　塵世事多吾欲避，武陵路遠誰能覓。但有山、可隱便須歸，栽桃客。

又　次韻耶律舜中樟亭觀潮

望入西泠，乍一線、濤頭湧白。疑海上、鼇翻山動，鵬搏風積。銀漢迢遥槎有信，秋光浩蕩雲無迹。快醉揮、吟筆倒瓊瑰，馮夷宅。　沙草遠，迷煙磧。雲樹老，敧宮壁。歎潮生潮落，幾時休息。　事往空遺亡國恨，鳥飛不盡吴天碧。正銷凝、何處夕陽樓，人横笛。

意難忘　妓楊韻卿以善歌求賦

高韻天成。問當時愛愛，得似卿卿。　江梅風致别，楚蕙雪香清。花旎旎，月盈盈。寫不盡才情。　把舊遊，名謳試數，誰解新聲。　詩家只有楊瓊。向吴

姬叢裏，轉更分明。金閨春思怯，翠被暮寒生。人欲去，酒還醒。黯此際銷凝。待翦將、江雲數尺，與染丹青。

露華　玉簪

瀛洲種玉。總付與花神，月底深劚。琢就瑶笄，光映鬢雲斜矗。幾度借取搔頭，別試漢宫妝束。　風露冷，幽香半襟，淡佇闌曲。　亭亭雪艷愁獨。愛粉沁冰篝，鬟撚金粟。石上那回磨斷，争忍輕觸。一自楚客歸來，珠履舊遊誰續。秋夢起，殘妝半嚲墜緑。

孤鸞　題錢舜舉仙女梅下吹笛圖

江臯空闊。更半雲輕風，些兒微雪。倚樹仙姬，翠袖暮寒應怯。閒拈玉龍自品，愛冰姿、與花争潔。一闋霓裳乍了，又落梅初疊。　怕曲終人去彩雲絶。便夢斷瑶臺春思愁結。□□□、□□□□□。那堪緑毛幺鳳，向苔枝、數聲啼咽。留得餘

香滿袂，已西山斜月。

江城梅花引　九日杏梅同開，汪國才折以請賦

玉兒睡起帕蒙頭。更嬌柔。見郎羞。縞袂仙人，一笑豔明眸。粉瘦紅憨春夢斷，畫闌畔，對西風，憶舊遊。　憶君恨君思悠悠。怕淒涼，不耐秋。豔絶韻絶香更絶，特地風流。宜與雲鬟雙插倚妝樓。月又漸低霜漸冷，花似雪，滿蒼苔，總是愁。

洞仙歌　辛巳歲燕城初度

功名利達，任紛紛奔競。縱使得來也僥倖。老眼看多時，鐘鼎山林，須信道、造物安排有命。　人生行樂耳，對月臨風，一詠一觴且乘興。五十五年春，南北東西，自笑萍蹤久無定。好學取、淵明賦歸來，但種柳栽花，便成三徑。

最高樓　爲山村仇先生壽

方寸地，七十四年春。世事幾浮雲。躬行齋內蒲團穩，耆英社裏酒杯頻。日追遊，時嘯詠，任天真。　喜女嫁男婚今已畢，便束帛安車那肯出。無一事，掛閒身。西湖鷗鷺長爲侶，北山猿鶴莫移文。願年年，湯餅會，樂情親。

風入松　廣陵元夜，病中有感

東風巷陌暮寒驕。燈火鬧河橋。勝遊憶徧錢塘夜，青鸞遠、信斷難招。蕙草情隨雪盡，梨花夢與雲銷。　客懷先自病無聊。綠酒負金蕉。下帷獨擁香篝睡，春城外、玉漏聲遙。可惜滿堦明月，更無人爲吹簫。　案此首花草粹編卷八誤引作俞國寶詞

又　清明日湖上卽事

尋春春在鳳城東。羅帕玉花驄。美人半彈垂鞭袖，遊塵遠、目斷雲空。淺碧湖波雪漲，淡黃宮柳煙蒙。　相如多病賦難工。宿酒更頻中。歸來自按新聲譜，憑誰解、唱與東風。一夜小窗疏雨，杏花明日應紅。

婆羅門引　七月望，西湖舟中觀水燈，一鼓歸宴楊山

居山樓達曙

暮天映碧，玻瓈十頃蘂珠宮。金波湧出芙蓉。誰喚川妃微步，一色夜妝紅。看光摇星漢，起舞魚龍。月華正中。畫船漾，藕花風。聲度鸞簫縹緲，雁柱玲瓏。酒闌興極，更移上、瓊樓十二重。殘醉醒、煙水連空。

江神子　吴門席上，羅生求賦

闔閭城外緑楊枝。一絲絲。比吟髭。比似吟髭，不似少年時。牘欲同攜尊酒去，青翰舫，縷金巵。故人相見減風姿。淡胭脂。比紅兒。比似紅兒，扶醉索新詩。明日片帆江水遠，人去也，又相思。

又　惜花

牡丹芍藥冠池臺。縷金杯。錦雲堆。最恨顛風，横雨故相催。國色天香虚過了，紅片片，卧蒼苔。緑陰籬落暗香來。野酴醿，刺玫瑰。照眼遺芳，爛漫趁晴開。縱使專春春有幾，花到此，已堪哀。

又　枕頂

合歡花樣滿池嬌。用心描。數鍼挑。面面芙蕖，閒葉映蘭苕。刺到鴛鴦雙比翼，應想像，爲魂銷。巧盤金縷綴倡條。隱紅綃。翠妖饒。白玉函邊，幾度墜鸞翹。汗粉啼紅容易涴，須愛惜，可憐宵。

感皇恩　題趙仲穆畫淩波水仙圖

湘水冷涵秋，行雲平貼。時見驚鴻度蘋末。霧鬟煙佩，微步一川涼月。軟波擎不定，龍綃襪。楚紺蓮，愔愔瑶瑟。照影明璫兩清絶。汜人何處，起舞爲誰輕别。數峰江上晚，和愁疊。

行香子　山水便面

佛寺雲邊。茅舍山前。樹陰中、酒旆低懸。峰巒空翠，溪水清漣。只欠梅花，欠沙鳥，欠漁船。無限風煙。景趣天然。最宜他、隱者盤旋。何人村墅，若箇林泉。恰似菽湖，似枋口，似斜川。案此首花草粹編卷七誤作劉過詞

又　止酒五首

酒量無多。不飲從他。看黃壚、似隔山河。淵明自止，醉尉誰呵。也莫豪吟，莫狂舞，莫高歌。鷗外風波。蝸角干戈。算百年、一夢南柯。閱人傳舍，隨處行窩。便富熏天，氣蓋世，待如何。

又

謝董糟丘。罷醉鄉侯。更開除、從事青州。長瓶儘臥，大白休浮。本欲成歡，翻引病，不銷愁。今日空喉。明日扶頭。甚甕中、瓮下堪羞。客應瞋斷，婦不須謀。指水爲言，山作誓，有盟鷗。

又

傳癖詩逋。野逸山臞。是幽人、平日稱呼。過如飯袋，勝似錢愚。儘我爲牛，人如虎，子非魚。石銚風鑪。雪盌冰壺。有清茶、可潤腸枯。生涯何許，機事全疏。但伴牢愁，盤礡贏，鼓嚨胡。

又

水遠天低。雪意垂垂。火鑪頭、煨芋燃萁。蒲團穩坐，紙帳低圍。且放些慵，補些拙，學些癡。休惹羣兒。唱起銅鞮。笑山翁、醉倒如泥。誰分蜾嬴，莫近鴟夷。把獨醒人，沈醉者，兩忘機。

又

擾擾閻浮。清濁同流。費精神、補喜填憂。歲雲暮矣，卿可歸休。有板支頤，書遮眼，被蒙頭。螻蟻王侯。華屋山丘。待他時、老去優游。築間茅屋，買箇黃牛。種芋成區，瓜作圃，稻盈疇。

破陣子　七夕戲詠

此夕天孫河鼓，多情騃女癡兒。鵲駕年年仍遠渡，蛛合家家長巧絲。星期莫怨咨。迢遞金釵私語，淒涼紈扇宮詞。奔月姮娥催去路，行雨巫山空夢思。都無重會時。

定風波　崑山路漕席上

舞袖歌鬟簇畫堂。就中偏是展家娘。待道無情還有思。恰似。崑山日暖鳳求凰。海上潮生人盡醉。催起。蘭舟分散不成雙。回首玄都春夢裏。從此。桃花應自怨劉郎。

蝶戀花　柳絮

陌上垂楊吹絮罷。愁殺行人，又是春歸也。點點飛來和淚灑。多情解逐章臺馬。　瘦盡柔絲無一把。細葉青顰，閒卻當時畫。惆悵此情何處寫。黄昏淡月疏簾下。

漁家傲　舟行自西溪至秦川，荷花一望，百里雲錦中

紅白芙渠千萬朶。水仙恰試新梳裹。縞袂霞衣争婀娜。香露墮。淩波忽載行雲過。　正好玩芳停畫舸。尊前自唱無人和。惟有沙鷗三兩箇。飛近我。夜涼同向花閒卧。

臨江仙　次韻山村先生賦柳

摇蕩春光湖上路，多情偏識倡條。畫船繫在赤闌橋。花飛人别處，緑暗雨休朝。　惱亂東風扶不起，空憐燕妒鶯嬌。舞衣香冷蕫嬌嬈。相思無限恨，猶似舊宮腰。

又　梁山舟中二首

羡殺漁家生處樂，隔灣數點青燈。蓑衣忘在石磯層。蓼花秋釀酒，楓樹晚垂罾。　時向瓦甌篷底醉，往來鷺侶鷗朋。老翁倚棹坐瞢騰。有魚吾欲買，摇手不能膺。

又

羡殺漁村無畔岸，茫茫楊柳蒹葭。雨餘秋漲没汀沙。驚鴻投别渚，浴鳥坐沈槎。　殘日籬頭閒曬網，垂髫來賣魚鰕。得錢沽酒徑歸家。一聲横笛外，煙火隔蘆花。

唐多令　寄意笠筱曲

花下鈿笠筱。尊前白雪謳。記懷中、朱李曾投。鏡約釵盟心已許，詩寫在，小紅樓。　忍淚上雲兜。斷魂隨彩舟。等閒閒、惹得離愁。欲寄長河魚信

去，流不到，白鷺洲。

虞美人　題臨川葉宋英千林白雪　多自度腔，宋英自號峰居

千林白雪花間譜。價重黄金縷。尊前自聽斷腸詞。正是江南風景落花時。紅樓翠舫西湖路。好寫新聲去。爲憑宮羽教歌兒。不道峰居才子鬢如絲。

南鄉子　驛夫夜唱孤雁，隔舫聽之，令人淒然

野唱自淒涼。一曲孤鴻欲斷腸。恰似竹枝哀怨處，瀟湘。月冷雲昏覓斷行。離思楚天長。風閃青燈雨打窗。驚起小紅樓上夢，悠揚。只在佳人錦瑟傍。

又　秋日湖上，賞水芙蓉

秋色照波明。夾岸芙蓉似錦城。罨畫樓臺紅粉面，輕盈。未許黄徐寫得成。一舸載楊瓊。共醉花前玉笛聲。猶記青鸞和月跨，三生，我是仙家石曼卿。

鵲橋仙　丙子歲，予年五十，酒邊戲作

功名一餉。風波千丈。已與閒居認狀。平生一步一崎嶇，也趲到、盤山頂上。梅花解笑，青禽能唱。容我尊前疏放。從今甘老醉鄉侯，算不是、麒麟畫像。

又　予生丁亥歲戊子日，今戊戌歲初度，亦戊子日，偶作（彊村叢書本校記引錢衎石曰，考仲舉本傳卒於至正二十八年戊申，年八十二，是生於至元二十四年丁亥也。而戊戌爲七十二歲，與詞中稱五十八年不合，疑戊戌爲甲申之誤，蓋至正四年也。）

生朝戊子。今朝戊子。五十八年還是。頭童齒豁可憐人，也召入、詞林修史。前生偶爾。後生偶爾。但喜心頭無事。從來不解學神仙，怎會得、長生不死。

鷓鴣天　爲朱氏小妓繡蓮賦三首

半臂京綃穩稱身。玉爲顏面水爲神。一痕頭導分

雲綰，兩點眉山入翠顰。丹杏小，碧桃新。雛鶯恰囀上林春。平生慣是聽歌耳，除卻蓮兒只一人。

又

一曲吴歌酒半酣。聲聲字字是江南。書憑仙苑青鸞遞，花助妝樓粉蝶銜。　飛燕瘦，寶兒憨。已妍還慧更巖巖。無因翦得湘江水，與蘸春雲作舞衫。

又

乍學琵琶已斷腸。錦絛銀甲玉懸璫。春風瓊樹聲逾穩，秋水芙蓉字亦香。　微斂笑，淺句妝。何須重覓杜韋娘。休教月底清歌去，怕趁行雲上鳳凰。

浪淘沙　臨川文昌樓望月

醉膽望秋寒。星斗闌干。小窗人影月明閒。客裏不知歸是夢，只在吴山。　行路自來難。長鋏休彈。黄塵到底涴儒冠。一片白鷗湖上水，閒了漁竿。

摘紅英　春雨惜花

鶯聲寂。鳩聲急。柳煙一片梨雲溼。驚人困。教人恨。待到平明，海棠應盡。　青無力。紅無迹。殘香賸粉那禁得。天難準。晴難穩。晚風又起，倚闌争忍。

戀繡衾　春晴中酒

醉鄉殘夢驚喚醒。見柳梢、日影弄明。又誤了、尋芳伴，減東風、庭院笑聲。　玉兒扶起仍嬌困，索櫻桃、芳露解酲。縱病也、心情好，比別離、滋味較輕。

惜分飛　寫夢

相見依然人似舊。比似年時較瘦。笑問平安否。不言低掩羅衫袖。　便欲窗前推枕就。無柰紅僝綠僽。驚起空回首。半牀斜月疏鐘後。

太常引

素娥風韻自天真。似回雪趁行雲。眉黛任長顰。正宜看、啼妝未勻。　扇犀輕按，袖羅低掩，一曲廣陵春。飛盡畫梁塵。曾數到、梨園幾人。

朝中措 湖堤晚歸，望葛嶺諸山倒影水中，昔趙文敏公常欲畫此，故及之

梅花處處滿枝開。酒力蕩吟懷。煙染藏鴉萬縷，東風扶起春來。幽禽啼樹，戲魚跳日，水碧如苔。若箇仙翁畫得，翠微倒影樓臺。

憶秦娥

江南北。金鞍一去空消息。空消息。雞聲月店，雁聲霜驛。春醪誰道濃無滴。十分滿引渾無力。渾無力。離愁如海，怎生乾得。

又

金杯側。東風易醉多情客。多情客。送君南浦，送春南陌。落花巧妒羅裙色。舞紅變盡休輕拆。休輕拆。待他歸看，舊時寬窄。

清平樂 盛子昭花下欠伸美人圖

階前晝永。繞石芭蕉影。半嚲雲鬟慵不整。寂寞朝酲乍醒。湘裙翠被風流。背人無限嬌羞。玉腕一雙跳脫，欠伸渾是春愁。

又 寄山居道人約看杏花

東風陣陣。第幾番春信。騃李癡桃消息近。寫取鸞牋試問。君家楊柳牆東。杏花初吐生紅。好喚一牀金鴈，明朝來醉春風。

又 酒後二首

先生醉矣。是事忘之矣。欲友古賢誰可矣。嚴子真其人矣。問渠辛苦征鞍。何如自在漁竿。終辦一丘隱計、西湖鷗鷺平安。

又

先生醉也。甚矣吾衰也。萬物不如歸去也。陶令真吾師也。籬邊菊蘂初黃。爲花準備攜觴。只恐不如人意，風風雨雨重陽。

好事近 寒夜

門外晚風生，鼓角城頭欲動。霜月滿天如水，漸夜

深寒重。幽人擁被醉模糊，無愁也無夢。只有些兒心上，怕梅花清凍。

謁金門　寒食臨川平塘道中

溪水漫。岸口小橋衝斷。沽酒人家門巷短。柳陰旗一半。細雨鳴鳩相喚。曲港落花流滿。兩兩睡紅鸂鶒暖。惱人春不管。

又　效前人首句用山人字醉中答友

山人坐。把酒歌呼相和。起舞儘教烏帽墮。歸來頭不裹。浮世人情歷過。身外虛名參破。除卻醉鄉無別箇。神仙天地我。

又　酒後偶憶

春幾許。紅透數枝花雨。管領風光誰是主。酒邊人楚楚。好與寫將樂府。賸與畫教眉嫵。醉後不知庭院午。隔簾雙燕語。

菩薩蠻　贈雁

人隨雁雁俱南去。雁應先到憑傳語。若問錦書無。人歸不得書。歸期還信否。準在梅花後。煙樹短長亭。只爭三四程。

又

郎情秋後蕭疏葉。妾心陌上悠揚蝶。何處望歸鞍。春雲山外山。梨花新月下。獨自燒香罷。惟有夢相尋。驚烏啼夜深。

浣溪沙　廣陵席上賦別三首

偶約尊前已目成。琵琶私語更分明。如今翻作斷腸聲。彩扇舊歌憐楚楚，青樓薄倖怨卿卿。海枯石爛古今情。

又

珍重千金一諾同。小紅樓上舞筵中。誰知別路太悤悤。愁殺二分無賴月，憑將萬里有情風。爲傳消息宋家東。

又

數載相看欲話難。酒邊失口卻成歡。空添別恨與眉端。流水有聲傳錦瑟，行雲無夢赴青鸞。關河秋雨客窗寒。

又　臨川別席

昨夜花前送玉鍾。緑鬟歌罷落梅風。不知離思爲誰濃。醉語低回銀燭背，夢雲重疊繡幃中。只愁歸路見芙蓉。

又

一點芳心兩翠蛾。惱人離緒不勝多。尊前忍聽渭城歌。花落烏啼春去也，水長天遠客愁何。此情何處託微波。

點絳脣　舟行書見

風起雲飛，蘭舟競入横塘住。惱人何處。隔岸花籠霧。一水盈盈，難送淩波步。空相覷。正如牛女。隔斷銀河路。

昭君怨　昔人賦昭君詞，多寫其紅悲緑怨，作此解之

隊隊氈車細馬。簇擁閼氏如畫。卻勝漢宮人。閉長門。看取蛾眉妒寵。身後誰如遺塚。千載草青青。有芳名。

如夢令

月似二年前好。人比二年前老。今夕又鯨川，但欠酒杯傾倒。聞道。聞道。三徑漸荒秋草。

鷓鴣天　贈泉南琵琶妓

玉手琵琶半醉中。從容慢撚復輕攏。青衫司馬情偏感，翠袖紅蓮藝更工。花淡泞，月朦朦，歸來無語立東風。汗巾紅漬檳榔液，錯認窗前唾繡絨。

踏莎行　江上送客

芳草平沙，斜陽遠樹。無情桃葉江頭渡。醉來扶上木蘭舟，將愁不去將人去。薄劣東風，夭邪落絮。明朝重覓吹笙路。碧雲紅雨小樓空，春光已到銷魂處。案詞品卷三誤以此首爲張元幹詞

又　題趙善長王元章，爲楊垓合寫三友圖

雨潤天寒，孤山雪後。美人空谷誰爲友。香林有

路玉煙深，瀛洲無夢朝雲瘦。照影冰壺，含情翠袖。寫生合在徐黃手。仙家花月鎮長春，與君歲晚同三壽。

以上彊村叢書本蛻巖詞卷下

李齊賢

齊賢字仲思，高麗人。生於至元二十四年(一二八七)。在元歷官門下侍郎，封雞林府院君。至正二十七年(一三六七)卒，年八十一，謚文忠。有益齋亂稿。

沁園春　將之成都

堪笑書生，謬算狂謀，所就幾何。謂一朝遭遇，雲龍風虎，五湖歸去，月艇煙蓑。人事多乖，君恩難報，争柰光陰隨逝波。緣何事，背鄉關萬里，又向岷峨。　幸今天下如家，顧去日無多來日多。好輕裘快馬，窮探壯觀，馳山走海，總入清哦。安用平生，突黔席暖，空使毛羣欺卧駝。休腸斷，聽陽關第四，倒捲金荷。

江神子　七夕冒雨到九店

銀河秋畔鵲橋仙。每年年。好因緣。倦客胡爲，此日卻離筵。千里故鄉今更遠，腸正斷，眼空穿。夜寒茅店不成眠。一燈前。雨聲邊。寄語天孫，新巧欲誰傳。懶拙只宜閒處著，尋舊路，卧林泉。

鷓鴣天　過新樂縣

宿雨連明半未晴。跨鞍聊復問前程。野田立鶴何山意，驛柳鳴蜩是處聲。千古事，百年情。浮雲起滅月虧盈。詩成卻對青山笑，畢竟功名怎麽生。

二　九月八日寄松京故舊

客裏良辰屢已孤。菊花明日共誰娱。閉門暮色迷紅草，攲枕秋聲度碧梧。三尺喙，數莖鬚。獨吟詩句當歌呼。故園依舊龍山會，賸肯樽前説我無。

三　飲酒其法不篘不壓，插竹筒甕中，座客以次就而吸之，傍置杯水，量所飲多少，挹注其中，酒若不盡，其

味不喻

未用真珠滴夜風。碧筩醇酎氣相通。舌頭金液凝初滿，眼底黃雲陷欲空。香不斷，味難窮。更添春露吸長虹。飲中妙訣人如問，會得吹笙便可工。

四　揚州平山堂，今爲八哈師所居

樂府曾知有此堂。路人猶解説歐陽。堂前楊柳經搖落，壁上龍蛇逸杳茫。雲澹泞，月荒涼。感今懷古欲沾裳。胡僧可是無情物，毳衲蒙頭入睡鄉。

五　鶴林寺

夾道修篁接斷山。小橋流水走平田。雲間無處尋黃鶴，雪裏何人聞原誤作開，據明抄萬歷刊本改杜鵑。誇富貴，慕神仙。到頭還是夢悠然。僧窗半日閒中味，只有詩人得祕傳。皆山中故事

太常引　暮行

棲鴉去盡遠山青。看暝色、入林坰。燈火小於螢。人不見、苔扉半扃。照鞍涼月，滿衣白露，繫馬睡寒廳。今夜候明星。又何處、長亭短亭。

浣溪沙　早行

旅枕生寒夜慘悽。半庭明月露凄迷。疲僮夢語馬頻嘶。人世幾時能少壯，宦遊何處計東西。起來聊欲舞荒雞。

二　黃帝鑄鼎原

見説軒皇此鍊丹。乘龍一去杳難攀。鼎湖流水自清閒。空把遺弓號地上，不蒙留藥在人間。古今無計駐朱顏。

大江東去　過華陰

三峰奇絶，儘披露、一掬天慳風物。聞説翰林曾過此，長嘯蒼松翠壁。八表遊神，三杯通道，驢背鬚如雪。塵埃俗眼，豈知天上人傑。猶想居士胸中，倚天千丈氣，星虹閒發。縹渺仙蹤何處問，箭筈天光明滅。安得聯翩，雲裾霞佩，共散騏驎髮。花閒玉井，一樽轟醉秋月。

蝶戀花　漢武帝茂陵

石室天壇封禪了。青鳥含書，細報長生道。寶鼎光沈仙掌倒。茂陵斜日空秋草。百歲真同昏與曉。羽化何人，一見蓬萊島。海上安期今亦老。從教喫盡如瓜棗。

人月圓　馬嵬效吴彦高

五雲繡嶺明珠殿，飛燕倚新妝。小顰中有，漁陽胡馬，驚破霓裳。海棠正好，東風無賴，狼藉春光。明眸皓齒，如今何在，空斷人腸。

水調歌頭　過大散關

行盡碧溪曲，漸到亂山中。山中白日無色，虎嘯谷生風。萬仞崩崖疊嶂，千歲枯藤怪樹，嵐翠自濛濛。我馬汗如雨，修徑轉層空。登絶頂，覽元化，意難窮。羣峰半落天外，滅没度秋鴻。男子平生大志，造物當年真巧，相對孰爲雄。老去卧丘壑，説此詫兒童。

二　望華山

天地賦奇特，千古壯西州。三峰屹起相對，長劍凛清秋。鐵鏁高垂翠壁，玉井冷涵銀漢，知在五雲頭。造物可無物，掌迹宛然留。記重瞳，崇祀秩，答神休。真誠若契真境，青鳥引丹樓。我欲乘風歸去，只恐煙霞深處，幽絶使人愁。一嘯蹇驢背，潘閬亦風流。

玉漏遲　蜀中中秋值雨

一年唯一日。遊人共惜，今宵明月。露洗霜磨，無限金波洋溢。幸有瑶琴玉笛，更是處、江樓清絶。邀俊逸。登臨一醉，將酬佳節。豈料數陣頑雲，忽掩卻天涯，廣寒宫闕。失意初筵，唯聽秋蟲嗚咽。莫恨姮娥薄相，且吸盡、杯中之物。圓又缺。空使早生華髮。

菩薩蠻　舟中夜宿

西風吹雨鳴江樹。一邊殘照青山暮。繫纜近漁家。船頭人語譁。白魚兼白酒。徑到無何有。自喜臥滄洲。那知是宦遊。

二　舟次青神

長江日落煙波綠。移舟漸近青山曲。隔竹一燈明。隨風百丈輕。夜深篷底宿。暗浪鳴琴筑。夢與白鷗盟。朝來莫漫驚。

洞仙歌　杜子美草堂

百花潭上，但荒煙秋草。猶想君家屋烏好。記當年，遠道華髮歸來，妻子冷，短褐天吳顛倒。卜居少塵事，留得囊錢，買酒尋花被春惱。造物亦何心，枉了賢才，長羇旅、浪生虛老。卻不解消磨盡詩名，百代下，令人暗傷懷抱。

滿江紅　相如駟馬橋

漢代文章，誰獨步、上林詞客。遊曾倦、家徒四壁，氣吞七澤。華表留言朝禁闥，使星動彩歸鄉國。笑向來、父老到如今，知豪傑。人世事，真難測。君亦爾，將誰責。顧金多祿厚，頓忘疇昔。琴上早期心共赤，鏡中忍使頭先白。能不改、只有蜀江邊，青山色。

木蘭花慢　長安懷古

騷人多感慨，況故國、遇秋風。望千里金城，一區天府，氣勢清雄。繁華事，無處問，但山川景物古今同。鶴去蒼雲太白，雁嘶紅樹新豐。夕陽西下水流東。興廢夢魂中。笑弱吐强吞，縱成橫破，鳥沒長空。爭如似犀首飲，向蝸牛角上任窮通。看取麟臺圖畫，□餘馬鬣蒿蓬。

二　書李將軍家壁

將軍真好士，識半面、足吾生。況西自岷峨，北來燕趙，竝轡論情。相牽挽，歸故里，有門前稚子候淵明。對酒歡酣四坐，挑燈話到三更。高歌伐木鳥嚶嚶。懷抱向君傾。任客路光陰，欲停歸騎，更盡飛觥。人間世逢與別，似浮雲聚散月虧盈。但使金軀健在，白頭會得尋盟。

巫山一段雲　瀟湘八景　平沙落雁

玉塞多矰繳，金河欠稻粱。兄兄弟弟自成行。萬里到瀟湘。遠水澄拖練，平沙白耀霜。波頭人散近斜陽。欲下更悠揚。

二　遠浦歸帆

南浦寒潮急，西岑落日催。雲帆片片趁風開。遠映碧山來。出没輕鷗舞，奔騰陣馬回。船頭浪吐雪花堆。畫鼓殷春雷。

三　瀟湘夜雨

潮落蒹葭浦，煙沈橘柚洲。黄陵祠下雨聲秋。無限古今愁。漠漠迷漁火，蕭蕭滯客舟。箇中誰與共清幽。唯有一沙鷗。

四　洞庭秋月

萬里天浮水，三秋露洗空。冰輪輾上海門東。弄影碧波中。蕩蕩開銀闕，亭亭插玉虹。雲帆便欲掛西風。直到廣寒宫。

五　江天暮雪

風緊雲容慘，天寒雪勢嚴。篩寒灑白弄纖纖。萬屋盡堆鹽。遠浦回漁棹，孤村落酒帘。三更霽色妒銀蟾。更約掛疏簾。

六　煙寺晚鐘

楚甸秋霖捲，湘岑暮靄濃。一春容罷一春容。何許日沈鐘。搖月傳空谷，隨風渡遠峰。溪橋有客倚寒筇。一徑入雲松。

七　山市晴嵐

遠岫螺千點，長溪玉一圍。日高山店未開扉。嵐翠落殘霏。隱隱樓臺遠，濛濛草樹微。市橋曾記買魚歸。一望卻疑非。

八　漁村落照

遠岫留殘照，微波映斷霞。竹籬茅舍是漁家。一徑傍林斜。緑岸雙雙鷺，青山點點鴉。時聞笑語隔蘆花。白酒換魚鰕。

九 平沙落雁

醉墨疏還密，殘棋整復斜。料應遺迹在泥沙。來往歲無差。水暖仍菰米，霜寒尚葦花。心安只合此爲家。何事客天涯。

十 遠浦歸帆

解纜離淮甸，揚舲指楚鄉。風聲颯颯水茫茫。帆席上危檣。斷送浮雲影，驚回過雁行。江樓紅袖倚斜陽。遠引客心忙。

十一 瀟湘夜雨

暗澹青楓樹，蕭疏斑竹林。篷窗夜雨冷難禁。故枕故鄉心。二女湘江淚，三閭楚澤吟。白雲千載恨沈沈。滄海未爲深。

十二 洞庭秋月

衡岳寬臨北，君山小近南。中開七百里湖潭。吴楚入包含。銀漢秋相接，金波夜正涵。舉杯長嘯待鸞驂。且對影成三。

十三 江天暮雪

向夕迴征棹，淩寒上酒樓。江雲作雪使人愁。不見古潭洲。聲緊雲邊雁，魂清水上鷗。千金駿馬擁貂裘。何似臥漁舟。

十四 煙寺晚鐘 原缺

十五 山市晴嵐

海氣蒸秋熱，山容媚曉晴。森森萬樹立無聲。空翠襲人清。鏡裏雙蛾斂，機中匹練横。隔溪何處鷓鴣鳴。雲日翳還明。

十六 漁村落照

雨霽長江碧，雲歸遠岫青。一邊殘照在林坰。緑網曬苔扃。波影明重綺，沙痕射遠星。鱸魚白酒醉還醒。身世任浮萍。

十七 松都八景 紫洞尋僧

傍石過清淺，穿林上翠微。逢人何更問僧扉。午梵出煙霏。草露沾芒屨，松花點葛衣。鬢絲禪榻坐忘機。山鳥漫催歸。

十八　青郊送客

芳草城東路，疏松野外坡。春風是處別離多。祖帳簇鳴珂。村暖雞呼屋，沙晴燕掠波。臨分立馬更婆娑。一曲渭城歌。

十九　北山煙雨

萬壑煙光動，千林雨氣通。五冠西畔九龍東。水墨古屏風。巖樹濃凝翠，溪花亂泛紅。斷虹殘照有無中。一鳥没長空。

二十　西江風雪

過海風凄緊，連雲雪杳茫。落花飄絮滿江鄉。偷放一春狂。漁市關門早，征帆入浦忙。酒樓何處咽絲簧。愁殺孟襄陽。

二十一　白岳晴雲

菖杏春風後，茅茨野水頭。晴雲弄色藹林丘。雨意未能休。京縣民無賦，郊田歲有秋。明朝去學種瓜侯。身世寄菟裘。

二十二　黄橋晚照

隱見溪流轉，縱横野壟分。隔林人語遠堪聞。村徑緑如裙。鳶集蜈山樹，鴉投鵠嶺雲。來牛去馬更紛紛。城郭日初曛。

二十三　長湍石壁

插水雲根聳，横空黛壁開。魚龍吹浪轉隅隈。百里緑徘徊。日浸玻瓈色，花分錦繡堆。畫船載酒管絃催。一日繞千回。

二十四　朴淵瀑布

日照羣峰秀，雲蒸一洞深。人言玉輦昔登臨。盤石在潭心。白練飛千尺，青銅徹萬尋。月明笙鶴下遥岑。吹送水龍吟。

二十五　紫洞尋僧

老喜身猶健，閒知興更添。芒鞋竹杖度千巖。迎送有蒼髯。坐久雲歸岫，談餘月掛檐。但教沽酒引陶潛。來往意何厭。

二十六 青郊送客

野寺松花落，晴川柳絮飛。臨風白馬紫金鞿。欲去惜芳菲。聚散今猶古，功名夢也非。青山不語暗相譏。誰見二疏歸。

二十七 西江風雪

雪壓江邊屋，風鳴浦口檣。時登草閣掛南窗。雲海杳茫茫。斫膾銀絲細，開尊緑蟻香。高歌一曲禮成江。腸斷賀頭綱。

二十八 北山煙雨

澮澮青空遠，亭亭碧巘重。忽驚雷雨送飛龍。欲洗玉芙蓉。稍認巖閒寺，都迷壑底松。良工吮筆未形容。疑是九疑峰。

二十九 白岳晴雲

曉過青郊驛，春遊白岳山。提壺勸酒語關關。一聽一開顔。村舍疏林外，田畦亂水間。郊原雨足信風還。羨殺嶺雲閒。

三十 黄橋晚照

曠望荒田路，嵯峨柳院樓。夕陽行路卻回頭。紅樹五陵秋。城郭遺基壯，干戈往事悠。村家童子不知愁。横笛倒騎牛。

三十一 朴淵瀑布

絶壁開嵌竇，長川掛半天。跳珠噴玉幾千年。爽氣白如煙。豈學然犀客，誰原作唯，據明鈔萬曆刊本改期駐鶴仙。淋衣暑汗似流泉。到此欲裝綿。

三十二 長湍石壁

瘦骨千年立，蒼根百里盤。横張側展緑波閒。一帶玉屛顔。獵騎何曾顧，漁郎只漫看。詩人强欲狀天慳。贏得鬢毛斑。彊村叢書用明刊益齋亂稿本，不知用何本，其中有誤字，茲據南京圖書館藏明鈔萬曆刊本校改

趙雍

雍字仲穆，孟頫仲子，生于至元二十六年（一二八九）。曾官集賢待制，同知湖州路總管府事。

玉耳墜金環

乳燕交飛，曉鶯輕囀花深處。畫堂簾幕捲東風，晴雪飄香絮。猶記當時院宇。悄寒輕、梨花暮雨。繡衾同夢，鴛枕雙攲，緑窗低語。　春已闌珊，落紅飄滿西園路。强拈針線解春愁，只是無情緒。無柰年華暗度。黛眉顰、柔腸萬縷。章臺人遠，芳草和煙，萋萋南浦。

浣溪沙

楊柳樓臺鎖翠煙。楊花簾幕撲香緜。佳人何處隔江山。　芳草已生千里恨，玉笙吹徹五更寒。夜深和淚倚闌干。

又

落盡楊花滿地春。緑陰如染淨無塵。日長庭院掩重門。　斜墜金釵雲半軃，淡妝香臉粉輕勻。相思偏是少年人。

憶秦娥

春寂寂。重門半掩梨花雪。梨花雪。芳心如醉，暗思當日。　金釵欲墮烏雲側。佳人望斷天涯客。天涯客。今年又過，清明寒食。

踏莎行

畫角聲殘，金鑪香燼。長空淡淡連芳草。朱簾半捲晚霞明，塞鴈無情音信杳。　雨散雲收，離多會少。相思真箇令人老。不須惆悵且開懷，一樽滿引愁如掃。

攤破浣溪沙

春草萋萋緑漸濃。梨花落盡晚來風。試問相逢何處好，小樓東。　朱箔影移無限恨，玉簫聲轉曲將終。獨倚闌干誰是伴，月明中。

蝶戀花

顔色如花肌似雪。嬌眼傳波，密意曾低説。羅帶同心愁未結。情多不忍成輕別。　別後相思心更切。異日重逢，鏡裏花難折。　寶篆香消煙漸歇。玉簫吹徹黄昏月。

浣溪沙

翠鎖蛾眉別恨濃。羅衣初試怯春風。相思只爲兩西東。　簾捲玉鈎雲淡淡，香消金鴨雨濛濛。此情都在不言中。

蝶戀花

枝上流鶯千囀巧。好夢方成，又把人驚覺。　臨鏡慵妝眉淡掃。羅衣寬盡腰肢小。　別久啼多音信少。應是嬌波，不似當年好。簾捲東風深院悄。落紅滿地和芳草。

南鄉子

別久漸生愁。知爲音書苦未收。此際多情應盼我，凝眸。帶得啼痕上小樓。　舉止忒風流。只在城南緑水頭。咫尺藍橋重欲見，無由。兩地相思甚日休。

人月圓

人生能幾渾如夢，夢裏柰愁何。別時猶記，眸盈秋水，涙溼春羅。　緑楊臺榭，梨花院宇，重想經過。水遥山遠，魚沈鴈渺，分外情多。

又

相思何日重相見，山遠水偏長。鳳絃雖斷，鸞膠難接，愁滿離腸。　最傷情處，鮫綃遺恨，翠靨留香。故人何在，濃陰深院，斜月幽窗。

江城子

仙肌香潤玉生寒。悄無言。思緜緜。無限柔情，分付與春山。青鳥能傳雲外信，憑説與，帶圍寬。　花梢新月幾時圓。再團圞。是何年。可是當初，真箇兩無緣。極目故人天際遠，多少恨，凭闌干。

又

五陵衣馬恣輕肥。競新奇。亦何爲。混處賢愚，誰與辨雄雌。任爾刺天何足道，終不肯、羡羣飛。燕山花落暮春時。杜鵑啼。勸誰歸。耿耿孤忠，惟有此心知。天賦我才還有用，應不至，負心期。

燭影摇紅

新綠成陰，落紅如雨春光晚。當年誰與種相思，空羨雙飛燕。寂寞幽窗孤館。念同遊、芳郊秀苑。香塵隨馬，細草承輪，都成腸斷。別久情深，幾時重約閒庭院。高樓終日捲珠簾，極目愁無限。莫恨藍橋路遠。有心時、終須再見。休教長怨，鏡裏孤鸞，篋中團扇。

水調歌頭

春色去何急，春去尚微寒。滿地落花芳草，漸覺綠陰圓。馬足車塵情味，暑往寒來歲月，擾擾十餘

年。贏得朱顏老，孤負好林泉。寶裝鞍，金作鐙，玉爲鞭。須臾得志，紛華滿眼縱相謾。功名自來無意，富貴浮雲何濟，於我亦徒然。萬事付一笑，莫放酒杯乾。

木蘭花慢

恨悤悤賦別，回首望，一長嗟。記執手臨流，遲遲去馬，浩浩平沙。此際黯然腸斷，柰一痕、明月兩天涯。南去孤舟漸遠，今宵宿向誰家。別來旬日未曾過，如隔幾年華。縱極目層崖，故人何處，淚落蒹葭。聚散古今難必，且乘風、高詠木蘭花。但願朱顏長好，不愁水遠山遐。以上振綺堂刻本趙待制還稿。朱本用知不足齋叢書本多誤字。

王國器

國器字德璉，吳興(今浙江省吳興縣)人。趙孟頫婿。

菩薩蠻　題黃子久溪山雨意圖

青山不趁江流去。數點翠收林際雨。漁屋遠模糊。煙村半有無。　大癡飛醉墨。秋與天爭碧。淨洗綺羅塵。一巢棲亂雲。鐵網珊瑚十四

踏莎行　破窗風雨，爲性初徵君賦

潤逼疎檽，寒侵芳袂。梨花寂寞重門閉。檢書翦燭話巴山，秋池回首人千里。　記得彭城，逍遥堂裏。對牀夢破簷聲碎。林鳩呼我出華胥，恍然枕石聽流水。鐵網珊瑚十五

又　巫峽雲濤

雪練横空，箭波崩岫。女媧不補蒼冥漏。何年鑿破白雲根，銀河倒瀉驚雷吼。　羅帶分香，瓊纖擘酒。銷魂桃葉煙江口。當時樓上倚闌人，如今恰似青山瘦。鐵網珊瑚九

又　金盆沐髮

寶鑑凝膏，温泉流膩。瓊纖一把青絲墜。冰膚淺漬麝煤春，花香石髓和雲洗。　玉女峰前，咸池月底。臨風細把犀梳理。陽台行雨復古詩集原作雲，據珊瑚網法書題跋卷九改乍歸來，羅巾猶帶瀟湘水。復古詩集五

又　月奩勻面

冰鑑懸秋，瓊腮凝素。鉛華夜擣長生兔。玉容自擬比姮娥，妝成尤恐姮娥妬。　花影涵空，蟾光籠霧。芙蓉一朶溥秋露。年年只在廣寒宫，今宵鸞影驚相遇。同上

又　玉頰啼痕

粉結紅冰，香消獺髓。鏡鸞影裏人憔悴。梨花帶雨不禁愁，玉纖彈盡真珠淚。　恨鎖春山，嬌横秋水。臉桃零落胭脂碎。故將羅帕揾啼痕，寄情欲比相思字。同上

又　黛眉顰色

淡掃春痕，輕籠芳靨。捧心不效吴宫怨。楚梅酸

蹙翠尖纖，湘煙碧聚愁萋蒨。紺羽寒凝，月鉤金灩。鶯吭咽處微偷斂。新翻舞態太嬌嬈，鏡中蛾綠和香點。同上

又　芳塵春迹

金谷遊情，消磨不盡。軟紅香裹雙鴛印。蘭膏步滑翠生痕，金蓮脱落淩波影。　蝶徑遺蹤，雁沙凝潤。爲誰留下東風恨。玉兒飛化夢中雲，青蘋流水空仙詠。同上

又　雲窗秋夢

煙冷瑶襦，神遊貝闕。芙蓉城裏花如雪。仙郎同躡鳳凰翎，千門萬户皆明月。　地老天荒，山青海碧。滿身風露飄環玦。高樓畫角苦無情，一聲吹散雙飛蝶。同上

又　繡牀凝思

翠藻文鴛，交枝連理。金針停處渾如醉。楊花一點是春心，鵑聲啼到人千里。　唤醒離魂，猶疑夢裏。此情恰似東流水。雲窗霧閣没人知，綃痕浥透紅鉛淚。同上

又　金錢卜歡

暗擲龍文，尋盟鸞鏡。龜兒不似青蚨準。花房羞化彩娥飛，銀橋密遞仙娥信。　錦屋瓊樓，薄情飄性。碧雲望斷紅輪暝。珠簾立盡海棠陰，待温遥夜鴛衾冷。同上

以上周泳先輯本王國器筠庵詞十一首

菩薩蠻　題倪徵君惠麓圖

秋聲吹碎江南樹。正是瀟湘腸斷處。一片古今愁。荒碕水亂流。　披圖驚歲月。舊夢何堪説。追憶謾多情。人間無此清。珊瑚網名畫題跋卷十

西江月　題洞天清曉圖

金澗飛來晴雨，蓮峰倒插丹霄。蕊仙樓閣隱岧嶤。幾樹碧桃開了。　醉後豈知天地，月寒莫辨瓊瑶。一聲鶴叫萬山高。畫出洞天清曉。珊瑚網名畫題跋卷

沈禧

禧字廷錫，吳興（今浙江省吳興縣）人。有竹窗詞一卷。

浣溪沙 續川八詠，爲施以和填　香徑春遊

三月韶華景最幽。越羅初試換輕裘。采香徑裏作春遊。　西子不來花自好，吳王去後水空流。感時懷古卻生愁。

漁家傲 虹橋晚眺

溪上雨晴天似洗。遥峰幾點空濛裏。策杖虹橋閒徙倚。當此際。霞光映水浮鮮綺。　最是晚來增好趣。漁歌樵唱堪人耳。喚我浩然吟興起。風景美。幔亭赤壁徒爲爾。

浣溪沙 美潭漁集

罷釣收綸日向西。美潭深處聚幽棲。東船西舫往來齊。　旋斫錦鱗沽白酒，還烹紫蟹殺黃雞。杯盤狼藉聚嬉嬉。

阮郎歸 山市樵歌

煙蓑霧笠擔隨肩。斧柯腰下懸。生涯只在白雲邊。觀棋曾遇仙。　忘世慮，斷塵緣。逍遥傲葛天。醒時一曲醉時眠。風清月正圓。

清平樂 太湖月波

秋蟾澄皎。影落波心小。三萬六千何渺渺。倒浸玉京瑶島。　姮娥笑倚欄干。素鸞飛處光寒。喚起謫仙同玩，浩歌激碎狂瀾。

菩薩蠻 靈巖嵐翠

幽軒東面靈巖麓。四時佳氣供吟目。雨過斷纖埃。鬱藍屏障開。　嵐光浮翡翠。日射添明媚。高湧出雲間，只疑西子鬟。

鷓鴣天 錦峰晴雪

蜀錦峰頭雪半融。倚空一朵玉芙蓉。面朝陽處光消釋。背向陰邊尚積重。天氣朗，日光曈。看來渾似畫圖中。灞橋何處騎驢叟，西水誰招載鶴翁。

漁家傲　□浦澄霞

浩渺湖邊三萬頃。無風帖帖平如鏡。更好晚晴霞弄影。天宇淨。望空一抹胭脂凝。紫錦紅綃空茜靚。紆藍□碧祥光瑩。餘暈飄摇斜復正。堪唱詠。落霞孤鶩遥相並。

清平樂　題扇小景

平湖渺渺。一葉扁舟小。蕩漾不須頻舉櫂。觀盡雲山多少。問渠樂意如何。平生慣識煙波。載卻月明歸去，數聲欸乃清歌。

又　題漁父圖

煙波深處。占斷溪山趣。逢著忘機閒伴侶。旋斫錦鱗烹煮。隔船相喚相呼。甕頭酒盡須沽。醉後都忘爾汝。生來不識榮枯。

浣溪沙　詠鵲

刷羽枝頭翠色新。能傳芳信與閨人。結巢長借拙鳩鄰。飛入懷中曾化印，聚來河上爲填津。休言微物解通神。

又

著罷南華一卷書。放情□水自如如。卻將仁義等蘧廬。千駟萬鍾無足貴，簞瓢藜藿有贏餘。氣吞八極隘堪輿。

菩薩蠻

峨冠博帶青藜杖。行行獨步青溪上。時抱一張琴。雲間覓賞音。煙霞深處好。泉石甘終老。我亦斯人徒。俱當來與居。

鷓鴣天

購得南山萬歲杉。堅逾松柏健逾相。還邀天上公輸子，來與麻姑斲寶函。貍首媚，雉紋斑。到頭受用有何嫌。從今更益無疆壽，高並南箕更上南。

又　水仙詞

邂逅江妃澤畔逢。何年謫降蕊珠宮。輕綃翦袂羅裁襪，秋水爲神玉作容。清淺處，月明中。淩波微步欲飄空。三生已斷身前夢，一味全真林下風。

又　詠紅梅壽守節婦

萼綠仙姝慶誕辰。酡顏暈酒粲朱脣。霞綃翦袂雲裁佩，絳雪爲肌玉作神。超俗態，斷凡塵。飄然風韻奪天真。能堅北嶺冰霜操，不競南園桃李春。

風入松　子猷訪戴

一天飛絮滾成毬。玉琢酒家樓。鳥飛不度人蹤絶，朔風凜、寒氣颼颼。偏稱歌姬帳底，獨憐漁父江頭。　此時清趣若爲酬。千載尚王猷。知心忽爾思安道，冒嚴寒、趣□扁舟。未至山陰遽返，爲言興盡而休。

又　詠畫景

竹冠藜杖葛裁襟。華髮半盈簪。塵緣一點無縈絆，閒邊趣、不管浮沈。姓字不聞入耳，夢魂長繞山林。　相隨惟有一牀琴。得趣最幽深。溪橋野徑忘危險，任迢遥、爲覓知音。一曲高山流水，利名都不關心。

又　詠扇

一彎誰翦剡溪牋。雪色照人鮮。湘筠削骨勞工製，最堪憐、舒捲輕便。動處清風拂拂，展時明月團圓。　流金爍石勢如然。此際有威權。只愁一夜西風到，又誰知、中道拋捐。自昔炎涼故態，始終難保相全。

又

一溪新水綠漣漪。嫩柳嫋金絲。扁舟載得春多少，輕摇過、蘆荻沙隄。驚起一雙鸂鶒，飛來幾點鳧鷖。　筆牀茶竈總相隨。蓑笠不須披。煙波深處耽清趣，任逍遥、不管伊誰。抱膝吟餘好句，回頭又得新詩。

又

溪山如洗雨纔乾。蘆荻暗江湍。沙明水碧嵐光浮，似丹青、圖畫宜看。風捲浪花翻雪，□飄金粉生寒。老翁終日把綸竿。瀟灑異衣冠。想應自得煙波趣，又何心、顯職高官。蹤迹往來吴楚，夢魂不到長安。

又

虬枝撑月倚高寒。瘦影拂琅玕。露華冷沁蒼苔潤，更深後、萬籟聲乾。塵慮於時頓息，沖襟此際惟寬。儼然妝飾整衣冠。獨抱素琴彈。鏗金戛玉何清趣，知音少、空自嗟歎。志在高山流水，□驚别鶴離鸞。

又　詠俞紹庵秋蟾臺

層臺高築勢嶄巖。迢遞隔閭閻。不將貯彼狂歌舞，深秋夜、登玩銀蟾。爲愛一輪光皎，又看孤影廉纖。桂花香裏□吟髯。興趣自能添。露華涼透羅衣薄，更深也、萬籟聲潛。彈罷瑶琴三疊，還將玉管重拈。

又　紅梅慶六十壽

陽回潛谷起頳虬。萬斛粲琳球。芳姿占得先春意，冰霜操、甘抱清幽。野店溪橋託質，蒼松翠竹爲儔。壽筵開處接瀛洲。彷彿見羅浮。朱幢絳節參差下，香風靄、共集南樓。爲慶人間甲子，來添海屋仙籌。

又　題城西草屋

隱君家住郭西闉。清政總堪論。身居廛市心丘壑，四時將、風月平分。座有洪儒談笑，門多長者蹄輪。數椽草屋僅容身。别是一乾坤。小山花木饒佳趣，勢嶄巖、氣壓崑崙。興到自彈緑綺，閒來時倒金樽。

又　贈鶴巢鍊師

葺茅編葦結行窩。四壁蔓煙蘿。風櫺月牖通幽爽，斗來寬、地促無多。高接上清真境，雄吞萬象森羅。道人星夜起玄科。飛佩振鳴珂。劍光灼爍衝牛斗，斬妖精、降伏邪魔。赤壁坡仙復起，華亭丁令重過。

又 壁間畫松

白雲堆裏奮蒼虬。横亘洞庭秋。掀髯舞爪何獰惡，崢嶸勢、抉石崩流。飛入君家欄檻，滿堂風雨颼颼。須臾煙霧漠然收。幻出老松楸。誰濡墨汁傳神妙，森森露、鐵戟戈矛。對此翠濤銀浪，也勝瑶島滄洲。

又 贈畫師

隱君家住白雲深。華髮已鬖鬖。芒鞋踏破莓苔徑，何曾憚、石磴嶔崟。問酒每過村店，訪僧時叩禪林。歸來高卧北窗陰。名利不關心。半生清樂甘吾分，簞瓢飲、不慕腰金。胸次包含丘壑，筆端幻出雲岑。

又 贈歌者馬桂香

露華亭館月明多。邂逅遇姮娥。藕絲嫩織仙裾薄，按霓裳、一曲高歌。袖拂天香縹緲，舞翻清影婆娑。玉繩低轉夜如何。雙曜渡銀河。千金一刻□孤負，得磨跎、且共磨跎。漫把淮南招隱，不教空老巖阿。

又 題石壇道士焚香

暮雲收盡紫霄寬。灝氣襲衣冠。清泉白石長爲伍，松頭露、冷滴方壇。此際千林影斷，於時萬籟聲乾。道人星下禮蒲團。寶鼎爇沈檀。風吹霞袂飄飄舉，想芳名、已注仙班。東訪麻姑跨鳳，西邀金母乘鸞。

又 水仙

憶從湘浦遇瓊仙。解佩是何年。冰姿不許鉛華污，淡凝妝、風度飄然。長伴霜前青女，來尋月下嬋娟。一塵難染淨娟娟。獨立晚風前。黄冠翠袖殊清雅，誤思凡、謫向江邊。礬弟梅兄是侶，桃嬌杏冶空妍。

又　賞牡丹

壽安新試粲紅裳。珍重異尋常。羣芳落盡呈嬌態，倚欄干、獨殿春陽。膩放天香國色，全勝魏紫姚黃。　天時人事正相當。日日具壺觴。不妨醉了重教醉，忍孤負、豔質濃芳。明日再攜肴核，還來花底徜徉。

又　漁隱

綠蓑新製把漁竿。擺脱舊衣冠。扁舟去住無拘繫，朝吳楚、暮宿湘湍。且躲是非榮辱，不愁雨暑風寒。　得魚沽酒任盤桓。但覺醉鄉寬。姓名不落時人耳，對清風、明月團圞。蹤迹長依雲水，夢魂只繞江干。

又　題驛亭圖

使軺今夜宿郵亭。邂逅見娉婷。琵琶斜抱生嬌

媚，悄無人、獨倚幃屏。絃内暗傳心事，鐙前略敍幽情。　麗詞一曲按新聲。調格總高清。筵前明日人傳唱，難遮掩、耳目聰明。一宿風光固好，百年名節俱傾。

又　題來青樓

畫樓高出子城灣。捲幔見南山。堆青疊翠排天際，似蛾眉、巧綰雲鬟。風月四時長占，星辰午夜宜攀。　蓬萊仙闕有無閒。望處隔塵寰。何當養就昇天翼，恣翺翔、飛去飛還。縱目真窮寥廓，置身如履孱顔。

滿江紅　詠全溪清隱

揀好溪山，容我住、有幽禽調曲。縛數椽、低低茅舍，也勝華屋。鎮日柴門無俗客，一渠流水鏗金玉。　任苔痕、草色帶朝煙，侵階綠。　籬邊種，陶潛菊。窗前植，王猷竹。樂有餘、坦率頻忘榮辱。吾愛吾廬真得趣，男婚女嫁情緣足。總明朝、風雨及

陰晴，眠初熟。

八聲甘州　詠施以和溪南小隱

揀西南好處創幽居，小結兩三楹。有數竿脩竹，五株疏柳，四野來青。最喜詩朋酒友，□共締幽盟。放浪形骸外，不事浮名。　足迹何曾入市，□性□樗散，不慣逢迎。歎區區逐利，抵死起紛争。争如我、清風皓月，助吟懷、何用一文□。□□□、迭爲賓主，嘯傲忘情。

滿庭芳　詠俞紹庵九芝堂

節義名門，簪纓華胄，聖朝旌表昭彰。聲譽籍甚，青史注遺芳。積善偏鍾餘慶，天地報、芝産中堂。人希見，九莖並茁，奕燁絢祥光。　應知和氣萃，致生嘉瑞，千載永流香。況家傳詩禮，名著吴邦。百世箕裘不替，慶源遠、支派悠長。君知否，孝誠感格，靈異豈尋常。

又　爲施克明題雪擁藍關圖

雪擁藍關，雲横秦嶺，馬頭道路迷茫。幾回翹首，何處是家鄉。欲革當時弊政，攄忠藎、罄瀝肝腸。誰知道，一封奏入，萬里貶潮陽。　傷心牢落處，形孤影隻，地遠天長。幸道逢孫姪，有意相將。早悟花閒詩意，免教□、至此倉皇。頻分付，瘴江落日，吾骨好收藏。

買陂塘　贈徐孟祥用夢庵先生韻

愛雪堂、面湖依壑，望中一碧千頃。波光倒浸雲山晚，風蕩水晶簾影。塵迹迥。有牧唱樵歌，宿酒頻驚醒。閒□釣艇。傍蓼岸蘆汀，盟鷗狎鷺，適盡閒邊興。　漫修省。我已樂天知命。何妨簞食瓢飲。盡將得失付無言，有酒且須觴詠。開三徑。彷彿似、柴桑松菊何愁冷。優遊晚景。白雲如肯容分，便當卜築來共此中隱。

踏莎行　追次雲間王德璉韻，爲施以和作香奩八詠

金盆沐髮

鳳翅煙凝，鴉翎膏膩。湘雲一片簾前墜。頻呼小玉灌蘭湯，金盆瀲灩輕挼洗。翡翠窗前，合歡帳底。殷勤重把殘妝理。拂匳開鑑對青鸞，芙蓉彷佛臨秋水。

又　月匳勻面

桂影流金，梨花呈素。蟾宮不鎖霜毫兔。休教容易負年華，西風樹樹行相妒。玉鑑冰壺，翠煙紅霧。薄籠半壁清光露。蜂黄蝶粉了勻施，忽驚別院笙歌度。

又　黛眉顰色

翠壓雙蛾，瓊鐫香靨。春來翻作傷春怨。一痕心事鎮相縈，芳容不似年時倩。玉宇澄清，金波瀲灩。寶猊香冷煙初斂。螺青黛緑總調勻，還憑京兆親收點。

又　香頰啼痕

朔雪砭肌，東風浹髓。不由中酒人憔悴。丁香暗

結雨中愁，相思滴盡枝頭淚。恨積巫山，情隨湘水。斑斑點得殘妝碎。待將濡墨染霜毫，緘情漫寫鴛鴦字。

又　芳塵春迹

徑積紅埃，風飄難盡。一鉤新月雲邊印。錦鴛飛去尚留蹤，青鸞舞罷猶存影。沈屑浮香，露華滋潤。淩波人去遺芳恨。玉容想像夜曾來，星前月底聞吟詠。

又　雲窗秋夢

綺户雲窗，玉樓絳闕。紺園花謝飄香雪。其中綽約總仙姝，乘鸞夜度天邊月。地久天長，海枯山裂。連環擊碎珊瑚玦。梅花何處斷腸聲，一雙驚散莊生蝶。

又　繡牀凝思

雜組香絨，錯綜紋理。倚牀脈脈如春醉。沈吟暗想玉京人，雕鞍何處嗚珂里。無限離愁，誰知就

裏。滔滔比似西江水。無情日夜向東流，一緘好寄相思淚。

又　金錢卜歡

默禱金錢，頻占寶鏡。幾回鵲噪無憑準。文犀一點暗通靈，青鸞忽報瑶池信。風月情懷，漂流心性。歸來燕子樓臺暝。風廂幾度立黄昏，淩波沁透蒼苔冷。

沁園春　追次文丞相，題張巡許遠兩忠臣廟

臨死不懼，臨危不驚，何礙何妨。縱刀鋸在前，鼎鍋居後，當斯之際，覷作尋常。天漢橋頭，睢陽城上，兩處成名一樣香。精忠操，何堪與比，出冶堅鋼。江山幾見興亡。□野草平原總戰場。慨區區忍死，偷生恃寵，欺孤虐寡，敢並遺芳。廟食從今，綱常不弛，功烈何如郭汾陽。千秋下，論二公節義，天地難量。

又　壽縣令代人作　花城觀政，嘉迎鳧舄之臨。崧岳降神，即上龜齡之祝。某幸託葭莩，敢祈松柏，貢南豐一瓣之香。遥陳善頌，賡閟宫三壽之語。莫箋賓筵，敬録微詞，用伸祝贊。伏惟電矚，以表冰忱。某不勝拜賀之至

快閣春邊，石欄干外，東風晚晴。有銀潢公子，摩挲石刻，金華仙伯，主掌鷗盟。陶柳青新，潘桃紅嫩，早有豐年笑語聲。還知道，是街頭父老，競説昇平。怪來雲表長庚。與一道澄江月共明。但壽煙起處，千山天遠，壽杯滿處，千尺泉清。仁壽堂中，長生城内，早蹋金鼇背上行。明年準，望紫雲樓上，一點台星。

千秋歲　壽詞

幸逢清世。四海皆兄弟。人未老，身無繫。閒情湖水闊，高興吴山邃。酣歌後，黑甜一枕南窗睡。華誕今朝是。綺席排良會。□□□，□□□。霞觴斟壽酒，綵服鏗金佩。從今去，長生永享千秋歲。

又

彩霞呈瑞。宿雨開新霽。春色漸看明媚。西池桃並結，南極星流麗。咸贊美，千尋笑指崧喬翠。綺席宏開際。仙呂鏘金佩。捧瓊斝，斟緑蟻。共祝南山壽，更與莊椿比。日正永，一株獨挺千秋歲。

喜遷鶯　賞牡丹

春光無幾。賴名花留得，一分餘意。獨殿羣芳，特稱重貴，開向富家園地。賸有天香國色，不藉粉勻脂膩。倚風處，似真妃被酒，臉霞烘媚。檻際。施翠幄，密遮深護，怕省仙姝隊。翦縠裁綃，披雲捲霧，幻出許多纖麗。幸遇清平時世，勝賞也成故事。拚劇醉，任玉山攲倒，帽檐斜墜。

朝中措　蘭詞　百畝餘香

芳皋百畝長蓀蘭。竹石共檀欒。風汎國香冉冉，霞滋幽豔溥溥。芽抽紫玉，花垂月穗，葉綴香纓。堪羨也宜劍佩，此生不遇湘靈。

清平樂　上苑清芬

芳滋上苑。此際光風轉。刻玉攢金花宛宛。肯共蒿萊相溷。甘於深谷潛藏。無言獨抱幽香。江海久無騷客，爲誰猶待新霜。　彊村叢書用知聖道齋藏明鈔本竹窗詞

王蒙

蒙字叔明，吳興(今浙江省吳興縣)人，趙孟頫甥。元末隱居仁和黃鶴山，號黃鶴山樵。

憶秦娥　南方懷古

花如雪。東風夜掃蘇堤月。蘇堤月。香銷南國，幾回圓缺。錢唐江上潮聲歇。江邊楊柳誰攀折。誰攀折。西陵渡口，古今離別。　珊瑚木難卷七

陸祖允

詞綜卷三十三作陸祖先。

菩薩蠻　題錢德鈞水村圖

當年圖畫知何處。如今身向滄洲住。吾亦愛吾廬。芸窗幾卷書。　青山天際小。目送飛鴻杳。試問釣魚船。蘆花淺水邊。　珊瑚木難卷二

張　翨

翨字翔南，建德(今浙江省建德縣)人，徙居嘉興。

踏莎行　題破窗風雨圖，和王筠庵韻

檐宿吳雲，風經楚袂。門深不似春宵閉。碧疏吹溜溼燈花，客卿無夢尋珂里。　翦韭吟邊，聽潮浪裏。江懸漏杳歸心碎。相思鳩外緑簑寒，一簾蕉響秋如水。　珊瑚木難卷二

金　烱

烱字子尚，嘉興(今浙江省嘉興縣)人。元季中鄉舉，洪武初，知蘇州府，以上書請減賦額，賜死。

踏莎行　題破窗風雨圖和王筠庵韻

草帶殘編，荷衣斷袂。破窗風雨深深閉。江南倦客正思家，燈花摇夢來鄉里。　翠竹檐前，碧蕉叢裏。秋聲鬬合愁心碎。不教潘鬢總成霜，也應有淚如鉛水。　珊瑚木難卷二

王容溪

容溪，無錫(今江蘇省無錫市)人。

如夢令

林下一溪春水。林上數峯嵐翠。中有隱居人，茅屋數間而已。無事。無事。石上坐看雲起。朱存理鐵網珊瑚卷四

吳景奎

景奎字文可，蘭溪(今浙江省蘭溪縣)人。生於至元二十九年(一二九二)。嘗爲浙東憲府掾從事。至正十五年(一三五五)卒，年六十四。有集名藥房樵唱。

滿江紅　天台道中

翠逼籃輿，天台路、樹迷煙際。襟袖冷、朔風初定，露華纔墜。珠斗橫空孤嶂遠，金波摇月寒潭碎。問劉郎、采藥遇神仙，知何地。　終不負，風雲志。還有待，江山意。想瑣窗應念，故人歸去。翠羽梅花山下夢，青衫楓葉江頭淚。算郵亭、一曲好姻緣，何時會。

糖多令　雪

春近柳依依。天台客未歸。任東陽、減卻腰圍。手撚梅花吟未了，驚眼底，雪花飛。　相對兩忘機。青山陡覺非。想鵝池、夜令難違。誰道子猷豪富其，銀箬笠，玉簑衣。

桂枝香　楊潤之得家書

霜凝翠閣。漫獨翦燈花，斜照羅幕。點檢芳心舊事，幾多成錯。清愁正爾無聊賴，聽梅花、數聲殘角。小窗風細，虚檐月轉，怎禁寥寞。笑鬢底、年華老卻。問前度劉郎，何處重約。流水桃花，別後幾番開落。吾廬三徑歸來好，任緇塵、暗迷京索。鳳臺人遠，雁書頻寄，喜占烏鵲。

洞仙歌　漫興

雲間倦翼，向林邊知倦。回首吾廬夢中見。□霜催、吟鬢塵涴征衫，竟孤負、清夜猿驚鶴怨。綈袍空敝卻，歲月無情，贏得當時故人戀。漫索笑，共

梅花，弄粉吹香，怕腸斷、東風庭院。柰芳草萋萋怨王孫，看江北江南，幾回青徧。

滿江紅 歸故居答楊潤之

袖拂西風，臨古道、行行且止。遥指處、故園三徑，歸程十里。老虹青紅疏雨外，遠山紫翠斜陽裏。更澄江、萬頃白鷗輕，天連水。 銅花鏽，貂裘敝。空負了，平生志。慨幾多往事，昨非今是。仙沈腰圍緣底瘦，愁潘鬢影今如許。有元龍、百尺最高樓，君來倚。

最高樓 寄謝國芳

西池草，和夢汎晴暉。幾度見春歸。寒沙盟冷鷗先覺，秋江影落雁初飛。故園荒，征路遠，信音稀。笑逆旅光陰忙似瞥。更好染髭鬚何用鑷。驚夜杵，擣寒衣。 桃花流水應無恙，小山叢桂更疇依。早歸來，新酒熟，菊成圍。

滿庭芳 己卯七月十一日得穎

露洗新秋，天浮灝氣，桐孫初長庭隅。綳裁紅錦，門左記垂弧。白髮萱親笑道，於今見、四葉喜棻敷。天台路，吾兒知否，倩雁報安書。 山中何所有，石田茆屋，菊徑瓜區。更寒窗老硯，他日儘傳渠。願汝身如犢健，看書罷、更學把犁鋤。稱鄉里，善人可矣，卿相又何如。

念奴嬌 寄蕭善云

絳河明月，到中秋、不比尋常三五。神女夢，寒生嫉妒，特地行雲行雨。天上嬋娟，人間陰晦，悵望成悽楚。金尊翠袖，澹然相對無語。 遥想天柱峰頭，通宵宴賞，此地今何處。争似銀橋侵漢表，直入瓊樓玉宇。桂樹婆娑，羽衣淩亂，偷得霓裳譜。素娥應笑，醉來狂興如許。

又 壽暉東陽丁亥正月十三日生，推命者丙戌算，因戲及之

東陽老子，問天公、乞得兩番六十。初度孟陬春未

到，卻算去年丙戌。火樹銀花，先開三夜，照耀維摩室。祇園樹下，争看無量壽佛。　人道雙峴峰頭，乾坤清氣，鍾此彌天釋。掛錫叢林三十載，玉檢芝泥猶溼。嶺上白雲，儘堪怡悦，恐被風吹出。法身强健，摩挲時問銅狄。

疏影　爲劉架閣賦贈妓者

縞衣仙子，倚東風花信，先占春色。殢酒含顰，脈脈無言，青鳥爲傳消息。暗香一點纔浮動，早自有、東君憐惜。想前身、傅粉精神，化作飛瓊肌骨。　還向影娥池上，借霓裳一曲，徘徊歌席。清夜梨花，同夢方甘，又似楚雲蹤迹。新歡舊恨知多少，算檀板金尊消得。折芳馨、欲寄相思，人在江南江北。

沁園春　贈鄭伯洪

谷□仙田，瑶草誰栽，山中子真。向紫霞洞裏，鑿開丹室，素華臺上，瞻望飆輪。王子吹笙，洪厓握

手，爛醉桃花萬樹春。都休問、蓬萊清淺，天地氤氲。　有時澡雪精神。誦蘂笈丹書小篆文。更佩聯明月，劍寒秋水，或笞鸞鳳，或翳麒麟。碧落空歌，紫虚鬱秀，徑挾飛仙拜玉宸。天門近，聽履聲直上，高步星辰。彊村叢書用大典藥房樵唱本

宋褧

褧字顯夫，宛平（今北京市大興縣）人。生於至元二十九年（一二九二），登泰定元年（一三二四）進士，累官監察御史。至正四年（一三四四）卒，年五十三。謚文清。有燕石集。

滿庭芳　汴中寒食

雨意愔愔，養花天氣，賣餳何處春簫。清明上巳，車馬正連朝。對酒唱、歸時多忘，惜花心、醉後偏饒。凝雲暮，青樓簾捲，幾度對魂銷。　無聊。空悵望，東闌雪臏，北郭香飄。夢江南行樂，水遠山

遥。深院宇、緑窗啼鳥，晴寒食、寶月良宵。秋千外，柳風柔小，無力著春嬌。

二　寒食傷先兄正獻公

魂黯雪山，泪零風野，轉頭三度清明。感今懷舊，何事不傷情。文史共、梁園書几，臯盧對、溢浦燈檠。經行處，洞庭彭蠡，同載赴瑶京。才名。人盡羡，朝家大宋，陸氏難兄。但駑駘小李，少後鵬程。丹桂樹、何論高下，紫荆花、早變枯榮。微衷苦，亂峰如樹，幽恨幾時平。正獻與予嘗同寓汴中朝元宮一年，又嘗客九江，值除夕，共博而守歲，後同歸京師赴舉。

穆護砂　燭泪

底事關心苦。便凄然、泣下如雨。倚金臺獨立，揾香無主。腸斷封家相妒。亂撲簌驪珠愁有許。向午夜、銅盤傾注。便不似、紅冰綴頰，也溼透、仙人煙樹。羅綺筵前，海棠花下，淫淫常怕鳳脂枯。比洛陽年少，江州司馬，多少定誰如。照破別離心緒。學人生、有情酸楚。想洞房佳會，而今寥落，誰能暗收玉筯。算只有金釵曾巧補。輕溼了、粉痕如故。愁思減、舞腰纖細，清血盡、媚臉膚腴。又恐嬌羞，絳紗籠卻，緑窗伴我檢詩書。更休教、鄰壁偷窺，幽蘭啼曉露。

木蘭花慢　題蛾眉亭

唤山靈一問，螺子黛、是誰供。畫婉孌雙蛾，蟬聯八字，雨澹煙濃。澄江蟬娟玉鏡，儘朝朝暮暮照嬌容。只爲古今陳迹，幾回愁損渠儂。千年顰蹙漫情鍾。慘緑帶雲封。憶賞月天仙，然犀老將，此恨難窮。持杯與、山爲壽，便展開、脩翠恣疏慵。要似絳仙媚嫵，更須嵐靄空濛。吴絳仙，煬帝宮人，鳳舸殿脚女，善作眉嫵。

望海潮　海子岸暮歸金城坊

山含煙素，波明霞綺，西風太液池頭。馬似游龍，車如流水，歸人何暇夷猶。叢薄擁金溝。更蕭蕭宮樹，調弄新秋。十里煙波，幾雙鷗鷺兩漁舟。　暮雲樓閣深幽。正砧杵丁東，絃管咽啾。澹澹星河，熒熒燈火，一時清景難酬。馬上試冥搜。填入耆卿譜，摹寫風流。明日重來柳下，攜酒教名謳。

人月圓　中秋小酌

紅螺香灩金莖露，清興溢璇霄。玉盤光冷，雲鬟霧溼，丹闕煙銷。　□□此夜，明年明月，何似今宵。西風喚我，瑶階折桂，綺檻吹簫。

二　誠夫兄生子，名京華兒

神州佳麗明光錦，生出玉麒麟。四筵都愛，西山眉翠，太液瞳神。　他年應是，鬬雞走馬，紫陌紅塵。這回休更，燕秦樹栗，江浦垂綸。

菩薩蠻　送遼西憲孫掾還司，延祐己未樂亭縣作

紫髯如戟霜臺掾。風生彩筆來行縣。邂逅海天涯。盍簪能幾時。　柳梢春尚冷。無物堪持贈。爲謝幕中蓮。殷勤寄短篇。　許可用時在憲幕

二　丹陽道中

西風落日丹陽道。竹岡松阪相環抱。何處最多情。練湖秋水明。　驛城那憚遠。佳句初開卷。寒雁任相呼。羈愁一點無。

三　衛州道中至元四年十一月，與八兒思不花御史同行，按行河南四道

兩歧流水清如酒。草根風蹙冰皮皺。雪淨太行青。聯鑣看畫屏。　按行多雅志。解起澄清志。回首五雲天。東華塵似煙。

四　偃師道中

北芒古冢紛無數。崔嵬羅列成山阜。何處斷碑横。無人知姓名。　今墳如蟻垤。回首成磨滅。今古兩堪哀。停驂酹緑苔。

春從天上來　壽張惟健五月十六日

帝敕朱明。擁丹穴仙雛，表瑞昇平。天上公子，齊岱精英。玉樹照映神京。渺翩翩紈袴，有誰似、閒

氣玄成。妙才情。擅鍾王筆意，韋杜詩聲。薰風黑頭初度，笑時世紛紜，舞雪歌鶯。燕子簾櫳，葵榴庭院，天壤至樂難名。邈軒裳奕世，青雲步、紫綬華纓。八千齡。看緇衣父子，赤舄公卿。自號至樂齋

二 至元六年庚辰元日立春，將爲山南僉憲，按部至應城縣，作此詞奉寄許可用大參、陳景議憲副

旭日暾暾。爛春餅堆盤，壽酒盈尊。玉帛交錯，襟佩翩翻。想像虎豹天門。靄蓬萊雲氣，布淑景、漸徧乾坤。黯銷魂。杳洋洋韶濩，赳赳櫜鞬。昇平萬方元會，念去國孤懷，盛事誰論。黄閣儒臣，烏臺舊客，會是執法調元。望蒲騷小邑，纔咫尺、寂莫山村。撫嬋娟。料梅邊傾倒，回拜天恩。

賀新郎 壽劉時中五月廿又八日

繡陌經新雨。致昇平、五絃琴裏，薰風吹户。夏館深沈晨容好，寶鼎紅雲香霧。還又是、逋仙初度。疇昔驂鸞騎赤鳳，遡西清、佳處淩雲步。天壤外，快豪舉。遨游又作湖山主。百千回、笑談詩酒，盤桓容與。未信星星能侵鬢，青鏡流年如許。畢竟到、廣寒天府。多少文章真事業，鶴南飛、自媿無佳語。絃寶瑟，勸霞醑。

二 徐復初池亭聽雨軒，至治辛酉時，予將之湖南

銀竹能宫羽。向荷盤、跳珠膈膊，花奴羯鼓。瀏瀏泠泠春泉□，滴盡槽頭香醑。愛徽處、遺音太古。暗度松筠時淅瀝，恍吴娃、昵枕傳私語。君試聽，有佳趣。主人未解離愁苦。對涼秋、芭蕉巨葉，梧桐高樹。夢斷羅裙天如漆，一寸鄉心淒楚。點點是、寂寥情緒。明日孤舟成獨往，更難堪、長夜瀟湘浦。憑曲檻，且容與。

虞美人 寄壽周子善二月十一日

暖風金鼎香醽醁。想像人如玉。天南地北兩心期。爾汝忘形，如願定何時。夫君正自章臺柳。

壽相人希有。吟餘時復飲丹砂。何必求仙，遠訪稚川家。武陵城中有丹砂井，里人相傳飲之者壽，周武陵人也

二　福州北還雨中觀梅

十年久共梅花别。乍見殊佳絶。臘前風景雨中天。翠竹青松，恰似映清妍。　緐枝開徧香成陣。觸目忘離恨。玉人誰使似冰肌。酒罷歌闌，一晌又相思。

緑頭鴨　送張仲容過維揚，復之錢塘結婚，正月二十日出京，是其壽日也

緩摇鞭。銷魂橋上留連。恰春波、鴨頭新緑，倉皇便買吴船。就華堂、溶溶壽酒，作繡陌、草草離筵。傾蓋論交，分袂怨别，春風秋月僅經年。都門道、紛紛輕薄，餘子正堪憐。夫君妙，心期湖海，意氣雲天。　便明朝、拂衣徑去，天涯幽恨無邊。暮維舟、沙鷗颺雪，春市酒，淮柳垂煙。緑水迢迢，青山隱隱，浙江雲擁洞房仙。對西湖、煙濃雨澹，少小占芳妍。歸來好，扶摇九萬，水擊三千。

望月婆羅門引　江上晚泊

短衣烏帽，京塵眯目强鑽頭。夢中八表神游。今日江山佳處，便欲賈胡留。愛峰嵐滴翠，天水涵秋。　斷霞漸收。見隱隱兩蛾愁。好在九華煙樹，秋浦沙鷗。相看依舊，但憔悴潘郎俗狀羞。孤負卻、嘯傲林丘。

水調歌頭　寄誠夫兄在江南，時兄在史館校讐先朝實録

登車就長路，曉日照皇州。風吹紫荆花落，那更别離憂。咫尺天南北，想像雲窗霧閣，人在古瀛洲。粉筆校書罷，烏帽拂塵游。出銀臺，心浩浩，思悠悠。　人間萬事姑置，食邑素封侯。收拾金鑾遺事，記取玉壺清話，此外復何求。勳業好看鏡，緑鬢不禁秋。

蝶戀花　青田舟中

無數好山攢碧樹。山下郵亭，亭下牽舟路。山色娛人相指顧。時時又被灘聲妒。寒日光陰容易度。雲去雲來，那更商量雨。强把羈愁排遣去。一尊酒盡青山暮。

二　河内王幹臣號竹溪

門外紅塵溪上竹。竹似（似原缺，據舊鈔本補）瑯玕，溪水清如玉。溪上主人情不俗。多應每每能無肉。千載高標成倏忽。六逸飄然，君爲追遐躅。莫向溪邊閒濯足。我知孺子歌難續。

清平樂　武陵客舍小酌，與田夫相對酬酢，聞農師子嘉諸人方飲他所，歡甚

花臺竹塢。對雨羅尊俎。邂逅田翁同笑語。問訊村墟禾黍。酒徒咫尺高陽。粉營狎坐飛觴。一種麴生風味，不知誰弱誰强。

二　車廐道中

青松烏桕。寒日來車廐。滿目山明仍水秀。忍聽玉驄馳驟。畫橋掩映山莊。酒旗搖曳林塘。好在鶯湖春色，笑人不暇飛觴。（村舍酒帘書鶯湖春色蓋酒名也）

如夢令　題楊補之施篷墨梅，卷中他詩有忍寒背篷立之語

常記剡溪前度。坐拓船窗窺覷。棹進任舟移，行盡粉香千樹。佳趣。佳趣。篷背詩人何處。

浣溪沙　崑山州城西小寺晚憩

落日吴江駐畫橈。招提佳處暫逍遥。海風吹面酒全銷。曲沼芙蓉秋的的，小山叢桂晚蕭蕭。幾時容我夜吹簫。

二　壽南陽周文卿八十

生長昇平鶴髮翁。兒郎衣采照方瞳。晨昏甘旨鳳城中。緩步不須鳩杖策，酡顔時藉蟻杯烘。懶將身世應非熊。

三　冬日喜晴

萬瓦輕霜愛日明。游絲來往似春晴。幽禽弄暖百般聲。斑竹乍翻經夏籜，綠池猶泛過秋萍。溪橋誰共探梅行。

風流子　至元四年七月廿又二日，蘇伯脩侍郎舉一兒子。以予同治久交，且三子名梯雲、拏雲、步雲者，方成童就傅，乃求做吾兒制名，遂命之曰來雲。纔徵詞以紀事，賦此以贈。兒已滿彌月矣，侍郎作湯餅會，併書呈席上諸公

紺宇瑞煙浮。仙童小，高舉覓真游。□霞絢九光，徘徊若木，日宣五色，照耀瀛洲。人爭覩，翱翔趨絳闕，夭矯上崑丘。幾度驂鸞，峨眉東畔，有時跨鳳，恆嶽南頭。何事暫夷猶。儘青冥遠覽，碧落奇搜。不數薰香嫵媚，傅粉嬌羞。笑襁褓襜褕，人閒羊祜，桑弧蓬矢，地上齊州。賸費通家小字，衮衮公侯。

行香子　京山道中

竹院松庭。犬吠雞鳴。被田家、畫出昇平。園林掩映，鞍馬經行。悵暮天低，寒日澹，曉風輕。浮世浮名。役使神形。霎時間、鬢變星星。不憂不懼，無辱無榮。愛水邊漁，林下隱，隴頭耕。

二　暮抵應城宿縣齋後園

槲葉風乾。柏葉霜殷。淺坡陀、路徑回環。喜投公館，暫卸征鞍。對竹蕭森，松夭矯，菊斕斑。歲晏天寒。誰共清歡。過黃昏、愁恨多端。燭花漸暗，鑪火將殘。更雁聲哀，砧聲急，雨聲繁。

減字木蘭花　憲掾黃君美弄璋，援蘇伯脩侍郎例，乞名其子，命之曰升雲，時二月六日，壽席醉賦

春空靄靄。兒解飛騰窺五采。我製佳名。異姓他年敍弟兄。我鬢白早。亦願兒年如我老。緩步徐行。終到蓬萊最上層。

南鄉子　觀雲

紺碧峙晴空。態度分明巧不同。樞具神君三四輩，乘龍。冠佩翱翔赴紫宮。樓觀遠玲瓏。舞鳳

蹲猊刻鏤工。一笑斜川癡老子，奇峰。便入南窗詩句中。

二　二月廿八日君美弄第二雛，仍（仍原缺，據舊鈔本補）前例名之曰凌雲，賦此以贈

頭玉太磽磽。江夏無雙世冑遥。好是三生仙骨重，叢霄。曾侍玄君絳節朝。咫尺趁扶摇。直上鵬程挹斗杓。他日揮毫能作賦，飄飄。學取成都駟馬橋。

三　至元六年九月十四日，李重山憲副壽日。是日，適臺使齎璽書，奬諭風憲至山南，遂大宴合樂。重山號梅庭主人，所居官舍，卽舊水犀亭，久扁香宇。

桂宇散秋香。咫尺梅庭十月陽。紅葉黄花風致好，華堂。不比尋常進壽觴。褒詔燦龍光。百丈蒼官□丈霜。信是天恩寬似海，徜徉。就趁笙歌入醉鄉。

踏莎行　早春景陵道中，兼旬陰晦

野燒回青，溪梅褪粉。路旁新柳鵝黄嫩。連陰未放碧波明，峭寒尚阻東風信。　咿軋肩輿，飄蕭蓬鬢。病餘懷抱無風韻。采葴何暇寫閒情，緑尊無分排孤悶。

點絳脣　沔陽道中

澤國春生，葑田青接重湖淺。鴛鳧弄暖。得意煙波遠。陰道元宵，晴望花朝轉。和風扇。羣芳開徧。應過京山縣。

鷓鴣天　題應山縣城南渡蟻橋，橋東數步法興寺，卽二宋讀書處

十萬玄駒過兩堤。一雙丹鳳上天池。科名已向生前定，陰德仍從暗裏窺。　龍虎榜，鶺鴒詩。同胞同甲照當時。同宗盛事嗟微異，後折蟾宮向下枝。

先兄正獻公至治辛酉狀元，予則泰定甲子十二名。

摸魚子　至元六年二月望日，登安陸白雲樓，樓今爲分憲公廨。城中有楚大夫宋玉故宅與池，其井名琉

璃，井有蘭臺故基

屹危闌、郢都西北，滔滔漢水南去。蘭臺陳迹何從訪，廢宅芳池凝竚。愁絶處。空只有、琉璃眢井蛙聲聚。千年遺緒。邈白雪宮商，雄風襟量，恍惚可神遇。英靈在，應念諸孫莽鹵，斯文微福如許。

蕙肴蘭藉椒漿奠，屈景幽魂同赴。驚節序。卻避近春深，不識悲秋苦。撫今懷古。漫醉墨淋漓，狂歌悽惋，和者應無數。

西江月　王伯循贈別

烏石驛中長夜，小金山下新年。淮堧淮原作誰，堧原缺，並據舊鈔本補蕭寺麥秋天。十載三回相見。今日漢南官舍，光陰不得留連。何時文酒再團圓。莫待白頭皺面。彊村叢書用兩般秋雨庵藏燕石集本，兹另據舊鈔本補

偰玉立

玉立其先回紇人，居偰輦河上，因以偰爲氏，字世玉。延祐進士。至正中，爲泉州達魯花赤，後遷海南道肅政廉訪使。有世玉集。

菩薩蠻　蒙嵓石刻

蒙嵓幾日桃花雨。依稀流水章橋去。只恐到天台。誤通劉阮來。玉堂開綺户。不隔塵寰路。休認避秦人。壺中別有春。

至正戊子（一三四八）二月朔，偕憲掾戴仲治，奏差劉右卿祝鼇來遊。時山桃爛漫，煙雨冥濛，恍隔塵世。汲泉煮茗，清話移時，爲賦菩薩蠻一闋云。通議大夫憲僉偰世玉題（元金石偶存。）

袁士元

士元字彦章，鄞縣（今浙江省鄞縣）人。以薦授縣

學教諭，尋擢翰林國史院檢閲官，不赴。自號菊村學者。有書林詞。

滿庭芳　壽范竹友老鄉長

淇澳風清，渭川月朗，此時天産耆英。蒼蒼標格，挺出白雲層。最好堅心勁節，傲多少、桃李虚情。人都道，孫枝子葉，早已肖龍形。長春曾不老襟懷一片，玉立冰清。喜七賢六逸，總是交朋。試聽鏗金戛玉，玉堂上壓倒梅兄。君知否，平安信好，永耐歲寒盟。

瑞鶴仙　壽倚雲樓公

緑陰深院宇。正簾捲華堂，午風清暑。榴花紅半吐。記仙翁此夕，城南别墅。酒朋詩侣。共歡宴、瑶池容與。笑横空老鶴飛來，還入五雲深處。念此閒情如許。别後蓬萊，迥隔風雨。冰紈翠縷。終不似舊眉嫵。自胸中、温養金丹樂事，莫負花前尊俎。最堪歡，滿眼兒孫，綵衣戲舞。

滿庭芳　壽朵羅歹元帥

菊後秋深，梅邊春近，江天積雨初晴。日湖南畔，光現老人星。盡道元戎公相，今朝裏、福壽相仍。當華誕，黄麻詔下，萬里被恩榮。生來真活佛，心田一片，寛厚和平。好賢哉喬梓，雍肅家庭。顧我寒櫚書客，經年裏、眼特垂青。情歡處，新詞一曲，把酒祝長生。

八聲甘州　餞帥閫張仲淵外郎　先福建帥府出海捕寇服功

又西風、吹動塞雲飛，碧天倚清秋。擁長亭祖席，斜陽旗影，楓葉江頭。贊畫雄藩三載，蓮幕更風流。愧我黄塵客，拂袂從遊。記取環峰亭下，問元戎戰艦，巧運機籌。共輕裘緩帶，坐看瘴煙收。念平生、棱棱英氣，稱沙堤、近侍驟驊騮。須知道、月明千里，人在瀛洲。

青玉案　餞李州判爲鄞縣監病假攝政歸

江城十月春猶小。問解印、何須早。鄞水長官清健了。争如歸去，長汀風月，依舊平分好。 謫仙襟度人間少。留借無緣意頻悄。近種棠陰猶草草。會看他日，腰金衣紫，五馬來蓬島。

清平樂 贈張居仁獲賊有功賜三界巡檢

鼇波萬里。羣盜如蜂起。擒卻四凶天使喜。特命一官入仕。 世家元在兜鍪。少年膽氣橫秋。自此將軍一步，會看談笑封侯。

賀新郎 陳架閣家盆藕間歲復開

淡月黄昏裏，粉牆陰，盆池漾緑，藕花初吐。悄似飛來雙屬玉，風動翩翩素羽。漫引得、人人争覩。拍手闌干驚欲起，□悵然、竝立長凝竚。思往事，意容與。 當年妙選登蓮署。正花開、邀朋醉賞，尚留佳句。藏白收香今六載，還我風流檢府。最好□、冰姿清楚。一點炎塵曾不染，縱盤根錯節仍如許。花爲我，笑無語。 彊村叢書用傳鈔書林集本

蘇大年

大年字昌齡，號西坡，真定（今河北省正定縣）人。生於元貞二年（一二九六）。曾官翰林編修。至正二十四年（一三六四）卒，年六十九。著有西磵老樵集。

踏莎行 題巫峽雲濤圖用王國器韻

煙外斜陽，雲中遠岫。翠眉輕補胭脂漏。見南朝侍兒録迴波都是斷腸聲，斷腸更聽哀猿吼。 暮雨凝愁，朝雲殢酒。餘懷遠寄湓江口。世間木石本無情，如何也似離人瘦。 鐵網珊瑚書品卷九

謝應芳

應芳字子蘭，武進（今江蘇省武進縣）人。約生於元成宗元貞二年（一二九六）左右。自幼篤志好學，指小室曰龜巢，因以自號。郡辟教鄉校，後避地吳

中，亂定始歸。卒年九十七，有龜巢集。

驀山溪　遣悶，至正丙申作

無端湯武，弔伐功成了。賺盡幾英雄，動不動、東征西討。七篇書後，强辨竟無人，他兩箇，至誠心，到底無分曉。　髑髏滿地，天也還知道。誰解挽銀河，教淨洗、乾坤是好。山妻笑我，長夜飯牛歌，這一曲，少人聽，徒自傷懷抱。

沁園春　丁酉春，寓堠山錢氏寫懷

冷笑班超，要覓封侯，棄了毛錐。看今來古往，虛名何用，朝榮夕悴，浮世堪悲。老我衣冠，傍人籬落，賴有平生鐵硯隨。西莊上，對溪山如畫，鷗鷺忘機。　相逢喜得新知。更不用黃金鑄子期。把胸中磊塊，時時澆酒，眼前光景，處處題詩。輕帽簪花，柔茵藉草，時復尊前一笑嬉。　沈酣後，任南山石爛，東海塵飛。

滿庭芳　四月錢夢弼出妓，爲陸文迪壽，邀僕賦贈

玉雪梨渦，錦雲桃扇，紫簫雙鳳和鳴。觥船初棹，煙繞博山青。最喜清和天氣，緑陰靜、梅雨初晴。高齋裏，馬融書帳，風捲絳紗輕。　華年纔幾許，培風健翮，曾試修程。偶（偶字原缺，據丁藏精鈔本補）歸來林下，閒聽松聲。笑道葵花似我，芳心在、向日長傾。黃河水，如今重看，朝□暮還清。

沁園春　壬寅歲旦，枕上述懷

四海煙塵，一棹風波，經行路難。幸兒孫滿眼，布帆無恙，夫妻白首，青鏡猶團。笠澤西頭，碧山東畔，又與梅花共歲寒。新年好，有茅柴村酒，薺菜春盤。　旁人莫笑儒酸。已爛熟思之不要官。任伏波强健，驅馳鞍馬，磻溪遭遇，棄擲漁竿。霜滿朝鞾，雷鳴衙鼓，何似農家睡得安。閒亭裏，喚山童把醆，野老交歡。

又　晨起對雪，復寫餘懷

雪壓新年，花開想遲，鶯來甚難。喜杯有屠蘇，春

風灩灩，盤餘苜蓿，朝日團團。六十年來，尋常交際，江海鷗盟總不寒。移家處，每涉園成趣，居谷名盤。忘情世味心酸。但吟得新詩似得官。儘教我低頭，三間茅屋，從他高步，百尺危竿。白首無成，蒼生應笑，不是當年老謝安。琴書裏，且消磨晚景，受用清歡。

又　屋東老梅一株，鄰家有竹百餘箇，相近雪窗，撫玩復自和此曲

竹與梅花，偃蹇冰霜，堪稱二難。我依梅傍竹，借人茅舍，吟風弄月，坐箇蒲團。梅樣精神，竹般標致，遮莫清臞未是寒。柴門外，好一湖春水，似拍銀盤。昔人恨橘多酸。我只笑青松也拜官。每醉時低唱，滄浪一曲，閒時高卧，紅日三竿。兒輩前來，老夫説與，梅要新詩竹問安。餘無事，只粗茶淡飯，儘有餘歡。

蘇武慢　贈徐伯楓

蘭雪衣衿，芝雲冠佩，欬唾動原缺動字，據丁藏精鈔本補成珠玉。芳草萋迷，蓬萊杳渺，皎皎白駒空谷。濯髮滄洲，怡顔芳樹，樂甚從伶絲竹。問天生、湖海元龍豪氣，肯令消縮。君不見二陸聯芳，三蘇接武，聲動九重黄屋。天上碧桃，日邊紅杏，真足快人心目。拂袖東膠，出門西笑，莫戀故園松菊。看濁河、流水重清，齊唱太平遺曲。

滿江紅　吴江阻風

怪底春風，要將我、船兒翻覆。行囊裏、是羣賢相贈，數篇珠玉。江上青山吹欲倒，湖中白浪高於屋。幸年來、阮籍慣窮途，無心哭。歸去也，緋無粟。吟嘯處，居無竹。看造物、怎生安頓，老夫盤谷。第四橋邊原空四格，據丁藏精鈔本補寒食夜，水村相伴沙鷗宿。問客懷、那有許多愁，三千斛。

一翦梅　壽安玄卿

一色蒼然兩河翁。年也相同。月也相同。六年湖

海共飄蓬。煙也溟濛。雨也溟濛。移家今住葑門東。朝也相從。暮也相從。何嘗歸隱舊山中。桃也春風。李也春風。

風入松　寄朱原道爲生日賀

梅花折去一枝春。人在太湖濱。天生襟度容江海，每開尊、坐客如雲。此日醉逢蓬矢，吾兒應吐華茵。湖光山色淨無塵。魚鳥總情親。姑蘇臺上遥相望，見湖山、如見伊人。綠髮年華全盛，白眉聲譽方新。

又　梅花

歲寒心事舊相知。相別去年時。如今重覩春風面，比年時、消瘦些兒。天上玉堂何在，人閒金鼎頻移。風塵不染素羅衣。脈脈倚柴扉。桃根桃葉爭春媚，儘教他、濃抹臙脂。老我揚州何遜，隴頭誰爲題詩。

金縷曲　賀（賀字原缺，據丁藏精鈔本補）袁叔度新居

卜宅椒園裏。響丁丁、風斤月斧，杏粱飛起。窗户青紅煙樹綠，焜耀碧山鄰里。雞共犬、也知輪美。燕子飛來堂下舞，似輕盈、掌上人堪喜。更可愛，新桃李。　長洲水接淞江水。好秋風、鱸魚蓴菜，葑田菰米。豔□□□□□，□屋神仙羅綺。□□、□□□□。楚舞吴歌娱晚景，内臺盤、春筍奉甘旨。五馬貴，未足擬。

沁園春　壽杜默齋，時致仕，寓吴門僧舍，吾家與鄰居焉

脱屣原作屨，據丁藏精鈔本改紅塵，移家碧山，娑羅樹邊。有兩兒冠帶，眼前騰踏，諸孫文采，膝下聯翩。石几焚香，冰甌滌筆，重註羲經得異傳。餘無事，但觀雲默坐，聽雨高眠。　龜巢幸與相連。飲湖水清如飲菊泉。問絳人甲子，今踰四百，皇家鍾乳，何用三千。銀艾忘情，玉枝無憾原作汗，據丁藏精鈔本改，一味清閒足引年。升平也，看天恩賜帛，雪髮

垂肩。

西江月　秋暮，簡友人索酒

老大無人青眼，淒涼柰爾黃花。秋來杯酌斷流霞。兀對江山如畫。　夢裏去尋東老，覺來欲喚西家。山童羞說未能賒。報道點茶來也。

風入松　辟兵青龍，食蘿蔔有感

青龍地脈土酥香。產玉似崑岡。可憐不入瑶池宴，到冰壺、風味淒涼。忽憶故園時序，春盤春酒羔羊。　青絲生菜韭芽黃。銀縷染紅霜。桃花人面柔荑手，酒微酣、象箸頻將。鼙鼓一聲驚散，六年地老天荒。

西江月　題畫

緣樹雲林窅窕，青苔石磴縈紆。兩人杯下曳長裾。應是山中巢許。　空谷似聞樵斧，危橋不斷徵車。誰來爲我借茅廬。來與白雲同住。

南鄉子　過王景逸溪居

四野接平蕪。一曲清溪似畫圖。燕子日長溪館靜，菰蒲。風灑軒窗暑氣無。　林叟話樵蘇。相送東橋日已晡。啼鳥不知人禁酒，葫蘆。教我提來那處沽。

摸魚子　早春作

看東風、柳搖金縷。精神頓美如許。獨憐老我雙蓬鬢，無復少年張緒。桃葉渡。任山水清妍，可柰非吾土。借人茅屋，但有客相過，清茶淡話，閒與論今古。　傷心處。客去臥聽鼙鼓。看花渾在煙霧。姑蘇臺榭笙歌散，麋鹿又如前度。誰恁誤。教無限蒼生，命墮顛崖苦。蒹葭洲渚。賴有箇扁舟，三竿釣竹，相伴閒鷗鷺。

水調歌頭　中秋言懷

戰骨縞如雪，月色慘中秋。照我三千白髮，都是亂離愁。猶喜淞江西畔，張緒門前楊柳，堪繫釣魚舟。有酒適清興，何用上南樓。　擐金甲，馳鐵馬，任封侯。青原作清，據丁藏精鈔本改鞋布襪，且將吾道付滄洲。老桂吹香未了，明月明年重看，此曲爲誰謳。長揖二三子，煩爲覓菟裘。

憶王孫　和熊元修蘇州感興

銅駝淚溼翠苔茵。落地花如墮玉人。可是東君不惜春。問花神。原作孫，據丁藏精鈔本改海變桑田幾度新。

又

齊雲一炬起紅煙。頃刻煙銷事已遷。折戟沈沙月爛船。問祈連。安得河清億萬年。

水調歌頭　茅仲良初度席上賦

秋色淨如洗，南極瑞光多。秦駐山中隱者，弧矢掛煙蘿。野老敲門看竹，珍重主人留客，呼酒瀉金荷。爲問春秋多少，笑道明年六十，勳業竟原無竟字，據丁藏精鈔本補蹉跎。萬鍾祿，千駟馬，待如何。洛陽城市，又看荆棘卧銅駝。且喜階前玉樹，五色鵷雛俱好，把此瑟琴和。一曲華胥引，雙鬢雪兒歌。

又　洪武九年秋，余卜居千墩，嘗作水調歌。今也人事乖違，欲還故土，故復和前韻，以述其情，並以留別吳下諸友。時十三年六月初也

牙齒豁來久，老氣尚橫秋。買得歸耕黃犢，兒輩幸無愁。相近六龍城下，只在三家村裏，結屋小如舟。倚樹覽山色，且免賦登樓。看官爵，都不似，醉鄉侯。里翁閒話，便同學士坐瀛洲。寄語東吳朋友，乘興能來滬浦，艤棹聽漁謳。無酒不須慮，解我破貂裘。

滿庭芳　熊元修席上次韻

塵拂風生，熏鑪煙嫋，劇談天上人閒。馮夷擊鼓，白鳳舞崑山。驚倒五陵年少，聽三老、□角鳴湍。江南好，梅前菊後，天氣帶微寒。客來雖話別，重歌舊曲，不是陽關。笑閒雲似我，時時字原缺，據丁藏精鈔本補去時還。最喜烽煙盡息，青天淨、一鏡團圞。

重來也，尋盟鷗鷺，訪竹問平安。

點絳脣　初度作

七十年前，抱麟虛負雙親夢。一襟空洞。生世曾何用。老我東門，瓜也無心種。松醪甕。瀉如鉛汞。時與漁樵共。

又

海上歸來，鬢毛枯似經霜草。薄田些少。茅屋園池小。三子犂鋤，三婦供蘋藻。村居好。兔園遺稿。是我傳家寶。

又

弧矢休懸，舉杯聊適棲遲意。明朝冬至。有酒還沈醉。堪笑神仙，要作長生計。人間世。金烏西墜。難把長繩繫。

又

老眼猶明，著書未了餘生債。客來休怪。淡飯黃虀菜。踏雪觀梅，清興依然在。南門外。夜來尋戴。扶醉馱驢背。

又

點檢龜巢，素琴絃斷餘何有。夫妻白首。相敬如賓友。三四孫兒，五色斑斕袖。梅花酒。爲翁稱壽。羅拜爺娘後。

沁園春（原作沁春園，據丁藏精鈔本改）　無錫縣令生日招飲而作

借問黃花，過了重陽，如何始開。爲客中陶令，逢他初度，尊前杜舉，要我相陪。十日秋香，百年晚景，一笑今朝酒莫推。風光好，正涼生沆瀣，淨洗氛埃。胸中華嶽崔嵬。下筆處、長江滾滾來。且折花簪帽，劇談清事，引杯看劍，聊適幽懷。健翮低雲，修鱗蹭蹬，人道公非百里才。還知否，那黃河清也，白日悠哉。

水調歌頭　再和寄酬袁子英蕭寺

六載遠相憶，一日似三秋。別後雪添蓬鬢，著述遣

窮愁。幾度欲尋安道，溪上片帆飛去，興盡復回舟。明月出東海，隱約原作躍，據丁藏精鈔本改見瓊樓。

喚龍伯，擊鼉鼓，舞陽侯。何時杯酒，重歌蘆葉舊汀洲。多謝寄來雙鯉，白雪陽春數曲，爲我和巴謳。什襲付兒輩，好學製弓裘。

南樓令　壽陳縣丞

赤手拔鯨牙。長安早看花。竟春風、百里桑麻。柳色宮袍銀束帶，親受賜，玉皇家。　鼉鼓報朝衙。桑弓掛綠蛇。拜雙親、杯捧流霞。只恐哦松哦未了，天上去，又乘槎。

八聲甘州　爲友人贈醫士

喚常娥白兔下蟾宮，玉杵擣玄霜。自焚蘭古鼎，心融靈素，默契歧黃。不假殘膏賸馥，時俗共傳方。用我上池水，偏洗膏肓。　家住六龍城裏，有舊家風月，三徑蒼筤。更一林、新栽紅杏暖生香。問年來、活人多少，只只字原缺，據丁藏精鈔本補靦然、微笑說尋常。誰能爲，寫成佳傳，汗竹流芳。

滿庭芳　夏五雨窗言懷

十里橫山，一灣流水，東洲蕞爾孤村。移來田舍，山水對衡門。老我無能爲矣，原作無爲能矣，據丁藏精鈔本改犁鋤事、付與兒孫。湖田上，黃梅雨足，蛙鼓□聲喧。　親朋三四老，鬢眉雪白，言笑春溫。每攜手相過，清事閒論。坐挹原作把，據丁藏精鈔本改山光水色，茅柴酒、傾倒匏尊。章臺路，馬蹄塵土，不到紫苔痕。

又　寄江叔廉

雞犬相聞，溪山如畫，梅花只在前村。逍遥杖屨，不過翟公門。前度春風已老，對芳草、還憶王孫。長安市，看花人去，車馬正爭喧。　向來東海上，水南水北，如石如溫。念鷗冷詩盟，何日重論。老我蓬蒿三徑，開懷抱、賴有琴尊。公知否，蕭齋雨漏，四壁篆書痕。

謝應芳

菩薩蠻　七夕作

鋒棱磨盡方藏拙。老懷羞對天孫説。風葉動清商。依稀似九章。　飄蕭雙鬢雪。卧看彎彎月。月缺有時圓。人無再少年。

水調歌頭　再和前韻

青白阮生眼，皮裏有陽秋。誰信近來懷抱，汨汨泥窮愁。昨夜僧房聽雨，如在瀟湘夜泊，欹枕卧孤舟。無復少年日，解佩醉秦樓。　更休説，爛羊尉，爛羊侯。三山湖上，如今田舍住東洲。澒洞十年金革，蓬勃一襟塵土，白雪向誰謳。濯足傍雲水，披我老羊裘。

又　代陳氏謝徐彥銘

玉杵擣靈藥，丹鼎養芙蓉。城市山林小隱，家住驛橋東。況是南州高裔，更欲上池真液，冰雪炯心胸。醫國手初試，在處起疲癃。　種陰德，方寸地，繼頤翁。活人多少，滿林新植杏花紅。遮莫南山石爛，又復瀛洲水淺，都付笑談中。刮目看塵表，黄鵠駕天風。

沁園春　寄張希尹，兼簡劉小齋、張熙載（原題僅寄希尹三字，兹據傳藏鈔本補）

憶昨秋風，送書畫船，過楊柳洲。把錦囊傾倒，燈花共喜，棹歌歸去，詩草仍留。坐榻高懸，家童偶語，此客尋常頗見不。襟懷好，比子猷尋戴，別樣風流。　別來一日似三秋。且喜花時可勝游。要尋山問水，春中故國，賦詩釃酒，季子高丘。醉帽簪花，吟茵藉草，莫笑疏狂老未休。回來也，有堂前舊燕，江上盟鷗。

點絳脣　和林韻

往古來今，何人不道閒居好。忙多閒少。應被青山笑。　蒲柳衰顔，我獨驚秋早。茅齋小。幾番掀倒。風雨都溼了。

風入松　賀宜興殷伯賢遠回

孤舟浪打石尤風。霹靂浪聲中。布帆喜得歸無恙，繫長橋、閒似漁篷。蛟渚如今寂寂，鷗波依舊溶溶。　秋花開到雁來紅。金菊對芙蓉。一襟磊塊都澆去，飲紅灰、如飲黃封。睡到日高三丈，從他衙鼓逢逢。

點絳唇　謝萬仲理惠絲

彩翼雙鳧，寄來一幅天機錦。純絲絶品。將意何勤恁。　歲晚空山，不怕冰霜凜。西風緊。便添袍緼。被德吾無隱。

八聲甘州　寄無錫錢夢弼

記年時東走避風塵，隨處覓桃源。偶相逢一笑，堠山西畔，喬木參天。百尺元龍樓上，下榻許高眠。鼓我瓠巴瑟，魚鳥欣然。　每日春風池館，有竹林諸阮，醉袖聯翩。要簪花捧硯，常挾兩飛仙。又安知、桑田變海，竟飄零、老去雪盈顛。綈袍外、故人餘意，肝膽雕鐫。　此下丁藏傳藏鈔本，俱有滿庭芳三首，但此三首乃曲調，彊村叢書删之極是。周泳先又補此三首，誤矣。

水龍吟　題曹德祥水居

舊家金谷園林，盡隨海變桑田了。一灣流水，一枝修竹，菟裘將老。瀟灑軒窗，波光隱映，筆牀茶竈。但溪無六逸，林無諸阮，誰相與，論懷抱。　不用滄洲洗耳，聽風前、此君清嘯。黃金臺上，儘教塵土，聘原作騁，據丁藏鈔本改車爭道。魚鳥情親，漁樵邂逅，不時談笑。看古來行路難行，真箇是閒居好。

賀聖朝　馬公振見訪，以詞留别，喜而和之

吴淞舊雨相鄰住。喜復來今雨。那時因遇。十年艱險，劍頭炊黍。　如今相見，衰顔醉酒，似經霜紅樹。湖山佳處。登高望遠，徧題詩去。

滿江紅　送馬公振

舊約尋梅，蹉跎過、小春時節。忽隴頭人至，一枝先折。喜見春風顔色好，縞衣不受緇塵涅。把十年、湖海舊相知，從頭說。　三江上，滄洲雪。千墩下，珠林月。似許詢支遁，總皆清絶。重看青山攜素手，此情方解相思結。待滆湖、冰泮柳風清，孤舟發。

沁園春　自述

笠澤東頭，翠竹漁莊，滄洲釣船。看三江雪浪，煙波如畫，一篷風月，隨處留連。巨□鱸魚，團臍螃蠏，坐飲篷窗醉即眠。蒹葭畔，□不收笭箵，意若忘筌。向來四海戈鋋。好戰艦都成赤壁煙。笑癡兒航海，空尋蓬島，漁郎失路，漫説桃源。鷗社盟寒，歌聲斷續，煙水寥寥數百年。玄真子，有家傳舊曲，重扣吾舷。

鵲橋仙　寄汪南軒

青年去了。青衫破了。舊日青氈無了。一時清興未能除，説與故人知道。春花春好。秋花秋好。每日看花尤好。人生沽酒買花錢，消得杖頭多少。

一翦梅　三首寓意寄故人

崑岡火烈去年時。玉也灰飛。石也灰飛。鶴長鳧短總休提。善有天知。惡有天知。今年快活保妻兒。歌也相宜。舞也相宜。揮金如土醉如泥。休負佳期。莫負佳期。

又

東風吹醒老梅枝。南也芳菲。北也芳菲。月明半夜五更時。笛也争吹。角也争吹。青松澗底獨離奇。寒也誰知。暖也誰知。老夫聊爲一歔欷。梅也題詩。松也題詩。

又

一天和氣盎春暉。桃也芳菲。李也芳菲。若教風打雨淋漓。紅也塵泥。白也塵泥。花前把酒插花枝。歌也相宜。舞也相宜。鶴長鳧短總休提。長也天知。短也天知。

江城子　五月十二壽萬拙齋

去年今日瀉天瓢。水滔滔。斷藍橋。阻我羣仙，鸞鶴赴蟠桃。獨有商羊偏喜雨，跳且舞，上山椒。

今年南極見丹霄。射金蕉。瑞光搖。澆去胸中，磊塊儘酕醄。莫厭琵琶彈舊曲，長聽取，鬱輪袍。

以上彊村叢書本龜巢詞，其訛脱處，則據丁藏傅藏鈔本校補。

如夢令　陳彦真居毘陵鶴溪之陰，中年以來，斥斷家事，黄冠羽衣，翛然物外，余聞而嘉之，故作此以贈

滿眼青山如畫。説甚玉堂金馬。頭戴鹿皮冠，穿箇布袍冬夏。都罷。都罷。心上了無牽掛。

又

一帶鶴溪環繞。溪上石田多少。春雨駕龍耕，種得玉芝瑶草。堪笑。堪笑。海水幾番乾了。

又

蘿屋不經風破。苔徑不教塵涴。魚鼓洞仙歌，童子唱來還和。閒坐。閒坐。窗下白雲飛過。

又

松菜酒香春甕。更有麻姑相送。日日瀉流霞，添我胸中鉛汞。珍重。珍重。浮世本來如夢。

江城子　賀蕭墅張克讓戊申正月九日初度生孫，是日立春節也

阿翁初度宴重闈。正熙熙。醉如泥。春到階庭，玉樹長孫枝。座客持杯停壽曲，都聽取，鳳雛啼。

明年蓬矢兩弧垂。對佳期。試周期。看取干戈，俎豆弄金龜。彭祖春秋應八百，孫似祖，與年齊。

南樓令　老友劉景儀，去秋以星術之書推測年命，謂今春當卽世，乃預集葬具且自爲埋銘，及賦詩自挽。既而失去行囊之資用，鬱鬱然康强無恙。余故作此曲，戲而付之

生死隔年期。劉伶老似癡。動教人、負鍤相隨。驚得青蚨飛去了，無酒飲，卻攢眉。春暖典春衣。

還堪醉似泥。趁清明、雨後游嬉。楊柳池塘桃杏塢，春水漫，夕陽遲。

高陽臺　題張德機荆南精舍圖

陽羨溪山，輞川煙雨，隱然畫裏觀詩。芳草王孫，別來幾度春歸。最憐屋壁藏蝌蚪，化劫灰、飛入昆

池。好階墀。書帶青青，竹雪霏霏。相逢共約歸期。待玄龜出洛，朱鳳鳴岐。丘壑幽尋，正須重置荷衣。斬蛟射虎都休問，有白鷗、堪與忘機。近西枝。移我龜巢，鄰爾漁磯。

沁園春　寄崑山友人並自述

泉石膏肓，塵土驅馳，還家鬢霜。想吟邊茗椀，清風習習，醉中琴操，流水洋洋。口不雌黄，眼無青白，皂鶴從教自短長。閒居好，有溪篷釣具，林館書牀。春風賓主壺觴。坐慈竹軒中挹翠香。儘劇談千古，神游混沌，高歌一曲，興在滄浪。老我牛衣，懷人馬帳，誰似彭宣到後堂。都傳語，問魚書久絶，兔頴何忙。

又

憶昔移家，著處偷生，卄有餘霜。遭幾番驚怕，青天霹靂，滿懷愁悶，蒼海汪洋。故步全非，新知誤喜，襪線初無尺寸長。龍鍾後，方馬歸伏櫪，龜作揹牀。年來飲不盈觴。也不愛、花枝錦繡香。與山僧野老，交情淡淡，盤蔬盂飯，清話浪浪。燕子重來，桃花應笑，四壁空空一草堂。償詩債，有隔年未了，連日猶忙。

又　寄詢講主

每憶巖房，端石玄雲，宣毫紫霜。想筆端風雨，不時蕭颯，胸中淵海，無底潢洋。楓落寒江，草生春夢，欲説天機話甚長。知音者，有真能入室，好與連牀。梅花窗下茶觴。小團月、烹來寶乳香。覽吴淞夜月，珠光瑩潔，崑山□□，□液淋浪。不出門庭，那知世態，金玉家家要滿堂。長安市，似遺腥蠅聚，采□□□。

江城子　前作五月十二日壽萬拙齋詞，意有未盡，乃再□□紙寫去，爲拙齋寬舒逸樂之勸

去年今日訪龐公。也悤悤。去城中。回首青山，帶雨汗顔同。茅屋破來風轉急，愁殺我，浣花翁。

今年一笑喜相逢。海榴紅。照簾櫳。休把閒愁，牽繫廢歌鍾。請看灰飛千里草，金滿塢，總成空。

西江月　與鄧景文先生干借姜堯章詞

十載不歌金縷，秋娘已負青年。朝雲飛過畫樓前。無復爲人留戀。　默坐鷓鴣聲裏，尋思白石詞仙。好將花樣更流傳。重覩春風人面。

蝶戀花　贈萬彥述鸞膠重譜

一曲求凰彈越調。紅葉殷勤，鳳已成雙了。織翠輕裾雲縹緲。多情佩有宜男草。　十月小春天氣好。春到南枝，梅蘂含微笑。珍重畫眉人起早。風流不讓張京兆。以上補遺見道光謝蘭生刊本，彊村叢書即據以録入。

倪瓚

瓚字元鎮，號雲林，無錫(今江蘇省無錫市)人。生於大德五年(一三〇一)。至正初，散家貲給親故，棄家泛舟五湖。洪武七年(一三七四)卒，年七十四。有清閟閣集。

清平樂　在荆溪作

汀煙溪樹。總是傷心處。望斷溪流東北注。夢逐孤雲歸去。　山花野鳥初春。漁郎樵叟南津。誰識摧頽老子，醉人推罵從嗔。

人月圓

傷心莫問前朝事，重上越王臺。鷓鴣啼處，東風草緑，殘照花開。　悵然孤嘯，青山故國，喬木蒼苔。當時明月，依依素影，何處飛來。

又

驚回一枕當年夢，漁唱起南津。畫屏雲嶂，池塘春草，無限消魂。　舊家應在，梧桐覆井，楊柳藏門。閒身空老，孤篷聽雨，燈火江村。

太常引　傷逝

門前楊柳密藏鴉。春事到桐花。敲火試新茶。想月珮、雲衣故家。苔生雨館，塵凝錦瑟，寂寞聽鳴蛙。芳草際天涯。蝶栩栩、春暉夢華。

江城子　感舊

窗前翠影溼芭蕉。雨瀟瀟。思無聊。夢入故園，山水碧迢迢。依舊當年行樂地，香徑杳，緑苔饒。沈香火底坐吹簫。憶妖嬈。想風標。同步芙蓉，花畔赤闌橋。漁唱一聲驚夢覺，無覓處，不堪招。

柳梢青　贈妓小瓊英

樓上玉笙吹徹。白露冷、飛瓊珮玦。黛淺含顰，香残棲夢，子規啼月。揚州往事荒涼，有多少、愁縈思結。燕語空梁，鷗盟寒渚，畫闌飄雪。

南鄉子　東林橋雨篷夢歸

篷上雨潺潺。篷底幽人夢故山。澗户林扉元不閉，蕭閒。只有飛雲可往還。波冷玉珊珊。一壑松風引珮環。詠得池塘春草句，更闌。行盡千峯半雲間。

太常引　壽彝齋

柳陰濯足水侵磯。香度野薔薇。芳草緑萋萋。問何事、王孫未歸。一壺濁酒，一聲清唱，簾幕燕雙飛。風暖試輕衣。介眉壽、遥瞻翠微。

鵲橋仙

富豪休恃。英雄休使。一旦繁華如洗。鵲巢何事借鳩居，看數載、主三易矣。東家煙起。西家煙起。無復碧甍朱棨。我來重宿半間雲，算舊製、唯餘此耳。

鷓鴣天

笠澤沿回十五年。親知情義日堪憐。偷兒三顧吾何有，俗士羣譏自省愆。聊復爾，豈其然。田翁輕慢牧童顛。乃知造物深相與，急使江湖棹去船。

如夢令

削跡松陵華寓。藏密白雲深處。造物已安排，蚩事何須先慮。歸去。歸去。海鶴山猿同住。

踏莎行

春渚芹蒲，秋郊梨棗。西風沃野收紅稻。檐前炙背媚晴陽，天涯轉瞬萋芳草。魯望漁村，陶朱煙島。高風峻節如今掃。黄雞啄黍濁醪香，開門迎笑東鄰老。

憶秦娥

昨日嘗賦憶秦娥一首，以介石齋前木犀盛開，俾具一卮酒，無使花神笑人寂寞，蓋以風雨傷懷耳。兹重改呈，又作一首，共寫呈，二君却不可默然也

扶疏玉。蟾宮樹影闌干曲。闌干曲。一襟香露，幾枝金粟。姮娥鏡裏秋雲緑。無端風雨聲相續。聲相續。不須澄霽，爲沽醽醁。

又

參差玉。笙聲暮起瑶臺曲。瑶臺曲。輕風香浸，夜涼肌粟。黄雲巧綴飛霞緑。清吟未斷秋霖續。秋霖續。恐辜花意，倒尊中醁。

江城子

滿城風雨近重陽。溼秋光。暗横塘。蕭瑟汀蒲，岸柳送淒涼。親舊登高前日夢，松菊徑，也應荒。堪將何物比愁長。緑泱泱。遶秋江。流到天涯，盤屈九回腸。煙外青蘋飛白鳥，歸路阻，思微茫。

蝶戀花

夜永愁人偏起早。客鬢蕭蕭，鏡裏看枯槁。雨葉鋪庭風爲掃。閉門寂寞生秋草。　行路難行悲遠道。說著客行，真箇令人惱。久客還家貧亦好。無家漫自傷懷抱。

以上十六首百家詞本雲林樂府。此下原有凭闌人一首殿前歡一首水仙子二首折桂令二首水仙子一首小桃紅三首以其均爲曲調，故不録。又珊瑚網名畫題跋卷八戴倪瓚題畫朝中措幽姿不入少年場一首，乃陸游詞，兹亦不録。

定風波　題畫梅

敧帽垂鞭送客回。小橋流水一枝梅。醉後紅綃都

不記，□賸，幽香卻解逐人來。松畔扶閒頻置酒。攜手。與君看到十分開。少壯相從今雪鬢。因甚。流年清興兩相催。

庚寅臘月，同天台陶九成訪雲棲子於玉山草堂，是日微雪着紅梅上。雲棲子見示管夫人雪梅，與今日情景適合，因題一調定風波云。瓚記。珊瑚網名畫題跋卷八。

束從周

從周，合肥人。

小重山　題錢德鈞水村圖

楊柳絲絲兩岸風。前村溪路遠，小橋通。人家依約水西東。舟一葉，移過荻花叢。清景迥涵空。好山青未了，暮雲重。是誰驚起幾征鴻。天然趣，卻在畫圖中。珊瑚木難卷二

湯彌昌

彌昌字師言，號碧山，湖南瀏陽人。曾官瑞安州判官。有碧山類稿。

虞美人　題錢德鈞水村圖

翰林妙寫溪村趣。茅屋知何處。溪翁想像住溪灣。一笑如今，家在畫圖間。西風門掩蘆花漵。聊與漁家伍。人間不信有張翰。剪取吳淞，空向卷中看。

延祐丁巳中秋日，德鈞携此卷，俾賦小詞，爲賦虞美人一闋。

祝英臺近　題錢德鈞水村圖

染秋雲，圖澤國，野趣入游戲。能事何須，五日畫一水。重重楊柳陂塘，茅茨村落，鱸鄉外、西風漁計。晚烟霽。有客乘扁舟，延緣度疏葦。欲訪幽居，宛在碧溪尾。浩然目送飛鴻，醉歌欸乃，溪光

裏、亂山横翠。以上二首見珊瑚木難卷二

梁寅

寅字孟敬，新喻(今江西省新喻縣)人。生於大德七年(一三〇三)。元末，隱居教授。洪武二十二年(一三八九)卒，年八十七。有石門集。

晝夜樂　懷金陵

秣陵猶憶豪華地。醉春風、花明媚。碧城綵絢樓臺，紫陌香生羅綺。夾十里秦淮笙歌市。酒帘高曳紅摇翠。油壁小輕車，間雕鞍金轡。同遊放浪多才子。詫酣歌、如高李。傲時江海狂心，懷古虹蜺雄氣。歸卧雲廬霜滿鬢，十年間、多少愁思。春夢繞天涯，度煙波千里。

燭影摇紅　後漢匈奴傳，言呼韓邪單于來朝，願爲漢壻。後宫王嬙以積怨自請行，此事之實也。西京雜記乃云，元帝使畫工毛延壽圖宫人形貌，按圖召幸。王嬙以賂金少，畫不及貌。王嬙當行，帝見之悔，乃殺延壽。夫元帝柔仁之主也，而謂其因女色殺畫工，余固不信。而無寵自請行，誠一污賤女子耳。後之爲昭君曲者多歸咎元帝，殊不當也。因此賦

深鎖宫花，繡生魚鑰重門閉。美人何事怨東風，獨抱傷春意。月照黄沙萬里，到氈城、芳心自喜。尊前歌舞，馬上琵琶，寵深誰比。毳服胡妝，那思舊日嬌羅綺。年年秋雁向南飛，肯寄相思字。歲久玉顔憔悴，似花落，悔隨流水。草青墳上，應是香魂，尚含愁思。

木蘭花慢　桃源

愛山中日月，春漸去，又還來。望水繞人家，雲生窗户，岫轉峯迴。層層絳桃千樹，似丹霞、散綺映樓臺。世上從教桑海，人間自有蓬萊。漁郎未必是仙才。偶爾到天台。喜相問相邀，山中殽簌，樹裏尊罍。何便尋歸路，是風波險處未心灰。要似秦民深隱，桃花只好移栽。

綺羅香　天台

翠谷吞霞，丹厓隱日，瑤草緑迷仙路。復宇層臺，雞犬不知何處。花對發、洞裏嬌娥，璧雙美、人間才子。信奇緣、水合雲交，香風滿徑共歸去。嘈嘈鸞鳳簫管，九醞瓊漿碧，冰盤麟脯。滄海深深，將比此情難侶。奈塵臆未斷愁根，被啼鳥苦催歸思。嘆多少樂極生悲，落花思故樹。

八聲甘州　贈易自然禱雨有應

喜神龍飛雨遍秋郊，黄河自天來。是蟠溪逸士，胸中造化，掌上雲雷。壇峙吟峯東畔，稽首望仙臺。絳節霓衣，擁閶闔朝開。憑仗小心風送，緑章上奏，咫尺瑤階。念魚頭赤子，濈濈困炎埃。賴皇穹、恩波滂沛，便千村萬落總春回。人都道先生功行，山嶽崔嵬。

阮郎歸　自洪還家

歸來長嘯碧山河。結茅牽翠蘿。衰顏借問近如

何。吴霜侵鬢多。衣裋褐，卧行窩。眼前隨分過。一溪風月與煙波。閑中宜釣蓑。

醉落魄

蒼厓翠谷。閑雲一片、無拘束。田廬村巷經行熟。無取無求，曳杖看修竹。道人邀我巖居宿。小槽白酒過醽醁。醉來只唱山中曲。無價清歡，何必論金玉。

南歌子　或以山蒲萄爲獻，其味與家園者無異

虯蔓懸秋露，驪珠撼曉風。倚崖點漆變殷紅。味與涼州珍貢，卻相同。御苑堪移植，雕盤合上供。猿猱餘顆寂寥中。多謝樵人分送，到山翁。

憶秦娥　爲南溪廖氏題古梅

湖山曲。山頭花照湖波緑。湖波緑。盈盈仙了，鏡中顏玉。百千年樹繁英簇。春光卻在幽人屋。幽人屋。自然富貴，海珠千斛。

魚游春水　避亂還家，見桃花盛開

家臨千峰翠。幽徑重開荆棘裏。小桃花豔，春日盈盈霞綺。香入騷人碧玉杯，色映游女青螺髻。帶露更嬌，迎風尤媚。　古有牆東避世。況似武陵風光美。時時獨酌花閒，別有天地。不教掃逕看尤好，意欲尋仙從茲始。巖前白雲，石邊流水。

謝池春　花朝

薄寒山閣，當亭午、瀟瀟雨。鳥静桃花林，水坐蘭苕渚。玉勒驄稀出，油壁車何處。欲簪花、簪不住。花紅鬓白，應笑人憔悴。春過一半，東去水、難西駐。前半傷多病，後半休虚負。白醴匏尊滿，紫筍山殽具。心無累，皆佳趣。自辭觴酌，勸客須當醉。

緱山月　雨夕

急雨響巖阿。陰雲暗薜蘿。山中春去更寒多。縱柴門不閉，花滿徑，蒼苔潤，少人過。　蘭舟曾記蘭汀宿，牽恨是煙波。而今林下和樵歌。看風風雨雨，滋原作從，據朱氏彊村叢書本改造物，時時變，總心和。

玉蝴蝶　閒居

天付林塘幽趣，千章雲木，三徑風篁。雖道老來知足，也有難忘。旋移梅、要教當户，新插柳、須使依牆。更論量。水田種秫，闢圃栽桑。　荒涼。貧家有誰能顧，獨憐巢燕，肯戀茅堂。客到衡門，且留煮茗對焚香。看如今、蒼顔原作頭，從朱本改白髮，又怎稱、紫綬金章。太癡狂。人嘲我拙，我笑人忙。

破陣子

黯黯凄凄草色，狼狼藉藉花枝。江上煙波天共遠，樹外雲山路更迷。故人音信稀。　因病縱原作從，據朱本改教廢酒，非愁自懶題詩。芍藥荼蘼開漸近，蹴踘鞦韆樂有誰。雨僝風僽時。

人月圓　春夜

三春月勝三秋月，花下惜清陰。錦圍繡陣，香生革履，光動蘭襟。棠梨枝顫，乍驚栖鵲，夜久寒侵。明朝風雨，休孤此夕，一刻千金。

燕歸慢　上巳雨

花徑蕭條。恰桃霞已盡，梨雪初飄。雲霾嗔麗景，風雨妒佳朝。山中行樂本寥寥。那更值、年荒酒價高。諸生共高詠，只閒静，勝嬉游。千嶂暝，故人遠，濘妨馬，水平橋。象筵寶瑟何由見，與誰共羽觴浮。蘭亭遺迹長蓬蒿。怎能句、山陰棹小舟。對景度新曲，獨堪向，故人求。

雨霖鈴　夏景

螺峰堆緑。夜來經雨，渾似膏沐。飛泉怒瀉崖谷，懸霜練□原不空，據朱本補鳴蒼玉。虎迹巖前過處，踏破翠苔褥。聽啼鳥，山北山南，樹杪殘雲自相逐。蓬門晝掩稀來躅。稱幽人、獨步看新竹。移牀松下零露，三四點、怎沾原作占，據朱本改緗軸。日永如年，况是身閒不受拘束。休妄想、鵷鷺朝班，聊且伴麋鹿。

金菊對芙蓉　秋思

玉刻奇峰，藍拖秀水，秋光渾似耶溪。渺蒼煙十里，白鳥孤飛。恨無越女芙蓉豔，蘭舟小、桂棹輕移。西風殘照，樵人漁子，結伴尤宜。無柰物理難齊。歎魚鰕苦瘦，雁鶩多肥。望茫茫江海，今更何之。溪頭緑樹親曾種，耐寒暑、應笑人衰。青山千仞，白雲萬頃，須理荷衣。

玉蝴蝶　丙午元夕

霽景煙霞五色，黄金柳嫋，碧玉桃開。再覩昇平氣象，處處春回。且追隨、村歌里巷，休耽戀、綺席樓臺。獨徘徊。人看月上，月趁人來。因懷。金陵舊曾游玩，御街燈火，遠照秦淮。勝友同歡，醉聽簫鼓鬧春雷。幾年間、風馳雲往，千里外、水複山迴。是仙才。飆輪許借，重訪蓬萊。

訴衷情

李花當户間桃花。姸景雪兼霞。春風送將春色，照耀野人家。回蝶使，罷蜂衙。日初斜。雙鶯窗外，雙燕簾間，共惜穠華。

浪淘沙　夜雨

檐溜瀉泉聲，寒透疏櫺。愁如百草雨中生。誰信在家翻似客，好夢先驚。花發恐飄零。只待朝晴。彩霞紅日照山庭。曾約故人應到也，同聽啼鶯。

采桑子　孟夏

舍南舍北多桃李，子滿青枝。曲徑冥迷。新竹增高舊竹低。掃苔坐石何妨久，行步常遲。竚立移時。雲起東峰原作風，從朱本改日墜西。

宴清都　端午

帶恨湘江水。無柰遠、楚雲天際千里。靈均一去，芳蓀翠減，香蘺青死。龍舟鼉鼓聲沸。歎舊俗、空誇水戲。樂少年、越女吴姬，□□原不空兩格，從朱本補王孫公子。曾記南浦芙蓉，東湖楊柳，斜日歌吹。綵舟載酒，綸巾揮扇，勝友同醉。而今白頭蓬卷。但諳慣、獨醒滋味。好只把、蘭佩荷衣，從今料理。

望江南　傍村之民兄弟四人，坐豪奪民産遠流

山深處，豺虎縱跳踉。但愛體肥貪肉食，那知腹飽是身殃。天網甚恢張。千里外，魑魅可同鄉。三尺正當嚴律令，四凶那得詫强梁。稽首謝君王。

天仙子　苦熱

六合似鑪雲似火。熱氣蒸肌煙原缺蒸肌煙三字，朱本亦缺，兹從光緒十五年石門集刊本補霧鎖。此時那得羽翰生，冰壑過。風巖坐。瀑布濺衣珠萬顆。未旱先愁愁怎躱。如在顛崖惟恐墮。急須霖雨慰蒼生，名譽播。江之左。誰在東山深處卧。

蘇幕遮　秋旱喜雨

白蘋乾，紅蓼悴，日減溪流，塵擁渾如霧。一日雲凝千嶂雨。黄葉瀟瀟，卻又添新翠。墾蒿煙，耕草

露。種麥栽菘，生計那嫌暮。預羨登高歡會阻。門掩黃花，也自多幽趣。

永遇樂 丙午歲仲秋，與胡中山同舟往南昌，至樟鎮而返。別踰一月，作此寄之。中山能談泰定數

年少羨君，有如瓊樹，相見何晚。虎瞰山前，輕船同載，正桂花香滿。封溪一夕，孤篷聽浪，又趁朔風遄返。計行藏、只堪一笑，怕令白鷗驚見。 君如管輅，聰明夐異，能道山翁奇蹇。絳闕蓬萊，人閒天上，翹首仙凡遠。何時訪我，竹溪松壑，儘有白雲堪玩。寫長懷、且寄南飛秋雁。

浣溪沙 冬景

錦樹分明上苑花。晴光宜日又宜霞。碧煙橫處有人家。 綠似鴨頭松下水，白於魚腹柳邊沙。一溪雲影雁飛斜。

洞仙歌 舍後山中見羣鹿

孤峰碧峭，長雲中瑤草。羣鹿甡甡怪希有。想嵩

陽少室，曾伴松喬，知踏徧、白石蒼苔多少。 逸人塵外趣，翳鳳驂鸞，夢上瀛洲歷蓬島。 驀見見下原有爾字，據朱本刪此山中、便對煙霞，喜共約、長爲儕友。爲借問、仙翁在何方，願同往從之，徧窺巖岫。

木蘭花慢 賀彭子壽伯塤叔姪新居

羨樓臺有地，不改換、舊林塘。想叔父東山，郎君玉樹，籌畫非常。 雲霄正期勳業，見先恢、庭戶攬風光。 蒼靄畫生翠牖，丹霞曉映雕梁。 春鶯求友候春陽。應戀木千章。宜永日圖書，涼飆絲竹，皓月壺觴。 蓬萊宛然異境，愛琪花、瑤草近人香。 老矣猶誇能賦，憶君夢到華堂。

珍珠簾 丙午冬雪

西窗夢斷檐光曉。雪交墜、□□原不空兩格，從朱本補山僮驚報。 巖岫化銀宮，似白雲仙島。 萬樹梨花都開徧，怪一夜、春風來早。 凝眺。 想千家晏起，村巷幽悄。 誰解喚掃庭除，命雕鞍迎客，玉壺注

酒。金帳擁紅妝，惜盛歡難久。何似袁安門晝掩，抱清冷、年年如舊。須候。候暖日烘梅，竹松回秀。此下原有折桂令一首，以其爲曲調删去

踏莎行　江上阻風

疊浪堆瓊，橫煙織素。停橈避險灣頭住。汀洲連水水連雲，何曾迷卻歸人路。今夕聊淹，明朝須去。休愁休怨休嗔怒。還家正屬好風光，啼鶯無數花花下原有枝字，從朱本删千樹。

虞美人　舟中

岷峨雪盡生春水。江闊盤蛟喜。蘭橈曉發大江東。回望銀宮金闕五雲中。來時秋渚蒹葭老。歸日春花早。客身千里似征鴻。恰恰秋來春去總相同。

謁金門　舟中對月

天似洗。遥望楚山千里。歸雁數聲雲外去。此身猶滯此。半夜潛蛟不起。潭月金鱗光細。獨倚孤篷渾不寐。碧流清見底。

又　采石花朝

春正美。處處豔桃穠李。記省花晨今日是，柰何辭帝里。采石蘭橈暫倚。且與舟人同醉。心已到家身尚未。客中聊復爾。

臨江仙　舟中

十日江程春過半，渚青新長蘆芽。李花幾樹閒桃花。嫩黃煙際柳，遠白水邊沙。老子老來心似水，肯教愁緒如麻。扁舟來往似仙槎。還家今有日，那得更思家。

菩薩蠻　湖口

海門西上帆如電。神靈借與天風便。容易見廬山。雲中雙鶴還。風勻波不怒。水碧涵山翠。沽酒酹神君。醉吟湖上春。

金縷曲　泊南浦

南浦歸帆暮。喜重看、螺江煙柳，鶴汀雲樹。畫棟

朱簾歌舞地，風景已非前度。只浩蕩、江濤如故。相望飛樓鵬翅展，羨雄城、防衛多貔虎。又喜免，亂離苦。舊時猶記登臨處。共詩朋、賦友同歡，詠今懷古。兩鬢星星今老矣，卻似荼蘼孤注。歎桃李、不知春去。獨有洪崖青不改，似於人、戀戀能相顧。招我隱，有佳趣。

八聲甘州　近里有妄男子，爲妻所詬，遂忿而遠去，誓云非富貴不歸。其妻亦誓獨守無妄，既歷十五年，夫竟旅困羞歸，而妻能潔以自守，獨理其家，因詠其事以勵薄俗

記年時波蕩兩鴛鴦，雌雄各分流。恨郎情似水，妾心如石，此恨難休。自古恩深滄海，富貴等雲浮。何忍輕離別，翻愛爲仇。君看江頭枯樹，縱春風虛過，根幹仍留。且牽蘿空谷，蓬户自綢繆。想秋胡、未忘故態，怕無金、相贈卻懷羞。歸來日，郎嗔妾忿，都合冰消霧收。原無霧收二字，據光緒十五年集本補

以上嘉靖刻本石門集卷上，並以光緒十五年石門集刻本及朱氏彊村叢書本校訂

舒頔

頔字道原，績溪（今安徽省績溪縣）人。生於大德八年（一三〇四）。至元三年（一三三七），爲貴池教諭。至正十年（一三五〇），爲台州學正。入明不仕。洪武十年（一三七七）卒，年七十四。有貞素齋集。

滿江紅　時雪快晴，苗民攻宣，未克，往來郡邑間，擾攘尤甚。憲府移司於徽，視而不問。歎時事之靡寧，哀生民之塗炭，因賦此曲，兼柬邑令郭文盾。

天也多情，巧幻出、天河寒水。多態度、悠悠颺颺，輕黏窗紙。萬里豈無祥瑞應，四方已在飢寒裏。把溪山、好處縱模糊，須臾耳。江海闊，風塵起。狐兔狡，鷹鸇恥。假蠻夷威柄，侵漁而已。諸老忠良皆柱石，九重仁聖真天子。待明朝、晴霽看青山，清如洗。

酹江月

三槐氏胄，早榮陞大府，展施才調。應欲濡須兵革後，幾度愁紆懷抱。翦燭寒更，催科春晚，諸事安排了。簿書叢裏，辛勤說與誰道。　遥想淝水西邊，三賢堂古，孝肅名偏好。爲我瓣香先致敬，耿耿寸心相照。贊畫侯藩，趨承相府，指日登樞要。不堪離别，一尊聊爲傾倒。

蝶戀花　送胡一之上襄陽

鐘阜相催何汲汲。猨鶴休驚，卻上襄陽驛。袖拂峴山碑蘚碧。淒涼淚眼今猶昔。　勳業正須年少日。楚雨湘雲，囊錦都收拾。祇恐綠閨春寂寂。孤鸞背月鮫綃濕。

酹江月　送指揮司王仁卿知事，代廣陵郡官作

人生交誼，篤金蘭氣味，不堪離别。綠水紅蓮聲價舊，又向高郵施設。幕底清風，樓前明月，此意憑誰說。美哉魚米，此行足可怡悅。　聞道細柳營中，三軍整肅，訓練真奇絕。贊畫公餘閒拭目，午夜劍光明滅。料想明年，榮膺薇省，高步登天闕。片雲相隔，人來應問華髮。

謁金門

人磊落。移贊高郵蓉幕。采筆生春和氣作。軍民同此樂。　休說邊陲蕭索。米白魚肥如昨。别後情懷何處託。寒光倚山閣。

水龍吟　慶陳仲洪造家慶樓

人間何處無樓，算來積善應難得。操持一念，應平萬事，盡皆陰德。伯仲怡怡，親朋濟濟，雲仍蟄蟄。任才高王粲，興同庾亮，誰敢與、元龍敵。　珍重劉郎好事，好溪山、爲君拈出。眼前標致，壁間圖畫，屏間松竹。春晚憑高，秋晴眺遠，翠紅如識。待他年，看取飛來五鳳，記如椽筆。此下原有折桂令二首，以其爲曲調删去

風入松

故人情況近如何。應被酒消磨。醉來笑倚娉婷卧，傷心處、暗揾香羅。肱曲紅生玉筍，鬢偏翠卷新荷。　薰風枕簟屈時和。著我醉□歌。襄陽舊事今安在，風流客、屈指無多。休説玉堂金馬，争如雨笠煙蓑。

沁園春

閒處如何，也堪吟詩，也堪弈棊。想白衣送酒，誰如元亮，白鵝換字，誰似羲之。濠上觀魚，雲間呼鶴，此樂人間未易知。平生性，喜不爲酒困，常帶書癡。　儘教步武天池。且贏得、閒身一會嬉。便朝登金馬，何裨世教，暮趨玉殿，安救時危。赫赫功名，堂堂事業，不博先生這肚皮。休瞞我，任官高禄厚，也要些兒。

小重山　端午

碧艾香蒲處處忙。誰家兒共女，慶端陽。細纏五色臂絲長。　空惆悵，誰復弔沅湘。　往事莫論量。千年忠義氣，日星光。離騷讀罷總堪傷。無人解，樹轉午陰涼。

小重山　時有武林之行、值時變，故弗果，因賦之

笑問西風一葉舟。阿誰招我上，武林游。豈知身世兩悠悠。西湖好，孤負桂花秋。　應笑樂平侯。無端千百計，一場休。願將功烈闡皇猷。南飛雁，莫爲稻粱謀。

以下原有朝天子一首，以其爲曲調删去

江城子　歌者張氏，戴仲德仲本時以茶謁其家，戲書以貽之

戴郎昆仲太風流。翠娥愁。解貂裘。醉中摸索玉搔頭。　繡被揾香肌粉滑，雲作帳，月爲鉤。　茅庵權當小秦樓。意綢繆。話揚州。瓊花騎鶴兩悠悠。　薄倖三生今老矣，無夢到，那温柔。

江城子

積雨陂塘五月秋。送還留。且停舟。聽我驪駒，

歌徹上廬州。無柰綠窗眉鎖恨，情脈脈，思悠悠。同鄉翻作異鄉愁。善謀猷。儘優游。不見閭閻，談笑覓封侯。勳業此時都莫問。書有便，寄來不。

水龍吟　端午日，寓苧干作，時四方洶洶，民思太平，而勢未寧也

輕雲閣雨還晴，蒼黃又負端陽節。去年今日，大鄣深處，寸腸千結。好事無多，良辰難再，猶傳遺孽。看連城澒洞，大家愁惱，這光景、何時歇。　因想金陵佳麗，鬧秦淮、龍舟稱絕。牙檣錦纜，翠冠珠髻，畫闌羅列。回首丘墟，滿襟塵土，向人空說。且停杯，容我離騷細讀，弔羅江月。

沁園春

多少閒情，桃源問蹊，柯山看棊。把杏花春雨，從頭吟了，木犀秋月，開户邀之。氣捲風雲，眼空江海，萬古從前我已知。君休笑，任陳摶假睡，豫讓佯癡。　風回太液清池，欲留住、東皇共笑嬉。想乾坤浩浩，誰曾整頓，干戈擾擾，孰問安危。籠絡人才，登崇禄秩，赤箭青芝敗鼓皮。都休問，看營巢燕子，哺乳鶯兒。

水調歌頭　時楊溪避兵

飽來石上卧，醉向水邊吟。山靈不管閒事，容我儘登臨。山外猨啼鶴唳，世上虎争狼鬭，此地白雲深。今古一抔土，天地亦何心。　隔茅廬，塵萬丈，不相侵。林泉自有佳處，石溜假鳴琴。漢室煌煌大業，唐代昭昭正緒，此理細推尋。高詠出山去，草木亦知音。

太常引

□□山色共承宣。君秩滿、我遲延。幾度醉花前。曾怪殺、春山杜鵑。　菱花再照，鸞膠再續，應笑雪盈顛。深夜語嬋娟。也曾是、都門少年。

風入松　雨後偶成

紗厨過雨晚涼生。枕簟不勝清。冰肌玉骨元無

汙，香風迴，深院語流鶯。翠幌光搖絳蠟，畫堂暖瀉銀瓶。玉筝牙板接新聲。雲髻寶釵橫。銀絲膾細江鰩脆，揚州月，照我醉吹笙。舊事十年猶記，壯懷此日堪驚。

賀新郎

繡隱芙蓉褥。更屏間、雙雙孔雀，閒金盤緑。鶴別鸞離深閨悄，帳冷梅花夜獨。空夢繞、巫山千矗。雨意雲情，紅顏霜鬢，合歡再把鸞膠續。事諧矣，意方足。洞房春暖人如玉。怕的是、雞聲遞曉，無情催促。笑拂菱花相依照，取次畫成眉曲。伊也道、臨邛何辱。吉叶熊羆應入夢，看這番、桂子紛追逐。爲君喜，醉紅燭。

虞美人　聞邑雲臺煙火花燈，老倦不復往觀

紛紛兒女看燈去。千點搖紅樹。翠巃山倚紫雲堆。記得年時，老子也曾來。　硫硝結縛通仙技。光燄千般異。今年老子懶來看。手弄梅花，和月倚闌干。

彊村叢書用善本書室藏鈔華陽貞素文集本

舒遜

遜字士謙，頔之弟。有搜枯集。

臨江仙　偶成

銀燭光搖秋夜永，一天涼浸詩脾。鳴蟲唧唧漏遲遲。半生春夢裏，彷彿是耶非。　萬事破除惟有酒，當歌不飲何如。人生七十古來稀。休爭强與弱，行樂是便宜。

感皇恩　述懷

疏雨滴清秋，洗殘流火，爽動涼飆透簾幕。寒蛩吟徹，誰道小□蕭索。青鐙相伴，我情依約。　螢照更殘，烏啼月落。悲壯山城數聲角。漫漫長夜扣角。長歌方覺。人生能有幾許行樂。

滿江紅　小莊有感

歲晚江空，更風雪、連朝情惡。門緊閉、清寒奰屭，重重簾幕。老屋數椽聊掩庇，山田幾畝多磽确。歎前村、喬木碧參天，今凋落。　三杯酒，還堪樂。一局棋，尤難著。任功名蓋世，到頭都錯。世事宛如春夢短，人情恰似秋雲薄。對青燈、感慨幾興亡，今猶昨。

水調歌頭　壽貞素兄

稀年古來少，何況又逾三。雙瞳炯炯凝碧，白髮更盈簪。剛把殘冬留住，先借新春四日，拚醉倚晴酣。榮悴付定命，艱險任經諳。　舞斑衣，沽臘醞，典春衫。觥籌兄弟交錯，同是鬢毿毿。自喜衣冠奕世，未墮詩書如線，此外更何慚。笑問梅花信，春已到枝南。

木蘭花慢　壽貞素兄

怪夜來南極，祥光炯炯中天。恰先借新春，暫留殘臘，爲慶稀年。弟兄垂垂白髮，願年年輝映棣樓前。尊酒光搖□旭，鑪熏細裊輕煙。　詩書一脈繼青氈。五世喜家傳。憶京□橫經，天臺振鐸，往事悠然。回頭十年如夢，看園花灼灼幾春妍。爭似蒼蒼松柏，歲寒同保貞堅。彊村叢書用善本書室藏鈔可庵搜枯集本

薩都剌

都剌字天錫，號直齋，本答失蠻氏，後徙居河間（今河北省河間縣）。生於至大元年（一三〇八），登泰定四年（一三二七）進士，歷官淮西閩海河北廉訪司經歷等職。有雁門集。

法曲獻仙音　壽大宗伯致仕于公大宗伯（原作大司農，據集本改）

鬢未銀，東風早掛冠。侑詞圖、鄉稱人瑞，度蓬瀛、仙祝靈丹。遶膝舞斕斒。

又

天喉舌，尚書老布衣。向璇穹、嘗扶日出，捲珠箔、閒看雲飛。成全今古稀。

卜算子　泊吳江夜見孤雁

明月麗長空，水淨秋宵永。悄無烏鵲向南飛，但見孤鴻影。自離邊塞路，偏耐江波靜。西風鳴宿夢魂單，霜落蒹葭冷。

滿江紅　金陵懷古

六代繁華春去也、更無消息。空悵望、山川形勝，已非疇昔。王謝堂前雙燕子，烏衣巷口曾相識。聽夜深、寂寞打孤（原作空，據詞綜改）城，春潮急。思往事，愁如織。懷故國，空陳迹。但荒煙衰草，亂鴉斜日。玉樹歌殘秋露冷，胭脂井壞寒螿泣。到如今、惟有蔣山青，秦淮碧。

酹江月　遊鍾山紫微觀贈謝道士，其地乃文宗駐蹕升遐處（薩龍光集本注遐當作龍）

金陵王氣，繞道人丹室，紫霞紅霧。一夜神光雷電轉，江左雲龍飛去。翠輦金輿，綺窗朱户，總是神遊處。至今花草，承恩猶帶風雨。落魄野服黃冠，榻前賜號，染薔薇香露。歸卧蒲龕春睡暖，耳畔猶聞天語。萬壽無疆，九重閒暇，應憶江東路。遥瞻鳳闕，寸心江水東注。

又　登鳳凰臺懷古用前韻

六朝形勝，想綺雲樓閣，翠簾如霧。聲斷玉簫明月底，臺上鳳凰飛去。天外三山，洲邊一鷺，李白題詩處。錦袍安在，淋漓醉墨飛雨。遥憶王謝功名，人間富貴，散草頭朝露。淡淡長空孤鳥沒，落日招提鈴語。古往今來，人生無定，南北行人路。浩歌一曲，莫辭別酒頻注。

又　任御史有約不至

秦淮曉發，掛雲帆十丈，天風如箭。一碧湖光三十里，落日水平天遠。繫馬維舟，買魚沽酒，楊柳人家店。輕寒襲袂，淮南春色猶淺。幾度暮鼓晨鐘，南來北去，遊子心□倦。芳草萋萋天際緑，悵望故人應轉。翠袖偎香，錦箏彈月，何處相留戀。有人獨自，燈花深夜頻翦。

又 題清溪白雲圖

周郎幽趣，占清溪一曲，小橋橫渡。溪上紅塵飛不到，惟有白雲來去。出岫無心，凌江有態，水面魚吹絮。倚門遥望，鍾山一半留住。涵影淡蕩悠揚，朝朝暮暮，是幾番今古。指點昔人行樂地，半是鷺汀鷗渚。映水朱樓，踏歌畫舫，寂寞知何處。天涯倦客，幾時歸釣春雨。

又 過淮陰

短衣瘦馬，望楚天空闊，碧雲林杪。野水孤城斜日裏，猶憶那回曾到。古木鴉啼，紙灰風起，飛入淮陰廟。椎牛釃酒，英雄千古誰弔。何處漂母荒墳，清明落日，腸斷王孫草。鳥盡弓藏成底事，百事不如歸好。半夜鐘聲，五更鷄唱，南北行人老。道傍楊柳，青青春又來了。

又 遊句曲茅山

一壺幽緑，愛松陰滿地，蕊珠宮府。老鶴一聲霜襯履，隔斷人間塵土。月户雲窗，石田瑶草，丹井飛龍虎。荼蘼花落，東風吹散紅雨。春透紫髓瓊漿，玻璃杯酒，滑瀉薔薇露。前度劉郎重到也，開盡碧桃無數。花外琵琶，柳邊鶯燕，玉珮摇金縷。三山何在，乘鸞便欲飛去。

又 姑蘇臺懷古

倚空臺榭，愛朱闌飛瞰，百花洲渚。雲嶺回廊香徑悄，争似舊時庭户。檻外遊絲，水邊垂柳，猶學宫腰舞。繁華如夢，登臨無限清古。古疑苦之誤果見荒臺落日，麋鹿來遊，漫爾繁榛莽。忠臣抉目東門上，可退越來兵伍。空鑄干將，終爲池沼，掩面歸何所。遺風千載，尚聽儂歌白苧。案此首原缺愛

庭臨莽池五字，兹據集本補

水龍吟　贈友

王郎錦帶吴鈎，醉騎赤鯉銀河去。絳袍弄月，銀壺吸酒，錦箋揮兔。秃鬢西風，短篷落月，東吴西楚。悵丹陽郭裏，相逢較晚，共翦燭，西窗雨。　文采風流俊偉，碧紗巾掛珊瑚樹。出門萬里，掀髯一笑，青山無數。揚子江頭，凍沙寒雨，暮天飛鷺。待明朝酒醒金山，□□過瓜洲渡。

少年遊

去年人在鳳凰池。銀燭夜彈絲。沈火香消，梨雲夢暖，深院繡簾垂。　今年冷落江南夜，心事有誰知。楊柳風和，海棠月淡，獨自倚闌時。

念奴嬌　登石頭城次東坡韻

石頭城上，望天低吴楚，眼空無物。指點六朝形勝地，唯有青山如壁。蔽日旌旗，連雲檣櫓，白骨紛如雪。一江南北，消磨多少豪傑。寂寞避暑離宫，東風輦路，芳草年年發。落日無人松徑裏，鬼火高低明滅。歌舞尊前，繁華鏡裏，暗換青青髮。傷心千古，秦淮一片明月。

木蘭花慢　彭城懷古

古徐州形勝，消磨盡，幾英雄。想鐵甲重瞳，烏騅原誤作錐，據集本改汗血，玉帳連空。楚歌八千兵散，料夢魂，應不到江東。空有黄河如帶，亂山起伏如龍。　漢家陵闕動秋風。禾黍滿關中。更戲馬臺荒，畫眉人遠，燕子樓空。人生百年如寄，且開懷，一飲盡千鍾。原誤作鐘，據集本改回首荒城斜日，倚闌目送飛鴻。以上江本雁門集十五首訛脱頗多，兹以成化集鈔本及清嘉慶薩龍光集刊本校補。

華幼武

幼武字彦清，號栖碧，無錫人。生於大德十一年

（一三〇七），卒於洪武八年（一三七五），年六十九。有黃楊集。

滿庭芳　元宵和元輦見寄

萬井笙歌，滿城燈火，元宵預慶豐年。歡聲鼎沸，人氣結春煙。天外冰輪緩轉，畫樓上、玉漏遲傳。鰲山聳，香車寶馬，騰踏九重天。　華堂深幾許，朱簾半揭，翠幙垂邊。似蓬萊宮闕，洞府真仙。醉倒歌裀舞褥，風流處、玉笋金蓮。爭知道，十年兵燹，把酒酹風前。

清平樂　又和元輦春夢

曉鶯聲裡。睡思酣猶美。旖旎紅娘冰雪體。洛女巫娥浮靡。　紫騮踏月嘶風。華裾織翠青葱。歸去一場春夢。空吟舊綠新紅。

百字令　爲彦弘母夫人壽

人生七十，都道是、自古世間稀有。今日華堂，阿嬭初度，更綿綿增壽。花柳呈妍香雲靄，正好暮春時候。江山如畫，百年風景依舊。　最喜蘭玉森森，綵衣齊拜，舞塤篪迭奏。羅綺香中蟠桃熟，爭獻瑶池王母。愧忝姻聯倚莊椿，瓊樹歲寒長久。歌詞一闋，敬稱千歲春酒。以上三首見淡生堂抄本黃楊集

邵亨貞

亨貞字復孺，號清溪，雲間（今上海市松江縣）人。生於至大二年（一三〇九）。元時訓導松江府學。建文三年（一四〇一）卒，年九十三。著有野處集、蟻術詩選、詞選。

擬古十首　樂府十擬，弁陽老人爲古人所未爲。索菴先生復盡弁陽所未盡，可謂一出新意矣。暇日先生以詞稟寄示，且徵予作，既又獲見檇李諸俊秀所擬，益切奇出，閱誦累日無厭。因悟古人作長短句，若慢則音節氣概，人各不類，往往自成一家。至于令則律調步武句語，若無大相遠者，間有奇語，不過命以新意，亦未見其各成一家也。所以令之擬爲尤難，

强欲逼真，不無蹈襲，稍涉己見，輒復違背。由是未易苟措，茲重以先生之請，思索且得十解，未知其實能似古人與否，惟先生有以教焉。至正二年二月甲子序。弁陽周草牕號，素菴錢子雲號。

河傳　擬花間　春日宮詞

春殿。簾捲。鬱金香遠。午漏沈沈柳陰。樓前怨紅何處尋。沈吟。玉溝流水深。　睡起長門催侍宴。情正倦。强把鏡匳展。露柔荑。添黛眉。步移。君王猶訝遲。

蝶戀花　擬雪堂　夜宿西掖

蓮燭煙銷深院裏。玉宇瑤樓，夜色明如洗。月到紫薇花樹底。闌干露重無人倚。　金鑰無聲門不啟。華髮蕭蕭，尚擁青綾被。聽盡樓頭更漏水。一聲唱曉雞人起。

鳳來朝　擬清真　汴隄送別

駐馬隋堤路。怨淩波、背人喚渡。正琵琶撥到傷情處。又底事、便輕去。　日照嘘紅無數。酒杯

乾、再三細語。轉首又天涯暮。怎約得、畫橈住。

臨江仙　擬無住　水檻過雨

一滴天瓢濁溽暑，夕陽微漏殘紅。竹闌乘興倚薰風。咲驚雙白鳥，飛過藕花叢。　羽扇綸巾閑到我，百年世事悤悤。若耶溪上舊相逢。晚來回首處，山色有無中。

賣花聲　擬順菴　早朝應制

煙樹重重，春在景陽宮殿。翠□深、籠寒尚淺。千官過處，有黃鸝百囀。五雲中、漸移龍扇。　鈞天九奏，迤邐霞觴催獻。咲聲喧、霓裳舞遍。香煙滿袖，更宮花迎面。喜新來、太平重見。案康與之原作今不傳。

杏花天　擬白石　垂虹夜泊

月明消卻娃宮酒。聽吹笛、清寒滿袠。向時雙槳載離愁、去後。幾春風、待問柳。　謾回首。三江渡口。念西子、如今在否。上方鐘動客舩開，別久。

寄新詩、興未有。

小重山　擬梅谿　尊前贈妓

緑鬢低低壓翠鈿。雙眉彎。似月鬭嬋娟。夜涼和衷拂冰弦。嬌無奈，何況酒尊前。歌罷意悠然。一聲新雁過，暗愁牽。明朝江上水連天。淩波步，萬一故人憐。

鵲橋仙　擬稼軒　中原懷古

殘陽隴樹，寒煙塞草，戲馬臺前秋老。黄河日日水東流，斷送卻、英雄多少。西秦笳鼓，東山寄傲。萬事付之一笑。閑來繫馬讀殘碑，又目斷、江南飛鳥。

浪淘沙　擬遺山　浙江秋興

紅葉滿青山。掩映溪灣。柴門雞犬白雲閒。江上草堂塵不到，老子心閑。霜後橘闌斑。籬菊香殘。夕陽回首一凴闌。世事悠悠吾老矣，且放杯乾。

唐多令　擬龍洲　錢塘曉渡

晨色動征衣。疏鐘隔翠微。小蓬萊、煙樹高低。潮去潮來吴越恨，江上月，故依依。人老昔游非。愁多春夢稀。舊相思、重見無期。蘇小門前楊柳樹，應折斷、最高枝。

浪淘沙　錢南金疾作代簡問訊

秋意滿平蕪。夢繞蓴鱸。一江煙水雁來初。昨夜西風吹杜若，渺渺愁予。人隔楚天隅。相望躊躕。想應多病故人疏。門巷凄涼誰買賦，瘦也相如。

又　晚牕過雨

楊柳弄黄昏。不掩重門。長條盡是舊愁痕。獨自倚簾看晚色，無限消魂。風雨小溪渾。春過三分。明朝鶯燕又紛紛。唯有天涯芳艸怨，依舊王孫。

又　感舊

江外雨初收。江水悠悠。舊時桃葉去難留。幾度春風楊柳暗，不繫離舟。別久減風流。夢斷西樓。年年二月蹋青遊。不是沙邊無杜若，嬾寄閑愁。

虞美人 泖濱泛荷

南風十里平湖外。夜舞淩波隊。米家書畫滿船頭。更著小憐歌舞障清愁。烏紗不共人間暑。別有談玄麈。近來嬾作斷腸聲。只怕花能解語又多情。

又 謝張芳遠惠杏花

閉門日日聽風雨。不道春如許。老來猶自愛看花。及至看花雙眼被愁遮。杏花不改胭脂面。愁裏驚相見。花枝猶可慰愁人。只是鬅鬙短鬢不禁春。

又 水仙

幾年不見淩波步。只道乘風去。山空歲晚碧雲寒。驚見飄蕭翠袖倚琅玕。玉盤承露金杯勸。幾度和香嚥。冰霜如許自精神。知是仙姿不汙世間塵。

又 壬子歲元夕，與郟仲義同客橫泖，義約予偕作詞，紀節序。予應之曰，古人有觀燈之樂，故形之詠歌，今何所見而爲之乎。義曰，姑寫即景可也。夜枕不寐，遂成韵語。時予有子夏之戚，每無歡聲，詰朝相見，而義詞竟不成云。

客牕深閉逢三五。不恨無歌舞。天時人事總悽然。只有隔牕明月似當年。老夫分外情懷惡。無意尋行樂。眼前觸景是愁端。留得歲寒生計在蒲團。

又

無情世事催人老。不覺風光好。江南無處不蕭條。何處笙歌燈火作元宵。承平父老頭顱改。就裏襟懷在。相逢不忍更論心。只向路旁握手共沈吟。

河傳 戲效花間體

庭院。春淺。重門深掩。寂寞東風。睡濃。起來繡牕花影重。嬌慵。宿妝凝澹紅。待把眉山臨鏡畫。還又罷。卻放翠簾下。畫樓閒。樓外山。倚闌。只愁相見難。

又

春晝。倦繡。輕揎羅褏。背倚秋千。杜鵑。年年惱人三月天。錦牋。空將心事傳。小玉偷移箏上雁。弦索斷。驚起睡鴛散。粉牆西。楊柳堤。馬嘶。誰家遊子歸。

又 戊戌歲暮，吳中客樓夜思

樓迴。人靜。雨摇燈影。夢繞天涯。路賒。水邊小梅開幾花。人家。酒旗何處斜。客路冰霜驚歲晚。情緒嬾。長是念疏散。小溪濱。猶有春。故人。幾時相見頻。

浣沙溪 早春

殘雪樓臺試晚晴。鎖香簾幕釀微酲。淺寒燈市有人行。別院金刀裁白苧，誰家銀燭度瑶箏。早春天氣已關情。

又

金碧圍屏小博山。錦籠鸚鵡舊雕闌。黄金楊柳弄輕寒。翠帳半垂鴛结帶，朱門雙掩獸連環。東風猶鎖黛眉彎。

又 暮春褉興

竹檻雲牕古畫圖。煙堤花隖小蓬壺。晝長人静鳥相呼。玄璧光浮銅雀研，紫綿香冷博山鑪。半欹高枕當人扶。

又

雨過池塘緑水生。竹陰深處小橋横。魚吹翠浪柳花行。獨倚曲闌魂欲斷，沈思傾國句難成。悤悤春晚更傷情。

又 春感

西子湖頭三月天。半篙新漲柳如煙。十年不上斷橋船。百媚燕姬紅錦瑟，五花宛馬紫絲鞭。年年春色暗相牽。

又　丁酉早春試筆，柬錢南金

亂後無詩做好春。春光卻又惱詩人。溪頭舉目暗傷神。楊柳官橋人跡絶，杏花歌館燒痕新。相期何處避兵塵。

又　折花士女圖

折得幽花見似人。沈吟無語不勝春。采香徑裏韈生塵。濃緑正迷湘北渚，輭紅不入宋東鄰。一春幽恨幾回新。

一落索　新柳

陌上東風初轉。暗黄猶淺。金鞭拂雪記章臺，是幾度、朱門掩。千縷柔絲迎面。吹笙人遠。妝樓妒冷繡簾垂，恐誤了、雙雙燕。

又

縷縷鶯黄拂曉。弄煙輕裊。宜春花外萬絲金，記朝罷、鸎嘶早。學舞楚腰猶小。不禁寒悄。近來張緒減風流，又恐被、蛾眉惱。

南柯子　次韵衛立禮春街蹋月

門掩黄昏後，風銷絳蠟時。行春小隊夜參差。一曲仙音，飛上廣寒枝。不訪金釵客，空歌白苧衣。畫橋梅影散玻璃。月底婆娑，帶得暗香歸。

減字木蘭花　秋思

錦屏香斷。誰在朱樓吹玉管。喚起淒淒。不似河橋聽得時。雲階月地。長憶青燈嘶絡緯。秋滿閑門。斷送潘郎瘦幾分。

又　崔女郎像

紅妝傾國。人在蒲東誰畫得。玉骨成塵。往事流傳恐未真。月明牕户。猶似隔牆花動處。夜冷西廂。一度魂歸一斷腸。

又　吴江夜泊

江頭日暮。客子移舟迷去路。望斷天涯。燈火深邨賣酒家。銅駞巷陌。荒艸寒鴉煙樹隔。往事無情。舊夢依然到五陵。

清平樂　碧桃

瑶笙吹罷。月滿仙臺下。歌扇半欹羞淡冶。一點芳塵不惹。臨溪更洗殘妝。低回玉洞春光。換卻當時脂臉，從教惱殺劉郎。

又　梨花

緑房深窈。疏雨黄昏悄。門掩東風春又老。琪樹生香縹緲。一枝晴雪初乾。幾回惆悵東闌。料得和雲入夢，翠衾夜夜生寒。

戀繡衾　初夏

柳花零亂愁滿天。又江城、啼老杜鵑。小庭院、雨初過，櫂歌聲、驚起晝眠。微風摇蕩湘簾影，浪花斜、輕裊篆煙。問白苧、裁成未，翦金刀、猶憶去年。

又　辛丑元日

門前爆竹兒女喧。野人家、時序尚然。盡説道、春來好，老來人、長怕換年。東風到底無崖岸，也殷勤、相過小園。第一是、朱顔改，縱花開、羞插鬢邊。

又　曹幼文以庚午歲，太初老禪、洎雲西居竹二翁，燈夕所賦舊稾見示，求予追和。屈指三十餘年，三老仙去久矣，今昔之感，不能已于言也。時至正辛丑上元日。

重逢元夜心暗驚。憶當年、諸老放情。對芳景、張燈火，畫堂深、簫鼓到明。烏衣巷口東風在，甚而今、春草亂生。試點檢、緐華夢，有梅花、曾見太平。

案此下原有後庭花二首，以其爲曲調删去。以上四印齋本蛾術詞選卷之一三十九首

追和趙文敏公舊作十首　客有持文敏公手書所作小詞一卷見示者，且求作長短句題于後。公以承

平王孫而嬰世變，離黍之悲，有不能忘情者，故深得騷人意度。予生十有四年而公薨，每見先輩談公典型問學，如天上人，未嘗不神馳夢想。昔東坡先生自謂不識范文正公爲平生遺恨，其意蓋可想見。此卷辭翰，不忝古人，藹然貞元朝士。大意以謂擬古之作，魏晉以下，由來久矣，僭以己意，追次元韻，其于先哲風流文采，或可備高唐想像之萬一云

點絳脣

擾擾行藏，百年世事悲歌裏。歡娛有幾。不倦青鞵敝。昨夜東風，暖透鴛鴦被。春歸未。故園山水。青眼何曾昧。

又

蕚綠仙人，孤山雪後相逢處。舊時邨路。璨璨琅玕樹。玉出藍田，不受纖塵汙。長懷古。羅浮風、度。夢逐幺禽去。

感皇恩　憶梅

客裏訪南枝，幾番愁惱。石徑蒼苔倩誰埽。江畔人家，籬外一枝開早。雪中回首處，春猶好。如此清香，寒蠭應飽。醉帽斜簪任欹倒。而今相見，那似向時懷抱。舊遊長入夢，孤山道。

江城子　水仙

淩風翠袂與飄然。步蹮蹮。憺忘言。淨洗明妝，不與世爭妍。玉質金相清韻絕，端可擬、月中仙。天寒日暮水雲邊。忍相捐。意難傳。回首珠宮，貝闕不勝寒。環佩珊珊香冉冉。誰敢與、鬬嬋娟。

蝶戀花

燕子樓邊春意早。樓上紅妝，何似當時好。一自畫眉人去了。夢魂暗逐天涯艸。蹋蹋馬蹏江路杳。數盡歸期，屈指東風老。惆悵一春歡事少。幾回月落紗牕曉。

又

湖上雙雙新燕子。飛過垂楊，認得朱門裏。回首向時歌舞地。幾番惆悵尋鄰里。觸景愁多心似醉。倚遍闌干，目斷春山翠。忽見呢喃華屋底。等

閒牽動離人泪。

虞美人

天台洞口桃開了。無柰劉郎老。多情何苦歎途窮，人與花枝，都在暗塵中。箇人那日猶癡小。簾底秋波渺。別來幾度見春風。應是門前，花落水流東。

又

天涯緑遍王孫艸。魂夢長飛繞。長安無復麗人行。只有青山，依舊向人明。平泉金谷俱陳迹。古路荒苔碧。金鞍去去不思歸。不道緑牕深處故人非。

浪淘沙

佳麗古神州。畫出瞢邱。龍飛鳳舞小瀛洲。一自水流東去後，多少離愁。湖上泛龍舟。歌吹悠悠。翠華黄屋舊曾遊。王氣消沈遺恨在，煙水空流。

太常引

蓬壺閬苑景飄蕭。青玉案、紫鸞簫。五彩鳳皇毛。記曾覽、彤廷奏韶。夕陽回首，漢家陵闕，霜露滿岧嶤。説著舊遊遨。便想起、風流二喬。

風入松 南金寓槜李，予客海隅，寄此以叙閒闊

十年心事暗相牽。收拾此燈前。向來行樂匆匆過，到如今、想像依然。蹋月幾番鄰巷，看花長共吟船。故人一別阻斜川。曾記遠遊篇。新來我亦長爲客，把故園、分咐寒煙。縱使此回相見，好懷不似當年。

又 與李仲輿叙舊

小溪溪上十年遊。酌酒對花謳。竹西歌吹曾同賞，到如今、夢裏揚州。緑髮潘郎老大，近來嬾説風流。故人握手話綢繆。重問舊盟鷗。五陵風度猶無恙，算閑身、底事沈浮。莫説烏衣巷口，夕陽都是新愁。

又　白仁甫集中木蘭花慢結句云，二十四橋明月，玉人何處吹簫，一峯黃先生每歎賞之。一日作清平樂，贈一道人，末云，未試囊中餐玉，明朝且入藍田，自以爲得意，時擧以似人。仍索予試作一解，時陸彥文夏士賢諸子，正有出郭行春之約，乃綴此復命，且訂其盟，先生對客，擊節不已

當年曾過宋東鄰。汗漫蹋芳塵。如今記得歡遊處，畫橋橫、綠水粼粼。借問酒家何處，牧童遙指花邨。近來樂事底因循。春又過三分。百年能幾開懷抱，繞天涯、芳艸銷魂。但願有錢留客，也勝騎馬人門。

江月晃重山　中秋客牕

碧樹天香帶露，朱樓翠袖欹寒。夜深人醉碧闌干。玲瓏影，長是隔簾看。又見庭前素魄，何堪鏡裏朱顏。十年一夢此身閑。西牕悄、詩興頗相關。

又　辛丑上元前一夕，積雪試晴，頓有春意，小溪之上，有張燈于琳館者，慨然感興，以此寫之

梅萼香融霽雪，簷牙暖溜懸冰。出林幽鳥動春聲。元宵近，愁裏夢還驚。邨巷依然素月，寒牕祇是青燈。難尋遺老問承平。南朝事，千古獨傷情。

案此下原有凭闌人，以其爲曲調刪去

古調咲令　暮春

雙燕。雙燕。飛過柳梢不見。舊時王謝堂前。回首斜陽暮煙。暮煙暮煙煙暮。芳艸落花滿路。

又

春水。春水。薄暮曲闌更倚。夕陽江上青山。山外行人未還。未還未還還未。千里相思不寄。

又

官渡。官渡。猶記畫橈去路。小憐歌扇誰尋。歲歲東風恨深。恨深恨深深恨。風外落紅幾陣。

昭君怨　擬古

江外誰家雙槳。激破浪花微響。金翠小鴛鴦。對悠揚。望斷涔陽極浦。不是淩波歸處。行過畫

橋陰。又沈吟。

阮郎歸　次韻南金早秋夜思

暮雲隔樹起秋陰。晚來涼漸深。清商瑟瑟和微吟。虛堂風露侵。　鄰燭澹，寺鐘沈。青綾懷舊衾。故家風度杳難尋。與誰論素心。

又

茂陵多病不勝秋。多情還倚樓。隔江何處泊離舟。有人歌遠遊。　清興在，此生浮。老來長是愁。西風吹夢白蘋洲。舊鷗今在不。

西江月　東城夜思

古屋深燈弄影，嚴城怨角催更。掩門欹枕奈微醒。巷陌鳥聲初靜。　客裏依然好景，年來底事無情。暖寒已透讀書屏。舊恨不堪提省。

又　賦陶九成甕牖朝光書室

土室融融曙色，山牕晏晏春眠。東風和氣滿壺天。依約鏡匳初展。　晴散茅簷雲彩，煖浮紙帳香煙。一枝花影弄嬋娟。染就素羅團扇。

又　酒闌，與南金徜徉郵巷，各信意小述

故舊今成二老，歡遊長記當時。山中吟屐夢中詩。多少晉人風致。　但得諸郎俊拔，不嫌我輩衰遲。殘年飽飯話心期。如此差强人意。

訴衷情　夜思

滿城鐘鼓夜初寒。人靜掩重關。驚烏繞庭樹，月已上闌干。　微有興，澹無歡。小盤桓。良宵如許，香冷金猊，夢繞青鸞。

太常引

玉梅花底舊青燈。照我鬢星星。寒透遠山屏。無夢到、春壚酒缾。　江空歲晏，路迷人遠，消得幾沈凝。一夜玉壺冰。又惱得、文園病成。

又　次韵伯陽雪中

銷金帳底燭花偏。低唱擁嬋娟。遥夜酒杯傳。幾沈醉、瑤林洞天。　梅花如舊，竹牕猶在，畱得煮茶煙。獨欠釣魚船。待歸問、羊裘故川。

菩薩蠻　新秋夜涼浴罷露坐

清江倒浸雲峯巧。采菱渡口輕舟小。水面晚風香。蒹葭搖暖涼。瀟湘人漸老。玉佩驚秋早。鷗鳥慣忘機。背人何處飛。

又

金風簌簌敲梧井。畫屏耿耿搖燈影。屋角月華明。樹頭烏鵲驚。年光流水去。青鏡催遲暮。便欲泛仙槎。迢迢河漢賒。

又　蘇小小像

錢唐回首春狼籍。湖山依舊橫金碧。何處是兒家。粉牆楊柳斜。佳期難暗卜。檀板傳心曲。隨意帶宜男。就中應未堪。

謁金門　秋望

秋雨裏。目斷一溪煙水。隱隱人家疏樹底。渡頭燈火起。風弄遠汀蒲葦。香冷虛堂牕几。陡覺夜涼侵翠被。好懷今有幾。

又

山隱隱。天際暮雲收盡。蘋末秋生風漸緊。楚江千萬頃。江上美人無信。換卻潘郎雙鬢。幾夜相思天遠近。雁來猶未準。

點絳脣　暮登新安鎮城樓

莫倚高樓，太湖西畔青山近。雁邊雲暝。目力隨天盡。落日平蕪，點點餘烽燼。西風緊。亂沙成陣。故惱雙蓬鬢。

又

荒草寒煙，幾年不到新安路。舊時行處。流水迷官渡。萬里風埃，掇送流年度。傷遲暮。東馳西鶩。俛仰成今古。

又　秋夜橫泖旅牕聽雨，有懷故園

兩鬢秋風，掩關坐聽黃昏雨。燈前自語。世亂甘清苦。蔓草愁煙，荒卻東陵圃。歸期阻。荆榛滿路。投老知何處。

又　高照菴先生，宋朝遺老也，嘗有長短句云，夢繞荆溪，蟹肥郫甕滿。每誦之，自可想見郫落秋深景物。近見吴野舟誦，而涵泳不已，有當予心，故述卽景，且期後約。

極目平蕪，渚寒煙暝秋波遠。鳧鷺散亂。，黯黯天涯晚。蟹壯蓴香，郫甕家家滿。頻相見。幽懷共展。翦燭巴山館。

江城子　癸丑歲季夏下澣，信步至漁溪潘氏莊，暑雨初霽，夕照穿林，與吴野舟坐緑樹間。適行囊中有松雪翁所書江城子，逸態飛越，不忍釋手，因依調口占，以寄清興。古人云，人生百年間，大要行樂耳，卒章以此意爲消憂之勉云

疏雲過雨漏斜陽。樹陰涼。晚風香。野老柴門，深隱水雲鄉。林下草堂塵不到，親枕簟，嬾衣裳。
故人重見幾星霜。鬢蒼蒼。視茫茫。把酒歔欷，唯有歎興亡。須信百年俱是夢，天地闊，且徜徉。

花閒訴衷情　擬古

江路。風雨。春又去。掩重門。樓上暮山翠，鎖愁痕。煙草弄黄昏。王孫。好懷誰與論。暗消魂。

又

晝永。人靜。花弄影。小紅妝。斜倚畫闌畔，看鴛鴦。風暖思悠揚。横塘。桃花流水香。盼劉郎。

又　追配曹居竹翁舊作

深院。人倦。春去遠。緑陰寒。宿酒睡初醒，凭闌干。梅子翠團團。小鬟。試攀薦雕盤。愛微酸。

隔溪梅令　和南金鴛湖舟中韵

幾年不到畫橋西。路依稀。回首淡煙殘柳，昔遊非。笛聲何處悲。故人不見夢魂迷。草萋萋。幾度倚闌，欲寄舊相思。相思無盡期。

玲瓏四犯　秋感

秋晚登臨，漸古驛丹楓，初試霜信。暝宿河橋，長記畫橈乘興。清夜載酒呼燈，向水面琵琶曾聽。想那時席上歌舞，多少舊家風韻。茂陵投老惟多病。好情懷、怎堪提省。西風又動江湖夢，歡事今誰領。重見縱有後期，怕吟褎、弓腰難認。最惱人，沙上孤雁，落寒成陣。

暗香　吳中顧氏舊時月色亭，陸壺天倡始用白石先生元韵以詠。黄一峯持卷索賦

水邊寒色。又怎禁傍晚，一聲長笛。廢苑日斜，玉蘂疏疏未忺摘。回首江南舊夢，何處覓、黄昏詩筆。縱近日、雪滿西泠，誰解爲移席。蕭瑟。更幽寂。記駐馬斷橋，頓覺愁積。倚風暗泣。離黍殘碑尚追憶。絶豔無人管領，潮自落、吳山橫碧。便想像、風景好，可能再得。

埽花遊　春晚次南金韵

擲花巷陌，悄不見銅駞，采香芳侶。畫樓在否。幾

東風怨笛，凭闌日暮。一片閑情，尚繞斜陽錦樹。黯無語。記花外馬嘶，曾送人去。風景長暗度。柰好夢微茫，豔懷清苦。後期已誤。翦燭花，未卜故人來處。水驛相逢，待說當年恨賦。寄愁與。鳳城東、舊時行旅。

氐州第一　丙申初冬次錢素菴韵

江國初寒，雲外雁過，懷人煙浪千頃。短策行吟，荒臺延佇，斜日依然照影。鷗鳥橋邊，幾負了、扁舟清興。舊約蹉跎，新詩冷落，怎堪提省。　故里年來歡事迥。算何似、向時風景。倚馬朱扉，調箏翠褎，一向新盟冷。但沈思、遊宴處，紅樓外、柳條相映。不見君來，待重尋、山陰夜艇。

木蘭花慢　蘇昌齡過曹雲翁貞溪故居，賦詞致慕藺之感。幼文來致其意，求次韵入卷

訪溪翁隱處，渾不減、輞川西。指花下吟牕，松間畫壁，名筆交題。經行向來坊陌，藹茂林、脩竹與

雲齊。丹竈遺基仿佛，墨池流水悽迷。青藜。乘興蹋春泥。仙路入桃蹊。歎前輩風流，故家文物，往夢難提。那能九原重起，向三生石上縱揮犀。回首不勝魂斷，夕陽芳草萋萋。

長亭怨慢　楊花

正愁怕、曲江雲盡。轉首隋堤，尚留芳景。客路相逢，滿身香影動離恨。綠牕深窈，渾不寄、天涯信。暗憶那回時，向馬足車輪，長是隨趁。問春心何在，一點沾泥無凖。潘郎怕老，又禁得、雪添雙鬢。悵日暮、靜掩長門，且頻囑、東風休緊。謾猶記章臺，簾捲日長人困。

渡江雲　庚戌臘月九日，與郟仲義同往江陰。是夕泊舟無錫之高橋，亂後荒寒，茅葦彌望，朔吹乍靜，山氣乍昏復明，起與仲義登橋縱目，霜月遍野，情懷恍然，口占紀行，求仲義印可

朔風吹破帽，江空歲晚，客路正冰霜。暮鴉歸未了，指點旗亭，弭櫂宿河梁。荒煙亂草，試小立、目送斜陽。尋舊遊、恍然如夢，展轉意難忘。堪傷。山陽夜笛，水面琵琶，記當年曾賞。嗟老來、風埃顑頷，身世微茫。今宵到此知何處，對冷月、清興猶狂。愁未了，一聲漁笛滄浪。

八聲甘州　次錢思復懷錢唐舊遊韵

歎前朝、勝地正離離，荒草不勝春。縱湖山尚好，泉乾虎跡，井閟龍鱗。多少王侯第宅，遊賞太平身。車馬經行處，錦繡紛紛。夢裏曲江宮殿，自長安日遠，深鎖愁雲。念牆頭楊柳，顑頷向誰顰。又東風、鳥嗁花落，黯黃昏、胡騎滿城塵。當時事、不堪回首，重問陳人。

法曲獻仙音　寄壽雲西老人，時吳興張石隱、武林謝長源、會稽胡伯大、海隅王子章，皆留老人賓館，三月二十八日也

轂雨晞晴，柳風吹暖，春在綠陰深處。青鳥傳書，羽仙清道，天香暗滿牕户。凖擬問長生路。桃花

幾千樹。黯凝佇。看斑衣、近來得意，雲路迥，千里易成闊步。銅狄儘摩挲，任高堂、暮景容與。見説西園，有佳賓、釃酒同賦。恨牡丹花下，此際不陪尊俎。

滿江紅　丙午重陽前二日雨霽，泗涇倚闌望九山

雲鎖吴山，重陽近、滿城風雨。層樓外、摩挲病眼，尚堪延佇。采菊有誰忘世慮，催租底事妨詩句。縱烏巾、潦倒不禁秋，猶能賦。　邨隱隱，牛羊路。煙冉冉，蒹葭渡。是幾番興廢，幾番今古。世亂可堪逢節序，身閑猶有餘風度。且憑高、呼酒發狂歌，愁何處。

又　己酉九日，雨中家居，憶夏士安、頤貞蒙亨叔姪，唐元望、元泰、元弘昆季六人，皆常年同萸菊者，一載之間，俱罹患難，各天一方，信筆紀懷，有不勝情者矣

風雨重陽，憑誰問、故人消息。記當日、承平節序，佩環賓席。處處相逢開口咲，年年不負登山屐。是幾番、扶醉插黄花，烏巾側。　詩酒會，成陳迹。山水趣，今誰識。柰無情世故，轉頭今昔。冰雪關河勞夢寐，芝蘭玉樹蘿荆棘。對西風、愁殺白頭人，長相憶。

洞仙歌　賦孫明叔水光山色舟

紅塵海裏，好風光誰有。輸與滄浪釣竿手。信翩然、一葦目斷空濛，煙草外、歷歷楚雲湘岫。　謾隨春浪去，路入桃源，肯爲緐華暫回首。歲晚若歸來，縱鷗鷺忘機，莫繫纜、漢南楊柳。好乘興、涛風訪蓬萊，爲説與麻姑，海桑依舊。

江城梅花引　己卯除夕

燈前兒女小團圞。歲將闌。夜將殘。一度逢春，一度減朱顏。明日東風三十二，又添得，二毛侵，鬢底斑。　世問世間行路難。身世閑。天地寬。往事往事恨未了，長恨儒冠。爆竹聲中，春又到柴關。一任黄塵門外擾，且留取，舊梅花，獨自看。

又　陸壺天、錢索菴二老相會，皆有感懷承平故家之作，索予次韵，而不及當道作者，蓋俯念草木之味也

五陵春色舊曾遊。翠娥謳。錦纏頭。花落花開，不信有并州。淺碧障泥紅叱撥，柳橋外，滿東風，無點愁。近來近來雙鬢秋。心漸收。情尚留。底事底事遞如許，身世沈浮。何況年華，長向鏡中羞。才見那時簾外月，便想起，醉吹簫，罨畫樓。

祝英臺近　和雲西老人秋懷韵

暮天雲，深夜雨。幽興到何許。風拍疏簾，燈影逗牕户。自從暝宿河橋，露聽江笛，久不記、舊遊湘楚。正無緒。可奈滿目清商，蕭蕭五陵樹。斜掩屏山，腸斷庾郎賦。幾回思繞蘋花，夢尋蘭櫂，怕驚起、故溪鷗鷺。

紅林檎近　水邨冬景，次錢素菴韵

雲樹風初勁，霧牕晴尚慳。雁落野塘暝，鶴鳴水邨寒。重來尋梅徑裏，漸喜嫩蕚堪看。向日院宇荒閑。香冷舊銅盤。几格横素帙，屏壁澹煙巒。弓腰吟裏，多情惟憶前歡。但温存羔酒，留連獸炭，暮江欲雪年又殘。

又　冬雨晚晴，次謝士英韵

山晚牛羊下，野荒鳧雁肥。雨腳度江遠，日光映林微。泥深何堪縱步，倚杖漫立苔磯。望極浦口雲歸。寒氣透征衣。斷冰隨浪檝，斜竹偃風扉。江空歲暮，邨深人跡還稀。待霜橋梅破，茅堂酒暖，放船速客延□暉。

春草碧　次韵素菴遣懷

更籌圖子宣和譜。流落到如今，空懷古。江南荒草寒煙，前代風流共誰語。猶有賦騷人，迷湘浦。烏衣巷口斜陽，愔愔院宇。玉樹後庭花，誰能舉。五陵殘夢依稀，回首天涯歎行旅。馬上杜鵑啼，愁如雨。

隔浦蓮　水檻晚晴

冰紈光映素手。竹簟醒殘酒。滿院梅風起，疏雲薄、斜陽漏。蘭櫂歸去後，詩人瘦。夢繞瀟湘柳。屢回首。開簾傍晚，煙中微見青岫。滄浪遠興，爲問白鷗知否。十里平湖縱望久。涼透。江蓮香度疏牖。以上四印齋本蟻術詞選卷之二六十首，删去其中凭闌人曲調一首

蘭陵王 春日寄錢塘諸友

舊時月。曾照河橋夜別。秋千下、花露染衣，倚馬相看動愁絶。登臨黯望徹。思落吴山萬疊。江郵路，春水乍生，南浦迢迢恨難越。 悤悤換時節。怪驛未緘鱗，□□□□。平湖入夢情猶切。嗟樂事長在，壯遊都誤，酣歌迷舞興未歇。耿前恨休説。悽咽。亂愁結。記詩滿花牋，歌唤桃葉。琵琶水面今誰撥。但碧檻長倚，楚蘺空擷。相思難寄，待更把，斷柳折。

又 王彦强以暮春有懷吴中故居之作見示，此公蜀故家，因以蜀語次韵答之

錦江緑。長想秦城在目。瞿塘上、春水檥船，十二遥峯翠如簇。羈懷未易觸。斜日平原散牧。潘郎愛，年少宦遊，遮莫吴霜鬢邊撲。 名家舊韋曲。記雨卧戴花，春覆慈竹。東來重問烏衣屋。愁濯錦人遠，翦鐙窗静，歸心偏是夢裏速。更題杜曾□。悽獨。帶移束。正驛路騮嘶，煙浦帆宿。遨頭風度猶能續。儘客館歌舞，故人醽醁。薛濤牋上，寫恨處，字可掬。

又 歲晚憶王彦强而作

暮天碧。長是登臨望極。松江上、雲冷雁稀，立盡斜陽耿相憶。凭闌起嘆息。人隔吴王故國。年華晚，煙水正深，難折梅花寄寒驛。 東風舊遊歷。記草暗書簾，苔滿吟屐。無情征旆催離席。嗟月墮寒影，夜移清漏，依稀曾向夢裏識。 恍疑見顔色。空惜。鬢毛白。恨莫趁金鞍，猶誤塵跡。何時弭

棹蘇臺側。共漉酒紗帽，放歌瑶瑟。春來雙燕，定到否，舊巷陌。

八歸 庚辰七夕，與衞立禮同用此調

涼欺羽扇，風生蘄竹，秋意漸滿院落。商聲又過梧桐井，還誤剖瓜佳會，汎槎仙約。漫憶中庭兒女夜，幾㗭語、花樓歡樂。尚認得、織女橋邊，半是舊烏鵲。何事明河影下，佳期如許，暗抱一襟離索。箭壺催夢，枕屏移恨，是青春行客。對良宵感舊，鬢髮蕭蕭歎潘岳。闌干迴、翠簾休卷，待到更深，嘹蛩聲又作。

又 秋夜詠懷寄錢南金

清蟾半露，驚烏三匝，城上漏水乍滴。微淳已透瀟湘簟，還見小簾摇砌、澹鐙垂壁。夜色迢迢人睡去，正想到、山陽吹笛。做弄得、客裏文園，病後更無力。還是秋期過了，鳴蛬牕户，又對新詩相憶。片雲天外，數峯江上，幾誤湘靈瑶瑟。歎流光過眼，宋玉多情共今夕。滄浪輿、扁舟容與，醉帽飄蕭，亭皋清望極。

摸魚子 歲晚感懷寄南金

見梅花、一番驚感，天時人事如許。星霜冉冉東流水，牢落少年心緒。時自語。甚門外、風埃緑鬢生塵土。故人閒阻。奈歲晚相思，雲寒悵望，此意轉悽楚　髫年夢，俯仰已成今古。人生幾度歡聚。故鄉景物渾非舊，愁裏忽忽時序。能記否。記蒻燭西牕，瞑坐聽風雨。春來更苦。奈酒量微增，詩情未減，何處喚儔侶。

又 寒食雨中

倚闌干、暮雲千里，天涯芳草悽楚。愔愔巷陌重門揜，何況滿牕疏雨。江上路。又還見、黄金暗柳千萬縷。荒邨歲序。縱燕子新來，梨花未埽，好景自虚度。江淹老，誰解重吟恨賦。東風依舊南浦。青煙店舍長安道，夢裏翠屏朱户。閑院宇。悵猶記、佳人秉燭深夜語。新詩漫與。柰世事驅馳，流光荏苒，回首更延佇。

又　題王德璉山居圖

遍乾坤、好山無數，古來高隱能幾。相逢盡道林泉勝，無柰利名朝市。青嶂裏。望曲徑深門，彷彿柴桑里。先生傲世。任短褐長鑱，清琴濁酒，占斷晉風致。疏林下，別有談玄麈尾。清風長滿牕几。門剥啄何須問，應是采芝仙子。誰可比。已不減、當時雞犬空中起。留連晚計。儘穴石藏書，耡雲種玉，千古有靈氣。

又　吳門客中，九日，次魏彥文韵

雁來時、晚寒初勁，青燈摇動牕户。商聲暗起鄰牆樹，觸景亂愁還聚。秋又暮。柰合造淒涼，無處無笳鼓。狂吟醉舞。記滿帽簪花，分籌藉草，騎馬忘歸路。懷人遠，有恨憑誰寄語。虚名長是相誤。天涯節序渾非舊，留得滿城風雨。心萬縷。漫自喜、孤高不惹沾泥絮。羈懷倦訴。好分付兒曹，耘耜三徑，早晚賦歸去。

又　甲辰季秋，與夏頤貞同在吳門，屢有登山之興，久雨不果。重陽日，友人羅仲達以節物爲具，同席數人，意頗歡適。乙巳九日，在九山之東泗水上，酒闌散步，夕陽依依，岡巒在望，興懷往事，不能無述，未知明年又在何處。駒隙如馳，行樂能幾，所謂難逢開口咲也

記年時、滿城風雨，姑蘇臺下重九。客樓已辦登臨屐，曾爲好山回首。延佇久。望翠壁嶙峋，閑卻題詩手。相逢野叟。强咲折黄花，亂簪烏帽，來與共尊酒。流光去，肯爲閑人宿留。驚心節序依舊。西風只麼別作管吹蓬鬢，病骨尚堪馳驟。官渡口。便擬喚扁舟，往問江潭柳。明年健否。縱世故無情，未應遲暮，孤負此時候。

賀新郎　沙德潤、任以南相與追和貫酸齋琵琶詞韵，拉予同賦。第元韵出入，讀之不純也

馬上貂裘裂。料明妃、幾番回首，舊家陵闕。留得胡沙千年恨，寫入冰弦四列。想歷遍、關河風雪。彈動伊涼哀怨曲，把梨園風韵都銷歇。南部樂，向誰說。多情只記瀟湘瑟。縱而今、宮移羽換，此懷難竭。便有傳來中原譜，終帶穹廬煙月。甚長是未歌先咽。顧曲周郎今已矣，滿江南、誰是知音客。人世事，幾圓缺。

又 題王德璉水邨卷

一段江南綠。望依依、沙鷗起處，輞川横幅。十里平郊人煙聚，掩映汀洲幾曲。試與問、隱君林屋。花徑竹門春窈窕，有蒼顔綠鬢人如玉。揮白羽，跨黄犢。高情遠繼巢由躅。向滄浪、濯纓垂釣，自歌還續。手種陂塘千株柳，隔斷紅塵萬斛。算獨有、漁舟來熟。待約西施同載酒，趁桃花、浪暖相追逐。尋勝地，訪遺俗。

又 曹園紅梅數種十餘樹，雲西老人手植也。時殊事異，殘枝存者無幾。其孫幼文命客飲于其下。永嘉曹新民賦詞爲詠，予適有出不與。越數日，幼文持卷來求次韵，席上口占以答

海底珊瑚樹。問鮫人、幾時擎出，碎爲餘露。倩女拾來紉成佩，妝點江南歲暮。便掩映、含章牕户。更著絳綃籠玉骨，怕黄昏、不向孤山路。銀燭暗，未歸去。夢中曾被梨雲誤。最難忘、長沙形勝，水聲東注。若見何郎須相報，不改揚州韵度。道穠豔、尚堪重賦。一點酸心渾不死，笑桃根桃葉非吾故。空谷底，漫延佇。

沁園春 龍洲先生以此詞詠指甲小脚，爲絶代膾炙。繼其後者，獨未之見。彦强庚兄示我眉目二作，真能追逐古人于百歲之上，不既難矣。暇日偶于衛立禮座上，以告孫季野丈，爲之擊節不已。因約相與同賦，翼日而成什焉

巧鬭彎環，纖凝嫵媚，明妝未收。似江亭曉玩，別作望遥山拂翠，宮簾暮卷，新月横鉤。埽黛嫌濃，塗鉛訝淺，能畫張郎不自由。傷春倦，爲皺多無力，翻作

嬌羞。塡來不滿橫秋。料著得人間多少愁。記魚箋緘啟，背人偷斂，雁鈿膠併，運指輕揉。有喜先占，長顰難效，柳葉輕黃今在否。雙尖鎖，試臨鸞一展，依舊風流。

又

漆點塡眶，鳳梢侵鬢，天然俊生。記隔花瞥見，疏星炯炯，倚闌延別作凝佇，止水盈盈。端正窺簾，瞢騰凭別作竝枕，睥睨檀郎長是青。銷凝別作湯相久，待嫣然一顧，別作吷密意將成。　困酣時倚銀屏。別作曾被鶯驚强臨鏡挼挱猶未醒。憶帳中親覷，別作見似嫌羅密，尊前斜注，別作相顧翻怕鐙明。醉後看承，歌時別作闌鬬弄，幾度孜孜頻送情。難忘處，是香羅別作鮫綃揾透，別淚雙零。

又　早春雨中遣懷

菜甲封泥，桃英怯凍，淺寒尚濃。正小牕深掩，暮雲低密，頽垣半露，殘雪玲瓏。冷逼單衣，愁欺倦枕，暗度一番花信風。年光在，但塵襟耿耿，鏡鬢怱怱。　十年舊夢無蹤。算何異、天涯隨轉蓬。甚憎坊陌，燈宵閑過，沈沈煙雨，酒興誰同。鳥已春聲，人猶舊感，點檢芳菲前事空。鶯花好，更明年此際，何處相逢。

風流子　次李仲輿秋思韻

芙蓉秋水綠，河橋畔、駐馬落霞明。念蘇小畫樓，蠹侵花簡，謝孃朱户，香冷銀屏。悵猶記潯江留伇客，滕閣醉詩賓。驛上信音，美人遲暮，雁邊城郭，霜氣淒清。　潘郎愁多少，傷情處，無柰兩鬢星星。江路晚風，三疊長是愁聽。縱綵筆慇懃，近來無準，畫闌縹緲，一向誰憑。何處笛聲哀怨，幽夢難成。

霜葉飛　小溪歲晚，與南金夜坐分韻

晚風吹醒梅花夢，吟牕人倦無語。楚天雲澹雁淒涼，何況黃昏雨。又忽忽、驚心歲序。邨荒更迥無鐘鼓。對夜色蕭條，漫借得、孤缸耿耿，獨照離緒。顦顇怨墨頻題，征衣慵整，怪卻雙鬢如許。故園猶是舊東風，往事今塵土。但憶著、章臺柳樹。十年青鏡催遲暮。任豔懷、如流水，芳草王孫，有誰能賦。

花心動　黃伯陽歲晚見梅，適遇舊賦以贈別，持行卷來，求孫果翁衛立禮泊予皆和

東閣何郎，記當時，曾賞舊家紅萼。綵筆賦詩，綠鬢簪花，多少少年行樂。自從驚覺揚州夢，芳心事、等閒忘卻。斷魂處，月明江上，路迷天角。老去才情頓薄。柰客裏相逢，共傷漂泊。洗盡豔妝，留得遺鈿，尚有暗香如昨。歲寒天遠離杯短，悤悤去、孤懷難託。向花道，春來未應誤約。

又　贈散妓蟾宫秀

塵滿人間，有誰能，分得廣寒風度。漫道小嬌，疑是前身，曾到巖花深處。九霄宮殿春長好，只合伴、霓裳仙侶，問何事，等閒回首，卻迷塵趣。縹緲瑤樓玉宇。柰霧鬟煙鬢，不勝風露。小試舊妝，才近芳尊，已變世間歌舞。想應羞見嫦娥寡，重來傍、巫山行雨。總忘了，青冥向來去路。

南浦　次韵答南金見寄

煙水隔殊鄉，又悤悤誤了，蹋青時候。一別幾多時，河橋外、官柳青條猶瘦。君來爲問，渡江桃葉曾來否。生怕木蘭雙艇子，只道故人依舊。孤邨寒食騣尋，料歸期漸近，花開休驟。油壁耐東風，先拌取、同醉亂紅千畝。憑闌望久。幾番魂斷煙中岫。從此相逢休草草，莫對夕陽搔首。

西河　一春索居味殊惡，賦此紀懷

春夢覺，一聲何處啼鳥。東風二月舊江南，庾郎暗老。暖寒日日禁單衣，闌干憑遍清曉。水涯柳條漸好。玉驄幾度曾到。如今巷陌蹋青時，故人去杳。杏花不在宋東鄰，苔牆猶自圍繞。鳳鞵次第

又鬬草。暗淒涼、前度懷抱。病後不禁愁惱。怕西園、路溼殘紅如埽。空憶花前纖腰嫋。以上四印齋本蛾術詞選卷之三二十二首

六州歌頭　戊申歲，一春强半風雨，不可出户者至有兼旬之久。三月九日寒食，煙雨中望鄰牆桃花，殆欲零落，感人事之不齊，歎芳時之易失，信筆紀述，斐然成章。桓司馬謂樹猶如此，人何以堪，今乃信之矣

劉郎老去，孤負幾東風。思前度，玄都觀，舊遊蹤。怕重逢。新種桃千樹，花如錦，應咲我容顏改，渾不比、向時紅。我亦無情久矣，繇華夢、過眼成空。縱而今再見，何似錦城中。往事悤悤。任萍蓬。憶歡娛地，經行處，秦樓畔，灞橋東。春冉冉，花可可，霧濛濛。水溶溶。幾度題歌扇，欹醉帽，繞芳叢。時序改，人面隔，鬢霜濃。別有武陵溪上，秦人在、仙路猶通。待前邨浪暖，鼓檝問漁翁。此興誰同。

東風第一枝　年來逆境驅馳，不知歲序之有遊賞，

忽忽春風，徒起浩嘆。庚辰新正，與南金翦鐙小酌，分題寫懷。追念古人樂事，今無一在眼，時于文字中見其一二，遂各想像舊事爲之。然心之所好，亦寂寞中一樂也。予得此調，南金得春從天上來

舞館簪蛾，譙門試角，疏鐙時弄春影。曉簷鐵馬敲晴，夜箏錦鴈送冷。銅駞陌上，早官柳、輕黃籠暝。料小樓、一枕微酲，已被暖寒欺醒。花信阻、鎖牕慣靜。芳事杳、翠衾倦整。晚妝似怯梅鈿，舊香尚擬篆鼎。朱門雙揜，向鬬鴨、闌干慵凭。待灞橋、重暖新墟，擬約蒨桃蘭艇。

又　春來兼旬，寒氣不減。舊臘正月廿二日，曹雲翁招飲，聽雨西牕。南金偶道及前作，翁欣然命筆次韻，故又口占爲謝

亂雨敲牕，深鐙暈壁，孤屏相對吟影。辭餘夢蝶難尋，起來睡鴛較冷。東風急處，又卷得殘雲催暝。柰暗愁、忽到梅邊，夜半粉香熏醒。門正揜、暮簾仨靜。花未鬧，小軍預整。鬬茶尚憶分曹，賦詩更

聯古鼎。春衫慵試，怕誤了金鞍相並。待小桃、開滿前溪，且踏武陵漁艇。

春從天上來　次南金早春韵

九陌香泥。正楚館欺寒，裊裊春雞。兩行簾底，銀燭千枝。花市咲語聲齊。喜盤行纖手，翦生菜、巧簇青絲。晚晴時。漸紅蕖照眼，黄柳舒眉。　東風舊家樂事，柰酒興沈沈，儛隊僛僛。小譜鸞箋，重樓羯鼓，生怕誤卻花期。好情懷都改，年光在、物換星移。誤芳菲。想六橋燈火，猶繞蘇堤。

齊天樂　甲戌清明雨中感春

離歌一曲江南暮，依稀灞橋回首。立馬東風，送人南浦，認得當年楊柳。梨花過後。悄不見鄰牆，弄梅纖手。綺陌東頭，箇人還似舊時否。　相如近來病久。縱腰圍暗減，猶未全瘦。宿酒昏鐙，重門夜雨，寒食清明依舊。新愁漫有。第一是傷心，粉銷紅溜。待約明朝，問舟官渡口。

又　己卯春，客樓雨中懷小谿故人行樂

東風吹雨春城晚，黄昏小樓人静。燕子朱簾，譙門畫角，收拾柳邊殘暝。微鐙照影。歎塵滿書牀，火銷香鼎。客裏王孫，故家樂事尚能省。　人生壯遊幾許，舊鷗應怪我，沙上盟冷。刻燭催詩，傾尊款話，長憶西牕風景。相思有興。待官渡回潮，野橋吟艇。莫遣啼鵑，夜深驚夢醒。

又　戊子清明，次曹雲翁韵

深牕暮灑梨花雨，隨風亂零如霰。寒食初過，連陰未解，黄昏酒闌人倦。春鐙漫翦。怪濃潤沾衣，淺寒迎面。芳事蹉跎，强將花譜自舒卷。　天涯芳草漸滿，蹋青晴路阻，闌檻凭遍。燕隔重門，舟迷晚渡，應是不勝清怨。歡遊未展。縱不柰悽迷，懶尋消遣。只怕晴時，落紅千萬點。

又　甲午七月望後，横泖客舍驟雨頓凉，秋聲滿樹，小牕暮倚，四無人聲，暝色凝煙，不勝淒黯。閶戶呼鐙

著此，以紀旅思

碧梧庭院秋聲早，慆慆暮天雲影。雨送涼蟬，風欺倦翼，絡緯猶嘶金井。疏牕弄暝。正犀押簾垂，畫屏鐙冷。節序依然，旅懷長是歎流景。　舊家園苑廢久，歲寒松桂在，清事誰領。待月幽軒，尋涼小艦，斷夢有時提省。乘槎路迥。便逸興相牽，倦塗難騁。甚日歸來，傍湖畊二頃。

又　乙未春暮，錢素菴見和前韵，再歌以謝之

柳花飛滿春歸路，隔江暮雲搖影。草暗河橋，塵昏水驛，難覓仙翁丹井。年光漸暝。任老鬢霜彫，壯心灰冷。世故紛紜，寄書長擬問弘景。　山林多少勝地，四時蕭散處，譚笑能領。小舫尋詩，輕裘把釣，此意只今誰省。斜陽迥迥。算往夢難追，曠懷休騁。目斷南湖，平蕪千萬頃。

又　戊戌冬初，領省檄，會無錫州將李正卿同檢踏屯田秋稼，此邦兵餘，民居蕩析，皆黃茅白骨之境，眼界殊

惡。李侯索賦，道間口占復命

西風滿面吹華髮，肩輿徧行荒野。草莽無垠，人煙埽跡，猶有青山如畫。斜陽又下。柰倦宿軍營，喜逢田舍。官事驅馳，旅途情緒頓衰謝。　天邊雁飛漸遠，故園回首處，離恨難寫。寒入征衣，雲遮望眼，忘卻向來瀟灑。塵氛未解。便好問歸舟，早圖休駕。夢繞寒谿，小梅應綻也。

又　次韵王原吉龍江別業

去年弭櫂龍江市，曾瞻故人衡宇。樹隔琴牀，芸香書屋，擣藥時鳴清杵。壺籤報午。想頻拂詞箋，閒脩花譜。如此幽閑，雅宜連榻聽風雨。　多君曳裾相府。縱風流文采，終帶清苦。借箸籌帷，持杯說劍，長歷漢臺秦礎。尋幽訪古。便後約須期，細論重與。歲晚山中，茯苓還共煮。

又　張翔南寓金陵時，嘗有寄金子尚魏彥文洎諸詞友之作。乃辱彥文見念，獨以賞音見許，而不知予頻年

連嬰逆景，久疏詞筆，非復向時懷抱矣。戊申秋杪，郛仲義持示詞卷，且辱彦文寄聲，併索近作入卷，乃爲倚歌二闋，其一以答彦文，其一以喜翔南還家

當年放浪蘇臺下，長從故人詩酒。繭帖飛花，鷗弦度曲，思繞閶門楊柳。星霜易久。悵十載分攜，幾番回首。滄海塵昏，屋梁落月尚依舊。山林何處寄傲，不如人意事，長是八九。有客傳書，多君玩世，況是不忘衰朽。明朝見從。縱少壯難追，好懷還有。醉墨淋漓，浩歌開吹口。

又 寄張翔南

六朝千古臺城路，傷心幾番興廢。形勝空存，緐華暗老，舉目江山還異。風塵萬里。柰遷客驅馳，去程迢遞。故舊相望，雁邊消息缈難寄。春風鳳皇臺上，轉蓬回首處，應歎身世。江總情深，陳琳檄倦，投老竟成歸計。斜陽某水。且淨洗緇衣，任休行李。只怕東山，興來還又起。

霓裳中序第一 中秋後二夕對月

秋堂氣漸肅。暮角吹來聲斷續。凭遍闌干幾曲。又涼戰庭梧，風敲簷竹。多情宋玉。對楚天、無柰幽獨。中秋過，月華未闕，夜色燦如燭。空谷。美人羈束。又老盡、江南草木。愁來心緒易觸。目斷瑤臺，夢繞金屋。雁歸猶未卜。且漫放、題紅去速。淒迷處，年來詩鬢，換動鏡中綠。

疏簾淡月 和黃伯成吳興道中韵

蒼烟古木。漸暝入小溪，鷗鷺如玉。斜倚孤篷眺晚，毳裘寒肅。秋孃渡口山横處，舊曾尋、五陵芳躅。畫樓鐙火，如今冷落，塵滿華屋。柰景物因人反覆。算千古風流，今有誰續。苕水東邊月上，酒醒人獨。角聲吹老梅三弄，想依稀、曾夢蛾綠。西風回首，山中有人，滿頭黃菊。

角招 故園舊有老梅數樹，自庚午至庚辰，十載之間，六遭巨浸，無一存者。年來惟起步月前邨之歎。辛

巳正月廿四日，曹雲翁以紅萼一枝見予，風度絶韻，舊感橫生，念之不置，因綴此闋爲解，併以謝翁焉

夢雲杳。東風外，畫闌倚遍寒峭。小梅春正好。漫憶故園，花滿林沼。天荒地老。但暗惜、王孫芳草。鶴髮仙翁洞裏，爲分得一枝來，便迎人索咲。牕曉。冷香窈靄，幽情雅澹，不減孤山道。舊愁渾欲埽。御明朝、新愁縈繞。何郎易惱。且約住、傷春懷抱。綵筆風流未少。更何日，玉簫吹，金尊倒。

又　次黄伯陽苕溪舟中韵

暮雲起。苕溪上，畫橈蕩漾春水。道人烟浪裏。信筆賦詩，千古無此。吴頭楚尾。問舊日、陶朱鄰里。擷得江蘺寄遠，向天角歌孤帆，且行行休矣。吟倚。柳陰傍晚，花期暗數，芳事今餘幾。舊遊難屈指。化鶴歸來，依然城市。紛紜閙紫。豈不羨、山林宫徵。更約吟船共艤。賸判得，落殘花，欺行李。

憶舊遊　追和魏彦文清明韵

記烏衣巷口，灞水橋邊，問柳尋花。竟日追遊處，儘揮鞭繡陌，弭櫂晴沙。酒闌美人歸去，香擁碧油車。自綵筆題情，金鐙款醉，幾度年華。天涯。故人遠，料對景相思，應念無家。又見分榆火，柰移根換葉，往事堪嗟。小樓倚遍殘照，長羨暮栖雅。賴伴我消魂，遥岑寸碧三四丫。

水龍吟　戊申燈夕，雲間城中作

兵餘重見元宵，淺寒收雨東風起。城門傍晚，金吾傳令，遍張燈市。報道而今，依然放夜，縱人遊戲。望愔愔巷陌，星毬散亂，經行處、無歌吹。太守傳呼迢遞，漫留連、通宵沈醉。香車寶馬，火蛾蜑繭，是誰能記。猶有兒童，等閒來問，承平遺事。奈無情野老，聞燈懶看，閉門尋睡。

以上四印齋本蛾術詞選卷之四十九首

春草碧　僕一節從軍吴秀閭，近始謁告還家。首辱素翁老師叙勞兵後間懷，既又調春草碧詞見遺，以識會合之意，情文悃欵，溢於言表，惠至渥也。輒依芳韻，庸寫下忱，爲先施之期謝云

儒冠不解明韜略。底處是生涯，雲門約。無端寄跡兵戈，蕙帳荒寒怨秋鶴。歲暮且歸來，情如昨。故人幾度傳心，曾煩手削。門外見仙槎，須停泊。老來歲月無何，乞與刀圭九還藥。三島景長春，尋真樂。鐵網珊瑚九

又　南金契兄始託交時，與僕俱未弱冠，今乃百年過半矣。暮景相從之樂，世故牽掣，迨今未遂。兵後避地溪濱，復得且暮握手，慨前跡之易陳，預後期之可擬，不能已於言也。敬借前韻，述懷如左

歲寒歸計曾商略。富貴與神仙，辜前約。儒冠已負平生，不羡揚州去騎鶴。蓬鬢老風霜，心如昨。惟應郢上高才，風斤慣削。相見問行藏，重評泊。無情最是桑榆，那得昌陽引年藥。山水有清音，同行樂。同上

又　亂後乍見故人，情文浹甚。老來共談往事，心緒茫然，再賡春草之詞，以索寒梅之笑

亂離避世無方略。何處可尋幽，須期約。桃源只在人間，争得身輕跨寥鶴。空憶舊歡遊，成今昨。自憐兵後多愁，吟肩頭削。老病有孤舟，難安泊。殘年但願相依，爾汝忘形縱狂藥。白首待時清，應無樂。同上

以上周泳先補邵亨貞詞三首

錢霖

霖字子雲，松江人。後爲黄冠，更名抱素，號素庵，又號泰窩道人。有醉邊餘興及漁樵譜均佚。

臺城路　次邵復孺韻

碧雲深處原作凝，據詞綜改遥天暮，經年雁書沉影。

雨散梅魂，風醒草夢，還見春回鄉井。花明柳暝念賈篋香空，謝池詩冷。流水斜陽，舊家那是舊風景。　懷思橫泖雅趣，故人吟嘯裏，得意酬領。譜綴臺城，緘傳蒨水，肯把俊游重省。憑高倚迥。縱老興猶濃，不堪馳騁。隔斷相思，浦潮波萬頃。

春草碧

客窗閑理清商譜。彈到斷腸聲，傷今古。自憐素髮無多，猶記紋疏夜深語。空剩舊時踪，迷南浦。　梨花燕子清明，誰家院宇。没箇好情懷，杯慵舉。天涯行李蕭蕭，還是新愁老羈旅。那更落花深，紅如雨。以上二首見鐵網珊瑚書品卷九

鎖窗寒　題玉山草堂

書帶生香，忘憂弄色，四窗虛悄。茅茨淨覆，棟宇洗空文藻。捲珠簾，雨痕暮收，綺羅靜隔紅塵島。對紙屏素榻，拂潭烟樹，掃簷風篠。　深窈。西園曉。似日照爐峯，數聲啼鳥。璚蓮倚蓋，曉水靓妝

孤裊。浣花溪，尚餘舊春，穠芳賸馥吟未了。望東林，小徑斜通，夢約香山老。詞綜卷三十三

錢應庚

應庚字南金，抱素之弟。

八聲甘州　和邵復孺

折蘭難寄遠，渺汀蒲，煙思共依依。甚簷花聽斷，騷章歌罷，此意誰知。滿眼孤村流水，腸斷去年時。過了端陽日，重問歸期。　同是天涯羈旅，歎湘靈鼓瑟，笑我全非。九江風雨外，有客澹忘歸。正目渺、驀情愁予，又吴潮、吹上竹枝詞。西窗夜，待剪燈深坐，却話相思。

隔浦蓮　水檻對雨

緋榴開滿露井。竹映琅玕瑩。幔卷方池雨，微微落飛簷影。荷蓋擎萬柄。明妝靚。浪破魚吹鏡。

翠禽並。梅風乍起，桃笙微帶新潤。瀟湘舊夢，喚我緑蓑歸興。凭遍闌干暗自省。人靜。夕陽移下清景。

西江月

往事俄驚如夢，白頭追感前時。半生辛苦爲吟詩。詞筆輪君工致。世變俱成老大，年來更覺衰遲。通家欲結歲寒期。未必天工無意。

春草碧　次韻酬復孺

折衝尊俎談兵略。還記五湖船，煙波約。東鄰有客歸來，應訝山翁瘦如鶴。問訊舊玄都，今非昨。當年錦里依稀，青山似削。天地一蘧廬，從栖泊。西園長記前游，乘興重來看闌藥。白首友于情，同憂樂。

前調

故人胸次藏三略。鷗鷺小溪邊，重尋約。千門兵火蕭條，回首華亭有歸鶴。城郭是耶非，傷前昨。相逢謾説新詩，多君郢削。隨分一枝安，甘依泊。書囊再覩雄文，帷幄忠言似良藥。携手問何時，承平樂。

臺城路　寒食後雨軒獨坐，次復孺韻

一庭芳草閑春晝，疎疎弄簾花影。鼓子風喧，苔痕雨潤，還聽蛙聲鳴井。沉吟坐瞑。正綺席杯空，蕙爐煙冷。老去無情，好春不減舊芳景。天涯誰念倦旅，閉門風雨意，獨自禁領。南浦歌長，西堂夢遠，往事不堪追省。滄浪望迥。記那日歸舟，此懷猶騁。莫倚危樓，亂紅愁萬頃。以上六首見鐵網珊瑚書品卷九

顧阿瑛

阿瑛字仲瑛，一名德輝，號金粟道人，崑山(今江蘇省崑山縣)人。生於至大三年(一三一〇)。以子貴封

武略將軍，飛騎尉，錢塘縣男。築玉山草堂與友人觴詠唱和。洪武二年（一三六九）卒，年六十。有玉山璞稿。

水調歌頭　天香詞

金粟綴仙樹，玉露浣人愁。誰道買花載酒，不似少年遊。最是宮黄一點，散下天香萬斛，來自廣寒秋。蝴蝶逐人去，雙立鳳釵頭。向尊前，風滿袖，月盈鈎。縹緲羽衣天上，遺響遏雲流。二十五聲秋點，三十六宮夜月，横笛按伊州。同躡彩鸞背，飛過小紅樓。舊抄本玉山璞稿

清平樂　題桐花道人卷　桐花道人吳國良雪中自雲林來，持所製桐花煙見遺。留玉山中數日，今日始晴，相與同坐雪巢，以銅博山，焚古龍涎，酌雪水，烹藤茶，出萬壑雷琴，聽清癯生陳維允彈石泉流水調，道人復以碧玉簫作清平樂，虚室生白，塵影不動，清思不能已已。道人出所攜卷索和民瞻石先生所製清平樂詞，予遂以紫玉池試想花煙，書以贈之，且邀座客郯雲臺同和，時至正十年臘月二十二日也

鳳簫聲度。十二瑶臺暮。開遍瓊花千萬樹。纔入謝家詩句。仙人酌我流霞。夢中知在誰家。酒醒休扶上馬，爲君一洗筝琶。同上

蝶戀花　三月二十日，陳浩然招遊觀音山，宴張氏樓，徐姬楚蘭佐酒，以琵琶度曲，郯雲臺爲之心醉，口占

春江暖漲桃花水。畫舫珠簾，載酒東風裏。四面青山青似洗。白雲不斷山中起。過眼韶華渾有幾。玉手佳人，笑把琵琶理。枉殺雲臺標外史。斷腸只合江州死。同上

青玉案　彦成以他故去，作此懷之

春寒惻惻春陰薄。整半月，春蕭索。旭日朝來卜屋角。樹頭幽鳥，對調新語，語罷雙飛卻。紅入花腮青入萼。盡不爽花期約。可恨狂風空做惡。曉來一陣，晚來一陣，難道都吹落。讀畫齋本玉山璞稿

以上周泳先校補舊抄本玉山璞稿本詞四首

袁華

華字子英，崑山(今江蘇省崑山縣)人。生於延祐三年(一三一六)，壽八十餘。

水調歌頭　宴顧仲瑛金粟影亭賦桂

山横眉黛淺，雲擁髻鬟愁。天香笑攜滿袖，曾向廣寒游。素腕光摇寶釧，金縷聲停象板，歌罷不勝秋。十指露春笋，伴整玉搔頭。　記錢塘，朝載酒，夜藏鈎。青衫斷腸司馬，消減舊風流。三百六橋春色，二十四番花信，重會在蘇州。水調按新曲，明月照高樓。玉山名勝集

于立

立字彦成，號虚白子，南康(今江西省南康縣)人。學道會稽山中，又號龍江山人，與顧阿瑛友善。

水調歌頭

微紅暈雙臉，渾黛寫新愁。好似霓裳仙侶，曾向月中游。憶得影娥池上，金粟盈盈滿樹，風露九天秋。折取一枝去，簪向玉人頭。　夜如年，天似水，月如鈎。只恐芳時暗换，脈脈背人流。莫唱竹西古調，唤醒三生杜牧，遺夢繞揚州。醉跨青鸞去，雙闕對瓊樓。玉山名勝集

陸仁

仁字良貴，號樵雪生，又號乾乾居士，河南人。寓居崑山。

水調歌頭

露冷廣寒夜，唤醒玉真愁。銀橋憶得飛度，曾侍上皇游。一曲霓裳按罷，兩袖天香歸後，人去已千

秋。笑倚金粟樹，斜插玉搔頭。憶錢塘，今夜月，也如鈎。題詩欲寄紅葉，又怕水西流。誰把琵琶彈恨，愁絶多情司馬，不是在江州。醉飲玉山裏，有霧遶飛樓。玉山名勝集

岳瑜

水調歌頭

風清玉蟾瑩，霜薄翠鸞愁。夜深羽衣一曲，如在月宮遊。色占名園琪樹，香動仙巖貝闕，携手正宜秋。登科當小試，私語更低頭。赤欄橋，金粟影，繡簾鈎。荷花六郎模樣，消得一風流。遺落文昌籍姓，重叠太妃名字，聲價滿神州。貯君鴛鴦閣，期我鳳凰樓。天香姓桂名真

張遜

遜字仲敏，號溪雲，吴郡(今江蘇蘇州市)人。

水調歌頭

玉樹後庭曲，千載有餘愁。碧月夜凉人静，曾賦采華游。玉露細摇金縷，香霧輕籠翠葆，折下一天秋。張緒總能老，還自鎖眉頭。把鸞箋，裁繡句，寫銀鈎。回文巧成錦字，長恨與江流。漠漠梁間燕子，款款花邊蝴蝶，夢覺却并州。獨感舊時貌，還復照西樓。玉山名勝集

石巖

巖字民瞻，京口(今江蘇鎮江市)人。官縣尹。

清平樂　題桐花道人吴國良卷

吴郎丰度。邂逅春城暮。暖日晴雲花滿樹。恰似故人詩句。坐中翔鳳飛霞。來尋弄玉仙家。説與江州司馬。淚痕只爲琵琶。玉山名勝集

郯韶

韶字九成，吴興（今浙江省吴興縣）人。至正中，嘗辟試漕府掾，自號雲臺散吏。

清平樂

湘雲微度。六曲朱闌暮。簾外香飄梅子樹。知有王孫索句。誰將瓊琯吹霞。柳花飛過東家。説與門前去馬。斷腸休爲琵琶。玉山名勝集

何繼高

繼高字左昌，至正八年進士，知嵩明州。

採桑子

醉歸那忍旋分手，竹屋燈明。石鼎茶聲。坐久聽來酒力輕。粉箋染就芙蓉滑，小句初成。轉自淒清。寒逼春衫欲二更。詞綜卷三十三

劉忠之

太常引 送郭復齋

少年南北快飛騰。身到處，有佳聲。甓社化纔行。又出使、餘杭故城。春風滿路，堤邊楊柳，難繫去留情。何處望雙旌。泛千里、孤舟月明。詞綜卷三十三

何可視

可視字思明，嘉興（今浙江省嘉興縣）人。值元末世亂不仕，自號爛柯樵者。

蝶戀花　送春

金井啼鴉深院曉。颺盡東風，柳絮吹難了。燕子多情相識早。杏梁依舊雙雙到。一縷沉烟簾幕悄。滿眼飛花，祇覺人懷抱。十二玉樓春樹杪。天涯不斷青青草。

玉樓春

鄰雞喔喔晨窗白。檜樹深沉初辨色。鴛鴦瓦上露溶溶，翡翠簾邊風瑟瑟。小樓一半屏山隔。不滅銀缸通照夕。還鄉好夢却忘愁，夢破那堪仍在客。

以上二首詞綜卷三十三

柯九思

九思字敬仲，號丹丘生，台州(今浙江省臨海縣)人。生於皇慶元年(一三一二)。積官至奎章閣鑒書博士。至正二十五年(一三六五)卒，年五十四。

柳梢青　和楊无咎梅詞四首

懊恨春初，飄零月下，輕離輕隔。重醞梨雲，乍舒柳眼，羞人曾識。已堪索笑尋簷，早准備、憐憐惜惜。莫是溪橋，纔先開却，試馳金勒。右和未開

又

姑射論量。漸消冰雪，重試新妝。欲吐芳心，還羞素臉，猶吝清香。此情到底難藏。悄默默、相思寸腸。月轉更深，凌寒等待，更倚西廊。右和欲開

又

翠苔輕搭。南枝逗暖，乍收漸霎。亂插繁花，快張華宴，繞衣千匝。玉堂無限風流，但只欠、些兒雪壓。任選一枝，折歸相伴，繡屏花鴨。右和盛開

又

璠散殘枝。點窗欹欹，廋竹遲遲。欲訴芳情，曲中曾聽，畫裏重披。春移別樹相期，漸老去、何須苦悲。人日酣春，臉霞清曉，復記當時。右和將殘

補之詞翰，稱妙一代，此卷尤佳。其柳梢青四詞，可以想像

當年風致，勉强續貂，以貽好事。丹邱柯九思書於雲客閣，至正元年冬十有一月日南至也。以上四首和詞並見郁氏書畫題跋記卷一。

王禮

禮字子尚，後改字子讓，廬陵（今江西省吉安縣）人。生於元仁宗延祐元年（一三一四）。元末，爲廣東元帥府照磨。明興不仕，聘爲考官亦不就。洪武二十二年（一三八九）卒，年七十六。有麟原文集二十四卷。

喜遷鶯　代人作，送鎦宰考滿，并遷新居

甘霖停雷。喜浩蕩洪恩，躋民仁壽。戍柳拖金，海棠染絳，報道宰官移綬。轉眼積勞三考，大卧更深猶晝。最好處，似冰壺玉露，十分清瀏。　難有。看里巷、此日壯夫，都是來時幼。笳鼓迎風，旌旗耀日，旋築草堂完就。自今四時納福，遥對深山如繡。願歲歲、共桐鄉父老，一卮春酒。

百字令　壽老妻八十

晨看婺女，正流光垂照，耆昌堂裏。只爲佳人延眉壽，影入玉杯迎喜。莫道春秋，八千八百，玄遠都難擬。人生稀也，古來登八能幾。　眼見繞膝孫枝，烹羊膾鯉。也有些肥美。淡飯惡衣，聊自足、多少何能如你。夫是謫仙，金鑾待詔，妻亦尋常比。隨緣相守，安貧況是王禮。以上二首見麟原後集卷十二

趙汸

汸字子常，休寧（今安徽省休寧縣）人。生於延祐六年（一三一九），晚年屏迹東山。洪武二年（一三六九），應詔修元史，歸未逾月而卒，年五十一。有東山存稿。

松風慢　代送吴德夫衡陽巡檢

溪亭春晚共離觴。何許是衡陽。香羅初剪征衫

好，東風裏、快馬輕裝。市遠擘張閒暇，年豐虎落相羊。蒼梧雲盡暮天長。山色似吾鄉。鶯啼綠樹飛紅雨，三千里、處處耕桑。說與年年歸雁，重來應念瀟湘。

柳梢青

回雁峯前。弢弓下馬，春滿前川。雲盡湘潭，深村無警，白晝安眠。殷勤祖道開筵。應記取、松蘿暮煙。一曲離歌，柳梢青淺，花萼紅嫣。以上二首東山存稿卷一

王逢

逢字原吉，江陰（今江蘇省江陰縣）人。生於延祐六年（一三一九）。至正中，累薦不起。洪武二十一年（一三一八）卒，年七十。有梧溪集。

如夢令　菰村賦贈

簷聳數株松子。村繞一灣菰米。鷗外迥聞雞，望望雲山煙水。多此。多此。酒進玉盤雙鯉。朱存理鐵網珊瑚卷四

何景福

景福字介夫，淳安（今浙江省淳安縣）人。別號鐵牛翁，有介夫文集。

虞美人　別魯道源

三年奔走荒山道。喜說苕溪好。苕溪秋水漫悠悠。載將離恨上杭州。干戈未已身如寄。安樂知何處。青溪溪上釣魚磯。縱使無魚，還有蟹螯肥。詞綜卷三十三

吳瓘

瓘字瑩之，號竹莊，嘉興（今浙江省嘉興縣）人。

柳梢青 至正戊子孟冬，竹莊梅已蓓蕾，因賦柳梢青詞。而明遠適來索予作，故寫梅就書之。瓘竹莊人

牆角孤根，株身纖小，嬌羞無力。蟹眼微紅，粉容未露，不禁春色。待東君汩没芳姿，漸迤邐、檀心半坼。緩步廻廊，黄昏淡月，那時相得。大觀録卷十五

漁父

波平如砥小舟輕。托得綸竿寄此身。忘世戀，樂平生。不識公侯有姓名。

又

野色山光水接天。雲煙縹緲思長川。收此景，老梅仙。萬頃湘江筆底傳。以上二首見大觀録卷十七

陶宗儀

宗儀字九成，黄巖（今浙江省黄巖縣）人。約元惠宗至正二十年前後在世。明初累徵不就，客松江。著南村集、輟耕録等書。

南浦 會波村，在松江城北三十里。其西九山離立，若幽人冠帶拱揖狀。一水兼九山南過村外，以入于海。而溝塍畎澮，隱翳竹樹間。春時桃花盛開，雞犬之聲相聞，殊有武陵風概，隱者停雲子居焉。一舟日水光山色，時放乎中流，或投竿，或彈琴，或呼酒獨酌，或哦咏陶謝韋柳詩，殆將與功名相忘。嘗坐余舟中作茗供，襟抱清曠，不覺度成此曲。主人卽譜入中吕調，命洞簫吹之，與童子櫂歌相答，極鷗波縹緲之思云

如此好溪山，羡雲屏九疊，波影涵素。暖翠隔紅塵，空明裏，着我扁舟容與。高歌鼓枻，鷗邊長是尋盟去。頭白江南，看不了，何況幾番風雨。畫圖依約天開，蕩清暉，别有越中真趣。孤嘯拓蓬窗，幽情遠，都在酒瓢茶具。水荇摇，晚月明，一笛潮生浦。欲問漁郎無恙否。四首武陵何許。

一萼紅 賦紅梅，次郭南湖韻

水雲鄉。又南枝逗暖，綽約漢宮妝。春豔濃分，朱鉛淺試，翠袖獨倚修篁。想應道東風料峭，翦霞彩，零亂補綃裳。勾漏尊真，丹丘授訣，傲晲冰霜。畢竟孤標還在，縱夭桃繁杏，難侶寒香。瑪瑙坡頭，珊瑚樹底，江南別是春光。且莫倚、高樓玉管，怕輕盈飛處誤劉郎。依舊小窗疎影，淡月昏黃。

露華　賦碧桃，用南湖韻

武陵夜寂。記露影璇空，一笑曾識。素臉暈鉛，巧把黛螺輕羃。莫是歌渡煙江，浣卻舊家顏色。還又訝，深宮紺袖，唾花猶濕。問他阿母消息。甚落莫梨雲，青鳥難覓。不比錦紅輕薄，容易狼籍。嫩綠護出溪頭，誰顧采香仙客。春晚也，頻溫玉笙是得。

念奴嬌　九日有感，次友人韻

黃花白髮，又匆匆佳節，感今懷昔。雨覆雲翻無限態，故國寒煙榛棘。杜老飄零，沈郎瘦損，此意天應識。劃然長嘯，不知身是孤客。呼酒漫祓清愁，玉奴頻勸，兩臉添春色。眼底平生空四海，倦拂紅塵風幘。戲馬臺荒，龍山人老，原作登龍人老，據周校本改往事休追惜。山林無恙，也須容我高屐。

木蘭花慢　次胡筆峯遷居韻

占中山一隩，雲晻靄，水縈紆。便小理蔬畦，深鋤菊圃，細甃花衢。平生幾番卜隱，到而今、方稱列仙臞。問字溪翁載酒，執經弟子將軍。　猗歟。心迹混樵漁。安用絕交書。向石上圍棋，松陰擣藥，樂意偏殊。當年輞川圖畫，有林泉、如此更何如。旋買良田種秫，只知吾愛吾廬。

月下笛　賦落梅

東閣詩慳，西湖夢殘，好音難託。香消玉削。早孤標頓非昨。阿誰底事頻橫笛，不道是、江南搖落。向空階閒砌，天寒日暮，病鶴輕啄。情薄。東風惡。試快覓飛瓊，共翔寥廓。冰魂漠漠，謾憐金谷離索。有時巧綴雙蛾緑，天做就、宮妝綽約。待一點脆圓成，須信和羹問卻。

以上景印元人十種詩本南村詩集

周巽

巽字巽亨，號巽泉，吉安(今江西省吉安市)人。在元曾授永明主簿。在明初尚存。有性情集。

漁歌子　漁父四首

春水孤篷發櫂謳。彩虹爲綫月爲鈎。桃花浪，杜若洲。此處垂鈎釣玉虬。

又

篛笠簑衣亂碧波。巨鱗潑刺躍金梭。銜蘋藻，翻芰荷。不上鈎來可奈何。

又

西風一葉下晴川。換酒將魚不用錢。蘆渚畔，蓼洲邊。暮醉醒來月滿船。

又

寒江獨釣去還來。機静應無鷗鳥猜。冰柱折，雪梅開。坐擁羊裘夜未回。

漁歌子　樵夫四首

春山漠漠淡煙横。陰壑丁丁伐木聲。啼鳥静，落花輕。看棋松下暮雲生。

又

白雲相逐度前峯。蘿壁猿啼翠幾重。清晝寂，緑陰濃。斧聲驚動鶴巢松。

又

滿身松露陟崔嵬。行逐岩前麋鹿來。楓葉落，菊花開。日斜人唱采薪回。

又

負薪行唱路迢迢。幾朶梅花擔上挑。風正緊，雪初飄。曲中猶自憶前朝。

江南弄

春意動。池塘初解凍。花間啼鳥驚人夢。綺户微開曙色明。沉香火暖曉寒輕。夭桃半吐傳芳訊，新鶯百囀感中情。感中情。憐淑景。思君望斷青鸞影。

又

炎光熾。枕簟涼如水。芰荷覆沼雙鴛戲。香飄水閣藕花開。簾上金鈎燕子回。霄露清塵臨上苑，朝雲暮雨過陽臺。過陽臺。別神女。思君心如蓮菂苦。

又

秋聲起。庭院收殘暑。涼蟬抱葉鳴疎雨。玉簫吹徹人倚樓。銀漢迢迢度女牛。梧桐落翠露華冷，絡緯啼寒月影流。月影流。愁無限。思君不見南飛雁。

又

寒威薄。繡帷人未覺。啄蕊争枝喧凍雀。錦箋呵筆寫廻文。玉筯長垂不見君。北去馬蹄衝塞雪，南來雁字隔衡雲。隔衡雲。消息斷。思君但把梅花玩。

以上八千卷樓藏鈔本性情集卷六

沈景高

景高烏程(今浙江省吳興縣)人。

沁園春　和劉龍洲指甲

新脱魚鱗，平分鵝管，愛勒眉彎。記掐恨香蕉，愁悰細説，劃情嫩竹，怨曲新翻。纔貼梅鈿，旋挑鉛粉，繡領重交猶道寒。嬌無奈，笑輕拈杏帶，淺揭湘斑。宮棋也學偷彈，時綰就同心羞自看。解傳杯頻賭，藏鬮羅袖，歸鞭重數，刻印闌干。暗解綃囊，倦調瑤瑟，餵蕊鶯兒繡閣間。凝情處，把瓜犀

謾剩，消遣春閑。俞焯詩詞餘話

汪斌

斌字以質，績溪（今安徽省績溪縣）人，紫巖從孫。有雲坡集。

踏莎行 雪晴縱步

踏雪橋邊，訪梅溪曲。春風初破梢頭玉。村村茅屋晚炊煙，更尋村酒穿茅屋。兔月初眉，瑶峯眩目。礰笻振屐鳴空谷。夜深不謂故人來，聲聲誤道風敲竹。

酹江月 吴山懷古

登臨遐眺，嘆當年、一夜朔風狼籍。石塔鎮南人共怒，怒氣上轟霹靂。廢苑荒涼，粉牆頹圮，萬事空陳跡。闕庭何在，鐘聲敲斷岑寂。聞道十里西湖，荷花香裏，歌舞成悲戚。湖上有山山有恨，應恨舊京永隔。秦老和□，賈生罔上，後世見之方策。興亡回首，暮煙衰草凝碧。

江神子 水涸泊舟嚴岸

停棹嚴瀨畫橋邊。水涓涓。鷺翩翩。午熱追涼，穿竹强留連。無奈日□□欲暝，吹短笛，嘒新蟬。
家山只在水家源。隔雲天。恨縈牽。願得甘霖，逐日趲歸船。惟有紫陽溪山月，隨着我，伴愁眠。

長相思 秋夜

海蟾升。砌蛩鳴。别院俄聞裂帛聲。憑軒與細聽。竹風生。桂香清。問道小山來未曾。還應尋舊盟。

蝶戀花 送春

蝶嬾鶯慵芳草歇。緑暗紅稀，柳絮飄晴雪。有意送春還惜别。杜鵑争奈催歸切。繡閣無人簾半揭。暗憶邊城，十載音書絶。惟有東風無異説。年年來趁梅花月。以上五首新安文獻志卷六十

章凱

沁園春　武夷行迹

過了秋風，梅口漸開，山人好歸。問近來何事，半成迂闊，半添疎懶，半帶憨癡。學劍不成，學書無味，却要尋仙入武夷。這些事，莫粗忒煞，恐是難爲。　分明説與人知。老谷子胸中奇儘奇。有真爐真鼎，龍盤虎踞，真離真坎，兔走烏飛。待辦數椽，山中静坐，却向無中生個兒。休輕笑，看他年華表，鶴有來時。　武夷山志卷二十二

羅慶

水調歌頭　遊武夷

雨晴山潑翠，溪淨水拖藍。閑來共陪杖屨，邂逅已成三。齒齒清泉白石，步步碧桃翠竹，是處輒幽探。行到釣臺下，怪樹蔭空潭。　踏芳洲，尋別館，履巉巖。壺天日月長在，雲氣滿東南。沽得一尊濁酒，喚取山花溪鳥，聽我醉中談。異日再過此，端爲解征驂。　武夷山志卷十五

唐桂芳

桂芳字仲實，號白雲，新安(今安徽省歙縣)人。元至正中，以薦授崇安縣教諭，遷南雄路儒學正。明太祖召出仕，以瞽廢辭，卒年七十三。著有白雲集、武夷集。

水調歌頭　遊武夷和羅慶

武夷最佳處，晴氣碧於藍。遠瞻崖壑溪曲，六六與三三。莫問塵生滄海，休歎鶴歸華表，好景且容探。鐵笛破龍睡，黑雨滿深潭。　笑神仙，留蜕骨，

閬空巖。幾人蹭蹬不遇，太史滯周南。最好擅場老子，筆底文章如許，何必事清談。暫憩桃花下，白馬稅飛驂。武夷山志卷十五

南鄉子　送李仲先還集慶

社雨燕交飛。不解行人有別離。明月鳳凰臺上酒，堪思。天闊雲昏海樹低。風正一帆遲。簾卷芙蓉江上移。去去霜臺消息近，誰知。滿眼江山太白詩。詞綜卷三十六

何守謙

臨江仙

山下清溪溪上渡，舟迴九曲皆奇。諸峯羅列翠屏圍。煙霞今閬苑，花木昔瑶池。念念神仙無覓處，洞天留在靈祠。從教猿鶴笑吾癡。還山非不樂，未忍負明時。

又

夢寐武夷仙島上，一來欲浣覊愁。山靈何事厭人遊。白雲生洞口，微雨暗溪頭。顧我平生非俗客，豸冠此日清流。好將仙籍姓名收。他年勳業了，準擬卜菟裘。以上二首見武夷山志卷十五

鄭巚

金縷衣

秋半紅橋路。是曾孫、幾塵夙幸，此生奇遇。天上人間同宴集，仙樂風飄處處。遍紛郁、非煙非霧。光近玉皇顏咫尺，共歡呼、鼇抃霞觴舉。高會散，碧雲暮。至今瑞鶴猶能舞。幾千年、同亭祠下，賽神簫鼓。再拜乞靈三奠酒，小駐霓旌容與。半隱約、如傳好語。爲送緋魚來入夢，向龍潭、時灑紛紛雨。齊和曲，踏歌去。武夷山志卷十五

俞俊

俊其先嘉興人，後占籍松江（今上海市松江縣）。

清平樂

君恩如草。秋至還枯槁。落落殘星猶弄曉。豪傑消磨盡了。　放開湖海襟懷。休教鷗鷺驚猜。我是江南倦客，等閒容易安排。輟耕録卷二十八

袁介

介字可潛，其先蜀人，後占籍華亭。至正間爲府掾。

如夢令

今夜盛排筵宴。准擬尋芳一遍。春去已多時，問甚紅深紅淺。不見。不見。還你一方白絹。輟耕録卷二十八

徐遜

遜字敏甫。

水調歌頭

盤馬萬山頂，彈禽羣木中。追思年少行樂，減盡舊豪雄。三十六峯青矗，三百六灘碧逝，歸路杳重重。拱手問仙伯，謫宦豈天公。　奉慈親，携稚子，訪琳宫。太虚點雪高處，萬慮一杯融。但得挈家歸隱，何用舉家拔宅，雞犬亦昇空。長嘯下山去，脚底響松風。式古堂書畫題跋卷二十

詹仲舉

沁園春

兒汝來前，吾與汝言，汝知否乎。自吾家種植，詩書之外，略無一毫，薏苡明珠。□□□□，虀鹽旦暮，三世儒冠出此塗。長安道，汝父兄叔們，幾度齊驅。如今側足橫舒。看一領青衫似摘鬚。這衫兒着了，要須徐稱，莫教黃嘴，暗裏揶揄。刺史家聲，拾遺直節，要你心情似得渠。心期處，似獻之忠孝，更著工夫。郁逢慶書畫題跋卷九

注云，叔祖留耕忠文公所作，至正辛丑正月二十又二日，姪孫畦拜手謹書。

馬需庵

需庵至元間人，稱清泉馬需庵，失其名。明葉盛菉竹堂書目有馬需庵集三册。

滿江紅

雙鬢星星，更能消、幾番離別。人北去，直教孤負，清明時節。何處池塘春草夢，誰家院落梨花月。但子規、枝上勸人歸，空啼血。思往事，雲千疊。休倚仗，心如鐵。嘆風埃襤褸，浩歌長鋏。和氣已從天上日，暮寒洗盡山陰雪。待我心、飛步到三臺，須調燮。

水龍吟 贈人二首

翩翩詩筆清新，百年誰識青雲士。銀鈎瘦硬，通神白藺，烏絲名世。璞玉渾金難定價，終爲良器。秋風一曲，聲合太古，算惟有、知音會。天地青蠅擾擾，祇依舊、歲寒蒼翠。似當時、劉晏點鞭，馬上錢流滿地。未展經綸，米鹽細故，此心如水。待鋒車趣召，玉堂揮翰，草金鑾制。

又

元龍豪氣消磨，鬢毛衰颯成何事。九衢烏帽，黃塵幾負，花前沉醉。落落情懷，悠悠歲月，欲歸無地。三年太晏，朝還夕去，笑坐客、青氈弊。一綫微官束縛，似秋菊落英無味。暮涼風景，片帆煙雨，長

河千里。今日南來，倚樓王粲，不堪憔悴。問荆州早晚，定垂青顧，寫平生滯。以上三首見永樂大典三千零零六人字韻

西江月　調張季良文會館

未要花枝照眼，且教尊酒扶頭。人生佳處好遲留。放我論文會友。贏得清時無事，算來白甚閑愁。百年日月水東流。少壯幾時回首。

清平樂　同樂館

紅爐畫閣。有酒須同樂。千古獨醒終是錯。休笑劉伶畢卓。小槽酒滴珍珠。請君任意零沽。試飲三盃春露，出門定要人扶。以上二首見永樂大典一萬一千三百十三館字韻

太常引　寄保下郝遂初

人生能得幾相逢。漫中夜，憶元龍。白髮調兒童。問百巧、誰教百窮。幾時携手，浮香亭上，一醉發春紅。天地醉鄉中。放長袖、婆娑晚風。

望海潮　寄保下胡仲明

流年如電，歸心似水，求田問舍悠悠。蟻穴蜂衙，燕巢鳩計，元龍久厭拘囚。回首羡沙鷗。待清風北渚，明月南樓。奈世事多艱，此身天地一虚舟。青衫白髮堪羞。豈儒冠誤我，命壓人頭。太學三年，京華十口，算來依舊淹留。別後幾經秋。想音容漸老，文采風流。安得浮香亭上，羯鼓醉梁州。

水調歌頭　寄洪大參

關山渺無際，何處認三韓。遼陽煙樹千里，回首路漫漫。暫屈元龍湖海，坐鎮東方雅俗，心與野雲閒。姓字九天上，早晚召君還。記當時，題好句，醉中看。二難兄弟俱在，門外駐金鞍。一別流年似水，暗想浮生如夢，贏得鬢毛斑。何日一尊酒，相對謝東山。

江城子　寄王元輔

百年浮世幾人閑。説求官。近長安。不道長安，

行路古來難。白璧明珠天地裏，人不識，暗中看。自憐東野一生寒。兩眉攢。鎖蒼山。須信丹梯，千丈杳難攀。何日舉盃淩浩蕩，同一醉，盡清懽。

又　寄張世傑

年華都逐水流東。再相逢。一衰翁。不道而今，豪氣減元龍。白髮青衫人老矣，才又向，舞雩風。片帆煙雨淡溟濛。渺孤鴻。太匆匆。誰似髯參，依舊醉顏紅。明日九重仙詔下，還又見，紫泥封。

驀山溪　寄完州諸公

流水易换，客夢迷煙草。回首望高城，記西山、重重翠掃。横塘秋水，雲錦萬荷蓮，思往日，對薰風，沉醉花前倒。而今青鏡，白髮催人老。後會一尊同，放元龍、座中吟嘯。虚名誤我，依舊廣文寒，歸來好。酒闌望斷西州道。以上六首見永樂大典卷一萬四千三百八十二寄字韻

臨江仙　題王克明喜神

一幅鵝溪霜雪練，虎頭寫出丰姿。路人遥指莫相疑。翛然眉宇淨，心與海鷗期。安得玉堂揮翰手，爲君重賦新詩。紫雲歌罷醉芳巵。月明歸路穩，猶記送君時。永樂大典卷二千九百五十二神字韻

孫景文

景文字彦昭，號止足，元時任丹陽教諭，轉江陰教諭。著有華庭集。

蝶戀花

淨洗胭脂輕掃黛。鬭草亭邊，自拗梨花戴。一段心情空自愛。風流那得時常在。屈指春光歸已快。不掩珠簾，又恐東風怪。花影低將新月礙。小闌干外深深拜。曲阿詞綜景文另有蝶戀花樓外垂楊千萬縷一首，乃朱淑真詞。

王瞞

瞞，至正中進士，授秀水令。

如夢令　乍晴見月

簷際猶餘殘溜。簾外淡雲月逗。風雨漫經旬，依舊姮娥眉皺。晴否。晴否。早是落花時候。

殷恕

恕，大德丁酉解元。

望江南　秋懷

秋光好，爽氣動幽情。紅蓼白蘋江岸闊，淡煙疎柳月華清。西風落葉輕。

又

秋光好，選勝足遨遊。桂子風高香密密，梧桐月下影悠悠。玉露滿松楸。

洪翼

翼，與祖元孫，官至光禄寺少卿。

浣溪沙　花朝

鸞股先尋鬬草釵。鳳頭新繡踏青鞋。衣裳宮樣不須裁。　雕玉鏤成鸚鵡架，泥金鐫就牡丹牌。明朝相約看花來。曲阿詞綜翼有訴衷情清晨簾幙卷輕霜一首，乃歐陽修詞。

又　上巳

軟翠冠兒簇海棠。砑羅衫子繡丁香。閑來芳徑踏青陽。　風暖有人能作伴，日長無事可思量。水流花落任匆忙。

虞薦發

薦發，鄉貢生，後遷居武進、無錫。著有雲陽集。

如此江山　泛曲阿後湖

依依楊柳，青絲縷、掩映綠波南浦。燕掠橫斜，鱗遊蕩漾，恰是湔裙時序。清泠如許。恍鏡影空磨，簟痕密聚。欲問伊人，且自溯洄前渚。　並倚木蘭無語。到來還、遠樹遥山，凝眸同覩。雁齒參差，汶流邐迤，多少鷗羣鴛侶。最饒閒趣。且酒斟綠蟻，玉杯時舉。欸乃一聲，移入柳陰深處。　曲阿詞綜

曲阿詞綜中，另有菩薩蠻有情潮落西陵浦一首，乃蕭淑蘭詞。西風半夜驚羅扇一首，乃黄昇詞。眼兒媚蕭蕭江上荻花秋一首，乃張孝祥詞。蝶戀花越女採蓮秋水畔一首，乃歐陽修詞。相見歡無言獨上西樓一首，長相思雲一緺一首，並李煜詞。

李時

時字居中，北京人。

木蘭花慢　春日游晉祠（石刻，至元壬午穀雨前一日刊）

憶蘭亭佳致，從憲長，賸追尋。問開花高山，晉祠流水，誰是知音。雖無鳳笙龍管，勸行杯、時有不絃琴。馬首家家明月，眼前處處禪林。　一觴一詠暢懷襟。塵世任浮沉。莫論興亡，休争人我，且樂歡心。韶華豈能常在，又斜陽、西下暮雲深。好袖東風歸去，春宵原作霄，一刻千金。　金石萃編補正卷四

高明

明字則誠，瑞安（今浙江省瑞安縣）人。生於至大

三年(一三一〇)。至正五年(一三四五)中第，官處州録事。洪武初，召修元史，以老病辭歸。洪武十三年(一三八〇)卒，年七十一。所著除琵琶記外，有柔克齋集，今不傳。

鷓鴣天　題顧氏景筠堂

緑玉參差傍短楹。高堂清夢已冥冥。滿枝只帶湘靈點，一曲空聽秦鳳鳴。　天莫問，物多情。此君瀟灑若平生。風聲月色來亭榭，老淚年來濕幾更。

明詞綜卷一

邢叔亨

叔亨，霍邑(今山西省霍縣)人。至正間蒲縣尹。

木蘭花慢　蒲縣東神山廟柱石刻五首

時至正辛丑春三月廿有八日，會同寅蒲邑監燕京馬哈馬拉尹鎮陽，揚從道尹晉，霍邑邢叔亨，簿鄉張時敏，仙尉襄陵陳德新，儒學諭忻州王秉鈞，共祀岱岳廟。叔亨走筆書木蘭花慢數篇，音韻鏗鏘，意象豪宕，

刺軍政之得失，滔滔縷縷，若大河之出崑崙，恒星之麗碧虛，水鏡之析埃漠，令人心懷灑然，愈吮而味加，銘心而口口，迺可見口平蓄之有餘也。下缺

一上蒲東東岳，山頭陡起神宮。有松柏參天，杏桃張錦，遍地春風。年年今朝此日，王孫仕女驟驕驄。十載妖兵亂國，一時豪傑潛蹤。　我爲狂客氣盈胸。起坐聽晨鐘。喜夜雨如酥，曉晴似拭，香火揚空。眼下太平可幸，官軍分散息兵戎。劍戟變爲農器，四民樂業無窮。

又

蒲縣泰山古廟，崇强似梵王宮。去踏翠沾靴，採薇滿擔，一袖香風。朝中大官佐政，輕衣蓋體坐肥驄。讒諂面諛時尚，好人遯跡無蹤。　一心報國契心胸。耳聽景陽鐘。正芍藥翻階，荷錢出水，柳絮飛空。紀律軍中大事，運籌誰是舊元戎。我本堯都賤士，窗前經史研窮。

又

一上蒲城岳廟，陡覺人在天宮。見松子花開，鶯兒訴怨，想古體風。一片花花草草，嘆健兒游子並聯驄。不是眼前荊棘，怎能兔跡狐蹤。劍華如水月填胸。濃睡不聞鐘。看東苑薔薇，西州芍藥，南雁書空。休笑書生已醉，黄金印挂笑元戎。下筆鬼神尤懼，眼前景況何窮。

又

東岳天齊聖帝，創建起一行宮。聽松韻翻濤，分序奏管，簷鐸摇風。對面好山迎目，戀清標佳致懶乘驄。此夜歸來無月，明朝去認行踪。一般清興洗心胸。禁夜搗銅鐘。有犬吠山村，泉流西澗，鶴翅摩空。幾處總兵節制，太平何術教軍戎。天下典章狼籍，多門政出誰窮。

又

人説泰山神廟，金碧炫似皇宮。對仁聖天齊，每年三月，雲雨雷風。獨笑疏狂學士，醉歸來得共倒騎驄。有客訪予不遇，書門展齒留蹤。氣吞北海志盤胸。憐老背龍鐘。説卽日時光，人民困竭，囤乏囊空。滿地旌旗無數，樓頭鼓角仗兵戎。若識往來興廢，六爻細細推窮。以上五首見蒲縣志卷一

俞和

和字子中，桐江(今浙江省桐廬縣)人。寓居錢塘，號紫芝逸民。

滿江紅 □貞居賦得月軒

□□桃華，又一□、元都春色。彷彿記、主家陰洞，不多塵蹟。竹裏棋枰憎鳥汙，人間鶴語無人識。□古風、遲暮卻相逢，龐眉客。溝水漲，雲充斥。環堵隘，花狼籍。似石魚湖小，酒船寬窄。庭下已生書帶草，傍人錯認揚雄宅。問青天、明月落誰家，

無心得。辛丑銷夏記卷四元俞子中詞稿册

凌雲翰

雲翰字彦翀，錢塘(今浙江省杭州市)人。元末鄉薦授蘭亭書院山長，不赴，退居吳興。洪武十四年(一三八一)，薦授成都教授。有柘軒集。

木蘭花慢　賦白蓮和宇舜臣韻

悵波翻太液，誰留住，蘂珠仙。向水殿雲廊，玉容花貌，幾度争鮮。人間延秋無計原作記，據西泠詞萃改，掩霓裳、猶憶舞便娟。畫裏傾城傾國，望中非霧非煙。　雁飛不到九重天。水調漫流傳。柰花老房空，葯存心苦，藕斷絲連。西風佩環輕解，有冰絃、誰復記華年。留得錦囊遺墨，魂消古汴宫前。

滿江紅　詠梨花鳥圖

誰寫瓊英，空驚訝、年華虛度。依約似、清明池館，

粉容遮路。蝴蝶又來叢裏鬧，鵻鷦還占枝頭語。向東闌、惆悵幾回看，愁如許。　疑有月，光搖樹。疑是雪，香生處。自洗妝人去，凄涼非故。白髮宫娃歌吹遠，青旗酒舍詩吟古。記黄昏、燈暗掩重門，聽春雨。

蝶戀花　杏莊爲莫景行題

一色杏林三百樹。茅屋無多，更在花深住。旋壓小槽留客醉。舉杯忽聽黄鸝語。　醉眼看花花亦舞。風捲殘紅，飛過鄰牆去。恰似牧童遥指處。清明時節紛紛雨。

又

過雨春波浮鴨緑。草閣三間，人住清溪曲。舊種小桃多似竹。亂紅遮斷松邊屋。　有客抱琴穿翠麓。隔水呼舟，應是憐幽獨。歷歷武陵如在日。幾時同借仙源宿。

風入松　和貝廷琚助教韻

誰教齒豁更頭童。從喚作衰翁。惜花已自因花瘦，況飄零、萬點隨風。須信人生如夢，休言世事皆空。　紫騮嘶過畫橋東。猶記輭塵紅。重來緑徧西湖路，消魂是、杜宇聲中。經眼倚妝飛燕，傷心照影驚鴻。

獅兒詞　賦梅和仇山村韻

蹇驢破帽，知是幾度尋春，山南山北。惆悵亭荒仙遠，苔枝空緑。村醪正熟。爲花醉、何妨留宿。春光似怕人冷落，先回空谷。　瀟灑生意自足。有高標、不厭矮籬低屋。與雪相期，側耳隔窗蟲撲。晚晴縱步，又還信、一枝笻竹。莫嫌獨。自在畫闌東曲。

瑶華慢　賦雪

喜深驚密，試問滕神，有多少寒力。如圓似瑩，總疑是、滿眼隋珠和璧。五更書幌，早已覺、寒光穿隙。料禽影波上漸稀，徑裏悄無行迹。　有人獨倚危樓，望千里江山，高下同色。坡仙飲處，甚□然、不減醉翁賓客。等閒評論，算柳絮、棃花非白。畫堂深絃管方調，一任低垂簾額。

定風波　賦崔鶯鶯傳

把麗情、分付良工，傳奇漫爲重省。開户迎風，拂花動月，寫盡西廂景。笑書生，最僥倖。剛道師婚勝琴聘。沈静。問姓名非是，近時三影。　空思蔗境。畫鹽梅、不濟調羹鼎。翻殘金舊日，諸宮調本，纔入時人聽。減容光，懶窺鏡。鳳枕鴛衾與誰□。重贈。李紳歌□，續微之詠。

鳳凰臺上憶吹簫　賦鳳仙花

菊婢標名，鳳仙題品，紛紛隨處成叢。甚玉釵渾小，寶髻微鬆。依舊花分五彩，毘陵畫、總付良工。誰爲伴，雞冠染紫，雁陣來紅。　玲瓏。英英秀質，多想是花神，翦綵鋪茸。卻易分高下，難辨雌雄。疑把守宮同擣，端可愛、深染春葱。開還謝，從風亂飄，好上梧桐。

沁園春　嘲昆季析居

樹上淩霄，堂前紫荆，秋來尚芳。柰牝雞晨語，鶺鴒憔悴，妖狐晝嘯，鴻雁分張。仁智匪周，喜憂非舜，一旦天倫忍遂忘。如何好，望松楸感泣，桑梓悲傷。　古今禍起専房。總一國猶然況一鄉。□家有婦人，豈無長舌，世無男子，誰有剛腸。樹大枝分，瓜熟蒂落，此語應非是義方。聊書此，要□懲鑑誡，不在文章。

木蘭花慢　壽姪雲逵時七月十四日也

問初秋明月，更一夕，十分圓。喜鴻雁行中，居然生子，眉目娟娟。祇今年踰弱冠，遇生朝、剛要賦詩篇。莫學汝家癡叔，蹉跎已傍中年。　博山風嫋水沈原作深，據西泠詞萃改煙。絳蠟照華筵。有檀板歌詞，金尊勸酒，銀甲彈絃。階庭舊時玉樹，正朱顔、緑鬢似神仙。丹桂不妨似竇，紫金還見如田。

風入松　壽郭仲和

傳家應自郭汾陽。餘裔在錢塘。傍人莫笑儒酸□，親曾接、鵷鷺班行。贏得身心穩住，鬢鬚卻□蒼蒼。　中和相隱舊書堂。絃誦樂時康。梅花枝上春猶小，朋簪盍、次弟稱觴。莫問商瞿年紀，也須載弄之璋。

一翦梅　壽俞子中紫芝

蒼顔白髮稱烏紗。瘦似黄花。清似梅花。窗吟山月樂無涯。知是儒家。知是仙家。　紫芝服食勝胡麻。不愛繁華。卻愛年華。詞成筆底是龍蛇。壽酒流霞。壽□成霞。

浪淘沙　元夕遇雨次俞紫芝韻

雨打上元燈。無處邀朋。何如窗下且曹騰。漫憶牙旗穿夜市，鐵馬春冰。　歌舞有人曾。倦與爭能。越羅裁服換吳綾。盡道先生歸隱也，烏帽烏藤。

蘇武慢　鳴鶴餘音

世傳全真馮尊師蘇武慢廿篇，前十篇道遺世之情，後十篇論學仙之事。道園先生謂費無隱獨善歌之，則能知者亦罕矣。及觀先生所作，非惟足以追配尊師，而使世之汩没塵埃流連光景者聞之，而有遺世獨立羽化登仙之想，則是篇於世，其可少乎。著雍閹茂之歲，燈夕後三日，偶閱道園遺稾，欲盡和之，甫成一篇，輒爲韻拘，筆弗得騁。於是行思坐維，或得一句一韻，索紙書之。越三日又成四篇，尚少大半，意殊悶悶。二十三日城南醉歸，擁鑪孤詠，連得四篇半，興未已而夜寒手龜，不能足也。明日更成二篇半，并無俗念一篇，凡十又三篇，覽者幸爲正焉

蘇武慢

雲縷虹竿，月鉤星餌，海上金鼇曾釣。蓬島連根，崑崙無外，不比人閒嵩少。返本還源，成功滿行，坐待紫皇飛詔。笑令威、千歲來歸，知換幾番華表。　誰曾伴、阿母重游，蟠桃再結，目斷西飛青鳥。林屋無扃，洞天不老，鐵笛一聲雲杪。皎皎靈臺，熒熒明鏡，塵土等閒昏了。看火輪、飛出扶桑，萬户千門皆曉。

又

智不如愚，辯何如訥，大巧又何如拙。螳黠蟬癡，鶴長鳧短，總是一番消歇。逝者如斯，撓之不濁，止水本來明澈。君試看、雲散天開，現出自家秋月。　誰種得、白雲黄芽，交梨火棗，不怕北風吹裂。頭上簪花，手中拍板，稽首金銀宮闕。見説麻姑，高騎鶴背，載酒過門相謁。便呼童、拗折松枝，掃取一庭殘雪。

又

玉砌雕闌，朱門紫陌，争似道人茅宇。尊有新醪，盤無兼味，自傍小溪垂縷。富貴何淫，賤貧亦樂，此外更無他語。有時將明月爲家，或共白雲爲侶。　還俯視、六合之閒，茫茫何物，不入靈臺丹府。緑水青山，野花啼鳥，已把此心留住。夢熟黄粱，塵飛滄海，轉首便爲千古。問雪堂、歸去何時，江上

一犁春雨。

又

芳草纖纖，游絲冉冉，可愛地晴江碧。世事浮雲，人生大夢，歧路漫悲南北。漉酒春朝，步蟾秋夜，卻憶舊時巾舄。問故園、何日歸歟，松菊已非疇昔。誰似我、十畝柔桑，千頭佳橘，飽看綠陰朱實。溉釜烹魚，飯疏飲水，勝咀絳霞瓊液。鳥倦知還，水流不競，喬木且容休息。喜問來、事事從容，睡覺半窗晴日。

又

破帽多情，布帆無恙，興盡便尋溪轉。明月來時，浮雲飛盡，千古翠屏宜晚。桂棹蘭槳，荷衣芰製，偏稱藥鑪經卷。看輕鷗、點破長煙，一望水連天遠。嘗記得、雪滿山陰，舟回剡曲，何必過門相見。浩氣難消，哀情誰會，萬里碧空橫劍。一道虹橋，半天龍駕，尚憶幔亭開讌。要長生、須出人間，

未卜道緣深淺。

又

身在雲間，目窮天際，一帶遠山如隔。隱隱迢迢，霏霏拂拂，蔓草寒煙秋色。數著殘棋，一聲長嘯，誰識洞庭仙客。對良宵、明月清風，意味少人知得。君記取、黃鶴樓前，紫荊臺上，神有青蛇三尺。土木形容，水雲情性，標韻自然孤特。碧海蒼梧，白蘋紅蓼，都是舊時行迹。細尋思、離亂傷神，莫厭此生歡劇。

又

霧駕雲軿，雨巾風帽，一劍凌風飛過。下視茫茫，遙觀歷歷，不復更知天大。日月居諸，春秋代謝，幾見授衣流火。記岳陽、三度曾游，未必世人知我。游戲處、柳樹爲徒，榴皮作字，聊說行藏如左。列豹重關，封狐千里，不滿楚人哀些。瓦礫黃金，蓬萊別館，歸去有誰知那。不須分、天上人

閒，南北東西皆可。

又

驢背馱詩，鴟夷盛酒，曉踏蘇隄殘雪。露闕雲門，璇階玉宇，照耀日華光潔。見説孤山，猶存老樹，清興一時超越。畫船歸、更有漁舟，此景頓成奇絶。　還四顧、表裏通明，高低一色，塵土不容豪髮。卻憶韓郎，花開頃刻，誰得染根仙訣。雪後園林，天開圖畫，眼界迥然俱別。待黄昏、約取林逋，湖上朗吟香月。

又

醉裏閒吟，興來獨往，山静悄無人語。兩岸桃花，一溪春水，似憶仙源無路。花上鶯啼，雲閒犬吠，偶到洞仙琳宇。便相留、閒話長生，嗟我委形非故。　圖畫裏、昔日天台，當年劉阮，此説荒唐無取。避世秦人，放舟漁子，卻恐偶然相與。嶺日將沈，林風忽動，吹落半簾紅雨。待少焉、月出東方，拄箇瘦藤歸去。

又

有酒無肴，柰何良夜，客有鱸魚相惠。如此山川，幾何日月，三國竟成何事。目斷風帆，江空歲晚，覓句漫思無已。怕多情、笑我華顛，甚矣吾衰久矣。　客知夫、水與月乎，盈虧如彼，逝者有如斯水。舟放中流，聽其所止，夜久江流聲細。鶴爲予來，客辭予去，予亦就眠篷底。忽羽衣、過我林臯，驚覺一番殘醉。

又

仙客難逢，白雲誰掃，知是采芝何處。皓鶴歸來，金雞啼罷，夢斷閬風玄圃。松下高歌，橘中殘著，飢後自餐龍脯。待偷桃、曼倩重來，爲問木公金母。　君不見、洞裏桃花，花閒啼鳥，又是一番春暮。弱水三千，巫山十二，指點虚無歸路。君抱琴來，我邀君飲，我醉欲眠君去。向人閒、游徧朱門，靜看只如蓬户。

又

君實園中，堯夫窩內，獨樂正同安樂。維水泱泱，予懷渺渺，西望每思伊洛。草色隨車，花香襲屨，風景至今猶昨。被杜鵑、啼破天津，便覺市朝蕭索。誰復見、萬古龍門，三春桃浪，衝岸紫鱗争躍。月到風來，水流雲在，安得二賢同酌。心上經綸，鑑中治亂，歎息九原難作。笑紅塵、逐利争名，總是蠅頭蝸角。

無俗念

等閒屈指，算今來古往，誰爲英傑。耳目聰明天賦予，怎肯虚生虚滅。去燕來鴻，飛烏走兔，世事何時歇。風波境界，大川不用頻涉。踏徧萬户千門，五湖四海，一樣中秋月。正面相看君記取，全體本來無缺。空裏非空，夢中真夢，莫對癡人説。便須騎鶴，夜深朝禮金闕。以上彊村叢書，用吴伯宛據西泠詞萃編校本，未盡完善。茲另據西泠詞萃本復校。

漁家傲　壽楊復初

采芝步入南山道。道深宛似蓬萊島。聞説村居詩思好。還被惱。蒼苔滿地無人掃。載酒亭前松合抱。客來便許同傾倒。玉兔已將靈藥擣。秋意早。月華長似人難老。詞品卷六

韓奕

奕字公望，號蒙齋，平江（今江蘇省蘇州市）人。生於元文宗時，隱於醫，有韓山人集。

女冠子　元夕

又元宵近。冷風寒雨成陣。春泥巷陌，悄無車馬，斅椀殘燈，依稀相映。夜深光已暝。是處敗垣頹砌，熒熒青燐。但鼕鼕鼓，瑲瑲漏，打破一城荒静。古來此地繁華盛。歌舞歡相競。何事如今，恁地

都無些剩。空傳下幾句，舊腔新令。故老風流盡。漫唱西樓月轉，也無人聽。自剔殘紅灺，半窗梅影，伴人愁鬢。

賀新郎　送別

煙雨楓橋路。算年來、幾番送別，故人千里。君亦當初緣底事，不念平生儔侶。容易把、幽歡間阻。歲晚卻思來訪舊，舊處亭館，廢垣荒圃。寒日照，殘桑梓。　同游似我今餘幾。且留連、小窗清夜，挑燈疑語。身外事多何必問，□□□□□□。況鬢影、相看如許。秋草蕭蕭連茂苑，正堪愁、杜牧詩中意。誰畫在，行裝裏。

清平樂

房深户密。不放朝寒入。睡起就牀梳洗畢。背坐半窗紅日。　衣香易冷頻燒。琴絃正緊慵調。望斷山中人信，幾多春到梅梢。

百字令　次韻答昆陵蔣公冕見寄

問余何事，未中年、已覺心情歡少。對青鏡、頻傷往事，白髮鬢邊生早。水上題紅，花間拾翠，到如今休了。年年春色，應笑閉門人老。　故人咫尺江雲，幾回吟眺，目斷扁舟小。荒後人家依舊好。空記夢中曾到。一曲高歌，知君別後，也恁多愁抱。甚時乘興，山陰去訪安道。

柳梢青　梁溪道中

柳暗花明。江村□路，微雨纔晴。一箇扁舟，儘容漁叟，到處閒情。　往來鳧渚鷗汀。新朋閒、舊人争送迎。麥飯榆羹，故園寒食，誤卻歸程。

鵲橋仙　漁父詞和放翁韻

三江秋水，五湖春雨。只在釣船中住。滔滔波浪與天浮，釣時認得魚多處。　杏壇有樹。桃源有路。罷釣有時閒去。雖年八十尚垂綸，□不是、姓姜漁父。

河傳　送俞彥行

天際舟去水和煙。路遥遥知幾千。廣州又在海西邊。堪憐。行人方少年。回首吴臺連楚館。雲樹遠。眼與腸俱斷。念歸期。是何時。休遲。鶯花容易稀。

水龍吟　次韻題湧金飛雪畫扇

蒼寒收盡紅塵，四山一色俄驚曉。樓臺宫闕，冰壺影裏，瑩然清悄。獨有游人，畫船青蓋，笙歌猶繞。徧園林松竹，光輝□□，人住處，皆蓬島。　羅扇畫來輕小。乍時人、見多驚倒。誰留古本，到今付與，良工塗掃。夏日攜時，且揮且玩，暑都消了。更詞人親筆題題，這風景，古猶少。

百字令　爲沈畫師題寫山樓

軟紅塵裏，愛君家、縹緲半空樓倚。曲檻外，江南江北，兩岸好山無際。日湧浮金，煙凝積翠，朝夕映窗几。拋書卧看，丘壑在人胸次。　興來把筆臨池，濃塗淡抹，咫尺論千里。内一段精神聚處，□甚詩人能擬。卻笑米顛，結庵京□，也便寫圖誇美。生綃半幅，漫賦新詞同寄。

柳梢青

過了清明。江□郭外，雲淡煙輕。幾家臺沼，莽蕪自緑，殘柳還青。何人樓外吹笙。彷彿□、梨園舊聲。唤起閒愁，暗思往事，老去忘情。

清平樂

曉雲狼藉。淡淡煙中日。柳絮欲飛無氣力。滿院緑陰清寂。　熏篝香戀殘煤。畫羅衣試新裁。春尚有些寒在，銀屏到晚慵開。

四字令

荼蘼送香。枇杷映黄。園池偷换春光。正人閒晝長。　鳩鳴在桑。鶯啼近窗。行人遠去他鄉。正離愁斷腸。

□□□

落花數點懸蛛網。風颭文如浪。看來也似惜春光，留住殘紅不肯放。柳煙槐雨連門巷。要做緑陰模樣。緑陰終不似花時，這夏景曲兒休唱。

踏莎行　秋夕，宿上方寺

秋水平湖，夕陽低樹。扁舟還覓來時路。到城料得幾多程，停橈爲欲尋僧去。杳杳松蘿，泠泠鐘鼓。上方更在雲深處。鬢絲禪榻話今宵，從師要了無生句。

高陽臺　七夕

織錦停機，服箱休駕，兩情此夕交歡。碧漢無雲，銀波萬頃茫然。憑誰爲泛仙槎去，問佳期、何事經年。柰玉蟾易老不多光景流連。老□□節歡懷少，漫隨他兒女，瓜果開筵。今古無情，算來最是青天。不曾見與何人巧□，只知閒阻因緣。信而今悲歡離合，偏滿人間。

齊天樂　壽內，時值端陽

白頭尚舉齊眉案，相敬未忘賓禮。細數流年，平頭六十，恰好一周甲子。吾生貧賤，汝不厭糟糠，不嫌繿縷。□喜而今，已將婚嫁了兒女。顧顧共伊老矣。又何須更問，有無家計。翠艾成人，紅榴結子，隱映薰風庭宇。年年到此。願身健心安，共傾香醑。好添幾箇，好孫兒戲舞。

花犯　題步障亭

海棠開，誰家亭館，依然舊標致。彩雲深處。有半溼青紅，畫闌雕砌。緐英密蕊重重樹。望中迷數里。似蜀錦、張成步障，石家徒僭侈。夜深把銀燭高燒，有時更折向、銅瓶斜貯。微風度，朱脣似，迎人笑語。□坡老、當年一見，何事在、天涯僧舍底。争似此、安排華屋，長相從富貴。

糖多令　湖中

買得箇扁舟。乘閒到處游。載將圖册與衾裯。不問人家僧舍裏，堪住處，便夷猶。雨歇淡煙浮。黄鸝鳴麥秋。石湖西畔碧悠悠。倘遇桃花源裏客，隨著去，莫歸休。

菩薩蠻　山寺夏日

重重樹杪高高閣。懸泉千尺檐前落。度夏愛僧居。一來慵下梯。　睡餘無氣力。坐數遥峰碧。閒詠不成詩。斜陽在澗西。

卜算子　九日

白髮對黃花，又一番重九。相會年年少舊人，獨酌杯中酒。世短意恒多，此語君知否。莫問明年健似今，且折茱萸壽。

瑞龍吟　錢塘懷古

佳麗地。寂寞濤響空城，草深荒壘。龍飛鳳舞山神，宛然不復，當時王氣。　西湖外，缺岸斷橋冷落，幾灣煙水。畫船總有笙歌，向甚處，有垂楊可繫。　偏野離離禾黍，月觀風亭，杳無遺址。惟有兩峰南北，在夕陽裏。因思當日，翠輦嘗南駐。二百年、生民同樂，楚中歌舞。一自重華去。算幾□

曾經□瘦，不似如今最。遼鶴倘重歸，到東門市。怎知城郭，也應非故。

卜算子　雨中

急霰打窗紗，正是愁時候。無柰愁多著酒消，反被愁消酒。　又滅又明燈，還短還長漏。爲問梅花有甚愁，也似愁人瘦。

謁金門　早秋

秋已到。秋到今年何早。秋未到時愁動了。到秋愁不少。　愁尚疏濃難掃。愁下腸空易繞。要得没愁惟睡好。愁還將睡覺。

點絳脣　初冬

午夢初回，半窗影轉斜陽樹。起看梅蕊。向暖曾開未。　一霎清寒，捲地西風起。無人至。把門兒閉。自了閒文字。

浪淘沙　重午

細雨折紅榴。花滿枝頭。客邊相對思悠悠。欲換金泥題帖子，無復風流。蓬鬢老堪羞。節去難留。一尊重午與誰酬。歌罷楚辭新月上，曲影如鉤。

水龍吟　海蘋許氏舟名

軟紅塵裏忙人，有誰能識滄洲趣。飄然一葉，也無根蒂，御風千里。禪客蘆莖，仙翁蓮瓣，笑他方外。任浮家不繫，行蹤無定，算前身，豈飛絮。　不著風花浪蕊，護篷窗、青帘休起。臥游容與，筆牀茶竈，安如屋裏。待約靈槎，銀河秋夕，訪牛尋女。且先載我月明中，洗腳唱歌歸去。

清平樂　壽內

鑪煙拂拂。生願長同室。還度新腔調舊瑟。四十三年今日。　當初黃卷相逢。後來紅線相從。此去白頭相守，榴花無限薰風。

生查子　夏日

虛牖落桐花，疏箔通荷氣。獨自繞閒庭，不住來還去。　屧滑舊苔滋，衣潤殘香膩。沒一箇人來，細說心中事。彊村叢書用明刊韓山人集本

高氏

高氏，大理總管段功妻。

失調名　促段功歸

風捲殘雲，九霄冉冉逐。龍池無偶，水雲一片綠。寂寞倚屏幃，春雨紛紛促。蜀錦半牀閒，鴛鴦獨自宿。好語我將軍，只恐樂極生悲冤鬼哭。堯山堂外紀卷七十四

原妙

原妙號高峰，吳江(今江蘇省吳江縣)人。生於嘉熙二年(一二三八)。出家淨慈寺，後主持天目山大覺寺。元貞二年(一二九六)卒，年五十八。

威儀辭　四首

山中行。步高身儘輕。擬飛去，惟恐世人驚。

又

山中住。黯淡雲無數。誓相去，共守無生路。

又

山中坐。静看落花墮。問何爲，待結團圞果。

又

山中卧。月落猿啼過。正堪眠，石室從教破。

以上四首見西天目祖山志卷六

善住

善住字無住，别號雲屋，嘗居吳郡城之報恩寺。往來吳淞江上，與仇遠、白珽、虞集諸人相酬唱。有谷響集。

臨江仙　春暮

燕子穿簾深院静，畫闌飛絮濛濛。砌苔柔緑襯殘紅。問春何處，移在柳陰中。　老至十分詩思減，膝間閒理絲桐。曲終聲盡意無窮。杜鵑開了，餘恨寄南風。

浣溪沙　初夏

草滿天涯春已歸。緑槐陰裏燕交飛。一池寒水照薔薇。　枕上北風吹夜雨，燈前西院打窗扉。曉來人盡説添衣。

浣溪沙　夏日

簾卷薰風夏日長。幽庭脈脈橘花香。閒看稚子引鴛鴦。　四月雨涼思御裌，三吳麥秀欲移秧。不知身在水雲鄉。

卜算子

夜月照西風，露冷梧桐落。揚子江頭朔雁飛，黄葛終難着。　促織弔青燈，遠夢驚初覺。擬撫窗前緑綺琴，寂寞無弦索。

朝中措　虎邱懷古

芳塘水滿緑楊風。臺殿隱朦朧。幾度春來幽徑，馬蹄踏碎殘紅。寂寥廣坐，塵埃漠漠，客散堂空。講石雨苔侵遍，九原誰起生公。

菩薩蠻 燈夕次韻

當年老子逢佳節。萬户華燈連皓月。和氣滿江城。喧喧隊子行。掩關聊共坐。静對沈香火。一笑盡君歡。閒心無兩般。

朝中措 桃源圖

桃源傳自武陵翁。遥隔白雲中。漫説人間無路，豈知一棹能通。紅英夾岸，霞蒸遠近，爛熳東風。將謂神仙别境，雞鳴犬吠還同。

憶王孫 漁者

悠悠世事幾時休。身後身前豈足憂。天地都來一釣舟。下中流。卧看青天飛白鷗。

憶王孫 山居

半生長是白雲閒。猿鳥漁樵共往還。倚箇喬松看遠山。少機關。世上何人似我閒。

憶王孫 有懷

天涯芳草碧萋萋。何事王孫去不歸。城郭雖是人民非。信音稀。幾度無言對落暉。

憶王孫 詠柳

一株閒伴霜陵橋。斜倚東風學舞腰。遊子尋春駿馬驕。欲魂銷。和雨和煙折柳條。

少年遊 次韻

頂中玄髮已成絲。回首不如歸。浪宕人間，蹉跎歲月，清夢遶西池。百年光景無多日，七十古來稀。物外閒身，眼前塵事，休把誤心期。

謁金門 贈雕鑾匠

天賦巧。刻出都非草草。浪跡江湖今欲老。盡傳生活好。萬物無非我造。異質殊形皆妙。遊刃不因心眼到。一時能事了。 以上十三首八千卷樓藏鈔本谷響集卷下

覺達

覺達字彥通，號桂菴野衲。大德初，主持靈巖寺。

鷓鴣天　贊皋公

頭角崢嶸接九皐。襟懷灑落絕纖毫。扶持大刹寧辭倦，輔翼叢林不憚勞。心固厚，志堅牢。足庵門下最英豪。而今戰退姦邪輩，不負靈巖皋彥高。

泰山志卷十八，載長清縣靈巖寺皋公壽塔碑，下注延祐元年九月。

智久

智久長清靈巖寺僧，號古淵野衲。

鷓鴣天　贊亨公

氣象軒昂忠政多。輕財重事無如他。僧堂全管數千貫，移塔捨錢念百過。無縫鎛，妙祥和。佳聲浩浩占高科。旌明行業人稱讚，延永芥城拂劫波。

泰山志卷十八，載長清縣靈巖寺亨公壽塔碑，下注至順二年。

又　贊泉公

頭角崢嶸慈濟泉。報恩萬壽昔參玄。爲思方領宜修道，直造靈巖結善緣。栽園果，種福田。四方設藥施無偏。而今壽塔小師壘，延永谷城劫石堅。

泰山志卷十八，載長清縣靈巖寺泉公首座壽塔銘，下注至順二年。

明本

明本號中峯，又號幻住，錢塘孫氏子。生於中統四年(一二六三)。坐道場於吳興之天目山，仁宗賜號廣慧禪師，文宗賜謚智覺。至治三年(一三二三)卒，壽六十一。

行香子

水竹之居。吾愛吾廬。石粼粼、亂砌階除。軒窗隨意，小巧規模。卻也清幽，也瀟灑，也安舒。嬾散無拘。此等何如。倚闌干、臨水觀魚。風花雪月，贏得工夫。好炷些香，圖些畫，讀些書。

案歷代詩餘卷一百十九録此首外又録行香子短短横牆一首閬苑瀛洲一首，注引筆記，不知是何筆記。前兩首又見沈雄古今詞話卷下。據元彭致中鳴鶴餘音卷六，載前兩首，並未注名氏。

又

玉殿瓊樓。金鎖銀鉤。總不如、巖谷清幽。蒲團紙帳，瓦鉢磁甌。却不知春，不知夏，不知秋。萬事俱休。名利都勾。翼攀緣、永絶追求。谿山作伴，雲月爲儔。但樂清閒，樂自在，樂優游。

又

木槿籬笆。雪屋梅花。香馥馥、疎影横斜。久辭闤闠，識破浮華。有雲門餅，金牛飯，趙州茶。驗盡龍蛇。凡聖交加。喜清貧、不管驕奢。孤窗獨坐，目斷天涯。閒伴清風，伴明月，伴煙霞。

又

無物思量。萬慮皆忘。坐兩班、大衆禪床。衲衣遮體，糲飯充腸。有一函經，一佛像，一爐香。功課尋常。道行非狂。愛山中、白晝偏長。翠苔巖洞，緑竹山房。有一天風，一天月，一天凉。

又

四序無窮。萬物皆同。守空門、佛祖家風。香煙裊白，燭影摇紅。對翠梧桐，金菡萏，玉芙蓉。潦倒山翁。少小頑童。天性而、一樣疏慵。偶來塵世，忘却山中。有一枝梅，千竿竹，萬年松。

又

欲出樊籠。須契真宗。善知識、千載難逢。宏施捧喝，擊碎虛空。却有鉗錘，有爐鞴，有機鋒。坐對孤峰。嘯月吟風，握龍泉、坐鎮寰中。野犴絶跡，狐兔潛蹤。却善調獅，善伏虎，善降龍。

頓脱塵羈。深處幽棲。兀騰騰、絶處忘機。繩床石枕，竹榻柴扉。却也無憂，也無喜，也無非。淡飯黃虀。寂寞相宜。類孤雲、野鶴無疑。策筇峰頂，巖洞閒嬉。但看青山，看緑水，看雲飛。

又

不愛嬌奢。不喜繁華。身穿着、百衲袈裟。行中乞化，坐演三車。却怕人知，怕人問，怕人誇。雪竹交加。玉樹槎牙。一枝開、五葉梅花。東村檀越，西市恩家。但去時齋，閒時講，坐時茶。

又

松嫩堪餐。竹密須删。息塵緣、何事相干。心超物外，身處人間。有十分清，十分淡，十分閒。學道非難。守道多艱。結跏趺、坐斷塵寰。若空僧舍，寂寞禪關。對幾層雲，幾層水，幾層山。以上八首見春花集卷十二

梵琦

梵琦字楚石，小字曇曜，四明(今浙江省寧波市)人。父姓朱，母姓張。生於元元貞二年(一二九六)。年十六爲杭之昭慶寺僧，晚居海鹽天寧寺西偏，自號西齋老人。洪武二年(一三六九)卒，年七十五。有西齋淨土詩。

漁家傲　娑婆苦十六首

聽説娑婆無量苦。能令智者增憂怖。壽命百年如曉露。君須悟。一般生死無窮富。緑髮紅顔留不住。英雄盡向何方去。回首北邙山下路。斜陽暮。千千萬萬寒鴉度。

又

聽説娑婆無量苦。風前陡覺雙眉豎。貪欲如狼瞋猛虎。魔軍主。張弓架箭癡男女。日月往來寒又暑。乾坤開合晴還雨。白骨茫茫銷作土。嗟今

古。何人踏著無生路。

又

聽説娑婆無量苦。千思萬算勞腸肚。地水火風争勝負。何牢固。到頭盡化微塵去。一顆心珠離染汙。聲前色後常披露。打破髑髏無覓處。除非悟。如來金口親分付。

又

聽説娑婆無量苦。死生總作輪迴主。六賊操刀爲伴侶。同居住。何曾頃刻抛離去。功德天和黑暗女。兩人最是難相聚。有智主人俱不取。依吾語。從今更莫登門户。

又

聽説娑婆無量苦。篋中四大蚖蛇聚。重者好沈輕好舉。相凌侮。況兼合宅空無主。早覺參差梁與柱。風飄雨打難撑拄。畢竟由他傾壞去。教人懼。不如覓個安身處。

又

聽説娑婆無量苦。人皆染色貪尊俎。玉鏤笙簫金貼鼓。長鼓舞。梨園弟子邯鄲女。冬衣紫貂春白苧。涼亭暖閣消寒暑。一旦神魂歸地府。應難取。空教淚點多如雨。

又

聽説娑婆無量苦。爲君一一分明舉。風俗淫邪人跋扈。多囹圄。命終未免沈冥府。檢點惡名看罪簿。因茲惹起閻羅怒。爐炭鑊湯燒又煮。争容汝。自家作業非人與。

又

聽説娑婆無量苦。高誇富足慚貧窶。無食無衣無棟宇。懸空釜。舉頭又見紅輪午。只有磵邊芹可食。黄昏坐聽飢腸語。多粟多金多子女。同歡聚。看來總是前生註。

又

聽説娑婆無量苦。家家未免爲商賈。出入江山多險阻。非吾土。磨牙噬肉遭人虎。魂魄欲歸迷去所。煙横北嶺雲南塢。一望連天皆莽鹵。知何許。荒村颯颯風吹雨。

又

聽説娑婆無量苦。人當亂世投軍旅。寇至不分男與女。摧腰膂。鳴蟬竟斷螳螂斧。縱有才能超卒伍。幾人衣錦還鄉土。燕頷虎頭封萬户。虚相誤。奈何李廣逢奇數。

又

聽説娑婆無量苦。凶兵解散還屯聚。昨日爲齊今日楚。更奴虜。乾坤畢竟歸神武。趙括才疏空自許。强秦用間欺其主。四十萬軍生入土。悲前古。至今鬼哭長平下。

又

聽説娑婆無量苦。星分海角船居户。東望扶桑朝日吐。迷洲渚。礟車雲起青天雨。卸卻雲帆停御櫓。打頭風急鯨魚舞。滚滚潮聲喧萬鼓。愁肝腑。遭逢患難誰依怙。

又

聽説娑婆無量苦。茶鹽坑冶倉場務。損折課程遭箠楚。賠官府。傾家賣産輸兒女。口體將何充粒縷。飄蓬未有棲遲所。苛政酷於蛇與虎。争容訴。勸君莫犯雷霆怒。

又

聽説娑婆無量苦。如今業債前來負。賊劫貨財身被虜。逢狼虎。挑生呪死兼巫蠱。奴婢辛勤依惡主。黑瘡白癩聾和瞽。醜惡愚癡相與處。誰憐汝。發心歸命慈悲父。

又

聽説娑婆無量苦。横遭獄訟拘官府。大杖擊身瘡未愈。重鞭楚。血流滿地青蠅聚。牒訴紛紛皆妄語。無人敢打登聞鼓。天上羣仙司下土。能輕舉。何時一降幽囚所。

又

聽説娑婆無量苦。三農望斷梅天雨。車水種苗苗不舉。難禁暑。被風扇作荒茅聚。久旱掘泉唯見土。海潮又入蒹葭浦。南北東西皆斥鹵。枯禾黍。官糧更要徵民户。

漁家傲　西方樂

聽説西方無量樂。三賢十聖同依託。稽首彌陀圓滿覺。長參學。川流赴海塵成嶽。佛性在躬如玉璞。須憑巧匠勤彫琢。凡聖皆由心所作。難描邈。華臺寶座珠瓔珞。

又

聽説西方無量樂。莊嚴七寶爲樓閣。瑪瑙珊瑚兼琥珀。光堪摘。金繩界道何輝赫。寶樹靈禽皆化作。滿地鳧雁鴛鴦鶴。鸚鵡頻伽并孔雀。爭鳴躍。更看朶朶金蓮折。

又

聽説西方無量樂。琉璃田地金城郭。翡翠鮮明珠磊落。蓮披蕚。幾多青赤并黄白。大士聲聞隨所適。天華爛漫霑衣裓。各各化身千百億。神通力。須臾遊徧微塵國。

又

聽説西方無量樂。法王治化消諸惡。天上人間元不隔。相參錯。聖凡平等同圓覺。長見寶花空際落。朝朝暮暮聞音樂。衣食自然非造作。香臺閣。徧周國界常寬廓。

又

聽説西方無量樂。凡夫淺智難圖度。隨有願度無不獲。何勞索。珠衣綺饌黄金宅。地似掌平尤廣博。八功德水非穿鑿。白藕花中胎可託。三生約。如今豈可輕抛卻。

又

聽説西方無量樂。君王便是如來作。不立三光并五嶽。除溝壑。紅霞紫霧長籠絡。四八儀容金閃爍。鉢中美味隨斟酌。發願往生真上策。堪呵責。死生路上飄蓬客。

又

聽説西方無量樂。風林水鳥聲交作。法句時時相警覺。貪嗔薄。能教有學成無學。不染六塵離五濁。如蟬蛇去無明殼。肯受涅槃生死縛。空撈摸。語言文字皆糟粕。

又

聽説西方無量樂。一聞妙道忘知覺。胸次不留元字腳。真標格。光明徧界紅輪赫。鵬翅展開滄海窄。誰能更問籬邊雀。多少凡毛并聖角。都拈卻。塵塵剎剎歸無著。

又

聽説西方無量樂。長生不假神仙藥。胎就眼開花正拆。心彰灼。永爲自在逍遥客。來度衆生離火宅。命終免被閻王責。露地牛兒如雪白。無鞭索。黄金地上從跳躍。

又

聽説西方無量樂。娑婆已悔從前錯。佛號自呼還自訥。思量著。惟心淨土誰云隔。一貫由來雙五百。嬰兒謾把空拳嚇。擬議不來遭一摑。諸禪客。凡情聖解曾銷鑠。

又

聽説西方無量樂。四方上下天垂幕。不比娑婆田地惡。無垠堮。純將一片琉璃作。能掃愛河波浪涸。盡翻苦樹枝條落。智燄爭容蚊蚋泊。神超卓。徑登廣大毗盧閣。

又

聽説西方無量樂。且教影與形商略。收拾神情歸淡泊。重磨削。觚圓更復彫爲樸。世事休休還莫莫。誰論天爵并人爵。一念未生誰善惡。俄然覺。紫鱗掣斷黃金索。

又

聽説西方無量樂。未曾聞見須揚推。異寶奇珍光間錯。同棲泊。如來大士并緣覺。諸上善人皆許諾。談空説苦相酬酢。百鷺羣中隨一鶚。翔寥廓。從茲永斷凡夫惡。

又

聽説西方無量樂。樂邦是我心開拓。根闕女人皆不著。誰强弱。一人一朶金蓮萼。行樹七重珠網絡。寶樓風韻金鈴鐸。天上樂音相間作。須誠慤。返聞自性同先覺。

又

聽説西方無量樂。娑婆自恨身飄泊。注想存心連晦朔。歸皇覺。全臺接引休忘約。架廈區區同燕雀。成橋渺渺隨烏鵲。早晚無常來逼迫。難推卻。西遊快展摩霄翮。

又

聽説西方無量樂。彌陀聖主垂恩澤。洗我禪心清且白。難尋迹。月光倒射寒潭碧。舊債新寃都解釋。通身變作黃金色。一念須臾圓萬德。真奇特。十方佛授如來職。以上西齋淨土詩卷三

尹志平

志平字太和，號清和真人，山東萊州人。大定九年(一一六九)生。師事邱處機，後主山東濰縣玉清宮。元憲宗元年(一二五一)卒，年八十三。有葆光集。

西江月　秋陽觀作

我愛秋陽地僻，松巖來往人稀。不勞打坐自忘機。兀兀陶陶似醉。坐上有山有水，心間無是無非。

朝朝常見白雲飛。可以留連適意。目前認得這些兒。便是全真苗裔。

又

我愛西巖氣勢，連山帶土豐肥。青松緑柳嫩依依。更有名花異卉。春水涓涓聲細，秋陽熚熚光輝。此中不用上天梯。便是仙家景致。

又

我愛秋陽道衆，人人謙讓温和。終朝豁暢恣高歌。日用不分彼我。福地安居自在，松間閑步煙蘿。先人後己行功多。永沒非災横禍。

又

我愛西巖秀麗，仙園地發三陽。山形曲屈卧龍岡。只此人間天上。雲舍茅庵掩映，仙花異果馨香。市朝客到見清涼。舉手應須瞻仰。

又

我愛秋陽天氣，一指雲路無迷。何勞身外覓曹溪。了見三身四智。莫問天機深遠，休尋大道無爲。

又　龍陽觀冬至作

月魄光通四海，龍陽氣滿三田。一聲雷動震山川。迸出飛光閃電。法雨常加有道，慈雲廣布無邊。此時方顯太平年。遂我一生本願。

又

天上仙無懵懂，人間性有頑愚。門中有幸看經書。性性堂堂開悟。達理真明妙有，觀空體合虚無。慧通靈寶證元初。誰解無文不度。

又

進道須憑篤志，收心慎勿狂遊。聽予苦口勸同流。莫待因循皓首。緑髮朱顔易改，青春白晝難留。爭如速悟便回頭。認取忠言善誘。

又

山後重興道院，燕南仍自干戈。道人功行累來多。免却非災横禍。每日誦經報國，終朝念道降魔。

福生禍滅養沖和。真靜真清證果。

又　時在天長，正當大暑，歸山後，恰值三秋，因事而作

九夏天長暑熱，三秋山後清涼。一川禾黍正蒼蒼。了見西成有望。論甚天涯海角，儘他關外山荒。目前無事即仙鄉。且恁隨緣豁暢。

又

莫羨喧譁京市，休辭淡薄山家。猿啼鶴唳興還加。心地清涼無價。夜伴清風皓月，曉觀緑檜雲霞。蓬頭丫髻做生涯。堪向幽屏圖畫。

又

窗外横山入畫，門前流水堪聽。洞天幽處少人行。不是塵寰路徑。占得靜中風月，却迴鬧裏人情。湛然六識自安寧。一任閑歌閑詠。

又

月裏金烏報曉，日中玉兔方眠。誰知萬法倒顛顛。此理非深非淺。認得元初這箇，須明無事真禪。人人有分性周圓，只爲使他不轉。

又

淺見有知有識，深通無悟無迷。了然頓覺入希夷。此是男兒正智。達道豈離方寸，明心何在天西。終朝閑坐細尋思。裂轉機關便是。

又

有欲難超老病，無情易變童顏。虛心實腹六神安。步步清涼彼岸。九載能除四相，十年決到三山。蓬壺閬苑恣遊閑。免却人間流轉。

又　贈田道人

動處休將性動，靜中莫使心疑。目前端正沒關機。真靜真清便是。氣滿三田自實，神通八脉方知。了然頓覺入無爲。到處安心穩地。

又　贈萬蓮會衆

事事諳來心足，般般捨去身輕。本初一點要圓成。妙語玄言堪聽。縱意不知有我，收心自覺無明。

無明滅盡絶塵情。便是識心見性。

又　入西山路

石徑雲梯路險，攀蘿攬葛難行。洞天深處水山明。遠却塵寰視聽。　土洞安眠穩坐，松巖耳静心清。不須更羡許由名。便是超凡入聖。

又

非愛青山緑水，惟圖隱跡埋名。粗衣糲食絶人情。養就元初本柄。　氣結神凝久視，虚心實腹長生。一朝功滿現三清。此是男兒正性。

又　勸衆減睡

夏日勤修寶殿，冬天好鍊頑心。三更不縱睡魔侵。便是先生戒禁。　學道休迷妄想，修真莫失叢林。無爲功滿恣歌吟。自在高眠穩枕。

又　常足暢懷

盡日觀山翫水，終朝常足心休。老來佚樂更何求。保我陽生九九。　幸得爲人通道，道中别有歸投。功成雲步看瀛洲。萬古名傳不朽。

又　贈張先生

日用竈頭然火，時教突裏亡煙。始終如一志精專。也勝往來打轉。　放下紛紛塵事，明通朗朗玄言。一朝功到性靈圓。便是蓬萊中選。

又　寄京師道友

只爲功虧行闕，故教不免東西。自從别後二年期。路轉風塵萬里。　詞寄燕山道衆，聽予至囑休疑。外緣雖幹内忘機。免却前頭懊悔。

又

人事雖然久厭，道家争忍空歸。不因勤苦到關西。焉得重陽慶會。　説與門中志士，祖庭已見根基。終南山色古今奇。老者堪爲久計。

又　贈儒士王子正

本性元虚不二，奈何情欲交加。人能頓悟道生涯。世態分明是假。　更要深通玄奥，須當拂去矜誇。

含光默默養靈芽。便是無爲造化。

巫山一段雲　秋陽觀作

十九遊仙子，隨師歷八荒。西臨回紇大城隍。到處見農桑。一種靈瓜甚美。赤縣幾人知味。大千沙界有多般。鶴駕復東還。

又

塞北三年轉，天西萬里迴。飄飄雲駕漸東來。無不笑顏開。道德崢嶸功大。行滿決超三界。十方仙子行功圓。得見太平年。

又

太上臨關日，吾宗受道時。七雄戈戟鬭相持。何處起慈悲。直至西天行化。大教普聞天下。古今今古類皆同。方顯道家風。

又

北海修真士，西巖放曠人。別師迢遞過關津。物外不沾塵。學道須憑決裂。一片真心如鐵。九年功滿步雲霞。三島是吾家。

又

性燭通天眼，心燈放慧光。湛然靈物自真常。無處不圓方。住世榮華不戀。舉措常行方便。一朝功滿化雲歸。獨步赴瑶池。

又　寄天長道衆

山後春將暮，龍陽景漸佳。東園芭欖正開花。隨分有生涯。道友堅心長久。相見時時稽首。自然恬淡日和平。物外有餘清。

又　携杖上禪房山

自在三山客，逍遥四海賓。孤身到處自全真。風月永爲隣。識破浮華虛假。誰羨望雲星馬。一條拄杖勝龍驂。穩步上高岑。

又　先天觀作

涿鹿今朝到，蚩尤往日休。坂泉冬夏水長流。今古幾春秋。因此强兵戰勝。直到而今無定。一生一殺做寃讎。早晚是程頭。

又　道友堅留住冬聖地，西北有缺，可費千功，未暇修補，待春暖，可以完備因緣，故述之

我有林泉興，君無補缺心。一方聖境理幽深。物外結知音。還到春時圓備。合是全真一會。功成行滿待他年。携手上雲天。

又　龍陽觀九日

白酒寬懷抱，黄花噴鼻香。此般真味慶重陽。性月自圓方。山後三秋無別。幽檻幾叢開徹。兩軒各各鬭芳鮮。雅勝洞中天。

又　勸世

道顯清虚妙，釋明智慧深。仲尼仁義古通今。三聖一般心。不認忘名默悟。只解分門別户。一朝合眼見前程。悔恨不圓成。

又　卜居西關，好山萬疊，河在其中，曲迴上下，不啻二三十里。渾水波濤，兩岸桑麻映日，人善地僻，可

爲終焉之計，自號曰養老庵，以小詞寄之耳

萬疊山横翠，千盤河曲長。居民安土樂農桑。流水落花香。卜此安居養老。一任形枯心槁。不摇不動寄殘年。何處覓神仙。

又　題通仙觀

列翠峯巒秀，仙都氣象清。三陽端正玉龕形。一氣自天成。萬疊雲山深處。別是洞天幽圃。何人能得久閑居。清静樂無餘。

又　催衲襖

昨夜西風緊，今朝秋意深。道人雖則是降心。寒暑亦難禁。衲襖宜教寬大。且要晝披夜蓋。一衣猶恐不銷任。此外更何尋。

又　龍門川溪水，同翟老賞月

溪水迎霜冷，山花帶露鮮。良朋共賞玉蟾圓。高會興無邊。長記西湖萬里。素魄澄澄一體。今宵相隔正三年。渾似夢遊仙。

又　贈龍虎夫人

北海功還未，赤城行已周。一身清静永忘憂。何處得閑愁。四十正當不惑。事事諳來明白。樂天知命保安和。真理本無多。

又　清水作

應運開正教，隨時見寶壇。衆真降跡在人間。却要列仙班。化度羣生無數。箇箇盡教開悟。一朝功滿到蓬萊。劫運免三災。

又　自詠

濕熱燕南地，清涼山後天。陰陽難曉倒顛顛。宿業自牽纏。二載登程酷暑。終日無言無語。閑中功行未能圓。使我志心堅。

又　戒無明

一點光明大，三千業障深。勸君聞早細搜尋。莫待禍來侵。觸處將身迴轉。慧性能生方便。這些消息汝還知。便是上天梯。

鳳棲梧　秋陽觀作

正教流通千載遇。浮世茫茫，幾箇心開悟。猛省輪迴尋出路。回頭便是真仙度。　行滿功成蓬島去。好伴長春，自在無私慮。更有奇葩千萬樹。塵凡未脱誰能覩。

又

世事無涯何日了。争似忘機，學我歸山早。山下林間常獨笑。人心未悟誰能到。　終日忘言人悄悄。暮去朝來，更没閑煩惱。惜取真陽身内寶。不須服餌容顏好。

又

問道參禪都不會。境上閑遊，只要心無昧。踏碎虛空離六對。松巖一覺和衣睡。　何用人前誇口快。一點靈明，不許纖塵蓋。法性堂堂觀自在。歸根復命超三界。

又　宣德州見請，以此詞答之

山後三陽都歷遍。宣德朝元，不晚須相見。數載師前人事倦。區區獨自隨風轉。幾度天長曾發願。糲食粗衣，隔斷人情面。富貴榮華無意戀。不如巖下成修鍊。

又

巖上春光將欲暮。可惜春光，無計留連住。春去秋來分四序。一來一去成寒暑。歲計謾人人不悟。得喪悲歡，盡是輪迴趣。我欲留言叮囑付。人心未解無生路。

又　先天觀作

山後風光何處好。上谷靈蹤，自古軒轅廟。湧出清流方曲繞。森森綠檜知多少。雲水閑遊今日到。信筆狂吟，自在開懷笑。萬景難侵心合道。全真妙體圓明了。

又　和碧虛壇詞

至道幽微何處究。妄想邪思，便是魔人獸。欲要三田苗長秀。真常真靜真無朽。五氣朝元真一湊。萬語千言，須候陰消六。今古迷人觀不透。神奇枉化爲膿臭。

又

一點靈明當內究。散盡羣魔，趕退西山獸。萬樹瓊花如錦繡。長春永占無根朽。四海雲朋來往湊。上下沖和，漸覺陽生六。一道靈光通骨透。清香換了胞囊臭。

又　述懷

天下周遊將欲遍。十載區區，恐負先師願。老也休休人事遠。遊山翫水隨緣轉。報與知音聽我勸。刼運刀兵，箇箇都親見。仍自貪求生愛戀。前頭路險如何免。

又　太平興國觀作

古跡琳宮堪作計。檜柏青青，宛有長春氣。直待功圓方濟會。無心默默符天意。幸得安然清靜地。終日逍遥，方寸無縈繫。老大不堪心自退。紛紛世事何時已。

又　先師昔日屢言，燕山天下最勝之地，當是時，果葬於斯，以小詞記其意耳

天下風光何處好。山海潛通，無比燕中道。四海雲朋來往繞。先師默悟知還到。既入玄門須悟早。誰解修真，此事非草草。天意分明容起廟。燕山千里來懷抱。

臨江仙　朝元觀，請以詞許之

自别都門人事少，心頭不掛微塵。閑歌閑詠默頤神。有中皆妄想，無内却全真。取性逍遥雲水客，無情淡泊閑人。隨緣安樂絶疎親。三陽將欲遍，五氣自朝元。

又　袁夫人住沙漠，十年後出家，回都，作詞以贈之

十載飽諳沙漠景，一朝復到都門。如今一想一傷魂。休看蘇武傳，莫説漢昭君。過去未來都撥置，真師幸遇長春。知君道念日添新。皇天寧負德，后土豈虧人。

又　西山静坐

静坐西山深有益，等閑人事稀逢。終朝飯飽恣疎慵。養成清静體，化出主人公。三十年來都亂覓，如今認證真容。狂情滅盡法皆空。本來無一事，剛恁費千功。

又

本是一般孤另物，被他染著難知。迷雲消散慧風吹。何勞身外覓，端坐是天西。萬語千言終未悟，悟來一字成非。竿頭進步勿生疑。般般都撒手，種種自皆離。

又

參透全真清静法，何勞相上經求。好於此處覓蹤由。莫生迷執見，休要不回頭。真性如何能寂滅，真空空外閑搜。其中無慾認真修。隨機常寂

定，應物自圓周。

又　示衆

目對千差無可取，心閑一境堪憑。真常不昧谷神清。羣魔從此滅，一點自圓成。物外清吟唯獨樂，人間寵辱何驚。勸君速悟問前程。要求真實相，休論假聰明。

又　李行省請予往山東葬三師，燕京道衆并士庶皆不許，感懷

一別濰陽過十載，天涯歷遍西戎。歸來燕國住仙宮。立言明祖教，演法繼師蹤。天意如何非易測，人情到了難窮。予心本自愛疎慵。却教居海北，未許過山東。

又　偶得

談妙談玄人易悟，真清真静難依。人間世事不堪爲。十方明眼漢，學我没操持。既悟淳風須返樸，終朝樸實相隨。含光默默外如癡。心明如朗月，性静合刀圭。

又

有相有中容易覓，無爲無處難爲。終朝作伴影相隨。愚人尋不見，達者已先知。此理勤參搜獲正，一條大路無迷。勸君速悟莫遲疑。常常忘視聽，步步入希夷。

又　五華山住夏，時有道衆見，以詞贈之

數載崎嶇天下遍，而今幸遇林泉。飢來喫飯困來眠。離城幾一舍，別是小壺天。坐上水山俱秀發，池中開滿青蓮。老來功行卒難全。未能三島去，先作五華仙。

無俗念　龍陽觀道衆索

了心一法，越三乘、妙體果離生滅。萬事知空非可取，慧性輝輝通徹。静裏乾坤，閑中日月，堪付知音説。家山還到，自有無限風月。一點無相真如，澄澄湛湛，内外難分別。要會玄元端的處，無

縱迷情乖劣。勤論幽微，頻修祕密，參透天機訣。此時不了，更待何日休歇。

又

參差萬有，盡鴻濛、一氣生成無極。擾擾羣情皆有我，寂寂真空非得。有內尋無，無中覓有，誰是知消息。高真方便，唱出玄妙端的。此箇隱奧門風，須憑智慧，清靜開胸臆。了見元初真面目，豈羡浮華顏色。身寄人間，名收仙籍，不許纖塵惑。神思不動，自來天地難測。

又

冬寒夏暑，共春花秋月，年年無別。唯有形容朝暮改，不覺催生促滅。萬劫昏迷，一時開悟，好把心休歇。纖塵不罣，本來一點明徹。閑對龜鶴松峯，林泉幽圃，自在開懷悅。行滿功圓朝上會，方顯男兒英傑。此理非深，玄機不遠，未悟難分說。人間誰解，暗中虛度年月。

又

天涯海角，任縱橫、到處一身閑拓。世事知空風過耳，別有些兒歡樂。玉鼎烹煎，金罏滾沸，鍊就丹砂藥。服之歸去，化身空外飛躍。是則仙道玄微，凡塵脫去，便得同期約。達理通真功德備，豈在幽居巖壑。四相消磨，三彭遁匿，自是人情薄。全真正教，正大心地無錯。

又 繼人韻

同塵混跡，悟玄元、奧旨深窮莊列。會集雲朋扶正教，相繼先師無別。外貌悠悠，內容整整，果是如愚拙。門清戶靜，自然顯出高潔。長春境界無邊，清涼永占，處處堪休歇。物外壺天清絕處，遊戲白雲金闕。身寄塵寰，性通天外，萬事難縈惹。六根不動，便是無生無滅。

又 大安山棲雲觀中秋賞月

大安高絕，風露清、氣爽中秋時節。霞友雲朋方聚會，共賞山頭明月。照徹千峯，明通萬壑，坐覺心歡悅。神清骨冷，永超人世生滅。看盡此夕風光，空勞筆舌，妙景如何說。普照千門皆可翫，不似棲雲高潔。小院巖前，大寒嶺畔，髣髴天相接。坐中默想，此間堪可棲跡。

又　通仙觀作

通仙地僻，向西山深處，倚雲棲跡。俯視峯巒千萬疊，隔斷紅塵消息。閑步煙蘿，靜吟風月，此事何人識。修真上士，更於何處尋覓。一帶無盡山川，洞天幽圃，自有神仙域。名利相纏誰得到，難伴清虛閑客。碧洞高眠，清巖穩坐，豈羨王孫宅。我來幾度，此中留意多日。

又　論性

騰今跨古，這靈明覺性，本無虧少。箇箇圓成誰肯認，逐境迷迷顛倒。萬種施爲，千般做造，都向心頭了。些兒玄妙，問君何日知道。不入無相玄門，浮名難捨，貪看閑花草。口解清談心未悟，不覺輪迴來到。好契真機，驚迴幻夢，自在遊三島。長生有分，永超人世衰老。　葆光集卷中

江城子　和蒼蓋郭秀才韻

乘車坐馬走東西。論玄規。入幽微。天下崢嶸，隨分立階梯。吾教流通天地祐，無不喜，盡歸依。
其中消息與誰期。解忘機。識無爲。霞友雲朋，心地要平夷。抱樸全真明日用，神燦燦，性輝輝。

又　龍陽觀冬至作

六陰消盡一陽生。暗藏萌。雪花輕。九九嚴凝，河海結層冰。二氣周流無所住，陽數足，化龍昇。
歸根復命性靈明。過天庭。入無形。返復天機，昇降月華清。奪得乾坤真造化，功行滿，赴蓬瀛。

又

道人活計日開顏。性多寛。六神安。晦跡韜光，無事到心閒。養就亘初靈底物，名利客，不如閑。

人生能有幾多歡。老摧殘。死生關。六道輪迴，來往苦艱難。好認吾門親至道，情慾斷，出塵寰。

又

法光普照道門昌。出天長。入龍陽。寶殿圓成，朝暮爇心香。霞友雲朋休外覓，心地穩，是天堂。

燕南河北好悲傷。正窮荒。受風霜。劫運推移，何日到仙鄉。誰解閑居山後意，瀑瀑秀，小蓬莊。

又 詠臘雪

瓊花繚亂玉塵飛。滿長堤。擁柴扉。暖焙窗明，安用繡簾幃。夜静雲收銀鑑滿，看雪月，鬭光輝。

季冬真瑞古今奇。助寒威。顯豐期。感動詩人，魂魄入希夷。謝女多才詠不盡，留與俺，道人知。

又 西山之通仙觀，卜以重陽作醮。前數日，北風嚴惡，天氣昏暝，小雪微作，衆意憂惶。八日發牒之後，俄爾開霽，兩晝夜畢。十日陰雪復作，萬古一辭，讚嘆希有勝緣。因作一詞，以紀其實

重陽佳節醮西山。暮天寒。葉斑斕。和氣滿川，無箇不開顏。滯魄孤魂皆受度，功德備，出幽關。

河清谷静氣閑閑。寸心寬。保全安。白酒黄花，高會列仙壇。共慶吾門祖師祐，衆真喜，萬人歡。

又 庚寅年，通仙觀醮罷復迴，不遂本願，以詞別道友衆醮信

玉河別後出西山。曉霜寒。過重關。書疏相邀，須索赴清壇。度死超生雖好事，年已暮，鬢成斑。

修真未就積功難。鍊心寬。悟真閑。造化功夫，都在片時間。斡轉玄機全至德，無可欲，列仙班。

又 別樊山先天觀道友

先天欲別意沉吟。就清陰。散幽襟。酷暑全無，蚊蚋不相侵。清静安居堪久計，住一日，勝千金。

此方道友果堅心。日相尋。演清音。訪道崇真，通古更明今。九夏待予無以報，臨去也，贈荒吟。

又 仲冬

龍祥蹤跡古仙壇。水連山。徑彎環。玉殿朱門，高聳白雲間。疑是蓬宮臨白溆，真福地，可開顏。仲冬遊歷苦無寒。道人攢。子文歡。看盡三峯，別後兩閑閑。何日復來林下笑，散後易，聚時難。

又　方壺過冬

嚴冬共喜小方壺。稱幽居。論元初。話到三更，皆似覺清虛。萬事有心求不得，憑象罔，獲玄珠。一言了了性如如。樂無爲。駕雲車。朝拜高真，功滿赴仙都。速悟人人俱有分，聽予勸，莫癡愚。

又　義州作

紛紛世夢暫無安。蟻循環。少開顏。悟道修真，要脱死生關。認得元初無一物，除妄想，斷高攀。老來佚樂正宜閑。罷輪竿。釣舟還。物外清遊，歷遍古仙壇。更待東君傳信息，度遼水，看閭山。

又

修行還悟宿根深。得知音。便明心。十二時中，外境不能侵。保命全真無別用，好容易，不難尋。一時勘破古通今。信閑吟。翫遥岑。海角天涯，都是好叢林。繼祖承宗行教化，享天爵，受人欽。

又　榆次縣真常觀作

真常應物要方圓。且隨緣。行功全。眼正心明，認得化工權。日用無私當直養，浩氣滿，現胎仙。一時慶會興無邊。透重玄。永綿綿。照徹人間，幻境豈能堅。便約故園堪久計，觀八水，翫三川。

又　沁州神霄宫賞月

素光皎潔暮天晴。十分明。稱幽情。賞翫隨時，高會盡雲朋。今夜澄澄垂普照，無此夕，得和平。碧空如水月盈盈。性珠停。保長生。四海清通，何處不圓成。更謝高明恩德重，臨萬國，教門興。

無夢令　龍陽觀春分其間作

道友三冬鍊睡。鍊做陳摶苗裔。咫尺過新春，晝夜須當加瑞。加瑞。加瑞。點點直教着地。

又

春日龍陽春睡。悟得春光真意。紅日正三竿，却被春風驚起。驚起。驚起。萬事一場春寐。

又

閑把心香暗爇。三界十分通徹。四海遍天涯，都是全真枝葉。枝葉。枝葉。撞透清霄明月。

又

我向幽窗守拙。勘破春花秋月。得意便歸來，好把身心休歇。休歇。休歇。鍛就一爐春雪。

又

説破勞生如夢。箇箇昏迷虚夢。默地悟心開，達了真通清夢。清夢。清夢。誰信真人無夢。

道無情　時在龍陽觀，東川秋陽來請，丙戌元宵後，臨行，以詞别之

每夜三更問話。説破人情虚假。箇箇悟真宗。道心通。要望秋陽迴意。莫縱高眠春睡。指日復歸來。笑顔開。

又

不避春風迢遞。來往默通真意。那箇是吾家。信天涯。本性玄通無托。到處一身安樂。了了没西東。住雲峯。

又

身逐東川道友。有客西山專候。真意是如何。囉唝囉。七十古來稀少。今我六旬還到。浮世不堅牢。醉陶陶。

又　秋陽觀作，答宣德州道友請

深謝將書來請。纔到西巖春令。百鳥正喧呼。樂無餘。道衆滿川和氣。醮罷更看天意。緣契合虚空。任西東。

又

但願身安心静。誰羡往來迎請。正教滿天涯。過流沙。師意真慈普度。應係羣生開悟。積行要

無邊。性方圓。

又　別西山道友

行過天涯海角。未似西山心樂。興盡復東還。鬢多斑。彼此年過耳順。別後有何憑准。唯願各心休。永無憂。

又

三老共全清福。終日遊山不足。坐卧白雲中。看青峯。飯罷東坡石上。談笑開懷豁暢。妙景可忘憂。對清流。

又　別蔚州道衆

十月蔚羅行化。去送來迎車馬。和氣滿山川。教風傳。別後何時再遇。唯願各心開悟。功積要三千。化靈仙。

又

九九嚴凝冰結。山後朔風凛冽。西去意如何。囉唆囉。道友一聲珍重。愼勿使他心動。志氣要平和。道無魔。

又

隨處道人道友。勿使人情濃厚。凡百在平常。少災殃。別後應當西邁。接待往來寧耐。他日要相參。望終南。

又　懷仁縣作

我愛懷仁冬月。炕暖窗明堪歇。天意不教閑。過南山。東去西來非願。海角天涯將遍。道果尚難成。又登程。

又　老年退居沁郡，奉詔還燕京大長春宫

十月小春時令。萬物歸根安静。獨我水雲間。過東山。直指古燕無定。老也敢違天命。迴首望終南。再來參。

又　依韻別沁州長官杜帥

未達難通天令。誰解洞中生静。道在有無間。隔千山。去住絶疑心定。任運逍遥隨命。終日不迷南。更何參。

減字木蘭花　秋陽觀作勸世

堆金積玉。日日慳貪心未足。足上何求。直待荒郊卧土丘。迴頭有路。争奈愚人迷不悟。若悟迴頭。免了前程無限愁。

又

勞生喪命。誰解衣飡皆分定。恣欲貪癡。積業如山猶不知。一朝有報。鐵膽銅心人也懊。受罪無休。恨不當時聞早修。

又

頑愚不省。禍福還如身逐影。劫運天災。都是人人心上來。若明此理。視物應當同自己。了見天真。善惡臨時全在人。

又

損人利己。貪愛欺瞞何日已。害衆成家。富貴人前仍自誇。陰功原作公疑誤暗記。死上頭來誰肯替。天道無私。報應分明各有時。

又

天堂豈遠。舉世迷人尋不見。地獄非親。無限衆生塞斷門。聰明上士。幸得爲人勤發志。志在心平。片善無遺道自成。

又　縉山川有三觀，皆有陽字，此間往來，故云三陽道士

三陽道士。坐對雲峯談不二。萬法如通。盡在忘機冷笑中。無明實性。此理難詮如何證。要證元初。認取高空秋月孤。

又　秋陽道友見過

金波玉液。除却嫣川無處覓。玉液金波。一飲能教五氣和。還丹大藥。服了令人常快樂。大藥還丹。福薄衆生要見難。

又　一道士出示杜甫遊春詩卷

遊春暢飲。萬物熙熙花似錦。暢飲遊春。迷了從

來多少人。儒流道士。幾箇能通天外志。道士儒流。誰肯忘情言下休。

又　示衆

年深學道。雖未通靈神氣好。學道年深。萬景叢中無物侵。同流聽勸。薄利虛名深可遠。聽勸同流。放下諸緣宜速修。

又

身心裂轉。便是元初真目面。裂轉身心。一志如山超古今。些兒若悟。免却波波來與去。若悟些兒。萬劫希逢此一時。

又

同塵混世。誰解忘言無酒醉。混世同塵。落魄逍遥甘分貧。靈源不昧。勝積無涯真寶貝。不昧靈源。一氣清成要上天。

又　贈龍虎夫人

昏昏默默。世智聰明孰可測。默默昏昏。無欲能開衆妙門。全真抱樸。無慮無思無做作。抱樸全真。入聖超凡只在人。

又　西山作

修真近俗。初地難當心境熟。近俗修真。誰是居塵不染塵。林泉恣興。便是修真無可證。恣興林泉。且做逍遥陸地仙。

又

安禪聚落。難免區區閑把捉。聚落安禪。佛祖常憂恐落緣。山林縱卧。無慮無思真快活。縱卧山林。一點靈光無物侵。

又　贈燕京萬蓮會衆

迴頭返照。世事無窮堪失笑。返照迴頭。得意歸來便好休。休休省也。莫縱貪癡狂野馬。省也休休。一任年光春復秋。

又　懷仁縣

懷仁抱義。五帝三皇因此治。抱義懷仁。天下生靈一體親。勤參道德。建國成家爲法則。道德勤參。更與修身作指南。

又　西路請張道人，於處順堂畫西遊記

清河畫士。處順存心堪發志。畫士清河。早早來時意若何。全真宗祖。畫向白雲傳萬古。宗祖全真。永鎮燕山日日新。

悟南柯　勸世

着假求仙果，迷真覓佛心。爇香禮拜恐徒尋。不斷無明，空惹業根深。苦口如良藥，忠言似美金。人逢善者作知音。正教依憑，萬禍不能侵。

又

生日無明重，死時地獄深。寸陰可惜勝黃金。速悟無生，上士做知音。轉眼迷他趣，迴頭認本心。功成自是出陽陰。物外真閑，坦蕩賦清吟。

又

莫要欺人重，須防報應深。羣真降世布清吟。勸化愚迷，災禍免相侵。更悟真常性，勤修吉善心。長生路上聽仙音。正道無疑，穩步赴瑶岑。

又

莫覓他人短，唯思自己長。處身謙讓性和光。與物無私，心地得清涼。會滅無明火，能生智慧香。何勞遠去覓天堂。任運安閑，處處是仙鄉。

青玉案　自遣

揚眉瞬目分明露。認得元來處。清靜無爲香滿炷。十方通徹，遍聞三界，一任年將暮。些兒妙處堪人顧。關外棲真忘來去。更有雲霞三四侶。清吟野興，固窮樂道，此外非他取。

又

心頭遠惡常修善。自得真方便。至道夷然容易見。目前端正，是非休論，堪作長生伴。玄言悟徹無分辯。默默頤真內光現。保養神丹成九轉。化身空外，六銖天賜，換了如今面。

又

浮華莫戀心歸道。漸得通玄妙。清靜功圓心地了。高登彼岸，清涼永占，更没閑煩惱。長春真境仙無老。咫尺洞天誰能到。心上塵清都一掃。琳宮仙院，乘風清興，遊宴蓬萊島。

又

羣魔散盡真何亂。萬事無縈絆。一點光同青玉案。纖塵不掛，永無障礙，得見虛空面。勸君早把塵情拚。下手速修轉頭晚。前有風波深不淺。神舟穩駕，雲朋相伴，笑指蘆花岸。

瑞鷓鴣　與延真觀小賈師

道人起念不尋常。宿業牽纏惹禍殃。樸實修真方得久，浮虛學道豈能長。旋生旋滅心難定，不動不搖意易防。早悟知常功累足，恁時許爾志堅剛。

又　詠西山

西山深處道人家。養道修真何處加。九夏高眠無暑氣，三秋結實有新瓜。亂山坡下宜禾黍，渾水河邊長桑麻。四季平和人事少，三飡終日是生涯。

又　過龍泉峪

西山一帶好人煙。曲水環山若洞天。無是無非無寵辱，有花有果有林泉。家家奉道養閑客，户户欽壇禮大仙。如此勤心行吉善，太平快樂過豐年。

又　示衆

論道談禪鬬捷機。朦朧合眼便昏迷。貪名競利心猶在，損己安人行豈知。益友不侵賢聖遠，良朋難近虎狼隨。一朝數滿無由悔，聞早收心莫縱欺。

又

爲人幸遇教門興。折莫因循著世榮。節食減眠神自爽，忘情去慾氣偏清。暫時戒慎離災苦，久遠行持出死生。奉勸高明宜省悟，聞身强健早修行。

又　勸世

長春教法付清和。普勸高明出愛河。道德勤修天賜樂，塵情苦戀世生魔。目前放下遊真境，身後功深赴大羅。我有忠言親説破，看君聽了意如何。

又

六年動作小功成。固蒂深根漸次榮。東院西宮閑客坐，南來北往道人行。十方和氣精神爽，四海同心道眼明。天運玄風來此地，燕山路上好前程。

南鄉子　寶玄堂偶得

本性愛疎慵。不厭無名不厭窮。落魄隨緣無所礙，心通。觀透人間事事空。得失本來同。動静何勞問吉凶。兀兀前途真自得，成功。都在忘言冷笑中。

又　贈西路道人

幸遇好良因。枉惹浮名受苦辛。只爲目前些子事，因循。趖過中間换了身。默坐守靈根。空外閑搜空外真。認得亘初微妙物，堪親。唤作神仙不唤人。

虞美人　勸世

邇來似覺精神湧。識破人間夢。皆因恬淡樂清和。與物無私，光照遍山河。如今普勸修真衆。莫待空無用。一朝歸去恨身卑。悔不當時，勤苦學修持。

月上海棠　示衆

先師歸去功無量。日赴千壇顯聖象。化身千百，暗中度人來往。休輕謗。恐災禍臨頭怎向。一時開化通無上。廣集門生普供養。但持齋戒，志心各懷歸仰。虛空裏，管有神明賜賞。

踏雲行　贈長春宫道衆

智慧男兒，聰明上士。修真幸遇先師指。葆光殿閣對青山，白雲堪伴長春子。樂道明心，勝看經史。神仙籍上書名字。大家勤苦守靈蹤，皇天肯負清高志。

又　自詠

薄利虛名，誰人能戒。前頭路險猶貪愛。惟予不肯着浮華，中心有願超三界。廣布慈風，休生懈怠。心懷忍辱常寧耐。豁開心地若虛空，分明見箇真難壞。

又

暗地高真，明加保祐。白雲仙跡當成就。吾門七祖鎮燕山，金蓮萬朶芬芳秀。衆會寧心，道人長久。同修清德過星斗。他年功滿去朝元，先師應賜長生酒。

又

靜裏喧喧，鬧中寂寂。靈源妙用誰能識。兩般顛倒入虛無，自然顯箇真消息。氣過三關，神遊八極。綿綿來往無蹤跡。此時休歇罷參尋，前程路上忘疑惑。

又　讚師父仙體不朽

玉骨元清，金丹已就。長春不老何年朽。圓成一性遍河沙，遺骸全體仍依舊。萬代稀逢，一時罕有。天涯門弟來奔湊。安居處順慶真容，焚香十萬連三晝。

點絳脣　重九後五日作

體入虛空，猶然未可爲憑據。真空路。氣神相聚。現世陽神去。若遇知音，此事堪分付。君聽取。莫生疑悞。行滿天將護。

又

聞說修行，千差萬別難依據。真空路。何人得趣。撒手堪歸去。行積無邊，功要三千數。心開悟。逍遥雲步。應過天仙舉。

又

學道尋真，寧心耐意搜求正。刀圭柄。羣真相慶。一顆明珠瑩。照見元初，認得頭和影。神通聖。內容清興。物外閑吟詠。

又

學道難成，無明觸處生煙火。招殃禍。時光虛過。生死如何躲。早悟前愆，更不生人我。還真箇。時時明破。下手修仙果。

又

曄曄重陽，素秋氣爽添清興。仙歌詠。黃華相稱。朶朶如如性。小檻芬芳，滿座人欽敬。真清靜。香風純正。萬户千門慶。

又　暮春遊五華山繼先師韻

昨日春遊，一行恰似乘鸞鳳。知音共。適懷心縱。直入桃源洞。好向清溪，閑聽琴三弄。真歡動。任地迎送。管甚莊周夢。

卜算子　玉虛觀夜靜中，師父令和都要奔波走卜算子，仍易其名曰北地樂

真性休空走。一物長相守。這些消息阿誰知，便是無中有。　實鼎瓊花放，玉户金光透。作箇清涼彼岸人，清靜工夫就。

賀聖朝　義州醮罷，命郭志全講道德二篇

古宜緣重，善根深種，志士心堅。感吾門洪教廣開緣。共談論功圓。中宵不寐，雲朋高會，參透玄玄。向五千文內契忘筌。見自己神仙。

又

夜深人靜，披衣閑坐，琴聽無絃。罷高談、逸論默通玄。任龜息綿綿。陰陽昇降，沖和四大，骨壯神全。抱元初一點行功圓。看歌舞胎仙。

又　太平興國觀中秋賞月

海清山靜，素秋光滿，涼夜人圓。恣開懷賞翫過三更。更談論幽玄。圓明頓悟，無私普照，善行周全。向今宵覺徹性皆通，證陸地神仙。

一剪梅　依先師真人和移剌仲澤韻，義州永和庵作

九九方終暖日陽。春和崇義，無夢天長。十方三界恣遊行，炎夏還逢，不覺秋霜。悟得真閑萬事忘。自然佚樂，心地清涼。本來一點縱寬舒，散盡

羣魔，獨現威光。

又　示衆復用前韻

外積陰功内固陽。長春示衆，此語偏長。還能頓悟入無爲，宿業猶如，赫日消霜。不假澄心六慾忘。功成行滿，越過炎涼。騰騰兀兀任西東，覺徹人間，且恁韜光。

又　太平興國觀示衆

天賜平遥好歇心。琳宮寂寂，古柏森森。清陰密鎖洞天幽，聚落相隣，静勝山林。清静無爲孰得尋。太平興國，覓箇知音。勸君速悟莫遲疑，言下承當，賢聖加臨。

又　寄蔚州道友

越過靈仙壺水傍。西河餞送，誠厚難忘。未能欵話便登程。度嶺嚴寒，來意匆忙。幸得和平達道鄉。渾源豐足，諸事安康。有人東去寄新詞，報與知音，表我行藏。

又　詠前高山

新得前高一簇山。清虚洞府，亘古仙壇。皇天憐我苦奔馳，佚我年高，教我開顔。暗謝高穹賜我閑。松間石上，斷了追攀。忻然自得樂無窮，行也堪觀。坐也堪觀。

又

新得前高自發揚。峯巒峭拔，松檜成行。道人歸計出紅塵，碧洞高眠，無事牽腸。白髮垂垂兩鬢霜。青松影裏，描邈難粧。往來遊戲日當斜，行也清涼。坐也清涼。

又

新得前高孰可知。世間清絶，詩筆難題。朝元峯上試閑窺，未赴蓬萊，先到瑶池。一派松風入耳吹。仙音縹緲，洞達幽微。興來策杖步雲溪，行也相宜。坐也相宜。

又　述懷贈程老先生

學道無成天不慳。虛名濫占，實得應難。從今志氣更重加，東望都休，不下西山。深謝知交忻崞間。四時不闕，助我衣飡。有時慶會上朝元，功行雙全。日赴千壇。

又 述懷贈柳先生

一點靈明本寂然。隨通隨感，應赴諸緣。頭頭認得這些兒，動也方圓。靜也方圓。日用無私不着邊。清虛消息，此法堪傳。指人頓悟入無爲，行也忘言。坐也忘言。

又 下山

爲愛前高自覺過。天生阻隔，不放冲和。前頭何處道緣深，無福清閑，有分奔波。老也功虧一任麽。長春教語，愼勿蹉跎。自來達道學仙人，功也無多。行也無多。

下手遲 義州醮罷勸衆

諸緣種種怎生休，萬慮紛紛何日息。情忘處、諸緣頓了，意滅時、萬慮俱畢。問君能有幾多時，猶向人間弄智識。還知恁麽便廻光，免使臨頭愁戚戚。

昭君怨 泉州洞真觀書于東壁

節令重陽閑步。直至武清南渡。極目看嘉祥。水茫茫。連日陰沉微雨。正在蘆花深處。遊樂水雲間。望西山。

鳳棲梧 勸世

大教普聞天下轉。返樸全真，日用垂方便。方便真慈清靜願。心通漸覺人情遠。上士高明容易勸。既悟玄風，早早忘知見。世事安能長久戀。不如認證元初面。葆光集卷下

高道寬

道寬字裕之，號圓明子。應之懷仁（今山西省懷仁縣）人。師事于洞真。中統中，提點陝西興元等路

道教。至元十四年(一二七七)卒，年八十二。

西江月

混沌屯蒙如卵，昏昏默默盈空。浩然太素抱鴻濛。一氣循環凝重。　內隱真水真火，氤氳盤結如冰。中心元始造玄功。三氣齊分太定。

蘇幕遮　原調誤作浪淘沙，茲據律改

大參同，人難會。點開圓明，照覺迷天睡。舉動施爲明與味。乾裏丹元，休把真空背。　坤中藥，方以類。採得將來，付與丁公配。合就一丸先天味。食了登仙，鶴駕遊方外。

浪淘沙

稽首衆神仙。勘破乾坤。九真息出運江煙。箭射紅心師資準，贏得周天。　方外採汞鉛。丹藥雙全。一般消息兩般玄。拈起二陰硃砂鼎，打罷圓全。

逍遥令

君問道，只要谷神通。但把乾坤爲鼎器，兩般消息妙無窮。湛湛越澄清。　瑶池客，方外運玄功。放下萬緣都不罣，明珠在掌好參同。撞透海雲鍾。

蘇幕遮

玉爐中，燒丹藥。鍛鍊三成，最上真箇妙。海底龜蛇勤收捉。納在壺中，鍊就圓明覺。　照無邊，光灼灼。順手拈來，直下長生勺。功行十分憑戒約。一對芒鞋，穿上踏雲脚。

蘇幕遮

藥無窮，頻收採。丹鼎純烹，一味通三昧。萬法都無真箇會。清靜家風，最上爲精粹。　付知音，偏可意。開口參同，方外生智慧。乾裏圓明添活計。了見之時，衲被蒙頭睡。

望蓬萊

真消息，明月照天涯。玉兔彩蟾十五夜，金烏飛去吐紅霞。一點道人茶。　清霄外，靜隱紫丹砂。偃月爐中烹玉蕊，硃砂鼎内結金花。贈與道人家。

蘇幕遮

滅無争，真火候。升降全憑，一點丹無漏。鎖定元初興宇宙。月到離宫，自有神明祐。煉天和，真藥就。片餉工夫，看是誰參透。玉筍鑽冰仙樂奏。朝現三清，萬劫長春壽。

臨江仙

寶劍重磨光色顯，圓明正照無邊。月華皓皓鎖蟾天。一輪含弘處，松檜幾居仙。滿目玉塵風舞動，銀峯鋪翠雲軒。鶴來先報玉皇宣。跨鸞歸去也，拂袖朝天。

蘇幕遮

閉玄關，通三昧。採藥仙翁，收得真消息。柳岸蘆花添青翠。滿地白雲，只許人不會。但拈來，偏如意。本分家風，分付真心地。一顆神珠明麗麗。照破塵沙，相遇人授記。

浪淘沙

鉛汞虚運一周天。消息坤乾。陰陽升降月華鮮。點就七千數，漸入功圓。鍛鍊體綿綿。放下周全。正當子午罷抽添。八萬四千功行滿，頓了神仙。

西江月

妙本三元真火，收來鍛鍊成丹。藥全二百四十元。顆顆圓明體現。丹裏紅霞繚繞，丁公食了飛仙。黄房睡覺總無言。方始嬰兒繾戀。

蘇幕遮

聚三華，合四象。一氣流通，上下頻升降。飛入泥丸光百丈。歲久年深，鍊成瑠璃帳。證先天，朝無上。當位中庸，三五三十棒。打就不來亦不往。這箇家風，端的無虚妄。

西江月

七返硃砂返本，丹須日用烹煎。坤宫藥物採歸乾。黑虎赤龍相見。泰否調和得一，中庸三五還元。

靈光射透九重天。靜處當峯月現。

蘇幕遮

覓元因，恰一對。七返真藥，兩味丹纔配。火候刀圭深青翠。上下升降，覩面人不會。　下功夫，休貪睡。不屬中間，要妙非内外。夾脊雙關飛紫瑞。一顆明珠，飛上蒼龍背。

西江月

九轉靈丹妙藥，從來一點元真。仙家收得做天人。普度人人有分。　本來硃砂一味，還元黑錫白銀。河車搬運與心君。了見不離方寸。

蘇幕遮

妙還元，鎮常在。丹藥白銀，那箇人不愛。武士將來教君解。琢就銀壺，提向街頭賣。　要三成，棄兩壞。最上功夫，巧造十分大。圓滿一句偏飲快。醉赴蟠桃，歸去君休怪。

又

採壺中，凝日月。片餉工夫，鍛鍊無休歇。滿岸蘆花白如雪。丹蕊飛來，教我如何說。　道無明，真一訣。得也第廬，自在閑守拙。直待鶴來方外接。白日飛昇，有分朝金闕。

又

出五行，修方外。彼岸蘆花，鬱鬱彤雲墜。浩浩風光貪困睡。喚覺從頭，點對都交會。　雪中月，壺中日。獨跨扁舟，虛運松風瑞。妙本將來醫爾醉。普勸諸公，休把元初昧。

西江月

撥轉飛天妙本，鍊就一粒丹砂。朝求暮採道人茶。圓滿一句點罷。　玉衡纏教定正，運動八面雲霞。小菴獨坐俺仙家。除睡萬緣不罣。

掛金索

萬萬餘車，白麵一和。調餅圓成，彷似天來大。混沌蒸熟，恰好則一箇。順手拈來，看是誰嚼破。

蘇幕遮

大真元，超法界。鍛鍊精華，歷刦常不壞。七朶金蓮神通大。普度羣迷，同赴蟠桃會。紫金丹，白玉塊。處處圓明，朗朗常現在。一派清流通方外。遍體陽神，出入誰能賽。

逍遥令

真大道，脱體做神仙。兩箇一般無二樣，功成行滿玉皇宣。鶴駕赴朝元。浮空去，萬法總無言。我本獨超三界外，玄元不二妙真全。寰海度人船。

蘇幕遮

這無爲，先天造。有有無無，端的無窮妙。最上不空誰曾到。强曰爲名，假作字之號。道真常，大秘奧。覺象圓明，得一元頓教。代代相承心印寶。壓盡傍門，獨顯真大道。

望蓬萊

無無處，大道本無言。萬法拈來則一句，强名曰道字丹仙。象帝乃根元。真無處，妙化有無先。不空寂無傳最上，希夷微妙谷神篇。宗祖在先天。

滿庭芳

頓悟玄機，漸離塵境，雙忘頓漸無爲。修真大道，了見本希夷。戒律精持道德，做神仙、方外先知。憑心地，三千功滿，八百行無虧。諸公休生退，勤勞謹務，慈儉明白，先人後己，忍讓慈悲。割斷俗緣最上，遇玄門、加志無移。神明祐，超拔七祖，同赴綵雲歸。以上見圓明老人上乘修真三要卷下

宋德方

德方字廣道，號披雲子，萊州（今山東省掖縣）人。生於大定二十三年（一一八三）。師事劉處玄、邱處機。卒於元定宗二年（一二四七），年六十五。（陳銘珪道教源流考，謂黃房公洒陽人，與宋德方非一人。明王圻續文獻通考據元陳致虛附會之説，誤作一人。）

雨霖鈴

高山流水。嘆知音者，世間能幾。終南萬里，烟霞歸去也，歲云暮矣。拄杖藥爐經卷，除此外、有何行李。樂恬淡、清靜家風，一片靈臺瑩如洗。就中妙處因師指。下工夫、戰退無常鬼。匣藏三尺神劍，霹靂響、火龍飛起。天下昇平無事，白雲間、笑傲而已。名利客，不信長生，奔走紅塵裏。鳴鶴餘音卷一

其二

金蓮七朵。自甘河等閑參破。丘劉譚馬，孫王郝太古，許來同坐。兩箇披氊真侶，更漏泄、祖師因果。綻玉蕊、萬朵齊芳，香滿人間瑞煙鎖。天元甲子休空過。正羣仙出世交相賀。全真户牖深奥，端的處、要忘人我。枝派後分十九，住丹臺、姓字名播。功與行，但欠絲毫，上界未容我。同前

案此首未注名，但其前一首則注明宋披雲。以卷九載有宋披雲七真禪讚，而此首亦詠七真之詞，因疑此首亦宋披雲作。

王志謹

志謹占籍東明之温里(今山東省東明縣)。師郝太古，號栖云真人，又號盤山真人。元世祖中統四年(一二六三)卒，年八十六。有盤山語録。

金人捧露盤

喜樂山村，風月知音，信任歲華交換。終日掩柴門，處幽軒，閑看古書慵倦。住坐從容，獨行獨步，都把聲名斷。抱守元陽，情忘境滅，氣神和沖，昇沈無礙，玉爐煉至寶，欲結清涼，重生温煖。寂寂空空，没空色養，真源返扑，默默熟慣。靜靜與清清，覺心猿意馬，没絲毫亂。放曠無拘，恣情散誕。自在逍遥，行滿與功成，得無生，儘他烏兔走，飛騰休管。世情遠。修真之士休宜晚。鳴鶴餘音卷一

姬翼

翼字輔之，澤州高平縣人。師事栖雲王真人，賜名志真，號知常子，曾爲汴朝元宮主教。至元五年十二月三十日卒，年七十六。所著詩文曰雲山集，詞見雲山集卷三。

瑶台第一層

一點元真被妄想，招來幻化身。蟪蛄朝菌，須臾情識，結習迷雲。火坑千丈機，詐萬端、白浪黄塵。謾横陳，向污泥坑陷，苦海沉淪。紛紛。存亡得失，是非榮辱苦因循。有時開悟，癡團粉碎，眼孔如輪。性珠穿透方，信葆光、函蓋乾坤。自通神。有壺天不夜，洞府長春。

木蘭花慢

眩烏飛兔走，競出没，疾如梭。更影戲浮生，繩提幻化，攛弄教唆。吹嘘往來變態，閙紛紛、平地起風波。止是蠅頭蝸角，古今翻攪如魔。　蹉跎。勘破驚回，塵夢冷，笑呵呵。悟本有元初，靈明好在，無少無多。收藏更休點污，對野雲、溪水唱山歌。月下無人獨步，杖挑雨笠煙蓑。

其二

笑平生幻惑，遇牢落，物華秋。對世路羊腸，人心蠆尾，剛變爲柔。紛紜戰酣白蟻，向槐檀、影裏覓封侯。一覺黄粱未熟，百年光景都休。　推求。往古來今，成底事，盡何樓。勘富貴浮雲，功名畫餅，身世浮漚。分明眼底見假，便一刀、兩段不隨流。躍出迷津欲浪，月明滄海歸舟。

其三

選峯巒佳處，結茅屋，伴蒼松。有藥圃芝田，耕雲釣月，香靄靈風。憑闌俯觀寰海，鼓洪濤、千丈接長空。幾度蓬萊清淺，杳冥溟混雲龍。　三山聖種猶存，聾瞽輩，覓無蹤。笑阿母蟠桃，安期遺棗，誘引兒童。任公巨緇好在，牿鈎懸、五十引長虹。蹲坐三年不見，若魚何日相逢。

水龍吟

萬塵諸累重重，一時穎脱如懸解。青鞋拄杖，鶉衣百衲，沿身輕快。南北東西，浪萍風梗，去留何礙。許昂簪笑傲，行歌立舞，縈心事，無纖芥。不問壺天境界。更誰分、區中方外。如雲似水，優游散誕，縱橫自在。轉首襟期，世緣空幻，到頭終壞。待他時興盡，雲霞堆裏，結無爲會。

其二

此身幸脱塵樊累，宜更選清涼地。山靈招我，峯屏岫幌，回環凝翠。白石清泉，竹軒松逕，草堂林際。揀憑高穩處，儲風養月，更誰問，人間世。壓盡壺天景致。笑桃源、落花流水。箇中時復，靈仙高會，彩雲摇曳。談笑滄溟，幾番塵土，刼灰彈指。倒金壺碧酒，鯨波一吸，且陶陶醉。

其三

古今興廢存亡，落花滿地香風掃。茫茫苦海，洪波千丈，無窮膠擾。俱在天真，浪遊塵境，執迷顛倒。自玄都别後，流離宛轉，誰更問，長安道。但念功名未了。聚愁眉、苦縈懷抱。幾時會得，三田靈秀，活人芝草。霞彩雲英，竹風松月，藥爐丹竈。煉深根固蔕，長生久視，永無衰老。

酹江月

初機學道，道無形着脚、如何蹤跡。只在靈源方寸地，體正元初端的。激濁揚清，明真削僞，掃蕩諸邪僻。迷雲消散，密通方外虚實。主人堂上無爲，環樞應運，不許纖塵及。徑入無何真境界，明秀高峯玉立。瑞氣冲融，祥光赫奕，忘盡塵樊質。逍遥遊宴，壽同高厚無極。

其二

夢中駭鹿，戲浮生得失、悲歡離合。見解分明猶是夢，轉轉昏沉難覺。雞口人情，羊腸世路，各自争頭角。揮鞭舉棹，一般巇嶮行脚。有日猛省心灰，塵樊識破，方信從前錯。林下山間安穩地，雲水無情相約。自在時光，逍遥日月，脱盡拘束縛。槐南枝上，冷看黄蟻行樂。

其三

功名富貴，似無繩縛盡、英雄豪傑。古往今來同影戲，頃刻存亡興滅。羅綺妻孥，畫堂金玉，招感人窺竊。繁華妝點，大都多少時節。自造惡業重重，頭皮改换，苦楚經多刼。争似抽身聞早省，時把狂心休歇。世網衝開，玄關撥轉，自得真仙訣。功成歸去，一輪江上明月。

喜遷鶯

欲明真趣。便掃蕩多方，亡羊岐路。脱落皮毛，惟存真實，絶盡向時行步。一朵玉蓮開展，不受纖塵點污。收絳雪，飲玄霜依舊，神丹圓聚。自得無疑慮。獨向翠微，手植無根樹。顥氣横空，靈源浴月，光彩一時揮布。萬斛寶珠莫比，擁護收藏堅固。神莫測，鬼難呼，功滿驂鸞歸去。

水調歌頭

端坐懶成癖，雲水與何加。襟懷洗盡塵物，别有好生涯。選甚瀛洲仙闕，閙市花街柳陌，觸處是光華。切莫問龍虎，白雪與黄芽。不躭詩，不殢酒，不拈花。從來本面公事，何必向人誇。畫覽故山風物，夜被玄天星斗，百衲掩雲霞。神鬼莫能測，頃刻遍河沙。

其二

徹底探囊篋，那得一錢看。從來底事活計，不與俗相干。似得飲中賢聖，滌盡澆心酩酊，冷眼視塵寰。斬斷利名鎖，踏破死生關。做些癡，撒些懶，放些頑。六門拖拽不出，蟄窟且蹲跧。别有非常手段，捻聚虚空一片，澄澈夜光寒。會得箇中意，何必問三山。

其三

興廢閱青史，榮辱夢黃粱。空華電影蹤跡，謾弄恰如狂。分外爲蛇添足，不省狙公賦芧，憂喜兩相忘。回首舊鄉國，風物盡荒涼。百年身，彈指頃，鬢成霜。人間更莫理會，安穩處承當。靜夜月明風細，相對雲朋霞友，談笑與何長。一椀洗心茗，一瓣埶前香。

其四

漂泊異鄉客，踏碎軟紅塵。歸來處處庭户，簾幙卷黃昏。南北東西行色，費盡芒鞋多少，何處覓天根。光曜問何有，亘古窅然存。入無何，遊太漠，越崑崙。風仙底箇消息，未許等閑聞。亂眼空華零落，桂魄團圓如舊，穿透水無痕。尚賴扶摇伯，高捲嶺頭雲。

其五　憶法眷伯瑜老

相遇會心友，目擊契金蘭。登天遊霧莫逆，雞黍不相干。常記嵩嵩亭下，俯瞰茫茫滄海，揮麈笑談間。霞捲鎮陽北，雲隱鶴山顔。歲華遷，人事革，忽盟寒。芒鞋藜杖猶在，唯憶扣玄關。但願心圓如月，表裏虚凝澄澈，密密運樞環。一點迴無別，千里共同看。

滿江紅慢　勉劉主簿

眩目空花，紛紛盡、如繩絨縛。軟紅塵堆裏汩没，認爲真樂。二陸來時忘後患，兩疏見處誰先着。止夢魂、隨蟻到槐安，何時覺。興廢事，曾着莫。繁華盛，還銷落。更不須人勸，自宜斟酌。古鏡磨開塵外境，隋珠枉彈簷頭雀。待悟時、回首進前程，蓬萊約。

其二

霞友相從，雲房會、笑談真息。正鬱蒸天氣輕汗，靜中難敵。冰玉旋敲新薦几，玄冥坐使寒生席。命月團、時復泛金甌，鯨波吸。除煩熱，澆胸臆。功殊勝，神通力。笑玉川風味，趙州陳迹。法界澄澄清可掬，靈空浩浩光無極。問箇中、真味口難言，知端的。

其三

萬論千經，俱涉獵、欲求真覺。驗古今行迹，移在口頭渾錯。不向心中團練就，多生浩刼空牢落。會本真、神口未能言，何方學。無一物，空索索。常清淨，通寥廓。下功夫涵養，不須揮霍。白雪陽春誰與和，村歌社酒争跳躍。看牛毛、如許幾人知，同麟角。

其四

百煉千磨，成底事、襟懷冰雪。向積塵堆裏灑落，要明心月。根本泉源窮到底，波瀾枝葉休分別。遍世間、誰不是行人，何須説。丹宜秘，囊宜結。居無室，行無轍。更莫思人我，是非優劣。鸚鵡雕籠因解語，杜鵑枝上空流血。對利名、車馬軟紅塵，牢藏舌。

其五

一片頑心，何樓子、無窮生滅。被化機、般弄馳騁，許多顛蹷。販骨如山成底事，迷情似海難超越。痛亘初、靈物久沈埋，塵沙刼。求出離，須猛烈。尋知友，談冰雪。下功夫磨拭，壽光明徹。風定波清潭底現，雲開冷浸天心月。問啞人食蜜味如何，無言説。

其六

牢落多生，無盡限、紅塵蒙羃。縱苦求懸解，微處不堪形詰。猿子摩挲潭底月，癡兒咀嚼刀鋒蜜。更可憐、法網自纏綿，何時出。燕石寶，銅盤日。渾淪棗，浮萍實。這一團打破，自通消息。截斷葛藤閑惹絆，破除谷董狂蹤跡。向本來、一點便承常，真端的。

滿庭芳　全真

全本無虧，真元不妄，從來何少何多。靈源亘古，天地與同科。奈染諸緣萬境，生情識、招致羣魔。難超越，虛生浪死，苦海任奔波。聰明求出離，回機一念，決證無何。勘元初本有，些子殽訛。應現頭頭總是，分明在、依舊山河。高懸鑒，又還打破，拍手笑呵呵。

其二　李老先生慶八十

南極儲祥，少微呈瑞，八旬應現人寰。水雲疏散，金鼎煉神丹。翫盡長春洞府，逍遥占、物外高閑。無衰老，龜旋鶴遶，相對且怡顔。殷勤重禱祝，温爐澹炷，刼外旃檀。念亘初容貌，不許凋殘。通古今如旦暮，蟠桃見、幾度華繁。常常在，金壺碧酒，高會到仙班。

其三　李社長壽

桃蘊蒸紅，杏開微白，仲春風物宜人。蓂疏九葉，

隴右降天真。應瑞葱葱佳氣，寶猊炷、刼外濃薰。鳴金玉，琅琅聲裏，高會洞中賓。良辰常勸勉，仙風道骨，早早離塵。悟人間虛幻，着莫因循。看取蟠桃結子，靈芝秀、不羨莊椿。常如此，洞天深處，獨步翫長春。

玉蝴蝶

擾擾夢中身世，白駒過隙，多少時光。使盡機關方寸，不暫清涼。蓄奸邪、更移鹿馬，執迷網、顛倒玄黄。最堪傷。死生汩没，苦海茫茫。難忘。恩繩愛索，火坑塵網。利鎖名韁。一向貪饕，不知青鬢染秋霜。覆焦隍、空争駭鹿，多岐路、謾逐亡羊。自徊徨。白雲深處，一炷心香。

其二　村居

垌外地偏塵遠，結茅小隱，事事俱休。脱粟黄虀安分，足可優游。月徘徊、昂簪緩步，風冷淡、懸涕慵收。且淹留。野雲歸岫，煙水橫秋。唯收。隨身

數物，靜巾帨手。細櫛梳頭。鉢置囊閑，杖藜百衲外無求。唱哩囉、招來牧豎，相爾汝、取次沙鷗。更何憂。奏刀無礙，不見全牛。

金童捧露盤

夢幻閻浮，捨故趨新，倏忽化機潛換。天地一丘墟，會心冥冲漠，野雲舒卷。寄迹虛舟，鑒形止水，風激游絲斷。空玉宇無塵清澈，混物我寃親，相忘鵬鷃。鎮樗散。此際觳食鶉居，逍遥遊宴。聞乎無聲，視無色，罷金鎞去膜，作空花觀。窗户有餘清，泯人牛蹤跡，素華明焕。勝概幽遐，洞靈縹緲，直許羣真翫。步坦途，摇頭拊臂，到醉鄉，勝入高陽池館。世情遠。浮生瞬息歸來晚。

同前

高會雲朋，談笑人間，幾度海濤清淺。天地一吹噓，動閻浮出没，化機如電。覆手存亡，轉頭聚散，物物虛零亂。謾戲弄蝸蠻槐蟻，向魂夢悠悠，雄圖堅遠。無盡藏，山舟密運，丘陵移换。團空人世竟無識，祇形囚浩刼，浪傳餘喘。種性却回邪，向銅盤聲裏，太陽難辨。試運金鎞，撥開朦膜，眸子尋常見。待細察蟭螟若山，貫法界靈空，慈雲彌滿。了真觀。方知下手須臾晚。

玉女摇仙珮

先天有物，未始難名，彷彿氤氲元氣。太極形生，雞黄乍判，散作萬殊千異。總被形囚累。恣營營念慮，多方百計。競聲利，揚波鼓浪，唯是無窮，四事而已。空膠擾人間，販骨番騰，終成何濟。誰信火傳棄舊，物禪迎新，弄我真同兒戲。勘破摇頭，伸眉一笑，照徹多生凝滯。妄構閑非是。總休論枉玷，林泉風味。秋静夜，雲收空界，纖塵不動，月明如水。人長在。碧桃影裏醺醺醉。

東風第一枝

遠樊籠、虛舟不繫，披覽閑中真趣。未嘗羨、珂里榮名，未嘗羨、金閨矩步。乾坤俯仰，開扃牖、晃朗庭衢，會襟期、經入無何，脱巾奮然箕踞。也不羨、龍蟠鳳舉，也不問、文林武庫。欲事爲、無事無爲，欲思慮、何思何慮。翛然平澹，涉人世、居居于于，向故園、管領光風，歸來似嫌遲暮。

其二　詠茶

坼封緘、龍團闢破，柏樹機關先見。玉童製、香霧輕飛，銀缾引、靈泉新薦。成風手段，虬髯奮、擊碎鯨波，仗此君、些子功夫，瓊花細浮甌面。這一則、全提公案，宜受用，不煩寵勸。滌塵襟、靜盡無餘，開心月、清涼一片。羣魔電掃，瑩中外、獨露元真，會玉川、携手蓬瀛。留連水晶宮殿。

江神子慢　詠香

玉童報朝徹。仙夢斷、華胥太平國。素屏側。金爐煖、灰襯雲心虛白。御封坼。一瓣纔拈清馥馥，氤氳滿、靈空無間隔。遍飄三境融融，通高厚，貫

金石。神州初凝玉釜，記不萌枝上，微露春色。幾人識。塵凡阻、豈許垂瓜明得。氣綿密。洞府高真俱默會，遊蜂蝶、紛紛無處覓。杳然曳縷虛凝，入寥天一。

同前

蓮塘雨初歇。波面倚、瓊花照澄徹。命童折。銀缾浸、姑射仙姿凝潔。默時説。大地寥天俱捻聚，無巨細、收來藏貝葉。放開微蕊真光，塵沙界，盡朝徹。一枝冥傳亘古，向無聲色裏，出廣長舌。莫分別。纖毫受、入眼還同金屑。拂陳迹。物物般般無盡藏，閑桃李、真容俱漏泄。再拈誰肯承當，付花梢月。

齊天樂

自爲形所累，寒餓交侵，贅疣何異。試究虛玄從初本，有一點圓明無際。塵緣漠漠，似千里晴空，幻生雲翳。仗此靈風，一時吹掃莫留滯。來之翛

然，往焉適耳，從伊妝點，鼠肝蟲臂。變化洪爐，存亡皆可，除外甚麽堪畏。逢魔遇阻，駕神馬尻輪，去留誰計。穩坐忘懷，始終憑此志。

春從天上來

羃羃塵埃。嘆自古悠悠，不省沉埋。利名場上，人我叢中，單認這箇形骸。念本來一點，誰無分、都是仙材。謾疑猜。喚千聲酩酊，不肯頭回。何日夢中驚覺，管識破從前，白蟻庭槐。洞天深處，霞友雲朋，談冰咀雪相陪。對紫芝幽圃，香風裏、碧酒傾盃。信悠哉。有龍蟠虎遶，沉醉蓬萊。

其二 天壽節

帝錫嘉祥。正九五龍飛，大業繁昌。斡旋洪造，整頓乾坤，雷轟電掣成章。向玉京金闕，威音震、膽裂遐荒。勝陶唐。應羣真交會，四海平康。寧論普天率土，但蠢爾生民，共賴胥匡。蛸翹蝙蝡，葵藿傾心，曷報惠澤恩光。炷蘭薰瑞靄，祈黃屋、枝葉聯芳。祝吾皇。願龍圖永固，聖壽無疆。

其三

身世蝸蠻。在一氣盈虛，宛轉循環。電光影裏，石火星中，生滅如許時間。盡勞神膠擾，名與利、抵死相干。自摧殘。爲一團虛幻，百轉機關。睫在眼前不見，但認假爲真，倒大癡頑。太平難遇，真道難逢，識取舊日家山。到無何鄉裏，雲霞步、玉蕊芝蘭。會仙班。慶長春天上，來滿人寰。

其四

肥馬輕衫。富貴裏功名，心醉如酣。枕中春夢，誰信鵬程，摩天巨翼圖南。被目前虛幻，空攖擾、枷鎖擊擔。更何堪。向蠅頭蝸角，苦苦貪婪。他日眼開方省，便聲利場中，稅駕停驂。着鞭方外，打破疑團，冷笑暮四朝三。現本來一點，凝然在、秋月寒潭。箇中參。聽金童謠唱，玉女玄談。

其五

枯木寒灰。寄野墅茅堂，冷淡林隈。地偏人静，月朗風清，窗户絶點塵埃。有自然消息，銀霞璨、珠玉瓊瑰。信悠哉。看龍蟠金鼎，鳳舞丹台。舉世利名心醉，更誰仗鵬程，密網衝開。此言還信，倜儻男兒，休更撒手空迴。認空生虚幻，成何濟、枉玷仙材。早歸來。赴蟠桃高會，談笑蓬萊。

雨中花慢

一點靈源，澄湛照徹，多生浩刼情塵。有不夜壺天風物，亘古仍存。踞闔玉麟哮吼，對床石女談論。海童微念，寥天晴雪，不下鷗羣。蛸翹蠢蠕，同入吹嘘，寒谷爲我回春。那更有、越吟思舊，楚些招魂。儘恁銅盤蠟炬，摩挲晚照餘曛。神丹既濟，玄珠好在，默默昏昏。

其二

林下山間，人市處處，天遊在在玄虚。更不許絲毫增損，具足無餘。漆桶甘沉黮闇，戲場自作塗糊。枯骸隱几，蒼天誰問，枉用吹嘘。形名寓耳，覷縷真容，非鉛非汞非珠。縱舉似、百端拈弄，妙處難模。誰有輪扁手段，成風去堊功夫。頭頭物物，洪纖巨細，色色如如。

其三　僕自騷屑東遊，竛竮宛轉，十有餘年，杳絶山陽。一日表弟不厭披榛，垂顧蓬蓽，就審舅氏，兼庇玉屬無恙，惘然猶疑夢間，於是亂道雨中花詞，奉寄

二十年間，曾記對語，山陽森碧琅玕。談笑裏蓬萊清淺，陸漲波瀾。驚喜靈根無恙，雙明玉樹同看。攙槍境裏，漫漫長夜，共話團欒。余生散漫，江海虚舟，一葉不揆循環。俱老矣、關河千里，晤語良難。自笑煙霞痼疾，半生風月長閑。別時好在，雲根水骨，相對怡顔。

望海潮

春冰初泮，長川洶涌，桃花碧漲波瀾。海若幸臨，馮夷自笑，靈源退鷁來還。塗抹與闌珊。便截斷

懸流，撥轉機關。回首人間底事，膠擾蟻循環。蘧蘧世夢驚殘。顧雲間岫幌，月賁山顔。芳草藉茵，森松偃蓋，峰巒聳碧闌干。天地許多寬。方自在無拘，心契金蘭。寄語功成事遂，佳處莫盟寒。

洞仙歌

百年光影，緑鬢須臾改。擾擾勞生是非海。料存亡、隱顯盈虛興廢事，盡默聽、玄中真宰。甚狗苟蠅營，爲浮名薄利苦縈心，萬般機械。閑中一着，莫妄生枝派。平地瀛洲故人在。運靈風掃蕩情塵，須勘破、生死牢關懸解。便領略玄珠用無窮，得自在逍遥，去來無礙。

同前

千魔萬難，苦海沉淪慣。枷鎖渾身强牽挽。認簷溜、一點浮漚來又去，識不破、空華虛幻。便酩酊朝昏，又誰知在本有真靈，萬塵羈絆。夢回酒醒，子細開青眼。閑裏光陰着心看。髑髏元不會東西，還戲弄、千古輪迴無限。但省後收心便歸來，莫只待西山，日沉天晚。

月中仙

浩浩靈源，自先天恍惚，難貌形狀。殊非想像，罷兔角龜毛，頭頭分朗。百般呈伎倆，盡分外、無風起浪。截斷亡羊路，山雲野水，相與復相忘。神光照應無方。示灰寒地文，舒緩天壤。低頭放杖。便擊木無聲，敲空作響。不須求罔象。得自在、無拘縱放。信手拈來用，如意寶珠無盡藏。

粉蝶兒

嚼蠟塵情，誰知淡然無味。販何樓、一場兒戲。看成空，渾不懂，夢中身世。謾横陳，使機關、到頭何濟。省後俱休，尋箇久長之計。便收心、破除人僞。遠樊籠，捐俗物，洞天嘉致。結雲庵，對西山、萬峰凝翠。

其二

薄利浮名，抵死向前忙幹。更光陰、暗中催斷。傀儡棚，詳攛弄，般成公案。下場時，盡盧都、不堪重看。風遞晨鐘，驚覺夢中青眼。覺從前、盡成虛幻。火坑中，安穩地，自由人揀。早歸來，莫祇待、日沉天晚。

其三

緑鬢朱顏，那禁兩輪烏兔。被恩枷、愛繩纏住。重如山，深似海，渾身擔負。轉頭看，只贏得、一丘閑土。些子時光，白乾自招憂苦。早抽身、快尋出路。水雲鄉，閑笑傲，開懷行步。有玄珠，待歸來、向伊分付。

婆羅門引

一毫不立，萬緣俱遣露真詮。冲虛躡景泠然。莫向他方物外，別覓洞中天。是韓獹逐塊，陽焰爲泉。亘初本源。只這是、更無玄。默究端端的的，體用完全。分分朗朗，放一段光明不記年　還會得、心月團圓。

其二

古今擾擾，大都奔競利名場。舟車僕馬如狂。到底功勳事業，分付夢黃粱。甚剛求失鹿，不見亡羊。且宜自防。須着脚、水雲鄉。截斷從來去路，步步清涼。本然自得，是千古圓明珠玉房。真箇事、誰肯承當。

其三

洞天物外，自然真境妙難傳。羣真宴賞留連。鶴舞龍吟鳳嘯，飛霧走煙雲。擁霓旌月節，羽蓋芝軿。醉中論玄。噴珠玉、泝流泉。笑指蓬萊清淺，幾度變桑田。真容亘古，縱刼火焚空無變遷。誰解此、紫府神仙。

其四

此身有限，利名無盡苦貪求。人間事事何樓。人抵百年光景，贏得一荒丘。似花梢晨露，水面浮漚。省時便休。須勘破、此形囚。千古迷繩割斷，跳出洪流。逍遥坦蕩，煉一粒神丹物外遊。功行滿、平步瀛洲。

侍香金童

天壤之間，蕩蕩無拘束。一二襟期資野服。何處會心宜卜築。萬壑松風，一溪寒玉。炯茅堂、澹炷温爐香味馥。聽雅奏、雲和塵外曲。列岫窗分真面目。未到蓬瀛，乃平生足。

傳言玉女

覿面相逢，一顧眼中人識。會心冥處，遥山寸碧。洞天雲影，磊落翠嵒蟠石。芝莫好在，幾經秋色。淺淺蓬瀛，談笑間、滄海易。採真携手，共遊天地一。人間盡恁，電轉風翻塵物。玉峰高會，莫通消息。

望梅花 布袍

奄布寬袍製就。開掩快、不須綱紐。虚豁襟懷，籠通腋下，舒縮恣容雙肘。別無有。卧蓋行披，更兼宜、衆中袖手。似恁全身領受。又何妨、顧前盼後。雅稱芒鞋，偏宜藜杖，出入送迎霞友。有開口。問斤兩何如，便分明、向伊抖擻。

其二 衲襖

不用衣衫楚楚。隨緣化、布帛絲縷。選甚青黄，從交橫順，下手裏頭聯補。見功處。百片千條，緊穿連、着身堅固。如意禦寒冒暑。隨所在、別無疑慮。轉肘爬搔，渾身幌圖，一任不須回護。没人覷自在縱橫，敢承當、箇中作主。

驀山溪

平生懶散，不識閑煩惱。蝸舍但容身，更誰問、瑶台瓊島。比隣縱有，三兩野人家，忘取舍，絶將迎，門外何曾到。煙霞痼疾，妙藥難除療。只管放心閑，未肯把、靈源膠擾。住行坐卧，此外別無能，真箇事，樂逍遥，便是前程了。

其二

眨眉瞬目，說盡重玄理。黃葉止啼休，莫只待、鋒鋒相抵。玉關人老，歸去罷論兵，閑日月，太平年，村釀家家是。　横擔拄杖，唱箇哩囉哩。豈羨廟堂榮，更管甚、泥中曳尾。錦鱗自在，騰躍禹門高，收網罟，撤絲綸，不用垂鈎餌。

其三

從來習性，塵冗知多少。省後急消磨，動靜裏、專專計較。閑非閑是，不掛一絲頭，牢閉口，緊降心，人我先除掃。　住行坐卧，莫把心王惱。向上有機關，更不許、愚迷便曉。積功累行，慧眼忽然開，芝草秀，大丹成，作箇仙無老。

其四

蹉跎十載，養就真無賴。事事不縈心，更絶盡、凡情世態。將迎冷淡，度日且閑閑，翻着襪，到穿衣，一任人憎愛。　鑄就三尺，龍泉快。氣焰徹天庭，又不見、全牛可解。踟躕四顧，不敢等閑看，隨身帶，密封緘，地久天長在。

鵲橋仙

疑根未斷。遊魂不返。多少閑情惹絆。野雲溪水自由身，與利鎖、名韁許揀。　塵緣一判。凡情盡遣。却悔收心已晚。五雲深處醉蟠桃，管不羨、兒孫滿眼。

其二

依山隱霧。臨池影舞。却被文皮自誤。豫章楠梓有何辜，受斤斧、傷殘無數。　惺惺不悟。還同暮故。身後虛名何處。霎兒光景認爲真，盡忘了、長生道路。

其三

瓊分石碎。珠離蚌壞。文豹豐狐自害。衆中誰肯密藏身，但鼓鬐、争頭要賣。　誇功即退。成名即敗。鏡裏朱顏不再。到頭畢竟化爲塵，枉棄却、玄珠寶貝。

其四

玄珠無類。真容無對。不許纖塵遮蓋。年深團練轉分明，要天府、收藏没賽。全身輕快。渾無機械。法網塵情俱解。有人登壠欲商量，此不許、人間販賣。

其五

天真靈種。華胥入夢。趣取人間無用。玄珠天府密封藏，誓不敢、紅塵賣弄。魔軍齊鬨。聲音迎送。饒取威嚴尊重。金毛披着上場來，却忘了、如山不動。

其六

妻男鐵鎖。家緣猛火。煎迫猖狂怎麽。蠅頭蝸角有多來，便捨命、争人競我。執迷不躲。甘心籠裹。黑謎猜他不破。只須閻老帖來勾，待不得、兒孫長大。

其七

曲鈎魚鬧。直鈎無釣。今古分明知道。世情看假盡成真，總不識、先天至寶。孤光圓照。相忘同調。物物俱休逆料。本來一點上通天，向姑射、山中笑傲。

其八

一團奸俏，一團性氣。動處欺天昧地。傷他利己損生靈，廣作業、交誰代替。冥司斷制。如何迴避。不許强辭抵諱。頭皮換却不如今，受苦楚、何時出離。

其九

靈源春渚。芝蘭藥圃。發我歸心雩舞。玉堂金室隱雲霞，纔信及、青霄有路。瑶台瓊島，珠林琪樹。香靄神風引步。幾回海上看蟠桃，千歲裏、花開一度。

其十

閻閭聽誑。天真成妄。俱喜攢頭裝相。殷勤香火步虛聲，攛弄向、顛頹木上。無多利養。做些模樣，呈盡平生伎倆。到頭畢竟意如何，不見了、玄珠罔象。

其十一　贈大方，時在共城

來時如覺，去時如夢。別我無情相送。臨行囑咐没多言，但莫把、人情戲弄。真師宜奉。仙場選中。乘取彩鸞金鳳。向蓬萊高會醉蟠桃，也勝似、人間打鬨。

太常引

夜深凝寂月明堂。曳縷返魂香。物我兩相忘。恍然在、清微帝鄉。眼前今古，世間藏穀，一例盡亡羊。險處不隄防。競奔走、槐檀戰場。

其二

滿山風物一溪雲。猿鶴自爲隣。絶盡軟紅塵。向物外、安排此身。藥爐丹鼎，鳳膏龍屑，烹煉玉華新。遊宴景長春。要承當、方壺舊人。

其三

幻塵擾擾夢魂飛。着脚履危機。省後自驚疑。猛跳出、樊籠制圍。草鞋藜杖，素冠蓬鬢，蒻笠與蓑衣。雲水任東西。更管甚、人間是非。

其四

賢愚汲汲鬬經營。唯是利和名。渾似弄潮人。與千丈、風波競爭。百年光景，一堆塵土，碌碌苦勞生。回首問前程。望極目、山河未平。

其五

紅塵白首尚羈縻。忙亂趁多歧。走骨鬬行屍。問來往、驅馳是誰。一天風月，一溪雲水，此處好棲遲。説與更生疑。似掩耳、偷鈴自欺。

其六

人生弱喪自迷方。來往恰如狂。泥裏弄泥團。竟不識、神珠夜光。幾多風雨，幾回磨滅，争肯暫回惶。何處是家鄉。便指與、疑心怎忘。

其七

化工幻出是非囊。般遞利名場。癡子競商量。便迷却、家園故鄉。摧殘冰雪，憂愁風雨，幾度變炎涼。一念果難忘。受萬劫、輪回自當。

其八

非僧非俗不求仙。茅屋兩三椽。白石與清泉。更誰問、桃源洞天。一爐香火，一甌春雪，澆灌浄三田。閑想谷神篇。忽不覺、松梢月圓。

其九

道人活計要清虚。不受利名拘。囊橐一錢無。似出水、圓荷迸珠。一瓢糊口，衲衣遮體，此外更何圖。高枕及華胥。向物外、鈎天曳裾。

其十

情知萬事轉頭空。穎脱出樊籠。飲啄且從容。更不問、三山五峰。一丸丹藥，一枝藜杖，來往任西東。隨處雲朋。盡出没、重玄道中。

鷓鴣天

雲散風清雨後天。新荷擎露碎珠圓。清泉汩汩流塵外，白石巖巖賴醉眠。山色裏，水聲邊。留連風月話重玄。溪童欲問人間事，笑指漫空柳撒綿。

其二

畫餅充餐必也虚。刻舟求劍決然無。癡心密數人遺契，妄念重尋兔守株。先聖迹，古人書。粃糠難作夜光珠。萬緣拂盡方知道，妙處那能説與渠。

其三

翠翦紅裁滿故園。無窮花木鬭争妍。東風不許常如此，捨故移新别有權。花委地，絮漫天。纍纍青子葉含煙。無窮不逆機關弄，坐看枝頭幾變遷。

其四

暮落朝開木槿榮。圓荷出水露珠傾。火雲千丈燒空際，汗雨淋漓倦鬱蒸。虚白室，誦黄庭。灑然風度有餘清。坐看造化閑般弄，熱惱浮生不暫停。

其五

金菊疎籬擅化工。草蟲切切話秋容。荷衰蘋老蘆花白，撩亂西風墜葉紅。山減瘦，水争雄。驅馳萬有盡歸宗。道人亦喜三彭滅，清夜無眠坐絳宮。

其六

霜雪巖巖百物殘。不禁長夜苦漫漫。化工自促歸元命，歲德回機養大還。蟠地軸，定天關。玉封瓊島及三山。真仙不管人間世，幾見黄塵滄海乾。

其七

門外黄塵點涴人。山童不敢啓雲扃。石壇清坐神遊北，徑及無何接玉京。香靄靄，氣盈盈。蟠蛟飛鳳會雲朋。自傾碧酒重玄飲，醉裏乘風下太清。

其八

造物兒童作劇狂。懸絲傀儡戲當場。般神弄鬼翻騰用，走骨行屍晝夜忙。非是海，利名鄉。青蠅白蠅自相傷。隨聲逐色誰敲點，拍手歸來笑一場。

其九

千匝迷繩不自由。區區分外苦追求。心中元本無煩惱，鬧處先争要出頭。增我相，替人愁。功名未了鬢先秋。莫防風激游絲斷，撒手歸空萬事休。

其十

事事無心恰到閑。黄塵閫外不相干。幾多着網因名縛，無限吞鈎被口謾。樊物外，水雲閑。不勞辛苦運樞環。藉莎白石和衣卧，野鳥山猿相對看。

其十一

弱喪飄流未肯歸。玄關説與更增迷。此行若遇商丘老，挤却枯髏更不疑。先犯早，後遲遲。箇中消息幾人知。東風不解傳春信，李白桃紅自滿枝。

其十二

人僞開張日漸深。等閑不惜費光陰。多方計較愁無限，百慮摧殘苦不禁。心事逼，鬢霜侵。功名寰海妄追尋。發言布袋中盛蝟，舉目人間但見金。

其十三

自救狂心忘世情。從交相責冷如冰。人間會盡頭休點，物外行來眼自明。山寂寂，水泠泠。滿天明月淡疎星。松風却似知音者，夜夜招呼萬籟鳴。

其十四

争鹿人家夢未回。眼前觸物盡塵埃。古人蹤跡徒云耳，宿世功名安在哉。明月窟，亂雲堆。紛紛浪語總休該。流霞一醉三千日，莫管紅輪上下催。

其十五

販骨來來幾萬生。煎熬窟裏謾峥嶸。百年不覺消疣贅，千載無能息剿黥。翻欲浪，起心兵。迷繩自縛聚愁城。幾將濁水澆胸臆，倒語顛言賀太平。

其十六

過隙光陰抵死催。浮生屈指有多來。芥城業識塡將滿，拂石迷雲撥不開。功打底，罪争魁。英雄呈徹死堆灰。一團虛幻閑般弄，有耳如聾喚不回。

其十七

自悔閑人合住山，人間驅使不能閑。交朋力擁推離位，鼓板聲催弄上竿。無伎倆，轉身難。大家取笑有何安。好心用處翻成惡，煖氣呵人變作寒。

其十八

太極玄虛若鏡清。乾坤元是鏡中形。人身影裏重生影，物象名中復寄名。空外物，夢中評。一團虛幻戲靈明。有生不慧看成實，夢裏分空着力争。

臨江仙

舉世紛紛争富貴，道人獨占清貧。清貧柔弱得安身。心閑無事過，隨分樂天真。一點浩然如古鏡，圓明不受微塵。護持功滿自通神。超陵三界外，遊賞四時春。

其二

歲月無情如電轉，人生不耐消磨。前程路險莫蹉陀。火坑千丈裏，踴出上高坡。別覓清凉安穩處，掃除平地風波。不移一步到無何。一枝無孔笛，一曲太平歌。

其三

我本世間無用物，般般伎倆都忘。十年冰雪坐虛堂。人情牽挽動，般弄不能藏。却憶雲山尋僻地，結茅小隱何妨。竹軒松逕倍清凉。月明千嶂外，風動百花香。

其四

醞釀長生天上酒，人間此味誰知。玉壺旋貯碧玻璃。時時供小飲，神彩更忘疲。　好會襟期方外友，同餐火棗交梨。幾回滄海變塵飛。三山歸去日，携手步雲霓。

其五

自笑口頭閑伎倆，口頭畢竟非真。早知拂却舌尖塵。三緘常默默，超出是非津。　屏盡千魔并萬難，閑中頓覺頤神。好風明月自相親。多生緣習斷，印證本來人。

其六

人我是非相戲弄，渾如傀儡場中。虛聲亂耳不知空。强分胡與漢，塗抹走西東。　識破固非真實事，何殊拂面狂風。與伊相對且雷同。安身非取此，承當主人翁。

萬年春

夢到華胥，半天宮闕塵凡表。異香縹緲。曳縷雲霞繞。　浩浩靈空，不夜神光皎。誰人曉。與君知道。永劫春難老。

其二

生滅無情，古今輪轉平如水。急須隄備。作箇前程計。　自有元初，一點何曾離。靈無比。鍊成真體。壽量齊天地。

其三

雲海蓬萊，瑶林瓊樹真仙種。彩鸞金鳳。來往相迎送。說與人間，不信成無用。塵情重。牛毛冗冗。争作槐根夢。

漁家傲

抛却俗情韁鎖解。般般放下身輕快。絶盡塵情忘世態。無人采。本來一點常安泰。處處唯求真自在。誰能出貨圖人賣。不是閑神并鬼怪。無相礙。何勞盤果香煙賽。

其二

伎倆全無痴懵懂。紛華世事看如夢。贏得一生心底空。忘塵冗。客來不管相迎送。我自情疎誰與共。愛閑不顧人欽重。看罷南華無所用。休相哄。老來生怕閑般弄。

感皇恩

傳火付前薪，花聯葉綴。嚥下頑涎弄神鬼。戲臺子上，抹土搽灰相繼。是非名利裏、虚生死。谷董謾他，葛藤自繫。試看棚頭五田子。聲銷線斷，伎倆都無如此。謾峥嶸不省、誰驅使。

其二

合浦未還珠，空撈赤水。蒿目蓬心兩何濟。縱令垂手，援溺孜孜爲意。奈洪波浩汗、争沉底。槐裏圖勳，枕中得意。說與重玄淡無味。木鵝休放，三老歸來沉醉。對晴波不用、雲霞餌。

其三

未始出吾宗，波流變化。欲假言傳又何暇。平懷本分，日用分明真假。更何勞向外、尋嬰姹。八面玲瓏，元無壘罅。今古商量未嘗罷。據梧枝策，都付閑中談話。寶珠無盡藏、誰酬價。

其四

事事不追求，隨緣且過。欲作神仙妄心大。瑞雲深處，一摻牢關俱破。更誰諳自有、真真箇。未及乘風，相忘物我。比着塵凡較輕可。無絃品弄，不若閑行閑坐。恐知音又有、松風和。

其五

雲海接瀛洲，鵬程浩渺。換盡凡胎步方到。神仙底事，紫府丹台幽杳。縱分明指點、人難曉。藥圃芝田，靈苗瑞草。滿地香風遣誰掃。洞天不夜，月底行吟縹緲。待知音付與、玄中寶。

其六

清浄本然真，紅染積染。世網情枷競趨諂。茫茫苦海，鼓蕩洪濤瀲灩。弄潮人不避、風波險。彼岸高登，家園點檢。千古離魂自招颭。般般拂盡，依舊元初一點。夜光舒洞府、雲霞斂。

其七

一念失真常，沉淪苦海。六道周遊趁情愛。形囚物轂，顛倒何時懸解。在人中分外、貪婪差。死去生來，千形萬態。宛轉循環要寧耐。片時光景，不測頭皮更改。勸抽身莫待、臨時悔。

其八

雀躍拊髀行，推門放杖。醫缺支離未偎傍。屠牛牧馬，畫箇葫蘆依樣。涉程途聖智、生迷惘。不識不知，如何趣向。狂屈纔言又還忘。百般呈似，種種施爲俱妄。要承當的的、天真相。

其九

物外逈無塵，壺夫閬苑。雲影虛簷自舒卷。月魂冷浸，不謝瓊花開展。異香金篆縟、通幽遠。髙會謫仙，蟠桃置宴。滿酌流霞浩歌勸。噴珠咳玉，走鳳蟠蛟酬獻。指蓬瀛笑傲、談清淺。

其十

天地一蘧廬，形骸寄旅。彈指光陰遽如許。眼前心上，暗鬼空華無數。盡勞生冗冗、同囹圄。塵境破除，於中作主。俯仰人間已今古。忍將一點，甘受名囚財虜。訪林泉自在、雲霞侶。

其十一

事事飽諳知，纔尋易簡。種種施爲盡虛幻。飯囊氣袋，伎倆呈來羞赧。夢魂驚覺後、開青眼。百不介懷，蹉跎懶散。法網塵緣莫推挽。嵐光野色，溪月松風何限。放閑身自在、無拘漢。

其十二

着脚軟紅塵，心君懊惱。占得時光有多少。窮通利害，得失存亡翻攪。使機關見解、何時了。爭似去來，巖阿静悄。平步瀛洲幾人到。風林月嶂，窗户雲霞縹緲。任縱横總是、長安道。

青杏兒　詠菊

春夏競芬芳。天憐此秘惜藏光。紛華落盡方開展，疎叢淺淡，孤標冷落，獨傲秋霜。好在水雲鄉。無人知、見又何妨。賞心希遇陶元亮，新松相對，金英依舊，風逗天香。

其二

秋色滿林紅。霜風妬物物皆空。榮枯頃刻如翻掌，紛華識破，疑根自斷，躍出樊籠。隨處得從容。身輕快、具足神通。人間天上俱無累，乘風御氣，飛騰自在，南北西東。

其三

人世太愚癡。虛幻裏自作羈縻。妻男眷戀何時盡，同枝宿鳥，天明解散，各自東西。走骨與行屍。看不破、傀儡關機。一朝猛省方開眼，迷繩割斷，牢籠跳出，也是便宜。

其四

沙暖狎輕鷗。從伊便喚馬呼牛。樗材擁腫元無用，臂雞時夜，尻輪命駕，江海虛舟。無感亦無求。拈出處、茅靡波流。頭頭相與吾之耳，風清月白，疎梅瘦竹，都是天游。

其五

一炁貫寥寥。冥混裏孰謂鵬蜩。千形萬狀隨空化，乾坤運轉，遊塵野馬，都在扶摇。曳屣挈簞飄。異玉食、肥馬金鑣。薰蕕梟鳳雖殊器，天鈞一點，靈明不昧，各自逍遥。

武陵春

造物化成虚境界，人我是非叢。蠻觸交侵各用功。都在夢魂中。　勸飲一杯方外酒，兩頰鎮長紅。醉眼矇矓望碧空。着莫辨西東。

其二

山鳥唤人歸意重，佳處有林泉。茅屋經營三兩椽。据分不拈錢。　萬壑風鳴千嶂月，小有洞中天。石上松間坐與眠。何處覓神仙。

其三

斷鼻芒鞋秋後扇，不是背時行。側卧香爐没底鐺。着甚更峥嶸。　此物只宜閑處頓，相見各無情。莫怪淒然冷似冰。安穩過平生。

其四

幸遇真仙來海上，丹藥肯長留。亘古靈方秘藏收。傳與列仙儔。　試貯金壺成醞釀，一飲醉千秋。海變桑田不舉頭。冷眼視蜉蝣。

柳梢青

人静月明時節。漸煮茗、爐中火滅。心宇灰寒，古桐絲斷，燼花凝結。　惺惺夢及華胥，迥表裏、冰凝玉潔。瑞氣冲融，丹雲縹緲，五明宫闕。

其二

明徹口頭三昧，拂迹便、忘言守拙。古道潛通，先賢冥會，太平時節。　長安陌上縱横，更不在、拈花摘葉。處處圓通，頭頭皆是，放開心月。

其三

靈明本無圓缺。先太易、常存浩劫。一受成形，隨流忘返，死生磨滅。　貪婪百種遭殃，謾販骨、如山未歇。正眼開時，元無一物，頓然超越。

恣逍遥

圖名圖利，争人競我。開眼後、一場懡㦬。誰高誰下，誰强誰弱。閻老子、一般籠裏。事事俱休，般般打破。無拘管、住行坐卧。風前月下，水邊巖左。且由俺、快活則箇。

其二

野服黄冠，芒鞋藜杖。無拘係、水雲來往。行歌立舞，玄談清唱。也不論、王侯高尚。性月圓明，神珠晃朗。周沙界、逈無遮障。逍遥自在，優游偃仰。人間事、任他勞攘。

其三

昨日嬰孩，今朝老大。百年間、電光石火。筋聯骨肉，皮毛纏裹。酩子裏、認來是我。競氣忘形，貪財引禍。到頭待、做箇什麽。回頭認取，本來真箇。這疑團、一時打破。

鳳棲梧

造物謾人人不懂。聲色場中，傀儡閑般弄。今古廢興乾取哄。須臾戲罷俱無用。眼自不明真籠統。走骨行屍，逐勢相迎送。强弱是非空冗冗。虚生浪死輪迴種。

其二

過隙光陰相戲弄。幻出浮生，變滅如旋踵。酩酊不知空日用。恩枷愛鎖如山重。錐刺不疼針刺疼。性命顛頂，外事多惶恐。何日如輪開眼孔。惺惺不作槐根夢。

一剪梅

雲水鄉中即是家。性耽丘壑，志傲煙霞。清虚已戰勝紛華。世事從他，擾擾如麻。客至何妨不點茶。相忘交結，冷淡生涯。坐中無物向人誇。唯有延生，一粒丹砂。

其二

珠樹瑶林氣象嘉。玉龍無力，熟寢銀霞。青童旋撥貯瓊花。瑩徹冰壺，一色無瑕。寶鼎初溶火漸加。濃烹團鳳，極品黄芽。塗金羔酒世情誇。此況誰知，物外仙家。

其三

薄暮餘霞天際紅。反關無俗，指點山童。新泉活火煮雲龍。受用仙家，兩腋清風。千古埃䨪雪山胸。陰魔除掃，不敢形容。玉川携手水晶宫。月裏行歌，縹緲孤峰。

其四

畏日炎炎氣鬱蒸。枯禪頻起，静勝無能。先春雪浪浸冬凝。唤起玄冥，滿坐寒生。北帝威嚴正令行。祝融退步，酷沴潛形。神通揮霍貫心靈。乘此清風，歸去蓬瀛。

其五

是是非非横口開。顛顛倒倒，百種乖崖。仙凡何地可安排。萬事無根，空去空來。一點靈明大矣哉。茫茫今古，空有全該。巫咸休作杜權猜。魔魅難窺，寶鑒當臺。

西江月

挾策亡羊莫問，覆蕉失鹿休窮。大家都在夢魂中。夢裏重重作夢。具足元亨貞利，圓明微妙玄通。眨眉目擊莫形容。拈出般般妙用。

其二

拍塞虚空無外，包羅天地難窮。大千沙界盡含容。不是顢頇籠統。狂屈欲言還忘，季咸自愧無功。試拈未始出吾宗。驚破南枝午夢。

其三

自性天中日月，元真海裏舟航。千門萬户爲敷揚。引入亡羊路上。續焰傳薪莫會，金壺碧酒先嘗。博山一炷刼前香。鼻觀難通妙況。

其四

絶相縱横妙用，離形左右皆無。普天匝地盡如如。罔象還同暮故。宇泰天光内發，室虚真宰常居。没功夫處用功夫。穩駕神舟歸去。

其五

不在拳頭指上，何勞眼尾眉尖。本來一點要安恬。點綴絲毫即玷。　莫彿蒲團竹椅，休躭象軸牙籤。此心冥處貫洪纖。妙用頭頭有驗。

其六

巨細洪纖在在，飛潛動植芸芸。乾坤昇降不停輪。借問誰爲轉運。　妙理周行獨立，真君莫測冥存。一針一草盡渾淪。拈出虛空有璺。

其七

浩浩彌天匝地，冥冥貫石穿金。千形萬狀內浮沉。往古來今只恁。　摶塊當空未見，遺珠罔象能尋。無生一曲少知音。唱出諸方口噤。

其八

覺性從來具足，天真本自完全。浮生多被眼睛瞞。並月空花繚亂。　八識元從孰起，六根本是誰般。豁然打破這疑團。吾道分明一貫。

其九

莫問丹砂鉛鼎，休披虎遶龍蟠。中間妙處自相謾。業識忙忙不算。　六欲七情灰滅，五行四象雲攢。放行收聚一團欒。赤水神珠炳煥。

其十

物裏存亡有限，人生光景無多。不禁兩曜急銷磨。枉恁爭人競我。　見解明如龜鏡，從渠辯若懸河。到頭無計避閻羅。着甚枝梧得過。

巫山一段雲

寂照，山月銜　虛心出岫雲。不留不礙貫天輪。來往自通神。　誰向空中作主。端坐放行收聚。有無光曜遍乾坤。真宰默然存。

其二

法雨神山秀，靈風瑞草香。洞天無處不清涼。日月景遐長。　玉珮金鐺搖曳。飛步太虛遊戲。五雲深處飲瓊漿。沉醉太平鄉。

其三

暖候飛灰律，陽和入燒痕。密傳春色滿乾坤。枯朽鬬争新。妙用無私無象。雕刻萬形千狀。不言品物自芸芸。何必問東君。

其四

秀木枝枝茂，圓荷柄柄香。化工園囿密收藏。神秀滿池塘。礫石流金畏景。紈扇飲冰難勝。有人身世兩相忘。隨處自清涼。

其五

雲散金風勁，天開玉宇新。亭亭孤月轉冰輪。光彩破黄昏。清坐翛然韻勝。縹緲太虚真境。不煩風馭與飈輪。平步越崑崙。

其六

弄玉歌清律，飛瓊舞散花。乾坤一色散銀霞。何處是仙家。表裏纖塵不立。呈似太虚消息。晃然高下盡玲瓏。神鬼覓無蹤。

蘇幕遮

少追陪，稀赴會。本分隨緣，一任人憎愛。勘破前程生死大。自究元初，晝夜休交昧。不妝高，不揑怪。卓爾身心，動止俱無礙。贏得逍遥長自在。行滿功成，定是超三（超三二字原缺，據道藏本雲山集卷六補）界。

以上雙照樓景元延祐本知常先生雲山集卷之三

李道純

道純字元素，號清庵，又號瑩蟾子。都梁（今湖南省武岡縣）人。有大德刊本中和集。

沁園春

得遇真傳，便知下手，成功不難。得癸生之際，抽鉛添汞，火休太燥，水莫令寒。鼓動巽風，搧開爐鞴，武煉文烹不等閒。金爐內，箇兩般靈物，煅煉成丸。先須打破疑團。方透歸根復命關。使赤子乘龍，離宫取水，金公跨虎，運火燒山。金公無言，姹女斂袂，一箇時辰煉就丹。渾吞了，證金剛不壞，超出人間。

又

身處玄門，不遇真師，徒爾勞辛。若絶學無爲，争知閫閾，多聞博學，寧脱根（原作報，據道藏改）塵。固守自然，終成斷滅，著有著無都不真。般般假，那星兒妙處，參訪高人。一言説破元因。直指丹頭精氣神。問一竅玄關，本無定位，兩般靈物，只在心身。動静相因，有無交入，五氣朝元萬善臻。幽奇處，把一元簇在，一箇時辰。

又

道曰五行，釋曰五服，儒曰五常。矧仁義禮智，信爲根本，金木水火，土在中央。白虎青龍，玄龜朱雀，皆自句陳五主張。天數五，人精神魂魄，意屬中黄。乾坤二（原作一，據道藏改）五全彰。會三（原作二，據道藏改）五、歸元妙莫量。火二南方，東三成五，北（原作此，據道藏改）玄真一，西（原作北，據道藏改）四同鄉。五土中宫，合爲三五，三五混融陰返陽。通玄士，（原作上，據道藏改）把鉛銀砂汞，煉作金剛。

又

道本虚無，虚無生一，一二成三。更三生萬物，物皆虚化，形形相授，物物交參。體體元虚，頭頭本一，未許常人取次談。虚無妙，具形各相貌，虚裏包含。虚中密意深探。（原作深，據道藏改）致虚極、工夫問老聃。那虚寂湛然，無中究竟，虚無兼達，勘破瞿曇。象帝之先，威音那畔，清淨虚無孰有僧。諸玄眷，以虚無會道，稽首和南。

又

叉手者誰，合掌者誰，擎拳者誰。只這些伎倆，人猶錯會，無爲妙理，孰解操持。我爲諸公，分明舉似，老子瞿曇即仲尼。思今古，有千賢萬聖，總是人爲。可憐後學無知。辨是是非非沒了期。況天地與人，一源分判，道儒釋子，一理何疑。見性明心，窮微至命，爲佛爲仙只在伊。功成後，但殊途異派，到底同歸。

又

説與學人，火無斤兩，候無卦爻。也沒抽添，也無作用，既無形象，不必烹炮。件件非真，般般是假，著意作工空謾勞。君知否，但一切聲色，都是訛肴。　見聞知覺俱拋。直打併、靈臺無一毫。更休言爐竈，休尋藥物，虛靈不昧，志力堅牢。神室虛閒，靈源澄静，就裏自然天地交。全真輩，苟不全真性，劫運寧逃。

又　贈静菴口訣

歷劫元神，旦初祖氣，太始元精。道三般至寶，同根竝蒂，欲求端的，勿泥身形。息定神清，緣空氣固，清静無爲精自凝。丹頭結，運陰陽符火，慢慢調停。　尤當固濟持盈。把鉛汞銀砂一處烹。四象合和，命基永固，三元輻輳，覺性虛靈。性命兩全，形神俱妙，與道合真無變更。逍遥處，任遨游八極，自在縱横。

又　贈春谷清禪師

智斷堅剛，奮心決烈，便透玄關。把殺人手段，輕輕拈出，活人刀子，慢慢教看。一劍當空，萬緣俱掃，方信道瞿曇即老聃。玄夙播，看春生寒谷，覿面慈顏。　從他雪覆千山。那突兀孤峰青似藍。況擊竹拈花，都成骨董，揚眉瞬目，也是顢頇。劫外風光，日前薦取，擘破面皮方罷參。如何是，那祖師的意，合掌和南。

又　贈括蒼張希微號幾菴

不識不知，無聲無臭，名曰希微。只道箇便是，全真妙本，人能透得，即刻知幾。聞法聞經，説禪説道，執象泥文都屬非。君還悟，這平常原作宮，據道藏改日用，總是玄機。仍憑決烈行持。把四象五行收拾歸。會兩儀妙合，三元輻輳，一靈不昧，萬化皈依。精氣凝神，緣情原作情緣，據道藏改返性，迸出蟾光偏界輝。形神妙，向太虛之外，獨露巍巍。

又

曲徑旁蹊，三百六十，門門不同。若泥在一身，終須著物，離於形體，又屬頑空。無有兼行，如何原作仁，據道藏改下手，兩下俱損理不通。修真士，若不知玄竅，徒爾勞工。些兒妙處難窮。原作性明，據道藏改親見了、方能達本宗。況聽之不聞，摶之不得，觀之似有，覓又無蹤。箇箇見成，人人不識，我把天機泄與公。玄關竅，與虛無造化，總在當中。

又 贈吴居士丹旨

向上工夫，乾宮立鼎，坤位安爐。這火候幽微，元無作用，抽添進退，不費枝梧。陰往陽來，雲行雨施，主宰機緘總在渠。心安定，那虛靈不昧，照破昏衢。性宗悟了玄珠。這命本、成全太極圖。向圈圈圈外，圓光迸出，存存存裏，獨見真如。一氣歸根，六門三用，到此全憑德行扶。混塵世，且藏鋒剉鋭，了事凡夫。

又 贈安閒子周高士

真鼎真爐不無不有，惟正惟中。向靜裏施工，定中斡運，寂然不動，應感潛通。老蚌含珠，螟蛉呪子，箇樣真機妙莫窮。只這是，若疑團打破，頓悟真空。採鉛不離坤宮。運符火、須當鼓巽風。向北海波心，生擒白虎，南山火裏，捉住青龍。二物相投，三關一輳，煉出神丹滿鼎紅。藏身處，且和光混俗，是謂玄同。

又 贈鄭松溪

若拙若愚，若慵若懶，若呆若癡。只這底便是，造玄日用，果行得去，密應神機。學解見知，聲聞圓覺，增長根塵塞肚皮。都無用，但死心塌地，壽與天齊。　金仙不在天西。那碧眼胡兒不必題。問性宗一著，從空自悟，命基上事，務實爲基。　虛實相通，有無交入，混合形神聖立躋。　禪天淨，看雲藏山岳，月照松溪。

又　贈損菴入靜

九轉工夫，三元造化，百日立基。便打撲精神，存決定志，掀翻妄幻，絕斷狐疑。剔起眉毛，放開心地，物物頭頭一筆揮。行功處，便横拖斗柄，倒斡璿璣。　爲中會取無爲。箇箇有、中間有最奇。到恍惚之間，窈冥之際，守之即妄，縱又成非。　不守不忘，不收不縱，勘這存存存底誰。只恁麼，持六陽數足，原作歌是，據道藏改抱箇蟾兒。

又　贈王提點

慧海深澄，德山高聳，主人不凡。況剉鋭解紛，黜聰屏智，掀翻物我，不露機緘。　立志虛無，潛心混沌，帝象之先密意參。　玄玄處，老先生元性，一貫乎三。　曾和至士玄玄。故默默昏昏契老聃。剗靈地虛閒，禪天湛寂，忘知忘識，無北無南。　收拾身心，圓融造化，覆載中間總作丹。　爐中就，看圓陀陀地，照耀松關。

又　勉中菴執中妙用

中是儒宗，中爲道本，中是禪機。這三教家風，中爲捷徑，五常百行，中立根基。動止得中，執中不易，更向中中認細微。　其中趣，向詞中剖得，愼原作中，據道藏改勿狐疑。　箇中造化還知。卻不在、當中及四維。這日用平常，由中運用，興居服食，中裏施爲。　透得此中，分明中體，中字元來物莫違。　全中了，把中來劈破，方是男兒。

又　贈圓菴蔣大師

人心惟危，道心惟微，中藏化機。那些兒妙處，都無做造，靈明不昧，慧日光輝。　曰氣曰神，惟精惟一，玉瑩無瑕天地歸。疑玄處，把坎中一畫，移入南離。赤龍纏定烏龜。六月裏嚴霜果大奇。那白頭老子，來婚素女，胎仙舞罷，共入黄幃。布雨行雲，陽和陰暢，一載工夫養箇兒。常温養，待玉宸頒詔，足躡雲歸。

又 勉諸門人

道在常人，日用之間，人自不知。柰叢識紛紛，紅塵衮衮，靈源不定，心月無輝。人我山高，是非海闊，一切掀翻便造微。諸賢眷，聽清庵設喻，切勿狐疑。先將清淨爲基。用静定爲庵自住持。以中爲門户，正爲牀榻，誠爲徑路，敬作藩籬。卑順和人，謙恭接物，服食與居弗可違。常行此，若工夫不間，直入無爲。

滿江紅 贈虚菴

日用工夫，只一味、存虚抱素。會殊途同歸，一致百慮。紫極宫中元氣息，調我鼎内三花聚。問安爐、立鼎事如何，乾金鑄。縛金烏，獲玉兔。捉將來，封土釜。這火候抽添，更須防護。至寶圓成明出入，法身形兆無來去。便潛身、直謁太清宫，神常住。

又 贊誰菴殷管轄

誰是庵兒，阿誰在、庵中撑柱。看飢來喫飯，誰知甘苦。角徵宫商誰解聽，青黄皁白誰能覩。向平常、日用應酬人，誰區處。是誰行，是誰舉。是誰默，是誰語。這些兒透得，便知賓主。外面形軀誰做造，裏頭門户誰來去。造無爲、畢竟住誰庵，朱陵府。

又 授覺菴

道本自然，但有爲、頭頭是錯。若一味談空，如何摸索。無有雙忘終不了，兩邊兼用遭纏縛。都不如、默默守其中，神逸樂。過去事，須忘卻。未來事，休詳度。這見在工夫，更休泥著。六欲不生三毒滅，一陽來復羣陰剥。悟真空、抱本還元虚，爲真覺。

又　贈丁縣令三教一理

三教正傳，這蹊徑、元來驀直。問老子機緘，至虚靜極。釋氏性從空裏悟，仲尼理自誠中入。算始初、立教派分三，其源一。道玄關，常應物。易幽微，須默識。那禪宗奧旨，真空至寂。刻刻兼持無閒斷，生生受用無休息。便歸根、復命體元虚，藏至密。

又　贈睡著李道判

好睡家風，別有箇、睡眠三昧。但睡裏心誠，睡中澄意。睡法既能知止趣，便於睡裏調神氣。這睡功、消息睡安禪，少人會。身雖眠，性不昧。目雖睡，內不閉。向熟睡中閒，隱帖帖地。一枕清風涼徹骨，夢於物外閒游戲。覺來時、身在廣寒宮，抱蟾睡。

又　贊圓菴傅居士

這箇〇兒，自歷劫以來無象。況端端正正，亭亭當當。細入微塵無影迹，大周天界難安放。更通天徹地任縱橫，無遮障。没根宗，没形狀。爍爍明，團團亮。只這箇便是，本來模樣。放出直超無色界，收來隱在光明藏。待頂門、裂破現圓通，金色相。

又　贈止菴張宰公

性正惟中，只這是、修仙祕訣。若稍有偏頗，動生差別。試向動中持得定，自然靜裏機通徹。會三元、五氣入黃庭，金花結。運火功，有時節。海潮生，天上月。那一升一降，復圓復缺。十月工夫無閒斷，一靈妙有超生滅。更問予、向上事如何，無言說。

又　贈密菴述三教

教有三門，致極處、元來只一。這一字法門，深不可測。老子谷神恒不死，仲尼心易初無畫。問瞿曇教外涅槃心，密密密。學神仙，須定息。學聖人，忘智識。論做佛機緘，只憑慧力。道釋儒流都勘破，圓明覺照工夫畢。看頂門、進破見真如，光赫赫。

又　贈唯菴（原作府，據道藏改）宗道人

觀復工夫，要默默、存存固守。静極中一動，便通玄牝。惚恍中間情合性，虚無谷裏奇投偶。我今將、向上祖師機，爲君剖。說話底，非干口。把物底，非干手。那没脚童兒，會翻筋斗。解得箇些奇特處，自然勘破無中有。問西來、的的意云何，擘鼻杻。

又　贈密菴

一粒金丹，這出處、孰知年劫。若不識根源，怎生調燮。况是自家元有底，何須著相胡施設。我分明、舉似學仙人，天機泄。軟如緜，硬似鐵。利如金，圓似月。又不方不圓，無虧無缺。放則迸開天地竅，收來隱在虚無穴。問不收不放作麽生，應難說。

又　贈一菴

三五真機，應用處、頭頭總是。况日用平常，密巍巍地。向有無中忘二見，便於罔象通三昧。卻如何、成少不成多，因滯泥。水鄉鉛，只一味。箇便是，先天氣。會蟾烏合璧，身心合意。西四歸來投北了，東三便去交南二。把五般、攢簇入爐中，丹完備。

又　贈孫居士

這點虚靈，自古來、無虧無缺。更爍爍圓圓，澄澄徹徹。照破洪濛前底事，分開蟾窟中間穴。向菴中、養箇白蝦蟆，皎如雪。那些兒，無可說。利如金，團似月。運化化生生，了無休歇。山水蒙時天癸降，地雷復處玄霜結。駕青鸞、直謁廣寒宫，超生滅。

又　贈默菴（此下原有元號默說四字，據道藏刪）

默即說兮，這說處、元來有默。只默說便是，金丹祕訣。默識潛通爲大要，聲聞緣覺皆虛設。向說中、認得默之根，無生滅。會說底，非干舌。與默底，無差別。這默底寧如，說底親切。若向不言中得趣，便於不默俱通徹。將默默、說說盡掀翻，天機泄。

又　贈敬菴葛道（原作通，據道藏改）人

道本無言，要學者、潛通默識。若萬慮俱捐，虛靈湛寂。動處調停水中火，定中究竟波羅密。問玄關、一竅在何宮，中間覓。不是心，不是物。不是仙，不是佛。只這些端的，鮮人知得。迷者到頭空苦志，悟來不費些兒力。看無中、生有産靈胎，陽神出。

又　授（原作受，據道藏改）記門人

吾道玄關，決不許、外邊人入。有學者來參，防他做賊。猛把殺人刀子舉，活人手段輕拈出。更單提、獨弄逞神通，誰能敵。若是箇，善知識。便承當，心不惑。仗奮心剛膽，逢佛殺佛。舉步便能欺十聖，口開便要吞三極。把乾坤、天地盡掀翻，真奇特。

又　令門人和

採藥歸來，這鼎器、乾金鑄寫。那些兒道理，金憑主者。先把根塵都掃盡，從前熟處休沾惹。問行工、進火事如何，憑般若。五雷車，青龍搘。燒山符，心鑄寫。更滌慮洗心，靈泉澆灑。九轉功成丹道畢，一靈真性還虛也。那赤條條地法王身，無可把。

滿庭芳　贈焦提舉

寂寞山居，喧轟市隱，頭頭總是玄關。資明高士，須向定中參。我把活人手段，殺人刀、慢慢教看。君還悟，只今薦取，超脱不爲難。一言明説破，起初下手，先煉三三。自玄宫起火，運入崑山。把定則雲横谷口，放行也、月落寒潭。功因竟，大蟾成象，名姓列仙班。

又　授記定菴

學佛學仙，參禪原作神，據道藏改窮理，不離玄牝中閒。可憐迷謬，往往□相瞞。一味尋枝摘葉，徒坐破、幾箇蒲團。堪傷處，外邊尋覓，笑殺老瞿曇。些兒真造化，誠能親見，膽冷心寒。定菴高士，好向定中參。看破娘生面目，把從前、學解掀翻。真空透，髑髏迸破，真主自離菴。

水調歌頭　贈和菴王察判

土釜要端正，定裏問黄公。流戊就己，須待山下出泉蒙。採藥隄防不及，行火休教太過，貴在得其中。執中常不易，天理感而通。那些兒，玄妙處，實難窮。自從會得，菴中無日不春風。便把西方少女，嫁與南陵赤子，相見永和同。十月聖胎備，脱蛻爍虚空。

又　贈秋蟾周先生

鉛汞了無質，爐鼎假安名。殆因動静迷人，不覺墮聲聞。這箇先天妙理，日用著衣喫飯，相對甚分明。接物應機處，不動感而靈。不是心，不是佛，匪爲金。明加眼力，莫教錯認定盤星。片片迷雲渙散，湛湛禪天獨露，箇是本來真。風定浪頭息，月滿水光清。

又　贈寶蟾子

學佛學仙要，玄妙在中誠。真鉛真汞無非，只是性和情。但得情來歸性，便見鉛來投汞，二物自交并。日用了無閒，大藥自然成。識抽添，明進退，要持盈。坤爐乾鼎，陰符陽火慢調停。一竅玄關透了，八片頂門裂破，迸出寶蟾明。功行兩圓備，談笑謁三清。

又　贈劉居士

在俗心不俗，塵裏不沾塵。處身中正，何妨鬧市與山林。踐履不偏不易，日用無争無執，只此是全真。方寸莫教昧，便是上乘人。採元精，煉元氣，復元神。三元合一，自然鼎内大丹凝。更把玄風鼓動，天外迷雲消散，慧月朗然明。叩我第一義，江上數峰青。

又　贈張蒙菴

雷在地中復，山下出泉蒙。明斯二理，自然造化合玄同。密密至虚守静，便見無中妙有，九竅一齊通。直下承當去，箇是主人公。莫著無，莫著有，莫著空。疑團打就，只今突原作笑，據道藏改出妙高峰。撥置紛紛外境，收拾靈靈底箇，生化了無窮。畢竟作麽道，日向嶺東紅。

又　贈實菴

道乃法之體，法乃道之餘。雙全道法，横拈倒用總由渠。只這元神元氣，便是天兵將吏，除此外都無。説與洞蟾子，定裏作工夫。守爲胎，用爲竅，假爲符。既明此理，何須苦泥墨和朱。若使精凝氣固，便可驅雷役電，妖怪悉皆誅。行滿功成日，談笑謁仙都。

又　示衆無分彼此

道釋儒三教，名殊理不殊。參禪窮理，只要抱本返元初。解得一中造化，便使三元輻輳，宿疾普消除。屋舍既堅固，始可立丹爐。煉還丹，全太極，採玄珠。的端消息，採將坎有補離無。若也不貪不愛，直下離聲離色，神氣總歸虚。了達一切相，赤子出神廬。

又　贈白蘭谷

三元祕秋水，微密實難量。米分清濁，天地人物一包藏。一乃太玄真水，二原作一，據道藏改氣由茲運化，三極理全彰。上下降升妙，根本在中黄。免懷胎，牛喘月，蚌含光。人明此理，倒提斗柄庠銀潢。絶斷曹溪一派，掀倒蓬萊三島，無處不仙鄉。誰爲白蘭谷，安寢感羲皇。

又 言道

三元祕秋水，未悟謾猜原作清，據道藏改量。誠能參透，洗心滌慮密歸藏。意與身心不動，精與氣神交合，天理自然彰。三善備於我，翻笑煉玄黄。性圓融，心豁達，德輝光。牛郎織女，一時會合到天潢。勘破乘槎伎倆，密契浴沂消息，游泳有無鄉。日用别無事，讀易對三皇。

又 言性

三元祕秋水，都不屬思量。收來毫末，放開大地不能藏。過去未來見在，只是星兒消息，體物顯然彰。本自無形象，隨處見青黄。性源清，心地靜，發天光。木人半夜，倒騎鐵馬過銀潢。正是露寒煙冷，那更風清月白，乘興水雲鄉。識破夢中夢，稽首禮虚皇。

百字令 贈真蟾子葉大師

玄關欲透，做工夫、妙在一陽來復。天癸纔生忙下手，採處切須虔篤。絶慮忘機，清心釋累，認取虚無谷。鉛銀砂汞，一時辰内攢簇。霎時天地相交，甲庚無間，龍虎齊降伏。取坎填離，乾體就、陽火陰符行足。至寶精堅，真蟾形兆，宜把靈泉沃。德圓功備，大師名注仙籙。

又 指中菴性命次序

玄關一竅，理幽深、至妙了無言説。陰極陽生初動處，便是採鉛時節。地下雷轟，山頭水降，滿地紅塵雪。行功之際，馬猿休縱顛劣。霎時虎嘯龍吟，夫歡婦合，鼎内丹頭結。身外有身猶未了，圓頓始能通徹。嫩嫩黄花，青青翠竹，此理應難泄。爲君舉似，水中撈取明月。

又 贈陳制幹

修真慕道，樂清虛、任意陶陶兀兀。富貴榮華都不戀，甘分清貧徹骨。名利俱捐，是非不辨，且把身埋沒。真閒真靜，誰知如是消息。　爲言向上機緘，玄珠罔象，火候無時刻。一竅玄關通得透，頓悟非心非佛。情念雙忘，有無交入，胎備元神出。眼睛開放，光明周徧無極。

又　贈胡秀才

亙初一點，瑩如如、無相無形無質。不蕩不搖常正定，直是斷蹤絶迹。變化無方，顯微無閒，妙理應難測。爲伊言破，屏除緣慮塵識。　放教方寸虛澄，裏頭寧貼，方見真端的。三五混融心月皎，照破本元來歷。爍爍圓明，如如不動，運化無休息。靜中拈出，蟾光爍破無極。

又　指老蟾張大夫下手

金丹大要，不難知、妙在陽時下手。日用平常須謹獨，莫縱虎龍奔走。心要安閒，身須正定，意在常存守。始終不怠，自然通透玄牡。　其閒些子肴訛。爲公直指，地下聽雷吼。立鼎安爐非小可，運用斡旋憑斗。性本圓明，命基牢固，勘破無中有。老蟾成象，直同天地齊壽。

又　贈通菴

太初一點，本靈明、元自至純無雜。執著些兒千里遠，悟得只消時霎。方寸中虛，纖塵不立，何用調庚甲。承當得去，目前方信無法。　箇中顯訣難傳，無名可喚，貴在心通達。信手拈來君薦取，無罅豈容針劄。人我山頭，是非海裏，更要知生殺。養其無象，忘形靈地開發。

又　示衆破惑

成仙捷徑，在玄關、一竅四通八達。說與學人先立志，悟後只消時霎。可笑迷徒，不求師指，執著旁門法。般精般氣，到頭都是兜搭。　爭知大道堂堂，坦平蕩直，也要師開發。會得善行無轍迹，玄牝自然開闔。一念無生，谷神不死，九轉功周帀。脱胎歸去，大羅天上行蹋。

西江月　贈潘道人

真土真鉛真汞，元神元氣元精。三元合一藥方成。箇是全真上品。　動静虛靈不昧，成全實相圓明。形神俱妙樂無生。真謁虛皇絶境。

又　贈善友

至道本無言説，全憑立志剛堅。心常不昧究根源。一月千潭普見。　會取擊風捕影，便知火裏栽蓮。任他海水變桑田。只這本來無變。

又　贈周守正

識破無人無我，何須求佛求仙。隨時隨處總安禪。一切幻塵不染。　選甚山居野處，何妨鬧市門前。執中守正固三田。久久神珠出現。

鍊丹砂　詠玄牝示衆

玄牝少人通。説與諸公。休言南北與西東。不在四維并上下，不在當中。　闔闢妙無窮。天地根宗。生生化化運神功。動静機緘應不息，廣納包容。

又　示衆

至道本無傳。只要心堅。始終立志莫教偏。九載三年常一定，便是神仙。　真息自緜緜。靈地平平。飢來喫飯困來眠。夏月單衣冬蓋被，玄外無玄。

彊村叢書用元刊清庵先生中和集本，據道藏本校訂

水調歌頭　顯性理

至道無言説，神功妙莫量。本來具足，添之無礙減無妨。不在多聞廣學，只要潛通默會，定裏細參詳。箇中端的意，元不離中黄。　圓陀陀，光爍爍，現堂堂。無餘無欠，通身無象合真常。只這而今默識，便是當年彌勒，直下要承當。開放頂門眼，遍界不能藏。清庵瑩蟾子語録卷六

案李道純有太上老君常説清静經注，注中引有唐懿宗女同昌公主唐多令詞，南史宋帝時點絳唇唐多令詞，皆道純僞托。

苗善時

善時字實庵，號太素，李道純門人。

步蟾宮

陽復乾純陽姤午。象帝先、是吾玄祖。一氣氤氳降甘雨。始恍然、火浮黎土。無極極中誠密錮。玉龍蟠、幽囚金虎。主人輕鼓没絃琴，全不屬、宫商律吕。

望江南

清高士，志道體真仙。養浩虚中吹玉笛，凝神真樂吸瓊笙。清凈瑩心天。離慾海，放倒我人山。玄素採陰魔畜道，婁公邪術執爲玄。休效損丹田。

以上二首苗善時和吕洞賓詞，見純陽帝君神化妙通紀。

朱思本

思本字本初，號貞一，臨川人。約元文宗圭順前後在世。出家上清宫，從吴全節宗師，居大都。所至考求地里，作輿地圖。有貞一齋集。

水龍吟　送閔道録醮玉隆竣事歸東湖

幾年南北聲名，有純孝子騫苗裔。逃儒自愛，翛閒天賦，神仙標致。歸隱東湖，醉游南浦，滿襟清氣。追念父想當時，宦海風波浩蕩，從前錯，如今是。師恩重，恨年華、暗隨流水。錦帷夜醮，黄壇春静，緑章封事。香霧空濛，步虚嘹亮，孝通天地。玉皇優詔答功勤，壽甲子，三千歲。

千秋歲　壽程竹逸七十

虎溪清旭。瑞氣生華屋。無量壽，如川福。簪纓門閥好，詩禮家聲肅。真樂處，庭階侃侃森蘭玉。

問訊溪邊竹。色與靈椿緑。多積善，禎祥熟。皇天私有許，甲子從新讀。千二百，空同不待仙人祝。

燭影摇紅　壽鄭梅庵

春到梅邊，瑞光浮動香山裏。雲端微見老人星，嘹亮歡聲起。灧灧尊浮緑蟻。對紅妝、高歌盡醉。彩衣錯落，玉樹瓏璁，人生難比。　谷口家聲，户庭藹藹傳詩禮。天教餘慶屬伊人，争看南山梓。那羨東風桃李。向蟾宫、早攀仙桂。恁時須記，老子婆娑，一杯千歲。　彊村叢書用吴匏庵鈔貞一齋集本

馮尊師

尊師蘇武慢二十首，虞集曾有和詞。

蘇武慢

飯了從容，消閒策杖，野望有何憑仗。帆歸遠浦，鷺立汀洲，千樹好花微放。芳草池塘，錦江樓閣，隱隱雲埋青嶂。向東郊、極目天涯，不見故人惆悵。　歸去也、翠麓崎嶇，林巒掩映，消遣晚來情況。幽禽巧語，弱柳摇金，緑影小橋清響。揮掃龍蛇，領略風光，陶寫丹青吟唱。這雲山好景，物外煙霞，幾人能訪。

二

返照回光，終焉活計，何處可爲依託。凋零鄭圃，竹塢松溪，林下勝游行樂。霞友雲朋，水色山光，幽隱煙蘿巖壑。更堂堂、氣概摩天，一點浩然寥廓。　堪愛處、蝶戲花梢，苔生石徑，風細日高簾幕。清虚器量，咀嚼乾坤，高邁市朝歡約。疏葛寬裁，瘦玉横拖，笑傲東籬吟酌。把真情欲寫，奈何塵世，故人蕭索。

三

識破塵寰，樊籠跳出，飄蕩幸無拘束。萍蹤自在，

雅操孤高，還若野雲麋鹿。遇坎乘流，混俗和光，知止有何榮辱。恣陶陶、海上人間，不管歲華催促。從此後、筆硯生塵，蠅蝸絶念，安分翠微雲屋。般般放下，事事都休，靜對小軒梅竹。一味疏慵，萬古淳風，便是真常清福。任羣情晝夜，世路奔波，競争蠻觸。

四

夢斷槐宫，倚天長嘯，勘破物情今古。擔簦映雪，射虎誅龍，曾把少年身誤。金谷繁華，漢苑秦宫，空有落花飛絮。歎浮生、終日茫茫，誰肯死前回顧。争似我、玉麈清談，金徽雅弄，高卧洞天門户。逍遥畎畝，肆任情懷，閒伴蓼汀鷗鷺。收拾生涯，紫蟹黄柑，江上一蓑煙雨。醉歸來、依舊蘆花深處，月明幽浦。

五

試問禪關，參求無數，往往到頭虚老。磨磚作鏡，

積雪爲糧，迷了幾多年少。毛吞大海，芥納須彌，金色頭陀微笑。悟時超、十地三乘，凝滯四生六道。誰聽得、絶相巖前，無陰樹下，杜宇一聲春曉。曹溪路險，鷲嶺雲深，此處故人音耗。千丈冰崖，五葉蓮開，古殿簾垂香裊。免葛藤叢裏，婆娑游子，夢魂顛倒。

六

出世登真，須憑剛志，決要頓開靈慧。消塵止念，絶愛忘憂，恬淡自然知味。雷震一聲，火發三田，半夜烏飛千里。透簾幃、鉛鼎温温，恣飲玉壺香膩。堪下手、策鳳攀鸞，烹金閒木，游賞洞房佳瑞。傾光吐秀，塞海衡山，真氣徧充天地。乘履風雲，摘騎日月，不比尋常兒戲。把玄珠收取，大羅歸去，聖賢同域。

七

大道幽深，如何消息，説破鬼神驚駭。挾藏宇宙，

剖判玄元，真樂世間無賽。靈鷲峰前，寶珠拈出，原作去，據道藏改明顯玉般光彩。照乾坤、上下羣生，知者壽同山海。最至極、翠靄輕分，瓊花亂墜，空裏結成雯蓋。金身玉骨，月帔星冠，符合水晶天籟。清淨門庭，聖賢風範，千古儼然常在。願學人、達此希夷微理，共游方外。

八

避世安時，同塵處順，淵默至人誰識。鶉居鷇食，蘚徑蘿龕，深密養廉寧極。浮沈有定，出入無方，逆順神機難測。樂簞瓢、笑傲林泉，未肯折腰形役。當此際、棐几松窗，唇歌舌彈，渴飲玉壺春色。一懷皓月，兩袖清風，真箇箇中消息。方外生涯，靜中意味，不許等閒攀摘。待迷雲、吹散玉繩高潔，自知端的。

九

堪歎羣情，迷津宛轉，飄蕩甚時休歇。爭頭競角，抵死漫生，一向戀家貪業。利鎖名韁，慾浪恩山，酒市花衢顛蹶。聘嘍囉原作僂儸，據道藏改似蟻循環，不念鬢華如雪。誰肯向、大朴林中，無爲鄉裏，閒伴老聃莊列。珠獲象罔，夢斷華胥，高枕洞天日月。三界廓然，八表沖虛，湛湛靈光通徹。這逍遥劫外，妙哉真樂，世間難説。

十

過隙年光，如毛塵事，暗把物情移換。浮生擾擾，背覺隨塵，酒色利名縈絆。憑君看取，歷代英雄，楚越周秦唐漢。漫遺留、壞塚頹碑，千古是非不斷。聞早悟、碧玉壺中，白雲堆裏，別有翠霞宮殿。三天雅會，五彩光攢，朝赴紫微瓊宴。閬苑瑶池，絳闕清都，信任逍遥游玩。笑愚頑苦海，販原作敗，據道藏改骨無休，往來流轉。

十一

悟入曹溪，鶴沖霄漢，雲水道人活計。臨川舉楫，對鏡擲鉤，滂漉錦鱗紅鯉。風送漁舟，透入雙峰，影裏駭然明霽。見煙霞遮目、金丹一粒，貴珍難比。　玄妙處、太一含真，玄元成象，升降箇中無滯。堅持九載，志鍊三千，精進五華瓊液。都在靈源，洞徹神光，真境了然超彼。這長生久視，天機深奧，上仙真理。

十二

創建靈壇，初修丹竈，保養太和真命。風上虎嘯，火起龍騰，燮理要依時令。金木交并，闢覺天關，旋繞滌除心徑。　覩玄珠一粒、流霞閃爍，送歸金鼎。壺中景、造化希夷，玄機要妙，點製魄仙魂聖。元中體用，旨裏明真，悟得本來真性。還返無窮，漸入清陽，仙境照盈虛靜。這一輪明月，年年蒙蔽，豁然開瑩。

十三

運炁吞霞，乘風飲露，須列五雲爲則。南山赤鳳，北海烏龜，堅志用心求原作永，據道藏改得。鉛汞原作局脚，據道藏改相迎，造化鑪中，烹就一丸端的。這陰陽、神用虛無，長養浩然消息。　玄關悟、到此方知，盲聾耳目，得遇至人開剔。用符妙道，默運玄機，瓊液轉流增益。雲水清閒，太虛空寂，寥廓本無蹤迹。這金丹一訣，平生疑難，渙然冰釋。

十四

日月高奔，金波滿泛，七返九還延祚。真精應物，大道潛身，恍惚妙通玄路。直待陽生，造化神丹，龍虎紫霄天府。這瑶函、寶篆天機，須仗至人開悟。　長生道、固蔕深根，仙家活計，烹鍊汞鉛爲務。鑪輝五彩，鼎耀三光，識取本來宗祖。明月樓前，覩箇金蟬，飛舞翠峰明宇。把淩雲一志，精誠精進，上仙科舉。

十五

元氣充滄，麻衣遮體，萬事轉頭何濟。黃芽白雪，黑水紅雲，軒帝注傳名世。深謝名師，說破希夷，妙理本來精粹。把仙胎養就、雲璈繚繞，萬神咸備。　持造化、箇箇圓成，人人具足，一炁返還資質。周游八景，徧賞三山，不離目前親詣。堪笑迷途，豈識陰陽，宗祖任教邪魅。鍊金丹、悉是乾坤英秀，閒生豪氣。

十六

絶粒停厨，飡霞飲露，返照自然相制。鉛生五彩，汞發三光，方顯大丹苗裔。開啓朱扉，躍出金烏，飛入玉蟾宫裏。把陰陽、交會神鑪，烹就浩然真體。　虛無内、紫炁盤旋，玄珠閃鑠，射透混成宗睿。忘機修道，隱迹求仙，常默心無凋弊。貪戀榮華，誤了赫赫神丹，恣情抛棄。有人人識道，專精謹守，決然超彼。

十七

洞曉玄機，深明丹奧，賴與祖宗符契。龍耕虎種，玉液金芝，好箇道家活計。丹竈容光，覩箇嬰兒旋繞驚天駭地。馭紫雲、翠鳳相迎，真的上仙苗裔。　三陽首、玉蘂天香，琪花寶樹，掩映瑞雲佳麗。天光瀲灔，桂影扶疏，鯤化大鵬相繼。休謂狂言，性理分明，消息至人才藝。在英豪決烈，精誠果敢，性情高志。

十八

志氣淩雲，精神英秀，得脱徧求真理。虛空鑪户，自已天真，遭遇便能修製。師不高明，咫尺如隔，千里安分真僞。這黄芽赤髓，時人皆有，柰何愚昧。　真烈士、斡運機關，鑿開混沌，奪得夜明如意。輝輝寶蓋，赫赫靈光，影隱大淵無滯。休縱心猿，盜了金鼎還丹，謾勞虛費。起三陽真火，時時烹鍊，九還逃避。

十九

冒雪沖霜，迎風沐雨，得遇至人開悟。通微入妙，起死回生，可謂鍊丹規矩。離坎相交，反覆陰陽，須藉木龍金虎。把乾坤鼎器，五行羅列，煅圭成土。玄妙處、種就黄芽，燒成丹藥，此理向誰分訴。玻瓈鳳孕，碧玉龍珠，飛出瑞雲深處。掣電摇空，誅得三尸奔走，六賊逃去。顯仙胎飛舞，五雲繚繞，樂聲齊舉。

二十

静室修心，雲山養道，幾箇遇人傳訣。鑪攢八卦，鼎備三才，修建道家基業。陰與陽并，斡轉樞機，旋走虎龍蟠結。這天機逆順，學流不曉，豈能分別。　希夷理、瑞氣騰騰，祥雲靄靄，紫霧罩籠金闕。千神咸備，萬化全成，方應大丹熟也。琪樹瑶花，徧滿虚無真景，翠紅相列。觀心澄曉月，清風滿目，洞天清徹。以上二十首見鳴鶴餘音卷二

春從天上來

大道幽玄。似月滿寒空，水湛深淵。皎潔澄清，鑑物無私，端的此理難言。問高人遥指，指落花飛絮翩翩。草連天。嘆黄花翠竹，何異真禪。　雲山萬重斷續，更寂寥溪壑，冷浸石田。霧鎖松亭，風輕蘭榭，時凭净几忘詮。對虚堂瀟灑，灰心性一味脩然。與誰傳。有瓶盂燈火，瓦鼎沈煙。鳴鶴餘音卷一

玩瑶臺

直指玄元路。嘆苦海迷人不悟。在目前平平穩穩，又無皆險難相阻。把萬緣一切放下，他自有聖賢提舉。似斷雲野鶴飛騰，向物外青霄信步。　慶會神仙侣。渴時飲蟠桃酴醿。出入在星樓月殿，笑人間生死今古。跨綵鳳祥鸞上太虚，歸來卧碧霞深處。這逍遥活計難傳，分付與蓬萊伴侣。同前

滿江紅

寒暑相催，俄然又秋傳□信。驚往事幾番成敗，百年如瞬。軒冕未酬黄卷志，琴書早賦青山隱。占五湖煙月樂希夷，無盈損。人間事，多愁恨。方

外趣，別風韻。這瀛洲寧美，玉堂金印。徇物情懷兒女操，摩天頭角神仙分。看碧霄歸去彩鳳迎，白雲引。鳴鶴餘音卷二

沁園春

曠劫威音，頓悟之時，不假外緣。任騰騰兀兀，天涯海角，閑雲野鶴，豈管流年。月下風前，逍遙自在，興則高歌困則眠。回頭處，落花飛絮，遠水輕烟。　本來無說無傳，道乃□强名豈有禪。這桃紅柳綠，自然消息，何須扭捏，擊竹拈蓮。大相無形，真空非有，論甚纖毫與大千。石獅子，敢胡言貉語，說地談天。鳴鶴餘音卷三

三于真人

解紅

混元樸裂。轉四生六道何時徹。翻軀改殼，杳冥中萬度生滅。皆因父母，匹配陰陽合精血。胞衣內，感成胎孕，形自結。不知誰腥臭穴。認作自家好宅舍。鑽頭撲入輪迴劫。任形骸販骨，高似山疊。　學道修真莫著邪，休言龍虎，罷講龜蛇。莫尋嬰姹。收拾起四象三車。刀圭鉛汞，水火黃芽并白雪。百般呼吸，神和氣化弄舌。性中母令一物添，心上常教萬緣絕。孤然獨顯沉沉月。放靈明晃朗，無障無遮。鳴鶴餘音卷一

滿庭芳

落魄閑人，逍遙懶漢，逢人不語西東。騰騰兀兀，來往似塵中。乞化前街後巷，安居住、古廟閑宮。傍人問，這般懶漢，却是甚家風。　諸公。休分辯，三清上聖，鍾呂爲宗。拜丘劉譚馬，斡運神功。得處玄玄妙用，清虛志、欸欸朦朧。真空就，長生話，三教習習通。鳴鶴餘音卷三

無愁可解

古往今來，多憂少喜，淳化太平難值。幸逢聖賢出世。布道德、談羅天地。上界真人權下世。御萬國、不勞神器。中外偃武修文，敬賢尚德，致清平瑞。何以上答天恩，佳時念、因循等閑虛費。要先崇儉約，務飽暖、不貪名利。向玄門求奧祕。戒嗜慾、保安和氣。更心上物物，頭放下，乃得免人間累。鳴鶴餘音卷五

繡停針

道難說。要□悟般般，盡皆明徹。剔透玲瓏，迴光返照，不在拈花摘葉。動生差別。休舉念、強生枝節。本來模樣，清清淨淨，有何言說。須憑志猛烈。仗慧劍落處，斬釘截鐵。擊碎恩山，跳出愛海，打破虛空休歇。氣神歡悅。運九陽、鍊成紅雪。綵霞影裏，捧出一輪皓月。鳴鶴餘音卷六

劉鐵冠

鐵冠師事丘劉譚馬。

月上海棠

全真辦下無空過，布袍麻縧腋袋掛。剪髮鬔頭，逍遥自在行踏。簞瓢把。每日沿門乞化。低頭稽首纔道罷。又撞着箇魔頭來說話。問道先生，元是甚麼人家。隨緣答。俺師父丘劉譚馬。鳴鶴餘音卷二

牛真人

真人名道淳，號逍遥大師，有析疑指迷論。

宣靜三臺

自小飄蓬，身心落魄，雲遊多在山東。世間事，看

破渾是假，想榮華猶似夢中。蓋箇庵兒，隈山靠水，栽松種竹成林。炕暖窗明，樂清閑、勝競利名。月朗山東，涼風細細，南溪綠水粼粼。漸煉得方寸如灰冷，一陽生，玉鼎自温。秀氣氤氳，仙花爛熳，芳芬開遍黃庭。玉女金童，採將來、煉就紫金。運轉三關，驅回四象，冲和一點靈明。氣結神凝。聽笙簫、一派樂音。夙世前緣，生逢正教，全真妙道幽深。行滿功成，跨鸞鶴上太清。鳴鶴餘音卷一

跨金鸞

錦堂春，瑤仙朝列瑤筵。遇良辰、名香共爇，吐氤氳、瑞藹祥煙。慶三真、重陽五祖，願當今、聖主遐延。昔有軒轅。駕龍騰飛、上朝玉帝自争先。恁時萬聖齊會，宴賞共留連。簫韶美，金童捧盞，玉女傳宣。觀神宮、仙苑異景，降鸞鳳、鶴舞翩翩。仙童報，蟠桃正結，丹桂初圓。萬載金龜，千秋玉兔，老人星見，慶這些事，洞天佳景，還也勝塵緣。無來去，天地同壽，日月齊年。鳴鶴餘音卷四

吴真人

真人名全節號閒閒，又號廣化真人，江西鄱陽人。

上昇花

緊鎖心猿，悟光陰塵世，百年湍速。下手頓修，元本真靈，此日要住行屋。居家坑塹先須跳，將身己，使令孤宿。静無觸。氣財色酒，一齊須逐。俗景般般絶慾。更捨盡爺娘，共妻骨肉。自在逍遥，落魄清閑，認取裏頭金玉。瑤英蕊，花心動，放香味、滿空馥郁。異光簇。祥光燦爛，結成仙曲。鳴鶴餘音卷五

皇甫真人

酹江月

鑿開混沌，見錢塘、南控長江凝碧。今古詞人圖景，誰解推原端的。歲去年來，日庚月甲，因甚無差忒。如今説破，要知天地來歷。道號有一可名，五行顛倒，互列乾坤策。坎水逆流朝丙户，隨月盈虧消息。氣到中秋，金能生水，倍湧千層雪。神仙妙用，與潮没箇分別。鳴鶴餘音卷一

回陽子林自然長生指要中，亦載此詞。

李真人

真人名道謙字和甫，號天樂真人，元初開封人。生於元太祖十七年(一二二二)。卒於元世祖至元二十五年之後，年逾七十。馬鈺之再傳弟子。編有七真

年譜、終南山祖庭仙真内傳、甘水仙源録等書。

望江南

初學道，須認得真鉛。采取鉛中金白雪，却將金雪作丹田。方始見重玄。

又

分明道，不離黑鉛中。領取五行尋藥體，五行之内覓金公。法象在參同。

又

分明道，朦朧在君家。龍虎見君君不見，徒將金寶作河車。争得見黃芽。

又

還丹道，金水號良媒。須得華池終見寶，徒將砂向黑鉛坯。莫妄損三才。

又

丹砂道，學者亦如麻。不識鉛中含白虎，競燒糞穢覓金華。争得跨雲霞。

又

金花道，世上少人知。莫弄黑鉛將造化，淮南金祕在華池。爭肯泄天機。

又

真龍虎，玉兔與金精。廣見青冥含萬象，朦朧降氣結朱英。凡汞豈長生。

又

金與水，相見兩交并。復卦發爻依刻漏，壺中日月結成形。滄海幾回清。

又

北方水，其數是真鉛。一氣剋凝抽摘雪，須令金體重初元。此結道中玄。

又

北方水，龍虎自交彰。水火運時歸一體，臨爐早見五神光。根本昔中方。以上李真人述龍虎訣十首

菩薩蠻

還丹根蒂將何作。須憑金火相銷鑠。金火得長生。方成夫與妻。夫妻情重重。共隱真人洞。真洞約迴期。天符來便歸。

又

還丹父母將何作。木從火裏生枝博。枝博既芳榮。離宮火漸明。漸明終却滅。化土生金屑。土謝玉金鄉。金來歸北方。

又

還丹龍虎將何作。北方玄武南朱雀。朱雀變爲龍。元宮養大虫。大虫食草木。龍愛吞金玉。交戰向滄溟。俱傷血滿形。

又

還丹鉛汞將何作。砂須剥面鉛沈脚。砂精與鉛精。露形不露形。爭得相違背。須用三才理。汞採日中精。鉛須鉛裏金。

又

還丹水火將何作。須知兩位相交錯。火在水中求。水從火裏流。水流遭火剋。爲有中男力。水被火淩持。相携一室歸。

又

還丹鼎器將何作。戊己正土爲城郭。城郭善隄防。隄防生藥王。藥王能御衆。臣下難飛動。外隔坎離城。誰人見鼎形。

又

還丹火法將何作。初從復卦終于剥。旦暮用屯蒙。潛行造化工。進爲春夏月。退象秋冬節。既未入坤宮。還丹道已窮。

又

還丹秘訣將何作。因師口授親糟粕。未悟莫施爲。前程路嶮巇。尋文終不的。義在文中出。文義縱惺惺。搏量早晚成。

又

還丹節行將何作。師曾囑咐留言約。莫近貴豪門。貴豪賺殺人。不須誇富有。富有難長久。隱遁且悠悠。願將天地儔。

又

誇丹功用將何作。仙人盡號長生藥。服了得延年。方知此理玄。至藥終須覓。只在坎離側。向此得真微。天長地久期。以上李真人述還丹訣十首

案宋元間道士姓李者頗多，以上詞未著名字，不知李真人確爲誰，姑作道謙。

楊真人

真人名明真，號碧虚子，耀州三原趙曲里(今陝西省三原縣)人。師事馬鈺，居終南山。卒年八十。有長安集。

輥金丸

一更裏，擒意馬。猿猴兒，莫顛耍。大悟來，心地

覺清涼，管自然都放下。本來面目常灑灑。真清淨，更幽雅。更減口頤養氣神全，按四時，分造化。

其二

二更裏，夫婦會。和嬰兒姹女交泰。復宇宙，顛倒任循環，把坎離相匹配。土牛木馬撼山海。隨羊運搬載。潑焰都輥入泥丸，教鬼神，須驚駭。

其三

三更裏，根蒂固。玲瓏現日端午。要返覆，泥裏倒推車，便卽時揚勃土。木金間隔騰烏兔。刀圭至，汞鉛聚。降滿地白雪注黃芽，看玉華，金蓮朵朵。

其四

四更裏，法鼓響。金雞兒木頭唱。便斡旋，昇降透雙關，早起隨明堂過。虎龍自在通來往，能抽添，運水火。鍊黑赤爐內輥金丸，迸雪白，硃砂顆。

其五

五更裏，天欲曉。功圓滿行都了。便脫殼，來往有無間，顯出真容貌。古今快樂仙家，延長生，永無老。降紫詔傳報玉皇宣，駕祥雲，歸蓬島。鳴鶴餘音卷六

范真人

范圓曦號玄通子，寧海（今山東省牟平縣）人。至大二年（一三〇九）卒，年七十二。

步步嬌

住在古窑墓。行坐立歌舞。捉住這真空，猛悟。自古及今說龍虎。無一無一箇人悟。鳴鶴餘音卷六

濳真子

濳真子居少室山，有還丹顯妙通幽集。

蘇幕遮　七返還丹，在人先須，煉己待時

七返功，人難會。返本還元，七轉收歸兑。陽九但行陰六位。何慮三峯，雪裏安然睡。　在人修，須發志。烹煉依時，勿使心游外。澄淨湛然無垢膩。神水頻澆，別有甘甜味。

又　正一陽初動，中宵漏永

一陽生，當復卦。子後披衣，握固端然坐。玄牝驅馳衝頂過。一撞三關，始覺工夫大。　木鉛漿，金汞火。水火之中，有箇嬰兒卧。漏永中宵星斗磨。唯指天罡，莫遣交差錯。

又　温温鉛鼎，光透簾幃，造化爭馳

火初炎，歸玉户。滿鼎温温，遍體周天度。水火抽添依大數。盡到丹田，須遣教燒住。　自然光，非晝暮。光射簾幃，可照千千步。内養還丹他自做。造化功夫，神聖如鍼炬。

又　虎龍交媾，進火功夫猶鬭危

水生金，陰魄遠。火長青龍，魂向肝中卯。三七數

中無太少。相從相隨，直到泥丸腦。　火頻添，功夫妙。解使長生，顏貌常無老。能鬭邪魔并外道。教我逍遥，立得神仙號。

又　曲江上，看月華澄淨，有箇烏飛

爍爍明，天河曲。蚌上光輝，内長娑羅木。卯兔千年毛似玉。陰裏生陽，只要人知悟。　日中烏，生三足。陽内藏陰，本向離中住。二物同收歸一處。對景觀形，輙莫生塵污。

又　當時自飲刀圭，又誰信、無中養就兒

正當時，須自曉。認得刀圭，掌内冥冥杳。勤飲瓊漿常是飽。大藥頻修，莫要虚拋了。　龍左行，虎右遶。無裏生兒，迷者争知道。子午寂然功最好。不會修持，空説千千兆。

又　辨水源清濁，木金間隔

崑崙山，出猛水。一派東流，九曲濁連底。下流不通無處止。澄淨清清，照見神光體。金木因，爲

妙旨。龍虎相交，何假同元義。只恐衆生難省會。再舉陰陽，切切生慚愧。

又　不因師指，此事難知。道要玄微

坎離根，鉛汞始。看盡千章，難取希夷理。際會先生蒙妙旨。萬卷皆通，別是心懽喜。有中藏，無内起。大納乾坤，小入毫毛裏。元始曾言如黍米。靈寶分明，始覺真端的。

又　天機深遠，下手速修無太遲

地氣騰，天雨降。萬物生芽，便是天機象。山頂有泉深數丈。索短求他，要覓應難望。少年修，根脚壯。老後鉛虛，汞少如何向。視聽都休神散蕩。本去乾枯，怎得成無上。

又　蓬萊路，仗三千行滿，獨步雲歸

海波間，蓬萊島。行滿功成，去者絕希少。無路無舟空浩渺。鄽市先生，要到應難到。養冲和，宜在早。意氣男兒，守取幽去道。滄海變移身未老。玉帝知聞，必有金書詔。

以上十首蘇幕遮注解呂洞賓沁園春，見還丹顯妙通幽集，未著注解者人名。呂洞賓原詞，全唐詩收入。

紙舟先生

西江月

本是一團血肉，惺惺全借陽神。起居言語是誰靈。神去更無把柄。說出萬般名相，教人轉入迷津。自從今日悟全真。妙語奇言不信。

又

光徹虛空上下，人人具足無虧。全真真裏露真機。實證無爲不二。掃去閑名野字，胸中莫滯些兒。七真五祖只如斯。悟得真超聖地。以上二首見紙舟先生全真直指，注謂元黃公望傳。

雲陽子

雲陽子柳志春，又號通玄大師。

滿江紅

豎起空拳，休着相、秤鎚是鐵。敢承當時要；丈夫剛烈。古佛拈花微微笑，今時幾箇齊腰雪。嘆杜鵑、啼得血流枝，誰知切。　啞人夢，難分別。耳聾漢，偏解說。有孤峯頂上，木人饒舌。鳥噪猿啼談不二，松風澗水真玄泄。這機關打破看寒空，家家月。鳴鶴餘音卷一

牧常晁

常晁有玄宗直指萬法同歸，下署建安仰山道院。

梧桐樹

世間人，須覺悟。難得人身休辜負。莫把時虛度。不離方寸蓬萊島。多少時人行不到。勸君早覓長生路。

又

早修行，聽勸諭。綠鬢朱顏易變故。光景流如注。妻兒金寶暫相遇。到了何曾將得去。不用縈懷慮。

又

得人身，元自錯。莫信愚癡常造惡。積善□□樂。爲人幸是生中國。闘早回頭參玄學。休被塵勞縛。

又

學道人，知端的。要須認取元初一。休外尋覓。初因一炁成形質。配合陰陽生萬物。此身實自玄元出。

又

汞卽心，鉛卽氣。汞鉛結就丹根蔕。産在西南地。坎離龍虎總由伊。性命陰陽只這是。勸君早留意。

又

守真元，專一炁。嬰兒養就吾身裏。十月胎圓備。萬般譬喻總皆非。大底由他心意地。外覓徒勞耳。

又

這金丹，無二道。方寸不離真水火，既未相顛倒。箇中運用不辭勞。海底天心呼吸到。現出長生寶。

又

這丹頭，牢結搆。念頭動處靈丹走。固濟要無漏。綿綿一炁三關透。撥轉天輪行火候。金鼎蟾光透。原作遶，疑誤

又

道無他，心爲主。執象拘文徒自苦。記取聖賢語。丹經譬喻千萬句。止是陰陽兩箇字。要識根元處。

又

參玄人，聽付囑。百歲光陰如迅速。轉眼花開落。大事因緣如未熟。急須猛省開心目。莫被邪師惑。

又

學無爲，離塵俗。結草爲庵山水緑。散誕無拘束。南山看過牛如玉。人牛且喜俱相熟。脱下蓑衣吹一曲。

又

謾騰騰，無造作。任意逍遥隨飲啄。真箇清平樂。喉手幸無名利索。萬里孤雲并野鶴。這般誰知覺。

西江月

大道不由別物，只由心上行持。念頭纔動汞鉛飛。止要定心專氣。殺盜淫邪不紀，利名恩愛休迷。無心無事是丹基。說破元來容易。

又

多少外尋卦象，不知返照真元。此身元是易之門。晝夜坎離常運。烏兔馬牛龍虎，無非借喻爲根。屯蒙既未定晨昏。定意專心爲本。

又

一意中宫不動，四方四獸稱臣。內丹外藥合天真。現出一輪寶鏡。此景此時此地，無心無我無人。不知誰是本來心。湛寂真常妙境。

又

釋氏禪經律論，儒家傳記詩書。老君三六部真符。止論一心兩字。了得一明心地，諸餘土苴何須。忘形忘氣總歸虛。到此實非譬喻。

又

四大一身假合，六根五蘊陰邪。一元陽處是吾家。休認形骸野馬。內院神京須出，天堂地獄空華。玄玄難測此幽遐。妙用有誰知者。

臨江仙

午夜金烏從海底，丑初漸出扶桑。大明東向屬三陽。韶華春滿院，無地不生光。直駕河車朝帝闕，泥丸宫飲瓊漿。華池神水灌中黃。嬰兒未就母，地久更天長。

又

促取一年中日月，來歸片刻之中。坎離交媾虎龍通。三花時就鼎，一霎現神功。滿地黃芽□白雪，輝騰南北西東。二弦合□甲庚同。驪珠初出水，焰慧自燒空。

又

打破這陽爐陰鼎，躍番黑汞紅鉛。龜蛇龍虎總虛言。六根并四大，陰物一齊捐。有箇天然真一種，非心非腎非玄。不容口意識情傳。修丹如此到，可謂大羅仙。

又

服氣嚥精吞七曜，存思想化三車。飛罡噀水散名花。詞章勤奏達，吟詠酌流霞。外事何干於内境，有爲功力何賒。饒君作福等河沙。不明玄牝竅，特地隔天涯。

又

學道要明心地印，更須陰陽同行。不能及物只爲身。小乘無智慧，大道幾時成。一種貢高誇自會，妄言眩惑人情。只圖博取利和名。不思生死苦，萬劫路冥冥。以上並見玄宗直指萬法同歸卷五

王惟一

惟一號景陽子，松江人。有明道篇。

西江月

太極未分混沌，兩儀已非其中。一陽纔動破鴻濛。造化從兹運用。水火升沉南北，木金間隔西東。略移斗柄指坤宮。盡把五行錯綜。

又

日月相交晦朔，龜蛇產在虛危。巽風長向坎中吹。火燥必資神水。動靜皆由心意，與天合德無違。洞然妙理更何疑。説甚短長生死。

又

一點真陽在坎，移來點化離陰。這些造化義幽深。須是明心見性。妙在一塵不染，自然對境無心。可憐世上少知音。會得超凡入聖。

又

大道古今一脈，聖人口口相傳。奈何百姓不知焉。盡逐色聲迷戀。在邇不須求遠，何消更遇神仙。分明只在眼睛前。日用常行不見。

又

吾道至尊至貴，若非宿骨難知。直須克己至無爲。方見本然天理。萬化皆從中起，古今無剩無虧。若能動靜不相違。可與神化何異。

又

學道須當猛烈，始終確守初心。纖毫物欲不相侵。方得神凝氣定。動靜不離中正，陽生剝盡羣陰。龍降虎伏鬼神欽。行滿便登仙境。

又

得一金丹事畢，休尋白虎青龍。泥文執象理難通。妙處非鉛非汞。温養身心不動，滿懷和氣春風。頓然罔念又無功。還藉黄婆提董。

又

看盡丹經萬卷。不明真汞真鉛。那堪火候不曾傳。都是盲修瞎鍊。一句真詮妙顯。得知心得昭然。神歸氣伏不欹偏。刻刻打成一片。

又

大藥元無斤兩，誰知愈採無窮。西南幽遠路難通。意到不勞神用。坤癸結成真種，移來栽在乾宫。山頭雨打任狂風。吹撼根深不動。

又

真火本來無候，休拘日月時年。試思混沌未分前。招甚時年證驗。跳出五行外面，絲毫不染塵緣。方知這箇妙中玄。一粒寶珠出現。

又

沐浴卽非卯酉。子時冬至休求。但行中道本無修。方信無中生有。宇宙在乎吾手，常騎鐵馬閑遊。無拘無束且優游。日夜簪花酌酒。

又

離坎不分南北，木金豈問西東。但誠一念守其中。勿使心神恣縱。要識前身真種，洞觀物我皆空。寂然安靜到鴻濛。四象五行無用。以上十二首見王惟

林轅

轅有谷神篇，題曰五福玄巢子林轅神鳳述。前有延祐乙卯趙思玄序。

水調歌頭

雷在地中復，山下出泉蒙。樞機合發，時惟君子爲能通。初九潛龍勿用，上九亢龍有悔，溟涬萃黄宮。大畜有攸利，善繼養元雄。剥鴻濛，求鼎實，作參同。有孚盈缶，油然道濟沛其豐。酬酢噬金遯轂，鮒甕包承敝漏，退食總由公。納約自户牖，其道永無窮。

又

悟得天仙訣，參透祖師關。坎離顛倒，歸根復命片時間。也不持齋受戒，也不行藏語默，也不坐禪圜。因甚同門士，廢寢更忘餐。覓黄芽，擒已汞，結還丹。塵情事冗，般般應接道無干。也莫去妻逐妾，也莫抛兒棄女，也莫説休官。混飲太玄酒，箇箇會乘鸞。

又

大藥金丹祖，混質未分前。剛柔剖判，異名同出汞和鉛。會得道窮物返，鍊此華池神水，推類合其玄。二八正關鍵，夫婦再團圓。午臨申，寅起子，運周天。爻符既濟，陰須陽極始承權。三五庚生甲滿，漸以中孚孕有，十月聖胎全。表裏赫然赤，洪造應純乾。

又

色象毘盧育，具足辟支離。大千人我，總名無量阿僧祇。男則給孤舍衛，女則普門覺海，愛慾受根基。若樂蘭那行，福報尚愆期。善財施，多寶積，廣參師。因緣殊勝，頓超彼岸掬曹溪。佛説須陀含果，我得阿羅漢道，如是證菩提。第一波羅蜜，諦聽可思維。

又

樹老堪移接，人老豈容枯。玄元食母，還丹入口是良圖。乞得西家紅釀，又覓東隣白醖，裝做一葫蘆。就我鐺中煮，玉兔搦金烏。救衰翁，伸老媪，復如雛。精填髓滿，身心常是壯丁夫。俗語神仙絶慾，浪説真人無念，天也被機模。我道非常道，定不自覊孤。

又

造物局浮僞，天網艾如張。提起死生，關捩便是有閻王。六道轉輪吞啗，一氣循環貴賤，校覈注生方。苟免投皮轂，難遇好爺娘。友多聞，欺獲羅，錯因忙。天堂地獄，信乎申吕鞠韓常。耕餒寡尤寡悔，道穀闕疑闕殆，舉措巧承當。要出陰陽構，金鼎鍊鉛霜。以上谷神篇卷下

王玠

玠字道淵，號混然子，南昌修江人。有還真集。

沁園春　十一首

一　贈龔全美口訣

一竅玄關，非高非下，正在當中。得真師指點，方知此竅，不居南北，不屬西東。默默内觀，綿綿静守，道滿虚無浩氣冲。難言説，一星兒消息，天地根宗。先須握定雌雄。天癸生時鼓巽風。把鉛爐封固，飛神海底，中抽坎畫，去補離宫。進火退符，流珠復位，十轉迴輪一氣通。靈胎結，待功成行滿，獨步瑶空。

二　贈混真子只訣

道隱無名，包含萬象，總在身心。若一言勘破，本來面目，不生不滅，耀古騰今。返照回光，存神絶

念，直下承當莫外尋。忠言守，這些兒妙處，至理玄深。真中不許容針。好把陽爐鍊濁陰。待陽生冬至，重門深鎖，烏飛兔走，虎嘯龍吟。片餉回旋，半時交姤，大地山河盡變金。超三界，作蓬萊仙子，寒暑無侵。

三　三教一理

道曰金丹，儒曰太極，釋曰玄珠。刯三教之道，本來同祖，心存至德，性悟真如。闔闢機關，抽添運用，返照回光復本初。休分別，那些兒妙處，無字稱呼。虛中狀若蓬壺。寂靜形忘一也無。問三教根宗，谷神不死，靈源澄徹，誠意如愚。五氣朝元，五常合一，五眼圓明爍太虛。仙儒佛，派殊而理一，到底同途。

四　全真家風

不戀功名，不求富貴，不惹閑非。蓋一間茅屋，依山傍水，甘貧守道，靜掩柴扉。讀會丹經，燒殘寶篆，終日逍遥任自爲。真堪悦，遇饑來喫飯，冷即穿衣。箇中消息誰知。自裏面惺惺外若癡。且藏鋒挫鋭，先人後己，和光混俗，豈辨高低。處世隨緣，樂天知命，白雪壺中配坎離。時來到，與十洲仙子，同駕雲歸。

五　漁

不種田園，投閑江海，遠絶塵蹤。保一家性命，扁舟爲屋，隨機應舵，逐浪乘風。九曲江頭，三元潭裏，直把銀鈎墮水中。波深底，把金鱗釣出，回棹孤峯。三男三女和同。向砂鍋浄洗熱爐烘。或敲冰煮茗，渴飲一碗，得魚換酒，共酌三鍾。簑衣解開，箬笠放下，醉唱昇平月滿篷。江天闊，看一篙點處，粉碎虛空。

六　樵

家住孤峯，門臨曲澗，木作横橋。與世事相違，心求活計，簑衣掛體，斧柄懸腰。出入玄關，往來幽徑，直上高山採古樵。時攀就，把千枝攢簇，一擔平挑。歸來快樂逍遥。且放下千斤飲一瓢。這日用家常，隨緣隨分，今朝明日，自有新條。一曲高歌，三聲短笛，遏斷行雲透碧霄。其中樂，有山猿獻果，四皓相招。

七　耕

八口之家，五畝之宅，樹之以桑。買吴牛十角，拖犁拽耙，耕翻大地，潑草開荒。下種依時，移苗應候，栽向中田灌水漿。靈苗長，看盈疇遍野，處處風光。秋來雨順時康。有黍米凝珠滴露香。向六時勤顧，三更不睡，呼男呼女，採取回倉。擊壤謳歌，烹雞酌酒，婦樂夫懽飲一觴。無他事，但存誠守朴，稽首羲皇。

八　牧

赤脚蓬頭，簑衣篛笠，隨處安然。守無角牛兒，不離左右，同行同住，同坐同眠。常在家山，勻調水草，拗性之時著一鞭。牧回處，看遼天鼻孔，軟索低牽。閑來渴飲靈泉。把短笛横吹下嶺前。喜牛兒安静，清風涼徹，放開心地，萬事由天。彼此相忘，形神俱妙，花滿前村水滿川。真消息，有世人問我，起手擎拳。

九　龍

静藏深淵，動遊碧落，靈妙潛通。遇時至神知，乘陽便起，雷轟電掣，霧靄雲從。展尾昂頭，穿山透石，一舉冲霄氣勢雄。神威烈，把黄河倒捲，白浪翻空。須臾霖雨漂洪。却都在天瓢一滴中。發通身焱火，飛光走焰，山精鬼怪，絶跡潛蹤。變化無方，去來無礙，自得乾坤造化功。功成後，但歸心明主，永效年豐。

十　虎

生在西山，常居東谷，出没無時。向枯樹岩前，幽泉澗畔，飢飡渴飲，飽暖隨宜。一任縱横，平生勇猛，走入叢林萬木披。誰知得，但無憂無懼，斷絕狐疑。等閑剔起雙眉。有萬里風生八面威。自踏葉巡山，不離元所，一靈不昧，百獸皈依。跳下懸崖，咆哮振地，月白山寒水滿溪。收牙爪，且藏身遁迹，獨步雲歸。

十一　真風子

自小顛狂，平生落魄，放浪飄蓬。把三教玄機，從根識破，包含萬象，混沌家風。問釋談機，問儒説理，問道言丹守箇中。無拘執，但閑來捉虎，怒後擒龍。不分南北西東。信步逍遥到處通。向太華峯頭，瑶池會上，詩吟萬字，酒飲千鍾。足下雲生，袖中雷起，劍吐寒光射九重。真風子，出乾坤之外，劈碎虚空。

水調歌頭　二首

一　授混中子口訣

大道本無象，真性亦非空。其中造化有無，無有混玄同。透得玄關一竅，便好回頭下手，静裏要勤工。配合些兒妙，朝暮用屯蒙。採真鉛，鍊真汞，復真宗。陽生半夜，重關深鎖倒騎龍。運起周天火候，流戊擒精就己，三性會元宫。朗朗超今古，神應妙無窮。

二　授回陽子口訣

性本無修證，命乃有施爲。了明此理，道憑玄牝作根基。要得谷神不死，好住西南村裏，更莫起狐疑。動静分雙用，下手要知時。翫真空，調真息，運真機。鉛生汞産，封閉丹爐鍊紫芝。撥轉銀河斗柄，抽出坎中一畫，直去補南離。行滿功成日，飛步上天墀

滿庭芳

在俗修真，居塵出世，當以悟性爲先。處心清静，常守定中禪。見素少思寡慾，忘人我、隨分安然。行藏處，瀟瀟灑灑，渴飲倦來眠。問歸根復命，還

須立鼎，鍊汞烹鉛。遇採鉛時節，把火先搧。握固則雲藏煙聚，運動則斗轉星旋。半時內，玄機成象，月白照青天。

滿江紅　二首

一　示衆

一點靈光，因形降、來居心竅。本玄玄幽微，朗朗晃耀。只爲貪生多愛慾，漸教習性忘真妙。算不如、直下早收頭，回光照。　悟真機，存三要。鍊銀鉛，燒金銚。這復命歸根，虎龍吟嘯。海底風生鐵馬馳，山頭月落金鷄叫。三年九載整工夫，超塵表。

又

太極渾淪，纔開口、便分仁義。把清真支離，大道已廢。世事機謀求愈遠，人情往復相牽繫。都不如、收拾早回頭，安心意。　是非場，急回避。人我山，俱拋棄。這修道工夫，專柔其氣。萬物抽添明進退，神爐靜默牢封閉。得一火、鍊出箇金剛，超天地。

百字令　儒宗

聖人傳道，執其中、妙在惟精惟一。放則周流彌六合，卷則退藏于密。格物致知，正心誠意，靜裏包皇極。居仁由義，應機不費毫力。　四時天地同參，火符合候，默默存真息。三五歸元至德純，保合太和沖溢。體用一原，顯微無間，盡性窮端的。死生勘破，到頭還是空寂。

又　釋宗

真宗頓悟，理幽微、了了無言可說。曠劫至今全體具，湛寂元無生滅。拂塵拈花，穿衣喫飯，覿面分明泄。頭頭皆是，何須特地差別。　爲言向上家風，纖鋒快利，透石剛如鐵。三界圓通無所住，隨處應機明徹。芥納須彌，珠含罔象，朗耀懸秋月。寸絲不掛，即同諸佛齊列。

又　道宗

修真立鼎，鍊金丹、只用三般靈藥。冬至陽生忙下手，採取也須斟酌。抽坎填離，流精進火，正軸旋匡廓。赤子乘龍，一時騎上南嶽。　乾宮交姤歸來，虎龍降伏，夫婦同懽樂。巽户雙開大火然，九轉丹凝旁薄。玄谷風生，性天雲散，萬道神光爍。行功完滿，他年回駕鸞鶴。此下有金字經五首乃曲調，因删去。

鍊丹砂

學道不難知。都在人爲。須憑玄牝立根基。取坎填離無間斷，得造希夷。　神炁静相依。龍虎皈隨。無中養就箇嬰兒。迸破頂門神出現，爍爍光輝。

又

學佛翫真空。要識玄中。虛靈不昧是根宗。無色聲香味觸法，赤骨身窮。　應變利機鋒。三界圓通。木人石女笑春風。大地山河歸一粟，廣納包容。

西江月

學道先明玄牝，修真須用工夫。三般藥物不偏枯。也要堅剛一悟。　月下擒來玉兔，海中捉出金烏。半時運火入坤爐。鍊得神丹堅固。

二

悟性無生無滅，採鉛有去有來。兩般靈物結成胎。雲氣常浮寶蓋。　終日和光混俗，任時隨處寬懷。清風明月滿蓬萊。覩破虛空無礙。

三

離位翻爲姹女，坎宮却是嬰兒。自因兩箇隔東西。始用黃婆通意。　每遇陽生冬至，方能夫唱妻隨。一時齊會赴瑤池。共飲刀圭歡戲。

四

静裏含光默默，玄中調息綿綿。真空洞徹量無邊。

親見本來身面。雖是虛靈不昧，也須添汞抽鉛。常加水火鼎爐煎。便有神光發現。

五

入室先知下手，安爐要會施工。癸生急採向黃中。逆把天輪旋動。赤子飛神入海，蒼龍騎上南宮。片時嘯詠下瑶空。十極神仙皈奉。以上見還真集卷下

掛金索

一更端坐，下手調元炁。混沌無言，絕念存真意。呼吸綿綿，配合居中位。撥轉些兒，黍米藏天地。

又

二更清淨，心要常虛守。默默回光，照見無中有。趕退羣魔，振地金獅吼。頃刻功成，便與天齊壽。

又

三更鷄叫，冬至陽初動。取坎填離，直向泥丸送。火運周天，爐內鉛投汞。九轉丹成，白雪飛仙洞。

又

四更安樂，萬事都無想。水滿華池，澆灌靈根長。靜裏乾坤，仙樂頻頻響。道大冲虛，名掛黃金榜。

又

五更月落，漸覺東方曉。谷裏真人，已見分明了。玉户鸞驂，金頂龍蟠繞。打破虛空，萬道金光皎。

以上五首見混然子崔公入藥鏡註解

陳益之

賀新涼

滿酌開懷酒。算人生、不如意事，十常八九。造化小兒真廝戲，到了翻前覆後。謾只向、塵中奔走。多滿時賢口。殘詞見鳴鶴餘音卷四

無名氏

吴音子

欲要神仙做，抱元炁，胎息綿綿。一回炁滿一回煎。陰陽媾，赤龍蟠。地户牢封玄門啓，滚丹砂、透入泥丸。崑崙上，明珠晃朗，瑪瑙珊珊。一爐火滅一爐丹。灰心顯、五色光鮮。雙關路上氣連連。擁真花，上丹田。姹女嬰兒交歡笑，駕河車、地火雷遷。醴泉酒，時時飲罷，醉卧桃源。

無愁可解

返照人間，忙忙劫劫。晝夜苦辛無歇。大都能幾許，這百年、又如春雪。可惜天真逐愛慾，似傀儡、被他牽拽。暗悲嗟，苦海浮生，改頭换殼，看何時徹。　聽説古往今來名利客。今只有兔蹤狐穴。六朝并五霸，盡輸他雲水英傑。一味真慵爲伴侶，養浩然、歲寒清節。這些兒冷淡生涯，與誰共賞，有松窗月。

無俗念

全真大道理無窮，妙得至人端的。説破先天玄妙處，默悟其中消息。體物全彰，應機獨露，悟了生前畢。雖明此理，工夫最要綿密。　低頭泄漏天機，不因師指此事如何識。萬類三才誰主運，建立乾坤無一。變化無窮，包含不盡，運用無蹤跡。虚空打破，光明遍週無極。此下原有丘長春黑漆弩儂家鸚鵡洲邊住一首、無名氏月中仙日色西沉一首，案黑漆弩乃白賁曲、月中仙乃丘長春詞

春從天上來

日月高奔。這奥妙機，塵世難聞。太一壺中，清江谷口，芝草發蘭薰。看金蓮佳景，吐慶雲、開顯生門。道惟尊。更資成萬化，覆載乾坤。　如何四時受用，要綿綿默默，固蒂深根。逆順陰陽，窮通今

古，應變無有如神。此希夷至理，超名相、頓了天真。到頭人。向華胥相會，同賞陽春。

又

識破榮枯。萬事俱忘，宴處村墟。蓋世功名，掀天富貴，不免被物馳驅。嘆南柯夢裏，斷送了、多少賢愚。這田廬。算人人有分，誰肯歸歟。獨余洒然脱穎，任運止逍遥，自在無拘。蓑笠間堆，琴書高掛，活計冷淡瀟疎。向松間石上，吟風月、雲水倩攄。伴清虚。枕煙霞高卧，真樂無餘。

解紅

杖藜徐步。過小橋，逍遥遊南浦。韶華暗改，俄然又翠紅疎。東郊雨霽，何處綿蠻黄鸝語。見雲山掩映，煙溪外，斜陽暮。晚凉趁，竹風清香度。這閒裏光陰向誰訴。塵寰百歲能幾許。似浮漚出没，迷者難悟。歸去來，田園恐荒蕪。東籬畔，坦蕩笑傲琴書。青松影裏，茅簷下，保養殘軀。一任

世間物態，翻騰催今古。争如我，懶散生涯貧與素。興時歌，困時眠，狂時舞。把萬事紛紛總不顧。從他人笑真愚魯。伴清風皓月，幽隱蓬壺。

甘露滴喬松

光陰迅速，嘆世人朝朝，貪生無已。假若富過石崇，金玉堆積。謾贏得業相隨，鎮日假瞞心昧己。閻王請也，從前罪業，待交誰替。争如早早修持，伴物外仙家，抛離凡世。默默湛寂，别有壺中天地。顯森羅，月輝輝，觀法界、神光一體。歸去也，清風送朝上帝。

瑶臺第一層　詠茶

一氣纔交，雷震動一聲，吐黄芽。玉人採得，收歸鼎内，製造無差。鐵輪萬轉，羅撼漸急，千遍無查。妙如法用，工夫了畢，隨處生涯。堪誇。仙童手巧，泛甌春雪妙難加。睡魔趕退，分開道眼，識破浮華。趙州知味，盧仝達此，總到仙家。這盞茶。

願人人早悟，同赴煙霞。

瑤臺月

黃粱夢斷。把眼底浮華，須當猛省，凡籠跳出，物外有何縈絆。鎮相隨、霞友雲朋，任到處、風隣月伴。逍遥客，無拘管。遊緑水，翫青山，疎散。這些兒快樂，千金不換。任人争名奪利權。且俺咱，覓箇左轉。處簞、瓢活計，占斷人間慵懶。樂終朝、一枕高眠，放四大、長舒短展。紅塵内，君試看。算誰似我清閑。堪羡。向閑中，别有拿雲手段。此下原有瑤臺月平生懶惰一首未注名氏，案此首乃丘處機詞

無俗念

浮生碌碌。算由天由命，也由人福。暑往寒來人漸老，多少興衰翻覆。點石爲金，指山爲寶，未滿人欲。千方萬計，到頭那箇知足。何似忙裏偷閑，山間林下，淨掃黃茅屋。明月清風俱是伴，又有山青水緑。斗酒詩篇，饑餐渴飲，且喜無榮辱。醉來還醒，醒來還唱一曲。此下原有無俗念孤身蹭蹬一首未注名氏，案此首亦丘處機詞

又

茅菴交坐，任清虚冷淡，心香頻爇。認得元初真面目，萬法同歸無别。行若閑雲，坐猶空谷，動静成休歇。重玄之妙，信知擘口難説。仰高彌遠鑽堅，瞻前忽後，一點元無缺。語默仙凡俱契妙，禪道虚無寂滅。遍量忘知，盈壤靡覺，表裏圓通徹。玄天獨露，一輪無相心月。

又

參玄齟齬，强鑽研道法，堅如鋼鐵。烏噪猿啼談不二，切忌隨他分别。喝下明心，杖頭見性，此理固難説。疑團打破，本來頭面輕泄。無根樹上花開，脉傳今古，脱落輪迴劫 拂子龜毛敲兔角，漱石流泉長舌。五派宗乘，六傳祖意，空立齊腰雪。爲君舉似，碧潭冷浸秋月。

今古高情，都緣在林泉江曲。知此身如幻，寧羨錦衣華屋。雅志偏憐雕浦月，達人豈羨金山玉。喜滿庭、花影日篩金，苔斑緑。終焉計，東籬菊。虛心杖，南軒竹。枕琴書高卧，坦然無辱。萬古興亡春夢覺，一溪雲水平生足。看武陵三秀噴幽香，芝田熟。

又

東里先生，家何在、山陰溪曲。對一川平野，掩映數間茅屋。昨夜江頭新雨過，門前流水清如玉。傍小橋、環合柳參天，搖新緑。疎籬畔，叢叢菊。虛簷外，蕭蕭竹。嘆古今得失，是非榮辱。須信人生歸去也，世間萬事何時足。問此春、新釀酒如何，今朝熟。

又

一片閑心，明洞達、天心無曲。身未能輕舉，權作道家梁屋。壺内時看吞日月，世間不羨堆金玉。

任自□、虛幻轉光陰，披紅緑。丹砂井，黃金菊。靈芝草，琅玕竹。對無情瀟灑，有何榮辱。大夢百年方外去，平生萬事心頭足。向人間三度見河清，蟠桃熟。

又

一片閑心，髑髏子、無窮生滅。被化機搬弄，馳驟許多顛蹷。販骨如山成底事，迷情似海難超越。痛亘初、靈物（物下原衍一久字）被塵埋，塵沙劫。求出離，須猛烈。尋知友，談冰雪。下工夫磨煉，靈光明徹。風定波澄潭底見，雲開冷浸天心月。問啞人、飡蜜味如何，無言說。

又

元本當初，無一物、萬緣濛漠。嘆同流學道，誰肯死前除削。兩掌三拳空熱鬧，揚眉瞬目千般作。看眼光、落地見賢家，撞手脚。絶妄念，忘人我。名利斷，是非趓。伴煙霞深處，坦然行樂。境滅心忘無生豁，斷雲來往寥天廓。顯一輪孤月射寒潭，實無錯。

又

買得青山，便收□、草鞋藜杖。更不過建章宮下，灞陵橋上。天地蝸牛蠻觸待，功名蟻穴槐安相。近新來、白髮幾多長，三千丈。從今脱，紅塵網。青石枕，松風響。有商山四皓，□閑來往。火棗便宜秋露滴，交梨正要春温養。算古來、誰似我逍遥，陶元亮。

月上海棠

昨夜因打北邙山過。見箇骷髏兒道邊卧。雨灑風吹，骷髏被牧童打破。知他是，李四張三王大。低頭無語思量我。大限來時怎趓軃。家有千金，難免這場災禍。休争我，到底一家一箇。

又

吾言勸了千千萬。無一箇回頭猛烈漢。教上千般，猶道火院牽纏絆。没計算。一限又推一限。憂兒憂女没衣飯。指望百年永作伴。閻王來追，鬼使上門唤。拖將去也，不道家緣不辦。

山亭柳

世事堪憂。光景難留。春去又逢秋。四季催人老，百年似、蝶夢莊周。勘破從前似假，着甚攬閑愁。慷慨幸遇希夷教，塵情事、一筆都勾。下志速勤修。有等愚癡輩，馬丹陽唤不回頭。打的無緣業鬼，有分做骷髏。以上鳴鶴餘音卷之二

滿庭芳

搭手尋思，百年如夢，算來何不清閑。逍遥快樂，且樂一身安。日月韶光似箭，不覺人老花殘。思今古，從前勇猛，盡葬在北邙山。不如心行善，無煩惱，養就朱顏。怕無常限到，意馬牢拴。神炁休教敗壞，鎖白牛、常在金欄。修行事，自家性命，莫作等閒看。

又

昨日花開，今朝花謝，算來眼下時光。成家立計，劫劫與誰忙。纔見青春年少，霎時間、緑鬢成霜。堪嗟嘆，人身不識，自恁苦無常。不如早悟，金銀過斗，難免無常。思鄉嶺上，空滴淚成行。兒女無箇肯替，到頭來、獨自承當。聽吾勸，迴光返照，相伴馬丹陽。

又

男作行尸，女爲走骨，爺娘總是骷髏。子孫後代，番作小骷髏。日久年深長大，辦資財、匹配骷髏。聚滿堂活鬼，終日翫骷髏。當家骷髏漢，忙忙劫劫，長養骷髏。有朝身喪，誰替你骷髏。三寸主人氣斷，活骷髏、相送死骷髏。休悲痛，勸君早悟，照管你骷髏。

又

歸去來兮，不如歸去，算來都是便宜。也無煩惱，

也没是和非。選箇巖前淨處，好蓋箇、小小菴兒。黄昏後，安眠一覺，直睡到大齋時。此外別無事，逍遥快樂，幾箇人知。高官好做，也要追陪。假若前遮後擁，金魚袋、壓損朝衣。思量後，一箇口裏，插得幾張匙。

又

道教初興，釋門微顯，一興一廢如然。達磨闡教，東土至西天。都是後學晚輩，貪酒色、損壞真源。爭財氣，不依教法，也望到西天。三千年一遇全真，大教甲子天年。丘公闡教，萬朵金蓮。上界羣仙。在世諸魔，難道化才賢。君知否，今番不遇，更待萬餘年。

又

兒女如花，妻顏似玉，算來眼下時光。積財千萬，難買不無常。驀地陰公來請，無辭訴、更不推忙。空歸去，資財換主，兒女各分張。聰明賢達者，早

離火院，趓了忙忙。逍遥散誕，落箇清閑，飢後巡門化飯，寒來紙布衣裳。無牽繫，神仙未了，落得壽延長。

又

身是庵兒，性爲庵主，耳目便是門窗。壁中爲舍，腹是厨房。心是當厨博士，運水火、煉就元陽。心寧守，依時飯熟，盛與主人嘗。休出庵外去，些兒迷路，難奔家鄉。端然庵内坐，修補中央。運就金梁玉柱，透清風明月靈光。安然坐，不摇不動，怕甚惡風霜。

又

大道無形，難言難説，世人不曉其根。不憑清淨，數墨强尋文。若是只憑經典，世間有、多少能人。都成道，九天之上，塞滿玉皇庭。何須開辯利，休窮周易，罷講黄庭。真清真淨，心上要無塵。自有神仙提挈，恁時節、得赴玄門。幽微處，逍遥快樂，終日囉哩唛。

沁園春 按原誤作滿庭芳，兹據律改。

遇此荒年，天下門徒，受魔受難。過此番纔顯真誠，道友剎那，慷慨應過天仙。廣化天尊，忠昭烈士，甲子旬中要五千。加剛志，九天仙闕，無數金蓮。逢魔一志當先。心上休教邪共偏。舉刀時，一性如山不動，三清上聖，到處隨現，不在功全。不須行滿，一志無疑，上聖勸諸門弟，肯忘形忘體，隨我昇天。

滿庭芳

甘草人參，天麻芍藥，薄荷荆芥川芎。乳香没藥，白芷共甘松。玉金藜蘆桔梗，甘菊花、藁本茯苓。防風等，細辛分兩，各自要均停。問甚渾身壯熱，管甚偏正，夾腦頭風。着將一字嗃鼻中，當下神功有準。李貴妃曾壞雙睛。竭的效章宗見喜，加做一提金。

又

二氣旋還，三宮升降，往來於數無窮。透關神水，鉛汞過三峯。返復周流八脉，戊己煉、陰虎陽龍。凝精處，金花的的，外見形容。靈光真造化，天機深遠，推測難通。算利名酒色，恰似秋風。大道玄爐進火，三田内、養出神功。功成後，天書來詔，平步赴瑶宫。

案此下原有滿庭芳真鐵牛兒一首，據悟真篇乃宋張伯端詞

又

石火光陰，人身不久，算來生死難防。忽生或滅，恰似電争光。識破形骸假合，尋得箇、出世仙方。思量後，回心向道，要認箇法中王。時時常見面，同行同坐，同飲霞漿。同伴清風明月，同一志、同見天光。同相會，同師訪道，同唱滿庭芳。

又

道釋儒門，三教歸一，算來平等肩齊。道分天地，

萬化總歸基。佛在靈山證果，六年後、雪嶺修持。儒家教，温良恭儉，萬代帝王師。道傳祕訣，佛流方便，忍辱慈悲。大成至聖，豈辯高低。都是後學晚輩，分人我、説是談非。休争氣，三尊一體，瞻仰共皈依。

又

這炷名香，天然清秀，生於象帝之先。金爐焚處，裊裊起祥煙。不是沉檀乳降，亦不是、四和龍涎。括來獻，先賢後化，五祖大羅天。此香靈妙處，遍周法界，氣味真全。開人鼻竅，入至通玄。願八荒四海，同霑至化，道氣綿綿。從今後，一人有慶，萬萬餘年。

又

命似清風，性如朗月，瑩然獨見輝輝。靈光普照，何日不歸依。常在無明之處，任昇騰、斗轉星移。通真理，不無不有，動靜應神機。其間多少事，皆

是方寸，或是或非。在人人運用，志見高低。悟者頭頭皆是，未明時、處處皆迷。修真士，觀天行道，功滿步雲歸。

又

壽竹長青，壽松高聳，壽山壽水俱全。壽星壽夜，壽象現中天。壽祝長生不老，壽香一炷，寶鼎龍涎。壽童引，壽龜壽鶴，壽燭比金蓮。壽盤添壽果，壽桃初熟，壽滿三千。壽筵歌壽曲，壽酒與流連。壽從今，去福壽無邊。壽仁者，壽門高大，福壽永綿綿。

又

辰出街頭，酉歸堂内，切須規矩隨身。志誠香火，早晚去朝真。遍歷名山福地，不恥問、參訪高人。休誇逞，斷除人我，心地放教平。燒丹并煉藥，琴棋書畫，各有司存。應干請祈法術，都是謾勞神。且任隨緣乞化，省多少、勞碌精神。團圞坐，齊同慈愛，異骨總成親。

又

減飯除情，敵魔戰睡，聖賢學道根基。進人退己，用事契心機。遇境休生煙火，安閑處、性要無疑。争知道，洪波跳出，却還入希夷。罷貪酒色酒氣，犁開利鎖，截斷嗔癡。完全性命，物外何爲。悟徹元初色相，功成也、歸去來兮。乘丹鳳，蓬萊宫裏，獨步訪鍾離。

又

稽首諸兄，畧聽吾勸，化飯朝日隨緣。殘餘好惡，只要自心堅。飽後歸庵静坐，無益語、閉口藏言。他人過，見如不見，方寸得安然。且休尋玄妙，牢拴意馬，緊鎖心猿。去除人我，滅火消煙。晝夜敵魔戰睡，常寂静、調息綿綿。君知否，如斯妙用，子母自團圓。

又

今日榮華，前生福善，悟來更好重修。百年光景，生滅水浮漚。販骨無休歇，勸未盡、又遭愁。然此字疑誤嗟人世，忙忙造業，幾箇肯抽頭。清閑歸物外，逍遥獨步，身内閑搜。把汞鉛顛倒，性月如秋。直待功成行滿，超三界、永列仙儔。乘雲去，真容不朽，免再卧荒丘。

又

清淨家風，如常合道，本來面目休迷。行住坐卧，何處不相隨。達理頭頭解脱，明心無作無爲。君還悟，絲毫放過，畫餅不充饑。古今賢達者，仗無情慧劍，斬斷昏迷。把三尸趕退，六賊分離。雲散天心獨露，吐紅霞、烹錬須彌。真功至，長生活計，能有幾人知。

又

恬淡家風，寂寥活計，無爲無作無言。行住坐卧，莫放馬猿顛。性有調和柔弱，觸來無火無煙。通真理，無情無慾，無罪亦無愆。諸公休外覓，天真一點，元在心間。被黑雲遮障，不計餘年。好用清風吹散，雲收處、露出青天。森羅見，一輪明月，光耀照無邊。

又

過去休思，未來莫想，見前一念俱忘。三心滅去，顯出法中王。便是生前面目，無形貌、獨露堂堂。玄玄理，四方真炁，攢結聚中黄。閑閑常内守，勝如塵世，苦海茫茫。任隨緣隨分，柔弱和光。漸漸輪迴路出，看看近、來到蓬莊。功成日，携雲獨步，朝見禮虚皇。

又

百歲光陰，渾如一夢，不覺過春秋。憨癡愚昧，日夜爲家憂。衣食前生注定，更何須、物外貪求。當思忖，深坑火院，終日箇如囚。諸公聽我勸，兒孫福禄，莫與爲牛。把恩情挫碎，物外精求。管甚紅輪西墜，儘教他、月出東頭。降心定，回頭是岸，咫尺到瀛洲。

又

盡説煙消，皆言火滅，觸來總是無明。不知不覺，怎得離衆生。道本易行易曉，奈心迷、難曉難行。心魔障，未成大善，方寸不能營。同流聽囑咐，是非休辯，人我休争。嘆行尸走骨，何辱何榮。急救自家性命，炁神和、清潔真形。靈靈語，蓬萊閬苑，三島是前程。

沁園春

不喜輕裘，布衣芒履，任春與秋。傍人笑我生涯拙，塵寰碌碌，畢竟何求。物外蓬瀛，壺中方寸，論此宗風没價酬。誰知道，無爲快樂，不羡王侯。多謀轉使多愁。恰似吞他名利鈎。看日前些子升沉事，把天機喪盡，不肯抽頭。蜂爲花忙，蛾因燈逝，只恁迷前忘後憂。嗟身事，莊周蝶夢，蝶夢莊周。

又

大道無名，大音希聲，大器晚成。笑迷人管見，不言便了，似鑽冰取火，紐石爲繩。使盡精神，虚勞神用，緣木求魚甚日烹。愚癡輩，磨磚作鏡，怎覩光明。何須百計經營。守朴朴淳淳絶愛憎。澄虚心實腹，谷神不死，深根固蔕，久視長生。湛湛澄澄，先天先地，一炁寥寥混杳冥。希夷理，這一輪皎月，無缺無盈。

又

瑞雪翻雲，長風舞浪，仙家畫圖。問城南老樹，如今在否，洛中强客，還再來無。獨上君山，渺觀磊石，八百里清波漾巨區。何曾錯，有茶中上竈，酒裏仙姑。終須度了肩吾。却稽首終南衆老夫。自太平寺裏，題詩去後，東林沈宅，大醉歸歟。天上巡多，人間到少，更不向廬山索鱠魚。相憐否，好借君黄鶴，上我清都。此下原有沁園春黄鶴樓前一首未注

名氏，案此首乃葛長庚詞

又

切勸學人，悟取靈臺，休得外求。這天機玄妙，非容易，與君今日，細說根由。没口婆婆，偏能言語，没脚童兒，擅蹴戲毬。真消息，見雲埋玉洞，月照金樓。　有誰似我能修。把獅子擒來變作牛。向黃河浪裏翻筋斗。太陽宮裏，捉住獼猴。白雪花開，青雲子結，占得玄關第一籌。仙宮舍，跨驪龍歸去，永翫瀛洲。

又

昨夜南京，今朝北嶽，倏焉忽然。遇洞中有酒，渴來好飲，君山作枕，醉後高眠。出入無迹，往來不定，半似癡呆半似顛。隨身處，有一襟風月，兩袖雲煙。　人間漂蕩多年。又排辦東華第二筵。把玉樓推倒，種吾琪樹，黃河放淺，栽我金蓮。擊碎珊瑚，翻身蓬島，稽首虛皇御座前。無難事，功成八百，行滿三千。

又

打破疑團，謝了空花，飲啄隨緣。有蒲團禪版，消磨白日，臨風對月，可度流年。携箇山童，拖條藜杖，閑趁松風影裏眠。從今後，袖金針玉線，頓鎖爲煙。　何須祖祖相傳。被渭水松風泄盡禪。昔年會向，水中撈月，如今却解，火裏生蓮。向上宗乘，別無玄妙，十百元來是一千。翻身處，見漚停巨海，雲散長天。

又

瑞雪長空，布滿周天，色似銀。況此物不論貧富，應無深遠，觸處皆均。片片不教塵污，落處冥冥不聽聲。江天靜，見天華宇宙，景物皆新。　教人驀地歡欣。似一派銀河徹底清。聚時節如鋪玉，散來後，無跡無影無形。此是天機真造化，不比尋常假造成。陰消盡，待三陽數足，別換新春。

又

自古賢愚，日月輪催，盡沉下泉。漢張陳義，斷因名利，恣奢華後，破壞家園。墳廟江邊，漢陵原畔，勢盡還空皆亦然。英雄輩，盡道傍壞塚，衰草綿綿。嗚呼往事堪憐。染虛幻浮花逐逝川。又爭如省悟塵勞，愛趣貧閑。居素保煉丹田。越過輪迴，超昇苦海，直上清涼般若船。逍遙岸，會玄妙雲路，同訪桃源。

又

好無來由，名利區區，幾時盡頭。算榮華富貴，名高位顯，妻兒艷女，肯做持修。冷淡玄門，清虛妙道，苦澀難行孰意留。修行路，悟輪迴生死，有分仙流。除身外盡是閑愁。猛割斷寃情去便休。頂幘巾布素，隨緣度日，逍遙雲水，物外遨遊。閑裏尋閑，損之又損，火滅煙消絕外求。將歸去，這酆都路變，蓬島瀛洲。

又

絕品龍團，製造幽微，建溪路賒。向南山採的，蟾酥烏血，和合北海，七寶靈芽。時遇陽春，收歸瑤室，碾磨搗、香塵膩水加。玉甌內，仗仙童手巧，烹出金花。奇茶堪獻仙家。但啜罷香生兩腋，僥倖趙州難遇，盧仝不見，苦中甘味，意與誰誇。滌盡凡心，洗開道眼，返老還童鬢似鴉。真奇瑞，願人人解飲，同赴煙霞。

又

自古神仙，隱跡終南，萬代流傳。說經臺上，針活枯柏，鍊丹爐下，化女石泉。四皓商山，十老古洞，尹喜親聞道德篇。結庵處，有青牛繫柏，白鹿昇天。翊聖古跡依然。雪樣三朝畫得全。有元真文澗，松陰一夢，鍾離悟道，跨鶴金仙。二祖披氈，甘河引度，傳受重陽七朵蓮。全真教，洞天福地，象帝之先。

又

古往今來，一刹那間，又早百年。任石崇富貴，陳平貧賤，顔回短命，盜跖長年。南陌新阡，北邙舊塚，盡是許多愚共賢。全不見，金釵十二，珠履三千。只因不鍊還丹。箇箇道凡夫無宿緣。庭前頑石，尚能聽法，城南老樹，猶解成仙。斗酒篇詩，張琴隻劍，且結人間歡喜緣。人問我，如何是道，笑指青天。

燭影摇紅

金菊初開，玉蟾新滿昇天皎。重陽佳致始恢弘，圓鑑亭亭照。上界中央奮矯。桂花鮮、雲收八表。緑枝裊裊。素魄團團，於中奇妙。細蕊繁英，洞天幽圃知多少。高臺深夜最堪觀，得遇圓明了。風動清香盤繞。爛銀霞、交光池沼。一叢霜氣，萬古冰輪，冲和誰曉。

臨江仙

達道逍遥無事客，狂歌度日欣欣。孤然一性朗然真。清如三島月，閑似九霄雲。語話參差絶世夢，心頭不掛微塵。四時遊翫百花親。壺中天不夜，物外景長春。以上鳴鶴餘音卷之三

蘇幕遮

嘆人身，如傀儡，五彩妝成，盡是虚瞞昧。叉手棚頭談今古。相呼相唤，空向人前舞。出來時，如風雨。氣斷之時，七魄三魂去。饒你棚前搥畫鼓。唤不回頭，終没回來路。

生查子

夜來忽覩一場希，乍見幾箇燈蛾兒，堪人嗟呀。愛慾貪嗔不肯捨。錯認燈光，隨高隨下。火焰根前，百般顛耍。十分燒着，全然不怕。直待燈盞内做箇焦巴。這回休也。休也。休也。奉勸你諸公，畧聽予勸。休似燈蛾兒，心生愛戀。戀着恩愛老了面。面皺髮白，腰曲頭低，耳聾眼暗，覓箇回轉。

把往日風流，一刀兩斷。聞身康健。早做箇惺惺洒洒漢。猛跳出凡籠，便是一箇了辦。此下原有解冤結北方一日一首未注名氏，案此首乃丘處機詞

喜遷鶯

死生都怕。這輪迴販骨，如何得罷。不悟真常，强生枝節，性命了達不下。有中不解，無中無裏，難明真假。離萬法。這本來一點，何處安搭。敢問些兒話。修真養性，如何憑執把。甚是明心，甚爲見性，甚是萬緣不掛。甚爲明月清風，甚是玲瓏脱洒了。真法告，師父慈悲，提携點化。

又

死生不怕。仗剛風一掃，般般都罷。獨露真常，不生枝節，性命亦無高下。亦無內外，其中就裏，元無真假。明萬法。這真如一點，不須安搭。悟得無生話。無作無爲，大道無執把。六二明心，時時見性，只此萬緣不掛。處處明月清風，端的玲瓏脱洒了。真法真空自在，不生不化。此下原有爇心香大道無形一首未注名氏，案此乃丘處機詞

爇心香

情慾消亡，脱了根塵。樂虛恬淡崇真。形如野鶴，性似孤雲。到處爲家，風爲伴，月爲鄰。住世無心，異俗超羣。握玄機、哩囉哩唵。省一點顔貌常新。得至真功，全真行，侍真君。

昭君怨

坐後談禪説道。起後不依些少。心口自尋思。好呆癡。日用機關千萬。何曾滅了一件。欲望做神仙。好難天。

又

學道須憑一志。無志難逃生死。對境志如山。自然安。萬法不離清淨。性定方能得命。會得這玄空。道必通。

霜天曉角

浮生碌碌。盡飄流世慾。空恁苦争活計，被情愛海没。夢中競利禄。謾儔機狡，此句疑有誤縱有百般榮貴，誰念光陰迅速。

又

世事促促。莫勞心役役。棄塵早歸林下，蓋箇低低茅屋。映窗疎竹。洒洒風生玉。萬疊青山爲友，那管桑田翻覆。此下原有促拍滿路花西風吹渭水一首未注名氏，案此乃呂巖詞已見全唐詩

驀山溪

不如歸去，作箇清閑漢。著甚來由，惹別人、三長兩短。天公許大，何處不容身，且謾着，有生涯，試待尋思看。　鑑湖裏面，淺山林畔。住箇小庵兒，且隨分、粗衣淡飯。嘲風詠月，蕭散過平生，塵世事，儘如麻，我也誰能管。

浪淘沙

修竹間青松。翠影重重。道家樓閣白雲中。隔岸紅塵飛不到，水浸寒空。此景與誰同。洞口仙翁。素琴彈罷倒金鍾。笑傲煙霞無一事，明月清風。

又

一箇主人翁。住在靈宫。無形無影亦無蹤。鐵眼銅睛觀不見，體似虚空。出入不通風。天地難籠。被吾擒在藥爐中。運起周天三昧火，鍛鍊真容。此下原有浪淘沙我有屋三間一首未注名氏，案此乃呂巖詞已見全唐詩

永遇樂

忙裏偷閑，鬧中取静，利名休競。有限光陰，無涯塵事，貪愛何時盡。無情烏兔，催人早老，暗裏換了緑鬢。此形骸、假合幻化，算來有甚憑準。　隨緣度日，和光同塵，惹甚閑愁閑悶。富貴由天，榮華是命，休更勞方寸。心中無事，眼前清浄，俱是快活時景。你若待、般般稱意，耐心且等。

踏莎行

一領布袍，一床紙被。葫蘆拄杖爲行李。三盃兩盞樂天真，誰能與你爭閑氣。滿眼蒼生，爭名奪利。朝朝只要巴家計。教他喫箇土饅頭，方知裏面□滋味。

喝馬一枝花

雨過山花綻。霧斂雲收天漢。清閑幽雅處遊翫。古洞巖前，時把金丹鍊。不愛乘肥馬，富貴榮華，是非都不管。獨坐茅齋看古傳。把道經時轉。橫琴膝上撫，鶴來見。紫綬金章，是則是，官高顯。五更忙上馬，爭如我仙家，日午柴門猶掩。

探春令

草堂三鼓夢遊仙，到蓬壺閬苑。正白雲滿地無人掃，信幽圃，香風旋。羣真朝列黃金殿。醉流霞瑞宴。頓覺來一片清涼意，似明月，山頭見。

無夢令

猛悟百年彈指。淚似迸珠不止。急解死生憂，管甚石中火起。石中火起。一任停喪在地。

又

學道非難非易。怎敢已而不已。專下死工夫，悟得長生活計。長生活計。收拾精光神氣。

柳梢青

布袍草履歷天涯。朝市與雲霞。隨分有些活計，杖挑周易南華。客來問我浮世事，無言指落花。鍊就水雲情性，脚踏到處爲家。

一剪梅

粗布寬衣下領袍。一襟瀟灑，兩袖飄飄。水雲活計伴漁樵。過得今宵，莫問來朝。九節蒼龍杖一條。仙經數卷，肩上橫挑。腰間懸箇小丹瓢。行也逍遥，坐也逍遥。

醉桃源

本來無說本無言。澄寂湛然。湛然常寂炁神全。

希內自觀玄。玄中妙，妙中玄。無相貌，莫團圓。往來去，怎遮攔。清風明月前。

玉交梭　梭疑枝之誤

我已叮嚀勸。展手心休倦。後巷前街，茶坊酒肆且遍。繞巡門，散喏好降心，與修行方便。一志休回轉。趁了今生願。神氣沖和，陰陽昇降，虎龍爭鬬，迸金燦爛。繞丹田，看真人出現。

歸朝歡

天地初分何處寄。父母無生名甚字。須將這箇要分明，推窮此理寧論是。細細傳不二。亦能整究從前事。往來頻，不知迷迷，甚日得言賜。忽爾真靈前面至。認得無形歡喜示。惺惺覷着甚端嚴，輝輝返照通容易。此下疑有脫誤　見時惟覓妙玄微，雅深中透出圓光，五般顏采，復本總祥瑞。

太常引

光陰迅速不停留。春去又還秋。展破皺眉頭。且唱和、仙歌散憂。百年短景，爭名競利，圖恁惹閑愁。休恁苦貪求。但得過、隨緣便休。

又

百年勳業鏡中看。嘆行路古來難。風雨換朱顏。更誰管、安仁鬢斑。掀天聲價，凌雲氣勢，短夢破槐安。回首問青山。放一片、孤雲自閑。

青玉案

無爲大道人難曉。只爲工夫少。猛悟迴光常返照。三田之內，六府之中，塵垢頻頻掃。諸緣斷處清懷抱。一點虛靈自耀。認得玄元清靜道。百關調暢，一性圓明，得出遊仙島。此下原有青玉案一從東別長安道一首未注名氏，案此乃丘處機詞

賀聖朝

草堂初寐，青衣扃户，丹項歸巢。抱瑤琴，高枕夢遊仙島，待閑訪三茅。中宵睡覺，聲如鳴珮，竹袚風敲。隔疎林、斜望斷雲飛，正月上松梢。

解佩令

一生懞懂，世事不曉。喫茶飯、不知饑飽。坐處生根，立一似、頑石當道。任傍人、笑我虚矯。　文藝不解，豈知典教。説修行、無分剖。面上塵埃，髮鬈鬆、身披衲襖。永長生、浩劫不老。

粉蝶兒

欲識還丹，認取自家宗祖。便不計、當初來處。是誰人，椿胎骨，誰人捏塑捉住。這一靈性，元來是鉛結聚。　既已爲人，要了自家龍虎。便不會却擒捉住。把金丹一粒，吞來入腹。恁時免得，轉迴受苦。

武陵春

物物般般都放下，熟境自然休。忙裏偷閑鬧處收。不掛一絲頭。　動静不拘無動静，法界莫能歸境丘。逍遥物外遊。性似水晶毬。

二郎神

小張歌，也好把、繁華勘破。速認元初真面目，把意馬心猿牢鎖。百歲光陰能有幾，也不可虚過。耳却聽囑咐，仙風道骨，莫向紅塵埋墮。　省呵。把師父親言記着。你原是蓬萊洞裏仙，爲思凡、人間淪落。速整仙胎歸上會，莫荏苒、俗情繫縛。自思忖，假饒積玉堆金，終久幻化如何。

青梅引

我笑迷人，不信乖劣。癡心戀，貪名利縈繫。落魄狂遊，每將術藝養道，用安身己。道知和息。藜杖藥瓢，蓑衣蠻笠。縱大地有滿地正疑珍之誤珠，那的直甚閑氣。　無限峯巒聳翠。略撰箇茅庵，用做棲心，幸有靈苗裔。更兼泉水。饑渴自然無礙。獨坐深山裏。悶看乾坤間隔，望落落如曉星之勢。再遇何年，駕雲朝上帝。

玉胡蝶

捉住玉山赤鳳，神舟同泛，激浪漂浮。便使烏龜開口，出頭喜謨，吸洪濤、枯乾北海，使巨波、澆灌西湖。自舒敷。水紋花面，此日是金鋪。光珠。盈盈照耀，恰如明月，晃晃方隅。普徧騰輝，盡成霞彩環紆。見圓珠、深深漸見，結寶丹、空外超踰。得臨大羅天上，永永惺甦。

玉液泉

這消息，幾人知，獨我全真好。大悟來，心地清涼，便分曉。本來面目常照。最玄妙。金關開，玉户閉，來往通關竅。遍三田，覺上下和冲，降銀雪，黄芽遍生芝草。姹嬰舞跳。透引動龍吟虎嘯。搬運在，斡旋中，坎離顛倒。龜蛇戰鬬，水火抽添，爐内燒丹，結就明珠晃耀。玉皇深恩宣詔。祥雲攢罩。恁時穩跨青鸞，歸蓬島。

點絳唇

堪嗟人人，波波劫劫貪名利。何時已。眼光落地。到此纔方悔。雖有兒孫，要替應難替。思下淚。

這場滋味。認着心先碎。以上鳴鶴餘音卷之四

曲江秋

如何是道。這一點、古今尋求顛倒。人人有分，箇箇不虧少。皆因動念錯，染着處、便生煩惱。若也般般放下，有何微奧。隨分隨緣且過，究本來面目，直須分曉。寒爐冷竈。對虎龍吟嘯。目前便是了。更不向、外邊尋討。不問神仙與佛，共同覺照。

木蘭花慢

本輕清體妙，湛然獨與天遊。爲透入凡胎，五行圈圚，四火拘囚。窮年執迷不悟，認聲色虚幻故延留。元舊仙鄉道域，咫尺天地迢遥。欲求返本還元，誠只在自心頭。但默默精思，時時探索，必取功收。虚空忽然粉碎，盡來生、業障一齊休。振袂蓬萊閬苑，不愁弱水無舟。

失調名　自樂

醉時節、就把青山靠。醒來時、興取瑤琴操。操的是、鶴鳴九皐。水色清，山色近，迥然閒自樂。俺也一如歸閬苑，登蓬島。且恁底、寄跡人間，與造化、同遊太虛，保養得、形神俱妙。疑此首爲曲調

上平西

這無常，兩箇字，最難防。要來時無處潛藏。不論老幼，不管貧富與賢良。不管妻子與兒郎。怎戀爺娘。身居土血逐水氣，隨風魂魄遊颺。細看來、怎不情傷。休貪火院，早早修取上天堂。三千功滿赴蓬島，永在仙鄉。

又

引清風，邀明月，去來兮。省多少閑是閑非。臨山近水，近些松竹向些梅。小院活計没多般，詩酒琴棋。無縈無煩惱，無別離。待改變一味愚癡。蠅頭蝸角得失，何所更何爲。不如聞早樂真機。高卧雲梯。此下原有鳳棲梧日月循環一首，綠暗紅稀一首，西轉金烏一首，孤僻巉巖一首，得好休來一首，今日思量一首，俱未注名氏。案日月循環一首，得好休來一首，俱丘處機詞，見西遊記。西轉金烏一首，孤僻巉巖一首，今日思量一首，亦俱係丘詞，見磻溪集。綠暗紅稀一首乃葛長庚詞，見玉蟾先生詩餘。詞綜卷二十四誤作于真人詞。

行香子　原誤作南香子

一箇蒼蠅，飛入腥盆。顧甜時、直入中心去，忘了擡身。沾其足，沾其翅，喪其形。我好嗟吁，怎不動心。甜中有苦，福内災生。既知滋味，便好抽身。你好不惺惺，不伶俐，一箇大蒼蠅。此下原有虞美人重陽飲水知多少一首，乃王喆詞

枕屏子

涉歷名山，巖巒盡皆遊過。上高坡。登峻嶺，勞神怎麽。道在身，心着物，交加相趖。終不失、本來這箇。白日同行，晚來同眠同卧。到天明相逐定，同行共坐。驀然地，忽然間，分明識破。元來是大哥。

喜遷鶯

厭離塵垢。便志樂虛閑，清淨爲友。劍拄寒光，兵安雲將，戰勝五行之寇。收得洞玄靈寶，跳出陰陽之殼。大丹就。鍊擒騎日月，摩挲星斗。　英秀。超前後。隨應萬機，明顯神通手。鐵板門庭，金針玉線，到處七穿八透。引出錦麒獅子，振水禽山獸。速回首。向碧霞堆裏，高眠清晝。

又

莫尋玄妙。我分明說破，修行關竅。戰睡敵魔，忘情絕念，此是聖賢正教。飲食則定除疑，每日勤修覺照。莫差了。待無眠無睡，心方合道。　別有玄和妙。鍊氣成神，自有金光罩。五氣朝元，三花聚頂，水火運行顛倒。九陽結就還丹，射透靈臺八表。功行了。向長生路上，閑遊三島。

又

欲調真息。論根源參到，生前實際。氣是心兮，神爲氣主，心動神氣分離。心寧子母相抱，意定自成真液。莫錯識。這内調息，非干扭捏，不曉胎元理。　開目和鼻指。靈龜蛇戲。祖道家風，迴光返照，呼吸自歸根蔕。清風瞥然透户，水火刹那既濟。至此理。要真常咫尺，三生佛出世。

又

返觀塵世。便擺脱羈縻，逍遥能幾。短褐綸巾，斑笻焦尾，便是自家歸計。箇人問爲何隱，遥指松蘿蒼翠。碧霞裏。有洞庭猿鶴，交朋知己。　無比。清閑貴。高枕老莊，不尚公侯位。水袴山鞋，煙蓑月笛，别是一般風味。安得這些消息，自古神仙綱紀。遂吾志。任桑田改變，浮生興廢。

又

萬緣多暇。便杖屨閑遊，田園隣舍。雨笠風巾，鶉衣鶴骨，韜晦翠微峯下。眼底世情羣擾，方外天機獨霸。德風化。樂清虛恬淡，無爲華夏。　幽雅。

雲鶴駕。歸去故園，鶯燕吟王謝。水石清華，巖壑深遠，高邁軟紅車馬。千古是非成敗，一枕煙霞溪野。妙哉也。這生涯欲賣，誰能酬價。

又

利名抛却。入廣莫鄉閭，委蛇盤礴。水曲山隈，煙村雲屋，隨分葛衣藜藿。任他玉堂軒冕，爭似茅廬丘壑。志寥廓。向東籬消遣，西園吟酌。綿邈。無爲作。不遇箇人，何處談玄略。書笈琴囊，石壇瓦鼎，此外並無真樂。幽雅澹然風範，端的憑誰光爍。自消索。有一溪松月，千年猿鶴。

又

頓消緣慮。覺夢蝶勞生，鷦居蓬户。飯蟻醯雞，塵衫風帽，贏得百年虛度。利如斷霞殘照，名若落花飛絮。豈堅固。似風中秉燭，枝頭垂露。誰悟。獨歸去。收拾水雲，高卧曹溪路。竹外流泉，籬邊叢菊，妝點野棠閑趣。五柳檻前吟醉，一笑人間今古。欲分付。歎煙波渺渺，知音何處。

水龍吟

玉爐百和發虔心，信香一炷，氤氳繚繞。來往盤旋，結成華蓋。報天地恩覆載。報日月照臨之德。報國王水土，豐榮快樂，報父母恩憐愛。上謝祖師聖教，丹陽師父傳派。紅塵普度，全真大教，丘王長在。太古居寧海。共三人暗合法界。願皇王萬歲，千秋臣宰。請門人拜。此下原有水龍吟算來浮世一首、寥廓初寒一首、昊天空闊一首、混元南嶽一首，俱未注名氏，案此四首俱丘處機詞，見磻溪集

又

本自出家離塵世。更不貪人間華麗。蓬頭垢面，終朝獨坐，内修活計。古廟窨龕裏。任他紅輪西墜。向無中認有，知白守黑，綿綿地，默調息。心上別無縈繫。有腋袋拄杖相隨。草鞋短襦，精膁赤腿，羊皮遮體。飢後巡門乞。飽來唱哩喻囉哩。

任傍人笑我，呆癡懶漢，有誰人識。

瑞鶴仙

百年如夢蝶。嘆古往今來，多少豪傑。圖王霸業。謾得漁樵，一場閑說。秦宮漢闕。今只有狐蹤兔穴。想榮華秉燭當風，富貴似湯澆雪。省也，損身薄利害己，虛名却如吳越。隨緣養拙。柴門掩，是非絶。向午窗容膝，小溪垂釣，坐對雲山萬疊。夜横琴，伴我知音，碧天皓月。

鬬鵪鶉

木馬嘶風，我之不然。石人點頭，啞子會言。碧眼胡僧，没手指天。畫一圈。無所傳。任意咆哮，如瓶瀉泉。枉費工夫，去磨砌磚。安用機關。奪勝争先。戈甲俱寧，太平四邊。不參禪。不問仙。一味醍醐，我知自然。不移一步到西天。木人把住，鐵牛便牽。火裏生蓮。玄之又玄。雲霧斂，月正圓。石女停機，金針線穿。謝三郎許我釣魚船。

帶甲金鱗，紅錦更鮮。不出波瀾。浮沉自然。自喜歡。便忘筌。這些消息，誰敢亂傳。

錦堂春

話衷腸。悟南柯一夢黄粱。破繁華、雲龕布素，認宗派、返照迴光。憑慧劍、揮開愛網，横藜杖、擊碎塵寰。那裏相逢，峨嵋山下，韜光速迸，東華山旁。林泉隱，南辰北斗，日月袖中藏。朱顏久，天崩地塌，真性如常。舞袍袖、乾坤恨窄，但展手、天地平量。醉醄醄、囊盛四海，笑盈盈、腹注三江。幾度瑤池，龍華會上，諸仙筵宴捧霞觴。鍾離至，玉皇御宴，無我不成行。重陽會，金蓮七朵，齊放神光。

又

活骷髏。算來有甚風流。著衣衫、遮形蓋體，弄精神、虛度春秋。又不念、無常近也，又不怕、閻老來勾。巧使機關，張羅活計，忙忙劫劫苦貪求。空熱鬧虛名薄利，分外惹閑愁。三寸氣，一朝斷了，獨臥荒丘。嘆古今、幾番成敗，光陰迅速難留。好倚閑、修真養性，把從前、伎倆都休。放下塵勞，悟明心地，凌風飄蕩野雲收。江山静，太虛空廓，星月照瀛洲。真箇好，逍遥快樂，不羨王侯。

又

睡魔王。百般作害爲殃。白日間、猶教可，夜更深、無處潛藏。惱得人、昏如癡醉，懷修行、輕送無常。眼若膠粘，頭如山壓，一團昏悶轉羸尫。相勾引，三尸六賊，夢裏盗元陽。般般飛騰法界，萬種顛狂。似這般、無端乖劣，勸諸公、各自隄防。念死生、前程事大，要殷勤、保護三光。莫得偎傭，全憑覺悟，神通勇猛賽闘張。相争戰，威鋒剛硬，一志向前當。追趕退，雲收霧斂，湛湛清涼。此下原有神光燦修行之士一首未注名氏，案此首乃馬鈺詞，見丹陽神光燦。

以上鳴鶴餘音卷之五

八聲甘州

一團春雪，抛在玉爐中煎。炎炎進火不住添。要曉得通紅無焰煙。須管莫虧折，斤兩依然。如此三千。鍛煉待不摇不動，方可爲禪。全真養命，只在恁麽之間。家園自有甘露泉。要澆灌黄芽長瑞蓮。幽遠待得來，與仙聖齊肩。

踏雪行

曉古通今，明經解義。紛紛説得天花墜。逐朝看畫餅怎充飢，竹影難掃堂前地。寡慾少思，忘言得意。諸家放下難爲貴。若離方寸這些兒，踏破鐵鞋無覓處。此下原有柳梢青依稀曉星明滅一首未注名氏，案此首見投轄録詞，乃宋人依託詞

柳梢青

悟箇不生不滅。更不許、拈花摘葉。興則高歌，醉眠芳草，夢遊仙闕。有時苦勸人人，莫呀我、叮嚀

切切。走骨行屍，貪財戀色，枉消年月。

梅花引

嵋山老。頭白早。人間善惡都曾造。也曾窮。也曾通。窮通得失，渾如一夢中。因窮落得身無辱，因閑落得心無事，莫才高。莫名高。才名高顯，於身展轉勞。知事少。煩惱少。心忘腹熱何時了。眼休擡。口休開。紛紛是非，如何得到來。獨來獨往無伴侶，自斟自酌無榮辱，任人非。任人疑。心閑自有，清風皓月知。

望梅花

死生於身最大。從來與我爲害。飢則求飡，渴而索飲，寒來又尋衣蓋。好難捱。晝夜相隨，殃得我來忒殺。捨了娘生皮袋。分付了兩家自在。行則穿雲，倦則卧月，遊戲太虛無礙。甚輕快。捉住風輪，跨神鼇，徧超法界。

又

是是非非休辯。好弱到頭自見。莫説他人，休昧自己，暗裏聖賢自見。聽我勸。自古今，何曾放過一件。好把塵緣拂散。清清淨淨，始終莫變。固蔕深根，長生久視，難免韶華易换。氣神鍊。遇箇知音，希夷理，説與一徧。

又

密密彤雲覆地。蓬蓬然、朔風又起。大塊呼吸，陽凝陰結，徧四野、玉花呈瑞。這些意。聖感豐年，顯唐虞、再來治世。敬道尊儒修義。崇三教、共同一體。子孝孫賢，臣忠朝正，上下盡成和氣。寶鼎内。爇炷名香，祝皇王、壽延萬歲。

又

日向南窗猶睡。疏篁外、柴門從閉。驀有人來，輕輕敲户，纔是轉身慵起。正濃美。一味黑甜，問人間、甚物堪比。除是沈沈爛醉。忘驚悸、又忘乘墜。乘也不知，墜也不知，齊生死、一同天地。這些意味。悟難知、却如同啞子做謎。

又

莫見他人長短。搜己過、不教自亂。舊日心猿，元來意馬，却喚醒漸馴羈絆。澄心内觀，鍊就冲和，把凡胎抽換。事到眼前決斷。教神仙、别無手段。地久天長，虛心實腹，善計者、不須籌算。行功滿。跨朶祥雲，去朝元、得居仙館。

又

百歲韶華如電。空回首、又來一遍。販骨輪迴，千生萬死，只管改頭換面。要得免、捉住清風，把虛空、打做一片。不誦南華經卷。也不要、葛藤相伴。截斷中流，剔開心眼。射透玉樓金殿。莫迴轉。一志無移，看山頭、明月出現。

賀聖朝

野僧歸後，漁舟纔纜，緑檜生煙。對寒燈、瀟洒枕書眠。聽石漱流泉。丹爐火滅，琴房人靜，風自調絃。待孤峯、頂上月明時，正一夢遊仙。此首前尚有賀聖朝夕陽沈後一首亦未注名氏，案此乃丘處機詞，見磻溪集

行香子

寂寂寥寥。洒洒瀟瀟。淡生涯、一味逍遥。傍臨谷口，斜枕山腰。有竹籬門，荆掃帚，草團標。寬布麻袍。大絡長條。拄一條、曲律藤梢。黄精自煮，蒼朮親熬。有瓦湯瓶，砂釜竈，葫蘆瓢。

又

閬苑瀛洲。金谷重樓。算不如、茅舍清幽。野花綉地，莫也風流。却也宜春，也宜夏，也宜秋。酒熟堪芻。客至須留。更無榮、無辱無憂。退閑一步，着甚來由。但倦時眠，渴時飲，醉時謳。詞綜卷二十四作北宋于真人詞，歷代詩餘卷一百十九及詞林紀事卷二十二作元僧明本詞。

案詞綜謂此詞見鳴鶴餘音，但檢鳴鶴餘音卷六並未注明撰人。

又

短短横牆。矮矮疏窗。忔憎兒、小小池塘。高低疊障，緑水邊傍。却有些風，有些月，有些涼。日用家常。木几藤牀。據眼前、水色山光。客來無酒，清話何妨。但細烹茶，熱烘盞，淺澆湯。此首歷代詩餘卷一百十九及詞林紀事卷二十二亦作明本詞。

又

淨掃塵埃。惜取蒼苔。任門前、紅葉鋪階。也堪圖畫，還也奇哉。有數株松，數竿竹，數枝梅。花木栽培。取次教開。明朝事、天自安排。知他富貴幾時來，我且優游，且隨分，且寛懷。

掛金索

我愛閑居，心境常皎潔。境滅情忘，自然無分別。雲散長空，露出清霄月。此箇家風，有口難分説。

又

一更裏，澄心下手端然坐。趕退羣魔，隊隊白羊過。剔起心燈，照見元初我。方寸玲瓏，寶珠懸

一顆。

又

二更裏，人靜萬事都無染。一對金蟾，上下來盤旋。嚇退三尸，奔走如雷電。白雪漫漫，降下璠花片。

又

三更裏，陽生子母朝金闕。海底靈龜，吸盡金烏血。一炁綿綿，三關都透徹。萬道霞光，捧出西江月。

又

四更裏，無事四邊都寧靜。內放心花，賞翫長春景。戊己門開，有箇真人進。一粒金丹，運上崑崙頂。

又

五更裏，天行還了修行願。龍虎相交，倒把黄河捲。半空裏雷聲，鬼神難測辯。認得元初，本來真

頭面。

又

齋罷閑行，獨唱無人和。山裏樵夫，也唱哩嘍囉。上了一箇坡。下了一箇坡。便做高官，也只不如我。

又

過了一年，又是添一歲。每日隨緣，爭甚閑和氣。可憐韶華，奔走如撚指。莫待臨頭，臘月三十日。

又

奉勸人人，一一聽分訴。不曉陰陽，怎知修行路。始初下手，鍊就鉛汞體。自有龜蛇，引入曹溪路。

又

聰明君子，一一聽分訴。甲子天年，看看降真數。跳出凡籠，一箇長生路。免教閻王，鬼使來勾取。

繡薄眉

化愚魯。拋離火院夫兒女。憑慧劍、斬斷三塗。人我山崩，是非海已枯。舊業消除，新殃不做。

又

應仙舉。汞鉛黑白希夷路。端的下、苦志工夫。晝夜無眠，粗衣淡飯足。乞化街頭，十方父母。

又

無憂慮。孤雲野鶴無拘束。草庵內、閑看金書。窗外林泉，隈山傍水竹。明月清風，堪爲伴侶。

又

養元初。心猿意馬牢拴住。六賊盡、不曾貪圖。杳杳冥冥，昏昏默默處。湛湛澄澄，性停命住。

又

認真趣。木金間隔通玄路。驅四象、五行圓聚。炁結神凝，陰陽自返復。遍體薰蒸，周天火足。

又

破昏衢。地雷震動山頭雨。黃芽長、白雪飛舞。露灑瓊漿，瑞草滿園圃。玉蕊紛紛，金花綻吐。

又

境堪圖。翺翔雲水縱横步。曲江上、飛烏走兔。虎繞龍蟠，坎離相會聚。斡轉天關，運動地軸。

又

法輪鼓。河車穩穩三十幅。搬日月、輥入金爐。玉鼎烹煎，九陽真火煮。萬道霞光，千重翠霧。

又

罩明珠。化生養就胎仙舞。真慶會、姹女圓聚。渴飲瑤漿，玉琴自然撫。韻定仙音，敲金擊玉。

又

有中無。無中更有些兒做。有無中、裏面搜取。無內藏真，有內却如無。有無雙忘，還同太虛。

又

行功足。蓬萊三島羣仙聚。瑶池會、聖賢無數。肅是修真，學道列仙侶。侍奉高真，西王聖母。

又

享天厨。仙衣掛體身輕舉。乘鸞鳳、翫賞清都。寶殿瑤樓，金釘滿朱户。不夜長春，無來無去。

步步嬌

傳得一口訣。教我去栽接。自從栽接後，全別。玉蕊金花果結子，啞子吃餳蜜，難説。

又

柔弱好家風。大道不脱空。真箇真箇有，鉛汞。水火既濟上下冲。文武兩交戰，齊功。

又

真行與真功。刀圭快如風。不遇真師匠，難明。你若做時第一功。渾身百關節，齊通。

又

俺在炕上坐。唱箇囉哩囉。困來睡一覺，如何。俺把陰陽顛倒過。俺笑俺笑你，空坐。

又

貧子吃好酒。吃得酩酊休。萬事都不掛心頭。任毁任謗落一籌。癡聾喑啞漢，真修。

又

無爲自然道。清淨長芝草。默默相知了，便好。杳杳冥冥閉了竈。工夫片時間，成了。

又

休執性爲真。如何出陽神。十箇九箇守，頑空。若得命基帶了性。白麵做燒餅，有準。

又

遍地有靈芝。人人都不識。作得業又大，難敵。我今欲待説與你，只恐你不信，談非。

又

信則你自信，不信你休行。莫待臨渴時，掘井。每日見爾費辛苦，不濟不濟事，休論。　以上鳴鶴餘音卷六

卷六中，尚有梧葉兒十一首，俱曲調。又有滿庭芳石火光陰一首，與卷三重。

遍地錦

吾本當初水竹村。甘河鎮上便狂風。七朵金蓮朵朵新。丘劉譚馬郝王孫。

又

吾本當初馬半州。因與先師説根由。獨坐圜牆向内修。功成行滿赴瀛洲。

又

四大假合本姓譚。前緣相遇棄俗緣。天下雲遊不住庵。功成行滿赴仙壇。

又

萊州武觀是吾鄉。因遇先生號長生。穿街柳巷也無妨。不染塵埃性月朗。

又

三宣賜紫住天長。便是雲光鐵脚王。因遇先生赴洛陽。功成行滿到仙鄉。

又

十九抛家棄俗緣。磻溪下志便安然。悟得長春不

夜天，大教門開萬古傳。

又

太古今日說因由。趙州橋下度春秋。唱住橋邊水不流。一葉落時天下秋。

又

吾本當初本姓孫。馬家門下結婚姻。因爲先師點破心。各自分頭覓主人。

步步高

一更裏，澄心披襟坐。猿馬牢擒鎖。慧劍磨。六賊三尸盡奔波。退羣魔。困也和衣卧。醒覺朦朧清風送。悟入桃源洞。閬苑中。閑訪三茅興無窮。透窗風。驚覺遊仙夢。

又

二更裏，白牛溪邊睡。牧童醺醺醉。蓑笠堆。月下方堪把笛吹。樂然後，歸去華胥國。得到華胥寬懷抱。閑把瑤琴操。聲韻高。火裏烏龜產白鶴。弄雲簫。紫霧紅光照。

又

三更裏，銀漢星移淡。出户將身探。月正南。二八嫦娥配童男。煉三三。手把天關撼。五明宮裏元辰聚。七寶山頭去。禱玉虛。元始高懸黍米珠。演金書。國泰民安富。

又

四更裏，玄圃清風細。來往無凝滯。解垢衣。心月高懸照雲溪。上天梯。獨折蟾宮桂。三界十方惟獨步。認得曹溪路。一物無。真歡真樂飲醍醐。不須沽。高唱無聲曲。

又

五更裏，架上金雞叫。路上行人俏。方欲曉。没底籃兒杖頭挑。跨風飈。同赴蓬萊島。此箇家風誰知道。得也無衰老。琅板敲。碧波深處釣鯨鰲。出波濤。採就長生藥。

南鄉子

真汞與真鉛。產在先天與後天。大要知時勤採取，玄玄。得穴何愁不作仙。進火要精專。審究前弦與後弦。屯卦抽添蒙卦止，難傳。毫髮差殊不結丹。

其二

兩手擘鴻濛。慧劍飛來第一峯。外道修羅驚縮項，神通。造化元來在掌中。煅煉玉爐紅。橐籥吹噓藉巽風。十月脫胎吞入腹，坤宮。立見三清太上翁。

其三

溫養象周天。須要微微火力全。愛護嬰兒惟藉母，三年。運用抽添象缺圓。牛斗會河邊。捨取玄珠種玉田。定意如如行火候，精專。剖腹分明說與賢。

其四

生甲更生庚。此是丹頭切要明。藥嫩採來歸土釜，煎烹。文武剛柔次第行。片餉結丹成。沐浴防危更守城。到此不須行火候，持盈。火若加臨必定傾。

其五

木兔與金雞。刑德臨門有偶奇。爐內丹砂宜沐浴，防危。神水溶溶滿玉池。年月日并時。刻裏工夫一例推。着意研窮丹造次，毫釐。十月殷勤自保持。

其六

鼎器法乾坤。上是天元下地元。若也更能顛倒運，交番。闔闢循環在八門。搬運上崑崙。龜與蛇兒自吐吞。百尺竿頭牢把線，掀騰。從此元神命永存。

其七

關鎖自周天。昇降循環三寸田。不在噓呵并數小法，誤了人多少。容成豈是神仙，究竟採藥，謾多爐竈。忽一朝、脱却桶底，性根壞倒。争如内觀，無爲清静，學取本來莊老。匹配陰陽，抽添鉛汞，八卦爲端表。人生如夢，流年似箭，回首也須聞早。貪迷戀，春花秋月甚時了。

其二

萬法由心，應觀法界，一切心造。瞿曇同歸，去揆不離，即心是道。自從識得坎離，交際煉藥，粗知昏曉。看雞飛蟾宫，兔走丹闕，更無煩惱。氣中真液，液中真氣，和合不多不少。種得黄芽，煉成赤水，龍虎交圍繞。九還七返，工夫到後，還我舊時年少。待三千，功圓行滿，恁時是了。

其三

學道修心，存神煉性，直要輕舉。補腦還精，流水不腐，户樞終不蠹。日魂月魄，搏歸爐鼎，真氣自然留聚。把心猿縛繫，意馬追回，迥無塵慮。定中明有，陽龍陰虎。水火透時爲度。八段奇文，千口活法，向上有一路。吕公高尚，不離人世，有分也須相遇。約十洲三島，驂鸞跨鶴，大家同去。

其四

養水養精，養神養血，先須養氣。日月陰陽，六爻八卦，細看參同契。虚軀虚實，千言萬語，不過坎離兩字。向崑崙頂上，返本還元，要明終始。一身雖小，如同天地。八萬四千餘里。玄牝之門，千生萬化，都在冲和内此。真真外，别無真諦。方信道一而已。異時見鍾吕，如有未明，請師指示。

漁家傲

至道不遥只在邇。毫釐差失如千里。道是難求元却易。如相契。一超直入如來地。水火交時爲既濟。三尸六賊都迴避。只此長生仍久視。身口意。化成一點沖和氣。

其二

神是氣兮氣是命。神不外馳心自定。幸有崔公入藥鏡。如究竟。全真固蒂歸根靜。主客内明方外應。靈臺粲發天光瑩。兩箇壺中一片景。急修省。莫待臨渴去掘井。

其三

精養靈根神守氣。天然子母何曾離。晝夜六時長在意。三田内。温温天地中和水。十二樓前白雪膩。九宫臺畔黄芽遂。日月山頭朝上帝。神光起。騰身直上煙霄外。

其四

我有光珠無買價。光明常照芝田下。更無之乎并者也。知音寡。世間誰是能行者。一萬精光神守舍。四百四病都齊罷。透出火龍歸造化。迴仙駕。更無一點塵隨馬。

促拍滿路花

抱元能守一，四大自輕安。心中須返照，幾曾閑。金烏銜耀，飛入爛銀盤。心心心是道，只在心心，更於何處求丹。

其二

又何須衣冕，燕處欲超然。榮華能有幾日，便凋殘。修真甚易，積行累功難。勸君強爲善，五濁三途，變爲雲島神山。

其三

人能常清静，天地悉皆歸。一真含衆妙，入希夷。昭文不會，氣候有成虧。安心寂滅盡，困睡飢餐，更無作用施爲。

其四

自然爐鼎就，光彩透簾幃。玉池神水湧，上生肥。如魚飲水，冷暖自家知。自家性命事，自家了得，自家性命便宜。

其五

若論修養事，知有幾多門。諦當歸宿處，是虛源。

至真至道，簡易合乾坤。坎離并水火，止是筌蹄，萃然一點長存。

其六

箇中如薦得，悟了五千言。金晶飛肘後，透崐崘。清江九曲，一棹破煙昏。水擊三千里，九萬鵬程，化成元是冥鯤。

江神子

林泉養素拙。放落魄、慵居世緣絶。志如鐵。翛然處、一味真懽雜說。日逍遥，野鶴巖畔爲道侶，松軒下、沉煙猶未歇。夜深獨聽孤猿，高峯上叫明月。　他年功成行滿，駕祥雲、直至瑶池仙闕。箇時節。神遊自有鸞鶴迎接。舞空碧。仙仗飄飄來迎謁。桃源會、瓊林方信別。到此無限逍遥，作蓬萊客。

春從天上來

樂道安貧。嘆自古英雄，林下無人。滿堂金玉，謂授兒孫。畢竟與屬親。問當初無物，被貪愛、引入迷津。早抽身。向槐安宮內，剛恁勞神。　朝菌蟪蛄短景，又豈信壺中，別有長春。暫遊萬里，少別千年，歸去跨鳳驂麟。念浮生一瞬，幾度見、滄浪揚塵。莫因循。彼空華揚艷，輕喪天真。

玉抱肚

若論玄妙，聽周風一訣。把嬰兒姹女，木金間隔。從頭分別。先擒六賊三尸滅。後捉玉兔飲烏血。仗劍鋒，麾魔障，蕩祆邪。全憑志猛烈。那些箇手段最奇絶。　龍奔虎走，來往放乖劣。兩獸擒來吾怎捨。爐烹鼎煉無暫歇。乾坤至寶，陰陽造化，斡運龜蛇。東雞叫出西江月。會入黃庭賞白雪。上丹温，中丹暖，下丹熱。三田寶結。衆仙舉我赴金闕。寥陽勝境，教我怎生說。

水調歌頭

五行不到處，一氣未生前。清光赫赫，無何鄉裏獨超然。日月豈能照鑑，天地不能包裹，晃朗妙無邊。賴有竹澗水，却向世人傳。杳兮冥，恍兮惚，湛兮然。這些消息，渾身是口也難詮。截斷千差歧路，屏除萬般機巧，纜住釣魚船。往事都休問，靜坐一爐煙。此下原有沁園春七返還丹一首，乃呂巖詞，見全唐詩

蘇幕遮

水中金，衡牛斗。玉鎖金關，護法靈童守。赤水丹基龍虎走。萬象森羅，勃勃投珠口。飲靈液，明火候。太乙爐開，丹熟神光透。浮名浮利終不久。下手速將，窮取無中有。

解佩令

穆行之士，功勤不小。識五行、逆順顛倒。妙理玄玄，玉爐中、龍蟠虎繞。金鼎內、煉成至寶。陽神離體，杳杳冥冥，剎那間、遊遍三島。出入純熟按捺住，別尋玄妙。合真空、太虛是了。以上並見鳴鶴餘音卷八

滿路花巖

四大元無我，五蘊本來空。休争人與我，逞英雄。貴賤賢愚，到了夢魂中。百年親眷屬，電裏紅光，早宜各自牢籠。　勸君勤修煉，常照主人公。來時無一物，去時空。人生有限，貪愛轉無窮。不如隨分過，一點靈光，自然明月清風。依託鍾離，見鳴鶴餘音卷五

八聲甘州

千門萬户，盡七傾八倒，掘地尋天。真箇玄妙，返作笑胡言。無爲大道人行少，向揑怪途中，有萬千傷感，蟯毬却做靈丹。無奈傷嗟最苦，又不知端的，枉棄了家緣。時間清淨，豈解汞收鉛。心思意想何曾遣，暫合眼、陰魔作睡纏。展轉越思深，返作[illegible]寃。誰信無中生有，有中生無，萬派歸源。依託何仙姑，見鳴鶴餘音卷六

蘇幕遮

精氣神，須保愛。一粒金丹，每在街頭賣。四十年來無人買。鬧花叢裏，還了鴛鴦債。　九三爻，地天泰。離上金烏，飛入銀蟾界。百尺竿頭做一解。這些工夫，任使傍人賽。依託朗然子劉希岳，見鳴鶴餘音卷四

滿庭芳　武當降筆

玉皇傳宣，搜求仙子，六百餘員。仙官仙位，補闕大羅天。勑下諸神採訪，隨方所、選覓高賢。三元日，書人功行，飛奏御爐前。　全真門弟子，修功積行，專要心堅。猛降龍伏虎，煉汞烹鉛。一旦天書選舉，雲霄路、快著仙鞭。朝金闕，三清殿下，作箇狀元仙。依託辛天君，見鳴鶴餘音卷三

點絳唇

小小瓢兒，生得天然詫。身矬矮。瓢兒元有口，難開解。　認得乾坤，此理誰能解。腰間常道人偏愛。不換金魚袋。依託梁桓真人，見鳴鶴餘音卷四，案此詞又見宋張繼先虛靖詞

望江南

十月滿，開鼎一團紅。數片殘雲含五彩，解胎神水響玲瓏。氣復異香穠。

又

長生藥，本是五行仙。子午二門開卯酉，四時運火合乾坤。龍虎自相呑。以上二首，依託陶隱居，見金液還丹百問訣

望江南

還丹術，切要經手傳。若信故方終自誤，顛來倒去倒來顛。不得怨神仙。

菩薩蠻

家家盡有長生藥。時人取用皆差錯。氣候若飛沉。問君何處尋。　眼看猶不識。誤向鉛中覓。此物没黄芽。徒勞歲月賒。以上二首依託陶植，見金液

內黃外白結凝酥。一顆圓明黍珠。

又

彼此離于生處，火遭水破驚忙。分身各自擬深藏。半路再遣蕭郎。　夫爲無衣裹體，妻因水浸衣黃。丙丁甲乙有形相。剛遣令合陰陽。以上六首依託呂洞賓，見道書全集呂洞賓文集

蘇幕遮

日常行，遊四海。每日街前，閙處爲乞丐。口口相遶化不回。暗損精神，只爲凡情昧。　苦勸君，生死大。頗奈頑愚，作業貪心煞。不肯修真犯天戒。墮落酆都，受苦無年代。依託呂洞賓，見董真人遇仙記

又

子細聽，吾教誨。說與門生，莫把真心昧。若是不除墮口債。走入輪迴，今世人身敗。　鬢髮蒼，休得怪。莫戀凡胎，假合終須壞。無事清閑鍊丹台。自爾純陽，隨我蓬萊會。依託劉海蟾，見董真人遇仙記

西江月

丹是色身妙寶，法身卽是真心。從來無色亦無音。一體不須兩認。　萬法非無非有，有無亦莫搜尋。二邊俱遣棄中心。選佛斯爲上品。

又

一理無今無古，此心何喜何瞋。無相迺爲真相，色身卽是法身。　不消一句半句，活得千人萬人。咦，這裏便是到頭，何須只管翻身。以上二首見丹經極論，未注作者

漁歌子　題松澤西亭

一葉虛舟一副竿。了然無事坐煙灘。　忘得喪，任悲歡。却教人喚有多端。

又

一任孤舟正又斜。乾坤何路指生涯。　拋歲月，臥煙霞。在處江山便是家。

又

愚人未識主人公。終日孜孜恨不同。到彼岸，出樊籠。原來只是舊時翁。以上三首見至元嘉禾志卷三十

賀新郎　題西湖官驛水閣

倩采鸞傳語。問陸家兄弟翩翩，今歸何處。留下文章藏萬壑，時作雲煙吞吐。謾徙倚、朱闌凝竚。闌外瑁湖誰管領，嘆先生、舊宅僧分住。天下事，盡如許。英雄總被虛名誤。覽遺編浩歎，寂寞一抔寒土。惟有春風長來往，催却幾多人去。但歲歲、垂楊自舞。今日我來懷古後，算後人又以今爲古。留此曲，伴鷗鷺。松江府志卷十九，注元無名氏至正十三年作。

西江月　至元十三年，江南初內附，民間盛傳武當山真武降筆

九九乾坤已定，清明節後開花。米田天下亂如麻。直待龍蛇繼馬。依舊中華福地，古月一陣還家。當初指望甕生涯。死在西江月下。宋遺民録卷十五

原注云，有詞近世皆傳爲太保劉秉忠所作，而陶宗儀記之如此，未知孰是。

鵲橋仙　月蝕

前年蝕了，去年蝕了，今年又蓋作平聲來了。姮娥傳語這妖蟆，逞臉則管不了。鑼篩破了，鼓擂破了，謝天地早是明了。若還到底不明時，黑洞洞、幾時是了。

又　大雨

城中黑潦，村中黃潦，人都道天瓢翻了。出門濺我一身泥，這污穢、如何可掃。東家壁倒，西家壁倒，窺見室家之好。問天工還有幾時晴，天也道、陰晴難保。以上二首見靜齋至正直記卷三，謂是江西士人之作。原注云，此二詞雖近俚俗，然非深於今樂府者不能作也。詠

其詞旨，蓋亦有深意焉，豈非三百篇之後，其諷刺之遺風耶。此聞諸亡友楊大同云。

青門引 題古陽關

憑雁書遲，化蝶夢速，家遥夜永，翻然已到。稚子歡呼，細君迎迓，拭去故袍塵帽。問我假使萬里封侯，何如歸早。時運且宜斟酌，富貴功名，造求非道。靖節田園，子真巖谷，好記古人真樂。此言良可取，被驢嘶恍然驚覺。起來時，欲話無人，賦與黄沙衰草。靜齋至正直記卷一

謁金門

真堪惜。錦帳夜長虛擲。挑盡銀燈情脈脈。繡花無氣力。女伴聲停刀尺。蟋蟀争題四壁。自起捲簾窺夜色。天青星欲滴。

眼兒媚

石榴花發尚傷春。草色帶斜曛。芙蓉面瘦，蕙蘭心病，柳葉眉顰。如年長晝雖難過，入夜更消魂。半窗淡月，三聲鳴鼓，一個愁人。

踏莎行

香罷宵薰，花孤晝賞。粉牆一丈愁千丈。多情春夢苦抛人，尋郎夜夜離羅幌。好句刊心，佳期束想。甫愁春到還愁往。消魂細柳一時垂，斷腸芳草連天長。

又

花徑争穿，珠簾屢認。正逢梅雨芹泥潤。畫梁無處可安巢，玉纖爲把花枝襯。社日纔來，端陽已近。尋巢爲甚偏遲鈍。算來一似鳳鸞期，蹉跎漸覺無真信。

臨江仙

花影半簾初睡起，繡鞋着罷慵移。窺妝强把緑窗推。隔花雙蝶散，猶似夢初回。纖指彈甌呼女伴，出簾那共徘徊。閒將羅袖倚朱扉。樓臺臨水

處，日午燕爭飛。

又

昨夜驚眠梅雨大，枕前窗上頻敲。天明翻覺夢魂遙。起來看女伴，薰袖已香消。　雲鎖房櫳煙鎖竹，捲簾水濕鮫綃。菱花低照拂眉梢。玉梳雲髮潤，不喜上蘭膏。

孤鸞

蝦鬚初揭。正社日停針，窗風鳴鐵。懶自梳妝，亂挽鬟兒非滑。追想昨宵瞥見，有多少、動情誰說。枉在屏風背後，立歪羅襪。　聽玉人言去苦難泄。任樹上黃鶯歎道離別。强欲排余恨，反寸腸悲裂。試使侍兒挽住，想未離、畫橋東折。傳道行踪已遠，但垂楊煙結。前段末句少一字

念奴嬌

鴛幃睡起，正飛花蘭徑，啼鶯瓊閣。對鏡梳妝，愁見那、怯怯容顏瘦弱。一任仙郎，題詩寄簡，屢訂西廂約。牆花拂影，獨眠何事如昨。　誰憐潘果空投，賈香難與，愁腸安託。帶眼輕拴須看取，楊柳腰肢如削。珠履玲瓏，羅衫雅淡，件件無心着。何時厮近，得償今日蕭索。後段第三句少一字

玉胡蝶

爲甚夜來添病，强臨寶鑑，憔悴嬌慵。一任釵橫鬢亂，永日薰風。惱脂消、榴花徑裏，羞玉減、蝶粉叢中。思悠悠，垂簾獨坐，倚遍熏籠。　朦朧。玉人不見，羅裁囊寄，錦寫牋封。約在春歸，夏來依舊各西東。粉牆花、影來疑是，羅帳雨、夢斷成空。最難忘，屏邊瞥見，野外相逢。以上九首，依託洞天女，見林下詞選卷五，注云原有十八闋，今録其半。

《全金元詞》訂補附記

説明

《全金元詞》出版後，承各方專家學者關注，在報刊上陸續發表有關糾謬文章，先父生前曾逐一閲讀，並擬據以親自進行修訂，無奈年老體弱，無力完稿，竟賫志以殁。

先父辭世後，我等謹承遺訓，將所收集材料，按其内容分爲調名錯誤、分片錯誤、標點錯誤、錯字與錯簡、收詞重復、詞曲混收、題序小傳及其它，外加補詞等共計八項，加以整理，撰成《〈全金元詞〉訂補附記》。只以水平所限，其中謬誤、疏漏，仍所難免。全面修訂，有待來日。

張朝範、周玉魁、王鍈、么書儀、羅忼烈、楊寶霖、陳明源、黄港生、王兆鵬諸先生，或仔細通讀全編，與底本詳加核對；或稽查史册，深入校勘；或旁搜秘籍，輯漏補遺，爲此次修訂提供了全部素材。南京師範大學曹濟平教授在百忙中審閲了修訂全稿。在此謹向他們致以崇高的敬意與衷心的感謝！

唐棣棣　盧德宏

一九九五年八月

調名錯誤

卜算子　卜算子誤作生查子（目次七頁下欄十二行及一四六頁上欄十四行）

青玉案　青玉案誤作帶馬行（目次十一頁上欄七行之帶馬行應劃去。二三五頁下欄一行帶馬行之上添一又字，作爲承前青玉案之又一闋，而帶馬行爲此闋之題名）

漁家傲　漁家傲誤作漁父詠（目次十一頁上欄九行、十行及二三七頁下欄十三行）漁父詠當是第一首漁家傲之題目。二三八頁上欄第四首漁家傲標點有誤，「閑心各一半讚。」應爲「閑心各一半。讚。」「清風明月喚翫。」應爲「清風明月喚。翫。」原注「此首原誤作漁家傲」應改注爲「每句減二字，爲漁家傲之拆字格」。

戚氏　戚氏誤作夢遊仙（目次十九頁下欄十五行及四七七頁下欄七行）依律戚氏爲三疊，故應將原分之上下兩片改爲三疊：「皆秉道德威權」爲第二疊首句，「應念隨時到」爲第三疊首句。

阮郎歸　阮郎歸誤作厭世憶朝元（目次二一頁上欄八行及五一二頁下欄三行）。厭世憶朝元應爲詞題。上片「形釋心凝澄徹」句，似脱去一字。

十六字令　十六字令誤作威儀辭（目次四八頁下欄十三行十四行及一一五七頁下欄十三行）。行、住、坐、卧爲道家四威儀，故威儀辭當是詞題。

分片錯誤

少年游　少年游誤作太常引（目次三二頁下欄三行及八〇六頁上欄十一行）

王喆

《調笑令》（「調笑」一首）（一七〇頁上欄十二

行），按律上下片當分作二首。

《刮鼓社》（「刮鼓社，這刮鼓本是仙家樂」一首）（一七四頁下欄最後一行），參照王喆另二首《刮鼓社》（二五〇頁上欄六行及十一行），此首上下片應分爲二首。

《解愁》（「堪嘆世間迷悞」一首）（二二三頁下欄四行），上片結句應作「待臨頭看」，下片換頭應作「癡漢」。

《雪梅春》（「睹塵世」一首）（二二五頁上欄十一行），上片結二句應作「昨夜今宵，來晚重重」，下片換頭應作「顚顚」。

馬鈺

《蕊珠宮》（「芋栗又分六箇」一首）（三〇一頁下欄倒數第二行），按律卽《夜遊宮》。上片末三句當作「細搜尋，就中認，箇中箇」。下片換頭當作「性月圓圓箇」。原詞誤將上片末二字移屬下片。

《五靈妙仙》五首（三七三頁上欄三行），按律卽《鎮西》，此調換頭三字，其餘上下片字句皆同。原詞各首誤將換頭移屬上片。

《傳妙道》（三八六頁上欄四行）二首實爲詞之上下片，當合爲一首。

元無名氏

《促拍滿路花》（一三〇五頁上欄十五行）六首，按律實爲雙片三首。

侯善淵

《紅窗迥》（五四〇頁上欄四行）一首實爲兩首。「棄凡情」以下爲另一首。

標點錯誤

四頁下欄六行「水如天」下逗號應改句號。

二四頁上欄四行「温」下頓號應移至「念」下並改

成逗號。
二四頁上欄六行「施」下逗號應去掉。
四七頁上欄倒四行「揀溪山」下應加頓號。倒六行「罷」下逗號應改頓號。
五八頁下欄二行「眼昏花」下逗號改爲頓號。
六七頁上欄三行「醑」、倒二行「路」、倒六行「後」下逗號均應改爲句號。
六八頁下欄六行李俊明《西江月》詞，句後小號字乃注明此句涉及之人，均應贅於句尾。故此詞應標點爲：

　薦疏李誇精鑑垍，壻佳韋得賢侯寬。手如霹靂在同州琰之。不讓當時談藪頎。但可稱爲勁草謂，莫教指作清流樞。歸來緑野任沈浮度。這箇家風耐久炎。

八六頁下欄九行「波」下逗號改爲句號。
八八頁下欄五行「處」下句號應改作逗號。

九三頁上欄三行「煖」「返」下均應逗號改句號。四行「斷」「減」下亦應逗號改句號。
一〇四頁上欄倒三行「細侯竹馬相從」爲下片首句，「細」上應空一格。
一一〇頁下欄五行「百繞」下應添句號。
一一五頁上欄十行「腸斷城南」下應添一逗號。十一行「江水闊」下頓號應改作逗號。倒三行「暮雲合」下頓號應改作逗號。
一一七頁上欄末行「欹」下逗號應刪去。
一二四頁下欄八行「裏」下、十行「地」下逗號都應改爲句號。
一二五頁上欄六行「貴」下逗號應改爲句號。
一二七頁上欄末行「秋雨過」下逗號應改頓號。
一四三頁上欄一行「書」下，二行「眉」下，三行「風」下，四行「籬」下，六行「章」下，七行「限」下，八行「花」下，九行「英」下，十一行「入」下，十三行

「紅」下，十四行「外」下，均應添頓號。

一五一頁上欄倒三行「視過眼光陰」下應添頓號。倒二行「笑月底」下應添頓號。下欄六行「東籬下」應添頓號。九行「分付與」下亦應添頓號。

一五五頁下欄一行「拂晴波」下應添頓號。四行「把閑愁」下亦應添頓號。

一七三頁上欄倒二行「玄中玄」下逗號應改爲頓號。

一七五頁上欄九行「似菊花」下、十一行「指蓬萊」下均應添頓號。下欄倒三行「内容黑」下逗號應改爲句號。

一八五頁上欄倒一行「陽登」下逗號應改爲句號。

一八六頁下欄十行「溉錬出」下應添頓號。

一八八頁下欄八行「漏」下句號應移至「逗」下。九行「叫」下逗號删去。

一九七頁上欄九行「片」下逗號應改爲句號。十三行「處」下句號應改爲逗號。倒二行「粒」下逗號應改爲句號。

二二一頁下欄六行「性」下逗號改句號。

二二二頁上欄十行「季」下逗號改句號。

二二五頁上欄八行「示」下添頓號。十行「去」下添頓號。

二二六頁上欄十一行「路」下，下欄一行「赫」下，七行「上」下，均應添頓號。

二二七頁下欄二行「白」下逗號應改句號。

二二八頁下欄倒二行「遊」下逗號應删去。「處」下頓號改逗號。下欄四行「誕」下，五行「熕」下，八行「姓」下，九行「消」下頓號均改逗號。

二二九頁上欄末行「碎」下逗號應改頓號。下欄五行「前」下、十行「後」下逗號均應改頓號。十三行「底」下逗號改頓號。十四行「却」下應添頓號，

「種」下頓號删去。

二三〇頁上欄二行「却」下應添頓號。三行「惱」下頓號改逗號，「香」下逗號改頓號。八行「經」下逗號改頓號。下欄四行「兒」下，六行「高」下均添頓號。

二三四頁上欄一行「在」下句號改逗號。

二五五頁上欄八行「般」下逗號改頓號。十三行「静」下頓號改逗號。

二五八頁上欄十三行「淺」下、「篆」下逗號均應改爲句號。

二六一頁下欄九行「朋」下逗號改爲句號。

二六六頁上欄十三行「老」下逗號改句號。十四行「妙」下逗號改句號。末行「了」下逗號改句號。

二九五頁下欄倒二行「自然結就金丹藥」系下片首句，上面應空一格。

三〇〇頁下欄十三行「裹」下頓號改爲逗號。

三〇二頁下欄末行「雲朋霞友常相聚」爲下片首句，上面應空一格以分片。

三四七頁下欄十一行「遲遲」下頓號改逗號。

三五九頁上欄二行「時時鬭」下逗號應移至「貧」下，「逍遥」下逗號應删去。四行「九」下逗號應移至「還」下。「悲」下應添一逗號，「似」下逗號應删去。

三六二頁下欄六行「自然得」下逗號應改頓號。

三六八頁上欄七行「神丹」下頓號改爲逗號。

三七〇頁下欄七行「天條」下句號改爲逗號。

三七三頁下欄九行「虎」下逗號應改爲頓號。

三八五頁下欄十三行「唯願想像莊周夢蝶飛輕粉」。應標點爲「唯願。想像莊周，夢蝶飛輕粉。」

三八六頁上欄十一行「有」下添一頓號。

三九九頁上欄二行「明放着」下添一頓號。

四一〇頁上欄倒二行「癡」下句號改爲逗號。

四一三頁上欄末行第四字「鬼」下逗號應改句號。「爲戀他」下應添頓號。

四二八頁下欄五行「鉛」下逗號應改爲句號。

四二九頁下欄一行「照」下逗號應改爲句號。九行「形」下頓號改爲逗號。十一行「身似藕」下應添頓號。

四三〇頁上欄九行「執」下逗號删去，「把」下添句號。十四行「教」下逗號删去，「户」下添句號。

四三二頁上欄末行「年」下應添頓號。

四四五頁上欄六行「水」下逗號改爲句號。

四四八頁下欄十二行「光」下逗號改爲句號。

四六七頁下欄末行「廟」下逗號改句號。

四七〇頁上欄十二行「愚夫甚」下應添頓號。十四行「一朝若」下應添頓號。下欄一行「當頭把」下應添頓號。三行「三塗任」下應添頓號。六行「本來要」下應添頓號。八行「如今縱」下應添頓號。

四七二頁下欄末行「歸」下逗號改爲句號。

四七七頁下欄四行「時」下逗號改爲句號。十五行「應念隨時到」下添逗號。「了」下逗號删去。

四九三頁上欄八行「觀」下句號改逗號。

四九五頁下欄三行「院」下逗號改句號。

四九六頁上欄五行「劣」下逗號改句號。十一行「道」下逗號改句號。

五一〇頁上欄十二行「來」下逗號應删去。

五一二頁上欄十二行「呵」下句號改逗號。下欄十行「中」下添頓號。

五三七頁下欄二行「日」下逗號應移至「燦」下。

五四一頁上欄五行「日」下添頓號。

五五六頁上欄四行「晴」下逗號移至「晝」下。五行「號真功」下添頓號。十一行「瑩如冰」下添頓號。下欄一行「執謙德」下添頓號。

五六八頁下欄三行「遍澆溉」下添頓號。四行「運火候」下添頓號。九行「散異香」下添頓號。十行「笑傲歸」下添頓號。

五七〇頁下欄三行「緊」下應添句號，「鍊」下逗號移至「質」下。六行「嶸」下逗號應移至「障」下。七行「陽」下逗號應移至「騰」下。

五七六頁下欄四行「澄」下逗號改句號。七行「蘊」下句號改逗號。

五九〇頁下欄五行「生」下添逗號，「消」下添頓號。七行「淡」下添頓號。

五九三頁上欄末行「布」下逗號改句號。

五九六頁下欄九行「憑」下逗號改句號。

六〇四頁下欄五行「回」下逗號改句號。六行「淚」下句號改逗號。

六一七頁上欄五行「雲」下逗號應改爲句號。

六二三頁下欄五行「塵」下、「情」下逗號均應改爲句號。

六四二頁上欄七行「底」下逗號應删去。九行「有」下逗號移到「芝」下，「老」下逗號删去。

六四四頁上欄十三行「雄」下應添逗號。

六五九頁下欄十一行「雲」下添頓號。

六七一頁上欄十行「憲司」下添逗號，「座間」下逗號移至「作」下。

六七五頁下欄六行「賢」下逗號移至「女」下。

六八七頁上欄倒二行「鑣」下句號應改逗號。

六九一頁上欄倒二行「朱校云雲字疑衍」，「云」下應添冒號。

六九三頁下欄五行「插」下應改逗號。

六九六頁下欄八行「蓮社」下添句號。「廬山社」下添頓號。「蘭亭會」下添逗號。「題詠」下添逗號。九行「至今」下逗號應删去。

七〇〇頁下欄十三行「脱」下逗號移至「痍」下。「馬」下逗號删去。

七〇一頁上欄八行「去」下逗號改頓號。

七〇九頁下欄二行「地」下應添頓號。

七一七頁下欄二行「郎」下逗號宜刪去。

七二八頁上欄倒三行「薄劣鶯兒來報喜」爲下片首句，其上應空一格以分片。下欄十一行「與」下逗號改頓號。

七四一頁下欄八行「影」下逗號移至「翻」下，「譜」下逗號刪去。

七五六頁上欄六行「縣」下逗號移至「郛」下。

七六〇頁上欄十一行「綉江遠來」下添逗號。

七六四頁上欄八行《最高樓》下片之首二句均爲三五句法，故「踏」下、「掃」下皆應添頓號。其餘五首皆仿此標點。

七七一頁下欄三行「丞」下逗號移至「年」下，「舉」下逗號刪去。

七七七頁上欄三行「失」下逗號移至「量」下，「事」下逗號刪去。

七八二頁上欄十二行「語」下句號應改爲逗號。

七八六頁上欄十二行　「原脱新字據景元本補」，「字」下應添逗號。

七八八頁上欄六行「笑」下逗號改句號。

七九一頁上欄二行「念」下逗號改頓號。

七九五頁下欄二行　「子文京侍以殊鄉又逢秋晚分韻」，應標點成「子文、京侍，以『殊鄉又逢秋晚』分韻」。

八一一頁上欄《最高樓》下片之首二句皆爲三五句法，故在兩處「誰更説」下均應添頓號。六行「似」下添逗號。

八一六頁下欄末行「善」下逗號移至「初」下。

八二一頁上欄十二行「紅」下頓號應改逗號。

八二三頁上欄九行「天」下頓號移至「與」下。

八二五頁上欄倒二行「月光」下逗號應刪去。

八三三頁下欄四行「味」下句號改逗號。六行「事」下逗號改頓號。

八三九頁上欄倒二行「弭」下逗號改句號。下欄八行「月」下句號改逗號。

八四九頁下欄八行「鶴」下逗號移至「書」下。「用」下逗號刪去。

八五一頁下欄八行「須聽取」下應添逗號。

八五二頁下欄五行「數」下，十二行「夜」下，均應逗號改頓號。倒二行「檐」下添頓號。

八七四頁下欄十二行「歎」下逗號改頓號。

八八〇頁下欄十二行「史」下句號改逗號，「得」下添頓號。

八八二頁上欄倒二行「蘽」下頓號改逗號。

八九四頁下欄四行「客」下應添逗號。

八九五頁下欄七行「許」下句號改逗號移至「情」下。「作」下逗號刪去。

九〇一頁上欄十一行「味」下逗號改句號。

九一一頁上欄末行「城」下逗號應移至「黍」下。「深」下逗號應刪去。下欄第四行之缺文六字，《欽定詞譜》作「縱教萬事都忘」。

九一三頁上欄倒二行「水」下應添頓號。末行「望」下應添句號。「是」下應添頓號。下欄一行「備」下應添頓號。二行「藏」下逗號改句號。三行「起」下添頓號。

九一五頁上欄十一行「際」下應添頓號。下欄倒三行「鳥」下添頓號。倒二行「鍔」下添頓號。

九一六頁上欄三行「著」下、四行「是」下均應加頓號。

九一七頁上欄十三行「竹」下應加頓號。

九二四頁上欄九行「髻」下逗號改句號。

九五一頁上欄十三行「重」下應加頓號。

九七〇頁上欄十四行「臺」下應加逗號，「迹」下逗四二六頁上欄四行「霄」字下應添一「外」字下加逗號。刪小字注「疑脫一字」四字。

四二八頁上欄《滿路花》詞上片少兩句七字句。詞的上片應爲：

霜林飄赤葉，偏地涌黃金。賓鴻離塞北，足聲音。淵明歸去，獨酌樂、清吟酩酊。真歡笑，高卧雲山。忘塵世，僞難侵。

四三二頁上欄十四行「難當厚禮重愛」應改爲「難當厚禮重重愛」。下欄倒二行「仙鄉」下應添三字「住道鄉」，即該句應改爲「來往仙鄉住道鄉」。

四四五頁下欄二行「活」應改爲「話」。

四六一頁下欄倒二行「廊」應改爲「廓」。

五〇一頁上欄十三行「雁南風」應改爲「雁南飛」。

六二二頁下欄四行「追贈懿寧王」，其中「追」字應刪去。

六三三頁下欄倒二行「又（即沁園春之又一首）」下之序「保寧佛殿……淳於髡語也。」實乃前一首「沁園春金陵鳳凰臺眺望」之序，故應前移。

六三五頁上欄十一行「鴟夸」應改爲「鴟夷」。

六三五頁下欄八行「口故人偃蹇」，其中「口」係「□」之誤。

六三九頁下欄八行「李梅」應改爲「李杜」。

六四四頁上欄八行「問東君」下應添「此別經年」四字，即此詞結句應爲「問東君，此別經年，落花誰是主」。

六六八頁上欄八行「消露」應改作「風露」。

六七三頁下欄三行「離羣孤島」應改作「離羣孤鳥」。

七二七頁下欄末行「江山畫圖」應改爲「江山圖畫」。

七九六頁下欄二行「那夏」應改爲「那更」。

八二一頁上欄倒二行「悶托香腑」應爲「悶托香

腮」。

八二五頁下欄九至十行「看行宣召」應改爲「看快行宣召」。

八三六頁下欄九行「神援」應改爲「神授」。

八三九頁下欄七行「輕梟」應改爲「輕裊」。

八七九頁上欄十四行「呼大白」應改爲「呼太白」。

八八二頁上欄倒二行「音信沓」應改爲「音信杳」。

八九四頁下欄十一行「松月山」應改爲「松山月」。

九五〇頁上欄十二行「封京兆郡公」應改爲「追封京兆郡公」。

九五四頁下欄末行「擊析」應改爲「擊欜」。

一〇二八頁上欄九行「晝鼓殷春雷」，其中「晝」應改爲「畫」。

一〇四二頁上欄十四行「江千」應改爲「江干」。

一〇九七頁上欄末行「浣沙溪」應改爲「浣溪沙」。

一一〇二頁下欄七行「暮煙暮煙煙暮」句衍一「暮」字及「煙」字，故此句應改爲「煙暮煙暮」。十行「未還未還還未」句衍一「未」字及「還」字，故此句應改爲「還未還未」。十三行「恨深恨深深恨」句衍一「恨」字及「深」字，故此句應改爲「深恨深恨」。

一一〇三頁上欄十三行「暖寒」應改爲「嫩寒」。

一一〇三頁下欄七行「驚烏繞庭樹」應改爲「驚烏飛繞庭樹」。

一一〇四頁上欄四行「蒹葭搖暖凉」應改爲「蒹葭搖嫩凉」。

一一〇八頁下欄十四行「世問世間」應改爲「世間世間」。

一一一七頁上欄十行「申戌」應改爲「甲戌」。

一一二八頁上欄末行「楊元咎」應改作「揚無咎」。

一一五〇頁上欄十一行「布帆無羔」應改爲「布帆無恙」。

一一八九頁上欄十一行「任地迎送」應改爲「任他迎送」。

一二一〇頁上欄倒二行「到穿衣」應改爲「倒穿衣」。

一二二一頁下欄六行「疼」應改爲「痛」。

一二五五頁上欄一行「鉛卽氣」應改爲「鉛卽氣」。

收詞重復

一六三頁《玉堂春》「玉性金真」一首（録自《重陽全真集》卷三）復見於一二六六頁（録自《重陽分梨十化集》卷下）。

一七〇頁下欄三行《晝夜樂》一首（録自《重陽全真集》卷三）與一二六二頁下欄末行《真歡樂》（録自《重陽分梨十化集》卷上）相同。

一七三頁上欄九行《蘇幕遮》一首（録自《重陽全真集》卷三）復見於一二四一頁下欄（録自《重陽全真集》卷十三）。

一七五頁上欄十三行《山亭柳》一首（録自《重陽全真集》卷四）與一二五四頁下欄二行之《遇仙亭》（録自《重陽教化集》卷一）相同。

一八二頁下欄末行《探春令》一首（録自《重陽全真集》卷五）與一二六三頁上欄十二行之《玉花洞》（録自《重陽分梨十化集》卷上）相同。

一九一頁下欄《迎仙客》三首（録自《重陽全真集》卷五）復見於一二二七頁下欄（録自《重陽全真集》卷十二）。

一九五頁上欄十行《卜算子》「算詞中話」一首（録自《重陽全真集》卷六）與一二六一頁上欄末行之《黄鶴洞中仙》（録自《重陽教化集》卷三）相同。

二一九頁下欄十四行《上平西》一首（録自《重陽全真集》卷十一）與一二五八頁上欄倒二行之《上丹霄》（録自《重陽教化集》卷二）相同。

二三一頁上欄十一行《小重山》「失笑迷陰」一首（録自《重陽全真集》卷十二）與二六四頁上欄七行之《玉京山》（録自《分梨十化集》卷下）相同。

二三四頁上欄倒二行之《風馬令》一首（録自《重陽全真集》卷十二）與二五九頁上欄九行之《風馬兒》（録自《重陽教化集》卷三）相同。

二三五頁上欄十二行之《青玉案》「上元佳致真堪看」一首、「亘初獨許能騎坐」一首、「元初一得從初遇」一首及二三六頁「鎖户真成也」一首（録自《重陽全真集》卷十二）與二五九頁至二六〇頁之《青蓮池上客》四首（録自《重陽教化集》卷三）相同。

二三八下欄倒二行《河傳令》「凡軀莫藉」一首（録自《重陽全真集》卷十二）與二六二頁上欄五行之《超彼岸》（録自《重陽教化集》卷三）相同。

二四八頁下欄十二行之《巫山一段雲》一首（録自《重陽全真集》卷十三）與二五八頁上欄十一行之《金鼎一溪雲》（録自《重陽教化集》卷二）相同。

五八三頁上欄八行長筌子詞《解愁》一首（録自《洞淵集》卷五）與一二六七頁上欄無名氏之《無愁可解》（録自《鳴鶴餘音》卷一）相同。

五八七頁上欄長筌子詞《玩瑶台》一首（録自《洞淵集》卷五）與一二四四頁下欄馮尊師詞《玩瑶臺》（録自《鳴鶴餘音》卷二）相同。

七七八頁上欄劉敏中詞《點絳唇》一首（録自《程雪樓文集》卷二十八）與七九五頁上欄程文海詞《點絳唇》（録自永樂大典卷一萬四千三百八十寄字韻引元程雪樓集）相同。

詞曲混收

一三四頁下欄之《願成雙》實即北曲黄鍾宫《願成

雙》，非詞。

一八九頁上欄之《聖葫蘆》實卽北曲仙吕宫《聖葫蘆》，非詞。

一八八頁下欄之《豆葉黄》卽北曲雙調《豆葉黄》。

一八九頁上欄之《憨郭郎》及三四四頁上欄之《憨郭郎》實卽北曲大石調《蒙童兒》，非詞。

一六五頁之《水雲遊》四首實爲北曲商角調《黄鶯兒》，非詞。

二二〇頁下欄之《轉調鬭鵪鶉》實卽北曲中吕宫《鬭鵪鶉》，非詞。

二三〇頁下欄之《黄鶯兒》實爲北曲商角調《黄鶯兒》，非詞。

二九八頁下欄之《水雲遊》三首、四七五頁上欄之《水雲遊》一首、五一二頁下欄之《黄鸎兒》一首皆係北曲商角調《黄鶯兒》，非詞。

三七二頁下欄之《白觀音》一首實卽北曲正宫調《白鶴子》，非詞。

三九七頁下欄之《掛金索》五首、一一九四頁下欄之《掛金索》一首、一二六六頁之《掛金索》五首及一二九六頁之《掛金索》十首皆係北曲商調《掛金索》，非詞。

五六六頁之《金盞子》五首及五七九頁上欄之《金盞兒》一首皆係北曲仙吕宫《金盞兒》，非詞。

五八七頁之《玩瑶台》實卽北曲越調《耍三台》。

一二九二頁上欄之《鬭鵪鶉》實卽北曲越調《鬭鵪鶉》，非詞。

一三〇〇頁之《步步高》五首實卽北曲雙調《步步嬌》，非詞。

題序小傳及其它

七七頁下欄四行「二(卽水龍吟)」下應添一題「中秋」。十一行「三」下也應添一題「中秋」。

一〇三頁上欄末行「十」下應添一題「瑞香」。下欄末行「清平樂」下應添一題「杏花」。

一〇四頁上欄四行「二」下應添一題「游少室清微宮雪溪」。

四二八頁下欄十二行詞「山亭柳」下應添一題「退道者墮進道者升」。

八九五頁下欄三行詞「石州慢」下應添一題「憶別」。

九〇二頁上欄七行詞「蝶戀花」下應添一題「和王瓠山韻」。

九一四頁上欄十行詞「蝶戀花」下應添一題「新柳」。

九八一頁下欄十三行「二」下應添一題「護聖寺泛舟」。

一一〇〇頁上欄十四行「又（點絳脣）」下應添一題「著色苔梅」。

一一〇三頁下欄十行詞「太常引」下應添一題「次韻黃伯陽寒夜」。

一〇頁上欄六行「又（念奴嬌）」應補一後序如左：

王夷甫神姿高秀，宅心物外，爲天下稱首，復自言少無宦情，使其雅咏虛玄，不論世事，超然遂終其身，何必減嵇阮輩，而當衰世，頽俗不可爲，不能遠引辭世，黽俛高位顛危之禍，卒與晉俱爲千古名士之恨。又嘗談山陰詩，叙考其論古今、感慨事物之變，既言修短隨化終期於盡。而世殊事異，興懷一致，則死生終始，物理之常，正當乘化以歸盡，何足深嘆。而區區列叙一時之述作，刊紀歲月，豈逸少之清真，簡裁亦未盡，能忘情於此邪。故因此詩并及之。

七四四頁下欄六行詞「摸魚兒」應補一序如左：

綉使雪樓先生歌《摸魚兒》詞華（疑爲壽）余初度，次韻敬謝，盛心荒唐愧甚。

一二六頁下欄《黃鸝遶碧樹》一首爲宋晁端禮詞，宜删。

五〇頁上欄梁梅《水龍吟》斷句「天教占了，百花頭上，和羹未晚。」乃宋晁端禮《水龍吟》詞中語，非梁梅所作，宜删。

一〇四七頁上欄陸祖允詞《菩薩蠻》、一〇七六頁上欄束從周詞《小重山》、下欄湯彌昌詞《虞美人》及《祝英臺近》，其詞題均爲「題錢德鈞水村圖」，然該水村圖並非錢作，實爲趙孟頫所作。故應在詞題下面用括號加注（案圖爲趙孟頫所作）。

六〇三頁下欄李治小傳在「字仁卿」之後應添「號敬齋」一句，因其著有《敬齋文集》。

六〇五頁下欄許謙小傳在「謙字益之」下面，應加添「嘗以白雲山人自號，世稱白雲先生。」

六〇七頁下欄許衡小傳，其中「生於嘉定二年（一二〇九）」宜改爲「生於大安元年（一二〇九）」。又「至元二年（一二八一）卒」應改爲「至元十八年（一二八一）卒」。

六四八頁下欄王惲小傳，應在「年七十七」之後，「謚文定」之前插入一段：「贈翰林學士承旨，資善大夫，追封太原郡公」。

七二四頁下欄盧摯小傳，其中關於生、卒年的年代，據羅忼烈教授的考證，變動較大。今將該小傳重記於後：

摯字處道，號疎齋，涿郡（今河北省涿縣）人。生於蒙古海迷失後稱制元年（一二四九），至元五年（一二六八）進士。大德初，授集賢學士，大中大夫，後遷江東道廉訪使。卒於延祐元年（一三一四）或次年，年六十六、七。有疎齋集。

七三四頁上欄姚燧小傳，其生年應改爲「元太宗十年（一二三八）」。其卒年應改爲「皇慶二年（一三一三）」。

七四四頁下欄燕公楠小傳，删去「號芝庵」三字。

七八五頁上欄程文海小傳，應在「年七十」之後，「謚文憲」之前插入一段：「贈大司徒、柱國，追封楚國公。」

八〇三頁上欄趙孟頫小傳，在「湖州（今浙江省吳興縣）人」之後添一句「宋太祖子秦王趙德芳之後。」

八一九頁下欄鮮于樞小傳，應改寫爲「樞字伯機，自號困學民，漁陽（今河北省薊縣）人。……有困學齋集。」

八四七頁上欄張養浩小傳，其生年應改爲「至元六年（一二六九）」。

八六八頁上欄歐陽玄小傳，其生年應爲「至元二十年（一二八三）」。另外還應在「年七十五」之後，「謚曰文」之前插入一段：「贈大司徒、柱國，追封楚國公。」

九四五頁下欄李孝光小傳，其中「至正八年（一三四八）」應改爲「至正七年（一三四七）」。

一〇六〇頁下欄謝應芳小傳，其中「約生於元成宗元貞二年（一二九六左右）」，應刪去括號中「左右」二字。

六二四頁上欄白樸小傳，應在「年八十一」之後添加：「贈嘉議大夫、太常卿、儀院太卿。」

補詞

元好問

點絳唇　賦濟源成受之蓮花白

雲錦撐舟，寶華傾倒川妃供。露凉香重。春入浮蛆甕。　楚客秋懷，盡耐瓊杯送。纖纖捧。醉魂飛動。滿意凌波夢。

又　寄新軒張聖子

琴語泠泠，一尊曾醉晴雲島。與誰傾倒。得似新軒好。　天上詩仙，苦被閑情惱。丁寧道。洞天瑶草。莫放春光老。

又

水北尋梅，舊時花在今誰主。襪塵微步。照影蒼煙渚。　白玉堂前，何似盧家住。花無語。月斜人去。寂寞春寒樹。

又

宿酒厭厭，落紅寂寞殘春雨。寸腸千縷。情在無言處。　滿意青山，恨不相將去。西城路。欲行還住。望斷煙中樹。

又

對酒當歌，古來多被虛名誤。道途良苦。彈指青春暮。　九萬扶摇，三尺征西墓。邙山路。斷碑無數。笑煞閑君賦。　以上五首，録自五卷本《遺山先生新樂府》卷四

秋色横空

瀟灑清溪。澹西園暮景，林影披離。溪梅欲動顛風解。邀勒故着寒欺。孤根暖，春意回。料柳麥、榆椒初未知。一點芳心寂寞、也恨春遲。回首歸游盡非。記松窗缺月，茅舍疏籬。燕南千里相逢，嘆遲暮痛負花期。金蕉葉，金縷衣。算不待全開已自宜。却似蘇門，月下醉歸。

木蘭花慢

㠊華峰孤秀，起平地，郁晴嵐。恨玉簡金書，蛟龍洞穴，無力窮探。風流。舊家歷下，似吳兒、洲渚隔仙凡。柳絮平湖緑滿，荷花落日紅酣。　東州豪客駐歸驂。醉袖挽青衫。悵同是行人，明朝還又，趙北燕南。蒼煙。故都喬木，問樹猶如此，我何堪。愛煞稽山賀老，酒船誰借風帆。

浣溪沙

鄭重聊城送客行。天山曾爲望歸程。人生何地不郵亭。　燕去來鴻（按：似應爲去燕或鴻來）南北夢，緑波春草古今情。一壺芳酒且同傾。

又

醉里蕭森蝶翅輕。步檐倚杖候明星。四山風露覺秋生。　樹外瑩光時隱見，草根蟲語各清泠。嫩涼衾枕爲誰清。

朝中措

充閭佳慶上春頭。雙字入新收。家世西園詩在，不愁文采風流。　金錢利世班衣，獻春滿東州。袖里一枝丹桂，直須萱草忘憂。以上五首，録自卷五。

南鄉子　九日同燕中諸名勝登瓊華故基

樓觀鬱嵯峨。瓊島煙光太液波。真見銅駝棘荆裏，摩挲。前度青衫淚更多。　勝日小婆娑。欲賦燕城奈老何。千古廢興同（或作渾）一夢，從他。且放雲山入浩歌。

又　飲東原王君璋郎中家

促坐燭花紅。春到梅邊蠟蒂融。南去北來何限客，誰同。酒令歌籌醉不供。　聚散落花風。恨煞陵臺望眼中。人世只除開口笑，難逢。莫惜金杯到手空。

又

花譜得新名。一尺紅雲賽洛京。舊説採蓮張静婉，難憑。楚潤元來更有情。　枕上豔歌聲。虧煞司空自教成。前日緑窗今夜夢，分明。宿酒殘妝未五更。以上三首録自《遺山先生新樂府》五卷本之卷二

李晏

晏字致美，自號游仙野人，澤州高平人。生於金太宗天會元年（一一二三），倜儻尚氣。皇統二年（一一四二）進士，除臨汾丞。稍遷遼陽幕官。與世宗有藩邸之舊，入翰林爲學士，高文大册，號稱獨步。明昌元年（一一九〇），爲禮部尚書。出爲沁南軍節度使，告老不從，改昭毅軍節度使。因擅發倉粟三萬石拯饑民，被劾，章宗亦不之罪。承安二年（一一九七）

卒，年七十五，謚文簡。有文集中州集傳世。

賀新郎

蘇子秋七月。向凉宵，扁舟與客，共遊赤壁。清吹徐來波不動，舉酒誦詩屬客曰：露與水，光相接。萬頃茫茫風浩浩，飄飄乎、遺世而獨立。棹蘭槳，泝空闊。□□□□□□曰：客知夫，天地之間，久長無物。惟有清風與明月，萬古用之不竭。寓耳目，爲聲爲色。客笑欣然重酌酒，忽盤餚既盡盃狼籍。東方白。

又

十月臨皋暮。客從予，黄泥之坂，凜然霜露。相與行歌而言曰：月白風清如許。念無酒，歸謀諸婦。婦曰斗酒藏之已久，可攜爲赤壁之遊否。江水落，出洲渚。登龍踞虎幽宮俯。嘯一聲，山鳴谷，應寂寥四顧。有鶴東來西去也，夢道士揖予而語：赤壁之遊樂乎否？問其名不答，予驚悟。開户視，不知處。以上兩首録自天一閣藏明代方志選刊之弘治黄州府志卷六頁十九及二十

譚處端

如夢令

一點靈光灼灼。休起塵埃朦膜。守拙趣貧閑，物外遨遊落魄。這着。這着。步步蓬萊期約。録自詩淵第六册頁四一〇六

馬鈺

搗練子 連珠

□(原字不清)好補，骸無破。漏固靈胎清清箇。孩兒耍，得乖疏 偏怕色，和則無。地埋(下缺)

清心鏡 贈趙先生

出家兒，自擢挫。箇箇待要，伏降人我。奈從前，罪業深深，頓裂他不過。願心開，早識破。萬事皆空，相爭甚麼。煉我相、便是功夫，管將來證果。

又　勸門人間道

做修行，除妄想。細細尋思，漸成嘉況。早離我，訪道參禪，我難爲倚仗。　長安中，有高尚。是古月先生，羊皮師長。便謹謹、侍奉他家，學些兒修養。

又　贈郭法師

馬風風，閑游冶。過靖遠鎮，被他弓兵羅惹。便捉爲，探子之人，更不容分説。　惱後畢，難施設。解在號署，受他縲紲。非保人、恩府郭公，唉甚時是徹。

又　嘆世

嘆人人，識見短。只知萬貫，多如千貫。豈思重（疑爲「量」），大限臨頭，似傾山碎卵。　如省悟，家緣拚。向物外更不，前思後算。煉氣神，須要光明，做蓬萊仙伴。

又

西施容，潘安貌。達者觀之，一場失笑。假大風，地水成形，終不免坑窖。　願省悟，願明曉。騁甚濟濟，蹌蹌外表。有内容，深可修完，得性命了了。

又　贈張先生

張先生，名無欲。表德無争，自然不俗。更相稱，道號無塵，樂清貧孤宿。　玉中金，金中玉。金玉衡和，異香馥郁。大丹成，穩架雲軒，享蓬瀛仙福。

又　嘆世

嘆人人，忒騁鋭。得時休笑，失時之輩。争知得，失時之人，曾得時如你。　嘆浮名，嘆浮利。有若浮雲，卽非久計。念生死，訪道參禪，修長生久視。以上録自影印本《道藏・洞玄金玉集》卷八

蓬萊閣　贈宋六郎

波波急。波波急急憂愁客。憂愁客。恩山愛海，

萬遮千隔。遇予出路須當測。利名場上休投溺。休投溺。進修仙道，塵情俱息。

又

宋六急。急謀生計爲船客。爲船客。洪波大浪，並無遮隔。風濤惡處如何測。好燒船網隄防溺。隄防溺。不如閑坐，謾調龜息。

又 贈姑女遲二翁

遲二急。代予開導爲知客。爲知客。勸人歸善，不辭山隔。人焚船網何曾測。這般功行誠難溺。誠難溺。名傳世上，自然無息。

又

修持急。修持里面真賓客。真賓客。內懷心鏡，暫時形隔。要道靈顯須憑測。亘初悟徹能離溺。能離溺。自然昭著，萬緣齊息。

又 贈邴三翁聯珠

邴三急。隨物外修真客。修真客。聽予勸，公塵隔。□塵自是能真測。真修煉難歸溺。難歸溺。沉無慮，忘猿息。此首脱字甚多

又

迷迷急。氣財酒色愚痴客。愚痴客。遇予回首，一齊撥隔。搜玄搜妙深深測。玄機既悟何愁溺。何愁溺。鼻調真氣，往來勻息。

又 贈看焚船網人

行化急。堪嗟背道愚迷客。愚迷客。是非海里，利名關隔。遇予速把玄玄測。澄心絕慮難情溺。難情溺。精光神氣，終身將息。

又

人來急。相隨相從林泉客。林泉客。化人行善，業緣攔隔。網船焚燒無疑測。慈悲功行難爲溺。難爲溺。看人獲福，殺心皆息。

又 贈門人

知心急。佩韋做箇超凡客。超凡客。萬緣堆里，

超然離隔。逍遥物外玄機測。煉成丹寶無憂溺。無憂溺。猿心馬意，自然停息。以上録自影印本《道藏・洞玄金玉集》卷九

桃源憶故人 又頌

人在萬緣鎖若是。勘得破又更識。得破修行做得。過（下缺）據影印本《道藏・洞玄金玉集》卷十

煉丹砂 示門人造寅膳

寅膳要通知，做造便宜。三冬近火解寒威。九夏乘凉無暑毒，符合祥機。 趓了睡魔時，心應無爲。不須打坐苦身肌。漸漸神精並氣爽。天地歸依。録自永樂大典卷一三三四四示字韻

趙秉文

水龍吟 寄友

半生浮宦京華，夢中猶記經行處。燕南趙北，風亭雪館，幾年羈旅。廣武山前，武昌城下，昔人懷古。到而今、把酒中原北望，人空老，關河阻。 回首秦宫漢苑，悵傷心、野煙生樹。天涯地角，干戈摇蕩，故人何許。撫劍悲歌，倚樓長嘯，有時凝佇。但憑高、一掬英雄老淚，付長河去。

又

燕秦草木知名，漢家自有中興將。龍韜豹略，金符熊旆，元戎虎帳。羽檄星馳，貔貅勇倍，犬羊心喪。望黄塵、一騎甘泉奏捷，天顔喜，謀猷壯。 詔賜飛龍八尺，晉康侯、寵光千丈。輕裘緩帶，綸巾羽扇，投壺雅唱。了卻功名事，歸來到鳳凰池上。且等閑、莫遣髭鬢白了，認凌煙像。以上兩首録自永樂大典卷一四三八一寄字韻

趙思文

思文字庭玉，永平人，金大定五年（一一六五）生。金章宗明昌五年（一一九四）進士。正大末，召爲禮部尚書。開興元年（一二三二）卒，年六十八。

滿庭芳　虛舟亭

竹密藏煙，水澄無浪，泛然一葉漂浮。是誰斤斧，形制亦風流。盡日無人喚渡，何須畫、簑笠垂勾。難牽挽，儲風貯月，常傍汝陽樓。　史君清興發，鳴琴燈夜，横笛霜秋。慎莫教俗客，輕到船頭。得意頹然一醉，人間事、今古悠悠。高歌處，此身天地，同是一虛舟。　録自明承天貴正德汝州志卷二

耶律鑄

鵲橋仙　崇霞臺

崇霞臺外，明霞觀裏，着處蟠桃栽遍。花開動是一千年，知閲了春風幾面。　丁寧休把，玉鸞金鳳，也比雲間鷄犬。且傾靈液莫留殘，説道蓬萊路遠。　録自永樂大典卷二六〇四台字韻

張之翰

摸魚兒　送李元謙南行

悵交游、曉星堪數。今朝君又南去。獨留倥偬奔忙裏，盡耐風波塵土。私自言，也自笑、一毫於世曾何補。欲歸未許。謾縮首隨人，強顔苟禄，此意亦良苦。　揚州路。總是曾經行處。夢中淮岸江浦。年來事事多更變，猶有歸時烏府。君莫住，説正賴、兩三吾輩相撑拄。恨自無羽。趁萬里秋風，雲間孤鶴，落日下平楚。　録自永樂大典卷八六二八行字韻

郭昂

昂字彦高，號野齋，彰德林州人。金正大六年（一二二九）生。精武術，通經史，工詩。元至元二年（一二六五）上書言事，授山東統軍司知事。後官至安遠大將軍、廣東宣慰使。至元二十六年（一二八九）卒，年六十一，謚文毅。昂詩有野齋集（元詩選）傳世。

點絳脣

宮錦淋漓，玉驄長繫垂楊□（疑脱一樹字）。耀風耀雨，費盡多情句。　前度劉郎，又到天臺路。

花無語。怨紅愁緑。總被春將去。

又

浩浩蒼穹，可能造物如兒戲。百年常醉。不管人憔悴。畫虎圖龍，辛苦曾留意。功名事。到今猶未。且做陳摶睡。以上兩首録自詩淵第六册頁四一〇四

木蘭花慢

記蓮花幕底，一回首，又三霜。似伺鼠癡貓，般彪老虎，甚是閑忙。風流。舊游王儉，對一尊、誰與話行藏。日日弓刀小獵，年年鼙鼓沙場。　朝三暮四盡無妨。世事枉論量。嘆四履山河，兩淮草樹，總是凄涼。馬頭薰風咫尺，問天涯，何處又亡羊。慚愧故都喬木，夕陽煙靄蒼蒼。録自詩淵第六册頁四一〇九

盧摯

水調歌頭

亭樹踞雄勝，杖屨踏煙霏。山靈聽足春雨，忙遣暮雲歸。我欲天門平步，消盡江濤餘怨，嘗試問馮夷。何物兒女子，剛道似蛾眉。　雁行斜，松影碧，櫓聲微。一齊約下風景，莫是爲湘累。政有玉臺温嶠，未暇燃犀下照，貪著芰荷衣。好在初明觀，重與故人期。録自古今圖書集成・山川典第九十二卷

賀新郎　賦拒霜

觀物聊賓戲。問花枝、能紅能白，如癡如醉。翠被香消行雲斷，約略幽閨睡起。甚卻有、溪娘風致。木末芙蓉都如許，笑人間、不解靈均意。歌晚色，賦秋水。　而今老子婆娑地。更何須、齊奴步障，謝公攜妓。徒倚西樓澄江遠，日暮霞成綺。悵楚澤、荷衣芰制。籬菊難忘平生約，共小山、叢桂相料理。吾與汝，有知己。録自永樂大典卷五四〇東字韻

郭麟孫

麟孫字祥卿，吴郡（今江蘇省吴縣）人。博學

工詩。作吏錢塘，再調江東，歸吳卒。有祥卿集傳世。

水調歌頭　題水村圖

草草三間屋，愛竹旋添栽。碧紗窗户，眼前都是翠雲堆。一月山翁不出，連雪水村清冷，木落遠山開。唯有平安信，留得伴寒梅。　喚家童，開門看，有誰來。客來一笑清話，煮茗更傳杯。有客只愁無酒，有酒又愁無客，酒熟且徘徊。明日人間事，天自有安排。　鐵網珊瑚卷二書品、珊瑚木難卷二、古式堂書畫彙考·畫卷二俱載此詞

張雨

臨江仙　寄王集虚

重問鬱岡深絶處，筍輿衝破煙嵐。集虚來往集虚庵。盡誇山北好，我自住山南。　笑折松枝爲塵（按：疑爲麈）尾，狂夫唯鮮清談。水星童子是周參。胡麻應早熟，一味許分甘。　録自詩淵第一册

柳梢青

盼得春來，春寒春困，陡頓無聊。半刻殘紅，片時春夢，過了元宵。　空山暮暮朝朝。到此際無魂可消。御倚東風，水如衣帶，草似裙腰。　録自《歷代詩餘》卷二十

薩都剌

摸魚兒　海棠

甚春來冷煙淒雨，朝朝遲了芳信。驚然作暖晴三日，又覺萬株嬌困。霜點鬢，潘令老，年年不帶看花分。才情減盡，悵玉局飛仙，石湖絶筆，辜負這風韻。　傾城色，懊惱佳人薄命。牆頭岑寂誰問。東風日暮無聊賴，吹得胭脂成粉。君細認，花共酒、古來二事天尤吝。年光去迅。漫緑葉成陰，青苔滿地，做取異時恨。　録自詩淵第四册頁二三二九

好事近　浙江樓聞笛

獨倚浙江樓，滿耳怨笳哀笛。猶有梨園聲在，念故

人天北。海棠憔悴怯春寒，風雨怎禁得。回首華清池畔，渺露蕪煙荻。録自詩淵第二册頁一四五九

靖傳翁

花心動　咏茶蘪

翠幕前驅，舞青蛟、飛動一簾晴色。銀鳳翻空，球雪生香，風韻天然奇特。素艷連娟清露曉，搜香處、蝶棲難覓。這天與水沉富貴，詩翁消得。　好是神仙姑射，擁翠被香寒，甚般標格。特立春深，清閉闌幽，孤注慣諳寥寂。惜芳但恐東風老，怕香屑碎瓊堪惜。又不道，流年催人暗擲。録自詩淵第二册頁一一四九

趙叔英

太常引

地靈祠古殿神龕。藹春色，静煙嵐。禽鳥亂歌談。人好在、幽亭宴酣。　樹林葱蒨，溪聲清越，風景似江南。擬此結茅庵。且莫把、功名妄貪。

滿江紅

憶昔河東，罹土劫、霍峯崩裂。悵□□、飛塵千里（按律此句應爲七字，故悵字下掉了兩字），百城隳缺。意者人心多敗壞，哀哉天譴生妖孽。訝靈祠、依藹翠微中，神機洩。　亭下水，聲清越。橋畔柳，重陰疊。暢登臨懷古，廢興追閱。瞻彼呼延遺裔霸，笑他司馬家兒劣。看醉中、乘興壁間書，題年月。

以上兩首録自詩淵第三册頁一六八七

玉漏遲　游明應祠

岳峯南下靠。崇崗一脈，飛泉奔趵。波駭轟雷，雪奮玉淵泓灝。翠竹青林蒨蔚，高迴出、崢嶸祠廟。歌吹鬧。割牲釃酒，雨暘祈禱。　藹藹、沃野風煙，潤二邑農桑，萬家温飽。聲教從容，但願士民中道。放我溪山遊歷，選勝處、壺觴吟笑。婚聘了。擬卜此間歸老。

又　適晉祠

靈源東去接，長汾沃野，萬家奇寶。棋佈町畦，煙靄麥麻桑棗。廟宇森嚴壯麗，人報本、簫笳祠禱。光景好。有澄潭老樹，泳魚鳴鳥。　聖化蕩蕩如天，鄙麟史桓文，霸功卑小。民物忻榮，時雨一犂溫飽。新沐山光潑黛，正快哉、發臨吟眺。農事了。和氣頓添多少。以上兩首録自詩淵第三册頁一六八八

沁園春　山居

半世蹉跎，弱冠孤窮，中年困難。願勤勞畎畝，晨昏色養，家寒迫我，竟廁朝班。二紀奔忙，三城試錦，去後思人賴少安。歸來好，喜無愆致仕，倦鳥知還。録自詩淵第五册頁三一八四

南鄉子　登建康層樓

書劍楚南遊。獨上金陵百尺樓。風景不殊鄉思惡，堪愁。滿目江山異故州。　壯志古難酬。聞道將軍老不侯。識破浮生還自笑，何憂。萬里乾坤一釣舟。録自詩淵第五册頁三五六〇

滿江紅

壯歲途窮，書劍里、十年流落。笑奔趨□□紛競，總成乖錯。定遠終能封爵士，太中未得參臺閣。想人生、亨否有時兮，徒枉作。　功與利，風波惡。富與貴，浮雲薄。若要無憂患，但存謙約。才劣豈堪鐘鼎事，身微自喜簞瓢樂。問良田、何處可耕乎，須伊洛。録自詩淵第六册頁四一〇二

太常引　壽舅氏米僉院

歷揚臺閣要仍清。羨驄馬，肅公卿。藻鑑允銓衡。想足快、當年宦情。　玉京春好，故園冬暖，親舊已歡迎。歸去養修齡。願永固、無窮令名。録自詩淵第六册頁四五三五

張秉彝

西江月

父母愛欲一點，陰陽造化身軀。被他搬弄數年餘。未得全身歸去。　今日遇師指教，往日空費功

夫。言下一悟嘴盧都。全藉神明佑護。（録自隨機應化録卷下）

何道全

道全祖籍浙江四明，自幼修道，號無垢子。約生於元代延祐、至治年間，卒於建文元年，活了八十餘歲。其門人賈道玄所編隨機應化録，載道全詞十二首。

滿庭芳

日月如梭，光陰似箭，不覺人老顔悛。那時曾聽，高柳噪新蟬。今日又逢首夏，欻忽間、又早經年。尋思起，人生一世，能有幾時堅。諸公聞早悟，急忙下手，猶是俄延。勸疾速放下，浄洗三田。煅煉陰消陽長，迷雲散、杲日當天。光輝滿，十方明朗，照見未生前。

無夢令

百日如磨寶鏡。塵盡清光徹瑩。照見本來真，有路通玄達聖。真静。真静。自有神明表正。

又

百日功夫了徹。打開已先關結。冷地一聲雷，海底紅光焰烈。合別。合別。玉館瓊樓添雪。

西江月　和張秉彝韻

不昧真靈一點，從他仙骨凡軀。是誰搬弄數年餘。不識强言來去。未悟求師指教，了了何用功夫。心休不必嘴盧都。自己神明暗護。

迎仙客

出家兒，要心堅。訪道參禪早向前。休懶惰，莫改遷。百年光陰，霎時容顔變。

又

既出家，早求玄。莫戀浮華被業牽。降意馬，鎖心猿。清虚寂静，得見元初面。

又

學道人，聽我言。休睚明年又後年。急下心，煉汞鉛。金丹成就，得步長生殿。

又

混元珠，人人有。不遇明師難下手。被塵蒙，怎判剖。得來免了，累劫殃和咎。

又

混元珠，人少識。只爲自家生荆棘。業緣深，難用力。諸君尋師，早早求休息。

又

這顆珠，不染塵。十二時中不離身。憑功行，養氣神。忽然迸出，三界光輝映。

滿庭芳

這點心燈，風吹難滅，亘今亘古常明。愚昧不見，幽暗不能行。不用清油黄蠟，能剔起，普照分明。君知否，皆因着境，迷了本來程。　我今才説破，休教外覓，内治皆平。慧風起處，雲散天晴。杲杲紅輪遍照，陰魔滅，大道圓成。常晃耀，破除黑暗，普救衆羣生。

喜遷鶯

圓明本具，奈愚人不省，自迷自誤。執着塵情，轉生顛倒，那肯抽身回顧。本來這點靈光，個個不知去處。迷真趣，把荆棘錯認，靈椿覺樹。　迷了長生路。輾轉沉淪，何日心開悟。今日朱顔，來朝難保，不可等閑虛度。急急下手尋真，莫被纖塵染污。心堅固。長安大道，必然穩步。

孫茂芝

蝶戀花　三月晦日游東郊松林

落盡棠梨春已暮。芳草多情，才過濛松雨。柳絮顛狂飛不住。鞦韆正在濃陰處。　廟口神絃初罷舞。畫扇輕衫，隨意城東步。笑逐鈿車歸去路。酒香一行青松樹。　録自古今圖書集成·職方典第三十三卷

萬侶

踏莎行　題景星觀

洞接桃源，橋橫柳渡。蘇仙舊日經行處。翩翩騎鶴幾時還，空餘怪石參天樹。　獨倚亭欄，誰論心素。亂山堆疊青無數。試從西北望長安，斷雲争逐飛鴻去。　録自古今圖書集成・職方典第一千二百九十四卷

吴鎮

漁父

一個漁□□□□。江湖隨處載青簑。撑皓月，□清波。半夜風不奈何。（原註：原蹟末句落一字）

又

白頭垂釣碧江深。憶得前身是姓任。隨去住，任浮沉。魚少魚多不用心。以上兩首録自式古堂書畫彙考・畫卷十九吴仲圭倣荆浩漁父圖並題卷

白雲法師

望江南

西方好，隨念即超羣。一點靈光隨落日，萬端塵事付浮雲。人世自紛紛。　凝望處，決定去棲神。金地經行光裏步，玉樓宴坐定中身。方好任天真。

又

西方好，瓊樹聳高空。彌覆七重珠寶網，莊嚴百億妙華宮。雲裏衆天童。　金地上，欄楯繞重重。華雨飄飄香散漫，樂音寥亮鼓清風。聞者樂無窮。

又

西方好，七寶甃成池。四色好花敷菡萏，八功德水泛清漪。除渴又除饑。　池岸上，樓殿勢飛翚。碧玉雕欄填瑪瑙，黄金危棟間玻瓈。隨處發光輝。

又

西方好，羣鳥美音聲。華下和鳴歌六度，光中哀雅讚三乘。聞者悟無生。　三惡己，猶自不知名。皆自佛慈親變化，欲宣法語警迷人。心地等圓明。

又

西方好，清旦供尤佳。縹緲仙雲隨寶仗，輕盈衣裓

散天華。十萬去非賒。　諸佛土，隨念遍河沙。蓮掌撫摩親授記，潮陽清妙響頻伽。時至卽還家。

又

西方好，吾佛大慈悲。但具三心圓十念，卽登九品越三祇。神力不思議。　臨限盡，接引定無疑。普願衆生同繫念，金臺天樂共迎時。彈指到蓮池。

又

娑婆苦，長刦受輪迴。不斷苦因離火宅，祇隨業報入胞胎。辜負這靈臺。　朝又暮，寒暑急相催。一箇幻身能幾日，百端機巧滚塵埃。何得出頭來。

又

娑婆苦，身世一浮萍。蚊蚋睫中爭小利，蝸牛角上竊虚名。一點氣難平。　人吾盛，日夜長無明。地獄爭頭成隊入，西方無箇肯前行。空死復空生。

又

娑婆苦，情念驟如風。六賊村中無蹔息，七情篋內更相攻。誰是主人公。　無慧力，愛網轉關籠。一向四楞低擔地，不思兩脚欲梢空。前路更怱怱。

又

娑婆苦，生老病無常。九竅腥臊流穢污，一包膿血貯皮囊。爭弱又爭强。　隨妄想，耽欲更荒唐。念佛看經云著相，破齋毁戒更無妨。祇恐有閻王。

又

娑婆苦，終日走塵寰。不覺年光隨逝水，那看白髮換朱顏。六趣任循環。　今與古，誰肯死前閑。危脆利名纔入手，虚華財色便追攀。榮辱片時間。

又

娑婆苦，光陰急如流。寵辱悲歡何日了，是非人我幾時休。生死路悠悠。　三界裏，水面一浮鷗。縱使英雄功盡世，祇留白骨掩荒丘。何似早回頭。

以上十二首録自式古堂書畫彙考·書卷之十六

張起巖

起巖字夢臣，章丘人。延祐二年進士及第第一，官至翰林學士。

木蘭花慢　詞餞雪樓承旨南歸

聖恩天廣大，容此老，老江南。甚玉雪無暇，樓臺有地，超出塵凡。此行錦袍玉帶，向紫微垣里寄官銜。聞道鄉閭童稚，安排竹馬青衫。　聲名要與二疎參。千古入清談。看雲擁千官，沙堤一道，駐馬停驂。都門兩行楊柳，比尋常、翠色碧於藍。不爲東風吹發，猶能挽住征帆。景刊洪武本《程雪樓集》

附録

徐再思

人月圓　甘露懷古

江皐樓觀前朝寺，秋色入秦淮。敗垣芳草，空廊落葉，深砌蒼苔。　遠人南去，夕陽西下，江水東來。木蘭花在，山僧試問，知爲誰開。

又　蘭亭

茂林修竹風流地，重到古山陰。壯懷感慨，醉眸俯仰，世事浮沉。　惠風歸燕，團沙宿鷺，芳樹幽禽。山山水水，詩詩酒酒，古古今今。録自《太平樂府》卷三

馮子振

鸚鵡曲　感事

黄金難買朱顏住。駟馬客羨跨牛父。石將軍百斛明珠，幾日歡雲娱雨。　趁春歸一瞬流鶯，萬事夕陽春去。舊嬋娟落在誰家，箇里是高人省處。

又　贈園父

春光濃艷城南住。一葉價百倍園父。牡丹臺國色天香，錦幄無風無雨。　惜花人不惜千金，一任蝶來蜂去。酒醒時日上三竿，是不是雞聲管處。

録自《太平樂府》卷一

韓奕

沁園春　題鶯鶯像

伊昔蒲東,惜人春色,猶煩畫工。想娉婷嬌態,楚宮烟柳,嬋娟媚質,灞橋霜蓉。二八芳姿,一枝穠艷,鎖不住深閨錦綉中。西厢外,等閑蜂蝶,穿透簾櫳。　張郎俊雅誰同。獨占巫山神女峯。記一時歡會,花穠寺静,千年舊恨,葉落山空。薄俗流傳,新聲描寫,展轉翻成鄭衛風。高唐夢,水流花謝,寂寞遺踪。　録自《草堂詩餘新集》卷五

張景雲

景雲字天祥,中慶人。至正中授臨安府經歷。

減字木蘭花　謝人貽茉莉一株植之盆中

華髮如雪。十二樓寒深見月。翠袖香籠。細雨疏簾滿院風。　高情親許。一掬香泥分種與。今日花前。情好飛瓊下九天。　録自雲南圖書館甲寅本《雲南叢書・滇詞叢録》

趙順

順名由坦,字順甫。宋燕懿王後,隨宋入翰林學士與愫赴元,丞相伯顔軍前講解被留,宋亡,隨雲南副都元帥愛魯辟入滇,任帥府副使。

滿江紅　至雲南於役東西感成此闋

憑眺江山,勉抛謝,勞生行李。問往事西番東爨,蠹爨殘野史。望祭碧雞人已去,來賓白馬吾寧比。且經營,草味彩雲,鄉存宗祀。　漢丞相,崇祠峙。唐節度,豐碑勝。圯奥區幽宅,拓開田里。銅鼓淵淵良夜月,金沙浩浩朝宗水。看深潭,黝黑蟄龍,蟠乘雷起。　録自雲南圖書館甲寅本《雲南叢書・滇詞叢録》

作者索引

三畫

四畫

五畫

六畫

七畫

八畫

九畫

十畫

十一畫

十二畫

十三畫